漢書

东汉 班固 著

不读《汉书》不知《汉书》的魅力

再现二百三十年西汉至新朝地皇四年的辉煌文明史

内蒙古文化出版社

图书在版编目（CIP）数据

汉　书/班固著．—呼伦贝尔：内蒙古文化出版社，2010.9

（文学内蒙古；8）

ISBN 978－7－80675－753－7

Ⅰ．汉…　Ⅱ．班…　Ⅲ．散文—作品集—中国—当代

Ⅳ．Ⅰ267

中国版本图书馆 CIP 数据核字（2009）第 138799 号

（文学内蒙古；8/人生要走过的路）

汉　书

出版发行：内蒙古文化出版社

（呼伦贝尔市海拉尔区河东新春街 4 付 3 号）

电　　话：0470－8241422

邮政编码：021008

印　　刷：北京市兆成印刷有限责任公司

责任编辑：丁永才

经　　销：全国新华书店

开　　本：600mm×1010mm　1/10

印　　张：70

字　　数：68 千字

版　　次：2010 年 9 月第 1 版第 1 次印刷

书　　号：ISBN 978－7－80675－753－7/I·571

定　　价：48.00 元

导　读

继司马迁撰写《史记》之后，班固撰写了《汉书》，成为我国史学的第二个巅峰。

班固（公元32年—92年），字孟坚，扶风安陵（今陕西咸阳东北）人，东汉著名历史学家和文学家。班家是诗书继世的书香门第。班固的父亲班彪，博学多才，因见《史记》纪事只到汉武帝太初年间，所以采集旧事，写成《史记后传》65篇。在家父的影响下，班固“年九岁，能属文，诵诗赋。及长，遂博载籍，九流百家之言，无不穷究。所学无常师，不为章句，举大义而已”。16岁进入洛阳太学，系统学习儒家经典，并开始致力于汉史的研究。23岁父亡回乡守丧，承继父志，在《史记后传》的基础上编撰《汉书》。后来有人上书朝廷，恶意中伤，告他私改国史，班固因此被明帝捕入京兆狱。其弟班超闻讯，急忙赶赴宫廷，替他辩白。这时地方官也将书稿送到，明帝看后，非常欣赏班固的才华，不但没有加罪，反而任命他为兰台令史。不久，又迁升为郎，典校秘书，在此期间，他与陈宗、尹敏、孟异等人撰成《世祖本纪》及自撰《功臣》、《平林》、《公孙述》等列传28篇，这些著述后被编入《东观汉纪》。明帝复命他在兰台把其父未完成的《汉书》继续写下去。此后班固便集中精力，“以著述为业”，一直到章帝建初七年（公元82年），前后历时25年，基本上完成了《汉书》的编写工作。

和帝永元元年（公元89年）大将军窦宪远征匈奴，以班固为中护军，参预谋议。此后几年，班固都在窦宪幕中，二人关系亲密。后窦宪在政争中失败自杀，班固因受牵连被捕，死于狱中。班固擅长作赋，撰有《两都赋》、《幽通赋》等。

《汉书》包括本纪十二篇，表八篇，志十篇，列传七十篇，共一百篇，后人划分为一百二十卷。它的记事始于汉高帝刘邦元年（公元前206年），终于王莽地皇四年（公元23年）。《汉书》的体例与《史记》相比，已经发生了变化。《史记》是一部通史，《汉书》则是一部断代史。班固之所以断代为史，并不是偶然的，而是适应时代的要求。他总结汉武帝到东汉初年，约一个半世纪的历史著作，加以创造性的发展，其目的是为当时统治阶级的政治服务。班固认为，《史记》的通史体例，将西汉一代“编于百王之末，厕于秦项之列”，既不利于宣扬“汉德”，又难以突出汉代的历史地位。这是《汉书》断代为史的根据。于是，《汉书》“包举一代”，断限起自西汉建立，终于新朝的灭亡，为了突出刘邦，就将《高帝纪》置于首篇。这种断代为史的体例，受到后来封建史家的赞誉，并成为历代“正史”编纂的依据。

《汉书》把《史记》的“本纪”省称“纪”，“列传”省称“传”，“书”改曰“志”，取消了“世家”，汉代勋臣世家律编入传。这些变化，被后来的一些史书沿袭下来。

《汉书》记载的时代与《史记》有交叉，汉武帝中期以前的西汉历史，两书都有记述。这 一部分，《汉书》常常移用《史记》。但由于作者思想境界的差异和材料取舍标准不尽相同，移用时也有增删改易。

《汉书》新增加了《刑法志》、《五行志》、《地理志》、《艺文志》。《刑法志》第一次系统地叙述了法律制度的沿革和一些具体的律令规定。《地理志》记录了当时的郡国行政区划、历史沿革和户口数字，有关各地物产、经济发展状况、民情风俗的记载更加引人注目。《艺文志》考证了各种学术派别的源流，记录了存世的书籍，它是我国现存最早的图书目录。《食货志》是由《平准书》演变来的，但内容更加丰富。它有上下两卷，上卷谈“食”，即农业经济状况；下卷论“货”，即商业和货币的情况，是当时的经济专篇。还如《汉书》对民族史的记载也比《史记》要丰富得多，尤其新立《西域传》记述安息、大月氏、大夏、条支等中亚、西南亚诸国历史，已成为我国民族史和中亚、西南亚古民族史不可多得的重要文献。

《汉书》在古代享有很高的声誉，是“四史”之一，但一般认为它在许多方面都难以同《史记》相提并论。班固修《汉书》实际上是奉旨进行，并且班固本人具有强烈的正统儒家思想，文风也较为“醇正”，他批评司马迁“论是非颇谬于圣人”。所谓“圣人”就是孔子，司马迁并不完全以孔子思想作为判断是非的标准。所以，在《汉书》中很难看到司马迁那种深刻的批判意识。但班固仍不失为一个严肃而有才华的历史学家，《汉书》中有不少出色的人物传记。如《李广苏建传》、《张禹传》、《霍光传》、《王莽传》、《外戚传》等，都是公认的名篇。

目 录

卷三十九

卷四十

卷四十一

卷四十二

卷四十三

卷四十四

卷四十五

卷四十六

卷四十七

卷四十八

卷四十九

卷五十

卷五十一

卷九十八

卷九十九上

卷九十九中

卷九十九下

卷一百上

卷一百下

卷一上

帝纪 第一 上

高祖，沛丰邑中阳里人也，姓刘氏。母媪尝息大泽之陂，梦与神遇。是时雷电晦冥，父太公往视，则见交龙于上。已而有娠，遂产高祖。高祖为人，隆准而龙颜，美须髯，左股有七十二黑子。宽仁爱人，意豁如也。常有大度，不事家人生产作业。及壮，试吏，为泗上亭长，廷中吏无所不狎侮。好酒及色。常从王媪、武负贳酒，时饮醉卧，武负、王媪见其上常有怪。高祖每酤留饮，酒雠数倍。及见怪，岁竟，此两家常折券弃责。高祖常繇咸阳，纵观秦皇帝，喟然大息，曰："嗟乎，大丈夫当如此矣！"

单父人吕公善沛令，辟仇，从之客，因家焉。沛中豪杰吏闻令有重客，皆往贺。萧何为主吏，主进，令诸大夫曰："进不满千钱，坐之堂下。"高祖为亭长，素易诸吏，乃绐为谒曰"贺钱万"，实不持一钱。谒入，吕公大惊，起，迎之门。吕公者，好相人，见高祖状貌，因重敬之，引入坐上坐。萧何曰："刘季固多大言，少成事。"高祖因狎侮诸客，遂坐上坐，无所诎。酒阑，吕公因目固留高祖。竟酒，后。吕公曰："臣少好相人，相人多矣，无如季相，愿季自爱。臣有息女，愿为箕帚妾。"酒罢，吕媪怒吕公曰："公始常欲奇此女，与贵人。沛令善公，求之不与，何自妄许与刘季？"吕公曰："此非儿女子所知。"卒与高祖。吕公女即吕后也，生孝惠帝、鲁元公主。高祖尝告归之田。吕后与两子居田中，有一老父过，请饮，吕后因餔之。老父相后曰："夫人天下贵人也。"令相两子，见孝惠帝，曰："夫人所以贵者，乃此男也。"相鲁元公主，亦皆贵。老父已去，高祖适从旁舍来，吕后具言："客有过，相我子母皆大贵。"高祖问，曰："未远。"乃追及，问老父。老父曰："向者夫人儿子皆以君，君相贵不可言。"高祖乃谢曰："诚如父言，不敢忘德。"及高祖贵，遂不知老父处。高祖为亭长，乃以竹皮为冠，令求盗之薛治，时时冠之，及贵常冠，所谓"刘氏冠"也。

高祖以亭长为县送徒骊山，徒多道亡。自度比至皆亡之，到丰西泽中亭，止饮，夜皆解纵所送徒，曰："公等皆去，吾亦从此逝矣！"徒中壮士愿从者十余人。高祖被酒，夜径泽中，令一人行前。行前者还报曰："前有大蛇当径，愿还。"高祖醉，曰："壮士行，何畏！"乃前，拔剑斩蛇。蛇分为两，道开。行数里，醉困卧。后人来至蛇所，有一老妪夜哭。人问妪何哭，妪曰："人杀吾子。"人曰："妪子何为见杀？"妪曰："吾子，白帝子也，化为蛇，当道，今者赤帝子斩之，故哭。"人乃以妪为不诚，欲苦之，妪因忽不见。后人至，高祖觉。告高祖，高祖乃心独喜，自负。诸从者日益畏之。

秦始皇帝尝曰"东南有天子气"，于是东游以猒当之。高祖隐于芒砀山泽间，吕后与人俱求，常得之。高祖怪，问之，吕后曰："季所居上常有云气，故从往常得季。"高祖又喜。沛中子弟或闻之，多欲附者矣。

秦二世元年秋七月，陈涉起蕲。至陈，自立为楚王，遣武臣、张耳、陈馀略赵地。八月，武臣自立为赵王。郡县多杀长吏以应涉。九月，沛令欲以沛应之。掾、主吏萧何、曹参曰："君为秦吏，今欲背之，帅沛子弟，恐不听。愿君召诸亡在外者，可得数百人，因以劫众，众不敢不听。"乃令樊哙召高祖。高祖之众已数百人矣。于是，樊哙从高祖来。沛令后悔，恐其有变，乃闭城城守，欲诛萧、曹。萧、曹恐，逾城保高祖。高祖乃书帛射城上，与沛父老曰："天下同苦秦久矣。今父老虽为沛令守，诸侯并起，今屠沛。沛今共诛令，择可立立之，以应诸侯，即室家完。不然，父子俱屠，无为也。"父老乃帅子弟共杀沛令，开城门迎高祖，欲以为沛令。高祖曰："天下方扰，诸侯并起，今置将不善，一败涂地。吾非敢自爱，恐能薄，不能完父兄子弟。此大事，愿更择可者。"萧、曹等皆文吏，自爱，恐事不就，后秦种族其家，尽让高祖。诸父老皆曰："平生所闻刘季奇怪，当贵，且卜筮之，莫如刘季最吉。"高祖数让，众莫肯为，高祖乃立为沛公。祠黄帝、祭蚩尤于沛廷。而衅鼓。旗帜皆赤：由所杀蛇白帝子所杀者赤帝子故也。于是少年豪吏如萧、曹、樊哙等皆为收沛子弟，得三千人。是月，项梁与兄子羽起吴。田儋与从弟荣、横起齐，自立为齐王。韩广自立为燕王。魏咎自立为魏王。陈涉之将周章西入关，至戏，秦将章邯距破之。

秦二年十月，沛公攻胡陵、方与，还守丰。秦泗川监平将兵围丰。二日，出与战，破之。令雍齿守丰。十一月，沛公引兵之薛。秦泗川守壮兵败于薛，走至戚，沛公左司马得杀之。沛公还军亢父，至方与。赵王武臣为其将所杀。十二月，楚王陈涉为其御庄贾所杀。魏人周市略地丰、沛，使人谓雍齿曰："丰，故梁徙也。今魏地已定者数十城，齿今下魏，魏以齿为侯守丰；不下，且屠丰。"雍齿雅不欲属沛公，及魏招之，即反为魏守丰。沛公攻丰，不能取。沛公还之沛，怨雍齿与丰子弟畔之。

正月，张耳等立赵后赵歇为赵王。东阳甯君、秦嘉立景驹为楚王，在留。沛公往从之，道得张良，遂与俱见景驹，请兵以攻丰。时章邯从陈，别将司马夷将兵北定楚地，屠相，至砀。东阳甯君、沛公引兵西，与战萧西，不利，还收兵聚留。二月，攻砀，三日拔之。收砀兵，得六千人，与故合九千人。三月，攻下邑，拔之。还击丰，不下。四月，项梁击杀景驹、秦嘉，止薛，沛公往见之。项梁益沛公卒五千人，五大夫将十人。沛公还，引兵攻丰，拔之。雍齿奔魏。五月，项羽拔襄城还。项梁尽召别将。六月，沛公如薛，与项梁共立楚怀王孙心为楚怀王。章邯破杀魏王咎、齐王田儋于临。七月，大霖雨，沛公攻亢父。章邯围田荣于东阿。沛公与项梁共救田荣，大破章邯东阿，田荣归，沛公、项羽追北，至城阳，攻屠其城。军濮阳东，复与章邯战，又破之。章邯复振，守濮阳，环水。沛公、项羽去攻定陶。八月，田荣立田儋子为齐王。定陶未下，沛公与项羽西略地至雍丘，与秦军战，大败之，斩三川守李由。还攻外黄，外黄未下。项梁再破秦军，有骄色。宋义谏，不听。秦益章邯兵。九月，章邯夜衔枚击项梁定陶，大破之，杀项梁。时连雨自七月至九月。沛公、项羽方攻陈留，闻梁死，士卒恐。乃与将军吕臣引兵而东，徙怀王自盱台都彭城。吕臣军彭城东，项羽军彭城西，沛公军砀。魏咎弟豹自立为魏王。后九月，怀王并吕臣、项羽军自将之。以沛公为砀郡长，封武安侯，将砀郡兵。以羽为鲁公，封长安侯。吕臣为司徒，其父吕青为令尹。

章邯已破项梁，以为楚地兵不足忧，乃渡河北击赵王歇，大破之。歇保巨鹿城，秦将王离围之。赵数请救，怀王乃以宋义为上将，项羽为次将，范增为末将，北救赵。初，怀王与诸将约，先入定关中者王之。当是时，秦兵强，常乘胜逐北，诸将莫利先入关。独羽怨秦破项梁，奋势，愿与沛公西入关。怀王诸老将皆曰："项羽为人慓悍祸贼，尝攻襄城，襄城无噍类，所过无不残灭。且楚数进取，前陈王、项梁皆败，不如更遣长者扶义而西，告谕秦父兄。秦父兄苦其主久矣，今诚得长者往，毋侵暴，宜可下。项羽不可遣，独沛公素宽大长者。"卒不许羽，而遣沛公西收陈王、项梁散卒。乃道砀至阳城与杠里，攻秦军壁，破其二军。

秦三年十月，齐将田都畔田荣，将兵助项羽救赵。沛公攻破东郡尉于成武。十一月，项羽杀宋义，并其兵渡河，自立为上将军，诸将黥布等皆属。十二月，沛公引兵至栗，遇刚武侯，夺其军四千余人，并之，与魏将皇欣、武满军合攻秦军，破之。故齐王建孙田安下济北，从项羽救赵。羽大破秦军巨鹿下，虏王离，走章邯。

二月，沛公从砀北攻昌邑，遇彭越。越助攻昌邑，未下。沛公西过高阳，郦食其为里监门，曰："诸将过此者多，吾视沛公大度。"乃求见沛公。沛公方踞床，使两女子洗。郦生不拜，长揖曰："足下必欲诛无道秦，不宜踞见长者。"于是沛公起，摄衣谢之，延上坐。食其说沛公袭陈留。沛公以为广野君，以其弟商为将，将陈留兵。三月，攻开封，未拔。西与秦将杨熊会战白马，又战曲遇东，大破之。杨熊走之荥阳，二世使使斩之以徇。四月，南攻颍川，屠之。因张良遂略韩地。时赵别将司马卬方欲渡河入关，沛公乃北攻平阴，绝河津。南战雒阳东，军不利，从圜辕至阳城，收军中马骑。六月，与南阳守齮战犨东，大破之。略南阳郡，南阳守走，保城守宛。沛公引兵过宛西，张良谏曰："沛公虽欲急入关，秦兵尚众，距险。今不下宛，宛从后击，强秦在前，此危道也。"于是沛公乃夜引军从他道还，偃旗帜，迟明，围宛城三匝。南阳守欲自刭，其舍人陈恢曰："死未晚也。"乃逾城见沛公，曰："臣闻足下约先入咸阳者王之，今足下留守宛。宛郡县连城数十，其吏民自以为降必死，故皆坚守乘城。今足下尽日止攻，士死伤者必多；引兵去，宛必随足下。前则失咸阳之约，后有强宛之患。为足下计，莫若约降，封其守，因使止守，引其甲卒与之西。诸城未下者，闻声争开门而待足下，足下通行无所累。"沛公曰："善。"七月，南阳守齮降，封为殷侯，封陈恢千户。引兵西，无不下者。至丹水，高武侯鳃、襄侯王陵降。还攻胡阳，遇番君别将梅鋗，与偕攻析、郦，皆降。所过毋得卤掠，秦民喜。遣魏人甯昌使秦。

是月，章邯举军降项羽，羽以为雍王。瑕丘申阳下河南。八月，沛公攻武关，入秦。秦相赵高恐，乃杀二世，使人来，欲约分王关中，沛公不许。九月，赵高立二世兄子子婴为秦王。子婴诛灭赵高，遣将将兵距峣关。沛公欲击之，张良曰："秦兵尚强，未可轻。愿先遣人益张旗帜于山上为疑兵，使郦食其、陆贾往说秦将，啗以利。"秦将果欲连和，沛公欲许之。张良曰："此独其将欲叛，恐其士卒不从，不如因其怠懈击之。"沛公引兵绕峣关，逾蒉山，击秦军，大破之蓝田南。遂至蓝田，又战其北，秦兵大败。

元年冬十月，五星聚于东井。沛公至霸上。秦王子婴素车白马，系颈以组，封皇帝玺、符、节，降枳道旁。诸将或言诛秦王，沛公曰："始怀王遣我，固以能宽容，且人已服降，杀之不祥。"乃以属吏。遂西入咸阳。欲止宫休舍，樊哙、张良谏，乃封秦重宝财物府库，还军霸上。萧何尽收秦丞相府图籍文书。十一月，召诸县豪杰曰："父老苦秦苛法久矣，诽谤者族，耦语者弃市。吾与诸侯约，先入关者王之，吾当王关中。与父老约，法三章耳：杀人者死，伤人及盗抵罪。余悉除去秦法。吏民皆按堵如故。凡吾所以来，为父兄除害，非有所侵暴，毋恐！且吾所以军霸上，待诸侯至而定要束耳。"乃使人与秦吏行至县、乡、邑告谕之。秦民大喜，争持牛、羊、酒食献享军士。沛公让不受，曰："仓粟多，不欲费民。"民又益喜，唯恐沛公不为秦王。

或说沛公曰："秦富十倍天下，地形强。今闻章邯降项羽，羽号曰雍王，王关中。即来，沛公恐不得有此。可急使守函谷关，毋内诸侯军，稍征关中兵以自益，距之。"沛公然其计，从之。十二月，项羽果帅诸侯兵欲西入关，关门闭。闻沛公已定关中，羽大怒，使黥布等攻破函谷关，遂至戏下。沛公左司马曹毋伤闻羽怒，欲攻沛公，使人言羽曰："沛公欲王关中，令子婴相，珍宝尽有之。"欲以求封。亚父范增说羽曰："沛公居山东时，贪财好色。今闻其入关，珍物无所取，妇女无所幸，此其志不小。吾使人望其气，皆为龙，成五色，此天子气。急击之，勿失。”于是飨士，旦日合战。是时，羽兵四十万，号百万。沛公兵十万，号二十万，力不敌。会羽季父左尹项伯素善张良，夜驰见张良，具告其实，欲与俱去，毋特俱死。良曰：“臣为韩王送沛公，不可不告，亡去不义。”乃与项伯俱见沛公。沛公与伯约为婚姻，曰：“吾入关，秋毫无所敢取，籍吏民，封府库，待将军。所以守关者，备他盗也。日夜望将军到，岂敢反邪！愿伯明言不敢背德。”项伯许诺，即夜复去，戒沛公曰：“旦日不可不早自来谢。”项伯还，具以沛公言告羽，因曰：“沛公不先破关中兵，公巨能入乎？且人有大功，击之不祥，不如因善之。”羽许诺。

沛公旦日从百余骑见羽鸿门，谢曰：“臣与将军戮力攻秦，将军战河北，臣战河南，不自意先入关，能破秦，与将军复相见。今者有小人言，令将军与臣有隙。”羽曰：“此沛公左司马曹毋伤言之，不然，籍何以生此？”羽因留沛公饮。范增数目羽击沛公，羽不应。范增起，出谓项庄曰：“君王为人不忍，汝入以剑舞，因击沛公，杀之。不者，汝属且为所虏。”庄入为寿。寿毕，曰：“军中无以为乐，请以剑舞。”因拔剑舞。项伯亦起舞，常以身翼蔽沛公。樊哙闻事急，直入，怒甚。羽壮之，赐以酒，哙因谯让羽。有顷，沛公起如厕，招樊哙出，置车官属，独骑，樊哙、靳强、滕公、纪成步，从间道走军，使张良留谢羽。羽问：“沛公安在？”曰：“闻将军有意督过之，脱身去，间至军，故使臣献璧。”羽受之。又献玉斗范增。增怒，撞其斗，起曰：“吾属今为沛公虏矣！”

沛公归数日，羽引兵西屠咸阳，杀秦降王子婴，烧秦宫室，所过无不残灭，秦民大失望。羽使人还报怀王，怀王曰：“如约。”羽怨怀王不肯令与沛公俱西入关而北救赵，后天下约。乃曰：“怀王者，吾家所立耳，非有功伐，何以得专主约！本定天下，诸将与籍也。”春正月，阳尊怀王为义帝，实不用其命。二月，羽自立为西楚霸王，王梁、楚地九郡，都彭城。背约，更立沛公为汉王，王巴、蜀、汉中，四十一县，都南郑。三分关中，立秦三将：章邯为雍王，都废丘；司马欣为塞王，都栎阳；董翳为翟王，都高奴。楚将瑕丘申阳为河南王，都洛阳。赵将司马卬为殷王，都朝歌。当阳君英布为九江王，都六。怀王柱国共敖为临江王，都江陵。番君吴芮为衡山王，都邾。故齐王建孙田安为济北王。徙魏王豹为西魏王，都平阳。徙燕王韩广为辽东王。燕将臧荼为燕王，都蓟。徙齐王田市为胶东王。齐将田都为齐王，都临菑。徙赵王歇为代王。赵相张耳为常山王。汉王怨羽之背约，欲攻之，丞相萧何谏，乃止。夏四月，诸侯罢戏下，各就国。羽使卒三万人从汉王，楚子、诸侯人之慕从者数万人，从杜南入蚀中。张良辞归韩，汉王送至褒中，因说汉王烧绝栈道，以备诸侯盗兵，亦视项羽无东意。

汉王既至南郑，诸将及士卒皆歌讴思东归，多道亡还者。韩信为治粟都尉，亦亡去。萧何追还之，因荐于汉王，曰：“必欲争天下，非信无可与计事者。”于是汉王斋戒设坛场，拜信为大将军，问以计策。信对曰：“项羽背约而王，君王于南郑，是迁也。吏卒皆山东之人，日夜企而望归，及其锋而用之，可以有大功。天下已定，民皆自宁，不可复用，不如决策东向。”因陈羽可图、三秦易并之计。汉王大说，遂听信策，部署诸将。留萧何收巴、蜀租，给军粮食。五月，汉王引兵从故道出袭雍。雍王邯迎击汉陈仓，雍兵败，还走；战好畤畤，又大败，走废丘。汉王遂定雍地。东如咸阳，引兵围雍王废丘，而遣诸将略地。田荣闻羽徙齐王市于胶东而立田都为齐王，大怒，以齐兵迎击田都。都走降楚。六月，田荣杀田市，自立为齐王。时彭越在巨野，众万余人，无所属。荣与越将军印，因令反梁地。越击杀济北王安，荣遂并三齐之地。燕王韩广亦不肯徙辽东。秋八月，臧荼杀韩广，并其地。塞王欣、翟王翳皆降汉。初，项梁立韩后公子成为韩王，张良为韩司徒。羽以良从汉王，韩王成又无功，故不遣就国，与俱至彭城，杀之。及闻汉王并关中，而齐、梁畔之，羽大怒，乃以故吴令郑昌为韩王，距汉。令萧公角击彭越，越败角兵。时张良徇韩地，遗羽书曰："汉欲得关中，如约即止，不敢复东。"羽以故无西意，而北击齐。九月，汉王遣将军薛欧、王吸出武关，因王陵兵，从南阳迎太公、吕后于沛。羽闻之，发兵距之阳夏，不得前。

二年冬十月，项羽使九江王布杀义帝于郴。陈馀亦怨羽独不王己，从田荣借助兵，以击常山王张耳。耳败走降汉，汉王厚遇之。陈馀迎代王歇还赵，歇立余为代王。张良自韩间行归汉，汉王以为成信侯。汉王如陕，镇抚关外父老。河南王申阳降，置河南郡。使韩太尉韩信击韩，韩王郑昌降。十一月，立韩太尉信为韩王。汉王还归，都栎阳，使诸将略地，拔陇西。以万人若一郡降者，封万户。缮治河上塞。故秦苑囿园池，令民得田之。

春正月，羽击田荣城阳，荣败走平原，平原民杀之。齐皆降楚，楚焚其城郭，齐人复畔之。诸将拔北地，虏雍王弟章平。赦罪人。二月癸未，令民除秦社稷，立汉社稷。施恩德，赐民爵。蜀、汉民给军事劳苦，复勿租税二岁。关中卒从军者，复家一岁。举民年五十以上，有修行，能帅众为善，置以为三老，乡一人。择乡三老一人为县三老，与县令、丞、尉以事相教，复勿徭戍。以十月赐酒肉。三月，汉王自临晋渡河。魏王豹降，将兵从。下河内，虏殷王卬，置河内郡。至脩武，陈平亡楚来降。汉王与语，说之，使参乘，监诸将。南渡平阴津，至洛阳，新城三老董公遮说汉王曰："臣闻'顺德者昌，逆德者亡'，'兵出无名，事故不成'。故曰：'明其为贼，敌乃可服。'项羽为无道，放杀其主，天下之贼也。夫仁不以勇，义不以力，三军之众为之素服，以告之诸侯，为此东伐，四海之内莫不仰德。此三王之举也。"汉王曰："善。非夫子无所闻。"于是汉王为义帝发丧，袒而大哭，哀临三日。发使告诸侯曰："天下共立义帝，北面事之。今项羽放杀义帝江南，大逆无道。寡人亲为发丧，兵皆缟素。悉发关中兵，收三河士，南浮江、汉以下，愿从诸侯王击楚之杀义帝者。"

夏四月，田荣弟横收得数万人，立荣子广为齐王。羽虽闻汉东，既击齐，欲遂破之而后击汉，汉王以故得劫五诸侯兵东伐楚。到外黄，彭越将三万人归汉。汉王拜越为魏相国，令定梁地。汉王遂入彭城，收羽美人货赂，置酒高会。羽闻之，令其将击齐，而自以精兵三万人从鲁出胡陵，至萧，晨击汉军，大战彭城灵壁东睢水上，大破汉军，多杀士卒，睢水为之不流。围汉王三匝。大风从西北起，折木发屋，扬砂石，昼晦，楚军大乱，而汉王得与数十骑遁去。过沛，使人求室家，室家亦已亡，不相得。汉王道逢孝惠、鲁元，载行。楚骑追汉王，汉王急，推堕二子。滕公下收载，遂得脱。审食其从太公、吕后间行，反遇楚军，羽常置军中以为质。诸侯见汉败，皆亡去。塞王欣、翟王翳降楚，殷王卬死。

吕后兄周吕侯将兵居下邑，汉王从之。稍收士卒，军砀。汉王西过梁地，至虞，谓谒者随何曰："公能说九江王布使举兵畔楚，项王必留击之。得留数月，吾取天下必矣。"随何往说布，果使畔楚。五月，汉王屯荥阳，萧何发关中老弱未傅者悉诣军。韩信亦收兵与汉王会，兵复大振。与楚战荥阳南京、索间，破之。筑甬道属河，以取敖仓粟。魏王豹谒归视亲疾。至则绝河津，反为楚。六月，汉王还栎阳。壬午，立太子，赦罪人。令诸侯子在关中者皆集栎阳为卫。引水灌废丘，废丘降，章邯自杀。雍州定，八十余县，置河上、渭南、中地、陇西、上郡。令祠官祀天地四方上帝，山川以时祠之。兴关中卒乘边塞。关中大饥，米斛万钱，人相食。令民就食蜀汉。秋八月，汉王如荥阳，谓郦食其曰："缓颊往说魏王豹，能下之，以魏地万户封生。"食其往，豹不听。汉王以韩信为左丞相，与曹参、灌婴俱击魏。食其还，汉王问："魏大将谁也？"对曰："柏直。"王曰："是口尚乳臭，不能当韩信。骑将谁也？"曰："冯敬。"曰："是秦将冯无择子也。虽贤，不能当灌婴。步卒将谁也？"曰："项它。"曰："不能当曹参。吾无患矣。"九月，信等虏豹，传诣荥阳。定魏地，置河东、太原、上党郡。信使人请兵三万人，愿以北举燕、赵，东击齐，南绝楚粮道。汉王与之。

三年冬十月，韩信、张耳东下井陉击赵，斩陈馀，获赵王歇。置常山、代郡。甲戌晦，日有食之。十一月癸卯晦，日有食之。随何既说黥布，布起兵攻楚。楚使项声、龙且攻布，布战不胜。十二月，布与随何间行归汉。汉王分之兵，与俱收兵至成皋。项羽数侵夺汉甬道，汉军乏食，与郦食其谋桡楚权。食其欲立六国后以树党，汉王刻印，将遣食其立之，以问张良，良发八难。汉王辍饭吐哺，曰："竖儒几败乃公事！"令趋销印。又问陈平，乃从其计，与平黄金四万斤，以间疏楚君臣。夏四月，项羽围汉荥阳，汉王请和，割荥阳以西者为汉。亚父劝项羽急攻荥阳，汉王患之。陈平反间既行，羽果疑亚父。亚父大怒而去，发病死。五月，将军纪信曰："事急矣！臣请诳楚，可以间出。"于是陈平夜出女子东门二千余人，楚因四面击之。纪信乃乘王车，黄屋左纛，曰："食尽，汉王降楚。"楚皆呼万岁，之城东观，以故汉王得与数十骑出西门遁。令御史大夫周苛、魏豹、枞公守荥阳。羽见纪信，问："汉王安在？"曰："已出去矣。"羽烧杀信。而周苛、枞公相谓曰："反国之王，难与守城。"因杀魏豹。

汉王出荥阳，至成皋。自成皋入关，收兵欲复东。辕生说汉王曰："汉与楚相距荥阳数岁，汉常困。愿君王出武关，项王必引兵南走，王深壁，令荥阳、成皋间且得休息。使韩信等得辑河北赵地，连燕、齐，君王乃复走荥阳。如此，则楚所备者多，力分；汉得休息，复与之战，破之必矣。"汉王从其计，出军宛、叶间，与黥布行收兵。

羽闻汉王在宛，果引兵南，汉王坚壁不与战。是月，彭越渡睢，与项声、薛公战下邳，破杀薛公。羽使终公守成皋，而自东击彭越。汉王引兵北，击破终公，复军成皋。六月，羽已破走彭越，闻汉复军成皋，乃引兵西拔荥阳城，生得周苛。羽谓苛："为我将，以公为上将军，封三万户。"周苛骂曰："若不趋降汉，今为虏矣！若非汉王敌也。"羽亨周苛，并杀枞公，而虏韩王信，遂围成皋。汉王跳，独与滕公共车出成皋玉门，北渡河，宿小修武。自称使者，晨驰入张耳、韩信壁，而夺之军。乃使张耳北收兵赵地。

秋七月，有星孛于大角。汉王得韩信军，复大振。八月，临河南向，军小脩武，欲复战。郎中郑忠说止汉王，高垒深堑勿战。汉王听其计，使卢绾、刘贾将卒二万人，骑数百，渡白马津入楚地，佐彭越烧楚积聚，复击破楚军燕郭西，攻下睢阳、外黄十七城。九月，羽谓海春侯大司马曹咎曰："谨守成皋。即汉王欲挑战，慎勿与战，勿令得东而已。我十五日必定梁地，复从将军。"羽引兵东击彭越。汉王使郦食其说齐王田广，罢守兵与汉和。

四年冬十月，韩信用蒯通计，袭破齐。齐王亨郦生，东走高密。项羽闻韩信破齐，且欲击楚，使龙且救齐。汉果数挑成皋战，楚军不出，使人辱之数日，大司马咎怒，渡兵汜水。士卒半渡，汉击之，大破楚军，尽得楚国金玉货赂。大司马咎、长史欣皆自刭汜水上。汉王引兵渡河，复取成皋，军广武，就敖仓食。羽下梁地十余城，闻海春侯破，乃引兵还。汉军方围钟离昧于荥阳东，闻羽至，尽走险阻。羽亦军广武，与汉相守。丁壮苦军旅，老弱罢转饷。汉王、羽相与临广武之间而语。羽欲与汉王独身挑战。汉王数羽曰："吾始与羽俱受命怀王，曰先定关中者王之。羽负约，王我于蜀、汉，罪一也。羽矫杀卿子冠军，自尊，罪二也。羽当以救赵还报，而擅劫诸侯兵入关，罪三也。怀王约，入秦无暴掠，羽烧秦宫室，掘始皇帝冢，收私其财，罪四也。又强杀秦降王子婴，罪五也。诈坑秦子弟新安二十万，王其将，罪六也。皆王诸将善地，而徙逐故主，令臣下争畔逆，罪七也。出逐义帝彭城，自都之，夺韩王地，并王梁楚，多自与，罪八也。使人阴杀义帝江南，罪九也。夫为人臣而杀其主，杀其已降，为政不平，主约不信，天下所不容，大逆无道，罪十也。吾以义兵从诸侯诛残贼，使刑余罪人击公，何苦乃与公挑战！”羽大怒，伏弩射中汉王。汉王伤胸，乃扪足曰：“虏中吾指！”汉王病创卧，张良强请汉王起行劳军，以安士卒，毋令楚乘胜。汉王出行军，疾甚，因驰入成皋。

十一月，韩信与灌婴击破楚军，杀楚将龙且，追至城阳，虏齐王广。齐相田横自立为齐王，奔彭越。汉立张耳为赵王。汉王疾愈，西入关，至栎阳，存问父老，置酒。枭故塞王欣头栎阳市。留四日，复如军，军广武。关中兵益出，而彭越、田横居梁地，往来苦楚兵，绝其粮食。韩信已破齐，使人言曰：“齐边楚，权轻，不为假王，恐不能安齐。”汉王怒，欲攻之。张良曰：“不如因而立之，使自为守。”春二月，遣张良操印，立韩信为齐王。秋七月，立黥布为淮南王。八月，初为算赋。北貉、燕人来致枭骑助汉。汉王下令：军士不幸死者，吏为衣衾棺敛，转送其家。四方归心焉。

项羽自知少助食尽，韩信又进兵击楚，羽患之。汉遣陆贾说羽，请太公，羽弗听。汉复使侯公说羽，羽乃与汉约，中分天下，割鸿沟以西为汉，以东为楚。九月，归太公、吕后，军皆称万岁。乃封侯公为平国君。羽解而东归。汉王欲西归，张良、陈平谏曰：“今汉有天下太半，而诸侯皆附，楚兵罢食尽，此天亡之时，不因其几而遂取之，所谓养虎自遗患也。”汉王从之。

卷一下

高帝纪第一下

五年冬十月，汉王追项羽至阳夏南，止。军与齐王信、魏相国越期，会击楚。至固陵，不会。楚击汉军，大破之，汉王复入壁，深堑而守。谓张良曰：“诸侯不从，奈何？”良对曰：“楚兵且破，未有分地，其不至固宜。君王能与共天下，可立致也。齐王信之立，非君王意，信亦不自坚。彭越本定梁地，始，君王以魏豹故，拜越为相国，今豹死，越亦望王，而君王不早定。今能取睢阳以北至谷城，皆以王彭越；从陈以东傅海与齐王信，信家在楚，其意欲复得故邑。能出捐此地以许两人，使各自为战，则楚易败也。”于是汉王发使使韩信、彭越。至，皆引兵来。十一月，刘贾入楚地，围寿春。汉亦遣人诱楚大司马周殷。殷畔楚，以舒屠六，举九江兵迎黥布，并行屠城父，随刘贾皆会。十二月，围羽垓下。羽夜闻汉军四面皆楚歌，知尽得楚地。羽与数百骑走，是以兵大败。灌婴追斩羽东城。楚地悉定，独鲁不下。汉王引天下兵欲屠之，为其守节礼义之国，乃持羽头示其父兄，鲁乃降。初，怀王封羽为鲁公，及死，鲁又为之坚守，故以鲁公葬羽于谷城。汉王为发丧，哭临而去。封项伯等四人为列侯，赐姓刘氏。诸民略在楚者皆归之。汉王还至定陶，驰入齐王信壁，夺其军。初项羽所立临江王共敖前死，子尉嗣立为王，不降。遣卢绾、刘贾击虏尉。

春正月，追尊兄伯号曰武哀侯。下令曰："楚地已定，义帝亡后，欲存恤楚众，以定其主。齐王信习楚风俗，更立为楚王，王淮北，都下邳。魏相国建城侯彭越勤劳魏民，卑下士卒，常以少击众，数破楚军，其以魏故地王之，号曰梁王，都定陶。"又曰："兵不得休八年，万民与苦甚，今天下事毕，其赦天下殊死以下。"

于是诸侯上疏曰："楚王韩信、韩王信、淮南王英布、梁王彭越、故衡山王吴芮、赵王张敖、燕王臧荼昧死再拜言大王陛下：先时，秦为亡道，天下诛之。大王先得秦王，定关中，于天下功最多。存亡定危，救败继绝，以安万民，功盛德厚。又加惠于诸侯王有功者，使得立社稷。地分已定，而位号比拟，亡上下之分。大王功德之著，于后世不宣，昧死再拜上皇帝尊号。"汉王曰："寡人闻帝者，贤者有也，虚言亡实之名，非所取也。今诸侯王皆推高寡人，将何以处之哉？"诸侯王皆曰："大王起于细微，灭乱秦，威动海内。又以辟陋之地，自汉中行威德，诛不义，立有功，平定海内，功臣皆受地食邑，非私之也。大王德施四海，诸侯王不足以道之，居帝位甚实宜，愿大王以幸天下。"汉王曰："诸侯王幸以为便于天下之民，则可矣。"于是诸侯王及太尉长安侯臣绾等三百人，与博士稷嗣君叔孙通谨择良日二月甲午，上尊号。汉王即皇帝位于汜水之阳。尊王后曰皇后，太子曰皇太子，追尊先媪曰昭灵夫人。

诏曰："故衡山王吴芮与子二人、兄子一人，从百粤之兵，以佐诸侯，诛暴秦，有大功，诸侯立以为王。项羽侵夺之地，谓之番君。其以长沙、豫章、象郡、桂林、南海立番君芮为长沙王。"又曰："故粤王亡诸世奉粤祀，秦侵夺其地，使其社稷不得血食。诸侯伐秦，亡诸身帅闽中兵以佐灭秦，项羽废而弗立。今以为闽粤王，王闽中地，勿使失职。"

帝乃西都洛阳。夏五月，兵皆罢归家。诏曰："诸侯子在关中者，复之十二岁，其归者，半之。民前或相聚保山泽，不书名数，今天下已定，令各归其县，复故爵田宅，吏以文法教训辨告，勿笞辱。民以饥饿自卖为人奴婢者，皆免为庶人。军吏卒会赦，其亡罪而亡爵及不满大夫者，皆赐爵为大夫。故大夫以上，赐爵各一级。其七大夫以上，皆令食邑；非七大夫以下，皆复其身及户，勿事。"又曰："七大夫、公乘以上，皆高爵也。诸侯子及从军归者，甚多高爵，吾数诏吏先与田宅，及所当求于吏者，亟与。爵或人君，上所尊礼，久立吏前，曾不为决，甚亡谓也。异日秦民爵公大夫以上，令丞与亢礼。今吾于爵非轻也。吏独安取此！且法以有功劳行田宅，今小吏未尝从军者多满，而有功者顾不得，背公立私，守尉长吏教训甚不善。其令诸吏善遇高爵，称吾意。且廉问，有不如吾诏者，以重论之。"

帝置酒雒阳南宫。上曰："通侯诸将毋敢隐朕，皆言其情。吾所以有天下者何？项氏之所以失天下者何？"高起、王陵对曰："陛下嫚而侮人，项羽仁而敬人。然陛下使人攻城略地，所降下者，因以与之，与天下同利也。项羽妒贤嫉能，有功者害之，贤者疑之，战胜而不与人功，得地而不与人利，此其所以失天下也。"上曰："公知其一，未知其二。夫运筹帷幄之中，决胜千里之外，吾不如子房；填国家，抚百姓，给饷馈，不绝粮道，吾不如萧何；连百万之众，战必胜，攻必取，吾不如韩信。三者皆人杰，吾能用之，此吾所以取天下者也。项羽有一范增而不能用，此所以为我禽也。"群臣说服。初，田横归彭越。项羽已灭，横惧诛，与宾客亡入海。上恐其久为乱，遣使者赦横，曰："横来，大者王，小者侯；不来，且发兵加诛。"横惧，乘传诣雒阳，未至三十里，自杀。上壮其节，为流涕，发卒二千人，以王礼葬焉。戍卒娄敬求见，说上曰："陛下取天下与周异，而都雒阳，不便，不如入关，据秦之固。"上以问张良，良因劝上。是日，车驾西都长安。拜娄敬为奉春君，赐姓刘氏。六月壬辰，大赦天下。秋七月，燕王臧荼反，上自将征之。九月，虏荼。诏诸侯王视有功者立以为燕王。荆王臣信等十人皆曰：“太尉长安侯卢绾功最多，请立以为燕王。”使丞相哙将兵平代地。利几反，上自击破之。利几者，项羽将。羽败，利几为陈令，降，上侯之颍川。上至雒阳，举通侯籍召之，而利几恐，反。后九月，徙诸侯子关中。治长乐宫。

六年冬十月，令天下县邑城。人告楚王信谋反，上问左右，左右争欲击之。用陈平计，乃伪游云梦。十二月，会诸侯于陈，楚王信迎谒，因执之。诏曰：“天下既安，豪杰有功者封侯，新立，未能尽图其功。身居军九年，或未习法令，或以其故犯法，大者死刑，吾甚怜之。其赦天下。”田肯贺上曰：“甚善，陛下得韩信，又治秦中。秦，形胜之国也，带河阻山，县隔千里，持戟百万，秦得百二焉。地势便利，其以下兵于诸侯，譬犹居高屋之上建瓴水也。夫齐，东有琅邪、即墨之饶，南有泰山之固，西有浊河之限，北有勃海之利，地方二千里，持戟百万，县隔千里之外，齐得十二焉，此东西秦也。非亲子弟，莫可使王齐者。”上曰：“善。”赐金五百斤。上还至雒阳，赦韩信，封为淮阴侯。

甲申，始剖符封功臣曹参等为通侯。诏曰：“齐，古之建国也，今为郡县，其复以为诸侯。将军刘贾数有大功，及择宽惠修洁者，王齐、荆地。”春正月丙午，韩王信等奏请以故东阳郡、鄣郡、吴郡五十三县立刘贾为荆王；以砀郡、薛郡、郯郡三十六县立弟文信君交为楚王。壬子，以云中、雁门、代郡五十三县立兄宜信侯喜为代王；以胶东、胶西、临淄、济北、博阳、城阳郡七十三县立子肥为齐王；以太原郡三十一县为韩国，徙韩王信都晋阳。上已封大功臣三十余人，其余争功，未得行封。上居南宫，从复道上见诸将往往耦语，以问张良。良曰：“陛下与此属共取天下，今已为天子，而所封皆故人所爱，所诛皆平生仇怨。今军吏计功，以天下为不足用遍封，而恐以过失及诛，故相聚谋反耳。”上曰：“为之奈何？”良曰：“取上素所不快，计群臣所共知最甚者一人，先封以示群臣。”三月，上置酒，封雍齿，因趣丞相急定功行封。罢酒，群臣皆喜，曰：“雍齿且侯，吾属亡患矣！”上归栎阳，五日一朝太公。太公家令说太公曰：“天亡二日，土亡二王。皇帝虽子，人主也；太公虽父，人臣也。奈何令人主拜人臣！如此，则威重不行。”后上朝，太公拥彗，迎门却行。上大惊，下扶太公。太公曰：“帝，人主，奈何以我乱天下法！”于是上心善家令言，赐黄金五百斤。夏五月丙午，诏曰：“人之至亲，莫亲于父子，故父有天下传归于子，子有天下尊归于父，此人道之极也。前日天下大乱，兵革并起，万民苦殃，朕亲被坚执锐，自帅士卒，犯危难，平暴乱，立诸侯，偃兵息民，天下大安，此皆太公之教训也。诸王、通侯、将军、群卿、大夫已尊朕为皇帝，而太公未有号，今上尊太公曰太上皇。”秋九月，匈奴围韩王信于马邑，信降匈奴。

七年冬十月，上自将击韩王信于铜，斩其将。信亡走匈奴，与其将曼丘臣、王黄共立故赵后赵利为王，收信散兵，与匈奴共距汉。上从晋阳连战，乘胜逐北，至楼烦，会大寒，士卒堕指者什二三。遂至平城，为匈奴所围，七日，用陈平秘计得出。使樊哙留定代地。十二月，上还过赵，不礼赵王。是月，匈奴攻代，代王喜弃国，自归雒阳，赦为合阳侯。辛卯，立子如意为代王。

春，令郎中有罪耐以上，请之。民产子，复勿事二岁。二月，至长安。萧何治未央宫，立东阙、北阙、前殿、武库、大仓。上见其壮丽，甚怒，谓何曰：“天下匈匈，劳苦数岁，成败未可知，是何治宫室过度也！”何曰：“天下方未定，故可因以就宫室。且夫天子以四海为家，非令壮丽亡以重威，且亡令后世有以加也。”上说。自栎阳徙都长安。置宗正官以序九族。夏四月，行如雒阳。

八年冬，上东击韩信余寇于东垣。还过赵，赵相贯高等耻上不礼其王，阴谋欲弑上。上欲宿，心动，问："县名何？"曰："柏人。"上曰："柏人者，迫于人也。"去弗宿。十一月，令士卒从军死者，为槥归其县，县给衣衾棺葬具，祠以少牢，长吏视葬。十二月，行自东垣至。春三月，行如雒阳。令吏卒从军至平城及守城邑者皆复终身勿事。爵非公乘以上毋得冠刘氏冠。贾人毋得衣锦、绣、绮、縠、絺、纻、罽，操兵，乘骑马。秋八月，吏有罪未发觉者，赦之。九月，行自雒阳至。淮南王、梁王、赵王、楚王皆从。

九年冬十月，淮南王、梁王、赵王、楚王朝未央宫，置酒前殿。上奉玉卮为太上皇寿，曰："始大人常以臣亡赖，不能治产业，不如仲力。今某之业所就孰与仲多？"殿上群臣皆称万岁，大笑为乐。十一月，徙齐、楚大族昭氏、屈氏、景氏、怀氏、田氏五姓关中，与利田宅。十二月，行如雒阳。贯高等谋逆发觉，逮捕高等，并捕赵王敖下狱。诏敢有随王，罪三族。郎中田叔、孟舒等十人自髡钳为王家奴，从王就狱。王实不知其谋。春正月，废赵王敖为宣平侯。徙代王如意为赵王，王赵国。丙寅，前有罪殊死以下皆赦之。二月，行自雒阳至。贤赵臣田叔、孟舒等十人，召见与语，汉廷臣无能出其右者。上说，尽拜为郡守、诸侯相。夏六月乙未晦，日有食之。

十年冬十月，淮南王、燕王、荆王、梁王、楚王、齐王、长沙王来朝。夏五月，太上皇后崩。秋七月癸卯，太上皇崩，葬万年。赦栎阳囚死罪以下。八月，令诸侯王皆立太上皇庙于国都。九月，代相国陈豨反。上曰："豨尝为吾使，甚有信。代地吾所急，故封豨为列侯，以相国守代，今乃与王黄等劫掠代地！吏民非有罪也，能去豨、黄来归者，皆赦之。"上自东，至邯郸。上喜曰："豨不南据邯郸而阻漳水，吾知其亡能为矣。"赵相周昌奏常山二十五城亡其二十城，请诛守、尉。上曰："守、尉反乎？"对曰："不。"上曰："是力不足，亡罪。"上令周昌选赵壮士可令将者，白见四人。上谩骂曰："竖子能为将乎！"四人惭，皆伏地。上封各千户，以为将。左右谏曰："从入蜀、汉，伐楚，赏未遍行，今封此，何功？"上曰："非汝所知。豨反，赵、代地皆豨有。吾以羽檄征天下兵，未有至者，今计唯独邯郸中兵耳。吾何爱四千户，不台慰赵子弟！"皆曰："善。"又求："乐毅有后乎？"得其孙叔，封之乐乡，号华成君。问豨将，皆故贾人。上曰："吾知与之矣。"乃多以金购豨将，豨将多降。

十一年冬，上在邯郸。豨将侯敞将万余人游行，王黄将骑千余军曲逆，张春将卒万余人渡河攻聊城。汉将军郭蒙与齐将击，大破之。太尉周勃道太原入定代地，至马邑，马邑不下，攻残之。豨将赵利守东垣，高祖攻之不下。卒骂，上怒。城降，卒骂者斩之。诸县坚守不降反寇者，复租赋三岁。春正月，淮阴侯韩信谋反长安，夷三族。将军柴武斩韩王信于参合。上还雒阳。诏曰："代地居常山之北，与夷狄边，赵乃从山南有之，远，数有胡寇，难以为国。颇取山南太原之地益属代，代之云中以西为云中郡，则代受边寇益少矣。王、相国、通侯、吏二千石择可立为代王者。"燕王绾、相国何等三十三人皆曰："子恒贤知温良，请立以为代王，都晋阳。"大赦天下。二月，诏曰："欲省赋甚。今献未有程，吏或多赋以为献，而诸侯王尤多，民疾之。令诸侯王、通侯常以十月朝献、及郡各以其口数率，人岁六十三钱，以给献费。"又曰："盖闻王者莫高于周文，伯者莫高于齐桓，皆待贤人而成名。今天下贤者智能，岂特古之人乎？患在人主不交故也，士奚由进！今吾以天之灵，贤士大夫定有天下，以为一家，欲其长久，世世奉宗庙亡绝也。贤人已与我共平之矣，而不与吾共安利之，可乎？贤士大夫有肯从我游者，吾能尊显之。布告天下，使明知朕意。御史大夫昌下相国，相国酂侯下诸侯王，御史中执法下郡守，其有意称明德者，必身劝，为之驾，遣诣相国府，署行、义、年。有而弗言，觉，免年老癃病，勿遣。"三月，梁王彭越谋反，夷三族。诏曰："择可以为梁王、淮阳王者。"燕王绾、相国何等请立子恢为梁王，子友为淮阳王。罢东郡，颇益梁；罢颍川郡，颇益淮阳。夏四月，行自雒阳至。令丰人徙关中者皆复终身。五月，诏曰："粤人之俗，好相攻击，前时秦徙中县之民南方三郡，使与百粤杂处。会天下诛秦，南海尉它居南方长治之，甚有文理，中县人以故不耗减，粤人相攻击之俗益止，俱赖其力。今立它为南粤王。"使陆贾即授玺、绶。它稽首称臣。

六月，令士卒从入蜀、汉、关中者皆复终身。

秋七月，淮南王布反。上问诸将，滕公言故楚令尹薛公有筹策。上召见，薛公言布形势，上善之，封薛公千户。诏王、相国择可立为淮南王者，群臣请立子长为王。上乃发上郡、北地、陇西车骑，巴、蜀材官及中尉卒三万人为皇太子卫，军霸上。布果如薛公言，东击杀荆王刘贾，劫其兵，度淮击楚，楚王交走入薛。上赦天下死罪以下，皆令从军；征诸侯兵，上自将以击布。十二年冬十月，上破布军于会缶。布走，令别将追之。上还，过沛，留，置酒沛宫，悉召故人父老子弟佐酒。发沛中儿得百二十人，教之歌。酒酣，上击筑，自歌曰："大风起兮云飞扬，威加海内兮归故乡，安得猛士兮守四方！"令儿皆和习之。上乃起舞，慷慨伤怀，泣数行下。谓沛父兄曰："游子悲故乡。吾虽都关中，万岁之后吾魂魄犹思乐沛。且朕自沛公以诛暴逆，遂有天下，其以沛为朕汤沐邑，复其民，世世无有所与。"沛父老诸母故人日乐饮极欢，道旧故为笑乐。十余日，上欲去，沛父兄固请。上曰："吾人众多，父兄不能给。"乃去。沛中空县皆之邑西献。上留止，张饮三日。沛父兄皆顿首曰："沛幸得复，丰未得，唯陛下哀矜。"上曰："丰者，吾所生长，极不忘耳。吾特以其为雍齿故反我为魏。"沛父兄固请之，乃并复丰，比沛。汉别将击布军洮水南北，皆大破之，追斩布番阳。周勃定代，斩陈豨于当城。诏曰："吴，古之建国也。日者荆王兼有其地，今死亡后。朕欲复立吴王，其议可者。"长沙王臣等言："沛侯濞重厚，请立为吴王。"已拜，上召谓濞曰："汝状有反相。"因拊其背，曰："汉后五十年东南有乱，岂汝邪？然天下同姓一家，汝慎毋反。"濞顿首曰："不敢。"

十一月，行自淮南还。过鲁，以大牢祠孔子。十二月，诏曰："秦皇帝、楚隐王、魏安釐王、齐愍王、赵悼襄王皆绝亡后。其与秦始皇帝守冢二十家，楚、魏、齐各十家，赵及魏公子亡忌各五家，令视其冢，复，亡与它事"。

陈豨降将言豨反时燕王卢绾使人之豨所阴谋。上使辟阳侯审食其迎绾，绾称疾。食其言绾反有端。春二月，使樊哙、周勃将兵击绾。诏曰："燕王绾与吾有故，爱之如子，闻与陈豨有谋，吾以为亡有，故使人迎绾。绾称疾不来，谋反明矣。燕吏民非有罪也，赐其吏六百石以上爵各一级。与绾居，去来归者赦之，加爵亦一级。"诏诸侯王议可立为燕王者。长沙王臣等请立子建为燕王。诏曰："南武侯织亦粤之世也，立以为南海王。"三月，诏曰："吾立为天子，帝有天下，十二年于今矣。与天下之豪士贤大夫共定天下，同安辑之。其有功者上致之王，次为列侯，下乃食邑。而重臣之亲，或为列侯，皆令自置吏，得赋敛，女子公主。为列侯食邑者，皆佩之印，赐大第室。吏二千石，徙之长安，受小第室。入蜀、汉定三秦者，皆世世复。吾于天下贤士功臣，可谓亡负矣。其有不义背天子擅起兵者，与天下共伐诛之。布告天下，使明知朕意。"

上击布时，为流矢所中，行道疾。疾甚，吕后迎良医。医入见，上问医。曰："疾可治不？"医曰："可治。"于是上谩骂之，曰："吾以布衣提三尺取天下，此非天命乎？命乃在天，虽扁鹊何益！"遂不使治疾，赐黄金五十斤，罢之。吕后问曰："陛下百岁后，萧相国既死，谁令代之？"上曰："曹参可。"问其次，曰："王陵可，然少戆，陈平可以助之。陈平知有余，然难独任。周勃重厚少文，然安刘氏者必勃也，可令为太尉。"吕后复问其次，上曰："此后亦非乃所知也。"卢绾与数千人居塞下候伺，幸上疾愈，自入谢。夏四月甲辰，帝崩于长乐宫。卢绾闻之，遂亡入匈奴。吕后与审食其谋曰："诸将故与帝为编户民，北面为臣，心常鞅鞅，今乃事少主，非尽族是，天下不安。"以故不发丧。人或闻，以语郦商。郦商见审食其曰："闻帝已崩四日，不发丧，欲诛诸将。诚如此，天下危矣。陈平、灌婴将十万守荥阳，樊哙、周勃将二十万定燕代，此闻帝崩，诸将皆诛，必连兵还向，以攻关中。大臣内畔，诸将外反，亡可跷足待也。"审食其入言之，乃以丁未发丧，大赦天下。五月丙寅，葬长陵。已下，皇太子、群臣皆反至太上皇庙。群臣曰："帝起细微，拨乱世反之正，平定天下，为汉太祖，功最高。"上尊号曰高皇帝。

初，高祖不修文学，而性明达，好谋，能听，自监门戍卒，见之如旧。初顺民心作三章之约。天下既定，命萧何次律令，韩信申军法，张苍定章程，叔孙通制礼仪，陆贾造《新语》。又与功臣剖符作誓，丹书铁契，金匮石室，藏之宗庙。虽日不暇给，规摹弘远矣。

赞曰：《春秋》晋史蔡墨有言：陶唐氏既衰，其后有刘累，学扰龙，事孔甲，范氏其后也。而大夫范宣子亦曰："祖自虞以上为陶唐氏，在夏为御龙氏，在商为豕韦氏，在周为唐杜氏，晋主夏盟为范氏。"范氏为晋士师，鲁文公世奔秦。后归于晋，其处者为刘氏。刘向云战国时刘氏自秦获于魏。秦灭魏，迁大梁，都于丰，故周市说雍齿曰："丰，故梁徙也。"是以颂高祖云："汉帝本系，出自唐帝。降及于周，在秦作刘。涉魏而东，遂为丰公。"丰公，盖太上皇父。其迁日浅，坟墓在丰鲜焉。及高祖即位，置祠祀官，则有秦、晋、梁、荆之巫，世祠天地，缀之以祀，岂不信哉！由是推之，汉承尧运，德祚已盛，断蛇著符，旗帜上赤，协于火德，自然之应，得天统矣。

卷二

惠帝纪第二

孝惠皇帝，高祖太子也，母曰吕皇后。帝年五岁，高祖初为汉王。二年，立为太子。十二年四月，高祖崩。五月丙寅，太子即皇帝位，尊皇后曰皇太后。赐民爵一级。中郎、郎中满六岁爵三级，四岁二级。外郎满六岁二级。中郎不满一岁一级。外郎不满二岁赐钱万。宦官尚食比郎中。谒者、执盾、执戟、武士、驺比外郎。太子御骖乘赐爵五大夫，舍人满五岁二级。赐给丧事者，二千石钱二万，六百石以上万，五百石、二百石以下至佐史五千。视作斥上者，将军四十金，二千石二十金，六百石以上六金，五百石以下至佐史二金。减田租，复十五税一。爵五大夫、吏六百石以上及宦皇帝而知名者有罪当盗械者，皆颂系；上造以上及内外公孙、耳孙有罪当刑及当为城旦舂者，皆耐为鬼薪、白粲；民年七十以上若不满十岁有罪当刑者，皆完之。又曰："吏所以治民也，能尽其治则民赖之，故重其禄，所以为民也。今吏六百石以上父母妻子与同居，及故吏尝佩将军、都尉印将兵，及佩二千石官印者，家唯给军赋，他无有所与。"令郡诸侯王立高庙。

元年冬十二月，赵隐王如意薨。民有罪，得买爵三十级以免死罪。赐民爵，户一级。春正月，城长安。

二年冬十月，齐悼惠王来朝，献城阳郡以益鲁元公主邑，尊公主为太后。春正月癸酉，有两龙见兰陵家人井中，乙亥夕而不见。陇西地震。夏旱郃阳侯仲薨。秋七月辛未，相国何薨。

三年春，发长安六百里内男女十四万六千人城长安，三十日罢。以宗室女为公主，嫁匈奴单于。夏五月，立闽越君摇为东海王。六月，发诸侯王、列侯徒隶二万人城长安。秋七月，都厩灾。南越王赵佗称臣奉贡。

四年冬十月壬寅，立皇后张氏。春正月，举民孝弟力田者复其身。三月甲子，皇帝冠，赦天下。省法令妨吏民者；除挟书律。长乐宫鸿台灾。宜阳雨血。秋七月乙亥，未央宫凌室灾；丙子，织室灾。

五年冬十月，雷；桃李花，枣实。春正月，复发长安六百里内男女十四万五千人城长安，三十日罢。夏，大旱。秋八月己丑，相国参薨。九月，长安城成。赐民爵，户一级。

六年冬十月辛丑，齐王肥薨。令民得卖爵。女子年十五以上至三十不嫁，五算。夏六月，舞阳侯哙薨。起长安西市，修敖仓。

七年冬十月，发车骑、材官诣荥阳，太尉灌婴将。春正月辛丑朔，日有蚀之。夏五月丁卯，日有蚀之，既。秋八月戊寅，帝崩于未央宫。九月辛丑，葬安陵。

赞曰：孝惠内修亲亲，外礼宰相，优宠齐悼、赵隐，恩敬笃矣。闻叔孙通之谏则惧然，纳曹相国之对而心说，可谓宽仁之主。遭吕太后亏损至德，悲夫！

卷三

高后纪第三

高皇后吕氏，生惠帝。佐高祖定天下，父兄及高祖而侯者三人。惠帝即位，尊吕后为太后。太后立帝姊鲁元公主女为皇后，无子，取后宫美人子名之以为太子。惠帝崩，太子立为皇帝，年幼，太后临朝称制，大赦天下。乃立兄子吕台、产、禄、台子通四人为王，封诸吕六人为列侯。语在《外戚传》。

元年春正月，诏曰："前日孝惠皇帝言欲除三族罪、妖言令，议未决而崩，今除之。"二月，赐民爵，户一级。初置孝弟力田二千石者一人。夏五月丙申，赵王宫丛台灾。立孝惠后宫子强为淮阳王，不疑为恒山王，弘为襄城侯，朝为轵侯，武为壶关侯。秋，桃李花。

二年春，诏曰："高皇帝匡饬天下，诸有功者皆受分地为列侯，万民大安，莫不受休德。朕思念至于久远而功名不著，亡以尊大谊，施后世。今欲差次列侯功以定朝位，臧于高庙，世世勿绝，嗣子各袭其功位。其与列侯议定奏之。”丞相臣平言：“谨与绛侯臣勃、曲周侯臣商、颍阴侯臣婴、安国侯臣陵等议:列侯幸得赐餐钱奉邑，陛下加惠，以功次定朝位，臣请臧高庙。”奏可。春正月乙卯，地震，羌道、武都道山崩。夏六月丙戌晦，日有蚀之。秋七月，恒山王不疑薨。行八铢钱。

三年夏，江水、汉水溢，流民四千余家。秋，星昼见。四年夏，少帝自知非皇后子，出怨言，皇太后幽之永巷。诏曰：“凡有天下治万民者，盖之如天，容之如地；上有欢心以使百姓，百姓欣然以事其上，欢欣交通而天下治。今皇帝疾久不已，乃失惑昏乱，不能继嗣奉宗庙，守祭祀，不可属天下。其议代之。”群臣皆曰：“皇太后为天下计，所以安宗庙社稷甚深。顿首奉诏。”五月丙辰，立恒山王弘为皇帝。

五年春，南粤王尉佗自称南武帝。秋八月，淮阳王强薨。九月，发河东、上党骑屯北地。

六年春，星昼见。夏四月，赦天下。秩长陵令二千石。六月，城长陵。匈奴寇狄道，攻阿阳。行五分钱。

七年冬十二月，匈奴寇狄道，略二千余人。春正月丁丑，赵王友幽死于邸。己丑晦，日有蚀之，既。以梁王吕产为相国，赵王禄为上将军。立营陵侯刘泽为琅邪王。夏五月辛未，诏曰：“昭灵夫人，太上皇妃也；武哀侯、宣夫人，高皇帝兄姊也。号谥不称，其议尊号。”丞相臣平等请尊昭灵夫人曰昭灵后，武哀侯曰武哀王，宣夫人曰昭哀后。六月，赵王恢自杀。秋九月，燕王建薨。南越侵盗长沙，遣隆虑侯灶将兵击之。

八年春，封中谒者张释卿为列侯。诸中官、宦者令、丞皆赐爵关内侯，食邑。夏，江水、汉水溢，流万余家。秋七月辛巳，皇太后崩于未央宫。遗诏赐诸侯王各千金，将、相、列侯下至郎吏各有差。大赦天下。上将军禄、相国产专兵秉政，自知背高皇帝约，恐为大臣、诸侯王所诛，因谋作乱。时齐悼惠王子朱虚侯章在京师，以禄女为妇，知其谋，乃使人告兄齐王，令发兵西。章欲与太尉勃、丞相平为内应，以诛诸吕。齐王遂发兵，又诈琅邪王泽发其国兵，并将而西。产、禄等遣大将军灌婴将兵击之。婴至荥阳，使人谕齐王与连和，待吕氏变而共诛之。太尉勃与丞相平谋，以曲周侯郦商子寄与禄善，使人劫商令寄绐说禄曰：“高帝与吕后共定天下，刘氏所立九王，吕氏所立三王，皆大臣之议。事已布告诸侯王，诸侯王以为宜。今太后崩，帝少。足下不急之国守藩，乃为上将将兵留此，为大臣诸侯所疑。何不速归将军印，以兵属太尉，请梁王亦归相国印，与大臣盟而之国？齐兵必罢，大臣得安，足下高枕而王千里，此万世之利也。”禄然其计，使人报产及诸吕老人。或以为不便，计犹豫未有所决。禄信寄，与俱出游，过其姑吕媭。媭怒曰:“汝为将而弃军，吕氏今无处矣！”乃悉出珠玉宝器散堂下，曰:“无为它人守也！”

八月庚申，平阳侯窋行御史大夫事，见相国产计事。郎中令贾寿使从齐来，因数产曰：“王不早之国，今虽欲行，尚可得邪？”具以灌婴与齐、楚合从状告产。平阳侯闻其语，驰告丞相平、太尉勃。勃欲入北军，不得入。襄平侯纪通尚符节，乃令持节矫内勃北军。勃复令郦寄、典客刘揭说禄，曰：“帝使太尉守北军，欲令足下之国，急归将印，辞去。不然，祸且起。”禄遂解印属典客，而以兵授太尉勃。勃入军门，行令军中曰：“为吕氏右袒，为刘氏左袒。”军皆左袒。勃遂将北军。然尚有南军，丞相平召朱虚侯章佐勃。勃令章监军门，令平阳侯告卫尉，毋内相国产殿门。产不知禄已去北军，入未央宫欲为乱。殿门弗内，徘徊往来。平阳侯驰语太尉勃，勃尚恐不胜，未敢诵言诛之，乃谓朱虚侯章曰：“急入宫卫帝。”章从勃请卒千人，入未央宫掖门，见产廷中。餔时，遂击产，产走。天大风，从官乱，莫敢斗者。逐产，杀之郎中府吏舍厕中。章已杀产，帝令谒者持节劳章。章欲夺节，谒者不肯，章乃从与载，因节信驰斩长乐卫尉吕更始。还入北军，复报太尉勃。勃起拜贺章，曰："所患独产，今已诛，天下定矣。"辛酉，斩吕禄，笞杀吕媭。分部悉捕诸吕男女，无少长皆斩之。

大臣相与阴谋，以为少帝及三弟为王者皆非孝惠子，复共诛之，尊立文帝。语在《周勃》、《高五王传》。

赞曰：孝惠、高后之时，海内得离战国之苦，君臣俱欲无为，故惠帝拱己，高后女主制政，不出房闼，而天下晏然，刑罚罕用，民务稼穑，衣食滋殖。

卷四

文帝纪第四

孝文皇帝，高祖中子也，母曰薄姬。高祖十一年，诛陈豨，定代地，立为代王，都中都。十七年秋，高后崩，诸吕谋为乱，欲危刘氏。丞相陈平、太尉周勃、朱虚侯刘章等共诛之，谋立代王。语在《高后纪》、《高五王传》。

大臣遂使人迎代王。郎中令张武等议，皆曰："汉大臣皆故高帝时将，习兵事，多谋诈，其属意非止此也，特畏高帝、吕太后威耳。今已诛诸吕，新喋血京师，以迎大王为名，实不可信。愿称疾无往，以观其变。"中尉宋昌进曰："群臣之议皆非也。夫秦失其政，豪杰并起，人人自以为得之者以万数，然卒践天子位者，刘氏也，天下绝望，一矣。高帝王子弟，地犬牙相制，所谓盘石之宗也，天下服其强，二矣。汉兴，除秦烦苛，约法令，施德惠，人人自安，难动摇，三矣。夫以吕太后之严，立诸吕为三王，擅权专制，然而太尉以一节入北军，一呼士皆袒左，为刘氏，畔诸吕，卒以灭之。此乃天授，非人力也。今大臣虽欲为变，百姓弗为使，其党宁能专一邪？内有朱虚、东牟之亲，外畏吴、楚、淮南、琅邪、齐、代之强。方今高帝子独淮南王与大王，大王又长，贤圣仁孝闻于天下，故大臣因天下之心而欲迎立大王，大王勿疑也。"代王报太后，计犹豫未定。卜之，兆得大横。占曰："大横庚庚，余为天王，夏启以光。"代王曰："寡人固已为王，又何王乎？"卜人曰："所谓天王者，乃天子也。"于是代王乃遣太后弟薄昭见太尉勃，勃等具言所以迎立王者。昭还报曰："信矣，无可疑者。"代王笑谓宋昌曰："果如公言。"乃令宋昌骖乘，张武等六人乘六乘传，诣长安，至高陵止，而使宋昌先之长安观变。昌至渭桥，丞相已下皆迎。

昌还报，代王乃进至渭桥。群臣拜谒称臣，代王下拜。太尉勃进曰："愿请间。"宋昌曰："所言公，公言之；所言私，王者无私。"太尉勃乃跪上天子玺。代王谢曰："至邸而议之。"闰月己酉，入代邸。群臣从至，上议曰："丞相臣平、太尉臣勃、大将军臣武、御史大夫臣苍、宗正臣郢、朱虚侯臣章、东牟侯臣兴居、典客臣揭再拜言大王足下：子弘等皆非孝惠皇帝子，不当奉宗庙。臣谨请阴安侯、顷王后、琅邪王、列侯、吏二千石议，大王高皇帝子，宜为嗣，愿大王即天子位。"代王曰："奉高帝宗庙，重事也。寡人不佞，不足以称。愿请楚王计宜者，寡人弗敢当。"群臣皆伏，固请。代王西向让者三，南向让者再。丞相平等皆曰："臣伏计之，大王奉高祖宗庙最宜称，虽天下诸侯万民皆以为宜。臣等为宗庙、社稷计，不敢忽。愿大王幸听臣等。臣谨奉天子玺符再拜上。"代王曰："宗室将相王列侯以为其宜寡人，寡人不敢辞。"遂即天子位。群臣以次侍。使太仆婴、东牟侯兴居先清宫，奉天子法驾迎代邸。皇帝即日夕入未央宫。夜拜宋昌为卫将军，领南北军。张武为郎中令，行殿中。还坐前殿，下诏曰："制诏丞相、太尉、御史大夫：间者诸吕用事擅权，谋为大逆，欲危刘氏宗庙，赖将相列侯宗室大臣诛之，皆伏其辜。朕初即位，其赦天下，赐民爵一级，女子百户牛酒，酺五日。"

元年冬十月辛亥，皇帝见于高庙。遣车骑将军薄昭迎皇太后于代。诏曰："前吕产自置为相国，吕禄为上将军，擅遣将军灌婴将兵击齐，欲代刘氏。婴留荥阳，与诸侯合谋以诛吕氏。吕产欲为不善，丞相平与太尉勃等谋夺产等军。朱虚侯章首先捕斩产。太尉勃身率襄平侯通持节承诏入北军。典客揭夺吕禄印。其益封太尉勃邑万户，赐金五千斤。丞相平、将军婴邑各三千户，金二千斤。朱虚侯章、襄平侯通邑各二千户，金千斤。封典客揭为阳信侯，赐金千斤。"十二月，立赵幽王子遂为赵王，徙琅邪王泽为燕王。吕氏所夺齐、楚地皆归之。尽除收帑相坐律令。

正月，有司请早建太子，所以尊宗庙也。诏曰："朕既不德，上帝神明未歆飨也，天下民未有惬志。今纵不能博求天下贤圣有德之人而嬗天下焉，而曰豫建太子，是重吾不德也。谓天下何？其安之。"有司曰："豫建太子，所以重宗庙社稷，不忘天下也。"上曰："楚王，季父也，春秋高，阅天下之义理多矣，明于国家之体。吴王于朕，兄也；淮南王，弟也：皆秉德以陪朕，岂为不豫哉！诸侯王宗室昆弟有功臣，多贤及有德义者，若举有德以陪朕之不能终，是社稷之灵，天下之福也。今不选举焉，而曰必子，人其以朕为忘贤有德者而专于子，非所以忧天下也。朕甚不取。"有司固请曰："古者殷、周有国，治安皆且千岁，有天下者莫长焉，用此道也。立嗣必子，所从来远矣。高帝始平天下，建诸侯，为帝者太祖。诸侯王列侯始受国者亦皆为其国祖。子孙继嗣，世世不绝，天下之大义也。故高帝设之以抚海内。今释宜建而更选于诸侯宗室，非高帝之志也，更议不宜。子启最长，敦厚慈仁，请建以为太子。"上乃许之。因赐天下民当为父后者爵一级。封将军薄昭为轵侯。

三月，有司请立皇后。皇太后曰："立太子母窦氏为皇后。"诏曰："方春和时，草木群生之物皆有以自乐，而吾百姓鳏寡孤独穷困之人或阽于死亡，而莫之省忧。为民父母将何如？其议所以振贷之。"又曰："老者非帛不暖，非肉不饱。今岁首，不时使人存问长老，又无布帛酒肉之赐，将何以佐天下子孙孝养其亲？今闻吏禀当受鬻者，或以陈粟，岂称养老之意哉！具为令。"有司请令县道，年八十已上，赐米人月一石，肉二十斤，酒五斗。其九十已上，又赐帛人二匹，絮三斤。赐物及当禀鬻米者，长吏阅视，丞若尉致。不满九十，啬夫、令史致。二千石遣都吏循行，不称者督之。刑者及有罪耐以上，不用此令。楚元王交薨。四月，齐、楚地震，二十九山同日崩，大水溃出。六月，令郡国无来献。施惠天下，诸侯、四夷，远近欢洽。乃修代来功。诏曰："方大臣诛诸吕迎朕，朕狐疑，皆止朕，唯中尉宋昌劝朕，朕已得保宗庙。以尊昌为卫将军，其封昌为壮武侯。诸从朕六人，官皆至九卿。"又曰："列侯从高帝入蜀汉者六十八人益邑各三百户，吏二千石以上从高帝颍川守尊等十人食邑六百户，淮阳守申屠嘉等十人五百户，卫尉足等十人四百户。"封淮南王舅赵兼为周阳侯，齐王舅驷钧为靖郭侯，故常山丞相蔡兼为樊侯。

二年冬十月，丞相陈平薨。诏曰："朕闻古者诸侯建国千余，各守其地，以时入贡，民不劳苦，上下欢欣，靡有违德。今列侯多居长安，邑远，吏卒给输费苦，而列侯亦无由教训其民。其令列侯之国，为吏及诏所止者，遣太子。”十一月癸卯晦，日有食之。诏曰：“朕闻之，天生民，为之置君以养治之。人主不德，布政不均，则天示之灾以戒不治。乃十一月晦，日有食之，适见于天，灾孰大焉！朕获保宗庙，以微眇之身托于士民君王之上，天下治乱，在予一人，唯二三执政犹吾股肱也。朕下不能治育群生，上以累三光之明，其不德大矣。令至，其悉思朕之过失，及知见之所不及，丐以启告朕。及举贤良方正能直言极谏者，以匡朕之不逮。因各敕以职任，务省徭费以便民。朕既不能远德，故憪然念外人之有非，是以设备未息。今纵不能罢边屯戍，又饬兵厚卫，其罢卫将军军。太仆见马遗才足，余皆以给传置。”

春正月丁亥，诏曰：“夫农，天下之本也，其开籍田，朕亲率耕，以给宗庙粢盛。民谪作县官及贷种食未入、入未备者，皆赦之。”三月，有司请立皇子为诸侯王。诏曰：“前赵幽王幽死，朕甚怜之，已立其太子遂为赵王。遂弟辟强及齐悼惠王子朱虚侯章、东牟侯兴居有功，可王。”乃遂立辟强为河间王，章为城阳王，兴居为济北王。因立皇子武为代王，参为太原王，揖为梁王。五月，诏曰：“古之治天下，朝有进善之旌，诽谤之木，所以通治道而来谏者也，今法有诽谤、妖言之罪，是使众臣不敢尽情，而上无由闻过失也。将何以来远方之贤良？其除之。民或祝诅上，以相约而后相谩，吏以为大逆，其有他言，吏又以为诽谤。此细民之愚无知抵死，朕甚不取。自今以来，有犯此者勿听治。”九月，初与郡守为铜虎符、竹使符。诏曰：“农，天下之大本也，民所恃以生也，而民或不务本而事末，故生不遂。朕忧其然，故今兹亲率群臣农以劝之。其赐天下民今年田租之半。”

三年冬十月丁酉晦，日有食之。十一月丁卯晦，日有蚀之。诏曰：“前日诏遣列侯之国，辞未行。丞相朕之所重，其为朕率列侯之国。”遂免丞相勃，遣就国。十二月，太尉颍阴侯婴为丞相。罢太尉官，属丞相。夏四月，城阳王章薨。淮南王长杀辟阳侯审食其。五月，匈奴入居北地、河南为寇。上幸甘泉，遣丞相灌婴击匈奴，匈奴去。发中尉材官属卫将军，军长安。上自甘泉之高奴，因幸太原，见故群臣，皆赐之。举功行赏，诸民里赐牛、酒。复晋阳、中都民三岁租。留游太原十余日。济北王兴居闻帝之代欲自击匈奴，乃反，发兵欲袭荥阳。于是诏罢丞相兵，以棘蒲侯柴武为大将军，将四将军十万众击之。祁侯缯贺为将军，军荥阳。秋七月，上自太原至长安。诏曰：“济北王背德反上，诖误吏民，为大逆。济北吏民，兵未至先自定及以军、城邑降者，皆赦之，复官爵。与王兴居居，去来者，亦赦之。”八月，虏济北王兴居，自杀。赦诸与兴居反者。

四年冬十二月，丞相灌婴薨。夏五月，复诸刘有属籍，家无所与。赐诸侯王子邑各二千户。秋九月，封齐悼惠王子七人为列侯。绛侯周勃有罪，逮诣廷尉诏狱。作顾成庙。

五年春二月，地震。夏四月，除盗铸钱令，更造四铢钱。

六年冬十月，桃、李花。十一月，淮南王长谋反，废迁蜀严道，死雍。

七年冬十月，令列侯太夫人、夫人、诸侯王子及吏二千石无得擅征捕。夏四月，赦天下。六月癸酉，未央宫东阙罘罳灾。

八年夏，封淮南厉王长子四人为列侯。有长星出于东方。

九年春，大旱。

十年冬，行幸甘泉。将军薄昭死。

十一年冬十一月，行幸代。春正月，上自代还。夏六月，梁王揖薨。匈奴寇狄道。

十二年冬十二月，河决东郡。春正月，赐诸侯王女邑各二千户。二月，出孝惠皇帝后宫美人，令得嫁。三月，除关无用传。诏曰：“道民之路，在于务本。朕亲率天下农，十年于今，而野不加辟。岁一不登，民有饥色，是从事焉尚寡，而吏未加务也。

吾诏书数下，岁劝民种树，而功未兴，是吏奉吾诏不勤，而劝民不明也。且吾农民甚苦，而吏莫之省，将何以劝焉？其赐农民今年租税之半。”又曰：“孝悌，天下之大顺也；力田，为生之本也；三老，众民之师也；廉吏，民之表也。朕甚嘉此二三大夫之行。今万家之县，云无应令，岂实人情？是吏举贤之道未备也。其遣谒者劳赐三老、孝者帛，人五匹；悌者、力田二匹；廉吏二百石以上率百石者三匹。及问民所不便安，而以户口率置三老孝悌力田常员，令各率其意以道民焉。”

十三年春二月甲寅，诏曰：“朕亲率天下农耕以供粢盛，皇后亲桑以奉祭服，其具礼仪。”夏，除秘祝，语在《郊祀志》。五月，除肉刑法，语在《刑法志》。六月，诏曰：“农，天下之本，务莫大焉。今廑身从事，而有租税之赋，是谓本末者无以异也，其于劝农之道未备。其除田之租税。赐天下孤寡布帛絮各有数。”

十四年冬，匈奴寇边，杀北地都尉卬。遣三将军军陇西、北地、上郡，中尉周舍为卫将军，郎中令张武为车骑将军，军渭北，车千乘，骑卒十万人。上亲劳军，勒兵，申教令，赐吏卒。自欲征匈奴，群臣谏，不听。皇太后固要上，乃止。于是以东阳侯张相如为大将军，建成侯董赫、内史栾布皆为将军，击匈奴，匈奴走。春，诏曰：“朕获执牺牲、珪币以事上帝宗庙，十四年于今。历日弥长，以不敏不明而久抚临天下，朕甚自愧。其广增诸祀坛场、珪币。昔先王远施不求其报，望祀不祈其福，右贤左戚，先民后己，至明之极也。今吾闻祠官祝釐，皆归福于朕躬，不为百姓，朕甚愧之。夫以朕之不德，而专享独美其福，百姓不与焉，是重吾不德也。其令祠官致敬，无有所祈。”

十五年春，黄龙见于成纪。上乃下诏议郊祀。公孙臣明服色，新垣平设五庙，语在《郊祀志》。夏四月，上幸雍，始郊见五帝，赦天下。修名山大川尝祀而绝者，有司以岁时致礼。九月，诏诸侯王公卿郡守举贤良能直言极谏者，上亲策之，傅纳以言，语在《晁错传》。

十六年夏四月，上郊祀五帝于渭阳。五月，立齐悼惠王子六人、淮南厉王子三人皆为王。秋九月，得玉杯，刻曰“人主延寿”。令天下大酺，明年改元。

后元年冬十月，新垣平诈觉，谋反，夷三族。春三月，孝惠皇后张氏薨。诏曰：“间者数年比不登，又有水旱疾疫之灾，朕甚忧之。愚而不明，未达其咎。意者朕之政有所失而行有过与？乃天道有不顺，地利或不得，人事多失和，鬼神废不享与？何以致此？将百官之奉养或费，无用之事或多与？何其民食之寡乏也！夫度田非益寡，而计民未加益，以口量地，其于古犹有余，而食之甚不足者，其咎安在？无乃百姓之从事于末以害农者蕃，为酒醪以靡谷者多，六畜之食焉者众与？细大之义，吾未能得其中。其与丞相列侯吏二千石博士议之，有可以佐百姓者，率意远思，无有所隐也。”

二年夏，行幸雍棫阳宫。六月，代王参薨。匈奴和亲。诏曰：“朕既不明，不能远德，使方外之国或不宁息。夫四荒之外不安其生，封圻之内勤劳不处，二者之咎，皆自于朕之德薄而不能达远也。间者累年，匈奴并暴边境，多杀吏民，边臣兵吏又不能谕其内志，以重吾不德。夫久结难连兵，中外之国将何以自宁？今朕夙兴夜寐，勤劳天下，忧苦万民，为之恻怛不安，未尝一日忘于心，故遣使者冠盖相望，结彻于道，以谕朕志于单于。今单于反古之道，计社稷之安，便万民之利，新与朕俱弃细过，偕之大道，结兄弟之义，以全天下元元之民。和亲以定，始于今年。”

三年春二月，行幸代。

四年夏四月丙寅晦，日有蚀之。五月，赦天下。免官奴婢为庶人。行幸雍。

五年春正月，行幸陇西。三月，行幸雍。秋七月，行幸代。

六年冬，匈奴三万骑入上郡，三万骑入云中。以中大夫令免为车骑将军，屯飞狐；故楚相苏意为将军，屯句注；将军张武屯北地；河内太守周亚夫为将军，次细柳；宗正刘礼为将军，次霸上；祝兹侯徐厉为将军，次棘门，以备胡。夏四月，大旱，蝗。令诸侯无入贡，弛山泽，减诸服御，损郎吏员，发仓庾以振民，民得卖爵。

七年夏，六月己亥，帝崩于未央宫。遗诏曰："朕闻之：盖天下万物之萌生，靡不有死。死者天地之理，物之自然，奚可甚哀！当今之世，咸嘉生而恶死，厚葬以破业，重服以伤生，吾甚不取。且朕既不德，无以佐百姓。今崩，又使重服久临，以罹寒暑之数，哀人父子，伤长老之志，损其饮食，绝鬼神之祭祀，以重吾不德，谓天下何！朕获保宗庙，以眇眇之身托于天下君王之上，二十有余年矣。赖天之灵，社稷之福，方内安宁，靡有兵革。朕既不敏，常畏过行，以羞先帝之遗德；惟年之久长，惧于不终。今乃幸以天年得复供养于高庙，朕之不明与嘉之，其奚哀念之有！其令天下吏民，令到出临三日，皆释服。无禁取妇嫁女祠祀饮酒食肉。自当给丧事服临者，皆无践。绖带无过三寸。无布车及兵器。无发民哭临宫殿中。殿中当临者，皆以旦夕各十五举音，礼毕罢。非旦夕临时，禁无得擅哭临。以下，服大红十五日，小红十四日，纤七日，释服。它不在令中者，皆以此令比类从事。布告天下，使明知朕意。霸陵山川因其故，无有所改。归夫人以下至少使。"令中尉亚夫为车骑将军，属国悍为将屯将军，郎中令张武为复土将军，发近县卒万六千人，发内史卒万五千人，臧郭穿复土属将军武。赐诸侯王以下至孝悌力田金钱帛各有数。乙巳，葬霸陵。

赞曰：孝文皇帝即位二十三年，宫室苑囿车骑服御无所增益。有不便，辄弛以利民。尝欲作露台，召匠计之。直百金。上曰："百金，中人十家之产也。吾奉先帝宫室，常恐羞之，何以台为！"身衣弋绨，所幸慎夫人衣不曳地，帷帐无文绣，以示敦朴，为天下先。治霸陵，皆瓦器，不得以金、银、铜、锡为饰，因其山，不起坟。南越尉佗自立为帝，召贵佗兄弟，以德怀之，佗遂称臣。与匈奴结和亲，后而北约入盗，令边备守，不发兵深入，恐烦百姓。吴王诈病不朝，赐以几杖。群臣袁盎等谏说虽切，常假借纳用焉。张武等受赂金钱，觉，更加赏赐，以愧其心。专务以德化民，是以海内殷富，兴于礼义，断狱数百，几致刑措。呜呼，仁哉！

卷五

景帝纪第五

孝景皇帝，文帝太子也。母曰窦皇后。后七年六月，文帝崩。丁未，太子即皇帝位，尊皇太后薄氏曰太皇太后，皇后曰皇太后。九月，有星孛于西方。

元年冬十月，诏曰："盖闻古者祖有功而宗有德，制礼乐各有由。歌者，所以发德也；舞者，所以明功也。高庙酎，奏《武德》、《文始》、《五行》之舞。孝惠庙酎，奏《文始》、《五行》之舞。孝文皇帝临天下，通关梁，不异远方；除诽谤，去肉刑，赏赐长老，收恤孤独，以遂群生；减耆欲，不受献，罪人不帑，不诛亡罪，不私其利也；除宫刑，出美人，重绝人之世也。朕既不敏，弗能胜识。此皆上世之所不及，而孝文皇帝亲行之。德厚侔天地，利泽施四海，靡不获福。明象乎日月，而庙乐不称，朕甚惧焉。其为孝文皇帝庙为《昭德》之舞，以明休德。然后祖宗之功德，施于万世，永永无穷，朕甚嘉之。其与丞相、列侯、中二千石、礼官具礼仪奏。"丞相臣嘉等奏曰："陛下永思孝道，立《昭德》之舞以明孝文皇帝之盛德，皆臣嘉等愚所不及。臣谨议：世功莫大于高皇帝，德莫盛于孝文皇帝。高皇帝庙宜为帝者太祖之庙，孝文皇帝庙宜为帝者太宗之庙。天子宜世世献祖宗之庙。郡国诸侯宜各为孝文皇帝立太宗之庙。诸侯王列侯使者侍祠天子所献祖宗之庙。请宣布天下。"制曰"可"。

春正月，诏曰："间者岁比不登，民多乏食，夭绝天年，朕甚痛之。郡国或硗陋，无所农桑系畜；或地饶广，荐草莽，水泉利，而不得徙。其议民欲徙宽大地者，听之。"夏四月，赦天下。赐民爵一级。遣御史大夫青翟至代下与匈奴和亲。五月，令田半租。秋七月，诏曰："吏受所监临，以饮食免，重；受财物，贱买贵卖，论轻。廷尉与丞相更议著令。"廷尉信谨与丞相议曰："吏及诸有秩受其官属所监、所治、所行、所将，其与饮食，计偿费，勿论。它物，若买故贱，卖故贵，皆坐臧为盗，没入臧县官。吏迁徙免罢受其故官属所将监治送财物，夺爵为士伍，免之。无爵，罚金二斤，令没入所受。有能捕告，畀其所受臧。"

二年冬十二月，有星孛于西南。令天下男子年二十始傅。春三月，立皇子德为河间王，阏为临江王，余为淮阳王，非为汝南王，彭祖为广川王，发为长沙王。夏四月壬午，太皇太后崩。六月，丞相嘉薨。封故相国萧何孙系为列侯。秋，与匈奴和亲。

三年冬十二月，诏曰："襄平侯嘉子恢说不孝，谋反，欲以杀嘉，大逆无道。其赦嘉为襄平侯，及妻子当坐者复故爵。论恢说及妻子如法。"

春正月，淮阳王宫正殿灾。吴王濞、胶西王卬、楚王戊、赵王遂、济南王辟光、菑川王贤、胶东王雄渠皆举兵反。大赦天下。遣太尉亚夫、大将军窦婴将兵击之。斩御史大夫晁错以谢七国。二月壬子晦，日有蚀之。诸将破七国，斩首十余万级。追斩吴王濞于丹徒。胶西王卬、楚王戊、赵王遂、济南王辟光、菑川王贤、胶东王雄渠皆自杀。夏六月，诏曰："乃者吴王濞等为逆，起兵相胁，诖误吏民，吏民不得已。今濞等已灭，吏民当坐濞等及逋逃亡军者，皆赦之。楚元王子艺等与濞等为逆，朕不忍加法，除其籍，毋令污宗室。"立平陆侯刘礼为楚王，续元王后。立皇子端为胶西王，胜为中山王。赐民爵一级。

四年春，复置诸关用传出入。夏四月己巳，立皇子荣为皇太子，彻为胶东王。六月，赦天下，赐民爵一级。秋七月，临江王阏薨。十月戊戌晦，日有蚀之。

五年春正月，作阳陵邑。夏，募民徙阳陵，赐钱二十万。遣公主嫁匈奴单于。

六年冬十二月，雷，霖雨。

秋九月，皇后薄氏废。

七年冬十一月庚寅晦，日有蚀之春正月，废皇太子荣为临江王。二月，罢太尉官。夏四月乙巳，立皇后王氏。丁巳，立胶东王彻为皇太子。赐民为父后者爵一级。

中元年夏四月，赦天下，赐民爵一级。封故御史大夫周苛、周昌孙子为列侯。

二年春二月，令诸侯王薨、列侯初封及之国，大鸿胪奏谥、诔、策。列侯薨及诸侯太傅初除之官，大行奏谥、诔、策。王薨，遣光禄大夫吊襚、祠、赗，视丧事，因立嗣子。列侯薨，遣太中大夫吊祠，视丧事，因立嗣。其薨葬，国得发民挽丧穿复土，治坟无过三百人毕事。匈奴入燕。改磔曰弃市，勿复磔。三月，临江王荣坐侵太宗庙地，征诣中尉，自杀。夏四月，有星孛于西北。立皇子越为广川王，寄为胶东王。秋七月，更郡守为太守，郡尉为都尉。九月，封故楚、赵傅、相、内史前死事者四人子皆为列侯。甲戌晦，日有蚀之。

三年冬十一月，罢诸侯御史大夫官。春正月，皇太后崩。夏，旱，禁酤酒。秋九月，蝗。有星孛于西北。戊戌晦，日有蚀之。立皇子乘为清河王。

四年春三月，起德阳宫。御史大夫绾奏禁马高五尺九寸以上，齿未平，不得出关。夏，蝗。秋，赦徒作阳陵者死罪；欲腐者，许之。十月戊午，日有蚀之。

五年夏，立皇子舜为常山王。六月，赦天下，赐民爵一级。秋八月己酉，未央宫东阙灾。更名诸侯丞相为相。九月，诏曰："法令度量，所以禁暴止邪也。狱，人之大命，死者不可复生。吏或不奉法令，以货赂为市，朋党比周，以苛为察，以刻为明，令亡罪者失职，朕甚怜之。有罪者不伏罪，奸法为暴，甚亡谓也。诸狱疑，若虽文致于法而于人心不厌者，辄谳之。"

六年冬十月，行幸雍，郊五畤。十二月，改诸官名。定铸钱伪黄金弃市律。春三月，雨雪。夏四月，梁王薨。分梁为五国，立孝王子五人皆为王。五月，诏曰："夫吏者，民之师也。车驾、衣服宜称。吏六百石以上，皆长吏也。亡度者、或不吏服，出入闾里，与民亡异。令长吏二千石车朱两轓；千石至六百石朱左轓。车骑从者不称其官衣服、下吏出入闾巷亡吏体者，二千石上其官属，三辅举不如法令者，皆上丞相御史请之。"先是，吏多军功，车服尚轻，故为设禁。又惟酷吏奉宪失中，乃诏有司减笞法，定棰令。语在《刑法志》。六月，匈奴入雁门，至武泉，入上郡，取苑马。吏卒战死者二千人。秋七月辛亥晦，日有蚀之。

后元年春正月，诏曰："狱，重事也。人有智愚，官有上下。狱疑者谳有司，有司所不能决，移廷尉。有令谳而后不当，谳者不为失。欲令治狱者务先宽。"三月，赦天下，赐民爵一级，中二千石、诸侯相爵右庶长。夏，大酺五日，民得酤酒。五月，地震。秋七月乙巳晦，日有蚀之。条侯周亚夫下狱死。

二年冬十月，省彻侯之国。春，匈奴入雁门，太守冯敬与战死。发车骑材官屯。春，以岁不登，禁内郡食马粟，没入之。夏四月，诏曰："雕文刻镂，伤农事者也；锦绣纂组，害女红者也。农事伤则饥之本也，女红害则寒之原也。夫饥寒并至，而能亡为非者寡矣。朕亲耕，后亲桑，以奉宗庙粢盛祭服，为天下先；不受献，减太官，省繇赋，欲天下务农蚕，素有畜积，以备灾害。强毋攘弱，众毋暴寡；老耆以寿终，幼孤得遂长。今岁或不登，民食颇寡，其咎安在？或诈伪为吏，吏以货赂为市，渔夺百姓，侵牟万民。县丞，长吏也，奸法与盗盗，甚无谓也。其令二千石各修其职；不事官职耗乱者，丞相以闻，请其罪。布告天下，使明知朕意。"五月，诏曰："人不患其不知，患其为诈也；不患其不勇，患其为暴也；不患其不富，患其亡厌也。其唯廉士，寡欲易足。今訾算十以上乃得官，廉士算不必众。有市籍不得官，无訾又不得官，朕甚愍之。訾算四得官，亡令廉士久失职，贪夫长利。"秋，大旱。

三年春正月，诏曰："农，天下之本也。黄金珠玉，饥不可食，寒不可衣，以为币用，不识其终始。间岁或不登，意为末者众，农民寡也。其令郡国务劝农桑，益种树，可得衣食物。吏发民若取庸采黄金珠玉者，坐臧为盗。二千石听者，与同罪。"皇太子冠，赐民为父后者爵一级。甲子，帝崩于未央宫。遗诏赐诸侯王列侯马二驷，吏二千石黄金二斤，吏民户百钱。出宫人归其家，复终身。二月癸酉，葬阳陵。

赞曰：孔子称“斯民，三代之所以直道而行也”，信哉！周、秦之敝，罔密文峻，而奸轨不胜。汉兴，扫除烦苛，与民休息。至于孝文，加之以恭俭，孝景遵业，五六十载之间，至于移风易俗，黎民醇厚。周云成、康，汉言文景，美矣！

卷六

武帝纪第六

孝武皇帝，景帝中子也，母曰王美人。年四岁立为胶东王。七岁为皇太子，母为皇后。十六岁，后三年正月，景帝崩。甲子，太子即皇帝位，尊皇太后窦氏曰太皇太后，皇后曰皇太后。三月，封皇太后同母弟田蚡、胜皆为列侯。

建元元年冬十月，诏丞相、御史、列侯、中二千石、二千石、诸侯相举贤良方正直言极谏之士。丞相绾奏：“所举贤良，或治申、商、韩非、苏秦、张仪之言，乱国政，请皆罢。”奏可。春二月，赦天下。赐民爵一级。年八十复二算，九十复甲卒。行三铢钱。夏四月己巳，诏曰：“古之立教，乡里以齿，朝廷以爵，扶世导民，莫善于德。然即于乡里先耆艾，奉高年，古之道也。今天下孝子、顺孙愿自竭尽以承其亲，外迫公事，内乏资财，是以孝心阙焉，朕甚哀之。民年九十以上，已有受鬻法，为复子若孙，令得身帅妻妾遂其供养之事。”五月，诏曰：“河海润千里。其令祠官修山川之祠，为岁事，曲加礼。”赦吴楚七国帑输在官者。秋七月，诏曰：“卫士转置送迎二万人，其省万人。罢苑马，以赐贫民。”议立明堂。遣使者安车蒲轮，束帛加璧，征鲁申公。

二年冬十月，御史大夫赵绾坐请毋奏事太皇太后，及郎中令王臧皆下狱，自杀。丞相婴、太尉蚡免。春二月丙戌朔，日有蚀之。夏四月戊申，有如日夜出。初置茂陵邑。

三年春，河水溢于平原，大饥，人相食。赐徙茂陵者户钱二十万，田二顷。初作便门桥。秋七月，有星孛于西北。济川王明坐杀太傅、中傅废迁防陵。闽越围东瓯，东瓯告急。遣中大夫严助持节发会稽兵，浮海救之。未至，闽越走，兵还。九月丙子晦，日有蚀之。

四年夏，有风赤如血。六月，旱。秋九月，有星孛于东北。

五年春，罢三铢钱，行半两钱。置《五经》博士。夏四月，平原君薨。五月，大蝗。秋八月，广川王越、清河王乘皆薨。

六年春二月乙未，辽东高庙灾。夏四月壬子，高园便殿火。上素服五日。五月丁亥，太皇太后崩。秋八月，有星孛于东方，长竟天。闽越王郢攻南越。遣大行王恢将兵出豫章、大司农韩安国出会稽击之，未至，越人杀郢降，兵还。

元光元年冬十一月，初令郡国举孝廉各一人。卫尉李广为骁骑将军屯云中，中尉程不识为车骑将军屯雁门，六月罢。夏四月，赦天下，赐民长子爵一级。复七国宗室前绝属者。五月，诏贤良曰：“朕闻昔在唐虞，画像而民不犯，日月所烛，莫不率俾。

周之成康，刑错不用，德及鸟兽，教通四海。海外肃慎，北发渠搜，氐羌徕服；星辰不孛，日月不蚀，山陵不崩，川谷不塞；麟凤在郊薮，河洛出图书。呜呼，何施百臻此与！今朕获奉宗庙，夙兴以求，夜寐以思，若涉渊水，未知所济。猗与伟与！何行而可以章先帝之洪业休德，上参尧舜，下配三王！朕之不敏，不能远德，此子大夫之所睹闻也，贤良明于古今王事之体，受策察问，咸以书对，著之于篇，朕亲览焉。”于是董仲舒、公孙弘等出焉。秋七月癸未，日有蚀之。

二年冬十月，行幸雍，祠五畤。春，诏问公卿曰：“朕饰子女以配单于，金币文绣赂之甚厚，单于待命加嫚，侵盗亡已。边境被害，朕甚闵之。今欲举兵攻之，何如？”大行王恢建议宜击。夏六月，御史大夫韩安国为护军将军，卫尉李广为骁骑将军，太仆公孙贺为轻车将军，大行王恢为将屯将军，太中大夫李息为材官将军，将三十万众屯马邑谷中，诱致单于，欲袭击之。单于入塞，觉之，走出。六月，军罢。将军王恢坐首谋不进，下狱死。秋九月，令民大酺五日。

三年春，河水徙，从顿丘东南流入勃海。夏五月，封高祖功臣五人后为列侯。河水决濮阳，泛郡十六。发卒十万救决河。起龙渊宫。

四年冬，魏其侯窦婴有罪，弃市。春三月乙卯，丞相蚡薨。夏四月，陨霜杀草。五月，地震。赦天下。

五年春正月，河间王德薨。夏，发巴蜀治南夷道。又发卒万人治雁门阻险。秋七月，大风拔木。乙巳，皇后陈氏废。捕为巫蛊者，皆枭首。八月，螟。征吏民有明当世之务、习先圣之术者，县次续食，令与计偕。

六年冬，初算商车。春，穿漕渠通渭。匈奴入上谷，杀略吏民。遣车骑将军卫青出上谷，骑将军公孙敖出代，轻车将军公孙贺出云中，骁骑将军李广出雁门。青至龙城，获首虏七百级。广、敖失师而还。诏曰：“夷狄无义，所从来久。间者匈奴数寇边境，故遣将抚师。古者治兵振旅，因遭虏之方入，将吏新会，上下未辑。代郡将军敖、雁门将军广所任不肖，校尉又背义妄行，弃军而北，少吏犯禁。用兵之法：不勤不教，将率之过也；教令宣明，不能尽力，士卒之罪也。将军已下廷尉，使理正之，而又加法于士卒，二者并行，非仁圣之心。朕闵众庶陷害，欲刷耻改行，复奉正义，厥路亡由。其赦雁门、代郡军士不循法者。”夏，大旱，蝗。六月，行幸雍。秋，匈奴盗边。遣将军韩安国屯渔阳。

元朔元年冬十一月，诏曰：“公卿大夫，所使总方略，一统类，广教化，美风俗也。夫本仁祖义，褒德禄贤，劝善刑暴，五帝、三王所繇昌也。朕夙兴夜寐，嘉与宇内之士臻于斯路。故旅耆老，复孝敬，选豪俊，讲文学，稽参政事，祈进民心，深诏执事，兴廉举孝，庶几成风，绍休圣绪。夫十室之邑，必有忠信；三人并行，厥有我师。今或至阖郡而不荐一人，是化不下究，而积行之君子雍于上闻也。二千石官长纪纲人伦，将何以佐朕烛幽隐，劝元元，厉蒸庶，崇乡党之训哉？且进贤受上赏，蔽贤蒙显戮，古之道也。其与中二千石、礼官、博士议不举者罪。”有司奏议曰：“古者，诸侯贡士，一适谓之好德，再适谓之贤贤，三适谓之有功，乃加九锡；不贡士，一则黜爵，再则黜地，三而黜爵、地毕矣。夫附下罔上者死，附上罔下者刑；与闻国政而无益于民者斥；在上位而不能进贤者退，此所以劝善黜恶也。今诏书昭先帝圣绪，令二千石举孝廉，所以化元元，移风易俗也。不举孝，不奉诏，当以不敬论。不察廉，不胜任也，当免。”奏可。十二月，江都王非薨。

春三月甲子，立皇后卫氏。诏曰：“朕闻天地不变，不成施化；阴阳不变，物不畅茂。《易》曰‘通其变，使民不倦’。《诗》云‘九变复贯，知言之选’。朕嘉唐虞而乐殷周，据旧以鉴新。其赦天下，与民更始。诸逋贷及辞讼在孝景后三年以前，皆勿听治。”秋，匈奴入辽西，杀太守；入渔阳、雁门，败都尉，杀略三千余人。遣将军卫青出雁门，将军李息出代，获首虏数千级。东夷薉君南闾等口二十八万人降，为苍海郡。鲁王余、长沙王发皆薨。

二年冬，赐淮南王、菑川王几杖，毋朝。春正月，诏曰：“梁王、城阳王亲慈同生，愿以邑分弟，其许之。诸侯王请与子弟邑者，朕将亲览，使有列位焉。”于是藩国始分，而子弟毕侯矣。匈奴入上谷、渔阳，杀略吏民千余人。遣将军卫青、李息出云中，至高阙，遂西至符离，获首虏数千级。收河南地，置朔方、五原郡。三月乙亥晦，日有蚀之。夏，募民徙朔方十万口。又徙郡国豪杰及訾三百万以上于茂陵。秋，燕王定国有罪，自杀。

三年春，罢苍海郡。三月，诏曰：“夫刑罚所以防奸也，内长文所以见爱也。以百姓之未洽于教化，朕嘉与士大夫日新厥业，祗而不解。其赦天下。”夏，匈奴入代，杀太守；入雁门，杀略千余人。六月庚午，皇太后崩。秋，罢西南夷，城朔方城。令民大酺五日。

四年冬，行幸甘泉。夏，匈奴入代、定襄、上郡，杀略数千人。

五年春，大旱。大将军卫青将六将军兵十余万人出朔方、高阙，获首虏万五千级。夏六月，诏曰：“盖闻导民以礼，风之以乐。今礼坏乐崩，朕甚闵焉。故详延天下方闻之士，咸荐诸朝。其令礼官劝学，讲议洽闻，举遗兴礼，以为天下先。太常其议予博士弟子，崇乡党之化，以厉贤材焉。”丞相弘请为博士置弟子员，学者益广。秋，匈奴入代，杀都尉。

六年春二月，大将军卫青将六将军兵十余万骑出定襄，斩首三千余级。还，休士马于定襄、云中、雁门。赦天下。夏四月，卫青复将六将军绝幕，大克获。前将军赵信军败，降匈奴。右将军苏建亡军，独身脱还，赎为庶人。六月，诏曰：“朕闻五帝不相复礼，三代不同法，所由殊路而建德一也。盖孔子对定公以徕远，哀公以论臣，景公以节用，非期不同，所急异务也。今中国一统而北边未安，朕甚悼之。日者大将军巡朔方，征匈奴，斩首虏万八千级，诸禁锢及有过者，咸蒙厚赏，得免减罪。今大将军仍复克获，斩首虏万九千级，受爵赏而欲移卖者，无所流貤。其议为令。”有司奏请置武功赏官，以宠战士。

元狩元年冬十月，行幸雍，祠五畤。获白麟，作《白麟》之歌。十一月，淮南王安、衡山王赐谋反，诛。党与死者数万人。十二月，大雨雪，民冻死。夏四月，赦天下。丁卯，立皇太子。赐中二千石爵右庶长，民为父后者一级。诏曰：“朕闻咎繇对禹，曰在知人，知人则哲，惟帝难之。盖君者，心也，民犹支体，支体伤则心憯怛。日者淮南、衡山修文学，流货赂，两国接壤，怵于邪说，而造篡弑，此朕之不德。《诗》云：‘忧心惨惨，念国之为虐。’已赦天下，涤除与之更始。朕嘉孝弟力田，哀夫老眊孤寡鳏独或匮于衣食，甚怜愍焉。其遣谒者巡行天下，存问致赐。曰：‘皇帝使谒者赐县三老、孝者帛，人五匹；乡三老、弟者、力田帛，人三匹；年九十以上及鳏、寡、孤、独帛，人二匹，絮三斤；八十以上米，人三石。有冤失职，使者以闻。县乡即赐，毋赘聚。’”五月乙巳晦，日有蚀之。匈奴入上谷，杀数百人。

二年冬十月，行幸雍，祠五畤。春三月戊寅，丞相弘薨。遣骠骑将军霍去病出陇西，至皋兰，斩首八千余级。夏，马生余吾水中。南越献驯象、能言鸟。将军去病、公孙敖出北地二千余里，过居延，斩首虏三万余级。匈奴入雁门，杀略数百人。遣卫尉张骞、郎中令李广皆出右北平。广杀匈奴三千余人，尽亡其军四千人，独身脱还，及公孙敖、张骞皆后期，当斩，赎为庶人。江都王建有罪，自杀。胶东王寄薨。秋，匈奴昆邪王杀休屠王，并将其众合四万余人来降，置五属国以处之。以其地为武威、酒泉郡。

三年春，有星孛于东方。夏五月，赦天下。立胶东康王少子庆为六安王。封故相国萧何曾孙庆为列侯。秋，匈奴入右北平、定襄，杀略千余人。遣谒者劝有水灾郡种宿麦。举吏民能假贷贫民者以名闻。减陇西、北地、上郡戍卒半。发谪吏穿昆明池。

四年冬，有司言关东贫民徙陇西、北地、西河、上郡、会稽凡七十二万五千口，县官衣食振业，用度不足，请收银锡造白金及皮币以足用。初算缗钱。春，有星孛于东北。夏，有长星出于西北。大将军卫青将四将军出定襄，将军去病出代，各将五万骑。步兵踵军后数十万人。青至幕北围单于，斩首万九千级，至阗颜山乃还。去病与左贤王战，斩获首虏七万余级，封狼居胥山乃还。两军士战死者数万人。前将军广、后将军食其皆后期。广自杀，食其赎死。

五年春三月甲午，丞相李蔡有罪，自杀。天下马少，平牡马，匹二十万。罢半两钱，行五铢钱。徙天下奸猾吏民于边。

六年冬十月，赐丞相以下至吏二千石金，千石以下至乘从者帛，蛮夷锦各有差。雨水亡冰。夏四月乙巳，庙立皇子闳为齐王，旦为燕王，胥为广陵王。初作诰。六月，诏曰："日者有司以币轻多奸，农伤而末众，又禁兼并之涂，故改币以约之。稽诸往古，制宜于今。废期有月，而山泽之民未谕。夫仁行而从善，义立则俗易，意奉宪者所以导之未明与？将百姓所安殊路，而挢虔吏因乘势以侵蒸庶邪？何纷然其扰也！今遣博士大等六人分循行天下，存问鳏寡废疾，无以自振者贷与之。谕三老孝弟以为民师，举独行之君子，征诣行在所。朕嘉贤者，乐知其人。广宣厥道，士有特招，使者之任也。详问隐处亡位及冤失职、奸猾为害、野荒治苛者，举奏。郡国有所以为便者，上丞相、御史以闻。"秋九月，大司马骠骑将军去病薨。

元鼎元年夏五月，赦天下，大酺五日。得鼎汾水上。济东王彭离有罪，废徙上庸。

二年冬十一月，御史大夫张汤有罪，自杀。十二月，丞相青翟下狱死。春，起柏梁台。三月，大雨雪。夏，大水，关东饿死者以千数。秋九月，诏曰："仁不异远，义不辞难，今京师虽未为丰年，山林、池泽之饶与民共之。今水潦移于江南，迫隆冬至，朕惧其饥寒不活。江南之地，火耕水耨，方下巴蜀之粟致之江陵，遣博士中等分循行，谕告所抵，无令重困。吏民有振救饥民免其厄者，具举以闻。"

三年冬，徙函谷关于新安。以故关为弘农县。十一月，令民告缗者以其半与之。正月戊子，阳陵园火。夏四月，雨雹，关东郡国十余饥，人相食。常山王舜薨。子孛攵嗣立，有罪，废徙房陵。

四年冬十月，行幸雍，祠五畤。赐民爵一级，女子百户牛酒。行自夏阳，东幸汾阴。十一月甲子，立后土祠于汾阴脽上。礼毕，行幸荥阳。还至洛阳，诏曰："祭地冀州，瞻望河洛，巡省豫州，观于周室，邈而无祀。询问耆老，乃得孽子嘉。其封嘉为周子南君，以奉周祀。"春二月，中山王胜薨。夏，封方士栾大为乐通侯，位上将军。六月，得宝鼎后土祠旁。秋，马生渥洼水中。作《宝鼎》、《天马》之歌。立常山宪王子商为泗水王。

五年冬十月，行幸雍，祠五畤。遂逾陇，登空同，西临祖厉河而还。十一月辛巳朔旦，冬至。立泰畤于甘泉。天子亲郊见，朝日夕月。诏曰："朕以眇身托于王侯之上，德未能绥民，民或饥寒，故巡祭后土以祈丰年。冀州脽壤乃显文鼎，获荐于庙。渥洼水出马，朕其御焉。战战兢兢，惧不克任，思昭天地，内惟自新。《诗》云：'四牡翼翼，以征不服。'亲省边垂，用事所极。望见泰一，修天文禅。辛卯夜，若景光十有二明。《易》曰：'先甲三日，后甲三日。'朕甚念岁未咸登，饬躬斋戒，丁酉，拜况于郊。"夏四月，南越王相吕嘉反，杀汉使者及其王、王太后。赦天下。丁丑晦，日有蚀之。秋，蛙、虾蟆斗。

遣伏波将军路博德出桂阳，下湟水；楼船将军杨仆出豫章，下浈水；归义越侯严为戈船将军，出零陵，下离水；甲为下濑将军，下苍梧。皆将罪人，江淮以南楼船十万人，越驰义侯遗别将巴蜀罪人，发夜郎兵，下牂柯江，咸会番禺。九月，列侯坐献黄金酎祭宗庙不如法夺爵者百六人，丞相赵周下狱死。乐通侯栾大坐诬罔要斩。西羌众十万人反，与匈奴通使，攻故安，围枹罕。匈奴入五原，杀太守。

六年冬十月，发陇西、天水、安定骑士及中尉、河南、河内卒十万人，遣将军李息、郎中令徐自为征西羌，平之。行东，将幸缑氏，至左邑桐乡，闻南越破，以为闻喜县。春，至汲新中乡，得吕嘉首，以为获嘉县。驰义侯遗兵未及下，上便令征西南夷，平之。遂定越地，以为南海、苍梧、郁林、合浦、交阯、九真、日南、珠崖、儋耳郡。定西南夷，以为武都、牂柯、越嶲、沈黎、文山郡。秋，东越王余善反，攻杀汉将吏。遣横海将军韩说、中尉王温舒出会稽，楼船将军杨仆出豫章击之。又遣浮沮将军公孙贺出九原，匈河将军赵破奴出令居，皆二千余里，不见虏而还。乃分武威、酒泉地置张掖、敦煌郡，徙民以实之。

元封元年冬十月，诏曰："南越、东瓯咸伏其辜，西蛮、北夷颇未辑睦。朕将巡边垂，择兵振旅，躬秉武节，置十二部将军，亲帅师焉。"行自云阳，北历上郡、西河、五原、出长城，北登单于台，至朔方，临北河。勒兵十八万骑，旌旗径千余里，威震匈奴。遣使者告单于曰"南越王头已县于汉北阙矣。单于能战，天子自将待边；不能，亟来臣服。何但亡匿幕北寒苦之地为！"匈奴讋焉。还，祠黄帝于桥山，乃归甘泉。东越杀王余善降。诏曰："东越险阻反复，为后世患，迁其民于江淮间。"遂虚其地。春正月，行幸缑氏。诏曰："朕用事华山，至于中岳，获駮麃，见夏后启母石。翌日，亲登嵩高，御史乘属，在庙旁吏卒咸闻呼万岁者三。登礼罔不答。其令祠官加增太室祠，禁无伐其草木。以山下户三百为之奉邑，名曰崇高，独给祠，复亡所与。"行，遂东巡海上。夏四月癸卯，上还，登封泰山，降坐明堂。诏曰："朕以眇身承至尊，兢兢焉惟德菲薄，不明于礼乐，故用事八神，遭天地况施，著见景象，屑然如有闻。震于怪物，欲止不敢，遂登封泰山，至于梁父，然后升禅肃然。自新，嘉与士大夫更始，其以十月为元封元年。行所巡至博、奉高、蛇丘、历城、梁父，民田租逋赋贷，已除。加年七十以上孤寡帛，人二匹。四县无出今年算。赐天下民爵一级，女子百户牛、酒。"行自泰山，复东巡海上，至碣石。自辽西历北边九原，归于甘泉。秋，有星孛于东井，又孛于三台。齐王闳薨。

二年冬十月，行幸雍，祠五畤。春，幸缑氏，遂至东莱。夏四月，还祠泰山。至瓠子，临决河，命从臣将军以下皆负薪塞河堤，作《瓠子之歌》。赦所过徒，赐孤独高年米，人四石。还，作甘泉通天台、长安飞廉馆。朝鲜王攻杀辽东都尉，乃募天下死罪击朝鲜。六月，诏曰："甘泉宫内中产芝，九茎连叶。上帝博临，不异下房，赐朕弘休。其赦天下，赐云阳都百户牛酒。"作《芝房之歌》。秋，作明堂于泰山下。遣楼船将军杨仆、左将军荀彘将应募罪人击朝鲜。又遣将军郭昌、中郎将卫广发巴蜀兵平西南夷未服者，以为益州郡。

三年春，作角抵戏，三百里内皆来观。夏，朝鲜斩其王右渠降，以其地为乐浪、临屯、玄菟、真番郡。楼船将军杨仆坐失亡多免为庶民，左将军荀彘坐争功弃市。秋七月，胶西王端薨。武都氐人反，分徙酒泉郡。

四年冬十月，行幸雍，祠五畤。通回中道，遂北出萧关，历独鹿、鸣泽，自代而还，幸河东。春三月，祠后土。诏曰："朕躬祭后土地祇，见光集于灵坛，一夜三烛。幸中都宫，殿上见光。其赦汾阴、夏阳、中都死罪以下，赐三县及杨氏皆无出今年租赋。"夏，大旱，民多暍死。秋，以匈奴弱，可遂臣服，乃遣使说之。单于使来，死京师。匈奴寇边，遣拔胡将军郭昌屯朔方。

五年冬，行南巡狩，至于盛唐，望祀虞舜于九嶷。登灊天柱山，自寻阳浮江，亲射蛟江中，获之。舳舻千里，薄枞阳而出，作《盛唐枞阳之歌》。遂北至琅邪，并海，所过，礼祠其名山大川。春三月，还至泰山，增封。甲子，祠高祖于明堂，以配上帝，因朝诸侯王、列侯，受郡国计。夏四月，诏曰："朕巡荆、扬，辑江淮物，会大海气，以合泰山。上天见象，增修封禅。其赦天下。所幸县毋出今年租赋，赐鳏寡孤独帛，贫穷者粟。"还幸甘泉，郊泰畤。大司马大将军青薨。初置刺史部十三州。名臣文武欲尽，诏曰："盖有非常之功，必待非常之人，故马或奔踶而致千里，士或有负俗之累而立功名。夫泛驾之马，跅弛之士，亦在御之而已。其令州郡察吏民有茂材异等可为将相及使绝国者。"

六年冬，行幸回中。春，作首山宫。三月，行幸河东，祠后土。诏曰："朕礼首山，昆田出珍物，化或为黄金。祭后土，神光三烛。其赦汾阴殊死以下，赐天下贫民布帛，人一匹。"益州、昆明反，赦京师亡命令从军，遣拔胡将军郭昌将以击之。夏，京师民观角抵于上林平乐馆。秋，大旱，蝗。

太初元年冬十月，行幸泰山。十一月甲子朔旦，冬至，祀上帝于明堂。乙酉，柏梁台灾。十二月，禅高里，祠后土。东临勃海，望祠蓬莱。春，还，受计于甘泉。二月，起建章宫。夏五月，正历，以正月为岁首。色上黄，数用五，定官名，协音律。遣因杅将军公孙敖筑塞外受降城。秋八月，行幸安定。遣贰师将军李广利发天下谪民西征大宛。蝗从东方飞至敦煌。

二年春正月戊申，丞相庆薨。三月，行幸河东，祠后土。令天下大酺五日，膢五日，祠门户，比腊。夏四月，诏曰："朕用事介山，祭后土，皆有光应。其赦汾阴、安邑殊死以下。"五月，籍吏民马，补车骑马。秋，蝗。遣浚稽将军赵破奴二万骑出朔方击匈奴，不还。冬十二月，御史大夫兒宽卒。

三年春正月，行东巡海上。夏四月，还，修封泰山，禅石闾。遣光禄勋徐自为筑五原塞外列城，西北至卢朐，游击将军韩说将兵屯之。强弩都尉路博德筑居延。秋，匈奴入定襄、云中，杀略数千人，行坏光禄诸亭障；又入张掖、酒泉，杀都尉。

四年春，贰师将军广利斩大宛王首，获汗血马来。作《西极天马之歌》。秋，起明光宫。冬，行幸回中。徙弘农都尉治武关，税出入者以给关吏卒食。

天汉元年春正，行幸甘泉，郊泰畤。三月，行幸河东，祠后土。匈奴归汉使者，使使来献。夏五月，赦天下。秋，闭城门大搜。发谪戍屯五原。

二年春，行幸东海。还幸回中。夏五月，贰师将军三万骑出酒泉，与右贤王战于天山，斩首虏万余级。又遣因杅将军出西河，骑都尉李陵将步兵五千人出居延北，与单于战，斩首虏万余级。陵兵败，降匈奴。秋，止禁巫祠道中者。大搜。渠黎六国使使来献。泰山、琅邪群盗徐孛攵等阻山攻城，道路不通。遣直指使者暴胜之等衣绣衣杖斧分部逐捕。刺史郡守以下皆伏诛。冬十一月，诏关都尉曰："今豪杰多远交，依东方群盗。其谨察出入者。"

三年春二月，御史大夫王卿有罪，自杀。初榷酒酤。三月，行幸泰山，修封，祀明堂，因受计。还幸北地，祠常山，瘗玄玉。夏四月，赦天下。行所过毋出田租。秋，匈奴入雁门，太守坐畏软弃市。

四年春正月，朝诸侯王于甘泉宫。发天下七科谪及勇敢士，遣贰师将军李广利将六万骑、步兵七万人出朔方，因杅将军公孙敖万骑、步兵三万人出雁门，游击将军韩说步兵三万人出五原，强弩都尉路博德步兵万余人与贰师会。广利与单于战余吾水上连日，敖与左贤王战利，皆引还。夏四月，立皇子髆为昌邑王。秋九月，令死罪入赎钱五十万减死一等。

太始元年春正月，因杅将军敖有罪，要斩。徙郡国吏民豪桀于茂陵、云陵。夏六月，赦天下。

二年春正月，行幸回中。三月，诏曰："有司议曰，往者朕郊见上帝，西登陇首，获白麟以馈宗庙，渥洼水出天马，泰山见黄金，宜改故名。今更黄金为麟趾褭蹄以协瑞焉。"因以班赐诸侯王。秋，旱。九月，募死罪入赎钱五十万减死一等。御史大夫杜周卒。

三年春正月，行幸甘泉宫，飨外国客。二月，令天下大酺五日。行幸东海，获赤雁，作《朱雁》之歌。幸琅邪，礼日成山。登之罘，浮大海。山称万岁。冬，赐行所过户五千钱，鳏寡孤独帛，人一匹。

四年春三月，行幸泰山。壬午，祀高祖于明堂，以配上帝，因受计。癸未，祀孝景皇帝于明堂。甲申，修封。丙戌，禅石闾。夏四月，幸不其，祠神人于交门宫，若有向坐拜者。作《交门之歌》。夏五月，还幸建章宫，大置酒，赦天下。秋七月，赵有蛇从郭外入邑，与邑中蛇群斗孝文庙下，邑中蛇死。冬十月甲寅晦，日有蚀之。十二月，行幸雍，祠五畤，西至安定、北地。

征和元年春正月，还，行幸建章宫。三月，赵王彭祖薨。冬十一月，发三辅骑士大搜上林，闭长安城门索，十一日乃解。巫蛊起。

二年春正月，丞相贺下狱死。夏四月，大风发屋折木。闰月，诸邑公主、阳石公主皆坐巫蛊死。夏，行幸甘泉。秋七月，按道侯韩说、使者江充等掘蛊太子宫。壬午，太子与皇后谋斩充，以节发兵与丞相刘屈氂大战长安，死者数万人。庚寅，太子亡，皇后自杀。初置城门屯兵。更节加黄旄。御史大夫暴胜之、司直田仁坐失纵，胜之自杀，仁要斩。八月辛亥，太子自杀于湖。癸亥，地震。九月，立赵敬肃王子偃为平干王。匈奴入上谷、五原，杀略吏民。

三年春正月，行幸雍，至安定、北地。匈奴入五原、酒泉，杀两都尉。三月，遣贰师将军广利将七万人出五原，御史大夫商丘成二万人出西河，重合侯马通四万骑出酒泉。成至浚稽山与虏战，多斩首。通至天山，虏引去，因降车师。皆引兵还。广利败，降匈奴。夏五月，赦天下。六月，丞相屈氂下狱要斩，妻子枭首。秋，蝗。九月，反者公孙勇、胡倩发觉，皆伏辜。

四年春正月，行幸东莱，临大海。二月丁酉，陨石于雍，二，声闻四百里。三月，上耕于巨定。还幸泰山，修封。庚寅，祀于明堂。癸巳，禅石闾。夏六月，还幸甘泉。秋八月辛酉晦，日有蚀之。

后元元年春正月，行幸甘泉，郊泰畤，遂幸安定。昌邑王髆薨。二月，诏曰："朕郊见上帝，巡于北边，见群鹤留止，以不罗罔，靡所获献。荐于泰畤，光景并见。其赦天下。"夏六月，御史大夫商丘成有罪，自杀。侍中仆射莽河罗与弟重合侯通谋反，侍中驸马都尉金日磾、奉车都尉霍光、骑都尉上官桀讨之。秋七月，地震，往往涌泉出。

二年春正月，朝诸侯王于甘泉宫，赐宗室。二月，行幸周至五柞宫。乙丑，立皇子弗陵为皇太子。丁卯，帝崩于五柞宫，入殡于未央宫前殿。三月甲申，葬茂陵。

赞曰：汉承百王之弊，高祖拨乱反正，文景务在养民，至于稽古礼文之事，犹多阙焉。孝武初立，卓然罢黜百家，表章《六经》。遂畴咨海内，举其俊茂，与之立功。兴太学，修郊祀，改正朔，定历数，协音律，作诗乐，建封禅，礼百神，绍周后，号令文章，焕焉可述。后嗣得遵洪业，而有三代之风。如武帝之雄材大略，不改文景之恭俭以济斯民，虽《诗》、《书》所称，何有加焉！

卷七

昭帝纪第七

孝昭皇帝，武帝少子也。母曰赵婕妤，本以有奇异得幸，及生帝，亦奇异。语在《外戚传》。武帝末，戾太子败，燕王旦、广陵王胥行骄谩，后元二年二月上疾病，遂立昭帝为太子，年八岁。以侍中奉车都尉霍光为大司马大将军，受遗诏辅少主。明日，武帝崩。戊辰，太子即皇帝位，谒高庙。帝姊鄂邑公主益汤沐邑，为长公主，共养省中。大将军光秉政，领尚书事，车骑将军金日磾、左将军上官桀副焉。夏六月，赦天下。秋七月，有星孛于东方。济北王宽有罪，自杀。赐长公主及宗室昆弟各有差。追遵赵婕妤为皇太后，起云陵。冬，匈奴入朔方，杀略吏民。发军屯西河，左将军桀行北边。

始元元年春二月，黄鹄下建章宫太液池中，公卿上寿。赐诸侯王、列侯、宗室金钱各有差。己亥，上耕于钩盾弄田。益封燕王、广陵王及鄂邑长公主各万三千户。夏，为太后起园庙云陵。益州廉头、姑缯、牂柯谈指、同并二十四邑皆反。遣水衡都尉吕破胡募吏民及发犍为、蜀郡奔命击益州，大破之。有司请河内属冀州，河东属并州。秋七月，赦天下，赐民百户牛酒。大雨，渭桥绝。八月，齐孝王孙刘泽谋反，欲杀青州刺史隽不疑，发觉，皆伏诛。迁不疑为京兆尹，赐钱百万。九月丙子，车骑将军日磾薨。闰月，遣故廷尉王平等五人持节行郡国，举贤良，问民所疾苦、冤、失职者。冬，无冰。

二年春正月，大将军光、左将军桀皆以前捕斩反虏重合侯马通功封，光为博陆侯，桀为安阳侯。以宗室毋在位者，举茂才刘辟强、刘长乐皆为光禄大夫，辟强守长乐卫尉。三月，遣使者振贷贫民毋种、食者。秋八月，诏曰："往年灾害多，今年蚕麦伤，所振贷种、食勿收责，毋令民出今年田租。"冬，发习战射士诣朔方，调故吏将屯田张掖郡。

三年春二月，有星孛于西北。秋，募民徙云陵，赐钱、田、宅。冬十月，凤皇集东海，遣使者祠其处。十一月壬辰朔，日有蚀之。

四年春三月甲寅，立皇后上官氏，赦天下。辞讼在后二年前，皆勿听治。夏六月，皇后见高庙。赐长公主、丞相、将军、列侯、中二千石以下及郎吏、宗室钱、帛各有差。徙三辅富人云陵，赐钱，户十万。秋七月，诏曰："比岁不登，民匮于食，流庸未尽还，往时令民共出马，其止勿出。诸给中都官者，且减之。"冬，遣大鸿胪田广明击益州。廷尉李种坐故纵死罪弃市。

五年春正月，追尊皇太后父为顺成侯。夏阳男子张延年诣北阙，自称卫太子，诬罔，要斩。夏，罢天下亭母马及马弩关。六月，封皇后父骠骑将军上官安为桑乐侯。诏曰："朕以眇身获保宗庙，战战栗栗，夙兴夜寐，修古帝王之事，通保傅，传《孝经》、《论语》、《尚书》，未云有明。其令三辅、太常举贤良各二人，郡国文学、高第各一人。

赐中二千石以下至吏民爵，各有差。”罢儋耳、真番郡。秋，大鸿胪广明、军正王平击益州，斩首捕虏三万余人，获畜产五万余头。

六年春正月，上耕于上林。二月，诏有司问郡国所举贤良文学民所疾苦。议罢盐铁榷酤。中监苏武前使匈奴，留单于庭十九岁乃还，奉使全节，以武为典属国，赐钱百万。夏，旱，大雩，不得举火。秋七月，罢榷酤官，令民得以律占租，卖酒升四钱。以边塞阔远，取天水、陇西、张掖郡各二县置金城郡。诏曰：“钩町侯毋波率其君长人民击反者，斩首捕虏有功。其立毋波为钩町王。大鸿胪广明将率有功，赐爵关内侯，食邑。”

元凤元年春，长公主共养劳苦，复以蓝田益长公主汤沐邑。泗水戴王前薨，以毋嗣，国除。后宫有遗腹子煖，相、内史不奏言，上闻而怜之，立煖为泗水王。相、内史皆下狱。三月，赐郡国所选有行义者涿郡韩福等五人帛，人五十匹，遣归。诏曰：“朕闵劳以官职之事，其务修孝弟以教乡里。令郡县常以正月赐羊酒。有不幸者赐衣被一袭，祠以中牢。”武都氐人反，遣执金吾马适建、龙额侯韩增、大鸿胪广明将三辅、太常徒，皆免刑击之。夏六月，赦天下。秋七月乙亥晦，日有蚀之，既。八月，改始元为元凤。九月，鄂邑长公主、燕王旦与左将军上官桀、桀子票骑将军安、御史大夫桑弘羊皆谋反，伏诛。初，桀、安父子与大将军光争权，欲害之，诈使人为燕王旦上书言光罪。时上年十四，觉其诈。后有谮光者，上辄怒曰：“大将军国家忠臣，先帝所属，敢有谮毁者，坐之。”光由是得尽忠。语在《燕王》、《霍光传》。冬十月，诏曰：“左将军安阳侯桀、票骑将军桑乐侯安、御史大夫弘羊皆数以邪枉干辅政，大将军不听，而怀怨望，与燕王通谋，置驿往来相约结。燕王遣寿西长、孙纵之等赂遗长公主、丁外人、谒者杜延年、大将军长史公孙遗等，交通私书，共谋令长公主置酒，伏兵杀大将军光，征立燕王为天子，大逆毋道。故稻田使者燕仓先发觉，以告大司农敞，敞告谏大夫延年，延年以闻。丞相征事任宫手捕斩桀，丞相少史王寿诱将安入府门，皆已伏诛，吏民得以安。封延年、仓、宫、寿皆为列侯。”又曰：“燕王迷惑失道，前与齐王子刘泽等为逆，抑而不扬，望王反道自新，今乃与长公主及左将军桀等谋危宗庙。王及公主皆自伏辜。其赦王太子建、公主子文信及宗室子与燕王、上官桀等谋反父母同产当坐者，皆免为庶人。其吏为桀等所诖误，未发觉在吏者，除其罪。”

二年夏四月，上自建章宫徙未央宫，大置酒。赐郎从官帛，及宗室子钱，人二十万。吏民献牛酒者赐帛，人一匹。六月，赦天下。诏曰：“朕闵百姓未赡，前年减漕三百万石。颇省乘舆马及苑马，以补边郡三辅传马。其令郡国毋敛今年马口钱，三辅、太常郡得以菽、粟当赋。”

三年春正月，泰山有大石自起立，上林有柳树枯僵自起生。罢中牟苑赋贫民。诏曰：“乃者民被水灾，颇匮于食，朕虚仓廪，使使者振困乏。其止四年毋漕。三年以前所振贷，非丞相御史所请，边郡受牛者勿收责。”夏四月，少府徐仁、廷尉王平、左冯翊贾胜胡皆坐纵反者，仁自杀，平、胜胡皆要斩。冬，辽东乌桓反，以中郎将范明友为度辽将军，将北边七郡郡二千骑击之。

四年春正月丁亥，帝加元服，见于高庙。赐诸侯王、丞相、大将军、列侯、宗室下至吏民金帛牛酒各有差。赐中二千石以下及天下民爵。毋收四年、五年口赋。三年以前逋更赋未入者，皆勿收。令天下酺五日。甲戌，丞相千秋薨。夏四月，诏曰：“度辽将军明友前以羌骑校尉将羌王侯君长以下击益州反虏，后复率击武都反氐，今破乌桓，斩虏获生，有功。其封明友为平陵侯。平乐监傅介子持节使，诛斩楼兰王安，归首悬北阙，封义阳侯。”五月丁丑，孝文庙正殿火，上及群臣皆素服。发中二千石将五校作治，六月成。太常及庙令、丞、郎吏皆劾大不敬，会赦，太常轑阳侯德免为庶人。六月，赦天下。

五年春正月，广陵王来朝，益国万一千户，赐钱二千万，黄金二百斤，剑二，安车一，乘马二驷。夏，大旱。六月，发三辅及郡国恶少年吏有告劾亡者，屯辽东。秋，罢象郡，分属郁林、牂柯。冬十一月，大雷。十二月庚戌，丞相䜣薨。

六年春正月，募郡国徒筑辽东玄菟城。夏，赦天下。诏曰："夫谷贱伤农，今三辅、太常谷减贱，其令以菽粟当今年赋。"右将军张安世宿卫忠谨，封富平侯。乌桓复犯塞，遣度辽将军范明友击之。

元平元年春二月，诏曰："天下以农桑为本。日者省用，罢不急官，减外徭，耕桑者益众，而百姓未能家给，朕甚愍焉。其减口赋钱。"有司奏请减什三，上许之。甲申晨，有流星，大如月，众星皆随西行。夏四月癸未，帝崩于未央宫。六月壬申，葬平陵。

赞曰：昔周成以孺子继统，而有管、蔡四国流言之变。孝昭幼年即位，亦有燕、盖、上官逆乱之谋。成王不疑周公，孝昭委任霍光，各因其时以成名，大矣哉！承孝武奢侈余敝师旅之后，海内虚耗，户口减半，光知时务之要，轻徭薄赋，与民休息。至始元、元凤之间，匈奴和亲，百姓充实。举贤良文学，问民所疾苦，议盐、铁而罢榷酤，尊号曰"昭"，不亦宜乎！

卷八

宣帝纪第八

孝宣皇帝，武帝曾孙，戾太子孙也。太子纳史良娣，生史皇孙。皇孙纳王夫人，生宣帝，号曰皇曾孙，生数月，遭巫蛊事，太子、良娣、皇孙、王夫人皆遇害。语在《太子传》。曾孙虽在襁褓，犹坐收系郡邸狱。而邴吉为廷尉监，治巫蛊于郡邸，怜曾孙之亡辜，使女徒复作淮阳赵征卿、渭城胡组更乳养，私给衣食，视遇甚有恩。巫蛊事连岁不决。至后元二年，武帝疾，往来长杨、五柞宫，望气者言长安狱中有天子气，上遣使者分条中都官狱系者，轻重皆杀之。内谒者令郭穰夜至郡邸狱，吉拒闭，使者不得入，曾孙赖吉得全。因遭大赦，吉乃载曾孙送祖母史良娣家。语在《吉》及《外戚传》。后有诏掖庭养视，上属籍宗正。时掖庭令张贺尝事戾太子，思顾旧恩，哀曾孙，奉养甚谨，以私钱供给教书。既壮，为取暴室啬夫许广汉女。曾孙因依倚广汉兄弟及祖母家史氏。受《诗》于东海澓中翁，高材好学，然亦喜游侠，斗鸡走马，具知闾里奸邪、吏治得失。数上下诸陵，周遍三辅，常困于莲勺卤中。尤乐杜、鄠之间，率常在下杜。时会朝请，舍长安尚冠里，身足下有毛，卧居数有光耀。每买饼，所从买家辄大雠，亦以是自怪。

元平元年四月，昭帝崩，毋嗣。大将军霍光请皇后征昌邑王。六月丙寅，王受皇帝玺、绶尊皇后曰皇太后。癸巳，光奏王贺淫乱，请废。语在《贺》及光《传》。秋七月，光奏议曰："礼，人道亲亲故尊祖，尊祖故敬宗。大宗毋嗣，择支子孙贤者为嗣。

孝武皇帝曾孙病已，有诏掖庭养视，至今年十八，师受《诗》、《论语》、《孝经》，操行节俭，慈仁爱人，可以嗣孝昭皇帝后，奉承祖宗，子万姓。”奏可。遣宗正德至曾孙尚冠里舍，洗沐，赐御府衣。太仆以軨猎车奉迎曾孙，就斋宗正府。庚申，入未央宫，见皇太后，封为阳武侯。已而群臣奉上玺绶，即皇帝位，谒高庙。八月己巳，丞相敞薨。九月，大赦天下。十一月壬子，立皇后许氏，赐诸侯王以下金钱，至吏民鳏寡孤独各有差。皇太后归长乐宫。初置屯卫。

本始元年春正月，募郡国吏、民訾百万以上徙平陵。遣使者持节诏郡国二千石谨牧养民而风德化。大将军光稽首归政，上谦让委任焉。论定策功，益封大将军光万七千户，车骑将军光禄勋富平侯安世万户。诏曰："故丞相安平侯敞等居位守职，与大将军光、车骑将军安世建议定策，以安宗庙，功赏未加而薨。其益封敞嗣子忠及丞相阳平侯义、度辽将军平陵侯明友、前将军龙雒侯增、太仆建平侯延年、太常蒲侯昌、谏大夫宜春侯谭、当涂侯平、杜侯屠耆堂、长信少府关内侯胜邑户各有差。封御史大夫广明为昌水侯，后将军充国为营平侯，大司农延年为阳城侯，少府乐成为爰氏侯，光禄大夫迁为平丘侯。赐右扶风德、典属国武、廷尉光、宗正德、大鸿胪贤、詹事畸、光禄大夫吉、京辅都尉广汉爵皆关内侯。德、武食邑。”夏四月庚午，地震。诏内郡国举文学、高第各一人。五月，凤皇集胶东、千乘。赦天下。赐吏二千石、诸侯相、下至中都官、宦吏、六百石爵，各有差，自左更至五大夫。赐天下人爵各一级，孝者二级，女子百户牛酒。租税勿收。六月，诏曰："故皇太子在湖，未有号谥。岁时祠，其议谥，置园邑。”语在《太子传》。秋七月，诏立燕刺王太子建为广阳王，立广陵王胥少子弘为高密王。

二年春，以水衡钱为平陵，徙民起第宅。大司农阳城侯田延年有罪，自杀。夏五月，诏曰："朕以眇身奉承祖宗，夙夜惟念孝武皇帝躬履仁义，选明将，讨不服，匈奴远遁，平氐、羌、昆明、南越，百蛮向风，款塞来享；建太学，修郊祀，定正朔，协音律；封泰山，塞宣房，符瑞应，宝鼎出，白麟获。功德茂盛，不能尽宣，而庙乐未称，其议奏。”有司奏请宜加尊号。六月庚午，尊孝武庙为世宗庙，奏《盛德》、《文始》、《五行》之舞，天子世世献。武帝巡狩所幸之郡国，皆立庙。赐民爵一级，女子百户牛酒。匈数侵边，又西伐乌孙。乌孙昆弥及公主因国使者上书，言昆弥愿发国精兵击匈奴，唯天子哀怜，出兵以救公主。秋，大发兴调关东轻车锐卒，选郡国吏三百石伉健习骑射者，皆从军。御史大夫田广明为祁连将军，后将军赵充国为蒲类将军，云中太守田顺为虎牙将军，及度辽将军范明友、前将军韩增，凡五将军，兵十五万骑，校尉常惠持节护乌孙兵，咸击匈奴。

三年春正月癸亥，皇后许氏崩。戊辰，五将军师发长安。夏五月，军罢。祁连将军广明、虎牙将军顺有罪，下有司，皆自杀。校尉常惠将乌孙兵入匈奴右地，大克获，封列侯。大旱，郡国伤旱甚者，民毋出租赋。三辅民就贱者，且毋收事，尽四年。六月己丑，丞相义薨。

四年春正月，诏曰："盖闻农者兴德之本也，今岁不登，已遣使者振贷困乏。其令太官损膳省宰，乐府减乐人，使归就农业。丞相以下至都官令丞上书入谷，输长安仓，助贷贫民。民以车船载谷入关者，得毋用传。”三月乙卯，立皇后霍氏。赐丞相以下至郎吏从官金钱帛，各有差。赦天下。夏四月壬寅，郡国四十九地震，或山崩水出。诏曰："盖灾异者，天地之戒也。朕承洪业，奉宗庙，托于士民之上，未能和群生。乃者地震北海、琅邪，坏祖宗庙，朕甚惧焉。丞相、御史其与列侯、中二千石博问经学之士，有以应变，辅朕之不逮，毋有所讳。令三辅、太常、内郡国举贤良方正各一人。律令有可蠲除以安百姓，条奏。被地震坏败甚者，勿收租赋。”大赦天下。上以宗庙堕，素服，避正殿五日。五月，凤皇集北海安丘、淳于。秋，广川王吉有罪，废迁上庸，自杀。

地节元年春正月，有星孛于西方。三月，假郡国贫民田。夏六月，诏曰："盖闻尧亲九族，以和万国。朕蒙遗德，奉承圣业，惟念宗室属未尽而以罪绝，若有贤材，改行劝善，其复属，使得自新。"冬十一月，楚王延寿谋反，自杀。十二月癸亥晦，日有蚀之。

二年春三月庚午，大司马大将军光薨。诏曰："大司马大将军博陆侯宿卫孝武皇帝三十余年，辅孝昭皇帝十有余年，遭大难，躬秉义，率三公、诸侯、九卿、大夫定万世策，以安宗庙。天下蒸庶，咸以康宁，功德茂盛，朕甚嘉之。复其后世，畴其爵邑，世世毋有所与。功如萧相国。"夏四月，凤皇集鲁郡，群鸟从之。大赦天下。五月，光禄大夫平丘侯王迁有罪，下狱死。上始亲政事，又思报大将军功德，乃复使乐平侯山领尚书事，而令群臣得奏封事，以知下情。五日一听事，自丞相以下各奉职奏事，以傅奏其言，考试功能。侍中尚书功劳当迁及有异善，厚加赏赐，至于子孙，终不改易。枢机周密，品式备具，上下相安，莫有苟且之意也。

三年春三月，诏曰："盖闻有功不赏，有罪不诛，虽唐虞犹不能以化天下，今胶东相成劳来不怠，流民自占八万余口，治有异等，其秩成中二千石，赐爵关内侯。"又曰："鳏寡孤独高年贫困之民，朕所怜也。前下诏假公田，贷种食。其加赐鳏寡孤独高年帛。二千石严教吏谨视遇，毋令失职。"令内郡国举贤良方正可亲民者。夏四月戊申，立皇太子，大赦天下。赐御史大夫爵关内侯，中二千石爵右庶长。天下当为父后者爵一级。赐广陵王黄金千斤，诸侯王十五人黄金各百斤，列侯在国者八十七人黄金各二十斤。冬十月，诏曰："乃者九月壬申地震，朕甚惧焉。有能箴朕过失，及贤良方正直言极谏之士以匡朕之不逮，毋讳有司。朕既不德，不能附远，是以边境屯戍未息。今复饬兵重屯，久劳百姓，非所以绥天下也。其罢车骑将军、右将军屯兵。"又诏："池籞未御幸者，假与贫民。郡国宫馆，勿复修治。流民还归者，假公田，贷种、食，且勿算事。"十一月，诏曰："朕既不逮，导民不明，反侧晨兴，念虑万方，不忘元元。唯恐羞先帝圣德，故并举贤良、方正以亲万姓，历载臻兹，然而俗化阙焉。传曰：'孝弟也者，其为仁之本与！'其令郡国举孝弟有行义闻于乡里者各一人。"十二月，初置廷尉平四人，秩六百石。省文山郡，并蜀。

四年春二月，封外祖母为博平君，故酂侯萧何曾孙建世为侯。诏曰："导民以孝，则天下顺。今百姓或遭衰绖凶灾，而吏徭事使不得葬，伤孝子之心，朕甚怜之。自今，诸有大父母、父母丧者勿徭事，使得收敛送终，尽其子道。"夏五月，诏曰："父子之亲，夫妇之道，天性也。虽有患祸，犹蒙死而存之。诚爱结于心，仁厚之至也，岂能违之哉自今，子首匿父母、妻匿夫、孙匿大父母，皆勿坐。其父母匿子、夫匿妻、大父母匿孙，罪殊死，皆上请廷尉以闻。"立广川惠王孙文为广川王。秋七月，大司马霍禹谋反。诏曰："乃者，东织室令史张赦使魏郡豪李竟报冠阳侯霍云谋为大逆，朕以大将军故，抑而不扬，冀其自新。今大司马博陆侯禹与母宣成侯夫人显及从昆弟冠阳侯云、乐平侯山、诸姊妹婿度辽将军范明友、长信少府邓广汉、中郎将任胜、骑都尉赵平、长安男子冯殷等谋为大逆。显前又使女侍医淳于衍进药杀共哀后，谋毒太子，欲危宗庙。逆乱不道，咸伏其辜。诸为霍氏所诖误未发觉在吏者，皆赦除之。"八月己酉，皇后霍氏废。九月，诏曰："朕惟百姓失职不赡，遣使者循行郡国问民所疾苦。吏或营私烦扰，不顾厥咎，朕甚闵之。今年郡国颇被水灾，已振贷。盐，民之食，而贾咸贵，众庶重困。其减天下盐贾。"又曰："令甲，死者不可生，刑者不可息。此先帝之所重，而吏未称。今系者或以掠辜若饥寒瘐死狱中，何用心逆人道也！朕甚痛之。其令郡国岁上系囚以掠笞若瘐死者所坐名、县、爵、里，丞相、御史课殿最以闻”。十二月，清河王年有罪，废迁房陵。

元康元年春，以杜东原上为初陵，更名杜县为杜陵。徙丞相、将军、列侯、吏二千石、訾百万者杜陵。三月，诏曰：“乃者凤皇集泰山、陈留，甘露降未央宫。朕未能章先帝休烈，协宁百姓，承天顺地，调序四时，获蒙嘉瑞，赐兹祉福，夙夜兢兢，靡有骄色，内省匪解，永惟罔极。《书》不云乎？‘凤皇来仪，庶尹允谐。’其赦天下徒，赐勤事吏中二千石以下至六百石爵，自中郎吏至五大夫，佐史以上二级，民一级，女子百户牛酒。加赐鳏、寡、孤、独三老孝弟力田帛。所振贷勿收。”夏五月，立皇考庙。益奉明园户为奉明县。复高皇帝功臣绛侯周勃等百三十六人家子孙，令奉祭祀，世世勿绝。其毋嗣者，复其次。秋八月，诏曰：“朕不明六艺，郁于大道，是以阴阳风雨未时。其博举吏民，厥身修正，通文学，明于先王之术，宣究其意者，各二人，中二千石各一人。”冬，置建章卫尉。

二年春正月，诏曰：“《书》云‘文王作罚，刑兹无赦’，今吏修身奉法，未有能称朕意，朕甚愍焉。其赦天下，与士大夫厉精更始。”二月乙丑，立皇后王氏。赐丞相以下至郎从官钱帛各有差。三月，以凤皇、甘露降集，赐天下吏爵二级，民一级，女子百户牛、酒，鳏、寡、孤、独、高年帛。夏五月，诏曰：“狱者，万民之命，所以禁暴止邪，养育群生也。能使生者不怨，死者不恨，则可谓文吏矣。今则不然，用法或持巧心，析律贰端，深浅不平，增辞饰非，以成其罪。奏不如实，上亦亡由知。此朕之不明，吏之不称，四方黎民将何仰哉！二千石各察官属，勿用此人。吏务平法。或擅兴徭役，饰厨、传，称过使客，越职逾法，以取名誉，譬犹践薄冰以待白日，岂不殆哉！今天下颇被疾疫之灾，朕甚愍之。其令郡国被灾甚者，毋出今年租赋。”又曰：“闻古天子之名，难知而易讳也。今百姓多上书触讳以犯罪者，朕甚怜之。其更讳询。诸触讳在令前者，赦之。”冬，京兆尹赵广汉有罪，要斩。

三年春，以神爵数集泰山，赐诸侯王、丞相、将军、列侯二千石金，郎从官帛，各有差。赐天下吏爵二级，民一级，女子百户牛酒，鳏寡孤独高年帛。三月，诏曰：“盖闻象有罪，舜封之，骨肉之亲粲而不殊。其封故昌邑王贺为海昏侯。”又曰：“朕微眇时，御史大夫丙吉，中郎将史曾、史玄、长乐卫尉许舜、侍中光禄大夫许延寿皆与朕有旧恩。及故掖庭令张贺辅导朕躬，修文学经术，恩惠卓异，厥功茂焉。《诗》不云乎？‘无德不报。’封贺所子弟子侍中中郎将彭祖为阳都侯，追赐贺谥曰阳都哀侯。吉、曾、玄、舜、延寿皆为列侯。故人下至郡邸狱复作尝有阿保之功，皆受官禄、田宅、财物，各以恩深浅报之。”夏六月，诏曰：“前年夏，神爵集雍。今春，五色鸟以万数飞过属县，翱翔而舞，欲集未下。其令三辅毋得以春夏擿探卵，弹射飞鸟。具为令。”立皇子钦为淮阳王。

四年春正月，诏曰：“朕惟耆老之人，发齿堕落，血气衰微，亦亡暴虐之心，今或罹文法，拘执囹圄，不终天命，朕甚怜之。自今以来，诸年八十以上，非诬告、杀伤人，佗皆勿坐。”遣太中大夫强等十二人循行天下，存问鳏寡，览观风俗，察吏治得失，举茂材异伦之士。二月，河东霍徵史等谋反，诛。三月，诏曰：“乃者，神爵五彩以万数集长乐、未央、北宫、高寝、甘泉泰畤殿中及上林苑。朕之不逮，寡于德厚，屡获嘉祥，非朕之任。其赐天下吏爵二级，民一级，女子百户牛酒。加赐三老、孝弟、力田帛，人二匹，鳏寡孤独各一匹。”秋八月，赐故右扶风尹翁归子黄金百斤。以奉其祭祀。又赐功臣適后黄金，人二十斤。丙寅，大司马卫将军安世薨。比年丰，谷石五钱。

神爵元年春正月，行幸甘泉，郊泰畤。三月，行幸河东，祠后土。诏曰：“朕承宗庙，战战栗栗，惟万事统，未烛厥理。乃元康四年嘉谷、玄稷降于郡国，神爵仍集，金芝九茎产于函德殿铜池中，九真献奇兽，南郡获白虎、威凤为宝。朕之不明，震于珍物，饬躬斋精，祈为百姓。东济大河，天气清静，神鱼舞河。幸万岁宫，神爵翔集。朕之不德，惧不能任。其以五年为神爵元年。赐天下勤事吏爵二级，民一级，女子百户牛酒，鳏寡孤独高年帛。所振贷物勿收。行所过，毋出田租。”西羌反，发三辅、中都官徒弛刑，及应募佽飞射士、羽林孤儿，胡、越骑，三河、颍川、沛郡、淮阳、汝南材官，金城、陇西、天水、安定、北地、上郡骑士、羌骑，诣金城。夏四月，遣后将军赵充国、强弩将军许延寿击西羌。六月，有星孛于东方。即拜酒泉太守辛武贤为破羌将军，与两将军并进。诏曰："军旅暴露，转输烦劳，其令诸侯王、列侯、蛮夷王侯君长当朝二年者，皆毋朝。”秋，赐故大司农朱邑子黄金百斤，以奉祭祀。后将军充国言屯田之计，语在《充国传》。

二年春二月，诏曰:“乃者正月乙丑，凤皇、甘露降集京师，群鸟从以万数。朕之不德，屡获天福，祗事不怠，其赦天下。”夏五月，羌虏降服，斩其首恶大豪杨玉、酋非首。置金城属国以处降羌。秋，匈奴日逐王先贤掸将人众万余来降。使都护西域骑都尉郑吉迎日逐，破车师，皆封列侯。九月，司隶校尉盖宽饶有罪，下有司，自杀。匈奴单于遣名王奉献，贺正月，始和亲。

三年春，起乐游苑。

三月丙午，丞相相薨。秋八月，诏曰:“吏不廉平则治道衰。今小吏皆勤事，而奉禄薄，欲其毋侵渔百姓，难矣。其益吏百石以下奉十五。”

四年春二月，诏曰："乃者凤皇、甘露降集京师，嘉瑞并见。修兴泰一、五帝、后土之祠，祈为百姓蒙祉福。鸾凤万举，蜚览翱翔，集止于旁。斋戒之暮，神光显著。荐鬯之夕，神光交错。或降于天，或登于地，或从四方来集于坛。上帝嘉向，海内承福。其赦天下，赐民爵一级，女子百户牛酒，鳏寡孤独高年帛。”夏四月，颍川太守黄霸以治行尤异秩中二千石，赐爵关内侯，黄金百斤。及颍川吏、民有行义者爵，人二级，力田一级，贞妇顺女帛。令内郡国举贤良可亲民者各一人。五月，匈奴单于遣弟呼留若王胜之来朝，冬十月，凤皇十一集杜陵。十一月，河南太守严延年有罪，弃市。十二月，凤皇集上林。

五凤元年春正月，行幸甘泉，郊泰畤。皇太子冠。皇太后赐丞相、将军、列侯、中二千石帛，人百匹，大夫人八十匹，夫人六十匹。又赐列侯嗣子爵五大夫，男子为父后者爵一级。夏，赦徒作杜陵者。冬十二月乙酉朔，日有蚀之。左冯翊韩延寿有罪，弃市。

二年春三月，行幸雍，祠五畤。夏四月己丑，大司马车骑将军增薨。秋八月，诏曰："夫婚姻之礼，人伦之大者也；酒食之会，所以行礼乐也。今郡国二千石或擅为苛禁，禁民嫁娶不得具酒食相贺召。由是废乡党之礼，令民亡所乐，非所以导民也。《诗》不云乎？'民之失德，乾餱以愆。'勿行苛政。”冬十一月，匈奴呼遬累单于帅众来降，封为列侯。十二月，平通侯杨恽坐前为光禄勋有罪，免为庶人。不悔过，怨望，大逆不道，要斩。

三年春正月癸卯，丞相吉薨。三月，行幸河东，祠后土。诏曰:“往者匈奴数为边寇，百姓被其害。朕承至尊，未能绥定匈奴。虚闾权渠单于请求和亲，病死。右贤王屠耆堂代立。骨肉大臣立虚闾权渠单于子为呼韩邪单于，击杀屠耆堂。诸王并自立，分为五单于，更相攻击，死者以万数，畜产大耗什八九，人民饥饿，相燔烧以求食，因大乖乱。单于阏氏子孙、昆弟及呼遬累单于、名王、右伊秩訾、且渠、当户以下将众五万余人来降归义。单于称臣，使弟奉珍朝贺正月，北边晏然，靡有兵革之事。朕饬躬斋戒，郊上帝，祠后土，神光并见，或兴于谷，烛耀斋宫，十有余刻。甘露降，神爵集。已诏有司告祠上帝、宗庙。三月辛丑，鸾凤又集长乐宫东阙中树上，飞下止地，文章五色，留十余刻，吏民并观。朕之不敏，惧不能任，屡蒙嘉瑞，获兹祉福。《书》不云乎？'虽休勿休，祗事不怠。'公卿大夫其勖焉。减天下口钱。赦殊死以下。赐民爵一级，女子百户牛酒。大酺五日。加赐鳏寡孤独高年帛。"置西河、北地属国以处匈奴降者。

四年春正月，广陵王胥有罪，自杀。匈奴单于称臣，遣弟谷蠡王入侍。以边塞亡寇，减戍卒什二。大司农中丞耿寿昌奏设常平仓，以给北边，省转漕。赐爵关内侯。夏四月辛丑晦，日有蚀之。昭曰："皇天见异，以戒朕躬，是朕之不逮，吏之不称也。以前使使者问民所疾苦，复遣丞相、御史掾二十四人循行天下，举冤狱，察擅为苛禁深刻不改者。"

甘露元年春正月，行幸甘泉，郊泰畤。匈奴呼韩邪单于遣子右贤王铢娄渠堂入侍。二月丁巳，大司马车骑将军延寿薨。夏四月，黄龙见新丰。丙申，太上皇庙火。甲辰，孝文庙火。上素服五日。冬，匈奴单于遣弟左贤王来朝贺。

二年春正月，立皇子嚣为定陶王。诏曰："乃者凤皇、甘露降集，黄龙登兴，醴泉滂流，枯槁荣茂，神光并见，咸受祯祥。其赦天下。减民算三十。赐诸侯王、丞相、将军、列侯、中二千石金钱各有差。赐民爵一级，女子百户牛酒，鳏寡孤独高年帛。"夏四月，遣护军尉禄将兵击珠崖。秋九月，立皇子宇为东平王。冬十二月，行幸萯阳宫属玉观。匈奴呼韩邪单于款五原塞，愿奉国珍朝三年正月。诏有司议。咸曰："圣王之制，施德行礼，先京师而后诸夏，先诸夏而后夷狄。《诗》云：'率礼不越，遂视既发。相土烈烈，海外有截。'陛下圣德。充塞天地，光被四表。匈奴单于乡风慕义，举国同心，奉珍朝贺，自古未之有也。单于非正朔所加，王者所客也，礼仪宜如诸侯王，称臣昧死再拜，位次诸侯王下。"诏曰："盖闻五帝三王，礼所不施，不及以政。今匈奴单于称北藩臣，朝正月，朕之不逮，德不能弘覆。其以客礼待之，位在诸侯王上。"

三年春正月，行幸甘泉，郊泰畤。匈奴呼韩邪单于稽侯狦来朝，赞谒称藩臣而不名。赐以玺绶、冠带、衣裳、安车、驷马、黄金、锦绣、缯絮。使有司道单于先行就邸长安，宿长平。上自甘泉宿池阳宫。上登长平阪，诏单于毋谒。其左右当户之群皆列观，蛮夷君长王侯迎者数万人，夹道陈。上登渭桥，咸称万岁。单于就邸。置酒建章宫，飨赐单于，观以珍宝。二月，单于罢归。遣长乐卫尉高昌侯忠、车骑都尉昌、骑都尉虎将万六千骑送单于。单于居幕南，保光禄城。诏北边振谷食。郅支单于远遁，匈奴遂定。诏曰："乃者凤皇集新蔡，群鸟四面行列，皆向凤皇立，以万数。其赐汝南太守帛百匹，新蔡长吏、三老、孝弟力田鳏、寡、孤、独各有差。赐民爵二级。毋出今年租。"三月己丑，丞相霸薨。诏诸儒讲《五经》同异，太子太傅萧望之等平奏其议，上亲称制临决焉。乃立梁丘《易》、大小夏侯《尚书》、穀梁《春秋》博士。冬，乌孙公主来归。

四年夏，广川王海阳有罪，废迁房陵。冬十月丁卯，未央宫宣室阁火。

黄龙元年春正月，行幸甘泉，郊泰畤。匈奴呼韩邪单于来朝，礼赐如初。二月，单于归国。诏曰："盖闻上古之治，君臣同心，举措曲直，各得其所。是以上下和洽，海内康平，其德弗可及已。朕既不明，数申诏公卿大夫务行宽大，顺民所疾苦，将欲配三王之隆，明先帝之德也。今吏或以不禁奸邪为宽大，纵释有罪为不苛，或以酷恶为贤，皆失其中。奉诏宣化如此，岂不谬哉！方今天下少事，徭役省减，兵革不动，而民多贫，盗贼不止，其咎安在？上计簿，具文而已，务为欺谩，以避其课。三公不以为意，朕将何任？诸请诏省卒徒自给者皆止。御史察计簿，疑非实者，按之，使真伪毋相乱。”三月，有星孛于王良、阁道，入紫宫。夏四月，诏曰：“举廉吏，诚欲得其真也。吏六百石位大夫，有罪先请，秩禄上通，足以效其贤材，自今以来毋得举。”

冬十二月甲戌，帝崩于未央宫。癸巳，尊皇太后曰太皇太后。

赞曰：孝宣之治，信赏必罚，综核名实，政事文学法理之士咸精其能，至于技巧工匠器械，自元、成间鲜能及之，亦足以知吏称其职，民安其业也。遭值匈奴乖乱，推亡固存，信威北夷，单于慕义，稽首称藩。功光祖宗，业垂后嗣，可谓中兴，侔德殷宗、周宣矣！

卷九

元帝纪第九

孝元皇帝，宣帝太子也。母曰共哀许皇后，宣帝微时生民间。年二岁，宣帝即位。八岁，立为太子。壮大，柔仁好儒。见宣帝所用多文法吏，以刑名绳下，大臣杨恽、盖宽饶等坐刺讥辞语为罪而诛，尝侍燕从容言：“陛下持刑太深，宜用儒生。”宣帝作色曰：“汉家自有制度，本以霸王道杂之，奈何纯任德教，用周政乎！且俗儒不达时宜，好是古非今，使人眩于名实，不知所守，何足委任！”乃叹曰：“乱我家者，太子也！”由是疏太子而爱淮阳王，曰：“淮阳王明察好法，宜为吾子。”而王母张倢伃尤幸。上有意欲用淮阳王代太子，然以少依许氏，俱从微起，故终不背焉。黄龙元年十二月，宣帝崩。癸巳，太子即皇帝位，谒高庙。尊皇太后曰太皇太后，皇后曰皇太后。

初元元年春正月辛丑，孝宣皇帝葬杜陵。赐诸侯王、公主、列侯黄金，吏二千石以下钱帛，各有差。大赦天下。三月，封皇太后兄侍中中郎将王舜为安平侯。丙午，立皇后王氏。以三辅、太常、郡国公田及苑可省者振业贫民，訾不满千钱者赋贷种、食。封外祖父平恩戴侯同产弟子中常侍许嘉为平恩侯，奉戴侯后。夏四月，诏曰：“朕承先帝之圣绪，获奉宗庙，战战兢兢。间者地数动而未静，惧于天地之戒，不知所由。方田作时，朕忧蒸庶之失业，临遣光禄大夫褒等十二人循行天下，存问耆老鳏寡孤独困乏失职之民，延登贤俊，招显侧陋，因览风俗之化。相守二千石诚能正躬劳力，宣明教化，以亲万姓，则六合之内和亲，庶几乎无忧矣。《书》不云乎？‘股肱良哉，庶事康哉！’布告天下，使明知朕意。”又曰：“关东今年谷不登，民多困乏。其令郡国被灾害甚者毋出租赋。江海陂湖园池属少府者以假贫民，勿租赋。赐宗室有属籍者马一匹至二驷，三老、孝者帛五匹，弟者、力田三匹，鳏寡孤独二匹，吏民五十户牛、酒。”六月，以民疾疫，令大官损膳，减乐府员，省苑马，以振困乏。秋八月，上郡属国降胡万余人亡入匈奴。九月，关东郡国十一大水，饥，或人相食，转旁郡钱、谷以相救。诏曰：“间者，阴阳不调，黎民饥寒，无以保治，惟德浅薄，不足以充入旧贯之居。其令诸宫馆希御幸者勿缮治，太仆减谷食马，水衡省肉食兽。”

二年春正月，行幸甘泉，郊泰畤。赐云阳民爵一级，女子百户牛酒。立弟竟为清河王。

三月，立广陵厉王太子霸为王。诏罢黄门乘舆狗马，水衡禁囿、宜春下苑、少府佽飞外池、严池田假与贫民。诏曰："盖闻贤圣在位，阴阳和，风雨时，日月光，星辰静，黎庶康宁，考终厥命。今朕恭承天地，托于公侯之上，明不能烛，德不能绥，灾异并臻，连年不息。乃二月戊午，地震于陇西郡，毁落太上皇庙殿壁木饰，坏败豲道县城郭官寺及民室屋，压杀人众。山崩地裂，水泉涌出。天惟降灾，震惊朕师。治有大亏，咎至于斯。夙夜兢兢，不通大变，深惟郁悼，未知其序。间者岁数不登，元元困乏，不胜饥寒，以陷刑辟，朕甚闵之。郡国被地动灾甚者，无出租赋。赦天下。有可蠲除、减省以便万姓者，条奏，毋有所讳。丞相、御史、中二千石举茂材异等直言极谏之士，朕将亲览焉。"夏四月丁巳，立皇太子。赐御史大夫爵关内侯，中二千石右庶长，天下当为父后者爵一级，列侯钱各二十万，五大夫十万。六月，关东饥，齐地人相食。秋七月，诏曰："岁比灾害，民有菜色，惨怛于心。已诏吏虚仓廪，开府库振救，赐寒者衣。今秋禾麦颇伤。一年中地再动。北海水溢，流杀人民。阴阳不和，其咎安在？公卿将何以忧之？其悉意陈朕过，靡有所讳。"冬，诏曰："国之将兴，尊师而重傅。故前将军望之傅朕八年，道以经书，厥功茂焉。其赐爵关内侯，食邑八百户，朝朔望。"十二月，中书令弘恭、石显等谮望之，令自杀。

三年春，令诸侯相位在郡守下。珠崖郡山南县反，博谋群臣。待诏贾捐之以为宜弃珠崖，救民饥馑。乃罢珠崖。夏四月乙未晦，茂陵白鹤馆灾。诏曰："乃者火灾降于孝武园馆，朕战栗恐惧。不烛变异，咎在朕躬。群司又未肯极言朕过，以至于斯，将何以寤焉！百姓仍遭凶厄，无以相振，加以烦扰乎苛吏，拘牵乎微文，不得永终性命，朕甚闵焉。其赦天下。"夏，旱。立长沙炀王弟宗为王。封故海昏侯贺子代宗为侯。六月，诏曰："盖闻安民之道，本繇阴阳，间者阴阳错谬，风雨不时。朕之不德，庶几群公有敢言朕之过者，今则不然。偷合苟从，未肯极言，朕甚闵焉，惟蒸庶之饥寒，远离父母妻子，劳于非业之作，卫于不居之宫，恐非所以佐阴阳之道也。其罢甘泉、建章宫卫，令就农。百官各省费。条奏毋有所讳。有司勉之，毋犯四时之禁。丞相、御史举天下明阴阳灾异者各三人。"于是言事者众，或进擢召见，人人自以得上意。

四年春正月，行幸甘泉，郊泰畤。三月，行幸河东，祠后土。赦汾阴徒。赐民爵一级，女子百户牛酒，鳏寡高年帛。行所过无出租赋。

五年春正月，以周子南君为周承休侯，位次诸侯王。三月，行幸雍，祠五畤。夏四月，有星孛于参。诏曰："朕之不逮，序位不明，众僚久畤，未得其人。元无失望，上感皇天，阴阳为变，咎流万民，朕甚惧之。乃者关东连遭灾害，饥寒疾疫，夭不终命。《诗》不云乎，'凡民有丧，匍匐救之。'其令太官毋日杀，所具各减半。乘舆秣马，无乏正事而已。罢角抵、上林宫馆希御幸者、齐三服官、北假田官、盐铁官、常平仓。博士弟子毋置员，以广学者。赐宗室子有属籍者马一匹至二驷，三老、孝者帛，人五匹，弟者、力田三匹，鳏、寡、孤、独二匹，吏民五十户牛酒。"省刑罚七十余事。除光禄大夫以下至郎中保父母同产之令。令从官给事宫司马中者，得为大父母父母兄弟通籍。冬十二月丁未，御史大夫贡禹卒。卫司马谷吉使匈奴，不还。

永光元年春正月，行幸甘泉，郊泰畤。赦云阳徒。赐民爵一级，妇子百户牛酒，高年帛。行所过毋出租赋。二月，诏丞相、御史举质朴敦厚逊让有行者，光禄岁以此科第郎、从官。三月，诏曰："五帝、三王任贤使能，以登至平，而今不治者，岂斯民异哉？咎在朕之不明，亡以知贤也。是故壬人在位，而吉士雍蔽。重以周秦之弊，民渐薄俗，去礼义，触刑法，岂不哀哉！由此观之，元元何辜？其赦天下，令厉精自新，各务农亩。无田者皆假之，贷种，食如贫民。赐吏六百石以上爵五大夫，勤事吏二级，民一级，女子百户牛酒，鳏、寡、孤、独、高年帛。”是月雨雪，陨霜伤麦稼，秋罢。

二年春二月，诏曰：“盖闻唐虞象刑而民不犯，殷周法行而奸宄服。今朕获承高祖之洪业，托位公侯之上，夙夜战栗，永惟百姓之急，未尝有忘焉。然而阴阳未调，三光菸昧。元元大困，流散道路，盗贼并兴。有司又长残贼，失牧民之术。是皆朕之不明，政有所亏。咎至于此，朕甚自耻。为民父母，若是之薄，谓百姓何！其大赦天下，赐民爵一级，女子百户牛酒，鳏寡孤独高年三老、孝弟、力田帛。”又赐诸侯王、公主、列侯黄金，中二千石以下至中都官长吏各有差，吏六百石以上爵五大夫，勤事吏各二级。三月壬戌朔，日有蚀之。诏曰：“朕战战栗栗，夙夜思过失，不敢荒宁。惟阴阳不调，未烛其咎，屡敕公卿，日望有效。至今有司执政，未得其中，施与禁切，未合民心，暴猛之俗弥长，和睦之道日衰，百姓愁苦，靡所错躬。是以氛邪岁增，侵犯太阳，正气湛掩，日久夺光。乃壬戌，日有蚀之，天见大异，以戒朕躬，朕甚悼焉。其令内郡国举茂材异等、贤良直言之士各一人。”夏六月，诏曰：“间者连年不收，四方咸困。元元之民，劳于耕耘，又亡成功，困于饥馑，亡以相救。朕为民父母，德不能覆，而有其刑，甚自伤焉。其赦天下。”秋七月，西羌反，遣右将军冯奉世击之。八月，以太常任千秋为奋威将军，别将五校并进。

三年春，西羌平，军罢。三月，立皇子康为济阳王。夏四月癸未，大司马车骑将军接薨。冬十一月，诏曰：“乃者己丑地动，中冬雨水、大雾，盗贼并起。吏何不以时禁？各悉意对。”冬，复盐铁官、博士弟子员。以用度不足，民多复除，无以给中外徭役。

四年春二月，诏曰：“朕承至尊之重，不能烛理百姓，屡遭凶咎。加以边境不安，师旅在外，赋敛转输，元元骚动，穷困亡聊，犯法抵罪。夫上失其道而绳下以深刑，朕甚痛之。其赦天下，所贷贫民勿收责。”三月，行幸雍，祠五畤。夏六月甲戌，孝宣园东阙灾。戊寅晦，日有蚀之。诏曰：“盖闻明王在上，忠贤布职，则群生和乐，方外蒙泽。今朕晻于王道，夙夜忧劳，不通其理，靡瞻不眩，靡听不惑，是以政令多还，民心未得，邪说空进，事亡成功。此天下所著闻也。公卿大夫好恶不同，或缘奸作邪，侵削细民，元元安所归命哉！乃六月晦，日有蚀之。《诗》不云乎？‘今此下民，亦孔之哀！’自今以来，公卿大夫其勉思天戒，慎身修永，以辅朕之不逮。直言尽意，无有所讳。”九月戊子，罢卫思后园及戾园。冬十月乙丑，罢祖宗庙在郡国者。诸陵分属三辅。以渭城寿陵亭部原上为初陵。诏曰：“安土重迁，黎民之性；骨肉相附，人情所愿也。顷者有司缘臣子之义，奏徙郡国民以奉园陵，令百姓远弃先祖坟墓，破业失产，亲戚别离，人怀思慕之心，家有不安之意。是以东垂被虚耗之害，关中有无聊之民，非久长之策也。《诗》不云乎？‘民亦劳止，迄可小康，惠此中国，以绥四方。’今所为初陵者，勿置县邑，使天下咸安土乐业，亡有动摇之心。布告天下，令明知之。”又罢先后父母奉邑。

五年春正月，行幸甘泉，郊泰畤。三月，上幸河东，祠后土。秋，颍川水出，流杀人民。吏、从官县被害者与告，士卒遣归。冬，上幸长杨射熊馆，布车骑，大猎。十二月乙酉，毁太上皇、孝惠皇帝寝庙园。

建昭元年春三月，上幸雍，祠五畤。秋八月，有白蛾群飞蔽日，从东都门至枳道。冬，河间王元有罪，废迁房陵。罢孝文太后、孝昭太后寝园。

二年春正月，行幸甘泉，郊泰畤。三月，行幸河东，祠后土。益三河郡太守秩。户十二万为大郡。夏四月，赦天下。六月，立皇子兴为信都王，闰月丁酉，太皇太后上官氏崩。冬十一月，齐、楚地震，大雨雪，树折屋坏。淮阳王舅张博、魏郡太守京房坐窥道诸侯王以邪意，漏泄省中语，博要斩，房弃市。

三年夏，令三辅都尉、大郡都尉秩皆二千石。六月甲辰，丞相玄成薨。秋，使护西域骑都尉甘延寿、副校尉陈汤矫发戊己校尉屯田吏、士及西域胡兵攻郅支单于。冬，斩其首，传诣京师，悬蛮夷邸门。

四年春正月，以诛郅支单于告祠郊庙。赦天下。群臣上寿置酒，以其图书示后宫贵人。夏四月，诏曰："朕承先帝之休烈，夙夜栗栗，惧不克任。间者阴阳不调，五行失序，百姓饥馑。惟蒸庶之失业，临遣谏大夫博士赏等二十一人循行天下，存问耆老鳏寡、孤独乏困失职之人，举茂材特立之士。相将九卿，其帅意毋怠，使朕获观教化之流焉。"六月甲申，中山王竟薨。蓝田地沙石雍霸水，安陵岸崩雍泾水，水逆流。

五年春三月，诏曰："盖闻明王之治国也，明好恶而定去就，崇敬让而民兴行，故法设而民不犯，令施而民从。今朕获保宗庙，兢兢业业，匪敢解怠，德薄明晻，教化浅微。传不云乎？'百姓有过，在予一人。'其赦天下，赐民爵一级，女子百户牛酒，三老、孝弟、力田帛。"又曰："方春，农桑兴，百姓戮力自尽之时也，故是月劳农劝民，无使后时。今不良之吏，覆案小罪，征召证案，兴不急之事，以妨百姓，使失一时之作，亡终岁之功，公卿其明察申敕之。"夏六月庚申，复戾园。壬申晦，日有蚀之。秋七月庚子，复太上皇寝庙园、原庙，昭灵后、武哀王、昭哀后、卫思后园。

竟宁元年春正月，匈奴乎韩邪单于来朝。诏曰："匈奴郅支单于背叛礼义，既伏其辜，乎韩邪单于不忘恩德，向慕礼义，复修朝贺之礼，愿保塞传之无穷，边垂长无兵革之事。其改元为竟宁，赐单于待诏掖庭王樯为阏氏。"皇太子冠。赐列侯嗣子爵五大夫，天下为父后者爵一级。二月，御史大夫延寿卒。三月癸未，复孝惠皇帝寝庙园、孝文太后、孝昭太后寝园。夏，封骑都尉甘延寿为列侯。赐副校尉陈汤爵关内侯，黄金百斤。五月壬辰，帝崩于未央宫。毁太上皇、孝惠、孝景皇帝庙。罢孝文、孝昭太后、昭灵后、武哀王、昭哀后寝园。秋七月丙戌，葬渭陵。

赞曰：臣外祖兄弟为元帝侍中，语臣曰：元帝多材艺，善史书。鼓琴瑟，吹洞箫，自度曲，被歌声，分刌节度，穷极幼眇。少而好儒，及即位，征用儒生，委之以政，贡、薛、韦、匡迭为宰相。而上牵制文义，优游不断，孝宣之业衰焉。然宽弘尽下，出于恭俭，号令温雅，有古之风烈。

卷十

成帝纪第十

孝成皇帝，元帝太子也。母曰王皇后。元帝在太子宫生甲观画堂，为世嫡皇孙。宣帝爱之，字曰太孙，常置左右。年三岁而宣帝崩，元帝即位，帝为太子。壮好经书，宽博谨慎。初居桂宫，上尝急召，太子出龙楼门，不敢绝驰道，西至直城门，得绝乃度，还入作室门。上迟之，问其故，以状对。上大说，乃著令，令太子得绝驰道云。其后幸酒，乐燕乐，上不以为能。而定陶恭王有材艺，母傅昭仪又爱幸，上以故常有意欲以恭王为嗣。赖侍中史丹护太子家，辅助有力，上亦以先帝尤爱太子，故得无废。

竟宁元年五月，元帝崩。六月己未，太子即皇帝位，谒高庙。尊皇太后曰太皇太后，皇后曰皇太后。以元舅侍中卫尉阳平侯王凤为大司马大将军，领尚书事。乙未，有司言："乘舆车牛马禽兽皆非礼，不宜以葬。"奏可。七月，大赦天下。

建始元年春正月乙丑，皇曾祖悼考庙灾。立故河间王弟上郡库令良为王。有星孛于营室。罢上林诏狱。二月，右将军长史姚尹等使匈奴还，去塞百余里，暴风火发，烧杀尹等七人。赐诸侯王、丞相、将军、列侯、王太后、公主、王主、吏二千石黄金，宗室诸官吏千石以下至二百石及宗室子有属籍者、三老、孝弟、力田、鳏寡孤独钱帛，各有差，吏民五十户牛酒。诏曰："乃者火灾降于祖庙，有星孛于东方，始正而亏，咎孰大焉！《书》云：'惟先假王正厥事。'群公孜孜，帅先百寮，辅朕不逮。崇宽大，长和睦，凡事恕己，毋行苛刻。其大赦天下，使得自新。"封舅诸吏光禄大夫关内侯王崇为安成侯。赐舅王谭、商、立、根、逢时爵关内侯。夏四月，黄雾四塞，博问公卿大夫，无有所讳。六月，有青蝇无万数集未央宫殿中朝者坐。秋，罢上林宫馆希御幸者二十五所。八月，有两月相承，晨见东方。九月戊子，流星光烛地，长四五丈，委曲蛇形，贯紫宫。十二月，作长安南北郊，罢甘泉、汾阴祠。是日大风，拔甘泉畤中大木十韦以上。郡国被灾什四以上，毋收田租。

二年春正月，罢雍五畤。辛巳，上始郊祀长安南郊。诏曰："乃者徙泰畤、后土于南郊、北郊，朕亲饬躬，郊祀上帝。皇天报应，神光并见。三辅长无共张徭役之劳，赦奉郊县长安、长陵及中都官耐罪徒。减天下赋钱，算四十。"闰月，以渭城延陵亭部为初陵。二月，诏三辅内郡举贤良方正各一人。三月，北宫井水溢出。辛丑，上始祠后土于北郊。丙午，立皇后许氏。罢六厩、技巧官。夏，大旱。东平王宇有罪，削樊、亢父县。秋，罢太子博望苑，以赐宗室朝请者。减乘舆厩马。

三年春三月，赦天下徒。赐孝弟、力田爵二级。诸逋租赋所振贷勿收。秋，关内大水。七月，虒上小女陈持弓闻大水至，走入横城门，阑入尚方掖门，至未央宫钩盾中。吏民惊上城。九月，诏曰："乃者郡国被水灾，流杀人民，多至千数。京师无故讹言大水至，吏民惊恐，奔走乘城。殆苛暴深刻之吏未息，元元冤、失职者众。遣谏大夫林等循行天下。"冬十二月戊申朔，日有蚀之。夜，地震未央宫殿中。诏曰："盖闻天生众民，不能相治，为之立君以统理之。君道得，则草木昆虫咸得其所；人君不德，谪见天地，灾异屡发，以告不治。朕涉道日寡，举错不中，乃戊申日蚀、地震，朕甚惧焉。公卿其各思朕过失，明白陈之。'女无面从，退有后言。'丞相、御史与将军、列侯、中二千石及内郡国举贤良方正能直言极谏之士，诣公车，朕将览焉。"越巂山崩。

四年春，罢中书宦官，初置尚书员五人。夏四月，雨雪。五月，中谒者丞陈临杀司隶校尉辕丰于殿中。秋，桃李实。大水，河决东郡金堤。冬十月，御史大夫尹忠以河决不忧职，自杀。

河平元年春三月，诏曰："河决东郡，流漂二州，校尉王延世堤塞辄平，其改元为河平。赐天下吏民爵，各有差。"夏四月己亥晦，日有蚀之，既。诏曰："朕获保宗庙，战战栗栗，未能奉称。传曰：'男教不修，阳事不得，则日为之蚀。'天著厥异，辜在朕躬。公卿大夫其勉，悉心以辅不逮。百寮各修其职，惇任仁人，退远残贼。陈朕过失，无有所讳。"大赦天下。六月，罢典属国并大鸿胪。秋九月，复太上皇寝庙园。

二年春正月，沛郡铁官冶铁飞，语在《五行志》。夏六月，封舅谭、商、立、根、逢时皆为列侯。

三年春二月丙戌，犍为地震山崩，雍江水，水逆流。秋八月乙卯晦，日有蚀之。光禄大夫刘向校中秘书。谒者陈农使，使求遗书于天下。

四年春正月，匈奴单于来朝。赦天下徒，赐孝弟、力田爵二级，诸逋租赋所振贷勿收。二月，单于罢归国。三月癸丑朔，日有蚀之。遣光禄大夫博士嘉等十一人行举濒河之郡水所毁伤困乏不能自存死，不能自葬埋。已葬者与钱；人二千。避水它郡国，在所冗食之，谨遇以文理，无令失职。举惇厚有行能直言之士。壬申，长陵临泾岸崩，雍泾水。夏六月庚戌，楚王嚣薨。山阳火生石中，改元为阳朔。

阳朔元年春二月丁未晦，日有蚀之。三月，赦天下徒。冬，京兆尹王章有罪，下狱死。

二年春，寒。诏曰："昔在帝尧，立羲、和之官，命以四时之事，令不失其序。故《书》云'黎民于蕃时雍'，明以阴阳为本也。今公卿大夫或不信阴阳，薄而小之，所奏请多违时政。传以不知，周行天下，而欲望阴阳和调，岂不谬哉！其务顺四时月令。"三月，大赦天下。夏五月，除吏八百石、五百石秩。秋，关东大水，流民欲入函谷、天井、壶口、五阮关者，勿苛留。遣谏大夫博士分行视。八月甲申，定陶王康薨。九月，奉使者不称。诏曰："古之立太学，将以传先王之业，流化于天下也。儒林之官，四海渊原，宜皆明于古今，温故知新，通达国体，故谓之博士。否则学者无述焉，为下所轻，非所以尊道德也。'工欲善其事，必先利其器。'丞相、御史其与中二千石、二千石杂举可充博士位者，使卓然可观。"是岁，御史大夫张忠卒。

三年春三月壬戌，陨石东郡，八。夏六月，颍川铁官徒申屠圣等百八十人杀长吏，盗库兵，自称将军，经历九郡。遣丞相长史、御史中丞逐捕，以军兴从事，皆伏辜。秋八月丁巳，大司马大将军王凤薨。

四年春正月，诏曰："夫《洪范》八政，以食为首，斯诚家给刑错之本也。先帝劭农，薄其租税，宠其强力，令与孝弟同科。间者，民弥惰怠，向本者少，趋末者众，将何以矫之？方东作时，其令二千石勉劝农桑，出入阡陌，致劳来之。《书》不云乎？'服田力啬，乃亦有秋。'其勖之哉！"二月，赦天下。秋九月壬申，东平王宇薨。闰月壬戌，御史大夫于永卒。

鸿嘉元年春二月，诏曰："朕承天地，获保宗庙，明有所蔽，德不能绥，刑罚不中，众冤失职，趋阙告诉者不绝。是以阴阳错谬，寒暑失序，日月不光，百姓蒙辜，朕甚闵焉。《书》不云乎？'即我御事，罔克耆寿，咎在厥躬。'方春生长时，临遣谏大夫理等举三辅、三河、弘农冤狱。公卿大夫、部刺史明申敕守、相，称朕意焉。其赐天下民爵一级，女子百户牛酒，加赐鳏寡孤独高年帛。逋贷未入者勿收。"壬午，行幸初陵。赦作徒。以新丰戏乡为昌陵县，奉初陵，赐百户牛酒。上始为微行出。冬，黄龙见真定。

二年春，行幸云阳。三月，博士行饮酒礼，有雉飞集于庭，历阶升堂而雊，后集诸府，又集承明殿。诏曰："古之选贤，傅纳以言，明试以功。故官无废事，下无逸民，教化流行，风雨和时，百谷用成，众庶乐业，咸以康宁。朕承鸿业十有余年，数遭水旱疾疫之灾，黎民屡困于饥寒，而望礼义之兴，岂不难哉！朕既无以率道，帝王之道日以陵夷，意乃招贤选士之路郁滞而不通与，将举者未得其人也？其举敦厚有行义、能直言者，冀闻切言嘉谋，匡朕之不逮。"夏，徙郡国豪杰赀五百万以上五千户于昌陵。赐丞相、御史、将军、列侯、公主、中二千石冢地、第宅。六月，立中山宪王孙云客为广德王。

三年夏四月，赦天下。令吏民得买爵，价级千钱。大旱。秋八月乙卯，孝景庙阙灾。冬十一月甲寅，皇后许氏废。广汉男子郑躬等六十余人攻官寺，篡囚徒，盗库兵，自称山君。

四年春正月，诏曰："数敕有司，务行宽大，而禁苛暴，讫今不改。一人有辜，举宗拘系，农民失业，怨恨者众，伤害和气，水旱为灾，关东流冗者众，青幽冀部尤剧，朕甚痛焉。未闻在位有恻然者，孰当助朕忧之！已遣使者循行郡国。被灾害什四以上，民赀不满三万，勿出租赋。逋贷未入，皆勿收。流民欲入关，辄籍内。所之郡国，谨遇以理，务有以全活之。思称朕意。”秋，勃海、清河河溢，被灾者振贷之。冬，广汉郑躬等党与浸广，犯历四县，众且万人。拜河东都尉赵护为广汉太守，发郡中及蜀郡合三万人击之。或相捕斩，除罪。旬月平，迁护为执金吾，赐黄金百斤。

永始元年春正月癸丑，太官凌室火。戊午，戾后园阙火。夏四月，封婕妤赵氏父临为成阳侯。五月，封舅曼子侍中骑都尉光禄大夫王莽为新都侯。六月丙寅，立皇后赵氏。大赦天下。秋七月，诏曰:“朕执德不固，谋不尽下，过听将作大匠万年言昌陵三年可成。作治五年，中陵、司马殿门内尚未加功。天下虚耗，百姓疲劳，客土疏恶，终不可成。朕惟其难，怛然伤心。夫‘过而不改，是谓过矣’。其罢昌陵，及故陵勿徙吏民，令天下毋有动摇之心。”立城阳孝王子俚为王。八月丁丑，太皇太后王氏崩。

二年春正月己丑，大司马车骑将军王音薨。二月癸未夜，星陨如雨。乙酉晦，日有蚀之。诏曰：“乃者，龙见于东莱，日有蚀之。天著变异，以显朕邮，朕甚惧焉。公卿申敕百寮，深思天诫，有可省减便安百姓者，条奏。所振贷贫民，勿收。”又曰:“关东比岁不登，吏民以义收食贫民、入谷物助县官振赡者，已赐直，其百万以上，加赐爵右更，欲为吏，补三百石，其吏也，迁二等。三十万以上，赐爵五大夫，吏亦迁二等，民补郎。十万以上，家无出租赋三岁。万钱以上，一年。”冬十一月，行幸雍，祠五畤。十二月，诏曰：“前将作大匠万年知昌陵卑下，不可为万岁居，奏请营作，建置郭邑，妄为巧诈，积土增高，多赋敛繇役，兴卒暴之作。卒徒蒙辜，死者连属，百姓疲极，天下匮竭。常侍闳前为大司农中丞，数奏昌陵不可成。侍中卫尉长数白宜早止，徙家反故处。朕以长言下闳章，公卿议者皆合长计。首建至策，闳典主省大费，民以康宁。闳前赐爵关内侯，黄金百斤。其赐长爵关内侯，食邑千户，闳五百户。万年佞邪不忠，毒流众庶，海内怨望，至今不息，虽蒙赦令，不宜居京师。其徙万年敦煌郡。”是岁，御史大夫王骏卒。

三年春正月己卯晦，日有蚀之。诏曰：“天灾仍重，朕甚惧焉。惟民之失职，临遣太中大夫嘉等循行天下，存问耆老，民所疾苦。其与部刺史举惇朴逊让有行义者各一人。”冬十月庚辰，皇太后诏有司复甘泉泰畤、汾阴后土、雍五畤、陈仓陈宝祠。语在《郊祀志》。十一月，尉氏男子樊并等十三人谋反，杀陈留太守，劫略吏民，自称将军。徒李谭等五人共格杀并等，皆封为列侯。十二月，山阳铁官徒苏令等二百二十八人攻杀长吏，盗库兵，自称将军，经历郡国十九，杀东郡太守、汝南都尉。遣丞长史、御史中丞持节督趣逐捕。汝南太守严䜣捕斩令等。迁䜣为大司农，赐黄金百斤。

四年春正月，行幸甘泉，郊泰畤，神光降集紫殿。大赦天下。赐云阳吏民爵，女子百户牛、酒，鳏寡孤独高年帛。三月，行幸河东，祠后土，赐吏民如云阳，行所过无出田租。夏四月癸未，长乐临华殿、未央宫东司马门皆灾。六月甲午，霸陵园门阙灾。出杜陵诸未尝御者归家。诏曰：“乃者，地震京师，火灾屡降，朕甚惧之。有司其悉心明对厥咎，朕将亲览焉。”又曰：“圣王明礼制以序尊卑，异车服以章有德，虽有其财，而无其尊，不得逾制，故民兴行，上义而下利。方今世俗奢僭罔极，靡有厌足。公卿列侯亲属近臣，四方所则，未闻修身遵礼，同心忧国者也。或乃奢侈逸豫，务广第宅，治园池，多畜奴婢，被服绮縠，设钟鼓，女乐，车服嫁娶葬埋过制。吏民慕效，浸以成俗。而欲望百姓俭节，家给人足，岂不难哉！《诗》不云乎？‘赫赫师尹，民具尔瞻。’其申敕有司，以渐禁之。青绿民所常服，且勿止。列侯近臣，各自省改。司隶校尉察不变者。”秋七月辛未晦，日有蚀之。

元延元年春正月己亥朔，日有蚀之。三月，行幸雍，祠五畤。夏四月丁酉，无云有雷，声光耀耀，四面下至地，昏止。赦天下。秋七月，有星孛于东井。诏曰："乃者，日蚀星陨，谪见于天，大异重仍。在位默然，罕有忠言。今孛星见于东井，朕甚惧焉。公卿大夫、博士、议郎其各悉心，惟思变意，明以经对，无有所讳。与内郡国举方正能直言极谏者各一人，北边二十二郡举勇猛知兵法者各一人。"封萧相国后喜为酂侯。冬十二月辛亥，大司马大将军王商薨。是岁，昭仪赵氏害后宫皇子。

二年春正月，行幸甘泉，郊泰畤。三月，行幸河东，祠后土。夏四月，立广陵孝王子守为王。冬，行幸长杨宫，从胡客大校猎。宿萯阳宫，赐从官。

三年春正月丙寅，蜀郡岷山崩，壅江三日，江水竭。二月，封侍中卫尉淳于长为定陵侯。三月，行幸雍，祠五畤。

四年春正月，行幸甘泉，郊泰畤。二月，罢司隶校尉官。三月，行幸河东，祠后土。甘露降京师，赐长安民牛酒。

绥和元年春正月，大赦天下。二月癸丑，诏曰："朕承太祖鸿业，奉宗庙二十五年，德不能绥理宇内，百姓怨望者众。不蒙天祐，至今未有继嗣，天下无所系心。观于往古近事之戒，祸乱之萌，皆由斯焉。定陶王欣于朕为子，慈仁孝顺，可以承天序，继祭祀。其立欣为皇太子。封中山王舅谏大夫冯参为宜乡侯，益中山国三万户，以慰其意。赐诸侯王、列侯金，天下当为父后者爵，三老、孝弟、力田帛，各有差。"又曰："盖闻王者必存二王之后，所以通三统也。昔成汤受命，列为三代，而祀废绝。考求其后，莫正孔吉。其封吉为殷绍嘉侯。三月，进爵为公，及周承休侯皆为公，地各百里行幸雍，祠五畤。夏四月，以大司马票骑大将军为大司马，罢将军官。御史大夫为大司空封为列侯。益大司马、大司空奉如丞相。秋八月庚戌，中山王兴薨。冬十一月，立楚孝王孙景为定陶王。定陵侯淳于长大逆不道，下狱死。廷尉孔光使持节赐贵人许氏药，饮药死。十二月，罢部刺史，更置州牧，秩二千石。

二年春正月，行幸甘泉，郊泰畤。二月壬子，丞相翟方进薨。三月，行幸河东，祠后土。丙戌，帝崩于未央宫。皇太后诏有司复长安南北郊。四月己卯，葬延陵。

赞曰：臣之姑充后宫为婕妤，父子昆弟侍帷幄，数为臣言：成帝善修容仪，升车正立，不内顾，不疾言，不亲指，临朝渊嘿，尊严若神，可谓穆穆天子之容者矣！博览古今，容受直辞。公卿称职，奏议可述。遭世承平，上下和睦。然湛于酒色，赵氏乱内，外家擅朝，言之可为于邑。建始以来，王氏始执国命，哀、平短祚，莽遂篡位，盖其威福所由来者渐矣！

卷十一

哀帝纪第十一

孝哀皇帝，元帝庶孙，定陶恭王子也。母曰丁姬。年三岁嗣立为王，长好文辞法律。元延四年入朝，尽从傅、相、中尉。时成帝少弟中山孝王亦来朝，独从傅。上怪之，以问定陶王，对曰："令，诸侯王朝，得从其国二千石。傅、相、中尉皆国二千石，故尽从之。"上令诵《诗》，通习，能说。他日问中山王："独从傅在何法令？"不能对。令诵《尚书》，又废。及赐食于前，后饱；起下，袜系解。成帝由此以为不能，而贤定陶王，数称其材。时王祖母傅太后随王来朝，私赂遗上所幸赵昭仪及帝舅票骑将军曲阳侯王根。昭仪及根见上亡子，亦欲豫自结为长久计，皆更称定陶王，劝帝以为嗣。成帝亦自美其材，为加元服而遣之，时年十七矣。明年，使执金吾宏守大鸿胪，持节征定陶王，立为皇太子。谢曰："臣幸得继父守藩为诸侯王，材质不足以假充太子之官。陛下圣德宽仁，敬承祖宗，奉顺神祇，宜蒙福晁子孙千亿之报。臣愿且得留国邸，旦夕奉问起居，俟有圣嗣，归国守藩。"书奏，天子报闻。后月余，立楚孝王孙景为定陶王，奉恭王祀，所以奖厉太子专为后之谊。语在《外戚传》。

绥和二年三月，成帝崩。四月丙午，太子即皇帝位，谒高庙。尊皇太后曰太皇太后，皇后曰皇太后。大赦天下。赐宗室王子有属者马各一驷，吏民爵，百户牛酒，三老、孝弟、力田、鳏寡孤独帛。太皇太后诏尊定陶恭王为恭皇。五月丙戌，立皇后傅氏。诏曰："《春秋》'母以子贵'，尊定陶太后曰恭皇太后，丁姬曰恭皇后，各置左右詹事，食邑如长信宫、中宫。"追尊傅父为崇祖侯、丁父为褒德侯。封舅丁明为阳安侯，舅子满为平周侯。追谥满父忠为平周怀侯，皇后父晏为孔乡侯，皇太后弟侍中光禄大夫赵钦为新成侯。六月，诏曰："郑声淫而乱乐，圣王所放，其罢乐府。"曲阳侯根前以大司马建社稷策，益封二千户。太仆安阳侯舜辅导有旧恩，益封五百户，及丞相孔光、大司空汜乡侯何武益封各千户。诏曰："河间王良丧太后三年，为宗室仪表，益封万户。"又曰："制节谨度以防奢淫，为政所先，百王不易之道也。诸侯王、列侯、公主、吏二千石及豪富民多畜奴婢，田宅亡限，与民争利，百姓失职，重困不足。其议限列。"有司条奏："诸王、列侯得名田国中，列侯在长安及公主名田县道，关内侯、吏民名田，皆无得过三十顷。诸侯王奴婢二百人，列侯、公主百人，关内侯、吏民三十人。年六十以上，十岁以下，不在数中。贾人皆不得名田、为吏，犯者以律论。诸名田畜奴婢过品，皆没入县官。齐三服官、诸官织绮绣，难成，害女红之物，皆止，无作输。除任子令及诽谤诋欺法。掖庭宫人年三十以下，出嫁之。官奴婢五十以上，免为庶人。禁郡国无得献名兽。益吏三百石以下奉。察吏残贼酷虐者，以时退。有司无得举赦前往事。博士弟子父母死，予宁三年。"秋，曲阳侯王根、成都侯王况皆有罪，根就国，况免为庶人，归故郡。诏曰："朕承宗庙之重，战战兢兢，惧失天心。间者日月亡光，五星失行，郡国比比地动。乃者河南、颍川郡水出，流杀人民，坏败庐舍。朕之不德，民反蒙辜，朕甚惧焉。已遣光禄大夫循行举籍，赐死者棺钱，人三千。其令水所伤县邑及他郡国灾害什四以上，民赀不满十万，皆无出今年租赋。"

建平元年春正月，赦天下。侍中骑都尉新成侯赵钦、成阳侯赵䜣皆有罪，免为庶人，徙辽西。太皇太后诏外家王氏田非冢茔，皆以赋贫民。二月，诏曰："盖闻圣王之治，以得贤为首。其与大司马、列侯、将军、中二千石、州牧、守、相举孝弟惇厚能直言通政事，延于侧陋可亲民者，各一人。"三月，赐诸侯王、公主、列侯、丞相、将军、中二千石、中都官郎吏金、钱、帛，各有差。冬，中山孝王太后媛、弟宜乡侯冯参有罪，皆自杀。

二年春三月，罢大司空，复御史大夫。

夏四月，诏曰："汉家之制，推亲亲以显尊尊。定陶恭皇之号不宜复称定陶。尊恭皇太后曰帝太太后，称永信宫；恭皇后曰帝太后，称中安宫。立恭皇庙于京师。赦天下徒。"罢州牧，复刺史。六月庚申，帝太后丁氏崩。上曰："朕闻夫妇一体。《诗》云：

'谷则异室，死则同穴。' 昔季武子成寝，杜氏之殡在西阶下，请合葬而许之。附葬之礼，自周兴焉。'郁郁乎文哉！吾从周。' 孝子事亡如事存。帝太后宜起陵恭皇之园。" 遂葬定陶。发陈留、济阴近郡国五万人穿复土。待诏夏贺良等言赤精子之谶，汉家历运中衰，当再受命，宜改元易号。诏曰："汉兴二百载，历数开元。皇天降非材之佑，汉国再获受命之符，朕之不德，曷敢不通！夫基事之元命，必与天下自新，其大赦天下。以建平二年为太初元年。号曰陈圣刘太平皇帝。漏刻以百二十为度。" 七月，以渭城西北原上永陵亭部为初陵。勿徙郡国民，使得自安。八月，诏曰："待诏夏贺良等建言改元易号，增益漏刻，可以永安国家。朕过听贺良等言，冀为海内获福，卒亡嘉应。皆违经背古，不合时宜。六月甲子制书，非赦令也，皆蠲除之。贺良等反道惑众，下有司。" 皆伏辜。丞相博、御史大夫玄、孔乡侯晏有罪。博自杀，玄减死二等论，晏削户四分之一。语在《博传》。

三年春正月，立广德夷王弟广汉为广平王。癸卯，帝太太后所居桂宫正殿火。三月己酉，丞相当薨。有星孛于河鼓。夏六月，立鲁顷王子郚乡侯闵为王。冬十一月壬子，复甘泉泰畤、汾阴后土祠，罢南北郊。东平王云、云后谒、安成恭侯夫人放皆有罪。云自杀，谒、放弃市。

四年春，大旱。关东民传行西王母筹，经历郡国，西入关至京师。民又会聚祠西王母，或夜持火上屋，击鼓号呼相惊恐。二月，封帝太太后从弟侍中傅商为汝昌侯，太后同母弟子侍中郑业为阳信侯。三月，侍中驸马都尉董贤、光禄大夫息夫躬、南阳太守孙宠皆以告东平王封列侯。语在《贤传》。夏五月，赐中二千石至六百石及天下男子爵。六月，尊帝太太后为皇太太后。秋八月，恭皇园北门灾。冬，诏将军、中二千石举明兵法有大虑者。

元寿元年春正月辛丑朔，日有蚀之。诏曰："朕获保宗庙，不明不敏，宿夜忧劳，未皇宁息。惟阴阳不调，元元不赡，未睹厥咎。屡敕公卿，庶几有望。至今有司执法，未得其中，或上暴虐，假势获名，温良宽柔，陷于亡灭。是故残贼弥长，和睦日衰，百姓愁怨，靡所错躬。乃正月朔，日有蚀之，厥咎不远，在余一人。公卿大夫其各悉心勉帅百寮，敦任仁人，黜远残贼，期于安民。陈朕之过失，无有所讳。其与将军、列侯、中二千石举贤良方正能直言者各一人。大赦天下。" 丁巳，皇太太后傅氏崩。三月，丞相嘉有罪，下狱死。秋九月，大司马票骑将军丁明免。孝元庙殿门铜龟蛇铺首鸣。

二年春正月，匈奴单于、乌孙大昆弥来朝。二月，归国，单于不说。语在《匈奴传》。夏四月壬辰晦，日有蚀之。五月，正三公官分职。大司马卫将军董贤为大司马，丞相孔光为大司徒，御史大夫彭宣为大司空，封长平侯。正司直、司隶，造司寇职，事未定。六月戊午，帝崩于未央宫。秋九月壬寅，葬义陵。

赞曰：孝哀自为藩王及充太子之宫，文辞博敏，幼有令闻。睹孝成世禄去王室，权柄外移，是故临朝屡诛大臣，欲强主威，以则武、宣。雅性不好声色，时览卞射武戏。即位痿痹，末年寖剧，飨国不永，哀哉！

卷十二

平帝纪第十二

孝平皇帝，元帝庶孙，中山孝王子也。母曰卫姬。年三岁嗣立为王。元寿二年六月，哀帝崩，太皇太后诏曰："大司马贤年少，不合众心，其上印绶，罢。"贤即日自杀。新都侯王莽为大司马，领尚书事。秋七月，遣车骑将军王舜、大鸿胪左咸使持节迎中山王。辛卯，贬皇太后赵氏为孝成皇后，退居北宫，哀帝皇后傅氏退居桂宫。孔乡侯傅晏、少府董恭等皆免官爵，徙合浦。九月辛酉，中山王即皇帝位，谒高庙，大赦天下。

帝年九岁，太皇太后临朝，大司马莽秉政，百官总己以听于莽。诏曰："夫赦令者，将与天下更始，诚欲令百姓改行洁己，全其性命也。往者有司多举奏赦前事，累增罪过，诛陷亡辜，殆非重信慎刑，洒心自新之意也。及选举者，其历职更事有名之士，则以为难保，废而弗举，甚谬于赦小过举贤材之义。对诸有臧及内恶未发而荐举者，皆勿案验。令士厉精向进，不以小疵妨大材。自今以来，有司无得陈赦前事置奏上。有不如诏书为亏恩，以不道论。定著令，布告天下，使明知之。"

元始元年春正月，越裳氏重译献白雉一，黑雉二，诏使三公以荐宗庙。群臣奏言大司马莽功德比周公，赐号安汉公，及太师孔光等皆益封。语在《莽传》。赐天下民爵一级，吏在位二百石以上，一切满秩如真。立故东平王云太子开明为王，故桃乡顷侯子成都为中山王。封宣帝耳孙信等三十六人皆为列侯。太仆王恽等二十五人前议定陶傅太后尊号，守经法，不阿指从邪；右将军孙建爪牙大臣，大鸿胪咸前正议不阿，后奉节使迎中山王；及宗正刘不恶、执金吾任岑、中郎将孔永、尚书令姚恂、沛郡太守石诩，皆以前与建策，东迎即位，奉事周密勤劳，赐爵关内侯，食邑各有差。赐帝征即位前所过县邑吏二千石以下至佐史爵，各有差。又令诸侯王、公、列侯、关内侯亡子而有孙若子同产子者，皆得以为嗣。公、列侯嗣子有罪，耐以上先请。宗室属未尽而以罪绝者，复其属。其为吏举廉佐史，补四百石。天下吏比二千石以上年老致仕者，参分故禄，以一与之，终其身。遣谏大夫行三辅，举籍吏民，以元寿二年仓卒时横赋敛者，偿其直。义陵民冢不妨殿中者勿发。天下吏民亡得置什器储。二月，置羲和官，秩二千石；外史、闾师，秩六百石。班教化，禁淫祀，放郑声。乙未，义陵寝神衣在柙中，丙申旦，衣在外床上，寝令以急变闻，用太牢祠。夏五月丁巳朔，日有蚀之。大赦天下。公卿、将军、中二千石举敦厚能直言者各一人。六月，使少府左将军丰赐帝母中山孝王姬玺书，拜为中山孝王后。赐帝舅卫宝、宝弟玄爵关内侯。赐帝女弟四人号皆曰君，食邑各二千户。封周公后公孙相如为褒鲁侯，孔子后孔均为褒成侯，奉其祀。追谥孔子曰褒成宣尼公。

罢明光宫及三辅驰道。天下女徒已论，归家，顾山钱月三百。复贞妇，乡一人。置少府海丞、果丞各一人；大司农部丞十三人，人部一州，劝农桑。太皇太后省所食汤沐邑十县，属大司农，常别计其租入，以赡贫民。秋九月，赦天下徒。以中山苦陉县为中山孝王后汤沐邑。

二年春，黄支国献犀牛。诏曰："皇帝二名，通于器物，今更名，合于古制。使太师光奉太牢告祠高庙。"夏四月，立代孝王玄孙之子如意为广宗王，江都易王孙盱台侯宫为广川王，广川惠王曾孙伦为广德王。封故大司马博陆侯霍光从父昆弟曾孙阳、宣平侯张敖玄孙庆忌、绛侯周勃玄孙共、舞阳侯樊哙玄孙之子章皆为列侯，复爵。赐故曲周侯郦商等后玄孙郦明友等百一十三人爵关内侯，食邑各有差。郡国大旱，蝗，青州尤甚，民流亡。安汉公、四辅、三公、卿大夫、吏民为百姓困乏献其田宅二百三十人，以口赋贫民。遣使者捕蝗，民捕蝗诣吏，以石斗受钱。天下民皆不满二万及被灾之郡不满十万，勿租税。民疾疫者，舍空邸第，为置医药。赐死者一家六尸以上葬钱五千，四尸以上三千，二尸以上二千。罢安定呼池苑，以为安民县，起官寺市里，募徙贫民，县次给食。至徙所，赐田宅什器，假与犁、牛、种、食。又起五里于长安城中，宅二百区，以居贫民。秋，举勇武有节明兵法，郡一人，诣公车。九月戊申晦，日有蚀之。赦天下徒。使谒者大司马掾四十四人持节行边兵。遣执金吾候陈茂假以钲鼓，募汝南、南阳勇敢吏士三百人，谕说江湖贼成重等二百余人皆自出，送家在所收事。重徙云阳，赐公田宅。冬，中二千石举治狱平，岁一人。

三年春，诏有司为皇帝纳采安汉公莽女。语在《莽传》。又诏光禄大夫刘歆等杂定婚礼。四辅、公卿、大夫、博士、郎、吏家属皆以礼娶，亲迎立轺并马。夏，安汉公奏车服制度，吏民养生、送终、嫁娶、奴婢、田宅、器械之品。立官稷及学官：郡国曰学，县、道、邑、侯国曰校，校、学置经师一人；乡曰庠，聚曰序，序、庠置《孝经》师一人。阳陵任横等自称将军，盗库兵，攻官寺，出囚徒。大司徒掾督逐，皆伏辜。安汉公世子宇与帝外家卫氏有谋。宇下狱死，诛卫氏。

四年春正月，郊祀高祖以配天，宗祀孝文以配上帝。改殷绍嘉公曰宋公，周承休公曰郑公。诏曰："盖夫妇正则父子亲，人伦定矣。前诏有司复贞妇，妇女徒，诚欲以防邪辟，全贞信。及眊掉之人刑罚所不加，圣王之所以制也。惟苛暴吏多拘系犯法者亲属，妇女老弱，构怨伤化，百姓苦之，其明敕百僚，妇女非身犯法，及男子年八十以上七岁以下，家非坐不道，诏所名捕，它皆无得系。其当验者，即验问。定著令。"二月丁未，立皇后王氏，大赦天下。遣太仆王恽等八人置副，假节，分行天下，览观风俗。赐九卿下至六百石、宗室有属籍者爵，自五大夫以上各有差。赐天下民爵一级，鳏寡孤独高年帛。夏，皇后见于高庙。加安汉公号曰："宰衡"。赐公太夫人号曰功显君。封公子安、临皆为列侯。安汉公奏立明堂、辟雍。尊孝宣庙为中宗，孝元庙为高宗，天子世世献祭。置西海郡，徙天下犯禁者处之。梁王立有罪，自杀。分京师置前辉光、后丞烈二郡。更公卿、大夫、八十一元士官名位次及十二州名。分界郡国所属，罢置改易，天下多事，吏不能纪。冬，大风吹长安城东门屋瓦且尽。

五年春正月，祫祭明堂。诸侯王二十八人、列侯百二十人、宗室子九百余人征助祭。礼毕，皆益户，赐爵及金、帛，增秩补吏，各有差。诏曰："盖闻帝王以德抚民，其次亲亲以相及也。昔尧睦九族，舜惇叙之。朕以皇帝幼年，且统国政，惟宗室子皆太祖高皇帝子孙及兄弟吴顷、楚元之后，汉元至今，十有余万人，虽有王侯之属，莫能相纠，或陷入刑罪，教训不至之咎也。传不云乎？'君子笃于亲，则民兴于仁。'其为宗室，自太上皇以来族亲，各以世氏，郡国置宗师以纠之，致教训焉。二千石选有德义者以为宗师。考察不从教令有冤失职者，宗师得因邮亭书言宗伯，请以闻。常以岁正月赐宗师帛各十匹。"羲和刘歆等四人使治明堂、辟雍，令汉与文王灵台、周公作洛同符。太仆王恽等八人使行风俗，宣明德化，万国齐同。皆封为列侯。征天下通知逸经、古记、天文、历算、钟律、小学、《史篇》、方术、《本草》及以《五经》、《论语》、《孝经》、《尔雅》教授者，在所为驾一封轺传，遣诣京师。至者数千人。闰月，立梁孝王玄孙之耳孙音为王。冬十二月丙午，帝崩于未央宫。大赦天下。有司议曰："礼，臣不殇君。皇帝年十有四岁，宜以礼敛，加元服。"奏可。葬康陵。诏曰："皇帝仁惠，无不顾哀，每疾一发，气辄上逆，害于言语，故不及有遗诏。其出媵妾，皆归家得嫁，如孝文时故事。"

赞曰：孝平之世，政自莽出，褒善显功，以自尊盛。观其文辞，方外百蛮，亡思不服；休征嘉应，颂声并作。至乎变异见于上，民怨于下，莽亦不能文也。

卷十三

异姓诸侯王表第一

昔《诗》《书》述虞夏之际，舜禹受禅，积德累功，洽于百姓，摄位行政，考之行政，考之于天，经数十年，然后在位。殷周之王，乃繇卨、稷，修仁行义，历十余世，至于汤武，然后放杀。秦起襄公，章文、缪、献、孝、昭、严，稍蚕食六国，百有余载，至始皇，乃并天下。以德若彼，用力如此，其难也。

秦既称帝，患周之败，以为起于处士横议，诸侯力争，四夷交侵，以弱见夺。于是削去五等，堕城销刃，箝语烧书，内锄雄俊，外攘胡粤，用壹威权，为万世安。然十余年间，猛敌横发乎不虞，适戍强于五伯，闾阎逼于戎狄，响应于谤议，奋臂威于甲兵。乡秦之禁，适所以资豪杰而速自毙也。是以汉亡尺土之阶，繇一剑之任，五载而成帝业。书传所记，未尝有焉。何则？古世相革，皆承圣王之烈，今汉独收孤秦之弊。镌金石者难为功，摧枯朽者易为力，其势然也。故据汉受命，谱十八王，月而列之，天下一统，乃以年数。讫于孝文，异姓尽矣。（表略）

卷十四

诸侯王表第二

昔周监于二代，三圣制法，立爵五等，封国八百，同姓五十有余。周公、康叔建于鲁、卫，各数百里；太公于齐，亦五侯九伯之地。《诗》载其制曰："介人惟藩，大师惟垣。大邦惟屏，大宗惟翰。怀德惟宁，宗子惟城。毋俾城坏，毋独斯畏。”所以亲亲贤贤，褒表功德，关诸盛衰，深根固本，为不可拔者也。故盛则周、邵相其治，致刑错；衰则五伯扶其弱，与共守。自幽、平之后，日以陵夷，至虖厄陋河洛之间，分为二周，有逃责之台，被窃铁之言。然天下谓之共主，强大弗之敢倾。历载八百余年，数极德尽，既于王赧，降为庶人，用天年终。号位已终于天下，尚犹枝叶相持，莫得居其虚位，海内无主，三十余年。

秦据势胜之地，骋狙诈之兵，蚕食山东，壹切取胜。因矜其所习，自任私知，姗笑三代，荡灭古法，窃自号为皇帝，而子弟为匹夫，内亡骨肉本根之辅，外亡尺土藩翼之卫。陈、吴奋其白挺，刘、项随而毙之。故曰，周过其历，秦不及期，国势然也。

汉兴之初，海内新定，同姓寡少，惩戒亡秦孤立之败，于是剖裂疆土，立二等之爵。功臣侯者百有余邑，尊王子弟，大启九国。自雁门以东，尽辽阳，为燕、代。常山以南，太行左转，渡河、济，渐于海，为齐、赵。谷、泗以往，奄有龟、蒙，为梁、楚。东带江、湖，薄会稽，为荆吴。北界淮濒，略庐、衡，为淮南。波汉之阳，亘九嶷，为长沙。诸侯比境，周匝三垂，外接胡越。天子自有三河、东郡、颍川、南阳，自江陵以西至巴蜀，北自云中至陇西，与京师内史凡十五郡，公主、列侯颇邑其中。而藩国大者夸州兼郡，连城数十，宫室百官同制京师，可谓挢枉过其正矣。虽然，高祖创业，日不暇给，孝惠享国又浅，高后女主摄位，而海内晏如，亡狂狡之忧，卒折诸吕之难，成太宗之业者，亦赖之于诸侯也。

然诸侯原本以大，末流滥以致溢，小者淫荒越法，大者睽孤横逆，以害身丧国。故文帝采贾生之议分齐、赵，景帝用晁错之计削吴、楚。武帝施主父之册，下推恩之令，使诸侯王得分户邑以封子弟，不行黜陟而藩国自析。自此以来，齐分为七，赵分为六，梁分为五，淮南分为三。皇子始立者，大国不过十余城。长沙、燕、代虽有旧名，皆亡南北边矣。景遭七国之难，抑损诸侯，减黜其官。武有衡山、淮南之谋，作左官之律，设附益之法，诸侯惟得衣食税租，不与政事。

至于哀、平之际，皆继体苗裔，亲属疏远，生于帷墙之中，不为士民所尊，势与富室亡异。而本朝短世，国统三绝，是故王莽知汉中外殚微，本末俱弱，亡所忌惮，生其奸心，因母后之权，假伊、周之称，颛作威福庙堂之上，不降阶序而运天下。诈谋既成，遂据南面之尊，分遣五威之吏，驰传天下，班行符命。汉诸侯王厥角稽首，奉上玺韨，惟恐在后，或乃称美颂德，以求容媚，岂不哀哉！是以究其终始强弱之变，明监戒焉。（表略）

卷十五上

王子侯表第三上

大哉，圣祖之建业！后嗣承序，以广亲亲。至于孝武，以诸侯王疆土过制，或替差失轨，而子弟为匹夫，轻重不相准，于是制诏御史：“诸侯王或欲推私恩分子弟邑者，

令各条上，朕且临定其号名。”自是支庶毕侯矣。《诗》云“文王孙子，本支百世”，信矣哉！（表略）

卷十五下

王子侯表第三下

孝元之世，亡王子侯者，盛衰终始，岂非命哉！元始之际，王莽擅朝，伪褒宗室，侯及王之孙焉；居摄而愈多，非其正，故弗录。旋踵亦绝，悲夫！（表略）

卷十六

高惠高后文功臣表第四

自古帝王之兴，曷尝不建辅弼之臣所与共成天功者乎！汉兴自秦二世元年之秋，楚陈之岁，初以沛公总帅雄俊，三年然后西灭秦，立汉王之号，五年东克项羽，即皇帝位。八载而天下乃平，始论功而定封。讫十二年，侯者百四十有三人。时大城名都民人散亡，户口可得而数裁什二三，是以大侯不过万家，小者五六百户。封爵之誓曰：“使黄河如带，泰山若厉，国以永存，爰及苗裔。”于是申以丹书之信，重以白马之盟，又作十八侯之位次。高后二年，复诏丞相陈平尽差列侯之功，录弟下竟，臧诸宗庙，副在有司。始未尝不欲固根本，而枝叶稍落也。

故逮文、景四五世间，流民既归，户口亦息，列侯大者至三四万户，小国自倍，富厚如之。子孙骄逸，忘其先祖之艰难，多陷法禁，陨命亡国，或亡子孙。讫于孝武后元之年，靡有孑遗，耗矣。罔亦少密焉。故孝宣皇帝愍而录之，乃开庙臧，览旧籍，诏令有司求其子孙，咸出庸保之中，并受复除，或加以金帛，用章中兴之德。

降及孝成，复加恤问，稍益衰微，不绝如线。善乎，杜业之纳说也！曰：“昔唐以万国致时雍之政，虞、夏以之多群后飨共己之治。汤法三圣，殷氏太平。周封八百，重译来贺。是以内恕之君，乐继绝世；隆名之主，安立亡国。至于不及下车，德念深矣。成王察牧野之克，顾群后之勤，知其恩结于民心，功光于王府也，故追述先父之志，录遗老之策，高其位，大其宇，爱敬饬尽，命赐备厚。大孝之隆，于是为至。至其没也，世主叹其功，无民而不思。所息之树且犹不伐，况其庙乎？是以燕、齐之祀与周并传，子继弟及，历载不堕。岂无刑辟，繇祖之竭力，故支庶赖焉。迹汉功臣，亦皆割符世爵，受山河之誓，存以著其号，亡以显其魂，赏亦不细矣。百余年间而袭封者尽，或绝失姓，或乏无主，朽骨孤于墓，苗裔流于道，生为愍隶，死为转尸。以往况今，甚可悲伤。圣朝怜闵，诏求其后，四方忻忻，靡不归心。出入数年而不省察，恐议者不思大义，设言虚亡，则厚德掩息，遴柬布章，非所以视化劝后也。三人为众，虽难尽继，宜从尤功。”于是成帝复绍萧何。

哀、平之世，增修曹参、周勃之属，得其宜矣。以缀续前记，究其本末，并序位次，尽于孝文，以昭元功之侯籍。（表略）

卷十七

景武昭宣元成功臣表第五

昔《书》称“蛮夷帅服”，《诗》云“徐方既俫”，《春秋》列潞子之爵，许其慕诸夏也。汉兴至于孝文时，乃有弓高、襄城之封，虽自外来，本功臣后。故至孝景始欲侯降者，丞相周亚夫守约而争。帝黜其议，初开封赏之科，又有吴、楚之事。武兴胡、越之伐，将帅受爵，应本约矣。后世承平，颇有劳臣，辑而序之，续元功次云。（表略）

卷十八

外戚恩泽侯表第六

自古受命及中兴之君，必兴灭继绝，修废举逸，然后天下归仁，四方之政行焉。传称武王克殷，追存贤圣，至乎不及下车。世代虽殊，其揆一也。高帝拨乱诛暴，庶事草创，日不暇给，然犹修祀六国，求聘四皓，过魏则宠无忌之墓，适赵则封乐毅之后。及其行赏而授位也，爵以功为先后，官用能为次序。后嗣共己遵业，旧臣继踵居位。至乎孝武，元功宿将略尽。会上亦兴文学，进拔幽隐，公孙弘自海濒而登宰相，于是宠以列侯之爵。又畴咨前代，询问耆老，初得周后，复加爵邑。自是之后，宰相毕侯矣。元、成之间，晚得殷世，以备宾位。

汉兴，外戚与定天下，侯者二人。故誓曰：“非刘氏不王，若有亡功非上所置而侯者，天下共诛之。”是以高后欲王诸吕，王陵廷争；孝景将侯王氏，脩侯犯色。卒用废黜。是后薄昭、窦婴、上官、卫、霍之侯，以功受爵。其余后父据《春秋》褒纪之义，帝舅缘《大雅》申伯之意，浸广博矣。是以别而叙之。（表略）

卷十九上

百官公卿表第七上

《易》叙宓羲、神农、黄帝作教化民，而《传》述其官，以为宓羲龙师名官，神农火师火名，黄帝云师云名，少昊鸟师鸟名。自颛顼以来，为民师而命以民事，有重黎、句芒、祝融、后土、蓐收、玄冥之官，然已上矣。《书》载唐虞之际，命羲和四子顺天文，授民时；咨四岳，以举贤材，扬侧陋；十有二牧，柔远能迩；禹作司空，平水土；弃作后稷，播百谷；卨作司徒，敷五教；咎繇作士，正五刑；垂作共工，利器用；益作朕虞，育草木鸟兽；伯夷作秩宗，典三礼；夔典乐，和神人；龙作纳言，出入帝命。夏、殷亡闻焉，周官则备矣。天官冢宰，地官司徒，春官宗伯，夏官司马，秋官司寇，冬官司空，是为六卿，各有徒属职分，用于百事。太师、太傅、太保，是为三公，盖参天子，坐而议政，无不总统，故不以一职为官名。又立三少为之副，少师、少傅、少保，是为孤卿，与六卿为九焉。记曰三公无官，言有其人然后充之。舜之于尧，伊尹于汤，周公、召公于周，是也。或说司马主天，司徒主人，司空主土，是为三公。四岳谓四方诸侯。自周衰，官失而百职乱，战国并争，各变异。秦兼天下，建皇帝之号，立百官之职。汉因循而不革，明简易，随时宜也。其后颇有所改。王莽篡位，慕从古官，而吏民弗安，亦多虐政，遂以乱亡。故略表举大分，以通古今，备温故知新之义云。

相国、丞相，皆秦官，金印紫绶，掌丞天子助理万机。秦有左右，高帝即位，置一丞相，十一年更名相国，绿绶。孝惠、高后置左右丞相，文帝一年复置一丞相。有两长史，秩千石。哀帝元寿二年更名大司徒。武帝元狩五年初置司直，秩比二千石，掌佐丞相举不法。

太尉，秦官，金印紫绶，掌武事。武帝建元二年省。元狩四年初置大司马，以冠将军之号。宣帝地节三年置大司马，不冠将军，亦无印绶官属。成帝绥和元年初赐大司马金印紫绶，置官属，禄比丞相，去将军。哀帝建平二年复去大司马印绶、官属，冠将军如故。元寿二年复赐大司马印绶，置官属，去将军，位在司徒上。有长史，秩千石。

御史大夫，秦官，位上卿，银印青绶，掌副丞相。有两丞，秩千石。一曰中丞，在殿中兰台，掌图籍秘书，外督部刺史，内领侍御史员十五人，受公卿奏事，举劾按章。成帝绥和元年更名大司空，禄比丞相，置长史如中丞，官职如故。哀帝建平二年复为御史大夫，元寿二年复为大司空，御史中丞更名御史长。侍御史有绣衣直指，出讨奸猾，治大狱，武帝所制，不常置。

太傅，古官，高后元年初置，金印紫绶。后省，八年复置。后省，哀帝元寿二年复置。位在三公上。太师、太保，皆古官，平帝元始元年皆初置，金印紫绶。太师位在太傅上，太保次太傅。前后左右将军，皆周末官，秦因之，位上卿，金印紫绶。汉不常置，或有前后，或有左右，皆掌兵及四夷。有长史，秩千石。

奉常，秦官，掌宗庙礼仪，有丞。景帝中六年更名太常。属官有太乐、太祝、太宰、太史、太卜、太医六令丞，又均官、都水两长丞，又诸庙寝园食官令长丞，有雍太宰、太祝令丞，五各一尉。又博士及诸陵县皆属焉。景帝中六年更名太祝为祠祀，武帝太初元年更曰庙祀，初置太卜。博士，秦官，掌通古今，秩比六百石，员多至数十人。武帝建元五年初置五经博士，宣帝黄龙元年稍增员十二人。元帝永光元年分诸陵邑属三辅。王莽改太常曰秩宗。

郎中令，秦官，掌宫殿掖门户，有丞。武帝太初元年更名光禄勋。属官有大夫、郎、谒者，皆秦官。又期门、羽林皆属焉。大夫掌论议，有太中大夫、中大夫、谏大夫，皆无员，多至数十人。武帝元狩五年初置谏大夫，秩比八百石。太初元年更名中大夫为光禄大夫，秩比二千石。太中大夫秩比千石如故。郎掌守门户，出充车骑，有仪郎、中郎、侍郎、郎中，皆无员，多至千人。议郎、中郎秩比六百石，侍郎比四百石，郎中比三百石。中郎有五官、左、右三将，秩皆比二千石。郎中有车、户、骑三将，秩皆比千石。谒者掌宾赞受事，员七十人，秩比六百石，有仆射，秩比千石。期门掌执兵送从，武帝建元三年初置，比郎，无员，多至千人。有仆射，秩此千石。平帝元始元年更名虎贲郎，置中郎将，秩此二千石。羽林掌送从，次期门，武帝太初元年初置，名曰建章营骑，后更名羽林骑。

又取从军死事之子孙养羽林，官教以五兵，号曰羽林孤儿。羽林有令丞。宣帝令中郎将、骑都尉监羽林，秩比二千石。仆射，秦官，自侍中、尚书、博士、郎皆有。古者重武官，有主射以督课之，军屯吏、驺、宰、永巷宫人皆有，取其领事之号。

卫尉，秦官，掌宫门卫屯兵，有丞。景帝初更名大夫令，后元年复为卫尉。属官有公车司马、卫士、旅贲三令丞。卫士三丞。又诸屯卫候、司马二十二官皆属焉。长乐、建章、甘泉卫尉皆掌其宫，职略同，不常置。

太仆，秦官，掌舆马，有两丞。属官有大厩、未央、家马三令，各五丞一尉。又车府、路軨、骑马、骏马四令丞；又龙马、闲驹、橐泉、騊駼、承华五监长丞；又边郡六牧师菀令，各三丞；又牧橐、昆蹏令丞皆属焉。中太仆掌皇太后舆马，不常置也。武帝太初元年更名家马为挏马，初置路軨。

廷尉，秦官，掌刑辟，有正、左右监，秩皆千石。景帝中六年更名大理，武帝建元四年复为廷尉。宣帝地节三年初置左右平，秩皆六百石。哀帝元寿二年复为大理。王莽改曰作士。

典客，秦官，掌诸侯归义蛮夷，有丞。景帝中六年更名大行令，武帝太初元年更名大鸿胪。属官有行人、译官、别火三令丞及郡邸长丞。武帝太初元年更名行人为大行令，初置别火。王莽改大鸿胪曰典乐。初，置郡国邸属少府，中属中尉，后属大鸿胪。

宗正，秦官，掌亲属，有丞。平帝元始四年更名宗伯。属官有都司空令丞，内官长丞。又诸公主家令、门尉皆属焉。王莽并其官于秩宗。初，内官属少府，中属主爵，后属宗正。

治粟内史，秦官，掌谷货，有两丞。景帝后元年更名大农令，武帝太初元年更名大司农。属官有太仓、均输、平准、都内、籍田五令丞，斡官、铁市两长丞。又郡国诸仓农监、都水六十五官长丞皆属焉。搜粟都尉，武帝军官，不常置。王莽改大司农曰羲和，后更为纳言。初，斡官属少府，中属主爵，后属大司农。

少府，秦官，掌山海地泽之税，以给共养。有六丞。属官有尚书、符节、太医、太官、汤官、导官、乐府、若卢、考工室、左弋、居室、甘泉居室、左右司空、东织、西织、东园匠十六官令丞，又胞人、都水、均官三长丞，又上林中十池监，又中书谒者、黄门、钩盾、尚书、御府、永巷、内者、宦者八官令丞。诸仆射、署长、中黄门皆属下焉。

武帝太初元年更名考工室为考工，左弋为佽飞，居室为保宫，甘泉居室为昆台，永巷为掖廷。佽飞掌代射，有九丞两尉，太官七丞，昆台五丞，乐府三丞，掖廷八丞，宦者七丞，钩盾五丞两尉。成帝建始四年更名中书谒者令为中谒者令，初置尚书，员五人，有四丞。河平元年省东织，更名西织为织室。绥和二年，哀帝省乐府。王莽改少府曰共工。

中尉，秦官，掌徼循京师，有两丞、候、司马、千人。武帝太初元年更名执金吾。属官有中垒、寺互、武库、都船四令丞。都船、武库有三丞、中垒两尉。又式道左右中候、候丞及左右京辅都尉、尉丞兵卒皆属焉。初，寺互属少府，中属主爵，后属中尉。

自太常至执金吾，秩皆中二千石，丞皆千石。

太子太傅、少傅，古官。属官有太子门大夫、庶子、先马、舍人。

将作少府，秦官，掌治宫室，有两丞、左右中候。景帝中六年更名将作大匠。属官有石库、东园主章、左右前后中校七令丞，又主章长丞。武帝太初元年更名东园主章为木工。成帝阳朔三年省中候及左右前后中校五丞。

詹事，秦官，掌皇后、太子家，有丞。属官有太子率更、家令丞、仆、中盾、卫率、厨厩长丞，又中长秋、私府、永巷、仓、厩、祠祀、食官令长丞。诸宦官皆属焉。成帝鸿嘉三年省詹事官，并属大长秋。长信詹事掌皇太后宫，景帝中六年更名长信少府，平帝元始四年更名长乐少府。将行，秦官，景帝中六年更名大长秋，或用中人，或用士人。

典属国，秦官，掌蛮夷降者。武帝元狩三年，昆邪王降，复增属国，置都尉、丞、候、千人。属官，九译令。成帝河平元年省并大鸿胪。

水衡都尉，武帝元鼎二年初置，掌上林苑，有五丞。属官有上林、均输、御羞、禁圃、辑濯、钟官、技巧、六厩、辩铜九官令丞。又衡官、水司空、都水、农仓、又甘泉上林、都水七官长丞皆属焉。上林有八丞十二尉，均输四丞，御羞两丞，都水三丞，禁圃两尉，甘泉上林四丞。成帝建始二年省技巧、六厩官。王莽改水衡都尉曰予虞。初，御羞、上林、衡官及铸钱皆属少府。

内史，周官，秦因之，掌治京师。景帝二年分置左内史。右内史武帝太初元年更名京兆尹，属官有长安市、厨两令丞，又都水、铁官两长丞。左内史更名左冯翊，属官有廪牺令丞尉。又左都水、铁官、云垒、长安四市四长丞皆属焉。

主爵中尉，秦官，掌列侯。景帝中六年更名都尉，武帝太初元年更名右扶风，治内史右地。属官有掌畜令丞。又有都水、铁官、厩、雍厨四长丞皆属焉。与左冯翊、京兆尹是为三辅，皆有两丞。列侯更属大鸿胪。元鼎四年更置三辅都尉、都尉丞各一人。

自太子太傅至右扶风，皆秩二千石，丞六百石。

护军都尉，秦官。武帝元狩四年属大司马，成帝绥和元年居大司马府比司直，哀帝元寿元年更名司寇，平帝元始元年更名护军。

司隶校尉，周官，武帝征和四年初置。持节，从中都官徒千二百人，捕巫蛊，督大奸猾。后罢其兵，察三辅、三河、弘农。元帝初元四年去节，成帝元延四年省。绥和二年，哀帝复置，但为司隶，冠进贤冠，属大司空，比司直。

城门校尉掌京师城门屯兵，有司马、十二城门候。中垒校尉掌北军垒门内，外掌西域。屯骑校尉掌骑士。步兵校尉掌上林苑门屯兵。越骑校尉掌越骑。长水校尉掌长水宣曲胡骑。又有胡骑校尉，掌池阳胡骑，不常置。射声校尉掌待诏射声士。虎贲校尉掌轻车。凡八校尉，皆武帝初置，有丞、司马。自司隶至虎贲校尉，秩皆二千石。西域都护，加官，宣帝地节二年初置，以骑都尉、谏大夫使护西域三十六国，有副校尉，秩比二千石，丞一人，司马、候、千人各二人。戊己校尉，元帝初元元年置，有丞、司马各一人，候五人，秩比六百石。

奉车都尉掌御乘舆车，驸马都尉掌驸马，皆武帝初置，秩比二千石。侍中、左右曹诸吏、散骑、中常侍，皆加官，所加或列侯、将军、卿大夫、将、都尉、尚书、太医、太官令至郎中，亡员，多至数十人。侍中、中常侍得入禁中，诸曹受尚书事，诸吏得举法，散骑骑并乘舆车。给事中亦加官，所加或大夫、博士、议郎，掌顾问应对，位次中常侍。中黄门有给事黄门，位从将大夫。皆秦制。

爵：一级曰公士，二上造，三簪袅，四不更，五大夫，六官大夫，七公大夫，八公乘，九五大夫，十左庶长，十一右庶长，十二左更，十三中更，十四右更，十五少上造，十六大上造，十七驷车庶长，十八大庶长，十九关内侯，二十彻侯。皆秦制。以赏功劳。彻侯金印紫绶，避武帝讳，曰通侯，或曰列侯，改所食国令长名相，又有家丞、门大夫、庶子。

诸侯王，高帝初置，金玺盭绶，掌治其国。有太傅辅王，内史治国民，中尉掌武职，丞相统众官，群卿大夫都官如汉朝。景帝中五年令诸侯不得复治国，天子为置吏，改丞相曰相，省御史大夫、廷尉、少府、宗正、博士官，大夫、谒者、郎诸官长丞皆损其员。武帝改汉内史为京兆尹，中尉为执金吾，郎中令为光禄勋，故王国如故。损其郎中令，秩千石；改太仆曰仆，秩亦千石。成帝绥和元年省内史，更令相治民，如郡太守，中尉如郡都尉。

监御史，秦官，掌监郡。汉省，丞相遣史分刺州，不常置。武帝元封五年初置部刺史，掌奉诏条察州，秩六百石，员十三人。成帝绥和元年列名牧，秩二千石。哀帝建平二年复为刺史，元寿二年复为牧。

郡守，秦官，掌治其郡，秩二千石。有丞，边郡又有长史，掌兵马，秩皆六百石。景帝中二年更名太守。

郡尉，秦官，掌佐守典武职甲卒，秩比二千石。有丞，秩皆六百石。景帝中二年更名都尉。

关都尉，秦官。农都尉、属国都尉，皆武帝初置。

县令、长，皆秦官，掌治其县。万户以上为令，秩千石至六百石。减万户为长，秩五百石至三百石。皆有丞、尉，秩四百石至二百石，是为长吏。百石以下有斗食、佐史之秩，是为少吏。大率十里一亭，亭有长。十亭一乡，乡有三老、有秩、啬夫、游徼。三老掌教化。啬夫职听讼，收赋税。游徼徼循禁贼盗。县大率方百里，其民稠则减，稀则旷，乡、亭亦如之，皆秦制也。列侯所食县曰国，皇太后、皇后、公主所食曰邑，有蛮夷曰道。凡县、道、国、邑千五百八十七，乡六千六百二十二，亭二万九千六百三十五。

凡吏秩比二千石以上，皆银印青绶，光禄大夫无。秩比六百石以上，皆铜印黑绶，大夫、博士、御史、谒者、郎无。其仆射、御史治书尚符玺者，有印绶。比二百石以上，皆铜印黄绶。成帝阳朔二年，除八百石、五百石秩。绥和元年，长、相皆黑绶。哀帝建平二年，复黄绶。吏员自佐史至丞相，十三万二百八十五人。

卷十九下

百官公卿表第七下

（表略）

卷二十

古今人表第八

自书契之作，先民可得而闻者，经传所称，唐虞以上，帝王有号谥，辅佐不可而称矣，而诸子颇言之，虽不考乎孔氏，然犹著在篇籍，归乎显善昭恶，劝戒后人，故博采焉。孔子曰："若圣与仁，则吾岂敢？"又曰："何事于仁，必也圣乎！""未知，焉得仁？""生而知之者，次也；困而学之，上也；学而知之者，又其次也；困而不学，民斯为下矣。"又曰："中人以上，可以语上也。""唯上智与下愚不移。"传曰：譬如尧、舜、禹、稷、卨与之为善则行，鲧、讙兜欲与为恶则诛。可与为善，不可与为恶，是谓上智。桀纣，龙逢、比干欲与之为善则诛，于莘、崇侯与之为恶则行。可与为恶，不可与为善，谓下愚。齐桓公，管仲相之则霸，竖貂辅之则乱。可与为善，可与为恶，是谓中人。因兹以列九等之序，究经传，继世相次，总备古今之略要云。

（表略）

卷二十一上

律历志第一上

《虞书》曰“乃同律度量衡”，所以齐远近，立民信也。自伏羲画八卦，由数起，至黄、尧、舜而大备。三代稽古，法度章焉。周衰官失，孔子陈后王之法，曰：“谨权量，审法度，修废官，举逸民，四方之政行矣。”汉兴，北平侯张苍首律历事，孝武帝时乐官考正。至元始中，王莽秉政，欲耀名誉，征天下通知钟律者百余人，使羲和刘歆典领条奏，言之最详。故删其伪辞，取正义，著于篇。

一曰备数，二曰和声，三曰审度，四曰嘉量，五曰权衡。参五以变，错综其数，稽之于古今，效之于气物，和之于心耳，考之于经传，咸得其实，靡不协同。

数者，一、十、百、千、万也，所以算数事物，顺性命之理也。《书》曰：“先其算命。”本起于黄钟之数，始于一而三之，三三积之，历十二辰之数，十有七万七千一百四十七，而五数备矣。其算法用竹，径一分，长六寸，二百七十一枚而成六觚，为一握。径象乾律黄钟之一，而长象坤吕林钟之长。其数以《易》大衍之数五十，其用四十九，成阳六爻，得周流六虚之象也。夫推历生律制器，规园矩方，权重衡平，准绳嘉量，探赜索隐，钩深至远，莫不用焉。度长短者不失毫厘，量多少者不失圭撮，权轻重者不失黍累。纪于一，协于十，长于百，大于千，衍于万，其法在算术。宣于天下，小学是则。职在太史，羲和掌之。

声者，宫、商、角、徵、羽也。所以作乐者，谐八音，荡涤人之邪意，全其正性，移风易俗也。八音：土曰埙，匏曰笙，皮曰鼓，竹曰管，丝曰弦，石曰磬，金曰钟，木曰柷。五声和，八音谐，而乐成。商之为言章也，物成孰可章度也。角，触也，物触地而出，戴芒角也。宫，中也，居中央，畅四方，唱始施生，为四声纲也。徵，祉也，物盛大而繁祉也。羽，宇也，物聚臧，宇覆之也。夫声者，中于宫，触于角，祉于徵，章于商，宇于羽，故四声为宫纪也。协之五行，则角为木，五常为仁，五事为貌；商为金，为义，为言；徵为火，为礼，为视；羽为水，为智，为听；宫为土，为信，为思。以君臣民事物言之，为，则宫为君，商为臣，角为民，徵为事，羽为物。唱和有象，故言君臣位事之体也。

五声之本，生于黄钟之律。九寸为宫，或损或益，以定商、角、徵、羽。九六相生，阴阳之应也。律十有二，阳六为律，阴六为吕。律以统气类物，一曰黄钟，二曰太族，三曰姑洗，四曰蕤宾，五曰夷则，六曰亡射。吕以旅阳宣气，一曰林钟，二曰南吕，三曰应钟，四曰大吕，五曰夹钟，六曰中吕。有三统之义焉。其传曰，黄帝之所作也。黄帝使泠纶，自大夏之西，昆仑之阴，取竹之解谷生，其窍厚均者，断两节间而吹之，以为黄钟之宫。制十二筒以听凤之鸣，其雄鸣为六，雌鸣亦六，比黄钟之宫，而皆可以生之，是为律本。至治之世，天地之气合以生风；天地之风气正，十二律定。

黄钟：黄者，中之色，君之服也；钟者，种也。天之中数五，五为声，声上宫，五声莫大焉。地之中数六，六为律，律有形有色，色上黄，五色莫盛焉。故阳气施种于黄泉，孳萌万物，为六气元也。以黄色名元气律者，著宫声也。宫以九唱六，变动不居，周流六虚。始于子，在十一月。大吕：吕，旅也，言阴大，旅助黄钟宣气而牙物也。位于丑，在十二月。太族：族，奏也，言阳气大，奏地而达物也。位于寅，在正月。夹钟：言阴夹助太族宣四方之气而出种物也。位于卯，在二月。姑洗：洗，洁也，言阳气洗物辜洁之也。位于辰，在三月。中吕：言微阴始起未成，著于其中旅助姑洗宣气齐物也。位于巳，在四月。蕤宾：蕤，继也；宾，导也，言阳始导阴气使继养物也。位于午，在五月。林钟：林，君也，言阴气受任，助蕤宾君主种物使长大茂盛也。位于未，在六月。夷则：则，法也，言阳气正法度，而使阴气夷当伤之物也。位于申，在七月。南吕：南，任也，言阴气旅助夷则任成万物也。位于酉，在八月。亡射：射，厌也，言阳气究物，而使阴气毕剥落之，终而复始，亡厌已也。位于戌，在九月。应钟：言阴气应亡射，该臧万物而杂阳阂种也。位于亥，在十月。

三统者，天施，地化，人事之纪也。十一月，“乾”之初九，阳气伏于地下，始著为一，万物萌动，钟于太阴，故黄钟为天统，律长九寸。九者，所以究极中和，为万物元也。《易》曰：“立天之道，曰阴与阳。”六月，“坤”之六，阴气受任于太阳，继养化柔，万物生长，茂之于未，令种刚强大，故林钟为地统，律长六寸。六者，所以含阳之施，茂之于六合之内，令刚柔有体也。“立地之道，曰柔与刚。”“‘乾’知太始，‘坤’作成物。”正月，“乾”之九三，万物棣通，族出于寅，人奉而成之，仁以养之，义以行之，令事物各得其理。寅，木也，为仁；其声，商也，为义。故太族为人统，律长八寸，象八卦，宓戏氏之所以顺天地，通神明，类万物之情也。“立人之道，曰仁与义。”“在天成象，在地成形。”“后以裁成天地之道，辅相天地之宜，以左右民。”此三律之谓矣，是为三统。

其于三正也，黄钟，子，为天正；林钟，未之冲丑，为地正；太族，寅，为人正。三正正始，是以地正适其始纽于阳，东北丑位。《易》曰“东北丧朋，乃终有庆”，答应之道也。及黄钟为宫，则太族、姑洗、林钟，南吕皆以正声应，无有忽微，不复与它律为役者，同心一统之义也。非黄钟而它律，虽当其月自宫者，则其和应之律有空积忽微，不得其正。此黄钟至尊，亡与并也。

《易》曰：“参天两地而倚数。”天之数始于一，终于二十有五。其义纪之以三，故置一得三，又二十五分之六，凡二十五置，终天之数，得八十一，以天地五位之合终于十者乘之，为八百一十分，应历一统千五百三十九岁之章数，黄钟之实也。由此之义，起十二律之周径。地之数始于二，终于三十。其义纪之以两，故置一得二，凡三十置，终地之数，得六十，以地中数六乘之，为三百六十分，当期之日，林钟之实。人者，继天顺也，序气成物，统八卦，调八风，理八政，正八节，谐八音，舞八佾，监八方，被八荒，以终天地之功，故八八六十四。其义极天地之变，以天地五位之合终于十者乘之，为六百四十分，以应六十四卦，大族之实也。《书》曰：“天功人其代之。”天兼地，人则天，故以五位之合乘焉，“唯天为大，唯尧则之”之象也。地以中数乘者，阴道理内，在中馈之象也。三统相通，故黄钟、林钟、太族律长皆全寸而亡余分也。

天之中数五，地之中数六，而二者为合。六为虚，五为声，周流于六虚。虚者，爻律夫阴阳，登降运行，列为十二，而律吕和矣。太极元气，函三为一。极，中也。元，始也。行于十二辰，始动于子。参之于丑，得三。又参之于寅，得九。又参之于卯，得二十七。又参之于辰，得八十一。又参之于巳，得二百四十三。又参之于午，得七百二十九。又参之于未，得二千一百八十七。又参之于申，得六千五百六十一。又参之于酉，得万九千六百八十三。又参之于戌，得五万九千四十九。又参之于亥，得十七万七千一百四十七。此阴阳合德，钟于子，化生万物者也。故孳萌于子，纽牙于丑，引达于寅，冒茆于卯，振美于辰，已盛于巳，咢布于午，昧暧于未，申坚于申，留孰于酉，毕入于戌，该阂于亥。出甲于甲，奋轧于乙，明炳于丙，大盛于丁，丰茂于戊，理纪于己，敛更于庚，悉新于辛，怀任于壬，陈揆于癸。故阴阳之施化，万物之终始，既类旅于律吕，又经历于日辰，而变化之情可见矣。

玉衡杓建，天之纲也；日月初躔，星之纪也。纲纪之交，以原始造设，合乐用焉。律吕唱和，以育生成化，歌奏用焉。指顾取象，然后阴阳万物靡不条鬯该成，故以成之数忖该之积，如法为一寸，则黄钟之长也。参分损一，下生林钟。参分林钟益一，上生太族。参分太族损一，下生南吕。参分南吕益一，上生姑洗。参分姑洗损一，下生应钟。参分应钟益一，上生蕤宾。参分蕤宾损一，下生大吕。参分大吕益一，上生夷则。参分夷则损一，下生夹钟。参分夹钟益一，上生亡射。参分亡射损一，下生中吕。阴阳相生，自黄钟始而左旋，八八为伍。其法皆用铜。职在大乐，太常掌之。

度者，分、寸、尺、丈、引也，所以度长短也。本起黄钟之长。以子谷秬黍中者，一黍之广，度之九十分，黄钟之长。一为一分，十分为寸，十寸为尺，十尺为丈，十丈为引，而五度审矣。其法用铜，高一寸，广二寸，长一丈，而分、寸、尺、丈存焉。用竹为引，高一分，广六分，长十丈，其方法矩，高广之数，阴阳之象也。分者，自三微而成著，可分别也。寸者，忖也。尺者，蒦也。丈者，张也。引者，信也。夫度者，别于分，忖于寸，蒦于尺，张于丈，信于引。引者，信天下也。职在内官，廷尉掌之。

量者，龠、合、升、斗、斛也，所以量多少也。本起于黄钟之龠，用度数审其容，以子谷秬黍中者千有二实其龠，以井水准其概。合龠为合，十合为升，十升为斗，十斗为斛，而五量嘉矣。其法用铜，方尺而园其外，旁有庣焉。其上为斛，其下为斗。左耳为升，右耳为合龠。其状似爵，以縻爵禄。上三下二，参天两地，园而函方，左一右二，阴阳之象也。其园象规，其重二钧，备气物之数，合万有一千五百二十。声中黄钟，始于黄钟而反覆焉，君制器之象也。龠者，黄钟律之实也，跃微动气而生物也。合者，合龠之量也。升者，登合之量也。斗者，聚升之量也。斛者，角斗平多少之量也。夫量者，跃于龠，合于合，登于升，聚于斗，角于斛也。职在太仓，大司农掌之。

衡权者，衡，平也；权，重也。衡所以任权而均物平轻重也。其道如底，以见准之正绳之直，左旋见规，右折见矩。其在天也，佐助旋机，斟酌建指，以齐七政，故曰玉衡。《论语》云："立则见其参于前也，在车则见其倚于衡也。"又曰："齐之以礼。"此衡在前居南方之义也。

权者，铢、两、斤、钧、石也，所以称物平施，知轻重也。本起于黄钟之重。一龠容千二百黍，重十二铢。两之为两，二十四铢为两。十六两为斤。三十斤为钧。四钧为石。忖为十八，《易》十有八变之象也。五权之制，以义立之，以物钧之，其余小大之差，以轻重为宜。园而环之，令之肉倍好者，周旋无端，终而复始，无穷已也。铢者，物由忽微始，至于成著，可殊异也。两者，两黄钟律之重也。二十四铢而成两者，二十四气之象也。斤者，明也，三百八十四铢，《易》二篇之爻，阴阳变动之象也。十六两成斤者，四时乘四方之象也。钧者，均也，阳施其气，阴化其物，皆得其成就平均也。权与物均，重万一千五百二十铢，当万物之象也。四百八十两者，六旬行八节之象也。三十斤成钧者，一月之象也。石者，大也，权之大者也。始于铢，两于两，明于斤，均于钧，终于石，物终石大也。四钧为石者，四时之象也。重百二十斤者，十二月之象也。终于十二辰而复于子，黄钟之象也。千九百二十两者，阴阳之数也。三百八十四爻，五行之象也。四万六千八十铢者，万一千五百二十物历四时之象也。而岁功成就，五权谨矣。

权与物钧而生衡，衡运生规，规圜生矩，矩方生绳，绳直生准，准正则平衡而钧权矣。是为五则。规者，所以规园器械，令得其类也。矩者，所以矩方器械，令不失其形也。规矩相须，阴阳位序，园方乃成。准者，所以揆平取正也。绳者，上下端直，经纬四通也。准绳连体，衡权合德，百工由焉，以定法式，辅弼执玉，以翼天子。《诗》云："尹氏大师，秉国之钧，四方是维，天子是毗，俾民不迷。"咸有五象，其义一也。以阴阳言之，大阴者，北方。北，伏也，阳气伏于下，于时为冬。冬，终也，物终臧，乃可称；水润下。知者谋，谋者重，故为权也。太阳者，南方。南，任也，阳气任养物，于时为夏。夏，假也，物假大，乃宣平；火炎上。礼者齐，齐者平，故为衡也。少阴者，西方。西，迁也，阴气迁落物，于时为秋。秋，𪏰也，物𪏰敛，乃成孰。金从革，改更也。义者成，成者方，故为矩也。少阳者，东方。东，动也，阳气动物，于时为春。春，蠢也，物蠢生，乃动运；木曲直。仁者生，生者园，故为规也。中央者，阴阳之内，四方之中，经纬通达，乃能端直，于时为四季。土稼啬蕃息。信者诚，诚者直，故为绳也。五则揆物，有轻重园方平直阴阳之义，四方四时之体，五常五行之象。厥法有品，各顺其方而应其行。职在大行，鸿胪掌之。

《书》曰："予欲闻六律、五声、八音、七始咏，以出内五言，女听。"予者，帝舜也。言以律吕和五声，施之八音，合之成乐。七者，天地四时人之始也。顺以歌咏五常之言，听之则顺乎天地，序乎四时，应人伦，本阴阳，原情性，风之以德，感之以乐，莫不同乎一。唯圣人为能同天下之意，故帝舜欲闻之也。今广延群儒，博谋讲道，修明旧典，同律，审度，嘉量，平衡，均权，正准，直绳，立于五则，备数和声，以利兆民，贞天下于一，同海内之归。凡律、度、量、衡用铜者，名自名也，所以同天下，齐风俗也。铜为物之至精，不为燥湿、寒暑变其节，不为风雨、暴露改其形，介然有常，有似于士君子之行，是以用铜也。用竹为引者，事之宜也。

历数之起上矣。传述颛顼命南正重司天，火正黎司地。其后三苗乱德，二官咸废，而闰余乖次，孟陬殄灭，摄提失方。尧复育重、黎之后，使纂其业，故《书》曰："乃命羲、和，钦若昊天，历象日月星辰，敬授民时。""岁三百有六旬有六日，以闰月定四时成岁，允厘百官，众功皆美。"其后以授舜曰："咨尔舜，天之历数在尔躬。""舜亦以命禹。"至周武王访箕子，箕子言大法九章，而五纪明历法。故自殷、周，皆创业改制，咸正历纪，服色从之，顺其时气，以应天道。三代既没，五伯之末，史官丧纪，畴人子弟分散，或在夷狄，故其所记，有《黄帝》、《颛顼》、《夏》、《殷》、《周》及《鲁历》。战国扰攘，秦兼天下，未皇暇也，亦颇推五胜，而自以获水德，乃以十月为正，色上黑。

汉兴，方纲纪大基，庶事草创，袭秦正朔。以北平侯张苍言，用《颛顼历》，比于六历，疏阔中最为微近。然正朔服色，未睹其真，而朔晦月见，弦望满亏，多非是。

至武帝元封七年，汉兴百二岁矣，大中大夫公孙卿、壶遂、太史令司马迁等言"历纪坏废，宜改正朔"。是时御史大夫兒宽明经术，上乃诏宽曰："与博士共议，今宜何以为正朔？服色何上？"宽与博士赐等议，皆曰："帝王必改正朔，易服色，所以明受命于天也。创业变改，制不相复，推传序文，则今夏时也，臣等闻学褊陋，不能明。陛下躬圣发愤，昭配天地，臣愚以为三统之制，后圣复前圣者，二代在前也。今二代之统绝而不序矣，唯陛下发圣德，宣考天地四时之极，则顺阴阳以定大明之制，为万世则。"于是乃诏御史曰："乃者有司言历未定，广延宣问，以考星度，未能雠也。盖闻古者黄帝合而不死，名察发敛，定清浊，起五部，建气物分数，然则上矣。书缺乐弛，朕甚难之。依违以惟，未能修明。其以七年为元年。"遂诏卿、遂、迁与侍郎尊、大典星射姓等议造《汉历》。乃定东西，立晷仪，下漏刻，以追二十八宿相距于四方，举终以定朔晦分至，躔离弦望。乃以前历上元泰初四千六百一十七岁，至于元封七年，复得阏逢摄提格之岁，中冬十一月甲子朔旦冬至，日月在建星，太岁在子，已得太初本星度新正。姓等奏不能为算，愿募治历者，更造密度，各自增减，以造汉《太初历》。乃选治历邓平及长乐司马可、酒泉候宜君、侍郎尊及与民间治历者，凡二十余人，方士唐都、巴郡落下闳与焉。都分天部，而闳运算转历。其法以律起历，曰："律容一龠，积八十寸，则一日分也。与长相终。律长九寸，百七十一分而终复。三复而得甲子。夫律阴阳九六，爻象所从出也。故黄钟纪元气之谓律。律，法也，莫不取法焉。"与邓平所治同。于是皆观新星度、日月行，更以算推，如闳、平法。法，一月之日二十九日八十一分日之四十三。先籍半日，名曰阳历；不籍，名曰阴历。所谓阳历者，先朔月生；阴历者，朔而后月乃生。平曰："阳历朔皆先旦月生，以朝诸侯王群臣便。"乃诏迁用邓平所造八十一分律历，罢废尤疏远者十七家，复使校历律昏明。宦者淳于陵渠复覆《太初历》晦、朔、弦、望，皆最密，日月如合月璧，五星如连珠。陵渠奏状，遂用邓平历，以平为太史丞。

后二十七年，元凤三年，太史令张寿王上书言："历者天地之大纪，上帝所为。传黄帝《调律历》，汉元年以来用之。今阴阳不调，宜更历之过也。"诏下主历使者鲜于妄人诘问，寿王不服。妄人请与治历大司农中丞麻光等二十余人杂候日、月、晦、朔、弦、望、八节、二十四气，钧校诸历用状。奏可。诏与丞相，御史，大将军，右将史各一人杂候上林清台，课诸历疏密，凡十一家。以元凤三年十一月朔旦冬至，尽五年十二月，各有第。寿王课疏远。案汉元年不用黄帝《调历》，寿王非汉历，逆天道，非所宜言，大不敬。有诏勿劾。复候，尽六年。《太初历》第一，即墨徐万且、长安徐禹治《太初历》亦第一。寿王及待诏李信治黄帝《调历》，课皆疏阔，又言黄帝至元凤三年六千余岁。丞相属宝、长安单安国、安陵杯育治《终始》，言黄帝以来三千六百二十九岁，不与寿王合。寿王又移《帝王录》，舜、禹年岁不合人年。寿王言化益为天子代禹，骊山女亦为天子，在殷、周间，皆不合经术。寿王历乃太史官《殷历》也。寿王猥曰安得五家历，又妄言《太初历》亏四分日之三，去小余七百五分，以故阴阳不调，谓之乱世。劾寿王吏八百石，古之大夫，服儒衣，诵不详之辞，作妖言欲乱制度，不道。奏可。寿王候课，比三年下，终不服。再劾死，更赦勿劾，遂不更言，诽谤益甚，竟以下吏。故历本之验在于天，自汉历初起，尽元凤六年，三十六岁，而是非坚定。至孝成世，刘向总六历，列是非，作《五纪论》。向子歆究其微眇，作《三统历》及《谱》以说《春秋》，推法密要，故述焉。

夫历《春秋》者，天时也，列人事而因以天时。传曰："民受天地之中以生，所谓命也。是故有礼谊动作威仪之则以定命也，能者养以之福，不能者败以取祸。"故列十二公二百四十二年之事，以阴阳之中制其礼。故春为阳中，万物以生；秋为阴中，万物以成。是以事举其中，礼取其和，历数以闰正天地之中，以作事厚生，皆所以定命也。《易》金、火相革之卦曰"汤、武革命，顺乎天而应乎人"，又曰"治历明时"，所以和人道也。

周道既衰，幽王既丧，天子不能班朔，鲁历不正，以闰余一之岁为蔀首。故《春秋》刺"十一月乙亥朔，日有食之"。于是辰在申，而司历以为在建戌，史书建亥。哀十二年，亦以建申流火之月为建亥，而怪蛰虫之不伏也。自文公闰月不告朔，至此百有余年，莫能正历数。故子贡欲去其饩羊，孔子爱其礼，而著其法于《春秋》。《经》曰："冬十月朔，日有食之。"《传》曰："不书日，官失之也。天子有日官，诸侯有日御，日官居卿以厎日，礼也。日御不失日以授百官于朝。"言告朔也。元典历始曰元。《传》曰："元，善之长也。"共养三德为善。又曰："元，体之长也。"合三体而为之原，故曰元。于春三月，每月书王，元之三统也。三统合于一元，故因元一而九三之以为法，十一三之以为实。实如法得一。黄钟初九，律之首，阳之变也。因而六之，以九为法，得林钟初六，吕之首，阴之变也。皆参天两地之法也。上生六而倍之，下生六而损之，皆以九为法。九六，阴阳夫妇子母之道也。律娶妻而吕生子，天地之情也。六律六吕，而十二辰立矣。五声清浊，而十日行矣。《传》曰"天六地五"，数之常也。天有六气，降生五味。夫五六者，天地之中合，而民所受以生也。故日有六甲，辰有五子，十一而天地之道毕，言终而复始。太极，中央元气，故为黄钟，其实一龠，以其长自乘，故八十一为日法，所以生权衡度量，礼乐之所由出也。《经》元一以统始，《易》太极之首也。春秋二以目岁，《易》两仪之中也。于春每月书王，《易》三极之统也。于四时虽亡事必书时月，《易》四象之节也。时月以建分至启闭之分，《易》八卦之位也。象事成败，《易》吉凶之效也。朝聘会盟，《易》大业之本也。故《易》与《春秋》，天人之道也。《传》曰："龟，象也。筮，数也。物生而后有象，象而后有滋，滋而后有数。"

是故元始有象一也，春秋二也，三统三也，四时四也，合而为十，成五体。以五乘十，大衍之数也，而道据其一，其余四十九，所当用也，故蓍以为数。以象两两之，又以象三三之，又以象四四之，又归奇象闰十九，及所据一加之，因以再扐两之，是为月法之实。如日法得一，则一月之日数也，而三辰之会交矣，是以能生吉凶。故《易》曰："天一地二，天三地四，天五地六，天七地八，天九地十。天数五，地数五，五位相得而各有合。天数二十有五，地数三十，几天地之数五十有五，此所以成变化而行鬼神也。"并终数为十九，《易》穷则变，故为闰法。参天九，两地十，是为会数。参天数二十五，两地数三十，是为朔、望之会。以会数乘之，则周于朔旦冬至，是为会月。九会而复元，黄钟初九之数也。经于四时，虽亡事必书时月。时所以记启闭也，月所以纪分至也。启闭者，节也。分至者，中也。节不必在其月，故时中必在正数之月。故《传》曰："先王之正时也，履端于始，举正于中，归余于终。履端于始，序则不愆；举正于中，民则不惑；归余于中，事则不誖"此圣王之重闰也。以五位乘会数，而朔旦冬至，是为章月。四分月法，以其一乘章月，是为中法。参闰法为周至，以乘月法，以减中法而约之，则七之数，为一月之闰法，其余七分。此中朔相求之术也。朔不得中，是谓闰月，言阴阳虽交，不得中不生。故日法乘闰法，是为统岁。三统，是为元岁。元岁之闰，阴阳灾，三统闰法。《易》九厄曰："初入元，百六，阳九；次三百七十四，阴九；次四百八十，阳九；次七百二十，阴七；次七百二十，阳七；次六百，阴五；次六百，阳五；次四百八十，阴三；次四百八十，阳三，凡四千六百一十七岁，与一元终。经岁四千五百六十，灾岁五十七。是以《春秋》曰："举正于中。"又曰："闰月不告朔，非礼也。闰以正时，时以作事，事以厚生，生民之道于是乎在矣。不告闰朔，弃时正也，何以为民？"故善僖"五年春，王正月辛亥朔，日南至，公既视朔，遂登观台以望，而书，礼也。凡分至启闭，必书云物，为备故也。"至昭二十年二月己丑，日南至，失闰，至在非其月，梓慎望氛气而弗正，不履端于始也。故传不曰冬至，而曰日南至。极于牵牛之初，日中之时景最长，以此知其南至也。斗纲之端连贯营室，织女之纪指牵牛之初，以纪日月，故曰星纪。五星起其初，日月起其中，凡十二次。日至其初为节，至其中斗建下为十二辰。视其建而知其次。故曰"制礼上物，不过十二，天之大数也"。《经》曰"春，王正月"，《传》曰：周正月"火出，于夏为三月，商为四月，周为五月，夏数得天"，得四时之正也。三代各据一统，明三统常合，而迭为首，登降三统之首，周还五行之道也。故三五相包而生。天统之正，始施于子半，日萌色赤。地统受之于丑初，日肇化而黄，至丑半，日牙化而白，人统受之于寅初，日孽成而黑，至寅半，日生成而青。天施复于子，地化自丑毕于辰，人生自寅成于申。故历数三统，天以甲子，地以甲辰，人以甲申。孟、仲、季迭用事为统首。三微之统既著，而五行自青始，其序亦如之。五行与三统相错。传曰“天有三辰，地有五行”，然则三统五星可知也。《易》曰：“参五以变，错综其数。通其变，遂成天下之文；极其数，遂定天下之象。”太极运三辰五星于上，而元气转三统五行于下。其于人，皇极统三德五事。故三辰之合于三统也，日合于天统，月合于地统，斗合于人统。五星之合于五行，水合于辰星，火合于荧惑，金合于太白，木合于岁星，土合于镇星。三晨五星而相经纬也。天以一生水，地以二生火，天以三生木，地以四生金，天以五生土。五胜相乘，以生小周，以乘乾、坤之策，而成大周。阴阳比类，交错相成，故九六之变登降于六体。三微而成著，三著而成象，二象十有八变而成卦，四营而成易，为七十二，参三统两四时相乘之数也。参之则得乾之策，两之则得坤之策。以阳九九之，为六百四十八；以阴六六之，为四百三十二，凡一千八十，阴阳各一卦之微算策也。八之，为八千六百四十，而八卦小成。引而信之，又八之，为六万九千一百二十，天地再之，为十三万八千二百四十，然后大成。五星会终，触类而长之，以乘章岁，为二百六十二万六千五百六十，而与日月会。三会为七百八十七万九千六百八十，而与三统会。三统二千三百六十三万九千四十，而复于太极上元。九章岁而六之为法，太极上元为实，实如法得一阴一阳各万一千五百二十，当万物气体之数，天下之能事毕矣。

卷二十一下

律历志第一下

统母

日法八十一。元始黄钟初九自乘，一龠之数，得日法。

闰法十九，因为章岁。合天地终数，得闰法。

统法一千五百三十九。以闰法乘日法，得统法。

元法四千六百一十七。参统法，得元法。

会数四十七。参天九，两地十，得会数。

章月二百三十五。五位乘会数，得章月。

月法二千三百九十二。推大衍象，得月法。

通法五百九十八。四分月法，得通法。

中法十四万五百三十。以章月乘通法，得中法。

周天五十六万二千一百二十。以章月乘月法，得周天。

岁中十二。以三统乘四时，得岁中。

月周二百五十四。以章月加闰法，得月周。

朔望之会百三十五。参天数二十五，两地数三十，得朔望之会。

会月六千三百四十五。以会数乘朔望之会，得会月。

统月一万九千三十五。参会月，得统月。

元月五万七千一百五。参统月，得元月

章中二百二十八。以闰法乘岁中，得章中。

统中一万八千四百六十八。以日法乘章中，得统中。

元中五万五千四百四。参统中，得元中。

策余八千八十。什乘元中，以减周天，得策余。

周至五十七。参闰法，得周至。

纪母

木金相乘为十二,是为岁星小周。小周乘"坤"策,为千七百二十八,是为岁星岁数。

见中分二万七百三十六。

积中十三，中余百五十七。

见中法千五百八十三。见数也。

见闰分万二千九十六。

积月十三，月余万五千七十九。

见月法三万七十七。

见中日法七百三十万八千七百一十一。

见月日法二百四十三万六千二百三十七。

金火相乘为八，又以火乘之为十六而小复。小复乘“乾”策，为三千四百五十六，是太白岁数。

见中分四万一千四百七十二。

积中十九，中余四百一十三。

见中法二千一百六十一。复数。

见闰分二万四千一百九十二。

积月十九，月余三万二千三十九。

见月法四万一千五十九。

晨中分二万三千三百二十八。

积中十，中余千七百一十八。（“十”一作“七”）

夕中分一万八千一百四十四。

积中八，中余八百五十六。

晨闰分万三千六百八。

积月十一，月余五千一百九十一。

夕闰分万五百八十四。

积月八，月余二万六千八百四十八。

见中日法九百九十七万七千三百三十七。

见月日法三百三十二万五千七百七十九。

土木相乘而合经纬为三十，是为镇星小周。小周乘“坤”策，为四千三百二十，是为镇星岁数。

见中分五万一千八百四十。

积中十二，中余千七百四十。

见中法四千一百七十五。见数也。

见闰分三万二百四十。

积月十二，月余六万三千三百。

见月法七万九千三百二十五。

见中日法千九百二十七万五千九百七十五。

见月日法六百四十二万五千三百二十五。

火经特成，故二岁而过初，三十二过初为六十四岁而小周。小周乘“乾”策，则太阳大周，为一万三千八百二十四岁，是为荧惑岁数。

见中分十六万五千八百八十八。

积中二十五，中余四千一百六十三。

见中法六千四百六十九。见数也。

见闰分九万六千七百六十八。

积月二十六，月余五万二千九百五十四。

见月法十二万二千九百一十一。

见中日法二千九百八十六万七千三百七十三。

见月日法九百九十五万五千七百九十一。

水经特成，故一岁而及初，六十四及初而小复。小复乘“坤”策，则太阴大周，为九千二百一十六岁，是为辰星岁数。

见中分十一万五百九十二。

积中三，中余三万二千四百六十九。

见中法二万九千四十一。复数也。

见闰分六万四千五百一十二。

积月三，月余五十一万四百二十三。

见月法五十五万一千七百七十九。

晨中分六万二千二百八。

积中二，中余四千一百二十六。

夕中分四万八千三百八十四。

积中一，中余万九千三百四十三。

晨闰分三万六千二百八十八。

积月二，月余十一万四千六百八十二。

夕闰分二万八千二百二十四。

积月一，月余三十九万五千七百四十一。

见中日法一亿三千四百八万二千二百九十七。

见月日法四千四百六十九万四千九十九。

合太阴太阳之岁数而中分之，各万一千五百二十。阳施其气，阴成其物。

以星行率减岁数，余则见数也。

东九西七乘岁数，并九七为法，得一，金、水晨夕岁数。

以岁中乘岁数，是为星见中分。

星见数，是为见中法。

以岁闰乘岁数，是为星见闰分。

以章岁乘见数，是为见月法。

以元法乘见数，是为见中日法。

以统法乘见数，是为见月日法。

五步

木，晨始见，去日半次。顺，日行十一分度二，百二十一日。始留，二十五日而旋。逆，日行七分度一，八十四日。复留，二十四日三分而旋。复顺，日行十一分度二，百一十一日有百八十二万八千三百六十二分而伏。凡见三百六十五日有百八十二万八千三百六十五分，除逆，定行星三十度百六十六万一千二百八十六分。凡见一岁，行一次而后伏。日行不盈十一分度一。伏三十三日三百三十三万四千七百三十七分，行星三度百六十七万三千四百五十一分。一见，三百九十八日五百一十六万三千一百二分，行星三十三度三百三十三万四千七百三十七分。通其率，故曰日行千七百二十八分度之百四十五。

金，晨始见，去日半次。逆，日行二分度一，六日。始留，八日而旋。始顺，日行四十六分度三十三，四十六日。顺，疾，日行一度九十二分度十五，百八十四日而伏。凡见二百四十四日，除逆，定行星二百四十度。伏，日行一度九十二分度三十三有奇。伏八十三日，行星百一十三度四百三十六万五千二百二十分。凡晨见、伏三百二十七日，行星三百五十七度四百三十六万五千二百二十分。夕始见，去日半次。顺，日行一度九十二分度十五，百八十一日百七分日四十五。顺，迟，日行四十六分度四十三，四十六日。始留，七日百七分日六十二分而旋。逆，日行二分度一，六日而伏。凡见二百四十一日，除逆，定行星二百四十一度。伏，逆，日行八分度七有奇。伏十六日百二十九万五千三百五十二分，行星十四度三百六万九千八百六十八分。一凡夕见伏，二百五十七日百二十九万五千三百五十一分。行星二百二十六度六百九十万七千四百六十九分。一复，五百八十四日百二十九万五千三百五十二分。行星亦如之，故曰日行一度。

土，晨始见，去日半次。顺，日行十五度一，八十七日。始留，三十四日而旋。逆，日行八十一分度五，百一日，复留，三十三日八十六万二千四百五十五分而旋。复顺，日行十五分度一，八十五日而伏。凡见三百四十日八十六万二千四百五十五分，除逆，定余行星五度四百四十七万三千九百三十分。伏，日行不盈十五分度三。百三十七日千七百一十七万一百七十分，行星七度八百七十三万六千五百七十分。一见，三百七十七日千八百三万二千六百二十五分，行星十二度千三百二十一万五百分。通其率，故曰日行四千三百二十分度之百四十五。

火，晨始见，去日半次。顺，日行九十二分度五十三，二百七十六日，始留，十日而旋。逆，日行六十二分度十七，六十二日。复留，十日而旋。复顺，日行九十二分度五十三，二百七十六日而伏。凡见六百三十四日，除逆，定行星三百一度。伏，日行不盈九十二分度七十三，伏百四十六日千五百六十八万九千七百分，行星百一十四度八百二十一万八千五分。一见，七百八十日千五百六十八万九千七百分，凡行星四百一十五度八百二十一万八千五分。通其率，故曰日行万三千八百二十四分度之七千三百五十五。

水，晨始见，去日半次。逆，日行二度，一日。始留，二日而旋。顺，日行七分度六，七日。顺，疾，日行一度三分度一，十八日而伏。凡见二十八日，除逆，定行星二十八度。伏，日行一度九分七有奇，三十七日一亿二千二百二万九千六百五分，行星六十八度四千六百六十一万一百二十八分。凡晨见、伏，六十五日一亿二千二百二万九千六百五分，行星九十六度四千六百六十一万一百二十八分。夕始见，去日半次。顺，疾，日行一度三分度一，十六日二分日一。顺，迟，日行七分度六，七日。留，一日二分日一而旋。逆，日行二度，一日而伏。凡见二十六日，除逆，定行星二十六度。伏，逆，日行十五分度四有奇，二十四日，行星六度五千八百六十六万二千八百二十分。凡夕见伏，五十日，行星十九度七千五百四十一万九千四百七十七分。一复，百一十五日一亿二千二百二万九千六百五分。行星亦如之，故曰日行一度。

统术

推日月元统，置太极上元以来，外所求年，盈元法除之，余不盈统者，则天统甲子以来年数也。盈统，除之，余则地统甲辰以来年数也。又盈统，除之，余则人统甲申以来年数也。各以其统首日为纪。

推天正，以章月乘人统岁数，盈章岁得一，名曰积月，不盈者名曰闰余。闰余十二以上，岁有闰，求地正，加积月一；求人正，加二。

推正月朔，以月法乘积月，盈日法得一，名曰积日，不盈者名曰小余。小余三十八以上，其月大。积日盈六十，除之，不盈者名曰大余。数从统首日起，算外，则朔日也。求其次月，加大余二十九，小余四十三。小余盈日法得一，从大余，数除如法。求弦，加大余七，小余三十一。求望，倍弦。

推闰余所在，以十二乘闰余，加十得一，盈章中，数所得，起冬至，算外，则中至终闰盈。中气在朔若二日，则前月闰也。

推冬至，以算余乘人统岁数，盈统法得一，名曰大余，不盈者名曰小余。除数如法，则所求冬至日也。

求八节，加大余四十五，小余千一百。求二十四气，三其小余，加大余十五，小余千一十。

推中部二十四气，皆以元为法。

推五行，其四行各七十三日，统岁分之七十七。中央各十八日，统法分之四百四。冬至后，中央二十七日六百六分。

推合晨所在星，置积日，以统法乘之，以十九乘小余而并之。盈周天，除去之；不盈者，令盈统法得一度。数起牵牛，算外，则合晨所入星度也。

推其日夜半所在星，以章岁乘月小余，以减合晨度。小余不足者，破全度。

推其月夜其半所在星，以月周乘月小余，盈统法得一度，以减合晨度。

推诸加时，以十二乘小余为实，各盈分母为法，数起于子，算外，则所加辰也。

推月食，置会余岁积月，以二十三乘之，盈百三十五，除之。不盈者，加二十三得一月，盈百三十五，数所得，起其正，算外，则食月也。加时，在望日冲辰。

纪术

推五星见复，置太极上元以来，尽所求年，乘大统见复数，盈岁数得一，则定见复数也。不盈者名曰见复余。见复余盈其见复数，一以上见在往年，倍一以上，又在前往年，不盈者在今年也。

推星所见中次，以见中分乘定见复数，盈见中法得一，则积中法也。不盈者名曰中余。以元中除积中，余则中元余也。以章中除之，余则入章中数也。以十二除之，余则星见中次也。中数从冬至起，次数从星纪起，算外，则星所见中次也。

推星见月，以闰分乘定见，以章岁乘中余从之，盈见月法得一，并积中，则积月也。不盈者名曰月中余。以元月除积月余，名曰月元余。以章月除月元余，则入章月数也。以十二除之，至有闰之岁，除十三入章。三岁一闰，六岁二闰，九岁三闰，十一岁四闰，十四岁五闰，十七岁六闰，十九岁七闰。不盈者数起于天正，算外，则星所见月也。

推至日，以中法乘中元余，盈元法得一，名曰积日，不盈者名曰小余。小余盈二千五百九十七以上，中大。数除积日如法，算外，则冬至也。

推朔日，以月法乘月元余，盈日法得一，名曰积日，余名曰小余。小余三十八以上，月大。数除积日如法，算外，则星见月朔日也。

推入中次日度数，以中法乘中余，以见中法乘其小余并之，盈见中日法得一，则入中日入次度数也。中次至日数，次以次初数，算外，则星所见及日所在度数也。求夕，在日后十五度。

推入月日数，以月法乘月余，以见月法乘其小余并之，盈见月日法得一，则入月日数也。并之大余，数除如法，则见日也。

推后见中，加积中于中元余，加后余于中余，盈其法得一，从中元余，数如法，则见中也。

推后见月，加积月于月元余，加后月余于月余，盈其法得一，从月元余，除数如法，则后见月也。

推至日及入中次度数，如上法。

推朔日及入月数，如上法。

推晨见加夕，夕见加晨，皆如上法。

推五步，置始见以来日数，至所求日，各以其行度数乘之。其星若日有分者，分子乘全为实，分母为法。其两有分者，分母分度数乘全，分子从之，令相乘为实，分母相乘为法，实如法得一，名曰积度。数起星初见星宿所在宿度，算外，则星所在宿度也。

岁术

推岁所在，置上元以来，外所求年，盈岁数，除去之，不盈者以百四十五乘之，以百四十四为法，如法得一，名曰积次，不盈者名曰次余。积次盈十二，除去之，不盈者名曰定次。数从星纪起，算尽之外，则所在次也。欲知太岁，以六十除积次，余不盈者，数从丙子起，算尽之外，则太岁日也。

赢缩。传曰："岁弃其次而旅于明年之次，以害鸟帑，周楚恶之。"五星之赢缩不是过也。过次者殃大，过舍者灾小，不过者亡咎。次度。六物者，岁时数日月星辰也。辰者，日月之会而建所指也。

星纪,初斗十二度,大雪。中牵牛初,冬至。(于夏为十一月,商为十二月,周为正月。)终于婺女七度。

玄枵，初婺女八度，小寒。中危初，大寒。(于夏为十二月，商为正月，周为二月。)终于危十五度。

诹訾,初危十六度,立春。中营室十四度,惊蛰。(今曰雨水,于夏为正月,商为二月,周为三月。)终于奎四度。

降娄，初奎五度，雨水。(今曰惊蛰。)中娄四度，春分。(于夏为二月，商为三月，周为四月。)终于胃六度。

大梁，初胃七度，谷雨。(今曰清明。)中昴八度，清明。(今曰谷雨，于夏为三月，商为四月，周为五月。)终于毕十一度。

实沈、初毕十二度，立夏。中井初，小满。(于夏为四月，商为五月，周为六月。)终于井十五度。

鹑首,初井十六度,芒种。中井三十一度,夏至。(于夏为五月,商为六月,周为七月。)终于柳八度。

鹑火，初柳九度，小暑。中张三度，大暑(于夏为六月，商为七月，周为八月。)终于张十七度。

鹑尾,初张十八度,立秋。中翼十五度,处暑。(于夏为七月,商为八月,周为九月。)终于轸十一度。

寿星，初轸十二度，白露。中角十度，秋分。(于夏为八月，商为九月，周为十月。)终于氐四度。

大火，初氐五度，寒露。中房五度，霜降。(于夏为九月，商为十月，周为十一月。)终于尾九度。

析木,初尾十度,立冬。中箕七度,小雪。(于夏为十月,商为十一月,周为十二月。)终于斗十一度。

角十二。亢九。氐十五。房五。心五。尾十八。箕十一。

东七十五度。

斗二十六。牛八。女十二。虚十。危十七。营室十六。壁九。

北九十八度。

奎十六。娄十二。胃十四。昴十一。毕十六。觜二。参九。

西八十度。

井三十三。鬼四。柳十五。星七。张十八。翼十八。轸十七。

南百一十二度。

九章岁为百七十一岁，而九道小终。九终千五百三十九岁而大终。三终而与元终。进退于牵牛之前四度五分。九会。阳以九终,故日有九道。阴兼而成之,故月有十九道。

阳名成功，故九会而终。四营而成易，故四岁中余一,四章而朔余一，为篇首，八十一章而终一统。

一,甲子元首。汉太初元年。十,辛酉。十九,己未。二十八,丁巳。三十七,乙卯。四十六，壬子。五十五，庚戌。六十四，戊申。七十三，丙午，中。

甲辰二统。辛丑。己亥。丁酉。乙未。壬辰。庚寅。戊子。丙戌，季。

甲申三统。辛巳。己卯。丁丑。(文王四十二年。)乙亥。(微二十六年。)壬申。庚午戊辰。丙寅，孟。(愍二十二年。)

二,癸卯。十一,辛丑。二十,己亥。二十九,丁酉。三十八,甲午。四十七,壬辰。五十六，庚寅。六十五，戊子。七十四，乙酉，中。

癸未。辛巳。己卯。丁丑。甲戌。壬申。庚午。戊辰。

乙丑，季。商太甲元年

癸亥。辛酉。己未。丁巳。(周公五年。)甲寅。壬子。庚戌。戊申。元四年。乙巳,孟。

三,癸未。十二,辛巳。二十一,己卯。三十,丙子。三十九,甲戌。四十八,壬申。五十七，庚子。六十六，丁卯。七十五，乙丑，中。

癸亥。辛酉。己未。丙辰。甲寅。壬子。庚戌。丁未。乙巳，季。

癸卯。辛丑。己亥。丙申甲午。壬辰。庚寅。(成十二年。)丁亥。乙酉，孟。

四,癸亥。(初元二年。)十三,辛酉。二十二,戊午。三十一,丙辰。四十,甲寅。四十九，壬子。五十八，己酉。六十七，丁未。七十六，乙巳，中。

癸卯。辛丑。戊戌。丙申。甲午。壬辰。己丑。丁亥。乙酉，季。

癸未。辛巳。戊寅。丙子。甲戌。壬申。(惠三十八年。)己巳。丁卯。乙丑，孟。

五,癸卯。(河平元年。)十四,庚子。二十三,戊戌。三十二,丙申。四十一,甲午。五十，辛卯。五十九，己丑。六十八，丁亥。七十七，乙酉，中。

癸未。庚辰。戊寅。丙子。甲戌。辛未。己巳。丁卯。乙丑,季。(商太甲元年。)

癸亥。庚申。戊午。丙辰。甲寅。(献十五年。)辛亥。己酉。丁未。乙巳,孟。(楚元三年。)

六，壬午。十五，庚辰。二十四，戊寅。三十三，丙子。四十二，癸酉。五十一，辛未。六十，己巳。六十九，丁卯。七十八，甲子，中。

壬戌。庚申。戊午。丙辰。癸丑。辛亥。己酉。丁未。甲辰，季。

壬寅。庚子。戊戌。丙申。炀二十四年。癸巳。辛卯。己丑。丁亥。康四年。甲申,孟。

七，壬戌。(始建国三年。)十六，庚申。二十五，戊午。三十四，乙卯。四十三，癸丑。五十二，辛亥。六十一，己酉。七十，丙午。七十九，甲辰，中。

壬寅。庚子。戊戌。乙未。癸巳。辛卯。己丑。丙戌。甲申，季。

壬午。庚辰。戊寅。乙亥。癸酉。辛未。己巳。(定七年。)丙寅。甲子，孟。

八，壬寅。十七，庚子。二十六，丁酉。三十五，乙未。四十四，癸巳。五十三，辛卯。六十二，戊子。七十一，丙戌。八十，甲申，中。

壬午。庚辰。丁丑。乙亥。癸酉。辛未。戊辰。丙寅。甲子，季。

壬戌。庚申。丁巳。乙卯。癸丑。辛亥。僖五年。戊申。丙午。甲辰，孟。

九，壬午。十八，己卯。二十七，丁丑。三十六，乙亥。四十五，癸酉。五十四，庚午。六十三，戊辰。七十二，丙寅。八十一，甲子，中。

壬戌。己未。丁巳。乙卯。癸丑。庚戌。戊申。丙午。甲辰，季。

壬寅。己亥。丁酉。乙未。癸巳。懿九年。庚寅。戊子。丙戌。甲申,孟。(元朔六年。)

推章首朔旦冬至日，置大余三十九，小余六十一，数除如法，各从其统首起。求其后章，当加大余三十九，小余六十一，各尽其八十一章。

推篇，大余亦如之，小余加一。求周至，加大余五十九，小余二十一。

世经

《春秋》昭公十七年“郯子来朝”,《传》曰:昭子问少昊氏鸟名何故,对曰:“吾祖也，我知之矣。昔者，黄帝氏以云纪，故为云师而云名；炎帝氏以火纪，故为火师而火名；共工氏以水纪,故为水师而水名;太昊氏以龙纪,故为龙师而龙名。我高祖少昊挚之立也，凤鸟适至,故纪于鸟,为鸟师而鸟名。”言郯子据少昊受黄帝,黄帝受炎帝,炎帝受共工，共工受太昊，故先言黄帝，上及太昊。稽之于《易》，砲牺、神农、黄帝相继之世可知。

太昊帝 《易》曰:“砲牺氏之王天下也。”言炮牺继天而王,为百王先,首德始于木，故为帝太昊。作罔罟以田渔,取牺牲,故天下号曰炮牺氏。《祭典》曰:“共工氏伯九域。”言虽有水德，在火、木之间，非其序也。任知刑以强，故伯而不王。秦以水德，在周、汉木火之间。周人迁其行序，故《易》不载。

炎帝 《易》曰:“炮牺氏没，神农氏作。”言共工伯而不王，虽有水德，非其序也，以火承木，故为炎帝。教民耕农，故天下号曰神农氏。

黄帝 《易》曰:“神农氏没,黄帝氏作。”火生土,故为土德。与炎帝之后战于阪泉，遂王天下。始垂衣裳，有轩冕之服，故天下号曰轩辕氏。

少昊帝《考德》曰：少昊曰清。清者，黄帝之子清阳也，是其子孙名挚立。土生金，故为金德，天下号曰金天氏。周迁其乐，故《易》不载，序于行。

颛顼帝《春秋外传》曰：少昊之衰，九黎乱德，颛顼受之，乃命重黎。苍林昌意之子也。金生水，故为水德。天下号曰高阳氏。周迁其乐，故《易》不载，序于行。

帝喾 《春秋外传》曰：颛顼之所建，帝喾受之。清阳玄嚣之孙也。水生木，故为木德。天下号曰高辛氏。帝挚继之，不知世数。周迁其乐，故《易》不载。周人禘之。

唐帝《帝系》曰：帝喾四妃，陈丰生帝尧，封于唐，盖高辛氏衰，天下归之。木生火，故为火德，天下号曰陶唐氏。让天下于虞，使子朱处于丹渊为诸侯。即位七十载。

虞帝《帝系》曰：颛顼生穷蝉，五世而生瞽叟，瞽叟生帝舜，处虞之妫汭，尧嬗以天下。火生土，故为土德，天下号曰有虞氏。让天下于禹，使子商均为诸侯，即位五十载。

伯禹《帝系》曰:颛顼五世而生鲧，鲧生禹，虞舜嬗以天下。土生金，故为金德。天下号曰夏后氏。继世十七王，四百三十二岁。

成汤《书经·汤誓》:汤伐夏桀。金生水，故为水德。天下号曰商，后曰殷。

《三统》，上元至伐桀之岁，十四万一千四百八十岁，岁在大火房五度，故《传》曰:“大火，阏伯之星也，实纪商人。”后为成汤，方即世崩没之时，为天子用事十三年矣。商十二月乙丑朔旦冬至,故《书序》曰:“成汤既没,太甲元年,使伊尹作《伊训》。”《伊训》篇曰：“惟太甲元年十有二月乙丑朔，伊尹祀于先王，诞资有牧方明。”言虽有成汤、太丁、外丙之服，以冬至越茀祀先王于方明以配上帝，是朔旦冬至之岁也。后九十五岁，商十二月甲申朔旦冬至，亡余分，是为孟统。自伐桀至武王伐纣，六百二十九岁，故《传》曰殷“载祀六百”。

《殷历》曰：当成汤方即世用事十三年，十一月甲子朔旦冬至，终六府首。当周公五年，则为距伐桀四百五十八岁，少百七十一岁，不盈六百二十九。又以夏时乙丑为甲子，计其年乃孟统后五章，癸亥朔旦冬至也。以为甲子府首，皆非是。凡殷世继嗣三十一王，六百二十九岁。

《四分》，上元至伐桀十三万二千一百一十三岁，其八十八纪，甲子府首，入伐桀后百二十七岁。

《春秋历》，周文王四十二年十二月丁丑朔旦冬至，孟统之二会首也。后八岁而武王伐纣。

武王《书经·牧誓》：武王伐商纣。水生木，故为木德。天下号曰周室。

《三统》，上元至伐纣之岁，十四万二千一百九岁，岁在鹑火张十三度。文王受命九年而崩，再期，在大祥而伐纣，故《书序》曰："惟十有一年，武王伐纣，《太誓》。"八百诸侯会。还归二年，乃遂伐纣克殷，以箕子归，十三年也。故《书序》曰："武王克殷，以箕子归，作《洪范》。"《洪范》篇曰："惟十有三祀，王访于箕子。"自文王受命而至此十三年，岁亦在鹑火，故《传》曰："岁在鹑火，则我有周之分野也。"师初发，以殷十一月戊子，日在析木箕七度，故《传》曰："日在析木。"是夕也，月在房五度。房为天驷，故《传》曰："月在天驷。"后三日得周正月辛卯朔，合辰在斗前一度，斗柄也，故《传》曰："辰在斗柄。"明日壬辰，晨星始见。癸巳武王始发，丙午还师，戊午度于孟津。孟津去周九百里，师行三十里，故三十一日而度。明日己未冬至，晨星与婺女伏，历建星及牵牛，至于婺女天鼋之首，故《传》曰："星在天鼋。"《周书·武成》篇："惟一月壬辰，旁死霸，若翌日癸巳，武王乃朝步自周，于征伐纣。"《序》曰："一月戊午，师度于孟津。"至庚申，二月朔日也。四日癸亥，至牧野，夜陈，甲子昧爽而合矣。故《外传》曰："王以二月癸亥夜陈。"《武成》篇曰："粤若来三月，既死霸，粤五日甲子，咸刘商王纣。"是岁也，闰数余十八，正大寒中，在周二月己丑晦。明日闰月庚寅朔。三月二日庚申惊蛰。四月己丑朔死霸。死霸，朔也。生霸，望也。是月甲辰望，乙巳，旁之。故《武成》篇曰："惟四月既旁生霸，粤六日庚戌，武王燎于周庙。翌日辛亥，祀于天位。粤五日乙卯，乃以庶国祀馘于周庙。"文王十五而生武王，受命九年而崩，崩后四年而武王克殷。克殷之岁八十六矣，后七岁而崩。故《礼记文王世子》曰："文王九十七而终，武王九十三而终。"凡武王即位十一年，周公摄政五年，正月丁巳朔旦冬至，《殷历》以为六年戊午，距炀公七十六岁，入孟统二十九章首也。后二岁，得周公七年"复子明辟"之岁。是岁二月乙亥朔，庚寅望，后六日得乙未。故《召诰》曰："惟二月既望，粤六日乙未。"又其三月甲辰朔，三日丙午。《召诰》曰："惟三月丙午朏。"古文《月采》篇曰"三日曰朏"。是岁十二月戊辰晦，周公以返政。故《洛诰》篇曰："戊辰，王在新邑，蒸祭岁，命作策，惟周公诞保文、武受命，惟七年。"

成王元年正月己巳朔，此命伯禽俾侯于鲁之岁也。后三十年四月庚戌朔，十五日甲子哉生霸。故《顾命》曰"惟四月哉生霸，王有疾不豫，甲子，王乃洮沬水"，作《顾命》。翌日乙丑，成王崩。康王十二年六月戊辰朔，三日庚午，故《毕命丰刑》曰："惟十有二年六月庚午朏，王命作策《丰刑》。"

《春秋》、《殷历》皆以殷，鲁自周昭王以下亡年数，故据周公、伯禽以下为纪。鲁公伯禽，推即位四十六年，至康王十六年而薨。故《传》曰"燮父、禽父并事康王"，言晋侯燮、鲁公伯禽俱事康王也。子考公就立，酋。考公，《世家》：即位四年，及炀公熙立。炀公二十四年正月丙申朔旦冬至，《殷历》以为丁酉，距微公七十六岁。

《世家》：炀公即位六十年，子幽公宰立。幽公，《世家》：即位十四年，及微公茀立，沸。微公二十六年正月乙亥旦冬至，《殷历》以为丙子，距献公七十六岁。

《世家》：微公即位五十年，子厉公翟立，擢。厉公，《世家》：即位三十七年，及献公具立。献公十五年正月甲寅朔旦冬至，《殷历》以为乙卯，距懿公七十六岁。

《世家》：献公即位五十年，子慎公执立，嗅。慎公，《世家》：即位三十年，及武公敖立。武公，《世家》：即位二年，子懿公被立，戏。懿公九年正月癸巳朔旦冬至，

《殷历》以为甲午，距惠公七十六岁。

《世家》：懿公即位于九年，兄子柏御立。柏御，《世家》：即位十一年，叔父孝公称立。孝公，《世家》：即位二十七年，子惠公皇立。惠公三十八年正月壬申朔旦冬至，《殷历》以为癸酉，距釐公七十六岁。

《世家》：惠公即位四十六年，子隐公息立。

凡伯禽至春秋，三百八十六年。

春秋　隐公，《春秋》：即位十一年，及桓公轨立。此元年上距伐纣四百岁。

桓公，《春秋》：即位十八年，子庄公同立。

庄公，《春秋》：即位三十二年，子愍公启方立。

愍公，《春秋》：即位二年，及釐公申立。釐公五年正月辛亥朔旦冬至，《殷历》以为壬子，距成公七十六岁。

是岁距上元十四万二千五百七十七岁，得孟统五十三章首。故《传》曰："五年春王，正月辛亥朔，日南至。""八月甲午，晋侯围上阳。"童谣云："丙子之辰，龙尾伏辰，袀服振振，取虢之旂，鹑之贲贲，天策焞焞，火中成军，虢公其奔。"卜偃曰："其九月十月之交乎？丙子旦，日在尾，月在策，鹑火中，必是时也。"冬十二月丙子灭虢。言历者以夏时，故周十二月，夏十月也。是岁，岁在大火。故《传》曰晋侯使寺人披伐蒲，重耳奔狄。董因曰："君之行，岁在大火。"后十二年，釐之十六岁，岁在寿星。故《传》曰：重耳处狄十二年而行，过卫鹿，乞食于野人，野人举块而与之。子犯曰："天赐也，后十二年，必获此土。岁复于寿星，必获诸侯。"后八岁，釐之二十四年也，岁在实沈，秦伯纳之。故《传》曰董因云："君以辰出，而以参入，必获诸侯。"

《春秋》：釐公即位三十三年，子文公兴立。文公元年，距辛亥朔旦冬至二十九岁。是岁闰余十三，正小雪，闰当在十一月后，而在三月，故《传》曰"非礼也"。后五年，闰余十，是岁亡闰，而置闰。闰，所以正中朔也。亡闰而置闰，又不告朔，故经曰"闰月不告朔"，言亡此月也。《传》曰："不告朔，非礼也。"

《春秋》：文公即位十八年，子宣公倭立。

宣公，《春秋》：即位十八年，子成公黑肱立。成公十二年正月庚寅朔旦冬至，《殷历》以为辛卯，距定公七年七十六岁。

《春秋》：成公即位十八年，子襄公午立。襄公二十七年，距辛亥百九岁。九月乙亥朔，是建申之月也。鲁史书："十二月乙亥朔，日有食之。"《传》曰："冬十一月乙亥朔，日有食之，于是辰在申，司历过也，再失闰矣。"言时实行以为十一月也，不察其建，不考之于天也。二十八年距辛亥百一十岁，岁在星纪，故《经》曰："春无冰。"《传》曰："岁在星纪，而淫于玄枵。"三十年岁在娵訾。三十一岁在降娄。是岁距辛亥百一十三年，二月有癸未，上距文公十一年会于承匡之岁夏正月甲子朔，凡四百四十有五甲子，奇二十日，为日二万六千六百有六旬。故《传》曰：绛县老人曰："臣生之岁，正月甲子朔，四百四十有五甲子矣。其季于今，三之一也。"师旷曰："郤成子会于承匡之岁也，七十三年矣。"史赵曰："亥有二首六身，下二如身，则其日数也。"士文伯曰："然则二万六千六百有六旬也。"

《春秋》：襄公即位三十一年，子昭公稠立。昭公八年，岁在析木，十年，岁在颛顼之虚，玄枵也。十八年距辛亥百三十一岁，五月有丙子、戊寅、壬午，火始昏见，宋、卫、陈、郑火。二十年春王正月，距辛亥百三十三岁，是辛亥后八章首也。正月己丑朔旦冬至，失闰。故《传》曰："二月己丑，日南至。"三十二年，岁在星纪，距辛亥百四十五岁，盈一次矣。故《传》曰："越得岁，吴伐之，必受其咎。"

《春秋》:昭公即位三十二年，及定公宋立。定公七年，正月己巳朔旦冬至,《殷历》以为庚午，距元公七十六岁。

《春秋》：定公即位十五年，子哀公蒋立。哀公十二年冬十二月流火，非建戌之月也。是月也螽，故《传》曰:“火伏而后蛰者毕，今火犹西流，司历过也。”《诗》曰:“七月流火。”

《春秋》：哀公即位二十七年。自《春秋》尽哀十四年，凡二百四十二年。

六国《春秋》:哀公后十三年逊于邾,子悼公曼立,宁。悼公,《世家》:即位三十七年，子元公嘉立。元公四年正月戊申朔旦冬至,《殷历》以为己酉，距康公七十六岁。元公,《世家》：即位二十一年，子穆公衍立，显。穆公,《世家》：即位三十三年，子恭公奋立。恭公,《世家》：即位二十二年，子康公毛立。康公四年正月丁亥朔旦冬至,《殷历》以为戊子，距缗公七十六岁。康公,《世家》：即位九年，子景公偃立。景公,《世家》：即位二十九年，子平公旅立。平公,《世家》：即位二十年，子缗公贾立。缗公二十二年正月丙寅朔旦冬至,《殷历》以为丁卯，距楚元七十六岁。缗公,《世家》：即位二十三年，子顷公仇立。顷公,《表》：十八年，秦昭王之五十一年也，秦始灭周。周凡三十六王，八百六十七岁。

秦伯昭王,《本纪》：无天子五年。孝文王,《本纪》：即位一年。元年，楚考烈王灭鲁顷公为家人，周灭后六年也。庄襄王,《本纪》：即位三年。始皇,《本纪》：即位三十七年。二世,《本纪》：即位三年。凡秦伯五世，四十九岁。

汉高祖皇帝，著《纪》，伐秦继周。木生火。故为火德。天下号曰“汉”。距上元年十四万三千二十五岁，岁在大棣之东井二十二度，鹑首之六度也。故《汉志》曰：岁在大棣，名曰敦牂，太岁在午。八年十一月乙巳朔旦冬至，楚元三年也。故《殷历》以为丙午，距元朔七十六岁。著《纪》，高帝即位十二年。

惠帝，著《纪》，即位七年。

高后，著《纪》，即位八年。

文帝，前十六年，后七年，著《纪》，即位二十三年。

景帝，前七年，中六年，后三年，著《纪》，即位十六年。

武帝建元、元光、元朔各六年。元朔六年十一月甲申朔旦冬至,《殷历》以为乙酉，距初元七十六岁。元狩、元鼎、元封各六年。汉历太初元年，距上元十四万三千一百二十七岁。前十一月甲子朔旦冬至,岁在星纪婺女六度,故《汉志》曰:“岁名困敦，正月岁星出婺女。太初、天汉、太始、征和各四年，后二年，著《纪》，即位五十四年。

昭帝始元、元凤各六年，元平一年，著《纪》，即位十三年。

宣帝本始、地节、元康、神爵、五凤、甘露各四年，黄龙一年，著《纪》，即位二十五年。

元帝初元二年十一月癸亥朔旦冬至,《殷历》以为甲子，以为纪首。是岁也，十月日食，非合辰之会，不得为纪首。距建武七十六岁。初元、永光、建昭各五年，竟宁一年，著《纪》，即位十六年。

成帝建始、河平、阳朔、鸿嘉、永始、元延各四年，绥和二年，著《纪》，即位二十六年。

哀帝建平四年，元寿二年，著《纪》，即位六年。

平帝，著《纪》，即位元始五年，以宣帝玄孙婴为嗣，谓之孺子。孺子，著《纪》，新都侯王莽居摄三年。王莽居摄，盗袭帝位，窃号曰“新室”。始建国五年，天凤六年，地皇三年，著《纪》，盗位十四年。更始帝，著《纪》，以汉宗室灭王莽，即位二年。赤眉贼立宗室刘盆子，灭更始帝。自汉元年讫更始二年，凡二百三十岁。

光武皇帝，著《纪》，以景帝后高祖九世孙受命中兴复汉，改元曰建武，岁在鹑尾之张度。建武三十一年，中元二年，即位三十三年。

卷二十二

礼乐志第二

《六经》之道同归，而《礼》、《乐》之用为急。治身者斯须忘礼，则暴嫚入之矣为国者一朝失礼，则荒乱及之矣。人函天地阴阳之气，有喜怒哀乐之情。天禀其性而不能节也，圣人能为之节而不能绝也，故象天地而制礼乐，所以通神明，立人伦，正情性，节万事者也。

人性有男女之情，妒忌之别，为制婚姻之礼；有交接长幼之序，为制乡饮之礼；有哀死思远之情，为制丧祭之礼；有尊尊敬上之心，为制朝觐之礼。哀有哭踊之节，乐有歌舞之容，正人足以副其诚，邪人足以防其失。故婚姻之礼废，则夫妇之道苦，而淫辟之罪多；乡饮之礼废，则长幼之序乱，而争斗之狱蕃；丧祭之礼废，则骨肉之恩薄，而背死忘先者众；朝聘之礼废，则君臣之位失，而侵陵之渐起。故孔子曰："安上治民，莫善于礼；移风易俗，莫善于乐。"礼节民心，乐和民声，政以行之，刑以防之。礼乐政刑四达而不悖，则王道备矣。乐以治内而为同，礼以修外而为异；同则和亲，异则畏敬；和亲则无怨，畏敬则不争。揖让而天下治者，礼乐之谓也。二者并行，合为一体。畏敬之意难见，则著之于享献辞受，登降跪拜；和亲之说难形，则发之于诗歌咏言，钟石管弦。盖嘉其敬意而不及其财贿，美其欢心而不流其声音。故孔子曰："礼云礼云，玉帛云乎哉？乐云乐云，钟鼓云乎哉？"此礼乐之本也。故曰："知礼乐之情者能作，识礼乐之文者能述；作者之谓圣，述者之谓明。明圣者，述作之谓也。"

王者必因前王之礼，顺时施宜，有所损益，即民之心，稍稍制作，至太平而大备。周监于二代，礼文尤具，事为之制，曲为之防，故称礼经三百，威仪三千。于是教化浃洽，民用和睦，灾害不生，祸乱不作，囹圄空虚，四十余年。孔子美之曰："郁郁乎文哉！吾从周。"及其衰也，诸侯逾越法度，恶礼制之害己，去其篇籍，遭秦灭学，遂以乱亡。

汉兴，拨乱反正，日不暇给，犹命叔孙通制礼仪，以正君臣之位。高祖说而叹曰："吾乃今日知为天子之贵也！"以通为奉常，遂定仪法，未尽备而通终。至文帝时，贾谊以为："汉承秦之败俗，废礼义，捐廉耻，今其甚者杀父兄，盗者取庙器，而大臣特以簿书不报，期会为故，至于风俗流溢，恬而不怪，以为是适然耳。夫移风易俗，使天下回心而乡道，类非俗吏之所能也。夫立君臣，等上下，使纲纪有序，六亲和睦，此非天之所为，人之所设也。人之所设，不为不立，不修则坏。汉兴至今二十余年，宜定制度，兴礼乐，然后诸侯轨道，百姓素朴，狱讼衰息。"乃草具其仪，天子说焉。而大臣绛、灌之属害之，故其议遂寝。

至武帝即位，进用英隽，议立明堂，制礼服，以兴太平。会窦太后好黄老言，不说儒术，其事又废。后董仲舒对策言："王者欲有所为，宜求其端于天。天道大者，在于阴阳。阳为德，阴为刑。天使阳常居大夏，而以生育长养为事；阴常居大冬，而积于空虚不用之处，以此见天之任德不任刑也。阳出布施于上而主岁功，阴入伏藏于下而时出佐阳。阳不得阴之助，亦不能独成岁功。王者承天意以从事，故务德教而省刑罚。刑罚不可任以治世，犹阴之不可任以成岁也。今废先王之德教，独用执法之吏治民，而欲德化被四海，故难成也。是故古之王者，莫不以教化为大务，立大学以教于国，设庠序以化于邑。教化以明，习俗以成，天下尝无一人之狱矣。至周末世，大为无道，以失天下。秦继其后，又益甚之。自古以来，未尝以乱济乱，大败天下如秦者也。习俗薄恶，民人抵冒。今汉继秦之后，虽欲治之，无可奈何。法出而奸生，令下而诈起，一岁之狱以万千数，如以汤止沸，沸俞甚而无益。辟之琴瑟不调，甚者必解而更张之，乃可鼓也。为政而不行，甚者必变而更化之，乃可理也。故汉得天下以来，常欲善治，而至今不能胜残去杀者，失之当更化而不能更化也。古人有言：'临渊羡鱼，不如归而结网。'今临政而愿治七十余岁矣，不如退而更化。更化则可善治，而灾害日去，福禄日来矣。"是时，上方征讨四夷，锐志武功，不暇留意礼文之事。

至宣帝时，琅邪王吉为谏大夫，又上疏言："欲治之主不世出，公卿幸得遭遇其时，未有建万世之长策，举明主于三代之隆者也。其务在于簿书断狱听讼而已，此非太平之基也。今俗吏所以牧民者，非有礼义科指可世世通行者也，以意穿凿，各取一切。是以诈伪萌生，刑罚无极，质朴日消，恩爱浸薄。孔子曰'安上治民，莫善于礼'，非空言也。愿与大臣延及儒生，述旧礼，明王制，驱一世之民，济之仁寿之域，则俗何以不若成、康？寿何以不若高宗？"上不纳其言，吉以病去。

至成帝时，犍为郡于水滨得古磬十六枚，议者以为善祥。刘向因是说上："宜兴辟雍，设庠序，陈礼乐，隆雅颂之声，盛揖攘之容，以风化天下。如此而不治者，未之有也。或曰，不能具礼。礼以养人为本，如有过差，是过而养人也。刑罚之过，或至死伤。今之刑，非皋陶之法也，而有司请定法，削则削，笔则笔，救时务也。至于礼乐，则曰不敢，是敢于杀人不敢于养人也。为其俎豆、管弦之间小不备，因是绝而不为，是去小不备而就大不备，大不备或莫甚焉。夫教化之比于刑法，刑法轻，是舍所重而急所轻也。且教化，所恃以为治也，刑法所以助治也。今废所恃而独立其所助，非所以致太平也。自京师有悖逆不顺之子孙，至于陷大辟受刑戮者不绝，繇不习五常之道也。夫承千岁之衰周，继暴秦之余敝，民渐渍恶俗，贪饕险诐，不闲义理，不示以大化，而独驱以刑罚，终已不改。故曰：'导之以礼乐，而民和睦。'初，叔孙通将制定礼仪，见非于齐、鲁之士，然卒为汉儒宗，业垂后嗣，斯成法也。"成帝以向言下公卿议，会向病卒，丞相大司空奏请立辟雍。案行长安城南，营表未作，遭成帝崩，群臣引以定谥。

及王莽为宰衡，欲耀众庶，遂兴辟雍，因以篡位，海内畔之。世祖受命中兴，拨乱反正，改定京师于土中。即位三十年，四夷宾服，百姓家给，政教清明，乃营立明堂、辟雍。显宗即位，躬行其礼，宗祀光武皇帝于明堂，养三老、五更于辟雍，威仪既盛美矣。然德化未流洽者，礼乐未具，群下无所诵说，而庠序尚未设之故也。孔子曰："辟如为山，未成一匮，止，吾止也。"今叔孙通所撰礼仪，与律令同录，臧于理官，法家又复不传。汉典寝而不著，民臣莫有言者。又通没之后，河间献王采礼乐古事，稍稍增辑，至五百余篇。今学者不能昭见，但推士礼以及天子，说义又颇谬异，故君臣长幼交接之道浸以不章。

乐者，圣人之所乐也，而可以善民心。其感人深，移风易俗，故先王著其教焉。

夫民有血气心知之性，而无哀乐喜怒之常，应感而动，然后心术形焉，是以纤微憔瘁之音作，而民思忧；阐谐嫚易之音作，而民康乐；粗厉猛奋之音作，而民刚毅；廉直正诚之音作，而民肃敬；宽裕和顺之音作，而民慈爱；流辟邪散之音作，而民淫乱。先王耻其乱也，故制雅颂之声，本之情性，稽之度数，制之礼仪，合生气之和，导五常之行，使之阳而不散，阴而不集，刚气不怒，柔气不慑，四畅交于中，而发作于外，皆安其位而不相夺，足以感动人之善心也，不使邪气得接焉，是先王立乐之方也。

王者未作乐之时，因先王之乐以教化百姓，说乐其俗，然后改作，以章功德。《易》曰："先王以作乐崇德，殷荐之上帝，以配祖考。"昔黄帝作《咸池》，颛顼作《六茎》，帝喾作《五英》，尧作《大章》，舜作《招》，禹作《夏》，汤作《濩》，武王作《武》，周公作《勺》。《勺》，言能勺先祖之道也。《武》，言以功定天下也。《濩》，言救民也。《夏》大承二帝也。《招》，继尧也。《大章》，章之也。《五英》，英华茂也。《六茎》，及根茎也。《咸池》，备矣。自夏以往，其流不可闻已，殷《颂》犹有存者。周《诗》既备，而其器用张陈，《周官》具焉。典者自卿大夫师瞽以下，皆选有道德之人，朝夕习业，以教国子。国子者，卿大夫之子弟也，皆学歌九德，诵六诗，习六舞、五声、八音之和。故帝舜命夔曰："女典乐，教胄子，直而温，宽而栗，刚而无虐，简而无敖。诗言志，歌咏言，声依咏，律和声，八音克谐。"此之谓也。又以外赏诸侯德盛而教尊者。其威仪足以充目，音声足以动耳，诗语足以感心，故闻其音而德和，省其诗而志正，论其数而法立。是以荐之郊庙则鬼神飨，作之朝廷则群臣和，立之学官则万民协。听者无不虚己竦神，说而承流，是以海内遍知上德，被服其风，光辉日新，化上迁善，而不知所以然，至于万物不夭，天地顺而嘉应降。故《诗》曰："钟鼓锽锽，磬管锵锵，降福穰穰。"《书》云："击石拊石，百兽率舞。"鸟兽且犹感应，而况于人乎？况于鬼神乎？故乐者，圣人之所以感天地，通神明，安万民，成性类者也。然自《雅》、《颂》之兴，而所承衰乱之音犹在，是谓淫过凶嫚之声，为设禁焉。世衰民散，小人乘君子，心耳浅薄，则邪胜正。故《书》序："殷纣断弃先祖之乐，乃作淫声，用变乱正声，以说妇人。"乐官师瞽抱其器而奔散，或适诸侯，或入河海。夫乐本情性，浃肌肤而臧骨髓，虽经乎千载，其风余烈尚犹不绝。至春秋时，陈公子完奔齐。陈，舜之后，《招》乐存焉。故孔子适齐闻《招》，三月不知肉味，曰："不图为乐之至于斯！"美之甚也。

周道始缺，怨刺之诗起。王泽既竭，而诗不能作。王官失业，《雅》、《颂》相错，孔子论而定之，故曰："吾自卫反鲁，然后乐正，《雅》、《颂》各得其所。"是时，周室大坏，诸侯恣行，设两观，乘大路。陪臣管仲、季氏之属，三归《雍》彻，八佾舞廷。制度遂坏，陵夷而不反，桑间、濮上，郑、卫、宋、赵之声并出。内则致疾损寿，外则乱政伤民。巧伪因而饰之，以营乱富贵之耳目。庶人以求利，列国以相间。故秦穆遗戎而由余去，齐人馈鲁而孔子行。至于六国，魏文侯最为好古，而谓子夏曰："寡人听古乐则欲寐，及闻郑、卫，余不知倦焉。"子夏辞而辨之，终不见纳，自此礼乐丧矣。

汉兴，乐家有制氏，以雅乐声律世世在大乐官，但能纪其铿锵鼓舞，而不能言其义。高祖时，叔孙通因秦乐人制宗庙乐，大祝迎神于庙门，奏《嘉至》，犹古降神之乐也。皇帝入庙门，奏《永至》，以为行步之节，犹古《采荠》、《肆夏》也。乾豆上，奏《登歌》，独上歌，不以管弦乱人声，欲在位者遍闻之，犹古《清庙》之歌也。《登歌》再终，下奏《休成》之乐，美神明既飨也。皇帝就酒东厢，坐定，奏《永安》之乐，美礼已成也。又有《房中祠乐》，高祖唐山夫人所作也。周有《房中乐》，至秦名曰《寿人》。凡乐，乐其所生，礼不忘本。高祖乐楚声，故《房中乐》楚声也。孝惠二年，使乐府令夏侯宽备其箫管，更名曰《安世乐》。

高祖庙奏《武德》、《文始》、《五行》之舞；孝文庙奏《昭德》、《文始》、《四时》、《五行》之舞；孝武庙奏《盛德》、《文始》、《四时》、《五行》之舞。《武德舞》者，高祖四年作，以象天下乐己行武以除乱也。《文始舞》者，曰本舜《招舞》也，高祖六年更名曰《文始》，以示不相袭也。《五行舞》者，本周舞也，秦始皇二十六年更名曰《五行》也。《四时舞》者，孝文所作，以明示天下之安和也。盖乐己所自作，明有制也；乐先王之乐，明有法也。孝景采《武德舞》以为《昭德》，以尊大宗庙。至孝宣，采《昭德舞》为《盛德》，以尊世宗庙。诸帝庙皆常奏《文始》、《四时》、《五行舞》云。高祖六年又作《昭容乐》、《礼容乐》。《昭容》者，犹古之《昭夏》也，主出《武德舞》。《礼容》者，主出《文始》、《五行舞》。舞人无乐者，将至至尊之前不敢以乐也；出用乐者，言舞不失节，能以乐终也。大氐皆因秦旧事焉。

初，高祖既定天下，过沛，与故人父老相乐，醉酒欢哀，作"风起"之诗，令沛中童儿百二十人习而歌之。至孝惠时，以沛宫为原庙，皆令歌儿习吹以相和，常以百二十人为员。文、景之间，礼官肄业而已。至武帝定郊祀之礼，祠太一于甘泉，就乾位也；祭后土于汾阴，泽中方丘也。乃立乐府，采诗夜诵，有赵、代、秦、楚之讴。以李延年为协律都尉，多举司马相如等数十人造为诗赋，略论律吕，以合八音之调，作十九章之歌。以正月上辛用事甘泉圜丘，使童男女七十人俱歌，昏祠至明。夜常有神光如流星止集于祠坛，天子自竹宫而望拜，百官侍祠者数百人皆肃然动心焉。

《安世房中歌》十七章，其诗曰：

大孝备矣，休德昭清。高张四县，乐充宫庭。芬树羽林，云景杳冥，金支秀华，庶旄翠旌。

《七始》、《华始》，肃倡和声。神来宴娭，庶几是听。鬻鬻音送，细齐人情。忽乘青玄，熙事备成。清思眑眑，经纬冥冥。

我定历数，人告其心。敕身斋戒，施教申申。乃立祖庙，敬明尊亲。大矣孝熙，四极爰轃。

王侯秉德，其邻翼翼，显明昭式。清明鬯矣，皇帝孝德。竟全大功，抚安四极。

海内有奸，纷乱东北。诏抚成师，武臣承德。行乐交逆。《箫》、《勺》群慝。肃为济哉，盖定燕国。

大海荡荡水所归，高贤愉愉民所怀。大山崔，百卉殖。民何贵？贵有德。

安其所，乐终产。乐终产，世继绪。飞龙秋，游上天。高贤愉，乐民人。

丰草葽，女罗施。善何如，谁能回！大莫大，成教德；长莫长，被无极。

雷震震，电耀耀。明德乡，治本约。治本约，泽弘大。加被宠，咸相保。德施大，世曼寿。

都荔遂芳，窅窊桂华。孝奏天仪，若日月光。乘玄四龙，回驰北行。习旄殷盛，芬哉芒芒。孝道随世，我署文章。《桂华》。

冯冯翼翼，承天之则。吾易久远，烛明四极。慈惠所爱，美若休德。杳杳冥冥，克绰永福。《美芳》。

硙硙即即，师象山则。乌呼孝哉，案抚戎国。蛮夷竭欢，象来致福。兼临是爱，终无兵革。

嘉荐芳矣，告灵飨矣。告灵既飨，德音孔臧。惟德之臧，建侯之常。承保天休，令问不忘。

皇皇鸿明，荡侯休德。嘉承天和，伊乐厥福。在乐不荒，惟民之则。

浚则师德，下民咸殖。令问在旧，孔容翼翼。

孔容之常，承帝之明。下民之乐，子孙保光。承顺温良，受帝之光。嘉荐令芳，寿考不忘。

承帝明德，师象山则。云施称民，永受厥福。承容之常，承帝之明。下民安乐，受福无疆。

《郊祀歌》十九章，其诗曰：

练时日，侯有望，焫膋萧，延四方。九重开，灵之斿，垂惠恩，鸿祜休。灵之车，结玄云，驾飞龙，羽旄纷。灵之下，若风马，左仓龙，右白虎。灵之来，神哉沛，先以雨，般裔裔。灵之至，庆阴阴，相放怫，震澹心。灵已坐，五音饬，虞至旦，承灵亿。牲茧栗，粢盛香，尊桂酒，宾八乡。灵安留，吟青黄，遍观此，眺瑶堂。众嫭并，绰奇丽，颜如荼，兆逐靡。被华文，厕雾縠，曳阿锡，佩珠玉。侠嘉夜，茝兰芳，淡容与，献嘉觞。

《练时日》一

帝临中坛，四方承宇，绳绳意变，备得其所。清和六合，制数以五。海内安宁，兴文匽武。后土富媪，昭明三光。穆穆优游，嘉服上黄。

《帝临》二

青阳开动，根荄以遂，膏润并爱，跂行毕逮。霆声发荣，壧处顷听，枯槁复产，乃成厥命。众庶熙熙，施及夭胎，群生啿啿，惟春之祺。

《青阳》三　邹子乐

朱明盛长，敷与万物，桐生茂豫，靡有所诎。敷华就实，既阜既昌，登成甫田，百鬼迪尝。广大建祀，肃雍不忘，神若宥之，传世无疆。

《朱明》四　邹子乐

西颢沆砀，秋气肃杀，含秀垂颖，续旧不废。奸伪不萌祆孽伏息，隅辟越远，四貉咸服。既畏兹威，惟慕纯德，附而不骄，正心翊翊。

《西颢》五　邹子乐

玄冥陵阴，蛰虫盖臧，草木零落，抵冬降霜。易乱除邪，革正异俗，兆民反本，抱素怀朴。条理信义，望礼五岳。籍敛之时，掩收嘉谷。

《玄冥》六　邹子乐

惟泰元尊，媪神蕃釐，经纬天地，作成四时。精建日月，星辰度理，阴阳五行，周而复始。云风雷电，降甘露雨，百姓蕃滋，咸循厥绪。继统共勤，顺皇之德，鸾路龙鳞，罔不肸饰。嘉笾列陈，庶几宴享，灭除凶灾，烈腾八荒。钟鼓竽笙，云舞翔翔，招摇灵旗，九夷宾将。

《惟泰元》七　建始元年，丞相匡衡奏罢"鸾路龙鳞"，更定诗曰"涓选休成"。

天地并况，惟予有慕，爰熙紫坛，思求厥路。恭承禋祀，缊豫为纷，黼绣周张，承神至尊。千童罗舞成八溢，合好效欢虞泰一。九歌毕奏斐然殊，鸣琴竽瑟会轩朱。璆磬金鼓，灵其有喜，百官济济，各敬厥事。盛牲实俎进闻膏，神奄留，临须摇。长丽前掞光耀明，寒暑不忒况皇章。展诗应律鋗玉鸣，函宫吐角激徵清。发梁扬羽申以商，造兹新音永久长。声气远条凤鸟翔，神夕奄虞盖孔享。

《天地》八　丞相匡衡奏罢"黼绣周张"，更定诗曰"肃若旧典"。

日出入安穷？时世不与人同。故春非我春，夏非我夏，秋非我秋，冬非我冬。泊如四海之池，遍观是邪谓何？吾知所乐，独乐六龙，六龙之调，使我心若。訾黄其何不徕下！

《日出入》九

太一况，天马下，沾赤汗，沫流赭。志俶傥，精权奇，策浮云，晻上驰。体容与，逝万里，今安匹，龙为友。

元狩三年马生渥洼水中作。

天马徕，从西极，涉流沙，九夷服。天马徕，出泉水，虎脊两，化若鬼。天马徕，历无草，径千里，循东道。天马徕，执徐时，将摇举，谁与期？天马徕，开远门，竦予身，逝昆仑。天马徕，龙之媒，游阊阖，观玉台。

《天马》十

天门开，詄荡荡，穆并骋，以临飨。光夜烛，德信著，灵浸鸿，长生豫。大朱涂广，夷石为堂，饰玉梢以舞歌，体招摇若永望。星留俞，塞陨光，照紫幄，珠熉黄。幡比翅回集，贰双飞常羊。月穆穆以金波，日华耀以宣明。假清风轧忽，激长至重觞。神裴回若留放，殣冀亲以肆章。函蒙祉福常若期，寂漻上天知厥时。泛泛滇滇从高斿，殷勤此路胪所求。佻正嘉吉弘以昌，休嘉砰隐溢四方。专精厉意逝九阂，纷云六幕浮大海。

《天门》十一

景星显见，信星彪列，象载昭庭，日亲以察。参侔开阖，爰推本纪，汾脽出鼎，皇祐元始。五音六律，依韦飨昭，杂变并会，雅声远姚。空桑琴瑟结信成，四兴递代八风生。殷殷钟石羽籥鸣。河龙供鲤醇牺牲。百末旨酒布兰生。泰尊柘浆析朝酲。微感心攸通修名，周流常羊思所并。穰穰复正直往宁，冯蠵切和疏写平。上天布施后土成，穰穰丰年四时荣。

《景星》十二　元鼎五年得鼎汾阴作。

齐房产草，九茎连叶，宫童效异，披图案谍。玄气之精，回复此都，蔓蔓日茂，芝成灵华。

《齐房》十三　元封二年芝生甘泉齐房作。

后皇嘉坛，立玄黄服，物发冀州，兆蒙祉福。沇沇四塞，假狄合处，经营万亿，咸遂厥宇。

《后皇》十四

华烨烨，固灵根。神之斿，过天门，车千乘，敦昆仑。神之出，排玉房，周流杂，拔兰堂。神之行，旌容容，骑沓沓，般纵纵。神之徕，泛翊翊，甘露降，庆云集。神之揄，临坛宇，九疑宾，夔龙舞。神安坐，翔吉时，共翊翊，合所思。神嘉虞，申贰觞，福滂洋，迈延长。沛施祐，汾之阿，扬金光，横泰河，莽若云，增阳波。遍胪欢，腾天歌。

《华烨烨》十五

五神相，包四邻，土地广，扬浮云。扢嘉坛，椒兰芳，璧玉精，垂华光。益亿年，美始兴，交于神，若有承。广宣延，咸毕觞，灵舆位，偃蹇骧。卉汩胪，析奚遗？淫渌泽，汪然归。

《五神》十六

朝陇首，览西垠，雷电燎，获白麟。爰五止，显黄德，图匈虐，熏鬻殛。辟流离，抑不详，宾百僚，山河飨。掩回辕，鬗长驰，腾雨师，洒路陂。流星陨，感惟风，籋归云，抚怀心。

《朝陇首》十七　元狩元年行幸雍获白麟作。

象载瑜，白集西，食甘露，饮荣泉。赤雁集，六纷员，殊翁杂，五采文。神所见，施祉福，登蓬莱，结无极。

《象载瑜》十八　太始三年行幸东海获赤雁作。

赤蛟绥，黄华盖，露夜零，昼晻盖。百君礼，六龙位，勺椒浆，灵已醉。灵既享，锡吉祥，芒芒极，降嘉觞。灵殷殷，烂扬光，延寿命，永未央。杳冥冥，塞六合，泽汪濊，辑万国。灵禗禗，象舆轙，票然逝，旗逶蛇。礼乐成，灵将归，托玄德，长无衰。

《赤蛟》十九

其余巡狩福应之事，不序郊庙，故弗论。

是时，河间献王有雅材，亦以为治道非礼乐不成，因献所集雅乐。天子下大乐官，常存肄之，岁时以备数，然不常御，常御及郊庙皆非雅声。然诗乐施于后嗣，犹得有所祖述。昔殷、周之《雅》、《颂》，乃上本有娀、姜原，卨、稷始生，玄王、公刘、古公、大伯、王季、姜女、大任、太姒之德，乃及成汤、文、武受命，武丁、成、康、宣王中兴，下及辅佐阿衡、周、召、太公、申伯、召虎、仲山甫之属，君臣男女有功德者，靡不褒扬。功德既信美矣，褒扬之声盈乎天地之间，是以光名著于当世，遗誉垂于无穷也。今汉郊庙诗歌，未有祖宗之事，八音调均，又不协于钟律，而内有掖庭材人，外有上林乐府，皆以郑声施于朝廷。

至成帝时，谒者常山王禹世受河间乐，能说其义，其弟子宋晔等上书言之，下大夫博士平当等考试。当以为："汉承秦灭道之后，赖先帝圣德，博受兼听，修废官，立大学，河间献王聘求幽隐，修兴雅乐以助化。时，大儒公孙弘、董仲舒等皆以为音中正雅，立之大乐。春秋乡射，作于学官，希阔不讲。故自公卿大夫观听者，但闻铿锵，不晓其意，而欲以风谕众庶，其道无由。是以行之百有余年，德化至今未成。今晔等守习孤学，大指归于兴助教化。衰微之学，兴废在人。宜领属雅乐，以继绝表微。孔子曰：'人能弘道，非道弘人。'河间区区，小国藩臣，以好学修古，能有所存，民到于今称之，况于圣主广被之资，修起旧文，放郑近雅，述而不作，信而好古，于以风示海内，扬名后世，诚非小功小美也。"事下公卿，以为久远难分明，当议复寝。

是时，郑声尤甚。黄门名倡丙强、景武之属富显于世，贵戚五侯定陵、富平外戚之家淫侈过度，至与人主争女乐。哀帝自为定陶王时疾之，又性不好音，及即位，下诏曰："惟世俗奢泰文巧，而郑、卫之声兴。夫奢泰则下不孙而国贫，文巧则趋末背本者众，郑、卫之声兴则淫辟之化流，而欲黎庶敦朴家给，犹浊其源而求其清流，岂不难哉！孔子不云乎？'放郑声，郑声淫。'其罢乐府官。郊祭乐及古兵法武乐，在经非郑、卫之乐者，条奏，别属他官。"丞相孔光、大司空何武奏："郊祭乐人员六十二人，给祠南北郊。大乐鼓员六人，《嘉至》鼓员十人，邯郸鼓员二人，骑吹鼓员三人，江南鼓员二人，淮南鼓员四人，巴𫖯鼓员三十六人，歌鼓员二十四人，楚严鼓员一人，梁皇鼓员四人，临淮鼓员二十五人，兹邡鼓员三人，凡鼓十二，员百二十八人，朝贺置酒陈殿下，应古兵法。外郊祭员十三人，诸族乐人兼《云招》给祠南郊用六十七人，兼给事雅乐用四人，夜诵员五人，刚、别柎员二人，给《盛德》主调篪员二人，听工以律知日冬、夏至一人，钟工、磬工、箫工员各一人，仆射二人主领诸乐人，皆不可罢。竽工员三人，一人可罢。琴工员五人，三人可罢。柱工员二人，一人可罢。绳弦工员六人，四人可罢。郑四会员六十二人，一人给事雅乐，六十一人可罢。张瑟员八人，七人可罢。《安世乐》鼓员二十人，十九人可罢。沛吹鼓员十二人，族歌鼓员二十七人，陈吹鼓员十三人，商乐鼓员十四人，东海鼓员十六人，长乐鼓员十三人，缦乐鼓员十三人，凡鼓八，员百二十八人，朝贺置酒，陈前殿房中，不应经法。治竽员五人，楚鼓员六人，常从倡三十人，常从象人四人，诏随常从倡十六人，秦倡员二十九人，秦倡象人员三人，诏随秦倡一人，雅大人员九人，朝贺置酒为乐。楚四会员十七人，巴四会员十二人，铫四会员十二人，齐四会员十九人，蔡讴员三人，齐讴员六人，竽、瑟、钟磬员五人，皆郑声，可罢。师学百四十二人，其七十二人给大官挏马酒，其七十人可罢。大凡八百二十九人，其三百八十八人不可罢，可领属大乐，其四百四十一人不应经法，或郑、卫之声，皆可罢。"奏可。然百姓渐渍日久，又不制雅乐有以相变，豪富吏民湛沔自若，陵夷坏于王莽。

今海内更始，民人归本，户口岁息，平其刑辟，牧以贤良，至于家给，既庶且富，则须庠序、礼乐之教化矣。今幸有前圣遗制之威仪，诚可法象而补备之，经纪可因缘而存著也。孔子曰："殷因于夏礼，所损益可知也；周因于殷礼，所损益可知也；其或继周者，百世可知也。"今大汉继周，久旷大仪，未有立礼成乐，此贾谊、仲舒、王吉、刘向之徒所为发愤而增叹也。

卷二十三

刑法志第三

夫人宵天地之貌，怀五常之性，聪明精粹，有生之最灵者也。爪牙不足以供耆欲，趋走不足以避利害，无毛羽以御寒暑，必将役物以为养，用仁智而不恃力，此其所以为贵也。故不仁爱则不能群，不能群则不胜物，不胜物则养不足。群而不足，争心将作，上圣卓然先行敬让博爱之德者，众心说而从之。从之成群，是为君矣；归而往之，是为王矣。《洪范》曰："天子作民父母，为天下王。"圣人取类以正名，而谓君为父母，明仁、爱、德、让，王道之本也。爱待敬而不败，德须威而久立，故制礼以崇敬，作刑以明威也。圣人既躬明哲之性，必通天地之心，制礼作教，立法设刑，动缘民情，而则天象地。故曰：先王立礼，"则天之明，因地之性"也。刑罚威狱，以类天之震曜杀戮也；温慈惠和，以效天之生殖长育也。《书》云"天秩有礼"，"天讨有罪"。故圣人因天秩而制五礼，因天讨而作五刑。大刑用甲兵，其次用斧钺；中刑用刀锯，其次用钻凿；薄刑用鞭扑。大者陈诸原野，小者致之市朝，其所由来者上矣。

自黄帝有涿鹿之战以定火灾，颛顼有共工之陈以定水害。唐、虞之际，至治之极，犹流共工，放讙兜，窜三苗，殛鲧，然后天下服。夏有甘扈之誓，殷、周以兵定天下矣。天下既定，戢臧干戈，教以文德，而犹立司马之官，设六军之众，因井田而制军赋。地方一里为井，井十为通，通十为成，成方十里；成十为终，终十为同，同方百里；同十为封，封十为畿，畿方千里。有税有赋。税以足食，赋以足兵。故四井为邑，四邑为丘。丘，十六井也，有戎马一匹，牛三头。四丘为甸，甸，六十四井也，有戎马四匹，兵车一乘，牛十二头，甲士三人，卒七十二人，干戈备具，是谓乘马之法。一同百里，提封万井，除山川沈斥，城池邑居，园囿术路，三千六百井，定出赋六千四百井，戎马四百匹，兵车百乘，此卿大夫采地之大者也，是谓百乘之家。一封三百一十六里，提封十万井，定出赋六万四千井，戎马四千匹，兵车千乘，此诸侯之大者也，是谓千乘之国。天子畿方千里，提封百万井，定出赋六十四万井，戎马四万匹，兵车万乘，故称万乘之主。戎马、车徒、干戈素具，春振旅以搜，夏拔舍以苗，秋治兵以狝，冬大阅以狩，皆于农隙以讲事焉。五国为属，属有长；十国为连，连有帅，三十国为卒，卒有正；二百一十国为州，州有牧。连帅比年简车，卒正三年简徒，群牧五载大简车、徒，此先王为国立武足兵之大略也。

周道衰，法度堕，至齐桓公任用管仲，而国富民安。公问行伯用师之道，管仲曰："公欲定卒伍，修甲兵，大国亦将修之，而小国设备，则难以速得志矣。”于是乃作内政而寓军令焉。故卒伍定乎里，而军政成虖郊。连其什伍，居处同乐，死生同忧，祸福共之，故夜战则其声相闻，昼战则其日相见，缓急足以相死。其教已成，外攘夷狄，内尊天子，以安诸夏。齐桓既没，晋文接之，亦先定其民，作被庐之法，总帅诸侯，迭为盟主。然其礼已颇僭差，又随时苟合以求欲速之功，故不能充王制。二伯之后，寖以陵夷，至鲁成公作丘甲，哀公用田赋，搜、狩、治兵、大阅之事皆失其正。《春秋》书而讥之，以存王道。于是师旅亟动，百姓疲敝，无伏节死难之谊。孔子伤焉，曰：“以不教民战，是谓弃之。”故称子路曰：“由也，千乘之国，可使治其赋也。”而子路亦曰：“千乘之国，摄虖大国之间，加之以师旅，因之以饥馑，由也为之，比及三年，可使有勇，且知方也。”治其赋兵教以礼谊之谓也。

春秋之后，灭弱吞小，并为战国，稍增讲武之礼，以为戏乐，用相夸视。而秦更名角抵，先王之礼没于淫乐中矣。雄桀之士因势辅时，作为权诈以相倾覆，吴有孙武，齐有孙膑，魏有吴起，秦有商鞅，皆擒敌立胜，垂著篇籍。当此之时，合纵连衡，转相攻伐，代为雌雄。齐愍以技击强，魏惠以武卒奋，秦昭以锐士胜。世方争于功利，而驰说者以孙、吴为宗。时唯孙卿明于王道，而非之曰：“彼孙、吴者，上势利而贵变诈；施于暴乱昏嫚之国，君臣有间，上下离心，政谋不良，故可变而诈也。夫仁人在上，为下所卬，犹子弟之卫父兄，若手足之扞头目，何可当也？邻国望我，欢若亲戚，芬若椒兰，顾视其上，犹焚灼仇雠。人情岂肯为其所恶而攻其所好哉？故以桀攻桀，犹有巧拙；以桀诈尧，若卵投石，夫何幸之有！《诗》曰：‘武王载旆，有虔秉钺，如火烈烈，则莫我敢遏。’言以仁谊绥民者，无敌于天下也。若齐之技击，得一首则受赐金。事小敌脆，则媮可用也；事巨敌坚，则焕然离矣；是亡国之兵也。魏氏武卒，衣三属之甲，操十二石之弩，负矢五十个，置戈其上，冠胄带剑，赢三日之粮，日中而趋百里，中试则复其户，利其田宅。如此，则其地虽广，其税必寡，其气力数年而衰。是危国之兵也。秦人，其生民也陿阸，其使民也酷烈。劫之以势，隐之以阸，狃之以赏庆，道之以刑罚，使其民所以要利于上者，非战无由也。功赏相长，五甲首而隶五家，是最为有数，故能四世有胜于天下。然皆干赏蹈利之兵，庸徒鬻卖之道耳，未有安制矜节之理也。故虽地广兵强，鳃鳃常恐天下之一合而共轧己也。至乎齐桓、晋文之兵，可谓入其域，而有节制矣，然犹未本仁义之统也。故齐之技击不可以遇魏之武卒，魏之武卒不可以直秦之锐士，秦之锐士不可以当桓、文之节制，桓、文之节制不可以敌汤、武之仁义。”

故曰：“善师者不陈，善陈者不战，善战者不败，善败者不亡。”若夫舜修百僚，咎繇作士，命以“蛮夷猾夏，寇贼奸轨”，而刑无所用，所谓善师不陈者也。汤、武征伐，陈师誓众，而放擒桀、纣，所谓善陈不战者也。齐桓南服强楚，使贡周室，北伐山戎，为燕开路，存亡继绝，功为伯首，所谓善战不败者也。楚昭王遭阖庐之祸，国灭出亡，父老送之。王曰：“父老反矣！何患无君？”父老曰：“有君如是其贤也！”相与从之。或犇走赴秦，号哭请救，秦人怜之，谓之出兵。二国并力，遂走吴师，昭王返国，所谓善败不亡者也。若秦因四世之胜，据河山之阻，任用白起、王翦豺狼之徒，奋其爪牙，禽猎六国，以并天下。穷武极诈，士民不附，卒隶之徒，还为敌仇，猋起云合，果共轧之。斯为下矣。凡兵，所以存亡继绝，救乱除害也。故伊、吕之将，子孙有国，与商、周并。至于末世，苟任诈力，以快贪残，争城杀人盈城，争地杀人满野。孙、吴、商、白之徒，皆身诛戮于前，而国灭亡于后。报应之势，各以类至，其道然矣。

汉兴，高祖躬神武之材，行宽仁之厚，总揽英雄，以诛秦、项。任萧、曹之文，用良、平之谋，骋陆、郦之辩，明叔孙通之仪，文武相配，大略举焉。天下既定，踵秦而置材官于郡国，京师有南北军之屯。至武帝平百粤，内增七校，外有楼船，皆岁时讲肄，修武备云。至元帝时，以贡禹议，始罢角抵，而未正治兵振旅之事也。

古人有言："天生五材，民并用之，废一不可，谁能去兵？"鞭扑不可弛于家，刑罚不可废于国，征伐不可偃于天下。用之有本末，行之有逆顺耳。孔子曰："工欲善其事，必先利其器。"文德者，帝王之利器；威武者，文德之辅助也。夫文之所加者深，则武之所服者大；德之所施者博，则威之所制者广。三代之盛，至于刑错兵寝者，其本末有序，帝王之极功也。

昔周之法，建三典以刑邦国，诘四方：一曰，刑新邦用轻典；二曰，刑平邦用中典；三曰，刑乱邦用重典。五刑：墨罪五百，劓罪五百，宫罪五百，刖罪五百，杀罪五百，所谓刑平邦用中典者也。凡杀人者踣诸市，墨者使守门，劓者使守关，宫者使守内，刖者使守囿，完者使守积。其奴，男子入于罪隶，女子入舂槁。凡有爵者，与七十者，与未龀者，皆不为奴。

周道既衰，穆王眊荒，命甫侯度时作刑，以诘四方。墨罚之属千，劓罚之属千，髌罚之属五百，宫罚之属三百，大辟之罚其属二百，五刑之属三千，盖多于平邦中典五百章，所谓刑乱邦用重典者也。

春秋之时，王道寖坏，教化不行，子产相郑而铸刑书。晋叔向非之曰："昔先王议事以制，不以刑辟。惧民之有争心也，犹不可禁御，是故闲之以谊，纠之以政，行之以礼，守之以信，奉之以仁；制为禄位以劝其从，严断刑罚以威其淫。惧其未也，故诲之以忠，竦之以行，教之以务，使之以和，临之以敬，莅之以强，断之以刚。犹求圣哲之上，明察之官，忠信之长，慈惠之师。民于是乎可任使也，而不生祸乱。民知有辟，则不忌于上，并有争心，以征于书，而侥幸以成之，弗可为矣。夏有乱政而作禹刑，商有乱政而作汤刑，周有乱政而作九刑。三辟之兴，皆叔世也。今吾子相郑国，制参辟，铸刑书，将以靖民，不亦难乎！《诗》曰：'仪式刑文王之德，日靖四方。'又曰：'仪刑文王，万邦作孚。'如是，何辟之有？民知争端矣，将弃礼而征于书。锥刀之末，将尽争之，乱狱滋丰，货赂并行。终子之世，郑其败呼！"子产报曰："若吾子之言，侨不材，不能及子孙，吾以救世也。"偷薄之政，自是滋矣。孔子伤之，曰："导之以德，齐之以礼，有耻且格；导之以政，齐之以刑，民免而无耻。""礼乐不兴，则刑罚不中；刑罚不中，则民无所错手足。"孟氏使阳肤为士师，问于曾子，亦曰："上失其道，民散久矣。如得其情，则哀矜而勿喜。"

陵夷至于战国，韩任申子，秦用商鞅，连相坐之法，造参夷之诛；增加肉刑、大辟，有凿颠、抽胁、镬亨之刑。

至于秦始皇，兼吞战国，遂毁先王之法，灭礼谊之官，专任刑罚，躬操文墨，昼断狱，夜理书，自程决事，日县石之一，而奸邪并生，赭衣塞路，囹圄成市，天下愁怨，溃而叛之。

汉兴，高祖初入关，约法三章曰："杀人者死，伤人及盗抵罪。"蠲削烦苛，兆民大说。其后四夷未附，兵革未息，三章之法不足以御奸，于是相国萧何攈摭秦法，取其宜于时者，作律九章。当孝惠、高后时，百姓新免毒蠚，人欲长幼养老。萧、曹为相，镇以无为，从民之欲而不扰乱，是以衣食滋殖，刑罚用稀。

及孝文即位，躬修玄默，劝趣农桑，减省租赋。而将相皆旧功臣，少文多质，惩恶亡秦之政，论议务在宽厚，耻言人之过失。化行天下，告讦之俗易。吏安其官，民乐其业，畜积岁增，户口寖息。风流笃厚，禁网疏阔。选张释之为廷尉，罪疑者予民，是以刑罚大省，至于断狱四百，有刑错之风。

即位十三年，齐太仓令淳于公有罪当刑，诏狱逮系长安。淳于公无男，有五女，当行会逮，骂其女曰："生子不生男，缓急非有益也！"其少女缇萦，自伤悲泣，乃随其父至长安，上书曰："妾父为吏，齐中皆称其廉平，今坐法当刑。妾伤夫死者不可复生刑者不可复属，虽后欲改过自新，其道亡由也。妾愿没入为官婢，以赎父刑罪，使得自新。"书奏天子，天子怜悲其意，遂下令曰："制诏御史：盖闻有虞氏之时，画衣冠、异章服以为戮，而民弗犯，何治之至也！今法有肉刑三，而奸不止，其咎安在？非乃朕德之薄而教不明与？吾甚自愧。故夫训道不纯而愚民陷焉。《诗》曰：'恺弟君子，民之父母。'今人有过，教未施而刑已加焉，或欲改行为善，而道亡由至，朕甚怜之。夫刑至断支体，刻肌肤，终身不息，何其刑之痛而不德也！岂为民父母之意哉！其除肉刑，有以易之；及令罪人各以轻重，不亡逃，有年而免。具为令。"

丞相张仓、御史大夫冯敬奏言："肉刑所以禁奸，所由来者久矣。陛下下明诏，怜万民之一有过被刑者终身不息，及罪人欲改行为善而道亡由至，于盛德，臣等所不及也。臣谨议请定律曰：诸当完者，如完为城旦舂；当黥者，髡钳为城旦舂；当劓者，笞三百；当斩左止者，笞五百；当斩右止，及杀人先自告，及吏坐受赇枉法，守县官财物而即盗之，已论命复有笞罪者，皆弃市。罪人狱已决，完为城旦舂，满三岁为鬼薪、白粲。鬼薪、白粲一岁，为隶臣妾。隶臣妾一岁，免为庶人。隶臣妾满二岁，为司寇。司寇一岁，及作如司寇二岁，皆免为庶人。其亡逃及有罪耐以上，不用此令。前令之刑城旦舂岁而非禁锢者，完为城旦舂岁数以免。臣昧死请。"制曰："可。"是后，外有轻刑之名，内实杀人。斩右止者又当死。斩左止者笞五百，当劓者笞三百，率多死。

景帝元年，下诏曰："加笞与重罪无异，幸而不死，不可为人。其定律：笞五百曰三百，笞三百曰二百。"犹尚不全。至中六年，又下诏曰："加笞者，或至死而笞未毕，朕甚怜之。其减笞三百曰二百，笞二百曰一百。"又曰："笞者，所以教之也。其定箠令。"丞相刘舍、御史大夫卫绾请："笞者，箠长五尺，其本大一寸，其竹也，末薄半寸，皆平其节。当笞者，笞臀。毋得更人，毕一罪乃更人。"自是笞者得全，然酷吏犹以为威。死刑既重，而生刑又轻，民易犯之。

及至孝武即位，外事四夷之功，内盛耳目之好，征发烦数，百姓贫耗，穷民犯法，酷吏击断，奸轨不胜。于是招进张汤、赵禹之属，条定法令，作见知故纵、监临部主之法，缓深故之罪，急纵出之诛。其后奸猾巧法，转相比况，禁罔寖密。律、令凡三百五十九章，大辟四百九条，千八百八十二事，死罪决事比万三千四百七十二事。文书盈于几阁，典者不能遍睹。是以郡国承用者驳，或罪同而论异。奸吏因缘为市，所欲活则傅生议，所欲陷则予死比，议者咸冤伤之。

宣帝自在闾阎而知其若此。及即尊位，廷史路温舒上疏，言秦有十失，其一尚存，治狱之吏是也。语在《温舒传》。上深愍焉，乃下诏曰："间者吏用法，巧文寖深，是朕之不德也。夫决狱不当，使有罪兴邪，不辜蒙戮，父子悲恨，朕甚伤之。今遣廷史与郡鞠狱，任轻禄薄，其为置廷平，秩六百石，员四人。其务平之，以称朕意。"于是选于定国为廷尉，求明察宽恕黄霸等以为廷平，季秋后请谳。时上常幸宣室，斋居而决事，狱刑号为平矣。时涿郡太守郑昌上疏言："圣王置谏争之臣者，非以崇德，防逸豫之生也；立法明刑者，非以为治，救衰乱之起也。今明主躬垂明听，虽不置廷平，狱将自正；若开后嗣，不若删定律令。律令一定，愚民知所避，奸吏无所弄矣。今不正其本，而置廷平以理其末也，政衰听怠，则廷平将招权而为乱首矣。"宣帝未及修正。

至元帝初立，乃下诏曰："夫法令者，所以抑暴扶弱，欲其难犯而易避也。今律、令烦多而不约，自典文者不能分明，而欲罗元元之不逮，斯岂刑中之意哉！其议律、令可蠲除轻减者，条奏，唯在便安万姓而已。”

至成帝河平中，复下诏曰：“《甫刑》云‘五刑之属三千，大辟之罚其属二百’，今大辟之刑千有余条，律、令烦多，百有余万言，奇请它比，日以益滋，自明习者不知所由，欲以晓喻众庶，不亦难乎！于以罗元元之民，夭绝亡辜，岂不哀哉！其与中二千石、二千石、博士及明习律、令者议减死刑及可蠲除约省者，令较然易知，条奏。《书》不云乎？‘惟刑之恤哉！’其审核之，务准古法，朕将尽心览焉。”有司无仲山父将明之材，不能因时广宣主恩，建立明制，为一代之法，而徒钩摭微细，毛举数事，以塞诏而已。是以大议不立，遂以至今。议者或曰，法难数变，此庸人不达，疑塞治道，圣智之所常患者也。故略举汉兴以来，法令稍定而合古便今者。

汉兴之初，虽有约法三章，网漏吞舟之鱼。然其大辟，尚有夷三族之令。令曰：“当三族者，皆先黥，劓，斩左右止，笞杀之，枭其首，菹其骨肉于市。其诽谤詈诅者，又先断舌。”故谓之具五刑。彭越、韩信之属皆受此诛。至高后元年，乃除三族罪、祆言令。

孝文二年，又诏丞相、太尉，御史：“法者，治之正，所以禁暴而卫善人也。今犯法者已论，而使无罪之父、母、妻、子、同产坐之及收，朕甚弗取。其议。”左、右丞相周勃、陈平奏言：“父、母、妻、子、同产相坐及收，所以累其心，使重犯法也。收之之道，所由来久矣。臣之愚计，以为如其故便。”文帝复曰：“朕闻之，法正则民悫，罪当则民从。且夫牧民而道之以善者，吏也；既不能道，又以不正之法罪之，是法反害于民，为暴者也。朕未见其便，宜孰计之。”平、勃乃曰：“陛下幸加大惠于天下，使有罪不收，无罪不相坐，甚盛德，臣等所不及也。臣等谨奉诏，尽除收律、相坐法。”其后，新垣平谋为逆，复行三族之诛。由是言之，风俗移易，人性相近而习相远，信矣。夫以孝文之仁，平、勃之知，犹有过刑谬论如此甚也，而况庸材溺于末流者乎？

《周官》有五听、八议、三刺、三宥、三赦之法。五听：一曰辞听，二曰色听，三曰气听，四曰耳听，五曰目听。八议：一曰议亲，二曰议故，三曰议贤，四曰议能，五曰议功，六曰议贵，七曰议勤，八曰议宾。三刺：一曰讯群臣，二曰讯群吏，三曰讯万民。三宥：一曰弗识，二曰过失，三曰遗忘。三赦：一曰幼弱，二曰老眊，三曰蠢愚。凡囚，“上罪梏拲而桎，中罪梏桎，下罪梏；王之同族拲，有爵者桎，以待弊。”高皇帝七年，制诏御史：“狱之疑者，吏或不敢决，有罪者久而不论，无罪者久系不决。自今以来，县道官狱疑者，各谳所属二千石官，二千石官以其罪名当报。所不能决者，皆移廷尉，廷尉亦当报之。廷尉所不能决，谨具为奏，傅所当比律、令以闻。”上恩如此，吏犹不能奉宣。故孝景中五年复下诏曰：“诸狱疑，虽文致于法而于人心不厌者，辄谳之。”其后狱吏复避微文，遂其愚心。至后元年，又下诏曰：“狱，重事也。人有愚智，官有上下。狱疑者谳，有令谳者已报谳而后不当，谳者不为失。”自此之后，狱刑益详，近于五听三宥之意。三年复下诏曰：“高年老长，人所尊敬也；鳏、寡不属逮者，人所哀怜也。其著令：年八十以上，八岁以下，及孕者未乳，师、朱儒当鞠系者，颂系之。”至孝宣元康四年，又下诏曰：“朕念夫耆老之人，发齿堕落，血气既衰，亦无暴逆之心，今或罗于文法，执于囹圄，不得终其年命，朕甚怜之。自今以来，诸年八十非诬告、杀伤人，它皆勿坐。”至成帝鸿嘉元年，定令：“年未满七岁，贼斗杀人及犯殊死者，上请廷尉以闻，得减死。”合于三赦幼弱、老眊之人。此皆法令稍近古而便民者也。

孔子曰：“如有王者，必世而后仁；善人为国百年，可以胜残去杀矣。”言圣王承衰拨乱而起，被民以德教，变而化之，必世然后仁道成焉；至于善人，不入于室，然犹百年胜残去杀矣。此为国者之程式也。今汉道至盛，历世二百余载，考自昭、宣、元、成、哀、平六世之间，断狱殊死，率岁千余口而一人，耐罪上至右止，三倍有余。古人有言："满堂而饮酒，有一人向隅而悲泣，则一堂皆为之不乐。"王者之于天下，譬犹一堂之上也，故一人不得其平，为之凄怆于心。今郡、国被刑而死者岁以万数，天下狱二千余所，其冤死者多少相覆，狱不减一人，此和气所以未洽者也。

原狱刑所以蕃若此者，礼教不立，刑法不明，民多贫穷，豪杰务私，奸不辄得，狱豻不平之所致也。《书》云"伯夷降典，哲民惟刑"，言制礼以止刑，犹堤之防溢水也。今堤防凌迟，礼制未立；死刑过制，生刑易犯；饥寒并至，穷斯滥溢；豪杰擅私，为之囊橐，奸有所隐，则狃而寖广：此刑之所以蕃也。孔子曰："古之知法者能省刑，本也；今之知法者不失有罪，末矣。"又曰："今之听狱者，求所以杀之；古之听狱者，求所以生之。"与其杀不辜，宁失有罪。今之狱吏，上下相驱，以刻为明，深者获功名，平者后患。谚曰："鬻棺者欲岁之疫。"非憎人欲杀之，利在于人死也。今治狱吏欲陷害人，亦犹此矣。凡此五疾，狱刑所以尤多者也。

自建武、永平，民亦新免兵革之祸，人有乐生之虑，与高、惠之间同，而政在抑强扶弱，朝无威福之臣，邑无豪杰之侠。以口率计，断狱少于成、哀之间什八，可谓清矣。然而未能称意比隆于古者，以其疾未尽除，而刑本不正。

善乎！孙卿之论刑也，曰："世俗之为说者，以为治古者无肉刑，有象刑、墨黥之属，菲履赭衣而不纯，是不然矣。以为治古，则人莫触罪邪，岂独无肉刑哉，亦不待象刑矣。以为人或触罪矣，而直轻其刑，是杀人者不死，而伤人者不刑也。罪至重而刑至轻，民无所畏，乱莫大焉。凡制刑之本，将以禁暴恶，且惩其未也。杀人者不死，伤人者不刑，是惠暴而宽恶也。故象刑非生于治古，方起于乱今也。凡爵列官职，赏庆刑罚，皆以类相从者也。一物失称，乱之端也。德不称位，能不称官，赏不当功，刑不当罪，不祥莫大焉。夫征暴诛悖，治之威也。杀人者死。伤人者刑，是百王之所同也，未有知其所由来者也。故治则刑重，乱则刑轻，犯治之罪故重，犯乱之罪故轻也。《书》云'刑罚世重世轻'，此之谓也。"所谓"象刑惟明"者，言象天道而作刑，安有菲屦赭衣者哉？

孙卿之言既然，又因俗说而论之曰：禹承尧、舜之后，自以德衰而制肉刑，汤、武顺而行之者，以俗薄于唐、虞故也。今汉承衰周暴秦极敝之流，俗已薄于三代，而行尧、舜之刑，是犹以鞿而御駻突，违救时之宜矣。且除肉刑者，本欲以全民也，今去髡钳一等，转而入于大辟，以死罔民，失本惠矣。故死者岁以万数，刑重之所致也。至乎穿窬之盗，忿怒伤人，男女淫佚，吏为奸臧，若此之恶，髡钳之罚又不足以惩也。故刑者岁十万数，民既不畏，又曾不耻，刑轻之所生也。故俗之能吏，公以杀盗为威，专杀者胜任，奉法者不治，乱名伤制，不可胜条。是以罔密而奸不塞，刑蕃而民愈嫚。必世而未仁，百年而不胜残，诚以礼乐阙而刑不正也。岂宜惟思所以清原正本之论，删定律、令，撰二百章，以应大辟。其余罪次，于古当生，今触死者，皆可募行肉刑。及伤人与盗，吏受赇枉法，男女淫乱，皆复古刑，为三千章。诋欺文致微细之法，悉蠲除。如此，则刑可畏而禁易避，吏不专杀，法无二门，轻重当罪，民命得全，合刑罚之中，殷天人之和，顺稽古之制，成时雍之化。成、康刑错，虽未可致，孝文断狱，庶几可及。《诗》云"宜民宜人，受禄于天"。《书》曰"立功立事，可以永年"。言为政而宜于民者，功成事立，则受天禄而永年命，所谓"一人有庆，万民赖之"者也。

卷二十四上

食货志第四上

《洪范》八政，一曰食，二曰货。食谓农殖嘉谷可食之物，货谓布帛可衣，及金、刀、龟、贝，所以分财布利通有无者也。二者，生民之本，兴自神农之世。“斫木为耜，煣木为耒，耒耨之利以教天下”，而食足；“日中为市，致天下之民，聚天下之货，交易而退，各得其所”，而货通。食足货通，然后国实民富，而教化成。黄帝以下“通其变，使民不倦”。尧命四子以“敬授民时”，舜命后稷以“黎民祖饥”，是为政首。禹平洪水，定九州，制土田，各因所生远近，赋入贡棐，茂迁有无，万国作乂。殷周之盛，《诗》、《书》所述，要在安民，富而教之。故《易》称：“天地之大德曰生，圣人之大宝曰位；何以守位曰仁，何以聚人曰财。”财者，帝王所以聚人守位，养成群生，奉顺天德，治国安民之本也。故曰：“不患寡而患不均，不患贫而患不安；盖均亡贫，和亡寡，安亡倾。”是以圣王域民，筑城郭以居之；制庐井以均之；开市肆以通之；设庠序以教之；士、农、工、商，四民有业。学以居位曰士，辟土殖谷曰农，作巧成器曰工，通财鬻货曰商。圣王量能授事，四民陈力受职，故朝亡废官，邑亡敖民，地亡旷土。

理民之道，地著为本。故必建步立亩，正其经界。六尺为步，步百为亩，亩百为夫，夫三为屋，屋三为井，井方一里，是为九夫。八家共之，各受私田百亩，公田十亩，是为八百八十亩，余二十亩以为庐舍。出入相友，守望相助，疾病相救，民是以和睦，而教化齐同，力役生产可得而平也。

民受田：上田夫百亩，中田夫二百亩，下田夫三百亩。岁耕种者为不易上田；休一岁者为一易中田；休二岁者为再易下田，三岁更耕之，自爰其处。农民户人已受田，其家众男为余夫，亦以口受田如比。士、工、商家受田，五口乃当农夫一人。此谓平土可以为法者也。若山林薮泽原陵淳卤之地，各以肥硗多少为差。有赋有税。税谓公田什一及工商衡虞之入也。赋共车马兵甲士徒之役，充实府库赐予之用，税给郊社宗庙百神之祀，天子奉养、百官禄食庶事之费。民年二十受田，六十归田。七十以上，上所养也；十岁以下，上所长也；十一以上，上所强也。种谷必杂五种，以备灾害。田中不得有树，用妨五谷。力耕数耘，收获如寇盗之至。还庐树桑，菜茹有畦，瓜瓠果蓏殖于疆易。鸡、豚、狗、彘毋失其时，女修蚕织，则五十可以衣帛，七十可以食肉。

在野曰庐，在邑曰里。五家为邻，五邻为里，四里为族，五族为党，五党为州，五州为乡。乡，万二千五百户也。邻长位下士，自此以上，稍登一级，至乡而为卿也。于里有序而乡有庠。序以明教，庠则行礼而视化焉，春令民毕出在野，冬则毕入于邑。其《诗》曰：“四之日举止，同我妇子，馌彼南亩。”又曰：“十月蟋蟀，入我床下”，“嗟我妇子，聿为改岁，入此室处。”所以顺阴阳，备寇贼，习礼文也。春将出民，里胥平旦坐于右塾，邻长坐于左塾，毕出然后归，夕亦如之。入者必持薪樵，轻重相分，班白不提挈。冬，民既入，妇人同巷，相从夜绩，女工一月得四十五日。必相从者，所以省费燎火，同巧拙而合习俗也。男女有不得其所者，因相与歌咏，各言其伤。

是月，余子亦在于序室，八岁入小学，学六甲、五方、书计之事，始知室家长幼之节。十五入大学，学先圣礼乐，而知朝廷君臣之礼。其有秀异者，移乡学于庠序；庠序之异者，移国学于少学。诸侯岁贡少学之异者于天子，学于大学，命曰造士。行同能偶，则别之以射，然后爵命焉。

孟春之月，群居者将散，行人振木铎徇于路以采诗，献之大师，比其音律，以闻于天子。故曰王者不窥牖户而知天下。此先王制土处民，富而教之之大略也。故孔子曰："道千乘之国，敬事而信，节用而爱人，使民以时。"故民皆劝功乐业，先公而后私。其《诗》曰："有渰凄凄，兴云祁祁，雨我公田，遂及我私。"民三年耕，则余一年之畜。衣食足而知荣辱，廉让生而争讼息，故三载考绩。孔子曰"苟有用我者，期月而已可也，三年有成"，成此功也。三考黜陟，余三年食，进业曰登；再登曰平，余六年食；三登曰泰平，二十七岁，遗九年食。然后至德流洽，礼乐成焉。故曰"如有王者，必世而后仁"，由此道也。

周室既衰，暴君污吏慢其经界，由役横作，政令不信，上下相诈，公田不治。故鲁宣公"初税亩"，《春秋》讥焉。于是上贪民怨，灾害生而祸乱作。

陵夷至于战国，贵诈力而贱仁谊，先富有而后礼让。是时，李悝为魏文侯作尽地力之教，以为地方百里，提封九万顷，除山泽、邑居参分去一，为田六百万亩，治田勤谨则亩益三升，不勤则损亦如之。地方百里之增减，辄为粟百八十万石矣。又曰：籴甚贵伤民，甚贱伤农。民伤则离散，农伤则国贫，故甚贵与甚贱，其伤一也。善为国者，使民毋伤而农益劝。今一夫挟五口，治田百亩，岁收亩一石半，为粟百五十石，除十一之税十五石，余百三十五石。食，人月一石半，五人终岁为粟九十石，余有四十五石。石三十，为钱千三百五十，除社闾尝新、春秋之祠，用钱三百，余千五十。衣，人率用钱三百，五人终岁用千五百，不足四百五十。不幸疾病死丧之费，及上赋敛，又未与此。此农夫所以常困，有不劝耕之心，而令籴至于甚贵者也。是故善平籴者，必谨观岁有上、中、下熟。上孰其收自四，余四百石，中孰自三，余三百石；下孰自倍，余百石。小饥则收百石，中饥七十石，大饥三十石。故大熟则上籴三而舍一，中熟则籴二，下熟则籴一，使民适足，贾平则止。小饥则发小熟之所敛，中饥则发中熟之所敛，大饥则发大熟之所敛而粜之。故虽遇饥馑水旱，籴不贵而民不散，取有余以补不足也。行之魏国，国以富强。

及秦孝公用商君，坏井田，开阡陌，急耕战之赏，虽非古道，犹以务本之故，倾邻国而雄诸侯。然王制遂灭，僭差亡度。庶人之富者累巨万，而贫者食糟糠；有国强者兼州域，而弱者丧社稷。至于始皇，遂并天下，内兴功作，外攘夷狄，收泰半之赋，发闾左之戍。男子力耕不足粮饷，女子纺绩不足衣服。竭天下之资财以奉其政，犹未足以澹其欲也。海内愁怨，遂用溃畔。

汉兴，接秦之敝，诸侯并起，民失作业，而大饥馑。凡米石五千，人相食，死者过半。高祖乃令民得卖子，就食蜀汉。天下既定，民亡盖臧，自天子不能具醇驷，而将相或乘牛车。上于是约法省禁，轻田租，十五而税一，量吏禄，度官用，以赋于民。而山川园池市肆租税之入，自天子以至封君汤沐邑，皆各为私奉养，不领于天子之经费。漕转关东粟以给中都官，岁不过数十万石。孝惠、高后之间，衣食滋殖。文帝即位，躬修俭节，思安百姓。时民近战国，皆背本趋末，贾谊说上曰：

管子曰："仓廪实而知礼节。"民不足而可治者，自古及今，未之尝闻。古之人曰："一夫不耕，或受之饥；一女不织，或受之寒。"生之有时，而用之亡度，则物力必屈。古之治天下，至纤至悉也，故其畜积足恃。今背本而趋末，食者甚众，是天下之大残也；淫侈之俗，日日以长，是天下之大贼也。残贼公行，莫之或止；大命将泛，莫之振救。生之者甚少而靡之者甚多，天下财产何得不蹶！汉之为汉几四十年矣，公私之积犹可哀痛。失时不雨，民且狼顾；岁恶不入，请卖爵、子。既闻耳矣，安有为天下阽危者若是而上不惊者！

世之有饥穰，天之行也，禹、汤被之矣。即不幸有方二三千里之旱，国胡以相恤？卒然边境有急，数十百万之众，国胡以馈之？兵旱相乘，天下大屈，有勇力者聚徒而衡击，罢夫羸老易子而咬其骨。政治未毕通也，远方之能疑者并举而争起矣，乃骇而图之，岂将有及乎？

夫积贮者，天下之大命也。苟粟多而财有余，何为而不成？以攻则取，以守则固，以战则胜。怀敌附远，何招而不至？今殴民而归之农，皆著于本，使天下各食其力，末技游食之民转而缘南亩，则畜积足而人乐其所矣。可以为富安天下，而直为此廪廪也。窃为陛下惜之！

于是上感谊言，始开籍田，躬耕以劝百姓。晁错复说上曰：

圣王在上而民不冻饥者，非能耕而食之，织而衣之也，为开其资财之道也。故尧、禹有九年之水，汤有七年之旱，而国亡捐瘠者，以畜积多而备先具也。今海内为一，土地人民之众不避汤、禹，加以亡天灾数年之水旱，而畜积未及者，何也？地有遗利，民有余力，生谷之土未尽垦，山泽之利未尽出也，游食之民未尽归农也。民贫，则奸邪生。贫生于不足，不足生于不农，不农则不地著，不地著则离乡轻家，民如鸟兽，虽有高城深池，严法重刑，犹不能禁也。

夫寒之于衣，不待轻暖；饥之于食，不待甘旨；饥寒至身，不顾廉耻。人情，一日不再食则饥，终岁不制衣则寒。夫腹饥不得食，肤寒不得衣，虽慈父不能保其子，君安能以有其民哉！明主知其然也，故务民于农桑，薄赋敛，广畜积，以实仓廪，备水旱，故民可得而有也。

民者，在上所以牧之，趋利如水走下，四方亡择也。夫珠玉金银，饥不可食，寒不可衣，然而众贵之者，以上用之故也。其为物轻微易臧，在于把握，可以周海内而亡饥寒之患。此令臣轻背其主，而民易去其乡，盗贼有所劝，亡逃者得轻资也。粟米布帛生于地，长于时，聚于力，非可一日成也；数石之重，中人弗胜，不为奸邪所利，一日弗得而饥寒至。是故明君贵五谷而贱金玉。

今农夫五口之家，其服役者不下二人，其能耕者不过百亩，百亩之收不过百石。春耕、夏耘，秋获、冬藏，伐薪樵，治官府，给徭役；春不得避风尘，夏不得避暑热，秋不得避阴雨，冬不得避寒冻，四时之间亡日休息；又私自送往迎来，吊死问疾，养孤长幼在其中。勤苦如此，尚复被水旱之灾，急政暴虐，赋敛不时，朝令而暮改。当具有者半贾而卖，亡者取倍称之息，于是有卖田宅、鬻子孙以偿债者矣。而商贾大者积贮倍息，小者坐列贩卖，操其奇赢，日游都市，乘上之急，所卖必倍。故其男不耕耘，女不蚕织，衣必文采，食必粱肉；亡农夫之苦，有仟佰之得。因其富厚，交通王侯，力过吏势，以利相倾；千里游遨，冠盖相望，乘坚策肥，履丝曳缟。此商人所以兼并农人，农人所以流亡者也。

今法律贱商人，商人已富贵矣；尊农夫，农夫已贫贱矣。故俗之所贵，主之所贱也；吏之所卑，法之所尊也。上下相反，好恶乖迕，而欲国富法立，不可得也。方今之务，莫若使民务农而已矣。欲民务农，在于贵粟；贵粟之道，在于使民以粟为赏罚。今募天下入粟县官，得以拜爵，得以除罪。如此，富人有爵，农民有钱，粟有所渫。夫能入粟以受爵，皆有余者也；取于有余，以供上用，则贫民之赋可损，所谓损有余补不足，令出而民利者也。顺于民心，所补者三：一曰主用足，二曰民赋少，三曰劝农功。今令民有车骑马一匹者，复卒三人。车骑者，天下武备也，故为复卒。神农之教曰："有石城十仞，汤池百步，带甲百万，而亡粟，弗能守也。"以是观之，粟者，王者大用，政之本务。令民入粟受爵至五大夫以上，乃复一人耳，此其与骑马之功相去远矣。爵者，上之所擅，出于口而亡穷；粟者，民之所种，生于地而不乏。夫得高爵与免罪，人之所甚欲也。使天下人入粟于边，以受爵免罪，不过三岁，塞下之粟必多矣。

于是文帝从错之言，令民入粟边，六百石爵上造，稍增至四千石为五大夫，万二千石为大庶长，各以多少级数为差。错复奏言："陛下幸使天下入粟塞下以拜爵，甚大惠也。窃恐塞卒之食不足用大渫天下粟。边食足以支五岁，可令入粟郡县矣；足支一岁以上，可时赦，勿收农民租。如此，德泽加于万民，民俞勤农。时有军役，若遭水旱，民不困乏，天下安宁；岁熟且美，则民大富乐矣。"上复从其言，乃下诏赐民十二年租税之半。明年，遂除民田之租税。

后十三岁，孝景二年，令民半出田租，三十而税一也。其后，上郡以西旱，复修卖爵令，而裁其贾以招民；及徒复作，得输粟于县官以除罪。始造苑马以广用，宫室列馆、车马益增修矣。然屡敕有司以农为务，民遂乐业。至武帝之初七十年间，国家亡事，非遇水旱，则民人给家足，都鄙廪庾尽满，而府库余财。京师之钱累百巨万，贯朽而不可校。太仓之粟陈陈相因，充溢露积于外，腐败不可食。众庶街巷有马，阡陌之间成群，乘牸牝者摈而不得会聚。守闾阎者食粱肉；为吏者长子孙；居官者以为姓号。人人自爱而重犯法，先行谊而黜愧辱焉。于是罔疏而民富，役财骄溢，或至并兼豪党之徒以武断于乡曲。宗室有土，公卿大夫以下争于奢侈，室庐车服僭上亡限。物盛而衰，固其变也。

是后，外事四夷，内兴功利，役费并兴，而民去本。董仲舒说上曰："《春秋》它谷不书，至于麦禾不成则书之，以此见圣人于五谷最重麦与禾也。今关中俗不好种麦，是岁失《春秋》之所重，而损生民之具也。愿陛下幸诏大司农，使关中民益种宿麦，令毋后时。"又言："古者税民不过什一，其求易共；使民不过三日，其力易足。民财内足以养老尽孝，外足以事上共税，下足以蓄妻子极爱，故民说从上。至秦则不然，用商鞅之法，改帝王之制，除井田，民得卖买，富者田连阡陌，贫者无立锥之地。又专川泽之利，管山林之饶，荒淫越制，逾侈以相高；邑有人君之尊，里有公侯之富，小民安得不困？又加月为更卒，已复为正，一岁屯戍，一岁力役，三十倍于古；田租口赋，盐铁之利，二十倍于古。或耕豪民之田，见税什五。故贫民常衣牛马之衣，而食犬彘之食。重以贪暴之吏，刑戮妄加，民愁亡聊，亡逃山林，转为盗贼，赭衣半道，断狱岁以千万数。汉兴，循而未改。古井田法虽难卒行，宜少近古，限民名田，以澹不足，塞并兼之路。盐铁皆归于民。去奴婢，除专杀之威。薄赋敛，省徭役，以宽民力。然后可善治也。"仲舒死后，功费愈甚，天下虚耗，人复相食。

武帝末年，悔征伐之事，乃封丞相为富民侯。下诏曰："方今之务，在于力农。"以赵过为搜粟都尉。过能为代田，一亩三甽。岁代处，故曰代田，古法也。后稷始甽田，以二耜为耦，广尺、深尺曰甽，长终亩。一亩三甽，一夫三百甽，而播种于甽中。苗生叶以上，稍耨陇草，因隤其土以附苗根。故其《诗》曰："或芸或芓，黍稷儗儗。"芸，除草也。芓，附根也。言苗稍壮，每耨辄附根。比盛暑，陇尽而根深，能风与旱，故儗儗而盛也。其耕耘下种田器，缘有便巧。率十二夫为田一井一屋，故亩五顷，用耦犁，二牛三人，一岁之收常过缦田亩一斛以上，善者倍之。过使教田太常、三辅，大农置工巧奴与从事，为作田器。二千石遣令长、三老、力田及里父老善田者受田器学耕种养苗状。民或苦少牛，亡以趋泽，故平都令光教过以人挽犁。过奏光以为丞，教民相与庸挽犁。率多人者田日三十亩，少者十三亩，以故田多垦辟。过试以离宫卒田其宫壖地，课得谷皆多其旁田，亩一斛以上。令命家田三辅公田，又教边郡及居延城。是后边城、河东、弘农、三辅、太常民皆便代田，用力少而得谷多。

至昭帝时，流民稍还，田野益辟，颇有蓄积。宣帝即位，用吏多选贤良，百姓安土，岁数丰穰，谷至石五钱，农人少利。时大司农中丞耿寿昌以善为算能商功利，得幸于上，五凤中奏言："故事，岁漕关东谷四百万斛以给京师，用卒六万人。宜籴三辅、弦农、河东、上党、太原郡谷，足供京师，可以省关东漕卒过半。"又白增海租三倍，天子皆从其计。御史大夫萧望之奏言："故御史属徐宫家在东莱，言往年加海租，鱼不出。长老皆言武帝时县官尝自渔，海鱼不出，后复予民，鱼乃出。夫阴阳之感，物类相应，万事尽然。今寿昌欲近籴漕关内之谷，筑仓治船，费值二万万余，有动众之功，恐生旱气，民被其灾。寿昌习于商功分铢之事，其深计远虑，诚未足任，宜且如故。"上不听。漕事果便，寿昌遂白令边郡皆筑仓，以谷贱时增其贾而籴，以利农，谷贵时减贾而粜，名曰常平仓。民便之。上乃下诏，赐寿昌爵关内侯。而蔡癸以好农使劝郡国，至大官。

元帝即位，天下大水，关东郡十一尤甚。二年，齐地饥，谷石三百余，民多饿死，琅邪郡人相食。在位诸儒多言盐、铁官及北假田官、常平仓可罢，毋与民争利。上从其议，皆罢之。又罢建章、甘泉宫卫、角抵、齐三服官，省禁苑以予贫民，减诸侯王庙卫卒半。又减关中卒五百人，转谷赈贷穷乏。其后用度不足，独复盐铁官。

成帝时，天下亡兵革之事，号为安乐，然俗奢侈，不以蓄聚为意。永始二年，梁国、平原郡比年伤水灾，人相食，刺史、守、相坐免。

哀帝即位，师丹辅政，建言："古之圣王莫不设井田，然所治乃可平。孝文皇帝承亡周乱秦兵革之后，天下空虚，故务劝农桑，帅以节俭。民始充实，未有并兼之害，故不为民田及奴婢为限。今累世承平，豪富吏民訾数巨万，而贫弱俞困。盖君子为政，贵因循而重改作，然所以有改者，将以救急也。亦未可详，宜略为限。"天子下其议。丞相孔光、大司空何武奏请："诸侯王、列侯皆得名田国中。列侯在长安，公主名田县道，及关内侯、吏民名田，皆毋过三十顷。诸侯王奴婢二百人，列侯、公主百人，关内侯、吏民三十人。期尽三年，犯者没入官。"时田宅奴婢贾为减贱，丁、傅用事，董贤隆贵，皆不便也。诏书："且须后"，遂寝不行。宫室苑囿、府库之臧已侈，百姓訾富虽不及文、景，然天下户口最盛矣。

平帝崩，王莽居摄，遂篡位。王莽因汉承平之业，匈奴称藩，百蛮宾服，舟车所通，尽为臣妾，府库百官之富，天下晏然。莽一朝有之，其心意未满，狭小汉家制度，以为疏阔。宣帝始赐单于印玺，与天子同，而西南夷钩町称王。莽乃遣使易单于印，贬钩町王为侯。二方始怨，侵犯边境。莽遂兴师，发三十万众，欲同时十道并出，一举灭匈奴；募发天下囚徒、丁男、甲卒转委输兵器，自负海江、淮而至北边，使者驰传督趣，海内扰矣。又动欲慕古，不度时宜，分裂州郡，改职作官，下令曰："汉氏减轻田租，三十而税一，常有更赋，疲癃咸出，而豪民侵陵，分田劫假，厥名三十，实十税五也。富者骄而为邪，贫者穷而为奸，俱陷于辜，刑用不错。今更名天下田曰王田，奴婢曰私属，皆不得卖买。其男口不满八，而田过一井者，分余田与九族乡党。"犯令，法至死，制度又不定，吏缘为奸，天下謷謷然，陷刑者众。

后三年，莽知民愁，下诏诸食王田及私属皆得卖买，勿拘以法。然刑罚深刻，它政悖乱。边兵二十余万人仰县官衣食，用度不足，数横赋敛，民俞贫困。常苦枯旱，亡有平岁，谷贾翔贵。

末年，盗贼群起，发军击之，将吏放纵于外。北边及青、徐地人相食，雒阳以东米石二千。莽遣三公将军开东方诸仓赈贷穷乏，又分遣大夫谒者教民煮木为酪；酪不可食，重为烦扰。流民入关者数十万人，置养澹官以禀之，吏盗其禀，饥死者什七八。莽耻为政所至，乃下诏曰："予遭阳九之厄，百六之会，枯、旱、霜、蝗，饥馑荐臻，蛮夷猾夏，寇贼奸轨，百姓流离。予甚悼之，害气将究矣。"岁为此言，以至于亡。

卷二十四下

食货志第四下

凡货，金、钱、布、帛之用，夏、殷以前其详靡记云。太公为周立九府圜法：黄金方寸而重一斤；钱圜函方，轻重以铢；布帛广二尺二寸为幅，长四丈为匹。故货宝于金，利于刀，流于泉，布于布，束于帛。

太公退，又行之于齐。至管仲相桓公，通轻重之权，曰："岁有凶穰，故谷有贵贱；令有缓急，故物有轻重。人君不理，则蓄贾游于市，乘民之不给，百倍其本矣。故万乘之国必有万金之贾，千乘之国必有千金之贾者，利有所并也。计本量委则足矣，然而民有饥饿者，谷有所臧也。民有余则轻之，故人君敛之以轻；民不足则重之，故人君散之以重。凡轻重敛散之以时，则准平。使万室之邑必有万钟之臧，臧繦千万；千室之邑必有千钟之臧，臧繦百万。春以奉耕，夏以奉耘，耒耜器械，种饷粮食，必取澹焉。故大贾蓄家不得豪夺吾民矣。"桓公遂用区区之齐合诸侯，显伯名。

其后百余年，周景王时患钱轻，将更铸大钱，单穆公曰："不可。古者天降灾戾，于是乎量资币，权轻重，以救民。民患轻，则为之作重币以行之，于是有母权子而行，民皆得焉。若不堪重，则多作轻而行之，亦不废重，于是乎有子权母而行，小大利之。今王废轻而作重，民失其资，能无匮乎？民若匮，王用将有所乏，乏将厚取于民，民不给，将有远志，是离民也。且绝民用以实王府，犹塞川原为潢洿也，竭亡日矣。王其图之。"弗听，卒铸大钱，文曰"宝货"，肉好皆有周郭，以劝农澹不足，百姓蒙利焉。

秦兼天下，币为二等：黄金以溢为名，上币；铜钱质如周钱，文曰"半两"，重如其文。而珠、玉、龟、贝、银、锡之属为器饰宝臧，不为币，然各随时而轻重无常。

汉兴，以为秦钱重难用，更令民铸荚钱。黄金一斤。而不轨逐利之民蓄积余赢以稽市，物痛腾跃，米至石万钱，马至匹百金。天下已平，高祖乃令贾人不得衣丝乘车，重税租以困辱之。孝惠、高后时，为天下初定，复弛商贾之律，然市井子孙亦不得为官吏。孝文五年，为钱益多而轻，乃更铸四铢钱，其文为"半两"。除盗铸钱令，使民放铸。贾谊谏曰：

法使天下公得顾租铸铜锡为钱，敢杂以铅铁为它巧者，其罪黥。然铸钱之情，非殽杂为巧，则不可得赢；而殽之甚微，为利甚厚。夫事有召祸而法有起奸，今令细民人操造币之势，各隐屏而铸作，因欲禁其厚利微奸，虽黥罪日报，其势不止。乃者，民人抵罪，多者一县百数，及吏之所疑，榜笞奔走者甚众。夫县法以诱民，使入陷井，孰积如此！曩禁铸钱，死罪积下；今公铸钱，黥罪积下。为法若此，上何赖焉？

又，民用钱，郡县不同：或用轻钱，百加若干；或用重钱，平称不受。法钱不立，吏急而壹之乎，则大为烦苛，而力不能胜；纵而弗呵乎，则市肆异用，钱文大乱。苟非其术，何乡而可哉！

今农事弃捐而采铜者日蕃，释其耒耨，冶熔炊炭，奸钱日多，五谷不为多。善人怵而为奸邪，愿民陷而之刑戮，刑戮将甚不详，奈何而忽！国知患此，吏议必曰禁之。禁之不得其术，其伤必大。令禁铸钱，则钱必重。重则其利深，盗铸如云而起，弃市之罪又不足以禁矣！奸数不胜而法禁数溃，铜使之然也。故铜布于天下，其为祸博矣。

今博祸可除，而七福可致也。何谓七福？上收铜勿令布，则民不铸钱，黥罪不积，一矣。伪钱不蕃，民不相疑，二矣。采铜铸作者反于耕田，三矣。铜毕归于上，上挟铜积以御轻重，钱轻则以术敛之，重则以术散之，货物必平，四矣。以作兵器，以假贵臣，多少有制，用别贵贱，五矣。以临万货，以调盈虚，以收奇羡，则官富实而末民困，六矣。制事弃财，以与匈奴逐争其民，则敌必怀，七矣。故善为天下者，因祸而为福，转败而为功。今久退七福而行博祸，臣诚伤之。

上不听。是时，吴以诸侯即山铸钱，富埒天子，后卒叛逆。邓通，大夫也以铸钱，财过王者。故吴、邓钱布天下。

武帝因文、景之蓄，忿胡、粤之害，即位数年，严助、朱买臣等招徕东瓯，事两粤，江、淮之间萧然烦费矣。唐蒙、司马相如始开西南夷，凿山通道千余里，以广巴、蜀，巴、蜀之民疲焉。彭吴穿秽貊、朝鲜，置沧海郡，则燕、齐之间靡然发动。及王恢谋马邑，匈奴绝和亲，侵扰北边，兵连而不解，天下共其劳。干戈日滋，行者赍，居者送，中外骚扰相奉，百姓抗敝以巧法，财赂衰耗而不澹。入物者补官，出货者除罪，选举陵夷，廉耻相冒，武力进用，法严令具。兴利之臣自此而始。

其后，卫青岁以数万骑出击匈奴，遂以河南地，筑朔方。时又通西南夷道，作者数万人，千里负担馈饷，率十余钟致一石，散币于邛、僰以辑之。数岁而道不通，蛮夷因以数攻，吏发兵诛之。悉巴、蜀租赋不足以更之，乃募豪民田南夷，入粟县官，而内受钱于都内。东置沧海郡，人徒之费疑于南夷。又兴十余万人筑卫朔方，转漕甚远，自山东咸被其劳，费数十百巨万，府库并虚。乃募民能入奴婢得以终身复，为郎增秩，及入羊为郎，始于此。

此后四年，卫青比岁十余万众击胡，斩捕首虏之士受赐黄金二十余万斤，而汉军士马死者十余万，兵甲转漕之费不与焉。于是大司农陈臧钱经用赋税既竭，不足以奉战士。有司请令民得买爵及赎禁锢免臧罪；请置赏官，名曰武功爵，级十七万，凡值三十余万金。诸买武功爵官首者试补吏，先除；千夫如五大夫；其有罪又减二等；爵得至乐卿。以显军功。军功多用超等，大者封侯、卿大夫，小者郎。吏道杂而多端，则官职秏废。

自公孙弘以《春秋》之义绳臣下取汉相，张汤以峻文决理为廷尉，于是见知之法生，而废格沮诽穷治之狱用矣。其明年，淮南、衡山、江都王谋反迹见，而公卿寻端治之，竟其党与，坐而死者数万人，吏益惨急而法令察。当是时，招尊方正贤良文学之士，或至公卿大夫。公孙弘以宰相，布被，食不重味，为下先，然而无益于俗，稍务于功利矣。

其明年，票骑仍再出击胡，大克获。浑邪王率数万众来降，于是汉发车三万辆迎之。既至，受赏，赐及有功之士。是岁费凡百余巨万。

先是十余岁，河决，灌梁、楚地，固已数困，而缘河之郡堤塞河，辄坏决，费不可胜计。其后番系欲省砥柱之漕，穿汾、河渠以为溉田；郑当时为渭漕回远，凿漕直渠自长安至华阴；而朔方亦穿溉渠。作者各数万人，历二三期而功未就，费亦各以巨万十数。天了为伐胡故，盛养马，马之往来食长安者数万匹，卒掌者关中不足，乃调旁近郡。而胡降者数万人皆得厚赏，衣食仰给县官，县官不给，天子乃捐膳，解乘舆驷，出御府禁臧以澹之。

其明年，山东被水灾，民多饥乏，于是天子遣使虚郡国仓廪以振贫。犹不足，又募豪富人相假贷。尚不能相救，乃徙贫民于关以西，及充朔方以南新秦中，七十余万口，衣食皆仰给于县官。数岁贷与产业，使者分部护，冠盖相望，费以亿计，县官大空。而富商贾或滞财役贫，转毂百数，废居居邑，封君皆氐首仰给焉。冶铸煮盐，财或累万金，而不佐公家之急，黎民重困。

于是天子与公卿议，更造钱币以澹用，而摧浮淫并兼之徒。是时禁苑有白鹿而少府多银、锡。自孝文更造四铢钱，至是岁四十余年，从建元以来，用少，县官往往即多铜山而铸钱，民亦盗铸，不可胜数。钱益多而轻，物益少而贵。有司言曰："古者皮币，诸侯以聘享。金有三等，黄金为上，白金为中，赤金为下。今半两钱法重四铢，而奸或盗摩钱质而取鋊，钱益轻薄而物贵，则远方用币烦费不省。"乃以白鹿皮方尺，缘以缋，为皮币，值四十万。王侯宗室朝觐聘享，必以皮币荐璧，然后得行。

又造银锡白金。以为天用莫如龙，地用莫如马，人用莫如龟，故白金三品：其一曰重八两，圜之，其文龙，名"白撰"，值三千；二曰以重差小，方之，其文马，值五百；三曰复小，椭之，其文龟，值三百。令县官销半两钱，更铸三铢钱，重如其文。盗铸诸金钱罪皆死，而吏民之犯者不可胜数。

于是以东郭咸阳、孔仅为大农丞，领盐铁事，而桑弘羊贵幸。咸阳，齐之大煮盐；孔仅，南阳大冶，皆至产累千金，故郑当时进言之。弘羊，洛阳贾人之子，以心计，年十三侍中。故三人言利事析秋豪矣。

法既益严，吏多废免。兵革数动，民多买复及五大夫、千夫，征发之士益鲜。于是除千夫、五大夫为吏，不欲者出马；故吏皆適令伐棘上林，作昆明池。

其明年，大将军、票骑大出击胡，赏赐五十万金，军马死者十余万匹，转漕、车甲之费不与焉。是时财匮，战士颇不得禄矣。有司言三铢钱轻，轻钱易作奸诈，乃更请郡国铸五铢钱，周郭其质，令不可得摩取鋊。

大农上盐铁丞孔仅、咸阳言："山海，天地之臧，宜属少府，陛下弗私，以属大农佐赋。愿募民自给费，因官器作煮盐，官与牢盆。浮食奇民欲擅斡山海之货，以致富羡，役利细民。其沮事之议，不可胜听。敢私铸铁器、煮盐者，釱左趾，没入其器物。郡不出铁者，置小铁官，使属在所县。"使仅、咸阳乘传举行天下盐、铁，作官府，除故盐、铁家富者为吏。吏益多贾人矣。

商贾以币之变，多积货逐利。于是公卿言："郡国颇被灾害，贫民无产业者，募徙广饶之地。陛下损膳省用，出禁钱以振元元，宽贷，而民不齐出南亩，商贾滋众。贫者蓄积无有，皆仰县官。异时算轺车、贾人之缗钱皆有差小，请算如故。诸贾人末作贯贷卖买，居邑贮积诸物，及商以取利者，虽无市籍，各以其物自占，率缗钱二千而算一。诸作有租及铸，率缗钱四千算一。非吏比者、三老、北边骑士，轺车一算；商贾人轺车二算。船五丈以上一算。匿不自占，占不悉，戍边一岁，没入缗钱。有能告者，以其半畀之。贾人有市籍及家属，皆无得名田，以便农。敢犯令，没入田货。”

是时，豪富皆争匿财，唯卜式数求入财以助县官。天子乃超拜式为中郎，赐爵左庶长，田十顷，布告天下，以风百姓。初，式不愿为官，上强拜之，稍迁至齐相。语自在其《传》。

孔仅使天下铸作器，三年中至大司农，列于九卿。而桑弘羊为大司农中丞，管诸会计事，稍稍置均输以通货物。始令吏得入谷补官，郎至六百石。自造白金、五铢钱后五岁，而赦吏民之坐盗铸金钱死者数十万人。其不发觉相杀者，不可胜计。赦自出者百余万人。然不能半自出，天下大氐无虑皆铸金钱矣。犯法者众，吏不能尽诛，于是遣博士褚大、徐偃等分行郡国，举并兼之徒守、相为利者。而御史大夫张汤方贵用事，减宣、杜周等为中丞，义纵、尹齐、王温舒等用惨急苛刻为九卿，直指夏兰之属始出。而大农颜异诛矣。

初，异为济南亭长，以廉直稍迁至九卿。上与汤既造白鹿皮币，问异。异曰："今王侯朝贺以仓璧，直数千，而其皮荐反四十万，本末不相称。”天子不说。汤又与异有隙，及人有告异以它议，事下汤治。异与客语，客语初令下有不便者，异不应，微反唇。汤奏当异九卿见令不便，不入言而腹非，论死。自是后有腹非之法比，而公卿大夫多谄谀取容。天子既下缗钱令而尊卜式，百姓终莫分财佐县官，于是告缗钱纵矣。郡国铸钱，民多奸铸，钱多轻，而公卿请令京师铸官赤仄，一当五，赋官用非赤仄不得行。白金稍贱，民弗宝用，县官以令禁之，无益，岁余终废不行。是岁，汤死而民不思。

其后二岁，赤仄钱贱，民巧法用之，不便，又废。于是悉禁郡国毋铸钱，专令上林三官铸。钱既多，而令天下非三官钱不得行，诸郡国前所铸钱皆废销之，输入其铜三官。而民之铸钱益少，计其费不能相当，唯真工大奸乃盗为之。杨可告缗遍天下，中家以上大抵皆遇告。杜周治之，狱少反者。乃分遣御史、廷尉正监分曹往，即治郡国缗钱，得民财物以亿计；奴婢以千万数；田，大县数百顷，小县百余顷；宅亦如之。于是商贾中家以上大抵破，民媮甘食好衣，不事畜臧之业，而县官以盐、铁、缗钱之故，用少饶矣。益广开，置左右辅。

初，大农干盐铁官布多，置水衡，欲以主盐铁。及杨可告缗，上林财物众，乃令水衡主上林。上林既充满，益广。是时粤欲与汉用船战逐，乃大修昆明池，列馆环之。治楼船，高十余丈，旗织加其上，甚壮。于是天子感之，乃作柏梁台，高数十丈。宫室之修，由此日丽。

乃分缗钱诸官，而水衡、少府、太仆、大农各置农官，往往即郡县比没入田田之。其没入奴婢，分诸苑养狗马禽兽及与诸官。官益杂置多，徒奴婢众，而下河漕度四百万石，及官自籴乃足。

所忠言："世家子弟富人或斗鸡走狗马，弋猎博戏，乱齐民。”乃征诸犯令，相引数千人，名曰"株送徒"。入财者得补郎，郎选衰矣。

是时山东被河灾，乃岁不登数年，人或相食，方二三千里。天子怜之，令饥民得流就食江淮间，欲留，留处。使者冠盖相属于道护之，下巴蜀粟以赈焉。明年，天子始出巡郡国。东度河，河东守不意行至，不辩，自杀。行西逾陇，卒，从官不得食，陇西守自杀。于是上北出萧关，从数万骑行猎新秦中，以勒边兵而归。新秦中或千里无亭徼，于是诛北地太守以下，而令民得畜边县，官假马母，三岁而归，及息什一，以除告缗，用充入新秦中。

既得宝鼎，立后土、泰一祠，公卿白议封禅事，而郡国皆豫治道，修缮故宫，及当驰道县，县治宫储，设共具，而望幸。

明年，南粤反，西羌侵边。天子为山东不澹，赦天下囚，因南方楼船士二十余万人击粤，发三河以西骑击羌，又数万人渡河筑令居。初置张掖、酒泉郡，而上郡、朔方、西河、河西开田官，斥塞卒六十万戍田之。中国缮道馈粮，远者三之，近者千余里，皆仰给大农。边兵不足，乃发武库工官兵器以澹之。车骑马乏，县官钱少，买马难得，乃著令，令封君以下至三百石吏以上差出牡马天下亭，亭有畜字马，岁课息。

齐相卜式上书，愿父子死南粤。天子下诏褒扬，赐爵关内侯，黄金四十斤，田十顷。布告天下，天下莫应。列侯以百数，皆莫求从军。至饮酎，少府省金，而列侯坐酎金失侯者百余人。乃拜卜式为御史大夫。式既在位，见郡国多不便县官作盐铁，器苦恶，贾贵，或强令民买之。而船有算，商者少，物贵，乃因孔仅言船算事。上不说。

汉连出兵三岁，诛羌，灭两粤，番禺以西至蜀南者置初郡十七，且以其故俗治，无赋税。南阳、汉中以往，各以地比给初郡吏卒奉食币物，传车马被具。而初郡又时时小反，杀吏，汉发南方吏卒往诛之，间岁万余人，费皆仰大农。大农以均输调盐铁助赋，故能澹之。然兵所过县，县以为訾给毋乏而已，不敢言轻赋法矣。

其明年，元封元年，卜式贬为太子太傅。而桑弘羊为治粟都尉，领大农，尽代仅斡天下盐铁。弘羊以诸官各自市相争，物以故腾跃，而天下赋输或不偿其僦费，乃请置大农部丞数十人，分部主郡国，各往往置均输盐铁官，令远方各以其物如异时商贾所转贩者为赋，而相灌输。置平准于京师，都受天下委输。召工官治车诸器，皆仰给大农。大农诸官尽笼天下之货物，贵则卖之，贱则买之。如此，富商大贾亡所牟大利则反本，而万物不得腾跃。故抑天下之物，名曰“平准”。天子以为然而许之。于是天子北至朔方，东封泰山，巡海上，旁北边以归。所过赏赐，用帛百余万匹，钱、金以巨万计，皆取足大农。

弘羊又请令民得入粟补吏，及罪以赎。令民入粟甘泉各有差，以复终身，不复告缗。它郡各输急处，而诸农各致粟，山东漕益岁六百万石。一岁之中，太仓、甘泉仓满。边余谷，诸均输帛五百万匹。民不益赋而天下用饶。于是弘羊赐爵左庶长，黄金者再百焉。

是岁小旱，上令百官求雨。卜式言曰：“县官当食租衣税而已，今弘羊令吏坐市列，贩物求利。亨弘羊，天乃雨。”久之，武帝疾病，拜弘羊为御史大夫。

昭帝即位六年，诏郡国举贤良文学之士，问以民所疾苦，教化之要。皆对愿罢盐铁酒榷均输官，毋与天下争利，视以俭节，然后教化可兴。弘羊难，以为此国家大业，所以制四夷，安边足用之本，不可废也。乃与丞相千秋共奏罢酒酤。弘羊自以为国兴大利，伐其功，欲为子弟得官，怨望大将军霍光，遂与上官桀等谋反，诛灭。

宣、元、成、哀、平五世，无所变改。元帝时尝罢盐铁官，三年而复之。贡禹言：“铸钱采铜，一岁十万人不耕，民坐盗铸陷刑者多。富人臧钱满室，犹无厌足。民心动摇，弃本逐末，耕者不能半，奸邪不可禁，原起于钱。疾其末者绝其本，宜罢采珠、玉、金、银、铸钱之官，毋复以为币，除其贩卖租铢之律，租税禄赐皆以布帛及谷，使百姓一意农桑。”议者以为交易待钱，布帛不可尺寸分裂。禹议亦寝。自孝武元狩五年三官初铸五铢钱，至平帝元始中，成钱二百八十亿万余云。

王莽居摄，变汉制，以周钱有子母相权，于是更造大钱，径寸二分，重十二铢，文曰：“大钱五十”。又造契刀、错刀。契刀，其环如大钱，身形如刀，长二寸，文曰“契刀五百”。错刀，以黄金错其文，曰“一刀直五千”。与五铢钱凡四品，并行。

莽即真，以为书“刘”字有“金”、“刀”，乃罢错刀、契刀及五铢钱，而更作金、银、龟、贝、钱、布之品，名曰“宝货”。小钱径六分，重一铢，文曰“小钱直一”。次七分，三铢，曰“幺钱一十”。次八分，五铢，曰“幼钱二十”。次九分，七铢，曰“中钱三十”。次一寸，九铢，曰“壮钱四十”。因前“大钱五十”，是为钱货六品，直各如其文。

黄金重一斤，直钱万。朱提银重八两为一流，直一千五百八十。它银一流直千。是为银货二品。

元龟岠冉长尺二寸，直二千一百六十，为大贝十朋。公龟九寸，直五百，为壮贝十朋。侯龟七寸以上，直三百，为幺贝十朋。子龟五寸以上，直百，为小贝十朋。是为龟宝四品。

大贝四寸八分以上，二枚为一朋，直二百一十六。壮贝三寸六分以上，二枚为一朋，直五十。幺贝二寸四分以上，二枚为一朋，直三十。小贝寸二分以上，二枚为一朋，直十。不盈寸二分，漏度不得为朋，率枚直钱三。是为贝货五品。

大布、次布、弟布、壮布、中布、差布、厚布、幼布、幺布、小布。小布长寸五分，重十五铢，文曰“小布一百”。自小布以上，各相长一分，相重一铢，文各为其布名，直各加一百。上至大布，长二寸四分，重一两，而直千钱矣。是为布货十品。

凡宝货五物，六名，二十八品。

铸作钱布皆用铜，淆以连锡，文质周郭放汉五铢钱云。其金、银与它物杂，色不纯好，龟不盈五寸，贝不盈六分，皆不得为宝货。元龟为蔡，非四民所得居，有者，入大卜受直。

百姓愦乱，其货不行。民私以五铢钱市买。莽患之，下诏：“敢非井田、挟五铢钱者为惑众，投诸四裔以御魑魅。”于是农、商失业，食、货俱废，民涕泣于市道。坐卖买田宅奴婢铸钱抵罪者，自公卿大夫至庶人，不可称数。莽知民愁，乃但行小钱直一，与大钱五十，二品并行，龟、贝、布属且寝。

莽性躁扰，不能无为，每有所兴造，必欲依古得经文。国师公刘歆言周有泉府之官，收不雠，与欲得，即《易》所谓“理财正辞，禁民为非”者也。莽乃下诏曰：“夫《周礼》有赊贷，《乐语》有五均，传记各有斡焉。今开赊贷，张五均，设诸斡者，所以齐众庶，抑并兼也。”遂于长安及五都立五均官，更名长安东西市令及洛阳、邯郸、临菑、宛、成都市长皆为五均司市称师。东市称京，西市称畿，洛阳称中，余四都各用东、西、南、北为称，皆置交易丞五人，钱府丞一人。工商能采金银铜连锡，登龟、取贝者，皆自占司市钱府，顺时气而取之。

又以《周官》税民：凡田不耕为不殖，出三夫之税；城郭中宅不树艺者为不毛，出三夫之布；民浮游无事，出夫布一匹。其不能出布者，冗作，县官衣食之。诸取众物鸟兽鱼鳖百虫于山林水泽及畜牧者，嫔妇桑蚕织纴纺绩补缝，工匠医巫卜祝及它方技商贩贾人坐肆列里区谒舍，皆各自占所为于其所之县官，除其本，计其利，十一分之，而以其一为贡。敢不自占、自占不以实者，尽没入所采取，而作县官一岁。

诸司市常以四时中月实定所掌，为物上中下之贾，各自用为其市平，毋拘它所。众民卖买五谷布帛丝绵之物，周于民用而不雠者，均官有以考检厥实，用其本贾取之，毋令折钱。万物卬贵，过平一钱，则以平贾卖与民。其贾低贱，减平者，听民自相与市，以防贵庾者。民欲祭祀、丧纪而无用者，钱府以所入工、商之贡但赊之，祭祀无过旬日，丧纪毋过三月。民或乏绝，欲贷以治产业者，均授之，除其费，计所得受息，毋过岁什一。

羲和鲁匡言：“名山大泽，盐铁钱布帛，五均赊贷，斡在县官，唯酒酤独未斡。酒者，天之美禄，帝王所以颐养天下，享祀祈福，扶衰养疾。百礼之会，非酒不行。故《诗》曰‘无酒酤我’，而《论语》曰‘酤酒不食’，二者非相反也。夫《诗》据承平之世，酒酤在官，和旨便人，可以相御也。《论语》孔子当周衰乱，酒酤在民，薄恶不诚，是以疑而弗食。今绝天下之酒，则无以行礼相养；放而亡限，则费财伤民。请法古，令官作酒，以二千五百石为一均，率开一卢以卖，雠五十酿为准。一酿用粗米二斛，曲一斛，得成酒六斛六斗。各以其市月朔米曲三斛，并计其贾而参分之，以其一为酒一斛之平。除米曲本贾，计其利而什分之，以其七入官，其三及糟截、灰炭给工器薪樵之费。”

羲和置命士督五均六斡，郡有数人，皆用富贾。洛阳薛子仲、张长叔、临菑姓伟等，乘传求利，交错天下，因与郡县通奸，多张空簿，府臧不实，百姓俞病。莽知民苦之，复下诏曰：“夫盐，食肴之将；酒，百药之长，嘉会之好；铁，田农之本；名山、大泽，饶衍之臧；五均赊贷，百姓所取平，卬以给澹；铁布、铜冶，通行有无，备民用也。此六者，非编户齐民所能家作，必仰于市，虽贵数倍，不得不买。豪民富贾，即要贫弱，先圣知其然也，故斡之。每一斡为设科条防禁，犯者罪至死。”奸吏猾民并侵，众庶各不安生。

后五岁，天凤元年，复申下金、银、龟、贝之货，颇增减其贾直。而罢大小钱，改作货布，长二寸五分，广一寸，首长八分有奇，广八分，其圜好径二分半，足枝长八分，间广二分，其文右曰“货”，左曰“布”，重二十五铢，直货泉二十五。货泉径一寸，重五铢，文右曰“货”，左曰“泉”，枚直一，与货布二品并行。又以大钱行久，罢之，恐民挟不止，乃令民且独行大钱，与新货泉俱枚直一，并行尽六年，毋得复挟大钱矣。每一易钱，民用破业，而大陷刑。莽以私铸钱死，及非沮宝货投四裔，犯法者多，不可胜行，乃更轻其法：私铸作泉布者，与妻子没入为官奴婢；吏及比伍，知而不举告，与同罪；非沮宝货，民罚作一岁，吏免官。犯者俞众，及五人相坐皆没入，郡国槛车铁锁，传送长安钟官，愁苦死者什六七。

作货布后六年，匈奴侵寇甚，莽大募天下囚徒、人奴，名曰猪突豨勇，一切税吏民，訾三十而取一。又令公卿以下至郡县黄绶吏，皆保养军马，吏尽复以与民。民摇手触禁，不得耕桑，徭役烦剧，而枯旱蝗虫相因。又用制作未定，上自公侯，下至小吏，皆不得奉禄，而私赋敛，货赂上流，狱讼不决。吏用苛暴立威，旁缘莽禁，侵刻小民。富者不得自保，贫者无以自存，起为盗贼，依阻山泽，吏不能禽而覆蔽之，浸淫日广，于是青、徐、荆楚之地往往万数。战斗死亡，缘边四夷所系虏，陷罪，饥疫，人相食，及莽未诛，而天下户口减半矣。

自发猪突豨勇后四年，而汉兵诛莽。后二年，世祖受命，荡涤烦苛，复五铢钱，与天下更始。

赞曰：《易》称“裒多益寡，称物平施”，《书》云“茂迁有无”，周有泉府之官，而《孟子》亦非“狗彘食人之食不知敛，野有饿殍而弗知发”。故管氏之轻重，李悝之平籴，弘羊均输，寿昌常平，亦有从徕。顾古为之有数，吏良而令行，故民赖其利，万国作乂。及孝武时，国用饶给，而民不益赋，其次也。至于王莽，制度失中，奸轨弄权，官民俱竭，亡次矣。

卷二十五上

郊祀志第五上

《洪范》八政，三曰祀。祀者，所以昭孝事祖，通神明也。旁及四夷，莫不修之；下至禽兽，豺獭有祭。是以圣王为之典礼。民之精爽不贰，斋肃聪明者，神或降之，在男曰觋，在女曰巫，使制神之处位，为之牲器。使先圣之后，能知山川，敬于礼仪，明神之事者，以为祝；能知四时牺牲，坛场上下，氏姓所出者，以为宗。故有神民之官，各司其序，不相乱也。民神异业，敬而不黩，故神降之嘉生，民以物序，灾祸不至，所求不匮。

及少昊之衰，九黎乱德，民神杂扰，不可放物。家为巫史，享祀无度，黩斋明而神弗蠲。嘉生不降，祸灾荐臻，莫尽其气。颛顼受之，乃命南正重司天以属神，命火正黎司地以属民，使复旧常，亡相侵黩。

自共工氏霸九州，其子曰句龙，能平水土，死为社祠。有烈山氏王天下，其子曰柱，能殖百谷，死为稷祠。故郊祀社稷，所以来尚矣。

《虞书》曰：舜在璇玑玉衡，以齐七政。遂类于上帝，禋于六宗，望秩于山川，遍于群神。揖五瑞，择吉月日，见四岳诸牧，班瑞。岁二月，东巡狩，至于岱宗。岱宗，泰山也。柴，望秩于山川。遂见东后。东后者，诸侯也。合时月正日，同律度量衡，修五礼五乐，三帛二生一死为贽。五月，巡狩至南岳。南岳者，衡山也。八月，巡狩至西岳。西岳者，华山也。十一月，巡狩至北岳。北岳者，恒山也。皆如岱宗之礼。中岳，嵩高也。五载一巡狩。

禹遵之。后十三世，至帝孔甲，淫德好神，神黩，二龙去之。其后十三世，汤伐桀，欲迁夏社，不可，作《夏社》。乃迁烈山子柱，而以周弃代为稷祠。后八世，帝太戊有桑穀生于廷，一暮大拱，惧。伊陟曰："袄不胜德。"太戊修德，桑穀死。伊陟赞巫咸。后十三世，帝武丁得傅说为相，殷复兴焉，称高宗。有雉登鼎耳而雊，武丁惧。祖己曰："修德。"武丁从之，位以永宁。后五世，帝乙嫚神而震死。后三世，帝纣淫乱，武王伐之。由是观之，始未尝不肃祗，后稍怠嫚也。

周公相成王，王道大洽，制礼作乐，天子曰明堂、辟雍，诸侯曰泮宫。郊祀后稷以配天，宗祀文王于明堂以配上帝。四海之内各以其职来助祭。天子祭天下名山大川，怀柔百神，咸秩无文。五岳视三公，四渎视诸侯。而诸侯祭其疆内名山大川，大夫祭门、户、井、灶、中霤五祀，士、庶人祖考而已。各有典礼，而淫祀有禁。

后十三世，世益衰，礼乐废。幽王无道，为犬戎所败，平王东徙雒邑。秦襄公攻戎救周，列为诸侯，而居西，自以为主少昊之神，作西畤，祠白帝，其牲用骝驹、黄牛、羝羊各一云。

其后十四年，秦文公东猎汧、渭之间，卜居之而吉。文公梦黄蛇自天下属地，其口止于鄜衍。文公问史敦，敦曰："此上帝之征，君其祠之。"于是作鄜畤，用三牲郊祭白帝焉。

自未作鄜畤，而雍旁故有吴阳武畤，雍东有好畤，皆废无祀。或曰："自古以雍州积高，神明之隩，故立畤郊上帝，诸神祠皆聚云。盖黄帝时尝用事，虽晚周亦郊焉。"其语不经见，缙绅者弗道。作鄜畤后九年，文公获若石云，于陈仓北阪城祠之。其神或岁不至，或岁数。来也常以夜，光辉若流星，从东方来，集于祠城，若雄雉，其声殷殷云，野鸡夜鸣。以一牢祠之，名曰陈宝。作陈宝祠后七十一年，秦德公立，卜居雍。子孙饮马于河，遂都雍。雍之诸祠自此兴。用三百牢于鄜畤。作伏祠。磔狗邑四门，以御蛊灾。

后四年，秦宣公作密畤于渭南，祭青帝。后十三年，秦穆公立，病卧五日不寤，寤，乃言梦见上帝，上帝命穆公平晋乱。史书而藏之府。而后世皆曰上天。

穆公立九年，齐桓公既霸，会诸侯于葵丘，而欲封禅。管仲曰："古者封泰山禅梁父者七十二家，而夷吾所记者十有二焉。昔无怀氏封泰山，禅云云；虙羲封泰山，禅云云；神农氏封泰山，禅云云；炎帝封泰山，禅云云；黄帝封泰山，禅亭亭；颛顼封泰山，禅云云；帝喾封泰山，禅云云；尧封泰山，禅云云；舜封泰山，禅云云；禹封泰山，禅会稽；汤封泰山，禅云云；周成王封泰山，禅于社首：皆受命然后得封禅。"桓公曰："寡人北伐山戎，过孤竹；西伐，束马县车，上卑耳之山；南伐至召陵，登熊耳山，以望江汉。兵车之会三，乘车之会六，九合诸侯，一匡天下，诸侯莫违我。昔三代受命，亦何以异乎？"于是管仲睹桓公不可穷以辞，因设之以事，曰："古之封禅，鄗上黍，北里禾，所以为盛；江、淮间一茅三脊，所以为藉也。东海致比目之鱼，西海致比翼之鸟。然后物有不召而自至者十有五焉。今凤凰麒麟不至，嘉禾不生，而蓬蒿藜莠茂，鸱枭群翔，而欲封禅，无乃不可乎？"于是桓公乃止。

是岁，秦穆公纳晋君夷吾。其后三置晋国之君，平其乱。穆公立三十九年而卒。

后五十年，周灵王即位。时诸侯莫朝周，苌弘乃明鬼神事，设射不来。不来者，诸侯之不来朝者也。依物怪，欲以致诸侯。诸侯弗从，而周室愈微。后二世，至敬王时，晋人杀苌弘。

是时，季氏专鲁，旅于泰山，仲尼讥之。

自秦宣公作密畤后二百五十年，而秦灵公于吴阳作上畤，祭黄帝;作下畤，祭炎帝。

后四十八年，周太史儋见秦献公曰："周始与秦国合而别，别五百载当复合，合七十年而伯王出焉。"儋见后七年，栎阳雨金，献公自以为得金瑞，故作畦畤栎阳，而祀白帝。

后百一十岁，周赧王卒，九鼎入于秦。或曰，周显王之四十二年，宋大丘社亡，而鼎沦没于泗水彭城下。

自赧王卒后七年，秦庄襄王灭东周，周祀绝。后二十八年。秦并天下，称皇帝。

秦始皇帝既即位，或曰："黄帝得土德，黄龙地螾见。夏得木德，青龙止于郊，草木畅茂。殷得金德，银自山溢。周得火德，有赤乌之符。今秦变周，水德之时。昔文公出猎，获黑龙，此其水德之瑞。"于是秦更名河曰"德水"，以冬十月为年首，色尚黑，度以六为名，音上大吕，事统上法。

即帝位三年，东巡郡县，祠驺峄山，颂功业。于是从齐、鲁之儒生博士七十人，至于泰山下。诸儒生或议曰："古者封禅为蒲车，恶伤山之土石草木；扫地而祠，席用苴秸，言其易遵也。"始皇闻此议各乖异，难施用，由此黜儒生。而遂除车道，上自泰山阳。至颠，立石颂德，明其得封也。从阴道下，禅于梁父。其礼颇采泰祝之祀雍上帝所用，而封臧皆秘之，世不得而记。

始皇之上泰山，中阪遇暴风雨，休于大树下。诸儒既黜，不得与封禅，闻始皇遇风雨，即讥之。于是始皇遂东游海上，行礼祠名山川及八神，求仙人羡门之属。八神将自古而有之，或曰太公以来作之。齐所以为齐，以天齐也。其祀绝，莫知起时。八神：一曰天主，祠天齐。天齐渊水，居临菑南郊山下下者。二曰地主，祠泰山梁父。盖天好阴，祠之必于高山之下畤，命曰"畤"；地贵阳，祭之必于泽中圜丘云。三曰兵主，祠蚩尤。蚩尤在东平陆监乡，齐之西竟也。四曰阴主，祠三山；五曰阳主，祠之罘山；六曰月主，祠之莱山：皆在齐北，并勃海。七曰日主，祠盛山。盛山斗入海，最居齐东北阳，以迎日出云。八曰四时主，祠琅邪。琅邪在齐东北，盖岁之所始。皆各用牢具祠，而巫祝所损益，圭、币杂异焉。

自齐威、宣时，驺子之徒论著终始五德之运，及秦帝而齐人奏之，故始皇采用之。而宋毋忌、正伯侨、元尚、羡门高最后，皆燕人，为方仙道，形解销化，依于鬼神之事。驺衍以阴阳主运显于诸侯，而燕、齐海上之方士传其术不能通，然则怪迂阿谀苟合之徒自此兴，不可胜数也。

自威、宣、燕昭使人入海求蓬莱、方丈、瀛州。此三神山者，其传在勃海中，去人不远。盖尝有至者，诸仙人及不死之药皆在焉。其物禽兽尽白，而黄金银为宫阙。未至，望之如云；及到，三神山反居水下，水临之。患且至，则风辄引船而去，终莫能至云。世主莫不甘心焉。

及秦始皇至海上，则方士争言之。始皇如恐弗及，使人赍童男女入海求之。船交海中，皆以风为解，曰未能至，望见之焉。其明年，始皇复游海上，至琅邪，过恒山，从上党归。后三年，游碣石，考入海方士，从上郡归。后五年，始皇南至湘山，遂登会稽，并海上，几遇海中三神山之奇药。不得，还到沙丘崩。

二世元年，东巡碣石，并海，南历泰山，至会稽，皆礼祠之，而胡亥刻勒始皇所立石书旁，以章始皇之功德。其秋，诸侯叛秦。三年而二世弑死。

始皇封禅之后十二年而秦亡。诸儒生疾秦皇焚《诗》《书》，诛灭文学，百姓怨其法，天下叛之，皆说曰："始皇上泰山，为风雨所击，不得封禅云。"此岂所谓无其德而用其事者邪？

昔三代之居，皆河、洛之间，故嵩高为中岳，而四岳各如其方，四渎咸在山东。至秦称帝，都咸阳，则五岳、四渎皆并在东方。自五帝以至秦，迭兴迭衰，名山、大川或在诸侯，或在天子，其礼损益世殊，不可胜记。及秦并天下，令祠官所常奉天地、名山、大川、鬼神可得而序也。

于是自崤以东，名山五，大川祠二。曰太室。太室，嵩高也。恒山、泰山、会稽、湘山。水曰泲，曰淮。春以脯酒为岁祷，因泮冻；秋涸冻；冬塞祷祠。其牲用牛犊各一，牢具圭币各异。自华以西，名山七，名川四。曰华山、薄山。薄山者，襄山也。岳山、岐山、吴山、鸿冢、渎山。渎山，蜀之岷山也。水曰河，祠临晋；沔，祠汉中；湫渊，祠朝那；江水，祠蜀。亦春秋泮涸祷塞如东方山川。而牲亦牛犊，牢具圭币各异。而四大冢鸿、岐、吴、岳，皆有尝禾。陈宝节来祠，其河加有尝醪。此皆雍州之域，近天子都，故加车一乘，骝驹四。霸、产、丰、涝、泾、渭、长水，皆不在大山川数，以近咸阳，尽得比山川祠，而无诸加。汧、洛二渊，鸣泽、蒲山、岳壻山之属，为小山川，亦皆祷塞泮涸祠，礼不必同。

而雍有日、月、参、辰、南北斗、荧惑、太白、岁星、填星、辰星、二十八宿、风伯、雨师、四海、九臣、十四臣、诸布、诸严、诸逐之属，百有余庙。西亦有数十祠。于湖有周天子祠。于下邽有天神。丰、镐有昭明、天子辟池。于杜、亳有五杜主之祠、寿星祠；而雍、菅庙祠亦有杜主。杜主，故周之右将军，其在秦中最小鬼之神者也。各以岁时奉祠。

唯雍四畤上帝为尊；其光景动人民，唯陈宝。故雍四畤，春以为岁祠祷，因泮冻，秋涸冻，冬赛祠，五月尝驹，及四中之月月祠，陈宝节来一祠。春、夏用骍，秋、冬用骝。畤驹四匹，木寓龙一驷，木寓车马一驷，各如其帝色。黄犊羔各四，圭币各有数，皆生瘗埋，无俎豆之具。三年一郊。秦以十月为岁首，故常以十月上宿郊见，通权火，拜于咸阳之旁，而衣上白，其用如经祠云。西畤、畦畤，祠如其故，上不亲往。

诸此祠皆太祝常主，以岁时奉祠之。至如它名山川诸神及八神之属，上过则祠，去则已。郡县远方祠者，民各自奉祠，不领于天子之祝官。祝官有秘祝，即有灾祥，辄祝祠移过于下。

汉兴，高祖初起，杀大蛇，有物曰："蛇，白帝子，而杀者赤帝子。"及高祖祷丰枌榆社，徇沛，为沛公，则祀蚩尤，衅鼓旗。遂以十月至霸上，立为汉王。因以十月为年首。色上赤。

二年冬，东击项籍而还入关，问："故秦时上帝祠何帝也？"对曰："四帝，有白、青、黄、赤帝之祠。"高祖曰："吾闻天有五帝，而四，何也？"莫知其说。于是高祖曰："吾知之矣，乃待我而具五也。"乃立黑帝祠，名曰北畤。有司进祠，上不亲往。悉召故秦祀官，复置太祝、太宰，如其故仪礼。因令县为公社。下诏曰："吾甚重祠而敬祭。今上帝之祭及山川诸神当祠者，各以其时礼祠之如故。"

后四岁，天下已定，诏御史令丰治枌榆社，常以时，春以羊、彘祠之。令祝立蚩尤之祠于长安。长安置祠祀官、女巫。其梁巫祠天、地、天社、天水、房中、堂上之属；晋巫祠五帝、东君、云中君、巫社、巫祠、族人炊之属；秦巫祠杜主、巫保、族累之属；荆巫祠堂下、巫先、司命、施糜之属；九天巫祠九天：皆以岁时祠宫中。其河巫祠河于临晋，而南山巫祠南山、秦中。秦中者，二世皇帝也。各有时日。

其后二岁，或言曰周兴而邑立后稷之祠，至今血食天下。于是高祖制诏御史："其令天下立灵星祠，常以岁时祠以牛。"

高祖十年春，有司请令县常以春二月及腊祠稷以羊、彘，民里社各自裁以祠。制曰："可。"

文帝即位十三年，下诏曰："秘祝之官移过于下，朕甚弗取，其除之。"

始，名山大川在诸侯，诸侯祝各自奉祠，天子官不领。及齐、淮南国废，令太祝尽以岁时致礼如故。明年，以岁比登，诏有司增雍五畤路车各一乘，驾被具；西畤、畦畤寓车各一乘，寓马四匹，驾被具；河、湫、汉水，玉加各二；及诸祀皆广坛场，圭币俎豆以差加之。

鲁人公孙臣上书曰："始秦得水德，及汉受之，惟终始传，则汉当土德，土德之应黄龙见。宜改正朔，服色上黄。"时丞相张苍好律历，以为汉乃水德之时，河决金堤，其符也。年始冬十月，色外黑内赤，与德相应。公孙臣言非是，罢之。明年，黄龙见成纪。文帝召公孙臣，拜为博士，与诸生申明土德，草改历、服色事。其夏，下诏曰："有异物之神见于成纪，毋害于民，岁以有年。朕几郊祀上帝诸神，礼官议，毋讳以朕劳。"有司皆曰："古者天子夏亲郊祀上帝于郊，故曰郊。"于是，夏四月文帝始幸雍郊见五畤，祠衣皆上赤。

赵人新垣平以望气见上，言"长安东北有神气，成五采，若人冠冕焉。或曰东北，神明之舍；西方，神明之墓也。天瑞下，宜立祠上帝，以合符应。"于是作渭阳五帝庙，同宇，帝一殿，面五门，各如其帝色。祠所用及仪亦如雍五畤。

明年夏四月，文帝亲拜霸渭之会，以郊见渭阳五帝。五帝庙临渭，其北穿蒲池沟水。

权火举而祠，若光辉然属天焉。于是贵平至上大夫，赐累千金。而使博士诸生刺《六经》中作《王制》，谋议巡狩封禅事。

文帝出长门，若见五人于道北，遂因其直立五帝坛，祠以五牢。其明年，平使人持玉杯，上书阙下献之。平言上曰："阙下有宝玉气来者。"已视之，果有献玉杯者，刻曰"人主延寿"。平又言"臣候日再中"。居顷之，日却复中。于是始更以十七年为元年，令天下大酺。平言曰："周鼎亡在泗水中，今河决通于泗，臣望东北汾阴直有金宝气，意周鼎其出乎？兆见不迎则不至。"于是上使使治庙汾阴南，临河，欲祠出周鼎。人有上书告平所言皆诈也。下吏治，诛夷平。是后，文帝怠于改正服鬼神之事，而渭阳、长门五帝使祠官领，以时致礼，不往焉。

明年，匈奴数入边，兴兵守御。后，岁少不登。数岁而孝景即位。十六年，祠官各以岁时祠如故，无有所兴。

武帝初即位，尤敬鬼神之祀。汉兴已六十余岁矣，天下艾安，缙绅之属皆望天子封禅改正度也，而上向儒术，招贤良。赵绾、王臧等以文学为公卿，欲议古立明堂城南，以朝诸侯，草巡狩封禅、改历服色事，未就。窦太后不好儒术，使人微伺赵绾等奸利事，按绾臧，绾臧自杀，诸所兴为皆废。六年，窦太后崩。其明年，征文学之士。

明年，上初至雍，郊见五畤。后常三岁一郊。是时上求神君，舍之上林中档、磃氏馆。神君者，长陵女子，以乳死，见神于先后宛若。宛若祠之其室，民多往祠。平原君亦往祠，其后子孙以尊显。及上即位，则厚礼置祠之内中。闻其言，不见其人云。

是时，李少君亦以祠灶、谷道、却老方见上，上尊之。少君者，故深泽侯人，主方。匿其年及所生长。常自谓七十，能使物，却老。其游以方遍诸侯。无妻子。人闻其能使物及不死，更馈遗之，常余金钱、衣食。人皆以为不治产业而饶给，又不知其何所人，愈信，争事之。少君资好方，善为巧发奇中。常从武安侯宴，坐中有年九十余老人，少君乃言与其大父游射处，老人为儿从其大父，识其处，一坐尽惊。少君见上，上有故铜器，问少君。少君曰："此器齐桓公十年陈于柏寝。"已而按其刻，果齐桓公器。一宫尽骇，以为少君神，数百岁人也。少君言上："祠灶皆可致物，致物而丹沙可化为黄金，黄金成以为饮食器则益寿，益寿而海中蓬莱仙者乃可见之，以封禅则不死，黄帝是也。臣尝游海上，见安期生，安期生食臣枣，大如瓜。安期生仙者，通蓬莱中，合则见人，不合则隐。"于是天子始亲祠灶，遣方士入海求蓬莱安期生之属，而事化丹沙诸药齐为黄金矣。久之，少君病死。天子以为化去不死也，使黄锤史宽舒受其方，而海上燕、齐怪迂之方士多更来言神事矣。

亳人谬忌奏祠泰一方，曰："天神贵者泰一，泰一佐曰五帝。古者天子以春秋祭泰一东南郊，日一太牢，七日，为坛开八通之鬼道。"于是，天子令太祝立其祠长安城东南郊，常奉祠如忌方。其后，人上书言："古者天子三年一用太牢祠三一：天一、地一、泰一。"天子许之，令太祝领祠之于忌泰一坛上，如其方。后人复有言："古天子常以春解祠，祠黄帝用一枭、破镜；冥羊用羊祠；马行用一青牡马；泰一、皋山山君用牛；武夷君用干鱼；阴阳使者以一牛。"令祠官领之如其方，而祠泰一于忌泰一坛旁。

后二年，郊雍，获一角兽，若麃然。有司曰："陛下肃祗郊祀，上帝报享，锡一角兽，盖麟云。"于是以荐五畤，畤加一牛以燎。赐诸侯白金，以风符应合于天也。于是济北王以为天子且封禅，上书献泰山及其旁邑，天子以它县偿之。常山王有罪，迁，天子封其弟真定，以续先王祀，而以常山为郡。然后五岳皆在天子之郡。

明年，齐人少翁以方见上。上有所幸李夫人，夫人卒，少翁以方盖夜致夫人及灶鬼之貌云，天子自帷中望见焉。乃拜少翁为文成将军，赏赐甚多，以客礼礼之。文成言：

"上即欲与通，宫室被服非象神，神物不至。"乃作画云气车，及各以胜日驾车辟恶鬼。又作甘泉宫，中为台室，画天地泰一诸鬼神，而置祭具以致天神。居岁余，其方益衰，神不至。乃帛书以饭牛，阳不知，言此牛腹中有奇书。杀视得书，书言甚怪。天子识其手，问之，果为书。于是诛文成将军，隐之。其后又作柏梁、铜柱、承露仙人掌之属矣。

文成死明年，天子病鼎湖甚，巫医无所不致。游水发根言上郡有巫，病而鬼下之。上召置祠之甘泉。及病，使人问神君，神君言曰："天子无忧病。病少愈，强与我会甘泉。"于是上病愈，遂起，幸甘泉，病良已。大赦，置寿宫神君。神君最贵者曰太一，其佐曰太禁、司命之属，皆从之。非可得见，闻其言，言与人音等。时去时来，来则风肃然。居室帷中，时昼言，然常以夜。天子祓，然后入。因巫为主人，关饮食，所欲言，行下。又置寿宫、北宫，张羽旗，设共具，以礼神君。神君所言，上使受书，其名曰"画法"。其所言，世俗之所知也，无绝殊者，而天子心独熹。其事秘，世莫知也。

后三年，有司言元宜以天瑞，不宜以一二数。一元曰"建"，二元以长星曰"光"，今郊得一角兽曰"狩"云。

其明年，天子郊雍，曰："今上帝朕亲郊，而后土无祀，则礼不答也。"有司与太史令谈、祠官宽舒议："天地牲角，茧栗。今陛下亲祠后土，后土宜于泽中圜丘为五坛，坛一黄犊牢具，已祠尽瘗。而从祠衣上黄。"于是天子东幸汾阴。汾阴男子公孙滂洋等见汾旁有光如绛，上遂立后土祠于汾阴脽上，如宽舒等议。上亲望拜，如上帝礼。礼毕，天子遂至荥阳。还过雒阳，下诏封周后，令奉其祀。语在《武纪》。上始巡幸郡县，寖寻于泰山矣。

其春，乐成侯登上书言栾大。栾大，胶东宫人，故尝与文成将军同师，已而为胶东王尚方。而乐成侯姊为康王后，无子。王死，它姬子立为王，而康后有淫行，与王不相中，相危以法。康后闻文成死，而欲自媚于上，乃遣栾大人，因乐成侯求见言方。天子既诛文成，后悔其方不尽，及见栾大，大说。大为人长美，言多方略，而敢为大言，处之不疑。大言曰："臣常往来海中，见安期、羡门之属，顾以臣为贱，不信臣。又以为康王诸侯耳，不足与方。臣数以言康王，康王又不用臣。臣之师曰：'黄金可成，而河决可塞，不死之药可得，仙人可致也。'然臣恐效文成，则方士皆掩口，恶敢言方哉！"上曰："文成食马肝死耳。子诚能修其方，我何爱乎！"大曰："臣师非有求人，人者求之。陛下必欲致之，则贵其使者，令为亲属，以客礼待之，勿卑，使各佩其信印，乃可使通言于神人，神人尚肯邪不邪，尊其使然后可致也。"于是上使验小方，斗棋，棋自相触击。

是时，上方忧河决而黄金不就，乃拜大为五利将军。居月余，得四印，得天士将军、地士将军、大通将军印。制诏御史："昔禹疏九河，决四渎。间者，河溢皋陆，堤徭不息。朕临天下二十有八年，天若遗朕士而大通焉。'乾'称'飞龙'，'鸿渐于般'，朕意庶几与焉。其以二千户封地士将军大为乐通侯。"赐列侯甲第，童千人。乘舆斥车马帷帐器物以充其家。又以卫长公主妻之，赍金十万斤，更名其邑曰当利公主。天子亲如五利之弟，使者存问共给，相属于道。自大主将相以下，皆置酒其家，献遗之。天子又刻玉印曰"天道将军"，使使衣羽衣，夜立白茅上，五利将军亦衣羽衣，立白茅上受印，以视不臣也。而佩"天道"者，且为天子道天神也。于是五利常夜祠其家，欲以下神。后装治行，东入海求其师云。大见数月，佩六印，贵震天下。而海上燕、齐之间，莫不扼腕而自言有禁方能神仙矣。

其夏六月，汾阴巫锦为民祠魏脽后土营旁，见地如钩状，掊视得鼎。鼎大异于众鼎，文镂无款识，怪之，言吏。吏告河东太守胜，胜以闻。天子使验问巫得鼎无奸诈，乃以礼祠，迎鼎至甘泉，从上行，荐之。至中山，晏温，有黄云焉。有鹿过，上自射之，因之以祭云。至长安，公卿大夫皆议尊宝鼎。天子曰："间者河溢，岁数不登，胡巡祭后土，祈为百姓育谷。今年丰茂未报，鼎曷为出哉？"有司皆言："闻昔泰帝兴神鼎一，一者一统，天地万物所系象也。黄帝作宝鼎三，象天、地、人。禹收九牧之金，铸九鼎，象九州。皆尝鬺享上帝鬼神。其空足曰鬲，以象三德，飨承天祜。夏德衰，鼎迁于殷；殷德衰，鼎迁于周。周德衰，鼎迁于秦；秦德衰，宋之社亡，鼎乃沦伏而不见。《周颂》曰：'自堂徂基，自羊徂牛，鼐鼎及鼒'，'不吴不敖，胡考之休。'今鼎至甘泉，以光润龙变，承休无疆。合兹中山，有黄白云降，盖若兽之为符，路弓乘矢，集获坛下，报祠大享。唯受命而帝者心知其意而合德焉。鼎宜视宗祢庙，臧于帝庭，以合明应。"制曰："可。"

入海求蓬莱者，言蓬莱不远，而不能至者，殆不见其气。上乃遣望气佐候其气云。

其秋，上雍，且郊。或曰"五帝，泰一之佐也，宜立泰一而上亲郊之"。上疑未定。

齐人公孙卿曰："今年得宝鼎，其冬辛巳朔旦冬至，与黄帝时等。"卿有札书曰："黄帝得宝鼎冕候，问于鬼臾区，鬼臾区对曰'黄帝得宝鼎神策，是岁己酉朔旦冬至，得天之纪，终而复始。'于是黄帝迎日推策，后率二十岁复朔旦冬至，凡二十推，三百八十年，黄帝仙登于天。"卿因所忠欲奏之。所忠视其书不经，疑其妄言，谢曰："宝鼎事已决矣。尚何以为！"卿因嬖人奏之。上大说，乃召问卿。对曰："受此书申公，申公已死。"上曰："申公何人也？"卿曰："齐人，与安期生通，受黄帝言，无书，独有此鼎书。曰'汉兴复当黄帝之时'。曰：'汉之圣者，在高祖之孙且曾孙也。宝鼎出而与神通，封禅。封禅七十二王，唯黄帝得上泰山封。'申公曰：'汉帝亦当上封禅，封禅则能仙登天矣。黄帝万诸侯，而神灵之封君七千。天下名山八，而三在蛮夷，五在中国。中国华山、首山、太室山、泰山、东莱山，此五山黄帝之所常游，与神会。黄帝且战且学仙，患百姓非其道，乃断斩非鬼神者。百余岁然后得与神通。黄帝郊雍上帝，宿三月。鬼臾区号大鸿，死葬雍，故鸿冢是也。其后黄帝接万灵明庭。明庭者，甘泉也。所谓寒门者，谷口也。黄帝采首山铜，铸鼎于荆山下。鼎既成，有龙垂大胡髯下迎黄帝。黄帝上骑，群臣后宫从上龙七十余人，龙乃上去。余小臣不得上，乃悉持龙髯，龙髯拔，堕，堕黄帝之弓。百姓印望黄帝既上天，乃抱其弓与龙髯号，故后世因名其处曰鼎湖，其弓曰乌号'。"于是天子曰："嗟乎！诚得如黄帝，吾视去妻子如脱屣耳。"拜卿为郎，使东候神于太室。

上遂郊雍，至陇西，登空桐，幸甘泉。令祠官宽舒等具泰一祠坛，祠坛放亳忌泰一坛，三陔。五帝坛环居其下，各如其方。黄帝西南，除八通鬼道。泰一所用，如雍一畤物，而加醴枣脯之属，杀一牦牛以为俎豆牢具。而五帝独有俎豆醴进。其下四方地，为腏，食群神从者及北斗云。已祠，胙余皆燎之。其牛色白，白鹿居其中，彘在鹿中，鹿中水而酒之。祭日以牛，祭月以羊彘特。泰一祝宰则衣紫及绣，五帝各如其色，日赤，月白。

十一月辛巳朔旦冬至，昒爽，天子始郊拜泰一。朝朝日，夕夕月，则揖；而见泰一如雍郊礼。其赞飨曰："天始以宝鼎神策授皇帝，朔而又朔，终而复始，皇帝敬拜见焉。"而衣上黄。其祠列火满坛，坛旁亨炊具。有司云"祠上有光"。公卿言"皇帝始郊见泰一云阳，有司奉瑄玉嘉牲荐飨，是夜有美光，及昼，黄气上属天。"太史令谈、祠官宽舒等曰："神灵之休，祐福兆祥，宜因此地光域立泰畤坛以明应。令太祝领，秋及腊间祠。三岁天子一郊见。"

其秋，为伐南越，告祷泰一，以牡荆画幡日、月、北斗、登龙，以象太一三星，为泰一锋旗，命曰"灵旗"。为兵祷，则太史奉以指所伐国。而五利将军使不敢入海，之泰山祠。上使人随验，实无所见。五利妄言见其师，其方尽，多不雠。上乃诛五利。

其冬，公孙卿候神河南，言见仙人迹缑氏城上，有物如雉，往来城上。天子亲幸缑氏视迹，问卿："得毋效文成、五利乎？"卿曰："仙者非有求人主，人主者求之。其道非少宽暇，神不来。言神事，如迂诞，积以岁，乃可致。"于是郡国各除道，缮治宫馆名山神祠所，以望幸矣。

其春，既灭南越，嬖臣李延年以好音见。上善之，下公卿议，曰："民间祠有鼓舞乐，今郊祀而无乐，岂称乎？"公卿曰："古者祠天地皆有乐，而神祇可得而礼。"或曰："泰帝使素女鼓五十弦瑟，悲，帝禁不止，故破其瑟为二十五弦。"于是塞南越，祷祠泰一、后土，始用乐舞。益召歌儿，作二十五弦及空侯瑟自此起。

其来年冬，上议曰："古者先振兵释旅，然后封禅。"及遂北巡朔方，勒兵十余万骑，还祭黄帝冢桥山，释兵凉如。上曰："吾闻黄帝不死。有冢，何也？"或对曰："黄帝以仙上天，君臣葬其衣冠。"既至甘泉，为且用事泰山，先类祠泰一。

自得宝鼎，上与公卿诸生议封禅。封禅用希旷绝，莫知其仪体，而群儒采封禅《尚书》、《周官》、《王制》之望祀射牛事。齐人丁公年九十余，曰："封禅者，古不死之名也。秦皇帝不得上封。陛下必欲上，稍上即无风雨，遂上封矣。"上于是乃令诸儒习射牛，草封禅仪。数年，至且行。天子既闻公孙卿及方士之言，黄帝以上封禅皆致怪物与神通，欲放黄帝以接神人蓬莱，高世比德于九皇，而颇采儒术以文之。群儒既已不能辩明封禅事，又拘于《诗》、《书》古文而不敢骋。上为封祠器视群儒，群儒或曰"不与古同"，徐偃又曰"太常诸生行礼不如鲁善"，周霸属图封事，于是上黜偃、霸，而尽罢诸儒弗用。

三月，乃东幸缑氏，礼登中岳太室。从官在山上闻若有言"万岁"云。问上，上不言；问下，下不言。乃令祠官加增太室祠，禁毋伐其山木，以山下户凡三百封崇高，为之奉邑，独给祠，复无有所与。上因东上泰山，泰山草木未生，乃令人上石立之泰山颠。上遂东巡海上，行礼祠八神。齐人之上疏言神怪、奇方者以万数，乃益发船，令言海中神山者数千人求蓬莱神人。公孙卿持节常先行候名山，至东莱，言夜见大人，长数丈，就之则不见，见其迹甚大，类禽兽云。群臣有言见一老父牵狗，言"吾欲见巨公"，已忽不见。上既见大迹，未信，及群臣又言老父，则大以为仙人也。宿留海上，与方士传车，及间使求神仙人以千数。

四月，还至奉高。上念诸儒及方士言封禅人殊，不经，难施行。天子至梁父，礼祠地主。至乙卯，令侍中儒者皮弁缙绅，射牛行事。封泰山下东方，如郊祠泰一之礼。封广丈二尺，高九尺，其下则有玉牒书，书秘。礼毕，天子独与侍中奉车子侯上泰山，亦有封。其事皆禁。明日，下阴道。丙辰，禅泰山下阯东北肃然山，如祭后土礼。天子皆亲拜见，衣上黄用尽而乐焉。江、淮间一茅三脊为神藉。五色土益杂封。纵远方奇兽飞禽及白雉诸物，颇以加祠。兕牛象犀之属不用。皆至泰山，然后去。封禅祠，其夜若有光，昼有白云出封中。

天子从禅还，坐明堂，群臣更上寿。下诏改元封元年。语在《武纪》。又曰："古者天子五载一巡狩，用事泰山，诸侯有朝宿地。其令诸侯各治邸泰山下。"

天子既已封泰山，无风雨，而方士更言蓬莱诸神若将可得，于是上欣然庶几遇之，复东至海上望焉。奉车子侯暴病，一日死。上乃遂去，并海上，北至碣石，巡自辽西，历北边至九原。五月，乃至甘泉，周万八千里云。

其秋，有星孛于东井。后十余日，有星孛于三能。望气王朔言："候独见填星出如瓜，食顷，复入。"有司皆曰："陛下建汉家封禅，天其报德星云。"

其来年冬，郊雍五帝。还，拜祝祠泰一。赞飨曰："德星昭衍，厥维休祥。寿星乃出，渊耀光明。信星昭见，皇帝敬拜泰祝之享。"

其春，公孙卿言见神人东莱山，若云"欲见天子"。天子于是幸缑氏城，拜卿为中大夫。遂至东莱，宿，留之数日，毋所见，见大人迹云。复遣方士求神人采药以千数。是岁旱。天子既出亡名，乃祷万里沙，过祠泰山。还至瓠子，自临塞决河，留二日，湛祠而去。

卷二十五下

郊祀志第五下

是时既灭两粤，粤人勇之乃言："粤人俗鬼，而其祠皆见鬼，数有效。昔东瓯王敬鬼，寿百六十岁。后世怠嫚，故衰耗。"乃命粤巫立粤祝祠，安台无坛，亦祠天神帝百鬼，而以鸡卜。上信之，粤祠鸡卜自此始用。

公孙卿曰："仙人可见，上往常遽，以故不见。今陛下可为馆如缑氏城，置脯枣，神人宜可致。且仙人好楼居。"于是上令长安则作飞廉、桂馆，甘泉则作益寿、延寿馆，使卿持节设具而候神人。乃作通天台，置祠具其下，将招来神仙之属。于是甘泉更置前殿，始广诸宫室。夏，有芝生甘泉殿房内中。天子为塞河，兴通天，若有光云，乃下诏："甘泉房中生芝九茎，赦天下，毋令复作。"

其明年，伐朝鲜。夏，旱。公孙卿曰："黄帝时，封则天旱，干封三年。"上乃下诏："天旱，意干封乎？其令天下尊祠灵星焉。"

明年，上郊雍五畤，通回中道，遂北出萧关，历独鹿、鸣泽，自西河归，幸河东祠后土。

明年冬，上巡南郡，至江陵而东。登礼潜之天柱山，号曰南岳。浮江，自浔阳出枞阳，过彭蠡，礼其名山川。北至琅邪，并海上。四月，至奉高修封焉。

初，天子封泰山，泰山东北阯古时有明堂处，处险不敞。上欲治明堂奉高旁，未晓其制度。济南人公玉带上黄帝时明堂图。明堂中有一殿，四面无壁，以茅盖。通水，水圜宫垣，为复道，上有楼，从西南入，名曰昆仑。天子从之入，以拜祀上帝焉。于是上令奉高作明堂汶上，如带图。及是岁修封，则祠泰一、五帝于明堂上坐，合高皇帝祠坐对之。祠后土于下房，以二十太牢。天子从昆仑道入，始拜明堂如郊礼。毕，燎堂下。而上又上泰山，自有秘祠其颠。而泰山下祠五帝，各如其方，黄帝并赤帝所，有司侍祠焉。山上举火，下悉应之。还幸甘泉，郊泰畤。春幸汾阴，祠后土。

明年，幸泰山，以十一月甲子朔旦冬至日祀上帝于明堂，后每修封。其赞飨曰："天增授皇帝泰元神策，周而复始。皇帝敬拜泰一。"东至海上，考入海及方士求神者，莫验，然益遣，几遇之。乙酉，柏梁灾。十二月甲午朔，上亲禅高里，祠后土。临勃海，将以望祀蓬莱之属，几至殊庭焉。

上还，以柏梁灾故，受计甘泉。公孙卿曰："黄帝就青灵台，十二日烧，黄帝乃治明庭。

明庭，甘泉也。”方士多言古帝王有都甘泉者。其后天子又朝诸侯甘泉，甘泉作诸侯邸。勇之乃曰：“粤俗有火灾，复起屋，必以大，用胜服之。”于是作健章宫，度为千门万户。前殿度高未央。其东则凤阙，高二十余丈。其西则商中，数十里虎圈。其北治大池，渐台高二十余丈，名曰泰液，池中有蓬莱、方丈、瀛州、壶梁，象海中神山龟鱼之属。其南有玉堂璧门大鸟之属。立神明台、井干楼，高五十丈，辇道相属焉。

夏，汉改历，以正月为岁首，而色上黄，官更印章以五字，因为太初元年。是岁，西伐大宛，蝗大起。丁夫人、雒阳虞初等以方祠诅匈奴、大宛焉。

明年，有司言雍五畤无牢孰具，芬芳不备。乃令祠官进畤犊牢具，色食所胜，而以木寓马代驹云。及诸名山川用驹者，悉以木寓马代。独行过亲祠，乃用驹，它礼如故。

明年，东巡海上，考神仙之属，未有验者。方士有言：黄帝时为五城十二楼，以候神人于执期，名曰迎年。上许作之如方，名曰明年。上亲礼祠，上犊黄焉。

公玉带曰：“黄帝时虽封泰山，然风后、封巨、岐伯令黄帝封东泰山，禅凡山，合符，然后不死。”天子既令设祠具，至东泰山，东泰山卑小，不称其声，乃令祠官礼之而不封焉。其后令带奉祠候神物。复还泰山，修五年之礼如前，而加禅祠石闾。石闾者，在泰山下阯南方，方士言仙人闾也，故上亲禅焉。

其后五年，复至泰山修封，还过祭恒山。

自封泰山后，十三岁而周遍于五岳、四渎矣。

后五年，复至泰山修封。东幸琅邪，礼日成山，登之罘，浮大海，用事八神延年。又祠神人于交门宫，若有向坐拜者云。

后五年，上复修封于泰山。东游东莱，临大海。是岁，雍县无云如雷者三，或如虹气苍黄，若飞鸟集棫阳宫南，声闻四百里。陨石二，黑如黳，有司以为美祥，以荐宗庙。而方士之候神入海求蓬莱者终无验，公孙卿犹以大人之迹为解。天子犹羁縻不绝，几遇其真。

诸所兴，如薄忌泰一及三一、冥羊、马行、赤星，五床。宽舒之祠官以岁时致礼。凡六祠，皆大祝领之。至如八神，诸明年、凡山它名祠，行过则祠，去则已。方士所兴祠，各自主，其人终则已，祠官不主。它祠皆如故。甘泉泰一、汾阴后土，三年亲郊祠，而泰山五年一修封。武帝凡五修封。昭帝即位，富于春秋，未尝亲巡祭云。

宣帝即位，由武帝正统兴，故立三年，尊孝武庙为世宗，行所巡狩郡国皆立庙。告祠世宗庙日，有白鹤集后庭。以立世宗庙告祠孝昭寝，有雁五色集殿前。西河筑世宗庙，神光兴于殿旁，有鸟如白鹤，前赤后青。神光又兴于房中，如烛状。广川国世宗庙殿上有钟音，门户大开，夜有光，殿上尽明。上乃下诏赦天下。

时，大将军霍光辅政，上共己正南面，非宗庙之祀不出。十二年，乃下诏曰：“盖闻天子尊事天地，修祀山川，古今通礼也。间者，上帝之祠阙而不亲十有余年，朕甚惧焉。朕亲饬躬斋戒，亲奉祀，为百姓蒙嘉气，获丰年焉。”

明年正月，上始幸甘泉，郊见泰畤，数有美祥。修武帝故事，盛车服，敬斋祠之礼，颇作诗歌。

其三月，幸河东，祠后土，有神爵集，改元为神爵。制诏太常：“夫江海，百川之大者也，今阙焉无祠。其令祠官以礼为岁事，以四时祠江海雒水，祈为天下丰年焉。”自是五岳、四渎皆有常礼。东岳泰山于博，中岳泰室于嵩高，南岳潜山于潜，西岳华山于华阴，北岳常山于上曲阳，河于临晋，江于江都，淮于平氏，济于临邑界中，皆使者持节侍祠。唯泰山与河岁五祠，江水四，余皆一祷而三祠云。

时，南郡获白虎，献其皮牙爪，上为立祠。又以方士言，为随侯、剑宝、玉宝璧、周康宝鼎立四祠于未央宫中。又祠太室山于即墨，三户山于下密，祠天封苑火井于鸿门。又立岁星、辰星、太白、荧惑、南斗祠于长安城旁。又祠参山八神于曲城，蓬山石社、石鼓于临朐，之罘山于腄，成山于不夜，莱山于黄。成山祠日，莱山祠月。又祠四时于琅邪，蚩尤于寿良。京师近县，鄠则有劳谷、五床山、日月、五帝、仙人、玉女祠；云阳有径路神祠，祭休屠王也。又立五龙山仙人祠及黄帝、天神帝、原水凡四祠于肤施。

或言益州有金马、碧鸡之神，可醮祭而致，于是遣谏大夫王褒使持节而求之。

大夫刘更生献淮南枕中洪宝苑秘之方，令尚方铸作。事不验，更生坐论。京兆尹张敞上疏谏曰："愿明主时忘车马之好，斥远方士之虚语，游心帝王之术，太平庶几可兴也。"后尚方待诏皆罢。

是时，美阳得鼎，献之。下有司议，多以为宜荐见宗庙，如元鼎时故事。张敞好古文字，桉鼎铭勒而上议曰："臣闻周祖始乎后稷，后稷封于斄，公刘发迹于豳，大王建国于歧、梁，文、武兴于丰、镐。由此言之，则歧、梁、丰、镐之间周旧居也，固宜有宗庙、坛场祭祀之臧。今鼎出于歧东，中有刻书曰：王命尸臣：'官此栒邑，赐尔旂鸾、黼黻、琱戈。'尸臣拜手稽首曰：'敢对扬天子丕显休命。'臣愚不足以迹古文，窃以传记言之，此鼎殆周之所以褒赐大臣，大臣子孙刻铭其先功，臧之于宫庙也。昔宝鼎之出于汾脽也，河东太守以闻，诏曰：'朕巡祭后土，祈为百姓蒙丰年，今谷嗛未报，鼎焉为出哉？'博问耆老，意旧藏与，诚欲考得事实也。有司验脽上非旧臧处，鼎大八尺一寸，高三尺六寸，殊异于众鼎。今此鼎细小，又有款识，不宜荐见于宗庙。"制曰："京兆尹议是。"

上自幸河东之明年正月，凤凰集祋，于所集处得玉宝，起步寿宫，乃下诏赦天下。后间岁，凤凰、神爵、甘露降集京师，赦天下。其冬，凤凰集上林，乃作凤凰殿，以答嘉瑞。明年正月复幸甘泉，郊泰畤，改元曰五凤。明年，幸雍祠五畤。其明年春，幸河东，祠后土，赦天下。后间岁，改元为甘露。正月，上幸甘泉，郊泰畤。其夏，黄龙见新丰。建章、未央、长乐宫钟虡铜人皆生毛，长一寸所，时以为美祥。后间岁正月，上郊泰畤，因朝单于于甘泉宫。所间岁，改元为黄龙。正月，复幸甘泉，郊泰畤，又朝单于于甘泉宫。至冬而崩。凤凰下郡国凡五十余所。

元帝即位，遵旧仪，间岁正月，一幸甘泉郊泰畤，又东至河东祠后土，西至雍祠五畤。凡五奉泰畤、后土之祠。亦施恩泽，时所过毋出田租，赐百户牛酒，或赐爵，赦罪人。

元帝好儒，贡禹、韦玄成、匡衡等相继为公卿。禹建言汉家宗庙祭祀多不应古礼，上是其言。后韦玄成为丞相，议罢郡国庙，自太上皇、孝惠帝诸园寝庙皆罢。后元帝寝疾，梦神灵谴罢诸庙祠，上遂复焉。后或罢或复，至哀、平不定。语在《韦玄成传》。

成帝初即位，丞相衡、御史大夫谭奏言："帝王之事莫大乎承天之序，承天之序莫重于郊祀，故圣王尽心极虑以建其制。祭天于南郊，就阳之义也；瘗地于北郊，即阴之象也。天之于天子也，因其所都而各飨焉。往者，孝武皇帝居甘泉宫，即于云阳立泰畤，祭于宫南。今行常幸长安，郊见皇天，反北之泰阴，祠后土，反东之少阳，事与古制殊。又至云阳，行溪谷中，阸陕且百里，汾阴则渡大川，有风波舟楫之危，皆非圣主所宜数乘，郡县治道共张，吏民困苦，百官烦费。劳所保之民，行危险之地，难以奉神灵而祈福祐，殆未合于承天子民之意。昔者周文武郊于丰、镐，成王郊于雒邑。由此观之，天随王者所居而飨之，可见也。甘泉泰畤、河东后土之祠宜可徙置长安，合于古帝王。愿与群臣议定。"奏可。大司马车骑将军许嘉等八人以为：所从来久远，宜如故。右将军王商、博士师丹、议郎翟方进等五十人以为《礼记》曰"燔柴于太坛，祭天也；瘗薶于大折，祭地也。"兆于南郊，所以定天位也。祭地于大折，在北郊，就阴位也。郊处各在圣王所都之南北。《书》曰："越三日丁巳，用牲于郊，牛二。"周公加牲，告徙新邑，定郊礼于雒。明王圣主，事天明，事地察。天地明察，神明章矣。天地以王者为主，故圣王制祭天地之礼必于国郊。长安，圣主之居，皇天所观视也。甘泉、河东之祠非神灵所飨，宜徙就正阳大阴之处。违俗复古，循圣制，定天位，如礼便。于是衡、谭奏议曰："陛下圣，德聪明上通，承天之大典，览群下，使各悉心尽虑，议郊祀之处，天下幸甚。臣闻广谋从众，则合于天心，故《洪范》曰'三人占，则从二人言'，言少从多之义也。论当往古，宜于万民，则依而从之；违道寡与，则废而不行。今议者五十八人，其五十人言当徙之义，皆著于经传，同于上世，便于吏民；八人不案经艺考古制，而以为不宜，无法之议，难以定吉凶。《太誓》曰：'正稽古立功立事，可以永年，丕天之大律。'《诗》曰'毋曰高高在上，陟降厥士，日监在兹'，言天之日监王者之处也。又曰'乃眷西顾，此维予宅'，言天以文王之都为居也。宜于长安定南北郊，为万世基。"天子从之。

既定，衡言："甘泉泰畤紫坛，八觚宣通象八方。五帝坛周环其下，又有群神之坛。以《尚书》禋六宗、望山川、遍群神之义，紫坛有文章、采镂、黼黻之饰及玉、女乐，石坛、仙人祠，瘗鸾路、骍驹、寓龙马，不能得其象于古。臣闻郊柴飨帝之义，埽地而祭，上质也。歌大吕舞《云门》以俟天神，歌太蔟舞《咸池》以俟地祇，其牲用犊，其席槁秸，其器陶匏，皆因天地之性，贵诚上质，不敢修其文也。以为神祇功德至大，虽修精微而备庶物，犹不足以报功，唯至诚为可，故上质不饰，以章天德。紫坛伪饰女乐、鸾路、骍驹、龙马、石坛之属，宜皆勿修。"

衡又言："王者各以其礼制事天地，非因异世所立而继之。今雍鄜、密、上、下畤，本秦侯各以其意所立，非礼之所载术也。汉兴之初，仪制未及定，即且因秦故祠，复立北畤。今既稽古，建定天地之大礼，郊见上帝，青、赤、白、黄、黑五方之帝皆毕陈，各有位馔，祭祀备具。诸侯所妄造，王者不当长遵。及北畤，未定时所立，不宜复修。"天子皆从焉。及陈宝祠，由是皆罢。

明年，上始祀南郊，赦奉郊之县及中都官耐罪囚徒。是岁，衡、谭复条奏："长安厨官、县官给祠郡国候神方士使者所祠，凡六百八十三所，其二百八所应礼及疑无明文，可奉祠如故。其余四百七十五所不应礼，或复重，请毕罢。"奏可。本雍旧祠二百三所，唯山川诸星十五所为应礼云。若诸布、诸严、诸逐，皆罢。杜主有五祠，置其一。又罢高祖所立梁、晋、秦、荆巫、九天、南山、莱中之属，及孝文渭阳、孝武薄忌泰一、三一、黄帝、冥羊、马行、泰一、皋山山君、武夷、夏后启母石、万里沙、八神、延年之属，及孝宣参山、蓬山、之罘、成山、莱山、四时、蚩尤、劳谷，五床、仙人、玉女、径路、黄帝、天神、原水之属，皆罢。候神方士使者副佐、本草待诏七十余人皆归家。

明年，匡衡坐事免官爵。众庶多言不当变动祭祀者。又初罢甘泉泰畤作南郊日，大风坏甘泉竹宫，折拔畤中树木十围以上百余。天子异之，以问刘向。对曰："家人尚不欲绝种祠，况于国之神宝旧畤！且甘泉、汾阴及雍五畤始立，皆有神祇感应，然后营之，非苟而已也。武、宣之世，奉此三神，礼敬敕备，神光尤著。祖宗所立神祇旧位，诚未易动。及陈宝祠，自秦文公至今七百余岁矣，汉兴世世常来，光色赤黄，长四五丈，直祠而息，音声砰隐，野鸡皆雊。每见雍太祝祠以太牢，遣候者乘传驰诣行在所，以为福祥。高祖时五来，文帝二十六来，武帝七十五来，宣帝二十五来，初元元年以来亦二十来，此阳气旧祠也。及汉宗庙之礼，不得擅议，皆祖宗之君与贤臣所共定。古今异制，经无明文，至尊至重，难以疑说正也。前始纳贡禹之议，后人相因，多所动摇。

《易大传》曰：‘诬神者殃及三世。’恐其咎不独止禹等。”上意恨之。

后上以无继嗣故，令皇太后诏有司曰：“盖闻王者承事天地，交接泰一，尊莫著于祭祀。孝武皇帝大圣通明，始建上下之祀，营泰畤于甘泉，定后土于汾阴，而神祇安之，飨国长久，子孙蕃滋，累世遵业，福流于今。今皇帝宽仁孝顺，奉循圣绪，靡有大愆，而久无继嗣。思其咎职，殆在徙南北郊，违先帝之制，改神祇旧位，失天地之心，以妨继嗣之福。春秋六十，未见皇孙，食不甘味，寝不安席，朕甚悼焉。《春秋》大复古，善顺祀。其复甘泉泰畤、汾阴后土如故，及雍五畤、陈宝祠在陈仓者。”天子复亲郊礼如前。又复长安、雍及郡国祠著明者且半。

成帝末年颇好鬼神，亦以无继嗣故，多上书言祭祀方术者，皆得待诏，祠祭上林苑中长安城旁，费用甚多，然无大贵盛者。谷永说上曰：“臣闻：明于天地之性，不可惑以神怪知万物之情，不可罔以非类。诸背仁义之正道，不遵《五经》之法言，而盛称奇怪鬼神，广崇祭祀之方，求报无福之祠，及言世有仙人，服食不终之药，遥兴轻举，登遐倒景，览观悬圃，浮游蓬莱，耕耘五德，朝种暮获，与山石无极，黄冶变化，坚冰淖溺，化色五仓之术者，皆奸人惑众，挟左道，怀诈伪，以欺罔世主。听其言，洋洋满耳，若将可遇；求之，荡荡如系风捕景，终不可得。是以明王距而不听，圣人绝而不语。昔周史苌弘欲以鬼神之术辅尊灵王会朝诸侯，而周室愈微，诸侯愈叛。楚怀王隆祭祀，事鬼神，欲以获福助，却秦师，而兵挫地削，身辱国危。秦始皇初并天下，甘心于神仙之道，遣徐福、韩终之属多赍童男童女入海求神采药，因逃不还，天下怨恨。汉兴，新垣平、齐人少翁、公孙卿、栾大等，皆以仙人黄冶祭祠事鬼使物入海求神采药贵幸，赏赐累千金。大尤尊盛，至妻公主，爵位重累，震动海内。元鼎、元封之际，燕、齐之间方士瞋目扼掔，言有神仙、祭祠致福之术者以万数。其后，平等皆以术穷诈得，诛夷伏辜。至初元中，有天渊玉女、巨鹿神人、轑阳侯师张宗之奸，纷纷复起。夫周、秦之末，三五之隆，已尝专意散财，厚爵禄，竦精神，举天下以求之矣。旷日经年，靡有毫氂之验，足以揆今。《经》曰：‘享多仪，仪不及物，惟曰不享。’《论语》说曰：‘子不语怪神。’唯陛下距绝此类，毋令奸人有以窥朝者。”上善其言。

后成都侯王商为大司马卫将军辅政，杜邺说商曰：“‘东邻杀牛，不如西邻之瀹祭’，言奉天之道，贵以诚质大得民心也。行秽祀丰，犹不蒙祐；德修荐薄，吉必大来。古者坛场有常处，燎禋有常用，赞见有常礼；牺牲玉帛虽备而财不匮，车舆臣役虽动而用不劳。是故每举其礼，助者欢说，大路所历，黎元不知。今甘泉、河东天地郊祀，咸失方位，违阴阳之宜。及雍五畤皆旷远，奉尊之役，休而复起，缮治共张，无解已时，皇天著象，殆可略知。前上甘泉，先驱失道；礼月之夕，奉引复迷。祠后土还，临河当渡，疾风起波，船不可御。又雍大雨，坏平阳宫垣。乃三月甲子，震电灾林光宫门。祥瑞未著，咎征仍臻。迹三郡所奏，皆有变故。不答不飨，何以甚此！《诗》曰‘率由旧章’。旧章，先王法度，文王以之，交神于祀，子孙千亿。宜如异时公卿之议，复还长安南、北郊。”

后数年，成帝崩，皇太后诏有司曰：“皇帝即位，思顺天心，遵经义，定郊礼，天下说喜。惧未有皇孙，故复甘泉泰畤、汾阴后土，庶几获福。皇帝恨难之，卒未得其祐。其复南、北郊长安如故，以顺皇帝之意也。”

哀帝即位，寝疾，博征方术士，京师诸县皆有侍祠使者，尽复前世所常兴诸神祠官，凡七百余所，一岁三万七千祠云。

明年，复令太皇太后诏有司曰：“皇帝孝顺，奉承圣业，靡有解怠，而久疾未瘳。夙夜唯思，殆继体之君不宜改作。其复甘泉泰畤、汾阴后土祠如故。”上亦不能亲至，遣有司行事而礼祠焉。后三年，哀帝崩。

平帝元始五年，大司马王莽奏言："王者父事天，故爵称天子。孔子曰：'人之行莫大于孝，孝莫大于严父，严父莫大于配天。'王者尊其考，欲以配天，缘考之意，欲尊祖，推而上之，遂及始祖。是以周公郊祀后稷以配天，宗祀文王于明堂以配上帝。《礼记》：天子祭天地及山川，岁遍。《春秋穀梁传》以十二月下辛卜，正月上辛郊。高皇帝受命，因雍四畤起北畤，而备五帝，未共天地之祀。孝文十六年用新垣平，初起渭阳五帝庙，祭泰一、地祇，以太祖高皇帝配。日冬至祠泰一，夏至祠地祇，皆并祠五帝，而共一牲，上亲郊拜。后平伏诛，乃不复自亲，而使有司行事。孝武皇帝祠雍，曰：'今上帝朕亲郊，而后土无祠，则礼不答也。'于是元鼎四年十一月甲子始立后土祠于汾阴。或曰，五帝，泰一之佐，宜立泰一。五年十一月癸未始立泰一祠于甘泉，二岁一郊，与雍更祠，亦以高祖配，不岁事天，皆未应古制。建始元年，徙甘泉泰畤、河东后土于长安南北郊。永始元年三月，以未有皇孙，复甘泉、河东祠。绥和二年，以卒不获祐，复长安南、北郊。建平三年，惧孝哀皇帝之疾未瘳，复甘泉、汾阴祠，竟复无福。臣谨与太师孔光、长乐少府平晏、大司农左咸、中垒校尉刘歆、太中大夫朱阳、博士薛顺，议郎国由等六十七人议，皆曰宜如建始时丞相衡等议，复长安南、北郊如故。"

莽又颇改其祭礼，曰："《周官》天地之祀，乐有别有合。其合乐曰'以六律、六钟、五声、八音、六舞大合乐'，祀天神，祭地祇，祀四望，祭山川，享先妣先祖。凡六乐，奏六歌，而天地神祇之物皆至。四望，盖谓日、月、星、海也。三光高而不可得亲，海广大无限界，故其乐同。祀天则天文从，祭地则地理从。三光，天文也；山川，地理也。天地合祭，先祖配天，先妣配地，其谊一也。天地合精，夫妇判合。祭天南郊，则以地配，一体之谊也。天地位皆南向，同席，地在东，共牢而食。高帝、高后配于坛上，西向，后在北，亦同席共牢。牲用茧栗，玄酒陶匏。《礼记》曰天子籍田千亩以事天地，由是言之，宜有黍、稷。天地用牲一，燔燎，瘗薶用牲一，高帝、高后用牲一。天用牲左，及黍、稷燔燎南郊；地用牲右，及黍、稷瘗于北郊。其旦，东向再拜朝日；其夕，西向再拜夕月。然后孝弟之道备，而神祇嘉享，万福降辑。此天地合祀，以祖、妣配者也。其别乐曰'冬日至，于地上之圜丘奏乐六变，则天神皆降；夏日至，于泽中之方丘奏乐八变，则地祇皆出。'天地有常位，不得常合，此其各特祀者也。阴阳之别于日冬、夏至；其会也，以孟春正月上辛若丁。天子亲合祀天地于南郊，以高帝、高后配。阴阳有离合，《易》曰'分阴分阳，迭用柔刚'。以日冬至使有司奉祠南郊，高帝配而望群阳；日夏至使有司奉祭北郊，高后配而望群阴。皆以助致微气，通道幽弱。当此之时，后不省方，故天子不亲而遣有司，所以正承天顺地，复圣王之制，显太祖之功也。渭阳祠勿复修。群望未悉定，定复奏。"奏可。三十余年间，天地之祠五徙焉。

后莽又奏言："《书》曰'类于上帝，禋于六宗'。欧阳、大小夏侯三家说，六宗，皆曰上不及天，下不及地，旁不及四方，在六者之间，助阴阳变化，实一而名六，名实不相应。《礼记》祀典，功施于民则祀之。天文：日、月、星、辰，所昭仰也；地理：山、川、海、泽，所生殖也。《易》有八卦，'乾'、'坤'六子，水火不相逮，雷风不相悖，山泽通气，然后能变化，既成万物也。臣前奏徙甘泉泰畤、汾阴后土皆复于南北郊。谨案《周官》'兆五帝于四郊'，山川各因其方，今五帝兆居在雍五畤，不合于古。又日、月、雷、风、山、泽，《易》卦六子之尊气，所谓六宗也。星、辰、水、火、沟、渎，皆六宗之属也。今或未特祀，或无兆居。谨与太师光、大司徒宫、羲和歆等八十九人议，皆曰：天子父事天，母事地。今称天神曰皇天上帝，泰一兆曰泰畤，而称地祇曰后土，与中央黄灵同，又兆北郊，未有尊称。宜令地祇称皇地后祇，兆曰广畤。《易》曰'方以类聚，物以群分'。分群神以类相从为五部，兆天地之别神：中央帝黄灵后土畤及日庙、北辰、北斗、填星、中宿中宫于长安城之未地兆；东方帝太昊青灵勾芒畤及雷公、风伯庙、岁星、东宿东宫于东郊兆；南方炎帝赤灵祝融畤及荧惑星、南宿南宫于南郊兆；西方帝少皞白灵蓐收畤及太白星、西宿西宫于西郊兆；北方帝颛顼黑灵玄冥畤及月庙、雨师庙、辰星、北宿北宫于北郊兆。”奏可。于是长安旁诸庙兆畤甚盛矣。

莽又言:“帝王建立社稷,百王不易。社者,土也。宗庙,王者所居。稷者,百谷之主,所以奉宗庙,共粢盛,人所食以生活也。王者莫不尊重亲祭,自为之主,礼如宗庙。《诗》曰‘乃立冢土’。又曰‘以御田祖，以祈甘雨’。《礼记》曰‘唯祭宗庙社稷，为越绋而行事’。圣汉兴,礼仪稍定,已有官社,未立官稷。”遂于官社后立官稷,以夏禹配食官社,后稷配食官稷。稷种榖树。徐州牧岁贡五色土各一斗。

莽篡位二年，兴神仙事，以方士苏氏言，起八风台于宫中。台成万金，作乐其上，顺风作液汤。又种五粱禾于殿中，各顺色置其方面，先煮鹤髓、毒冒、犀玉二十余物渍种,计粟斛成一金,言此黄帝谷仙之术也。以乐为黄门郎,令主之。莽遂崇鬼神淫祀,至其末年,自天地六宗以下至诸小鬼神,凡千七百所,用三牲鸟兽三千余种。后不能备,乃以鸡当鹜雁，犬当麋鹿。数下诏自以当仙，语在其《传》。

赞曰:汉兴之初,庶事草创,唯一叔孙生略定朝廷之仪。若乃正朔、服色、郊望之事,数世犹未章焉。至于孝文，始以夏郊，而张苍据水德，公孙臣、贾谊更以为土德，卒不能明。孝武之世，文章为盛，太初改制，而兒宽、司马迁等犹从臣、谊之言，服色数度，遂顺黄德。彼以五德之传，从所不胜，秦在水德，故谓汉据土而克之。刘向父子以为帝出于《震》，故包羲氏始受木德，其后以母传子，终而复始，自神农、黄帝下历唐、虞三代而汉得火焉。故高祖始起，神母夜号，著赤帝之符，旗章遂赤，自得天统矣。昔共工氏以水德间于木、火，与秦同运，非其次序，故皆不永。由是言之，祖宗之制盖有自然之应，顺时宜矣。究观方士祠官之变，谷永之言，不亦正乎！不亦正乎！

卷二十六

天文志第六

凡天文在图籍昭昭可知者，经星常宿中外官凡百一十八名，积数七百八十三星，皆有州国官宫物类之象。其伏见早晚，邪正存亡，虚实阔狭，及五星所行，合散犯守，陵历斗食，彗孛飞流，日月薄食，晕适背穴，抱珥虹蜺，迅雷风袄，怪云变气：此皆阴阳之精，其本在地，而上发于天者也。政失于此，则变见于彼，犹景之象形，响之应声。是以明君睹之而寤，饬身正事，思其咎谢，则祸除而福至，自然之符也。

中宫天极星，其一明者，泰一之常居也，旁三星三公，或曰子属。后句四星，末大星正妃，余三星后宫之属也。环之匡卫十二星，藩臣。皆曰紫宫。

前列直斗口三星，随北耑锐，若见若不见，曰阴德，或曰天一。紫宫左三星曰天枪，右四星曰天棓。后十七星绝汉抵营室，曰客道。

北斗七星，所谓“旋、玑、玉衡，以齐七政”。杓携龙角，衡殷南斗，魁枕参首。用昏建者杓；杓，自华以西南。夜半建者衡；衡，殷中州河、济之间。平旦建者魁；魁，海岱以东北也。斗为帝车，运于中央，临制四海。分阴阳，建四时，均五行，移节度，定诸纪，皆系于斗。

斗魁戴筐六星，曰文昌宫：一曰上将，二曰次将，三曰贵相，四曰司命，五曰司禄，六曰司灾。在魁中，贵人之牢。魁下六星两两而比者，曰三能。三能色齐，君臣和；不齐，为乖戾。柄辅星，明近，辅臣亲强；斥小，疏弱。

杓端有两星：一内为矛，招摇；一外为盾，天蜂。有句圜十五星，属杓，曰贱人之牢。牢中星实则囚多，虚则开出。

天一、枪、棓、矛、盾动摇，角大，兵起。

东宫苍龙，房、心。心为明堂，大星天王，前后星子属。不欲直，直，王失计。房为天府，曰天驷。其阴，右骖。旁有两星曰衿。衿北一星曰辖。东北曲十二星曰旗。旗中四星曰天市。天市中星众者实，其中虚则秏。房南众星曰骑官。

左角，理；右角，将。大角者，天王帝坐廷。其两旁各有三星，鼎足句之，曰摄提。摄提者，直斗杓所指，以建时节，故曰“摄提格”。亢为宗庙，主疾。其南北两大星，曰南门。氐为天根，主疫。尾为九子，曰君臣；斥绝，不和。箕为敖客，后妃之府，曰口舌。火犯守角，则有战。房、心，王者恶之。

南宫朱鸟，权、衡。衡、太微，三光之廷。筐卫十二星，藩臣：西，将；东，相；南四星，执法；中，端门；左右，掖门。掖门内六星，诸侯。其内五星，五帝坐。后聚十五星，曰哀乌郎位；旁一大星，将位也。月、五星顺入，轨道，司其出，所守，天子所诛也。其逆入，若不轨道，以所犯名之；中坐，成形，皆群下不从谋也。金、火尤甚。廷藩西有随星四，名曰少微，士大夫。权，轩辕，黄龙体。前大星，女主象；旁小星，御者后宫属。月、五星守犯者，如衡占。

东井为水事。火入之，一星居其左右，天子且以火为败。东井西曲星曰戉；北，北河；南，南河；两河、天阙间为关梁。舆鬼，鬼祠事；中白者为质。火守南北河，兵起，谷不登。故德成衡，观成潢，伤成戉，祸成井，诛成质。

柳为鸟喙，主木草。七星，颈，为员官，主急事。张，嗉，为厨，主觞客。翼为羽翮，主远客。

轸为车，主风。其旁有一小星，曰长沙，星星不欲明；明与四星等，若五星入轸中，兵大起。轸南众星曰天库，库有五车。车星角，若益众，及不具，亡处车马。

西宫咸池，曰天五潢。五潢，五帝车舍。火入，旱；金，兵；水，水。中有三柱；柱不具，兵起。

奎曰封豨，为沟渎。娄为聚众。胃为天仓。其南从星曰廥积。

昴曰旄头，胡星也，为白衣会。毕曰罕车，为边兵，主弋猎。其大星旁小星为附耳。附耳摇动，有谗乱臣在侧。昴、毕间为天街。其阴，阴国；阳，阳国。

参为白虎，三星直者，是为衡石。下有三星，锐，曰罚，为斩艾事。其外四星，左右肩股也。小三星隅置，曰觜觿，为虎首，主葆旅事。其南有四星，曰天厕。天厕下一星，曰天矢。矢黄则吉；青、白、黑，凶。其西有句曲九星，三处罗列：一曰天旗，二曰天苑，三曰九斿。其东有大星曰狼，狼角变色，多盗贼。下有四星曰弧，直狼。比地有大星，曰南极老人。老人见，治安；不见，兵起。常以秋分时候之南郊。

北宫玄武，虚、危。危为盖屋；虚为哭泣之事。其南有众星，曰羽林天军。军西为垒，或曰戉。旁一大星，北落。北落若微亡，军星动角益稀，及五星犯北落，入军，军起。火、金、水尤甚。火入，军忧；水，水患；木、土，军吉。危东六星，两两而比，曰司寇。

营室为清庙，曰离宫、阁道。汉中四星，曰天驷。旁一星，曰王梁。王梁策马，车骑满野。旁有八星，绝汉，曰天横。天横旁，江星。江星动，以人涉水。

杵、臼四星，在危南。匏瓜，有青黑星守之，鱼盐贵。

南斗为庙，其北建星。建星者，旗也。牵牛为牺牲，其北河鼓。河鼓大星，上将；左，左将；右，右将。婺女，其北织女。织女，天女孙也。

岁星曰东方，春，木；于人五常，仁也；五事，貌也。仁亏貌失，逆春令，伤木气，罚见岁星。岁星所在，国不可伐，可以伐人。超舍而前为赢，退舍为缩。赢，其国有兵不复；缩，其国有忧，其将死，国倾败。所去，失地；所之，得地。一曰，当居不居，国亡；所之，国昌；已居之，又东西去之，国凶，不可举事用兵。安静中度，吉。出入不当其次，必有天祆见其舍也。

岁星赢而东南，《石氏》"见彗星"，《甘氏》"不出三月乃生彗，本类星，末类彗，长二丈"。赢东北，《石氏》"见觉星"，《甘氏》"不出三月乃生天棓，本类星，末锐，长四尺"。缩西南，《石氏》"见欃云，如牛"，《甘氏》"不出三月乃生天枪，左右锐，长数丈"。缩西北，《石氏》"见枪云，如马"，《甘氏》"不出三月乃生天欃，本类星，末锐，长数丈"。《石氏》"枪、欃、棓、彗异状，其殃一也，必有破国乱君，伏死其辜，余殃不尽，为旱、凶、饥、暴疾"。至日行一尺，出二十余日乃入，《甘氏》"其国凶，不可举事用兵"。出而易，"所当之国，是受其殃"。又曰"祆星，不出三年，其下有军，及失地，若国君丧"。

荧惑曰南方，夏，火；礼也，视也。礼亏视失，逆夏令，伤火气，罚见荧惑。逆行一舍二舍为不祥，居之三月国有殃，五月受兵，七月国半亡地，九月地太半亡。因与俱出入，国绝祀。荧惑为乱为贼，为疾为丧，为饥为兵，所居之宿国受殃。殃还至者，虽大当小；居之久殃乃至者，当小反大。已去复还居之，若居之而角者，若动者，绕环之，及乍前乍后，乍左乍右，殃愈甚。一曰，荧惑出则有大兵，入则兵散。周还止息，乃为其死丧。寇乱在其野者亡地，以战不胜。东行疾则兵聚于东方，西行疾则兵聚于西方；其南为丈夫丧，北为女子丧。荧惑，天子理也，故曰虽有明天子，必视荧惑所在。

太白曰西方，秋，金；义也，言也。义亏言失，逆秋令，伤金气，罚见太白。日方南太白居其南，日方北太白居其北，为赢，侯王不宁，用兵进吉退凶。日方南太白居其北，日方北太白居其南，为缩，侯王有忧，用兵退吉进凶。当出不出，当入不入为失舍，不有破军，必有死王之墓，有亡国。一曰，天下匽兵，野有兵者，所当之国大凶。当出不出，未当入而入，天下匽兵，兵在外，入。未当出而出，当入而不入，天下起兵，有至破国。未当出而出，未当入而入，天下举兵，所当之国亡。当期而出，其国昌。出东为东方，入为北方；出西为西方，入为南方。所居久，其国利；易，其乡凶。入七日复出，将军战死。入十日复出，相死之。入又复出，人君恶之。已出三日而复微入，三日乃复盛出，是为耎而伏，其下国有军，其众败将北。已入三日，又复微出，三日乃复盛入，其下国有忧，帅师虽众，敌食其粮，用其兵，虏其帅。出西方，失其行，夷狄败；出东方，失其行，中国败。一曰，出早为月食，晚为天祆及彗星，将发于亡道之国。

太白出而留桑榆间，病其下国。上而疾，未尽期日过参天，病其对国。太白经天，天下革，民更王，是为乱纪，人民流亡。昼见与日争明，强国弱，小国强，女主昌。

太白，兵象也。出而高，用兵深吉浅凶；埤，浅吉深凶。行疾，用兵疾吉迟凶；行迟，用兵迟吉疾凶。角，敢战吉，不敢战凶；击角所指吉，逆之凶。进退左右，用兵进退左右吉，静凶。圜以静，用兵静吉躁凶。出则兵出，入则兵入。象太白吉，反之凶。赤角，战。

太白者，犹军也，而荧惑，忧也。故荧惑从太白，军忧；离之，军舒。出太白之阴，有分军；出其阳，有偏将之战。当其行，太白还之，破军杀将。

辰星，杀伐之气，战斗之象也。与太白俱出东方，皆赤而角，夷狄败，中国胜；与太白俱出西方，皆赤而角，中国败，夷狄胜。

五星分天之中，积于东方，中国大利；积于西方，夷狄用兵者利。

辰星不出，太白为客；辰星出，太白为主人。辰星与太白不相从，虽有军不战。辰星出东方，太白出西方。若辰星出西方，太白出东方，为格，野虽有兵，不战。辰星入太白中，五日乃出，及入而上出，破军杀将，客胜；下出，客亡地。辰星来抵，太白不去，将死。正其上出，破军杀将，客胜；下出，客亡地。视其所指，以名破军。辰星绕环太白，若斗，大战，客胜，主人吏死。辰星过太白，间可椷剑，小战，客胜；居太白前旬三日，军罢；出太白左，小战；历太白右，数万人战，主人吏死；出太白右，去三尺，军急约战。

凡太白所出所直之辰，其国为得位，得位者战胜。所直之辰顺其色而角者胜，其色害者败。太白白比狼，赤比心，黄比参右肩，青比参左肩，黑比奎大星。色胜位，行胜色，行得尽胜之。

辰星曰北方，冬，水；知也，听也。知亏听失，逆冬令，伤水气，罚见辰星。出早为月食，晚为彗星及天祆。一时不出，其时不和；四时不出，天下大饥。失其时而出，为当寒反温，当温反寒。当出不出，是谓击卒，兵大起。与它星遇而斗，天下大乱。出于房、心间，地动。

填星曰中央，季夏，土，信也，思，心也。仁义礼智以信为主，貌言视听以心为正，故四星皆失，填星乃为之动。填星所居，国吉。未当居而居之，若已去而复还居之，国得土，不乃得女子。当居不居，既已居之，又东西去之，国失土，不乃失女，不，有土事若女之忧。居宿久，国福厚；易，福薄。当居不居，为失填，其下国可伐；得者，不可伐。其赢，为王不宁；缩，有军不复。一曰，既已居之又东西去之，其国凶，不可举事用兵。失次而上一舍三舍，有王命不成，不乃大水；失次而下二舍，有后戚，其岁不复，不乃天裂若地动。

凡五星，岁与填合则为内乱，与辰合则为变谋而更事，与荧惑合则为饥，为旱，与太白合则为白衣之会，为水。太白在南，岁在北，名曰牝牡，年谷大孰。太白在北，岁在南，年或有或亡。荧惑与太白合则为丧，不可举事用兵；与填合则为忧，主孽卿；与辰合则为北军，用兵举事大败。填与辰合则将有覆军下师；与太白合则为疾，为内兵。辰与太白合则为变谋，为兵忧。凡岁、荧惑、填、太白四星与辰斗，皆为战，兵不在外，皆为内乱。一曰，火与水合为淬，与金合为铄，不可举事用兵。土与金合国亡地，与木合则国饥，与水合为雍沮，不可举事用兵。木与金合斗，国有内乱。同舍为合，相陵为斗。二星相近者其殃大，二星相远者殃无伤也，从七寸以内必之。

凡月食五星，其国皆亡：岁以饥，荧惑以乱，填以杀，太白强国以战，辰以女乱。月食大角，王者恶之。

凡五星所聚宿，其国王天下：从岁以义，从荧惑以礼，从填以重，从太白以兵，从辰以法。以法者，以法致天下也。三星若合，是谓惊立绝行，其国外内有兵与丧，民人乏饥，改立王公。四星若合，是谓大汤，其国兵丧并起，君子忧，小人流。五星若合，是谓易行：有德受庆，改立王者，掩有四方，子孙蕃昌；亡德受罚，离其国家，灭其宗庙，百姓离去，被满四方。五星皆大，其事亦大；皆小，其事亦小也。

凡五星色：皆圜，白为丧为旱，赤中不平为兵，青为忧为水，黑为疾为多死，黄吉；皆角，赤犯我城，黄地之争，白哭泣之声，青有兵忧，黑水。五星同色，天下匽兵，百姓安宁，歌舞以行，不见灾疾，五谷蕃昌。

凡五星，岁，缓则不行，急则过分，逆则占。荧惑，缓则不出，急则不入，违道则占。填，缓则不建，急则过舍，逆则占。太白，缓则不出，急则不入，逆则占。辰，缓则不出，急则不入，非时则占。五星不失行，则年谷丰昌。

凡以宿星通下之变者，维星散，句星信，则地动。有星守三渊，天下大水，地动，海鱼出。纪星散者山崩，不即有丧。龟、鳖星不居汉中，川有易者。辰星入五车，大水。荧惑入积水，水，兵起；入积薪，旱，兵起；守之，亦然。极后有四星，名曰句星。斗杓后有三星，名曰维星。散者，不相从也。三渊，盖五车之三柱也。天纪属贯索。积薪在北戍西北。积水在北戍东北。

角、亢、氐，沇州。房、心，豫州。尾、箕，幽州。斗，江、湖。牵牛、婺女，扬州。虚、危，青州。营室、东壁，并州。奎、娄、胃，徐州。昴、毕，冀州。觜觿、参，益州。东井、舆鬼，雍州。柳、七星、张，三河。翼、轸，荆州。

甲乙，海外，日月不占。丙丁，江、淮、海、岱。戊己，中州河、济。庚辛，华山以西。壬癸，常山以北。一曰，甲齐，乙东夷，丙楚，丁南夷，戊魏，己韩，庚秦，辛西夷，壬燕、赵，癸北夷。子周，丑翟，寅赵，卯郑，辰邯郸，巳卫，午秦，未中山，申齐，酉鲁，戌吴、越，亥燕、代。

秦之疆，候太白，占狼、弧。吴、楚之疆，候荧惑，占鸟衡。燕、齐之疆，候辰星，占虚、危。宋、郑之疆，候岁星，占房、心。晋之疆，亦候辰星，占参、罚。及秦并吞三晋、燕、代，自河、山以南者中国。中国于四海内则在东南，为阳，阳则日，岁星、荧惑、填星，占于街南，毕主之。其西北则胡、貉、月氏旃裘引弓之民，为阴，阴则月、太白、辰星，占于街北，昴主之。故中国山川东北流，其维，首在陇、蜀，尾没于渤海碣石。是以秦、晋好用兵，复占太白。太白主中国，而胡、貉数侵掠，独占辰星。辰星出入躁疾，常主夷狄，其大经也。

凡五星，早出为赢，赢为客；晚出为缩，缩为主人。五星赢缩，必有天应见杓。

太岁在寅曰摄提格。岁星正月晨出东方，《石氏》曰名监德，在斗、牵牛。失次，杓，早水，晚旱。《甘氏》在建星、婺女。《太初历》在营室、东壁。

在卯曰单阏。二月出，《石氏》曰名降入，在婺女、虚、危。《甘氏》在虚、危。失次，杓，有水灾。《太初》在奎、娄。

在辰曰执徐。三月出，《石氏》曰名青章，在营室、东壁。失次，杓，早旱，晚水。《甘氏》同。《太初》在胃、昴。

在巳曰大荒落。四月出，《石氏》曰名路踵，在奎、娄。《甘氏》同，《太初》在参、罚。

在午曰敦牂。五月出，《石氏》曰名启明，在胃、昴、毕。失次，杓，早旱，晚水。《甘氏》同。《太初》在东井、舆鬼。

在未曰协洽。六月出，《石氏》曰名长烈，在觜觿、参。《甘氏》在参、罚。《太初》在注、张、七星。

在申曰涒滩。七月出。《石氏》曰名天晋，在东井、舆鬼。《甘氏》在弧。《太初》在翼、轸。

在酉曰作詻。八月出。《石氏》曰名长壬，在柳、七星、张。失次，杓，有女丧、民疾。《甘氏》在注、张。失次，杓，有火。《太初》在角、亢。

在戌曰掩茂。九月出，《石氏》曰名天睢，在翼、轸。失次，杓，水。《甘氏》在七星、翼。《太初》在氐、房、心。

在亥曰大渊献。十月出，《石氏》曰名天皇，在角、亢始。《甘氏》在轸、角、亢。《太初》在尾、箕。

在子曰困敦。十一月出，《石氏》曰名天宗，在氐、房始。《甘氏》同。《太初》在建星、牵牛。

在丑曰赤奋若。十二月出，《石氏》曰名天昊，在尾、箕。《甘氏》在心、尾。《太初》在婺女、虚、危。

《甘氏》、《太初历》所以不同者，以星赢缩在前，各录后所见也。其四星亦略如此。

古历五星之推，亡逆行者，至甘氏、石氏《经》，以荧惑、太白为有逆行。夫历者，正行也。古人有言曰："天下太平，五星循度，亡有逆行。日不食朔，月不食望。"夏氏《日月传》曰："日月食尽，主位也；不尽，臣位也。"《星传》曰："日者德也，月者刑也，故曰日食修德，月食修刑。"然而历纪推月食，与二星之逆亡异。荧惑主内乱，太白主兵，月主刑。自周室衰，乱臣贼子师旅数起，刑罚失中，虽其亡乱臣贼子师旅之变，内臣犹不治，四夷犹不服，兵革犹不寝，刑罚犹不错，故二星与月为之失度，三变常见；及有乱臣贼子伏尸流血之兵，大变乃出。甘、石氏见其常然，因以为纪，皆非正行也。《诗》云："彼月而食，则惟其常；此日而食，于何不臧？"《诗传》曰："月食非常也，比之日食犹常也，日食则不臧矣。"谓之小变，可也；谓之正行，非也。故荧惑必行十六舍，去日远而颛恣。太白出西方，进在日前，气盛乃逆行。及月必食于望，亦诛盛也。

国皇星，大而赤，状类南极。所出，其下起兵。兵强，其冲不利。

昭明星，大而白，无角，乍上乍下。所出国，起兵多变。

五残星，出正东，东方之星。其状类辰，去地可六丈，大而黄。

六贼星，出正南，南方之星。去地可六丈，大而赤，数动，有光。

司诡星，出正西，西方之星。去地可六丈，大而白，类太白。

咸汉星，出正北，北方之星。去地可六丈，大而赤，数动，察之中青。

此四星所出非其方，其下有兵，冲不利。

四填星，出四隅，去地可四丈。地维臧光，亦出四隅，去地可二丈，若月始出。所见下，有乱者亡，有德者昌。

烛星，状如太白，其出也不行，见则灭。所烛，城邑乱。

如星非星，如云非云，名曰归邪。归邪出，必有归国者。

星者，金之散气，其本曰人。星众，国吉，少则凶。汉者亦金散气，其本曰水。星多，多水，少则旱，其大经也。

天鼓，有音如雷非雷，音在地而下及地。其所住者，兵发其下。

天狗，状如大流星，有声，其下止地，类狗。所坠及，望之如火光炎炎中天，其下圜如数顷田处，上锐见则有黄色，千里破军杀将。

格泽者，如炎火之状，黄白，起地而上，下大上锐。其见也，不种而获。不有土功，必有大客。

蚩尤之旗，类彗而后曲，象旗。见则王者征伐四方。

旬始，出于北斗旁，状如雄鸡。其怒，青黑色，象伏鳖。

枉矢，状类大流星，蛇行而苍黑，望如有毛目然。

长庚，广如一匹布著天。此星见，起兵。

星坠至地，则石也。

天睲而见景星。景星者，德星也，其状无常，常出于有道之国。

日有中道，月有九行。

中道者，黄道，一曰光道。光道北至东井，去北极近；南至牵牛，去北极远；东至角，西至娄，去极中。夏至至于东井，北近极，故晷短；立八尺之表，而晷景长尺五寸八分。冬至至于牵牛，远极，故晷长；立八尺之表，而晷景长丈三尺一寸四分。春秋分日至娄、角，去极中，而晷中；立八尺之表，而晷景长七尺三寸六分。此日去极远近之差，晷景长短之制也。去极远近难知，要以晷景。晷景者，所以知日之南北也。日，阳也。阳用事则日进而北，昼进而长，阳胜，故为温暑；阴用事则日退而南，昼退而短，阴胜，故为凉寒也。故日进为暑，退为寒。若日之南北失节，晷过而长为常寒，退而短为常燠。此寒燠之表也，故曰为寒暑。一曰，晷长为潦，短为旱，奢为扶。扶者，邪臣进而正臣疏，君子不足，奸人有余。

月有九行者：黑道二，出黄道北；赤道二，出黄道南；白道二，出黄道西；青道二，出黄道东。立春、春分，月东从青道；立秋、秋分，西从白道；立冬、冬至，北从黑道；立夏、夏至，南从赤道。然用之，一决房中道。青赤出阳道，白黑出阴道。若月失节度而妄行，出阳道则旱风，出阴道则阴雨。

凡君行急则日行疾，君行缓则日行迟。日行不可指而知也，故以二至二分之星为候。日东行，星西转。冬至昏，奎八度中；夏至，氐十三度中；春分，柳一度中；秋分，牵牛三度七分中：此其正行也。日行疾，则星西转疾，事势然也。故过中则疾，君行急之感也；不及中则迟，君行缓之象也。

至月行，则以晦朔决之。日冬则南，夏则北；冬至于牵牛，夏至于东井。日之所行为中道，月、五星皆随之也。

箕星为风，东北之星也。东北地事，天位也，故《易》曰“东北丧朋”。及“巽”在东南，为风；风，阳中之阴，大臣之象也，其星，轸也。月去中道，移而东北入箕，若东南入轸，则多风。西方为雨；雨，少阴之位也。月去中道，移而西入毕，则多雨。故《诗》云“月离于毕，俾滂沱矣”，言多雨也。《星传》曰“月入毕则将相有以家犯罪者”，言阴盛也。《书》曰“星有好风，星有好雨，月之从星，则以风雨”，言失中道而东西也。故《星传》曰：“月南入牵牛南戒，民间疾疫；月北入太微，出坐北，若犯坐，则下人谋上。”

一曰月为风雨，日为寒温。冬至日南极，晷长，南不极则温为害；夏至日北极，晷短，北不极则寒为害。故《书》曰“日月之行，则有冬有夏”也。政治变于下，日月运于上矣。月出房北，为雨为阴，为乱为兵；出房南，为旱为夭丧。水旱至冲而应，及五星之变，必然之效也。

两军相当，日晕等，力均；厚长大，有胜；薄短小，亡胜。重抱，大破亡。抱为和，背为不和，为分离相去。直为自立，立兵破军，若曰杀将。抱且戴，有喜。围在中，中胜；在外，外胜。青外赤中，以和相去；赤外青中，以恶相去。气晕先至而后去，居军胜。先至先去，前有利，后有病；后至后去，前病后利；后至先去，前后皆病，居军不胜。见而去，其后发疾，虽胜亡功。见半日以上，功大。白虹屈短，上下锐，有者下大流血。日晕制胜，近期三十日，远期六十日。

其食，食所不利；复生，生所利；不然，食尽为主位。以其直及日所躔加日时，用名其国。

凡望云气，仰而望之，三四百里；平望，在桑榆上，千余里，二千里；登高而望之，下属地者居三千里。云气有居上者，胜。

自华以南，气下黑上赤。嵩高、三河之郊，气正赤。常山以北，气下黑上青。勃、碣、海、岱之间，气皆黑。江、淮之间，气皆白。

徒气白。土功气黄。车气乍高乍下，往往而聚。骑气卑而布。卒气抟。前卑而后高者，疾；前方而后高者，锐；后锐而卑者，却。其气平者其行徐。前高后卑者，不止而反。气相遇者，卑胜高，锐胜方。气来卑而循车道者，不过三四日，去之五六里见。气来高七八尺者，不过五六日，去之十余二十里见。气来高丈余二丈者，不过三四十日，去之五六十里见。

捎云精白者，其将悍，其士怯。其大根而前绝远者，战。精白，其芒低者，战胜；其前赤而卬者，战不胜。陈云如立垣。杼云类杼。柚云抟而耑锐。杓云如绳者，居前竟天，其半半天。蜺云者，类斗旗故。鉤云句曲。诸此云见，以五色占。而泽抟密，其见动人，乃有占；兵必起，占斗其直。

王朔所候，决于日旁。日旁云气，人主象。皆如其形以占。

故北夷之气如群畜穹闾，南夷之气类舟船幡旗。大水处，败军场，破国之虚，下有积泉，金宝上，皆有气，不可不察。海旁蜃气象楼台，广野气成宫阙然。云气各象其山川人民所聚积。故候息耗者，入国邑，视封疆田畴之整治，城郭室屋门户之润泽，次至车服畜产精华。实息者吉，虚耗者凶。

若烟非烟，若云非云，郁郁纷纷，萧索轮囷，是谓庆云。庆云见，喜气也。若雾非雾，衣冠不濡，见则其城被甲而趋。

夫雷电、霞虹、辟历、夜明者，阳气之动者也，春夏则发，秋冬则藏，故候书者亡不司。

天开县物，地动坼绝。山崩及陁，川塞溪垘；水澹地长，泽竭见象。城郭门闾，润息槁枯；宫庙廊第，人民所次。谣俗车服，观民饮食。五谷草木，观其所属。仓府厩库，四通之路。六畜禽兽，所产去就；鱼鳖鸟鼠，观其所处。鬼哭若呼，与人逢遌。讹言，诚然。

凡候岁美恶，谨候岁始。岁始或冬至日，产气始萌。腊明日，人众卒岁，壹会饮食，发阳气，故曰初岁。正月旦，王者岁首；立春，四时之始也。四始者，候之日。

而汉魏鲜集腊明正月旦决八风。风从南，大旱；西南，小旱；西方，有兵；西北，戎叔为，小雨，趣兵；北方，为中岁；东北，为上岁；东方，大水；东南，民有疾疫，岁恶。故八风各与其冲对，课多者为胜。多胜少，久胜亟，疾胜徐。旦至食，为麦；食至日跌，为稷；跌至晡，为黍；晡至下晡，为叔；下晡至日入，为麻。欲终日有云，有风，有日，当其时，深而多实；亡云，有风日，当其时，浅而少实；有云风，亡日，当其时，深而少实；有日，亡云，不风，当其时者稼有败。如食顷，小败；孰五斗米顷，大败。风复起，有云，其稼复起。各以其时用云色占种所宜。雨雪，寒，岁恶。

是日光明，听都邑人民之声。声宫，则岁美，吉；商，有兵；徵，旱；羽，水；角，岁恶。

或从正月旦比数雨。率日食一升，至七升而极；过之，不占。数至十二日，直其月，占水旱。为其环域千里内占，即为天下候，竟正月。月所离列宿，日、风、云，占其国。然必察太岁所在。金，穰；水，毁；木，饥；火，旱。此其大经也。

正月上甲，风从东方来，宜蚕；从西方来，若旦有黄云，恶。

冬至短极，县土炭，炭动，麋鹿解角，兰根出，泉水踊，略以知日至，要决晷景。

夫天运三十岁一小变，百年中变，五百年大变，三大变一纪，三纪而大备，此其在数也。

春秋二百四十二年间，日食三十六，彗星三见，夜常星不见，夜中星陨如雨者各一。当是时，祸乱辄应，周室微弱，上下交怨，杀君三十六，亡国五十二，诸侯奔走不得保其社稷者不可胜数。自是之后，众暴寡，大并小。秦、楚、吴、粤，夷狄也，为强伯。田氏篡齐，三家分晋，并为战国，争于攻取，兵革递起，城邑数屠，因以饥馑疾疫愁苦，臣主共忧患，其察禨祥候星气尤急。近世十二诸侯七国相王，言从横者继踵，而占天文者因时务论书传，故其占验鳞杂米盐，亡可录者。

周卒为秦所灭。始皇之时，十五年间彗星四见，久者八十日，长或竟天。后秦遂以兵内兼六国，外攘四夷，死人如乱麻。又荧惑守心，及天市芒角，色赤如鸡血。始皇既死，適、庶相杀，二世即位，残骨肉，戮将相，太白再经天。因以张楚并兴，兵相跆籍，秦遂以亡。

项羽救巨鹿，枉矢西流。枉矢所触，天下之所伐射，灭亡象也。物莫直于矢，今蛇行不能直而枉者，执矢者亦不正，以象项羽执政乱也。羽遂合从，坑秦人，屠咸阳。凡枉矢之流，以乱伐乱也。

汉元年十月，五星聚于东井，以历推之，从岁星也。此高皇帝受命之符也。故客谓张耳曰："东井秦地，汉王入秦，五星从岁星聚，当以义取天下。"秦王子婴降于枳道，汉王以属吏，宝器、妇女所取，闭宫封门，还军次于霸上，以候诸侯。与秦民约法三章，民亡不归心者，可谓能行义矣，天之所予也。五年遂定天下，即帝位。此明岁星之崇义，东井为秦之地明效也。

三年秋，太白出西方，有光几中，乍北乍南，过期乃入。辰星出四孟。是时，项羽为楚王，而汉已定三秦，与相距荥阳。太白出西方，有光几中，是秦地战将胜，而汉国将兴也。辰星出四孟，易主之表也。后二年，汉灭楚。

七年，月晕，围参、毕七重。占曰："毕、昴间，天街也；街北，胡也；街南，中国也。昴为匈奴，参为赵，毕为边兵。"是岁高皇帝自将兵击匈奴，至平城，为冒顿单于所围，七日乃解。

十二年春，荧惑守心。四月，宫车晏驾。

孝惠二年，天开东北，广十余丈，长二十余丈。地动，阴有余；天裂，阳不足：皆下盛强将害上之变也。其后有吕氏之乱。

孝文后二年正月壬寅，天欃夕出西南。占曰："为兵丧乱。"其六年十一月，匈奴入上郡、云中，汉起三军以卫京师。其四月乙巳，水、木、火三合于东井。占曰："外内有兵与丧，改立王公。东井，秦也。"八月，天狗下梁野，是岁诛反者周殷长安市。其七年六月，文帝崩。其十一月戊戌，土、水合于危。占曰："为雍沮，所当之国不可举事用兵，必受其殃。一曰将覆军。危，齐也。"其七月，火东行，行毕阳，环毕东北，出而西，逆行至昴，即南乃东行。占曰："为丧死寇乱。毕、昴，赵也。"

孝景元年正月癸酉，金、水合于婺女。占曰："为变谋，为兵忧。婺女，粤也，又为齐。"其七月乙丑，金、木、水三合于张。占曰："外内有兵与丧，改立王公。张，周地，今之河南也，又为楚。"其二年七月丙子，火与水晨出东方，因守斗。占曰："其国绝祀。"至其十二月，水、火合于斗。占曰："为淬，不可举事用兵，必受其殃。"一曰："为北军，用兵举事大败。斗，吴也，又为粤。"是岁彗星出西南。其三月，立六皇子为王，王淮阳、汝南、河间、临江、长沙、广川。其三年，吴、楚、胶西、胶东、淄川、济南、赵七国反。吴、楚兵先至功梁，胶西、胶东、淄川三国攻围齐。汉遣大将军周亚夫等戍止河南，以候吴、楚之敝，遂败之。吴王亡走粤，粤攻而杀之。平阳侯败三国之师于齐，咸伏其辜，齐王自杀。汉兵以水攻赵城，城坏，王自杀。六月，立皇子二人、楚元王子一人为王，王胶西、中山、楚。徙济北为淄川王，淮阳为鲁王，汝南为江都王。七月，兵罢。天狗下，占为："破军杀将。狗，又守御类也，天狗所降，以戒守御。"吴、楚攻梁，梁坚城守，遂伏尸流血其下。

三年，填星在娄，几入，还居奎。奎，鲁也。占曰："其国得地为得填。"是岁鲁为国。

四年七月癸未，火入东井，行阴，又以九月己未入舆鬼，戊寅出。占曰："为诛罚，又为火灾。"后二年，有栗氏事。其后未央东阙灾。

中元年，填星当在觜觿、参，去居东井。占曰："亡地，不乃有女忧。"其三年正月丁亥，金、木合于觜觿，为白衣之会。三月丁酉，彗星夜见西北，色白，长丈，在觜觿，且去益小，十五日不见，占曰："必有破国乱君，伏死其辜。觜觿，梁也。"其五月甲午，金、木俱在东井。戊戌，金去木留，守之二十日。占曰："伤成于戊。木为诸侯，诛将行于诸侯也。"其六月壬戌，蓬星见西南，在房南，去房可二丈，大如二斗器，色白；癸亥，在心东北，可长丈所；甲子，在尾北，可六丈；丁卯，在箕北，近汉，稍小，且去时，大如桃。壬申去，凡十日。占曰："蓬星出，必有乱臣。房、心间，天子宫也。"是时，梁王欲为汉嗣，使人杀汉争臣袁盎。汉按诛梁大臣，斧戊用。梁王恐惧，布车入关，伏斧戊谢罪，然后得免。

中三年十一月庚午夕，金、火合于虚，相去一寸。占曰："为铄，为丧。虚，齐也。"

四年四月丙申，金、木合于东井。占曰："为白衣之会。井，秦也。"其五年四月乙巳，水、火合于参。占曰："国不吉。参，梁也。"其六年四月，梁孝王死。五月，城阳王、济阴王死。六月，成阳公主死。出入三月，天子四衣白，临邸第。

后元年五月壬午，火、金合于舆鬼之东北，不至柳，出舆鬼北可五寸。占曰："为铄，有丧。舆鬼，秦也。"丙戌，地大动，铃铃然，民大疫死，棺贵，至秋止。

孝武建元三年三月，有星孛于注、张，历太微，干紫宫，至于天汉。《春秋》"星孛于北斗，齐、鲁、晋之君皆将死乱"。今星孛历五宿，其后济东、胶西、江都王皆坐法削黜自杀，淮阳、衡山谋反而诛。

三年四月，有星孛于天纪，至织女。占曰："织女有女变，天纪为地震。"至四年十月而地动，其后陈皇后废。

六年，荧惑守舆鬼。占曰："为火变，有丧。"是岁高园有火灾，窦太后崩。

元光元年六月，客星见于房。占曰："为兵起。"其二年十一月，单于将十万骑入武州，汉遣兵三十余万以待之。

元光中，天星尽摇，上以问候星者。对曰："星摇者，民劳也。"后伐四夷，百姓劳于兵革。

元鼎五年，太白入于天苑。占曰："将以马起兵也。"一曰："马将以军而死耗。"其后以天马故诛大宛，马大死于军。

元鼎中，荧惑守南斗。占曰："荧惑所守，为乱贼丧兵；守之久，其国绝祀。南斗，越分也。"其后越相吕嘉杀其王及太后，汉兵诛之，灭其国。

元封中，星孛于河戍。占曰："南戍为越门，北戍为胡门。"其后汉兵击拔朝鲜，以为乐浪、玄菟郡。朝鲜在海中，越之象也；居北方，胡之域也。

太初中，星孛于招摇。《星传》曰："客星守招摇，蛮夷有乱，民死君。"其后汉兵击大宛，斩其王。招摇，远夷之分也。

孝昭始元中，汉宦者梁成恢及燕王候星者吴莫如见蓬星出西方天市东门，行过河鼓，入营室中。恢曰："蓬星出六十日，不出三年，下有乱臣戮死于市。"后太白出西方，下行一舍，复上行二舍而下去。太白主兵，上复下，将有戮死者。后太白出东方、入咸池，东下入东井。人臣不忠，有谋上者。后太白入太微西藩第一星，北出东藩第一星，北东下去。太微者，天廷也，太白行其中，宫门当闭，大将被甲兵，邪臣伏诛。荧惑在娄，逆行至奎，法曰“当有兵”。后太白入昴。莫如曰：“蓬星出西方，当有大臣戮死者。太白星入东井、太微廷，出东门，汉有死将。”后荧惑出东方，守太白。兵当起，主人不胜。后流星下燕万载宫极，东去，法曰“国恐，有诛”。其后左将军桀、骠骑将军安与长公主、燕刺王谋作乱，咸伏其辜，兵诛乌桓。

元凤四年九月，客星在紫宫中斗枢极间。占曰：“为兵。”其五年六月，发三辅郡国少年诣北军。五年四月，烛星见奎、娄间。占曰：“有土功，胡人死，边城和。”其六年正月，筑辽东、玄菟城。二月，度辽将军范明友击乌桓还。

元平元年正月庚子，日出时有黑云，状如猋风乱鬖，转出西北，东南行，转而西，有顷亡。占曰：“有云如众风，是谓风师，法有大兵。”其后兵起乌孙，五将征匈奴。

二月甲申，晨有大星如月，有众星随而西行，乙酉，牂云如狗，赤色，长尾三枚，夹汉西行。大星如月，大臣之象，众星随之，众皆随从也。天文以东行为顺，西行为逆，此大臣欲行权以安社稷。占曰：“太白散为天狗，为卒起。卒起见，祸无时，臣运柄。牂云为乱君。”到其四月，昌邑王贺行淫辟，立二十七日，大将军霍光白皇太后废贺。

三月丙戌，流星出翼、轸东北，干太微，入紫宫。始出小，且入大，有光。入有顷，声如雷，三鸣止。占曰：“流星入紫宫，天下大凶。”其四月癸未，宫车晏驾。

孝宣本始元年四月壬戌甲夜，辰星与参出西方。其二年七月辛亥夕，辰星与翼出，皆为蚤。占曰：“大臣诛。”其后荧惑守房之钩钤。钩钤，天子之御也。占曰：“不太仆，则奉车，不黜即死也。房、心，天子宫也。房为将相，心为子属也。其地宋，今楚彭城也。”四年七月甲辰，辰星在翼，月犯之。占曰：“兵起，上卿死，将相也。”是日，荧惑入舆鬼天质。占曰：“大臣有诛者，名曰天贼在大人之侧。”

地节元年正月戊午乙夜，月食荧惑，荧惑在角、亢。占曰：“忧在宫中，非贼而盗也。有内乱，谗臣在旁。”其辛酉，荧惑入氐中。氐，天子之宫，荧惑入之，有贼臣。其六月戊戌甲夜，客星又居左右角间，东南指，长可二尺，色白。占曰：“有奸人在宫廷间。”其丙寅，又有客星见贯索东北，南行，至七月癸酉夜入天市，芒炎东南指，其色白。占曰：“有戮卿。”一曰：“有戮王。期皆一年，远二年。”是时，楚王延寿谋逆自杀。四年，故大将军霍光夫人显、将军霍禹、范明友、奉车霍山及诸昆弟宾婚为侍中、诸曹、九卿、郡守皆谋反，咸伏其辜。

黄龙元年三月，客星居王梁东北可九尺，长丈余，西指，出阁道间，至紫宫。其十二月，宫车晏驾。

元帝初元元年四月，客星大如瓜，色青白，在南斗第二星东可四尺，占曰：“为水饥。”其五月，勃海水大溢。六月，关东大饥，民多饿死，琅邪郡人相食。

二年五月，客星见昴分，居卷舌东可五尺，青白色，炎长三寸。占曰：“天下有妄言者。”其十二月，巨鹿都尉谢君男诈为神人，论死，父免官。

五年四月，彗星出西北，赤黄色，长八尺所，后数日长丈余，东北指，在参分。后二岁余，西羌反。

孝成建始元年九月戊子，有流星出文昌，色白，光烛地，长可四丈，大一围，动摇如龙蛇形。有顷，长可五六丈，大四围所，诎折委曲，贯紫宫西，在斗西北子亥间。后诎如环，北方不合，留一刻所。占曰：“文昌为上将贵相。”是时，帝舅王凤为大将军，其后宣帝舅子王商为丞相，皆贵重任政。凤妒商，谮而罢之。商自杀，亲属皆废黜。

四年七月，荧惑逾岁星，居其东北半寸所如连李。时岁星在关星西四尺所，荧惑初从毕口大星东东北往，数日至，往疾去迟。占曰："荧惑与岁星斗，有病君饥岁。"至河平元年三月，旱，伤麦，民食榆皮。二年十二月壬申，太皇太后避时昆明东观。

十一月乙卯，月食填星，星不见，时在舆鬼西北八九尺所。占曰："月食填星，流民千里。"

河平元年三月，流民入函谷关。

河平二年十月下旬，填星在东井轩辕南端大星尺余，岁星在其西北尺所，荧惑在其西北二尺所，皆从西方来。填星贯舆鬼，先到岁星次，荧惑亦贯舆鬼。十一月上旬，岁星、荧惑西去填星，皆西北逆行。占曰："三星若合，是谓惊位，是谓绝行，外内有兵与丧，改立王公。"其十一月丁巳，夜郎王歆大逆不道，牂柯太守立捕杀歆，三年九月甲戌，东郡庄平男子侯母辟兄弟五人群党为盗，攻燔官寺，缚县长吏，盗取印绶，自称将军。三月辛卯，左将军千秋卒，右将军史丹为左将军。四年四月戊申，梁王贺薨。

阳朔元年七月壬子，月犯心星。占曰："其国有忧，若有大丧。房、心为宋，今楚地。"十一月辛未，楚王友薨。

四年闰月庚午，飞星大如缶，出西南，入斗下。占曰："汉使匈奴。"明年，鸿嘉元年正月，匈奴单于雕陶莫皋死。五月甲午，遣中郎将杨兴使吊。

永始二年二月癸未夜，东方有赤色，大三四围，长二三丈，索索如树，南方有大四五围，下行十余丈，皆不至地灭。占曰："东方客之变气，状如树木，以此知四方欲动者。"明年十二月己卯，尉氏男子樊并等谋反，贼杀陈留太守严普及吏民，出囚徒，取库兵，劫略令丞，自称将军，皆诛死。庚子，山阳铁官亡徒苏令等杀伤吏民，篡出囚徒，取库兵，聚党数百人为大贼，逾年经历郡国四十余。一日有两气同时起，并见，而并、令等同月俱发也。

元延元年四月丁酉日餔时，天曜晏，殷殷如雷声，有流星头大如缶，长十余丈，皎然赤白色，从日下东南去。四面或大如盂，或如鸡子，耀耀如雨下，至昏止。郡国皆言星陨。《春秋》星陨如雨为王者失势诸侯起伯之异也。其后王莽遂专国柄。王氏之兴萌于成帝时，是以有星陨之变，后莽遂篡国。

绥和元年正月辛未，有流星从东南入北斗，长数十丈，二刻所息。占曰："大臣有系者。"其年十一月庚子，定陵侯淳于长坐执左道下狱死。

二年春，荧惑守心。二月乙丑，丞相翟方进欲塞灾异，自杀。三月丙戌，宫车晏驾。

哀帝建平元年正月丁未日出时，有著天白气，广如一匹布，长十余丈，西南行，喧如雷，西南行一刻而止，名曰天狗。传曰："言之不从，则有犬祸诗妖。"到其四年正月、二月、三月，民相惊动，喧哗奔走，传行诏筹祠西王母，又曰"从目人当来。"十二月，白气出西南，从地上至天，出参下，贯天厕，广如一匹布，长十余丈，十余日去。占曰："天子有阴病。"其三年十一月壬子，太皇太后诏曰："皇帝宽仁孝顺，奉承圣绪，靡有解怠，而久病未瘳。夙夜惟思，殆继体之君不宜改作。《春秋》大复古，其复甘泉泰畤、汾阴后土如故。"

二年二月，彗星出牵牛七十余日。传曰："彗所以除旧布新也。牵牛，日、月、五星所从起，历数之元，三正之始。彗而出之，改更之象也。其出久者，为其事大也。"其六月甲子，夏贺良等建言当改元易号，增漏刻，诏书改建平二年为太初元年，号曰"陈圣刘太平皇帝，刻漏以百二十为度，八月丁巳，悉复蠲除之，贺良及党与皆伏诛流放。其后卒有王莽篡国之祸。

元寿元年十一月，岁星入太微，逆行干右执法。占曰："大臣有忧，执法者诛，若有罪。"二年十月戊寅，高安侯董贤免大司马位，归第自杀。

卷二十七上

五行志第七上

《易》曰："天垂象，见吉凶，圣人象之；河出图，雒出书，圣人则之。"刘歆以为虑羲氏继天而王，受《河图》，则而画之，八卦是也；禹治洪水，赐《雒书》，法而陈之，《洪范》是也。圣人行其道而宝其真。降及于殷，箕子在父师位而典之。周既克殷，以箕子归，武王亲虚己而问焉。故经曰："惟十有三祀，王访于箕子，王乃言曰：'乌呼，箕子！惟天阴骘下民，相协厥居，我不知其彝伦逌叙。'箕子乃言曰：'我闻在昔，鲧陻洪水，汩陈其五行，帝乃震怒，弗畀《洪范》九畴，彝伦逌斁。鲧则殛死，禹乃嗣兴，天乃锡禹《洪范》九畴，彝伦逌斁叙。'"此武王问《雒书》于箕子，箕子对禹得《雒书》之意也。

"初一曰五行；次二曰羞用五事；次三曰农用八政；次四曰叶用五纪；次五曰建用皇极；次六曰艾用三德；次七曰明用稽疑；次八曰念用庶征；次九曰向用五福，畏用六极。"凡此六十五字，皆《雒书》本文，所谓天乃锡禹大法九章常事所次者也。以为《河图》、《洛书》相为经纬，八卦、九章相为表里。昔殷道弛，文王演《周易》；周道敝，孔子述《春秋》。则"乾"、"坤"之阴阳，效《洪范》之咎徵，天人之道粲然著矣。

汉兴，承秦灭学之后，景、武之世，董仲舒治《公羊春秋》，始推阴阳，为儒者宗。宣、元之后，刘向治《穀梁春秋》，数其祸福，传以《洪范》，与仲舒错。至向子歆治《左氏传》，其《春秋》意亦已乖矣；言《五行传》，又颇不同。是以揽仲舒，别向、歆，传载眭孟、夏侯胜、京房、谷永、李寻之徒，所陈行事，讫于王莽，举十二世，以傅《春秋》，著于篇。

经曰："初一曰五行。五行：一曰水，二曰火，三曰木，四曰金，五曰土。水曰润下，火曰炎上，木曰曲直，金曰从革，土爰稼穑。"

传曰："田猎不宿，饮食不享，出入不节，夺民农时，及有奸谋，则木不曲直。"

说曰："木，东方也。于《易》，地上之木为'观'。其于王事，威仪容貌亦可观者也。故行步有佩玉之度，登车有和鸾之节，田狩有三驱之制，饮食有享献之礼，出入有名，使民以时，务在劝农桑，谋在安百姓：如此，则木得其性矣。若乃田猎驰骋不反宫室，饮食沉湎不顾法度，妄兴繇役以夺民时，作为奸诈以伤民财，则木失其性矣。盖工匠之为轮矢者多伤败，乃木为变怪，是为木不曲直。

《春秋》成公十六年"正月，雨，木冰"。刘歆以为上阳施不下通，下阴施不上达，故雨，而木为之冰，雰气寒，木不曲直也。刘向以为冰者阴之盛而水滞者也，木者少阳，贵臣卿大夫之象也。此人将有害，则阴气胁木，木先寒，故得雨而冰也。是时，叔孙乔如出奔，公子偃诛死。一曰，时晋执季孙行父，又执公，此执辱之异。或曰，今之长老名木冰为"木介"。介者，甲。甲，兵象也，是岁晋有鄢陵之战，楚王伤目而败。属常雨也。

传曰："弃法律，逐功臣，杀太子，以妾为妻，则火不炎上。"

说曰:火，南方，扬光辉为明者也。其于王者，南面向明而治。《书》云:"知人则哲，能官人。"故尧、舜举群贤而命之朝，远四佞而放诸野。孔子曰："浸润之谮、肤受之诉不行焉，可谓明矣。"贤佞分别，官人有序，帅由旧章，敬重功勋，殊别嫡庶，如此则火得其性矣。若乃信道不笃，或耀虚伪，谗夫昌，邪胜正，则火失其性矣。自上而降，及滥炎妄起，灾宗庙，烧宫馆，虽兴师众，弗能救也，是为火不炎上。

《春秋》桓公十四年"八月壬申，御廪灾"。董仲舒以为先是四国共伐鲁，大破之于龙门。百姓伤者未瘳，怨咎未复，而君臣俱惰，内怠政事，外侮四邻，非能保守宗庙终其天年者也，故天灾御廪以戒之。刘向以为御廪，夫人八妾所舂米之臧以奉宗庙者也，时夫人有淫行，挟逆心，天戒若曰，夫人不可以奉宗庙。桓不寤，与夫人俱会齐，夫人谮桓公于齐侯，齐侯杀桓公。刘歆以为御廪，公所亲耕籍田以奉粢盛者也，弃法度亡礼之应也。

严公二十年"夏，齐大灾。"刘向以为齐桓好色，听女口，以妾为妻，嫡庶数更，故致大灾。桓公不寤，及死，嫡庶分争，九月不得葬。《公羊传》曰，大灾，疫也。董仲舒以为，鲁夫人淫于齐，齐桓姊妹不嫁者七人。国君，民之父母；夫妇，生化之本。本伤则末夭，故天灾所予也。

釐公二十年"五月乙巳，西宫灾"。《穀梁》以为愍公宫也。以谥言之则若疏，故谓之西宫。刘向以为釐立妾母为夫人以入宗庙，故天灾愍宫，若曰，去其卑而亲者，将害宗庙之正礼。董仲舒以为釐娶于楚，而齐媵之，胁公使立以为夫人。西宫者，小寝，夫人之居也。若曰，妾何为此宫！诛去之意也。以天灾之，故大之曰西宫也。《左氏》以为西宫者，公宫也。言西，知有东。东宫，太子所居。言宫，举区皆灾也。

宣公十六年"夏，成周宣榭火"。榭者，所以臧乐器，宣其名也。董仲舒、刘向以为十五年王札子杀召伯、毛伯，天子不能诛。天戒若曰，不能行政令，何以礼乐为而臧之？《左氏经》曰："成周宣榭火，人火也。人火曰火，天火曰灾。"榭者，讲武之坐屋。

成公三年"二月甲子，新宫灾"。《穀梁》以为宣宫，不言谥，恭也。刘向以为时鲁三桓子孙始执国政，宣公欲诛之，恐不能，使大夫公孙归父如晋谋。未反，宣公死。三家谮归父于成公。成公父丧未葬，听谗而逐其父之臣，使奔齐，故天灾宣宫，明不用父命之象也。一曰，三家亲而亡礼，犹宣公杀子赤而立。亡礼而亲，天灾宣庙，欲示去三家也。董仲舒以为成居丧亡哀戚心，数兴兵战伐，故天灾其父庙，示失子道，不能奉宗庙也。一曰，宣杀君而立，不当列于群祖也。

襄公九年"春，宋灾"。刘向以为先是宋公听谗，逐其大夫华弱，出奔鲁。《左氏传》曰，宋灾，乐喜为司城，先使火所未至彻小屋，涂大屋，陈畚挶，具绠缶，备水器，畜水潦，积土涂，缮守备，表火道，储正徒。郊保之民，使奔火所。又饬众官，务慎其职。晋侯闻之，问士弱曰："宋灾，于是乎知有天道，何故？"对曰："古之火正，或食于心，或食于咮，以出入火。是故咮为鹑火，心为大火。陶唐氏之火正阏伯，居商丘，祀大火，而火纪时焉。相土因之，故商主大火。商人阅其祸败之衅必始于火，是以知有天道。"公曰："可必乎？"对曰："在道。国乱亡象，不可知也。"说曰：古之火正，谓火官也，掌祭火星，行火政。季春昏，心星出东方，而咮、七星、鸟首正在南方，则用火;季秋，星入，则止火，以顺天时，救民疾。帝喾则有祝融，尧时有阏伯，民赖其德，死则以为火祖，配祭火星，故曰"或食于心，或食于咮也"。相土，商祖契之曾孙，代阏伯后主火星。宋，其后也，世司其占，故先知火灾。贤君见变，能修道以除凶；乱君亡象，天不谴告，故不可必也。三十年“五月甲午，宋灾”。董仲舒以为伯姬如宋五年，宋恭公卒，伯姬幽居守节三十余年，又忧伤国家之患祸，积阴生阳，故火生灾也。刘向以为先是宋公听谗而杀太子痤，应火不炎上之罚也。

《左氏传》昭公六年“六月丙戌，郑灾”。是春三月，郑人铸刑书。士文伯曰：“火见，郑其火乎？火未出而作火以铸刑器，臧争辟焉。火而象之，不火何为？”说曰：火星出于周五月，而郑以三月作火铸鼎，刻刑辟书，以为民约，是为刑器争辟，故火星出，与五行之火争明为灾，其象然也，又弃法律之占也。不书于经，时不告鲁也。

九年“夏四月，陈火”。董仲舒以为陈夏征舒杀君，楚严王托欲为陈讨贼，陈国辟门而待之，至因灭陈。陈臣子尤毒恨甚，极阴生阳，故致火灾。刘向以为先是陈侯弟招杀陈太子偃师，皆外事，不因其宫馆者，略之也。八年十月壬午，楚师灭陈，《春秋》不与蛮夷灭中国，故复书陈火也。《左氏经》曰“陈灾”。《传》曰“郑裨灶曰：‘五年，陈将复封，封五十二年而遂亡。’子产问其故，对曰：‘陈，水属也。火，水妃也，而楚所相也。今火出而火陈，逐楚而建陈也。妃以五成，故曰五年。岁五及鹑火，而后陈卒亡，楚克有之，天之道也。’说曰：颛顼以水王，陈其族也。今兹岁在星纪，后五年在大梁。大梁，昴也。”金为水宗，得其宗而昌，故曰“五年陈将复封”。楚之先为火正，故曰“楚所相也”。天以一生水，地以二生火，天以三生木，地以四生金，天以五生土。五位皆以五而合，而阴阳易位，故曰“妃以五成”。然则水之大数六，火七，木八，金九，土十。故水以天一为火二牡，木以天三为土十牡，土以天五为水六牡，火以天七为金四牡，金以天九为木八牡。阳奇为牡，阴耦为妃。故曰“水，火之牡也；火，水妃也。”于《易》，“坎”为水，为中男，“离”为火，为中女，盖取诸此也。自大梁四岁而及鹑火，四周四十八岁，凡五及鹑火，五十二年而陈卒亡。火盛水衰，故曰“天之道也。”哀公十七年七月己卯，楚灭陈。

昭十八年“五月壬午，宋、卫、陈、郑灾”。董仲舒以为象王室将乱，天下莫救，故灾四国，言亡四方也。又宋、卫、陈、郑之君皆荒淫于乐，不恤国政，与周室同行。阳失节则火灾出，是以同日灾也。刘向以为宋、陈，王者之后；卫、郑，周同姓也。时周景王老，刘子、单子事王子猛，尹氏、召伯、毛伯事王子鼂。子鼂，楚之出也。及宋、卫、陈、郑亦皆外附于楚，亡尊周室之心。后三年，景王崩，王室乱，故天灾四国。天戒若曰，不救周，反从楚，废世子，立不正，以害王室，明同罪也。

定公二年“五月，雉门及两观灾”。董仲舒、刘向以为此皆奢僭过度者也。先是，季氏逐昭公，昭公死于外。定公即位，既不能诛季氏，又用其邪说，淫于女乐，而退孔子。天戒若曰，去高显而奢僭者。一曰，门阙，号令所由出也，今舍大圣而纵有罪，亡以出令矣。京房《易传》曰：“君不思道，厥妖火烧宫。”

哀公三年“五月辛卯，桓、釐宫灾”。董仲舒、刘向以为此二宫不当立，违礼者也。哀公又以季氏之故不用孔子。孔子在陈闻鲁灾，曰：“其桓、釐之宫乎！”以为桓，季氏之所出，釐，使季氏世卿者也。

四年“六月辛丑，亳社灾”。董仲舒、刘向以为亡国之社，所以为戒也。天戒若曰，国将危亡，不用戒矣。《春秋》火灾，屡于定、哀之间，不用圣人而纵骄臣，将以亡国，不明甚也。一曰，天生孔子，非为定、哀也，盖失礼不明，火灾应之，自然象也。

高后元年五月丙申，赵丛台灾。刘向以为，是时吕氏女为赵王后，嫉妒，将为谗口以害赵王。王不寤焉，卒见幽杀。

惠帝四年十月乙亥，未央宫凌室灾；丙子，织室灾。刘向以为元年吕太后杀赵王如意，残戮其母戚夫人。是岁十月壬寅，太后立帝姊鲁元公主女为皇后。其乙亥，凌室灾，明日，织室灾。凌室所以供养饮食，织室所以奉宗庙衣服，与《春秋》御廪同义。天戒若曰，皇后亡奉宗庙之德，将绝祭祀。其后，皇后亡子，后宫美人有男，太后使皇后名之，而杀其母。惠帝崩，嗣子立，有怨言，太后废之，更立吕氏子弘为少帝。赖大臣共诛诸吕而立文帝，惠后幽废。

文帝七年六月癸酉，未央宫东阙罘思灾。刘向以为，东阙所以朝诸侯之门也，罘思在其外，诸侯之象也。汉兴，大封诸侯王，连城数十。文帝即位，贾谊等以为违古制度，必将叛逆。先是，济北、淮南王皆谋反，其后吴、楚七国举兵而诛。

景帝中五年八月己酉，未央宫东阙灾。先是，栗太子废为临江王，以罪征诣中尉，自杀。丞相条侯周亚夫以不合旨称疾免，后二年下狱死。

武帝建元六年六月丁酉，辽东高庙灾。四月壬子，高园便殿火。董仲舒对曰："《春秋》之道举往以明来，是故天下有物，视《春秋》所举与同比者，精微眇以存其意，通伦类以贯其理，天地之变，国家之事，粲然皆见，亡所疑矣。按《春秋》鲁定公、哀公时，季氏之恶已孰，而孔子之圣方盛。夫以盛圣而易孰恶，季孙虽重，鲁君虽轻，其势可成也。故定公二年五月两观灾。两观，僭礼之物。天灾之者，若曰，僭礼之臣可以去。已见罪征，而后告可去，此天意也。定公不知省。至哀公三年五月，桓宫、釐宫灾。二者同事，所为一也，若曰燔贵而去不义云尔。哀公未能见，故四年六月亳社灾。两观、桓、釐庙、亳社，四者皆不当立，天皆燔其不当立者以示鲁，欲其去乱臣而用圣人也。季氏亡道久矣，前是天不见灾者，鲁未有贤圣臣，虽欲去季孙，其力不能，昭公是也。至定、哀乃见之，其时可也。不时不见，天之道也。今高庙不当居辽东，高园殿不当居陵旁，于礼亦不当立，与鲁所灾同。其不当立久矣，至于陛下时天乃灾之者，殆亦其时可也。昔秦受亡周之敝，而亡以化之；汉受亡秦之敝，又亡以化之。夫继二敝之后，承其下流，兼受其猥，难治甚矣。又多兄弟亲戚骨肉之连，骄扬奢侈，恣睢者众，所谓重难之时者也。陛下正当大敝之后，又遭重难之时，甚可忧也。故天灾若语陛下：'当今之世，虽敝而重难，非以太平至公，不能治也。视亲戚贵属在诸侯远正最甚者，忍而诛之，如吾燔辽东高庙乃可；视近臣在国中处旁仄及贵而不正者，忍而诛之，如吾燔高园殿乃可'云尔。在外而不正者，虽贵如高庙，犹灾燔之。况诸侯乎！在内不正者，虽贵如高园殿，犹燔灾之，况大臣乎！此天意也。罪在外者天灾外，罪在内者天灾内，燔甚罪当重，燔简罪当轻，承天意之道也。"

先是，淮南王安入朝，始与帝舅太尉武安侯田蚡有逆言。其后胶西于王、赵敬肃王、常山宪王皆数犯法，或至夷灭人家，药杀二千石，而淮南、衡山王遂谋反。胶东、江都王皆知其谋，阴治兵弩，欲以应之。至元朔六年，乃发觉而伏辜。时田蚡已死，不及诛。上思仲舒前言，使仲舒弟子吕步舒持斧钺治淮南狱，以《春秋》谊专断于外，不请。既还奏事，上皆是之。

太初元年十一月乙酉，未央宫柏梁台灾。先是，大风发其屋，夏侯始昌先言其灾日。后有江充巫蛊卫太子事。征和二年春，涿郡铁官铸铁，铁销，皆飞上去，此火为变使之然也。其三月，涿郡太守刘屈氂为丞相。后月，巫蛊事兴，帝女诸邑公主、阳石公主、丞相公孙贺、子太仆敬声、平阳侯曹宗等皆下狱死。七月，使者江充掘蛊太子宫，太子与母皇后议，恐不能自明，乃杀充，举兵与丞相刘屈氂战，死者数万人，太子败走，至湖自杀。明年，屈氂复坐祝诅腰斩，妻枭首也。成帝河平二年正月，沛那铁官铸铁，铁不下，隆隆如雷声，又如鼓音，工十三人惊走。音止，还视地，地陷数尺，炉分为十，一炉中销铁散如流星，皆上去，与征和二年同象，其夏，帝舅五人封列侯，号五侯。元舅王凤为大司马、大将军，秉政。后二年，丞相王商与凤有隙，凤谮之，免官，自杀。明年，京兆尹王章讼商忠直，言凤专权，凤诬章以大逆罪，下狱死。妻子徙合浦。后许皇后坐巫蛊废，而赵飞燕为皇后，妹为昭仪，贼害皇子，成帝遂亡嗣。皇后、昭仪皆伏辜。一曰，铁飞属金不从革。

昭帝元凤元年，燕城南门灾。刘向以为时燕王使邪臣通于汉，为谗贼，谋逆乱。南门者，通汉道也。天戒若曰，邪臣往来，为奸谗于汉，绝亡之道也。燕王不寤，卒伏其辜。元凤四年五月丁丑，孝文庙正殿灾。刘向以为，孝文，太宗之君，与成周宣谢火同义。先是，皇后父车骑将军上官安、安父左将军桀谋为逆，大将军霍光诛之。皇后以光外孙，年少不知，居位如故。光欲后有子，因上侍疾医言，禁内后宫皆不得进，唯皇后专寝。皇后年六岁而立，十三年而昭帝崩，遂绝继嗣。光执朝政，犹周公之摄也。是岁正月，上加元服，通《诗》、《尚书》，有明哲之性。光亡周公之德，秉政九年，久于周公，上既已冠而不归政，将为国害。故正月加元服，五月而灾见。古之庙皆在城中，孝文庙始出居外，天戒若曰，去贵而不正者。宣帝既立，光犹摄政，骄溢过制，至妻显杀许皇后，光闻而不讨，后遂诛灭。

宣帝甘露元年四月丙申，中山太上皇庙灾。甲辰，孝文庙灾。元帝初元三年四月乙未，孝武园白鹤馆灾。刘向以为，先是前将军萧望之、光禄大夫周堪辅政，为佞臣石显、许章等所谮，望之自杀，堪废黜。明年，白鹤馆灾。园中五里驰逐走马之馆，不当在山陵昭穆之地。天戒若曰，去贵近逸游不正之臣，将害忠良。后章坐走马上林下烽驰逐，免官。

永光四年六月甲戌，孝宣杜陵园东阙南方灾。刘向以为，先是上复征用周堪为光禄勋，及堪弟子张猛为太中大夫，石显等复谮毁之，皆出外迁。是岁，上复征堪领尚书，猛给事中，石显等终欲害之。园陵小于朝廷，阙在司马门中，内臣石显之象也。孝宣，亲而贵；阙，法令所从出也。天戒若曰，去法令，内臣亲而贵者必为国害。后堪希得进见，因显言事，事决显口。堪病不能言。显诬告张猛，自杀于公车。成帝即位，显卒伏辜。

成帝建始元年正月乙丑，皇考庙灾。初，宣帝为昭帝后而立父庙，于礼不正。是时，大将军王凤专权擅朝，甚于田蚡，将害国家，故天于元年正月而见象也。其后浸盛，五将世权，遂以亡道。

鸿嘉三年八月乙卯，孝景庙北阙灾。十一月甲寅，许皇后废。

永始元年正月癸丑，大官凌室灾。戊午，戾后园南阙灾。是时，赵飞燕大幸，许后既废，上将立之，故天见象于凌室，与惠帝四年同应。戾后，卫太子妾，遭巫蛊之祸，宣帝既立，追加尊号，于礼不正。又戾后起于微贱，与赵氏同应。天戒若曰，微贱亡德之人不可以奉宗庙，将绝祭祀，有凶恶之祸至。其六月丙寅，赵皇后遂立，姊妹骄妒，贼害皇子，卒皆受诛。

永始四年四月癸未，长乐宫临华殿及未央宫东司马门灾。六月甲午，孝文霸陵园东阙南方灾。长乐宫，成帝母王太后之所居也。未央宫，帝所居也。霸陵，太宗盛德园也。是时，太后三弟相续秉政，举宗居位，充塞朝廷，两宫亲属将害国家，故天象仍见。明年，成都侯商薨，弟曲阳侯根代为大司马秉政。后四年，根乞骸骨，荐兄子新都侯莽自代，遂覆国焉。

哀帝建平三年正月癸卯，桂宫鸿宁殿灾，帝祖母傅太后之所居也。时，傅太后欲与成帝母等号齐尊，大臣孔光、师丹等执政，以为不可，太后皆免官爵，遂称尊号。后三年，帝崩，傅氏诛灭。

平帝元始五年七月己亥，高皇帝原庙殿门灾尽。高皇帝庙在长安城中，后以叔孙通讥复道，故复起原庙于渭北，非正也。是时，平帝幼，成帝母王太后临朝，委任王莽，将篡绝汉，堕高祖宗庙，故天象见也。其冬，平帝崩。明年，莽居摄，因以篡国，后卒夷灭。

传曰："治宫室，饰台榭，内淫乱，犯亲戚，侮父兄，则稼穑不成。"

说曰：土，中央，生万物者也。其于王者，为内事。宫室、夫妇、亲属，亦相生者也。古者天子诸侯，宫庙大小高卑有制，后夫人媵妾多少进退有度，九族亲疏长幼有序。孔子曰："礼，与其奢也，宁俭。"故禹卑宫室，文王刑于寡妻，此圣人之所以昭教化也。如此则土得其性矣。若乃奢淫骄慢，则土失其性。亡水旱之灾而草木百谷不熟，是为稼穑不成。

严公二十八年"冬，大水亡麦禾。"董仲舒以为，夫人哀姜淫乱，逆阴气，故大水也。刘向以为，水旱当书，不书水旱而曰"大亡麦禾"者，土气不养，稼穑不成者也。是时，夫人淫于二叔，内外亡别，又因凶饥，一年而三筑台，故应是而稼穑不成，饰台榭内淫乱之罚云。遂不改寤，四年而死，祸流二世，奢淫之患也。

传曰："好战攻，轻百姓，饰城郭，侵边境，则金不从革。"

说曰：金，西方，万物既成，杀气之始也。故立秋而鹰隼击，秋分而微霜降。其于王事，出军行师，把旄杖钺，誓士众，抗威武，所以征畔逆、止暴乱也。《诗》云："有虔秉钺，如火烈烈。"又曰："载戢干戈，载櫜弓矢。"动静应谊，"说以犯难，民忘其死"。如此则金得其性矣。若乃贪欲恣睢，务立威胜，不重民命，则金失其性。盖工冶铸金铁，金铁冰滞涸坚，不成者众，及为变怪，是为金不从革。

《左氏传》曰昭公八年"春，石言于晋"。晋平公问于师旷，对曰："石不能言，神或冯焉。作事不时，怨讟动于民，则有非言之物而言。今宫室崇侈，民力雕尽，怨讟并兴，莫信其性，石之言不亦宜乎！"于是晋侯方筑虒祁之宫。叔向曰："君子之言，信而有征。"刘歆以为金石同类，是为金不从革，失其性也。刘向以为石白色为主，属白祥。

成帝鸿嘉三年五月乙亥，天水冀南山大石鸣，声隆隆如雷，有顷止，闻平襄二百四十里，野鸡皆鸣。石长丈三尺，广厚略等，旁著岸胁，去地二百余丈，民俗名曰石鼓。石鼓鸣，有兵。是岁，广汉钳子谋攻牢，篡死罪囚郑躬等，盗库兵，劫略吏民，衣绣衣，自号曰山君，党与浸广。明年冬，乃伏诛，自归者三千余人。后四年，尉氏樊并等谋反，杀陈留太守严普，自称将军，山阳亡徒苏令等党与数百人盗取库兵，经历郡国四十余，皆逾年乃伏诛。是时起昌陵，作者数万人，徙郡国吏民五千余户以奉陵邑。作治五年不成，乃罢昌陵，还徙家。石鸣，与晋石言同应，师旷所谓"民力雕尽"，传云"轻百姓"者也。虒祁离宫去绛都四十里，昌陵亦在郊野，皆与城郭同占。城郭属金，宫室属土，外内之别云。

传曰："简宗庙，不祷祠，废祭祀，逆天时，则水不润下。"

说曰：水，北方，终臧万物者也。其于人道，命终而形臧，精神放越，圣人为之宗庙以收魂气，春秋祭祀，以终孝道。王者即位，必郊祀天地，祷祈神祇，望秩山川，怀柔百神，亡不宗事。慎其斋戒。致其严敬，鬼神歆飨，多获福助。此圣王所以顺事阴气，和神人也。至发号施令，亦奉天时。十二月咸得其气，则阴阳调而终始成。如此则水得其性矣。若乃不敬鬼神，致令逆时，则水失其性。雾水暴出，百川逆溢，坏乡邑，溺人民，及淫雨伤稼穑，是为水不润下，京房《易传》曰："颛事有知，诛罚绝理，厥灾水，其水也，雨杀人以陨霜，大风天黄。饥而不损兹谓泰，厥灾水，水杀人。辟遏有德兹谓狂，厥灾水，水流杀人，已水则地生虫。归狱不解，兹谓追非，厥水寒，杀人。追诛不解，兹谓不理，厥水五谷不收。大败不解，兹谓皆阴。解，舍也，王者于大败，诛首恶，赦其众，不则皆含阴气，厥水流入国邑，陨霜杀谷。”

桓公元年“秋，大水”。董仲舒、刘向以为桓弑兄隐公，民臣痛隐而贱桓。后宋督弑其君，诸侯会，将讨之，桓受宋赂而归，又背宋。诸侯由是伐鲁，仍交兵结仇，伏尸流血，百姓愈怨，故十三年夏复大水。一曰，夫人骄淫，将弑君，阴气盛，桓不寤，卒弑死。刘歆以为桓易许田，不祀周公，废祭祀之罚也。

严公七年“秋，大水，亡麦苗”。董仲舒、刘向以为，严母文姜与兄齐襄公淫，共杀桓公，严释父仇，复取齐女，未入，先与之淫，一年再出，会于道逆乱，臣下贱之之应也。十一年“秋，宋大水。”董仲舒以为时鲁、宋比年为乘丘、鄑之战，百姓愁怨，阴气盛，故二国俱水。刘向以为时宋愍公骄慢，睹灾不改，明年与其臣宋万博戏，妇人在侧，矜而骂万，万杀公之应。二十四年，“大水”。董仲舒以为夫人哀姜淫乱不妇，阴气盛也。刘向以为哀姜初入，公使大夫宗妇见，用币，又淫于二叔，公弗能禁。臣下贱之，故是岁、明年仍大水。刘歆以为先是严饰宗庙，刻桷丹楹，以夸夫人，简宗庙之罚也。

宣公十年“秋，大水，饥。”董仲舒以为，时比伐邾取邑，亦见报复，兵仇连结，百姓愁怨。刘向以为，宣公杀子赤而立，子赤，齐出也，故惧，以济西田赂齐。邾子貜且亦齐出也，而宣比与邾交兵。臣下惧齐之威，创邾之祸，皆贱公行而非其正也。

成公五年“秋，大水”。董仲舒、刘向以为，时成幼弱，政在大夫，前此一年再用师，明年复城郓以强私家，仲孙蔑、叔孙侨如专会宋、晋，阴胜阳。

襄公二十四年“秋，大水”。董仲舒以为，先是一年齐伐晋，襄使大夫帅师救晋，后又侵齐，国小兵弱，数敌强大，百姓愁怨，阴气盛。刘向以为，先是襄慢邻国，是以邾伐其南，齐伐其北，莒伐其东，百姓骚动，后又仍犯强齐也。大水，饥，谷不成，其灾甚也。

高后三年夏，汉中、南郡大水，水出流四千余家。四年秋，河南大水，伊、雒流千六百余家，汝水流八百余家。八年夏，汉中、南郡水复出，流六千余家。南阳沔水流万余家。是时，女主独治，诸吕相王。

文帝后三年秋，大雨，昼夜不绝三十五日。蓝田山水出，流九百余家。燕坏民室八千余所，杀三百余人。先是，赵人新垣平以望气得幸，为上立渭阳五帝庙，欲出周鼎，以夏四月，郊见上帝。岁余惧诛，谋为逆，发觉，腰斩，夷三族。是时，比再遣公主配单于，赂遗甚厚，匈奴愈骄，侵犯北边，杀略多至万余人，汉连发军征讨戍边。

元帝永光五年夏及秋，大水。颍川、汝南、淮阳、庐江雨，坏乡聚民舍，及水流杀人。先是一年，有司奏罢郡国庙，是岁又定迭毁，罢太上皇、孝惠帝寝庙，皆无复修，通儒以为违古制。刑臣石显用事。

成帝建始三年夏，大水，三辅霖雨三十余日，郡国十九雨，山谷水出，凡杀四千余人，坏官寺民舍八万三千余所。元年，有司奏徙甘泉泰畤、河东后土于长安南北郊。二年，又罢雍五畤、郡国诸旧祀，凡六所。

卷二十七中之上

五行志第七中之上

经曰："羞用五事。五事：一曰貌，二曰言，三曰视，四曰听，五曰思。貌恭，言曰从，视曰明，听曰聪，思曰睿。恭作肃，从作艾，明作哲，聪作谋，睿作圣。休征：曰肃，时雨若；艾，时阳若；哲，时奥若；谋，时寒若；圣，时风若。咎征：曰狂，恒雨若；僭，恒阳若；舒，恒奥若；急，恒寒若；霿，恒风若。"

传曰："貌之不恭，是谓不肃，厥咎狂，厥罚恒雨，厥极恶。时则有服妖，时则有龟孽，时则有鸡祸，时则有下体生上之痾，时则有青眚青祥。唯金沴木。"

说曰："凡草木之类谓之妖。妖犹夭胎，言尚微。虫豸之类谓之孽。孽则牙孽矣。及六畜之祸，言其著也。及人，谓之痾。痾，病貌，言浸深也。甚则异物生，谓之眚；自外来，谓之祥，祥犹祯也。气相伤，谓之沴。沴犹临莅，不和意也。每一事云"时则"以绝之，言非必具至，或有或亡，或在前或在后也。

孝武时，夏侯始昌通《五经》，善推《五行传》，以传族子夏侯胜，下及许商，皆以教所贤弟子。其传与刘向同，唯刘歆传独异。貌之不恭，是谓不肃。肃，敬也。内曰恭，外曰敬。人君行已，体貌不恭，怠慢骄蹇，则不能敬万事，失在狂易，故其咎狂也。上嫚下暴，则阴气胜，故其罚常雨也。水伤百谷，衣食不足，则奸轨并作，故其极恶也。一曰，民多被刑，或形貌丑恶，亦是也。风俗狂慢，变节易度，则为剽轻奇怪之服，故有服妖。水类动，故有龟孽。于《易》，"巽"为鸡，鸡有冠距文武之貌。不为威仪，貌气毁，故有鸡祸。一曰，水岁鸡多死及为怪，亦是也。上失威仪，则下有强臣害君上者，故有下体生于上之痾。木色青，故有青眚青祥。凡貌伤者病木气，木气病则金沴之，冲气相通也。于《易》，"震"在东方，为春为木也；"兑"在西方，为秋为金也；"离"在南方，为夏为火也；"坎"在北方，为冬为水也。春与秋，日夜分，寒暑平，是以金木之气易以相变，故貌伤则致秋阴常雨，言伤则致春阳常旱也。至于冬夏，日夜相反，寒暑殊绝，水火之气不得相并，故视伤常奥，听伤常寒者，其气然也。逆之，其极曰恶；顺之，其福曰攸好德。刘歆貌传曰有鳞虫之孽，羊祸，鼻痾。说以为于天文东方辰为龙星，故为鳞虫；于《易》，"兑"为羊，木为金所病，故致羊祸，与常雨同应。此说非是。春与秋，气阴阳相敌，木病金盛，故能相并，唯此一事耳。祸与妖、痾、祥、眚同类，不得独异。

史记成公十六年，公会诸侯于周，单襄公见晋厉公视远步高，告公曰："晋将有乱。"鲁侯曰："敢问天道也？抑人故也？"对曰："吾非瞽史，焉知天道？吾见晋君之容，殆必祸者也。夫君子目以定体，足以从之，是以观其容而知其心矣。目以处谊，足以步目。晋侯视远而足高，目不在体，而足不步目，其心必异矣。目、体不相从，何以能久？夫合诸侯，民之大事也，于是乎观存亡。故国将无咎，其君在会，步、言、视、听必皆无谪，则可以知德矣。视远，曰绝其谊；足高，曰弃其德；言爽，曰反其信；听淫，曰离其名。夫目以处谊，足以践德，口以庇信，耳以听名者也，故不可不慎。偏丧有咎；既丧，则国从之。晋侯爽二，吾是以云。”后二年，晋人杀厉公。凡此属，皆貌不恭之咎云。

《左氏传》桓公十三年，楚屈瑕伐罗，斗伯比送之，还谓其驭曰：“莫嚣必败，举趾高，心不固矣。”遂见楚子以告。楚子使赖人追之，弗及。莫嚣行，遂无次，且不设备。及罗，罗人军之，大败。莫嚣缢死。

釐公十一年，周使内史过赐晋惠公命，受玉，惰。过归告王曰：“晋侯其无后乎！王赐之命，而惰于受瑞，先自弃也已，其何继之有！礼，国之干也；敬，礼之舆也。不敬则礼不行，礼不行则上下昏，何以长世！”二十一年，晋惠公卒，子怀公立，晋人杀之，更立文公。

成公十三年，晋侯使郤锜乞师于鲁，将事不敬。孟献子曰：郤氏其亡乎！礼，身之干也；敬，身之基也。郤子无基。且先君之嗣卿也，受命以求师，将社稷是卫，而惰弃君命也，不亡何为！”十七年，郤氏亡。成公十三年，诸侯朝王，遂从刘康公伐秦。成肃公受脤于社，不敬。刘子曰：“吾闻之曰，民受天地之中以生，所谓命也。是以有礼义动作威仪之则，以定命也。能者养以之福，不能者败以取祸，是故君子勤礼，小人尽力。勤礼莫如致敬，尽力莫如惇笃。敬在养神，笃在守业。国之大事，在祀与戎。祀有执膰，戎有受脤，神之大节也。今成子惰，弃其命矣，其不返乎！”五月，成肃公卒。

成公十四年，卫定公享苦成叔，甯惠子相。苦成叔傲，甯子曰：“苦成家其亡乎！古之为享食也，以观威仪省祸福也。故《诗》曰：‘兕觥其觩，旨酒思柔，匪儌匪傲，万福来求。’今夫子傲，取祸之道也。”后三年，苦成家亡。

襄公七年，卫孙文子聘于鲁，君登亦登。叔孙穆子相趋进曰：“诸侯之会，寡君未尝后卫君。今吾子不后寡君，寡君未知所过，吾子其少安！”孙子亡辞，亦亡悛容。穆子曰：“孙子必亡，为臣而君，过而不悛，亡之本也。”十四年，孙子逐其君而外叛。襄公二十八年，蔡景侯归自晋，入于郑。郑伯享之，不敬。子产曰：“蔡君其不免乎！日其过此也，君使子展往劳于东门，而傲。吾曰：‘犹将更之。’今还，受享而惰，乃其心也。君小国，事大国，而惰傲以为己心，将得死乎？君若不免，必由其子。淫而不父，如是者必有子祸。”三十年，为世子般所杀。襄公三十一年，公薨。季武子将立公子裯，穆叔曰：“是人也，居丧而不哀，在戚而有嘉容，是谓不度，不度之人，鲜不为患。若果立，必为季氏忧。”武子弗听，卒立之。比及葬，三易衰，衰衽如故衰。是为昭公。立二十五年，听谗攻季氏。兵败，出奔，死于外。襄公三十一年，卫北宫文子见楚令尹围之仪，言于卫侯曰：“令尹似君矣，将有它志；虽获其志，弗能终也。”公曰：“子何以知之？”对曰：“《诗》云‘敬慎威仪，惟民之则’，令尹无威仪，民无则焉。民所不则，以在民上，不可以终。”

昭公十一年夏，周单子会于戚，视下言徐。晋叔向曰：“单子其死乎！朝有著定，会有表，衣有实襘，带有结。会朝之言必闻于表著之位，所以昭事序也；视不过结襘之中，所以道容貌也。言以命之，容貌以明之，失则有阙。今单子为王官伯，而命事于会，视不登带，言不过步，貌不道容而言不昭矣。不道不恭，不昭不从，无守气矣。”十二月，单成公卒。

昭公二十一年三月，葬蔡平公，蔡太子朱失位，位在卑。鲁大夫送葬者归告昭子。昭子叹曰：“蔡其亡乎！若不亡，是君也必不终。《诗》曰：‘不解于位，民之攸塈。’今始即位而适卑，身将从之。”十月，蔡侯朱出奔楚。

晋魏舒合诸侯之大夫于翟泉，将以城成周。魏子莅政，卫彪傒曰：“将建天子，而易位以令，非谊也。大事奸谊，必有大咎。晋不失诸侯，魏子其不免乎！”是行也，魏献子属役于韩简子，而田于大陆，焚焉而死。

定公十五年，邾隐公朝于鲁，执玉高，其容仰。公受玉卑，其容俯。子赣观焉，曰：“以礼观之，二君者皆有死亡焉。夫礼，死生存亡之体也。将左右周旋，进退俯仰，于是乎取之；朝祀丧戎，于是乎观之。今正月相朝，而皆不度，心已亡矣。嘉事不体，何以能久？高仰，骄也；卑俯，替也。骄近乱，替近疾。君为主，其先亡乎！”

庶征之恒雨，刘歆以为《春秋》大雨也。刘向以为大水。

隐公九年“三月癸酉，大雨，震电；庚辰，大雨雪”。大雨，雨水也；震，雷也。刘歆以为为三月癸酉，于历数春分后一日，始震电之时也，当雨，而不当大雨。大雨，常雨之罚也。于始震电八日之间而大雨雷，常寒之罚也。刘向以为周三月，今正月也，当雨水，雪杂雨，雷电未可以发也。既已发也，则雪不当复降。皆失节，故谓之异。于《易》，雷以二月出，其卦曰“豫”，言万物随雷出地，皆逸豫也。以八月入，其卦曰“归妹”，言雷复归。入地则孕毓根核，保藏蛰虫，避盛阴之害，出地则养长华实，发扬隐伏，宣盛阳之德。入能除害，出能兴利，人君之象也。是时，隐以弟桓幼，代而摄立。公子翚见隐居位已久，劝之遂立。隐既不许，翚惧而易辞，遂与桓共杀隐。天见其将然，故正月大雨水而雷电。是阳不闭阴，出涉危难而害万物。天戒若曰，为君失时，贼弟佞臣将作乱矣。后八日大雨雪，阴见间隙而胜阳，篡杀之祸将成也。公不寤，后二年而杀。

昭帝始元元年七月，大水雨，自七月至十月。成帝建始三年秋，大雨三十余日；四年九月，大雨十余日。《左氏传》愍公二年，晋献公使太子申生帅师，公衣之偏衣，佩之金。狐突叹曰：“时，事之征也；衣，身之章也；佩，衷之旗也。故敬其事，则命以始；服其身，则衣之纯；用其衷，则佩之度。今命以时卒，閟其事也；衣以尨服，远其躬也；佩以金玦，弃其衷也。服以远之，时以閟之，尨凉冬杀，金寒玦离，胡可恃也！”梁余子养曰：“帅师者，受命于庙，受脤于社，有常服矣。弗获而尨，命可知也。死而不孝，不如逃之。”罕夷曰：“尨奇无常，金玦不复，君有心矣。”后四年，申生以谗自杀。近服妖也。

《左氏传》曰，郑子臧好聚鹬冠，郑文公恶之，使盗杀之，刘向以为近服妖者也。一曰，非独为子臧之身，亦文公之戒也。初，文公不礼晋文，又犯天子命而伐滑，不尊尊敬上。其后晋文伐郑，几亡国。

昭帝时，昌邑王贺遣中大夫之长安，多治仄注冠，以赐大臣，又以冠奴。刘向以为近服妖也。时王贺狂悖，闻天子不豫，弋猎驰骋如故，与驺奴、宰人游居娱戏，骄嫚不敬。冠者尊服，奴者贱人，贺无故好作非常之冠，暴尊象也。以冠奴者，当自至尊坠至贱也。其后帝崩，无子，汉大臣征贺为嗣。即位，狂乱无道，缚戮谏者夏侯胜等。于是大臣白皇太后，废贺为庶人。贺为王时，又见大白狗冠方山冠而无尾，此服妖，亦犬祸也。贺以问郎中令龚遂，遂曰：“此天戒，言在仄者尽冠狗也。去之则存，不去则亡矣。”贺既废数年，宣帝封之为列侯，复有罪，死不得置后，又犬祸无尾之效也。京房《易传》曰：“行不顺，厥咎人奴冠，天下乱，辟无嫡，妾子拜。”又曰：“君不正，臣欲篡，厥妖狗冠出朝门。”

成帝鸿嘉、永始之间，好为微行出游，选从期门郎有材力者，及私奴客，多至十余，少五六人，皆白衣袒帻，带持刀剑。。或乘小车，御者在茵上，或皆骑，出入市里郊野，远至旁县。时，大臣车骑将军王音及刘向等数以切谏。谷永曰：“《易》称‘得臣无家’，言王者臣天下，无私家也。今陛下弃万乘之至贵，乐家人之贱事；厌高美之尊称，好匹夫之卑字；崇聚标轻无谊之人，以为私客；置私田于民间，畜私奴车马于北宫；数去南面之尊，离深官之固，挺身独与小人晨夜相随，乌集醉饱吏民之家，乱服共坐，混肴亡别，闵勉遁乐，昼夜在路。典门户奉宿卫之臣执干戈守空宫，公卿百寮不知陛下所在，积数年矣。昔虢公为无道，有神降曰'赐尔土田'，言将以庶人受土田也。诸侯梦得土田，为失国祥，而况王者畜私田财物，为庶人之事乎！"

《左氏传》曰，周景王时大夫宾起见雄鸡自断其尾。刘向以为近鸡祸也。是时，王有爱子子晁，王与宾起阴谋欲立之。田于北山，将因兵众杀嫡子之党，未及而崩。三子争国，王室大乱。其后，宾起诛死，子晁奔楚而败。京房《易传》曰："有始无终，厥妖雄鸡自啮断其尾。"

宣帝黄龙元年，未央殿辂軨中雌鸡化为雄，毛衣变化而不鸣，不将，无距。元帝初元中，丞相府史家雌鸡伏子，渐化为雄，冠距鸣将。永光中，有献雄鸡生角者。京房《易传》曰："鸡知时，知时者当死。"房以为己知时，恐当之。刘向以为房失鸡占。鸡者，小畜，主司时，起居人，小臣执事为政之象也。言小臣将秉君威，以害正事，犹石显也。竟宁元年，石显伏辜，此其效也。一曰，石显何足以当此？昔武王伐殷，至于牧野，誓师曰："古人有言曰'牝鸡无晨；牝鸡之晨，惟家之索。'今殷王纣惟妇言用。"由是论之，黄龙、初元、永光鸡变，乃国家之占，妃后象也。孝元王皇后以甘露二年生男，立为太子。妃，王禁女也。黄龙元年，宣帝崩，太子立，是为元帝。王妃将为皇后，故是岁未央殿中雌鸡为雄，明其占在正宫也。不鸣不将无距，贵始萌而尊未成也。至元帝初元元年，将立王皇后，先以为婕妤。三月癸卯制书曰："其封婕妤父丞相少史王禁为阳平侯，位特进。"丙午，立王婕妤为皇后。明年正月，立皇后子为太子。故应是，丞相府史家雌鸡为雄，其占即丞相少史之女也。伏子者，明已有子也。冠距鸣将者，尊已成也。永光二年，阳平顷侯禁薨，子凤嗣侯，为侍中卫尉。元帝崩，皇太子立，是为成帝。尊皇后为皇太后，以后弟凤为大司马大将军，领尚书事，上委政，无所与。王氏之权自凤起，故于凤始受爵位时，雄鸡有角，明视作威专君害上危国者，从此人始也。其后群弟世权，以至于莽，遂篡天下。即位五年，王太后乃崩，此其效也。京房《易传》曰："贤者居明夷之世，知时而伤，或众在位，厥妖鸡生角。鸡生角，时主独。"又曰："妇人专政，国不静；牝鸡雄鸣，主不荣。"故房以为已亦在占中矣。

成公七年"正月，鼷鼠食郊牛角；改卜牛，又食其角"。刘向以为，近青祥，亦牛祸也，不敬而傋霿之所致也。昔周公制礼乐，成周道，故成王命鲁郊祀天地，以尊周公。至成公时，三家始专政，鲁将从此衰。天愍周公之德，痛其将有败亡之祸，故于郊祭而见戒云。鼠，小虫，性盗窃；鼷，又其小者也。牛，大畜，祭天尊物也。角，兵象，在上，君威也。小小鼷鼠，食至尊之牛角，象季氏乃陪臣盗窃之人，将执国命以伤君威而害周公之祀也。改卜牛，鼷鼠又食其角，天重语之也。成公怠慢昏乱，遂君臣更执于晋。至于襄公，晋为溴梁之会，天下大夫皆夺君政。其后三家逐昭公，卒死于外，几绝周公之祀。董仲舒以为，鼷鼠食郊牛，皆养牲不谨也。京房《易传》曰："祭天不慎。厥妖鼷，鼠啮郊牛角。"

定公十五年"正月，鼷鼠食郊牛，牛死"。刘向以为定公知季氏逐昭公，罪恶如彼，亲用孔子为夹谷之会，齐人倈归郓、讙、龟阴之田，圣德如此，反用季桓子，淫于女乐，而退孔子，无道甚矣。《诗》曰："人而亡仪，不死何为！"是岁五月，定公薨，牛死之应也。京房《易传》曰："子不子，鼠食其郊牛。"

哀公元年"正月，鼷鼠食郊牛"。刘向以为，天意汲汲于用圣人，逐三家，故复见戒也。哀公年少，不亲见昭公之事，故见败亡之异。已而哀不寤，身奔于粤，此其效也。

昭帝元凤元年九月，燕有黄鼠衔其尾舞王宫端门中，王往视之，鼠舞如故。王使吏以酒脯祠，鼠舞不休，一日一夜死。近黄祥，时燕剌王旦谋反将死之象也。其月，发觉伏辜。京房《易传》曰："诛不原情，厥妖鼠舞门。"

成帝建始四年九月，长安城南有鼠衔黄蒿、柏叶，上民冢柏及榆树上为巢，桐柏尤多。巢中无子，皆有干鼠矢数十。时议臣以为恐有水灾。鼠，盗窃小虫，夜出昼匿；今昼去穴而登木，象贱人将居显贵之位也。桐柏，卫思后园所在也。其后，赵皇后自微贱登至尊，与卫后同类。赵后终无子而为害。明年，有鸢焚巢，杀子之异也。天象仍见，甚可畏也。一曰，皆王莽窃位之象云。京房《易传》曰："臣私禄罔辟，厥妖鼠巢。"

文公十三年，"大室屋坏"。近金沴木，木动也。先是，冬，釐公薨，十六月乃作主。后六月，又吉客户禘于太庙而致釐公，《春秋》讥之。经曰："大事于太庙，跻釐公。"《左氏》说曰：太庙，周公之庙，飨有礼义者也；祀，国之大事也。恶其乱国之大事于太庙，故言大事也。跻，登也，登釐公于愍公上，逆祀也。釐虽愍之庶兄，尝为愍臣，臣子一例，不得在愍上。又未三年而吉禘，前后乱贤父圣祖之大礼，内为貌不恭而狂，外为言不从而僭。故是岁自十二月不雨，至于秋七月。后年，若是者三，而太室屋坏矣。前堂曰太庙，中央曰太室；屋，其上重屋尊高者也，象鲁自是陵夷，将堕周公之祀也。《穀梁》、《公羊》经曰，世室，鲁公伯禽之庙也。周公称太庙，鲁公称世室。大事者，祫祭也。跻釐公者，先祢后祖也。

景帝三年十二月，吴二城门自倾，大船自覆。刘向以为，近金沴木，木动也。先是，吴王濞以太子死于汉，称疾不朝，阴与楚王戊谋为逆乱。城犹国也，其一门名曰楚门，一门曰鱼门。吴地以船为家，以鱼为食。天戒若曰，与楚所谋，倾国覆家。吴王不寤，正月，与楚俱起兵，身死国亡。京房《易传》曰："上下咸悖，厥妖城门坏。"

宣帝时，大司马霍禹所居第门自坏。时，禹内不顺，外不敬，见戒有改，卒受灭亡之诛。

哀帝时，大司马董贤第门自坏。时，贤以私爱居大位，赏赐无度，娇嫚不敬，大失臣道，见戒不改。后贤夫妻自杀，家徙合浦。

传曰："言之不从，是谓不艾，厥咎僭，厥罚恒阳，厥极忧。时则有诗妖，时则有介虫之孽，时则有犬祸。时则有口舌之痾，时则有白眚白祥。惟木沴金。"

"言之不从"，从，顺也。"是谓不乂"，乂，治也。孔子曰："君子居其室，出其言不善，则千里之外违之，况其迩者乎！"《诗》云："如蜩如螗，如沸如羹。"言上号令不顺民心，虚哗愦乱，则不能治海内，失在过差，故其咎僭。僭，差也。刑罚妄加，群阴不附，则阳气胜，故其罚常阳也。旱伤百谷，则有寇难，上下俱忧，故其极忧也。君炕阳而暴虐，臣畏刑而拑口，则怨谤之气发于歌谣，故有诗妖。介虫孽者，谓小虫有甲飞扬之类，阳气所生也，于《春秋》为螽，今谓之蝗，皆其类也。于《易》，"兑"为口，犬以吠守，而不可信，言气毁故有犬祸。一曰，旱岁犬多狂死及为怪，亦是也。及人，则多病口喉咳者，故有口舌痾。金色白，故有白眚白祥。凡言伤者，病金气；金气病，则木沴之。其极忧者，顺之，其福曰康宁。刘歆言传曰时有毛虫之孽，说以为于天文西方参为虎星，故为毛虫。

史记周单襄公与晋郤锜、郤犨、郤至、齐国佐语，告鲁成公曰："晋将有乱，三郤其当之乎！夫郤氏，晋之宠人也，二卿而五大夫，可以戒惧矣。高位实疾颠，厚味实腊毒。今郤伯之语犯，叔迂，季伐。犯则陵人，迂则诬人，伐则掩人。有是宠也。而益之以三怨，其谁能忍之！虽齐国子亦将与焉。立于淫乱之国，而好尽言以招人过，怨之本也。唯善人能受尽言，齐其有乎？"十七年，晋杀三郤。十八年，齐杀国佐。凡此属，皆言不从之咎云。

晋穆侯以条之役生太子，名之曰仇；其弟以千畮之战生，名之曰成师。师服曰："异哉，君之名子也！夫名以制谊，谊以出礼，礼以体政，政以正民，是以政成而民听；易则生乱。嘉耦曰妃，怨耦曰仇，古之命也。今君名太子曰仇，弟曰成师，始兆乱矣，兄其替乎！"及仇嗣立，是为文侯。文侯卒，子昭侯立，封成师于曲沃，号桓叔。后晋人杀昭侯而纳桓叔，不克。复立昭侯子孝侯，桓叔子严伯杀之。晋人立其弟鄂侯。鄂侯生哀侯，严伯子武公复杀哀侯及其弟，灭之，而代有晋国。

宣公六年，郑公子曼满与王子伯廖语，欲为卿。伯廖告人曰："无德而贪，其在《周易》'丰'之'离'，弗过之矣。"间一岁，郑人杀之。

襄公二十九年，齐高子容与宋司徒见晋知伯，汝齐相礼。宾出，汝齐语知伯曰："二子皆将不免！子容专，司徒侈，皆亡家之主也。专则速及，侈将以其力敝，专则人实敝之，将及矣。"九月，高子出奔燕。

襄公三十一年正月，鲁穆叔会晋归，告孟孝伯曰："赵孟将死矣！其语偷，不似民主；且年未盈五十，而谆谆焉如八九十者，弗能久矣。若赵孟死，为政者其韩子乎？吾子盍与季孙言之？可以树善，君子也。"孝伯曰："民生几何，谁能毋偷！朝不及夕，将焉用树！"穆叔告人曰："孟孙将死矣！吾语诸赵孟之偷也，而又甚焉。"九月，孟孝伯卒。

昭公元年，周使刘定公劳晋赵孟，因曰："子弁冕以临诸侯，盍亦远绩禹功，而大庇民乎？"对曰："老夫罪戾是惧，焉能恤远？吾侪偷食，朝不谋夕，何其长也？"刘子归，以语王曰："谚所谓老将知而耄及之者，其赵孟之谓乎！为晋正卿以主诸侯，而侪于隶人，朝不谋夕，弃神人矣。神怒民畔，何以能久？赵孟不复年矣！"是岁，秦景公弟后子奔晋，赵孟问："秦君何如？"对曰："无道。"赵孟曰："亡乎？"对曰："何为？一世无道，国未艾也。国于天地，有与立焉。不数世淫，弗能敝也。"赵孟曰："天乎？"对曰："有焉。"赵孟曰："其几何？"对曰："鍼闻国无道而年谷和孰，天赞之也，鲜不五稔。"赵孟视荫，曰："朝夕不相及，谁能待五？"后子出而告人曰："赵孟将死矣！主民玩岁而愒日，其与几何？"冬，赵孟卒。昭五年，秦景公卒。

昭公元年，楚公子围会盟，设服离卫。鲁叔孙穆子曰："楚公子美矣君哉！"伯州犁曰："此行也，辞而假之寡君。"郑行人子羽曰："假不反矣。"伯州犁曰："子姑忧子晳之欲背诞也。"子羽曰："假而不反，子其无忧乎？"齐国子曰："吾代二子闵矣。"陈公子招曰："不忧何成？二子乐矣！"卫齐子曰："苟或知之，虽忧不害。"退会，子羽告人曰："齐、卫、陈大夫其不免乎！国子代人忧，子招乐忧，齐子虽忧弗害。夫弗及而忧，与可忧而乐，与忧而弗害，皆取忧之道也。《太誓》曰：'民之所欲，天必从之。'三大夫兆忧矣，能无至乎！言以知物，其是之谓矣。"

昭公十五年，晋籍谈如周葬穆后。既除丧而燕，王曰："诸侯皆有以填抚王室，晋独无有，何也？"籍谈对曰："诸侯之封也，皆受明器于王室，故能荐彝器。晋居深山，戎翟之与邻，拜戎不暇，其何以献器？"王曰："叔氏其忘诸乎！叔父唐叔，成王之母弟，其反亡分乎？昔而高祖司晋之典籍，以为大正，故曰籍氏。女，司典之后也，何故忘之？"籍谈不能对。宾出，王曰："籍父其无后乎！数典而忘其祖。"籍谈归，以语叔向。叔向曰："其不终乎！吾闻所乐必卒焉。今王乐忧，若卒以忧，不可谓终。王一岁而有三年之丧二焉，于是乎以丧宾燕，又求彝器，乐忧甚矣。三年之丧，虽贵遂服，礼也。王虽弗遂，燕乐已早。礼，王之大经也；一动而失二礼，无大经矣。言以考典，典以志经。忘经而多言举典，将安用之！"

哀公十六年，孔丘卒，公诔之曰："主天不吊，不诔遗一老，俾屏予一人。"子赣曰："君其不殁于鲁乎？夫子之言曰：'礼失则昏，名失则愆。'失志为昏，失所为愆。生弗能用，死而诔之，非礼也；称'予一人'，非名也。君两失之。"二十七年，公孙于邾，遂死于越。

庶征之恒阳，刘向以为《春秋》大旱也。其夏旱雩祀，谓之大雩。不伤二谷，谓之不雨。京房《易传》曰："欲德不用兹谓张，厥灾荒。荒，旱也，其旱阴云不雨，变而赤，因而除。师出过时兹谓广，其旱不生。上下皆蔽兹谓隔，其旱天赤三月，时有雹杀飞禽。上缘求妃兹谓僭，其旱三月大温亡云。居高台府，兹谓犯阴侵阳，其旱万物根死，数有火灾。庶位逾节兹谓僭，其旱泽物枯，为火所伤。"

釐公二十一年"夏，大旱"。董仲舒、刘向以为，齐桓既死，诸侯从楚，釐尤得楚心。楚来献捷，释宋之执。外倚强楚，炕阳失众，又作南门，劳民兴役。诸雩旱不雨，略皆同说。

宣公七年"秋，大旱"。是夏，宣与齐侯伐莱。

襄公五年"秋，大雩"。先是，宋鱼石奔楚，楚伐宋，取彭城以封鱼石。郑畔于中国而附楚，襄与诸侯共围彭城，城郑虎牢以御楚。是岁郑伯使公子发来聘，使大夫会吴于善道。外结二国，内得郑聘，有炕阳动众之应。八年"九月，大雩"。时作三军，季氏盛。二十八年"八月，大雩"。先是，比年晋使荀吴、齐使庆封来聘，是夏邾子来朝。襄有炕阳自大之应。

昭公三年"八月，大雩"。刘歆以为，昭公即位年十九矣，犹有童心，居丧不哀，炕阳失众。六年"九月，大雩"。先是，莒牟夷以二邑来奔，莒怒伐鲁，叔弓帅师，距而败之，昭得入晋。外和大国，内获二邑，取胜邻国，有炕阳动众之应。十六年"九月，大雩"。先是，昭公母夫人归氏薨，昭不戚，又大搜于比蒲。晋叔向曰："鲁有大丧而不废搜。国不恤丧，不忌君也；君亡戚容，不顾亲也。殆其失国。"与三年同占。二十四年"八月，大雩"。刘歆以为，《左氏传》二十三年邾师城翼，还经鲁地，鲁袭取邾师，获其三大夫。邾人诉于晋，晋人执我行人叔孙婼，是春乃归之。二十五年"七月上辛大雩，季辛又雩"，旱甚也。刘歆以为时后氏与季氏人隙。又季氏之族有淫妻为谗，使季平子与族人相恶，皆共谮平子。子家驹谏曰："谗人以君徼幸，不可。"昭公遂伐季氏，为所败，出奔齐。

定公十年"九月，大雩"。先是，定公自将侵郑，归而城中城。二大夫帅师围郓。

严公三十一年"冬，不雨"。是岁，一年而三筑台，奢侈不恤民。

釐公二年"冬十月不雨"，三年"春正月不雨，夏四月不雨，""六月雨"。先是者，严公夫人与公子庆父淫，而杀二君。国人攻之，夫人逊于邾，庆父奔莒。釐公即位，南败邾，东败莒，获其大夫。有炕阳之应。

文公二年，"自十有二月不雨，至于秋七月"。文公即位，天子使叔服会葬，毛伯赐命。又会晋侯于戚。公子遂如齐纳币。又与诸侯盟。上得天子，外得诸侯，沛然自大。跻釐公主。大夫始专事。十年，"自正月不雨，至于秋七月"。先是，公子遂会四国而救郑。楚使越椒来聘。秦人归禭。有炕阳之应。十三年，"自正月不雨，至于秋七月"。先是，曹伯、杞伯、滕子来朝，郕伯来奔，秦伯使遂来聘，季孙行父城诸及郓。二年之间，五国趋之，内城二邑。炕阳失众。一曰，不雨而五谷皆孰，异也。文公时，大夫始专盟会，公孙敖会晋侯，又会诸侯盟于垂陇。故不雨而生者，阴不出气而私自行，以象施不由上出，臣下作福而私自成。一曰，不雨近常阴之罚，君弱也。

惠帝五年夏，大旱，江河水少，溪谷绝。先是，发民男女十四万六千人城长安，是岁城乃成。

文帝三年秋，天下旱。是岁夏，匈奴右贤王寇侵上郡，诏丞相灌婴发车骑士八万五千人诣高奴，击右贤王走出塞。其秋，济北王兴居反，使大将军讨之，皆伏诛。后六年春，天下大旱。先是，发车骑材官屯广昌。是岁二月，复发材官屯陇西。后匈奴大入上郡、云中，烽火通长安，三将军屯边，又三将军屯京师。

景帝中三年秋，大旱。

武帝元光六年夏，大旱。是岁。四将军征匈奴。元朔五年春，大旱。是岁，六将军众十余万征匈奴。元狩三年夏，大旱。是岁，发天下故吏伐棘上林，穿昆明池。天汉元年夏，大旱；其三年夏，大旱。先是，贰师将军征大宛还。天汉元年，发谪民。二年夏，三将军征匈奴，李陵没不还。征和元年夏，大旱。是岁，发三辅骑士闭长安城门，大搜，始治巫蛊。明年，卫皇后、太子败。

昭帝始元六年，大旱。先是，大鸿胪田广明征益州，暴师连年。

宣帝本始三年夏，大旱，东西数千里。先是，五将军众二十万征匈奴。神爵元年秋，大旱。是岁，后将军赵充国征西羌。

成帝永始三年、四年夏，大旱。

《左氏传》晋献公时童谣曰："丙子之晨，龙尾伏辰，袀服振振，取虢之旂。鹑之贲贲，天策焞焞，火中成军，虢公其奔。"是时，虢为小国，介夏阳之隘，怙虞国之助，亢衡于晋，有炕阳之节，失臣下之心。晋献伐之，问于卜偃曰："吾其济乎？"偃以童谣对曰："克之。十月朔丙子旦，日在尾，月在策，鹑火中，必此时也。"冬十二月丙子朔，晋师灭虢，虢公丑奔周。周十二月，夏十月也。言天者以夏正。

史记晋惠公时童谣曰："恭太子更葬兮，后十四年，晋亦不昌，昌乃在其兄。"是时，惠公赖秦力得立，立而背秦，内杀二大夫，国人不说。及更葬其兄恭太子申生而不敬，故诗妖作也。后与秦战，为秦所获，立十四年而死。晋人绝之，更立其兄重耳，是为文公，遂伯诸侯。

《左氏传》文、成之世童谣曰："鸜之鹆之，公出辱之。鸜鹆之羽，公在外野，往馈之马。鸜鹆跦跦，公在乾侯，征褰襦。鸜鹆之巢，远哉摇摇，裯父丧劳，宋父以骄鸜鹆鸜鹆，往歌来哭。"至昭公时，有鸜鹆来巢。公攻季氏，败，出奔齐，居外野，次乾侯。八年，死于外，归葬鲁。昭公名裯。公子宋立，是为定公。

元帝时童谣曰："井水溢，灭灶烟，灌玉堂，流金门。"至成帝建始二年三月戊子，北宫中井泉稍上，溢出南流，象春秋时先有鸜鹆之谣，而后有来巢之验。井水，阴也；灶烟，阳也；玉堂、金门，至尊之居，象阴盛而灭阳，窃有宫室之应也。王莽生于元帝初元四年，至成帝封侯，为三公辅政，因以篡位。

成帝时童谣曰："燕燕尾涎涎，张公子，时相见。木门仓琅根，燕飞来，啄皇孙。皇孙死，燕啄矢。"其后帝为微行出游，常与富平侯张放俱称富平侯家人，过河阳主作乐，见舞者赵飞燕而幸之，故曰"燕燕尾涎涎"，美好貌也。"张公子"，谓富平侯也。"木门仓琅根"，谓宫门铜锾，言将尊贵也。后遂立为皇后。弟昭仪贼害后宫皇子，卒皆伏辜，所谓"燕飞来，啄皇孙，皇孙死，燕啄矢"者也。

成帝时歌谣又曰："邪径败良田，谗口乱善人。桂树华不实，黄爵巢其颠。故为人所羡，今为人所怜。"桂，赤色，汉家象。华不实，无继嗣也。王莽自谓黄象，黄爵巢其颠也。

严公十七年"冬，多麋"。刘歆以为毛虫之孽为灾。刘向以为麋色青，近青祥也。麋之为言迷也，盖牝兽之淫者也。是时，严公将取齐之淫女，其象先见。天戒若曰，勿取齐女，淫而迷国。严不寤，遂取之。夫人既入，淫于二叔，终皆诛死，几亡社稷，董仲舒指略同。京房《易传》曰：“废正作淫，大不明，国多麋。”又曰：“‘震’遂泥，厥咎国多麋。”

昭帝时，昌邑王贺闻人声曰“熊”，视而见大熊。左右莫见，以问郎中令龚遂，遂曰：“熊，山野之兽，而来入宫室，王独见之，此天戒大王，恐宫室将空，危亡象也。”贺不改寤，后卒失国。

《左氏传》襄公十七年十一月甲午，宋国人逐猘狗，猘狗入于华臣氏，国人从之。臣惧，遂奔陈。先是，臣兄阅为宋卿，阅卒，臣使贼杀阅家宰，遂就其妻。宋平公闻之，曰：“臣不唯其宗室是暴，大乱宋国之政。”欲逐之。左师向戌曰：“大臣不顺，国之耻也，不如盖之。”公乃止。华臣炕暴失义，内不自安，故犬祸至，以奔亡也。

高后八年三月，祓霸上，还过枳道，见物如仓狗，檝高后掖，忽而不见。卜之，赵王如意作祟。遂病掖伤而崩。先是，高后鸩杀如意，支断其母戚夫人手足，搉其眼，以为人彘。

文帝后五年六月，齐雍城门外有狗生角。先是，帝兄齐悼惠王亡后，帝分齐地，立其庶子女七人皆为王。兄弟并强，有炕阳心，故犬祸见也。犬守御，角兵象，在前而上向者也。犬不当生角，犹诸侯不当举兵向京师也。天之戒人早矣，诸侯不寤。后六年，吴、楚畔，济南、胶西、胶东三国应之，举兵至齐。齐王犹与城守，三国围之。会汉破吴、楚，因诛四王。故天狗下梁而吴、楚攻梁，狗生角于齐而三国围齐。汉卒破吴、楚于梁，诛四王于齐。京房《易传》曰：“执政失，下将害之。厥妖狗生角。君子苟免，小人陷之，厥妖狗生角。”

景帝三年二月，邯郸狗与彘交。悖乱之气，近犬豕之祸也。是时，赵王遂悖乱，与吴、楚谋为逆，遣使匈奴求助兵，卒伏其辜。犬，兵革失众之占；豕，北方匈奴之象。逆言失听，交于异类，以生害也。京房《易传》曰：“夫妇不严，厥妖狗与豕交。兹谓反德，国有兵革。”

成帝河平元年，长安男子石良、刘音相与同居，有如人状在其室中，击之，为狗，走出。去后，有数人被甲持兵弩至良家，良等格击，或死或伤，皆狗也。自二月至六月乃止。

鸿嘉中，狗与彘交。

《左氏》昭公二十四年十月癸酉，王子晁以成周之宝圭湛于河，几以获神助。甲戌，津人得之河上，阴不佞取将卖之，则为石。是时，王子晁篡天子位，万民不响，号令不从，故有玉变，近白祥也。癸酉入而甲戌出，神不享之验云。玉化为石，贵将为贱也。后二年，子晁奔楚而死。

史记秦始皇帝三十六年，郑客从关东来，至华阴，望见素车白马从华山上下，知其非人，道住止而待之，遂至，持璧与客曰：“为我遗镐池君。”因言“今年祖龙死”。忽不见。郑客奉璧，即始皇二十八年过江所湛璧也。与周子鼂同应。是岁，石陨于东郡，民或刻其石曰：“始皇死而地分。”此皆白祥，炕阳暴虐，号令不从，孤阳独治，群阴不附之所致也。一曰，石，阴类也，阴持高节，臣将危君，赵高、李斯之象也。始皇不畏戒自省，反夷灭其旁民，而燔烧其石。是岁始皇死，后三年而秦灭。

孝昭元凤三年正月，泰山莱芜山南匈匈有数千人声。民视之，有大石自立，高丈五尺，大四十八围，入地深八尺，三石为足。石立处，有白乌数千集其旁。眭孟以为，石阴类，下民象，泰山岱宗之岳，王者易姓告代之处，当有庶人为天子者。孟坐伏诛。京房《易传》曰：“‘《复》，崩来无咎。’自上下者为崩，厥应泰山之石颠而下，圣人受命人君虏。”又曰：“石立如人，庶士为天下雄。立于山，同姓；平地，异姓。立于水，圣人；于泽，小人。”

天汉元年三月，天雨白毛；三年八月，天雨白氂。京房《易传》曰：“前乐后忧，厥妖天雨羽。”又曰：“邪人进，贤人逃，天雨毛。”

史记周威烈王二十三年，九鼎震。金震，木动之也。是时，周室衰微，刑重而虐，号令不从，以乱金气。鼎者，宗庙之宝器也。宗庙将废，宝鼎将迁，故震动也。是岁，晋三卿韩、魏、赵篡晋君而分其地，威烈王命以为诸侯。天子不恤同姓，而爵其贼臣，天下不附矣。后三世，周致德祚于秦。其后秦遂灭周，而取九鼎。九鼎之震，木沴金，失众甚。

成帝元延元年正月，长安章城门门牡自亡，函谷关次门牡亦自亡。京房《易传》曰：“饥而不损兹谓泰，厥灾水，厥咎牡亡。”《妖辞》曰：“关动牡飞，辟为亡道臣为非，厥咎乱臣谋篡。”故谷永对曰：“章城门通路寝之路，函谷关距山东之险，城门关守国之固，固将去焉，故牡飞也。”

卷二十七中之下

五行志第七中之下

传曰：“视之不明，是谓不哲，厥咎舒，厥罚恒奥，厥极疾。时则有草妖，时则有蠃虫之孽，时则有羊祸，时则有目痾，时则有赤眚赤祥。惟水沴火。”

“视之不明，是谓不哲”，哲，知也。《诗》云：“尔德不明，以亡陪亡卿；不明尔德，以亡背亡仄。”言上不明，暗昧蔽惑，则不能知善恶，亲近习，长同类，亡功者受赏，有罪者不杀，百官废乱，失在舒缓，故其咎舒也。盛夏日长，暑以养物，政弛缓，故其罚常奥也。奥则冬温，春夏不和，伤病民人，故极疾也。诛不行则霜不杀草，由臣下则杀不以时，故有草妖。凡妖，貌则以服，言则以诗，听则以声。视则以色者，五色物之大分也，在于眚祥，故圣人以为草妖，失秉之明者也。温奥生虫，故有蠃虫之孽，谓螟螣之类当死不死，未当生而生，或多于故而为灾也。刘歆以为属思心不容。于《易》，刚而包柔为“离”，“离”为火为目。羊上角下蹄，刚而包柔，羊大目而不精明，视气毁故有羊祸。一曰，暑岁羊多疫死，及为怪，亦是也。及人，则多病目者，故有目痾，火色赤，故有赤眚赤祥。凡视伤者病火气，火气伤则水沴之。其极疾者，顺之，其福曰寿。刘歆视传曰有羽虫之孽，鸡祸。说以为于天文南方喙为鸟星，故为羽虫；祸亦从羽，故为鸡；鸡于《易》自在“巽”。说非是。庶征之恒奥，刘向以为《春秋》亡冰也。小奥不书，无冰然后书，举其大者也。京房《易传》曰：“禄不遂行兹谓欺，厥咎奥，雨雪四至而温。臣安禄乐逸兹谓乱，奥而生虫。知罪不诛兹谓舒，其奥，夏则暑杀人，冬则物华实。重过不诛，兹谓亡征，其咎当寒而奥六日也。”

桓公十五年“春，亡冰”。刘向以为周春，今冬也。先是，连兵邻国，三战而再败也，内失百姓，外失诸侯，不敢行诛罚，郑伯突篡兄而立，公与相亲，长养同类，不明善恶之罚也。董仲舒以为象夫人不正，阴失节也。

成公元年“二月，无冰”。董仲舒以为方有宣公之丧，君臣无悲哀之心，而炕阳，作丘甲。刘向以为时公幼弱，政舒缓也。

襄公二十八年“春，无冰”。刘向以为先是公作三军，有侵陵用武之意，于是邻国不和，伐其三鄙，被兵十有余年，因之以饥馑，百姓怨望，臣下心离，公惧而弛缓，不敢行诛罚，楚有夷狄行，公有从楚心，不明善恶之应。董仲舒指略同。一曰，水旱之灾，寒暑之变，天下皆同，故曰“无冰”，天下异也。桓公杀兄弑君，外成宋乱，与郑易邑，背畔周室。成公时，楚横行中国，王札子杀召伯、毛伯，晋败天子之师于贸戎，天子皆不能讨。襄公时，天下诸侯之大夫皆执国权，君不能制。渐将日甚，善恶不明，诛罚不行，周失之舒，秦失之急，故周衰亡寒岁，秦灭亡奥年。

武帝元狩六年冬，亡冰。先是，比年遣大将军卫青、霍去病攻祁连，绝大幕，穷追单于，斩首十余万级，还，大行庆赏。乃闵海内勤劳，是岁遣博士褚大等六人持节巡行天下，存赐鳏寡，假与乏困，举遗逸独行君子诣行在所。郡国有以为便宜者，上丞相、御史以闻。天下咸喜。

昭帝始元二年冬，亡冰。是时上年九岁，大将军霍光秉政，始行宽缓，欲以说下。

僖公三十三年“十二月，陨霜不杀草”。刘歆以为草妖也。刘向以为今十月，周十二月。于《易》，五为天位，为君位，九月阴气至，五通于天位，其卦为“剥”，剥落万物，始大杀矣，明阴从阳命，臣受君令而后杀也。今十月陨霜而不能杀草，此君诛不行，舒缓之应也。是时，公子遂专权，三桓始世官，天戒若曰，自此之后，将皆为乱矣。文公不寤，其后遂杀子赤，三家逐昭公。董仲舒指略同。京房《易传》曰:“臣有缓兹谓不顺，厥异霜不杀也。”

《书序》曰：“伊陟相太戊，亳有祥桑穀共生。”传曰：“俱生乎朝，七日而大拱。伊陟戒以修德，而木枯。”刘向以为殷道既衰，高宗承敝而起，尽凉阴之哀，天下应之，既获显荣，怠于政事，国将危亡，故桑穀之异见。桑犹丧也，穀犹生也，杀生之秉失而在下，近草妖也。一曰，野木生朝而暴长，小人将暴在大臣之位，危亡国家，象朝将为虚之应也。

《书序》又曰：“高宗祭成汤，有飞雉登鼎耳而雊。”祖己曰：“惟先假王，正厥事。”刘向以为雉雊鸣者雄也。以赤色为主。于《易》，“离”为雉，雉，南方，近赤祥也。刘歆以为羽虫之孽。《易》有“鼎卦”，鼎，宗庙之器，主器奉宗庙者长子也。野鸟自外来，入为宗庙器主，是继嗣将易也。一曰，鼎三足，三公象，而以耳行。野鸟居鼎耳，小人将居公位，败宗庙之祀。野木生朝，野鸟入庙，败亡之异也。武丁恐骇，谋于忠贤，修德而正事，内举傅说，授以国政，外伐鬼方，以安诸夏，故能攘木。鸟之妖，致百年之寿，所谓“六沴作见，若是其御，五福乃降，用章于下”者也。一曰，金沴木曰木不曲直。

僖公三十三年“十二月，李梅实”。刘向以为周十二月，今十月也，李梅当剥落，今反华实，近草妖也。先华而后实，不书华，举重者也。阴成阳事，象臣专君作威福。一曰，冬当杀，反生，象骄臣当诛，不行其罚也。故冬华华者，象臣邪谋有端而不成，至于实，则成矣。是时僖公死，公子遂专权，文公不寤，后有子赤之变。一曰，君舒缓甚，奥气不臧，则华实复生。董仲舒以为李梅实，臣下强也。记曰：“不当华而华，易大夫；不当实而实，易相室。”冬，水王，木相，故象大臣。刘歆以为庶征皆以虫为孽，思心蠃虫孽也。李梅实，属草妖。

惠帝五年十月，桃李华，枣实。昭帝时，上林苑中大柳树断仆地，一朝起立，生枝叶，有虫食其叶，成文字，曰“公孙病已立”。又，昌邑王国社有枯树复生枝叶。眭孟以为，木阴类，下民象，当有故废之家公孙氏从民间受命为天子者。昭帝富于春秋，霍光秉政，以孟妖言，诛之。后昭帝崩，无子，征昌邑王贺嗣位，狂乱失道，光废之，更立昭帝兄卫太子之孙，是为宣帝。宣帝本名病已。京房《易传》曰：“枯杨生稊，枯木复生，人君亡子。”

元帝初元四年，皇后曾祖父济南东平陵王伯墓门梓柱卒生枝叶，上出屋。刘向以为王氏贵盛，将代汉家之象也。后王莽篡位，自说之曰：“初元四年，莽生之岁也，当汉九世火德之厄，而有此祥兴于高祖考之门。门为开通，梓犹子也，言王氏当有贤子开通祖统，起于柱石大臣之位，受命而王之符也。”

建昭五年，兖州刺史浩赏禁民私所自立社。山阳橐茅乡社有大槐树，吏伐断之，其夜树复立其故处。成帝永始元年二月，河南街邮樗树生支如人头，眉、目、须皆具，亡发、耳。哀帝建平三年十月，汝南西平遂阳乡柱仆地，生支如人形，身青黄色，面白，头有髭发，稍长大，凡长六寸一分。京房《易传》曰：“王德衰，下人将起，则有木生为人状。”

哀帝建平三年，零陵有树僵地，围丈六尺，长十丈七尺。民断其本，长九尺余，皆枯。三月，树卒自立故处。京房《易传》曰：“弃正作淫，厥妖木断自属。妃后有专，木仆反立，断枯复生。天辟恶之。”

元帝永光二年八月，天雨草，而叶相摎结，大如弹丸。平帝元始三年正月，天雨草，状如永光时。京房《易传》曰：“君吝于禄，信衰贤去，厥妖天雨草。”

昭公二十五年“夏，有鸜鹆来巢”。刘歆以为，羽虫之孽，其色黑，又黑祥也，视不明、听不聪之罚也。刘向以为，蜚有蜮不言来者，气所生，所谓眚也；鸜鹆言来者，气所致，所谓祥也。鸜鹆，夷狄穴藏之禽，来至中国，不穴而巢，阴居阳位，象季氏将逐昭公，去宫室而居外野也。鸜鹆白羽，旱之祥也；穴居而好水，黑色，为主急之应也。天戒若曰，既失众，不可急暴；急暴，阴将持节阳以逐尔，去宫室而居外野矣。昭不寤，而举兵围季氏，为季氏所败，出奔于齐，遂死于外野。董仲舒指略同。

景帝三年十一月，有白颈乌与黑乌群斗楚国吕县，白颈不胜，堕泗水中，死者数千。刘向以为近白黑祥也。时楚王戊暴逆无道，刑辱申公，与吴王谋反。乌群斗者，师战之象也。白颈者小，明小者败也。堕于水者，将死水地。王戊不寤，遂举兵应吴，与汉大战，兵败而走，至于丹徒，为越人所斩，堕死于水之效也。京房《易传》曰：“逆亲亲，厥妖白黑乌斗于国。”

昭帝元凤元年，有乌与鹊斗燕王宫中池上，乌堕池死，近黑祥也。时燕王旦谋为乱，遂不改寤，伏辜而死。楚、燕皆骨肉藩臣，以骄怨而谋逆，俱有乌鹊斗死之祥，行同而占合，此天人之明表也。燕一乌鹊斗于宫中而黑者死，楚以万数斗于野外而白者死，象燕阴谋未发，独王自杀于宫，故一乌水色者死，楚炕阳举兵，军师大败于野，故众乌金色者死，天道精微之效也。京房《易传》曰：“专征劫杀，厥妖乌鹊斗。”昭帝时有鹈鹕或曰秃鹙集昌邑王殿下。王使人射杀之。刘向以为，水鸟色青，青祥也。时，王驰骋无度，慢侮大臣，不敬至尊，有服妖之象，故青祥见也。野鸟入处，宫室将空。王不悟，卒以亡。京房《易传》曰：“辟退有德，厥咎狂，厥妖水鸟集于国中。”

成帝河平元年二月庚子，泰山山桑谷有鸢焚其巢。男子孙通等闻山中群鸟鸢鹊声，往视，见巢然，尽堕地中，有三鸢鷇烧死。树大四围，巢去地五丈五尺。太守平以闻。鸢色黑，近黑祥，贪虐之类也。《易》曰：“鸟焚其巢，旅人先笑后号咷。”泰山，岱宗，五岳之长，王者易姓告代之处也。天戒若曰，勿近贪虐之人，听其贼谋，将生焚巢自害其子绝世易姓之祸。其后，赵飞燕得幸，立为皇后，弟为昭仪，姊妹专宠，闻后宫许美人、曹伟能生皇子也，昭仪大怒，令上夺取而杀之，皆并杀其母。成帝崩，昭仪自杀，事乃发觉，赵后坐诛。此焚巢杀子后号咷之应也。一曰，王莽贪虐而任社稷之重，卒成易姓之祸云。京房《易传》曰："人君暴虐，鸟焚其舍。"

鸿嘉二年三月，博士行大射礼，有飞雉集于庭，历阶登堂而雊。后雉又集太常、宗正、丞相、御史大夫、大司马车骑将军之府，又集未央宫承明殿屋上。时大司马车骑将军王音、待诏宠等上言："天地之气，以类相应，谴告人君，甚微而著。雉者听察，先闻雷声，故《月令》以纪气。经载高宗雊雉之异，以明转祸为福之验。今雉以博士行礼之日大众聚会，飞集于庭，可阶登堂，万众睢睢，惊怪连日。径历三公之府，太常、宗正典宗庙骨肉之官，然后入宫。其宿留告晓人，具备深切，虽人道相戒，何以过是！"后帝使中常侍晁闳诏音曰："闻捕得雉，毛羽颇摧折，类拘执者，得无人为之？"音复对曰："陛下安得亡国之语？不知谁主为佞谄之计，诬乱圣德如此者！左右阿谀甚众，不待臣音复谄而足。公卿以下，保位自守，莫有正言。如令陛下觉寤，惧大祸且至身，深责臣下，绳以圣法，臣音当先受诛，岂有以自解哉！今即位十五年，继嗣不立，日日驾车而出，失行流闻，海内传之，甚于京师。外有微行之害，内有疾病之忧，皇天数见灾异，欲人变更，终已不改。天尚不能感动陛下，臣子何望？独有极言待死，命在朝暮而已。如有不然，老母安得处所，尚何皇太后之有！高祖天下当以谁属乎！宜谋于贤知，克己复礼，以求天意，继嗣可立，灾变尚可销也。"

成帝绥和二年三月，天水平襄有燕生爵，哺食至大，俱飞去。京房《易传》曰："贼臣在国，厥咎燕生爵，诸侯销。"一曰，生非其类，子不嗣世。

史记鲁定公时，季桓子穿井，得土缶，中得虫若羊，近羊祸也。羊者，地上之物，幽于土中，象定公不用孔子而听季氏，暗昧不明之应也。一曰，羊去野外而拘土缶者，象鲁君失其所而拘于季氏，季氏亦将拘于家臣也。是岁，季氏家臣阳虎囚季桓子。后三年，阳虎劫公伐孟氏，兵败，窃宝玉大弓而出亡。

《左氏传》鲁襄公时，宋有生女子赤而毛，弃之堤下，宋平公母共姬之御者见而收之，因名曰弃。长而美好，纳之平公，生子曰佐，后宋臣伊戾谗太子痤而杀之，先是，大夫华元出奔晋，华弱奔鲁，华臣奔陈，华合比奔卫。刘向以为时则火灾赤眚之明应也，京房《易传》曰："尊卑不别，厥妖女生赤毛。"

惠帝二年，天雨血于宜阳，一顷所，刘向以为赤眚也，时又冬雷，桃李华，常奥之罚也。是时，政舒缓，诸吕用事，谗口妄行，杀三皇子，建立非嗣，及不当立之王，退王陵、赵尧、周昌。吕太后崩，大臣共诛灭诸吕，僵尸流血，京房《易传》曰："归狱不解，兹谓追非，厥咎天雨血；兹谓不亲，民有怨心，不出三年，无其宗人。"又曰："佞人禄，功臣戮，天雨血。"

哀帝建平四年四月，山阳湖陵雨血，广三尺，长五尺，大者如钱，小者如麻子。后二年，帝崩。王莽擅朝，诛贵戚丁、傅，大臣董贤等皆放徙远方，与诸吕同象。诛死者少，雨血亦少。

传曰："听之不聪，是谓不谋，厥咎急，厥罚恒寒，厥极贫。时则有鼓妖，时则有鱼孽，时则有豕祸，时则有耳痾，时则有黑眚黑祥。惟火沴水。"

"听之不聪，是谓不谋"，言上偏听不聪，下情隔塞，则不能谋虑利害，失在严急，故其咎急也。盛冬日短，寒以杀物，政促迫，故其罚常寒也。寒则不生百谷，上下俱贫，故其极贫也。君严猛而闭下，臣战栗而塞耳，则妄闻之气发于音声，故有鼓妖。寒气动，故有鱼孽。雨以龟为孽，龟能陆处，非极阴也；鱼去水而死，极阴之孽也。于《易》，

"坎"为豕，豕大耳而不聪察，听气毁，故有豕祸也，一曰，寒岁豕多死，及为怪，亦是也。及人，则多病耳者，故有耳痾。水色黑，故有黑眚黑祥。凡听伤者病水气，水气病则火沴之。其极贫者，顺之，其福曰富。刘歆听传曰有介虫孽也，庶征之恒寒。刘向以为春秋无其应，周之末世舒缓微弱，政在臣下，奥暖而已，故籍秦以为验。秦始皇即位尚幼，委政太后，太后淫于吕不韦及嫪毐，封毐为长信侯，以太原郡为毐国，宫室苑囿自恣，政事断焉。故天冬雷，以见阳不禁闭，以涉危害，舒奥迫近之变也。始皇既冠，毐惧诛作乱，始皇诛之，斩首数百级，大臣二十人，皆车裂以徇，夷灭其宗，迁四千余家于房陵。是岁四月，寒，民有冻死者。数年之间，缓急如此，寒奥辄应，此其效也。刘歆以为大雨雪，及未当雨雪而雨雪，及大下雨雹，陨霜杀叔草，皆常寒之罚也。刘向以为常雨属貌不恭。京房《易传》曰："有德遭险，兹谓逆命，厥异寒。诛过深，当奥而寒，尽六日，亦为雹。害正不诛，兹谓养贼，寒七十二日，杀飞禽。道人始去兹谓伤，其寒物无霜而死，涌水出。战不量敌，兹谓辱命，其寒虽雨物不茂。闻善不予，厥咎聋。"

桓公八年"十月，雨雪"。周十月，今八月也，未可以雪，刘向以为时夫人有淫齐之行，而桓有妒娼之心，夫人将杀，其象见也。桓不觉寤，后与夫人俱如齐而杀死。凡雨，阴也，雪又雨之阴也，出非其时，迫近象也。董仲舒以为象夫人专恣，阴气盛也。

釐公十年"冬，大雨雪"。刘向以为，先是釐公立妾为夫人，阴居阳位，阴气盛也。《公羊经》曰"大雨雹"。董仲舒以为，公胁于齐桓公，立妾为夫人，不敢进群妾，故专一之象见诸雹，皆为有所渐胁也，行专一之政云。

昭公四年"正月，大雨雪"。刘向以为，昭取于吴而为同姓，谓之吴孟子。君行于上，臣非于下。又三家已强，皆贱公行，慢侮之心生。董仲舒以为季孙宿任政，阴气盛也。

文帝四年六月，大雨雪。后三岁，淮南王长谋反，发觉，迁，道死。京房《易传》曰："夏雨雪，戒臣为乱。"

景帝中六年三月，雨雪。其六月，匈奴入上郡取苑马，吏卒战死者二千余人。明年，条侯周亚夫下狱死。

武帝元狩元年十二月，大雨雪，民多冻死。是岁，淮南、衡山王谋反，发觉，皆自杀。使者行郡国，治党与，坐死者数万人。

元鼎二年三月，雪，平地厚五尺，是岁，御史大夫张汤有罪自杀，丞相严青翟坐与三长史谋陷汤，青翟自杀，三长史皆弃市。

元鼎三年三月水冰，四月雨雪，关东十余郡人相食。是岁，民不占缗钱有告者，以半畀之。

元帝建昭二年十一月，齐、楚地大雪，深五尺。是岁，魏郡太守京房为石显所告，坐与妻父淮阳王舅张博、博弟光劝视淮阳王以不义。博要斩，光、房弃市，御史大夫郑弘坐免为庶人。成帝即位，显伏辜，淮阳王上书冤博，辞语增加，家属徙者复得还。

建昭四年三月，雨雪，燕多死。谷永对曰："皇后桑蚕以治祭服，共事天地宗庙，正以是日疾风自西北，大寒雨雪，坏败其功，以章不乡。宜斋戒辟寝，以深自责，请皇后就宫，隔闭门户，毋得擅上。且令众妾人人更进，以时博施。皇天说喜，庶几可以得贤明之嗣。即不行臣言，灾异俞甚，天变成形，臣虽欲复捐身关策，不及事已。"其后许后坐祝诅废。

阳朔四年四月，雨雪，燕雀死。后十二年，许皇后自杀。

定公元年"十月，陨霜杀菽"。刘向以为，周十月，今八月也，消卦为"观"，阴气未至君位而杀，诛罚不由君出，在臣下之象也。是时，季氏逐昭公，公死于外，定公得立，故天见灾以视公也。釐公二年“十月，陨霜不杀草”，为嗣君微，失秉事之象也。其后卒在臣下，则灾为之生矣。异故言草，灾故言菽，重杀谷。一曰菽，草之难杀者也，言杀菽，知草皆死也；言不杀草，知菽亦不死也。董仲舒以为，菽，草之强者，天戒若曰，加诛于强臣。言菽，以微见季氏之罚也。

武帝元光四年四月，陨霜杀草木。先是二年，遣五将军三十万众伏马邑下，欲袭单于，单于觉之而去。自是始征伐四夷，师出三十余年，天下户口减半。京房《易传》曰：“兴兵妄诛，兹谓亡法，厥灾霜，夏杀五谷，冬杀麦。诛不原情，兹谓不仁，其霜，夏先大雷风，冬行雨，乃陨霜，有芒角。贤圣遭害，其霜附木不下地。佞人依刑，兹谓私贼。其霜在草根土隙间。不教而诛兹谓虐，其霜反在草下。”

元帝永光元年三月，陨霜杀桑；九月二日，陨霜杀稼，天下大饥。是时，中书令石显用事专权，与《春秋》定公时陨霜同应。成帝即位，显坐作威福诛。

釐公二十九年“秋，大雨雹。”刘向以为，盛阳雨水，温暖而汤热，阴气胁之不相入，则转而为雹；盛阴雨雪，凝滞而冰寒，阳气薄之不相入，则散而为霰。故沸汤之在闭器，而湛于寒泉，则为冰，及雪之销，亦冰解而散，此其验也。故雹者阴胁阳也。霰者阳胁阴也，《春秋》不书霰者，犹月食也。釐公末年信用公子遂，遂专权自恣，将至于杀君，故阴胁阳之象见。釐公不寤，遂终专权，后二年杀子赤，立宣公。《左氏传》曰：“圣人在上无雹，虽有不为灾。”说曰：“凡物不为灾不书，书大，言为灾也。凡雹，皆冬之愆阳，夏之伏阴也。”

昭公三年，“大雨雹”。是时季氏专权，胁君之象见。昭公不寤，后季氏卒逐昭公。

元封三年十二月，雷雨雹，大如马头。宣帝地节四年五月，山阳济阴雨雹如鸡子，深二尺五寸，杀二十人，飞鸟皆死。其十月，大司马霍禹宗族谋反，诛，霍皇后废。

成帝河平二年四月，楚国雨雹，大如斧，飞鸟死。

《左传》曰釐公三十二年十二月己卯，“晋文公卒，庚辰，将殡于曲沃，出绛，柩有声如牛”。刘向以为近鼓妖也。丧，凶事；声如牛，怒象也。将有急怒之谋，以生兵革之祸。是时，秦穆公遣兵袭郑而不假道，还，晋大夫先轸谓襄公曰，秦师过不假涂，请击之。遂要崤隘，以败秦师，匹马觭轮无反者，操之急矣。晋不惟旧，而听虐谋，结怨强国，四被秦寇，祸流数世，凶恶之效也。

哀帝建平二年四月乙亥朔，御史大夫朱博为丞相，少府赵玄为御史大夫，临延登受策，有大声如钟鸣，殿中郎吏陛者皆闻焉。上以问黄门侍郎扬雄、李寻，寻对曰：“《洪范》所谓鼓妖者也。师法以为人君不聪，为众所惑，空名得进，则有声无形，不知所从生。其传曰岁月日之中，则正卿受之。今以四月日加辰巳有异，是为中焉。正卿谓执政大臣也。宜退丞相、御史，以应天变。然虽不退，不出期年，其人自蒙其咎。”杨雄亦以为鼓妖，听失之象也。朱博为人强毅多权谋，宜将不宜相，恐有凶恶亟疾之怒。八月，博、玄坐为奸谋，博自杀，玄减死论。京房《易传》曰：“令不修本，下不安，金毋故自动，若有音。”

史记秦二世元年，天无云而雷。刘向以为，雷当托于云，犹君托于臣，阴阳之合也。二世不恤天下，万民有怨畔之心，是岁，陈胜起，天下畔，赵高作乱，秦遂以亡。一曰，《易》，“震”为雷，为貌不恭也。

史记秦始皇八年，河鱼大上。刘向以为近鱼孽也。是岁，始皇弟长安君将兵击赵，反，死屯留，军吏皆斩，迁其民于临洮。明年，有嫪毐之诛。鱼阴类，民之象，逆流而上者，民将不从君令为逆行也。其在天文，鱼星中河而处，车骑满野。至于二世，暴虐愈甚，终用急亡。京房《易传》曰：“众逆同志，厥妖河鱼逆流上。”

武帝元鼎五年秋，蛙与虾蟆群斗。是岁，四将军众十万征南越，开九郡。

成帝鸿嘉四年秋，雨鱼于信都，长五寸以下。成帝永始元年春，北海出大鱼，长六丈，高一丈，四枚。哀帝建平三年，东莱平度出大鱼，长八丈，高丈一尺，七枚，皆死。京房《易传》曰："海数见巨鱼，邪人进，贤人疏。"

桓公五年"秋，螽"。刘歆以为贪虐取民则螽，介虫之孽也，与鱼同占。刘向以为介虫之孽属言不从。是岁，公获二国之聘，取鼎易邑，兴役起城。诸螽略皆从董仲舒说云。

严公二十九年"有蜚"。刘歆以为负蠜也，性不食谷，食谷为灾，介虫之孽。刘向以为蜚色青，近青眚也，非中国所有。南越盛暑，男女同川泽，淫风所生，为虫臭恶。是时，严公取齐淫女为夫人，既入，淫于两叔，故蜚至。天戒若曰，今诛绝之尚及，不将生臭恶，闻于四方。严不寤，其后夫人与两叔作乱，二嗣以杀，卒皆被辜。董仲舒指略同。

釐公十五年"八月，螽"。刘向以为，先是釐有咸之会，后城缘陵，是岁，复以兵车为牡丘会，使公孙敖帅师，及诸侯大夫救徐，兵比三年在外。

文公三年"秋，雨螽于宋"。刘向以为，先是宋杀大夫而无罪，有暴虐赋敛之应。《穀梁传》曰上下皆合，言甚。董仲舒以为宋三世内取，大夫专恣，杀生不中，故螽先死而至。刘歆以为，螽为谷灾，卒遇贼阴，坠而死也。八年"十月，螽"。时公伐邾取须朐，城郚。

宣公六年"八月，螽"。刘向以为，先是时宣伐莒向，后比再如齐，谋伐莱。十三年"秋，螽"。公孙归父会伐莒。十五年"秋，螽"。宣亡熟岁，数有军旅。

襄公七年"八月，螽"。刘向以为，先是襄兴师救陈，滕子、郯子、小邾子皆来朝。夏，城费。

哀公十二年"十二月，螽"。是时，哀用田赋。刘向以为春用田赋，冬而螽。十三年"九月，螽；十二月，螽"。比三螽，虐取于民之效也。刘歆以为，周十二月，夏十月也。火星既伏，蛰虫皆毕，天之见变，因物类之宜，不得以螽，是岁，再失闰矣。周九月，夏七月，故传曰："火犹西流，司历过也。"

宣公十五年"冬，蝝生"。刘歆以为，蝝，蚍蜉之有翼者，食谷为灾，黑眚也。董仲舒、刘向以为，蝝，螟始生也，一曰螟始生。是时，民患上力役，解于公田。宣是时初税亩。税亩，就民田亩择美者税其什一，乱先王制而为贪利，故应是而蝝生，属蠃虫之孽。

景帝中三年秋，蝗。先是，匈奴寇边，中尉不害将车骑材官士屯代高柳。

武帝元光五年秋，螟；六年夏，蝗。先是，五将军众三十万伏马邑，欲袭单于也。是岁，四将军征匈奴。

元鼎五年秋，蝗。是岁，四将军征南越及西南夷，开十余郡。元封六年秋，蝗。先是，两将军征朝鲜，开三郡。太初元年夏，蝗从东方蜚至敦煌；三年秋，复蝗。元年，贰师将军征大宛，天下奉其役连年。征和三年秋，蝗；四年夏，蝗。先是一年，三将军众十余万征匈奴。征和三年，贰师七万人没不还。

平帝元始二年秋，蝗，遍天下。是时，王莽秉政。

《左氏传》曰严公八年齐襄公田于贝丘，见豕。从者曰："公子彭生也。"公怒曰："射之！"豕人立而啼，公惧，坠车，伤足丧屦。刘向以为近豕祸也。先是，齐襄淫于妹鲁桓公夫人，使公子彭生杀桓公，又杀彭生以谢鲁。公孙无知有宠于先君，襄公绌之，无知帅怨恨之徒攻襄于田所，襄匿其户间，足见于户下，遂杀之。伤足丧屦，卒死于足，虐急之效也。

昭帝元凤元年，燕王宫永巷中豕出圂，坏都灶，衔其鬴六七枚置殿前。刘向以为近豕祸也。是时，燕王旦与长公主、左将军谋为大逆，诛杀谏者，暴急无道。灶者，生养之本，豕而败灶，陈鬴于庭，鬴灶将不用，宫室将废辱也。燕王不改，卒伏其辜。京房《易传》曰："众心不安君政，厥妖豕入居室。"

史记鲁襄公二十三年，榖、洛水斗，将毁王宫。刘向以为近火沴水也。周灵王将拥之，有司谏曰："不可。长民者不崇薮，不堕山，不防川，不窦泽。今吾执政毋乃有所辟，而滑夫二川之神，使至于争明，以防王宫室，王而饰之，毋乃不可乎！惧及子孙，王室愈卑。"王卒拥之。以传推之，以四渎比诸侯，榖、洛其次，卿大夫之象也，为卿大夫将分争以危乱王室也。是时，世卿专权，儋括将有篡杀之谋，如灵王觉寤，匡其失政，惧以承戒，则灾祸除矣。不听谏谋，简慢大异，任其私心，塞埤拥下，以逆水势而害鬼神。后数年有黑如日者五。是岁早霜，灵王崩。景王立二年，儋括欲杀王，而立王弟佞夫。佞夫不知，景王并诛佞夫。及景王死，五大夫争权，或立子猛，或立子朝，王室大乱。京房《易传》曰："天子弱，诸侯力政，厥异水斗。"

史记曰，秦武王三年渭水赤者三日，昭王三十四年渭水又赤三日。刘向以为近火沴水也。秦连相坐之法，弃灰于道者黥，罔密而刑虐，加以武伐横出，残贼邻国，至于变乱五行，气色谬乱。天戒若曰，勿为刻急，将致败亡。秦遂不改，至始皇灭六国，二世而亡。昔三代居三河，河洛出图书，秦居渭阳，而渭水数赤，瑞异应德之效也。京房《易传》曰："君湎于酒，淫于色，贤人潜，国家危，厥异流水赤也。"

卷二十七下之上

五行志第七下之上

传曰："思心之不睿，是谓不圣，厥咎霿，厥罚恒风，厥极凶短折。时则有脂夜之妖，时则有华孽，时则有牛祸，时则有心腹之痾，时则有黄眚黄祥，时则有金木水火沴土。"

"思心之不睿，是谓不圣。"思心者，心思虑也；睿，宽也。孔子曰："居上不宽，吾何以观之哉！"言上不宽大包容臣下，则不能居圣位。貌言视听，以心为主，四者皆失，则区无识，故其咎霿也。雨旱寒奥，亦以风为本，四气皆乱，故其罚常风也。常风伤物，故其极凶短折也。伤人曰凶，禽兽曰短，草木曰折。一曰，凶，夭也；兄丧弟曰短，父丧子曰折。在人腹中，肥而包裹心者，脂也，心区霿则冥晦，故有脂夜之妖。一曰，有脂物而夜为妖，若脂水夜污人衣，淫之象也。一曰，夜，云风并起而杳冥，故与常风同象也。温而风则生螟螣，有裸虫之孽。刘向以为于《易》，"巽"为风为木，卦在三月、四月，继阳而治，主木之华实。风气盛，至秋冬木复华，故有华孽。一曰，地气盛则秋冬复华。一曰，华者色也，土为内事，为女孽也。于《易》，"坤"为土为牛，牛大而心不能思虑，思心气毁，故有牛祸。一曰，牛多死及为怪，亦是也。及人，则多病心腹者，故有心腹之痾。土色黄，故有黄眚黄祥。凡思心伤者病土气，土气病则金木水火沴之，故曰"时则有金木水火沴土"。不言"惟"而独曰"时则有"者，非一冲气所沴，明其异大也。其极曰凶短折，顺之，其福曰考终命。刘歆思心传曰时则有裸虫之孽，谓螟螣之属也。庶征之常风，刘向以为《春秋》无其应。

釐公十六年“正月，六鶂退飞，过宋都”。《左氏传》曰“风也”。刘歆以为风发于它所，至宋而高，鶂高飞而逢之，则退。经以见者为文，故记退飞；传以实应著，言风，常风之罚也。象宋襄公区霿自用，不容臣下，逆司马子鱼之谏，而与强楚争盟，后六年为楚所执，应六鶂之数云。京房《易传》曰：“潜龙勿用，众逆同志，至德乃潜，厥异风。其风也，行不解物，不长，雨小而伤。政悖德隐兹谓乱，厥风先风不雨。大风暴起，发屋折木。守义不进兹谓耄，厥风与云俱起，折五谷茎。臣易上政，兹谓不顺，厥风大焱发屋。赋敛不理兹谓祸，厥风绝经纬，止即温，温即虫。侯专封兹谓不统，厥风疾，而树不摇，谷不成。辟不思道利，兹谓无泽，厥风不摇木，旱无云，伤禾。公常于利兹谓乱，厥风微而温，生虫蝗，害五谷。弃正作淫兹谓惑，厥风温，螟虫起，害有益人之物。侯不朝兹谓叛，厥风无恒，地变赤而杀人。”

文帝二年六月，淮南王都寿春大风毁民室，杀人。刘向以为，是岁南越反，攻淮南边，淮南王长破之，后年入朝，杀汉故丞相辟阳侯，上赦之，归聚奸人谋逆乱，自称东帝，见异不寤，后迁于蜀，道死雍。文帝五年，吴暴风雨，坏城官府民室。时吴王濞谋为逆乱，天戒数见，终不改寤，后卒诛灭。五年十月，楚王都彭城大风从东南来，毁市门，杀人。是月王戊初嗣立，后坐淫削国，与吴王谋反，刑戮谏者。吴在楚东南，天戒若曰，勿与吴为恶，将败市朝。王戊不寤，卒随吴亡。

昭帝元凤元年，燕王都蓟大风雨，拔宫中树七围以上十六枚，坏城楼。燕王旦不寤，谋反发觉，卒伏其辜。

釐公十五年“九月己卯晦，震夷伯之庙”。刘向以为，晦，暝也；震，雷也。夷伯，世大夫，正昼雷，其庙独冥。天戒若曰。勿使大夫世官，将专事暝晦。明年，公子季友卒，果世官，政在季氏。至成公十六年“六月甲午晦”，正昼皆暝，阴为阳，臣制君也。成公不寤，其冬季氏杀公子偃。季氏萌于釐公，大于成公，此其应也。董仲舒以为，夷伯，季氏之孚也，陪臣不当有庙。震者，雷也，晦暝，雷击其庙，明当绝去僭差之类也。向又以为此皆所谓夜妖者也。刘歆以为，《春秋》及朔言朔，及晦言晦，人道所不及，则天震之。展氏有隐慝，故天加诛于其祖夷伯之庙以谴告之也。

成公十六年“六月甲午晦，晋侯及楚子、郑伯战于鄢陵。”皆月晦云。

隐公五年“秋，螟”。董仲舒、刘向以为时公观渔于棠，贪利之应也。刘歆以为又逆臧釐伯之谏，贪利区霿，以生裸虫之孽也。八年“九月，螟”。时郑伯以邴将易许田，有贪利心。京房《易传》曰：“臣安禄兹谓贪，厥灾虫，虫食根。德无常兹谓烦，虫食叶，不绌无德，虫食本。与东作争，兹谓不时，虫食节。蔽恶生孽，虫食心。”

严公六年“秋，螟”。董仲舒、刘向以为，先是，卫侯朔出奔齐，齐侯会诸侯纳朔，许诸侯赂。齐人归卫宝，鲁受之，贪利应也。

文帝后六年秋，螟。是岁，匈奴大入上郡、云中，烽火通长安，遣三将军屯边，三将军屯京师。

宣公三年，“郊牛之口伤，改卜牛，牛死”。刘向以为近牛祸也。是时，宣公与公子遂谋共杀子赤而立，又以丧娶，区霿昏乱。乱成于口，幸有季文子得免于祸，天犹恶之，生则不飨其祀，死则灾燔其庙。董仲舒指略同。

秦孝文王五年，斿朐衍，有献五足牛者。刘向以为近牛祸也。先是，文惠王初都咸阳，广大宫室，南临渭，北临泾，思心失，逆土气。足者，止也，戒秦建止奢泰，将致危亡。秦遂不改，至于离宫三百，复起阿房，未成而亡。一曰，牛以力为人用，足所以行也。

其后秦大用民力转输，起负海至北边，天下叛之。京房《易传》曰："兴繇役，夺民时，厥妖牛生五足。"

景帝中六年，梁孝王田北山，有献牛，足上出背上。刘向以为近牛祸。先是，孝王骄奢，起苑方三百里，宫馆阁道相连三十余里。纳于邪臣羊胜之计，欲求为汉嗣，刺杀议臣爰盎，事发，负斧归死。既退归国，犹有恨心，内则思虑霿乱，外则土功过制，故牛祸作。足而出于背，下奸上之象也。犹不能自解，发疾暴死，又凶短之极也。

《左氏传》昭公二十一年春，周景王将铸无射钟，泠州鸠曰："王其以心疾死乎！夫天子省风以作乐，小者不窕，大者不槬。槬则不容，心是以感，感实生疾。今钟槬矣，王心弗堪，其能久乎？"刘向以为，是时景王好听淫声，適庶不明，思心霿乱，明年以心疾崩，近心腹之痾，凶短之极者也。

昭二十五年春，鲁叔孙昭子聘于宋，元公与燕，饮酒乐，语相泣也。乐祁佐告人曰："今兹君与叔孙其皆死乎！吾闻之，哀乐而乐哀，皆丧心也。心之精爽，是谓魂魄，魂魄去之，何以能久？"冬十月，叔孙昭子死；十一月，宋元公卒。

昭帝元凤元年九月，燕有黄鼠衔其尾舞王宫端门中，往视之，鼠舞如故。王使夫人以酒脯祠，鼠舞不休，夜死。黄祥也。时，燕刺王旦谋反将败，死亡象也。其月，发觉伏辜。京房《易传》曰："诛不原情，厥妖鼠舞门。"

成帝建始元年四月辛丑夜，西北有如火光。壬寅晨，大风从西北起，云气赤黄，四塞天下，终日夜下著地者黄土尘也。是岁，帝元舅大司马大将军王凤始用事；又封凤母弟崇为安成侯，食邑万户；庶弟谭等五人赐爵关内侯，食邑三千户。复益封凤五千户，悉封谭等为列侯，是为五侯。哀帝即位，封外属丁氏、傅氏、周氏、郑氏凡六人为列侯。杨宣对曰："五侯封日，天气赤黄，丁、傅复然。此殆爵土过制，伤乱土气之祥也。"京房《易传》曰："经称'观其生'，言大臣之义，当观贤人，知其性行，推而贡之，否则为闻善不与，兹谓不知，厥异黄，厥咎聋，厥灾不嗣。黄者，日上黄光不散如火然，有黄浊气四塞天下。蔽贤绝道，故灾异至绝世也。经曰'良马逐'。逐，进也，言大臣得贤者谋，当显进其人，否则为下相攘善，兹谓盗明，厥咎亦不嗣，至于身戮家绝。"

史记周幽王二年，周三川皆震。刘向以为金木水火沴土者也。伯阳甫曰："周将亡矣！天地之气不过其序，若过其序，民乱之也。阳伏而不能出，阴迫而不能升，于是有地震。今三川实震，是阳失其所而填阴也。阳失而在阴，原必塞；原塞，国必亡。夫水，土演而民用也；土无所演，而民乏财用，不亡何待？昔伊、洛竭而夏亡，河竭而商亡，今周德如二代之季，其原又塞，塞必竭；川竭，山必崩。夫国必依山川，山崩川竭。亡之征也。若国亡，不过十年，数之纪也。"

是岁，三川竭，岐山崩。刘向以为，阳失在阴者，谓火气来煎枯水，故川竭也。山川连体，下竭上崩，事势然也。时，幽王暴虐，妄诛伐，不听谏，迷于褒姒，废其正后，废后之父申侯与犬戎共攻杀幽王。一曰，其在天文，水为辰星，辰星为蛮夷。月食辰星，国以女亡。幽王之败，女乱其内，夷攻其外。京房《易传》曰："君臣相背，厥异名水绝。"

文公九年"九月癸酉，地震"。刘向以为，先是时，齐桓、晋文、鲁釐二伯贤君新没，周襄王失道，楚穆王杀父，诸侯皆不肖，权倾于下，天戒若曰，臣下强盛者将动为害。后宋、鲁、晋、莒、郑、陈、齐皆杀君。诸震，略皆从董仲舒说也。京房《易传》曰："臣事虽正，未必震，其震，于水则波，于木则摇，于屋则瓦落。大经在辟而易臣，兹谓阴动，厥震摇政宫。大经摇政，兹谓不阴，厥震摇山，山出涌水。嗣子无德专禄，兹谓不顺，厥震动丘陵，涌水出。"

襄公十六年“五月甲子，地震”。刘向以为，先是鸡泽之会，诸侯盟，大夫又盟。是岁三月，诸侯为湨梁之会，而大夫独相与盟。五月，地震矣。其后，崔氏专齐，栾盈乱晋，良霄倾郑，阍杀吴子，燕逐其君，楚灭陈、蔡。

昭公十九年“五月乙卯,地震”。刘向以为,是时季氏将有逐君之变。其后,宋三臣、曹会皆以地叛，蔡、莒逐其君，吴败中国杀二君。

二十三年“八月乙未，地震”。刘向以为，是时周景王崩，刘、单立王子猛，尹氏立子朝。其后，季氏逐昭公，黑肱叛邾，吴杀其君僚，宋五大夫、晋二大夫皆以地叛。

哀公三年“四月甲午,地震”刘向以为,是时诸侯皆信邪臣,莫能用仲尼,盗杀蔡侯、齐陈乞弑君。

惠帝二年正月，地震陇西，压四百余家。武帝征和二年八月癸亥，地震，压杀人。宣帝本始四年四月壬寅，城震河南以东四十九郡，北海琅邪坏祖宗庙城郭，杀六千余人。元帝永光三年冬，地震。绥和二年九月丙辰，地震，自京师至北边郡国三十余坏城郭，凡杀四百一十五人。

釐公十四年“秋八月辛卯，沙麓崩”。《穀梁传》曰：“林属于山曰麓，沙其名也。”刘向以为臣下背叛，散落不事上之象也。先是，齐桓行伯道，会诸侯，事周室。管仲既死，桓德日衰，天戒若曰，伯道将废，诸侯散落，政逮大夫，陪臣执命，臣下不事上矣。桓公不寤，天子蔽晦。及齐桓死，天下散而从楚。王札子杀二大夫，晋败天子之师，莫能征讨，从是陵迟。《公羊》以为,沙麓,河上邑也。董仲舒说略同。一曰,河,大川象;齐，大国;桓德衰，伯道将移于晋文，故河为徙也。《左氏》以为，沙麓，晋地;沙，山名也；地震而麓崩，不书震，举重者也。伯阳甫所谓“国必依山川，山崩川竭，亡之征也;不过十年，数之纪也。”至二十四年，晋怀公杀于高梁，京房《易传》曰:“小人剥庐，厥妖山崩，兹谓阴乘阳，弱胜强。”

成公五年“夏，梁山崩”。《穀梁传》曰壅河三日不流，晋君帅群臣而哭之，乃流。刘向以为，山，阳，君也；水，阴，民也。天戒若曰，君道崩坏，下乱，百姓将失其所矣。哭然后流，丧亡象也。梁山在晋地，自晋始而及天下也。后晋暴杀三卿，厉公以弑。湨梁之会，天下大夫皆执国政，其后孙、甯出卫献，三家逐鲁昭，单、尹乱王室，董仲舒说略同。刘歆以为，梁山，晋望也;崩，弛崩也。古者三代命祀，祭不越望，吉凶祸福，不是过也。国主山川，山崩川竭，亡之征也，美恶周必复，是岁，岁在鹑火，至十七年复在鹑火，栾书、中行偃杀厉公而立悼公。

高后二年正月，武都山崩，杀七百六十人，地震至八月乃止。文帝元年四月，齐、楚地山二十九所同日俱大发水，溃出。刘向以为，近水沴土也。天戒若曰，勿盛齐、楚之君，今失制度，将为乱。后十六年，帝庶兄齐悼惠王之孙文王则薨，无子，帝分齐地，立悼惠王庶子六人皆为王。贾谊、晁错谏，以为违古制，恐为乱。至景帝三年，齐、楚七国起兵百余万，汉皆破之。春秋四国同日灾，汉七国同日众山溃，咸被其害，不畏天威之明效也。

成帝河平三年二月丙戌，犍为柏江山崩，捐江山崩，皆雍江水，江水逆流坏城，杀十三人，地震积二十一日，百二十四动。元延三年正月丙寅，蜀郡岷山崩，雍江，江水逆流，三日乃通。刘向以为，周时岐山崩，三川竭，而幽王亡，岐山者，周所兴也。汉家本起于蜀、汉，今所起之地山崩川竭，星孛又及摄提、大角，从参至辰，殆必亡矣。其后，三世亡嗣，王莽篡位。

传曰：“皇之不极，是谓不建，厥咎眊，厥罚恒阴，厥极弱。时则有射妖，时则有龙蛇之孽，时则有马祸，时则有下人伐上之疴，时则有日月乱行，星辰逆行。”

“皇之不极，是谓不建”，皇，君也。极，中；建，立也。人君貌言视听思心五事皆失，不得其中，则不能立万事，失在眊悖，故其咎眊也。王者自下承天理物，云起于山，而弥于天；天气乱，故其罚常阴也。一曰，上失中，则下强盛而蔽君明也。《易》曰“亢龙有悔，贵而亡位，高而亡民，贤人在下位而亡辅”，如此，则君有南面之尊，而亡一人之助，故其极弱也。盛阳动进轻疾。礼，春而大射，以顺阳气。上微弱则下奋动，故有射妖。《易》曰“云从龙”，又曰“龙蛇之蛰，以存身也”。阴气动，故有龙蛇之孽，于《易》，“乾”为君为马，马任用而强力，君气毁，故有马祸。一曰，马多死及为怪，亦是也。君乱且弱，人之所叛，天之所去，不有明王之诛，则有篡弑之祸，故有下人伐上之痾。凡君道伤者病天气，不言五行沴天，而曰“日月乱行，星辰逆行”者，为若下不敢沴天，犹《春秋》曰“王师败绩于贸戎”，不言败之者，以自败为文，尊尊之意也。刘歆皇极传曰，有下体生上之痾。说以为下人伐上，天诛已成。不得复为痾云。皇极之常阴，刘向以为，《春秋》亡其应。一曰，久阴不雨是也。刘歆以为，自属常阴。

昭帝元平元年四月崩，亡嗣，立昌邑王贺。贺即位，天阴，昼夜不见日月。贺欲出，光禄大夫夏侯胜当车谏曰：“天久阴而不雨，臣下有谋上者，陛下欲何之？”贺怒，缚胜以属吏，吏白大将军霍光。光时与车骑将军张安世谋欲废贺。光让安世，以为泄语，安世实不泄，召问胜。胜上《洪范五行传》曰：“‘皇之不极，厥罚常阴，时则有下人伐上。’不敢察察言，故云臣下有谋。”光、安世读之，大惊，以此益重经术士。后数日，卒共废贺，此常阴之明效也。京房《易传》曰：“有蜺、蒙、雾。雾，上下合也。蒙，如尘云。蜺，日旁气也。其占曰：后妃有专，蜺再重，赤而专，至冲旱。妻不壹顺，黑蜺四背，又曰蜺双出日中。妻以贵高夫，兹谓擅阳，蜺四方，日光不阳，解而温。内取兹谓禽，蜺如禽，在日旁。以尊降妃，兹谓薄嗣，蜺直而塞，六辰乃除，夜星见而赤。女不变始，兹谓乘夫，蜺白在日侧，黑蜺果之，气正直。妻不顺正，兹谓擅阳，蜺中窥贯而外专。夫妻不严兹谓蜺，蜺与日会。妇人擅国兹谓顷，蜺白贯日中，赤蜺四背。適不答兹谓不次，蜺直在左，蜺交在右。取于不专，兹谓危嗣，蜺抱日两未及。君淫外兹谓亡，蜺气左日交于外。取不达兹谓不知，蜺白夺明而大温，温而雨。尊卑不别兹谓蜺，蜺三出三已，三辰除，除则日出且雨。臣私禄及亲，兹谓罔辟，厥异蒙，其蒙先大温，已蒙起，日不见。行善不请于上，兹谓作福，蒙一日五起五解。辟不下谋，臣辟异道，兹谓不见，上蒙下雾，风三变而俱解。立嗣子疑，兹谓动欲，蒙赤，日不明。德不序，兹谓不聪，蒙，日不明，温而民病。德不试，空言禄，兹谓主窳臣夭，蒙起而白。君乐逸人，兹谓放，蒙，日青，黑云夹日，左右前后行过日。公不任职，兹谓怙禄，蒙三日，又大风五日，蒙不解。利邪以食，兹谓闭上，蒙大起，白云如山行蔽日。公惧不言道，兹谓闭下，蒙大起，日不见，若雨不雨，至十二日解，而有大云蔽日。禄生于下，兹谓诬君，蒙微而小雨，已乃大雨。下相攘善，兹谓盗明，蒙黄浊。下陈功，求于上，兹谓不知，蒙，微而赤，风鸣条，解复蒙。下专刑，兹谓分威，蒙而日不得明。大臣厌小臣，兹谓蔽，蒙微，日不明，若解不解，大风发，赤云起而蔽日。众不恶恶，兹谓闭，蒙，尊卦用事，三日而起，日不见。漏言亡喜，兹谓下厝用，蒙微，日无光，有雨云，雨不降。废忠惑佞，兹谓亡，蒙，天先清而暴，蒙微而日不明。有逸民，兹谓不明，蒙浊，夺日光。公不任职，兹谓不绌，蒙白，三辰止，则日青，青而寒，寒必雨。忠臣进善君不试，兹谓遏，蒙，先小雨，雨已蒙起，微而日不明。惑众在位，兹谓覆国，蒙微而日不明，一温一寒，风扬尘。知佞厚之，兹谓庳，蒙甚而温。君臣故弼，兹谓悖，厥灾风雨雾，风拔木，乱五谷，已而大雾。庶正蔽恶，兹谓生孽灾，厥异雾。”此皆阴云之类云。

严公十八年“秋，有蜮”。刘向以为蜮生南越。越地多妇人，男女同川，淫女为主，乱气所生，故圣人名之曰蜮。蜮犹惑也，在水旁，能射人，射人有处，甚者至死。南方谓之短弧，近射妖，死亡之象也。时严将取齐之淫女，故蜮至。天戒若曰，勿取齐女，将生淫惑篡弑之祸。严不寤，遂取之。入后淫于二叔，二叔以死，两子见弑，夫人亦诛。刘歆以为，蜮，盛暑所生，非自越来也。京房《易传》曰：“忠臣进善君不试，厥咎国生蜮。”

史记鲁哀公时，有隼集于陈廷而死，隼矢贯之，石砮，长尺有咫。陈闵公使使问仲尼，仲尼曰：“隼之来远矣！昔武王克商，通道百蛮，使各以方物来贡，肃慎贡楛矢，石砮长尺有咫。先王分异姓以远方职，使毋忘服，故分陈以肃慎矢。”试求之故府，果得之。刘向以为，隼近黑祥，贪暴类也；矢贯之，近射妖也；死于廷，国亡表也。象陈眊乱，不服事周，而行贪暴，将致远夷之祸，为所灭也。是时，中国齐、晋、南夷吴、楚为强，陈交晋不亲，附楚不固，数被二国之祸。后楚有白公之乱，陈乘而侵之，卒为楚所灭。

史记夏后氏之衰，有二龙止于夏廷，而言“余，褒之二君也”。夏帝卜杀之，去之，止之，莫吉；卜请其漦而藏之，乃吉。于是布币策告之。龙亡而漦在，乃椟去之。其后夏亡，传椟于殷、周，三代莫发，至厉王末，发而观之，漦流于廷，不可除也。厉王使妇人裸而噪之，漦化为玄鼋，入后宫，处妾遇之而孕。生子，惧而弃之。宣王立，女童谣曰：“檿弧萁服，实亡周国。”后有夫妇鬻是器者，宣王使执而戮之。既去，见处妾所弃妖子，闻其夜号，哀而收之，遂亡奔褒。后褒人有罪，入妖子以赎，是为褒姒，幽王见而爱之，生子伯服。王废申后及太子宜咎，而立褒姒、伯服代之。废后之父申侯与缯西畎戎共攻杀幽王。《诗》曰：“赫赫宗周，褒姒灭之。”刘向以为，夏后季世，周之幽、厉，皆悖乱逆天，故有龙鼋之怪，近龙蛇孽也。漦，血也，一曰沫也。厌木弧，桑弓也。萁服，盖以萁草为箭服，近射妖也。女童谣者，祸将生于女，国以兵寇亡也。

《左氏传》昭公十九年，龙斗于郑时门之外洧渊。刘向以为近龙孽也。郑以小国摄乎晋、楚之间，重以强吴，郑当其冲，不能修德，将斗三国，以自危亡。是时，子产任政，内惠于民，外善辞令，以交三国，郑卒亡患，能以德消变之效也。京房《易传》曰：“众心不安，厥妖龙斗。”

惠帝二年正月癸酉旦，有两龙见于兰陵廷东里温陵井中，至乙亥夜去。刘向以为，龙贵象而困于庶人井中，象诸侯将有幽执之祸。其后吕太后幽杀三赵王，诸吕亦终诛灭。京房《易传》曰：“有德遭害，厥妖龙见井中。”又曰：“行刑暴恶，黑龙从井出。”

《左氏传》鲁严公时有内蛇与外蛇斗郑南门中，内蛇死。刘向以为近蛇孽也。先是，郑厉公劫相祭仲而逐兄昭公代立。后厉公出奔，昭公复入。死，弟子仪代立。厉公自外劫大夫傅瑕，使戮子仪。此外蛇杀内蛇之象也。蛇死六年，而厉公立。严公闻之，问申繻曰：“犹有妖乎？”对曰：“人之所忌，其气炎以取之，妖由人兴也。人亡舋焉，妖不自作。人弃常，故有妖。”京房《易传》曰：“立嗣子疑，厥妖蛇居国门斗。”

《左氏传》文公十六年夏，有蛇自泉宫出，入于国，如先君之数，刘向以为近蛇孽也。泉宫在囿中，公母姜氏尝居之，蛇从之出，象宫将不居也。《诗》曰：“维虺维蛇，女子之祥。”又蛇入国，国将有女忧也。如先君之数者，公母将薨象也。秋，公母薨。公恶之，乃毁泉台。夫妖孽应行而自见，非见而为害也。文不改行循正，共御厥罚，而作非礼，以重其过。后二年薨，公子遂杀文之二子恶、视，而立宣公。文公夫人大归于齐。

武帝太始四年七月，赵有蛇从郭外入，与邑中蛇斗孝文庙下，邑中蛇死。后二年秋，有卫太子事，事自赵人江充起。

《左氏传》定公十年，宋公子地有白马驷，公嬖向魋欲之，公取而朱其尾鬣以予之。地怒，使其徒抶而夺之。魋惧将走，公闭门而泣之，目尽肿。公弟辰谓地曰："子为君礼，不过出竟，君必止子。"地出奔陈，公弗止。辰为之请，不听。辰曰："是我迋吾兄也，吾以国人出，君谁与处？"遂与其徒出奔陈。明年，俱入于萧以叛，大为宋患，近马祸也。

史记秦孝公二十一年有马生人，昭王二十年牡马生子而死。刘向以为皆马祸也。孝公始用商君攻守之法，东侵诸侯，至于昭王，用兵弥烈。其象将以兵革抗极成功，而还自害也。牡马非生类，妄生而死，犹秦恃力强得天下，而还自灭之象也。一曰，诸畜生非其类，子孙必有非其姓者，至于始皇，果吕不韦子。京房《易传》曰："方伯分威，厥妖牡马生子。亡天子，诸侯相伐，厥妖马生人。"

文帝十二年，有马生角于吴，角在耳前，上向。右角长三寸，左角长二寸，皆大二寸。刘向以为马不当生角，犹吴不当举兵向上也。是时，吴王濞封有四郡五十余城，内怀骄恣，变见于外，天戒早矣。王不寤，后卒举兵，诛灭。京房《易传》曰："臣易上，政不顺，厥妖马生角，兹谓贤士不足。"又曰："天子亲伐，马生角。"

成帝绥和二年二月，大厩马生角，在左耳前，围长各二寸。是时，王莽为大司马，害上之萌自此始矣。哀帝建平二年，定襄牡马生驹，三足，随群饮食，太守以闻。马，国之武用，三足，不任用之象也。后侍中董贤年二十二为大司马，居上公之位，天下不宗。哀帝暴崩，成帝母王太后召弟子新都侯王莽入，收贤印绶，贤恐，自杀，莽因代之，并诛外家丁、傅。又废哀帝傅皇后，令自杀，发掘帝祖母傅太后、母丁太后陵，更以庶人葬之。辜及至尊，大臣微弱之祸也。

文公十一年，"败狄于咸"。《穀梁》、《公羊》传曰，长狄兄弟三人，一者之鲁，一者之齐，一者之晋。皆杀之，身横九亩；断其首而载之，眉见于轼。何以书？记异也。刘向以为，是时周室衰微，三国为大，可责者也。天戒若曰，不行礼义，大为夷狄之行，将致危亡。其后三国皆有篡弑之祸，近下人伐上之痾也。刘歆以为人变，属黄祥。一曰，属裸虫之孽。一曰，天地之性人为贵，凡人为变，皆属皇极下人伐上之痾云。京房《易传》曰："君暴乱，疾有道，厥妖长狄入国。"又曰："丰其屋，下独苦。长狄生，世主虏。"

史记秦始皇帝二十六年，有大人长五丈，足履六尺，皆夷狄服，凡十二人，见于临洮。天戒若曰，勿大为夷狄之行，将受其祸。是岁，始皇初并六国，反喜以为瑞，销天下兵器，作金人十二以象之。遂自贤圣，燔《诗》、《书》，坑儒士；奢淫暴虐，务欲广地；南戍五岭，北筑长城，以备胡、越；堑山填谷，西起临洮，东至辽东，径数千里。故大人见于临洮，明祸乱之起。后十四年而秦亡，亡自戍卒陈胜发。

史记魏襄王十三年，魏有女子化为丈夫。京房《易传》曰："女子化为丈夫，兹谓阴昌，贱人为王；丈夫化为女子，兹谓阴胜，厥咎亡。"一曰，男化为女，宫刑滥也；女化为男，妇政行也。

哀帝建平中，豫章有男子化为女子，嫁为人妇，生一子，长安陈凤言此阳变为阴，将亡继嗣，自相生之象。一曰，嫁为人妇生一子者，将复一世乃绝。

哀帝建平四年四月，山阳方与女子田无啬生子。先未生二月，儿啼腹中，及生，不举，葬之陌上，三日，人过闻啼声，母掘收养。

平帝元始元年二月，朔方广牧女子赵春病死，敛棺积六日，出在棺外，自言见夫死父，曰："年二十七，不当死。"太守谭以闻。京房《易传》曰："'干父之蛊，有子，考亡咎'。子三年不改父道，思慕不皇，亦重见先人之非，不则为私，厥妖人死复生。"一曰，至阴为阳，下人为上。

六月，长安女子有生儿，两头异颈面相向，四臂共胸俱前乡，尻上有目长二寸所。京房《易传》曰："'睽孤，见豕负涂'，厥妖人生两头。下相攘善，妖亦同。人若六畜首目在下，兹谓亡上，正将变更。凡妖之作，以谴失正，各象其类。二首，下不壹也；足多，所任邪也；足少，下不胜任，或不任下也。凡下体生于上，不敬也；上体生于下，亵渎也；生非其类，淫乱也；人生而大，上速成也；生而能言，好虚也。群妖推此类，不改乃成凶也。"

景帝二年九月，胶东下密人年七十余，生角，角有毛。时胶东、胶西、济南、齐四王有举兵反谋，谋由吴王濞起，连楚、赵，凡七国。下密，县居四齐之中；角，兵象，上乡者也；老人，吴王象也。年七十，七国象也。天戒若曰，人不当生角，犹诸侯不当举兵以向京师也；祸从老人生，七国俱败云。诸侯不寤。明年，吴王先起，诸侯从之，七国俱灭。京房《易传》曰："冢宰专政，厥妖人生角。"

成帝建始三年十月丁未，京师相惊，言大水至。渭水虒上小女陈持弓年九岁，走入横城门，入未央宫尚方掖门，殿门门卫户者莫见，至句盾禁中而觉得。民以水相惊者，阴气盛也。小女而入宫殿中者，下人将因女宠而居有宫室之象也。名曰持弓，有似周家檿弧之祥。《易》曰："弧矢之利，以威天下。"是时，帝母王太后弟凤始为上将，秉国政，天知其后将威天下而入宫室，故象先见也。其后，王氏兄弟父子五侯秉权，至莽卒篡天下，盖陈氏之后云。京房《易传》曰："妖言动众，兹谓不信，路将无人，司马死。"

成帝绥和二年八月庚申，郑通里男子王褒，衣绛衣小冠，带剑入北司马门殿东门，上前殿，入非常室中，解帷组结佩之，招前殿署长业等曰："天帝令我居此。"业等收缚考问，褒故公车大谁卒，病狂易，不自知入宫状，下狱死。是时，王莽为大司马，哀帝即位，莽乞骸骨就第，天知其必不退，故因是而见象也。姓名章服甚明，径上前殿路寝，入室取组而佩之，称天帝命，然时人莫察。后莽就国，天下冤之，哀帝征莽还京师。明年，帝崩，莽复为大司马，因是而篡国。

哀帝建平四年正月，民惊走，持稿或棷一枚，传相付与，曰行诏筹。道中相过逢多至千数，或被发徒践，或夜折关，或逾墙入，或乘车骑奔驰，以置驿传行，经历郡国二十六，至京师。其夏，京师郡国民聚会里巷阡陌，设祭张博具，歌舞祠西王母。又传书曰："母告百姓，佩此书者不死。不信我言，视门枢下，当有白发。"至秋止。是时，帝祖母傅太后骄，与政事，故杜邺对曰："《春秋》灾异，以指象为言语。筹，所以纪数。民，阴，水类也。水以东流为顺走，而西行，反类逆上。象数度放溢，妄以相予，违忤民心之应也。西王母，妇人之称。博弈，男子之事。于街巷阡陌，明离阛内，与疆外。临事盘乐，炕阳之意。白发，衰年之象，体尊性弱，难理易乱。门，人之所由；枢，其要也。居人之所由，制持其要也。其明甚著。今外家丁、傅并侍帷幄，布于列位，有罪恶者不坐辜罚，亡功能者毕受官爵。皇甫、三桓，诗人所刺，《春秋》所讥，亡以甚此。指象昭昭，以觉圣朝，奈何不应！"后哀帝崩，成帝母王太后临朝，王莽为大司马，诛灭丁、傅。一曰丁、傅所乱者小，此异乃王太后、莽之应云。

卷二十七下之下

五行志第七下之下

隐公三年“二月己巳，日有食之”。《穀梁传》曰，言日不言朔，食晦。《公羊传》曰，食二日。董仲舒、刘向以为，其后戎执天子之使，郑获鲁隐，灭戴，卫、鲁、宋咸杀君。《左氏》刘歆以为正月二日，燕、越之分野也。凡日所躔而有变，则分野之国失政者受之。人君能修政，共御厥罚，则灾消而福至；不能，则灾息而祸生。故经书灾而不记其故，盖吉凶亡常，随行而成祸福也。周衰，天子不班朔，鲁历不正，置闰不得其月，月大小不得其度。史记日食，或言朔而实非朔，或不言朔而实朔，或脱不书朔与日，皆官失之也。京房《易传》曰：“亡师兹谓不御，厥异日食，其食也既，并食不一处。诛众失理，兹谓生叛，厥食既，光散。纵畔兹谓不明，厥食，先大雨三日，雨除而寒，寒即食。专禄不封，兹谓不安，厥食既，先日出而黑，光反外烛。君臣不通兹谓亡，厥蚀三既。同姓上侵，兹谓诬君，厥食四方有云，中央无云，其日大寒。公欲弱主位，兹谓不知，厥食中白青，四方赤，已食地震。诸侯相侵，兹谓不承，厥食三毁三复。君疾善，下谋上，兹谓乱，厥食既，先雨雹，杀走兽。弑君获位，兹谓逆，厥食既，先风雨折木，日赤。内臣外向，兹谓背，厥食食且雨，地中鸣。冢宰专政，兹谓因，厥食先大风，食时日居云中，四方亡云。伯正越职，兹谓分威，厥食日中分。诸侯争美于上，兹谓泰，厥食日伤月，食半，天营而鸣。赋不得，兹谓竭，厥食星随而下。受命之臣专征云试，厥食虽侵光犹明，若文王臣独诛纣矣。小人顺受命者征其君云杀，厥食五色，至大寒陨霜，若纣臣顺武王而诛纣矣。诸侯更制，兹谓叛，厥食三复三食，食已而风，地动。嫡让庶，兹谓生欲，厥食日失位，光晻晻，月形见。酒亡节兹谓荒，厥蚀乍青乍黑乍赤，明日大雨，发雾而寒。”凡食二十占，其形二十有四，改之辄除；不改三年，三年不改六年，六年不改九年。推隐三年之食，贯中央，上下竟而黑，臣弑从中成之形也。后卫州吁弑君而立。桓公三年“七月壬辰朔，日有食之，既”。董仲舒、刘向以为，前事已大，后事将至者又大，则既。先是，鲁、宋弑君，鲁又成宋乱，易许田，亡事天子之心；楚僭称王。后郑拒王师，射桓王，又二君相篡。刘歆以为六月，赵与晋分。先是，晋曲沃伯再弑晋侯，是岁晋大乱，灭其宗国。京房《易传》以为桓三年日食贯中央，上下竟而黄，臣弑而不卒之形也。后楚严称王，兼地千里。十七年“十月朔，日有食之”。《穀梁传》曰，言朔不言日，食二日也。刘向以为是时卫侯朔有罪出奔齐，天子更立卫君。朔借助五国，举兵伐之而自立，王命遂坏。鲁夫人淫失于齐，卒杀桓公。董仲舒以为，言朔不言日，恶鲁桓且有夫人之祸，将不终日也。刘歆以为楚、郑分。

严公十八年“三月，日有食之”。《穀梁传》曰，不言日，不言朔，夜食。史记推合朔在夜，明旦日食而出，出而解，是为夜食。刘向以为，夜食者，阴因日明之衰而夺其光，象周天子不明，齐桓将夺其威，专会诸侯而行伯道。其后遂九合诸侯，天子使世子会之，此其效也。《公羊传》曰食晦。董仲舒以为，宿在东壁，鲁象也。后公子庆父、叔牙果通于夫人以劫公。刘歆以为，晦鲁、卫分。

二十五年“六月辛未朔，日有食之”。董仲舒以为，宿在毕，主边兵夷狄象也。后狄灭邢、卫。刘歆以为，五月二日鲁、赵分。二十六年“十二月癸亥朔，日有食之”。董仲舒以为，宿在心，心为明堂，文武之道废，中国不绝若线之象也。刘向以为，时戎侵曹，鲁夫人淫于庆父、叔牙，将以弑君，故比年再蚀以见戒。刘歆以为，十月二日楚、郑分。三十年“九月庚午朔，日有食之”。董仲舒、刘向以为后鲁二君弑，夫人诛，两弟死，狄灭邢，徐取舒，晋杀世子，楚灭弦。刘歆以为，八月秦、周分。僖公五年“九月戊申朔，日有食之”。董仲舒、刘向以为，先是齐桓行伯，江、黄自至，南服强楚。其后不内自正，而外执陈大夫，则陈、楚不附，郑伯逃盟，诸侯将不从桓政，故天见戒。其后晋灭虢，楚围许，诸侯伐郑，晋弑二君，狄灭温，楚伐黄，桓不能救。刘歆以为，七月秦、晋分。十二年“三月庚午朔，日有食之”。董仲舒、刘向以为，是时楚灭黄，狄侵卫、郑，莒灭杞。刘歆以为，三月齐、卫分。十五年“五月，日有食之”。刘向以为象晋文公将行伯道，后遂伐卫，执曹伯，败楚城濮，再会诸侯，召天王而朝之，此其效也。日食者臣之恶也，夜食者掩其罪也，以为上亡明王，桓、文能行伯道，攘夷狄，安中国，虽不正犹可，盖《春秋》实与而文不与之义也。董仲舒以为后秦获晋侯，齐灭项，楚败徐于娄林。刘歆以为，二月朔，齐、越分。

文公元年“二月癸亥，日有食之”。董仲舒、刘向以为，先是大夫始执国政，公子遂如京师，后楚世子商臣杀父，齐公子商人弑君。皆自立，宋子哀出奔，晋灭江，楚灭六，大夫公孙敖、叔彭生并专会盟。刘歆以为，正月朔燕、越分。十五年“六月辛丑朔，日有食之”。董仲舒、刘向以为，后宋、齐、莒、晋、郑八年之间五君杀死。楚灭舒蓼。刘歆以为，四月二日鲁、卫分。

宣公八年“七月甲子，日有食之，既”。董仲舒、刘向以为，先是楚商臣弑父而立，至于严王遂强。诸夏大国唯有齐、晋，齐、晋新有篡弑之祸，内皆未安，故楚乘弱横行，八年之间六侵伐而一灭国，伐陆浑戎，观兵周室；后又入郑，郑伯肉袒谢罪；北败晋师于邲，流血色水；围宋九月，析骸而炊之。刘歆以为，十月二日楚、郑分。

十年“四月丙辰，日有食之”。董仲舒、刘向以为，后陈夏征舒弑其君，楚灭萧，晋灭二国，王札子杀召伯、毛伯。刘歆以为，二月鲁、卫分。十七年，“六月癸卯，日有食之”。董仲舒、刘向以为，后邾支解鄫子，晋败王师于贸戎，败齐于鞌。刘歆以为，三月晦朓鲁、卫分。

成公十六年“六月丙寅朔，日有食之”。董仲舒、刘向以为，后晋败楚、郑于鄢陵，执鲁侯。刘歆以为，四月二日鲁、卫分。十七年“十二月丁巳，日有食之”。董仲舒、刘向以为，后楚灭舒庸，晋弑其君，宋鱼石因楚夺君邑，莒灭鄫，齐灭莱，郑伯弑死。刘歆以为九月周、楚分。

襄公十四年“二月乙未朔，日有食之”。董仲舒、刘向以为，后卫大夫孙、甯共逐献公，立孙剽。刘歆以为，前年十二月二日宋、燕分。

十五年“八月丁巳，日有食之”。董仲舒、刘向以为，先是晋为鸡泽之会，诸侯盟，又大夫盟，后为溴梁之会，诸侯在而大夫独相与盟，君若缀斿，不得举手。刘歆以为，五月二日鲁、赵分。二十年“十月丙辰朔，日有食之”。董仲舒以为，陈庆虎、庆寅蔽君之明，邾庶其有叛心，后庶其以漆、闾丘来奔，陈杀二庆。刘歆以为，八月秦、周分。二十一年“九月庚戌朔，日有食之”。董仲舒以为晋栾盈将犯君，后入于曲沃。刘歆以为，七月秦、晋分，“十月庚辰朔，日有食之”。董仲舒以为，宿在轸、角，楚大国象也。

后楚屈氏谮杀公子追舒，齐庆封胁君乱国。刘歆以为，八月秦、周分。二十三年“二月癸酉朔，日有食之”。董仲舒以为，后卫侯入陈仪，甯喜弑其君剽。刘歆以为，前年十二月二日宋、燕分。二十四年“七月甲子朔，日有食之，既”。刘歆以为，五月鲁、赵分。“八月癸巳朔，日有食之”。董仲舒以为，比食又既，象阳将绝，夷狄主上国之象也。后六君弑，楚子果从诸侯伐郑，灭舒鸠，鲁往朝之，卒主中国，伐吴讨庆封。刘歆以为，六月晋、赵分。

二十七年“十二月乙亥朔，日有食之。”董仲舒以为，礼义将大灭绝之象也。时，吴子好勇，使刑人守门；蔡侯通于世子之妻；莒不早立嗣。后阍戕吴子，蔡世子般弑其父，莒人亦弑君而庶子争。刘向以为，自二十年至此岁，八年间日食七作，祸乱将重起，故天仍见戒也。后齐崔杼弑君，宋杀世子，北燕伯出奔，郑大夫自外入而篡位。指略如董仲舒。刘歆以为，九月周、楚分。

昭公七年“四月甲辰朔，日有食之。”董仲舒、刘向以为，先是楚灵王弑君而立，会诸侯，执徐子，灭赖，后陈公子招杀世子，楚因而灭之，又灭蔡，后灵王亦弑死。刘歆以为，二月鲁、卫分。传曰晋侯问于士文伯曰：“谁将当日食？”对曰：“鲁、卫恶之，卫大鲁小。”公曰：“何故？”对曰：“去卫地，如鲁地，于是有灾，其卫君乎？鲁将上卿。”是岁，八月卫襄公卒，十一月鲁季孙宿卒。晋侯谓士文伯曰：“吾所问日食从矣，可常乎？”对曰：“不可。六物不同，民心不壹，事序不类，官职不则，同始异终，胡可常也？《诗》曰：‘或宴宴居息，或尽悴事国。’其异终也如是。”公曰：“何谓六物？”对曰：“岁、时、日、月、星、辰是谓。”公曰：“何谓辰？”对曰：“日月之会是谓。”公曰：“《诗》所谓‘此日而食，于何不臧’，何也？”对曰：“不善政之谓也。国无政，不用善，则自取谪于日月之灾。故政不可不慎也，务三而已：一曰择人，二曰因民，三曰从时。”此推日食之占循变复之要也。《易》曰：“悬象著明，莫大于日月。”是故圣人重之，载于三经。于《易》在“丰”之“震”曰：“丰其沛，日中见昧，折其右肱，亡咎。”于《诗·十月之交》，则著卿士、司徒，下至趣马、师氏，咸非其材。同于右肱之所折，协于三务之所择，明小人乘君子，阴侵阳之原也。

十五年“六月丁巳朔，日有食之”。刘歆以为，三月鲁、卫分。十七年“六月甲戌朔，日有食之。”董仲舒以为时宿在毕，晋国象也。晋厉公诛四大夫，失众心，以弑死。后莫敢复责大夫，六卿遂相与比周，专晋国，君还事之。日比再食，其事在春秋后，故不载于经。刘歆以为鲁、赵分。《左氏传》平子曰：“唯正月朔，慝未作，日有食之，于是乎天子不举，伐鼓于社，诸侯用币于社，伐鼓于朝，礼也。其余则否。”太史曰：“在此月也，日过分而未至，三辰有灾，百官降物，君不举，避移时，乐奏鼓，祝用币，史用辞，啬夫驰，庶人走，此月朔之谓也。当夏四月，是谓孟夏。”说曰：“正月谓周六月，夏四月，正阳纯乾之月也。慝谓阴爻也，冬至阳爻起初，胡曰复。至建巳之月为纯乾，亡阴爻，而阴侵阳，为灾重，故伐鼓用币，责阴之礼。降物，素服也。不举，去乐也。避移时，避正堂，须时移灾复也。啬夫，掌币吏。庶人，其徒役也。刘歆以为，六月二日鲁、赵分。

二十一年“七月壬午朔，日有食之”。董仲舒以为周景王老，刘子、单子专权，蔡侯朱骄，君臣不说之象也。后蔡侯朱果出奔，刘子、单子立王猛。刘歆以为，五月二日鲁、赵分。二十二年“十二月癸酉朔，日有食之”。董仲舒以为，宿在心，天子之象也。后尹氏立王子朝，天王居于狄泉。刘歆以为，十月楚、郑分。二十四年“五月乙未朔，日有食之”。董仲舒以为，宿在胃，鲁象也。后昭公为季氏所逐。刘向以为，自十五年至此岁，十年间天戒七见，人君犹不寤。后楚杀戎蛮子，晋灭陆浑戎，盗杀卫侯兄，蔡、莒之君出奔，吴灭巢，公子光杀王僚，宋三臣以邑叛其君。它如仲舒。刘歆以为，二日鲁、赵分。是月斗建辰。《左氏传》梓慎曰："将大水。"昭子曰："旱也。日过分而阳犹不克，克必甚，能无旱乎！阳不克，莫将积聚也。"是岁秋，大雩，旱也。二至二分，日有食之，不为灾。日月之行也，春秋分日夜等，故同道；冬夏至长短极，故相过。相过同道而食轻，不为大灾，水旱而已。

三十一年"十二月辛亥朔，日有食之"。董仲舒以为，宿在心，天子象也。时京师微弱，后诸侯果相率而城周，宋中几亡尊天子之心，而不衰城。刘向以为，时吴灭徐，而蔡灭沈，楚围蔡，吴败楚入郢，昭王走出。刘歆以为，二日宋、燕分。

定公五年"三月辛亥朔，日有食之"。董仲舒、刘向以为，后郑灭许，鲁阳虎作乱，窃宝玉大弓，季桓子退仲尼，宋三臣以邑叛。刘歆以为，正月二日燕、赵分。十二年"十一月丙寅朔，日有食之"。董仲舒、刘向以为，后晋三大夫以邑叛，薛弑其君，楚灭顿、胡，越败吴，卫逐世子。刘歆以为，十二月二日楚、郑分。十五年"八月庚辰朔，日有食之"。董仲舒以为，宿在柳，周室大坏，夷狄主诸夏之象也。明年，中国诸侯累累从楚而围蔡，蔡恐，迁于州来。晋人执戎蛮子归于楚，京师楚也。刘向以为，盗杀蔡侯，齐陈乞弑其君而立阳生，孔子终不用。刘歆以为，六月晋、赵分。

哀公十四年"五月庚申朔，日有食之"。在获麟后。刘歆以为，三月二日齐、卫分。

凡春秋十二公，二百四十二年，日食三十六。《穀梁》以为，朔二十六，晦七，夜二，二日一。《公羊》以为，朔二十七，二日七，晦二。《左氏》以为，朔十六，二日十八，晦一，不书日者二。

高帝三年十月甲戌晦，日有食之，在斗二十度，燕地也。后二年，燕王臧荼反，诛，立卢绾为燕王，后又反，败。十一月癸卯晦，日有食之，在虚三度，齐地也。后二年，齐王韩信徙为楚王，明年废为列侯，后又反，诛。九年六月乙未晦，日有食之，既，在张十三度。

惠帝七年正月辛丑朔，日有食之，在危十三度。谷永以为，岁首正月朔日，是为三朝，尊者恶之。五月丁卯，先晦一日，日有食之，几尽，在七星初。刘向以为，五月微阴始起而犯至阳，其占重。至其八月，宫车晏驾，有吕氏诈置嗣君之害。京房《易传》曰："凡日食不以晦、朔者，名曰薄。人君诛将不以理，或贼臣将暴起，日月虽不同宿，阴气盛，薄日光也。"

高后二年六月丙戌晦，日有食之。七年正月己丑晦，日有食之，既，在营室九度，为宫室中。时高后恶之，曰："此为我也！"明年应。

文帝二年十一月癸卯晦，日有食之，在婺女一度。三年十月丁酉晦，日有食之，在斗二十三度。十一月丁卯晦，日有食之，在虚八度。后四年四月丙辰晦，日有食之，在东井十三度。七年正月辛未朔，日有食之。

景帝三年二月壬午晦，日有食之。在胃二度。七年十一月庚寅晦，日有食之，在虚九度。中元年十二月甲寅晦，日有食之。中二年九月甲戌晦，日有食之。三年九月戊戌晦，日有食之，几尽，在尾九度。六年七月辛亥晦，日有食之，在轸七度。后元年七月乙巳，先晦一日，日有食之，在翼十七度。

武帝建元二年二月丙戌朔，日有食之，在奎十四度。刘向以为，奎为卑贱妇人，后有卫皇后自至微兴，卒有不终之害。三年九月丙子晦，日有食之，在尾二度。五年正月己巳朔，日有食之。元光元年二月丙辰晦，日有食之。七月癸未，晦一日，日有食之，在翼八度。刘向以为，前年高园便殿灾，与春秋御廪灾后日食于翼、轸同。其占，内有女变，外为诸侯，其后陈皇后废，江都、、淮南、衡山王谋反，诛。日有食之从东北，过半，晡时复。元朔二年二月乙巳晦，日有食之，在胃三度。

六年十一月癸丑晦，日有食之。

元狩元年五月乙巳晦，日有食之，在柳六度。京房《易传》推以为，是时日食从旁右，法曰君失臣。明年丞相公孙弘薨。日食从旁左者，亦君失臣；从上者，臣失君；从下者，君失民。

元鼎五年四月丁丑晦，日有食之，在东井二十三度。

元封四年六月己酉朔，日有食之。

太始元年正月乙巳晦，日有食之。

四年十月甲寅晦，日有食之，在斗十九度。

征和四年八月辛酉晦，日有食之，不尽如钩，在亢二度。晡时食从西北，日下晡时复。

昭帝始元三年十一月壬辰朔，日有食之，在斗九度，燕地也。后四年，燕刺王谋反，诛。

元凤元年七月己亥晦，日有食之，几尽，在张十二度。刘向以为，己亥而既，其占重。后六年，宫车晏驾，卒以亡嗣。

宣帝地节元年十二月癸亥晦，日有食之，在营室十五度。

五凤元年十二月乙酉朔，日有食之，在婺女十度。

四年四月辛丑朔，日有食之，在毕十九度。是为正月朔，慝未作，《左氏》以为重异。

元帝永光二年三月壬戌朔，日有食之，在娄八度。

四年六月戊寅晦，日有食之，在张七度。

建昭五年六月壬申晦，日有食之，不尽如钩，因入。

成帝建始三年十二月戊申朔，日有食之，其夜未央殿中地震。谷永对曰："日食婺女九度，占在皇后。在震萧墙之内，咎在贵妾。二者俱发，明同事异人，共掩制阳，将害继嗣也。亶日食，则妾不见；亶地震，则后不见。异日而发，则似殊事；亡故动变，则恐不知。是月，后、妾当有失节之尤，故天因此两见其变。若曰，违失妇道，隔远众妾，妨绝继嗣者，此二人也。"杜钦对亦曰："日以戊申食，时加未。戊未，土也，中宫之部。其夜殿中地震，此必嫡妾将有争宠相害而为患者。人事失于下，变象见于上。能应之以德，则咎异消；忽而不戒，则祸败至。应之，非诚不立，非信不行。"

河平元年四月己亥晦，日有食之，不尽如钩，在东井六度。刘向对曰："四月交于五月，月同孝惠，日同孝昭。东井，京师地，且既，其占恐害继嗣。"日早食时，从西南起。

三年八月己卯晦，日有食之，在房。

四年三月癸丑朔，日有食之，在昴。

阳朔元年二月丁未晦，日有食之，在胃。

永始元年九月丁巳晦，日有食之。谷永以京房《易占》对曰："元年九月日蚀，酒亡节之所致也。独使京师知之，四国不见者，若曰，湛湎于酒，君臣不别，祸在内也。"

永始二年二月乙酉晦，日有食之。谷永以京房《易占》对曰："今年二月日食，赋敛不得度，民愁怨之所致也。所以使四方皆见，京师阴蔽者，若曰，人君好治宫室，大营坟墓，赋敛兹重，而百姓屈竭，祸在上外也。"

三年正月己卯晦，日有食之。四年七月辛未晦，日有食之。元延元年正月己亥朔，日有食之。

哀帝元寿元年正月辛丑朔，日有食之，不尽如钩，在营室十度，与惠帝七年同月日。

二年三月壬辰晦，日有食之。

平帝元始元年五月丁巳朔，日有食之，在东井。

二年九月戊申晦，日有食之，既。

凡汉著纪十二世，二百一十二年，日食五十三，朔十四，晦三十六，先晦一日三。

成帝建始元年八月戊午，晨漏未尽三刻，有两月重见。京房《易传》曰："'妇贞厉，月几望，君子征，凶。'言君弱而妇强，为阴所乘，则月并出。晦而月见西方谓之朓，朔而月见东方谓之仄慝，仄慝则侯王其肃，朓则侯王其舒。"刘向以为，朓者疾也，君舒缓则臣骄慢，故日行迟而月行疾也。仄慝者不进之意，君肃急则臣恐惧，故日行疾而月行迟，不敢迫近君也。不舒不急，以正失之者，食朔日。刘歆以为，舒者侯王展意专事，臣下促急，故月行疾也。肃者王侯缩朒不任事，臣下弛纵，故月行迟也。当春秋时，侯王率多缩朒不任事，故食二日仄慝者十八，食晦日朓者一，此其效也。考之汉家，食晦朓者三十六，终亡二日仄慝者，歆说信矣。此皆谓日月乱行者也。

元帝永光元年四月，日色青白，亡景，正中时有景亡光。是夏寒，至九月，日乃有光。京房《易传》曰："美不上人，兹谓上弱，厥异日白，七日不温。顺亡所制兹谓弱，日白六十日，物亡霜而死。天子亲伐，兹谓不知，日白，体动而寒。弱而有任，兹谓不亡，日白不温，明不动。辟僭公行，兹谓不伸，厥异日黑，大风起，天无云，日光晻。不难上政，兹谓见过，日黑居仄，大如弹丸。"

成帝河平元年正月壬寅朔，日月俱在营室，时日出赤。二月癸未，日朝赤，且入又赤，夜月赤。甲申，日出赤如血，亡光，漏上四刻半，乃颇有光，烛地赤黄，食后乃复。京房《易传》曰："辟不闻道兹谓亡，厥异日赤。"三月乙未，日出黄，有黑气大如钱，居日中央。京房《易传》曰："祭天不顺兹谓逆，厥异日赤，其中黑。闻善不予，兹谓失知，厥异日黄。"夫大人者，与天地合其德，与日月合其明，故圣王在上，总命群贤，以亮天功，则日之光明，五色备具，烛耀亡主；有主则为异，应行而变也。色不虚改，形不虚毁，观日之五变，足以监矣。故曰："悬象著明，莫大乎日月"，此之谓也。

严公七年"四月辛卯夜，恒星不见，夜中星陨如雨"。董仲舒、刘向以为，常星二十八宿者，人君之象也；众星，万民之类也。列宿不见，象诸侯微也；众星陨坠，民失其所也。夜中者，为中国也。不及地而复，象齐桓起而救存之也。乡亡桓公，星遂至地，中国其良绝矣。刘向以为，夜中者，言不得终性命，中道败也。或曰象其叛也，言当中道叛其上也。天垂象以视下，将欲人君防恶远非，慎卑省微，以自全安也。如人君有贤明之材，畏天威命，若高宗谋祖己，成王泣《金縢》，改过修正，立信布德，存亡继绝，修废举逸，下学而上达，裁什一之税，复三日之役，节用俭服，以惠百姓，则诸侯怀德，士民归仁，灾消而福兴矣。遂莫肯改寤，法则古人，而各行其私意，终于君臣乖离，上下交怨。自是之后，齐、宋之君弑，谭、遂、邢、卫之国灭，宿迁于宋，蔡获于楚，晋相弑杀，五世乃定，此其效也。《左氏传》曰："恒星不见，夜明也；星陨如雨，与雨偕也。"刘歆以为昼象中国，夜象夷狄。夜明，故常见之星皆不见，象中国微也。"星陨如雨"，如，而也，星陨而且雨，故曰"与雨偕也"，明雨与星陨，两变相成也。《洪范》曰："庶民惟星。"《易》曰："雷雨作，'解'"。是岁，岁在玄枵，齐分野也。夜中而星陨，象庶民中离上也。雨以解过施，复从上下，象齐桓行伯，复兴周室也。周四月，夏二月也，日在降娄，鲁分野也。先是，卫侯朔奔齐，卫公子黔牟立，齐帅诸侯伐之，天子使使救卫。鲁公子溺专政，会齐以犯王命，严弗能止，卒从而伐卫，逐天王所立。不义至甚，而自以为功。民去其上，政由下作，尤著，故星陨于鲁，天事常象也。

成帝永始二年二月癸未，夜过中，星陨如雨，长一二丈，绎绎未至地灭，至鸡鸣止。谷永对曰："日月星辰烛临下土，其有食陨之异，则遐迩幽隐靡不咸睹。星辰附离于天，犹庶民附离王者也。王者失道，纲纪废顿，下将叛去，故星叛天而陨，以见其象。《春秋》记异，星陨最大，自鲁严以来，至今再见。臣闻三代所以丧亡者，皆由妇人群小，湛湎于酒。《书》云'乃用其妇人之言，四方之逋逃多罪，是信是使。'《诗》曰：'赫赫宗周，褒姒灭之。''颠覆厥德，荒沈于酒。'及秦所以二世而亡者，养生大奢，奉终大厚。方今国家兼而有之，社稷宗庙之大忧也。"京房《易传》曰："君不任贤，厥妖天雨星。"

文公十四年"七月，有星孛入于北斗"。董仲舒以为，孛者恶气之所生也。谓之孛者，言其孛孛有所妨蔽，暗乱不明之貌也。北斗，大国象。后齐、宋、鲁、莒、晋皆弑君。刘向以为，君臣乱于朝，政令亏于外，则上浊三光之精，五星赢缩，变色逆行，甚则为孛。北斗，人君象；孛星，乱臣类，篡杀之表也。《星传》曰"魁者，贵为之牢。"又曰"孛星见北斗中，大臣诸侯有受诛者"。一曰魁为齐、晋。夫彗星较然在北斗中，天之视人显矣，史之有占明矣，时君终不改寤。是后，宋、鲁、莒、晋、郑、陈六国咸弑其君，齐再弑焉。中国既乱，夷狄并侵，兵革从横，楚乘威席胜，深入诸夏，六侵伐，一灭国，观兵周室。晋外灭二国，内败王师，又连三国之兵大败齐师于，追亡逐北，东临海水，威陵京师，武折大齐。皆孛星炎之所及，流至二十八年。《星传》又曰："彗星入北斗，有大战。其流入北斗中，得名人；不入，失名人。"宋华元，贤名大夫，大棘之战，华元获于郑，传举其效云。《左氏传》曰有星孛北斗，周史服曰："不出七年，宋、齐、晋之君皆将死乱。"刘歆以为，北斗有环域，四星入其中也。斗，天之三辰，纲纪星也。宋、齐、晋，天子方伯，中国纲纪。彗所以除旧布新也。斗七星，故曰不出七年。至十六年，宋人弑昭公；十八年，齐人弑懿公；宣公二年，晋赵穿弑灵公。

昭公十七年"冬，有星孛于大辰"。董仲舒以为，大辰心也，心为明堂，天子之象。后王室大乱，三王分争，此其效也。刘向以为，《星传》曰"心，大星，天王也。其前星，太子；后星，庶子也。尾为君臣乖离。"孛星加心，象天子適庶将分争也。其在诸侯，角、亢、氐，陈、郑也；房、心，宋也。后五年，周景王崩，王室乱，大夫刘子、单子立王猛，尹氏、召伯、毛伯立子鼂。子鼂，楚出也。时楚强，宋、卫、陈、郑皆南附楚。王猛既卒，敬王即位，子鼂入王城，天王居狄泉，莫之敢纳。五年，楚平王居卒，子鼂奔楚，王室乃定。后楚帅六国伐吴，吴败之于鸡父，杀获其君臣。蔡怨楚而灭沈，楚怒，围蔡。吴人救之，遂为柏举之战，败楚师，屠郢都，妻昭王母，鞭平王墓。此皆孛彗流炎所及之效也。《左氏传》曰："有星孛于大辰，西及汉。申繻曰：'彗，所以除旧布新也，天事恒象。今除于火，火出必布焉。诸侯其有火灾乎？'梓慎曰：'往年吾见，是其征也。火出而见，今兹火出而章，必火入而伏，其居火也久矣，其与不然乎？火出，于夏为三月，于商为四月，于周为五月。夏数得天，若火作，其四国当之，在宋、卫、陈、郑乎？宋，大辰之虚；陈，太昊之虚；郑，祝融之虚：皆火房也。星孛及汉；汉，水祥也。卫，颛顼之虚，其星为大水。水，火之牡也。其以丙子若壬午作乎？水火所以合也。若火入而伏，必以壬午，不过见之月。'"明年"夏五月，火始昏见，丙子风。梓慎曰：'是谓融风，火之始也。七日其火作乎？'戊寅风甚，壬午大甚，宋、卫、陈、郑皆火。"刘歆以为，大辰，房、心、尾也，八月心星在西方，孛从其西过心东及汉也。宋，大辰虚，谓宋先祖掌祀大辰星也。陈，太昊虚，虙羲木德，火所生也。郑，祝融虚，高辛氏火正也。故皆为火所舍。卫，颛顼虚，星为大水，营室也。天星既然，又四国失政相似，及为王室乱皆同。

哀公十三年"冬十一月，有星孛于东方"。董仲舒、刘向以为，不言宿名者，不加宿也。

以辰乘日而出，乱气蔽君明也。明年，《春秋》事终。一曰，周之十一月，夏九月，日在氐。出东方者，轸、角、亢也。轸，楚；角、亢，陈、郑也。或曰角、亢大国象，为齐、晋也。其后楚灭陈，田氏篡齐，六卿分晋，此其效也。刘歆以为，孛，东方大辰也，不言大辰，旦而见与日争光，星入而彗犹见。是岁，再失闰，十一月实八月也。日在鹑火，周分野也。十四年冬，“有星孛”，在获麟后。刘歆以为不言所在，官失之也。

高帝三年七月，有星孛于大角，旬余乃入。刘向以为，是时项羽为楚王，伯诸侯，而汉已定三秦，与羽相距荥阳，天下归心于汉，楚将灭，故彗除王位也。一曰，项羽坑秦卒，烧宫室，弑义帝，乱王位，故彗加之也。

文帝后七年九月，有星孛于西方，其本直尾、箕，末指虚、危，长丈余，及天汉，十六日不见。刘向以为，尾宋地，今楚彭城也。箕为燕，又为吴、越、齐。宿在汉中，负海之国水泽地也。是时，景帝新立，信用晁错，将诛正诸侯王，其象先见。后三年，吴、楚、四齐与赵七国举兵反，皆诛灭云。

武帝建元六年六月，有星孛于北方。刘向以为，明年淮南王安入朝，与太尉武安侯田蚡有邪谋，而陈皇后骄恣。其后，陈后废；而淮南王反，诛。八月，长星出于东方，长终天，三十日去。占曰：“是为蚩尤旗，见则王者征伐四方。”其后，兵诛四夷，连数十年。元狩四年四月，长星又出西北。是时，伐胡尤甚。元封元年五月，有星孛于东井，又孛于三台。其后江充作乱，京师纷然。此明东井、三台为秦地效也。

宣帝地节元年正月，有星孛于西方，去太白二丈所。刘向以为，太白为大将，彗孛加之，扫灭象也。明年，大将军霍光薨，后二年家夷灭。

成帝建始元年正月，有星孛于营室，青白色，长六七丈，广尺余。刘向、谷永以为，营室为后宫怀任之象，彗星加之，将有害怀任绝继嗣者。一曰，后宫将受害也。其后，许皇后坐祝诅后宫怀任者废。赵皇后立为妹昭仪，害两皇子，上遂无嗣。赵后姊妹卒皆伏辜。

元延元年七月辛未，有星孛于东井，践五诸侯，出河戍北率行轩辕、太微，后日六度有余，晨出东方。十三日夕见西方，犯次妃、长秋、斗、填，蜂炎再贯紫宫中。大火当后，达天河，除于妃后之域。南逝度犯大角、摄提，至天市而按节徐行，炎入市，中旬而后西去，五十六日与仓龙俱伏。谷永对曰：“上古以来，大乱之极，所希有也。察其驰骋骤步，芒炎或长或短，所历奸犯，内为后宫女妾之害，外为诸夏叛逆之祸。”刘向亦曰：“三代之亡，摄提易方；秦、项之灭，星孛大角。”是岁，赵昭仪害两皇子。后五年，成帝崩，昭仪自杀。哀帝即位，赵氏皆免官爵，徙辽西。哀帝亡嗣。平帝即位，王莽用事，追废成帝赵皇后、哀帝傅皇后，皆自杀。外家丁、傅皆免官爵，徙合浦，归故郡。平帝亡嗣，莽遂篡国。

釐公十六年“正月戊申朔，陨石于宋，五。是月，六鶂退飞过宋都”。董仲舒、刘向以为，象宋襄公欲行伯道将自败之戒也。石，阴类；五，阳数；自上而陨，此阴而阳行，欲高反下也。石与金同类，色以白为主，近白祥也。鶂，水鸟；六，阴数；退飞，欲进反退也。其色青，青祥也，属于貌之不恭。天戒若曰，德薄国小，勿持炕阳，欲长诸侯，与强大争，必受其害。襄公不寤，明年齐桓死，伐齐丧，执滕子，围曹，为盂之会，与楚争盟，卒为所执。后得反国，不悔过自责，复会诸侯伐郑，与楚战于泓，军败身伤，为诸侯笑。《左氏传》曰：陨石，星也；鶂退飞，风也。宋襄公以问周内史叔兴曰：“是何祥也？吉凶何在？”对曰：“今兹鲁多大丧，明年齐有乱，君将得诸侯而不终。”退而告人曰：“是阴阳之事，非吉凶之所生也。吉凶由人，吾不敢逆君故也。”是岁，鲁公子季友、鄫季姬、公孙兹皆卒。明年，齐桓死，嫡庶乱。宋襄公伐齐行伯，卒为楚所败。刘歆以为，是岁岁在寿星，其冲降娄。降娄，鲁分野也，故为鲁多大丧。正月，日在星纪，厌在玄枵。玄枵，齐分野也，石，山物；齐，大岳后。五石象齐桓卒而五公子作乱，故为明年齐有乱。庶民惟星，陨于宋，象宋襄将得诸侯之众，而治五公子之乱。星陨而鶂退飞，故为得诸侯而不终。六鶂象后六年伯业始退，执于盂也。民反德为乱，乱则妖灾生，言吉凶繇人，然后阴阳冲厌受其咎。齐、鲁之灾非君所致，故曰“吾不敢逆君故也”。京房《易传》曰：“距谏自强，兹谓却行，厥异鶂退飞。适当黜，则鶂退飞。”

惠帝三年，陨石绵诸，一。

武帝征和四年二月丁酉，陨石雍，二，天晏亡云，声闻四百里。

元帝建昭元年正月戊辰，陨石梁国，六。

成帝建始四年正月癸卯，陨石槁，四，肥累，一。阳朔三年二月壬戌，陨石白马，八。鸿嘉二年五月癸未，陨石杜衍，三。元延四年三月，陨石都关，二。

哀帝建平元年正月丁未，陨石北地，十。其九月甲辰，陨石虞，二。

平帝元始二年六月，陨石巨鹿，二。

自惠尽平，陨石凡十一，皆有光耀雷声，成、哀尤屡。

卷二十八上

地理志第八上

昔在黄帝，作舟车以济不通，旁行天下，方制万里，画野分州，得百里之国万区。是故《易》称“先王以建万国，亲诸侯”，《书》云“协和万国”，此之谓也。尧遭洪水，怀山襄陵，天下分绝，为十二州，使禹治之。水土既平，更制九州，列五服，任土作贡。

曰：禹敷土，随山刊木，奠高山大川。

冀州既载，壶口治梁及岐。既修太原，至于岳阳。覃怀底绩，至于衡章。厥土惟白壤。厥赋上上错，厥田中中。恒、卫既从，大陆既作。鸟夷皮服。夹右碣石，入于河。

泲、河惟兖州。九河既道，雷夏既泽，雍、沮会同，桑土既蚕，是降丘宅土。厥土黑坟，草繇木条。厥田中下，赋贞，作十有三年乃同。厥贡漆丝，厥棐织文。浮于泲、漯，通于河。

海、岱惟青州。嵎夷既略，惟、甾其道。厥土白坟，海濒广潟。田上下，赋中上。贡盐、絺，海物惟错，岱畎丝、枲、鈆、松、怪石，莱夷作牧，厥棐丝。浮于汶，达于泲。

海、岱及淮惟徐州。淮、沂其乂，蒙、羽其艺。大野既猪，东原氐平。厥土赤埴坟，草木渐包。田上中，赋中中。贡土五色，羽畎夏狄，峄阳孤桐，泗濒浮磬，淮夷蠙珠暨鱼，厥棐玄纤缟。浮于淮、泗，达于河。

淮、海惟扬州。彭蠡既猪，阳鸟逌居。三江既入，震泽氐定。篠簜既敷，草夭木乔。厥土涂泥。田下下，赋下上错。贡金三品，瑶、琨、篠簜，齿、革、羽毛，鸟夷卉服，厥棐织贝，厥包橘、柚，锡贡。均江海，通于淮、泗。

荆及衡阳惟荆州。江、汉朝宗于海。九江孔殷，沱、灊既道，云梦土作乂。厥土涂泥。田下中，赋上下。贡羽旄、齿、革，金三品，杶、干、栝、柏，厉、砥、砮、丹，惟箘，楛，三国底贡厥名，包匦菁茅，厥棐玄纁玑组，九江纳锡大龟。浮于江、沱、灊、汉，逾于洛，至于南河。

荆、河惟豫州。伊、洛、瀍、涧既入于河，荥、波既猪，道荷泽，被盟猪。厥土惟壤，下土坟垆。田中上，赋错上中，贡漆、枲、絺、紵、棐纤纩，锡贡磬错。浮于洛，入于河。

华阳、黑水惟梁州。岷、嶓既艺，沱、灊既道，蔡、蒙旅平，和夷底绩。厥土青黎。田下上，赋下中三错。贡璆、铁、银、镂、砮、磬，熊、罴、狐、狸、织皮。西顷因桓是倈，浮于灊，逾于沔，入于渭，乱于河。

黑水、西河惟雍州。弱水既西，泾属渭汭。漆、沮既从，酆水逌同。荆、岐既旅，终南、惇物，至于鸟鼠。原隰底绩，至于猪野。三危既宅，三苗丕叙。厥土黄壤。田上上，赋中下。贡球、琳、琅玕。浮于积石，至于龙门西河，会于渭汭。织皮昆仑、析支、渠叟，西戎即叙。

道汧及岐，至于荆山，逾于河；壶口、雷首，至于大岳；底柱、析城，至于王屋；太行、恒山，至于碣石，入于海。西倾、朱圉、鸟鼠，至于太华；熊耳、外方、桐柏，至于倍尾。道嶓冢，至于荆山；内方，至于大别；崏山之阳，至于衡山，过九江，至于敷浅原。

道弱水，至于合藜，余波入于流沙。道黑水，至于三危，入于南海。道河积石，至于龙门，南至于华阴，东至于底柱，又东至于盟津，东过洛汭，至于大伾，北过降水，至于大陆，又北播为九河，同为逆河，入于海。嶓冢道漾，东流为汉，又东为沧浪之水，过三澨，至于大别，南入于江，东汇泽为彭蠡，东为北江，入于海。崏山道江，东别为沱，又东至于醴，过九江，至于东陵，东迤北会于汇，东为中江，入于海。道沇水，东流为泲，入于河，轶为荥，东出于陶丘北，又东至于荷，又东北会于汶，又北东入于海。道淮自桐柏，东会于泗、沂，东入于海。道渭自鸟鼠同穴，东会于酆，又东至于泾，又东过漆、沮，入于河。道洛自熊耳，东北会于涧、瀍，又东会于伊，又东北入于河。

九州逌同，四奥既宅，九山刊旅，九川涤原，九泽既陂，四海会同。六府孔修，庶土交正，底慎财赋，咸则三壤，成赋中国。锡土姓："祗台德先，不距朕行。"

五百里甸服：百里赋内总，二百里内铚，三百里内戛服，四百里粟，五百里米。五百里侯服：百里采，二百里男国，三百里诸侯。五百里绥服：三百里揆文教，二百里奋武卫。五百里要服：三百里夷，二百里蔡。五百里荒服：三百里蛮，二百里流。东渐于海，西被于流沙，朔、南洎，声教讫于四海。

禹锡玄圭，告厥成功。

后受禅于虞，为夏后氏。

殷因于夏，亡所变改。周既克殷，监于二代而损益之，定官分职，改禹徐、梁二州合之于雍、青，分冀州之地以为幽、并。故《周官》有职方氏，掌天下之地，辩九州之国。

东南曰扬州：其山曰会稽，薮曰具区，川曰三江，浸曰五湖；其利金、锡、竹箭；民二男五女；畜宜鸟兽，谷宜稻。

正南曰荆州：其山曰衡，薮曰云梦，川曰江、汉，浸曰颍、湛；其利丹、银、齿、革；民一男二女；畜及谷宜，与扬州同。

河南曰豫州：其山曰华，薮曰圃田，川曰荥、洛，浸曰波、溠；其利林、漆、丝枲；民二男三女；畜宜六扰，其谷宜五种。

正东曰青州：其山曰沂，薮曰孟诸，川曰淮、泗，浸曰沂、沭；其利蒲、鱼；民二男三女；其畜宜鸡、狗，谷宜稻、麦。

河东曰兖州：其山曰岱，薮曰泰野，其川曰河、泲，浸曰卢、潍；其利蒲、鱼；民二男三女；其畜宜六扰，谷宜四种。

正西曰雍州：其山曰岳，薮曰弦蒲，川曰泾、汭，其浸曰渭、洛；其利玉、石；其民三男二女，畜宜牛、马，谷宜黍、稷。

东北曰幽州：其山曰医无闾，薮曰豯养，川曰河、泲，浸曰菑、时；其利鱼、盐；民一男三女；畜宜四扰，谷宜三种。

河内曰冀州：其山曰霍，薮曰扬纡，川曰漳，浸曰汾、潞；其利松、柏；民五男三女；畜宜牛、羊，谷宜黍、稷。

正北曰并州：其山曰恒山，薮曰昭余祁，川曰虖池、呕夷，浸曰涞、易；其利布帛；民二男三女；畜宜五扰，谷宜五种。

而保章氏掌天文，以星土辩九州之地，所封封域皆有分星，以视吉凶。

周爵五等，而土三等：公、侯百里，伯七十里，子、男五十里。不满为附庸，盖千八百国。而太昊、黄帝之后，唐、虞侯伯犹存，帝王图籍相踵而可知。周室既衰，礼乐征伐自诸侯出，转相吞灭，数百年间，列国耗尽。至春秋时，尚有数十国，五伯迭兴，总其盟会。陵夷至于战国，天下分而为七，合从连衡，经数十年。秦遂并兼四海。以为周制微弱，终为诸侯所丧，故不立尺土之封，分天下为郡县，荡灭前圣之苗裔，靡有孑遗者矣。

汉兴，因秦制度，崇恩德，行简易，以抚海内。至武帝攘却胡、越，开地斥境，南置交阯，北置朔方之州，兼徐、梁、幽，并夏、周之制，改雍曰凉，改梁曰益，凡十三部，置刺史。先王之迹既远，地名又数改易，是以采获旧闻，考迹《诗》、《书》，推表山川，以缀《禹贡》、《周官》、《春秋》，下及战国、秦、汉焉。

京兆尹，（故秦内史，高帝元年属塞国，二年更为渭南郡，九年罢，复为内史。武帝建元六年分为右内史，太初元年更为京兆尹。）元始二年，户十九万五千七百二，口六十八万二千四百六十八。县十二：长安，（高帝五年置。惠帝元年初城，六年成。户八万八百，口二十四万六千二百。王莽曰常安。）新丰，（骊山在南，故骊戎国。秦曰骊邑。高祖七年置。）船司空，（莽曰船利。）蓝田，（山出美玉，有虎候山祠，秦孝公置也。）华阴，（故阴晋，秦惠文王五年更名宁秦，高帝八年更名华阴。太华山在南，有祠，豫州山。集灵宫，武帝起，莽曰华坛也。）郑，（周宣王弟郑桓公邑。有铁官。）湖，（有周天子祠二所。故曰胡，武帝建元年更名湖。）下邽，南陵，（文帝七年置。沂水出蓝田谷，北至霸陵入霸水。霸水亦出蓝田谷，北入渭。古曰兹水，秦穆公更名以章霸功，视子孙。）奉明，（宣帝置也。）霸陵，（故芷阳，文帝更名。莽曰水章也。）杜陵。（故杜伯国，宣帝更名。有周右将军杜主祠四所。莽曰饶安也。）

左冯翊，（故秦内史，高帝元年属塞国，二年更名河上郡，九年罢，复为内史。武帝建元六年为左内史，太初元年更名左冯翊。）户二十三万五千一百一，口九十一万七千八百二十二。县二十四：高陵，（左辅都尉治。莽曰千春。）栎阳，（秦献公自雍徙。莽曰师亭。）翟道，（莽曰涣。）池阳，（惠帝四年置。嶻山在北。）夏阳，（故少梁，秦惠文王十一年更名。《禹贡》梁山在西北，龙门山在北。有铁官。莽曰冀亭。衙，莽曰达昌。）粟邑，（莽曰粟城。谷口，九嵕山在西。有天齐公、五床山、仙人、五帝祠四所。莽曰谷喙。）莲勺，鄜，（莽曰修令。）频阳，（秦厉公置。）临晋，（故大荔，秦获之，更名。有河水祠。芮乡，故芮国。莽曰监晋。）重泉，（莽曰调泉。）郃阳，祋祤，（景帝二年置。）武城，（莽曰桓城。）沈阳，（莽曰制昌。）怀德，（《禹贡》北条荆山在南，下有强梁原。洛水东南入渭，雍州浸。莽曰德驩）。徵，（莽曰泛爱。）云陵，（昭帝置也。）万年，（高帝置。莽曰异赤。）长陵，（高帝置。户五万五十七，口十七万九千四百六十九。莽曰长平。）阳陵，（故弋阳，景帝更名。莽曰渭阳。）云阳。（有休屠、金人及径路神祠三所，越巫䣃𩨂祠三所。）

右扶风，（故秦内史，高帝元年属雍国，二年更为中地郡。九年罢，复为内史。武帝建元六年分为右内史，太初元年更名主爵都尉为右扶风。）户二十一万六千三百七十七，口八十三万六千七十，县二十一：渭城，（故咸阳，高帝元年更名新城，七年罢，属长安。武帝元鼎三年更名渭城。有兰池宫。莽曰京城。）槐里，（周曰犬丘，懿王都之。秦更名废丘。高祖三年更名。有黄山宫，孝惠二年起。莽曰槐治。），鄠（古国。有扈谷亭。扈，夏启所伐。酆水出东南，又有潏水，皆北过上林苑入渭。有萯阳宫，秦文王起。）盩厔，（有长杨宫，有射熊馆，秦昭王起。灵轵渠，武帝穿也。）斄，（周后稷所封。）郁夷，（《诗》"周道郁夷"。有汧水祠。莽曰郁平。）美阳，（《禹贡》岐山在西北。中水乡，周文王所邑。有高泉宫，秦宣太后起也。）郿，（成国渠首受渭，东北至上林入蒙和渠。右辅都尉治。）雍，（秦惠公都之。有五畤，太昊、黄帝以下祠三百三所。橐泉宫，孝公起。祈年宫，惠公起。棫阳宫，昭王起。有铁官。）漆，（水在县西。有铁官。莽曰漆治。）栒邑，（有豳乡，《诗》豳国，公刘所都，）隃麋，（有黄帝子祠。莽曰扶亭。）陈仓，（有上公、明星、黄帝孙、舜妻盲冢祠。有羽阳宫，秦武王起也。）杜阳，（杜水南入渭。莽曰通杜。）汧，（吴山在西，古文以为汧山。雍州山。北有蒲谷乡弦中谷，雍州弦蒲薮。汧水出西北，入渭。芮水出西北，东入泾。《诗》芮阸，雍州川也。）好畤。（垝山在东。有梁山宫，秦始皇起。莽曰好邑。）虢，（有黄帝子、周文武祠。虢宫，秦宣太后起也。）安陵，（惠帝置。莽曰嘉平。）茂陵，（武帝置。户六万一千八十七，口二十七万七千二百七十七。莽曰宣城。）平陵，（昭帝置。莽曰广利。）武功，（太壹山，古文以为终南。垂山，古文以为敦物。皆在县东。斜水出衙领山北，至郿入渭。褒水亦出衙领，至南郑入沔。有垂山、斜水、淮水祠三所。莽曰新光。）

弘农郡，（武帝元鼎四年置。莽曰右队。）户十一万八千九十一，口四十七万五千九百五十四。（有铁官，在黾池。）县十一：弘农，（故秦函谷关。衙山领下谷，爅水所出，北入河。）卢氏，（熊耳山在东。伊水出，东北入雒，过郡一，行四百五十里。又有育水，南至顺阳入沔。又有洱水，东南至鲁阳，亦入沔。皆过郡二，行六百里。莽曰昌富。）陕，（故虢国。有焦城，故焦国。北虢在大阳，东虢在荥阳，西虢在雍州。莽曰黄眉。）宜阳，（在黾池有铁官也。）黾池，（高帝八年复黾池中乡民。景帝中二年初城，徙万家为县，榖水出榖阳谷，东北至榖城入雒。莽曰陕亭。）丹水，（水出上雒冢领山，东至析入钧。密阳乡，故商密也。）新安，（《禹贡》涧水在东，南入雒。）商，（秦相卫鞅邑也。）析，（黄水出黄谷，鞠水出析谷，俱东至郦入湍水。莽曰君亭。）陆浑，（春秋迁陆浑戎于此。有关。）上雒。（《禹贡》雒水出冢领山，东北至巩入河，过郡二，行千七十里，豫州川。又有甲水，出秦领山，东南至锡入沔，过郡三，行五百七十里。熊耳、获舆山在东北。）

河东郡，（秦置。莽曰兆阳。有根仓、湿仓。）户二十三万六千八百九十六，口九十六万二千九百一十二。县二十四：安邑，（巫咸山在南，盐池在西南。魏绛自魏徙此，至惠王徙大梁。有铁官、盐官。莽曰河东。）大阳，（吴山在西，上有吴城，周武王封太伯后于此，是为虞公，为晋所灭。有天子庙。莽曰勤田。）猗氏解蒲反，（有尧山，首山祠。雷首山在南。故曰蒲，秦更名。莽曰蒲城。）河北，（《诗》魏国，晋献公灭之，以封大夫毕万，曾孙绛徙安邑也。）左邑，（莽曰兆亭。）汾阴，（介山在南。）闻喜，（故曲沃。晋武公自晋阳徙此。武帝元鼎六年行过，更名。）濩泽，（《禹贡》析城山在西南。）端氏。临汾。垣，（《禹贡》王屋山在东北，沇水所出，东南至武德入河，轶出荥阳北地中，又东至琅槐入海，过郡九，行千八百四十里。）皮氏，（耿乡，故耿国，晋献公灭之，以赐大夫赵夙。后十世献侯徙中牟。有铁官。莽曰延平。）长修。平阳，（韩武子玄孙贞子居此。有铁官。莽曰香平。）襄陵，（有班氏乡亭。莽曰幹昌。）彘，（霍大山在东，冀州山，周厉王所奔。莽曰黄城。）杨，（莽曰有年亭。）北屈，（《禹贡》壶口山在东南。莽曰朕北。）蒲子。绛，（晋武公自曲沃徙此。有铁官。）狐讘。骐，（侯国。）

太原郡，（秦置。有盐官，在晋阳。属并州。）户十六万九千八百六十三，口六十八万四百八十八。（有家马官。）县二十一：晋阳，（故《诗》唐国，周成王灭唐，封弟叔虞。龙山在西北。有盐官。晋水所出，东入汾。）葰人，界休，（莽曰界美。）榆次，（涂水乡，晋大夫知徐吾邑。梗阳乡，魏戊邑。莽曰大原亭。）中都，于离，（莽曰于合。）兹氏，（莽曰兹同。）狼孟，（莽曰狼调。）邬，（九泽在北，是为昭馀祁，并州薮。晋大夫司马弥牟邑。）盂，（晋大夫孟丙邑。）平陶，（莽曰多穰。）汾阳，（北山，汾水所出，西南至汾阴入河，过郡二，行千三百四十里，冀州浸。）京陵，（莽曰致城。）阳曲，大陵，（有铁官。莽曰大宁。）原平，祁，（晋大夫贾辛邑。莽曰示。）上艾，（绵曼水，东至蒲吾，入虖池水。）虑虒，阳邑，（莽曰繁穰。）广武。（河主、贾屋山在北。都尉治。莽曰信桓。）

上党郡，（秦置，属并州。有上党关、壶口关、石研关、天井关。）户七万三千七百九十八，口三十三万七千七百六十六。县十四：长子，（周史辛甲所封。鹿谷山，浊漳水所出，东至邺入清漳。）屯留，（桑钦言"绛水出西南，东入海"。）余吾，铜鞮，（有上虒亭，下虒聚。）沾，（大黾谷，清漳水所出，东北至邑成入大河，过郡五，行千六百八十里，冀州川。）涅氏，（涅水也。）襄垣，（莽曰上党亭。）壶关，（有羊肠阪。沾水东至朝歌入淇。）泫氏，（杨谷，绝水所出，南至野王入沁。）高都，（莞谷，丹水所出，东南入泫水。有天井关。）潞，（故潞子国。）陭氏，阳阿，穀远，（羊头山世靡谷，沁水所出，东南至荥阳入河，过郡三，行九百七十里。莽曰谷近。）

河内郡，（高帝元年为殷国，二年更名。莽曰后队，属司隶。）户二十四万一千二百四十六，口百六万七千九十七。县十八：怀，（有工官。莽曰河内。）汲，武德，波，山阳，（东太行山在西北。）河阳，（莽曰河亭。）州，共，（故国。北山，淇水所出，东至黎阳入河。）平皋，朝歌，（纣所都。周武王弟康叔所封，更名卫。莽曰雅歌。）脩武，温，（故国，己姓，苏忿生所封也。）野王，（太行山在西北。卫元君为秦所夺，自濮阳徙此。莽曰平野。）获嘉，（故汲之新中乡，武帝行过更名也。）轵，沁水，隆虑，（国水东北至信成入张甲河，过郡三，行千八百四十里。有铁官。）荡阴。（荡水东至内黄泽。西山，羑水所出，亦至内黄入荡。有羑里城，西伯所拘也。）

河南郡，（故秦三川郡，高帝更名。洛阳户五万二千八百三十九。莽曰保忠信乡，属司隶也。）户二十七万六千四百四十四，口一百七十四万二百七十九。（有铁官、工官。敖仓在荥阳。）县二十二：雒阳，（周公迁殷民，是为成周。《春秋》昭公二十一年，晋合诸侯于狄泉，以其地大成周之城，居敬王。莽曰宜阳。）荥阳，（卞水、冯池皆在西南。有狼汤渠，首受泲，东南至陈入颍，过郡四，行七百八十里。）偃师，（尸乡，殷汤所都。莽曰师成。）京，平阴，中牟，（圃田泽在西，豫州薮。有管叔邑，赵献侯自耿徙此。）平，（莽曰治平。）阳武，（有博狼沙。莽曰阳桓。）河南，（故郏鄏地。周武王迁九鼎，周公致太平，营以为都，是为王城，至平王居之。）缑氏，（刘聚，周大夫刘子邑。有延寿城仙人祠。莽曰中亭。）卷，原武，（莽曰原桓。）巩，（东周所居。）

榖成，（《禹贡》瀍水出亭北，东南入洛。）故市，密，（故国。有大騩山，潩水所出，南至临颍入颍。）新成，（惠帝四年置。蛮中，故戎蛮子国。）开封，（逢池在东北，或曰宋之逢泽也。）成皋，（故虎牢。或曰制。）苑陵，（莽曰左亭。）梁，（惮狐聚，秦灭西周徙其君于此。阳人聚，秦灭东周徙其君于此。）新郑。（《诗》郑国，郑桓公之子武公所国，后为韩所灭，韩自平阳徙都之。）

东郡，（秦置。莽曰治亭。属兖州。）户四十万一千二百九十七，口百六十五万九千二十八。县二十二：濮阳，（卫成公自楚丘徙此。故帝丘，颛顼虚。莽曰治亭。）畔观，（莽曰观治。）聊城，顿丘，（莽曰顺丘。）发干，（莽曰戢）楯。范，（莽曰建睦。）茬平，（莽曰功崇。）东武阳，（禹治漯水，东北至千乘入海，过郡三，行千二十里。莽曰武昌。）博平，（莽曰加睦。）黎，（莽曰黎治。）清，（莽曰清治。）东阿，（都尉治。）离狐，（莽曰瑞狐。）临邑，（有泲庙。莽曰榖城亭。）利苗，须昌，（故须句国，太昊后，风姓。）寿良，（蚩尤祠在西北）泲（上。有朐城。）乐昌，阳平，白马，南燕，（南燕国，姞姓，黄帝后。）廪丘。

陈留郡，（武帝元狩元年置。属兖州。）户二十九万六千二百八十四，口一百五十万九千五十。县十七：陈留，（鲁渠水首受狼汤渠，东至阳夏，入涡渠。）小黄，成安，宁陵，（莽曰康善。）雍丘，（故杞国也，周武王封禹后东楼公。先春秋时徙鲁东北，二十一世简公为楚所灭。）酸枣，东昏，（莽曰东明。）襄邑，（有服官，莽曰襄平。）外黄，（都尉治。）封丘，（濮渠水首受泲，东北至都关，入羊里水，过郡三，行六百三十里，）长罗，（侯国。莽曰惠泽。）尉氏，傿，（莽曰顺通。）长垣，（莽曰长固。）平丘，济阳，（莽曰济前。）浚仪，（故大梁。魏惠王自安邑徙此。睢水首受狼汤水，东至取虑入泗，过郡四，行千三百六十里。）

颍川郡，（秦置。高帝五年为韩国，六年复故。莽曰左队。阳翟有工官。属豫州。）户四十三万二千四百九十一，口二百二十一万九百七十三。县二十：阳翟，（夏禹国。周末，韩景侯自新郑徙此。户四万一千六百五十，口十万九千。莽曰颍川。）昆阳，颍阳，定陵，（有东不羹。莽曰定城。）长社，新汲，襄城，（有西不羹。莽曰相城。）郾，郏，舞阳，颍阴，崇高，（武帝置，以奉太室山，是为中岳。有太室、少室山庙。古文以崇高为外方山也。）许，（故国，姜姓，四岳后，太叔所封，二十四世为楚所灭。）傿陵，（户四万九千一百一，口二十六万一千四百一十八。莽曰左亭。）临颍，（莽曰监颍。）父城，（应乡，故国，周武王弟所封。）成安，（侯国也。）周承休，（侯国，元帝置，元始二年更名郑公。莽曰嘉美。）阳城，（阳城山，洧水所出，东南至长平入颍，过郡三，行五百里。阳乾山，颍水所出，东至下蔡入淮，过郡三，行千五百里，荆州浸。有铁官。）纶氏。

汝南郡，（高帝置。莽曰汝汾。分为赏都尉。属豫州。）户四十六万一千五百八十七，口二百五十九万六千一百四十八。县三十七：平舆，阳安，阳城，（侯国。莽曰新安。）灈强，富波，女阳，鲖阳，吴房，安成，（侯国。莽曰至成。）南顿，（故顿子国，姬姓。）朗陵，细阳，（莽曰乐庆。）宜春，（侯国。莽曰宣孱。）女阴，（故胡国。都尉治。工曰汝坟。）新蔡，（蔡平侯自蔡徙此，后二世徙下蔡。莽曰新迁。）新息，（莽曰新德。）灈阳，期思，慎阳，慎，（莽曰慎治。）召陵，弋阳，（侯国。）西平，（有铁官。莽曰新亭。）上蔡，（故蔡国，周武王弟叔度所封。度放，成王封其子胡，十八世徙新蔡。）浸，（莽曰闰治。）西华，（莽曰华望。）长平，（莽曰长正。）宜禄，（莽曰赏都亭。）项，（故国。）新郪，（莽曰新延。）归德，（侯国。宣帝置。莽曰归惠。）新阳，（莽曰新明。）安昌，（侯国。莽曰始成。）安阳，（侯国。莽曰均夏。）博阳，（侯国。莽曰乐家。）成阳，（侯国。莽曰新利。）定陵。（高陵山，汝水出，东南至新蔡入淮，过郡四，行千三百四十里。）

南阳郡，（秦置。莽曰前队。属荆州。）户三十五万九千三百一十六，口一百九十四万二千五十一。县三十六：宛，（故申伯国。有屈申城。县南有北筮山。户四万七千五百四十七。有工官、铁官。莽曰南阳。）犨，杜衍，（莽曰闰衍。）酂，（侯国。莽曰南庚。）育阳，（有南筮聚，在东北。）博山，（侯国。哀帝置。故顺阳。）涅阳，（莽曰前亭。）阴，堵阳，（莽曰阳城。）雉，（衡山，沣水所出，东至郾入汝。）山都，蔡阳，（莽之母功显君邑。）新野，筑阳，（故谷伯国。莽曰宜禾。）棘阳，武当，舞阴，（中阴山，瀙水所出，东至蔡入汝。）西鄂，穰，（莽曰农穰。）郦，（育水出西北，南入汉。）安众，（侯国。故宛西乡。）冠军，（武帝置。故穰卢阳乡、宛临駣聚。）比阳，平氏，（《禹贡》桐柏大复山在东南，淮水所出，东南至淮陵入海，过郡四，行三千二百四十里，青州川。莽曰平善。）随，（故国。厉乡，故厉国也。）叶，（楚叶公邑。有长城，号曰方城。）邓，（故国。都是尉治。）朝阳，（莽曰厉信。）鲁阳，（有鲁山。古鲁县，御龙氏所迁。鲁山，滍水所出，东北至定陵入汝。又有昆水，东南至定陵入汝。）舂陵，（侯国。故蔡阳白水乡。上唐乡，故唐国。）新都，（侯国。莽曰新林。）湖阳，（故廖国也。）红阳，（侯国。莽曰红俞。）乐城，（侯国。）博望，（侯国。莽曰宜乐。）复阳，（侯国。故湖阳乐乡。）

南郡，（秦置，高帝元年更为临江郡，五年复故。景帝二年复为临江，中二年复故。莽曰南顺。属荆州。）户十二万五千五百七十九，口七十一万八千五百四十。（有发弩官。）县十八：江陵，（故楚郢都，楚文王自丹阳徙此。后九世平王城之。后十世秦拔我郢，徙陈。莽曰江陆。）临沮，（《禹贡》南条荆山在东北，漳水所出，东至江陵入阳水，阳水入沔，行六百里。）夷陵，（都尉治。莽曰居利。）华容，（云梦泽在南，荆州薮。夏水首受江，东入沔，行五百里。）宜城，（故鄢，惠帝三年更名。）郢，（楚别邑，故郢。莽曰郢亭。）邔，当阳，中庐，枝江，（故罗国。江沱出西，东入江。）襄阳，（莽曰相阳。）编，（有云梦官。莽曰南顺。）秭归，（归乡，故归国。）夷道，（莽曰江南。）州陵，（莽曰江夏。）若，（楚昭王畏吴，自郢徙此，后复还郢。）巫，（夷水东至夷道入江，过郡二，行五百四十里。有盐官。）高成。（洈山，洈水所出，东入繇。繇水南至华容入江，过郡二，行五百里。莽曰言程。）

江夏郡，（高帝置。属荆州。）户五万六千八百四十四，口二十一万九千二百一十八。县十四：西陵，（有云梦官。莽曰江阳。）竟陵，（章山在东北，古文以为内方山。郧乡，楚郧公邑。莽曰守平。）西阳。襄，（莽曰襄非。）邾，（衡山王吴芮都。）軑，（故弦子国。）鄂，安陆，（横尾山在东北，古文以为陪尾山。）沙羡，蕲春，鄳，云杜，下雉，（莽曰闰光。）钟武。（侯国。莽曰当利。）

庐江郡，（故淮南，文帝十六年别为国。金兰西北有东陵乡，淮水出。属扬州。庐江出陵阳东南，北入江。）户十二万四千三百八十三，口四十五万七千三百三十三。（有楼船官。）县十二：舒，（故国。莽曰昆乡。）居巢，龙舒，临湖，雩娄，（决水北至蓼入淮，又有灌水，亦北至蓼入决，过郡二，行五百一十里。）襄安，（莽曰庐江亭也。）枞阳，寻阳，（《禹贡》九江在南，皆东合为大江。）灊，（天柱山在南。有祠。沘山，沘水所出，北至寿春入芍陂。）皖，（有铁官。）湖陵邑，（北湖在南。）松兹。（侯国。莽曰诵善。）

九江郡，（秦置，高帝四年更名为淮南国，武帝元狩元年复故。莽曰延平。属扬州。）户十五万五十二，口七十八万五百二十五。（有陂官、湖官。）县十五：寿春邑，（楚考烈王自陈徙此。）浚遒，成德，（莽曰平阿。）橐皋，阴陵，（莽曰阴陆。）历阳，（都尉治。莽曰明义。）当涂，（侯国。莽曰山聚。）钟离，（莽曰蚕富。）合肥，东城，（莽曰武城。）博乡，（侯国。莽曰扬陆。）曲阳，（侯国。莽曰延平亭。）建阳，全椒，阜陵，（莽曰阜陆。）

山阳郡，（故梁。景帝中六年别为山阳国。武帝建元五年别为郡。莽曰巨野。属兖州。）户十七万二千八百四十七，口八十万一千二百八十八。（有铁官。）县二十三：昌邑，（武帝天汉四年更山阳为昌邑国，有梁丘乡。《春秋传》曰"宋、齐会于梁丘"。）南平阳，（莽曰黾平。）成武，（有楚丘亭。齐桓公所城，迁卫文公于此。子成公徙濮阳。莽曰居安。）湖陵，（《禹贡》"浮于泗、淮，通于河"，水在南。莽曰湖陆。）东缗，方与，橐，（莽曰高平。）巨野，（大野泽在北，兖州薮。）单父，（都尉治。莽曰利父。）薄，都关，城都，（侯国。莽曰城穀。）黄，（侯国。）爰戚，（侯国。莽曰戚亭。）郜成，（侯国。莽曰告成。）中乡，（侯国。）平乐，（侯国。包水东北至沛入泗。）郑，（侯国。）瑕丘，甾乡，（侯国。）栗乡，（侯国。莽曰足亭。）曲乡，（侯国。）西阳。（侯国。）

济阴郡，（故梁。景帝中六年别为济阴国。宣帝甘露二年更名定陶。《禹贡》荷泽在定陶东。属兖州。）户二十九万二十五，口百三十八万六千二百七十八。县九：定陶，（故曹国，周武王弟叔振铎所封。《禹贡》陶丘在西南。陶丘亭。）冤句，（莽改定陶曰济平，冤句县曰济平亭。）吕都，（莽曰祈都。）葭密，成阳，（有尧冢灵台。《禹贡》雷泽在西北。）鄄城，（莽曰鄄良。）句阳，秺，（莽曰万岁。）乘氏，（泗水东南至睢陵入淮，过郡六，行千一百一十里。）

沛郡，（故秦泗水郡。高帝更名。莽曰吾符。属豫州。）户四十万九千七十九，口二百三万四百八十。县三十七：相，（莽曰吾符亭。）龙亢，竹，（莽曰笃亭。）谷阳，萧，（故萧叔国，宋别封附庸也。）向，（故国。《春秋》曰"莒人入向"。姜姓，炎帝后。）銍，广戚，（侯国。莽曰力聚。）下蔡，（故州来国，为楚所灭，后吴取之，至夫差迁昭侯于此。后四世侯齐竟为楚所灭。）丰，（莽曰吾丰。）郸，（莽曰单城。）谯，（莽曰延成亭。）蕲，（噩乡。高祖破黥布。都尉治。莽曰蕲城。）洨，（莽曰贡。）辄与，（莽曰华乐。）山桑，公丘，（侯国。故滕国，周懿王子错叔绣所封，三十一世为齐所灭。）符离，（莽曰符合。）敬丘，（侯国。）夏丘，（莽曰归思。）洨，（侯国。垓下，高祖破项羽。莽曰育成。）沛，（有铁官。）芒，（莽曰博治。）建成，（侯国。）城父，（夏肥水东南至下蔡入淮，过郡二，行六百二十里。莽曰思善。）建平，（侯国，莽曰田平。）酂，（莽曰赞治。）栗，（侯国，莽曰成富。）扶阳，（侯国。莽曰合治。）高，（侯国。）高柴，（侯国。）漂阳，平阿，（侯国。莽曰平宁。）东乡，临都，义成，祁乡，（侯国。莽曰会谷。）

魏郡，（高帝置。莽曰魏城。属冀州。）户二十一万二千八百四十九，口九十万九千六百五十五。县十八：邺，（故大河在东北入海。）馆陶，（河水别出为屯氏河，东北至章武入海，过郡四，行千五百里。）斥丘，（莽曰利丘。）沙，内黄，（清河水出南。）清渊，魏，（都尉治。莽曰魏城亭。）繁阳，元城，梁期，黎阳，（莽曰黎蒸。）即裴，（侯国。莽曰即是。）武始，（漳水东至邯郸入漳，又有拘涧水，东北至邯郸入白渠。）邯会，（侯国。）阴安。平恩，（侯国。莽曰延平。邯沟，（侯国。）武安。（钦口山，白渠水所出，东至列人入漳。又有浸水。东北至东昌入虖（池河，过郡五，行六百一里。有铁官。莽曰桓安。）

钜鹿郡，（秦置。属冀州。）户十五万五千九百五十一，口八十二万二千一百七十七。县二十：巨鹿，（《禹贡》大陆泽在北。纣所作沙丘台在东北七十里。）南䜌，（莽曰富平。）广阿。象氏，（侯国。莽曰宁昌。）廮陶。宋子，（莽曰宜子。）杨氏，（莽曰功陆。）临平。下曲阳，（都尉治。）贳。鄡（莽曰秦聚。）新市，（侯国。莽曰市乐。）堂阳，（有盐官，尝分为经县。）安定，（侯国。）敬武。历乡，（侯国。莽曰历聚。）乐信，（侯国。）武陶，（侯国。）柏乡，（侯国。）安乡，（侯国。）

常山郡，（高帝置。莽曰井关。属冀州。）户十四万一千七百四十一，口六十七万七千九百五十六。县十八：元氏，（沮水首受中丘西山穷泉谷，东至堂阳入黄河。莽曰井关亭。）石邑，（井陉山在西，洨水所出，东南至廮陶泜。）桑中，（侯国。）灵寿，（中山桓公居此。《禹贡》卫水出东北，东入虖池。）蒲吾，（有铁山。大白渠水首受绵曼水，东南至下曲阳入斯洨。）上曲阳，（恒山北谷在西北。有祠。并州山。《禹贡》恒水所出，东入滱。莽曰常山亭。）九门，（莽曰久门。）井陉，房子，（赞皇山，石济水所出，东至陾陶入泜。莽曰多子。）中丘，（逢山长谷，诸水所出，东至张邑入浊。莽曰直聚。）封斯，（侯国。）关，平棘，鄗，（世祖即位，更名高邑。莽曰禾成亭。）乐阳，（侯国。莽曰畅苗。）平台，（侯国。莽曰顺台。）都乡，（侯国。有铁官。莽曰分乡。）南行唐，（牛饮山白陉谷，滋水所出，东至新入虖池水。都尉治。莽曰延亿。）

清河郡，（高帝置。莽曰平河。属冀州。）户二十万一千七百七十四，口八十七万五千四百二十二。县十四：清阳，（王都。）东武城，绎幕，灵，（河水别出为鸣犊河，东北至蓨入屯氏河。莽曰播。）厝，（莽曰厝治。）鄃，（莽曰善陆。）贝丘，（都尉治。）信成，（张甲河首受屯氏别河，东北至蓨入漳水，）莎题，东阳，（侯国。莽曰胥陵。）信乡，（侯国。）缭，枣强，复阳。（莽曰乐岁。）

涿郡，（高帝置。莽曰垣翰。属幽州。）户十九万五千六百七，口七十八万二千七百六十四。（有铁官。）县二十九：涿，（桃水首受涞水，分东至安次河。）逎，（莽曰逎屏。）谷丘，故安，（阎乡，易水所出，东至范阳入濡也，并州浸。水亦至范阳入涞。）南深泽，范阳，（莽曰顺阴。）蠡吾。容城，（莽曰深泽。）易，广望，（侯国。）鄚，（莽曰言符。）高阳，（莽曰高亭。）州乡，（侯国。）安平，（都尉治。莽曰广望亭。）樊舆，（侯国。莽曰握符。）成，（侯国。莽曰宜家。）良乡，（侯国。垣水南东至阳乡入桃。莽曰广阳。）利乡，（侯国。莽曰章符。）临乡，（侯国。）益昌，（侯国。莽曰有秩。）阳乡，（侯国。莽曰章武。）西乡，（侯国。莽曰移风。）饶阳，中水，武垣，（莽曰垣翰亭。）阿陵，（莽曰阿陆。）阿武，（侯国。）高郭，（侯国。莽曰广堤。）新昌，（侯国。）

勃海郡，（高帝置。莽曰迎河。属幽州。）户二十五万六千三百七十七，口九十万五千一百一十九。县二十六：浮阳，（莽曰浮城。）阳信，东光，（有胡苏亭。）阜城，（莽曰吾城。）千童，重合，南皮，（莽曰迎河亭。）定，（侯国。）章武，（有盐官。莽曰桓章。）中邑，（莽曰检阴，）高成，（都尉治也。）高乐，（莽曰为乡。）参户，（侯国。）成平，虖池河，民曰徒骇河。莽曰泽亭。）柳，（侯国。）临乐，（侯国。莽曰乐亭。）东平舒，重平，安交，脩市，（侯国。莽曰居宁。）文安，景成，（侯国。）東州，建成，章乡，（侯国。）蒲领，（侯国。）

平原郡，（高帝置。莽曰河平。属青州。）户十五万四千三百八十七，口六十六万四千五百四十三。县十九：平原，（有笃马河，东北入海，五百六十里。）鬲，（平当以为鬲津。莽曰河平亭。）高唐，（桑钦言漯水所出。）重丘，平昌，（侯国。）羽，（侯国。莽曰羽贞。）般，（莽曰分明。）乐陵，（都尉治。莽曰美阳。）祝阿，（莽曰安成。）瑗，（莽曰东顺亭。）阿阳，漯阴，（莽曰翼成。）鬲，（莽曰张乡。）富平，（侯国。莽曰乐安亭。）安德，合阳，（侯国。莽曰宜乡。）楼虚，（侯国。）龙頟，（侯国。莽曰清乡。）安，（侯国。）

千乘郡，（高帝置。莽曰建信。属青州。）户十一万六千七百二十七，口四十九万七百二十。（有铁官、盐官、均输官。）县十五：千乘，（有铁官。）东邹，湿沃，（莽曰延亭。）平安，（侯国。莽曰鸿睦。）博昌，（时水东北至巨定入马车渎；幽州浸。）蓼城，（都尉治。莽曰施武。）建信，狄，（莽曰利居。）琅槐，乐安，被阳，（侯国。）高昌，繁安，（侯国。莽曰瓦亭。）高宛，（莽曰常乡。延乡。）

济南郡，（故齐。文帝十六年别为济南国。景帝二年为郡。莽曰乐安。属青州。）

户十四万七百六十一，口六十四万二千八百八十四。县十四：东平陵，（有工官、铁官。）邹平，台，（莽曰台治。）梁邹，土鼓，於陵，（都尉治。莽曰於陆。）阳丘，般阳，（莽曰济南亭。）菅，朝阳，（侯国。莽曰脩治。）历城，（有铁官。）猇，（侯国。莽曰利成。）著，宜成。（侯国。）

泰山郡，（高帝置。属兖州。）户十七万二千八十六，口七十二万六千六百四。（有工官。汶水出莱毋，西入济。）县二十四：奉高，（有明堂，在西南四里，武帝元封二年造。有工官。）博，（有泰山庙，岱山在西北，求山上。）茬，卢，（都尉治。济北王都也。）肥成，蛇丘，（隧乡，故隧国。《春秋》曰"齐人歼于隧"也。）刚，（故阐。莽曰柔。）柴，盖，（临乐子山，洙水所出，西北至盖入池水。又沂水南至下邳入泗，过郡五，行六百里，青州浸。）梁父，东平阳，南武阳，（冠石山，治水所出，南至下邳入泗，过郡二，行九百四十里。莽曰桓宣。）莱芜，（原山，甾水所出，东至博昌入泲，幽州浸。又《禹贡》汶水出西南入泲。汶水，桑钦所言。）巨平，（有亭亭山祠。）嬴，（有铁官。）牟，（故国。）蒙阴，（《禹贡》蒙山在西南，有祠。颛臾国在蒙山下。莽曰蒙恩。）华，（莽曰翼阴。）宁阳，（侯国。莽曰宁顺。）乘丘，富阳，桃山，（侯国。莽曰裒鲁。）桃乡，（侯国。莽曰鄣亭。）式。

齐郡，（秦置。莽曰济南。属青州。）户十五万四千八百二十六，口五十五万四千四百四十四。县十二：临淄，（师尚父所封。如水西北至梁邹入泲。有服官、铁官。莽曰齐陵。）昌国，（德会水西北至西安入如。）利，（莽曰利治。）西安，（莽曰东宁。）巨定，（马车渎水首受巨定，东北至琅槐入海。）广，（为山，浊水所出，东北至广饶入巨定。）广饶。昭南。临朐，（有逢山祠。石膏山，洋水所出，东北至广饶入巨定。莽曰监朐。）北乡，（侯国。莽曰禺聚。）平广，（侯国。）台乡。

北海郡，（景帝中二年置。属青州。）户十二万七千，口五十九万三千一百五十九。县二十六：营陵，（或曰营丘。莽曰北海亭。）剧魁，（侯国。莽曰上符。）安丘，（莽曰诛郅。）瓡，（侯国。莽曰道德。）淳于，益，（莽曰探阳。）平寿，剧，（侯国。）都昌，（有盐官。）平望，（侯国。莽曰所聚。）平的，（侯国。）柳泉，（侯国。莽曰弘睦。）寿光，（有盐官。莽曰翼平亭。）乐望，（侯国。）饶，（侯国。）斟，（故国，禹后。）桑犊，（覆甑山，溉水所出，东北至都昌入海。）平城，（侯国。）密乡，（侯国。）羊石，（侯国。）乐都，（侯国。莽曰拔垄，一作杖，一作枝也。）石乡，（侯国，一作正乡。）上乡，（侯国。）新成，（侯国。）成乡，（侯国。莽曰石乐。）胶阳。（侯国。）

东莱郡，（高帝置。属青州。）户十万三千二百九十二，口五十万二千六百九十三。县十七：掖，（莽曰掖通。）腄，（有之罘山祠。居上山，声洋丹水所出，东北入海。）平度，（莽曰利卢。）黄，（有莱山松林莱君祠。莽曰意母。）临朐，（有海水祠。莽曰监朐。）曲成，（有参山万里沙祠。阳丘山，治水所出，南至沂入海。有盐官。）牟平，（莽曰望利。）东牟，（有铁官、盐官。莽曰弘德。）㡉，（有百支莱王祠。有盐官。）育犁，昌阳，（有盐官。莽曰夙敬亭。）不夜，（有成山日祠。莽曰夙夜。）当利，（有盐官。莽曰东莱亭。）卢乡，阳乐，（侯国。莽曰延乐。）阳石，（莽曰识命。）徐乡。

琅邪郡，（秦置。莽曰填夷。属徐州。）户二十二万八千九百六十，口一百七万九千一百。（有铁官。）县五十一：东武，（莽曰祥善。）不其，（有太一、仙人祠九所，及明堂，武帝所起。）海曲，（有盐官。）赣榆，朱虚，（凡山，丹水所出，东北至寿光入海。东泰山，汶水所出，东至安丘入维。有三山、五帝祠。）诸，（莽曰诸并。）梧成，灵门，（有高柘山。壶山，浯水所出，东北入淮。）姑幕，（都尉治。或曰薄姑。莽曰季睦。）虚水，（侯国。）临原，（侯国。莽曰填夷亭。）琅邪，（越王句践尝治此，起馆台。有四时祠。）被，（侯国。）柜，（根艾水东入海。莽曰被同。）缾，（侯国。）郑，（胶水东至平度入海。莽曰纯德。）雩段，（侯国，）黔陬，（故介国也。）云，（侯国。）计斤，（莒子始起此，后徙莒。有盐官。）稻，（侯国。）皋虞，（侯国。莽曰盈庐。）平昌，长广，（有莱山莱王祠。奚养泽在西，秦地图曰剧清地，幽州薮。有盐官。）横，（故山，久台水所出，东南至东武入淮。莽曰令丘。）东莞，（术水南至下邳入泗，过郡三，行七百一十里，青州浸。）魏其，（侯国。莽曰青泉。）昌，（有环山祠。）兹乡，（侯国。）箕，（侯国。《禹贡》潍水北至都昌入海，过郡三，行五百二十里，兖州浸也。）椑，（夜头水南至海。莽曰识命。）高广，（侯国。）高乡，（侯国。）柔，（侯国。）即来，（侯国。莽曰盛睦。）丽，（侯国。）武乡，（侯国。莽曰顺理。）伊乡，（侯国。）新山，（侯国。）高阳，（侯国。）昆山，（侯国。）参封，（侯国。）折泉，（侯国。折泉水北至莫入淮。）博石，（侯国。）房山，（侯国。）慎乡，（侯国。）驷望，（侯国。莽曰泠乡。）安丘，（侯国。莽曰宁乡。）高陵，（侯国。莽曰蒲陆。）临安，（侯国。莽曰诚信。）石山。（侯国。）

东海郡，（高帝置。莽曰沂平。属徐州。）户三十五万八千四百一十四，口百五十五万九千三百五十七。县三十八：郯，（故国，少昊后，盈姓。）兰陵，（莽曰兰东。）襄贲，（莽曰章信。）下邳，（葛峄山在西，古文以为峄阳。有铁官。莽曰闰俭。）良成，（侯国。莽曰承翰。）平曲，（莽曰平端。）戚，朐，（秦始皇立石海上以为东门阙。有铁官。）开阳，（故郰国。莽曰厌虏。）费，（故鲁季氏邑。都尉治。莽曰顺从。）利成，（莽曰流泉。）海曲，（莽曰东海亭。）兰祺，（侯国。莽曰溥睦。）缯，（故国，禹后。莽曰缯治。）南成，（侯国。）山乡，（侯国。）建乡，（侯国。）即丘，（莽曰就信。）祝其，（《禹贡》羽山在南，鲧所殛。莽曰犹亭。）临沂，厚丘，（莽曰祝其亭。）容丘，（侯国。祠水东南至下邳入泗。）东安，（侯国。莽曰业亭。）合乡，（莽曰合聚。）承，（莽曰承治。）建阳，（侯国。莽曰建力。）曲阳，（莽曰从羊。）司吾，（莽曰息吾。）于乡，（侯国。）平曲，（侯国。莽曰端平。）都阳，（侯国。）阴平，（侯国。）郚乡，（侯国。莽曰徐亭。）武阳，（侯国。莽曰弘亭。）新阳，（侯国。莽曰博聚。）建陵，（侯国。莽曰付亭。）昌虑，（侯国。莽曰虑聚。）都平。（侯国。）

临淮郡，（武帝元狩六年置。莽曰淮平。）户二十六万八千二百八十三，口百二十三万七千七百六十四。县二十九：徐，（故国，盈姓。至春秋时徐子章禹为楚所灭。莽曰徐调。）取虑，淮浦，（游水北入海。莽曰淮敬。）盱眙，（都尉治。莽曰武匡。）厹犹，（莽曰秉义。）僮，（莽曰成信。）射阳，（莽曰监淮亭。）开阳，赘其，高山，睢陵，（莽曰睢陆。盐渎，有铁官。淮阴，（莽曰嘉信。）淮陵，（莽曰淮陆。）下相，（莽曰从德。）富陵，（莽曰槼茶虏。）东阳，播旌，（莽曰著信。）西平，（莽曰永聚。）高平，（侯国。莽曰成丘。）开陵，（侯国。莽曰成乡。）昌阳，（侯国。）广平，（侯国。莽曰平宁。）兰阳，（侯国。莽曰建节。）襄平，（侯国。莽曰相平。）海陵，（有江海会祠。莽曰亭间。）舆，（莽曰美德。）堂邑，（有铁官。）乐陵，（侯国。）

会稽郡，（秦置。高帝六年为荆国，十二年更名吴。景帝四年属江都。属扬州。）户二十二万三千三十八，口百三万二千六百四。县二十六：吴，（故国，周太伯所邑。具区泽在西，扬州薮，古文以为震泽。南江在南，东入海，扬州川。莽曰泰德。）曲阿，（故云阳。莽曰风美。）乌伤，（莽曰乌孝。）毗陵，（季札所居。江在北，东入海，扬州川。莽曰毗坛。）余暨，（萧山，潘水所出，东入海。莽曰馀衍。）阳羡，诸暨，（莽曰疏虏。）无锡，（有历山，春申君岁祠以牛。莽曰有锡。）山阴，（会稽山在南，上有禹冢、禹井，扬州山。越王句践本国。有灵文园。）丹徒，余姚，娄，（有南武城，阖闾所起以候越。莽曰娄治。）上虞，（有仇亭。柯水东入海。莽曰会稽。）海盐，（故武原乡。有盐官。莽曰展武。）剡，（莽曰尽忠。）由拳，（柴辟，故就李乡，吴、越战地。）大末，（谷水东北至钱唐入江。莽曰末治。）乌程，（有欧阳亭。）句章，（渠水东入海。）馀杭，（莽曰进睦。）鄞，（有镇亭，有鲒埼亭。东南有天门水入海。有越天门山。莽曰谨。）钱唐，（西部都尉治。武林山，武林水所出，东入海，行八百三十里。莽曰泉亭。）鄮，（莽曰海治。）富春，（莽曰诛岁。）冶，回浦，（南部都尉治。）

丹阳郡，（故鄣郡。属江都。武帝元封二年更名丹扬。属扬州。）户十万七千五百四十一，口四十万五千一百七十。（有铜官。）县十七：宛陵，（彭泽聚在西南。清水西北至芜湖入江。莽曰无宛。）於朁，江乘，（莽曰相武。）春穀，秣陵，（莽曰宣亭。）故鄣，（莽曰候望。）句容，泾，丹阳，（楚之先熊绎所封，十八世，文王徙郢。）石城，（分江水首受江，东至余姚入海，过郡二，行千二百里。）胡孰，陵阳，（桑钦言淮水出东南，北入大江。）芜湖，（中江出西南，东至阳羡入海，扬州川。）黝，（渐江水出南蛮夷中，东入海。成帝鸿嘉二年为广德王国。莽曰愬虏。）溧阳，歙，（都尉治。）宣城。

豫章郡，（高帝置。莽曰九江。属扬州。）户六万七千四百六十二，口三十五万一千九百六十五。县十八：南昌，（莽曰宜善。）庐陵，（莽曰桓亭。）彭泽，《禹贡》彭蠡泽在西。）鄱阳，（武阳乡右十余里有黄金采。鄱水西入湖汉。莽曰乡亭。）历陵，（傅阳山、傅阳川在南，古文以为傅浅原。莽曰蒲亭。）余汗，（余水在北，至鄡阳入湖汉。莽曰治干。）柴桑，（莽曰九江亭。）艾，（修水东北至彭泽入湖汉，行六百六十里。莽曰治翰。）赣，（豫章水出西南，北入大江。）新淦，（都尉治。莽曰偶亭。）南城，（盱水西北至南昌入湖汉。）建成，（蜀水东至南昌入湖汉。莽曰多聚。）宜春，（南水东至新淦入湖汉。莽曰修晓。）海昏，（莽曰宜生。）雩都，（湖汉水东至彭泽入江，行千九百八十里。）鄡阳，（莽曰豫章。）南野，（彭水东入湖汉。）安平，（侯国。莽曰安宁。）

桂阳郡，（高帝置。莽曰南平。属荆州。）户二万八千一百一十九，口十五万六千四百八十八。（有金官。）县十一：郴，（耒山，耒水所出，西南至湘南入湖。项羽所立义帝都此。莽曰宣风。）临武，（秦水东南至浈阳入汇，行七百里。莽曰大武。）便，（莽曰便屏。）南平，耒阳，（舂山，舂水所出，北至酃入湖，过郡二，行七百八十里。莽曰南平亭。）桂阳，（汇水南至四会入郁林，过郡二，行九百里。）阳山，（侯国。）曲江，（莽曰除虏。）含洭，浈阳，（莽曰基武。）阴山，（侯国。）

武陵郡，（高帝置。莽曰建平。属荆州。）户三万四千一百七十七，口十八万五千七百五十八。县十三：索，（渐水东入沅。）孱陵，（莽曰孱陆。）临沅，（莽曰监元。）沅陵，（莽曰沅陆。）镡成，（康谷水南入海。玉山，潭水所出，东至阿林入郁，过郡二，行七百二十里。）无阳，（无水首受故且兰，南入沅，八百九十里。）迁陵，（莽曰迁陆。）辰阳，（三山谷，辰水所出，南入沅，七百五十里。莽曰会亭。）酉阳，义陵，（鄜梁山，序水所出，西入沅，莽曰建平。）佷山，零阳，充。（酉原山，酉水所出，南至沅陵入沅，行千二百里。历山，澧水所出，东至下雋入沅，过郡二，行一千二百里。）

零陵郡，（武帝元鼎六年置。莽曰九疑。属荆州。）户二万一千九十二，口十三万九千三百七十八。县十：零陵，（阳海山，湘水所出，北至酃入江，过郡二，行二千五百三十里。又有离水，东南至广信入郁林，行九百八十里。）营道，（九疑山在南。莽曰九疑亭。）始安，夫夷，营浦，都梁，（侯国。路山，资水所出，东北至益阳入沅，过郡二，行千八百里。）冷道，（莽曰泠陵。）泉陵，（侯国。莽曰溥闰。）洮阳，（莽曰洮治。）钟武。（莽曰钟桓。）

汉中郡，（秦置。莽曰新成。属益州。）户十万一千五百七十，口三十万六百一十四。县十二：西城，旬阳，（北山，旬水所出，南入沔。）南郑，（旱山，池水所出，东北入汉。）褒中，（都尉治。汉阳乡。）房陵，（淮山，淮水所出，东至中庐入沔。又有筑水，东至筑阳亦入沔。东山，沮水所出，东至郢入江，行七百里。）安阳，（鬵谷水出西南，北入汉。在谷水出北，南入汉。）成固，沔阳，（有铁官。钖，莽曰钖治。）武陵，上庸，长利。（有郧关。）

广汉郡，（高帝置。莽曰就都。属益州。）户十六万七千四百九十九，口六十六万二千二百四十九。（有工官。）县十三：梓潼，（五妇山，驰水所出，南入涪，行五百五十里，莽曰子同。）汁方，（莽曰美信。）涪，（有潺亭。莽曰统睦。）雒，（章山，雒水所出，南至新都谷入湔。有工官。莽曰吾雒。）绵竹，（紫岩山，绵水所出，东至新都北入雒。都尉治。）广汉，（莽曰广信。）葭明，郪，新都，甸氐道，（白水出徼外，东至葭明入汉，过郡一，行九百五十里，莽曰致治。）白水，刚氐道，（涪水出徼外，南至垫江入汉，过郡二，行千六十九里。）阴平道。（北部都尉治。莽曰摧虏。）

蜀郡，（秦置。有小江入，并行千九百八十里。《禹贡》桓水出蜀山西南，行羌中，入南海。莽曰导江。属益州。）户二十六万八千二百七十九，口百二十四万五千九百二十九。县十五：成都，（户七万六千二百五十六，有工官。）郫，（《禹贡》江沱在西，东入大江。）繁，广都，（莽曰就都亭。）临邛，（仆千水东至武阳入江，过郡二，行五百一十里。有铁官、盐官。莽曰监邛。）青衣，（《禹贡》蒙山溪大渡水东南至南安入渽。）江原，𨛬水首受江，南至武阳入江。莽曰邛原。）严道，（邛来山，邛水所出，东入青衣。有木官。莽曰严治。）绵虒，（玉垒山，湔水所出，东南至江阳入江，过郡三，行千八百九十里。）旄牛，（鲜水出徼外，南入若水，若水亦出徼外，南至大）莋（入绳，过郡二，行千六百里。）徙，湔氐道，（《禹贡》峄山在西徼外，江水所出，东南至江都入海，过郡七，行二千六百六十里。）汶江，（渽水出徼外，南至南安，东入江，过郡三，行三千四十里。江沱在西南，东入江。）广柔，蚕陵。（莽曰步昌。）

犍为郡，（武帝建元六年开，莽曰西顺。属益州。）户十万九千四百一十九，口四十八万九千四百八十六。县十二：邛道，（莽曰僰治。）江阳，武阳，（有铁官，莽曰戢成。）南安，（有盐官、铁官。）资中，符，（温水南至鳖入黚水，黚水亦南至鳖入江。莽曰符信。）牛鞞，南广，（汾关山，符黑水所出，北至僰道入江。又有大涉水，北至符入江，过郡三，行八百四十里。）汉阳，（都尉治。闟谷，汉水所出，东至）鳖入延。莽曰新通。）郁邬，（莽曰孱邬。）朱提，（山出银。）堂琅。

越嶲郡，（武帝元鼎六年开。莽曰集嶲。属益州。）户六万一千二百八，口四十万八千四百五。县十五：邛都，（南山出铜。有邛池泽。）遂久，（绳水出徼外，东至僰道入江，过郡二，行千四百里。）灵关道，台登，（孙水南至会无入若，行七百五十里。）定莋，（出盐。步北泽在南。都尉治。）会无，（东山出碧，）莋秦，大莋，姑复，（临池泽在南。）三绛，苏示，（夷江在西北。）阑，卑水，灊街，青蛉。（临池灊在北。仆水出徼外，东南至惟入劳，过郡二，行千八百八十里。则禺同山，有金马、碧鸡。）

益州郡，（武帝元封二年开。莽曰就新。属益州。）户八万一千九百四十六，口五十八万四百六十三。县二十四：滇池，（大泽在西，滇池泽在西北。有黑水祠。）双柏，同劳，铜濑，（谈虏山，迷水所出，东至谈稿入温。）连然，（有盐官。）俞元，（池在南，桥水所出，东至毋单入温，行千九百里。怀山出铜。）收靡，（南山腊，涂水所出，西北至越嶲入绳，过郡二，行千二十里。）谷昌，秦臧，（牛兰山，即水所出，南至双柏入仆，行八百二十里。）邪龙，味，昆泽，叶榆，（叶榆泽在东，贪水首受青蛉，南至邪龙入仆，行五百里。）律高，（西石空山出锡，东南監町山出银、铅。）不韦，云南，嶲唐，（周水首受徼外。又有类水，西南至不韦，行六百五十里。）弄栋，（东农山，毋血水出，北至三绛南入绳，行五百一十里。）比苏，贲古，（北采山出锡，西羊山出银、铅，南乌山出锡。）毋棳，（桥水首受桥山，东至中留入潭，过郡四，行三千一百二十里。莽曰有棳。）胜休，（河水东至毋棳入桥。莽曰胜僰。）健伶，来唯。（从独陈融山出铜。劳水出徼外，东至麋泠入南海，过郡三，行三千五百六十里。）

牂柯郡，（武帝元鼎六年开。莽曰同亭。有柱蒲关。属益州。）户二万四千二百一十九，口十五万三千三百六十。县十七：故且兰，（沅水东南至益阳入江，过郡二，行二千五百三十里。）镡封，（温水东至广郁入郁，过郡二，行五百六十里。）鳖，（不狼山，鳖水所出，东入沅，过郡二，行七百三十里。）漏卧，平夷，同并，谈指，宛温，毋敛，（刚水东至潭中入潭。莽曰有敛。）夜郎，（豚水东至广郁。都尉治。莽曰同亭。）毋单，漏江，西随，（麋水西受徼外，东至麋泠入尚龙溪，过郡二，行千一百六里。）都梦，（壶水东南至麋泠入尚龙溪，过郡二，行千一百六十里。）谈稿，进桑，（南部都尉治。有关。）句町。（文象水东至增食入郁。又有卢唯水、来细水、伐水。莽曰从化。）

巴郡，（秦置。属益州。）户十五万八千六百四十三，口七十万八千一百四十八。县十一：江州，临江，（莽曰监江。）枳，阆中，（彭道将池在南，彭道鱼池在西南。）垫江，朐忍，（容毋水所出，南有橘官、盐官。）安汉，（是鱼池在南。莽曰安新。）宕渠，（符特山在西南。潜水西南入江。不曹水出东北，南入灊徐谷。鱼复，（江关，都尉治。有橘官。）充国，涪陵。（莽曰巴亭。）

卷二十八下

地理志第八下

武都郡，（武帝元鼎六年置。莽曰乐平。）户五万一千三百七十六，口二十三万五千五百六十。县九：武都，（东汉水受氐道水，一名沔，过江夏，谓之夏水，入江。天池大泽在县西。莽曰循虏。）上禄，故道，（莽曰善治。）河池，（泉街水南至沮入汉，行五百二十里。莽曰乐平亭。）平乐道，沮，（沮水出东狼谷，南至沙羡南入江，过郡五，行四千里，荆州川。）嘉陵道，循成道，下辨道。（莽曰杨德。）

陇西郡，（秦置。莽曰厌戎。）户五万三千九百六十四，口二十三万六千八百二十四。（有铁官、盐官。）县十一：狄道，（白石山在东。莽曰操虏。）上邽，安故，氐道，（《禹贡》养水所出，至武都为汉。莽曰亭道。）首阳，（《禹贡》鸟鼠同穴山在西南，渭水所出，东至船司空入河，过郡四，行千八百七十里，雍州浸。予道，莽曰德道。）大夏，（莽曰顺夏。）羌道，（羌水出塞外，南至阴平入白水，过郡三，行六百里。）襄武，（莽曰相桓。）临洮，（洮水出西羌中，北至枹罕东入河。《禹贡》西顷山在县西，南部都尉治也。）西。（《禹贡》嶓冢山，西汉所出，南入广汉白水，东南至江州入江，过郡四，行二千七百六十里。莽曰西治。）

金城郡，（昭帝始元六年置。莽曰西海。）户三万八千四百七十，口十四万九千六百四十八。县十三：允吾，（乌亭逆水出参街谷，东至枝阳入湟。莽曰修远。）浩亹，（浩亹水出塞外，东至允吾入湟水。莽曰兴武。）令居（，涧水出西北塞外，至县西南，入郑伯津。莽曰罕虏。）枝阳，金城，（莽曰金屏。）榆中，枹罕，白石，（离水出西塞外，东至枹入河。莽曰顺砾。）河关，（积石山在西南羌中。河水行塞外，东北入塞内，至章武入海，过郡十六，行九千四百里。）破羌，宣帝神爵二年置。（安夷，允街，（宣帝神爵二年置。莽曰修远。）临羌。（西北至塞外，有西王母石室、仙海、盐池。北则湟水所出，东至允吾入河。西有须抵池，有弱水、昆仑山祠。莽曰盐羌。）

天水郡，（武帝元鼎三年置。莽曰填戎。明帝改曰汉阳。）户六万三百七十，口二十六万一千三百四十八。县十六：平襄，（莽曰平相。）街泉，戎邑道，（莽曰填戎亭。）望垣，（莽曰望亭。）罕幵。绵诸道，阿阳，略阳道，冀，（《禹贡》朱圄山在县南梧中聚。莽曰冀治。）勇士，（属国都尉治满福。莽曰纪德。）成纪，清水，（莽曰识睦。）奉捷，陇，豲道，（骑都尉治密艾亭。）兰干。（莽曰兰盾。）

武威郡，（故匈奴休屠王地。武帝太初四年开。莽曰张掖。）户万七千五百八十一，口七万六千四百一十九。县十：姑臧，（南山，谷水所出，北至武威入海，行七百九十里。）张掖，武威，（休屠泽在东北，古文以为猪野泽。）休屠，（莽曰晏然。都尉治熊水障。北部都尉治休屠城。）揟次，（莽曰播德。）鸾乌，扑㔩，（莽曰敷虏。）媪围，苍松，（南山，松陕水所出，北至揟次入海。莽曰射楚。）宣威。

张掖郡，（故匈奴昆邪王地，武帝太初元年开。莽曰设屏。）户二万四千三百五十二，口八万八千七百三十一。县十：觻得，（千金渠西至乐涫入泽中。羌谷水出羌中，东北至居延入海，过郡二，行二千一百里。莽曰官式。）昭武，（莽曰渠武。）删丹，（桑钦以为道弱水自此，西至酒泉合黎。莽曰贯虏。）氐池，（莽曰否武。）屋兰，（莽曰传武。）日勒，（都尉治泽索谷。莽曰勒治。）骊靬，（莽曰揭虏。）番和，（农都尉治。莽曰罗虏。）居延，（居延泽在东北，古文以为流沙。都尉治。莽曰居成。）显美。

酒泉郡，（武帝太初元年开。莽曰辅平。）户万八千一百三十七，口七万六千七百二十六。县九：禄福，（呼蚕水出南羌中，东北至会水入羌谷。莽曰显德。）表是，（莽曰载武。）乐涫，（莽曰乐亭。）天㑀，玉门，（莽曰辅平亭。）会水，（北部都尉治偃水障。东部都尉治东部障。莽曰萧武。）池头，绥弥，乾齐。（西部都尉治西部障。莽曰测虏。）

敦煌郡，（武帝后元年分酒泉置。正西关外有白龙堆沙，有蒲昌海。莽曰敦德。）户万一千二百，口三万八千三百三十五。县六：敦煌，（中部都尉治步广侯官。杜林以为古瓜州地，生美瓜。莽曰敦德。）冥安，（南籍端水出南羌中，西北入其泽，溉民田。）效谷，渊泉，广至，（宜禾都尉治昆仑障。莽曰广桓。）龙勒。（有阳关、玉门关，皆都尉治。氐置水出南羌中，东北入泽，溉民田。）

安定郡，（武帝元鼎三年置。）户四万二千七百二十五，口十四万三千二百九十四。县二十一：高平，（莽曰铺睦。）复累，安俾，抚夷，（莽曰抚宁。）朝那，（有端旬祠十五所，胡巫祝。又有湫渊祠。）泾阳，（幵头山在西，《禹贡》泾水所出，东南至阳陵入渭，过郡三，行千六十里，雍州川。）临泾，（莽曰监泾。）卤，（灈水出西。）乌氏，（乌水出西，北入河。都卢山在西。莽曰乌亭。）阴密，（《诗》密人国。有嚣安亭。）安定，参緃，（主骑都尉治。）三水，（属国都尉治。有盐官。莽曰广延亭。）阴槃，安武，（莽曰安桓。）祖厉，（莽曰乡礼。）爰得，眴卷，（河水别出为河沟，东至富平北入河。）彭阳，鹑阴，月）氏道，（莽曰月顺。）

北地郡，（秦置。莽曰威成。）户六万四千四百六十一，口二十一万六百八十八。县十九：马领，直路，（沮水出，东西入洛。）灵武，（莽曰威成亭。）富平，（北部都尉治神泉障。浑怀都尉治塞外浑怀障。莽曰特武。）灵州，（惠帝四年置。有河奇苑、号非苑。莽曰令周。）昫衍，方渠，除道，（莽曰通道。）五街，（莽曰吾街。）鹑孤，归德，（洛水出北蛮夷中，入河。有堵苑，白马苑。）回获，略畔道，（莽曰延年道。）泥阳，（莽曰泥阴。）郁郅，（泥水出北蛮夷中。有牧师菀官。莽曰功著。）义渠道，（莽曰义沟。）弋居，（有盐官。）大要，廉。（卑移山在西北。莽曰西河亭。）

上郡，（秦置，高帝元年更为翟国，七月复故。匈归都尉治塞外匈归障。属并州。）户十万三千六百八十三，口六十万六千六百五十八。县二十三：肤施，（有五龙山、帝、原水、黄帝祠四所。）独乐，（有盐官。）阳周，（桥山在南，有黄帝冢。莽曰上陵畤。）木禾，平都，浅水，（莽曰广信。）京室，（莽曰积粟。）洛都，（莽曰卑顺。）白土，（圜水出西，东入河。莽曰黄土。）襄洛，（莽曰上党亭。）原都，漆垣，（莽曰漆墙。）奢延，（莽曰奢节。）雕阴，推邪，（莽曰排邪。）桢林，（莽曰桢干。）高望，（北部都尉治。莽曰坚宁。）雕阴道，龟兹，（属国都尉治。有盐官。）定阳，高奴，（有洧水，可燃。莽曰利平。）望松，（北部都尉治。）宜都。（莽曰坚宁小邑。）

西河郡，（武帝元朔四年置。南部都尉治塞外翁龙、埤是。莽曰归新。属并州。）户十三万六千三百九十，口六十九万八千八百三十六。县三十六：富昌，（有盐官。莽曰富成。）驺虞，鹄泽，平定，（莽曰阴平亭。）美稷，（属国都尉治。）中阳，乐街，（莽曰截虏。）徒经，（莽曰廉耻。）皋狼，大成，（莽曰好成。）广田，（莽曰广翰。）圜阴，（惠帝五年置。莽曰方阴。）益阑，（莽曰香阑。）平周，鸿门，（有天封苑火井祠，火从地出也。）蔺，宣武，（莽曰讨貉。）千章，增山，（有道西出眩雷塞，北部都尉治。）圜阳，广衍，武车，（莽曰桓车。）虎猛，（西部都尉治。）离石，穀罗，（武泽在西北。）饶，（莽曰饶衍。）方利，（莽曰广德。）隰成，（莽曰慈平亭。）临水，（莽曰监水。）土军，西都，（莽曰五原亭。）平陆，阴山，（莽曰山宁。）觬是，（莽曰伏觬。）博陵，（莽曰助桓。）盐官。

朔方郡，（武帝元朔二年开。西部都尉治窳浑。莽曰沟搜。属并州。）户三万四千三百三十八，口十三万六千六百二十八。县十：三封，（武帝元狩三年城。）朔方，（金连盐泽、青盐泽皆在南。莽曰武符。）修都，临河，（莽曰监河。）呼遒，窳浑，（有道西北出鸡鹿塞。屠申泽在东。莽曰极武。）渠搜，（中部都尉治。莽曰沟搜。）沃野，（武帝元狩三年城。有盐官。莽曰绥武。）广牧，（东部都尉治。莽曰盐官。）临戎。（武帝元朔五年城。莽曰推武。）

五原郡，（秦九原郡，武帝元朔二年更名。东部都尉治稒阳。莽曰获降。属并州。）户三万九千三百二十二，口二十三万一千三百二十八。县十六：九原，（莽曰成平。）固陵，（莽曰固调。）五原，（莽曰填河亭。）临沃，（莽曰振武。）文国，（莽曰繁聚。）河阴，蒱泽，（属国都尉治。）南兴，（莽曰南利。）武都，（莽曰桓都。）宜梁，曼柏，（莽曰延柏。）成宜，（中部都尉治原高，西部都尉治田辟。有盐官。莽曰艾虏。）稒阳，（北出石门障得光禄城，又西北得支就城，又西北得头曼城，又西北得虖河城，又西得宿虏城。莽曰固阴。）莫䵩，西安阳，（莽曰鄣安。）河目。

云中郡，（秦置。莽曰受降。属并州。）户三万八千三百三，口十七万三千二百七十。县十一：云中，（莽曰远服。）咸阳，（莽曰贲武。）陶林，（东部都尉治。）桢陵，（缘胡山在西北。西部都尉治。莽曰桢陆。）犊和，沙陵，（莽曰希恩。）原阳，沙南，北舆，（中部都尉治。）武泉，（莽曰顺泉。）阳寿。（莽曰常得。）

定襄郡，（高帝置。莽曰得降。属并州。）户三万八千五百五十九，口十六万三千一百四十四。县一十二：成乐，桐过，（莽曰椅桐。）都武，（莽曰通德。）武进，（白渠水出塞外，西至沙陵入河。西部都尉治。莽曰伐蛮。）襄阴，武皋，（荒干水出塞外，西至沙陵入河。中部都尉治。莽曰永武。）骆，（莽曰遮要。）定陶，（莽曰迎符。）武城，（莽曰桓就。）武要，（东部都尉治。莽曰厌胡。）定襄，（莽曰著武。）复陆。（莽曰闻武。）

雁门郡，（秦置。句注山在阴馆。莽曰填狄。属并州。）户七万三千一百三十八，口二十九万三千四百五十四。县十四：善无，（莽曰阴馆。）沃阳，（盐泽在东北，在长丞。西部都尉治。莽曰敬阳。）繁畤，（莽曰当要。）中陵，（莽曰遮害。）阴馆，（楼烦乡。景帝后三年置。累头山，治水所出，东至泉州入海，过郡六，行千一百里。莽曰富代。）楼烦，（有盐官。）武州，（莽曰桓州。）涅陶，剧阳，（莽曰善阳。）崞，（莽曰崞张。）平城，（东部都尉治。莽曰平顺。）埒，（莽曰填狄亭。）马邑，（莽曰章昭。）强阴。（诸闻泽在东北。莽曰伏阴。）

代郡，（秦置。莽曰厌狄。有五原关、常山关。属幽州。）户五万六千七百七十一，口二十七万八千七百五十四。县十八：桑乾，（莽曰安德。）道人，（莽曰道仁。）当城，高柳，（西部都尉治。）马城，（东部都尉治。）班氏，（秦地图书班氏。莽曰班副。）延陵，狋氏，（莽曰狋聚。）且如，（于延水出塞外，东至宁入沽。中部都尉治。）平邑，（莽曰平胡。）阳原，东安阳，（莽曰竟安。）参合，平舒，（祁夷水北至桑乾入沽。莽曰平葆。）代，（莽曰厌狄亭。）灵丘，滱河东至文安入大河，过郡五，行九百四十里。并州川。）广昌，（涞水东南至容城入河，过郡三，行五百里，并州浸。莽曰广屏。）卤城。（虖池河东至参合入池池别，过郡九，行千三百四十里，并州川。从河东至文安入海，过郡六，行千三百七十里。莽曰鲁盾。）

上谷郡，（秦置。莽曰朔调。属幽州。）户三万六千八，口十一万七千七百六十二。县十五：沮阳，（莽曰沮阴。）泉上，（莽曰塞泉。）潘，（莽曰树武。）军都，（温馀水东至路，南入海。）居庸，（有关。）雊瞀，夷舆，（莽曰朔调亭。）宁，（西部都尉治。莽曰博康。）昌平，（莽曰长昌。）广宁，（莽曰广康。）涿鹿，（莽曰抪陆。）且居，（乐阳水出东，南入海。莽曰久居。）茹，莽曰穀武。）女祁，（东部都尉治。莽曰祁。）下落。（莽曰下忠。）

渔阳郡，（秦置。莽曰通路。属幽州。）户六万八千八百二，口二十六万四千一百一十六。县十二：渔阳，（沽水出塞外，东南至泉州入海，行七百五十里。有铁官。莽曰得渔。）狐奴，（莽曰举符。）路，（莽曰通路亭。）雍奴，泉州，（有盐官。莽曰泉调。）平谷，安乐，厗奚，（莽曰敦德。）犷平，（莽曰平犷。）要阳，（都尉治，莽曰要术。）白檀，（洫水出北蛮夷。）滑盐。（莽曰匡德。）

右北平郡，（秦置。莽曰北顺。属幽州。）户六万六千六百八十九，口三十二万七百八十。县十六：平刚，无终，（故无终子国。浭水西至雍奴入海，过郡二，行六百五十里。）石成，廷陵，（莽曰铺武。）俊靡，灅水南至无终东入庚。莽曰俊麻。）賨（，都尉治。莽曰裒睦。）徐无，（莽曰北顺亭。字，榆水出东。）土垠，白狼，（莽曰伏狄。）夕阳，（有铁官。莽曰夕阴。）昌城，（莽曰淑武。）骊成，（大揭石山在县西南。莽曰揭石。）广成，（莽曰平虏。）聚阳，（莽曰笃睦。）平明。（莽曰平阳。）

辽西郡，（秦置。有小水四十八，并行三千四十六里。属幽州。）户七万二千六百五十四，口三十五万二千三百二十五。县十四：且虑，（有高庙。莽曰鉏虑。）海阳，（龙鲜水东入封大水。封大水、缓虚水皆南入海。有盐官。）新安平，（夷水东入塞外。）柳城，（马首山在西南。参柳水北入海。西部都尉治。）令支，（有孤竹城。莽曰令氏亭。）肥如，（玄水东入濡水。濡水南入海阳。又有卢水，南入玄。莽曰肥而。）宾从，（莽曰勉武。）交黎，（渝水首受塞外，南入海。东部都尉治。莽白禽虏。）阳乐，狐苏，（唐就水至徒河入海。）徒河，（莽曰河福。）文成，（莽曰言虏。）临渝，（渝水首受白狼，东入塞外。又有侯水，北入渝。莽曰冯德。）絫。（下官水南入海。又有揭石水、宾水，皆南入官。莽曰选武。）

辽东郡，（秦置。属幽州。）户五万五千九百七十二，口二十七万二千五百三十九。县十八：襄平，（有牧师官。莽曰昌平。）新昌，无虑，（西部都尉治。）望平，（大辽水出塞外，南至安市入海。行千二百五十里。莽曰长说。）房，候城，（中部都尉治。）辽队，（莽曰顺睦。）辽阳，（大梁水西南至辽阳入辽。莽曰辽阴。）险渎，居就，（室伪山，室伪水所出，北至襄平入梁也。）高显，安市，武次，（东部都尉治。莽曰桓次。）平郭，（有铁官、盐官。）西安平，（莽曰北安平。）文，（莽曰文亭。）番汗，（沛水出塞外，西南入海。）沓氏。

玄菟郡，（武帝元封四年开。高句骊，莽曰下句骊。属幽州。）户四万五千六，口二十二万一千八百四十五。县三：高句骊，（辽山，辽水所出，西南至辽队入大辽水。又有南苏水，西北经塞外。）上殷台，（莽曰下殷。）西盖马。（马訾水西北入盐难水，西南至西安平入海，过郡二，行二千一百里。莽曰玄菟亭。）

乐浪郡，（武帝元封三年开。莽曰乐鲜。属幽州。）户六万二千八百一十二，口四十万六千七百四十八。（有云鄣。）县二十五：朝鲜，讲邯，浿水，（水西至增地入海。莽曰乐鲜亭。）含资，（带水西至带方入海。）黏蝉，遂成，增地，（莽曰增土。）带方，驷望，海冥，（莽曰海桓。）列口，长岑，屯有，昭明，（南部都尉治。）镂方，提奚，浑弥，吞列，（分黎山，列水所出，西至黏蝉入海，行八百二十里。）东暆，不而，（东部都尉治。）蚕台，华丽，邪头昧，前莫，夫租。

南海郡，（秦置。秦败，尉佗王此地。武帝元鼎六年开，属交州。）户万九千六百一十三，口九万四千二百五十三。（有圃羞官。）县六：番禺。（尉佗都。有盐官。）博罗，中宿，（有洭浦官。）龙川，四会，揭阳。（莽曰南海亭。）

郁林郡，（故秦桂林郡，属尉佗。武帝元鼎六年开，更名。有小溪川水七，并行三千一百一十里。莽曰郁平。属交州。）户万二千四百一十五，口七万一千一百六十二。县十二：布山，安广，阿林，广郁，（郁水首受夜郎豚水，东至四会入海，过郡四，行四千三十里。）中留，桂林，潭中，（莽曰中潭。）临尘，（朱涯水入领方。又有斤员水。又有侵离水，行七百里。莽曰监尘。）定周，（水首受无敛，东入潭，行七百九十里。）增食，驩水首受牂柯东界，入朱涯水，行五百七十里。）领方，（斤员水入郁。又有墒水。都尉治。）雍鸡。（有关。）

苍梧郡，（武帝元鼎六年开。莽曰新广。属交州。有离水关。）户二万四千三百七十九，口十四万六千一百六十。县十：广信，（莽曰广信亭。）谢沐，（有关。）高要，（有盐官。）封阳，临贺，（莽曰太贺。）端溪，冯乘，富川，荔浦，（有荔平关。）猛陵。（龙山，合水所出，南至布山入海。莽曰猛陆。）

交趾郡，（武帝元鼎六年开，属交州。）户九万二千四百四十，口七十四万六千二百三十七。县十：羸𨻻，（有羞官。）安定，苟漏，麊冷，（都尉治。）曲易，北带，稽徐，西于，龙编，朱鸢。

合浦郡，（武帝元鼎六年开，莽曰桓合。属交州。）户万五千三百九十八，口七万八千九百八十。县五：徐闻，高凉，合浦，（有关。莽曰桓亭。）临允，（牢水北入高要入郁，过郡三，行五百三十里。莽曰大允。）朱卢。（都尉治。）

九真郡，（武帝元鼎六年开。有小水五十二，并行八千五百六十里。）户三万五千七百四十三，口十六万六千一十三。（有界关。）县七：胥浦，（莽曰驩成。）居风、都庞，馀发，咸驩，无切，（都尉治。）无编。（莽曰九真亭。）

日南郡，（故秦象郡，武帝元鼎六年开，更名。有小水十六，并行三千一百八十里。属交州。）户万五千四百六十，口六万九千四百八十五。县五：朱吾，比景，卢容，西卷，（水入海，有竹，可为杖。莽曰日南亭。）象林。

赵国，（故秦邯郸郡，高帝四年为赵国，景帝三年复为邯郸郡，五年复故。莽曰桓亭。属冀州。）户八万四千二百二，口三十四万九千九百五十二。县四：邯郸，（堵山，牛首水所出，东入白渠。赵敬侯自中牟徙此。）易阳，柏人，（莽曰寿仁。）襄国。（故邢国。西山，渠水所出，东北至任入浸。又有蓼水、冯水，皆东至朝平入湡。）

广平国，（武帝征和二年置为平干国，宣帝五凤二年复故。莽曰富昌。属冀州。）户二万七千九百八十四，口十九万八千五百五十八。县十六：广平，张，朝平，南和，（列葭水东入滱。）列人，（莽曰列治。）斥章，任，曲周，（武帝建元四年置。莽曰直周。）南曲，曲梁，（侯国。莽曰直梁。）广乡，平利，平乡，阳台，（侯国。）广年，（莽曰富昌。）城乡。

真定国，（武帝元鼎四年置。属冀州。）户三万七千一百二十六，口十七万八千六百一十六。县四：真定，（故东垣，高帝十一更是名。莽曰思治。）稿城，（莽曰槁实。）肥纍，（故肥子国，）绵曼。（斯洨水首受太白渠，东至鄡入河。莽曰绵延。）

中山国，（高帝郡，景帝三年为国。莽曰常山。属冀州。）户十六万八百七十三，口六十六万八千八十。县十四：卢奴，北平，（徐水东至高阳入博。又有卢水，亦至高阳入河。有铁官。莽曰善和。）北新成，（桑钦言易水出西北，东入滱。莽曰朔平。）唐，（尧山在南。莽曰和亲。）深泽，（莽曰翼和。）苦陉，（莽曰北陉。）安国，（莽曰兴睦。）曲逆，（蒲阳山，蒲水所出，东入濡，又有苏水，亦东入濡。莽曰顺平。）望都，（博水东至高阳入河。莽曰顺调。）新市，新处，毋极，陆成，安险。（莽曰宁险。）

信都国，（景帝二年为广川国，宣帝甘露三年复故。莽曰新博。属冀州。）户六万五千五百五十六，口三十万四千三百八十四。县十七：信都，（王都。故章河、故虖池皆在北，东入海。《禹贡》绛水亦入海。莽曰新博亭。）历，（莽曰历宁。）扶柳，辟阳，（莽曰乐信。）南宫，（莽曰序下。）下博，（莽曰闰博。）武邑，（莽曰顺桓。）观津，（莽曰朔定亭。）高堤，广川，乐乡，（侯国。莽曰乐丘。）平堤，（侯国。）桃，（莽曰桓分。）西梁，（侯国。）昌成，（侯国。）东昌，（侯国。莽曰田昌。）脩。（莽曰脩治。）

河间国，（故赵，文帝二年别为国。莽曰朔定。）户四万五千四十三，口十八万七千六百六十二。县四：乐成，（虖池别水首受虖池河，东至东光入虖虖池河。莽曰陆信。）候井，武隧，（莽曰桓隧。）弓高。虖池别河首受虖池，东至平舒入海。莽曰乐成。）

广阳国，（高帝燕国，昭帝元凤元年为广阳郡，宣帝本始元年更为国。莽曰广有。）户二万七百四十，口七万六百五十八。县四：蓟，（故燕国，召公所封。莽曰伐戎。）方城，广阳，阴乡。（莽曰阴顺。）

甾川国，（故齐，文帝十八年别为国。后并北海。）户五万二百八十九，口二十二万七千三十一。县三：剧，（义山，蕤水所出，北至寿光入海。莽曰俞。）东安平，（菟头山，女水出，东北至临甾入巨定。）楼乡。

胶东国，（故齐，高帝元年别为国，五月复属齐国，文帝十六年复为国。莽曰郁秩。）户七万二千二，口三十二万三千三百三十一。县八：即墨，（有天室山祠。莽曰即善。）昌武，下密，（有三石山祠。）壮武，（莽曰晓武。）郁秩，（有铁官。）挺，观阳，邹卢。

（莽曰始斯。）

高密国，（故齐，文帝十六年别为胶西国。宣帝本始元年更为高密国。）户四万五百三十一，口十九万二千五百三十六。县五：高密，（莽曰章牟。）昌安，石泉，（莽曰养信。）夷安，（莽曰原亭。）成乡。（莽曰顺成。）

城阳国，（故齐。文帝二年别为国。莽曰莒陵。属兖州。）户五万六千六百四十二，口二十万五千七百八十四。县四：莒，（故国，盈姓，三十世为楚所灭。少昊后。有铁官。莽曰莒陵。）阳都，东安，虑。（莽曰著善。）

淮阳国，（高帝十一年置。莽曰新平。属兖州。）户十三万五千五百四十四，口九十八万一千四百二十三。县九；陈，（故国，舜后，胡公所封，为楚所灭。楚顷襄王自郢徙此。莽曰陈陵。）苦，（莽曰赖陵。）阳夏，宁平，扶沟，（涡水首受狼汤渠，东至向入淮，过郡三，行千里。）固始，圉，新平，柘。

梁国，（故秦砀郡，高帝五年为梁国。莽曰陈定。属豫州。）户三万八千七百九，口十万六千七百五十二。县八：砀，（山出文石。莽曰节砀。）甾，（故戴国。莽曰嘉穀。杼秋，（莽曰予秋。）蒙，（获水首受甾获渠，东北至彭城入泗，过郡五，行五百五十里。莽曰蒙恩。）已氏，（莽曰已善。）虞，（莽曰陈定亭。）下邑，（莽曰下洽。）睢阳。（故宋国，微子所封。《禹贡》盟诸译在东北。）

东平国，（故梁国，景帝中六年别为济东国，武帝元鼎元年为大河郡，宣帝甘露二年为东平国。莽曰有盐。属兖州。）户十三万一千七百五十三，口六十万七千九百七十六。（有铁官。）县七：无盐，（有郈乡。莽曰有盐亭。）任城，（故任国，太昊后，风姓。莽曰延就亭。）东平陆，富城，（莽曰成富。）章，亢父，（诗亭，故诗国。莽曰顺父。）樊。

鲁国，（故秦薛郡，高后元年为鲁国。属豫州。）户十一万八千四十五，口六十万七千三百八十一。县六：鲁，（伯禽所封。户五万二千。有铁官。）卞，（泗水西南至方与入沛，过郡三，行五百里，青州川。）汶阳，（莽曰汶亭。）蕃，（南梁水西至胡陵入沛渠。）驺，（故邾国，曹姓，二十九世为楚所灭。峄山在北。莽曰驺亭。）薛。（夏车正奚仲所国，后迁于邳，汤相仲虺居之。）

楚国，（高帝置，宣帝地节元年更为彭城郡，黄龙元年复故。莽曰和乐。属徐州。）户十一万四千七百三十八，口四十九万七千八百四。县七：彭城，（古彭祖国。户四万一百九十六。有铁官。）留，梧，（莽曰吾治。）傅阳，（故逼阳国。莽曰辅阳。）吕，武原，（莽曰和乐亭。）甾丘。（莽曰善丘。）

泗水国，（故东海郡，武帝元鼎四年别为泗水国。莽曰水顺。）户二万五千二十五，口十一万九千一百一十四。县三：凌，（莽曰生麦。）泗阳，（莽曰淮平亭。）于。（莽曰于屏。）

广陵国，（高帝六年属荆州，十一年更属吴，景帝四年更名江都，武帝元狩三年更名广陵。莽曰江平。属徐州。）户三万六千七百七十三，口十四万七百二十二。（有铁官。）县四：广陵，（江都易王非、广陵厉王胥皆都此，并得鄣郡，而不得吴。莽曰安定。）江都，（有江水祠。渠水首受江，北至射阳入湖。）高邮，平安。（莽曰杜乡。）

六安国，（故楚，高帝元年别为衡山国，五年属淮南。文帝十六年复为衡山，武帝元狩二年别为六安国。莽曰安风。）户三万八千三百四十五，口十七万八千六百一十六。县五：六，（故国，皋繇后，偃姓，为楚所灭。如溪水首受沘，东北至寿春入芍陂。）蓼，（故国，皋繇后，为楚所灭。）安丰，（《禹贡》大别山在西南。莽曰美丰。安风，）莽曰安风亭。）阳泉。

长沙国，（秦郡，高帝五年为国。莽曰填蛮。属荆州。）户四万三千四百七十，口二十三万五千八百二十五。县十三：临湘，（莽曰抚睦。）罗，连道，益阳，（湘山在北。）下隽，（莽曰闰隽。）攸，酃，承阳，湘南，（《禹贡》衡山在东南，荆州山。）昭陵，荼陵。（泥水西入湘，行七百里。莽曰声乡。）容陵，安成。（庐水东至庐陵，入湖汉。莽曰思成。）

本秦京师为内史，分天下作三十六郡。汉兴，以其郡太大，稍复开置，又立诸侯王国。武帝开广三边。故自高祖增二十六，文、景各六，武帝二十八，昭帝一，讫于孝平，凡郡国一百三，县邑千三百一十四，道三十二，侯国二百四十一。地东西九千三百二里，南北万三千三百六十八里。提封田一万万四千五百一十三万六千四百五顷，其一万万二百五十二万八千八百八十九顷，邑居道路，山川林泽，群不可垦，其三千二百二十九万九百四十七顷，可垦不可垦，定垦田八百二十七万五百三十六顷。民户千二百二十三万三千六十二，口五千九百五十九万四千九百七十八。汉极盛矣。

凡民函五常之性，而其刚柔缓急，音声不同，系水土之风气，故谓之风；好恶取舍，动静亡常，随君上之情欲，故谓之俗。孔子曰："移风易俗，莫善于乐。"言圣王在上，统理人伦，必移其本，而易其末，此混同天下一之乎中和，然后王教成也。汉承百王之末，国土变改，民人迁徙，成帝时刘向略言其地分，丞相张禹使属颍川朱赣条其风俗，犹未宣究，故辑而论之。终其本末著于篇。

秦地，于天官东井、舆鬼之分野也。其界自弘农故关以西，京兆、扶风、冯翊、北地、上郡、西河、安定、天水、陇西，南有巴、蜀、广汉、犍为、武都，西有金城、武威、张掖、酒泉、敦煌，又西南有牂柯、越巂、益州，皆宜属焉。

秦之先曰柏益，出自帝颛顼，尧时助禹治水，为舜朕虞，养育草木鸟兽，赐姓嬴氏，历夏、殷为诸侯。至周有造父，善驭习马，得华骝、绿耳之乘，幸于穆王，封于赵城，故更为赵氏。后有非子，为周孝王养马汧、渭之间。孝王曰："昔伯益知禽兽，子孙不绝。"乃封为附庸，邑之于秦，今陇西秦亭秦谷是也。至玄孙，氏为庄公，破西戎，有其地。子襄公时，幽王为犬戎所败，平王东迁雒邑。襄公将兵救周有功，赐受邠、酆之地，列为诸侯。后八世，穆公称伯，以河为竟。十余世，孝公用商君，制辕田，开仟伯，东雄诸侯。子惠公初称王，得上郡、西河。孙昭王开巴蜀，灭周，取九鼎。昭王曾孙政并六国，称皇帝，负力怙威，燔书坑儒，自任私智。至子胡亥，天下畔之。

故秦地于《禹贡》时跨雍、梁二州，《诗·风》兼秦、豳两国。昔后稷封斄，公刘处豳，大王徙岐，文王作酆，武王治镐，其民有先王遗风，好稼穑，务本业，故《豳诗》言农桑衣食之本甚备，有鄠、杜竹林，南山檀柘，号称陆海，为九州膏腴。始皇之初，郑国穿渠，引泾水溉田，沃野千里，民以富饶。汉兴，立都长安，徙齐诸国，楚昭、屈、景及诸功臣家于长陵。后世世徙吏二千石、高訾富人及豪桀并兼之家于诸陵。盖亦以强干弱支，非独为奉山园也。是故五方杂厝，风俗不纯。其世家则好礼文，富人则商贾为利，豪桀则游侠通奸。濒南山，近夏阳，多阻险轻薄，易为盗贼，常为天下剧。又郡国辐凑，浮食者多，民去本就末，列侯贵人车服僭上，众庶放效，羞不相及，嫁娶尤崇侈靡，送死过度。

天水、陇西，山多林木，民以板为室屋。及安定、北地、上郡、西河，皆迫近戎狄，修习战备，高上气力，以射猎为先。故《秦诗》曰"在其板屋"；又曰"王于兴师，修我甲兵，与子偕行"。及《车辚》、《四臷》、《小戎》之篇，皆言车马田狩之事。汉兴，六郡良家子选给羽林、期门，以材力为官，名将多出焉。孔子曰："君子有勇而亡谊则为乱，小人有勇而亡谊则为盗。"故此数郡，民俗质木，不耻寇盗。

自武威以西，本匈奴昆邪王、休屠王地，武帝时攘之，初置四郡，以通西域，隔绝南羌、匈奴。其民或以关东下贫，或以报怨过当，或以誖逆亡道，家属徙焉。习俗颇殊，地广民稀，水草宜畜牧，故凉州之畜为天下饶。保边塞，二千石治之，咸以兵马为务；酒礼之会，上下通焉，吏民相亲。是以其俗风雨时节，谷籴常贱，少盗贼，有和气之应，贤于内郡。此政宽厚，吏不苛刻之所致也。

巴、蜀、广汉本南夷，秦并以为郡，土地肥美，有江水沃野，山林竹木疏食果实之饶。南贾滇、僰僮，西近邛、莋马旄牛。民食稻鱼，亡凶年忧，俗不愁苦，而轻易淫泆，柔弱褊厄。景、武间，文翁为蜀守，教民读书法令，未能笃信道德，反以好文刺讥，贵慕权势。及司马相如游宦京师诸侯，以文辞显于世，乡党慕循其迹。后有王褒、严遵、扬雄之徒，文章冠天下。由文翁倡其教，相如为之师，故孔子曰："有教亡类。"

武都地杂氐、羌，及犍为、牂柯、越巂，皆西南外夷，武帝初开置。民俗略与巴、蜀同，而武都近天水，俗颇似焉。

故秦地天下三分之一，而人众不过什三，然量其富居什六。寿豳吴札观乐，为之歌《秦》，曰："此之谓夏声。夫能夏则大，大之至也，其周旧乎？"

自井十度至柳三度，谓之鹑首之次，秦之分也。

魏地，觜觿、参之分野也。其界自高陵以东，尽河东、河内，南有陈留及汝南之召陵、隐强、新汲、西华、长平、颍川之舞阳、郾、许、傿陵、河南之开封、中牟、阳武、酸枣、卷，皆魏分也。

河内本殷之旧都，周既灭殷，分其畿内为三国，《诗·风》邶、庸、卫国是也。邶，以封纣子武庚；庸，管叔尹之；卫，蔡叔尹之：以临殷民，谓之三监。故《书序》曰"武王崩，三监畔"，周公诛之，尽以其地封弟康叔，号曰孟侯，以夹辅周室；迁邶、庸之民于洛邑，故邶、庸、卫三国之诗相与同风。《邶诗》曰"在浚之下"；《庸》曰"在浚之郊"；《邶》又曰"亦流于淇"，"河水洋洋"，《庸》曰："送我淇上"，"在彼中河"。《卫》曰："瞻彼其奥"，"河水洋洋。"故吴公子札聘鲁观周乐，闻《邶》、《庸》、《卫》之歌，曰："美哉渊乎！吾闻康叔之德如是，是其《卫风》乎？"至十六世，懿公亡道，为狄所灭。齐桓公帅诸侯伐狄，而更封卫于河南曹、楚丘，是为文公。而河内殷虚，更属于晋。康叔之风既歇，而纣之化犹存，故俗刚强，多豪桀侵夺，薄恩礼，好生分。

河东土地平易，有盐铁之饶，本唐尧所居，《诗·风》唐、魏之国也。周武王子唐叔在母未生，武王梦帝谓己曰："余名而子曰虞，将与之唐，属之参。"及生，名之曰虞。至成王灭唐，而封叔虞。唐有晋水，及叔虞子燮为晋侯云，故参为晋星。其民有先王遗教，君子深思，小人俭陋。故《唐诗·蟋蟀》、《山枢》、《葛生》之篇曰："今我不乐，日月其迈"；"宛其死矣，它人婾"；"百岁之后，归于其居"。皆思奢俭之中，念死生之虑。吴札闻《唐》之歌，曰："思深哉！其有陶唐氏之遗民乎？"

魏国，亦姬姓也，在晋之南河曲，故其诗曰"彼汾一曲"；"寘诸河之侧"。自唐叔十六世至献公，灭魏以封大夫毕万，灭耿以封大夫赵夙，及大夫韩武子食采于韩原，晋于是始大。至于文公，伯诸侯，尊周室，始有河内之土。吴札闻《魏》之歌，曰："美哉沨沨乎！以德辅此，则明主也。"文公后十六世为韩、魏、赵所灭，三家皆自立为诸侯，是为三晋。赵与秦同祖，韩、魏皆姬姓也。自毕万后十世称侯，至孙称王，徙都大梁，故魏一号为梁，七世为秦所灭。

周地，柳、七星、张之分野也。今之河南雒阳、榖城、平阴、偃师、巩、缑氏，是其分也。

昔周公营雒邑，以为在于土中，诸侯蕃屏四方，故立京师。至幽王淫褒姒，以灭宗周，子平王东居雒邑。其后五伯更是帅诸侯以尊周室，故周于三代最为长久。八百余年至于赧王，乃为秦所兼。初，雒邑与宗周通封畿，东西长而南北短，短长相覆为千里。至襄王以河内赐晋文公，又为诸侯所侵，故其分地小。周人之失，巧伪趋利，贵财贱义，高富下贫，喜为商贾，不好仕宦。

自柳三度至张十二度，谓之鹑火之次，周之分也。

韩地，角、亢、氐之分野也。韩分晋得南阳郡及颍川之父城、定陵、襄城、颍阳、颍阴、长社、阳翟、郏，东接汝南，西接弘农得新安、宜阳，皆韩分也。及《诗·风》陈、郑之国，与韩同星分焉。

郑国，今河南之新郑，本高辛氏火正祝融之虚也。及成皋、荥阳，颍川之崇高、阳城，皆郑分也。本周宣王弟友为周司徒，食采于宗周畿内，是为郑。郑桓公问于史伯曰："王室多故，何所可以逃死？"史伯曰："四方之国，非王母弟甥舅则夷狄，不可入也。其济、洛、河、颍之间乎！子男之国，虢、会为大，恃势与险，崇侈贪冒，君若寄帑与贿，周乱而敝，必将背君；君以成周之众，奉辞伐罪，亡不克矣。"公曰："南方不可乎？"对曰："夫楚，重黎之后也，黎为高辛氏火正，昭显天地，以生柔嘉之材。姜、嬴、荆、芈，实与诸姬代相干也。姜，伯夷之后也；嬴，伯益之后也。伯夷能礼于神以佐尧，伯益能仪百物以佐舜，其后皆不失祠，而未有兴者，周衰将起，不可逼也。"桓公从其言，乃东寄帑与贿，虢、会受之。后三年，幽王败，桓公死，其子武公与平王东迁，卒定虢、会之地，右雒左泲，食溱、洧焉。土狭而险，山居谷汲，男女亟聚会，故其俗淫。《郑诗》曰："出其东门，有女如云。"又曰："溱与洧方灌灌兮，士与女方秉菅兮。""恂盱且乐，惟士与女，伊其相谑。"此其风也。吴札闻《郑》之歌，曰："美哉！其细已甚，民弗堪也。是其先亡乎？"自武公后二十三世，为韩所灭。

陈国，今淮阳之地，陈本太昊之虚，周武王封舜后妫满于陈，是为胡公，妻以元女大姬。妇人尊贵，好祭祀，用史巫，故其俗巫鬼。《陈诗》曰："坎其击鼓，宛丘之下，亡冬亡夏，值其鹭羽。"又曰："东门之枌，宛丘之栩，子仲之子，婆娑其下。"此其风也。吴札闻《陈》之歌，曰："国亡主，其能久乎！"自胡公后二十三世为楚所灭。陈虽属楚，于天文自若其故。

颍川、南阳，本夏禹之国。夏人上忠，其敝鄙朴。韩自武子后七世称侯，六世称王，五世而为秦所灭。秦既灭韩，徙天下不轨之民于南阳，故其俗夸奢，上气力，好商贾渔猎，藏匿难制御也。宛，西通武关，东受江、淮，一都之会也。宣帝时，郑弘、召信臣为南阳太守，治皆见纪。信臣劝民农桑，去末归本，郡以殷富。颍川，韩都。士有申子、韩非，刻害余烈，高仕宦，好文法，民以贪遴争讼生分为失。韩延寿为太守，先之以敬让，黄霸继之，教化大行，狱或八年亡重罪囚。南阳好商贾，召父富以本业；颍川好争讼分异，黄、韩化以笃厚。"君子之德风也，小人之德草也"，信矣！

自东井六度至亢六度，谓之寿星之次，郑之分野，与韩同分。

赵地，昴、毕之分野。赵分晋，得赵国。北有信都、真定、常山、中山，又得涿郡之高阳、鄚、州乡；东有广平、巨鹿、清河、河间，又得渤海郡之东平舒、中邑、文安、束州，成平、章武，河以北也；南至浮水、繁阳、内黄、斥丘；西有太原、定襄、云中、五原、上党。上党，本韩之别郡也，远韩近赵，后卒降赵，皆赵分也。

自赵夙后九世称侯，四世敬侯徙都邯郸，至曾孙武灵王称王，五世为秦所灭。

赵、中山地薄人众，犹有沙丘纣淫乱余民。丈夫相聚游戏，悲歌慷慨，起则椎剽掘冢，作奸巧，多弄物，为倡优。女子弹弦跕躧，游媚富贵，遍诸侯之后宫。

邯郸北通燕、涿，南有郑、卫，漳、河之间一都会也。其土广俗杂，大率精急，高气势，轻为奸。

太原、上党又多晋公族子孙，以诈力相倾，矜夸功名，报仇过直，嫁取送死奢靡，汉兴，号为难治，常择严猛之将，或任杀伐为威。父兄被诛，子弟怨愤，至告讦刺史二千石，或报杀其亲属。

钟、代、石、北，迫近胡寇，民俗懻忮，好气为奸，不事农商，自全晋时，已患其剽悍，而武灵王又益厉之。故冀州之部，盗贼常为它州剧。

定襄、云中、五原，本戎狄地，颇有赵、齐、卫、楚之徙。其民鄙朴，少礼文，好射猎。雁门亦同俗，于天文别属燕。

燕地，尾、箕分野也。武王定殷，封召公于燕，其后三十六世与六国俱称王。东有渔阳、右北平、辽西、辽东，西有上谷、代郡、雁门，南得涿郡之易、容城、范阳、北新城、胡安，涿县、良乡、新昌，及勃海之安次，皆燕分也。乐浪、玄菟，亦宜属焉。

燕称王十世，秦欲灭六国，燕王太子丹遣勇士荆轲西刺秦王，不成而诛，秦遂举兵灭燕。

蓟，南通齐、赵，勃、碣之间一都会也。初，太子丹宾养勇士，不爱后宫美女，民化以为俗，至今犹然。宾客相过，以妇侍宿，嫁取之夕，男女无别，反以为荣。后稍颇止，然终未改。其俗愚悍少虑，轻薄无威，亦有所长，敢于急人，燕丹遗风也。

上谷至辽东，地广民希，数被胡寇，俗与赵、代相类，有渔盐枣栗之饶。北隙乌丸、夫馀，东贾真番之利。

玄菟、乐浪，武帝时置，皆朝鲜、濊、句骊蛮夷。殷道衰，箕子去之朝鲜，教其民以礼义，田蚕织作。乐浪朝鲜民犯禁八条：相杀以当时偿杀；相伤以谷偿；相盗者男没入为其家奴，女子为婢，欲自赎者，人五十万。虽免为民，俗犹羞之，嫁取无所雠，是以其民终不相盗，无门户之闭，妇人贞信不淫辟。其田民饮食以笾豆，都邑颇放效吏及内郡贾人，往往以杯器食。郡初取吏于辽东，吏见民无闭臧，及贾人往者，夜则为盗，俗稍益薄。今于犯禁浸多，至六十余条。可贵哉，仁贤之化也！然东夷天性柔顺，异于三方之外，故孔子悼道不行，设浮于海，欲居九夷，有以也夫！乐浪海中有倭人，分为百余国，以岁时来献见云。

自危四度至斗六度，谓之析木之次，燕之分也。

齐地，虚、危之分野也。东有甾川、东莱、琅邪、高密、胶东，南有泰山、城阳，北有千乘，清河以南，勃海之高乐、高城、重合、阳信，西有济南、平原，皆齐分也。

少昊之世有爽鸠氏，虞、夏时有季崱，汤时有逢公柏陵，殷末有薄姑氏，皆为诸侯，国此地。至周成王时，薄姑氏与四国共作乱，成王灭之，以封师尚父，是为太公。《诗·风》齐国是也。临甾名营丘，故《齐诗》曰："子之营兮，遭我乎嶩之间兮。"又曰："俟我于著乎而。"此亦其舒缓之体也。吴札闻《齐》之歌，曰："泱泱乎，大风也哉！其太公乎？国未可量也。"

古有分土，亡分民。太公以齐地负海舄卤，少五谷而人民寡，乃劝以女工之业，通鱼盐之利，而人物辐凑。后十四世，桓公用管仲，设轻重以富国，合诸侯成伯功，身在陪臣而取三归。故其俗弥侈，织作冰纨绮绣纯丽之物，号为冠带衣履天下。

初，太公治齐，修道术，尊贤智，赏有功，故至今其土多好经术，矜功名，舒缓阔达而足智。其失夸奢朋党，言与行缪，虚诈不情，急之则离散，缓之则放纵。始桓公兄襄公淫乱，姑姊妹不嫁，于是令国中民家长女不得嫁，名曰“巫儿”，为家主祠，嫁者不利其家，民至今以为俗。痛乎，道民之道，可不慎哉！

昔太公始封，周公问：“何以治齐？”太公曰：“举贤而上功。”周公曰：“后世必有篡杀之臣。”其后二十九世为强臣田和所灭，而和自立为齐侯。初，和之先陈公子完有罪来奔齐，齐桓公以为大夫，更称田氏。九世至和而篡齐，至孙威王称王，五世为秦所灭。

临甾，海、岱之间一都会也，其中具五民云。

鲁地，奎、娄之分野也。东至东海，南有泗水，至淮，得临淮之下相、睢陵、僮、取虑，皆鲁分也。

周兴，以少昊之虚曲阜封周公子伯禽为鲁侯，以为周公主。其民有圣人之教化，故孔子曰“齐一变至于鲁，鲁一变至于道”，言近正也。濒洙、泗之水，其民涉度，幼者扶老而代其任。俗既益薄，长老不自安，与幼少相让，故曰：“鲁道衰，洙泗之间龂龂如也。”孔子闵王道将废，乃修六经，以述唐虞三代之道，弟子受业而通者七十有七人。是以其民好学，上礼义，重廉耻。周公始封，太公问：“何以治鲁？”周公曰：“尊尊而亲亲。”太公曰：“后世浸弱矣。”故鲁自文公以后，禄去公室，政在大夫，季氏逐昭公，陵夷微弱，三十四世而为楚所灭。然本大国故自为分野。

今去圣久远，周公遗化销微，孔氏庠序衰坏。地狭民众，颇有桑麻之业，亡林泽之饶。俗俭啬爱财，趋商贾，好訾毁，多巧伪，丧祭之礼文备实寡，然其好学犹愈于它俗。

汉兴以来，鲁东海多至卿相。东平、须昌、寿良，皆在济东，属鲁，非宋地也，当考。

宋地，房、心之分野也。今之沛、梁、楚、山阳、济阴、东平及东郡之须昌、寿张，皆宋分也。

周封微子于宋，今之睢阳是也，本陶唐氏火正阏伯之虚也。济阴定陶，《诗·风》曹国也。武王封弟叔振铎于曹，其后稍大，得山阳、陈留，二十余世为宋所灭。

昔尧作游成阳，舜渔雷泽，汤止于亳，故其民犹有先王遗风，重厚多君子，好稼穑，恶衣食，以致畜藏。

宋自微子二十余世，至景公灭曹，灭曹后五世亦为齐、楚、魏所灭，三分其地。魏得其梁、陈留，齐得其济阴、东平，楚得其沛。故今之楚彭城，本宋也，《春秋经》曰“围宋彭城”。宋虽灭，本大国，故自为分野。

沛楚之失，急疾颛己，地薄民贫，而山阳好为奸盗。

卫地，营室、东壁之分野也。今之东郡及魏郡黎阳，河内之野王、朝歌，皆卫分也。

卫本国既为狄所灭，文公徙封楚丘，三十余年，子成公徙于帝丘。故《春秋经》曰“卫迁于帝丘”，今之濮阳是也。本颛顼之虚，故谓之帝丘。夏后之世，昆吾氏居之。成公后十余世，为韩、魏所侵，尽亡其旁邑，独有濮阳。后秦灭濮阳，置东郡，徙之于野王。始皇既并天下，犹独置卫君，二世时乃废为庶人。凡四十世，九百年，最后绝，故独为分野。

卫地有桑间、濮上之阻，男女亦亟聚会，声色生焉，故俗称郑、卫之音。周末有子路、夏育，民人慕之，故其俗刚武，上气力。汉兴，二千石治者亦以杀戮为威。宣帝时韩延寿为东郡太守，承圣恩，崇礼义，尊谏争，至今东郡号善为吏，延寿之化也。其失颇奢靡，嫁取送死过度，而野王好气任侠，有濮上风。

楚地，翼、轸之分野也。今之南郡、江夏、零陵、桂阳、武陵、长沙及汉中、汝南郡，尽楚分也。

周成王时，封文、武先师鬻熊之曾孙熊绎于荆蛮，为楚子，居丹阳。后十余世至熊达，是为武王，浸以强大。后五世至严王，总帅诸侯，观兵周室，并吞江、汉之间，内灭陈、鲁之国。后十余世，顷襄王东徙于陈。

楚有江汉川泽山林之饶；江南地广，或火耕水耨。民食鱼稻，以渔猎山伐为业，果蓏蠃蛤，食物常足。故呰窳偷生，百亡积聚，饮食还给，不忧冻饿，亦亡千金之家。信巫鬼，重淫祀。而汉中淫失枝柱，与巴、蜀同俗。汝南之别，皆急疾有气势。江陵，故郢都，西通巫、巴，东有云梦之饶，亦一都会也。

吴地，斗分野也。今之会稽、九江、丹阳、豫章、庐江、广陵、六安，临淮郡，尽吴分也。

殷道既衰，周大王亶父兴歧梁之地，长子大伯，次曰仲雍，少曰公季。公季有圣子昌，大王欲传国焉。大伯、仲雍辞行采药，遂奔荆蛮。公季嗣位，至昌为西伯，受命而王。故孔子美而称曰："大伯，可谓至德也已矣！三以天下让，民无得而称焉。"谓"虞仲夷逸，隐居放言，身中清，废中权。"大伯初奔荆蛮，荆蛮归之，号曰句吴。大伯卒，仲雍立，至曾孙周章，而武王克殷，因而封之。又封周章弟中于河北，是为北吴，后世谓之虞，十二世为晋所灭。后二世而荆蛮之吴子寿梦盛大称王。其少子则季札，有贤材。兄弟欲传国，札让而不受。自大伯寿梦称王六世，阖庐举伍子胥、孙武为将，战胜攻取，兴伯名于诸侯。至子夫差，诛子胥，用宰嚭，为粤王句践所灭。

吴、粤之君皆好勇，故其民至今好用剑，轻死易发。

粤既并吴，后六世为楚所灭。后秦又击楚，徙寿春，至子为秦所灭。

寿春、合肥受南北湖皮革、鲍、木之输，亦一都会也。始楚贤臣屈原被谗放流，作《离骚》诸赋以自伤悼。后有宋玉、唐勒之属慕而述之，皆以显名。汉兴，高祖王兄子濞于吴，招致天下之娱游子弟，枚乘、邹阳、严夫子之徒兴于文、景之际。而淮南王安亦都寿春，招宾客著书。而吴有严助、朱买臣，贵显汉朝，文辞并发，故世传《楚辞》。其失巧而少信。初淮南王异国中民家有女者，以待游士而妻之，故至今多女而少男。本吴、粤与楚接比，数相并兼，故民俗略同。

吴东有海盐章山之铜，三江五湖之利，亦江东之一都会也。豫章出黄金，然堇堇物之所有，取之不足以更费。江南卑湿，丈夫多夭。

会稽海外有东鳀人，分为二十余国，以岁时来献见云。

粤地，牵牛、婺女之分野也。今之苍梧、郁林、合浦、交阯、九真、南海、日南，皆粤分也。

其君禹后，帝少康之庶子云，封于会稽，文身断发，以避蛟龙之害。后二十世，至句践称王，与吴王阖庐战，败之隽李。夫差立，句践乘胜复伐吴，吴大破之，栖会稽，臣服请平。后用范蠡、大夫种计，遂伐灭吴，兼并其地。度淮与齐、晋诸侯会，致贡于周。周元王使使赐命为伯，诸侯毕贺。后五世为楚所灭，子孙分散，君服于楚。后十世，至闽君摇，佐诸侯平秦。汉兴，复立摇为越王。是时，秦南海尉赵佗亦自王，传国至武帝时，尽灭以为郡云。

处近海，多犀、象、毒冒、珠玑、银、铜、果、布之凑，中国往商贾者多取富焉。番禺，其一都会也。

自合浦徐闻南入海，得大州，东西南北方千里，武帝元封元年略以为儋耳、珠崖郡。民皆服布如单被，穿中央为贯头。男子耕农，种禾稻、纻麻，女子桑蚕织绩。亡马与虎，民有五畜，山多麈麖。兵则矛、盾、刀、木弓弩、竹矢，或骨为镞。自初为郡县，吏卒中国人多侵陵之，故率数岁一反。元帝时，遂罢弃之。

自日南障塞、徐闻、合浦船行可五月，有都元国；又船行可四月，有邑卢没国；又船行可二十余日，有谌离国；步行可十余日，有夫甘都卢国。自夫甘都卢国船行可二月余，有黄支国，民俗略与珠崖相类。其州广大，户口多，多异物，自武帝以来皆献见。有译长，属黄门，与应募者俱入海市明珠、璧流离、奇石异物，赍黄金杂缯而往。所至国皆禀食为耦，蛮夷贾船，转送致之。亦利交易，剽杀人。又苦逢风波溺死，不者数年来还。大珠至围二寸以下。平帝元始中，王莽辅政，欲耀威德，厚遗黄支王，令遣使献生犀牛。自黄支船行可八月，到皮宗；船行可二月，到日南、象林界云。黄支之南，有已程不国，汉之译使自此还矣。

卷二十九

沟洫志第九

《夏书》：禹堙洪水十三年，过家不入门。陆行载车，水行乘舟，泥行乘毳，山行则梮，以别九州；随山浚川，任土作贡；通九道，陂九泽，度九山。然河灾之羡溢，害中国尤甚。唯是为务，故道河自积石，历龙门，南到华阴，东下底柱，及盟津、雒内，至于大伾。于是禹以为河所从来者高，水湍悍，难以行平地，数为败，乃酾二渠以引其河，北载之高地，过洚水，至于大陆，播为九河，同为迎河，入于勃海。九川既疏，九泽既陂，诸夏乂安，功施乎三代。

自是之后，荥阳下引河东南为鸿沟，以通宋、郑、陈、蔡、曹、卫，与济、汝、淮、泗会。于楚，西方则通渠汉川、云梦之际，东方则通沟江、淮之间。于吴，则通渠三江、五湖。于齐，则通淄、济之间。于蜀，则蜀守李冰凿离堆，避沫水之害，穿二江成都中。此渠皆可行舟，有余则用溉，百姓飨其利。至于它，往往引其水，用溉田，沟渠甚多，然莫足数也。

魏文侯时，西门豹为邺令，有令名。至文侯曾孙襄王时，与群臣饮酒，王为群臣祝曰："令吾臣皆如西门豹之为人臣也！"史起进曰："魏氏之行田也以百亩，邺独二百亩，是田恶也。漳水在其旁，西门豹不知用，是不智也。知而不兴，是不仁也。仁智豹未之尽，何足法也！"于是以史起为邺令，遂引漳水溉邺，以富魏之河内。民歌之曰："邺有贤令兮为史公，决漳水兮灌邺旁，终古舄卤兮生稻粱。"

其后韩闻秦之好兴事，欲罢之，无令东伐。乃使水工郑国间说秦，令凿泾水，自中山西邸瓠口为渠，并北山，东注洛，三百余里，欲以溉田。中作而觉，秦欲杀郑国。郑国曰："始臣为间，然渠成亦秦之利也。臣为韩延数岁之命，而为秦建万世之功。"秦以为然，卒使就渠。渠成而用溉注填阏之水，溉舄卤之地四万余顷，收皆亩一钟。于是关中为沃野，无凶年，秦以富强，卒并诸侯，因名曰郑国渠。

汉兴三十有九年，孝文时河决酸枣，东溃金堤，于是东郡大兴卒塞之。

其后三十六岁，孝武元光中，河决于瓠子，东南注巨野，通于淮、泗。上使汲黯、郑当时兴人徒塞之，辄复坏。是时，武安侯田蚡为丞相，其奉邑食。鄃居河北，河决而南则鄃无水灾，邑收入多。蚡言于上曰：“江、河之决皆天事，未易以人力强塞，强塞之未必应天。”而望气用数者亦以为然，是以久不复塞也。

时郑当时为大司农，言：“异时关东漕粟从渭上，度六月罢，而渭水道九百余里，时有难处。引渭穿渠起长安，旁南山下，至河三百余里，径，易漕，度可令三月罢；而渠下民田万余顷又可得以溉。此损漕省卒，而益肥关中之地，得谷。”上以为然，令齐人水工徐伯表，发卒数万人穿漕渠，三岁而通。以漕，大便利。其后漕稍多，而渠下之民颇得以溉矣。

后河东守番系言：“漕从山东西，岁百余万石，更底柱之艰，败亡甚多而烦费。穿渠引汾溉皮氏、汾阴下，引河溉汾阴、蒲坂下，度可得五千顷。故尽河堧弃地，民茭牧其中耳，今溉田之，度可得谷二百万石以上。谷从渭上，与关中无异，而底柱之东可毋复漕。”上以为然，发卒数万人作渠田。数岁，河移徙，渠不利，田者不能偿种。久之，河东渠田废，予越人，令少府以为稍入。

其后，人有上书，欲通褒斜道及漕，事下御史大夫张汤。汤问之，言：“抵蜀从故道，故道多阪，回远。今穿褒斜道，少阪，近四百里；而褒水通沔，斜水通渭，皆可以行船漕。漕从南阳上沔入褒，褒绝水至斜，间百余里，以车转，从斜下渭。如此，汉中谷可致，而山东从沔无限，便于底柱之漕。且褒斜材木竹箭之饶，似于巴蜀。”上以为然。拜汤子卬为汉中守，发数万人作褒斜道五百余里。道果便近，而水多湍石，不可漕。

其后，严熊言：“临晋民愿穿洛以溉重泉以东万余顷故恶地。诚即得水，可令亩十石。”于是为发卒万人穿渠，自徵引洛水至商颜下。岸善崩，乃凿井，深者四十余丈，往往为井，井下相通行水。水隤以绝商颜，东至山领十余里间。井渠之生自此始。穿得龙骨，故名曰龙首渠。作之十余岁，渠颇通，犹未得其饶。

自河决瓠子后二十余岁，岁因以数不登，而梁楚之地尤甚。上既封禅，巡祭山川，其明年，干封少雨。上乃使汲仁、郭昌发卒数万人塞瓠子决河。于是上以用事万里沙，则还自临决河，湛白马玉璧，令群臣从官自将军以下皆负薪寘决河。是时，东郡烧草，以故薪柴少，而下淇园之竹以为揵。上既临河决，悼功不成，乃作歌曰：

> 瓠子决兮将奈何？浩浩洋洋，虑殚为河。殚为河兮地不得宁，功无已时兮吾山平。吾山平兮巨野溢，鱼弗郁兮柏冬日。正道弛兮离常流，蛟龙骋兮放远游。归旧川兮神哉沛，不封禅兮安知外！皇谓河公兮何不仁，泛滥不止兮愁吾人！啮桑浮兮淮、泗满，久不反兮水维缓。
>
> 一曰：
>
> 河汤汤兮激潺湲，北渡回兮迅流难。搴长茭兮湛美玉，河公许兮薪不属。薪不属兮卫人罪，烧萧条兮噫乎何以御水！隤林竹兮揵石菑，宣防塞兮万福来。
>
> 于是卒塞瓠子，筑宫其上，名曰宣防。而道河北行二渠，复禹旧迹，而梁、楚之地复宁，无水灾。

自是之后，用事者争言水利。朔方、西河、河西、酒泉皆引河及川谷以溉田。而关中灵轵、成国、漳渠引诸川，汝南、九江引淮，东海引巨定，泰山下引汶水，皆穿渠为溉田，各万余顷。它小渠及陂山通道者，不可胜言也。

自郑国渠起，至元鼎六年，百三十六岁，而兒宽为左内史，奏请穿凿六辅渠，以益溉郑国傍高卬之田。上曰：“农，天下之本也。泉流灌浸，所以育五谷也。左、右内史地，名山川原甚众，细民未知其利，故为通沟渎，畜陂泽，所以备旱也。今内史稻田租挈重，不与郡同，其议减。令吏民勉农，尽地利，平繇行水，勿使失时。”

后十六岁，太始二年，赵中大夫白公复奏穿渠。引泾水，首起谷口，尾入栎阳，注渭中，袤二百里，溉田四千五百余顷，因名曰白渠。民得其饶，歌之曰："田于何所？池阳、谷口。郑国在前，白渠起后。举臿为云，决渠为雨。泾水一石，其泥数斗。且溉且粪，长我禾黍。衣食京师，亿万之口。"言此两渠饶也。

是时，方事匈奴，兴功利，言便宜者甚众。齐人延年上书言："河出昆仑，经中国，注勃海。是其地势西北高而东南下也。可案图书，观地形，令水工准高下，开大河上领，出之胡中，东注之海。如此，关东长无水灾，北边不忧匈奴，可以省堤防备塞，士卒转输，胡寇侵盗，覆军杀将，暴骨原野之患。天下常备匈奴而不忧百越者，以其水绝壤断也。此功一成，万世大利。"书奏，上壮之，报曰："延年计议甚深。然河乃大禹之所道也，圣人作事，为万世功，通于神明，恐难改更。"

自塞宣房后，河复北决于馆陶，分为屯氏河，东北经魏郡、清河、信都、勃海入海，广深与大河等，故因其自然，不堤塞也。此开通后，馆陶东北四五郡虽时小被水害，而兖州以南六郡无水忧。宣帝地节中，光禄大夫郭昌使行河。北曲三所水流之势皆邪直贝丘县。恐水盛，堤防不能禁，乃各更穿渠，直东，经东郡界中，不令北曲。渠通利，百姓安之。元帝永光五年，河决清河灵鸣犊口，而屯氏河绝。

成帝初，清河都尉冯逡奏言："郡承河下流，与兖州东郡分水为界，城郭所居尤卑下，土壤轻脆易伤。顷所以阔无大害者，以屯氏河通，两川分流也。今屯氏河塞，灵鸣犊口又益不利，独一川兼受数河之任，虽高增堤防，终不能泄。如有霖雨，旬日不霁，必盈溢。灵鸣犊口在清河东界，所在处下，虽令通利，犹不能为魏郡、清河减损水害。禹非不爱民力，以地形有势，故穿九河，今既灭难明，屯氏河不流行七十余年，新绝未久，其处易浚。又其口所居高，于以分流杀水力，道里便宜，可复浚以助大河泄暴水，备非常。又地节时郭昌穿直渠，后三岁，河水更从故第二曲间北可六里，复南合。今其曲势复邪直贝丘，百姓寒心，宜复穿渠东行。不豫修治，北决病四五郡，南决病十余郡，然后忧之，晚矣。"事下丞相、御史，白博士许商治《尚书》，善为算，能度功用。遣行视，以为屯氏河盈溢所为，方用度不足，可且勿浚。

后三岁，河果决于馆陶及东郡金堤，泛滥兖、豫，入平原、千乘、济南，凡灌四郡三十二县，水居地十五万余顷，深者三丈，坏败官亭室庐且四万所。御史大夫尹忠对方略疏阔，上切责之，忠自杀。遣大司农非调调均钱谷河决所灌之郡，谒者二人发河南以东漕船五百樓，徙民避水居丘陵，九万七千余口。河堤使者王延世使塞，以竹落长四丈，大九围，盛以小石，两船夹载而下之。三十六日，河堤成。上曰："东郡河决，流漂二州，校尉延世堤防三旬立塞。其以五年为河平元年。卒治河者为著外繇六月。惟延世长于计策，功费约省，用力日寡，朕甚嘉之。其以延世为光禄大夫，秩中二千石，赐爵关内侯，黄金百斤。"

后二岁，河复决平原，流入济南、千乘，所坏败者半建始时，复遣王延世治之。杜钦说大将军王凤，以为："前河决，丞相史杨焉言延世受焉术以塞之，蔽不肯见。今独任延世，延世见前塞之易，恐其虑害不深。又审如焉言，延世之巧，反不如焉。且水势各异，不博议利害而任一人，如使不及今冬成，来春桃华水盛，必羡溢，有填淤反壤之害。如此，数郡种不得下，民人流散，盗贼将生，虽重诛延世，无益于事。宜遣焉及将作大匠许商、谏大夫乘马延年杂作。延世与焉必相破坏，深论便宜，以相难极。商、延年皆明计算，能商功种，足以分别是非，择其善而从之，必有成功。"凤如钦言，白遣焉等作治，六月乃成。复赐延世黄金百斤。治河卒非受平贾者，为著外繇六月。后九岁，鸿嘉四年，杨焉言："从河上下，患底柱隘，可镌广之。"上从其言，使焉镌之。

镌之裁没水中，不能去，而令水益湍怒，为害甚于故。

是岁、勃海、清河、信都河水湓溢，灌县邑三十一，败官亭民舍四万余所。河堤都尉许商与丞相史孙禁共行视，图方略。禁以为："今河溢之害数倍于前决平原时。今可决平原金堤间，开通大河，令入故笃马河。至海五百余里，水道浚利，又干三郡水地，得美田且二十余万顷，足以偿所开伤民田庐处，又省吏卒治堤救水，岁三万人以上。"许商以为："古说九河之名，有徒骇、胡苏、鬲津，今见在成平、东光、鬲界中。自鬲以北至徒骇间，相去二百余里，今河虽数移徙，不离此域。孙禁所欲开者，在九河南笃马河，失水之迹，处势平夷，旱则淤绝，水则为败，不可许。"公卿皆从商言。

先是，谷永以为："河，中国之经渎，圣王兴则出图书，王道废则竭绝。今溃溢横流，漂没陵阜，异之大者也。修政以应之，灾变自除。"是时，李寻、解光亦言："阴气盛则水为之长，故一日之间，昼减夜增，江河满溢，所谓水不润下，虽常于卑下之地，犹日月变见于朔望，明天道有因而作也。众庶见王延世蒙重赏，竞言便巧，不可用。议者常欲求索九河故迹而穿之，今因其自决，可且勿塞，以观水势。河欲居之，当稍自成川，跳出沙土，然后顺天心而图之，必有成功，而用财力寡。"于是遂止不塞。满昌、师丹等数言百姓可哀，上数遣使者处业振赡之。

哀帝初，平当使领河堤，奏言："九河今皆寘灭，按经义治水，有决河深川，而无堤防雍塞之文。河从魏郡以东，北多溢决，水迹难以分明。四海之众不可诬，宜博求能浚川疏河者。"下丞相孔光、大司空何武，奏请部刺史、三辅、三河、弘农太守举吏民能者，莫有应书。待诏贾让奏言：

治河有上、中、下策。古者立国居民，疆理土地，必遗川泽之分，度水势所不及。大川无防，小水得入，陂障卑下，以为汙泽，使秋水多，得有所休息，左右游波，宽缓而不迫。夫土之有川，犹人之有口也。治土而防其川，犹止儿啼而塞其口，岂不遽止，然其死可立而待也。故曰："善为川者，决之使道；善为民者，宣之使言。"盖堤防之作，近起战国，雍防百川，各以自利。齐与赵、魏，以河为竟。赵、魏濒山，齐地卑下，作堤去河二十五里。河水东抵齐堤，则西泛赵、魏，赵、魏亦为堤去河二十五里。虽非其正，水尚有所游荡。时至而去，则填淤肥美，民耕田之。或久无害，稍筑室宅，遂成聚落。大水时至漂没，则更起堤防以自救，稍去其城郭，排水泽而居之，湛溺自其宜也。今堤防狭者去水数百步，远者数里。近黎阳南故大金堤，从河西西北行，至西山南头，乃折东，与东山相属。民居金堤东，为庐舍，住十余岁更起堤，从东山南头直南与故大堤会。又内黄界中有泽，方数十里，环之有堤，往十余岁太守以赋民，民今起庐舍其中，此臣新所见者也。东郡白马故大堤亦复数重，民皆居其间。从黎阳北尽魏界，故大堤去河远者数十里，内亦数重，此皆前世所排也。河从河内北至黎阳为石堤，激使东抵东郡平刚；又为石堤，使西北抵黎阳、观下；又为石堤，使东北抵东郡津北；又为石堤，使西北抵魏郡昭阳；又为石堤，激使东北。百余里间，河再西三东，迫厄如此，不得安息。

今行上策，徙冀州之民当水冲者，决黎阳遮害亭，放河使北入海。河西薄大山，东薄金堤，势不能远泛滥，期月自定。难者将曰："若如此，败坏城郭田庐冢墓以万数，百姓怨恨。"昔大禹治水，山陵当路者毁之，故凿龙门，辟伊阙，析底柱，破碣石，堕断天地之性。此乃人功所造，何足言也！今濒河十郡治堤岁费且万万，及其大决，所残无数。如出数年治河之费，以业所徙之民，遵古圣之法，定山川之位，使神人各处其所，而不相奸。且以大汉方制万里，岂其与水争咫尺之地哉？此功一立，河定民安，千载无患，故谓之上策。

若乃多穿漕渠于冀州地，使民得以溉田，分杀水怒，虽非圣人法，然亦救败术也。难者将曰："河水高于平地，岁增堤防，犹尚决溢，不可以开渠。"臣窃按视遮害亭西十八里，至淇水口，乃有金堤，高一丈。自是东，地稍下，堤稍高，至遮害亭，高四五丈。往六七岁，河水大盛，增丈七尺，坏黎阳南郭门，入至堤下。水未逾堤二尺所，从堤上北望，河高出民屋，百姓皆走上山。水留十三日，堤溃，吏民塞之。臣循堤上，行视水势，南七十余里，至淇口，水适至堤半，计出地上五尺所。今可从淇口以东为石堤，多张水门。初元中，遮害亭下河去堤足数十步，至今四十余岁，适至堤足。由是言之，其地坚矣。恐议者疑河大川难禁制，荥阳漕渠足以卜之，其水门但用木与土耳，今据坚地作石堤，势必完安。冀州渠首尽当卬此水门。治渠非穿地也，但为东方一堤，北行三百余里，入漳水中，其西因山足高地，诸渠皆往往股引取之；旱则开东方下水门溉冀州，水则开西方高门分河流。通渠有三利，不通有三害。民常罢于救水，半失作业；水行地上，凑润上彻，民则病湿气，木皆立枯，卤不生谷；决溢有败，为鱼鳖食：此三害也。若有渠溉，则盐卤下湿，填淤加肥；故种禾麦，更为粳稻，高田五倍，下田十倍；转漕舟船之便：此三利也。今濒河堤吏卒郡数千人，伐买薪石之费岁数千万，足以通渠成水门；又民利其溉灌，相率治渠，虽劳不罢。民田适治，河堤亦成，此诚富国安民，兴利除害，支数百岁，故谓之中策。若乃缮完故堤，增卑倍薄，劳费无力，数逢其害，此最下策也。

王莽时，征能治河者以百数，其大略异者，长水校尉平陵关并言："河决率常于平原，东郡左右，其地形下而土疏恶。闻禹治河时，本空此地，以为水猥，盛则放溢，少稍自索，虽时易处，犹不能离此。上古难识，近察秦、汉以来，河决曹、卫之域，其南北不过百八十里者，可空此地，勿以为官亭民室而已。"大司马史长安张戎言："水性就下，行疾则自刮除成空而稍深。河水重浊，号为一石水而六斗泥。今西方诸郡，以至京师东行，民皆引河、渭山川水溉田。春夏干燥，少水时也，故使河流迟，贮淤而稍浅；雨多水暴至，则溢决。而国家数堤塞之，稍益高于平地，犹筑垣而居水也。可各顺从其性，毋复灌溉，则百川流行，水道自利，无溢决之害矣。"御史临淮韩牧以为"可略于《禹贡》九河处穿之，纵不能为九，但为四五，宜有益。"大司空掾王横言："河入勃海，勃海地高于韩牧所欲穿处。往者天尝连雨，东北风，海水溢，西南出，浸数百城，九河之地已为海所渐矣。禹之行河水，本随西山下东北去。《周谱》云定王五年河徙，则今所行非禹之所穿也。又秦攻魏，决河灌其都，决处遂大，大可复补。宜却徙完平处，更开空，使缘西山足乘高地而东北入海，乃无水灾。"沛郡桓谭为司空掾，曲其议，为甄丰言："凡此数者，必有一是。宜详考验，皆可豫见，计定然后举事，费不过数亿万，亦可以事诸浮食无产业民。空居与行役，同当衣食；衣食县官，而为之作，乃两便，可以上继禹功，下除民疾。"王莽时，但崇空语，无施行者。

赞曰：古人有言："微禹之功，吾其鱼乎！"中国川原以百数，莫著于四渎，而河为宗。孔子曰："多闻而志之，知之次也。"国之利害，故备论其事。

卷三十

艺文志第十

昔仲尼没而微言绝，七十子丧而大义乖。故《春秋》分为五，《诗》分为四，《易》有数家之传。战国从衡，真伪分争，诸子之言纷然殽乱。至秦患之，乃燔灭文章，以愚黔首。汉兴，改秦之败，大收篇籍，广开献书之路。迄孝武世，书缺简脱，礼坏乐崩，圣上喟然而称曰："朕甚闵焉！"于是建藏书之策，置写书之官，下及诸子传说，皆充秘府。至成帝时，以书颇散亡，使谒者陈农求遗书于天下。诏光禄大夫刘向校经传诸子诗赋，步兵校尉任宏校兵书，太史令尹咸校数术，侍医李柱国校方技。每一书已，向辄条其篇目，撮其指意，录而奏之。会向卒，哀帝复使向子侍中奉车都尉歆卒父业。歆于是总群书而奏其《七略》，故有《辑略》，有《六艺略》，有《诸子略》，有《诗赋略》，有《兵书略》，有《术数略》有《方技略》。今删其要，以备篇籍。

《易经》十二篇，施、孟、梁丘三家。《易传·周氏》二篇。（字王孙也。）《服氏》二篇。《杨氏》二篇。（名何，字叔元，菑川人。）《蔡公》二篇。（卫人，事周王孙。）《韩氏》二篇。（名婴。）《王氏》二篇。（名同。）《丁氏》八篇。（名宽，字子襄，梁人也。）《古五子》十八篇。（自甲子至壬子，说《易》阴阳。）《淮南道训》二篇。（淮南王安聘明《易》者九人，号九师说。）《古杂》八十篇，《杂灾异》三十五篇，《神输》五篇，图一。《孟氏京房》十一篇，《灾异孟氏京房》六十六篇，五鹿充宗《略说》三篇，《京氏段嘉》十二篇。《章句》施、孟、梁丘氏各二篇。

凡《易》十三家，二百九十四篇。

《易》曰："宓戏氏仰观象于天，俯观法于地，观鸟兽之文，与地之宜，近取诸身，远取诸物，于是始作八卦，以通神明之德，以类万物之情。"至于殷、周之际，纣在上位，逆天暴物，文王以诸侯顺命而行道，天人之占可得而效，于是重《易》六爻，作上下篇。孔氏为之《彖》、《象》、《系辞》、《文言》、《序卦》之属十篇。故曰《易》道深矣，人更三圣，世历三古。及秦燔书，而《易》为筮卜之事，传者不绝。汉兴，田何传之。讫于宣、元，有施、孟、梁丘、京氏列于学官，而民间有费、高二家之说。刘向以中《古文易经》校施、孟、梁丘经，或脱去"无咎"、"悔亡"，唯费氏经与古文同。

《尚书古文经》四十六卷。（为五十七篇。）《经》二十九卷。（大、小夏侯二家。《欧阳经》三十二卷。）《传》四十一篇。《欧阳章句》三十一卷。大、小《夏侯章句》各二十九卷。大、小《夏侯解故》二十九篇。《欧阳说义》二篇。刘向《五行传记》十一卷。许商《五行传记》一篇。《周书》七十一篇。（周史记。）《议奏》四十二篇。（宣帝时石渠论。）

凡《书》九家，四百一十二篇。（入刘向《稽疑》一篇。）

《易》曰："河出图，洛出书，圣人则之。"故《书》之所起远矣，至孔子纂焉，上断于尧，下讫于秦，凡百篇，而为之序，言其作意。秦燔书禁学，济南伏生独壁藏之。汉兴亡失，求得二十九篇，以教齐鲁之间。讫孝宣世，有《欧阳》、《大小夏侯氏》，立于学官。《古文尚书》者，出孔子壁中。武帝末，鲁共王坏孔子宅，欲以广其宫，而得《古文尚书》及《礼记》、《论语》、《孝经》凡数十篇，皆古字也。共王往入其宅，闻鼓琴瑟钟磬之音，于是惧，乃止不坏。孔安国者，孔子后也，悉得其书，以考二十九篇，得多十六篇。安国献之。遭巫蛊事，未列于学官。刘向以中古文校欧阳、大小夏侯三家经文，《酒诰》脱简一，《召诰》脱简二。率简二十五字者，脱亦二十五字，简二十二字者，脱亦二十二字，文字异者七百有余，脱字数十。《书》者，古之号令，号令于众，其言不立具，则听受施行者弗晓。古文读应尔雅，故解古今语而可知也。

《诗经》二十八卷，鲁、齐、韩三家。《鲁故》二十五卷。《鲁说》二十八卷。《齐后氏故》二十卷。《齐孙氏故》二十七卷。《齐后氏传》三十九卷。《齐孙氏传》二十八卷。《齐杂记》十八卷。《韩故》三十六卷。《韩内传》四卷。《韩外传》六卷。《韩说》四十一卷。《毛诗》二十九卷。《毛诗故训传》三十卷。

凡《诗》六家，四百一十六卷。

《书》曰："诗言志，歌咏言。"故哀乐之心感，而歌咏之声发。诵其言谓之诗，咏其声谓之歌。故古有采诗之官，王者所以观风俗，知得失，自考正也。孔子纯取周诗，上采殷，下取鲁，凡三百五篇，遭秦而全者，以其讽诵，不独在竹帛故也。汉兴，鲁申公为《诗》训故，而齐辕固、燕韩生皆为之传。或取《春秋》，采杂说，咸非其本义。与不得已，鲁最为近之。三家皆列于学官。又有毛公之学，自谓子夏所传，而河间献王好之，未得立。

《礼古经》五十六卷，《经》七十篇。(后氏、戴氏。)《记》百三十一篇。(七十子后学者所记也。)《明堂阴阳》三十三篇。(古明堂之遗事。)《王史氏》二十一篇。(七十子后学者。)《曲台后仓》九篇。《中庸说》二篇。《明堂阴阳说》五篇。《周官经》六篇。(王莽时刘歆置博士。)《周官传》四篇。《军礼司马法》百五十五篇。《古封禅群祀》二十二篇。《封禅议对》十九篇。(武帝时也。)《汉封禅群祀》三十六篇。《议奏》三十八篇。(石渠。)

凡《礼》十三家，五百五十五篇。(入《司马法》一家，百五十五篇。)

《易》曰："有夫妇父子君臣上下，礼义有所错。"而帝王质文世有损益，至周曲为之防，事为之制，故曰："礼经三百，威仪三千。"及周之衰，诸侯将逾法度，恶其害己，皆灭去其籍，自孔子时而不具，至秦大坏。汉兴，鲁高堂生传《士礼》十七篇。讫孝宣世，后仓最明。戴德、戴圣、庆普皆其弟子，三家立于学官。《礼古经》者，出于鲁淹中及孔氏，学七十篇文相似，多三十九篇。及《明堂阴阳》、《王史氏记》所见，多天子、诸侯、卿、大夫之制，虽不能备，瘉仓等推《士礼》而致于天子之说。

《乐记》二十三篇。《王禹记》二十四篇。《雅歌诗》四篇。《雅琴赵氏》七篇。(名定，勃海人，宣帝时丞相魏相所奏。)《雅琴师氏》八篇。(名中，东海人，传言师旷后。)《雅琴龙氏》九十九篇。(名德，梁人。)

凡《乐》六家，百六十五篇。(出淮南，刘向等《琴颂》七篇。)

《易》曰："先王作乐崇德，殷荐之上帝，以享祖考。"故自黄帝下至三代，乐各有名。孔子曰："安上治民，莫善于礼；移风易俗，莫善于乐。"二者相与并行。周衰俱坏，乐尤微眇，以音律为节，又为郑、卫所乱、故无遗法。汉兴，制氏以雅乐声律，世在乐官，颇能纪其铿锵鼓舞，而不能言其义。六国之君，魏文侯最为好古，孝文时得其乐人窦公，献其书，乃《周官·大宗伯》之《大司乐》章也。武帝时，河间献王好儒，与毛生等共采《周官》及诸子言乐事者，以作《乐记》，献八佾之舞，与制氏不相远。其内史丞王定传之，以授常山王禹。禹，成帝时为谒者，数言其义，献二十四卷记。刘向校书，得《乐记》二十三篇，与禹不同，其道浸以益微。

《春秋古经》十二篇，《经》十一卷。（公羊、穀梁二家。）《左氏传》三十卷。（左丘明，鲁太史。）《公羊传》十一卷。（公羊子，齐人。）《穀梁传》十一卷。（穀梁子，鲁人。）《邹氏传》十一卷。《夹氏传》十一卷。（有录无书。）《左氏微》二篇。《铎氏微》三篇。（楚太傅铎椒也。）《张氏微》十篇。《虞氏微传》二篇。（赵相虞卿。）《公羊外传》五十篇。《[穀梁外外传》二十篇。《公羊章句》三十八篇。《穀梁章句》三十三篇。《公羊杂记》八十三篇。《公羊颜氏记》十一篇。《公羊董仲舒治狱》十六篇。《议奏》三十九篇。（石渠论。）《国语》二十一篇。（左丘明著。）《新国语》五十四篇。（刘向分《国语》。）《世本》十五篇。（古史官记黄帝以来讫春秋时诸侯大夫。）《战国策》三十三篇。（记春秋后。）《奏事》二十篇。（秦时大臣奏事，及刻石名山文也。）《楚汉春秋》九篇。（陆贾所记。）《太史公》百三十篇。（十篇有录无书。）冯商所续《太史公》七篇。《太古以来年纪》二篇。《汉著记》百九十篇。《汉大年纪》五篇。

凡《春秋》二十三家，九百四十八篇。（省《太史公》四篇。）

古之王者世有史官，君举必书，所以慎言行，昭法式也。左史记言，右史记事，事为《春秋》，言为《尚书》，帝王靡不同之。周室既微，载籍残缺，仲尼思存前圣之业，乃称曰："夏礼吾能言之，杞不足征也；殷礼吾能言之，宋不足征也。文献不足故也，足则吾能征之矣。"以鲁周公之国，礼文备物，史官有法，故与左丘明观其史记，据行事，仍人道，因兴以立功，就败以成罚，假日月以定历数，借朝聘以正礼乐。有所褒讳贬损，不可书见，口授弟子，弟子退而异言。丘明恐弟子各安其意，以失其真，故论本事而作传，明夫子不以空言说经也。《春秋》所贬损大人当世君臣，有威权势力，其事实皆形于传，是以隐其书而不宣，所以免时难也。及末世口说流行，故有《公羊》、《穀梁》、《邹》、《夹》之《传》。四家之中，《公羊》、《穀梁》立于学官，邹氏无师，夹氏未有书。

《论语》古二十一篇。（出孔子壁中，两《子张》。）《齐》二十二篇。（多《问王》、《知道》。）《鲁》二十篇，《传》十九篇。《齐说》二十九篇。《鲁夏侯说》二十一篇。《鲁安昌侯说》二十一篇。《鲁王骏说》二十篇。《燕传说》三卷。《议奏》十八篇。（石渠论。）《孔子家语》二十七卷。《孔子三朝》七篇。《孔子徒人图法》二卷。

凡《论语》十二家，二百二十九篇。

《论语》者，孔子应答弟子时人及弟子相与言而接闻于夫子之语也。当时弟子各有所记。夫子既卒，门人相与辑而论纂，故谓之《论语》。汉兴，有齐、鲁之说。传《齐论》者，昌邑中尉王吉、少府宋畸、御史大夫贡禹、尚书令五鹿充宗、胶东庸生，唯王阳名家。传《鲁论语》者，常山都尉龚奋、长信少府夏侯胜、丞相韦贤、鲁扶卿、前将军萧望之、安昌侯张禹，皆名家。张氏最后而行于世。

《孝经古孔氏》一篇。（二十二章。）《孝经》一篇。（十八章。长孙氏、江氏、后氏、翼氏四家。)《长孙氏说》二篇。《江氏说》一篇。《翼氏说》一篇。《后氏说》一篇。《杂传》四篇。《安昌侯说》一篇。《五经杂议》十八篇。(石渠论。)《尔雅》三卷二十篇。《小尔雅》一篇,《古今字》一卷。《弟子职》一篇。《说》三篇。

凡《孝经》十一家,五十九篇。

《孝经》者,孔子为曾子陈孝道也。夫孝,天之经,地之义,民之行也。举大者言,故曰《孝经》。汉兴,长孙氏、博士江翁、少府后仓、谏大夫翼奉、安昌侯张禹传之,各自名家。经文皆同,唯孔氏壁中古文为异。"父母生之,续莫大焉","故亲生之膝下",诸家说不安处,古文字读皆异。

《史籀》十五篇。(周宣王太史作大篆十五篇,建武时亡六篇矣。)《八体六技》。《苍颉》一篇。(上七章,秦丞相李斯作;《爰历》六章,车府令赵高作;《博学》七章,太史令胡母敬作。)《凡将》一篇。(司马相如作。)《急就》一篇。(元帝时黄门令史游作。)《元尚》一篇。(成帝时将作大匠李长作。)《训纂》一篇。(扬雄作。)《别字》十三篇。《苍颉传》一篇。扬雄《苍颉训纂》一篇。杜林《苍颉训纂》一篇。杜林《苍颉故》一篇。

凡小学十家,四十五篇。(入扬雄、杜林二家二篇。)

《易》曰:"上古结绳以治,后世圣人易之以书契,百官以治,万民以察,盖取诸《夬》。""夬,扬于王庭",言其宣扬于王者朝廷,其用最大也。古者八岁入小学,故《周官》保氏掌养国子,教之六书,谓象形、象事、象意、象声、转注、假借,造字之本也。汉兴,萧何草律,亦著其法,曰:"太史试学童,能讽书九千字以上,乃得为史。又以六体试之,课最者以为尚书、御史史书令史。吏民上书,字或不正,辄举劾。"六体者,古文、奇字、篆书、隶书、缪篆、虫书,皆所以通知古今文字,摹印章,书幡信也。古制,书必同文,不知则阙,问诸故老,至于衰世,是非无正,人用其私。故孔子曰:"吾犹及史之阙文也,今亡矣夫!"盖伤其寖不正。《史籀篇》者,周时史官教学童书也,与孔氏壁中古文异体。《苍颉》七章者,秦丞相李斯所作也;《爰历》六章者,车府令赵高所作也;《博学》七章者,太史令胡母敬所作也:文字多取《史籀篇》,而篆体复颇异,所谓秦篆者也。是时始造隶书矣,起于官狱多事,苟趋省易,施之于徒隶也。汉兴,闾里书师合《苍颉》、《爰历》、《博学》三篇,断六十字以为一章,凡五十五章,并为《苍颉篇》。武帝时司马相如作《凡将篇》,无复字。元帝时黄门令史游作《急就篇》,成帝时将作大匠李长作《元尚篇》,皆《苍颉》中正字也。《凡将》则颇有出矣。至元始中,征天下通小学者以百数,各令记字于庭中。扬雄取其有用者以作《训纂篇》,顺续《苍颉》,又易《苍颉》中重复之字,凡八十九章。臣复续扬雄作十三章,凡一百二章,无复字,六艺群书所载略备矣。《苍颉》多古字,俗师失其读,宣帝时征齐人能正读者,张敞从受之,传至外孙之子杜林,为作训故,并列焉。

凡六艺一百三家,三千一百二十三篇。(入三家,一百五十九篇;出重十一篇。)

六艺之文:《乐》以和神,仁之表也;《诗》以正言,义之用也;《礼》以明体,明者著见,故无训也;《书》以广听,知之术也;《春秋》以断事,信之符也。五者,盖五常之道,相须而备,而《易》为之原。故曰"《易》不可见,则乾坤或几乎息矣",言与天地为终始也。至于五学,世有变改,犹五行之更用事焉。古之学者耕且养,三年而通一艺,存其大体,玩经文而已,是故用日少而畜德多,三十而五经立也。后世经传既已乖离,博学者又不思多闻阙疑之义,而务碎义逃难,便辞巧说,破坏形体;说五字之文,至于二三万言。后进弥以驰逐,故幼童而守一艺,白首而后能言,安其所习，毁所不见，终以自蔽。此学者之大患也。序六艺为九种。

《晏子》八篇。（名婴，谥平仲，相齐景公，孔子称善与人交，有《列传》。）《子思》二十三篇。（名伋，孔子孙，为鲁缪公师。）《曾子》十八篇。（名参，孔子弟子。）《漆雕子》十三篇。（孔子弟子漆雕启后。）《宓子》十六篇。（名不齐，字子贱，孔子弟子。）《景子》三篇。（说宓子语，似其弟子。）《世子》二十一篇。（名硕，陈人也，七十子之弟子。）《魏文侯》六篇。《李克》七篇。（子夏弟子，为魏文侯相。）《公孙尼子》二十八篇。（七十子之弟子。）《孟子》十一篇。（名轲，邹人，子思弟子，有《列传》。）《孙卿子》三十三篇。（名况，赵人，为齐稷下祭酒，有《列传》。）《芈子》十八篇。（名婴，齐人，七十子之后。）《内业》十五篇。（不知作书者。）《周史六弢》六篇。（惠、襄之间，或曰显王时，或曰孔子问焉。）《周政》六篇。（周时法度政教。）《周法》九篇。（法天地，立百官。）《河间周制》十八篇。（似河间献王所述也。）《谰言》十篇。（不知作者，陈人君法度。）《功议》四篇。（不知作者，论功德事。）《甯越 》一篇。（中牟人，为周威王师。）《王孙子》一篇。（一曰《巧心》。）《公孙固》一篇。（十八章，齐闵王失国，问之，固因为陈古今成败也。）《李氏春秋》二篇。《羊子》四篇。（百章。故秦博士。）《董子》一篇。（名无心，难墨子。）《俟子》一篇。《徐子》四十二篇。（宋外黄人。）《鲁仲连子》十四篇。（有《列传》。）《平原君》七篇。（朱建也。）《虞氏春秋》十五篇。（虞卿也。）《高祖传》十三篇。（高祖与大臣述古语及诏策也。）《陆贾》二十三篇。《刘敬》三篇。《孝文传》十一篇。（文帝所称及诏策。）《贾山》八篇。《太常蓼侯孔藏》十篇。（父聚，高祖时以功臣封，臧嗣爵。）《贾谊 》五十八篇。河间献王《对上下三雍宫》三篇。《董仲舒》百二十三篇。《兒宽》九篇。《公孙弘》十篇。《终军》八篇。《吾丘寿王》六篇。《虞丘说》一篇。（难孙卿也。）《庄助》四篇。《臣彭》四篇。《钩盾冗从李步昌》八篇。（宣帝时数言事。）《儒家言》十八篇。（不知作者。）桓宽《盐铁论》六十篇。刘向所序六十七篇。（《新序》、《说苑》、《世说》、《列女传颂图》也。）杨雄所序三十八篇，（《太玄》十九，《法言》十三，《乐》四，《箴》二。）

右儒五十三家，八百三十六篇。（入杨雄一家三十八篇。）

儒家者流，盖出于司徒之官，助人君顺阴阳明教化者也。游文于六经之中，留意于仁义之际，祖述尧、舜，宪章文、武，宗师仲尼，以重其言，于道最为高。孔子曰："如有所誉，其有所试。"唐、虞之隆，殷、周之盛，仲尼之业，已试之效者也。然惑者既失精微，而辟者又随时抑扬，违离道本，苟以哗众取宠。后进循之，是以《五经》乖析，儒学浸衰，此辟儒之患。

《伊尹》五十一篇。（汤相。）《太公》二百三十七篇。（吕望为周师尚父，本有道者。或有近世又以为太公术者所增加也。）《谋》八十一篇，《言》七十一篇，《兵》八十五篇。《辛甲》二十九篇。（纣臣，七十五谏而去，周封之。）《鬻子》二十二篇。（名熊，为周师，自文王以下问焉，周封为楚祖。）《管子》八十篇。（名夷吾，相齐桓公，九合诸侯，不以兵车也。有《列传》。）《老子邻氏经传》四篇。（姓李，名耳，邻氏传其学。）《老子傅氏经说》三十七篇。（述老子学。）《老子徐氏经说》六篇。（字少季，临淮人，传《老子》。）刘向《说老子》四篇。《文子》九篇。（老子弟子。与孔子并时，而称周平王问，似依托者也。）《蜎子》十三篇。（名渊，楚人，老子弟子。）《关尹子》九篇。（名喜，为关吏，老子过关，喜去吏而从之。）《庄子》五十二篇。（名周，宋人。）《列子》八篇。（名圄寇，先庄子，庄子称之。）《老成子》十八篇。《长卢子》九篇。（楚人。)《王狄子》一篇。《公子牟》四篇。(魏之公子也，先庄子，庄子称之。)《田子》二十五篇。(名骈,齐人,游稷下,号天口骈。)《老莱子》十六篇。(楚人,与孔子同时。)《黔娄子》四篇。(齐隐士，守道不诎，威王下之。)《宫孙子》二篇。《鹖冠子》一篇。(楚人,居深山,以鹖为冠。)《周训》十四篇。《黄帝四经》四篇。《黄帝铭》六篇。《黄帝君臣》十篇。(起六国时，与《老子》相似也。)《杂黄帝》五十八篇。(六国时贤者所作。)《力牧》二十二篇。(六国时所作,托之力牧。力牧,黄帝相。)《孙子》十六篇。(六国时。)《捷子》二篇。(齐人,武帝时说。)《曹羽》二篇。(楚人,武帝时说于齐王。)《郎中婴齐》十二篇。(武帝时。)《臣君子》二篇。(蜀人。)《郑长者》一篇。(六国时。先韩子，韩子称之。)《楚子》三篇。《道家言》二篇。(近世，不知作者。)

右道三十七家，九百九十三篇。

道家者流，盖出于史官，历记成败存亡祸福古今之道，然后知秉要执本，清虚以自守，卑弱以自持，此君人南面之术也。合于尧之克攘，《易》之嗛嗛，一谦而四益，此其所长也。及放者为之，则欲绝去礼学，兼弃仁义，曰独任清虚可以为治。

《宋司星子韦》三篇。(景公之史。)《公梼生终始》十四篇。(传邹奭《始终》书。)《公孙发》二十二篇。(六国时。)《邹子》四十九篇。(名衍，齐人，为燕昭王师，居稷下，号谈天衍。)《邹子终始》五十六篇。《乘丘子》五篇。(六国时。)《杜文公》五篇。(六国时。)《黄帝泰素》二十篇。(六国时韩诸公子所作。)《南公》三十一篇。(六国时。)《容成子》十四篇。《张苍》十六篇。(丞相北平侯。)《邹奭子》十二篇。(齐人,号曰雕龙奭。)《闾丘子》十三篇。(名快,魏人,在南公前。)《冯促》十三篇。(郑人。)《将巨子》五篇。(六国时。先南公,南公称之。)《五曹官制》五篇。(汉制,似贾谊所条。)《周伯》十一篇。(齐人,六国时。)《卫侯官》十二篇。(近世,不知作者。)于长《天下忠臣》九篇。(平阴人，近世。)《公孙浑邪》十五篇。(平曲侯。)《杂阴阳》三十八篇。(不知作者。)

右阴阳二十一家，三百六十九篇。

阴阳家者流，盖出于羲和之官，敬顺昊天，历象日月星辰，敬授民时，此其所长也。及拘者为之，则牵于禁忌，泥于小数，舍人事而任鬼神。

《李子》三十二篇。(名悝,相魏文侯,富国强兵。)《商君》二十九篇。(名鞅,姬姓,卫后也，相秦孝公，有《列传》。)《申子》六篇。(名不害，京人，相韩昭侯，终其身诸侯不敢侵韩。)《处子》九篇。《慎子》四十二篇。(名到，先申、韩，申、韩称之。)《韩子》五十五篇。(名非，韩诸公子，使秦，李斯害而杀之。)《游棣子》一篇。《晁错》三十一篇。《燕十事》十篇。(不知作者。)《法家言》二篇。(不知作者。)

右法十家，二百一十七篇。

法家者流，盖出于理官，信赏必罚，以辅礼制。《易》曰“先王以明罚饬法”，此其所长也。及刻者为之，则无教化，去仁爱，专任刑法而欲以致治，至于残害至亲，伤恩薄厚。

《邓析》二篇。(郑人，与子产并时。)《尹文子》一篇。(说齐宣王，先公孙龙。)《公孙龙子》十四篇。(赵人。)《成公生》五篇。(与黄公等同时。)《惠子》一篇。(名施，与庄子并时。)《黄公》四篇。(名疵，为秦博士，作歌诗，在秦时歌诗中。)《毛公》九篇。(赵人，与公孙龙等并游平原君赵胜家。)

右名七家，三十六篇。

名家者流，盖出于礼官。古者名位不同，礼亦异数。孔子曰："必也正名乎！名不正则言不顺，言不顺则事不成。"此其所长也。及謷者为之，则苟钩鈲析乱而已。

《尹佚》二篇。（周臣，在成、康时也。）《田俅子》三篇。（先韩子。）《我子》一篇。《随巢子》六篇。（墨翟弟子。）《胡非子》三篇。（墨翟弟子。）《墨子》七十一篇。（名翟，为宋大夫，在孔子后。）

右墨六家，八十六篇。

墨家者流，盖出于清庙之守。茅屋采椽，是以贵俭；养三老五更，是以兼爱；选士大射，是以上贤；宗祀严父，是以右鬼；顺四时而行，是以非命；以孝视天下，是以上同：此其所长也。及蔽者为之，见俭之利，因以非礼，推兼爱之意，而不知别亲疏。

《苏子》三十一篇。（名秦，有《列传》。）《张子》十篇。（名仪，有《列传》。）《庞煖》二篇。（为燕将。）《阙子》一篇。《国筮子》十七篇。《秦零陵令信》一篇。（难秦相李斯。）《蒯子》五篇。（名通。）《邹阳》七篇。《主父偃》二十八篇。《徐乐》一篇。《庄安》一篇。《待诏金马聊苍》三篇。（赵人，武帝时。）

右从横十二家，百七篇。

从横家者流，盖出于行人之官。孔子曰："诵《诗》三百，使于四方，不能专对，虽多亦奚以为？"又曰："使乎，使乎！"言其当权事制宜，受命而不受辞，此其所长也。及邪人为之，则上诈谖而弃其信。

孔甲《盘盂》二十六篇。（黄帝之史，或曰夏帝孔甲，似皆非。）《大禹》三十七篇。（传言禹所作，其文似后世语。）《五子胥》八篇。（名员，春秋时为吴将，忠直遇谗死。）《子晚子》三十五篇。（齐人，好议兵，与《司马法》相似。）《由余》三篇。（戎人，秦穆公聘以为大夫。）《尉缭》二十九篇。（六国时。）《尸子》二十篇。（名佼，鲁人，秦相商君师之。鞅死，佼逃入蜀。）《吕氏春秋》二十六篇。（秦相吕不韦辑智略士作。）《淮南内》二十一篇。（王安。）《淮南外》三十三篇。《东方朔》二十篇。《伯象先生》一篇。《荆轲论》五篇。（轲为燕刺秦王，不成而死，司马相如等论之。）《吴子》一篇。《公孙尼》一篇。《博士臣贤对》一篇。（汉世，难韩子、商君。）《臣说》三篇。（武帝时作赋。）《解子簿书》三十五篇。《推杂书》八十七篇。《杂家言》一篇。（王伯，不知作者。）

右杂二十家，四百三篇。（入兵法。）

杂家者流，盖出于议官。兼儒、墨，合名、法，知国体之有此，见王治之无不贯，此其所长也。及荡者为之，则漫羡而无所归心。

《神农》二十篇。（六国时，诸子疾时怠于农业，道耕农事，托之神农。）《野老》十七篇。（六国时，在齐、楚间。）《宰氏》十七篇。（不知何世。）《董安国》十六篇。（汉代内史，不知何帝时。）《尹都尉》十四篇。（不知何世。）《赵氏》五篇。（不知何世。）《氾胜之》十八篇。（成帝时为议郎。）《王氏》六篇。（不知何世。）《蔡癸》一篇。（宣帝时，以言便宜，至弘农太守。）

右农九家，百一十四篇。

农家者流，盖出于农稷之官。播百谷，劝耕桑，以足衣食，故八政一曰食，二曰货。孔子曰"所重民食"，此其所长也。及鄙者为之，以为无所事圣王，欲使君臣并耕，悖上下之序。

《伊尹说》二十七篇。（其语浅薄，似依托也。）《鬻子说》十九篇。（后世所加。）《周考》七十六篇。（考周事也。）《青史子》五十七篇。（古史官记事也。）《师旷》六篇。（见《春秋》，其言浅薄，本与此同，似因托之。）《务成子》十一篇。（称尧问，非古语。）《宋子》十八篇。（孙卿道宋子，其言黄、老意。）《天乙》三篇。（天乙谓汤，其言非殷时，皆依托也。）《黄帝说》四十篇。（迂诞依托。）《封禅方说》十八篇。（武帝时。）《待诏臣饶心术》二十五篇。（武帝时。）《待诏臣安成未央术》一篇。《臣寿周纪》七篇。（项国圉人，宣帝时。）《虞初周说》九百四十三篇。（河南人，武帝时以方士侍郎号黄车使者。）《百家》百三十九卷。

右小说十五家，千三百八十篇。

小说家者流，盖出于稗官。街谈巷语，道听涂说者之所造也。孔子曰："虽小道，必有可观者焉，致远恐泥，是以君子弗为也。"然亦弗灭也。闾里小知者之所及，亦使缀而不忘。如或一言可采，此亦刍荛狂夫之议也。

凡诸子百八十九家，四千三百二十四篇。（出蹴鞠一家，二十五篇。）

诸子十家，其可观者九家而已。皆起于王道既微，诸侯力政，时君世主，好恶殊方，是以九家之术蜂出并作，各引一端，崇其所善，以此驰说，取合诸侯。其言虽殊，辟犹水火，相灭亦相生也。仁之与义，敬之与和，相反而皆相成也。《易》曰："天下同归而殊涂，一致而百虑。"今异家者各推所长，穷知究虑，以明其指，虽有蔽短，合其要归，亦《六经》之支与流裔。使其人遭明王圣主，得其所折中，皆股肱之材已。仲尼有言："礼失而求诸野。"方今去圣久远，道术缺废，无所更索，彼九家者，不犹愈于野乎？若能修六艺之术，而观此九家之言，合短取长，则可以通万方之略矣。

屈原赋二十五篇。（楚怀王大夫，有《列传》。）唐勒赋四篇。（楚人。）宋玉赋十六篇。（楚人，与唐勒并时，在屈原后也。）赵幽王赋一篇。庄夫子赋二十四篇。（名忌，吴人。）贾谊赋七篇。枚乘赋九篇。司马相如赋二十九篇。淮南王赋八十二篇。淮南王群臣赋四十四篇。太常蓼侯孔臧赋二十篇。阳丘侯刘郾赋十九篇。吾丘寿王赋十五篇。蔡甲赋一篇。上所自造赋二篇。兒宽赋二篇。光禄大夫张子侨赋三篇。（与王褒同时也。）阳成侯刘德赋九篇。刘向赋三十三篇。王褒赋十六篇。

右赋二十家，三百六十一篇。

陆贾赋三篇。枚皋赋百二十篇。朱建赋二篇。常侍郎庄匆奇赋十一篇。（枚皋同时。）严助赋三十五篇。朱买臣赋三篇。宗正刘辟强赋八篇。司马迁赋八篇。郎中臣婴齐赋十篇。臣说赋九篇。臣吾赋十八篇。辽东太守苏季赋一篇。萧望之赋四篇。河内太守徐明赋三篇。（字长君，东海人，元、成世历五郡太守，有能名。）给事黄门侍郎李息赋九篇。淮阳宪王赋二篇。杨雄赋十二篇。待诏冯商赋九篇。博士弟子杜参赋二篇。车郎张丰赋三篇。（张子侨子。）骠骑将军朱宇赋三篇。

右赋二十一家，二百七十四篇。（入杨雄八篇。）

孙卿赋十篇。秦时杂赋九篇。李思《孝景皇帝颂》十五篇。广川惠王越赋五篇。长沙王群臣赋三篇。魏内史赋二篇。东暆延年赋七篇。卫士令李忠赋二篇。张偃赋二篇。贾充赋四篇。张仁赋六篇。秦充赋二篇。李步昌赋二篇。侍郎谢多赋十篇。平阳公主舍人周长孺赋二篇。雒阳錡华赋九篇。眭弘赋一篇。别栩阳赋五篇。臣昌市赋六篇。

臣义赋二篇。黄门书者假史王商赋十三篇。侍中徐博赋四篇。黄门书者王广、吕嘉赋五篇。汉中都尉丞华龙赋二篇。左冯翊史路恭赋八篇。

右赋二十五家，百三十六篇。

《客主赋》十八篇。《杂行出及颂德赋》二十四篇。《杂四夷及兵赋》二十篇。《杂中贤失意赋》十二篇。《杂思慕悲哀死赋》十六篇。《杂鼓琴剑戏赋》十三篇。《杂山陵水泡云气雨旱赋》十六篇。《杂禽兽六畜昆虫赋》十八篇。《杂器械草木赋》三十三篇。《太杂赋》三十四篇。《成相杂辞》十一篇。《隐书》十八篇。

右杂赋十二家，二百三十三篇。

《高祖歌诗》二篇。《泰一杂甘泉寿宫歌诗》十四篇。《宗庙歌诗》五篇。《汉兴以来兵所诛灭歌诗》十四篇。《出行巡狩及游歌诗》十篇。《临江王及愁思节士歌诗》四篇。《李夫人及幸贵人歌诗》三篇。《诏赐中山靖王子哙及孺子妾冰未央材人歌诗》四篇。《吴楚汝南歌诗》十五篇。《燕代讴雁门云中陇西歌诗》九篇。《邯郸河间歌诗》四篇。《齐郑歌诗》四篇。《淮南歌诗》四篇。《左冯翊秦歌诗》三篇。《京兆尹秦歌诗》五篇。《河东蒲反歌诗》一篇。《黄门倡车忠等歌诗》十五篇。《杂各有主名歌诗》十篇。《杂歌诗》九篇。《洛阳歌诗》四篇。《河南周歌诗》七篇。《河南周歌声曲折》七篇。《周谣歌诗》七十五篇。《周谣歌诗声曲折》七十五篇。《诸神歌诗》三篇。《送迎灵颂歌诗》三篇。《周歌诗》二篇。《南郡歌诗》五篇。

右歌诗二十八家，三百一十四篇。

凡诗赋百六家，千三百一十八篇。（入杨雄八篇。）

传曰："不歌而诵谓之赋，登高能赋可以为大夫。"言感物造瑞，材知深美，可与图事，故可以为列大夫也。古者诸侯卿大夫交接邻国，以微言相感，当揖让之时，必称《诗》以谕其志，盖以别贤不肖而观盛衰焉。故孔子曰"不学《诗》，无以言"也。春秋之后，周道浸坏，聘问歌咏不行于列国，学《诗》之士逸在布衣，而贤人失志之赋作矣。大儒孙卿及楚臣屈原离谗忧国，皆作赋以风，咸有恻隐古诗之义。其后宋玉、唐勒；汉兴，枚乘、司马相如，下及杨子云，竞为侈丽闳衍之词，没其风谕之义。是以杨子悔之，曰："诗人之赋丽以则，辞人之赋丽以淫。如孔氏之门人用赋也，则贾谊登堂，相如入室矣，如其不用何！"自孝武立乐府而采歌谣，于是有代赵之讴，秦楚之风，皆感于哀乐，缘事而发，亦可以观风俗，知薄厚云。序诗赋为五种。

《吴孙子兵法》八十二篇。（图九卷。）《齐孙子》八十九篇。（图四卷。）《公孙鞅》二十七篇。《吴起》四十八篇。（有《列传》。）《范蠡》二篇。（越王勾践臣也。）《大夫种》二篇。（与范蠡俱事勾践。）《李子》十篇。《娷》一篇。《兵春秋》一篇。《庞煖》三篇。《倪良》一篇。《广武君》一篇。（李左车。）《韩信》三篇。

右兵权谋十三家，二百五十九篇。（省伊尹。）太公、《管子》、《孙卿子》、《鹖冠子》、《苏子》、蒯通、陆贾、淮南王二百五十九种，出《司马法》入礼也。

权谋者，以正守国，以奇用兵，先计而后战，兼形势，包阴阳，用技巧者也。

《楚兵法》七篇。（图四卷。）《蚩尤》二篇。（见《吕刑》。）《孙轸》五篇。（图二卷。）《繇叙》二篇。《王孙》十六篇。（图五卷。）《尉缭》三十一篇。《魏公子》二十一篇。（图十卷。

名无忌，有《列传》。)《景子》十三篇。《李良》三篇。《丁子》一篇。《项王》一篇。(名籍。)

右兵形势十一家，九十二篇，图十八卷。

形势者，雷动风举，后发而先至，离合背乡，变化无常，以轻疾制敌者也。

《太壹兵法》一篇。《天一兵法》三十五篇。《神农兵法》一篇。《黄帝》十六篇。(图三卷。)《封胡》五篇。(黄帝臣，依托也。)《风后》十三篇。(图二卷。黄帝臣，依托也。)《力牧》十五篇。(黄帝臣，依托也。)《鵊冶子》一篇。(图一卷。)《鬼容区》三篇。(图一卷。黄帝臣，依托。)《地典》六篇。《孟子》一篇。《东父》三十一篇。《师旷》八篇。(晋平公臣。)《苌弘》十五篇。(周史。)《别成子望军气》六篇。(图三卷。)《辟兵威胜方》七十篇。

右阴阳十六家，二百四十九篇，图十卷。

阴阳者，顺时而发，推刑德，随斗击，因五胜，假鬼神而为助者也。

《鲍子兵法》十篇。(图一卷。)《五子胥》十篇。(图一卷。)《公胜子》五篇。《苗子》五篇。(图一卷。)《逢门射法》二篇。《阴通成射法》十一篇。《李将军射法》三篇。《魏氏射法》六篇。《强弩将军王围射法》五卷。《望远连弩射法具》十五篇。《护军射师王贺射书》五篇。《薄苴子弋法》四篇。《剑道》三十八篇。《手搏》六篇。《杂家兵法》五十七篇。《蹴鞠》二十五篇。

右兵技巧十三家，百九十九篇。省《墨子》重，入《蹴鞠》也。

技巧者，习手足，便器械，积机关，以立攻守之胜者也。

凡兵书五十三家，七百九十篇，图四十三卷。省十家二百七十一篇重，入《蹴鞠》一家二十五篇，出《司马法》百五十五篇入礼也。

兵家者，盖出古司马之职，王官之武备也。《洪范》八政，八曰师。孔子曰为国者“足食足兵”，“以不教民战，是谓弃之”，明兵之重也。《易》曰“古者弦木为弧，剡木为矢，弧矢之利，以威天下”，其用上矣。后世耀金为刃，割革为甲，器械甚备。下及汤、武受命，以师克乱而济百姓，动之以仁义，行之以礼让，《司马法》是其遗事也。自春秋至于战国，出奇设伏，变诈之兵并作。汉兴，张良、韩信序次兵法，凡百八十二家，删取要用，定著三十五家。诸吕用事而盗取之。武帝时，军政杨仆捃摭遗逸，纪奏兵录，犹未能备。至于孝成，命任宏论次兵书为四种。

《泰壹杂子星》二十八卷。《五残杂变星》二十一卷。《黄帝杂子气》三十三篇。《常从日月星气》二十一卷。《皇公杂子星》二十二卷。《淮南杂子星》十九卷。《泰壹杂子云雨》三十四卷。《国章观霓云雨》三十四卷。《泰阶六符》一卷。《金度玉衡汉五星客流出入》八篇。《汉五星彗客行事占验》八卷。《汉日旁气行事占验》三卷。《汉流星行事占验》八卷。《汉日旁气行占验》十三卷。《汉日食月晕杂变行事占验》十三卷。《海中星占验》十二卷。《海中五星经杂事》二十二卷。《海中五星顺逆》二十八卷。《海中二十八宿国分》二十八卷。《海中二十八宿臣分》二十八卷。《海中日月彗虹杂占》十八卷。《图书秘记》十七篇。

右天文二十一家，四百四十五卷。

天文者，序二十八宿，步五星日月，经纪吉凶之象，圣王所以参政也。《易》曰：“观乎天文，以察时变。”然星事凶悍，非湛密者弗能由也。夫观景以谴形，非明王亦不能服听也。以不能由之臣，谏不能听之王，此所以两有患也。

《皇帝五家历》三十三卷。《颛顼历》二十一卷。《颛顼五星历》十四卷。《日月宿历》十三卷。《夏殷周鲁历》十四卷。《天历大历》十八卷。《汉元殷周谍历》十七卷。《耿昌月行帛图》二百三十二卷。《耿昌月行度》二卷。《传周五星行度》三十九卷。《律历数法》三卷。《自古五星宿纪》三十卷。《太岁谋日晷》二十九卷。《帝王诸侯世谱》二十卷。《古来帝王年谱》五卷。《日晷书》三十四卷。《许商算术》二十六卷。《杜忠算术》十六卷。

右历谱十八家，六百六卷。

历谱者，序四时之位，正分至之节，会日月五星之辰，以考寒暑杀生之实。故圣王必正历数，以定三统服色之制，又以探知五星日月之会。凶厄之患，吉隆之喜，其术皆出焉。此圣人知命之术也，非天下之至材，其孰与焉！道之乱也，患出于小人而强欲知天道者，坏大以为小，削远以为近，是以道术破碎而难知也。

《泰一阴阳》二十三卷。《黄帝阴阳》二十五卷。《黄帝诸子论阴阳》二十五卷。《诸王子论阴阳》二十五卷。《太元阴阳》二十六卷。《三典阴阳谈论》二十七卷。《神农大幽五行》二十七卷。《四时五行经》二十六卷。《猛子闾昭》二十五卷。《阴阳五行时令》十九卷。《堪舆金匮》十四卷。《务成子灾异应》十四卷。《十二典灾异应》十二卷。《钟律灾异》二十六卷。《钟律丛辰日宛》二十三卷。《钟律消息》二十九卷。《黄钟》七卷。《天一》六卷。《泰一》二十九卷。《刑德》七卷。《风鼓六甲》二十四卷。《风后孤虚》二十卷。《六合随典》二十五卷。《转位十二神》二十五卷。《羡门式法》二十卷。《羡门式》二十卷。《文解六甲》十八卷。《文解二十八宿》二十八卷。《五音奇胲用兵》二十三卷。《五音奇胲刑德》二十一卷。《五音定名》十五卷。

右五行三十一家，六百五十二卷。

五行者，五常之形气也。《书》云"初一曰五行，次二曰羞用五事"，言进用五事以顺五行也。貌、言、视、听、思心失，而五行之序乱，五星之变作，皆出于律历之数而分为一者也。其法亦起五德终始，推其极则无不至。而小数家因此以为吉凶，而行于世，浸以相乱。

《龟书》五十二卷。《夏龟》二十六卷。《南龟书》二十八卷。《巨龟》三十六卷。《杂龟》十六卷。《蓍书》二十八卷。《周易》三十八卷。《周易明堂》二十六卷。《周易随曲射匿》五十卷。《大筮衍易》二十八卷。《大次杂易》三十卷。《鼠序卜黄》二十五卷。《於陵钦易吉凶》二十三卷。《任良易旗》七十一卷。《易卦八具》。

右蓍龟十五家，四百一卷。

蓍龟者，圣人之所用也。《书》曰："女则有大疑，谋及卜筮。"《易》曰："定天下之吉凶，成天下之亹亹者，莫善于蓍龟。""是故君子将有为也，将有行也，问焉而以言，其受命也如响，无有远近幽深，遂知来物。非天下之至精，其孰能与于此！"及至衰世，解于斋戒，而娄烦卜筮，神明不应。故筮渎不告，《易》以为忌；龟厌不告，《诗》以为刺。

《黄帝长柳占梦》十一卷。《甘德长柳占梦》二十卷。《武禁相衣器》十四卷。《嚏耳鸣杂占》十六卷。《祯祥变怪》二十一卷。《人鬼精物六畜变怪》二十一卷。《变怪诰咎》十三卷。《执不祥劾鬼物》八卷。《请官除訞祥》十九卷。《禳祀天文》十八卷。《请祷致福》十九卷。《请雨止雨》二十六卷。《泰壹杂子候岁》二十二卷。《子赣杂子候岁》二十六卷。《五法积贮宝臧》二十三卷。《神农教田相土耕种》十四卷。《昭明子钓种生鱼鳖》八卷。《种树臧果相蚕》十三卷。

右杂占十八家，三百一十三卷。

杂占者，纪百事之象，候善恶之征。《易》曰:"占事知来。"众占非一，而梦为大，故周有其官。而《诗》载熊罴虺蛇众鱼旐旟之梦，著明大人之占，以考吉凶，盖参卜筮。《春秋》之说訞也，曰："人之所忌，其气炎以取之，訞由人兴也。人失常则訞兴，人无衅焉，訞不自作。"故曰："德胜不祥，义厌不惠。"桑谷共生，大戊以兴；雊雉登鼎，武丁为宗。然惑者不稽诸躬，而忌妖之见，是以《诗》刺"召彼故老，讯之占梦"，伤其舍本而忧末，不能胜凶咎也。

《山海经》十三篇。《国朝》七卷。《宫宅地形》二十卷。《相人》二十四卷。《相宝剑刀》二十卷。《相六畜》三十八卷。

右形法六家，百二十二卷。

形法者，大举九州之势以立城郭室舍形，人及六畜骨法之度数、器物之形容以求其声气贵贱吉凶。犹律有长短，而各征其声，非有鬼神，数自然也。然形与气相首尾，亦有有其形而无其气，有其气而无其形，此精微之独异也。

凡数术百九十家，二千五百二十八卷。

数术者，皆明堂羲和史卜之职也。史官之废久矣，其书既不能具，虽有其书而无其人。《易》曰："苟非其人，道不虚行。"春秋时鲁有梓慎，郑有裨灶，晋有卜偃，宋有子韦。六国时楚有甘公，魏有石申夫。汉有唐都，庶得粗觕。盖有因而成易，无因而成难，故因旧书以序数术为六种。

《黄帝内经》十八卷。《外经》三十七卷。《扁鹊内经》九卷。《外经》十二卷。《白氏内经》三十八卷。《外经》三十六卷。《旁篇》二十五卷。

右医经七家，二百一十六卷。

医经者，原人血脉经落骨髓阴阳表里，以起百病之本，死生之分，而用度箴石汤火所施，调百药齐和之所宜。至齐之得，犹磁石取铁，以物相使。拙者失理，以愈为剧，以生为死。

《五藏六府痹十二病方》三十卷。《五藏六府痹十六病方》四十卷。《五藏六府瘅十二病方》四十卷。《风寒热十六病方》二十六卷。《泰始黄帝扁鹊俞拊方》二十三卷。《五藏伤中十一病方》三十一卷。《客疾五藏狂颠病方》十七卷。《金创瘲瘛方》三十卷。《妇人婴儿方》十九卷。《汤液经法》三十二卷。《神农黄帝食禁》七卷。

右经方十一家，二百七十四卷。

经方者，本草石之寒温，量疾病之浅深，假药味之滋，因气感之宜，辩五苦六辛，致水火之齐，以通闭解结，反之于平。及失其宜者，以热益热，以寒增寒，精气内伤，不见于外，是所独失也。故谚曰："有病不治，常得中医。"

《容成阴道》二十六卷。《务成子阴道》三十六卷。《尧舜阴道》二十三卷。《汤盘庚阴道》二十卷。《天老杂子阴道》二十五卷。《天一阴道》二十四卷。《黄帝三王养阳方》二十卷。《三家内房有子方》十七卷。

右房中八家，百八十六卷。

房中者，情性之极，至道之际，是以圣王制外乐以禁内情，而为之节文。传曰："先王之所乐，所以节百事也。"乐而有节，则和平寿考。及迷者弗顾，以生疾而陨性命。

《宓戏杂子道》二十篇。《上圣杂子道》二十六卷。《道要杂子》十八卷。《黄帝杂子步引》十二卷。《黄帝岐伯按摩》十卷。《黄帝杂子芝菌》十八卷。《黄帝杂子十九家方》二十一卷。《泰壹杂子十五家方》二十二卷。《神农杂子技道》二十三卷。《泰壹杂子黄冶》三十一卷。

右神仙十家，二百五卷。

神仙者，所以保性命之真，而游求于其外者也。聊以荡意平心，同死生之域，而无怵惕于胸中。然而或者专以为务，则诞欺怪迂之文弥以益多，非圣王之所以教也。孔子曰："索隐行怪，后世有述焉，吾不为之矣。"

凡方技三十六家，八百六十八卷。

方技者，皆生生之具，王官之一守也。太古有岐伯、俞拊，中世有扁鹊、秦和，盖论病以及国，原诊以知政。汉兴有仓公。今其技术暗昧，故论其书，以序方技为四种。

大凡书，六略三十八种，五百九十六家，万三千二百六十九卷。（入三家，五十篇，省兵十家。）

卷三十一

陈胜项籍列传第一

陈胜，字涉，阳城人。吴广，字叔，阳夏人也。胜少时，尝与人佣耕。辍耕之垄上，怅然甚久，曰："苟富贵，无相忘！"佣者笑而应曰："若为佣耕，何富贵也？"胜太息曰："嗟乎，燕雀安知鸿鹄之志哉！"

秦二世元年秋七月，发闾左戍渔阳九百人，胜、广皆为屯长。行至蕲大泽乡，会天大雨，道不通，度已失期。失期法斩，胜、广乃谋曰："今亡亦死，举大计亦死，等死，死国可乎？"胜曰："天下苦秦久矣。吾闻二世，少子，不当立，当立者乃公子扶苏。扶苏以数谏故不得立，上使外将兵。今或闻无罪，二世杀之。百姓多闻其贤，未知其死。项燕为楚将，数有功，爱士卒，楚人怜之。或以为在。今诚以吾众为天下倡，宜多应者。"广以为然。乃行卜。卜者知其指意，曰："足下事皆成，有功。然足下卜之鬼乎！"胜、广喜，念鬼，曰："此教我先威众耳。"乃丹书帛曰"陈胜王"，置人所罾鱼腹中。卒买鱼亨食，得书，已怪之矣。又间令广之次所旁丛祠中，夜构火，狐鸣呼曰："大楚兴，陈胜王。”卒皆夜惊恐。旦日，卒中往往指目胜、广。

胜、广素爱人，士卒多为用。将尉醉，广故数言欲亡，忿尉，令辱之，以激怒其众。尉果笞广。尉剑挺，广起夺而杀尉。胜佐之，并杀两尉。召令徒属曰：“公等遇雨，皆已失期，当斩。藉弟令毋斩，而戍死者固什六七。且壮士不死则已，死则举大名耳。侯王将相，宁有种乎！”徒属皆曰：“敬受令。”乃诈称公子扶苏、项燕，从民望也。袒右，称大楚。为坛而盟，祭以尉首。胜自立为将军，广为都尉。攻大泽乡，拔之。收兵而攻蕲，蕲下。乃令符离人葛婴将兵徇蕲以东，攻铚、酂、苦、柘、谯，皆下之。行收兵，比至陈，兵车六七百乘，骑千余，卒数万人。攻陈，陈守令皆不在，独守丞与战谯门中。不胜，守丞死。乃入据陈。数日，号召三老豪桀会计事。皆曰：“将军身被坚执锐，伐无道，诛暴秦，复立楚之社稷，功宜为王。”胜乃立为王，号张楚。于是诸郡县苦秦吏暴，皆杀其长吏，将以应胜。乃以广为假王，监诸将以西击荥阳。令陈人武臣、张耳、陈馀徇赵，汝阴人邓宗徇九江郡。当此时，楚兵数千人为聚者不可胜数。

葛婴至东城，立襄强为楚王。后闻胜已立，因杀襄强，还报。至陈，胜杀婴，令魏人周市北徇魏地。广围荥阳，李由为三川守守荥阳，广不能下。胜征国之豪桀与计，以上蔡人房君蔡赐为上柱国。

周文，陈贤人也，尝为项燕军视日，事春申君，自言习兵。胜与之将军印，西击秦。行收兵至关，车千乘，卒十万，至戏，军焉。秦令少府章邯免骊山徒、人奴产子，悉发以击楚军，大败之。周文走出关，止屯曹阳。二月余，章邯追败之，复走黾池。十余日，章邯击，大破之。周文自刭，军遂不战。

武臣至邯郸，自立为赵王，陈馀为大将军，张耳、召骚为左右丞相。胜怒，捕系武臣等家室，欲诛之。柱国曰：“秦未亡而诛赵王将相家属，此生一秦，不如因立之。”胜乃遣使者贺赵，而徙系武臣等家属宫中。而封张耳子敖为成都君，趣赵兵亟入关。赵王将相相与谋曰：“王王赵，非楚意也。楚已诛秦，必加兵于赵。计莫如毋西兵，使使北徇燕地以自广。赵南据大河，北有燕、代，楚虽胜秦，不敢制赵，若不胜秦，必重赵。赵承秦、楚之敝，可以得志于天下。”赵王以为然，因不西兵，而遣故上谷卒史韩广将兵北徇燕。燕地贵人豪桀谓韩广曰：“楚、赵皆已立王。燕虽小，亦万乘之国也，愿将军立为王。”韩广曰：“广母在赵，不可。”燕人曰：“赵方西忧秦，南忧楚，其力不能禁我。且以楚之强，不敢害赵王将相之家，今赵独安敢害将军家乎？”韩广以为然，乃自立为燕王。居数月，赵奉燕王母家属归之。

是时，诸将徇地者不可胜数。周市北至狄，狄人田儋杀狄令，自立为齐王，反击周市。市军散，还至魏地，立魏后故宁陵君咎为魏王。咎在胜所，不得之魏。魏地已定，欲立周市为王，市不肯。使者五反，胜乃立宁陵君为魏王，遣之国。周市为相。将军田臧等相与谋曰：“周章军已破，秦兵且至，我守荥阳城不能下，秦军至，必大败。不如少遗兵，足以守荥阳，悉精兵迎秦军。今假王骄，不知兵权，不可与计，非诛之，事恐败。”因相与矫陈王令以诛吴广，献其首于胜。胜使赐田臧楚令尹印，使为上将。田臧乃使诸将李归等守荥阳城，自以精兵西迎秦军于敖仓。与战，田臧死，军破。章邯进击李归等荥阳下，破之，李归死。阳城人邓说将兵居郯，章邯别将击破之，邓说走陈。铚人五逢将兵居许，章邯击破之，五逢亦走陈。胜诛邓说。

胜初立时，凌人秦嘉、铚人董緤、符离人朱鸡石、取虑人郑布、徐人丁疾等皆特起，将兵围东海守于郯。胜闻，乃使武平君畔为将军，监郯下军。秦嘉自立为大司马，恶属人，告军吏曰：“武平君年少，不知兵事，勿听。”因矫以王命杀武平君畔。章邯已破五逢，击陈，柱国房君死。章邯又进击陈西张贺军。胜出临战，军破，张贺死。腊月，胜之汝阴，还至下城父，其御庄贾杀胜以降秦。葬砀，谥曰隐王。胜故涓人将军吕臣为苍头军，起新阳，攻陈，下之，杀庄贾，复以陈为楚。初，胜令铚人宋留将兵定南阳，入武关。留已徇南阳，闻胜死，南阳复为秦。宋留不能入武关，乃东至新蔡，遇秦军，宋留以军降秦。秦传留至咸阳，车裂留以徇。

秦嘉等闻胜军败，乃立景驹为楚王，引兵之方与，欲击秦军济阴下。使公孙庆使齐王，欲与并力俱进。齐王曰："陈王战败，未知其死生，楚安得不请而立王？"公孙庆曰："齐不请楚而立王，楚何故请齐而立王！且楚首事，当令于天下。"田儋杀公孙庆。秦左右校复攻陈，下之。吕将军走，徼兵复聚，与番盗英布相遇，攻击秦左右校，破之青波，复以陈为楚。会项梁立怀王孙心为楚王。

陈胜王凡六月。初为王，其故人尝与佣耕者闻之，乃之陈，叩宫门曰："吾欲见涉。"宫门令欲缚之。自辩数，乃置，不肯为通。胜出，遮道而呼涉。乃召见，载与归。入宫，见殿屋帷帐，客曰："夥，涉之为王沈沈者！"楚人谓多为夥，故天下传之"夥涉为王"，由陈涉始。客出入愈益发舒，言胜故情。或言"客愚无知，专妄言，轻威"。胜斩之。诸故人皆自引去，由是无亲胜者。以朱防为中正，胡武为司过，主司群臣。诸将徇地，至，令之不是者，系而罪之。以苛察为忠。其所不善者，不下吏，辄自治。胜信用之，诸将以故不亲附。此其所以败也。

胜虽已死，其所置遣侯王将相竟亡秦。高祖时为胜置守冢于砀，至今血食。王莽败，乃绝。

项籍，字羽，下相人也。初起，年二十四。其季父梁，梁父即楚名将项燕者也。家世楚将，封于项，故姓项氏。

籍少时，学书不成，去；学剑又不成，去。梁怒之。籍曰："书足记姓名而已。剑一人敌，不足学，学万人敌耳。"于是梁奇其意，乃教以兵法。籍大喜，略知其意，又不肯竟。梁尝有栎阳逮，请蕲狱掾曹咎书抵栎阳狱史司马欣，以故事皆已。梁尝杀人，与籍避仇吴中。吴中贤士大夫皆出梁下。每有大繇役及丧，梁常主办，阴以兵法部勒宾客子弟，以知其能。秦始皇帝东游会稽，渡浙江，梁与籍观。籍曰："彼可取而代也。"梁掩其口，曰："无妄言，族矣！"梁以此奇籍。籍长八尺二寸，力扛鼎，才气过人。吴中子弟皆惮籍。

秦二世元年，陈胜起。九月，会稽假守通素贤梁，乃召与计事。梁曰："方今江西皆反秦，此亦天亡秦时也。先发制人，后发制于人。"守叹曰："闻夫子楚将世家，唯足下耳！"梁曰："吴有奇士桓楚，亡在泽中，人莫知其处，独籍知之。"梁乃戒籍持剑居外待。梁复入，与守语曰："请召籍，使受令召桓楚。"籍入，梁眴籍曰："可行矣！"籍遂拔剑击斩守。梁持守头，佩其印绶。门下惊扰，籍所击杀数十百人。府中皆伏，莫敢复起。梁乃召故人所知豪吏，谕以所为，遂举吴中兵。使人收下县，得精兵八千人，部署豪桀为校尉、候、司马。有一人不得官，自言。梁曰："某时某丧，使公主某事，不能办，以故不任公。"众乃皆服。梁为会稽将，籍为裨将，徇下县。

秦二年，广陵人召平为陈胜徇广陵，未下。闻陈胜败走，秦将章邯且至，乃渡江矫陈王令，拜梁为楚上柱国，曰："江东已定，急引兵西击秦。"梁乃以八千人渡江而西。闻陈婴已下东阳，使使欲与连和俱西。陈婴者，故东阳令史，居县，素信，为长者。东阳少年杀其令，相聚数千人，欲立长，无适用，乃请陈婴。婴谢不能，遂强立之，县中从之者得二万人。欲立婴为王，异军苍头特起。婴母谓婴曰："自吾为乃家妇，闻先故未曾贵。今暴得大名不祥，不如有所属，事成犹得封侯，事败易以亡，非世所指名也。"婴乃不敢为王，谓其军吏曰："项氏世世将家，有功于楚，今欲举大事，将非其人，不可。我倚名族，亡秦必矣。”其众从之，乃以其兵属梁。梁渡淮，英布、蒲将军亦以其兵属焉。凡六七万人，军下邳。

是时，秦嘉已立景驹为楚王，军彭城东，欲以距梁。梁谓军吏曰：“陈王首事，战不利，未闻所在。今秦嘉背陈王立景驹，大逆亡道。”乃引兵击秦嘉。军败走，追至胡陵。嘉还战一日，嘉死，军降。景驹走死梁地。梁已并秦嘉军，军胡陵，将引而西。章邯至栗，梁使别将朱鸡石、馀樊君与战。馀樊君死。朱鸡石败，亡走胡陵。梁乃引兵入薛，诛朱鸡石。梁前使羽别攻襄城，襄城坚守不下。已拔，皆坑之，还报梁。闻陈王定死，召诸别将会薛计事，时沛公亦从沛往。

居鄛人范增年七十，素好奇计，往说梁曰：“陈胜败固当。夫秦灭六国，楚最亡罪，自怀王入秦不反，楚人怜之至今，故南公称曰‘楚虽三户，亡秦必楚’。今陈胜首事，不立楚后，其势不长。今君起江东，楚蜂起之将皆争附君者，以君世世楚将，为能复立楚之后也。”于是梁乃求楚怀王孙心，在民间为人牧羊，立以为楚怀王，从民望也。陈婴为上柱国，封五县，与怀王都盱台。梁自号武信君，引兵攻亢父。

初，章邯既杀齐王田儋于临菑，田假复自立为齐王。儋弟荣走保东阿，章邯追围之。梁引兵救东阿，大破秦军东阿。田荣即引兵归，逐王假，假亡走楚，相田角亡走赵。角弟閒，故将，居赵不敢归。田荣立儋子市为齐王。梁已破东阿下军，遂追秦军。数使使趣齐兵俱西。荣曰：“楚杀田假，赵杀田角、田閒，乃发兵。”梁曰：“田假与国之王，穷来归我，不忍杀。”赵亦不杀角、閒以市于齐。齐遂不肯发兵助楚。梁使羽与沛公别攻城阳，屠之。西破秦军濮阳东，秦兵收入濮阳。沛公、羽攻定陶，定陶未下，去，西略地至雍丘，大破秦军，斩李由。还攻外黄，外黄未下。

梁起东阿，比至定陶，再破秦军，羽等又斩李由，益轻秦，有骄色。宋义谏曰：“战胜而将骄卒惰者败。今少惰矣，秦兵日益，臣为君畏之。”梁不听。乃使宋义于齐。道遇齐使者高陵君显，曰：“公将见武信君乎？”曰：“然。”义曰：“臣论武信君军必败。公徐行则免，疾行则及祸。”秦果悉起兵益章邯，夜衔枚击楚，大破之定陶，梁死。沛公与羽去外黄，攻陈留，陈留坚守不下。沛公、羽相与谋曰：“今梁军败，士卒恐。”乃与吕臣俱引兵而东。吕臣军彭城东，羽军彭城西，沛公军砀。

章邯已破梁军，则以为楚地兵不足忧，乃渡河北击赵，大破之。当此之时，赵歇为王，陈馀为将，张耳为相，走入巨鹿城。秦将王离、涉閒围巨鹿，章邯军其南，筑甬道而输之粟。陈馀将卒数万人军巨鹿北，所谓河北军也。

宋义所遇齐使者高陵君显见楚怀王曰：“宋义论武信君必败，数日果败。军未战先见败征，可谓知兵矣。”王召宋义与计事而说之，因以为上将军；羽公鲁公，为次将，范增为末将。诸别将皆属，号卿子冠军。北救赵，至安阳，留不进。秦三年，羽谓宋义曰：“今秦军围巨鹿，疾引兵渡河，楚击其外，赵应其内，破秦军必矣。”宋义曰：“不然。夫搏牛之虻不可以破虱。今秦攻赵，战胜则兵罢，我承其敝；不胜，则我引兵鼓行而西，必举秦矣。故不如先斗秦、赵。夫击轻锐，我不如公；坐运筹策，公不如我。”因下令军中曰：“猛如虎，很如羊，贪如狼，强不可令者，皆斩。”遣其子襄相齐，身送之无盐，饮酒高会。天寒大雨，士卒冻饥。羽曰：“将戮力而攻秦，久留不行。今岁饥民贫，卒食半菽，军无见粮，乃饮酒高会，不引兵渡河因赵食，与并力击秦，乃曰‘承其敝’。夫以秦之强，攻新造之赵，其势必举赵。赵举秦强，何敝之承！且国兵新破，王坐不安席，扫境内而属将军，国家安危，在此一举。今不恤士卒而徇私，非社稷之臣也。”羽晨朝上将军宋义，即其帐中斩义头，出令军中曰：“宋义与齐谋反楚，楚王阴令籍诛之。”诸将慑服，莫敢枝梧。皆曰：“首立楚者，将军家也。今将军诛乱。”乃相与共立羽为假上将军。使人追宋义子，及之齐，杀之。使桓楚报命于王。王因使使立羽为上将军。

羽已杀卿子冠军，威震楚国，名闻诸侯。乃遣当阳君、蒲将军将卒二万人渡河救巨鹿。战少利，陈馀复请兵。羽乃悉引兵渡河。已渡，皆湛舡，破釜甑，烧庐舍，持三日粮，视士必死，无还心。于是至则围王离，与秦军遇，九战，绝甬道，大破之，杀苏角，虏王离。涉閒不降，自烧杀。当是时，楚兵冠诸侯。诸侯军救巨鹿者十余壁，莫敢纵兵。及楚击秦，诸侯皆从壁上观。楚战士无不一当十，呼声动天地。诸侯军人人惴恐。于是楚已破秦军，羽见诸侯将，入辕门，膝行而前，莫敢仰视。羽由是始为诸侯上将军，兵皆属焉。

章邯军棘原，羽军漳南，相持未战。秦军数却，二世使人让章邯。章邯恐，使长史欣请事。至咸阳，留司马门三日，赵高不见，有不信之心。长史欣恐，还走，不敢出故道。赵高果使人追之，不及。欣至军，报曰："事亡可为者。相国赵高颛国主断。今战而胜，高嫉吾功；不胜，不免于死。愿将军熟计之。"陈馀亦遗章邯书曰："白起为秦将，南并鄢、郢，北坑马服，攻城略地，不可胜计，而卒赐死。蒙恬为秦将，北逐戎人，开榆中地数千里，竟斩阳周，何者？功多，秦不能封，因以法诛之。今将军为秦将三岁矣，所亡失已十万数，而诸侯并起兹益多。彼赵高素谀日久，今事急，亦恐二世诛之，故欲以法诛将军以塞责，使人更代以脱其祸。将军居外久，多内隙，有功亦诛，亡功亦诛。且天之亡秦，无愚智皆知之。今将军内不能直谏，外为亡国将，孤立而欲长存，岂不哀哉！将军何不还兵与诸侯为从，南面称孤，孰与身伏斧质，妻子为戮乎？"章邯狐疑，阴使候始成使羽，欲约。约未成，羽使蒲将军引兵渡三户，军漳南，与秦战，再破之。羽悉引兵击秦军汙水上，大破之。邯使使见羽，欲约。羽召军吏谋曰："粮少，欲听其约。"军吏皆曰："善。"羽乃与盟洹水南殷虚上。已盟，章邯见羽流涕，为言赵高。羽乃立章邯为雍王，置军中。使长史欣为上将，将秦军行前。

汉元年，羽将诸侯兵三十余万，行略地至河南，遂西到新安。异时诸侯吏卒繇役屯戍过秦中，秦中遇之多亡状，及秦军降诸侯，诸侯吏卒乘胜奴虏使之，轻折辱秦吏卒。吏卒多窃言曰："章将军等诈吾属降诸侯，今能入关破秦，大善；即不能，诸侯虏吾属而东，秦又尽诛吾父母妻子。"诸将微闻其计，以告羽。羽乃召英布、蒲将军计曰："秦吏卒尚众，其心不服，至关不听，事必危，不如击之，独与章邯、长史欣、都尉翳入秦。"于是夜击坑秦军二十余万人。

至函谷关，有兵守，不得入。闻沛公已屠咸阳，羽大怒，使当阳君击关。羽遂入，至戏西鸿门，闻沛公欲王关中，独有秦府库珍宝。亚父范增亦大怒，劝羽击沛公。飨士，旦日合战，羽季父项伯素善张良。良时从沛公，项伯夜以语良。良与俱见沛公，因伯自解于羽。明日，沛公从百余骑至鸿门谢羽，自陈"封秦府库，还军霸上以待大王，闭关以备他盗，不敢背德。"羽意既解，范增欲害沛公，赖张良、樊哙得免。语在《高纪》。

后数日，羽乃屠咸阳，杀秦降王子婴，烧其宫室，火三月不灭；收其宝货，略妇女而东。秦民失望。于是韩生说羽曰："关中阻山带河，四塞之地，肥饶，可都以伯。"羽见秦宫室皆已烧残，又怀思东归，曰："富贵不归故乡，如衣锦夜行。"韩生曰："人谓楚人沐猴而冠，果然。"羽闻之，斩韩生。初，怀王与诸将约，先入关者王其地。羽既背约，使人致命于怀王。怀王曰："如约。"羽乃曰："怀王者，吾家武信君所立耳，非有功伐，何以得颛主约？天下初发难，假立诸侯后以伐秦。然身披坚执锐首事，暴露于野三年，灭秦定天下者，皆将相诸君与籍力也。怀王亡功，固当分其地王之。"诸将皆曰："善。"羽乃阳尊怀王为义帝，曰："古之王者，地方千里，必居上游。"徙之长沙，都郴。乃分天下以王诸侯。

羽与范增疑沛公，业已讲解，又恶背约，恐诸侯叛之，阴谋曰："巴、蜀道险，秦之迁民皆居之。"乃曰："巴、蜀亦关中地。"故立沛公为汉王，王巴、蜀、汉中。而参分关中，王秦降将以距塞汉道。乃立章邯为雍王，王咸阳以西。长史司马欣，故栎阳狱吏，尝有德于梁；都尉董翳，本劝章邯降。故立欣为塞王，王咸阳以东至河；立翳为翟王，王上郡。徙魏王豹为西魏王，王河东。瑕丘公申阳者，张耳嬖臣也，先下河南，迎楚河上。立阳为河南王。赵将司马卬定河内，数有功。立卬为殷王，王河内。徙赵王歇王代。赵相张耳素贤，又从入关，立为常山王，王赵地。当阳君英布为楚将，常冠军。立布为九江王。番君吴芮帅百粤佐诸侯从入关。立芮为衡山王。义帝柱国共敖将兵击南郡，功多，因立为临江王。徙燕王韩广为辽东王。燕将臧荼从楚救赵，因从入关。立荼为燕王。徙齐王田市为胶东王。齐将田都从共救赵，入关。立都为齐王。故秦所灭齐王建孙田安，羽方渡河救赵，安下济北数城，引兵降羽。立安为济北王。田荣者，背梁不肯助楚击秦，以故不得封。陈馀弃将印去，不从入关，然素闻其贤，有功于赵，闻其在南皮，故因环封之三县。番君将梅鋗功多，故封十万户侯。羽自立为西楚伯王，王梁、楚地九郡，都彭城。诸侯各就国。

田荣闻羽徙齐王市胶东，而立田都为齐王，大怒，不肯遣市之胶东，因以齐反，迎击都。都走楚。市畏羽，乃亡之胶东就国。荣怒，追杀之即墨，自立为齐王。予彭越将军印，令反梁地。越乃击杀济北王田安。田荣遂并王三齐之地。时汉王还定三秦。羽闻汉并关中，且东，齐、梁畔之，大怒，乃以故吴令郑昌为韩王以距汉，令萧公角等击彭越。越败萧公角等。时，张良徇韩，遗项王书曰："汉王失职，欲得关中，如约即止，不敢东。"又以齐、梁反书遗羽，羽以此故无西意，而北击齐。征兵九江王布，布称疾不行，使将将数千人往。

二年，羽阴使九江王布杀义帝。陈馀使张同、夏说说齐王荣，曰："项王为天下宰不平，今尽王故王于丑地，而王群臣诸将善地，逐其故主赵王，乃北居代，馀以为不可。闻大王起兵，且不听不义，愿大王资馀兵，使击常山，以复赵王，请以国为扞蔽。"齐王许之，因遣兵往。陈馀悉三县兵，与齐并力击常山，大破之。张耳走归汉。陈馀迎故赵王歇反之赵。赵王因立馀为代王。羽至城阳，田荣亦将兵会战。荣不胜，走至平原，平原民杀之。羽遂北烧夷齐城郭室屋，皆坑降卒，系虏老弱妇女。徇齐至北海，所过残灭。齐人相聚而畔之。于是田荣弟横收得亡卒数万人，反城阳。羽因留，连战未能下。

汉王劫五诸侯兵，凡五十六万人，东伐楚。羽闻之，即令诸将击齐，而自以精兵三万人南从鲁出胡陵。汉王皆已破彭城，收其货赂美人，日置酒高会。羽乃从萧晨击汉军而东，至彭城，日中，大破汉军。汉军皆走，迫之穀、泗水。汉军皆南走山，楚又追击至灵辟东睢水上。汉军却，为楚所挤，多杀。汉卒十余万皆入睢水，睢水为不流。汉王乃与数十骑遁去。语在《高纪》。太后、吕后间求汉王，反遇楚军。楚军与归，羽常置军中。汉王稍收散卒，萧何亦发关中卒悉诣荥阳，战京、索间，败楚。楚以故不能过荥阳而西。汉军荥阳，筑甬道，取敖仓食。

三年，羽数击绝汉甬道，汉王食乏，请和，割荥阳以西为汉。羽欲听之。历阳侯范增曰："汉易与耳，今不取，后必悔之。"羽乃急围荥阳。汉王患之，乃与陈平金四万斤以间楚君臣。语在《陈平传》。项羽以故疑范增，稍夺之权。范增怒曰："天下事大定矣，君王自为之！愿赐骸骨归。"行未至彭城，疽发背死。于是汉将纪信诈为汉王出降，以诳楚军，故汉王得与数十骑从西门出。令周苛、枞公、魏豹守荥阳。汉王西入关收兵，还出宛、叶间，与九江王黥布行收兵。羽闻之，即引兵南。汉王坚壁不与战。

是时，彭越渡睢，与项声、薛公战下邳，杀薛公。羽乃东击彭越。汉王亦引兵北军成皋。羽已破走彭越，引兵西下荥阳城，亨周苛，杀枞公，虏韩王信，进围成皋。汉王跳，独与滕公得出。北渡河，至修武，从张耳、韩信。楚遂拔成皋。汉王得韩信军，留止，使卢绾、刘贾渡白马津入楚地，佐彭越共击破楚军燕郭西，烧其积聚，攻下梁地十余城。羽闻之，谓海春侯大司马曹咎曰："谨守成皋。即汉欲挑战，慎毋与战，勿令得东而已。我十五日必定梁地，复从将军。"于是引兵东。

四年，羽击陈留、外黄，外黄不下。数日降，羽悉令男子年十五以上诣城东，欲坑之。外黄令舍人儿年十三，往说羽曰："彭越强劫外黄，外黄恐，故且降，待大王。大王至，又皆坑之，百姓岂有所归心哉！从此以东，梁地十余城皆恐，莫肯下矣。"羽然其言，乃赦外黄当坑者。而东至睢阳，闻之皆争下。

汉果数挑楚军战，楚军不出。使人辱之，五六日，大司马怒，渡兵汜水。卒半渡，汉击，大破之，尽得楚国金玉货赂。大司马咎、长史欣皆自刭汜水上。咎故蕲狱掾，欣故塞王，羽信任之。羽至睢阳，闻咎等破，则引兵还。汉军方围钟离昧于荥阳东，羽军至，汉军畏楚，尽走险阻。羽亦军广武相守，乃为高俎，置太公其上，告汉王曰："今不急下，吾亨太公。"汉王曰："吾与若俱北面受命怀王，约为兄弟，吾翁即汝翁。必欲亨乃翁，幸分我一杯羹。"羽怒，欲杀之。项伯曰："天下事未可知。且为天下者不顾家，虽杀之无益，但益怨耳。"羽从之。乃使人谓汉王曰："天下匈匈，徒以吾两人，愿与王挑战，决雌雄，毋徒罢天下父子为也。"汉王笑谢曰："吾宁斗智，不能斗力。"羽令壮士出挑战。汉有善骑射曰楼烦，楚挑战，三合，楼烦辄射杀之。羽大怒，自被甲持戟挑战。楼烦欲射，羽瞋目叱之。楼烦目不能视，手不能发，走还入壁，不敢复出。汉王使间问之，乃羽也，汉王大惊。于是羽与汉王相与临广武间而语。汉王数羽十罪。语在《高纪》。羽怒，伏弩射伤汉王。汉王入成皋。

时，彭越数反梁地，绝楚粮食，又韩信破齐，且欲击楚。羽使从兄子项它为大将，龙且为裨将，救齐。韩信破杀龙且，追至成阳，虏齐王广。信遂自立为齐王。羽闻之，恐，使武涉往说信。语在《信传》。

时，汉关中兵益出，食多，羽兵食少。汉王使侯公说羽，羽乃与汉王约，中分天下，割鸿沟而西者为汉，东者为楚，归汉王父母妻子。已约，羽解而东。

五年，汉王进兵追羽，至固陵，复为羽所败。汉王用张良计，致齐王信、建成侯、彭越兵，及刘贾入楚地，围寿春。大司马周殷叛楚，举九江兵随刘贾，迎黥布，与齐、梁诸侯皆大会。

羽壁垓下，军少食尽。汉帅诸侯兵围之数重。羽夜闻汉军四面皆楚歌，乃惊曰："汉皆已得楚乎？是何楚人多也！"起饮帐中。有美人姓虞氏，常幸从；骏马名骓，常骑。乃悲歌慷慨，自为歌诗曰："力拔山兮气盖世，时不利兮骓不逝。骓不逝兮可奈何！虞兮虞兮奈若何！"歌数曲，美人和之。羽泣下数行，左右皆泣，莫能仰视。

于是羽遂上马，戏下骑从者八百余人，夜直溃围南出驰。平明，汉军乃觉之，令骑将灌婴以五千骑追羽。羽渡淮，骑能属者百余人。羽至阴陵，迷失道，问一田父，田父绐曰"左"。左，乃陷大泽中，以故汉追及之。羽复引而东，至东城，乃有二十八骑。追者数千，羽自度不得脱，谓其骑曰："吾起兵至今八岁矣，身七十余战，所当者破，所击者服，未尝败北，遂伯有天下。然今卒困于此，此天亡我，非战之罪也。今日固决死，愿为诸军快战，必三胜，斩将，艾旗，乃后死，使诸君知吾非用兵罪，天亡我也。"于是引其骑因四隤山而为圜陈外向，汉骑围之数重。羽谓其骑曰："吾为公取彼一将。"令四面骑驰下，期山东为三处。于是羽大呼驰下，汉军皆披靡。遂杀汉一将。是时，杨喜为郎骑，追羽，羽还叱之，喜人马俱惊，辟易数里。与其骑会三处。汉军不知羽所居，分军为三，复围之。羽乃驰，复斩汉一都尉，杀数十百人。复聚其骑，亡两骑。乃谓骑曰："何如？"骑皆服曰："如大王言。"

于是羽遂引东，欲渡乌江。乌江亭长檥船待，谓羽曰："江东虽小，地方千里，众数十万，亦足王也。愿大王急渡。今独臣有船，汉军至，亡以渡。"羽笑曰："乃天亡我，何渡为！且籍与江东子弟八千人渡而西，今亡一人还，纵江东父兄怜而王我，我何面目见之哉？纵彼不言，籍独不愧于心乎！"谓亭长曰："吾知公长者也，吾骑此马五岁，所当无敌，尝一日千里，吾不忍杀，以赐公。"乃令骑皆去马，步持短兵接战。羽独所杀汉军数百人。羽亦被十余创。顾见汉骑司马吕马童曰："若非吾故人乎？"马童面之，指王翳曰："此项王也。"羽乃曰："吾闻汉购我头千金，邑万户，吾为公得。"乃自刭。王翳取其头，乱相輮蹈争羽相杀者数十人。最后杨喜、吕马童、郎中吕胜、杨武各得其一体。故分其地以封五人，皆为列侯。

汉王乃以鲁公号葬羽于穀城。诸项支属皆不诛。封项伯等四人为列侯，赐姓刘氏。

赞曰：昔贾生之《过秦》曰：

秦孝公据殽、函之固，拥雍州之地，君臣固守而窥周室，有席卷天下，包举宇内，囊括四海，并吞八荒之心。当是时也，商君佐之，内立法度，务耕织，修守战之备，外连衡而斗诸侯。于是秦人拱手而取西河之外。

孝公既没，惠文、武、昭襄蒙故业，因遗策，南取汉中，西举巴、蜀，东割膏腴之地，收要害之郡。诸侯恐惧，会盟而谋弱秦，不爱珍器重宝肥饶之地，以致天下之士。合从缔交，相与为一。当此之时，齐有孟尝，赵有平原，楚有春申，魏有信陵。此四贤者，皆明智而忠信，宽厚而爱人，尊贤重士，约从离横，兼韩、魏、燕、赵、宋、卫、中山之众。于是六国之士有甯越、徐尚、苏秦、杜赫之属为之谋，齐明、周最、陈轸、召滑、楼缓、翟景、苏厉、乐毅之徒通其意，吴起、孙膑、带佗、倪良、王廖、田忌、廉颇、赵奢之朋制其兵。常以十倍之地，百万之军，仰关而攻秦。秦人开关延敌，九国之师遁巡而不敢进。秦无亡矢遗镞之费，而天下已困矣。于是从散约败，争割地而赂秦。秦有余力而制其弊，追亡逐北，伏尸百万，流血漂卤，因利乘便，宰割天下，分裂山河；强国请服，弱国入朝。

施及孝文、庄襄王，享国之日浅，国家亡事。

及至始皇，奋六世之余烈，振长策而驭宇内，吞二周而亡诸侯，履至尊而制六合，执敲扑以鞭笞天下，威震四海。南取百粤之地，以为桂林、象郡。百粤之君頫首系颈，委命下吏。乃使蒙恬北筑长城而守藩篱，却匈奴七百余里，胡人不敢南下而牧马，士不敢弯弓而报怨。于是废先王之道，焚百家之言，以愚黔首。堕名城，杀豪俊，收天下之兵聚之咸阳，销锋鍉铸以为金人十二，以弱天下之民。然后践华为城，因河为池，据亿丈之城，临不测之川，以为固。良将劲弩，守要害之处，信臣精卒，陈利兵而谁何。天下已定，始皇之心，自以为关中之固，金城千里，子孙帝王万世之业也。

始皇既没，余威震于殊俗，然而陈涉，瓮牖绳枢之子，甿隶之人，迁徙之徒也，材能不及中庸，非有仲尼、墨翟之知，陶朱、猗顿之富。蹑足行伍之间，而免起阡陌之中，帅罢散之卒，将数百之众，转而攻秦。斩木为兵，揭竿为旗，天下云合向应，赢粮而景从，山东豪俊遂并起而亡秦族矣。

且天下非小弱也，雍州之地，殽、函之固，自若也。陈涉之位，不齿于齐、楚、燕、赵、韩、魏、宋、卫、中山之君；锄櫌棘矜，不敌于钩戟长铩；適戍之众，不亢于九国之师；深谋远虑，行军用兵之道，非及曩时之士也。然而成败异变，功业相反，何也？试使山东之国与陈涉度长絜大，比权量力，不可同年而语矣。然秦以区区之地，致万乘之权，招八州而朝同列，百有余年，然后以六合为家，殽、函为宫。一夫作难而七庙堕，身死人手，为天下笑者，何也？仁义不施，而攻守之势异也。

周生亦有言，“舜盖重童子”，项羽又重童子，岂其苗裔邪？何其兴之暴也！夫秦失其政，陈涉首难，豪桀蜂起，相与并争，不可胜数。然羽非有尺寸，乘势拔起陇亩之中，三年，遂将五诸侯兵灭秦，分裂天下而威海内，封立王侯，政繇羽出，号为“伯王”，位虽不终，近古以来未尝有也。及羽背关怀楚，放逐义帝，而怨王侯畔己，难矣。自矜功伐，奋其私智而不师古，始霸王之国，欲以力征经营天下，五年卒亡其国，身死东城，尚不觉寤，不自责过失，乃引“天亡我，非用兵之罪”，岂不谬哉！

卷三十二

张耳陈馀传第二

张耳，大梁人也，少时及魏公子毋忌为客。尝亡命游外黄，外黄富人女甚美，庸奴其夫，亡邸父客。父客谓曰：“必欲求贤夫，从张耳。”女听，为请决，嫁之。女家厚奉给耳，耳以故致千里客，宦为外黄令。

陈馀，亦大梁人，好儒术。游赵苦陉，富人公乘氏以其女妻之。馀年少，父事耳，相与为刎颈交。

高祖为布衣时，尝从耳游。秦灭魏，购求耳千金，馀五百金。两人变名姓，俱之陈，为里监门。吏尝以过笞馀，馀欲起，耳摄使受笞。吏去，耳数之曰：“始吾与公言何如？今见小辱而欲死一吏乎？”馀谢罪。

陈涉起蕲至陈，耳、馀上谒涉。涉及左右生平数闻耳、馀贤，见，大喜。陈豪桀说涉曰：“将军被坚执锐，帅士卒以诛暴秦，复立楚社稷，功德宜为王。”陈涉问两人，两人对曰：“将军瞋目张胆，出万死不顾之计，为天下除残。今始至陈而王之，视天下私。愿将军毋王，急引兵而西，遣人立六国后，自为树党。如此，野无交兵，诛暴秦，据咸阳以令诸侯，则帝业成矣。今独王陈，恐天下解也。”涉不听，遂立为王。

耳、馀复说陈王曰：“大王兴梁、楚，务在入关，未及收河北也。臣尝游赵，知其豪桀，愿请奇兵略赵地。”于是陈王许之，以所善陈人武臣为将军，耳、馀为左右校尉，与卒三千人，从白马渡河。至诸县，说其豪桀曰：“秦为乱政虐刑，残灭天下，北为长城之役，南有五领之戍，外内骚动，百姓罢敝，头会箕敛，以供军费，财匮力尽，重以苛法，使天下父子不相聊。今陈王奋臂为天下倡始，莫不向应，家自为怒，各报其怨，县杀其令丞，郡杀其守尉。今以张大楚，王陈，使吴广、周文将卒百万西击秦。于此时而不成封侯之业者，非人豪也。夫因天下之力而攻无道之君，报父兄之怨而成割地之业，此一时也。”豪桀皆然其言。乃行收兵，得数万人，号武信君。下赵十余城，余皆城守莫肯下。乃引兵东北击范阳。范阳人蒯通说其令徐公降武信君，又说武信君以侯印封范阳令。语在《通传》。赵地闻之，不战下者三十余城。

至邯郸，耳、馀闻周章军入关，至戏却；又闻诸将为陈王徇地、多以谗毁得罪诛。怨陈王不以为将军而以为校尉，乃说武臣曰：“陈王非必立六国后。今将军下赵数十城，独介居河北，不王无以填之。且陈王听谗，还报，恐不得脱于祸。愿将军毋失时。”武臣乃听，遂立为赵王。以馀为大将军，耳为丞相。使人报陈王，陈王大怒，欲尽族武臣等家，而发兵击赵。相国房君谏曰：“秦未亡，今又诛武臣等家，此生一秦也。不如因而贺之，使急引兵西击秦。”陈王从其计，徙系武臣等家宫中，封耳子敖为成都君。使使者贺赵，趣兵西入关。耳、馀说武臣曰：“王王赵，非楚意，特以计贺王。楚已灭秦，必加兵于赵。愿王毋西兵，北徇燕、代，南收河内以自广。赵南据大河，北有燕、代，楚虽胜秦，必不敢制赵。”赵王以为然，因不西兵，而使韩广略燕，李良略常山，张黡略上党。

韩广至燕，燕人因立广为燕王。赵王乃与耳、馀北略地燕界。赵王间出，为燕军所得。燕因之，欲与分地。使者往，燕辄杀之，以固求地。耳、馀患之。有厮养卒谢其舍曰：“吾为二公说燕，与赵王载归。”舍中人皆笑曰：“使者往十辈皆死，若何以能得王？”乃走燕壁。燕将见之，问曰：“知臣何欲？”燕将曰：“若欲得王耳。”曰：“君知张耳、陈馀何如人也？”燕将曰：“贤人也。”曰：“其志何欲？”燕将曰：“欲得其王耳。”赵卒笑曰：“君未知两人所欲也。夫武臣、张耳、陈馀，杖马箠下赵数十城，亦各欲南面而王。夫臣之与主，岂可同日道哉！顾其势初定，且以长少先立武臣，以持赵心。今赵地已服，两人亦欲分赵而王，时未可耳。今君囚赵王，念此两人名为求王，实欲燕杀之，此两人分赵而王。夫以一赵尚易燕，况以两贤王左提右挈，而责杀王，灭燕易矣。”燕以为然，乃归赵王。养卒为御而归。

李良已定常山，还报赵王，赵王复使良略太原。至石邑，秦兵塞井陉，未能前。秦将诈称二世使使遗良书，不封，曰：“良尝事我，得显幸，诚能反赵为秦，赦良罪，贵良。”良得书，疑不信。之邯郸益请兵。未至，道逢赵王姊，从百余骑。良望见，以为王，伏谒道旁。王姊醉，不知其将，使骑谢良。良素贵，起，惭其从官。从官有一人曰：“天下叛秦，能者先立。且赵王素出将军下，今女儿乃不为将军下车，请追杀之。”良以得秦书，欲反赵，未决，因此怒，遣人追杀王姊，遂袭邯郸。邯郸不知，竟杀武臣。赵人多为耳、馀耳目者，故得脱出，收兵得数万人。客有说耳、馀曰：“两君羁旅，而欲附赵，难可独立；立赵后，辅以谊，可就功。”乃求得赵歇，立为赵王，居信都。

李良进兵击馀，馀败良。良走归章邯。章邯引兵至邯郸，皆徙其民河内，夷其城郭。耳与赵王歇走入巨鹿城，王离围之。馀北收常山兵，得数万人，军巨鹿北。章邯军巨鹿南棘原，筑甬道属河，饷王离。王离兵食多，急攻巨鹿。巨鹿城中食尽，耳数使人召馀，馀自度兵少，不能敌秦，不敢前。数月，耳大怒，怨馀，使张黡、陈释往让馀曰：“始吾与公为刎颈交，今王与耳旦暮死，而公拥兵数万，不肯相救，胡不赴秦俱死？且什有一二相全。”馀曰：“所以不俱死，欲为赵王、张君报秦。今俱死，如以肉餧，何益？”张黡、陈释曰：“事已急，要以俱死立信，安知后虑！”馀曰：“吾顾以无益。”乃使五千人令张黡、陈释先尝秦军，至皆没。

当是时，燕、齐、楚闻赵急，皆来救。张敖亦北收代，得万余人来，皆壁馀旁。

项羽兵数绝章邯甬道，王离军乏食。项羽悉引兵渡河，破章邯军。诸侯军乃敢击秦军，遂虏王离。于是赵王歇、张耳得出巨鹿，与馀相见，责让馀，问："张黡、陈释所在？"馀曰："黡、释以必死责臣，臣使将五千人先尝秦军，皆没。"耳不信，以为杀之，数问馀。馀怒曰："不意君之望臣深也！岂以臣重去将哉？"乃脱解印绶与耳，耳不敢受。馀起如厕，客有说耳曰："天予不取，反受其咎。今陈将军与君印绶，不受，反天不祥。急取之！"耳乃佩其印，收其麾下。馀还，亦望耳不让，趋出。耳遂收其兵。馀独与麾下数百人之河上泽中渔猎。由此有隙。

赵王歇复居信都。耳从项羽入关。项羽立诸侯，耳雅游，多为人所称。项羽素亦闻耳贤，乃分赵立耳为常山王，治信都。信都更名襄国。馀客多说项羽："陈馀、张耳一体有功于赵。"羽以馀不从入关，闻其在南皮，即以南皮旁三县封之。而徙赵王歇王代。耳之国，馀愈怒曰："耳与馀功等也，今耳王，馀独侯！"及齐王田荣叛楚，馀乃使夏说说田荣曰："项羽为天下宰不平，尽王诸将善地，徙故王王恶地，今赵王乃居代！愿王假臣兵，请以南皮为扞蔽。"田荣欲树党，乃遣兵从馀。馀悉三县兵，袭常山王耳。耳败走，曰："汉王与我有故，而项王强，立我，我欲之楚。"甘公曰："汉王之入关，五星聚东井。东井者，秦分也。先至必王。楚虽强，后必属汉。"耳走汉，汉亦还定三秦，方围章邯废丘。耳谒汉王，汉王厚遇之。

馀已败耳，皆收赵地，迎赵王于代，复为赵王。赵王德馀，立以为代王。馀为赵王弱，国初定，留傅赵王，而使夏说以相国守代。

汉二年，东击楚，使告赵，欲与俱。馀曰："汉杀张耳乃从。"于是汉求人类耳者，斩其头遗馀，馀乃遣兵助汉。汉败于彭城西，馀亦闻耳诈死，即背汉。汉遣耳与韩信击破赵井陉，斩馀泜水上，追杀赵王歇襄国。四年夏，立耳为赵王。五年秋，耳薨，谥曰景王。子敖嗣立为王，尚高祖长女鲁元公主，为王后。七年，高祖从平城过赵，赵王旦暮自上食，体甚卑，有子婿礼，高祖箕踞骂詈，甚慢之。赵相贯高、赵午年六十余，故耳客也，怒曰："吾王孱王也！"说敖曰："天下豪桀并起，能者先立，今王事皇帝甚恭，皇帝遇王无礼，请为王杀之。"敖啮其指出血，曰："君何言之误！且先王亡国，赖皇帝得复国，德流子孙，秋毫皆帝力也。愿君无复出口。"贯高等十余人相谓曰："吾等非也。吾王长者，不背德。且吾等义不辱，今帝辱我王，故欲杀之，何乃污王为？事成归王，事败独身坐耳。"

八年，上从东垣过。贯高等乃壁人柏人，要之置厕。上过欲宿，心动，问曰："县名为何？"曰："柏人。""柏人者，迫于人！"不宿，去。

九年，贯高怨家知其谋，告之。于是上逮捕赵王诸反者。赵午等十余人皆争自刭，贯高独怒骂曰："谁令公等为之！今王实无谋，而并捕王；公等死，谁当白王不反者？"乃槛车与王诣长安。高对狱曰："独吾属为之，王不知也。"吏榜笞数千，刺爇，身无完者，终不复言。吕后数言张王以鲁元故，不宜有此。上怒曰："使张敖据天下，岂少乃女乎！"廷尉以贯高辞闻，上曰："壮士！谁知者，以私问之。"中大夫泄公曰："臣素知之，此固赵国立名义不侵为然诺者也。"上使泄公持节问之箯舆前。印视泄公，劳苦如平生欢。与语，问："张王果有谋不？"高曰："人情岂不各爱其父母妻子哉？今吾三族皆以论死，岂以王易吾亲哉！顾为王实不反，独吾等为之。"具道本根所以、王不知状。于是泄公具以报上，上乃赦赵王。

上贤高能自立然诺，使泄公赦之，告曰："张王已出，上多足下，故赦足下。"高曰："所以不死，白张王不反耳。今王已出，吾责塞矣。且人臣有篡弑之名，岂有面目复事上哉！"乃仰绝亢而死。敖已出，尚鲁元公主如故，封为宣平侯。于是上贤张王诸客，皆以为诸侯相、郡守。语在《田叔传》。及孝惠、高后、文、景时，张王客子孙皆为二千石。初，孝惠时，齐悼惠王献城阳郡，尊鲁元公主为太后。高后元年，鲁元太后薨。后六年，宣平侯敖薨。吕太后立敖子偃为鲁王，以母为太后故也。又怜其年少孤弱，乃封敖前妇子二人：寿为乐昌侯，侈为信都侯。

高后崩，大臣诛诸吕，废鲁王及二侯。孝文即位，复封故鲁王偃为南宫侯。薨，子生嗣。武帝时，生有罪免，国除。元光中，复封偃孙广国为睢陵侯。薨，子昌嗣。太初中，昌坐不敬免，国除。孝平元始二年，继绝世，封敖玄孙庆忌为宣平侯，食千户。

赞曰：张耳、陈馀，世所称贤，其宾客厮役皆天下俊桀，所居国无不取卿相者。然耳、馀始居约时，相然信死，岂顾问哉！及据国争权，卒相灭亡，何乡者慕用之诚，后相背之盭也！势利之交，古人羞之，盖谓是矣。

卷三十三

魏豹田儋韩王信传第三

魏豹，故魏诸公子也。其兄魏咎，故魏时封为宁陵君，秦灭魏，为庶人。陈胜之王也，咎往从之。胜使魏人周市徇魏地，魏地已下，欲立周市为魏王。市曰："天下昏乱，忠臣乃见。今天下共畔秦，其谊必立魏王后乃可。"齐、赵使车各五十乘，立市为王。市不受，迎魏咎于陈，五反，陈王乃遣立咎为魏王。

章邯已破陈王，进兵击魏王于临济。魏王使周市请救齐、楚。齐、楚遣项它、田巴将兵，随市救魏。章邯遂击破杀周市等军，围临济。咎为其民约降。约降定，咎自杀。魏豹亡走楚。楚怀王予豹数千人，复徇魏地。项羽已破秦兵，降章邯，豹下魏二十余城，立为魏王。豹引精兵从项羽入关。羽封诸侯，欲有梁地，乃徙豹于河东，都平阳，为西魏王。

汉王还定三秦，渡临晋，豹以国属焉，遂从击楚于彭城。汉王败，还至荥阳，豹请视亲病，至国，则绝河津畔汉。汉王谓郦生曰："缓颊往说之。"郦生往，豹谢曰："人生一世间，如白驹过隙。今汉王嫚侮人，骂詈诸侯群臣如奴耳，非有上下礼节，吾不忍复见也。"汉王遣韩信击豹，遂虏之，传豹诣荥阳，以其地为河东、太原、上党郡。汉王令豹守荥阳。楚围之急，周苛曰："反国之王，难与共守。"遂杀豹。

田儋，狄人也，故齐王田氏之族也。儋从弟荣，荣弟横，皆豪桀，宗强，能得人。陈涉使周市略地，北至狄，狄城守。儋阳为缚其奴，从少年之廷，欲谒杀奴。见狄令，因击杀令，而召豪吏子弟曰："诸侯皆反秦自立，齐，古之建国，儋，田氏，当王。"遂自立为齐王，发兵击周市。市军还去，儋因率兵东略定齐地。

秦将章邯围魏王咎于临济，急。魏王请救于齐，儋将兵救魏。章邯夜衔枚击，大破齐、楚军，杀儋于临济下。儋从弟荣收儋余兵东走东阿。齐人闻儋死，乃立故齐王建之弟田假为王，田角为相，田閒为将，以距诸侯。

荣之走东阿，章邯追围之。项梁闻荣急，乃引兵击破章邯东阿下。章邯走而西，项梁因追之。而荣怒齐之立假，乃引兵归，击逐假。假亡走楚。相角亡走赵。角弟閒前救赵，因不敢归。荣乃立儋子市为王，荣相之，横为将，平齐地。

项梁既追章邯，章邯兵益盛，项梁使使趣齐兵共击章邯。荣曰："楚杀田假，赵杀角、閒，乃出兵。"楚怀王曰："田假与国之王，穷而归我，杀之不谊。"赵亦不杀田角、田閒以市于齐。齐王曰："蝮蠚手则斩手，蠚足则斩足。何者？为害于身也。田假、田角、田閒于楚、赵，非手足戚，何故不杀？且秦复得志于天下，则齮龁首用事者坟墓矣。"楚、赵不听齐，齐亦怒，终不肯出兵。章邯果败杀项梁，破楚兵。楚兵东走，而章邯渡河围赵于巨鹿。项羽由此怨荣。

羽既存赵，降章邯，西灭秦，立诸侯王，乃徙齐王市更王胶东，治即墨。齐将田都从共救赵，因入关，故立都为齐王，治临菑。故齐王建孙田安，项羽方渡河救赵，安下济北数城，引兵降项羽，羽立安为济北王，治博阳。

荣以负项梁，不肯助楚攻秦，故不得王。赵将陈馀亦失职，不得王。二人俱怨项羽。荣使人将兵助陈馀，令反赵地，而荣亦发兵以距击田都，都亡走楚。荣留齐王市毋之胶东。市左右曰："项王强暴，王不就国，必危。"市惧，乃亡就国。荣怒，追击杀市于即墨，还攻杀济北王安，自立为王，尽并三齐之地。项王闻之，大怒，乃北伐齐。荣发兵距之城阳。荣兵败，走平原，平原民杀荣。项羽遂烧夷齐城郭，所过尽屠破。齐人相聚畔之。荣弟横收齐散兵，得数万人，反击项羽于城阳。而汉王帅诸侯败楚，入彭城。项羽闻之，乃释齐而归击汉于彭城，因连与汉战，相距荥阳。以故横复收齐城邑，立荣子广为王，而横相之，政事无巨细皆断于横。

定齐三年，闻汉将韩信引兵且东击齐，齐使华毋伤、田解军历下以距汉。会汉使郦食其往说王广及相横，与连和。横然之，乃罢历下守备，纵酒，且遣使与汉平。韩信乃渡平原，袭破齐历下军，因入临菑。王广、相横以郦生为卖己而亨之。广东走高密，横走博，守相田光走城阳，将军田既军于胶东。楚使龙且救齐，齐王与合军高密。汉将韩信、曹参破杀龙且，虏齐王广。汉将灌婴追得守相光，至博。而横闻王死，自立为王，还击婴，婴败横军于嬴下。横亡走梁，归彭越。越时居梁地，中立，且为汉，且为楚。韩信已杀龙且，因进兵破杀田既于胶东，灌婴破杀齐将田吸于千乘，遂平齐地。

汉灭项籍，汉王立为皇帝，彭越为梁王。横惧诛，而与其徒属五百余人入海，居隝中。高帝闻之，以横兄弟本定齐，齐人贤者多附焉，今在海中不收，后恐有乱，乃使使赦横罪而召之。横谢曰："臣亨陛下之使郦食其，今闻其弟商为汉将而贤，臣恐惧，不敢奉诏，请为庶人，守海隝中。"使还报，高帝乃诏卫尉郦商曰："齐王横即至，人马从者敢动摇者致族夷！"乃复使使持节具告以诏意，曰："横来，大者王，小者乃侯耳；不来，且发兵加诛。"横乃与其客二人乘传诣雒阳。

至尸乡厩置，横谢使者曰："人臣见天子，当洗沐。"止留。谓其客曰："横始与汉王俱南面称孤，今汉王为天子，而横乃为亡虏，北面事之，其愧固已甚矣。又吾亨人之兄，与其弟并肩而事主，纵彼畏天子之诏，不敢动摇，我独不愧于心乎？且陛下所以欲见我，不过欲壹见我面貌耳。陛下在雒阳，今斩吾头，驰三十里间，形容尚未能败，犹可知也。"遂自刭，令客奉其头，从使者驰奏之高帝。高帝曰："嗟乎，有以！起布衣，兄弟三人更王，岂非贤哉！"为之流涕，而拜其二客为都尉，发卒二千，以王者礼葬横。

既葬，二客穿其冢旁，皆自刭从之。高帝闻而大惊，以横之客皆贤者，"吾闻其余尚五百人在海中"，使使召至，闻横死，亦皆自杀。于是乃知田横兄弟能得士也。"

韩王信，故韩襄王孽孙也，长八尺五寸。项梁立楚怀王，燕、齐、赵、魏皆已前王，唯韩无有后，故立韩公子横阳君成为韩王，欲以抚定韩地。项梁死定陶，成奔怀王。沛公引兵击阳城，使张良以韩司徒徇韩地，得信，以为韩将，将其兵从入武关。沛公为汉王，信从入汉中，乃说汉王曰："项王王诸将，王独居此，迁也。士卒皆山东人，竦而望归，及其蜂东乡，可以争天下。"汉王还定三秦，乃许王信，先拜为韩太尉，将兵略韩地。

项籍之封诸王皆就国，韩王成以不从无功，不遣之国，更封为穰侯，后又杀之。闻汉遣信略韩地，乃令故籍游吴时令郑昌为韩王距汉。汉二年，信略定韩地十余城。汉王至河南，信急击韩王昌，昌降汉。汉乃立信为韩王，常将韩兵从。汉王使信与周苛等守荥阳，楚拔之，信降楚。已得亡归汉，汉复以为韩王，竟从击破项籍。五年春，与信剖符，王颍川。

六年春，上以为信壮武，北近巩、雒，南迫宛、叶，东有淮阳，皆天下劲兵处也，乃更以太原郡为韩国，徙信以备胡，都晋阳。信上书曰："国被边，匈奴数入，晋阳去塞远，请治马邑。"上许之。秋，匈奴冒顿大入围信，信数使使胡求和解。汉发兵救之，疑信数间使，有二心。上赐信书责让之曰："专死不勇，专生不任，寇攻马邑，君王力不足以坚守乎？安危存亡之地，此二者朕所以责于君王。"信得书，恐诛，因与匈奴约共攻汉，以马邑降胡，击太原。

七年冬，上自往击破信军铜鞮，斩其将王喜。信亡走匈奴。与其将白土人曼丘臣、王黄立赵苗裔赵利为王，复收信散兵，而与信及冒顿谋攻汉。匈奴使左右贤王将万余骑与王黄等屯广武以南，至晋阳，与汉兵战，汉兵大破之，追至于离石，复破之。匈奴复聚兵楼烦西北。汉令车骑击匈奴，常败走，汉乘胜追北。闻冒顿居代谷，上居晋阳，使人视冒顿，还报曰"可击"。上遂至平城，上白登。匈奴骑围上，上乃使人厚遗阏氏。阏氏说冒顿曰："今得汉地，犹不能居，且两主不相厄。"居七日，胡骑稍稍引去。天雾，汉使人往来，胡不觉。护军中尉陈平言上曰："胡者全兵，请令强弩傅两矢外乡，徐行出围。"入平城，汉救兵亦至。胡骑遂解去，汉亦罢兵归。信为匈奴将兵往来击边，令王黄等说误陈豨。

十一年春，信复与胡骑入居参合。汉使柴将军击之，遗信书曰："陛下宽仁，诸侯虽有叛亡，而后归，辄复故位号，不诛也。大王所知。今王以败亡走胡，非有大罪，急自归。"信报曰："陛下擢仆闾巷，南面称孤，此仆之幸也。荥阳之事，仆不能死，囚于项籍，此一罪也。寇攻马邑，仆不能坚守，以城降之，此二罪也。今为反寇，将兵与将军争一旦之命，此三罪也。夫种、蠡无一罪，身死亡；仆有三罪，而欲求活，此伍子胥所以偾于吴世也。今仆亡匿山谷间，旦暮乞貣蛮夷，仆之思归，如痿人不忘起，盲者不忘视，势不可耳。"遂战。柴将军屠参合，斩信。

信之入匈奴，与太子俱，及至颓当城，生子，因名曰颓当。韩太子亦生子婴。至孝文时，颓当及婴率其众降。汉封颓当为弓高侯，婴为襄城侯。吴、楚反时，弓高侯功冠诸将。传子至孙，孙无子，国绝。婴孙以不敬失侯。颓当孽孙嫣，贵幸，名显当世。嫣弟说，以校尉击匈奴，封龙颔侯。后坐酎金失侯，复以待诏为横海将军，击破东越，封按道侯。太初中，为游击将军屯五原外列城，还为光禄勋，掘蛊太子宫，为太子所杀。子兴嗣，坐巫蛊诛。上曰："游击将军死事，无论坐者。"乃复封兴弟增为龙额侯。增少为郎，诸曹、侍中、光禄大夫，昭帝时至前将军，与大将军霍光定策立宣帝，益封千户。本始二年，五将征匈奴，增将三万骑出云中，斩首百余级，至期而还。神爵元年，代张安世为大司马车骑将军，领尚书事。增世贵，幼为忠臣，事三主，重于朝廷。为人宽和自守，以温颜逊辞承上接下，无所失意，保身固宠，不能有所建明。五凤二年薨，谥曰安侯。子宝嗣，亡子，国除。成帝时，继功臣后，封增兄子岑为龙頟侯。薨，子持弓嗣。王莽败，乃绝。

赞曰：周室既坏，至春秋末，诸侯耗尽，而炎、黄、唐、虞之苗裔尚犹颇有存者。秦灭六国，而上古遗烈扫地尽矣。楚、汉之际，豪桀相王，唯魏豹、韩信、田儋兄弟为旧国之后，然皆及身而绝。横之志节，宾客慕义，犹不能自立，岂非天乎！韩氏自弓高后贵显，盖周烈近与！

卷三十四

韩彭英卢吴传第四

韩信，淮阴人也。家贫无行，不得推择为吏，又不能治生为商贾，常从人寄食。其母死无以葬，乃行营高燥地，令傍可置万家者。信从下乡南昌亭长食，亭长妻苦之，乃晨炊蓐食。食时信往，不为具食。信亦知其意，自绝去。至城下钓，有一漂母哀之，饭信，竟漂数十日。信谓漂母曰："吾必重报母。"母怒曰："大丈夫不能自食，吾哀王孙而进食，岂望报乎！"淮阴少年又侮信曰："虽长大，好带刀剑，怯耳。"众辱信曰："能死，刺我；不能，出胯下。"于是信孰视，俯出跨下。一市皆笑信，以为怯。

及项梁度淮，信乃杖剑从之，居戏下，无所知名。梁败，又属项羽，为郎中。信数以策干项羽，羽弗用。汉王之入蜀，信亡楚归汉，未得知名，为连敖。坐法当斩，其畴十三人皆已斩，至信，信乃仰视，适见滕公，曰："上不欲就天下乎？而斩壮士！"滕公奇其言，壮其貌，释弗斩。与语，大说之，言于汉王。汉王以为治粟都尉，上未奇之也。

数与萧何语，何奇之。至南郑，诸将道亡者数十人，信度何等已数言上，不我用，即亡。何闻信亡，不及以闻，自追之。人有言上曰："丞相何亡。"上怒，如失左右手。居一二日，何来谒。上且怒且喜，骂何曰："若亡，何也？"何曰："臣非敢亡，追亡者耳。"上曰："所追者谁也？"曰："韩信。"上复骂曰："诸将亡者以十数，公无所追；追信，诈也。"何曰："诸将易得，至如信，国士无双。王必欲长王汉中，无所事信；必欲争天下，非信无可与计事者。顾王策安决。"王曰："吾亦欲东耳，安能郁郁久居此乎？"何曰："王计必东，能用信，信即留；不能用信，信终亡耳。"王曰："吾为公以为将。"何曰："虽为将，信不留。"王曰："以为大将。"何曰："幸甚。"于是王欲召信拜之。何曰："王素嫚无礼，今拜大将如召小儿，此乃信所以去也。王必欲拜之，择日斋戒，设坛场具礼，乃可。"王许之。诸将皆喜，人人各自以为得大将。至拜，乃韩信也，一军皆惊。

信已拜，上坐。王曰："丞相数言将军，将军何以教寡人计策？"信谢，因问王曰：

"今东乡争权天下，岂非项王邪？"上曰："然。"信曰："大王自料勇悍仁强孰与项王？"汉王默然良久，曰："弗如也。"信再拜贺曰："唯信亦以为大王弗如也。然臣尝事项王，请言项王为人也。项王意乌猝嗟，千人皆废，然不能任属贤将，此特匹夫之勇也。项王见人恭谨，言语姁姁，人有病疾，涕泣分食饮，至使人有功，当封爵，刻印刓，忍不能予，此所谓妇人之仁也。项王虽霸天下而臣诸侯，不居关中而都彭城；又背义帝约，而以亲爱王，诸侯不平。诸侯之见项王逐义帝江南，亦皆归逐其主，自王善地。项王所过亡不残灭，多怨百姓，百姓不附，特劫于威，强服耳。名虽为霸，实失天下心，故曰其强易弱。今大王诚能反其道，任天下武勇，何不诛！以天下城邑封功臣，何不服！以义兵从思东归之士，何不散！且三秦王为秦将，将秦子弟数岁，而所杀亡不可胜计，又欺其众降诸侯。至新安，项王诈坑秦降卒二十余万人，唯独邯、欣、翳脱。秦父兄怨此三人，痛于骨髓。今楚强以威王此三人，秦民莫爱也。大王之入武关，秋毫亡所害，除秦苛法，与民约，法三章耳，秦民亡不欲得大王王秦者。于诸侯之约，大王当王关中，关中民户知之。王失职之蜀，民亡不恨者。今王举而东，三秦可传檄而定也。"于是汉王大喜，自以为得信晚。遂听信计，部署诸将所击。

汉王举兵东出陈仓，定三秦。二年，出关收魏、河南，韩、殷王皆降。令齐、赵共击楚彭城，汉兵败散而还。信复发兵与汉王会荥阳，复击破楚京、索间，以故楚兵不能西。

汉之败却彭城，塞王欣、翟王翳亡汉降楚，齐、赵、魏亦皆反，与楚和。汉王使郦生往说魏王豹，豹不听，乃以信为左丞相击魏。信问郦生："魏得毋用周叔为大将乎？"曰："栢直也。"信曰："竖子耳！"遂进兵击魏。魏盛兵蒲坂，塞临晋。信乃益为疑兵，陈船欲度临晋，而伏兵从夏阳以木罂缶度军，袭安邑。魏王豹惊，引兵迎信。信遂虏豹，定河东，使人请汉王："愿益兵三万人，臣请以北举燕、赵，东击齐，南绝楚之粮道，西与大王会于荥阳。"汉王与兵三万人，遣张耳与俱，进击赵、代。破代，禽夏说阏与。信之下魏、代，汉辄使人收其精兵，诣荥阳以距楚。

信、耳以兵数万，欲东下井陉击赵。赵王、成安君陈馀闻汉且袭之，聚兵井陉口，号称二十万。广武君李左车说成安君曰："闻汉将韩信涉西河，虏魏王，禽夏说，新喋血阏与。今乃辅以张耳，议欲以下赵，此乘胜而去国远斗，其锋不可当。臣闻'千里馈粮，士有饥色；樵苏后爨，师不宿饱。'今井陉之道，车不得方轨，骑不得成列，行数百里，其势粮食必在后。愿足下假臣奇兵三万人，从间路绝其辎重；足下深沟高垒勿与战。彼前不得斗，退不得还，吾奇兵绝其后，野无所掠卤，不至十日，两将之头可致戏下。愿君留意臣之计，必不为二子所禽矣。"成安君，儒者，常称义兵不用诈谋奇计，谓曰："吾闻兵法'什则围之，倍则战。'今韩信兵号数万，其实不能，千里袭我，亦以罢矣。今如此避弗击，后有大者，何以距之？诸侯谓吾怯，而轻来伐我。"不听广武君策。

信使间人窥知其不用，还报，则大喜，乃敢引兵遂下。未至井陉口三十里，止舍。夜半传发，选轻骑二千人，人持一赤帜，从间道萆山而望赵军，戒曰："赵见我走，必空壁逐我，若疾入，拔赵帜，立汉帜。"令其裨将传餐，曰："今日破赵会食。"诸将皆呒然，阳应曰："诺。"信谓军吏曰："赵已先据便地壁，且彼未见大将旗鼓，未肯击前行，恐吾阻险而还。"乃使万人先行，出，背水阵。赵兵望见大笑。平旦，信建大将旗鼓，鼓行出井陉口，赵开壁击之，大战良久。于是信、张耳弃鼓旗，走水上军，复疾战。赵空壁争汉鼓旗，逐信、耳。信、耳已入水上军，军皆殊死战，不可败。信所出奇兵二千骑者，候赵空壁逐利，即驰入赵壁，皆拔赵旗帜，立汉赤帜二千。赵军已不能得信、耳等，欲还归壁，壁皆汉赤帜，大惊，以汉为皆已破赵王将矣，遂乱，遁走。赵将虽斩之，弗能禁。于是汉兵夹击，破虏赵军，斩成安君泜水上，禽赵王歇。信乃令军毋斩广武君，有生得之者，购千金。顷之，有缚而至戏下者，信解其缚，东乡坐，西乡对而师事之。

诸校效首虏休，皆贺，因问信曰："兵法有'右背山陵，前左水泽'，今者将军令臣等反背水阵，曰破赵会食，臣等不服。然竟以胜，此何术也？"信曰："此在兵法，顾诸君弗察耳。兵法不曰'陷之死地而后生，投之亡地而后存'乎？且信非得素拊循士大夫，经所谓'驱市人而战之'也，其势非置死地，人人自为战；今即予生地，皆走，宁尚得而用之乎！"诸将皆服曰："非所及也。"

于是问广武君曰："仆欲北攻燕，东伐齐，何若有功？"广武君辞曰："臣闻'亡国之大夫不可以图存，败军之将不可以语勇'。若臣者，何足以权大事乎！"信曰："仆闻之，百里奚居虞而虞亡，之秦而秦伯，非愚于虞而智于秦也，用与不用，听与不听耳。向使成安君听子计，仆亦禽矣。仆委心归计，愿子勿辞。"广武君曰："臣闻'智者千虑，必有一失；愚者千虑，亦有一得。'故曰'狂夫之言，圣人择焉。'顾恐臣计未足用，愿效愚忠。故成安君有百战百胜之计，一日而失之，军败鄗下，身死泜水上。今足下虏魏王，禽夏说，不旬朝破赵二十万众，诛成安君。名闻海内，威震诸侯，众庶莫不辍作怠惰，靡衣偷食，倾耳以待命者。然而众劳卒罢，其实难用也。今足下举倦敝之兵，顿之燕坚城之下，情见力屈，欲战不拔，旷日持久，粮食单竭。若燕不破，齐必距境而以自强。二国相持，则刘、项之权未有所分也。臣愚，窃以为亦过矣。"信曰："然则何由？"广武君对曰："当今之计，不如按甲休兵，百里之内，牛、酒日至，以飨士大夫，北首燕路，然后发一乘之使，奉咫尺之书，以使燕，燕必不敢不听。从燕而东临齐，虽有智者，亦不知为齐计矣。如是，则天下事可图也。兵故有先声而后实者，此之谓也。"信曰："善。敬奉教。"于是用广武君策，发使燕，燕从风而靡。乃遣使报汉，因请立张耳王赵以抚其国。汉王许之。

楚数使奇兵渡河击赵，王耳、信往来救赵，因行定赵城邑，发卒佐汉。楚方急围汉王荥阳，汉王出，南之宛、叶，得九江王布，入成皋，楚复急围之。四年，汉王出成皋，度河，独与滕公从张耳军修武。至，宿传舍。晨自称汉使，驰入壁。张耳、韩信未起，即其卧，夺其印符，麾召诸将易置之。信、耳起，乃知独汉王来，大惊。汉王夺两人军，即令张耳备守赵地，拜信为相国，发赵兵未发者击齐。

信引兵东，未度平原，闻汉王使郦食其已说下齐。信欲止，蒯通说信令击齐。语在《通传》。信然其计，遂渡河，袭历下军，至临菑。齐王走高密，使使于楚请救。信已定临菑，东追至高密西。楚使龙且将，号称二十万，救齐。

齐王、龙且并军与信战，未合。或说龙且曰："汉兵远斗，穷寇战，锋不可当也。齐、楚自居其地战，兵易败散。不如深壁，令齐王使其信臣招所亡城，城闻王在，楚来救，必反汉。汉二千里客居齐，齐城皆反之，其势无所得食，可毋战而降也。"龙且曰："吾平生知韩信为人，易与耳。寄食于漂母，无资身之策；受辱于跨下，无兼人之勇，不足畏也。且救齐而降之，吾何功？今战而胜之，齐半可得，何为而止！"遂战，与信夹潍水阵。信乃夜令人为万余囊，盛沙以壅水上流，引兵半渡，击龙且。阳不胜，还走。龙且果喜曰："固知信怯。"遂追渡水。信使人决壅囊，水大至。龙且军太半不得渡，即急击，杀龙且。龙且水东军散走，齐王广亡去。信追北至城阳，虏广。楚卒皆降，遂平齐。

使人言汉王曰："齐夸诈多变，反复之国，南边楚，不为假王以填之，其势不定。今权轻，不足以安之，臣请自立为假王。"当是时，楚方急围汉王于荥阳，使者至，发书，汉王大怒，骂曰："吾困于此，旦暮望而来佐我，乃欲自立为王！"张良、陈平伏后蹑汉王足，因附耳语曰："汉方不利，宁能禁信之自王乎？不如因立，善遇之，使自为守。不然，变生。"汉王亦寤，因复骂曰："大丈夫定诸侯，即为真王耳，何以假为！"遣张良立信为齐王，征其兵使击楚。

楚以亡龙且，项王恐，使盱台人武涉往说信曰："足下何不反汉与楚？楚王与足下有旧故。且汉王不可必，身居项王掌握中数矣，然得脱，背约，复击项王，其不可亲信如此。今足下虽自以为与汉王为金石交，然终为汉王所禽矣。足下所以得须臾至今者，以项王在。项王即亡，次取足下。何不与楚连和，三分天下而王齐？今释此时，自必于汉王以击楚，且为智者固若此邪！"信谢曰："臣得事项王数年，官不过郎中，位不过执戟，言不听，画策不用，故背楚归汉。汉王授我上将军印、数万之众，解衣衣我，推食食我，言听计用，吾得至于此。夫人深亲信我，背之不祥。幸为信谢项王。"武涉已去，蒯通知天下权在于信，深说以三分天下之计，语在《通传》。信不忍背汉，又自以功大，汉王不夺我齐，遂不听。

汉王之败固陵，用张良计，征信将兵会陔下。项羽死，高祖袭夺信军，徙信为楚王，都下邳。信至国，召所从食漂母，赐千金。及下乡亭长，钱百，曰："公，小人，为德不竟。"召辱己少年令出跨下者，以为中尉，告诸将相曰："此壮士也。方辱我时，宁不能死？死之无名，故忍而就此。"

项王亡将钟离眛家在伊庐，素与信善。项王败，眛亡归信。汉怨眛，闻在楚，诏楚捕之。信初之国，行县邑，陈兵出入。有变告信欲反，书闻，上患之。用陈平谋，伪游于云梦者，实欲袭信，信弗知。高祖且至楚，信欲发兵，自度无罪；欲谒上，恐见禽。人或说信曰："斩眛谒上，上必喜，亡患。"信见眛计事，眛曰："汉所以不击取楚，以眛在。公若欲捕我自媚汉，吾今死，公随手亡矣。"乃骂信曰："公非长者！"卒自刭。信持其首谒于陈。高祖令武士缚信，载后车。信曰："果若人言，'狡兔死，良狗亨'。"上曰："人告公反。"遂械信。至雒阳，赦以为淮阴侯。

信知汉王畏恶其能，称疾不朝从。由此日怨望，居常鞅鞅，羞与绛、灌等列。尝过樊将军哙。哙趋拜送迎，言称臣，曰："大王乃肯临臣。"信出门，笑曰："生乃与哙等为伍！"

上尝从容与信言诸将能各有差。上问曰："如我，能将几何？"信曰："陛下不过能将十万。"上曰："如公何如？"曰："如臣，多多益办耳。"上笑曰："多多益办，何为为我禽？"信曰："陛下不能将兵，而善将将，此乃信之为陛下禽也。且陛下所谓天授，非人力也。"

后陈豨为代相监边，辞信，信挈其手，与步于庭数匝，仰天而叹曰："子可与言乎？吾欲与子有言。"豨因曰："唯将军命。"信曰："公之所居，天下精兵处也；而公，陛下之信幸臣也。人言公反，陛下必不信；再至，陛下乃疑；三至，必怒而自将。吾为公从中起，天下可图也。"陈豨素知其能，信之，曰："谨奉教！"汉十年，豨果反，高帝自将而往，信病不从。阴使人之豨所，而与家臣谋，夜诈赦诸官徒奴，欲发兵袭吕后、太子。部署已定，待豨报。其舍人得罪信，信囚，欲杀之。舍人弟上书变告信欲反状于吕后。吕后欲召，恐其党不就，乃与萧相国谋，诈令人从帝所来，称豨已破，群臣皆贺。相国绐信曰："虽病，强入贺。"信入，吕后使武士缚信，斩之长乐钟室。信方斩，曰："吾不用蒯通计，反为女子所诈，岂非天哉！"遂夷信三族。

高祖已破豨归，至，闻信死，且喜且哀之，问曰："信死亦何言？"吕后道其语。高祖曰："此齐辩士蒯通也。"召欲亨之。通至自说，释弗诛。语在《通传》。

彭越，字仲，昌邑人也。常渔巨野泽中，为盗。陈胜起，或谓越曰："豪桀相立畔秦，仲可效之。"越曰："两龙方斗，且待之。"

居岁余，泽间少年相聚百余人，往从越，"请仲为长"，越谢不愿也。少年强请，乃许。与期旦日日出时，后会者斩。旦日日出，十余人后，后者至日中。于是越谢曰："臣老，诸君强以为长。今期而多后，不可尽诛，诛最后者一人。"令校长斩之。皆笑曰："何至是！请后不敢。"于是越乃引一人斩之，设坛祭，令徒属。徒属皆惊，畏越，不敢仰视。乃行略地，收诸侯散卒，得千余人。

沛公之从砀北击昌邑，越助之。昌邑未下，沛公引兵西。越亦将其众居巨野泽中，收魏败散卒。项籍入关，王诸侯，还归，越众万余人无所属。齐王田荣叛项王，汉乃使人赐越将军印，使下济阴以击楚。楚令萧公角将兵击越，越大破楚军。汉二年春，与魏豹及诸侯东击楚，越将其兵三万余人，归汉外黄。汉王曰："彭将军收魏地，得十余城，欲急立魏后。今西魏王豹，魏咎从弟，真魏也。"乃拜越为魏相国，擅将兵，略定梁地。

汉王之败彭城解而西也，越皆亡其所下城，独将其兵北居河上。汉三年，越常往来为汉游兵击楚，绝其粮于梁地。项王与汉王相距荥阳，越攻下睢阳、外黄十七城。项王闻之，乃使曹咎守成皋，自东收越所下城邑，皆复为楚。越将其兵北走穀城。项王南走阳夏，越复下昌邑旁二十余城，得粟十余万斛，以给汉食。

汉王败，使使召越并力击楚，越曰："魏地初定，尚畏楚，未可去。"汉王追楚，为项籍所败固陵。乃谓留侯曰："诸侯兵不从，为之奈何？"留侯曰："彭越本定梁地，功多，始君王以魏豹故，拜越为相国。今豹死亡后，且越亦欲王，而君王不蚤定。今取睢阳以北至穀城，皆许以王彭越。"又言所以许韩信。语在《高纪》。于是汉王发使使越，如留侯策。使者至，越乃引兵会垓下。项籍死，立越为梁王，都定陶。

六年，朝陈。九年、十年，皆来朝长安。陈豨反代地，高帝自往击之，至邯郸，征兵梁。梁王称病，使使将兵诣邯郸。高帝怒，使人让梁王。梁王恐，欲自往谢。其将扈辄曰："王始不往，见让而往，往即为禽，不如遂发兵反。"梁王不听，称病。梁太仆有罪，亡走汉，告梁王与扈辄谋反。于是上使使掩捕梁王，囚之雒阳。有司治反形已具，请论如法。上赦以为庶人，徙蜀青衣。西至郑，逢吕后从长安东，欲之雒阳，道见越。越为吕后泣涕，自言亡罪，愿处故昌邑。吕后许诺，诏与俱东。至雒阳，吕后言上曰："彭越壮士也，今徙之蜀，此自遗患，不如遂诛之。妾谨与俱来。"于是吕后令其舍人告越复谋反。廷尉奏请，遂夷越宗族。

黥布，六人也。姓英氏。少时客相之，当刑而王。及壮，坐法黥，布欣然笑曰："人相我当刑而王，几是乎？"人有闻者，共戏笑之。布以论输骊山，骊山之徒数十万人，布皆与其徒长豪桀交通，乃率其曹耦，亡之江中为群盗。

陈胜之起也，布乃见番君，其众数千人。番君以女妻之。章邯之灭陈胜，破吕臣军，布引兵北击秦左右校，破之青波，引兵而东。闻项梁定会稽，西度淮，布以兵属梁。梁西击景驹、秦嘉等，布常冠军。项梁闻陈涉死，立楚怀王，以布为当阳君。项梁败死，怀王与布及诸侯将皆聚彭城。当是时，秦急围赵，赵数使人请救怀王。怀王使宋义为上将，项籍与布皆属之，北救赵。及籍杀宋义河上，自立为上将军，使布先涉河，击秦军，数有利。籍乃悉引兵从之，遂破秦军，降章邯等。楚兵常胜，功冠诸侯。诸侯兵皆服属楚者，以布数以少败众也。

项籍之引兵西至新安，又使布等夜击坑章邯秦卒二十余万人。至关，不得入，又使布等先从间道破关下军，遂得入。至咸阳，布为前锋。项王封诸将，立布为九江王，都六。尊怀王为义帝，徙都长沙，乃阴令布击之。布使将追杀之郴。

齐王田荣叛楚，项王往击齐，征兵九江，布称病不往，遣将将数千人行。汉之败楚彭城，布又称病不佐楚。项王由此怨布，数使使者谯让召布，布愈恐，不敢往。项王方北忧齐，赵，西患汉，所与者独布，又多其材，欲亲用之，以故未击。

汉王与楚大战彭城，不利，出梁地，至虞，谓左右曰："如彼等者，无足与计天下事者。"谒者随何进曰："不审陛下所谓。"汉王曰："孰能为我使淮南，使之发兵背楚，留项王于齐数月，我之取天下可以万全。"随何曰："臣请使之。"乃与二十人俱使淮南。至，太宰主之，三日不得见。随何因说太宰曰："王之不见何，必以楚为强，以汉为弱，此臣之所为使。使何得见，言之而是邪，是大王所欲闻也；言之而非邪，使何等二十人伏斧质淮南市，以明背汉而与楚也。"太宰乃言之王，王见之。随何曰："汉王使使臣敬进书大王御者，窃怪大王与楚何亲也。"淮南王曰："寡人北乡而臣事之。"随何曰："大王与项王俱列为诸侯，北乡而臣事之，必以楚为强，可以托国也。项王伐齐，身负版筑，以为士卒先。大王宜悉淮南之众，身自将，为楚军前锋，今乃发四千人以助楚。夫北面而臣事人者，固若是乎？夫汉王战于彭城，项王未出齐也，大王宜扫淮南之众，日夜会战彭城下。今抚万人之众，无一人渡淮者，阴拱而观其孰胜。夫托国于人者，固若是乎？大王提空名以乡楚，而欲厚自托，臣窃为大王不取也。然大王不背楚者，以汉为弱也。夫楚兵虽强，天下负之以不义之名，以其背明约而杀义帝也。然而楚王特以战胜自强。汉王收诸侯，还守成皋、荥阳，下蜀、汉之粟，深沟壁垒，分卒守徼乘塞。楚人还兵，间以梁地，深入敌国八九百里，欲战则不得，攻城则力不能，老弱转粮千里之外。楚兵至荥阳、成皋，汉坚守而不动，进则不得攻，退则不能解，故楚兵不足罢也。使楚兵胜汉，则诸侯自危惧而相救。夫楚之强，适足以致天下之兵耳。故楚不如汉，其势易见也。今大王不与万全之汉，而自托于危亡之楚，臣窃为大王或之。臣非以淮南之兵足以亡楚也。夫大王发兵而背楚，项王必留；留数月，汉之取天下可以万全。臣请与大王杖剑而归汉王，汉王必裂地而分大王，又况淮南，必大王有也。故汉王敬使使臣进愚计，愿大王之留意也。"淮南王曰："请奉命。"阴许叛楚与汉，未敢泄。

楚使者在，方急责布发兵，随何直入曰："九江王已归汉，楚何以得发兵！"布愕然。楚使者起，何因说布曰："事已构，独可遂杀楚使，毋使归，而疾走汉并力。"布曰："如使者教。"因起兵而攻楚。楚使项声、龙且攻淮南，项王留而攻下邑。数月，龙且攻淮南，破布军。布欲引兵走汉，恐项王击之，故间行与随何俱归汉。至，汉王方踞床洗，而召布入见。布大怒，悔来，欲自杀。出就舍，张御食饮从官如汉王居，布又大喜过望。于是乃使人之九江。楚已使项伯收九江兵，尽杀布妻子。布使者颇得故人幸臣，将众数千人归汉。汉益分布兵而与俱北，收兵至成皋。

四年秋七月，立布为淮南王，与击项籍。布使人之九江，得数县。五年，布与刘贾入九江，诱大司马周殷，殷反楚。遂举九江兵与汉击楚，破垓下。

项籍死，上置酒对众折随何曰："腐儒！为天下安用腐儒哉！"随何跪曰："夫陛下引兵攻彭城，楚王未去齐也，陛下发步卒五万人、骑五千，能以取淮南乎？"曰："不能。"随何曰："陛下使何与二十人使淮南，如陛下之意，是何之功贤于步卒数万、骑五千也。然陛下谓何'腐儒'，'为天下安用腐儒'，何也？"上曰："吾方图子之功。"乃以随何为护军中尉。布遂剖符为淮南王，都六，九江、庐江、衡山、豫章郡皆属焉。

六年，朝陈。七年，朝雒阳。九，朝长安。十一年，高后诛淮阴侯，布因心恐。夏，汉诛梁王彭越，盛其醢以遍赐诸侯。至淮南，淮南王方猎，见醢，因大恐，阴令人部聚兵，候伺旁郡警急。

布有所幸姬病，就医。医家与中大夫贲赫对门，赫乃厚馈遗，从姬饮医家。姬侍王，从容语次，誉赫长者也。王怒曰："女安从知之？"具道，王疑与乱。赫恐，称病。王愈怒，欲捕赫。赫上变事，乘传诣长安。布使人追，不及。赫至，上变，言"布谋反有端，可先未发诛也"。上以其书语萧相国，萧相国曰："布不宜有此，恐仇怨妄诬之。请系赫，使人微验淮南王。"布见赫以罪亡上变，已疑其言国阴事，汉使又来，颇有所验，遂族赫家，发兵反。

反书闻，上乃赦赫，以为将军。召诸侯问："布反，为之奈何？"皆曰："发兵坑竖子耳，何能为！"汝阴侯滕公以问其客薛公，薛公曰："是固当反。"滕公曰："上裂地而封之，疏爵而贵之，南面而立万乘之主，其反何也？"薛公曰："前年杀彭越，往年杀韩信，三人皆同功一体之人也。自疑祸及身，故反耳。"滕公言之上曰："臣客故楚令尹薛公，其人有筹策，可问。"上乃见问薛公，对曰："布反不足怪也。使布出于上计，山东非汉之有也；出于中计，胜负之数未可知也；出于下计，陛下安枕而卧矣。"上曰："何谓上计？"薛公对曰："东取吴，西取楚，并齐取鲁，传檄燕、赵，固守其所，山东非汉之有也。""何谓中计？""东取吴，西取楚，并韩取魏，据敖仓之粟，塞成皋之险，胜败之数未可知也。""何谓下计？""东取吴，西取下蔡，归重于越，身归长沙，陛下安枕而卧，汉无事矣。"上曰："是计将安出？"薛公曰："出下计。"上曰："胡为废上计而出下计？"薛公曰："布故骊山之徒也，致万乘之主，此皆为身，不顾后为百姓万世虑者也，故出下计。"上曰："善。"封薛公千户。遂发兵自将东击布。

布之初反，谓其将曰："上老矣，厌兵，必不能来。使诸将，诸将独患淮阴、彭越，今已死，余不足畏。"故遂反。果如薛公揣之，东击荆，荆王刘贾走死富陵。尽劫其兵，度淮击楚。楚发兵与战徐、僮间，为三军，欲以相救为奇。或说楚将曰："布善用兵，民素畏之。且兵法，诸侯自战其地为散地。今别为三，彼败吾一，余皆走，安能相救！"不听。布果破其一军，二军散走。遂西，与上兵遇蕲西，会甀。布兵精甚，上乃壁庸城，望布军置陈如项籍军。上恶之，与布相望见，隃谓布"何苦而反？"布曰："欲为帝耳。"上怒骂之，遂战，破布军。布走度淮，数止战，不利，与百余人走江南。布旧与番君婚，故长沙哀王使人诱布，伪与俱亡走越，布信而随至番阳。番阳人杀布兹乡，遂灭之。封贲赫为列侯，将率封者六人。

卢绾，丰人也，与高祖同里。绾亲与高祖太上皇相爱，及生男，高祖、绾同日生，里中持羊、酒贺两家。及高祖、绾壮，学书，又相爱也。里中嘉两家亲相爱，生子同日，壮又相爱，复贺羊、酒。高祖为布衣时，有吏事避宅，绾常随上下。及高祖初起沛，绾以客从，入汉为将军，常侍中。从东击项籍，以太尉常从，出入卧内，衣被食饮赏赐，群臣莫敢望。虽萧、曹等，特以事见礼，至其亲幸，莫及绾者。封为长安侯。长安，故咸阳也。

项籍死，使绾别将，与刘贾击临江王共尉，还，从击燕王臧荼，皆破平。时诸侯非刘氏而王者七人。上欲王绾，为群臣觖望。及虏臧荼，乃下诏，诏诸将相列侯择群臣有功者以为燕王。群臣知上欲王绾，皆曰："太尉长安侯卢绾常从平定天下，功最多，可王。"上乃立绾为燕王。诸侯得幸莫如燕王者。绾立六年，以陈豨事见疑而败。

豨者，宛句人也，不知始所以得从。及韩王信反入匈奴，上至平城还，豨以郎中封为列侯，以赵相国将监赵、代边，边兵皆属焉。豨少时，常称慕魏公子，及将守边，招致宾客。常告过赵，宾客随之者千余乘，邯郸官舍皆满。豨所以待客，如布衣交，皆出客下。赵相周昌乃求入见上，具言豨宾客盛，擅兵于外，恐有变。上令人复案豨客居代者诸为不法事，多连引豨。豨恐，阴令客通使王黄、曼丘臣所。汉十年秋，太上皇崩，上因是召豨。豨称病，遂与王黄等反，自立为代王，劫略赵、代。上闻，乃赦吏民为豨所诖误劫略者。上自击豨，破之。语在《高纪》。

初，上如邯郸击豨，燕王绾亦击其东北。豨使王黄求救匈奴，绾亦使其臣张胜使匈奴，言豨等军破。胜至胡，故燕王臧荼子衍亡在胡，见胜曰："公所以重于燕者，以习胡事也。燕所以久存者，以诸侯数反，兵连不决也。今公为燕欲急灭豨等，豨等已尽，次亦至燕，公等亦且为虏矣。公何不令燕且缓豨，而与胡连和？事宽，得长王燕，即有汉急，可以安国。"胜以为然，乃私令匈奴兵击燕。绾疑胜与胡反，上书请族胜。胜还报，具道所以为者。绾寤，乃诈论他人，以脱胜家属，使得为匈奴间。而阴使范齐之豨所，欲令久连兵毋决。

汉既斩豨，其裨将降，言燕王绾使范齐通计谋豨所。上使使召绾，绾称病。又使辟阳侯审食其、御史大夫赵尧往迎绾，因验问其左右。绾愈恐，閟匿，谓其幸臣曰："非刘氏而王者，独我与长沙耳。往年汉族淮阴，诛彭城，皆吕后计。今上病，属任吕后。吕后妇人，专欲以事诛异姓王者及大功臣。"乃称病不行，其左右皆亡匿。语颇泄，辟阳侯闻之，归具报，上益怒。又得匈奴降者，言张胜亡在匈奴，为燕使。于是上曰："绾果反矣！"使樊哙击绾。绾悉将其宫人家属，骑数千，居长城下候伺，幸上病愈，自入谢。高祖崩，绾遂将其众亡入匈奴，匈奴以为东胡卢王。为蛮夷所侵夺，常思复归。居岁余，死胡中。

高后时，绾妻与其子亡降，会高后病，不能见，舍燕邸，为欲置酒见之。高后竟崩，绾妻亦病死。孝景帝时，绾孙它人以东胡王降，封为恶谷侯。传至曾孙，有罪，国除。

吴芮，秦时番阳令也，甚得江湖间民心，号曰番君。天下之初叛秦也，黥布归芮，芮妻之，因率越人举兵以应诸侯。沛公攻南阳，乃遇芮之将梅鋗，与偕攻析、郦，降之。及项羽相王，以芮率百越佐诸侯，从入关，故立芮为衡山王，都邾。其将梅鋗功多，封十万户，为列侯。项籍死，上以鋗有功，从入武关，故德芮，徙为长沙王，都临湘，一年薨，谥曰文王，子成王臣嗣。薨，子哀王回嗣。薨，子共王右嗣。薨，子靖王差嗣。孝文后七年薨，无子，国除。初，文王芮，高祖贤之，制诏御史："长沙王忠，其定著令。"至孝惠、高后时，封芮庶子二人为列侯，传国数世绝。

赞曰：昔高祖定天下，功臣异姓而王者八国。张耳、吴芮、彭越、黥布、臧荼、卢绾与两韩信，皆徼一时之权变，以诈力成功，咸得裂土，南面称孤。见疑强大，怀不自安，事穷势迫，卒谋叛逆，终于灭亡。张耳以智全，至子亦失国。唯吴芮之起，不失正道，故能传号五世，以无嗣绝，庆流支庶有以矣夫，著于甲令而称忠也！

卷三十五

荆燕吴传第五

荆王刘贾，高帝从父兄也，不知其初起时。汉元年，还定三秦，贾为将军，定塞地，从东击项籍。

汉王败成皋，北度河，得张耳、韩信军，军修武，深沟高垒，使贾将二万人，骑数百，击楚，度白马津入楚地，烧其积聚，以破其业，无以给项王军食。已而楚兵击之，贾辄避不肯与战，而与彭越相保。汉王追项籍至固陵，使贾南度淮围寿春。还至，使人间招楚大司马周殷。周殷反楚，佐贾举九江，迎英布兵，皆会垓下，诛项籍。汉王因使贾将九江兵，与太尉卢绾西南击临江王共尉，尉死，以临江为南郡。

贾既有功，而高祖子弱，昆弟少，又不贤，欲王同姓以填天下，乃下诏曰："将军刘贾有功，及择子弟可以为王者。"群臣皆曰："立刘贾为荆王，王淮东。"立六年，而淮南王黥布反，东击荆。贾与战，弗胜，走富陵，为布军所杀。

燕王刘泽，高祖从祖昆弟也。高祖三年，泽为郎中。十一年，以将军击陈豨将王黄，封为营陵侯。

高后时，齐人田生游乏资，以画奸泽。泽大说之，用金二百斤为田生寿。田生已得金，即归齐。二岁，泽使人谓田生曰："弗与矣。"田生如长安，不见泽，而假大宅，令其子求事吕后所幸大谒者张卿。居数月，田生子请张卿临，亲修具。张卿往，见田生帷帐具置如列侯。张卿惊。酒酣，乃屏人说张卿曰："臣观诸侯邸第百余，皆高帝一切功臣。今吕氏雅故本推毂高帝就天下，功至大，又有亲戚太后之重。太后春秋长，诸吕弱，太后欲立吕产为吕王，王代。太后又重发之，恐大臣不听。今卿最幸，大臣所敬，何不风大臣以闻太后，太后必喜。诸吕以王，万户侯亦卿之有。太后心欲之，而卿为内臣，不急发，恐祸及身矣。"张卿大然之，乃风大臣语太后。太后朝，因问大臣。大臣请立吕产为吕王。太后赐张卿千金，张卿以其半进田生。田生弗受，因说之曰："吕产王也，诸大臣未大服。今营陵侯泽，诸刘长，为大将军，独此尚觖望。今卿言太后，裂十余县王之，彼得王喜，于诸吕王益固矣。"张卿入言之。又太后女弟吕须女亦为营陵侯妻，故遂立营陵侯泽为琅邪王。琅邪王与田生之国，急行毋留。出关，太后果使人追之。已出，即还。

泽王琅邪二年，而太后崩，泽乃曰："帝少，诸吕用事，诸刘孤弱。"引兵与齐王合谋西，欲诛诸吕。至梁，闻汉灌将军屯荥阳，泽还兵备西界，遂跳驱至长安。代王亦从代至。诸将相与琅邪王共立代王，是为孝文帝。文帝元年，徙泽为燕王，而复以琅邪归齐。

泽王燕二年，薨，谥曰敬王。子康王嘉嗣，九年薨。子定国嗣。定国与父康王姬奸，生子男一人。夺弟妻为姬。与子女三人奸。定国有所欲诛杀臣肥如令郢人，郢人等告定国。

定国使谒者以它法劾捕格杀郢人灭口。至元朔中，郢人昆弟复上书具言定国事。下公卿，皆议曰："定国禽兽行，乱人伦，逆天道，当诛。"上许之。定国自杀，立四十二年，国除。哀帝时继绝世，乃封敬王泽玄孙之孙无终公士归生为营陵侯，更始中为兵所杀。

吴王濞，高帝兄仲之子也。高帝立仲为代王。匈奴攻代，仲不能坚守，弃国间行，走雒阳，自归，天子不忍致法，废为合阳侯。子濞，封为沛侯。黥布反，高祖自将往诛之。濞年二十，以骑将从破布军。荆王刘贾为布所杀，无后。上患吴会稽轻悍，无壮王填之，诸子少，乃立濞于沛，为吴王，王三郡五十三城。已拜受印，高祖召濞相之，曰："若状有反相。"独悔，业已拜，因拊其背曰："汉后五十年东南有乱，岂若邪？然天下同姓一家，慎无反！"濞顿首曰："不敢。"

会孝惠、高后时天下初定，郡国诸侯各务自拊循其民。吴有豫章郡铜山，即招致天下亡命者盗铸钱，东煮海水为盐，以故无赋，国用饶足。

孝文时，吴太子入见，得侍皇太子饮博。吴太子师傅皆楚人，轻悍，又素骄。博争道，不恭，皇太子引博局提吴太子，杀之。于是遣其丧归葬吴。吴王愠曰："天下一宗，死长安即葬长安，何必来葬！"复遣丧之长安葬。吴王由是怨望，稍失藩臣礼，称疾不朝。京师知其以子故，验问实不病，诸吴使来，辄系责治之。吴王恐，所谋滋甚。及后使人为秋请，主复责问吴使者。使者曰："察见渊中鱼，不祥。今吴王始诈疾，及觉，见责急，愈益闭，恐上诛之，计乃无聊。唯上与更始。"于是天子皆赦吴使者归之，而赐吴王几杖，老，不朝。吴得释，其谋亦益解。然其居国以铜盐故，百姓无赋。卒践更，辄予平贾。岁时存问茂材，赏赐闾里，它郡国吏欲来捕亡人者，颂共禁不与。如此者三十余年，以故能使其众。

晁错为太子家令，得幸皇太子，数从容言吴过可削。数上书说之，文帝宽，不忍罚，以此吴王日益横。及景帝即位，错为御史大夫，说上曰："昔高帝初定天下，昆弟少，诸子弱，大封同姓，故孽子悼惠王王齐七十二城，庶弟元王王楚四十城，兄子王吴五十余城。封三庶孽，分天下半。今吴王前有太子之隙，诈称病不朝，于古法当诛。文帝不忍，因赐几仗，德至厚也。不改过自新，乃益骄恣，公即山铸钱，煮海为盐，诱天下亡人谋作乱逆。今削之亦反，不削亦反。削之，其反亟，祸小；不削之，其反迟，祸大。"三年冬，楚王来朝，错因言楚王戊往年为薄太后服，私奸服舍，请诛之。诏赦，削东海郡。及前二年，赵王有罪，削其常山郡。胶西王卬以卖爵事有奸，削其六县。

汉廷臣方议削吴，吴王恐削地无已，因欲发谋举事。念诸侯无足与计者，闻胶西王勇，好兵，诸侯皆畏惮之，于是乃使中大夫应高口说胶西王曰："吴王不肖，有夙夜之忧，不敢自外，使使臣谕其愚心。"王曰："何以教之？"高曰："今者主上任用邪臣，听信谗贼，变更律令，侵削诸侯，征求滋多，诛罚良重，日以益甚。语有之曰：'狧糠及米。'吴与胶西，知名诸侯也，一时见察，不得安肆矣。吴王身有内疾，不能朝请二十余年，常患见疑，无以自白，胁肩累足，犹惧不见释。窃闻大王以爵事有过，所闻诸侯削地，罪不至此，此恐不止削地而已。"王曰："有之，子将奈何？"高曰："同恶相助，同好相留，同情相求，同欲相趋，同利相死。今吴王自以与大王同忧，愿因时循理，弃躯以除患于天下，意亦可乎？"胶西王瞿然骇曰："寡人何敢如是？主上虽急，固有死耳，安得不事？"高曰："御史大夫晁错营或天子，侵夺诸侯，蔽忠塞贤，朝廷疾怨，诸侯皆有背叛之意，人事极矣。彗星出，蝗虫起，此万世一时，而愁劳，圣人所以起也。吴王内以晁错为诛，外从大王后车，方洋天下，所向者降，所指者下，莫敢不服。大王诚幸而许之一言，则吴王率楚王略函谷关，守荥阳敖仓之粟，距汉兵，治次舍，须大王。大王幸而临之，则天下可并，两主分割，不亦可乎？”王曰：“善。”归报吴王，犹恐其不果，乃身自为使者，至胶西面约之。

胶西群臣或闻王谋，谏曰：“诸侯地不能为汉十二，为叛逆以忧太后，非计也。今承一帝，尚云不易，假令事成，两主分争，患乃益生。”王不听，遂发使约齐、菑川、胶东、济南，皆许诺。诸侯既新削罚，震恐，多怨错。及削吴会稽、豫章郡书至，则吴王先起兵，诛汉吏二千石以下。胶西、胶东、菑川、济南、楚、赵亦皆反，发兵西。齐王后悔，背约城守。济北王城坏未完，其郎中令劫守王，不得发兵。胶西王、胶东王为渠率，与菑川、济南共攻围临菑。赵王遂亦阴使匈奴与连兵。七国之发也，吴王悉其士卒，下令国中曰：“寡人年六十二，身自将。少子年十四，亦为士卒先。诸年上与寡人同，下与少子等，皆发！”二十余万人。南使闽、东越，闽、东越亦发兵从。

孝景前三年正月甲子，初起兵于广陵。西涉淮，因并楚兵。发使遗诸侯书曰：“吴王刘濞敬问胶西王、胶东王、菑川王、济南王、赵王、楚王、淮南王、衡山王、庐江王、故长沙王子：幸教！以汉有贼臣错，无功天下，侵夺诸侯之地，使吏劾系讯治，以侵辱之为故，不以诸侯人君礼遇刘氏骨肉，绝先帝功臣，进任奸人，诳乱天下，欲危社稷。陛下多病志逸，不能省察。欲举兵诛之，谨闻教。敝国虽狭，地方三千里；人民虽少，精兵可具五十万。寡人素事南越三十余年，其王诸君皆不辞分其兵以随寡人，又可得三十万。寡人虽不肖，愿以身从诸王。南越直长沙者，因王子定长沙以北，西走蜀、汉中。告越、楚王、淮南三王，与寡人西面；齐诸王与赵王定河间、河内，或入临晋关，或与寡人会雒阳；燕王、赵王故与胡王有约，燕王北定代、云中，转胡众入萧关，走长安，匡正天下，以安高庙。愿王勉之。楚元王子、淮南三王或不沐洗十余年，怨入骨髓，欲壹有所出久矣，寡人未得诸王之意，未敢听。今诸王苟能存亡继绝，振弱伐暴，以安刘氏，社稷所愿也。吴国虽贫，寡人节衣食用，积金钱，修兵革，聚粮食，夜以继日，三十余年矣。凡皆为此，愿诸王勉之。能斩捕大将者，赐金五千斤，封万户；列将，三千斤，封五千户；裨将，二千斤，封二千户；二千石，千斤，封千户：皆为列侯。其以军若城邑降者，卒万人，邑万户，如得大将；人户五千，如得列将；人户三千，如得裨将；人户千，如得二千石；其小吏皆以差次受爵金。它封赐皆倍军法。其有故爵邑者，更益勿因。愿诸王明以令士大夫，不敢欺也。寡人金钱在天下者往往而有，非必取于吴，诸王日夜用之不能尽。有当赐者告寡人，寡人且往遗之。敬以闻。”

七国反书闻，天子乃遣太尉条侯周亚夫将三十六将军往击吴、楚；遣曲周侯郦寄击赵，将军栾布击齐，大将军窦婴屯荥阳监齐、赵兵。初，吴、楚反书闻，兵未发，窦婴言故吴相爰盎。召入见，上问以吴、楚之计，盎对曰：“吴、楚相遗书，曰‘贼臣鼂错擅適诸侯，削夺之地’，以故反，名为‘西共诛错，复故地而罢’。方今计独斩错，发使赦七国，复其故地，则兵可毋血刃而俱罢。”上从其议，遂斩错。语具在《盎传》。以盎为泰常，奉宗庙，使吴王，吴王弟子德侯为宗正，辅亲戚。使至吴，吴、楚兵已攻梁壁矣。宗正以亲故，先入见，谕吴王拜受诏。吴王闻盎来，亦知其欲说，笑而应曰：“我已为东帝，尚谁拜？”不肯见盎而留军中，欲劫使将。盎不肯，使人围守，且杀之。盎得夜亡走梁，遂归报。

条侯将乘六乘传，会兵荥阳。至雒阳，见剧孟，喜曰：“七国反，吾乘传至此，不自意全。又以为诸侯已得剧孟。孟今无动，吾据荥阳，荥阳以东无足忧者。”至淮阳，问故父绛侯客邓都尉曰：“策安出？”客曰：“吴楚兵锐甚，难与争锋。楚兵轻，不能久。方今为将军计，莫若引兵东北壁昌邑，以梁委吴，吴必尽锐攻之。将军深沟高垒，使轻兵绝淮泗口，塞吴饷道。使吴、梁相敝而粮食竭，乃以全制其极，破吴必矣。”条侯曰："善。"从其策，遂坚壁昌邑南，轻兵绝吴饷道。

吴王之初发也，吴臣田禄伯为大将军。田禄伯曰："兵屯聚而西，无它奇道，难以立功。臣愿得五万人，别循江、淮而上，收淮南、长沙，入武关，与大王会，此亦一奇也。"吴王太子谏曰："王以反为名，此兵难以藉人，人亦且反王，奈何？且擅兵而别，多它利害，徒自损耳。"吴王即不许田禄伯。吴少将桓将军说王曰："吴多步兵，步兵利险；汉多车骑，车骑利平地。愿大王所过城不下，直去，疾西据雒阳武库，食敖仓粟，阻山河之险以令诸侯，虽无入关，天下固已定矣。大王徐行，留下城邑，汉军车骑至，驰入梁、楚之郊，事败矣。"吴王问吴老将，老将曰："此年少推锋可耳，安知大虑！"于是王不用桓将军计。

王专并将其兵，未度淮，诸宾客皆得为将、校尉、行间侯、司马，独周丘不用。周丘者，下邳人，亡命吴，酤酒无行，王薄之，不任。周丘乃上谒，说王曰："臣以无能，不得待罪行间。臣非敢求有所将也，愿请王一汉节，必有以报。"王乃予之。周丘得节，夜驰入下邳。下邳时闻吴反，皆城守。至传舍，召令入户，使从者以罪斩令。遂召昆弟所善豪吏告曰："吴反兵且至，屠下邳不过食顷。今先下，家室必完，能者封侯至矣。"出乃相告，下邳皆下。周丘一夜得三万人，使人报吴王，遂将其兵北略城邑。比至城阳，兵十余万，破城阳中尉军。闻吴王败走，自度无与共成功，即引兵归下邳。未至，痈发背死。

二月，吴王兵既破，败走，于是天子制诏将军："盖闻为善者天报以福，为非者天报以殃。高皇帝亲垂功德，建立诸侯，幽王、悼惠王绝无后，孝文皇帝哀怜加惠，王幽王子遂、悼惠王子卬等，令奉其先王宗庙，为汉藩国，德配天地，明并日月。而吴王濞背德反义，诱受天下亡命罪人，乱天下币，称疾不朝二十余年。有司数请濞罪，孝文皇帝宽之，欲其改行为善。今乃与楚王戊、赵王遂、胶西王卬、济南王辟光、菑川王贤、胶东王雄渠约从谋反，为逆无道，起兵以危宗庙，贼杀大臣及汉使者，迫劫万民，伐杀无罪，烧残民家，掘其丘垄，甚为虐暴。而卬等又重逆无道，烧宗庙，卤御物，朕甚痛之。朕素服避正殿，将军其劝士大夫击反虏。击反虏者，深入多杀为功，斩首捕虏比三百石以上皆杀，无有所置。敢有议诏及不如诏者，皆要斩。"

初，吴王之度淮，与楚王遂西败棘壁，乘胜而前，锐甚。梁孝王恐，遣将军击之，又败梁两军，士卒皆还走。梁数使使条侯求救，条侯不许。又使使诉条侯于上，上使告条侯救梁，又守便宜不行，梁使韩安国及楚死事相弟张羽为将军，乃得颇败吴兵。吴兵欲西，梁城守，不敢西，即走条侯军，会下邑。欲战，条侯壁，不肯战。吴粮绝，卒饥，数挑战，遂夜奔条侯壁，惊东南。条侯使备西北，果从西北。不得入，吴大败，士卒多饥死叛散。于是吴王乃与其戏下壮士千人夜亡去，度淮走丹徒，保东越。东越兵可万余人，使人收聚亡卒。汉使人以利啖东越，东越即绐吴王，吴王出劳军，使人鏦杀吴王，盛其头，驰传以闻。吴王太子驹亡走闽越。吴王之弃军亡也，军遂溃，往往稍降太尉条侯及梁军。楚王戊军败，自杀。

三王之围齐临菑也，三月不能下。汉兵至，胶西、胶东、菑川王各引兵归国。胶西王徒跣，席稿，饮水，谢太后。王太子德曰："汉兵还，臣观之以罢，可袭，愿收王余兵击之，不胜而逃入海，未晚也。"王曰："吾士卒皆已坏，不可用之。"不听。汉将弓高侯颓当遗王书曰："奉诏诛不义，降者赦，除其罪，复故；不降者灭之。王何处？须以从事。"王肉袒叩头汉军壁，谒曰："臣卬奉法不谨，惊骇百姓，乃苦将军远道至于穷国，敢请菹醢之罪。"弓高侯执金鼓见之，曰："王苦军事，愿闻王发兵状。"王顿首膝行对曰："今者，晁错天子用事臣，变更高皇帝法令，侵夺诸侯地。卬等以为不义，恐其败乱天下，七国发兵，且以诛错。今闻错已诛，卬等谨已罢兵归。”将军曰：“王苟以错为不善，何不以闻？及未有诏虎符，擅发兵击义国。以此观之，意非徒欲诛错也！”乃出诏书为王读之，曰：“王其自图之。”王曰：“如卬等死有余罪。”遂自杀。太后、太子皆死。胶东、菑川、济南王皆伏诛。郦将军攻赵，十月而下之，赵王自杀。济北王以劫故，不诛。

初，吴王首反，并将楚兵，连齐、赵。正月起，三月皆破灭。

赞曰：荆王王也，由汉初定，天下未集，故虽疏属，以策为王，镇江、淮之间。刘泽发于田生，权激吕氏，然卒南面称孤者三世。事发相重，岂不危哉！吴王擅山海之利，能薄敛以使其众，逆乱之萌，自其子兴。古者诸侯不过百里，山海不以封，盖防此矣。鼂错为国远虑，祸反及身。“毋为权首，将受其咎”，岂谓错哉！

卷三十六

楚元王传第六

楚元王交，字游，高祖同父少弟也。好书，多材艺。少时尝与鲁穆生、白生、申公俱受《诗》于浮丘伯。伯者，孙卿门人也。及秦焚书，各别去。

高祖兄弟四人，长兄伯，次仲，伯蚤卒。高祖既为沛公，景驹自立为楚王。高祖使仲与审食其留侍太上皇，交与萧、曹等俱从高祖见景驹，遇项梁，共立楚怀王。因西攻南阳，入武关，与秦战于蓝田。至霸上，封交为文信君，从入蜀汉，还定三秦，诛项籍。即帝位，交与卢绾常侍上，出入卧内，传言语诸内事隐谋。而上从父兄刘贾数别将。

汉六年，既废楚王信，分其地为二国，立贾为荆王，交为楚王，王薛郡、东海、彭城三十六县，先有功也。后封次兄仲为代王，长子肥为齐王。

初，高祖微时，常避事，时时与宾客过其丘嫂食。嫂厌叔与客来，阳为羹尽，轑釜，客以故去。已而视釜中有羹，繇是怨嫂。及立齐、代王，而伯子独不得侯。太上皇以为言，高祖曰：“某非敢忘封之也，为其母不长者。”七年十月，封其子信为羹颉侯。

元王既至楚，以穆生、白生、申公为中大夫。高后时，浮丘伯在长安，元王遣子郢客与申公俱卒业。文帝时，闻申公为《诗》最精，以为博士。元王好《诗》，诸子皆读《诗》，申公始为《诗》传，号《鲁诗》。元王亦次之《诗》传，号曰《元王诗》，世或有之。

高后时，以元王子郢客为宗正，封上邳侯。元王立二十三年薨，太子辟非先卒，文帝乃以宗正上邳侯郢客嗣，是为夷王。申公为博士，失官，随郢客归，复以为中大夫。立四年薨，子戊嗣。文帝尊宠元王，子生，爵比皇子。景帝即位，以亲亲封元王宠子五人：子礼为平陆侯，富为休侯，岁为沈犹侯，埶为宛朐侯，调为棘乐侯。

初，元王敬礼申公等，穆生不耆酒，元王每置酒，常为穆生设醴。及王戊即位，常设，后忘设焉。穆生退曰："可以逝矣！醴酒不设，王之意怠，不去，楚人将钳我于市。"称疾卧。申公、白生强起之曰："独不念先王之德与？今王一旦失小礼，何足至此！"穆生曰："《易》称'知几其神乎！几者动之微，吉凶之先见者也。君子见几而作，不俟终日'。先王之所以礼吾三人者，为道之存故也；今而忽之，是忘道也。忘道之人，胡可与久处！岂为区区之礼哉？"遂谢病去。申公、白生独留。

王戊稍淫暴，二十年，为薄太后服私奸，削东海、薛郡，乃与吴通谋。二人谏，不听，胥靡之，衣之赭衣，使杵臼雅舂于市。休侯使人谏王，王曰："季父不吾与，我起，先取季父矣。"休侯惧，乃与母太夫人奔京师。二十一年春，景帝之三年也，削书到，遂应吴王反。其相张尚、太傅赵夷吾谏，不听。遂杀尚、夷吾，起兵会吴西攻梁，破棘壁，至昌邑南，与汉将周亚夫战。汉绝吴、楚粮道，士饥，吴王走，戊自杀，军遂降汉。

汉已平吴、楚，景帝乃立宗正平陆侯礼为楚王，奉元王后，是为文王。四年薨，子安王道嗣。二十二年薨，子襄王注嗣。十四年薨，子节王纯嗣。十六年薨，子延寿嗣。宣帝即位，延寿以为广陵王胥武帝子，天下有变必得立，阴欲附倚辅助之，故为其后母弟赵何齐取广陵王女为妻。与何齐谋曰："我与广陵王相结，天下不安，发兵助之，使广陵王立，何齐尚公主，列侯可得也。"因使何齐奉书遗广陵王曰："愿长耳目，毋后人有天下。"何齐父长年上书告之。事下有司，考验辞服，延寿自杀。立三十二年，国除。

初，休侯富既奔京师，而王戊反，富等皆坐免侯，削属籍。后闻其数谏戊，乃更封为红侯。太夫人与窦太后有亲，惩山东之寇，求留京师，诏许之。富子辟强等四人供养，仕于朝。太夫人薨，赐茔，葬灵户。富传国至曾孙，无子，绝。

辟强，字少卿，亦好读《诗》，能属文。武帝时，以宗室子随二千石论议，冠诸宗室。清静少欲，常以书自娱，不肯仕。昭帝即位，或说大将军霍光曰："将军不见诸吕之事乎？处伊尹、周公之位，摄政擅权，而背宗室，不与共职，是以天下不信，卒至于灭亡。今将军当盛位，帝春秋富，宜纳宗室，又多与大臣共事，反诸吕道，如是则可以免患。"光然之，乃择宗室可用者。辟强子德待诏丞相府，年三十余，欲用之。或言父见在，亦先帝之所宠也。遂拜辟强为光禄大夫，守长乐卫尉，时年已八十矣。徙为宗正，数月卒。

德，字路，少修黄老术，有智略。少时数言事，召见甘泉宫，武帝谓之"千里驹"。昭帝初，为宗正丞，杂治刘泽诏狱。父为宗正，徙大鸿胪丞，迁太中大夫，后复为宗正，杂案上官氏、盖主事。德常持《老子》"知足"之计。妻死，大将军光欲以女妻之，德不敢取，畏盛满也。盖长公主孙谭遮德自言，德数责以公主起居无状。侍御史以为光望不受女，承指劾德诽谤诏狱，免为庶人，屏居山田。光闻而恨之，复白召德守青州刺史。岁余，复为宗正，与立宣帝，以定策赐爵关内侯。地节中，以亲亲行谨厚封为阳城侯。子安民为郎中右曹，宗家以德得官宿卫者二十余人。

德宽厚，好施生，每行京兆尹事，多所平反罪人。家产过百万，则以振昆弟宾客食饮，曰："富，民之怨也。"立十一年，子向坐铸伪黄金，当伏法，德上书讼罪。会薨，大鸿胪奏德讼子罪，失大臣体，宜赐谥置嗣。制曰："赐谥缪侯，为置嗣。"传至孙庆忌，复为宗正、太常。薨，子岑嗣，为诸曹中郎将，列校尉，至太常。薨，传子，至王莽败，乃绝。

向，字子政，本名更生。年十二，以父德任为辇郎。既冠，以行修饬擢为谏大夫。是时，宣帝循武帝故事，招选名儒俊材置左右。更生以通达能属文辞，与王褒、张子侨等并进对，献赋颂凡数十篇。上复兴神仙方术之事，而淮南有枕中《鸿宝苑秘书》。书言神仙使鬼物为金之术，及邹衍重道延命方，世人莫见，而更生父德武帝时治淮南狱得其书。更生幼而读诵，以为奇，献之，言黄金可成。上令典尚方铸作事，费甚多，方不验。上乃下更生吏，吏劾更生铸伪黄金，系当死。更生兄阳城侯安民上书，入国户半，赎更生罪。上亦奇其材，得逾冬减死论。会初立《穀梁春秋》，征更生受《穀梁》，讲论《五经》于石渠。复拜为郎中给事黄门，迁散骑、谏大夫、给事中。

元帝初即位，太傅萧望之为前将军，少傅周堪为诸吏光禄大夫，皆领尚书事，甚见尊任。更生年少于望之、堪，然二人重之，荐更生宗室忠直，明经有行，擢为散骑、宗正、给事中，与侍中金敞拾遗于左右。四人同心辅政，患苦外戚许、史在位放纵，而中书宦官弘恭、石显弄权。望之、堪、更生议，欲白罢退之。未白而语泄，遂为许、史及恭、显所谮诉，堪、更生下狱，及望之皆免官。语在《望之传》。其春地震，夏，客星见昴、卷舌间。上感悟，下诏赐望之爵关内侯，奉朝请。秋，征堪、向，欲以为谏大夫，恭、显白皆为中郎。冬，地复震。时恭、显、许、史子弟侍中诸曹，皆侧目于望之等，更生惧焉，乃使其外亲上变事，言：

窃闻故前将军萧望之等，皆忠正无私，欲致大治，忤于贵戚尚书。今道路人闻望之等复进，以为且复见毁谗，必曰尝有过之臣不宜复用，是大不然。臣闻春秋地震，为在位执政太盛也，不为三独夫动，亦已明矣。且往者高皇帝时，季布有罪，至于夷灭，后赦以为将军，高后、孝文之间卒为名臣。孝武帝时，兒宽有重罪系，按道侯韩说谏曰："前吾丘寿王死，陛下至今恨之；今杀宽，后将复大恨矣！"上感其言，遂贳宽，复用之，位至御史大夫，御史大夫未有及宽者也。又董仲舒坐私为灾异书，主父偃取奏之，下吏，罪至不道，幸蒙不诛，复为太中大夫、胶西相，以老病免归。汉有所欲兴，常有诏问。仲舒为世儒宗，定议有益天下。孝宣皇帝时，夏侯胜坐诽谤系狱三年，免为庶人。宣帝复用胜，至长信少府、太子太傅，名敢直言，天下美之。若乃群臣，多此比类，难一二记。有过之臣，无负国家，有益天下，此四臣者，足以观矣。

前弘恭奏望之等狱决，三月，地大震。恭移病出，后复视事，天阴雨雪。由是言之，地动殆为恭等。臣愚以为宜退恭、显以章蔽善之罚，进望之等以通贤者之路。如此，太平之门开，灾异之原塞矣。

书奏，恭、显疑其更生所为，白请考奸诈。辞果服，遂逮更生系狱，下太傅韦玄成、谏大夫贡禹，与廷尉杂考。劾更生前为九卿，坐与望之、堪谋排车骑将军高、许、史氏侍中者，毁离亲戚，欲退去之，而独专权。为臣不忠，幸不伏诛，复蒙恩征用，不悔前过，而教令人言变事，诬罔不道。更生坐免为庶人。而望之亦坐使子上书自冤前事，恭、显白令诣狱置对。望之自杀。天子甚悼恨之，乃擢周堪为光禄勋，堪弟子张猛光禄大夫、给事中，大见信任。恭、显惮之，数谮毁焉。更生见堪、猛在位，几已得复进，惧其倾危，乃上封事谏曰：

臣前幸得以骨肉备九卿，奉法不谨，乃复蒙恩。窃见灾异并起，天地失常，征表为国。欲终不言，念忠臣虽在甽亩，犹不忘君，惓惓之义也。况重以骨肉之亲，又加以旧恩未报乎！欲竭愚诚，又恐越职，然惟二恩未报，忠臣之义，一抒愚意，退就农亩，死无所恨。

臣闻舜命九官，济济相让，和之至也。众贤和于朝，则万物和于野。故萧《韶》

九成，而凤皇来仪；击石拊石，百兽率舞。四海之内，靡不和宁。及至周文，开基西郊，杂遝众贤，罔不肃和，崇推让之风，以销分争之讼。文王既没，周公思慕，歌咏文王之德。其《诗》曰："于穆清庙，肃雍显相；济济多士，秉文之德。"当此之时，武王、周公继政，朝臣和于内，万国欢于外，故尽得其欢心，以事其先祖。其《诗》曰："有来雍雍，至止肃肃，相维辟公，天子穆穆。"言四方皆以和来也。诸侯和于下，天应报于上，故《周颂》曰"降福穰穰"，又曰"饴我釐麰"。釐麰，大麦也，始自天降。此皆以和致和，获天助也。

下至幽、厉之际，朝廷不和，转相非怨，诗人疾而忧之曰："民之无良，相怨一方。"众小在位而从邪议，歙歙相是而背君子，故其《诗》曰："歙歙訿訿，亦孔之哀！谋之其臧，则具是违；谋之不臧，则具是依！"君子独处守正，不桡众枉，勉强以从王事则反见憎毒谗诉，故其《诗》曰："密勿从事，不敢告劳，无罪无辜，谗口嗷嗷！"当是之时，日月薄蚀而无光，其《诗》曰："朔日辛卯，日有蚀之，亦孔之丑！"又曰："彼月而微，此日而微，今此下民，亦孔之哀！"又曰："日月鞠凶，不用其行；四国无政，不用其良！"天变见于上，地变动于下，水泉沸腾，山谷易处。其《诗》曰："百川沸腾，山冢卒崩，高岸为谷，深谷为陵。哀今之人，胡憯莫惩！"霜降失节，不以其时，其《诗》曰："正月繁霜，我心忧伤；民之讹言，亦孔之将！"言民以是为非，甚众大也。此皆不和，贤不肖易位之所致也。

自此之后，天下大乱，篡杀殃祸并作，厉王奔彘，幽王见杀。至乎平王末年，鲁隐之始即位也，周大夫祭伯乖离不和，出奔于鲁，而《春秋》为讳，不言来奔，伤其祸殃自此始也。是后尹氏世卿而专恣，诸侯背畔而不朝，周室卑微。二百四十二年之间，日食三十六，地震五，山陵崩阤二，彗星三见，夜常星不见，夜中星陨如雨一，火灾十四。长狄入三国，五石陨坠，六鹢退飞，多麋，有蜮、蜚，鸜鹆来巢者，皆一见。昼冥晦。雨木冰。李梅冬实。七月霜降，草木不死。八月杀菽。大雨雹。雨雪雷霆失序相乘。水、旱、饥，蝝、螽、螟蜂午并起。当是时，祸乱辄应，弑君三十六，亡国五十二，诸侯奔走，不得保其社稷者，不可胜数也。周室多祸：晋败其师于贸戎；伐其郊；郑伤桓王；戎执其使；卫侯朔召不往，齐逆命而助朔；五大夫争权，三君更立，莫能正理。遂至陵夷不能复兴。

由此观之，和气致祥，乖气致异；祥多者其国安，异众者其国危，天地之常经，古今之通义也。今陛下开三代之业，招文学之士，优游宽容，使得并进。今贤不肖浑殽，白黑不分，邪正杂糅，忠谗并进。章交公车，人满北军。朝臣舛午，胶戾乖刺，更相谗诉，转相是非。传授增加，文书纷纠，前后错缪，毁誉浑乱。所以营惑耳目，感移心意，不可胜载。分曹为党，往往群朋，将同心以陷正臣。正臣进者，治之表也；正臣陷者，乱之机也。乘治乱之机，未知孰任，而灾异数见，此臣所以寒心者也。夫乘权藉势之人，子弟鳞集于朝，羽翼阴附者众，辐凑于前，毁誉将必用，以终乖离之咎。是以日月无光，雪霜夏陨，海水沸出，陵谷易处，列星失行，皆怨气之所致也。夫遵衰周之轨迹，循诗人之所刺，而欲以成太平，致雅颂，犹却行而求及前人也。初元以来六年矣，案《春秋》六年之中，灾异未有稠如今者也。夫有《春秋》之异，无孔子之救，犹不能解纷，况甚于《春秋》乎？

原其所以然者，谗邪并进也。谗邪之所以并进者，由上多疑心，既已用贤人而行善政，如或谮之，则贤人退而善政还。夫执狐疑之心者，来谗贼之口；持不断之意者，开群枉之门。谗邪进则众贤退，群枉盛则正士消。故《易》有“否”、“泰”。小人道长，君子道消，君子道消，则政日乱，故为“否”。否者，闭而乱也。君子道长，小人道消，小人道消，则政日治，故为“泰”。泰者，通而治也。《诗》又云“雨雪麃麃，见晛聿消”，与《易》同义。昔者鲧、共工、驩兜与舜、禹杂处尧朝，周公与管、蔡并居周位，当是时，迭进相毁，流言相谤，岂可胜道哉！帝尧、成王能贤舜、禹、周公而消共工、管、蔡，故以大治，荣华至今。孔子与季、孟偕仕于鲁，李斯与叔孙俱宦于秦，定公、始皇贤季、孟、李斯而消孔子、叔孙，故以大乱，污辱至今。故治乱荣辱之端，在所信任；信任既贤，在于坚固而不移。《诗》云“我心匪石，不可转也”，言守善笃也。《易》曰“涣汗其大号”，言号令如汗，汗出而不反者也。今出善令，未能逾时而反，是反汗也；用贤未能三旬而退，是转石也。《论语》曰：“见不善如探汤。”今二府奏佞谄不当在位，历年而不去。故出令则如反汗，用贤则如转石，去佞则如拔山，如此望阴阳之调，不亦难乎！

是以群小窥见间隙，缘饰文字，巧言丑诋，流言飞文，哗于民间。故《诗》云：“忧心悄悄，愠于群小。”下人成群，诚足愠也。昔孔子与颜渊、子贡更相称誉，不为朋党；禹、稷与皋陶传相汲引，不为比周。何则？忠于为国，无邪心也。故贤人在上位，则引其类而聚之于朝，《易》曰“飞龙在天，大人聚也”；在下位，则思与其类俱进，《易》曰“拔茅茹以其汇，征吉”。在上则引其类，在下则推其类，故汤用伊尹，不仁者远，而众贤至，类相致也。今佞邪与贤臣并在交戟之内，合党共谋，违善依恶，歙歙訿訿，数设危险之言，欲以倾移主上。如忽然用之，此天地之所以先戒，灾异之所以重至者也。

自古明圣，未有无诛而治者也，故舜有四放之罚，而孔子有两观之诛，然后圣化可得而行也。今以陛下明知，诚深思天地之心，迹察两观之诛，览“否”、“泰”之卦，观雨雪之诗，历周、唐之所进以为法，原秦、鲁之所消以为戒，考祥应之福，省灾异之祸，以揆当世之变，放远佞邪之党，坏散险诐之聚，杜闭群枉之门，广开众正之路，决断狐疑，分别犹豫，使是非炳然可知，则百异消灭，而众祥并至，太平之基，万世之利也。

臣幸得托肺附，诚见阴阳不调，不敢不通所闻。窃推《春秋》灾异，以救今事一二，条其所以，不宜宣泄。臣谨重封昧死上。

恭、显见其书，愈与许、史比而怨更生等。堪性公方，自见孤立，遂直道而不曲。是岁夏寒，日青无光，恭、显及许、史皆言堪、猛用事之咎。上内重堪，又患众口之浸润，无所取信。时长安令杨兴以材能幸，常称誉堪。上欲以为助，乃见问兴：“朝臣龂不可光禄勋，何邪？”兴者，倾巧士，谓上疑堪，因顺指曰：“堪非独不可于朝廷，自州里亦不可也。臣见众人闻堪前与刘更生等谋毁骨肉，以为当诛，故臣前言堪不可诛伤，为国养恩也。”上曰：“然此何罪而诛？今宜奈何？”兴曰：“臣愚以为可赐爵关内侯，食邑三百户，勿令典事。明主不失师傅之恩，此最策之得者也。”上于是疑。会城门校尉诸葛丰亦言堪、猛短，上因发怒免丰。语在其《传》。又曰：“丰言堪、猛贞信不立，朕闵而不治，又惜其材能未有所效，其左迁堪为河东太守，猛槐里令。”

显等专权日甚。后三岁余，孝宣庙阙灾，其晦，日有蚀之。于是上召诸前言日变在堪、猛者责问，皆稽首谢。乃因下诏曰：“河东太守堪，先帝贤之，命而傅朕。资质淑茂，道术通明，论议正直，秉心有常，发愤悃愊，信有忧国之心。以不能阿尊事贵，孤特寡助，抑厌遂退，卒不克明。往者众臣见异，不务自修，深惟其故，而反晻昧说天，托咎此人。朕不得已，出而试之，以彰其材。堪出之后，大变仍臻，众亦嘿然。堪治未期年，而三老官属有识之士咏颂其美，使者过郡，靡人不称。此固足以彰先帝之知人，而朕有以自明也。俗人乃造端作基，非议诋欺，或引幽隐，非所宜明，意疑以类，欲以陷之，朕亦不取也。朕迫于俗，不得专心，乃者天著大异，朕甚惧焉。今堪年衰岁暮，恐不得自信，排于众人，将安究之哉？其征堪诣行在所。”拜为光禄大夫，秩中二千石，领尚书事。猛复为太中大夫给事中。显干尚书事，尚书五人，皆其党也。堪希得见，常因显白事，事决显口。会堪疾瘖，不能言而卒。显诬谮猛，令自杀于公车。更生伤之，乃著《疾谗》、《擿要》、《救危》及《世颂》，凡八篇，依兴古事，悼己及同类也。遂废十余年。

成帝即位，显等伏辜，更生乃复进用，更名向。向以故九卿召拜为中郎，使领护三辅都水。数奏封事，迁光禄大夫。是时，帝元舅阳平侯王凤为大将军，秉政，倚太后，专国权。兄弟七人皆封为列侯。时数有大异，向以为外戚贵盛，凤兄弟用事之咎。而上方精于《诗》、《书》，观古文，诏向领校中《五经》秘书。向见《尚书·洪范》，箕子为武王陈五行阴阳休咎之应。向乃集合上古以来历春秋六国至秦、汉符瑞灾异之记，推迹行事，连传祸福，著其占验，比类相从，各有条目，凡十一篇，号曰《洪范五行传论》，奏之。天子心知向忠精，故为凤兄弟起此论也，然终不能夺王氏权。

久之，营起昌陵，数年不成，复还归延陵，制度泰奢。向上疏谏曰：

臣闻《易》曰："安不忘危，存不忘亡，是以身安而国家可保也。"故贤圣之君，博观终始，穷极事情，而是非分明。王者必通三统，明天命所授者博，非独一姓也。孔子论《诗》，至于"殷士肤敏，祼将于京"，喟然叹曰："大哉天命！善不可不传于子孙，是以富贵无常；不如是，则王公其何以戒慎，民萌何以劝勉？"盖伤微子之事周，而痛殷之亡也。虽有尧、舜之圣，不能化丹朱之子；虽有禹、汤之德，不能训末孙之桀、纣。自古及今，未有不亡之国也。昔高皇帝既灭秦，将都雒阳，感寤刘敬之言，自以德不及周，而贤于秦，遂徙都关中，依周之德，因秦之阻。世之长短，以德为效，故常战栗，不敢讳亡。孔子所谓"富贵无常"，盖谓此也。

孝文皇帝居霸陵，北临厕，意凄怆悲怀，顾谓群臣曰："嗟乎！以北山石为椁，用纻絮斫陈漆其间，岂可动哉！"张释之进曰："使其中有可欲，虽锢南山犹有隙；使其中无可欲，虽无石椁，又何戚焉？"夫死者无终极，而国家有废兴，故释之之言，为无穷计也。孝文寤焉，遂薄葬，不起山坟。

《易》曰："古之葬者，厚衣之以薪，臧之中野，不封不树。后世圣人易之以棺椁。"棺椁之作，自黄帝始。黄帝葬于桥山，尧葬济阴，丘垅皆小，葬具甚微。舜葬苍梧，二妃不从。禹葬会稽，不改其列。殷汤无葬处。文、武、周公葬于毕，秦穆公葬于雍橐泉宫祈年馆下，樗里子葬于武库，皆无丘陇之处。此圣帝明王贤君智士远览独虑无穷之计也。其贤臣孝子亦承命顺意而薄葬之，此诚奉安君父，忠孝之至也。

夫周公，武王弟也，葬兄甚微。孔子葬母于防，称古墓而不坟，曰："丘，东西南北之人也，不可不识也。"为四尺坟，遇雨而崩。弟子修之，以告孔子，孔子流涕曰："吾闻之，古者不修墓。"盖非之也。延陵季子适齐而反，其子死，葬于嬴、博之间，穿不及泉，敛以时服，封坟掩坎，其高可隐，而号曰："骨肉归复于土，命也，魂气则无不之也。"夫嬴、博去吴千有余里，季子不归葬。孔子往观曰："延陵季子于礼合矣。"故仲尼孝子，而延陵慈父，舜、禹忠臣，周公弟弟，其葬君亲骨肉，皆微薄矣；非苟为俭，诚便于体也。宋桓司马为石椁，仲尼曰“不如速朽。”秦相吕不韦集知略之士而造《春秋》，亦言薄葬之义，皆明于事情者也。

逮至吴王阖闾，违礼厚葬，十有余年，越人发之。及秦惠文、武、昭、孝文、严襄五王，皆大作丘陇，多其瘗臧，咸尽发掘暴露，甚足悲也。秦始皇帝葬于骊山之阿，下锢三泉，上崇山坟，其高五十余丈，周回五里有余；石椁为游馆，人膏为灯烛，水银为江海，黄金为凫雁。珍宝之臧，机械之变，棺椁之丽，宫馆之盛，不可胜原。又多杀宫人，生薶工匠，计以万数。天下苦其役而反之，骊山之作未成，而周章百万之师至其下矣。项籍燔其宫室营宇，往者咸见发掘。其后牧儿亡羊，羊入其凿，牧者持火照求羊，失火烧其臧椁。自古至今，葬未有盛如始皇者也，数年之间，外被项籍之灾，内离牧竖之祸，岂不哀哉！

是故德弥厚者葬弥薄，知愈深者葬愈微。无德寡知，其葬愈厚，丘陇弥高，宫庙甚丽，发掘必速。由是观之，明暗之效，葬之吉凶，昭然可见矣。周德既衰而奢侈，宣王贤而中兴，更为俭宫室，小寝庙。诗人美之，《斯干》之诗是也，上章道宫室之如制，下章言子孙之众多也。及鲁严公刻饰宗庙，多筑台囿，后嗣再绝，《春秋》刺焉。周宣如彼而昌，鲁、秦如此而绝，是则奢俭之得失也。

陛下即位，躬亲节俭，始营初陵，其制约小，天下莫不称贤明。及徙昌陵，增埤为高，积土为山，发民坟墓，积以万数，营起邑居，期日迫卒，功费大万百余。死者恨于下，生者愁于上，怨气感动阴阳，因之以饥馑，物故流离以十万数，臣甚惽焉。以死者为有知，发人之墓，其害多矣；若其无知，又安用大？谋之贤知则不说，以示众庶则苦之；若苟以说愚夫淫侈之人，又何为哉！陛下慈仁笃美甚厚，聪明疏达盖世，宜弘汉家之德，崇刘氏之美，光昭五帝、三王，而顾与暴秦乱君竞为奢侈，比方丘垅，说愚夫之目，隆一时之观，违贤知之心，亡万世之安，臣窃为陛下羞之。唯陛下上览明圣黄帝、尧、舜、禹、汤、文、武、周公、仲尼之制，下观贤知穆公、延陵、樗里、张释之之意。孝文皇帝去坟薄葬，以俭安神，可以为则；秦昭、始皇增山厚臧，以侈生害，足以为戒。初陵之模，宜从公卿大臣之议，以息众庶。

书奏，上甚感向言，而不能从其计。

向睹俗弥奢淫，而赵、卫之属起微贱，逾礼制。向以为王教由内及外，自近者始。故采取《诗》、《书》所载贤妃贞妇，兴国显家可法则，及孽嬖乱亡者，序次为《列女传》，凡八篇，以戒天子。及采传记行事，著《新序》、《说苑》凡五十篇奏之。数上疏言得失，陈法戒。书数十上，以助观览，补遗阙。上虽不能尽用，然内嘉其言，常嗟叹之。

时上无继嗣，政由王氏出，灾异浸甚。向雅奇陈汤智谋，与相亲友，独谓汤曰：“灾异如此，而外家日盛，其渐必危刘氏。吾幸得同姓末属，累世蒙汉厚恩，身为宗室遗老，历事三主。上以我先帝旧臣，每进见常加优礼，吾而不言，孰当言者？”向遂上封事极谏曰：

臣闻人君莫不欲安，然而常危；莫不欲存，然而常亡：失御臣之术也。夫大臣操权柄，持国政，未有不为害者也。昔晋有六卿，齐有田、崔，卫有孙、甯，鲁有季、孟，常掌国事，世执朝柄。终后田氏取齐；六卿分晋；崔杼弑其君光；孙林父、甯殖出其君衎，弑其君剽；季氏八佾舞于庭，三家者以《雍》彻，并专国政，卒逐昭公。周大夫尹氏管朝事，浊乱王室，子朝、子猛更立，连年乃定。故经曰“王室乱”,又曰“尹氏杀王子克”,甚之也。《春秋》举成败，录祸福，如此类甚众，皆阴盛而阳微，下失臣道之所致也。故《书》曰：“臣之有作威作福，害于而家，凶于而国。”孔子曰：“禄去公室，政逮大夫”，危亡之兆。秦昭王舅穰侯及泾阳、叶阳君专国擅势，上假太后之威，三人者权重于昭王，家富于秦国，国甚危殆，赖寤范睢之言，而秦复存。二世委任赵高，专权自恣，壅蔽大臣，终有阎乐望夷之祸，秦遂以亡。近事不远，即汉所代也。

汉兴，诸吕无道，擅相尊王。吕产、吕禄席太后之宠，据将相之位，兼南北军之众，拥梁、赵王之尊，骄盈无厌，欲危刘氏。赖忠正大臣绛侯、朱虚侯等竭诚尽节以诛灭之,然后刘氏复安。今王氏一姓乘朱轮华毂者二十三人，青紫貂蝉充盈幄内，鱼鳞左右。大将军秉事用权，五侯骄奢僭盛，并作威福，击断自恣，行污而寄治，身私而托公，依东宫之尊，假甥舅之亲，以为威重。尚书、九卿、州牧、郡守皆出其门，管执枢机，朋党比周。称誉者登进，忤恨者诛伤;游谈者助之说，执政者为之言。排摈宗室，孤弱公族，其有智能者，尤非毁而不进。远绝宗室之任，不令得给事朝省，恐其与己分权；数称燕王、盖主以疑上心，避讳吕、霍而弗肯称。内有管、蔡之萌，外假周公之论，兄弟据重，宗族磐互。历上古至秦、汉，外戚僭贵未有如王氏者也。虽周皇甫、秦穰侯、汉武安、吕、霍、上官之属，皆不及也。

物盛必有非常之变先见，为其人微象。孝昭帝时，冠石立于泰山，仆柳起于上林。而孝宣帝即位，今王氏先祖坟墓在济南者，其梓柱生枝叶，扶疏上出屋，根垂地中，虽立石起柳，无以过此之明也。事势不两大，王氏与刘氏亦且不并立，如下有泰山之安，则上有累卵之危。陛下为人子孙，守持宗庙，而令国祚移于外亲，降为皂隶，纵不为身，奈宗庙何！妇人内夫家，外父母家，此亦非皇太后之福也。孝宣皇帝不与舅平昌、乐昌侯权，所以安全之也。

夫明者起福于无形，销患于未然。宜发明诏，吐德音，援近宗室，亲而纳信，黜远外戚，毋授以政，皆罢令就第，以则效先帝之所行，厚安外戚，全其宗族，诚东宫之意，外家之福也。王氏永存，保其爵禄，刘氏长安，不失社稷，所以褒睦外内之姓，子子孙孙无疆之计也。如不行此策，田氏复见于今，六卿必起于汉，为后嗣忧，昭昭甚明，不可不深图，不可不蚤虑。《易》曰：“君不密，则失臣；臣不密，则失身；几事不密，则害成。”唯陛下深留圣思，审固几密，览往事之戒，以折中取信，居万安之实，用保宗庙，久承皇太后，天下幸甚。

书奏，天子召见向，叹息悲伤其意，谓曰：“君且休矣，吾将思之。”以向为中垒校尉。

向为人简易无威仪，廉靖乐道，不交接世俗，专积思于经术，昼诵书传，夜观星宿，或不寐达旦。元延中，星孛东井，蜀郡岷山崩雍江。向恶此异，语在《五行志》。怀不能已，复上奏，其辞曰：

臣闻帝舜戒伯禹，毋若丹朱敖；周公戒成王，毋若殷王纣。《诗》曰：“殷监不远，在夏后之世”,亦言汤以桀为戒也。圣帝明王常以败乱自戒，不讳废兴，故臣敢极陈其愚，唯陛下留神察焉。

谨案春秋二百四十二年，日蚀三十六，襄公尤数，率三岁五月有奇而壹食。汉兴讫竟宁，孝景帝尤数，率三岁一月而一食。臣向前数言日当食，今连三年比食。自建始以来，二十岁间而八食，率二岁六月而一发，古今罕有。异有小大希稠，占有舒疾缓急，而圣人所以断疑也。《易》曰：“观乎天文，以察时变。”昔孔子对鲁哀公，并言夏桀、殷纣暴虐天下，故历失则摄提失方，孟陬无纪，此皆易姓之变也。秦始皇之末至二世时，日月薄食，山陵沦亡，辰星出于四孟，太白经天而行，无云而雷，枉矢夜光，荧惑袭月，孽火烧宫，野禽戏廷，都门内崩，长人见临洮，石陨于东郡，星孛大角，大角以亡。观孔子之言，考暴秦之异，天命信可畏也。及项籍之败，亦孛大角。汉之入秦，五星聚于东井，得天下之象也。孝惠时，有雨血，日食于冲，灭光星见之异。孝昭时，有泰山卧石自立，上林僵柳复起，大星如月西行，众星随之，此为特异。孝宣兴起之表，天狗夹汉而西，久阴不雨者二十余日，昌邑不终之异也。皆著于《汉纪》。观秦、汉之易世，览惠、昭之无后，察昌邑之不终，视孝宣之绍起，天之去就，岂不昭昭然哉！高宗、成王亦有雊雉拔木之变，能思其故，故高宗有百年之福，成王有复风之报。神明之应，应若景响，世所同闻也。

臣幸得托末属，诚见陛下宽明之德，冀销大异，而兴高宗、成王之声，以崇刘氏，故狠狠数奸死亡之诛。今日食尤屡，星孛东井，摄提炎及紫宫，有识长老莫不震动，此变之大者也。其事难一二记，故《易》曰“书不尽言，言不尽意”，是以设卦指爻，而复说义。《书》曰“伻来以图”，天文难以相晓，臣虽图上，犹须口说，然后可知，愿赐清燕之闲，指图陈状。

上辄入之，然终不能用也。向每召见，数言：“公族者国之枝叶，枝叶落则本根无所庇荫；方今同姓疏远，母党专政，禄去公室，权在外家，非所以强汉宗、卑私门、保守社稷、安固后嗣也。”向自见得信于上，故常显讼宗室，讥刺王氏及在位大臣，其言多痛切，发于至诚。上数欲用向为九卿，辄不为王氏居位者及丞相御史所持，故终不迁。居列大夫官前后三十余年，年七十二卒。卒后十三岁而王氏代汉。

向三子皆好学：长子伋，以《易》教授，官至郡守，中子赐，九卿丞，蚤卒；少子歆，最知名。

歆，字子骏，少以通《诗》、《书》能属文召，见成帝，待诏宦者署，为黄门郎。河平中，受诏与父向领校秘书，讲六艺传记，诸子、诗赋、数术、方技，无所不究。向死后，歆复为中垒校尉。

哀帝初即位，大司马王莽举歆宗室有材行，为侍中太中大夫，迁骑都尉、奉车光禄大夫，贵幸。复领《五经》，卒父前业。歆乃集六艺群书，种别为《七略》。语在《艺文志》。

歆及向始皆治《易》，宣帝时，诏向受《穀梁春秋》，十余年，大明习。及歆校秘书，见古文《春秋左氏传》，歆大好之。时丞相史尹咸以能治《左氏》，与歆共校经传。歆略从咸及丞相翟方进受，质问大义。初《左氏传》多古字古言，学者传训故而已，及歆治《左氏》，引传文以解经，转相发明，于是章句义理备焉。歆亦湛靖有谋，父子俱好古，博见强志，过绝于人。歆以为左丘明好恶与圣人同，亲见夫子，而公羊、穀梁在七十子后，传闻之与亲见之，其详略不同。歆数以难向，向不能非间也，然犹自持其《穀梁》义。及歆亲近，欲建立《左氏春秋》及《毛诗》、《逸礼》、《古文尚书》皆列于学官。哀帝令歆与《五经》博士讲论其义，诸博士或不肯置对，歆因移书太常博士，责让之曰：

昔唐、虞既衰，而三代迭兴，圣帝明王，累起相袭，其道甚著。周室既微而礼乐不正，道之难全也如此。是故孔子忧道之不行，历国应聘。自卫反鲁，然后乐正，《雅》、《颂》乃得其所；修《易》，序《书》，制作《春秋》，以纪帝王之道。及夫子没而微言绝，七十子终而大义乖。重遭战国，弃笾豆之礼，更军旅之陈，孔氏之道抑，而孙、吴之术兴。陵夷至于暴秦，燔经书，杀儒士，设挟书之法，行是古之罪，道术由是遂灭。

汉兴，去圣帝明王遐远，仲尼之道绝，法度无所因袭。时独有一叔孙通略定礼仪，天下唯有《易》卜，未有它书。至孝惠之世，乃除挟书之律，然公卿大臣绛、灌之属咸介胄武夫，莫以为意。至孝文皇帝，始使掌故晁错从伏生受《尚书》。《尚书》初出于屋壁，朽折散绝，今其书见在，时师传读而已。《诗》始萌牙。天下众书往往颇出，皆诸子传说，犹广立于学官，为置博士。在汉朝之儒，唯贾生而已。至孝武皇帝，然后邹、鲁、梁、赵颇有《诗》、《礼》、《春秋》先师，皆起于建元之间。当此之时，一人不能独尽其经，或为《雅》，或为《颂》，相合而成。《泰誓》后得，博士集而读之。故诏书称曰："礼坏乐崩，书缺简脱，朕闵焉。"时汉兴已七八十年，离于全经，固已远矣。

及鲁恭王坏孔子宅，欲以为宫，而得古文于坏壁之中，《逸礼》有三十九篇，《书》十六篇。天汉之后，孔安国献之，遭巫蛊仓卒之难，未及施行。及《春秋》左氏丘明所修，皆古文旧书，多者二十余通，臧于秘府，伏而未发。孝成皇帝闵学残文缺，稍离其真，乃陈发秘臧，校理旧文，得此三事，以考学官所传，经或脱简，传或间编。传问民间，则有鲁国桓公、赵国贯公、胶东庸生之遗学与此同，抑而未施。此乃有识者之所惜闵，士君子之所嗟痛也，往者缀学之士不思废绝之阙，苟因陋就寡，分文析字，烦言碎辞，学者罢老且不能究其一艺。信口说而背传记，是末师而非往古，至于国家将有大事，若立辟雍、封禅、巡狩之仪，则幽冥而莫知其原。犹欲保残守缺，挟恐见破之私意，而无从善服义之公心，或怀妒嫉，不考情实，雷同相从，随声是非，抑此三学，以《尚书》为备，谓左氏为不传《春秋》，岂不哀哉！

今圣上德通神明，继统扬业，亦闵文学错乱，学士若兹，虽昭其情，犹依违谦让，乐与士君子同之。故下明诏，试《左氏》可立不，遣近臣奉指衔命，将以辅弱扶微，与二三君子比意同力，冀得废遗。今则不然，深闭固距，而不肯试，猥以不诵绝之，欲以杜塞余道，绝灭微学，夫可与乐成，难与虑始，此乃众庶之所为耳，非所望士君子也。且此数家之事，皆先帝所亲论，今上所考视，其古文旧书，皆有征验，外内相应，岂苟而已哉！

夫礼失求之于野，古文不犹愈于野乎？往者博士《书》有欧阳，《春秋》公羊，《易》则施、孟，然孝宣皇帝犹复广立《穀梁春秋》，《梁丘易》，《大小夏侯尚书》，义虽相反，犹并置之。何则？与其过而废之也，宁过而立之。传曰："文武之道未坠于地，在人；贤者志其大者，不贤者志其小者。"今此数家之言所以兼包大小之义，岂可偏绝哉！若必专己守残，党同门，妒道真，违明诏，失圣意，以陷于文吏之议，甚为二三君子不取也。

其言甚切，诸儒皆怨恨。是时，名儒光禄大夫龚胜以歆移书上疏深自罪责，愿乞骸骨罢。及儒者师丹为大司空，亦大怒，奏歆改乱旧章，非毁先帝所立。上曰："歆欲广道术，亦何以为非毁哉！"歆由是忤执政大臣，为众儒所讪，惧诛，求出补吏，为河内太守。以宗室不宜典三河，徙守五原，后复转在涿郡，历三郡守。数年，以病免官，起家复为安定属国都尉。会哀帝崩，王莽持政，莽少与歆俱为黄门郎，重之，白太后。太后留歆为右曹太中大夫，迁中垒校尉、羲和、京兆尹，使治明堂辟雍，封红休侯。典儒林史卜之官，考定律历，著《三统历谱》。

初，歆以建平元年改名秀，字颖叔云。及王莽篡位，歆为国师，后事皆在《莽传》。

赞曰：仲尼称“材难，不其然与！”自孔子后，缀文之士众矣，唯孟轲、孙况、董仲舒、司马迁、刘向、扬雄，此数公者，皆博物洽闻，通达古今，其言有补于世。传曰“圣人不出，其间必有命世者焉”，岂近是乎？刘氏《洪范论》发明《大传》，著天人之应；《七略》剖判艺文，总百家之绪；《三统历谱》考步日月五星之度，有意其推本之也。呜呼！向言山陵之戒，于今察之，哀哉！指明梓柱以推废兴，昭矣！岂非直谅多闻，古之益友与！

卷三十七

季布栾布田叔传第七

季布，楚人也，为任侠有名。项籍使将兵，数窘汉王。项籍灭，高祖购求布千金，敢有舍匿，罪三族。布匿濮阳周氏，周氏曰：“汉求将军急，迹且至臣家，能听臣，臣敢进计；即否，愿先自刭。”布许之，乃髡钳布，衣褐，置广柳车中，并与其家僮数十人，之鲁朱家所卖之。朱家心知其季布也，买置田舍。乃之雒阳见汝阴侯滕公，说曰：“季布何罪？臣各为其主用，职耳。项氏臣岂可尽诛邪？今上始得天下，而以私怨求一人，何示不广也！且以季布之贤，汉求之急如此，此不北走胡，南走越耳。夫忌壮士以资敌国，此伍子胥所以鞭荆平之墓也。君何不从容为上言之？”滕公心知朱家大侠，意布匿其所，乃许诺。侍间，果言如朱家指。上乃赦布。当是时，诸公皆多布能摧刚为柔，朱家亦以此名闻当世。布召见，谢，拜郎中。

孝惠时，为中郎将。单于尝为书嫚吕太后，太后怒，召诸将议之。上将军樊哙曰：“臣愿得十万众，横行匈奴中。”诸将皆阿吕太后，以哙言为然。布曰：“樊哙可斩也！夫以高帝兵三十余万，困于平城，哙时亦在其中。今哙奈何以十万众横行匈奴中，面谩！且秦以事胡，陈胜等起。今疮痍未瘳，哙又面谀，欲摇动天下。”是时，殿上皆恐，太后罢朝，遂不复议击匈奴事。

布为河东守。孝文时，人有言其贤，召欲以为御史大夫。人又言其勇，使酒难近。至，留邸一月，见罢。布进曰：“臣待罪河东，陛下无故召臣，此人必有以臣欺陛下者。今臣至，无所受事，罢去，此人必有毁臣者。夫陛下以一人誉召臣，一人毁去臣，臣恐天下有识者闻之，有以窥陛下。”上默然，惭曰：“河东吾股肱郡，故特召君耳。”布之官。

辩士曹丘生数招权顾金钱，事贵人赵谈等，与窦长君善。布闻，寄书谏长君曰：“吾闻曹丘生非长者，勿与通。”及曹丘生归，欲得书请布。窦长君曰：“季将军不说足下，足下无往。”固请书，遂行。使人先发书，布果大怒，待曹丘。曹丘至，则揖布曰：“楚人谚曰‘得黄金百，不如得季布诺’，足下何以得此声梁、楚之间哉！且仆与足下俱楚人，使仆游扬足下名于天下，顾不美乎？何足下距仆之深也！”布乃大说。引入，留数月，为上客，厚送之。布名所以益闻者，曹丘扬之也。

布弟季心气盖关中，遇人恭谨，为任侠，方数千里，士争为死。尝杀人，亡吴，从爰丝匿，长事爰丝，弟畜灌夫、籍福之属。尝为中司马，中尉郅都不敢加。少年多时时窃借其名以行。当是时，季心以勇，布以诺，闻关中。

布母弟丁公，为项羽将，逐窘高祖彭城西。短兵接，汉王急，顾谓丁公曰："两贤岂相厄哉！"丁公引兵而还。及项王灭，丁公谒见高祖，以丁公徇军中，曰："丁公为项王臣不忠，使项王失天下者也。"遂斩之，曰："使后为人臣无效丁公也！"

栾布，梁人也、彭越为家人时，尝与布游，穷困，卖庸于齐，为酒家保，数岁别去，而布为人所略，卖为奴于燕。为其主家报仇，燕将臧荼举以为都尉。荼为燕王，布为将。及荼反，汉击燕，虏布。梁王彭越闻之，乃言上，请赎布为梁大夫。使于齐，未反，汉召彭越责以谋反，夷三族，枭首雒阳，下诏"有收视者辄捕之"。布还，奏事彭越头下，祠而哭之。吏捕以闻。上召布骂曰："若与彭越反邪？吾禁人勿收，若独祠而哭之，与反明矣。趣亨之。"方提趋汤，顾曰："愿一言而死。"上曰："何言？"布曰："方上之困彭城，败荥阳、成皋间，项王所以不能遂西，徒以彭王居梁地，与汉合从苦楚也。当是之时，彭王壹顾，与楚则汉破，与汉则楚破。且垓下之会，微彭王，项氏不亡。天下已定，彭王剖符受封，欲传之万世。今汉一征兵于梁，彭王病不行，而疑以为反。反形未见，以苛细诛之，臣恐功臣人人自危也。今彭王已死，臣生不如死，请就亨。"上乃释布，拜为都尉。

孝文时，为燕相，至将军。布称曰："穷困不能辱身，非人也；富贵不能快意，非贤也。"于是尝有德，厚报之；有怨，必以法灭之。吴、楚反时，以功封为鄃侯，复为燕相。燕、齐之间皆为立社，号曰"栾公社。"

布薨，子贲嗣侯，孝武时坐为太常牺牲不如令，国除。

田叔，赵陉城人也。其先，齐田氏也。叔好剑，学黄老术于乐巨公。为人廉直，喜任侠。游诸公，赵人举之赵相赵午，言之赵王张敖，以为郎中，数岁，赵王贤之，未及迁。

会赵午、贯高等谋弑上，事发觉，汉下诏捕赵王及群臣反者。赵有敢随王，罪三族。唯田叔、孟舒等十余人赭衣自髡钳，随王至长安。赵王敖事白，得出，废王为宣平侯，乃进言叔等十人。上召见，与语，汉廷臣无能出其右者。上说，尽拜为郡守、诸侯相。叔为汉中守十余年。

孝文帝初立，召叔问曰："公知天下长者乎？"对曰："臣何足以知之！"上曰："公长者，宜知之。"叔顿首曰："故云中守孟舒，长者也。"是时，孟舒坐虏大入云中免。上曰："先帝置孟舒云中十余年矣，虏常一入，孟舒不能坚守，无故士卒战死者数百人。长者固杀人乎？"叔叩头曰："夫贯高等谋反，天子下明诏：'赵有敢随张王者，罪三族！'然孟舒自髡钳，随张王，以身死之，岂自知为云中守哉！汉与楚相距，士卒罢敝，而匈奴冒顿新服北夷，来为边寇，孟舒知士卒罢敝，不忍出言，士争临城死敌，如子为父，以故死者数百人，孟舒岂驱之哉！是乃孟舒所以为长者。"于是上曰："贤哉孟舒！"复召以为云中守。

后数岁，叔坐法失官。梁孝王使人杀汉议臣爰盎，景帝召叔案梁，具得其事。还报，上曰："梁有之乎？"对曰："有之。""事安在？"叔曰："上无以梁事为问也。今梁王不伏诛，是废汉法也；如其伏诛，太后食不甘味，卧不安席，此忧在陛下。"于是上大贤之，以为鲁相。相初至官，民以王取其财物自言者百余人。叔取其渠率二十人笞，怒之曰："王非汝主邪？何敢自言主！"鲁王闻之，大惭，发中府钱，使相偿之。相曰："王自使人偿之，不尔，是王为恶而相为善也。"鲁王好猎，相常从入苑中，王辄休相就馆。

相常暴坐苑外，终不休，曰："吾王暴露，独何为舍？"王以故不大出游。

数年以官卒，鲁以百金祠，少子仁不受，曰："义不伤先人名。"

仁以壮勇为卫将军舍人，数从击匈奴。卫将军进言仁为郎中，至二千石、丞相长史失官。后使刺三河，还，奏事称意，拜为京辅都尉。月余，迁司直。数岁，戾太子举兵，仁部闭城门，令太子得亡，坐纵反者族。

赞曰：以项羽之气，而季布以勇显名楚，身履军搴旗者数矣，可谓壮士。及至困厄奴僇，苟活而不变，何也？彼自负其材，受辱不羞，欲有所用其未足也，故终为汉名将。贤者诚重其死。夫婢妾贱人，感慨而自杀，非能勇也，其画无俚之至耳。栾布哭彭越，田叔随张敖，赴死如归，彼诚知所处，虽古烈士，何以加哉！

卷三十八

高五王传第八

高皇帝八男：吕后生孝惠帝，曹夫人生齐悼惠王肥，薄姬生孝文帝，戚夫人生赵隐王如意，赵姬生淮南厉王长，诸姬生赵幽王友、赵共王恢、燕灵王建。淮南厉王长自有传。

齐悼惠王肥，其母高祖微时外妇也。高祖六年立，食七十余城。诸民能齐言者皆与齐。孝惠二年，入朝。帝与齐王燕饮太后前，置齐王上坐，如家人礼。太后恐，乃令人酌两卮鸩酒置前，令齐王为寿。齐王起，帝亦起，欲俱为寿。太后怒，自起反卮。齐王怪之，因不敢饮，阳醉去。问，知其鸩，乃忧，自以为不得脱长安。内史士曰："太后独有帝与鲁元公主，今王有七十余城，而公主乃食数城。王诚以一郡上太后为公主汤沐邑，太后必喜，王无患矣。"于是齐王献城阳郡以尊公主为王太后。吕太后喜而许之。乃置酒齐邸，乐饮，遣王归国。后十三年薨，子襄嗣。

赵隐王如意，九年立。四年，高祖崩，吕太后征王到长安，鸩杀之。无子，绝。

赵幽王友，十一年立为淮阳王。赵隐王如意死，孝惠元年，徙友王赵，凡立十四年。友以诸吕女为后，不爱，爱它姬。诸吕女怒去，谗之于太后曰："王曰'吕氏安得王？太后百岁后，吾必击之。'"太后怒，以故召赵王。赵王至，置邸不见，令卫围守之，不得食。其群臣或窃馈之，辄捕论之。赵王饿，乃歌曰："诸吕用事兮，刘氏微；迫胁王侯兮，强授我妃。我妃既妒兮，诬我以恶；谗女乱国兮，上曾不寤。我无忠臣兮，何故弃国？自快中野兮，苍天与直！于嗟不可悔兮，宁早自贼！为王饿死兮，谁者怜之？吕氏绝理兮，托天报仇！"遂幽死。以民礼葬之长安。高后崩，孝文即位，立幽王子遂为赵王。二年，有司请立皇子为王。上曰："赵幽王幽死，朕甚怜之。已立其长子遂为赵王。遂弟辟强及齐悼惠王子朱虚侯章、东牟侯兴居有功，皆可王。"于是取赵之河间立辟强，是为河间文王。文王立十三年薨，子哀王福嗣。一年薨，无子，国除。

赵王遂立二十六年，孝景时晁错以过削赵常山郡，诸侯怨，吴、楚反，遂与合谋起兵。其相建德、内史王悍谏，不听。遂烧杀德、悍，发兵住其西界，欲待吴、楚俱进，北使匈奴与连和。汉使曲周侯郦寄击之，赵王城守邯郸，相距七月。吴、楚败，匈奴闻之，亦不肯入边。栾布自破齐还，并兵引水灌赵城。城坏，王遂自杀，国除。景帝怜赵相、内史守正死，皆封其子为列侯。

赵共王恢。十一年，梁王彭越诛，立恢为梁王。十六年，赵幽王死，吕后徙恢王赵，恢心不乐。太后以吕产女为赵王后，王后从官皆诸吕也，内擅权，微司赵王，王不得自恣。王有爱姬，王后鸩杀之。王乃为歌诗四章，令乐人歌之。王悲思，六月自杀。太后闻之，以为用妇人故自杀，无思奉宗庙礼，废其嗣。

燕灵王建。十一年，燕王卢绾亡入匈奴，明年，立建为燕王。十五年薨，有美人子，太后使人杀之，绝后。

齐悼惠王子，前后凡九人为王：太子襄为齐哀王，次子章为城阳景王，兴居为济北王，将闾为齐王，志为济北王，辟光为济南王，贤为菑川王，卬为胶西王，雄渠为胶东王。

齐哀王襄，孝惠六年嗣立。明年，惠帝崩，吕太后称制。元年，以其兄子鄜侯吕台为吕王，割齐之济南郡为吕王奉邑。明年，哀王弟章入宿卫于汉，高后封为朱虚侯，以吕禄女妻之。后四年，封章弟兴居为东牟侯，皆宿卫长安。高后七年，割齐琅邪郡，立营陵侯刘泽为琅邪王。是岁，赵王友幽死于邸。三赵王既废，高后立诸吕为三王，擅权用事。

章年二十，有气力，忿刘氏不得职。尝入侍燕饮，高后令章为酒吏。章自请曰："臣，将种也，请得以军法行酒。"高后曰："可。"酒酣，章进歌舞，已而曰："请为太后言耕田。"高后儿子畜之，笑曰："顾乃父知田耳，若生而为王子，安知田乎？"章曰："臣知之。"太后曰："试为我言田意。"章曰："深耕穊种，立苗欲疏；非其种者，锄而去之。"太后默然。顷之，诸吕有一人醉，亡酒，章追，拔剑斩之，而还报曰："有亡酒一人，臣谨行军法斩之。"太后左右大惊。业已许其军法，亡以罪也。因罢酒。自是后，诸吕惮章，虽大臣皆依朱虚侯。刘氏为强。

其明年，高后崩。赵王吕禄为上将军，吕王产为相国，皆居长安中，聚兵以威大臣，欲为乱。章以吕禄女为妇，知其谋，乃使人阴出告其兄齐王，欲令发兵西，朱虚侯、东牟侯欲从中与大臣为内应，以诛诸吕，因立齐王为帝。

齐王闻此计，与其舅驷钧、郎中令祝午、中尉魏勃阴谋发兵。齐相召平闻之，乃发兵入卫王宫。魏勃绐平曰："王欲发兵，非有汉虎符验也。而相君围王，固善。勃请为君将兵卫卫王。"召平信之，乃使魏勃将。勃既将，以兵围相府。召平曰："嗟乎！道家之言'当断不断，反受其乱'。"遂自杀。于是齐王以驷钧为相，魏勃为将军，祝午为内史，悉发国中兵。使祝午绐琅邪王曰："吕氏为乱，齐王发兵欲西诛之。齐王自以儿子，年少，不习兵革之事，愿举国委大王。大王自高帝将也，习战事。齐王不敢离兵，使臣请大王幸之临菑见齐王计事，并将齐兵以西平关中之乱。"琅邪王信之，以为然，乃驰见齐王。齐王与魏勃等因留琅邪王，而使祝午尽发琅邪国而并将其兵。琅邪王刘泽既欺，不得反国，乃说齐王曰："齐悼惠王，高皇帝长子也，推本言之，大王高皇帝適长孙也，当立。今诸大臣狐疑未有所定，而泽于刘氏最为长年，大臣固待泽决计。今大王留臣无为也，不如使我入关计事。"齐王以为然，乃益具车送琅邪王。

琅邪王既行，齐遂举兵西攻吕国之济南。于是齐王遗诸侯王书曰："高帝平定天下，王诸子弟。悼惠王薨，惠帝使留侯张良立臣为齐王。惠帝崩，高后用事，春秋高，听诸吕擅废帝更立，又杀三赵王，灭梁、赵、燕，以王诸吕，分齐国为四。忠臣进谏，上或乱不听。今高后崩，皇帝春秋富，未能治天下，固待大臣诸侯。今诸吕又擅自尊官，聚兵严威，劫列侯忠臣，挢制以令天下，宗庙以危。寡人帅兵入诛不当为王者。"汉闻之，相国吕产等遣大将军颍阴侯灌婴将兵击之。婴至荥阳，乃谋曰："诸吕举兵关中，欲危刘氏而自立，今我破齐还报，是益吕氏资也。"乃留兵屯荥阳，使人谕齐王及诸侯，与连和，以待吕氏之变而共诛之。齐王闻之，乃屯兵西界待约。

吕禄、吕产欲作乱，朱虚侯章与太尉勃、丞相平等诛之。章首先斩吕产，太尉勃等乃尽诛诸吕。而琅邪王亦从齐至长安。

大臣议欲立齐王，皆曰："母家驷钧恶戾，虎而冠者也。访以吕氏故，几乱天下，今又立齐王，是欲复为吕氏也。代王母家薄氏，君子长者，且代王，高帝子，于今见在，最为长。以子则顺，以善人则大臣安。"于是大臣乃谋迎代王，而遣章以诛吕氏事告齐王，令罢兵。

灌婴在荥阳，闻魏勃本教齐王反，既诛吕氏，罢齐兵，使使召责问魏勃。勃曰："失火之家，岂暇先言丈人后救火乎！"因退立，股战而栗。恐不能言者，终无他语。灌将军孰视，笑曰："人谓魏勃勇，妄庸人耳，何能为乎！"乃罢勃。勃父以善鼓琴见秦皇帝。及勃少时，欲求见齐相曹参，家贫无以自通，乃常独早扫齐相舍人门外。舍人怪之，以为物而司之，得勃。勃曰："愿见相君无因，故为子扫，欲以求见。"于是舍人见勃，曹参因以为舍人。壹为参御言事，以为贤，言之悼惠王。王召见，拜为内史。始悼惠王得自置二千石。及悼惠王薨，哀王嗣，勃用事重于相。

齐王既罢兵归，而代王立，是为孝文帝。文帝元年，尽以高后时所割齐之城阳、琅邪、济南郡复予齐，而徙琅琊王王燕。益封朱虚侯、东牟侯各二千户，黄金千斤。

是岁，齐哀王薨，子文王则嗣。十四年薨，无子，国除。

城阳景王章，孝文二年以朱虚侯与东牟侯兴居俱立，二年薨。子共王喜嗣。孝文十二年，徙王淮南，五年，复还王城阳，凡立三十三年薨。子顷王延嗣，二十六年薨。子敬王义嗣，九年薨。子惠王武嗣，十一年薨。子荒王顺嗣，四十六年薨。子戴王恢嗣，八年薨。子孝王景嗣，二十四年薨。子哀王云嗣，一年薨，无子，国绝。成帝复立云兄俚为城阳王，王莽时绝。

济北王兴居初以东牟侯与大臣共立文帝于代邸，曰："诛吕氏，臣无功，请与太仆滕公俱入清宫。"遂将少帝出，迎皇帝入宫。

始诛诸吕时，朱虚侯章功尤大，大臣许尽以赵地王章，尽以梁地王兴居，及文帝立，闻朱虚、东牟之初欲立齐王，故黜其功。二年，王诸子，乃割齐二郡以王章、兴居。章、兴居意自以失职夺功。岁余，章薨，而匈奴大入边，汉多发兵，丞相灌婴将击之，文帝亲幸太原。兴居以为天子自击胡，遂发兵反，上闻之，罢兵归长安，使棘蒲侯柴将军击破，虏济北王。王自杀，国除。

文帝悯济北王逆乱以自灭，明年，尽封悼惠王诸子罢军等七人为列侯。至十五年，齐文王又薨，无子。时悼惠王后尚有城阳王在，文帝怜悼惠王適嗣之绝，于是乃分齐为六国，尽立前所封悼惠王子列侯见在者六人为王。齐孝王将闾以杨虚侯立，济北王志以安都侯立，菑川王贤以武成侯立，胶东王雄渠以白石侯立，胶西王卬以平昌侯立，济南王辟光以扐侯立。孝文十六年，六王同日俱立。

立十一年，孝景三年，吴、楚反，胶东、胶西、菑川、济南王皆发兵应吴、楚。欲与齐，齐孝王狐疑，城守不听。三国兵共围齐，齐王使路中大夫告于天子。天子复令路中大夫还报，告齐王坚守，汉兵今破吴、楚矣。路中大夫至，三国兵围临菑数重，无从入。三国将与路中大夫盟曰："若反言汉已破矣，齐趣下三国，不且见屠。"路中大夫既许，至城下，望见齐王，曰："汉已发兵百万，使太尉亚夫击破吴、楚，方引兵救齐，齐必坚守无下！"三国将诛路中大夫。齐初围急，阴与三国通谋，约未定，会路中大夫从汉来，其大臣乃复劝王无下三国。会汉将栾布、平阳侯等兵至齐，击破三国兵，解围。已后闻齐初与三国有谋，将欲移兵伐齐。齐孝王惧，饮药自杀。而胶东、胶西、济南、菑川王皆伏诛，国除。独济北王在。

齐孝王之自杀也，景帝闻之，以为齐首善，以迫劫有谋，非其罪也，召立孝王太子寿，是为懿王。二十三年薨，子厉王次昌嗣。其母曰纪太后。太后取其弟纪氏女为王后，王不爱。纪太后欲其家重宠。令其长女纪翁主入王宫正其后宫无令得近王，欲令爱纪氏女。王因与其姊翁主奸。

齐有宦者徐甲，入事汉皇太后。皇太后有爱女曰脩成君，脩成君非刘氏子，太后怜之。脩成君有女娥，太后欲嫁之于诸侯。宦者甲乃请使齐，必令王上书请娥。皇太后大喜，使甲之齐。时主父偃知甲之使齐以取后事，亦因谓甲："即事成，幸言偃女愿得充王后宫。"甲至齐，风以此事。纪太后怒曰："王有后，后宫备具。且甲，齐贫人，及为宦者入事汉，初无补益，乃欲乱吾王家！且主父偃何为者？乃欲以女充后宫！"甲大穷，还报皇太后曰："王已愿尚娥，然事有所害，恐如燕王。"燕王者，与其子昆弟奸，坐死。故以燕感太后。太后曰："毋复言嫁女齐事！"事浸淫闻于上。主父偃由此与齐有隙。

偃方幸用事，因言："齐临菑十万户，市租千金，人众殷富，巨于长安，非天子亲弟爱子不得王此。今齐王于亲属益疏。"乃从容言吕太后时齐欲反，及吴、楚时孝王几为乱。今闻齐王与其姊乱。于是武帝拜偃为齐相，且正其事。偃至齐，急治王后宫宦者为王通于姊翁主所者，辞及王。王年少，惧以罪为吏所执诛，乃饮药自杀。是时，赵王惧主父偃壹出败齐，恐其渐疏骨肉，乃上书言偃受金及轻重之短，天子亦因囚偃。公孙弘曰："齐王以忧死，无后，非诛偃无以塞天下之望。"偃遂坐诛。

厉王立五年，国除。

济北王志，吴、楚反时初亦与通谋，后坚守不发兵，故得不诛，徙王菑川。元朔中，齐国绝。悼惠王后唯有二国：城阳、菑川。菑川地比齐，武帝为悼惠王冢园在齐，乃割临菑东圜悼惠王冢园邑尽以予菑川，令奉祭祀。

志立三十五年薨，是为懿王。子靖王建嗣，二十年薨。子顷王遗嗣，三十五年薨。子思王终古嗣。五凤中，青州刺史奏终古使所爱奴与八子及诸御婢奸，终古或参与被席，或白昼使赢伏，犬马交接，终古亲临观。产子，辄曰："乱不可知，使去其子。"事下丞相、御史，奏终古位诸侯王，以令置八子，秩比六百石，所以广嗣重祖也。而终古禽兽行，乱君臣夫妇之别，悖逆人伦，请逮捕。有诏：削四县。二十八年薨。子考王尚嗣，五年薨。子孝王横嗣，三十一年薨。子怀王交嗣，六年薨。子永嗣，王莽时绝。

赞曰：悼惠之王齐，最为大国。以海内初定，子弟少，激秦孤立亡藩辅，故大封同姓，以填天下。时诸侯得自除御史大夫群卿以下众官，如汉朝，汉独为置丞相。自吴、楚诛后，稍夺诸侯权，左官附益阿党之法设。其后诸侯唯得衣食租税，贫者或乘牛车。

卷三十九

萧何曹参传第九

萧何，沛人也。以文毋害为沛主吏掾。高祖为布衣时，数以吏事护高祖。高祖为亭长，常佑之。高祖以吏繇咸阳，吏皆送奉钱三，何独以五。秦御史临郡者，与从事辨之。何乃给泗水卒史事，第一。秦御史欲入言征何，何固请，得毋行。

及高祖起为沛公，何尝为丞督事。沛公至咸阳，诸将皆争走金、帛、财物之府，分之，何独先入收秦丞相、御史律令图书藏之。沛公具知天下厄塞、户口多少、强弱处、民所疾苦者，以何得秦图书也。

初，诸侯相与约，先入关破秦者王其地。沛公既先定秦，项羽后至，欲攻沛公，沛公谢之得解。羽遂屠烧咸阳，与范增谋曰："巴、蜀道险，秦之迁民皆居蜀。"乃曰："蜀汉亦关中地也。"故立沛公为汉王，而三分关中地，王秦降将以距汉王。汉王怒，欲谋攻项羽。周勃、灌婴、樊哙皆劝之，何谏之曰："虽王汉中之恶，不犹愈于死乎？"汉王曰："何为乃死也？"何曰："今众弗如，百战百败，不死何为？《周书》曰'天予不取，反受其咎'。语曰'天汉'，其称甚美。夫能诎于一人之下，而信于万乘之上者，汤、武是也。臣愿大王王汉中，养其民以致贤人，收用巴、蜀，还定三秦，天下可图也。"汉王曰："善。"乃遂就国，以何为丞相。何进韩信，汉王以为大将军，说汉王令引兵东定三秦。语在《信传》。

何以丞相留收巴、蜀，填抚谕告，使给军食。汉二年，汉王与诸侯击楚，何守关中，侍太子，治栎阳。为令约束，立宗庙、社稷、宫室、县邑，辄奏，上可许以从事，即不及奏，辄以便宜施行，上来以闻。计户转漕给军，汉王数失军遁去，何常兴关中卒，辄补缺。上以此剸属任何关中事。汉三年，与项羽相距京、索间，上数使使劳苦丞相。鲍生谓何曰："今王暴衣露盖，数劳苦君者，有疑君心。为君计，莫若遣君子孙昆弟能胜兵者悉诣军所，上益信君。"于是何从其计，汉王大悦。

汉五年，已杀项羽，即皇帝位，论功行封，群臣争功，岁余不决。上以何功最盛，先封为酂侯，食邑八千户。功臣皆曰："臣等身被坚执兵，多者百余战，少者数十合，攻城略地，大小各有差。今萧何未有汗马之劳，徒持文墨议论，不战，顾居臣等上，何也？"上曰："诸君知猎乎？"曰："知之。""知猎狗乎？"曰："知之。"上曰："夫猎，追杀兽者狗也，而发纵指示兽处者人也。今诸君徒能走得兽耳，功狗也；至如萧何，发纵指示，功人也。且诸君独以身从我，多者三两人；萧何举宗数十人皆随我，功不可忘也！"群臣后皆莫敢言。

列侯毕已受封，奏位次，皆曰："平阳侯曹参身被七十创，攻城略地，功最多，宜第一。"上已桡功臣多封何，至位次未有以复难之，然心欲何第一。关内侯鄂秋时为谒者，进曰："群臣议皆误。夫曹参虽有野战略地之功，此特一时之事。夫上与楚相距五岁，失军亡众，跳身遁者数矣，然萧何常从关中遣军补其处。非上所诏令召，而数万众会上乏绝者数矣。夫汉与楚相守荥阳数年，军无见粮，萧何转漕关中，给食不乏。陛下虽数亡山东，萧何常全关中待陛下，此万世功也。今虽无曹参等百数，何缺于汉？汉得之不必待以全。奈何欲以一旦之功加万世之功哉！萧何当第一，曹参次之。”上曰：“善。”于是乃令何第一，赐带剑履上殿，入朝不趋。上曰：“吾闻进贤受上赏，萧何功虽高，待鄂君乃得明。”于是因鄂秋故所食关内侯邑二千户，封为安平侯。是日，悉封何父母兄弟十余人，皆食邑。乃益封何二千户，“以尝繇咸阳时何送我独赢钱二也”。

陈豨反，上自将，至邯郸。而韩信谋反关中，吕后用何计诛信。语在《信传》。上已闻诛信，使使拜丞相为相国，益封五千户，令卒五百人一都尉为相国卫。诸君皆贺，召平独吊。召平者，故秦东陵侯。秦破，为布衣，贫，种瓜长安城东，瓜美，故世谓“东陵瓜”，从召平始也。平谓何曰：“祸自此始矣。上暴露于外，而君守于内，非被矢石之难，而益君封置卫者，以今者淮阴新反于中，有疑君心。夫置卫卫君，非以宠君也。愿君让封勿受，悉以家私财佐军。”何从其计，上说。

其秋，黥布反，上自将击之，数使使问相国何为。曰：“为上在军，拊循勉百姓，悉所有佐军，如陈豨时。”客又说何曰：“君灭族不久矣。夫君位为相国，功第一，不可复加。然君初入关，本得百姓心，十余年矣。皆附君，尚复孳孳得民和。上所谓数问君，畏君倾动关中。今君胡不多买田地，贱贳貣以自污？上心必安。”于是何从其计，上乃大说。

上罢布军归，民道遮行，上书言相国强贱买民田宅数千人。上至，何谒。上笑曰：“今相国乃利民！”民所上书皆以与何，曰：“君自谢民。”后何为民请曰：“长安地狭，上林中多空地，弃，愿令民得入田，毋收稿为兽食。”上大怒曰：“相国多受贾人财物，为请吾苑！”乃下何廷尉，械系之。数日，王卫尉侍，前问曰：“相国胡大罪，陛下系之暴也？”上曰：“吾闻李斯相秦皇帝，有善归主，有恶自予。今相国多受贾竖金，为请吾苑，以自媚于民。故系治之。”王卫尉曰：“夫职事苟有便于民而请之，真宰相事也。陛下奈何乃疑相国受贾人钱乎！且陛下距楚数岁，陈豨、黥布反时，陛下自将往，当是时相国守关中，关中摇足则关西非陛下有也。相国不以此时为利，乃利贾人之金乎？且秦以不闻其过亡天下，夫李斯之分过，又何足法哉！陛下何疑宰相之浅也！”上不怿。是日，使使持节赦出何。何年老，素恭谨，徒跣入谢。上曰：“相国休矣！相国为民请吾苑不许，我不过为桀纣主，而相国为贤相。吾故系相国，欲令百姓闻吾过。”

高祖崩，何事惠帝。何病，上亲自临视何疾，因问曰：“君即百岁后，谁可代君？”对曰：“知臣莫如主。”帝曰：“曹参何如？”何顿首曰：“帝得之矣，何死不恨矣！”

何买田宅必居穷辟处，为家不治垣屋。曰：“令后世贤，师吾俭；不贤，毋为势家所夺。”

孝惠二年，何薨，谥曰文终侯。子禄嗣，薨，无子。高后乃封何夫人同为酂侯，小子延为筑阳侯。孝文元年，罢同，更封延为酂侯。薨，子遗嗣。薨，无子。文帝复以遗弟则嗣，有罪免。景帝二年，制诏御史：“故相国萧何，高皇帝大功臣，所与为天下也。今其祀绝，朕甚怜之。其以武阳县户二千封何孙嘉为列侯。”嘉，则弟也。薨，子胜嗣，后有罪免。武帝元狩中，复下诏御史：“以酂户二千四百封何曾孙庆为酂侯，布告天下，令明知朕报萧相国德也。”庆，则子也。薨，子寿成嗣，坐为太常牺牲瘦免。宣帝时，诏丞相、御史求问萧相国后在者，得玄孙建世等十二人，复下诏以酂户二千封建世为酂侯。传子至孙获，坐使奴杀人减死论。成帝时，复封何玄孙之子南䜌长喜为酂侯。传子至曾孙，王莽败乃绝。

曹参，沛人也。秦时为狱掾，而萧何为主吏，居县为豪吏矣。高祖为沛公也，参以中涓从。击胡陵、方与，攻秦监公军，大破之。东下薛，击泗水守军薛郭西。复攻胡陵，取之。徙守方与。方与反为魏，击之。丰反为魏，攻之。赐爵七大夫。北击司马欣军砀东，取狐父、祁善置。又攻下邑以西，至虞，击秦将章邯车骑。攻辕戚及亢父，先登。迁为五大夫。北救东阿，击章邯军，陷陈，追至濮阳。攻定陶，取临济。南救雍丘，击李由军，破之，杀李由，虏秦候一人。章邯破杀项梁也，沛公与项羽引兵而东。楚怀王以沛公为砀郡长，将砀郡兵。于是乃封参执帛，号曰建成君。迁为戚公，属砀郡。

其后，从攻东郡尉军，破之成武南。击王离军成阳南，又攻杠里，大破之。追北，西至开封，击赵贲军，破之，围赵贲开封城中。西击秦将杨熊军于曲遇，破之，虏秦司马及御史各一人。迁为执珪。从西攻阳武，下轘辕、缑氏，绝河津。击赵贲军尸北，破之。从南攻犨，与南阳守齮战阳城郭东，陷陈，取宛，虏齮，定南阳郡。从西攻武关、峣关，取之。前攻秦军蓝田南，又夜击其北军，大破之，遂至咸阳，破秦。

项羽至，以沛公为汉王。汉王封参为建成侯。从至汉中，迁为将军。从还定三秦，攻下辨、故道、雍、斄。击章平军于好畤南，破之，围好畤，取壤乡。击三秦军壤东及高栎，破之。复围章平，平出好畤走。因击赵贲、内史保军，破之。东取咸阳，更名曰新城。参将兵守景陵二十三日，三秦使章平等攻参，参出击，大破之。赐食邑于宁秦。以将军引兵围章邯废丘；以中尉从汉王出临晋关。至河内，下脩武，度围津，东击龙且、项佗定陶，破之。东取砀、萧、彭城。击项籍军，汉军大败走。参以中尉围取雍丘。王武反于外黄，程处反于燕，往击，尽破之。柱天侯反于衍氏，进破取衍氏。击羽婴于昆阳，追至叶。还攻武强，因至荥阳。参自汉中为将军中尉，从击诸侯及项王，败，还至荥阳。

汉二年，拜为假左丞相，入屯兵关中。月余，魏王豹反，以假左丞相别与韩信东攻魏将孙遬东张，大破之。因攻安邑，得魏将王襄。击魏王于曲阳，追至东垣，生获魏王豹。取平阳，得豹母妻子，尽定魏地，凡五十二县。赐食邑平阳。因从韩信击赵相国夏说军于邬东，大破之，斩夏说。韩信与故常山王张耳引兵下井陉，击成安君陈馀，而令参还围赵别将戚公于邬城中。戚公出走，追斩之。乃引兵诣汉王在所。韩信已破赵，为相国，东击齐，参以左丞相属焉。攻破齐历下军，遂取临淄。还定济北郡，收著、漯阴、平原、鬲、卢。已而从韩信击龙且军于上假密，大破之，斩龙且，虏亚将周兰。定齐郡，凡得七十县。得故齐王田广相田光，其守相许章，及故将军田既。韩信立为齐王，引兵东诣陈，与汉王共破项羽，而参留平齐未服者。

汉王即皇帝位，韩信徙为楚王，参归相印焉。高祖以长子肥为齐王，而以参为相国。高祖六年，与诸侯剖符，赐参爵列侯，食邑平阳万六百三十户，世世勿绝。

参以齐相国击陈豨将张春，破之。黥布反，参从悼惠王将车骑十二万，与高祖会击黥布军，大破之。南至蕲，还定竹邑、相、萧、留。

参功：凡下二国，县百二十二；得王二人，相三人，将军六人，大莫嚣、郡守、司马、候、御史各一人。

孝惠元年，除诸侯相国法，更以参为齐丞相。参之相齐，齐七十城。天下初定，悼惠王富于春秋，参尽召长老诸先生，向所以安集百姓。而齐故诸儒以百数，言人人殊。参未知所定。闻胶西有盖公，善治黄、老言，使人厚币请之。既见盖公，盖公为言"治道贵清静而民自定"，推此类具言之。参于是避正堂，舍盖公焉。其治要用黄、老术，故相齐九年，齐国安集，大称贤相。

萧何薨，参闻之，告舍人趣治行，“吾且入相”。居无何，使者果召参。参去，属其后相曰：“以齐狱市为寄，慎勿扰也。”后相曰：“治无大于此者乎？”参曰：“不然。夫狱市者，所以并容也，今君扰之，奸人安所容乎？吾是以先之。”

始参微时，与萧何善，及为宰相，有隙。至何且死，所推贤唯参。参代何为相国，举事无所变更，壹遵何之约束。择郡国吏长大，讷于文辞。谨厚长者，即召除为丞相史。吏言文刻深，欲务声名，辄斥去之。日夜饮酒。卿大夫以下吏及宾客见参不事事，来者皆欲有言。至者，参辄饮以醇酒，度之欲有言，复饮酒，醉而后去，终莫得开说，以为常。

相舍后园近吏舍，吏舍日饮歌呼。从吏患之，无如何，乃请参游后园。闻吏醉歌呼，从吏幸相国召按之。乃反取酒张坐饮，大歌呼与相和。参见人之有细过，掩匿覆盖之，府中无事。

参子窋为中大夫。惠帝怪相国不治事，以为“岂少朕与？”乃谓窋曰：“女归，试私从容问乃父曰：‘高帝新弃群臣，帝富于春秋，君为相国，日饮，无所请事，何以忧天下？’然无言吾告女也。”窋既洗沐归，时间，自从其所谏参。参怒而笞之二百，曰：“趣入侍，天下事非乃所当言也！”至朝时，帝让参曰：“与窋胡治乎？乃者我使谏君也。”参免冠谢曰：“陛下自察圣武孰与高皇帝？”上曰：“朕乃安敢望先帝！”参曰：“陛下观参孰与萧何贤？”上曰：“君似不及也。”参曰：“陛下言之是也。且高皇帝与萧何定天下，法令既明具，陛下垂拱，参等守职，遵而勿失，不亦可乎？”惠帝曰：“善。君休矣！”

参为相国三年，薨，谥曰懿侯。百姓歌之曰：“萧何为法，讲若画一，曹参代之，守而勿失。载其清靖，民以宁壹。”

窋嗣侯，高后时至御史大夫。传国至曾孙襄，武帝时为将军，击匈奴，薨。子宗嗣，有罪，完为城旦。至哀帝时，乃封参玄孙之孙本始为平阳侯，二千户，王莽时薨。子宏嗣，建武中先降河北，封平阳侯。至今八侯。

赞曰：“萧何、曹参皆起秦刀笔吏，当时录录未有奇节。汉兴，依日月之末光，何以信谨守管籥，参与韩信俱征伐。天下既定，因民之疾秦法，顺流与之更始，二人同心，遂安海内。淮阴、黥布等已灭，唯何、参擅功名，位冠群臣，声施后世，为一代之宗臣，庆流苗裔，盛矣哉！

卷四十

张陈王周传第十

张良，字子房，其先韩人也。大父开地，相韩昭侯、宣惠王、襄哀王。父平，相釐王、悼惠王。悼惠王二十三年，平卒。卒二十岁，秦灭韩。良少，未宦事韩。韩破，良家僮三百人，弟死不葬，悉以家财求客刺秦王，为韩报仇，以五世相韩故。

良尝学礼淮阳，东见仓海君，得力士，为铁椎重百二十斤。秦皇帝东游，至博狼沙中，良与客狙击秦皇帝，误中副车。秦皇帝大怒，大索天下，求贼急甚。良乃更名姓，亡匿下邳。

良尝间从容步游下邳圯下，有一老父，衣褐，至良所，直堕其履圯下，顾谓良曰："孺子下取履！"良愕然，欲欧之。为其老，乃强忍，下取履，因跪进。父以足受之，笑去。良殊大惊。父去里所，复还，曰："孺子可教矣。后五日平明，与我期此。"良因怪，跪曰："诺。"五日平明，良往。父已先在，怒曰："与老人期，后，何也？去，后五日蚤会。"五日，鸡鸣往。父又先在，复怒曰："后，何也？去，后五日复蚤来。"五日，良夜半往。有顷，父亦来，喜曰："当如是。"出一编书，曰："读是则为王者师。后十年兴。十三年，孺子见我，济北榖城山下黄石即我已。"遂去不见。旦日视其书，乃《太公兵法》。良因异之，常习诵。

居下邳，为任侠。项伯尝杀人，从良匿。后十年，陈涉等起，良亦聚少年百余人。景驹自立为楚假王，在留。良欲往从之，行道遇沛公。沛公将数千人略地下邳，遂属焉。沛公拜良为厩将。良数以《太公兵法》说沛公，沛公喜，常用其策。良为它人言，皆不省。良曰："沛公殆天授。"故遂从不去。沛公之薛，见项梁，共立楚怀王。良乃说项梁曰："君已立楚后，韩诸公子横阳君成贤，可立为王，益树党。"项梁使良求韩成，立为韩王。以良为韩司徒，与韩王将千余人西略韩地，得数城，秦辄复取之，往来为游兵颍川。

沛公之从雒阳南出轘辕，良引兵从沛公，下韩十余城，击杨熊军。沛公乃令韩王成留守阳翟，与良俱南，攻下宛，西入武关。沛公欲以二万人击秦峣关下军，良曰："秦兵尚强，未可轻。臣闻其将屠者子，贾竖易动以利。愿沛公且留壁，使人先行，为五万人具食，益张旗帜诸山上，为疑兵，令郦食其持重宝啖秦将。"秦将果欲连和俱西袭咸阳，沛公欲听之。良曰："此独其将欲叛，士卒恐不从。不从必危，不如因其解击之。"沛公乃引兵击秦军，大破之。逐北至蓝田，再战，秦兵竟败。遂至咸阳，秦王子婴降沛公。

沛公入秦，宫室帷帐狗马重宝妇女以千数，意欲留居之。樊哙谏，沛公不听。良曰："夫秦为无道，故沛公得至此。为天下除残去贼，宜缟素为资。今始入秦，即安其乐，此所谓'助桀为虐'。且'忠言逆耳利于行，毒药苦口利于病'，愿沛公听樊哙言。"沛公乃还军霸上。

项羽至鸿门，欲击沛公，项伯夜驰至沛公军，私见良，欲与俱去。良曰："臣为韩王送沛公，今事有急，亡去不义。"乃具语沛公。沛公大惊，曰："为之奈何？。良曰："沛公诚欲背项王邪？"沛公曰："鲰生说我距关毋内诸侯，秦地可王也，故听之。"良曰："沛公自度能却项王乎？"沛公默然，曰："今为奈何？"良因要项伯见沛公。沛公与伯饮，为寿，结婚，令伯具言沛公不敢背项王，所以距关者，备它盗也。项羽后解，语在《羽传》。

汉元年，沛公为汉王，王巴、蜀，赐良金百溢，珠二斗，良具以献项伯。汉王亦因令良厚遗项伯，使请汉中地。项王许之。汉王之国，良送至褒中，遣良归韩。良因说汉王烧绝栈道，示天下无还心，以固项王意。乃使良还。行，烧绝栈道。

良归至韩，闻项羽以良从汉王故，不遣韩王成之国，与俱东，至彭城杀之。时汉王还定三秦，良乃遗项羽书曰："汉王失职，欲得关中，如约即止，不敢复东。"又以齐反书遗羽，曰："齐与赵欲并灭楚。"项羽以故北击齐。良乃间行归汉。汉王以良为成信侯，从东击楚。至彭城，汉王兵败而还。至下邑，汉王下马踞鞍而问曰："吾欲捐关已东等弃之，谁可与共功者？"良曰："九江王布，楚枭将，与项王有隙，彭越与齐王田荣反梁地，此两人可急使。而汉王之将独韩信可属大事，当一面。即欲捐之，捐之此三人，楚可破也。”汉王乃遣随何说九江王布，而使人连彭城。及魏王豹反，使韩信特将北击之，因举燕，伐齐、赵。然卒破楚者，此三人力也。

良多病，未尝特将兵，常为画策臣，时时从。

汉三年，项羽急围汉王于荥阳，汉王忧恐，与郦食其谋桡楚权。郦生曰：“昔汤伐桀，封其后杞；武王诛纣，封其后宋。今秦无道，伐灭六国，无立锥之地。陛下诚复立六国后，此皆争戴陛下德义，愿为臣妾。德义已行，南面称伯，楚必敛衽而朝。”汉王曰：“善。趣刻印，先生因行佩之。”

郦生未行，良从外来谒汉王。汉王方食，曰：“客有为我计桡楚权者。”具以郦生计告良曰：“于子房何如？”良曰：“谁为陛下画此计者？陛下事去矣！”汉王曰：“何哉？”良曰：“臣请借前箸以筹之。昔汤、武伐桀、纣封其后者，度能制其死命也。今陛下能制项籍死命乎？其不可一矣。武王入殷，表商容闾，式箕子门，封比干墓，今陛下能乎？其不可二矣。发巨桥之粟，散鹿台之财，以赐贫穷，今陛下能乎？其不可三矣。殷事以毕，偃革为轩，倒载干戈，示不复用，今陛下能乎？其不可四矣。休马华山之阳，示无所为，今陛下能乎？其不可五矣。息牛桃林之野，示天下不复输积，今陛下能乎？其不可六矣。且夫天下游士，离亲戚，弃坟墓，去故旧，从陛下者，但日夜望咫尺之地。今乃立六国后，唯无复立者，游士各归事其主，从亲戚，反故旧，陛下谁与取天下乎？其不可七矣。且楚唯毋强，六国复桡而从之，陛下焉得而臣之？其不可八矣。诚用此谋，陛下事去矣。”汉王辍食吐哺，骂曰：“竖儒，几败乃公事！”令趣销印。后韩信破齐欲自立为齐王，汉王怒。良说汉王，汉王使良授齐王信印。语在《信传》。

五年冬，汉王追楚至阳夏南，战不利，壁固陵，诸侯期不至。良说汉王，汉王用其计，诸侯皆至。语在《高纪》。汉六年，封功臣。良未尝有战斗功，高帝曰：“运筹策帷幄中，决胜千里外，子房功也。自择齐三万户。”良曰：“始臣起下邳，与上会留，此天以臣授陛下。陛下用臣计，幸而时中，臣愿封留足矣，不敢当三万户。”乃封良为留侯，与萧何等俱封。

上已封大功臣二十余人，其余日夜争功而不决，未得行封。上居雒阳南宫，从复道望见诸将往往数人偶语。上曰：“此何语？”良曰：“陛下不知乎？此谋反耳。”上曰：“天下属安定，何故而反？”良曰：“陛下起布衣，与此属取天下，今陛下已为天子，而所封皆萧、曹故人所亲爱，而所诛者皆平生仇怨。今军吏计功，天下不足以遍封，此属畏陛下不能尽封，又恐见疑过失及诛，故相聚而谋反耳。”上乃忧曰：“为将奈何？”良曰：“上平生所憎，群臣所共知，谁最甚者？”上曰：“雍齿与我有故怨，数窘辱我，我欲杀之，为功多，不忍。”良曰：“今急先封雍齿，以示群臣，群臣见雍齿先封，则人人自坚矣。”于是上置酒，封雍齿为什方侯，而急趣丞相、御史定功行封。群臣罢酒，皆喜曰：“雍齿且侯，我属无患矣。”

刘敬说上都关中，上疑之。左右大臣皆山东人，多劝上都雒阳：“雒阳东有成皋，西有殽、黾，背河乡雒，其固亦足恃。”良曰：“雒阳虽有此固，其中小，不过数百里，田地薄，四面受敌，此非用武之国。夫关中左殽、函，右陇、蜀，沃野千里，南有巴、蜀之饶，北有胡苑之利，阻三面而固守，独以一面东制诸侯。诸侯安定，河、渭漕挽天下，西给京师；诸侯有变，顺流而下，足以委输。此所谓金城千里，天府之国。刘敬说是也。”于是上即日驾，西都关中。良从入关。性多疾，即道引不食谷，闭门不出岁余。

上欲废太子，立戚夫人子赵王如意。大臣多争，未能得坚决也。吕后恐，不知所为。或谓吕后曰：“留侯善画计，上信用之。”吕后乃使建成侯吕泽劫良，曰：“君常为上谋臣，今上日欲易太子，君安得高枕而卧？”良曰：“始上数在急困之中，幸用臣策；

今天下安定，以爱欲易太子，骨肉之间，虽臣等百人何益！”吕泽强要曰:“为我画计。”良曰：“此难以口舌争也。顾上有所不能致者四人。四人年老矣，皆以上嫚士，故逃匿山中，义不为汉臣。然上高此四人。今公诚能毋爱金玉璧帛，令太子为书，卑辞安车，因使辩士固请，宜来。来，以为客，时从入朝，令上见之，则一助也。”于是吕后令吕泽使人奉太子书，卑辞厚礼，迎此四人。四人至，客建成侯所。

汉十一年，黥布反，上疾，欲使太子往击之。四人相谓曰：“凡来者，将以存太子。太子将兵，事危矣。”乃说建成侯曰：“太子将兵，有功即位不益，无功则从此受祸。且太子所与俱诸将，皆与上定天下枭将也，今乃使太子将之，此无异使羊将狼，皆不肯为用，其无功必矣。臣闻‘母爱者子抱’，今戚夫人日夜侍御，赵王常居前，上曰‘终不使不肖子居爱子上’，明其代太子位必矣。君何不急请吕后承间为上泣言:‘黥布，天下猛将，善用兵，今诸将皆陛下故等夷，乃令太子将，此属莫肯为用，且布闻之，鼓行而西耳。上虽疾，强载辎车，卧而护之，诸将不敢不尽力。上虽苦，强为妻子计。’”于是吕泽夜见吕后。吕后承间为上泣而言，如四人意。上曰:“吾惟之，竖子固不足遣，乃公自行耳。”于是上自将而东，群臣居守，皆送至霸上。良疾，强起至曲邮，见上曰:“臣宜从，疾甚。楚人剽疾，愿上慎毋与楚争锋。”因说上令太子为将军监关中兵。上谓“子房虽疾，强卧傅太子”。是时，叔孙通已为太傅，良行少傅事。

汉十二年，上从破布归，疾益甚，愈欲易太子。良谏不听，因疾不视事。叔孙太傅称说引古，以死争太子。上阳许之，犹欲易之。及晏，置酒，太子侍。四人者从太子，年皆八十有余，须眉皓白，衣冠甚伟。上怪，问曰:“何为者？”四人前对，各言其姓名。上乃惊曰：“吾求公，避逃我，今公何自从吾儿游乎？”四人曰：“陛下轻士善骂，臣等义不辱，故恐而亡匿。今闻太子仁孝，恭敬爱士，天下莫不延颈愿为太子死者，故臣等来。”上曰：“烦公幸卒调护太子。”四人为寿已毕，趋去。上目送之，召戚夫人指视曰：“我欲易之，彼四人为之辅，羽翼已成，难动矣。吕氏真乃主矣。”戚夫人泣涕，上曰:“为我楚舞，吾为若楚歌。”歌曰:“鸿鹄高飞，一举千里。羽翼以就，横绝四海。横绝四海，又可奈何！虽有矰缴，尚安所施！”歌数阕，戚夫人歔欷流涕。上起去，罢酒。竟不易太子者，良本招此四人之力也。

良从上击代，出奇计下马邑，及立萧相国，所与从容言天下事甚众，非天下所以存亡，故不著。良乃称曰：“家世相韩，及韩灭，不爱万金之资，为韩报仇强秦，天下震动。今以三寸舌为帝者师，封万户，位列侯，此布衣之极，于良足矣。愿弃人间事，欲从赤松子游耳。”乃学道，欲轻举。高帝崩，吕后德良，乃强食之，曰:“人生一世间，如白驹之过隙，何自苦如此！”良不得已，强听食。后六岁薨。谥曰文成侯。

良始所见下邳圯上老父与书者，后十三岁从高帝过济北，果得穀城山下黄石，取而宝祠之。及良死，并葬黄石。每上冢伏腊祠黄石。

子不疑嗣侯。孝文三年坐不敬，国除。

陈平，阳武户牖乡人也。少时家贫，好读书，治黄帝、老子之术。有田三十亩，与兄伯居。伯常耕田，纵平使游学。平为人长大美色。人或谓平：“贫何食而肥若是？”其嫂疾平之不亲家生产，曰:“亦食糠覈耳。其叔如此，不如无有！”伯闻之，逐其妇弃之。

及平长，可取妇，富人莫与者，贫者平亦愧之。久之，户牖富人张负有女孙，五嫁夫辄死，人莫敢取，平欲得之。邑中有大丧，平家贫侍丧，以先往后罢为助。张负既见之丧所，独视伟平，平亦以故后去。负随平至其家，家乃负郭穷巷，以席为门，然门外多长者车辙。张负归，谓其子仲曰：“吾欲以女孙予陈平。”仲曰：“平贫不事事，一县中尽笑其所为，独奈何予之女？”负曰：“固有美如陈平长贫者乎？”卒与女。为平贫，乃假贷币以聘，予酒肉之资以内妇。负戒其孙曰：“毋以贫故，事人不谨。事兄伯如事乃父，事嫂如事乃母。”平既取张氏女，资用益饶，游道日广。里中社，平为宰，分肉甚均。里父老曰：“善，陈孺子之为宰！”平曰：“嗟乎，使平得宰天下，亦如此肉矣！”

陈涉起王，使周市略地，立魏咎为魏王，与秦军相攻于临济。平已前谢兄伯，从少年往事魏王咎，为太仆。说魏王，王不听，人或谗之，平亡去。项羽略地至河上，平往归之，从入破秦，赐爵卿。项羽之东王彭城也，汉王还定三秦而东。殷王反楚，项羽乃以平为信武君，将魏王客在楚者往击，殷降而还。项王使项悍拜平为都尉，赐金二十溢。居无何，汉攻下殷。项王怒，将诛定殷者。平惧诛，乃封其金与印，使使归项王，而平身间行杖剑亡。度河，船人见其美丈夫，独行，疑其亡将，要下当有宝器金玉，目之，欲杀平。平心恐，乃解衣裸而佐刺船。船人知其无有，乃止。

平遂至脩武降汉，因魏无知求见汉王，汉王召入。是时，万石君石奋为中涓，受平谒。平等十人俱进，赐食。王曰：“罢，就舍矣。”平曰：“臣为事来，所言不可以过今日。”于是汉王与语而说之，问曰：“子居楚何官？”平曰：“为都尉。”是日拜平为都尉，使参乘，典护军。诸将尽讙，曰：“大王一日得楚之亡卒，未知高下，而即与共载，使监护长者！”汉王闻之，愈益幸平，遂与东伐项王。至彭城，为楚所败，引师而还。收散兵至荥阳，以平为亚将，属韩王信，军广武。

绛、灌等或谗平曰：“平虽美丈夫，如冠玉耳，其中未必有也。闻平居家时盗其嫂；事魏王不容，亡而归楚；归楚不中，又亡归汉。今大王尊官之，令护军。臣闻平使诸将，金多者得善处，金少者得恶处。平，反复乱臣也，愿王察之。”汉王疑之，以让无知，问曰：“有之乎？”无知曰：“有。”汉王曰：“公言其贤人何也？”对曰：“臣之所言者，能也；陛下所问者，行也。今有尾生、孝已之行，而无益于胜败之数，陛下何暇用之乎？今楚、汉相距，臣进奇谋之士，顾其计诚足以利国家耳。盗嫂、受金又安足疑乎？”汉王召平而问曰：“吾闻先生事魏不遂，事楚而去，今又从吾游，信者固多心乎？”平曰：“臣事魏王，魏王不能用臣说，故去事项王。项王不信人，其所任爱，非诸项即妻之昆弟，虽有奇士不能用。臣居楚闻汉王之能用人，故归大王。裸身来，不受金无以为资。诚臣计画有可采者，愿大王用之，使无可用者，大王所赐金具在，请封输官，得请骸骨。”汉王乃谢，厚赐，拜以为护军中尉，尽护诸将。诸将乃不敢复言。

其后，楚急击，绝汉甬道，围汉王于荥阳城。汉王患之，请割荥阳以西和。项王弗听。汉王谓平曰：“天下纷纷，何时定乎？”平曰：“项王为人，恭敬爱人，士之廉节好礼者多归之。至于行功赏爵邑，重之，士亦以此不附。今大王嫚而少礼，士之廉节者不来；然大王能饶人以爵邑，士之顽顿耆利无耻者亦多归汉。诚各去两短，集两长，天下指麾即定矣。然大王资侮人，不能得廉节之士。顾楚有可乱者，彼项王骨鲠之臣亚父、钟离昧、龙且、周殷之属，不过数人耳。大王能出捐数万斤金，行反间，间其君臣，以疑其心，项王为人意忌信谗，必内相诛。汉因举兵而攻之，破楚必矣。”汉王以为然，乃出黄金四万斤予平，恣所为，不问出入。

平既多以金纵反间于楚军，宣言诸将钟离昧等为项王将，功多矣，然终不得列地而王，欲与汉为一，以灭项氏，分王其地。项王果疑之，使使至汉。汉为太牢之具，举进，见楚使，即阳惊曰：“以为亚父使，乃项王使也！”复持去，以恶草具进楚使。使归，具以报项王，果大疑亚父。亚父欲急击下荥阳城，项王不信，不肯听亚父。亚父闻项王疑之，乃大怒曰：“天下事大定矣，君王自为之！愿乞骸骨归！”归未至彭城，疽发背而死。

平乃夜出女子二千人荥阳东门，楚因击之，平乃与汉王从城西门出去。遂入关，收聚兵而复东。

明年，淮阴侯信破齐，自立为假齐王，使使言之汉王。汉王怒而骂，平蹑汉王。汉王寤，乃复遇齐使，使张良往立信为齐王。于是封平以户牖乡。用其计策，卒灭楚。

汉六年，人有上书告楚王韩信反。高帝问诸将，诸将曰："亟发兵坑竖子耳。"高帝默然。以问平，平固辞谢，曰："诸将云何？"上具告之。平曰："人之上书言信反，人有闻知者乎？"曰："未有。"曰："信知之乎？"曰："弗知。"平曰："陛下兵精孰与楚？"上曰："不能过也。"平曰："陛下将用兵有能敌韩信者乎？"上曰："莫及也。"平曰："今兵不如楚精，将弗及，而举兵击之，是趣之战也，窃为陛下危之。"上曰："为之奈何？"平曰："古者天子巡狩，会诸侯。南方有云梦，陛下第出伪游云梦，会诸侯于陈。陈，楚之西界，信闻天子以好出游，其势必郊迎谒。而陛下因禽之，特一力士之事耳。"高帝以为然，乃发使告诸侯会陈，"吾将南游云梦"。上因随以行。行至陈，楚王信果郊迎道中。高帝豫具武士，见信，即执缚之。语在《信传》。

遂会诸侯于陈。还至雒阳，与功臣剖符定封，封平为户牖侯，世世勿绝。平辞曰："此非臣之功也。"上曰："吾用先生计谋，战胜克敌，非功而何？"平曰："非魏无知臣安得进？"上曰："若子可谓不背本矣！"乃复赏魏无知。

其明年，平从击韩王信于代。至平城，为匈奴围，七日不得食。高帝用平奇计，使单于阏氏解，围以得开。高帝既出，其计秘，世莫得闻。高帝南过曲逆，上其城，望室屋甚大，曰："壮哉县！吾行天下，独见雒阳与是耳。"顾问御史："曲逆户口几何？"对曰："始秦时三万余户，间者兵数起，多亡匿，今见五千余户。"于是诏御史，更封平为曲逆侯，尽食之，除前所食户牖。

平自初从，至天下定后，常以护军中尉从击臧荼、陈豨、黥布。凡六出奇计，辄益邑封。奇计或颇秘，世莫得闻也。

高帝从击布军还，病创，徐行至长安。燕王卢绾反，上使樊哙以相国将兵击之。既行，人有短恶哙者。高帝怒曰："哙见吾病，乃几我死也！"用平计，召绛侯周勃受诏床下，曰："陈平乘驰传载勃代哙将，平至军中即斩哙头！"二人既受诏，驰传未至军，行计曰："樊哙，帝之故人，功多，又吕后女弟吕须夫，有亲且贵，帝以忿怒故欲斩之，即恐后悔。宁囚而致上，令上自诛之。"未至军，为坛，以节召樊哙。哙受诏，即反接，载槛车诣长安，而令周勃代将兵定燕。

平行闻高帝崩，平恐吕后及吕须怒，乃驰传先去。逢使者诏平与灌婴屯于荥阳。平受诏，立复驰至宫，哭殊悲，因奏事丧前。吕后哀之，曰："君出休矣！"平畏谗之就，因固请之得宿卫中。太后乃以为郎中令，日傅教帝。是后，吕须谗乃不得行。樊哙至，即赦复爵邑。

惠帝六年，相国曹参薨，安国侯王陵为右丞相，平为左丞相。

王陵，沛人也。始为县豪，高祖微时兄事陵。及高祖起沛，入咸阳，陵亦聚党数千人，居南阳，不肯从沛公。及汉王之还击项籍，陵乃以兵属汉。项羽取陵母置军中，陵使至，则东乡坐陵母，欲以招陵。陵母既私送使者，泣曰："愿为老妾语陵，善事汉王。汉王长者，毋以老妾故持二心。妾以死送使者。"遂伏剑而死。项王怒，亨陵母。陵卒从汉王定天下。以善雍齿，雍齿，高祖之仇。陵又本无从汉之意，以故后封陵，为安国侯。

陵为人少文任气，好直言，为右丞相二岁，惠帝崩。高后欲立诸吕为王，问陵。陵曰："高皇帝刑白马而盟曰：'非刘氏而王者，天下共击之'。今王吕氏，非约也。"太后不说。

问左丞相平及绛侯周勃等，皆曰："高帝定天下，王子弟；今太后称制，欲王昆弟诸吕，无所不可。"太后喜。罢朝，陵让平、勃曰："始与高帝喋血而盟，诸君不在邪？今高帝崩，太后女主，欲王吕氏，诸君纵欲阿意背约，何面目见高帝于地下乎！"平曰："于面折廷争，臣不如君；全社稷，定刘氏后，君亦不如臣。"陵无以应之。于是吕太后欲废陵，乃阳迁陵为帝太傅，实夺之相权。陵怒，谢病免，杜门竟不朝请，十年而薨。

陵之免，吕太后徙平为右丞相，以辟阳侯审食其为左丞相。食其亦沛人也。汉王之败彭城西，楚取太上皇、吕后为质，食其以舍人侍吕后。其后从破项籍为侯，幸于吕太后。及为相，不治，监宫中，如郎中令，公卿百官皆因决事。吕须常以平前为高帝谋执樊哙，数谗平曰："为丞相不治事，日饮醇酒，戏妇人。"平闻，日益甚。吕太后闻之，私喜。面质吕须于平前，曰："鄙语曰'儿妇人口不可用'，顾君与我何如耳，无畏吕须之谮。"

吕太后多立诸吕为王，平伪听之。及吕太后崩，平与太尉勃合谋，卒诛诸吕，立文帝，平本谋也。审食其免相，文帝立，举以为相。太尉勃亲以兵诛吕氏，功多，平欲让勃位，乃谢病。文帝初立，怪平病，问之。平曰："高帝时，勃功不如臣，及诛诸吕，臣功亦不如勃。愿以相让勃。"于是乃以太尉勃为右丞相，位第一；平徙为左丞相，位第二。赐平金千斤，益封三千户。

居顷之，上益明习国家事，朝而问右丞相勃曰："天下一岁决狱几何？"勃谢不知。问："天下钱谷一岁出入几何？"勃又谢不知。汗出洽背，愧不能对。上亦问左丞相平。平曰："有主者。"上曰："主者为谁乎？"平曰："陛下即问决狱，责廷尉；问钱谷，责治粟内史。"上曰："苟各有主者，而君所主何事也？"平谢曰："主臣！陛下不知其驽下，使待罪宰相。宰相者，上佐天子理阴阳，顺四时，下遂万物之宜，外填抚四夷诸侯，内亲附百姓，使卿大夫各得任其职也。"上称善。勃大惭，出而让平曰："君独不素教我乎！"平笑曰："君居其位，独不知其任邪？且陛下即问长安盗贼数，又欲强对邪？"于是绛侯自知其能弗如平远矣。居顷之，勃谢病请免相，而平颛为丞相。

孝文二年，平薨，谥曰献侯。传子至曾孙何，坐略人妻弃市。王陵亦至玄孙，坐酎金国除。辟阳侯食其免后三岁而为淮南王所杀，文帝令其子平嗣侯。淄川王反，辟阳近淄川，平降之，国除。

始，平曰："我多阴谋，道家之所禁。吾世即废，亦已矣，终不能复起，以吾多阴祸也。"其后曾孙陈掌以卫氏亲戚贵，愿得续封，然终不得也。

周勃，沛人。其先卷人也，徙沛。勃以织薄曲为生，常以吹箫给丧事，材官引强。

高祖为沛公初起，勃以中涓从攻胡陵，下方与。方与反，与战，却敌。攻丰。击秦军砀东。还军留及萧。复攻砀，破之。下下邑，先登，赐爵五大夫。攻兰、虞，取之。击章邯车骑殿。略定魏地，攻辕戚、东缗，以往至栗，取之。攻破齧桑，先登。击秦军阿下，破之。追至濮阳，下甄城。攻都关、定陶，袭取宛朐，得单父令。夜袭取临济，攻寿张，以前至卷，破李由雍丘下。攻开封，先至城下为多。后章邯破项梁，沛公与项羽引兵东如砀。自初起沛还至砀，一岁二月。楚怀王封沛公号武安侯，为砀郡长。沛公拜勃为襄贲令。从沛公定魏地，攻东郡尉于成武，破之。攻长社，先登。攻颍阳、缑氏，绝河津。击赵贲军尸北。南攻南阳守齮，破武关、峣关。攻秦军于蓝田。至咸阳，灭秦。

项羽至，以沛公为汉王。汉王赐勃爵为威武侯。从入汉中，拜为将军。还定三秦，赐食邑怀德。攻槐里、好畤，最。北击赵贲、内史保于咸阳，最。北救漆。击章平、姚卬军。西定汧。还下郿，频阳。围章邯废丘，破之。西击益已军，破之。攻上邽。东守峣关。击项籍。攻曲遇，最。还守敖仓，追籍。籍已死，因东定楚地泗水、东海郡，凡得二十二县。还守雒阳、栎阳，赐与颍阴侯共食钟离。以将军从高祖击燕王臧荼，破之易下。所将卒当驰道为多。赐爵列侯，剖符世世不绝。食绛八千二百八十户。

以将军从高帝击韩王信于代，降下霍人。以前至武泉，击胡骑，破之武泉北。转攻韩信军铜鞮，破之。还，降太原六城。击韩信胡骑晋阳下，破之，下晋阳。后击韩信军于硰石，破之，追北八十里，还攻楼烦三城，因击胡骑平城下，所将卒当驰道为多。勃迁为太尉。击陈豨，屠马邑。所将卒斩豨将军乘马降。转击韩信、陈豨、赵利军于楼烦，破之。得豨将宋最、雁门守圂。因转攻得云中守遬、丞相箕肄、将军博。定雁门郡十七县、云中郡十二县。因复击豨灵丘，破之，斩豨丞相程纵、将军陈武、都尉高肄。定代郡九县。

燕王卢绾反，勃以相国代樊哙将，击下蓟，得绾大将抵、丞相偃、守陉、太尉弱、御史大夫施屠浑都。破绾军上兰，后击绾军沮阳。追至长城，定上谷十二县、右北平十六县、辽东二十九县、渔阳二十二县。最从高帝得相国一人，丞相二人，将军、二千石各三人，别破军二，下城三，定郡五、县七十九，得丞相、大将各一人。

勃为人木强敦厚，高帝以为可属大事。勃不好文学，每召诸生说士，东乡坐责之："趣为我语。"其椎少文如此。

勃既定燕而归，高帝已崩矣，以列侯事惠帝，惠帝六年，置太尉官，以勃为太尉。十年，高后崩。吕禄以赵王为汉上将军，吕产以吕王为相国，秉权，欲危刘氏。勃与丞相平、朱虚侯章共诛诸吕。语在《高后纪》。

于是阴谋以为"少帝及济川、淮阳、恒山王皆非惠帝子，吕太后以计诈名它人子，杀其母，养之后宫，令孝惠子之，立以为后，用强吕氏。今已灭诸吕，少帝即长用事，吾属无类矣，不如视诸侯贤者立之。"遂迎立代王，是为孝文皇帝。

东牟侯兴居，朱虚侯章弟也，曰："诛诸吕，臣无功，请得除宫。"乃与太仆汝阴侯滕公入宫。滕公前谓少帝曰："足下非刘氏，不当立。"乃顾麾左右执戟，皆仆兵罢。有数人不肯去，宦者令张释谕告，亦去。滕公召乘舆车载少帝出。少帝曰："欲持我安之乎？"滕公曰："就舍少府。"乃奉天子法驾，迎皇帝代邸，报曰："宫谨除。"皇帝入未央宫，有谒者十人持戟卫端门，曰："天子在也，足下何为者？"不得入。太尉往喻，乃引兵去，皇帝遂入。是夜，有司分部诛济川、淮阳、常山王及少帝于邸。

文帝即位，以勃为右丞相，赐金五千斤，邑万户。居十余月，人或说勃曰："君既诛诸吕，立代王，威震天下，而君受厚赏、处尊位以厌之，则祸及身矣。"勃惧，亦自危，乃谢请归相印。上许之。岁余，陈丞相平卒，上复用勃为相。十余月，上曰："前日吾召列侯就国，或颇未能行，丞相朕所重，其为朕率列侯之国。"乃免相就国。

岁余，每河东守尉行县至绛，绛侯勃自畏恐诛，常被甲，令家人持兵以见。其后人有上书告勃欲反，下廷尉，逮捕勃治之。勃恐，不知置辞。吏稍侵辱之。勃以千金与狱吏，狱吏乃书牍背示之，曰"以公主为证"。公主者，孝文帝女也，勃太子胜之尚之，故狱吏教引为证。初，勃之益封，尽以予薄昭。及系急，薄昭为言薄太后，太后亦以为无反事。文帝朝，太后以冒絮提文帝，曰："绛侯绾皇帝玺，将兵于北军，不以此时反，今居一小县，顾欲反邪！"文帝既见勃狱辞，乃谢曰："吏方验而出之。"于是使使持节赦勃，复爵邑。勃既出，曰："吾尝将百万军，安知狱吏之贵也！"

勃复就国，孝文十一年薨，谥曰武侯。子胜之嗣，尚公主不相中，坐杀人，死，国绝。一年，弟亚夫复为侯。

亚夫为河内守时，许负相之："君后三岁而侯。侯八岁，为将相，持国秉，贵重矣，于人臣无二。后九年而饿死。”亚夫笑曰：“臣之兄以代父侯矣，有如卒，子当代，我何说侯乎？然既已贵如负言，又何说饿死？指视我。”负指其口曰：“从理入口，此饿死法也。”居三岁，兄绛侯胜之有罪，文帝择勃子贤者，皆推亚夫，乃封为条侯。

文帝后六年，匈奴大入边。以宗正刘礼为将军军霸上，祝兹侯徐厉为将军军棘门，以河内守亚夫为将军军细柳，以备胡。上自劳军，至霸上及棘门军，直驰入，将以下骑出入送迎。已而之细柳军，军士吏披甲，锐兵刃，彀弓弩持满。天子先驱至，不得入。先驱曰：“天子且至！”军门都尉曰：“军中闻将军之令，不闻天子之诏。”有顷，上至，又不得入。于是上使使持节诏将军曰：“吾欲劳军。”亚夫乃传言开壁门。壁门士请车骑曰：“将军约，军中不得驱驰。”于是天子乃按辔徐行。至中营，将军亚夫揖，曰：“介胄之士不拜，请以军礼见。”天子为动，改容式车，使人称谢：“皇帝敬劳将军。”成礼而去。既出军门，群臣皆惊。文帝曰：“嗟乎，此真将军矣！乡者霸上、棘门如儿戏耳，其将固可袭而虏也。至于亚夫，可得而犯邪！”称善者久之。月余，三军皆罢。乃拜亚夫为中尉。

文帝且崩时，戒太子曰：“即有缓急，周亚夫真可任将兵。”文帝崩，亚夫为车骑将军。

孝景帝三年，吴、楚反。亚夫以中尉为太尉，东击吴、楚。因自请上曰：“楚兵剽轻，难与争锋。愿以梁委之，绝其食道，乃可制也。”上许之。

亚夫既发，至霸上，赵涉遮说亚夫曰：“将军东诛吴、楚，胜则宗庙安，不胜则天下危，能用臣之言乎？”亚夫下车，礼而问之。涉曰：“吴王素富，怀辑死士久矣。此知将军且行，必置间人于殽、黾厄狭之间。且兵事上神密，将军何不从此右去，走蓝田，出武关，抵雒阳，间不过差一二日，直入武库，击鸣鼓。诸侯闻之，以为将军从天而下也。”太尉如其计，至雒阳，使吏搜殽、黾间，果得吴伏兵。乃请涉为护军。

亚夫至，会兵荥阳。吴方攻梁，梁急，请救。亚夫引兵东北走昌邑，深壁而守。梁王使使请亚夫，亚夫守便宜，不往。梁上书言景帝，景帝诏使救梁。亚夫不奉诏，坚壁不出，而使轻骑兵弓高侯等绝吴、楚兵后食道。吴、楚兵乏粮，饥，欲退，数挑战，终不出。夜，军中惊，内相攻击扰乱，至于帐下。亚夫坚卧不起。顷之，复定。吴奔壁东南陬，亚夫使备西北。已而其精兵果奔西北，不得入。吴、楚既饿，乃引而去。亚夫出精兵追击，大破吴王濞。吴王濞弃其军，与壮士数千人亡走，保于江南丹徒。汉兵因乘胜，遂尽虏之，降其县，购吴王千金。月余，越人斩吴王头以告。凡相守攻三月，而吴、楚破平。于是诸将乃以太尉计谋为是。由此梁孝王与亚夫有隙。

归，复置太尉官。五岁，迁为丞相，景帝甚重之。上废栗太子，亚夫固争之，不得。上由此疏之。而梁孝王每朝，常与太后言亚夫之短。窦太后曰：“皇后兄王信可侯也。”上让曰：“始南皮及章武先帝不侯，及臣即位，乃侯之，信未得封也。”窦太后曰：“人生各以时行耳。窦长君在时，竟不得侯，死后，乃其子彭祖顾得侯。吾甚恨之。帝趣侯信也！”上曰：“请得与丞相计之。”亚夫曰：“高帝约‘非刘氏不得王，非有功不得侯。不如约，天下共击之’。今信虽皇后兄，无功，侯之，非约也。”上默然而沮。

其后匈奴王徐卢等五人降汉，上欲侯之以劝后。亚夫曰：“彼背其主降陛下，陛下侯之，即何以责人臣不守节者乎？”上曰：“丞相议不可用。”乃悉封徐卢等为列侯。亚夫因谢病免相。顷之，上居禁中，召亚夫赐食。独置大胾，无切肉，又不置箸。亚夫心不平，顾谓尚席取箸。上视而笑曰：“此非不足君所乎？”亚夫免冠谢上。上曰：“起。”亚夫因趋出。上目送之，曰：“此鞅鞅，非少主臣也！”

居无何，亚夫子为父买工官尚方甲楯五百被可以葬者。取庸苦之，不与钱。庸知其盗买县官器，怨而上变告子，事连污亚夫。书既闻，上下吏。吏簿责亚夫，亚夫不对。

上骂之曰："吾不用也。"召诣廷尉。廷尉责问曰："君侯欲反何？"亚夫曰："臣所买器，乃葬器也，何谓反乎？"吏曰："君纵不欲反地上，即欲反地下耳。"吏侵之益急。初，吏捕亚夫，亚夫欲自杀，其夫人止之，以故不得死，遂入廷尉，因不食五日，呕血而死。国绝。

一岁，上乃更封绛侯勃它子坚为平曲侯，续绛侯后。传子建德，为太子太傅，坐酎金免官。后有罪，国除。

亚夫果饿死。死后，上乃封王信为盖侯。至平帝元始二年，继绝世，复封勃玄孙之子恭为绛侯，千户。

赞曰：闻张良之智勇，以为其貌魁梧奇伟，反若妇人女子。故孔子称"以貌取人，失之子羽"。学者多疑于鬼神，如良受书老父，亦异矣。高祖数离困厄，良常有力，岂可谓非天乎！陈平之志，见于社下，倾侧扰攘楚、魏之间，卒归于汉，而为谋臣。及吕后时，事多故矣，平竟自免，以智终。王陵廷争，杜门自绝，亦各其志也。周勃为布衣时，鄙朴庸人，至登辅佐，匡国家难，诛诸吕，立孝文，为汉伊、周，何其盛也！始吕后问宰相，高祖曰："陈平智有余，王陵少憨，可以佐之；安刘氏者必勃也。"又问其次，云"过此以后，非乃所及"。终皆如言，圣矣夫！

卷四十一

樊郦滕灌傅靳周传第十一

樊哙，沛人也，以屠狗为事。后与高祖俱隐于芒砀山泽间。

陈胜初起，萧何、曹参使哙求迎高祖，立为沛公。哙以舍人从攻胡陵、方与，还守丰，击泗水监丰下，破之。复东定沛，破泗水守薛西。与司马夷战砀东，却敌，斩首十五级，赐爵国大夫。常从，沛公击章邯军濮阳，攻城先登，斩首二十三级，赐爵列大夫。从攻阳城，先登。下户牖，破李由军，斩首十六级，赐上闻爵。后攻圉都尉、东郡守尉于成武，却敌，斩首十四级，捕虏十六人，赐爵五大夫。从攻秦军，出亳南。河间守军于杠里，破之。击破赵贲军开封北，以却敌先登，斩侯一人，首六十八级，捕虏二十六人，赐爵卿。从攻破扬熊于曲遇。攻宛陵，先登，斩首八级，捕虏四十四人，赐爵封号贤成君。从攻长社、轘辕，绝河津，东攻秦军尸乡，南攻秦军于犨。破南阳守齮于阳城。东攻宛城，先登。西至郦，以却敌，斩首十四级，捕虏四十人，赐重封。攻武关，至霸上，斩都尉一人，首十级，捕虏百四十六人，降卒二千九百人。

项羽在戏下，欲攻沛公。沛公从百余骑因项伯面见项羽，谢无有闭关事。项羽既飨军士，中酒，亚父谋欲杀沛公，令项庄拔剑舞坐中，欲击沛公，项伯常屏蔽之。时，独沛公与张良得入坐，樊哙居营外，闻事急，乃持盾入。初入营，营卫止哙，哙直撞入，立帐下。项羽目之，问为谁。张良曰："沛公参乘樊哙也。"项羽曰："壮士！"赐之卮酒彘肩。哙既饮酒，拔剑切肉食之。项羽曰："能复饮乎？"哙曰："臣死且不辞，岂特卮酒乎！且沛公先入定咸阳，暴师霸上，以待大王。大王今日至，听小人之言，与沛公有隙，臣恐天下解心疑大王也！”项羽默然。沛公如厕，麾哙去。既出，沛公留车骑，独骑马，哙等四人步从，从山下走归霸上军，而使张良谢项羽。羽亦因遂已，无诛沛公之心。是日微樊哙奔入营谯让项羽，沛公几殆。

后数日，项羽入屠咸阳，立沛公为汉王。汉王赐哙爵为列侯，号临武侯。迁为郎中，从入汉中。还定三秦，别击西丞白水北，拥轻车骑雍南，破之。从攻雍、斄城，先登。击章平军好畤，攻城，先登陷陈，斩县令丞各一人，首十一级，虏二十人，迁为郎中骑将。从击秦车骑壤东，却敌，迁为将军。攻赵贲，下郿、槐里、柳中、咸阳；灌废丘，最。至栎阳，赐食邑杜之樊乡。从攻项籍，屠煮枣，击破王武、程处军于外黄。攻邹、鲁、瑕丘、薛。项羽败汉王于彭城，尽复取鲁、梁地。哙还至荥阳，益食平阴二千户，以将军守广武一岁。项羽引东，从高祖击项籍，下阳夏，虏楚周将军卒四千人。围攻籍陈，大破之。屠胡陵。

项籍死，汉王即皇帝位，以哙有功，益食邑八百户。其秋，燕王臧荼反，哙从攻虏荼，定燕地。楚王韩信反，哙从至陈，取信，定楚。更赐爵列侯，与剖符，世世勿绝，食舞阳，号为舞阳侯，除前所食。以将军从攻反者韩王信于代。自霍人以往至云中，与绛侯等共定之，益食千五百户。因击陈豨与曼丘臣军，战襄国，破柏人，先登，降之定清河、常山凡二十七县，残东垣，迁为左丞相。破得綦毋卬、尹潘军于无终、广昌。破豨别将胡人王黄军代南，因击韩信军参合。军所将卒斩韩信，击豨胡骑横谷，斩将军赵既，虏代丞相冯梁、守孙奋、大将王黄、将军一人、大将解福等十人。与诸将共定代乡邑七十三。后燕王卢绾反，哙以相国击绾，破其丞相抵蓟南，定燕县十八、乡邑五十一。益食千三百户，定食舞阳五千四百户。从，斩首百七十六级，虏二百八十七人。别，破军七，下城五，定郡六、县五十二，得丞相一人，将军十三人，二千石以下至三百石十二人。

哙以吕后弟吕须为妇，生子伉，故其比诸将最亲。先黥布反时，高帝尝病，恶见人，卧禁中，诏户者无得入群臣。群臣绛、灌等莫敢入。十余日，哙乃排闼直入，大臣随之。上独枕一宦者卧。哙等见上，流涕曰：“始，陛下与臣等起丰沛，定天下，何其壮也！今天下已定，又何惫也！且陛下病甚，大臣震恐，不见臣等计事，顾独与一宦者绝乎？且陛下独不见赵高之事乎？”高帝笑而起。

其后卢绾反，高帝使哙以相国击燕。是时，高帝病甚，人有恶哙党于吕氏，即上一日宫车晏驾，则哙欲以兵尽诛戚氏、赵王如意之属。高帝大怒，乃使陈平载绛侯代将。而即军中斩哙。陈平畏吕后，执哙诣长安。至则高帝已崩，吕后释哙，得复爵邑。

孝惠六年，哙薨，谥曰武侯，子伉嗣。而伉母吕须亦为临光侯，高后时用事颛权，大臣尽畏之。高后崩，大臣诛吕须等，因诛伉，舞阳侯中绝数月。孝文帝立，乃复封哙庶子市人为侯，复故邑。薨，谥曰荒侯。子佗广嗣。六岁，其舍人上书言：“荒侯市人病不能为人，令其夫人与其弟乱而生佗广，佗广实非荒侯子。”下吏，免。平帝元始二年，继绝世，封哙玄孙之子章为舞阳侯，邑千户。

郦商，高阳人也。陈胜起，商聚少年得数千人。沛公略地六月余，商以所将四千人属沛公于岐。从攻长社，先登，赐爵封信成君。从攻缑氏。绝河津，破秦军雒阳东。从下宛、穰，定十七县。别将攻旬关，西定汉中。

沛公为汉王，赐商爵信成侯，以将军为陇西都尉。别定北地郡，破章邯别将于乌氏、栒邑、泥阳，赐食邑武城六千户。从击项籍军，与钟离眛战，受梁相国印，益食四千户。从击项羽二岁，攻胡陵。

汉王即帝位，燕王臧荼反，商以将军从击荼，战龙脱，先登陷阵，破荼军易下，却敌，迁为右丞相，赐爵列侯，与剖符，世世勿绝，食邑涿郡五千户。别定上谷，因攻代，受赵相国印。与绛侯等定代郡、雁门，得代丞相程纵、守相郭同、将军以下至六百石十九人。还，以将军将太上皇卫一岁。十月，以右丞相击陈豨，残东垣。又从击黥布，攻其前垣，陷两陈，得以破布军，更封为曲周侯，食邑五千一百户，除前所食。凡别破军三，降定郡六，县七十三，得丞相、守相、大将军各一人，小将军二人，二千石以下至六百石十九人。

商事孝惠帝、吕后。吕后崩，商疾不治事。其子寄，字况，与吕禄善。及高后崩，大臣欲诛诸吕，吕禄为将军，军于北军，太尉勃不得入北军，于是乃使人劫商，令其子寄绐吕禄。吕禄信之，与出游，而太尉勃乃得入据北军，遂以诛诸吕。商是岁薨，谥曰景侯。子寄嗣。天下称郦况卖友。

孝景时，吴、楚、齐、赵反，上以寄为将军，围赵城，七月不能下，栾布自平齐来，乃灭赵。孝景中二年，寄欲取平原君姊为夫人，景帝怒，下寄吏，免。上乃封商它子坚为缪侯，奉商后。传至玄孙终根，武帝时为太常，坐巫蛊诛，国除。元始中，赐高祖时功臣自郦商以下子孙爵皆关内侯，食邑凡百余人。

夏侯婴，沛人也。为沛厩司御，每送使客，还过泗上亭，与高祖语，未尝不移日也。婴已而试补县吏，与高祖相爱。高祖戏而伤婴，人有告高祖。高祖时为亭长，重坐伤人，告故不伤婴，婴证之。移狱复，婴坐高祖系岁余，掠笞数百，终脱高祖。

高祖之初与徒属欲攻沛也，婴时以县令史为高祖使。上降沛一日，高祖为沛公，赐爵七大夫，以婴为太仆，常奉车。从攻胡陵，婴与萧何降泗水监平，平以胡陵降，赐婴爵五大夫。从击秦军砀东，攻济阳，下户牖，破李由军雍丘，以兵车趣攻战疾，破之，赐爵执帛。从击章邯军东阿、濮阳下，以兵车趣攻战疾，破之，赐爵执圭。从击赵贲军开封，杨熊军曲遇。婴从捕虏六十八人，降卒八百五十人，得印一匮。又击秦军雒阳东，以兵车趣攻战疾，赐爵封，转为滕令。因奉车从攻定南阳，战于蓝田、芷阳，至霸上。沛公为汉王，赐婴爵列侯，号昭平侯，复为太仆，从入蜀汉。

还定三秦，从击项籍。至彭城，项羽大破汉军。汉王不利，驰去。见孝惠、鲁元，载之。汉王急，马罢，虏在后，常跋两儿弃之，婴常收载行，面雍树驰。汉王怒，欲斩婴者十余，卒得脱，而致孝惠、鲁元于丰。汉王既至荥阳，收散兵，复振，赐婴食邑沂阳。击项籍下邑，追至陈，卒定楚。至鲁，益食兹氏。

汉王即帝位，燕王臧荼反，婴从击荼。明年，从至陈，取楚王信。更食汝阴。剖符，世世勿绝。从击代，至武泉、云中，益食千户。因从击韩信军胡骑晋阳旁，大破之。追北至平城，为胡所围，七日不得通。高帝使使厚遗阏氏，冒顿乃开其围一角。高帝出欲驰，婴固徐行，弩皆持满外乡，卒以得脱。益食婴细阳千户。从击胡骑句注北，大破之。击胡骑平城南，三陷陈，功为多，赐所夺邑五百户。从击陈豨、黥布军，陷陈却敌，益千户，定食汝阴六千九百户，除前所食。

婴自上初起沛，常为太仆从，竟高祖崩，以太仆事惠帝。惠帝及高后德婴之脱孝惠、鲁元于下邑间也，乃赐婴北第第一，曰“近我”，以尊异之。惠帝崩，以太仆事高后。高后崩，代王之来，婴以太仆与东牟侯入清宫，废少帝，以天子法驾迎代王代邸，与大臣共立文帝，复为太仆。八岁薨，谥曰文侯。传至曾孙颇，尚平阳公主，坐与父御婢奸，自杀，国除。

初，婴为滕令奉车，故号滕公。及曾孙颇尚主，主随外家姓，号孙公主，故滕公子孙更为孙氏。

灌婴，睢阳贩缯者也。高祖为沛公，略地至雍丘，章邯杀项梁，而沛公还军于砀，婴以中涓从，击破东郡尉于成武及秦军于杠里，疾斗，赐爵七大夫。又从攻秦军亳南、开封、曲遇，战疾力，赐爵执帛，号宣陵君。从攻阳武以西至雒阳，破秦军尸北。北绝河津，南破南阳守齮阳城东，遂定南阳郡。西入武关，战于蓝田，疾力，至霸上，赐爵执圭，号昌文君。

沛公为汉王，拜婴为郎中，从入汉中，十月，拜为中谒者。从还定三秦，下栎阳，降塞王。还围章邯废丘，未拔。从东出临晋关，击降殷王，定其地。击项羽将龙且、魏相项佗军定陶南，疾战，破之。赐婴爵列侯，号昌文侯。

复以中谒者从降下砀,以北至彭城。项羽击破汉王,汉王遁而西,婴从还,军于雍丘。王武、魏公申徒反，从击破之。攻下外黄，西收军于荥阳。楚骑来众，汉王乃择军中可为骑将者，皆推故秦骑士重泉人李必、骆甲习骑兵，今为校尉，可为骑将。汉王欲拜之，必、甲曰："臣故秦民，恐军不信臣，臣愿得大王左右善骑者傅之。"婴虽少，然数力战，乃拜婴为中大夫，令李必、骆甲为左右校尉，将郎中骑兵击楚骑于荥阳东，大破之。受诏别击楚军后，绝其饷道，起阳武至襄邑。击项羽之将项冠于鲁下，破之，所将卒斩右司马、骑将各一人。击破柘公王武军燕西，所将卒斩楼烦将五人，连尹一人。击王武别将桓婴白马下，破之，所将卒斩都尉一人。以骑度河南，送汉王到雒阳，从北迎相国韩信军于邯郸。还至敖仓，婴迁为御史大夫。

三年，以列侯食邑杜平乡。受诏将郎中骑兵东属相国韩信，击破齐军于历下，所将卒虏车骑将华毋伤及将吏四十六人。降下临淄，得相田光。追齐相田横至嬴、博，击破其骑，所将卒斩骑将一人，生得骑将四人。攻下嬴、博，破齐将军田吸于千乘，斩之。东从韩信攻龙且、留公于假密，卒斩龙且，生得右司马、连尹各一人，楼烦将十人，身生得亚将周兰。

齐地已定，韩信自立为齐王，使婴别将击楚将公杲于鲁北，破之。转南，破薛郡长，身虏骑将人。攻博阳，前至下相以东南僮、取虑、徐。度淮，尽降其城邑，至广陵。项羽使项声、薛公、郯公复定淮北，婴度淮击破项声、郯公下邳，斩薛公，下下邳、寿春。击破楚骑平阳，遂降彭城。虏柱国项佗，降留、薛、沛、酂、萧、相。攻苦、谯，复得亚将。与汉王会颐乡。从击项籍军陈下，破之。所将卒斩楼烦将二人，虏将八人。赐益食邑二千五百户。

项籍败垓下去也，婴以御史大夫将车骑别追项籍至东城，破之。所将卒五人共斩项籍，皆赐爵列侯。降左右司马各一人，卒万二千人，尽得其军将吏。下东城、历阳。度江破吴郡长吴下，得吴守，遂定吴、豫章、会稽郡。还定淮北，凡五十二县。

汉王即帝位，赐益婴邑三千户。以车骑将军从击燕王荼。明年，从至陈，取楚王信。还，剖符世世勿绝，食颍阴二千五百户。

从击韩王信于代，至马邑，别降楼烦以北六县，斩代左将，破胡骑将于武泉北。复从击信胡骑晋阳下，所将卒斩胡白题将一人。又受诏并将燕、赵、齐、梁、楚车骑，击破胡骑于硰石。至平城，为胡所困。

从击陈豨，别攻豨丞相侯敞军曲逆下，破之，卒斩敞及特将五人。降曲逆、卢奴、上曲阳、安国、安平。攻下东垣。黥布反，以车骑将军先出，攻布别将于相，破之，斩亚将楼烦将三人。又进击破布上柱国及大司马军。又进破布别将肥铢。婴身生得左司马一人，所将卒斩其小将十人，追北至淮上。益食邑二千五百户。布已破，高帝归，定令婴食颍阴五千户，除前所食邑。

凡从所得二千石二人，别破军十六，降城四十六，定国一、郡二、县五十二，得将军二人，柱国、相各一人，二千石十人。

婴自破布归，高帝崩，以列侯事惠帝及吕后。吕后崩，吕禄等欲为乱。齐哀王闻之，举兵西，吕禄等以婴为大将军往击之。婴至荥阳，乃与绛侯等谋，因屯兵荥阳，风齐王以诛吕氏事，齐兵止不前。绛侯等既诛诸吕，齐王罢兵归。婴自荥阳还，与绛侯、陈平共立文帝。于是益封婴三千户，赐金千斤，为太尉。三岁，绛侯勃免相，婴为丞相，罢太尉官。

是岁，匈奴大入北地，上令丞相婴将骑八万五千击匈奴。匈奴去，济北王反，诏罢婴兵。后岁余，以丞相薨，谥曰懿侯。传至孙强，有罪，绝。武帝复封婴孙贤为临汝侯，奉婴后，后有罪，国除。

傅宽，以魏五大夫骑将从，为舍人，起横阳。从攻安阳、杠里，赵贲军于开封，及击杨熊曲遇、阳武，斩首十二级，赐爵卿。从至霸上。沛公为汉王，赐宽封号共德君。从入汉中，为右骑将。定三秦，赐食邑雕阴。从击项籍，待怀，赐爵通德侯。从击项冠、周兰、龙且，所将卒斩骑将一人敖下，益食邑。

属淮阴，击破齐历下军，击田解。属相国参，残博，益食邑。因定齐地，剖符世世勿绝，封阳陵侯，二千六百户，除前所食。为齐右丞相，备齐。五岁为齐相国。四月，击陈豨，属太尉勃，以相国代丞相哙击豨。一月，徙为相国，将屯。二岁，为丞相，将屯。

孝惠五年，薨，谥曰景侯。传至曾孙偃，谋反，诛，国除。

靳歙，以中涓从，起宛朐。攻济阳。破李由军。击秦军开封东，斩骑千人将一人，首五十七级，捕虏七十三人，赐爵封临平君。又战蓝田北，斩车司马二人，骑长一人，首二十八级，捕虏五十七人。至霸上。沛公为汉王，赐歙爵建武侯，迁骑都尉。

从定三秦。别西击章平军于陇西，破之，定陇西六县，所将卒斩车司马、候各四人，骑长十二人。从东击楚，至彭城。汉军败还，保雍丘，击反者王武等。略梁地，别西击邢说军菑南，破之，身得说都尉二人，司马、候十二人，降吏卒四千六百八十人。破楚军荥阳东。食邑四千二百户。

别之河内，击赵贲军朝歌，破之，所将卒得骑将二人，车马二百五十四。从攻安阳以东，至棘蒲，下十县。别攻破赵军，得其将司马二人，候四人，降吏卒二千四百人。从降下邯郸。别下平阳，身斩守相，所将卒斩兵守、郡守各一人，降邺。从攻朝歌、邯郸，又别击破赵军，降邯郸郡六县。还军敖仓，破项籍军成皋南，击绝楚饷道，起荥阳至襄邑。破项冠鲁下。略地东至鄫、郯、下邳，南至蕲、竹邑。击项悍济阳下。还击项籍军陈下，破之。别定江陵，降柱国、大司马以下八人，身得江陵王，致雒阳，因定南郡。从至陈，取楚王信，剖符世世勿绝，定食四千六百户，为信武侯。

以骑都尉从击代，攻韩信平城下，还军东垣。有功，迁为车骑将军，并将梁、赵、齐、燕、楚车骑，别击陈豨丞相敞，破之，因降曲逆。从击黥布有功，益封，定食邑五千三百户。凡斩首九十级，虏百四十二人，别破军十四，降城五十九，定郡、国各一，县二十三，得王、柱国各一人，二千石以下至五百石三十九人。

高后五年，薨，谥曰肃侯。子亭嗣，有罪，国除。

周緤，沛人也。以舍人从高祖起沛。至霸上，西入蜀汉，还定三秦，常为参乘，赐食邑池阳。从东击项羽荥阳，绝甬道，从出度平阴，遇韩信军襄国，战有利不利，终亡离上心。上以緤为信武侯，食邑三千三百户。

上欲自击陈豨，緤泣曰："始秦攻破天下，未曾自行，今上常自行，是亡人可使者乎？"上以为"爱我"，赐入殿门不趋。十二年，更封緤为蒯城侯。

孝文五年，薨，谥曰贞侯。子昌嗣，有罪，国除。景帝复封緤子应为郸侯，薨，谥曰康侯。子仲居嗣，坐为太常有罪，国除。

赞曰：仲尼称"犁牛之子骍且角，虽欲勿用，山川其舍诸？"言士不系于世类也。语曰"虽有兹基，不如逢时"，信矣！樊哙、夏侯婴、灌婴之徒，方其鼓刀、仆御、贩缯之时，岂自知附骥之尾，勒功帝籍，庆流子孙哉？当孝文时，天下以郦寄为卖友。夫卖友者，谓见利而忘义也。若寄父为功臣而又执劫，虽摧吕禄，以安社稷，谊存君亲，可也。

卷四十二

张周赵任申屠传第十二

张苍，阳武人也，好书律历。秦时为御史，主柱下方书。有罪，亡归。及沛公略地过阳武，苍以客从攻南阳。苍当斩，解衣伏质，身长大，肥白如瓠，时王陵见而怪其美士，乃言沛公，赦勿斩。遂西入武关，至咸阳。

沛公立为汉王，入汉中，还定三秦。陈馀击走常山王张耳，耳归汉，汉以苍为常山守。从韩信击赵，苍得陈馀。赵地已平，汉王以苍为代相，备边寇。已而徙为赵相，相赵王耳。耳卒，相其子敖。复徙相代。燕王臧荼反，苍以代相从攻荼有功，封为北平侯，食邑千二百户。

迁为计相，一月，更以列侯为主计四岁。是时，萧何为相国，而苍乃自秦时为柱下御史，明习天下图书计籍，又善用算律历，故令苍以列侯居相府，领主郡国上计者。黥布反，汉立皇子长为淮南王，而苍相之。十四年，迁为御史大夫。

周昌者，沛人也。其从兄苛，秦时皆为泗水卒史。及高祖起沛，击破泗水守监，于是苛、昌自卒史从沛公，沛公以昌为职志，苛为客。从入关破秦。沛公立为汉王，以苛为御史大夫，昌为中尉。

汉三年，楚围汉王荥阳急，汉王出去，而使苛守荥阳城。楚破荥阳城，欲令苛将，苛骂曰："若趣降汉王！不然，今为虏矣！"项羽怒，亨苛。汉王于是拜昌为御史大夫。常从击破项籍。六年，与萧、曹等俱封，为汾阴侯。苛子成以父死事，封为高景侯。

昌为人强力，敢直言，自萧、曹等皆卑下之。昌尝燕入奏事，高帝方拥戚姬，昌还走。高帝逐得，骑昌项，上问曰："我何如主也？"昌仰曰："陛下即桀、纣之主也。"于是上笑之，然尤惮昌。及高帝欲废太子，而立戚姬子如意为太子，大臣固争莫能得，上以留侯策止。而昌庭争之强，上问其说，昌为人吃，又盛怒，曰："臣口不能言，然臣期期知其不可。陛下欲废太子，臣期期不奉诏。"上欣然而笑，即罢。吕后侧耳于东箱听，见昌，为跪谢曰："微君，太子几废。"

是岁，戚姬子如意为赵王，年十岁，高祖忧万岁之后不全也。赵尧为符玺御史，赵人方与公谓御史大夫周昌曰："君之史赵尧年虽少，然奇士，君必异之，是且代君之位。"昌笑曰："尧年少，刀笔吏耳，何至是乎！"居顷之，尧侍高祖，高祖独心不乐，悲歌，太子、群臣不知上所以然。尧进请问曰："陛下所为不乐，非以赵王年少，而戚夫人与吕后有隙，备万岁之后而赵王不能自全乎？"高祖曰："我私忧之，不知所出。"尧曰："陛下独为赵王置贵强相，及吕后、太子、群臣素所敬惮者乃可。"高祖曰："然。吾念之欲如是，而群臣谁可者？"尧曰："御史大夫昌，其人坚忍伉直，自吕后、太子及大臣皆素严惮之。独昌可。"高祖曰："善。"于是诏昌谓曰："吾故欲烦公，公强为我相赵。"昌泣曰："臣初起从陛下，陛下独奈何中道而弃之于诸侯乎？"高祖曰："吾极知其左迁，然吾私忧赵，念非公无可者。公不得已强行！"于是徙御史大夫昌为赵相。

既行久之，高祖持御史大夫印弄之，曰："谁可以为御史大夫者？"孰视尧曰："无以易尧。"遂拜尧为御史大夫。尧亦前有军功食邑，及以御史大夫从击陈豨有功，封为江邑侯。

高祖崩，太后使使召赵王，其相昌令王称疾不行。使者三反，昌曰："高帝属臣赵王，王年少，窃闻太后怨戚夫人，欲召赵王并诛之。臣不敢遣王，王且亦疾，不能奉诏。"太后怒，乃使使召赵相。相至，谒太后，太后骂昌曰："尔不知我之怨戚氏乎？而不遣赵王！"昌既被征，高后使使召赵王。王果来，至长安月余，见鸩杀。昌谢病不朝见，三岁而薨，谥曰悼侯。传子至孙意，有罪，国除。景帝复封昌孙左车为安阳侯，有罪，国除。

初，赵尧既代周昌为御史大夫，高祖崩，事惠帝终世。高后元年，怨尧前定赵王如意之画，乃抵尧罪，以广阿侯任敖为御史大夫。

任敖，沛人也，少为狱吏。高祖尝避吏，吏系吕后，遇之不谨。任敖素善高祖，怒，击伤主吕后吏。及高祖初起，敖以客从为御史，守丰二岁。高祖立为汉王，东击项羽，敖迁为上党守。陈豨反，敖坚守，封为广阿侯，食邑千八百户。高后时为御史大夫。三岁免。孝文元年薨，谥曰懿侯。传子至曾孙越人，坐为太常庙酒酸不敬，国除。

初任敖免，平阳侯曹窋代敖为御史大夫。高后崩，与大臣共诛诸吕。后坐事免，以淮南相张苍为御史大夫。苍与绛侯等尊立孝文皇帝，四年，代灌婴为丞相。

汉兴二十余年，天下初定，公卿皆军吏。苍为计相时，绪正律历。以高祖十月始至霸上，故因秦时本十月为岁首，不革。推五德之运，以为汉当水德之时，上黑如故。吹律调乐，入之音声，及以比定律令。若百工，天下作程品。至于为丞相，卒就之。故汉家言律历者本张苍。苍龙好书，无所不观，无所不通，而尤邃律历。苍德安国侯王陵，及贵，父事陵。陵死后，苍为丞相，洗沐，常先朝陵夫人上食，然后敢归家。

苍为丞相十余年，鲁人公孙臣上书，陈终始五德传，言"汉土德时，其符黄龙见，当改正朔，易服色。"事下苍，苍以为非是，罢之。其后黄龙见成纪，于是文帝召公孙臣以为博士，草立土德时历制度，更元年。苍由此自绌，谢病称老。苍任人为中候，大为奸利，上以为让，苍遂病免。孝景五年薨，谥曰文侯。传子至孙类，有罪，国除。

初苍父长不满五尺，苍长八尺余，苍子复长八尺，及孙类长六尺余。苍免相后，口中无齿，食乳，女子为乳母。妻妾以百数，尝孕者不复幸。年百余岁乃卒。著书十八篇，言阴阳律历事。

申屠嘉，梁人也。以材官蹶张从高帝击项籍，迁为队率。从击黥布，为都尉。孝惠时，为淮阳守。孝文元年，举故以二千石从高祖者，悉以为关内侯，食邑二十四人，而嘉食邑五百户。十六年，迁为御史大夫。张苍免相，文帝以皇后弟窦广国贤有行，欲相之，曰：“恐天下以吾私广国。”久念不可，而高帝时大臣余见无可者，乃以御史大夫嘉为丞相，因故邑封为故安侯。

嘉为人廉直，门不受私谒。是时，太中大夫邓通方爱幸，赏赐累巨万。文帝常燕饮通家，其见宠如是。是时，嘉入朝而通居上旁，有怠慢之礼。嘉奏事毕，因言曰：“陛下幸爱群臣则富贵之，至于朝廷之礼，不可以不肃！”上曰：“君勿言，吾私之。”罢朝坐府中，嘉为檄召通诣丞相府，不来，且斩通。通恐，入言上。上曰：“汝第往，吾今使人召若。”通至诣丞相府，免冠，徒跣，顿首谢嘉。嘉坐自如，弗为礼，责曰：“夫朝廷者，高皇帝之朝廷也，通小臣，戏殿上，大不敬，当斩。史今行斩之！”通顿首，首尽出血，不解。上度丞相已困通，使使持节召通，而谢丞相：“此吾弄臣，君释之。”邓通既至，为上泣曰：“丞相几杀臣。”

嘉为丞相五岁，文帝崩，孝景即位。二年，晁错为内史，贵幸用事，诸法令多所请变更，议以適罚侵削诸侯。而丞相嘉自绌，所言不用，疾错。错为内史，门东出，不便，更穿一门，南出。南出者，太上皇庙堧垣也。嘉闻错穿宗庙垣，为奏请诛错。客有语错，错恐，夜入宫上谒，自归上。至朝，嘉请诛内史错。上曰：“错所穿非真庙垣，乃外堧垣，故冗官居其中，且又我使为之，错无罪。”罢朝，嘉谓长史曰：“吾悔不先斩错乃请之，为错所卖！”至舍，因呕血而死。谥曰节侯。传子至孙臾，有罪，国除。

自嘉死后，开封侯陶青、桃侯刘舍及武帝时柏至侯许昌、平棘侯薛泽、武强侯庄青翟、商陵侯赵周，皆以列侯继踵，龊龊廉谨，为丞相备员而已，无所能发明功名著于世者。

赞曰：张苍文好律历，为汉名相，而专遵用秦之颛顼历，何哉？周昌，木强人也。任敖以旧德用。申屠嘉可谓刚毅守节，然无术学，殆与萧、曹、陈平异矣。

卷四十三

郦陆朱刘叔孙传第十三

郦食其，陈留高阳人也。好读书，家贫落魄，无衣食业。为里监门，然吏县中贤豪不敢役，皆谓之狂生。

及陈胜、项梁等起，诸将徇地过高阳者数十人，食其闻其将皆龌好荷礼自用，不能听大度之言，食其乃自匿。后闻沛公略地陈留郊，沛公麾下骑士适食其里中子，沛公时时问邑中贤豪。骑士归，食其见，谓曰：“吾闻沛公嫚易人，有大略，此真吾所愿从游，莫为我先。若见沛公，谓曰‘臣里中有郦生，年六十余，长八尺，人皆谓之狂生，自谓我非狂。”骑士曰:“沛公不喜儒,诸客冠儒冠来者,沛公辄解其冠,溺其中。与人言,常大骂。未可以儒生说也。”食其曰:“第言之。”骑士从容言食其所戒者。

沛公至高阳传舍,使人召食其。食其至,入谒,沛公方踞床令两女子洗,而见食其。食其入,即长揖不拜,曰:“足下欲助秦攻诸侯乎?欲率诸侯破秦乎?”沛公骂曰:“竖儒!夫天下同苦秦久矣,故诸侯相率攻秦,何谓助秦?”食其曰:“必欲聚徒合义兵诛无道秦,不宜踞见长者。”于是沛公辍洗,起衣,延食其上坐,谢之。食其因言六国从衡时,沛公喜,赐食其食,问曰:“计安出?”食其曰:“足下起瓦合之卒,收散乱之兵,不满万人,欲以径入强秦,此所谓探虎口者也。夫陈留,天下之冲,四通五达之郊也,今其城中又多积粟。臣知其令,今请使,令下足下。即不听,足下举兵攻之,臣为内应。”于是遣食其往,沛公引兵随之,遂下陈留。号食其为广野君。

食其言弟商,使将数千人从沛公西南略地。食其尝为说客,驰使诸侯。

汉三年秋,项羽击汉,拔荥阳,汉兵遁保巩。楚人闻韩信破赵,彭越数反梁地,则分兵救之。韩信方东击齐,汉王数困荥阳、成皋,计欲捐成皋以东,屯巩、雒以距楚。食其因曰:“臣闻之,知天之天者,王事可成;不知天之天者,王事不可成。王者以民为天,而民以食为天。夫敖仓,天下转输久矣,臣闻其下乃有藏粟甚多。楚人拔荥阳,不坚守敖仓,乃引而东,令適卒分守成皋,此乃天所以资汉。方今楚易取而汉反却,自夺便,臣窃以为过矣。且两雄不俱立,楚、汉久相持不决,百姓骚动,海内摇荡,农夫释耒,红女下机,天下之心未有所定也。愿足下急复进兵,收取荥阳,据敖庾之粟,塞成皋之险,杜太行之道,距飞狐之口,守白马之津,以示诸侯形制之势,则天下知所归矣。方今燕、赵已定,唯齐未下。今田广据千里之齐,田间将二十万之众军于历城,诸田宗强,负海岱,阻河济,南近楚,齐人多变诈,足下虽遣数十万师,未可以岁月破也。臣请得奉明诏说齐王使为汉而称东藩。”上曰:“善。”

乃从其画,复守敖仓,而使食其说齐王,曰:“王知天下之所归乎?”曰:“不知也。”曰:“知天下之所归,则齐国可得而有也;若不知天下之所归,即齐国未可保也。”齐王曰:“天下何归?”食其曰:“天下归汉。”齐王曰:“先生何以言之?”曰:“汉王与项王戮力西面击秦,约先入咸阳者王之,项王背约不与,而王之汉中。项王迁杀义帝,汉王起蜀汉之兵击三秦,出关而责义帝之负处,收天下之兵,立诸侯之后。降城即以侯其将,得赂则以分其士,与天下同其利,豪英贤材皆乐为之用。诸侯之兵四面而至,蜀汉之粟方船而下。项王有背约之名,杀义帝之负;于人之功无所记,于人之罪无所忘;战胜而不得其赏,拔城而不得其封;非项氏莫得用事;为人刻印,玩而不能授;攻城得赂,积财而不能赏。天下畔之,贤材怨之,而莫为之用。故天下之士归于汉王,可坐而策也。夫汉王发蜀汉,定三秦;涉西河之外,授上党之兵;下井陉,诛成安君;破北魏,举三十二城:此黄帝之兵,非人之力,天之福也。今已据敖仓之粟,塞成皋之险,守白马之津,杜太行之厄,距飞狐之口,天下后服者先亡矣。王疾下汉王,齐国社稷可得而保也;不下汉王,危亡可立而待也。”田广以为然,乃听食其,罢历下兵守战备,与食其日纵酒。

韩信闻食其冯轼下齐七十余城,乃夜度兵平原袭齐。齐王田广闻汉兵至,以为食其卖己,乃亨食其,引兵走。

汉十二年,曲周侯郦商以丞相将兵击黥布,有功。高祖举功臣,思食其。食其子疥数将兵,上以其父故,封疥为高梁侯。后更食武阳,卒,子遂嗣。三世,侯平有罪,国除。

陆贾，楚人也。以客从高祖定天下，名有口辩，居左右，常使诸侯。

时中国初定，尉佗平南越，因王之。高祖使贾赐佗印为南越王。贾至，尉佗魋结箕踞见贾。贾因说佗曰："足下中国人，亲戚昆弟坟墓在真定。今足下反天性，弃冠带，欲以区区之越与天子抗衡为敌国，祸且及身矣。夫秦失其正，诸侯豪桀并起，唯汉王先入关，据咸阳。项籍背约，自立为西楚霸王，诸侯皆属，可谓至强矣。然汉王起巴、蜀，鞭笞天下，劫诸侯，遂诛项羽。五年之间，海内平定，此非人力，天之所建也。天子闻君王王南越，而不助天下诛暴逆，将相欲移兵而诛王，天子怜百姓新劳苦，且休之，遣臣授君王印，剖符通使。君王宜郊迎，北面称臣，乃欲以新造未集之越屈强于此。汉诚闻之，掘烧君王先人冢墓，夷种宗族，使一偏将将十万众临越，即越杀王降汉，如反覆手耳。"

于是佗乃蹶然起坐，谢贾曰："居蛮夷中久，殊失礼义。"因问贾曰："我孰与萧何、曹参、韩信贤？"贾曰："王似贤也。"复问曰："我孰与皇帝贤？"贾曰："皇帝起丰沛，讨暴秦，诛强楚，为天下兴利除害，继五帝三王之业，统天下，理中国。中国之人以亿计，地方万里，居天下之膏腴，人众车舆，万物殷富，政由一家，自天地剖判未始有也。今王众不过数万，皆蛮夷，崎岖山海间，譬如汉一郡，王何乃比于汉！"佗大笑曰："吾不起中国，故王此。使我居中国，何遽不若汉？"乃大说贾，留与饮数月。曰："越中无足与语，至生来，令我日闻所不闻。"赐贾橐中装直千金，它送亦千金。贾卒拜佗为南越王，令称臣奉汉约。归报，高帝大说，拜贾为太中大夫。

贾时时前说称《诗》、《书》。高帝骂之曰："乃公居马上得之，安事《诗》、《书》!"贾曰："马上得之，宁可以马上治乎？且汤、武逆取而以顺守之，文武并用，长久之术也。昔者吴王夫差、智伯极武而亡；秦任刑法不变，卒灭赵氏。乡使秦以并天下，行仁义，法先圣，陛下安得而有之？"高帝不怿，有惭色，谓贾曰："试为我著秦所以失天下，吾所以得之者，及古城败之国。"贾凡著十二篇。每奏一篇，高帝未尝不称善，左右呼万岁，称其书曰《新语》。

孝惠时，吕太后用事，欲王诸吕，畏大臣及有口者。贾自度不能争之，乃病免。以好畤田地善，往家焉。有五男，乃出所使越橐中装，卖千金，分其子，子二百金，令为生产。贾常乘安车驷马，从歌鼓瑟侍者十人，宝剑直百金，谓其子曰："与女约：过女，女给人马酒食极欲，十日而更。所死家，得宝剑车骑侍从者。一岁中以往来过它客，率不过再过，数击鲜，毋久溷女为也。"

吕太后时，王诸吕，诸吕擅权，欲劫少主，危刘氏。右丞相陈平患之，力不能争，恐祸及已。平常燕居深念。贾往，不请，直入坐，陈平方念，不见贾。贾曰："何念深也？"平曰："生揣我何念？"贾曰："足下位为上相，食三万户侯，可谓极富贵无欲矣。然有忧念，不过患诸吕、少主耳。"陈平曰："然。为之奈何？"贾曰："天下安，注意相；天下危，注意将。将相和，则士豫附；士豫附，天下虽有变，则权不分。权不分，为社稷计，在两君掌握耳。臣常欲谓太尉绛侯，绛侯与我戏，易吾言。君何不交欢太尉，深相结？"为陈平画吕氏数事。平用其计，乃以五百金为绛侯寿，厚具乐饮太尉，太尉亦报如之。两人深相结，吕氏谋益坏。陈平乃以奴婢百人，车马五十乘，钱五百万，遗贾为食饮费。贾以此游汉廷公卿间，名声籍甚。及诛吕氏，立孝文，贾颇有力。

孝文即位，欲使人之南越，丞相平乃言贾为太中大夫，往使尉佗，去黄屋称制，令比诸侯，皆如意指。语在《南越传》。陆生竟以寿终。

朱建，楚人也。故尝为淮南王黥布相，有罪去，后复事布。布欲反时，问建，建谏止之。布不听，听梁父侯，遂反。汉既诛布，闻建谏之，高祖赐建号平原君，家徙长安。

为人辩有口，刻廉刚直，行不苟合，义不取容。辟阳侯行不正，得幸吕太后，欲知建，建不肯见。及建母死，贫未有以发丧，方假貣服具。陆贾素与建善，乃见辟阳侯，贺曰："平原君母死。"辟阳侯曰："平原君母死，何乃贺我？"陆生曰："前日君侯欲知平原君，平原君义不知君，以其母故。今其母死，君诚厚送丧，则彼为君死矣。"辟阳侯乃奉百金裞，列侯贵人以辟阳侯故，往赙凡五百金。

久之，人或毁辟阳侯，惠帝大怒，下吏，欲诛之。太后惭，不可言。大臣多害辟阳侯行，欲遂诛之。辟阳侯困急，使人欲见建。建辞曰："狱急，不敢见君。"建乃求见孝惠幸臣闳籍孺，说曰："君所以得幸帝，天下莫不闻。今辟阳侯幸太后而下吏，道路皆言君谗，欲杀之。今日辟阳侯诛，且日太后含怒，亦诛君。君何不肉袒为辟阳侯言帝？帝听君出辟阳侯，太后大欢。两主俱幸君，君富贵益倍矣。"于是闳籍孺大恐，从其计，言帝，帝果出辟阳侯。辟阳侯之囚，欲见建，建不见，辟阳侯以为背之，大怒。及其成功出之，大惊。吕太后崩，大臣诛诸吕，辟阳侯与诸吕至深，卒不诛。计画所以全者，皆陆生、平原君之力也。

孝文时，淮南厉王杀辟阳侯，以党诸吕故。孝文闻其客朱建为其策，使吏捕欲治。闻吏至门，建欲自杀。诸子及吏皆曰："事未可知，何自杀为？"建曰："我死祸绝，不及乃身矣。"遂自刭。文帝闻而惜之，曰："吾无杀建意也。"乃召其子，拜为中大夫。使匈奴，单于无礼，骂单于，遂死匈奴中。

娄敬，齐人也。汉五年，戍陇西，过雒阳，高帝在焉。敬脱挽辂，见齐人虞将军曰："臣愿见上言便宜。"虞将军欲与鲜衣，敬曰："臣衣帛，衣帛见，衣褐，衣褐见，不敢易衣。"虞将军入言上，上召见，赐食。

已而问敬，敬说曰："陛下都雒阳，岂欲与周室比隆哉？"上曰："然。"敬曰："陛下取天下与周异。周之先自后稷，尧封之邰，积德累善十余世。公刘避桀居豳。大王以狄伐故，去豳，杖马箠去居岐，国人争归之。及文王为西伯，断虞、芮讼，始受命，吕望、伯夷自海滨来归之。武王伐纣，不期而会孟津上八百诸侯，遂灭殷。成王即位，周公之属傅相焉，乃营成周都雒，以为此天下中，诸侯四方纳贡职，道里钧矣，有德则易以王，无德则易以亡。凡居此者，欲令务以德致人，不欲阻险，令后世骄奢以虐民也。及周之衰，分而为二，天下莫朝周，周不能制。非德薄，形势弱也。今陛下起丰沛，收卒三千人，以之径往，卷蜀汉，定三秦，与项籍战荥阳，大战七十，小战四十，使天下之民肝脑涂地，父子暴骸中野，不可胜数，哭泣之声不绝，伤夷者未起，而欲比隆成、康之时，臣窃以为不侔矣。且夫秦地被山带河，四塞以为固，卒然有急，百万之众可具。因秦之故，资甚美膏腴之地，此所谓天府。陛下入关而都之，山东虽乱，秦故地可全而有也。夫与人斗，不搤其亢，拊其背，未能全胜。今陛下入关而都，按秦之故，此亦搤天下之亢而拊其背也。"高帝问群臣，群臣皆山东人，争言周王数百年，秦二世则亡，不如都周。上疑未能决。及留侯明言入关便，即日驾西都关中。于是上曰："本言都秦地者娄敬，娄者刘也。"赐姓刘氏，拜为郎中，号曰奉春君。

汉七年，韩王信反，高帝自往击。至晋阳，闻信与匈奴欲击汉，上大怒，使人使匈奴。匈奴匿其壮士肥牛马，徒见其老弱及羸畜。使者十辈来，皆言匈奴易击。上使刘敬复往使匈奴，还报曰："两国相击，此宜夸矜见所长。今臣往，徒见羸胔老弱，此必欲见短，伏奇兵以争利。愚以为匈奴不可击也。"是时汉兵以逾句注，三十余万众，兵已业行。上怒，骂敬曰："齐虏！以舌得官，乃今妄言沮吾军！"械系敬广武。遂往，至平城，匈奴果出奇兵围高帝白登，七日然后得解。高帝至广武，赦敬，曰："吾不用公言，以困平城。吾已斩先使十辈言可击者矣。"乃封敬二千户，为关内侯，号建信侯。

高帝罢平城归，韩王信亡入胡。当是时，冒顿单于兵强，控弦四十万骑，数苦北边。上患之，问敬。敬曰："天下初定，士卒罢于兵革，未可以武服也。冒顿杀父代立，妻群母，以力为威，未可以仁义说也。独可以计久远子孙为臣耳，然陛下恐不能为。"上曰："诚可，何为不能！顾为奈何？"敬曰："陛下诚能以適长公主妻单于，厚奉遗之，彼知汉女送厚，蛮夷必慕，以为阏氏，生子必为太子，代单于。何者？贪汉重币。陛下以岁时汉所余彼所鲜数问遗，使辩士风喻以礼节。冒顿在，固为子婿；死，外孙为单于。岂曾闻外孙敢与大父亢礼哉？可毋战以渐臣也。若陛下不能遣长公主，而令宗室及后宫作诈公主，彼亦知不肯贵近，无益也。"高帝曰："善。"欲遣长公主。吕后泣曰："妾唯以一太子、一女，奈何弃之匈奴！"上竟不能遣长公主，而取家人子为公主，妻单于。使敬往结和亲约。

敬从匈奴来，因言"匈奴河南白羊、楼烦王，去长安近者七百里，轻骑一日一夕可以至。秦中新破，少民，地肥饶，可益实。夫诸侯初起时，非齐诸田，楚昭、屈、景莫与。今陛下虽都关中，实少人。北近胡寇，东有六国强族，一日有变，陛下亦未得安枕而卧也。臣愿陛下徙齐诸田，楚昭、屈、景、燕、赵、韩、魏后，及豪杰名家，且实关中。无事，可以备胡；诸侯有变，亦足率以东伐。此强本弱末之术也。"上曰："善。"乃使刘敬徙所言关中十余万口。

叔孙通，薛人也。秦时以文学征，待诏博士。数岁，陈胜起，二世诏博士诸儒生问曰："楚戍卒攻蕲入陈，于公何如？"博士诸生三十余人前曰："人臣无将，将则反，罪死无赦。愿陛下急发兵击之。"二世怒，作色。通前曰："诸生言皆非。夫天下为一家，毁郡县城，铄其兵，视天下弗复用。且明主在上，法令具于下，吏人人奉职，四方辐辏，安有反者！此特群盗鼠窃狗盗，何足置齿牙间哉？郡守尉今捕诛，何足忧？"二世喜，尽问诸生，诸生或言反，或言盗。于是二世令御史按诸生言反者下吏，非所宜言。诸生言盗者皆罢之。乃赐通帛二十匹，衣一袭，拜为博士。通已出，反舍，诸生曰："生何言之谀也？"通曰："公不知，我几不免虎口！"乃亡去之薛，薛已降楚矣。

及项梁之薛，通从之。败定陶，从怀王。怀王为义帝，徙长沙，通留事项王。汉二年，汉王从五诸侯入彭城，通降汉王。通儒服，汉王憎之，乃变其服，服短衣，楚制。汉通之降汉，从弟子百余人，然无所进，颛言诸故群盗壮士进之。弟子皆曰："事先生数年，幸得从降汉，今不进臣等，颛言大猾，何也？"通乃谓曰："汉王方蒙矢石争天下，诸生宁能斗乎？故先言斩将搴旗之士。诸生且待我，我不忘矣。"汉王拜通为博士，号稷嗣君。

汉王已并天下，诸侯共尊为皇帝于定陶，通就其仪号。高帝悉去秦仪法，为简易。群臣饮争功，醉或妄呼，拔剑击柱，上患之。通知上亦厌之，说上曰："夫儒者难与进取，可与守成。臣愿征鲁诸生，与臣弟子共起朝仪。"高帝曰："得无难乎？"通曰："五帝异乐，三王不同礼。礼者，因时世人情为之节文者也。故夏、殷、周礼所因损益可知者，谓不相复也。臣愿颇采古礼与秦仪杂就之。"上曰："可试为之，令易知，度吾所能行为之。"

于是通使征鲁诸生三十余人。鲁有两生不肯行，曰："公所事者且十主，皆面腴亲贵。今天下初定，死者未葬，伤者未起，又欲起礼乐。礼乐所由起，百年积德而后可兴也。吾不忍为公所为。公所为不合古，吾不行。公往矣，毋污我！"通笑曰："若真鄙儒，不知时变。"遂与所征三十人西，及上左右为学者与其弟子百余人为绵蕞野外。习之月余，通曰："上可试观。"上使行礼，曰："吾能为此。"乃令群臣习肄，会十月。

汉七年，长乐宫成，诸侯群臣朝十月。仪：先平明，谒者治礼，引以次入殿门，廷中陈车骑戍卒卫官，设兵，张旗志。传曰"趋"。殿下郎中侠陛。陛数百人。功臣、列侯、诸将军、军吏以次陈西方，东乡；文官丞相以下陈东方，西乡。大行设九宾，胪句传。于是皇帝辇出房，百官执戟传警，引诸侯王以下至吏六百石以次奉贺。自诸侯王以下莫不震恐肃敬。至礼毕，尽伏，置法酒。诸侍坐殿上皆伏抑首，以尊卑次起上寿。觞九行，谒者言"罢酒"。御史执法举不如仪者辄引去。竟朝置酒，无敢喧哗失礼者。于是高帝曰："吾乃今日知为皇帝之贵也！"拜通为奉常，赐金五百斤。通因进曰："诸弟子儒生随臣久矣，与共为仪，愿陛下官之。"高帝悉以为郎，通出，皆以五百金赐诸生。诸生乃喜曰："叔孙生圣人，知当世务。"

九年，高帝徙通为太子太傅。十二年，高帝欲以赵王如意易太子，通谏曰："昔者晋献公以骊姬故，废太子，立奚齐，晋国乱者数十年，为天下笑。秦以不早定扶苏，胡亥诈立，自使灭祀，此陛下所亲见。今太子仁孝，天下皆闻之；吕后与陛下攻苦食啖，其可背哉！陛下必欲废適而立少，臣愿先伏诛，以颈血污地。"高帝曰："公罢矣，吾特戏耳。"通曰："太子天下本，本壹摇天下震动，奈何以天下戏！"高帝曰："吾听公。"及上置酒，见留侯所招客从太子入见，上遂无易太子志矣。

高帝崩，孝惠即位，乃谓通曰："先帝园陵寝庙，群臣莫习。"徙通为奉常，定宗庙仪法。及稍定汉诸仪法，皆通所论著也。惠帝为东朝长乐宫，及间往，数跸烦民，作复道，方筑武库南，通奏事，因请间，曰："陛下何自筑复道高帝寝，衣冠月出游高庙？子孙奈何乘宗庙道上行哉！"

惠帝惧，曰："急坏之。"通曰："人主无过举。今已作，百姓皆知之矣。愿陛下为原庙渭北，衣冠月出游之，益广宗庙，大孝之本。"上乃诏有司立原庙。

惠帝常出游离宫，通曰："古者有春尝果，方今樱桃熟，可献，愿陛下出，因取樱桃献宗庙。"上许之。诸果献由此兴。

赞曰：高祖以征伐定天下，而缙绅之徒骋其知辩，并成大业。语曰"廊庙之材非一木之枝，帝王之功非一士之略"，信哉！刘敬脱挽辂而建金城之安，叔孙通舍枹鼓而立一王之仪，遇其时也。郦生自匿监门，待主然后出，犹不免鼎镬。朱建始名廉直，既距辟阳，不终其节，亦以丧身。陆贾位止大夫，致仕诸吕，不受忧责，从容平、勃之间，附会将相以强社稷，身名俱荣，其最优乎！

卷四十四

淮南衡山济北王传第十四

淮南厉王长，高帝少子也，其母故赵王张敖美人。高帝八年，从东垣过赵，赵王献美人，厉王母也，幸，有身。赵王不敢内宫，为筑外宫舍之。及贯高等谋反事觉，并逮治王，尽捕王母兄弟美人，系之河内。厉王母亦系，告吏曰："日得幸上，有子。"吏以闻，上方怒赵，未及理厉王母。厉王母弟赵兼因辟阳侯言吕后，吕后妒，不肯白，辟阳侯不强争。厉王母已生厉王，恚，即自杀。吏奉厉王诣上，上悔，令吕后母之，而葬其母真定。真定，厉王母家县也。

十一年，淮南王布反，上自将击灭布，即立子长为淮南王。王早失母，常附吕后，孝惠、吕后时以故得幸无患，然常心怨辟阳侯，不敢发。及孝文初即位，自以为最亲，骄蹇，数不奉法。上宽赦之。三年，入朝，甚横。从上入苑猎，与上同辇，常谓上"大兄"。厉王有材力，力扛鼎，乃往请辟阳侯。辟阳侯出见之，即自袖金椎椎之，命从者刑之。驰诣阙下，肉袒而谢曰："臣母不当坐赵时事，辟阳侯力能得之吕后，不争，罪一也。赵王如意子母无罪，吕后杀之，辟阳侯不争，罪二也。吕后王诸吕，欲以危刘氏，辟阳侯不争。罪三也。臣谨为天下诛贼，报母之仇，伏阙下请罪。"文帝伤其志，为亲故不治，赦之。

当是时，自薄太后及太子诸大臣皆惮厉王。厉王以此归国益恣，不用汉法，出入警跸，称制，自作法令，数上书不逊顺。文帝重自切责之。时帝舅薄昭为将军，尊重。上令昭予厉王书谏数之，曰：

窃闻大王刚直而勇，慈惠而厚，贞信多断，是天以圣人之资奉大王也甚盛，不可不察。今大王所行，不称天资。皇帝初即位，易侯邑在淮南者，大王不肯。皇帝卒易之，使大王得三县之实，甚厚。大王以未尝与皇帝相见，求入朝见，未毕昆弟之欢，而杀列侯以自为名。皇帝不使吏与其间，赦大王，甚厚。汉法，二千石缺，辄言汉补，大王逐汉所置，而请自置相、二千石。皇帝委天下正法而许大王，甚厚。大王欲属国为布衣，守冢真定。皇帝不许，使大王毋失南面之尊，甚厚。大王宜日夜奉法度，修贡职，以称皇帝之厚德，今乃轻言恣行，以负谤于天下，甚非计也。

夫大王以千里为宅居，以万民为臣妾，此高皇帝之厚德也。高帝蒙霜露，沫风雨，赴矢石，野战攻城，身被创痍，以为子孙成万世之业，艰难危苦甚矣。大王不思先帝之艰苦，日夜怵惕，修身正行，养牺牲，丰洁粢盛，奉祭祀，以无忘先帝之功德，而欲属国为布衣，甚过。且夫贪让国土之名，轻废先帝之业，不可以言孝。父为之基，而不能守，不贤。不求守长陵，而求之真定，先母后父，不谊。数逆天子之令，不顺。言节行以高兄，无礼。幸臣有罪，大者立断，小者肉刑，不仁。贵布衣一剑之任，贱王侯之位，不知。不好学问大道，触情忘行，不祥。此八者，危亡之路也，而大王行之，弃南面之位，奋诸、贲之勇，常出入危亡之路，臣之所见，高皇帝之神必不庙食于大王之手，明白。

昔者，周公诛管叔，放蔡叔，以安周；齐桓杀其弟，以反国；秦始皇杀两弟，迁其母，以安秦；顷王亡代，高帝夺之国，以便事；济北举兵，皇帝诛之，以安汉。故周、齐行之于古，秦、汉用之于今，大王不察古今之所以安国便事，而欲以亲戚之意望于太上，不可得也。亡之诸侯，游宦事人，及舍匿者，论皆有法。其在王所，吏主者坐。今诸侯子为吏者，御史主；为军吏者，中尉主；客出入殿门者，卫尉大行主；诸从蛮夷来归谊及以亡名数自占者，内史县令主。相欲委下吏，无与其祸，不可得也。王若不改，汉系大王邸，论相以下，为之奈何？夫堕父大业，退为布衣所哀，幸臣皆伏法而诛，为天下笑，以羞先帝之德，甚为大王不取也。

宜急改操易行，上书谢罪，曰："臣不幸早失先帝，少孤，吕氏之世，未尝忘死。陛下即位，臣怙恩德骄盈，行多不轨。追念罪过，恐惧，伏地待诛不敢起。”皇帝闻之必喜。大王昆弟欢欣于上，群臣皆得延寿于下；上下得宜，海内常安。愿孰计而疾行之。行之有疑，祸如发矢，不可追已。

王得书不说。六年，令男子但等七十人与棘蒲侯柴武太子奇谋，以辇车四十乘反谷口，令人使闽越、匈奴。事觉，治之，乃使使召淮南王。

王至长安，丞相张苍，典客冯敬行御史大夫事，与宗正、廷尉杂奏：“长废先帝法，不听天子诏，居处无度，为黄屋盖拟天子，擅为法令，不用汉法。及所置吏，以其郎中春为丞相，收聚汉诸侯人及有罪亡者，匿与居，为治家室，赐与财物、爵禄、田宅，爵或至关内侯，奉以二千石所当得。大夫但、士伍开章等七十人与棘蒲侯太子奇谋反，欲以危宗庙社稷，谋使闽越及匈奴发其兵。事觉，长安尉奇等往捕开章，长匿不予，与故中尉蕳忌谋，杀以闭口，为棺椁衣衾，葬之肥陵，谩吏曰‘不知安在’。又阳聚土，树表其上曰‘开章死，葬此下’。及长身自贼杀无罪者一人；令吏论杀无罪者六人；为亡命弃市诈捕命者以除罪；擅罪人，无告劾系治城旦以上十四人；赦免罪人死罪十八人，城旦舂以下五十八人；赐人爵关内侯以下九十四人。前日长病，陛下心忧之，使使者赐枣脯，长不肯见拜使者。南海民处庐江界中者反，淮南吏卒击之。陛下遣使者赍帛五千匹，以赐吏卒劳苦者。长不欲受赐，谩曰‘无劳苦者’。南海王织上书献璧帛皇帝，忌擅燔其书，不以闻。吏请召治忌，长不遣，谩曰‘忌病’。长所犯不轨，当弃市，臣请论如法。”

制曰：“朕不忍置法于王，其与列侯、吏二千石议。”列侯、吏二千石臣婴等四十三人议，皆曰：“宜论如法。”制曰：“其赦长死罪，废勿王。”有司奏：“请处蜀严道邛邮，遣其子、子母从居，县为筑盖家室，皆日三食，给薪菜盐炊食器席蓐。”制曰：“食长，给肉日五斤，酒二斗。令故美人、材人得幸者十人从居。”于是尽诛所与谋者。乃遣长，载以辎车，令县次传。

爰盎谏曰：“上素骄淮南王，不为置严相傅，以故至此。且淮南王为人刚，今暴摧折之，臣恐其逢雾露病死，陛下有杀弟之名，奈何！”上曰：“吾特苦之耳，令复之。”淮南王谓侍者曰：“谁谓乃公勇者？吾以骄不闻过，故至此。”乃不食而死。县传者不敢发车封。至雍，雍令发之，以死闻。上悲哭，谓爰盎曰：“吾不从公言，卒亡淮南王。”盎曰：“淮南王不可奈何，愿陛下自宽。”上曰：“为之奈何？”曰：“独斩丞相、御史以谢天下乃可。”上即令丞相、御史逮诸县传淮南王不发封馈侍者，皆弃市。乃以列侯葬淮南王于雍，置守冢三十家。

孝文八年，怜淮南王。王有子四人，年皆七八岁，乃封子安为阜陵侯，子勃为安阳侯，子赐为阳周侯，子良为东城侯。十二年，民有作歌歌淮南王曰：“一尺布，尚可缝；一斗粟，尚可舂。兄弟二人，不相容！”上闻之曰：“昔尧、舜放逐骨肉，周公杀管、蔡，天下称圣，不以私害公。天下岂以为我贪淮南地邪？”乃徙城阳王王淮南故地，而追尊谥淮南王为厉王，置园如诸侯仪。十六年，上怜淮南王废法不轨，自使失国早夭，乃徙淮南王喜复王故城阳，而立厉王三子王淮南故地，三分之：阜陵侯安为淮南王，安阳侯勃为衡山王，阳周侯赐为庐江王。东城侯良前薨，无后。

孝景三年，吴、楚七国反，吴使者至淮南，王欲发兵应之。其相曰：“王必欲应吴，臣愿为将。”王乃属之。相已将兵，因城守，不听王而为汉。汉亦使曲城侯将兵救淮南，淮南以故得完。吴使者至庐江，庐江王不应，而往来使越；至衡山，衡山王坚守无二心。孝景四年，吴、楚已破，衡山王朝，上以为贞信，乃劳苦之曰：“南方卑湿。”徙王王于济北以褒之。及薨，遂赐谥为贞王。庐江王以边越，数使使相交，徙为衡山王，王江北。

淮南王安为人好书，鼓琴，不喜戈猎狗马驰骋，亦欲以行阴德拊循百姓，流名誉。招致宾客方术之士数千人，作为《内书》二十一篇，《外书》甚众，又有《中篇》八卷，言神仙黄白之术，亦二十余万言。时武帝方好艺文，以安属为诸父，辩博善为文辞，甚尊重之。每为报书及赐，常召司马相如等视草乃遣。初，安入朝，献所作《内篇》，新出，上爱秘之。使为《离骚传》，旦受诏，日食时上。又献《颂德》及《长安都国颂》。每宴见，谈说得失及方技赋颂，昏莫然后罢。

安初入朝，雅善太尉武安侯，武安侯迎之霸上，与语曰："方今上无太子，王亲高皇帝孙，行仁义，天下莫不闻。宫车一日晏驾，非王尚谁立者！"淮南王大喜，厚遗武安侯宝赂。其群臣宾客，江淮间多轻薄，以厉王迁死感激安。建元六年，彗星见，淮南王心怪之。或说王曰："先吴军时，彗星出，长数尺，然尚流血千里。今彗星竟天，天下兵当大起。"王心以为上无太子，天下有变，诸侯并争，愈益治攻战具，积金钱赂遗郡国。游士妄作妖言阿谀王，王喜，多赐予之。

王有女陵，慧有口。王爱陵，多予金钱，为中诇长安，约结上左右。元朔二年，上赐淮南王几杖，不朝。后荼爱幸，生子迁为太子，取皇太后外孙修成君女为太子妃。王谋为反具，畏太子妃知而内泄事，乃与太子谋，令诈不爱，三月不同席。王阳怒太子，闭使与妃同内，终不近妃。妃求去，王乃上书谢归之。后荼、太子迁及女陵擅国权，夺民田宅，妄致系人。

太子学用剑。自以为人莫及，闻郎中雷被巧，召与戏，被壹再辞让，误中太子。太子怒，被恐。此时有欲从军者辄诣长安，被即愿奋击匈奴。太子数恶被，王使郎中令斥免，欲以禁后。元朔五年，被遂亡之长安，上书自明。事下廷尉、河南。河南治，逮淮南太子，王、王后计欲毋遣太子，遂发兵。计未定，犹与十余日。会有诏即讯太子，淮南相怒寿春丞留太子逮不遣，劾不敬。王请相，相不听。王使人上书告相，事下廷尉治。从迹连王，王使人候司。汉公卿请逮捕治王，王恐，欲发兵。太子迁谋曰："汉使即逮王，令人衣卫士衣，持戟居王旁，有非是者，即刺杀之，臣亦使人刺杀淮南中尉，乃举兵，未晚也。"是时上不许公卿，而遣汉中尉宏即讯验王。王视汉中尉颜色和，问斥雷被事耳，自度无何，不发。中尉还，以闻。公卿治者曰："淮南王安雍阏求奋击匈奴者雷被等，格明诏，当弃市。"诏不许。请废勿王，上不许。请削五县，可二县。使中尉宏赦其罪，罚以削地。中尉入淮南界，宣言赦王。王初闻公卿请诛之，未知得削地，闻汉使来，恐其捕之，乃与太子谋如前计。中尉至，即贺王，王以故不发。其后自伤曰："吾行仁义见削地，寡人甚耻之。"为反谋益甚。诸使者道长安来，为妄言，言上无男，即喜；言汉廷治，有男，即怒，以为妄言，非也。

日夜与左吴等按舆地图，部署兵所从入。王曰："上无太子，宫车即晏驾，大臣必征胶东王，不即常山王，诸侯并争，吾可以无备乎！且吾高帝孙，亲行仁义，陛下遇我厚，吾能忍之；万世之后，吾宁能北面事竖子乎！"

王有孽子不害，最长，王不爱，后、太子皆不以为子兄数。不害子建，材高有气，常怨望太子不省其父。时，诸侯皆得分子弟为侯，淮南王有两子，一子为太子，而建父不得为侯。阴结交，欲害太子，以其父代之。太子知之，数捕系笞建。建具知太子之欲谋杀汉中尉，即使所善寿春严正上书天子曰："毒药苦口利病，忠言逆耳利行。今淮南王孙建材能高，淮南王后荼、荼子迁常疾害建。建父不害无罪，擅数系，欲杀之。今建在，可征问，具知淮南王阴事。"书既闻，上以其事下廷尉、河南治。是岁元朔六年也。故辟阳侯孙审卿善丞相公孙弘，怨淮南厉王杀其大父，阴求淮南事而搆之于弘。弘乃疑淮南有畔逆计，深探其狱。河南治建，辞引太子及党与。

初，王数以举兵谋问伍被，被告谏之，以吴、楚七国为效。王引陈胜、吴广，被复言形势不同，必败亡。及建见治，王恐国阴事泄，欲发，复问被，被为言发兵权变。语在《被传》。于是王锐欲发，乃令官奴入宫中，作皇帝玺，丞相、御史大夫、将军、吏中二千石、都官令、丞印，及旁近郡太守、都尉印，汉使节法冠。欲如伍被计，使人为得罪而西，事大将军、丞相；一日发兵，即刺大将军卫青，而说丞相弘下之，如发蒙耳，欲发国中兵，恐相、二千石不听，王乃与伍被谋，为失火宫中，相、二千石救火，因杀之。又欲令人衣求盗衣，持羽檄从南方来，呼言曰"南越兵入"，欲因以发兵。乃使人之庐江、会稽为求盗，未决。

廷尉以建辞连太子迁闻，上遣廷尉监与淮南中尉逮捕太子。至，淮南王闻，与太子谋召相、二千石，欲杀而发兵。召相，相至；内史以出为解。中尉曰："臣受诏使，不得见王。"王念独杀相而内史、中尉不来，无益也，即罢相。计犹与未决。太子念所坐者谋杀汉中尉，所与谋杀者已死，以为口绝，乃谓王曰："群臣可用者皆前系，今无足与举事者。王以非时发，恐无功，臣愿会逮。"王亦愈欲休，即许太子。太子自刑，不殊。伍被自诣吏，具告与淮南王谋反。吏因捕太子、王后，围王宫，尽捕王宾客在国中者，索得反具以闻。上下公卿治，所连引与淮南王谋反列侯、二千石、豪桀数千人，皆以罪轻重受诛。

衡山王赐，淮南王弟，当坐收。有司请逮捕衡山王，上曰："诸侯各以其国为本，不当相坐。与诸侯王列侯议。"赵王彭祖、列侯让等四十三人皆曰："淮南王安大逆无道，谋反明白，当伏诛。"胶西王端议曰："安废法度，行邪辟，有诈伪心，以乱天下，营惑百姓，背叛宗庙，妄作妖言。《春秋》曰'臣毋将，将而诛'。安罪重于将，谋反形已定。臣端所见其书印图及它逆亡道事验明白，当伏法。论国吏二百石以上及比者，宗室近幸臣不在法中者，不能相教，皆当免，削爵为士伍，毋得官为吏。其非吏，它赎死金二斤八两，以章安之罪，使天下明知臣子之道，毋敢复有邪僻背叛之意。"丞相弘、廷尉汤等以闻，上使宗正以符节治王。未至，安自刑杀。后、太子诸所与谋皆收夷。国除为九江郡。

衡山王赐，后乘舒生子三人，长男爽为太子，次女无采，少男孝。姬徐来生子男女四人，美人厥姬生子二人。淮南、衡山相责望礼节，间不相能。衡山王闻淮南王作为叛逆具，亦心结宾客以应之，恐为所并。元光六年入朝，谒者卫庆有方术，欲上书事天子，王怒，故劾庆死罪，强榜服之。内史以为非是，却其狱。王使人上书告内史，内史治，言王不直。又数侵夺人田，坏人冢以为田。有司请逮治衡山王，上不许，为置吏二百石以上。衡山王以此恚，与奚慈、张广昌谋，求能为兵法候星气者，日夜纵臾王谋反事。

后乘舒死，立徐来为后，厥姬俱幸。两人相妒，厥姬乃恶徐来于太子，曰："徐来使婢蛊杀太子母。"太子心怨徐来。徐来兄至衡山，太子与饮，以刃刑伤之。后以此怨太子，数恶之于王。女弟无采嫁，弃归，与客奸。太子数以数让之，无采怒，不与太子通。后闻之，即善遇无采及孝。孝少失母，附后，后以计爱之，与共毁太子，王以故数系笞太子。元朔四年中，人有贼伤后假母者，王疑太子使人伤之，笞太子。后王病，太子时称病不侍。孝、无采恶太子："实不病，自言，有喜色。"王于是大怒，欲废太子而立弟孝。后知王决废太子，又欲并废孝。后有侍者善舞，王幸之，后欲令与孝乱以污之，欲并废二子而以己子广代之。太子知之，念后数恶己无已时，欲与乱以止其口。后饮太子，太子前为寿，因据后股求与卧。后怒，以告王。王乃召，欲缚笞之。太子知王常欲废己而立孝，乃谓王曰："孝与王御者奸，无采与奴奸，王强食，请上书。"即背王去。王使人止之，莫能禁，王乃自追捕太子，太子妄恶言，王械系宫中。

孝日益以亲幸。王奇孝材能，乃佩之王印，号曰将军，令居外家，多给金钱，招致宾客。宾客来者，微知淮南、衡山有逆计，皆将养劝之。王乃使孝客江都人枚赫、陈喜作輣车锻矢，刻天子玺，将、相、军吏印。王日夜求壮士如周丘等，数称引吴、楚反时计画约束。衡山王非敢效淮南王求即天子位，畏淮南起并其国，以为淮南已西，发兵定江淮间而有之，望如是。

元朔五年秋，当朝，六年，过淮南。淮南王乃昆弟语，除前隙，约束反具。衡山王即上书谢病，上赐不朝。乃使人上书请废太子爽，立孝为太子。爽闻，即使所善白嬴之长安上书，言衡山王与子谋逆，言孝作兵车锻矢，与王御者奸。至长安未及上书，即吏捕嬴，以淮南事系。王闻之，恐其言国阴事，即上书告太子，以为不道。事下沛郡治。

元狩元年冬，有司求捕与淮南王谋反者，得陈喜于孝家。吏劾孝首匿喜。孝以为陈喜雅数与王计反，恐其发之，闻律先自告除其罪，又疑太子使白嬴上书发其事，即先自告所与谋反者枚赫、陈喜等。廷尉治，事验，请逮捕衡山王治。上曰："勿捕。"遣中尉安、大行息即问王，王具以情实对。吏皆围王宫守之。中尉、大行还，以闻。公卿请遣宗正、大行与沛郡杂治王。王闻，即自杀。孝先自告反，告除其罪。孝坐与王卿婢奸，及后徐来坐蛊前后乘舒，及太子爽坐告王父不孝，皆弃市。诸坐与王谋反者皆诛。国除为郡。

济北贞王勃者，景帝四年徙。徙二年，因前王衡山，凡十四年薨。子式王胡嗣，五十四年薨。子宽嗣。十二年，宽坐与父式王后光、姬孝儿奸，悖人伦，又祠祭祝诅上，有司请诛。上遣大鸿胪利召王，王以刃自刭死。国除为北安县，属泰山郡。

赞曰：《诗》云"戎狄是膺，荆舒是惩"，信哉是言也！淮南、衡山亲为骨肉，疆土千里，列在诸侯，不务遵蕃臣职，以丞辅天子，而剸怀邪辟之计，谋为畔逆，仍父子再亡国，各不终其身。此非独王也，亦其俗薄，臣下渐靡使然。夫荆楚剽轻，好作乱，乃自古记之矣。

卷四十五

蒯伍江息夫传第十五

蒯通，范阳人也，本与武帝同讳。楚汉初起，武臣略定赵地，号武信君。通说范阳令徐公曰："臣，范阳百姓蒯通也，窃闵公之将死，故吊之。虽然，贺公得通而生也。"徐公再拜曰："何以吊之？"通曰："足下为令十余年矣，杀人之父，孤人之子，断人之足，黥人之首，甚众。慈父孝子所以不敢事刃于公之腹者，畏秦法也。今天下大乱，秦政不施，然则慈父孝子将争接刃于公之腹，以复其怨而成名。此通之所以吊者也。”曰：“何以贺得子而生也？”曰：“赵武信君不知通不肖，使人候问其死生，通且见武信君而说之，曰：‘必将战胜而后略地，攻得而后下城，臣窃以为殆矣。用臣之计，毋战而略地，不攻而下城，传檄而千里定，可乎？’彼将曰：‘何谓也？’臣因对曰：‘范阳令宜整顿其士卒以守战者也，怯而畏死，贪而好富贵’，故欲以其城先下君。先下君而君不利，则边地之城皆将相告曰‘范阳令先降而身死’，必将婴城固守，皆为金城汤池，不可攻也。为君计者，莫若以黄屋朱轮迎范阳令，使驰骛于燕、赵之郊，则边城皆将相告曰‘范阳令先下而身富贵’，必相率而降，犹如阪上走丸也。此臣所谓传檄而千里定者也。”徐公再拜，具车马遣通。通遂以此说武臣。武臣以车百乘、骑二百、侯印迎徐公。燕、赵闻之，降者三十余城，如通策焉。

后汉将韩信虏魏王，破赵、代，降燕，定三国，引兵将东击齐。未度平原，闻汉王使郦食其说下齐，信欲止。通说信曰：“将军受诏击齐，而汉独发间使下齐，宁有诏止将军乎？何以得无行！且郦生一士，伏轼掉三寸舌，下齐七十余城，将军将数万之众，乃下赵五十余城。为将数岁，反不如一竖儒之功乎！”于是信然之，从其计，遂渡河。齐已听郦生，即留之纵酒，罢备汉守御。信因袭历下军，遂至临菑。齐王以郦生为欺己而亨之，因败走。信遂定齐地，自立为齐假王。汉方困于荥阳，遣张良即立信为齐王，以安固之。项王亦遣武涉说信，欲与连和。

蒯通知天下权在信，欲说信令背汉，乃先微感信曰：“仆尝受相人之术，相君之面，不过封侯，又危而不安；相君之背，贵而不可言。”信曰：“何谓也？”通因请间，曰：“天下初作难也，俊雄豪桀建号壹呼，天下之士云合雾集，鱼鳞杂袭，飘至风起。当此之时，忧在亡秦而已。今刘、项分争，使人肝脑涂地，流离中野，不可胜数。汉王将数十万众，距巩、雒，岨山河，一日数战，无尺寸之功，折北不救，败荥阳，伤成皋，还走宛、叶之间，此所谓智勇俱困者也。楚人起彭城，转斗逐北，至荥阳，乘利席胜，威震天下，然兵困于京、索之间，迫西山而不能进，三年于此矣。锐气挫于险塞，粮食尽于内藏，百姓罢极，无所归命。以臣料之，非天下贤圣，其势固不能息天下之祸。当今之时，两主县命足下。足下为汉则汉胜，与楚则楚胜。臣愿披心腹，堕肝胆，效愚忠，恐足下不能用也。方今为足下计，莫若两利而俱存之，参分天下，鼎足而立，其势莫敢先动。夫以足下之贤圣，有甲兵之众，据强齐，从燕、赵，出空虚之地以制其后，因民之欲，西乡为百姓请命，天下孰敢不听！足下按齐国之故，有淮、泗之地，怀诸侯以德，深拱揖让，则天下君王相率而朝齐矣。盖闻‘天与弗取，反受其咎；时至弗行，反受其殃’。愿足下孰图之。”

信曰：“汉遇我厚，吾岂可见利而背恩乎！”通曰：“始常山王，成安君故相与为刎颈之交，及争张黡、陈释之事，常山王奉头鼠窜，以归汉王。借兵东下，战于鄗北，成安君死于泜水之南，头足异处。此二人相与，天下之至欢也，而卒相灭亡者，何也？患生于多欲而人心难测也。今足下行忠信以交于汉王，必不能固于二君之相与也，而事多大于张黡、陈释之事者，故臣以为足下必汉王之不危足下，过矣。大夫种存亡越，伯句践，立功名而身死。语曰：‘野禽殚，走犬亨；敌国破，谋臣亡。’故以交友言之，则不过张王与成安君；以忠臣言之，则不过大夫种。此二者，宜足以观矣。愿足下深虑之。且臣闻之，勇略震主者身危，功盖天下者不赏。足下涉西河，虏魏王，禽夏说，下井陉，诛成安君之罪，以令于赵，胁燕定齐，南摧楚人之兵数十万众，遂斩龙且，西乡以报，此所谓功无二于天下，略不世出者也。今足下挟不赏之功，戴震主之威，归楚，楚人不信；归汉，汉人震恐。足下欲持是安归乎？夫势在人臣之位，而有高天下之名，切为足下危之。”信曰：“生且休矣，吾将念之。”

数日，通复说曰：“听者，事之候也；计者，存亡之机也。夫随厮养之役者，失万乘之权；守儋石之禄者，阙卿相之位。计诚知之，而决弗敢行者，百事之祸也。故猛虎之犹与，不如蜂虿之致蠚，孟贲之狐疑，不如童子之必至。此言贵能行之也。夫功者，难成而易败；时者，难值而易失。‘时乎时，不再来。’愿足下无疑臣之计。”信犹与不忍背汉，又自以功多，汉不夺我齐，遂谢通。通说不听，惶恐，乃阳狂为巫。天下既定，后信以罪废为淮阳侯，谋反被诛，临死叹曰：“悔不用蒯通之言，死于女子之手！”高帝曰：“是齐辩士蒯通。”乃诏齐召蒯通。通至，上欲亨之，曰：“昔教韩信反，何也？”通曰：“狗各吠非其主。当彼时，臣独知齐王韩信，非知陛下也。且秦失其鹿，天下共逐之，高材者先得。天下匈匈，争欲为陛下所为，顾力不能，可殚诛邪！”上乃赦之。至齐悼惠王时，曹参为相，礼下贤人，请通为客。

初，齐王田荣怨项羽，谋举兵畔之，劫齐士，不与者死。齐处士东郭先生、梁石君在劫中，强从。及田荣败，二人丑之，相与入深山隐居。客谓通曰：“先生之于曹相国，拾遗举过，显贤进能，齐国莫若先生者。先生知梁石君、东郭先生世俗所不及，何不进之于相国乎？”通曰：“诺。臣之里妇，与里之诸母相善也。里妇夜亡肉，姑以为盗，怒而逐之。妇晨去，过所善诸母，语以事而谢之。里母曰：‘女安行，我今令而家追女矣。’即束缊请火于亡肉家，曰：‘昨暮夜，犬得肉，争斗相杀，请火治之。’亡肉家遽追呼其妇。故里母非谈说之士也，束缊乞火非还妇之道也，然物有相感，事有适可。臣请乞火于曹相国。”乃见相国曰：“妇人有夫死三日而嫁者，有幽居守寡不出门者，足下即欲求妇，何取？”曰：“取不嫁者。”通曰：“然则求臣亦犹是也，彼东郭先生、梁石君，齐之俊士也，隐居不嫁，未尝卑节下意以求仕也。愿足下使人礼之。”曹相国曰：“敬受命。”皆以为上宾。

通论战国时说士权变，亦自序其说，凡八十一首，号曰《隽永》。

初，通善齐人安其生，安其生尝干项羽，羽不能用其策。而项羽欲封此两人，两人卒不肯受。

伍被，楚人也。或言其先伍子胥后也。被以材能称，为淮南中郎。是时淮南王安好术学，折节下士，招致英隽以百数，被以冠首。

久之，淮南王阴有邪谋，被数微谏。后王坐东宫，召被欲与计事，呼之曰：“将军上。”被曰：“王安得亡国之言乎？昔子胥谏吴王，吴王不用，乃曰‘臣今见麋鹿游姑苏之台也’。今臣亦将见宫中生荆棘，露沾衣也。”于是王怒，系被父母，囚之三月。王复召被曰：“将军许寡人乎？”被曰：“不，臣将为大王画计耳。臣闻聪者听于无声，明者见于未形，故圣人万举而万全。文王壹动而功显万世，列为三王，所谓因天心以动作者也。”王曰：“方今汉庭治乎？乱乎？”被曰：“天下治。”王不悦，曰：“公何言治也？”被对曰：“被窃观朝廷，君臣、父子、夫妇、长幼之序皆得其理，上之举错遵古之道，风俗纪纲未有所缺。重装富贾周流天下，道无不通，交易之道行。南越宾服，羌、僰贡献，东瓯入朝，广长榆，开朔方，匈奴折伤。虽未及古太平时，然犹为治。”王怒，被谢死罪。

王又曰：“山东即有变，汉必使大将军而制山东，公以为大将军何如人也？”被曰：“臣所善黄义，从大将军击匈奴，言大将军遇士大夫以礼，与士卒有恩，众皆乐为用。骑上下山如飞，材力绝人如此，数将习兵，未易当也。及谒者曹染使长安来，言大将军号令明，当敌勇，常为士卒先；须士卒休，乃舍；穿井得水，乃敢饮；军罢，士卒已逾河，乃度。皇太后所赐金钱，尽以赏赐。虽古名将不过也。”王曰：“夫蓼太子知略不世出，非常人也，以为汉廷公卿列侯皆如沐猴而冠耳。”被曰：“独先刺大将军，乃可举事。”

王复问被曰：“公以为吴举兵非邪？”被曰：“非也。夫吴王赐号为刘氏祭酒，受几杖而不朝，王四郡之众，地方数千里，采山铜以为钱，煮海水以为盐，伐江陵之木以为船，国富民众，行珍宝，赂诸侯，与七国合从，举兵而西，破大梁，败狐父，奔走而还，为越所禽，死于丹徒，头足异处，身灭祀绝，为天下戮。夫以吴众不能成功者，何也？诚逆天违众而不见时也。”王曰：“男子之所死者，一言耳。且吴何知反？汉将一日过成皋者四十余人。今我令缓先要成皋之口，周被下颍川兵塞轘辕、伊阙之道，陈定发南阳兵守武关。河南太守独有雒阳耳，何足忧？然此北尚有临晋关、河东、上党与河内、赵国界者通谷数行。人言‘绝成皋之道，天下不通’。据三川之险，招天下之兵，公以为何如？”被曰：“臣见其祸，未见其福也。”

后汉逮淮南王孙建，系治之。王恐阴事泄，谓被曰：“事至，吾欲遂发。天下劳苦有间矣，诸侯颇有失行，皆自疑，我举兵西乡，必有应者；无应，即还略衡山。势不得不发。”被曰：“略衡山以击庐江，有寻阳之船，守下雉之城，结九江之浦，绝豫章之口，强弩临江而守，以禁南郡之下，东保会稽，南通劲越，屈强江、淮间，可以延岁月之寿耳，未见其福也。”王曰：“左吴、赵贤、朱骄如皆以为什八九成，公独以为无福，何？”被曰：“大王之群臣近幸素能使众者，皆前系诏狱，余无可用者。”王曰：“陈胜、吴广无立锥之地，百人之聚，起于大泽，奋臂大呼，天下响应，西至于戏而兵百二十万。今吾国虽小，胜兵可得二十万，公何以言有祸无福？”被曰：“臣不敢避子胥之诛，愿大王无为吴王之听。往者秦为无道，残贼天下，杀术士，燔《诗》、《书》，灭圣迹，弃礼义，任刑法，转海滨之粟，致于西河。当是之时，男子疾耕不足于粮馈，女子纺绩不足于盖形。遣蒙恬筑长城，东西数千里。暴兵露师，常数十万，死者不可胜数，僵尸满野，流血千里。于是百姓力屈，欲为乱者十室而五。又使徐福入海求仙药，多赍珍宝，童男女三千人，五种百工而行。徐福得平原大泽，止王不来。于是百姓悲痛愁思，欲为乱者十室而六。又使尉佗逾五岭，攻百越，尉佗知中国劳极，止王南越。行者不还，往者莫返，于是百姓离心瓦解，欲为乱者十室而七。兴万乘之驾，作阿房之宫，收太半之赋，发闾左之戍。父不宁子，兄不安弟，政苛刑惨，民皆引领而望，倾耳而听，悲号仰天，叩心怨上，欲为乱者，十室而八。客谓高皇帝曰：‘时可矣。’高帝曰：‘待之，圣人当起东南。’间不一岁，陈、吴大呼，刘、项并和，天下响应，所谓蹈瑕衅，因秦之亡时而动，百姓愿之，若枯旱之望雨，故起于行阵之中，以成帝王之功。今大王见高祖得天下之易也，独不观近世之吴、楚乎！当今陛下临制天下，一齐海内，泛爱蒸庶，布德施惠。口虽未言，声疾雷震；令虽未出，化驰如神。心有所怀，威动千里；下之应上，犹景响也。而大将军材能非直章邯、杨熊也。王以陈胜、吴广论之，被以为过矣。且大王之兵众不能什分吴、楚之一，天下安宁又万倍于秦时。愿王用臣之计。臣闻箕子过故国而悲，作《麦秀》之歌，痛纣之不用王子比干之言也。故孟子曰，纣贵为天子，死曾不如匹夫。是纣先自绝久矣，非死之日天去之也。今臣亦窃悲大王弃千乘之君，将赐绝命之书，为群臣先，身死于东宫也。”被因流涕而起。

后王复召问被：“苟如公言，不可以徼幸邪？”被曰：“必不得已，被有愚计。”王曰：“奈何？”被曰：“当今诸侯无异心，百姓无怨气。朔方之郡土地广美，民徙者不足以实其地。可为丞相、御史请书，徙郡国豪桀及耐罪以上，以赦令除，家产五十万以上者，皆徙其家属朔方之郡，益发甲卒，急其会日。又伪为左右都司空、上林中都官诏狱书，逮诸侯太子及幸臣。如此，则民怨，诸侯惧，即使辩士随而说之，党可以徼幸。”王曰：“此可也。虽然，吾以不至若此，专发而已。”后事发觉，被诣吏自告与淮南王谋反踪迹如此。天子以伍被雅辞多引汉美，欲勿诛。张汤进曰：“被首为王画反计，罪无赦。”遂诛被。

江充，字次倩，赵国邯郸人也。充本名齐，有女弟善鼓琴歌舞，嫁之赵太子丹。齐得幸于敬肃王，为上客。久之，太子疑齐以己阴私告王，与齐忤，使吏逐捕齐，不得，收系其父兄，按验，皆弃市。齐遂绝迹亡，西入关，更名充。诣阙告太子丹与同产姊及王后宫奸乱，交通郡国豪猾，攻剽为奸，吏不能禁。书奏，天子怒，遣使者诏郡发吏卒围赵王宫，收捕太子丹，移系魏郡诏狱，与廷尉杂治，法至死。

赵王彭祖，帝异母兄也，上书讼太子罪，言“充逋逃小臣，苟为奸讹，激怒圣朝，欲取必于万乘以复私怨。后虽亨醢，计犹不悔。臣愿选从赵国勇敢士，从军击匈奴，极尽死力，以赎丹罪。”上不许，竟败赵太子。

初，充召见犬台宫，自请愿以所常被服冠见上。上许之。充衣纱縠禅衣，曲裾后垂交输，冠禅纚步摇冠，飞翮之缨。充为人魁岸，容貌甚壮。帝望见而异之，谓左右曰：“燕、赵固多奇士。”既至前，问以当世政事，上说之。充因自请，愿使匈奴。诏问其状，充对曰：“因变制宜，以敌为师，事不可豫图。”上以充为谒者，使匈奴还，拜为直指锈衣使者，督三辅盗贼，禁察逾侈。贵戚近臣多奢僭，充皆举劾，奏请没入车马，令身待北军击匈奴。奏可。充即移书光禄勋、中黄门，逮名近臣侍中诸当诣北军者，移劾门卫，禁止无令得出入宫殿。于是贵戚子弟惶恐，皆见上叩头求哀，愿得入钱赎罪。上许之，令各以秩次输钱北军，凡数千万。上以充忠直，奉法不阿，所言中意。

充出，逢馆陶长公主行驰道中。充呵问之，公主曰：“有太后诏。”充曰：“独公主得行，车骑皆不得。”尽劾没入官。

后充从上甘泉，逢太子家使乘车马行驰道中，充以属吏。太子闻之，使人谢充曰：“非爱车马，诚不欲令上闻之，以教敕亡素者。唯江君宽之！”充不听，遂白奏。上曰：“人臣当如是矣。”大见信用，威震京师。迁为水衡都尉，宗族、知友多得其力者。久之，坐法免。

会阳陵朱安世告丞相公孙贺子太仆敬声为巫蛊事，连及阳石、诸邑公主，贺父子皆坐诛。语在《贺传》。后上幸甘泉，疾病，充见上年老，恐晏驾后为太子所诛，因是为奸，奏言上疾祟在巫蛊。于是上以充为使者治巫蛊。充将胡巫掘地求偶人，捕蛊及夜祠，视鬼，染污令有处，辄收捕验治，烧铁钳灼，强服之。民转相诬以巫蛊，吏辄劾以大逆亡道，坐而死者前后数万人。

是时，上春秋高，疑左右皆为蛊祝诅，有与亡，莫敢讼其冤者。充既知上意，因言宫中有蛊气，先治后宫希幸夫人，以次及皇后，遂掘蛊于太子宫，得桐木人。太子惧，不能自明，收充，自临斩之。骂曰：“赵虏！乱乃国王父子不足邪！乃复乱吾父子也！”太子繇是遂败。语在《戾园传》。后武帝知充有诈，夷充三族。

息夫躬，字子微，河内河阳人也。少为博士弟子，受《春秋》，通览记书。容貌壮丽，为众所异。

哀帝初即位，皇后父特进孔乡侯傅晏与躬同郡，相友善，躬繇是以为援，交游日广。先是，长安孙宠亦以游说显名，免汝南太守，与躬相结，俱上书，召待诏。是时哀帝被疾，始即位，而人有告中山孝王太后祝诅上，太后及弟宜乡侯冯参皆自杀，其罪不明。是后无盐危山有石自立，开道。躬与宠谋曰：“上亡继嗣，体久不平，关东诸侯，心争阴谋。今无盐有大石自立，闻邪臣托往事，以为大山石立而先帝龙兴。东平王云以故与其后日夜祠祭祝诅上，欲求非望。而后舅伍宏反因方术以医技得幸，出入禁门。霍显之谋将行于杯杓，荆轲之变必起于帷幄。事势若此，告之必成；发国奸，诛主雠，取封侯之计也。”躬、宠乃与中郎右师谭，共因中常侍宋弘上变事告焉。上恶之，下有司案验，东平王云、云后谒及伍宏等皆坐诛。上擢宠为南阳太守，谭颍川都尉，弘、躬皆光禄大夫、左曹、给事中。是时，侍中董贤爱幸，上欲侯之，遂下诏云："躬、宠因贤以闻，封贤为高安侯，宠为方阳侯，躬为宜陵侯，食邑各千户。赐谭爵关内侯，食邑。”丞相王嘉内疑东平狱事，争不欲侯贤等，语在《嘉传》。嘉固言董贤泰盛，宠、躬皆倾覆有佞邪材，恐必挠乱国家，不可任用。嘉以此得罪矣。

躬既亲近，数进见言事，论议亡所避。众畏其口，见之仄目。躬上疏历诋公卿大臣，曰："方今丞相王嘉健而蓄缩，不可用。御史大夫贾延堕弱不任职。左将军公孙禄、司隶鲍宣皆外有直项之名，内实騃不晓政事。诸曹以下仆遬不足数。卒有强弩围城，长戟指阙，陛下谁与备之？如使狂夫嘄呼于东崖，匈奴饮马于渭水，边竟雷动，四野风起，京师虽有武蜂精兵，未有能窥左足而先应者也。军书交驰而辐凑，羽檄重迹而押至，小夫懦臣之徒愦眊不知所为。其有犬马之决者，仰药而伏刃，虽加夷灭之诛，何益祸败之至哉！"

躬又言："秦开郑国渠以富国强兵，今京师土地肥饶，可度地势水泉，广溉灌之利。”天子使躬持节领护三辅都水。躬立表，欲穿长安城，引漕注太仓下以省转输。议不可成，乃止。

董贤贵幸日盛，丁、傅害其宠，孔乡侯晏与躬谋，欲求居位辅政。会单于当来朝，遣使言病，愿朝明年。躬因是而上奏，以为“单于当以十一月入塞，后以病为解，疑有他变。乌孙两昆弥弱，卑爰疐强盛，居强煌之地，拥十万之众，东结单于，遣子往侍。如因素强之威，循乌孙就屠之迹，举兵南伐，并乌孙之势也。乌孙并，则匈奴盛，而西城危矣。可令降胡诈为卑爰疐使者来上书曰：‘所以遣子侍单于者，非亲信之也，实畏之耳。唯天子哀，告单于归臣侍子。愿助戊己校尉保恶都奴之界。’因下其章诸将军，令匈奴客闻焉。则是所谓‘上兵伐谋，其次伐交’者也。”

书奏，上引见躬，召公卿将军大议。左将军公孙禄以为“中国常以威信怀伏夷狄，躬欲逆诈造不信之谋，不可许。且匈奴赖先帝之德，保塞称蕃。今单于以疾病不任奉朝贺，遣使自陈，不失臣子之礼。臣禄自保没身不见匈奴为边境忧也。”躬掎禄曰："臣为国家计几先，谋将然，豫图未形，为万世虑。而左将军公孙禄欲以其犬马齿保目所见。臣与禄异议，未可同日语也。”上曰“善。”乃罢群臣，独与躬议。

因建言："往年荧惑守心，太白高而芒光，又角星茀于河鼓，其法为有兵乱。是后讹言行诏筹，经历郡国，天下骚动，恐必有非常之变。可遣大将军行边兵，敕武备，斩一郡守，以立威，震四夷，因以厌应变异。”上然之，以问丞相。丞相嘉对曰："臣闻动民以行不以言，应天以实不以文。下民微细，犹不可诈，况于上天神明而可欺哉！天之见异，所以敕戒人君，欲令觉悟反正，推诚行善。民心说而天意得矣。辩士见一端，或妄以意傅著星历，虚造匈奴、乌孙、西羌之难，谋动干戈，设为权变，非应天之道也。守相有罪，车驰诣阙，交臂就死，恐惧如此，而谈说者云，动安之危，辩口快耳，其实未可从。夫议政者，苦其谄谀倾险辩慧深刻也。谄谀则主德毁，倾险则下怨恨，辩慧则破正道，深刻则伤恩惠。昔秦缪公不从百里奚、蹇叔之言，以败其师，悔过自责，疾诖误之臣，思黄发之言，名垂于后世。唯陛下观览古戒，反复参考，无以先入之语为主。”

上不听，遂下诏曰："间者灾变不息，盗贼众多，兵革之征，或颇著见。未闻将军恻然深以为意，简练戎士，缮修干戈。器用盬恶，孰当督之！天下虽安，忘战必危。

将军与中二千石举明习兵法有大虑者各一人，将军二人，诣公车。”就拜孔乡侯傅晏为大司马卫将军，阳安侯丁明又为大司马票骑将军。

是日，日有食之，董贤因此沮躬、晏之策。后数日，收晏卫将军印绶，而丞相御史奏躬罪过。上繇是恶躬等，下诏曰：“南阳太守方阳侯宠，素亡廉声，有酷恶之资，毒流百姓。左曹光禄大夫宜陵侯躬，虚造诈谖之策，欲以诖误朝廷。皆交游贵戚，趋权门，为名。其免躬、宠官，遣就国。”

躬归国，未有第宅，寄居丘亭。奸人以为侯家富，常夜守之。躬邑人河内掾贾惠往过躬，教以祝盗方，以桑东南指枝为匕，画北斗七星其上，躬夜自被发，立中庭，向北斗，持匕招指祝盗。人有上书言躬怀怨恨，非笑朝廷所进，候星宿，视天子吉凶，与巫同祝诅。上遣侍御史、廷尉监逮躬，系雒阳诏狱。欲掠问，躬仰天大呼，因僵仆。吏就问，云咽已绝，血从鼻耳出。食顷，死。党友谋议相连下狱百余人。躬母圣，坐祠灶祝诅上，大逆不道。圣弃市，妻充汉与家属徙合浦。躬同族亲属素所厚者，皆免废锢。哀帝崩，有司奏：“方阳侯宠及右师谭等，皆造作奸谋，罪及王者骨肉，虽蒙赦令，不宜处爵位，在中土。”皆免宠等，徙合浦郡。

初，躬待诏，数危言高论，自恐遭害，著绝命辞曰：“玄云泱郁，将安归兮！鹰隼横厉，鸾徘徊兮！矰若浮猋，动则机兮！丛棘栈栈，曷可栖兮！发忠忘身，自绕罔兮！冤颈折翼，庸得往兮！涕泣流兮萑兰，心结愲兮伤肝。虹蜺曜兮日微，孽杳冥兮未开。痛入天兮鸣呼，冤际绝兮谁语！仰天光兮自列，招上帝兮我察。秋风为我吟，浮云为我阴。嗟若是兮欲何留，抚神龙兮揽其须。游旷迥兮反亡期，雄失据兮世我思。”后数年乃死，如其文。

赞曰：仲尼“恶利口之覆邦家”，蒯通一说而丧三俊，其得不亨者，幸也。伍被安于危国，身为谋主，忠不终而诈雠，诛夷不亦宜乎！《书》放四罪，《诗》歌《青蝇》，春秋以来，祸败多矣。昔子翚谋桓而鲁隐危，栾书构郤而晋厉弑。竖牛奔仲，叔孙卒；郈伯毁季，昭公逐；费忌纳女，楚建走；宰嚭谗胥，夫差丧；李园进妹，春申毙；上官诉屈，怀王执；赵高败斯，二世缢；伊戾坎盟，宋痤死；江充造蛊，太子杀；息夫作奸，东平诛：皆自小覆大，由疏陷亲，可不惧哉！可不惧哉！

卷四十六

万石卫直周张传第十六

万石君石奋，其父赵人也。赵亡，徙温。高祖东击项籍，过河内，时奋年十五，为小吏，侍高祖。高祖与语，爱其恭敬，问曰：“若何有？”对曰：“有母，不幸失明。家贫。有姊，能鼓瑟。”高祖曰：“若能从我乎？”曰：“愿尽力。”于是高祖召其姊为美人，以奋为中涓，受书谒。徙其家长安中戚里，以姊为美人故也。

奋积功劳，孝文时官至太中大夫。无文学，恭谨，举无与比。东阳侯张相如为太子太傅，免。选可为傅者，皆推奋为太子太傅。及孝景即位，以奋为九卿。迫近，惮之，徙奋为诸侯相。奋长子建，次甲，次乙，次庆，皆以驯行孝谨，官至二千石。于是景帝曰："石君及四子皆二千石，人臣尊宠乃举集其门。"凡号奋为万石君。

孝景季年，万石君以上大夫禄归老于家，以岁时为朝臣。过宫门阙必下车趋，见路马必轼焉。子孙为小吏，来归谒，万石君必朝服见之，不名。子孙有过失，不谯让，为便坐，对案不食。然后诸子相责，因长老肉袒固谢罪，改之，乃许。子孙胜冠者在侧，虽燕必冠，申申如也。僮仆䜣䜣如也，唯谨。上时赐食于家，必稽首俯伏而食，如在上前。其执丧，哀戚甚。子孙遵教，亦如之。万石君家以孝谨闻乎郡国，虽齐、鲁诸儒质行，皆自以为不及也。

建元二年，郎中令王臧以文学获罪皇太后。太后以为儒者文多质少，今万石君家不言而躬行，乃以长子建为郎中令，少子庆为内史。

建老白首，万石君尚无恙。每五日洗沐归谒亲，入子舍，窃问侍者，取亲中帬厕牏，身自浣洒，复与侍者，不敢令万石君知之，以为常。建奏事于上前，即有可言，屏人乃言极切；至廷见，如不能言者，上以是亲而礼之。万石君徙居陵里。内史庆醉归，入外门不下车。万石君闻之，不食。庆恐，肉袒谢请罪，不许。举宗及兄建肉袒，万石君让曰："内史贵人，入闾里，里中长老皆走匿，而内史坐车中自如，固当！"乃谢罢庆。庆及诸子入里门，趋至家。

万石君元朔五年卒，建哭泣哀思，杖乃能行。岁余，建亦死。诸子孙咸孝，然建最甚，甚于万石君。

建为郎中令，奏事下，建读之，惊恐曰："书'马'者与尾而五，今乃四，不足一，获谴死矣！"其为谨慎，虽他皆如是。

庆为太仆，御出，上问车中几马，庆以策数马毕，举手曰："六马。"庆于兄弟最为简易矣，然犹如此。出为齐相，齐国慕其家行，不治而齐国大治，为立石相祠。

元狩元年，上立太子，选群臣可傅者，庆自沛守为太子太傅，七岁迁御史大夫。元鼎五年，丞相赵周坐酎金免，制诏御史："万石君先帝尊之，子孙至孝，其以御史大夫庆为丞相，封牧丘侯。"是时，汉方南诛两越，东击朝鲜，北逐匈奴，西伐大宛，中国多事。天子巡狩海内，修古神祠，封禅，兴礼乐。公家用少，桑弘羊等致利，王温舒之属峻法，兒宽等推文学，九卿更进用事，事不关决于庆，庆醇谨而已。在位九岁，无能有所匡言。尝欲请治上近臣所忠、九卿咸宣，不能服，反受其过，赎罪。

元封四年，关东流民二百万口，无名数者四十万，公卿议欲请徙流民于边以適之。上以为庆老谨，不能与其议，乃赐丞相告归，而案御史大夫以下议为请者。庆惭不任职，上书曰："臣幸得待罪丞相，疲驽无以辅治。城郭仓廪空虚，民多流亡，罪当伏斧质，上不忍致法。愿归丞相侯印，乞骸骨归，避贤者路。"

上报曰："间者，河水滔陆，泛滥十余郡，堤防勤劳，弗能堙塞，朕甚忧之。是故巡方州，礼嵩岳，通八神，以合宣房。济淮、江，历山滨海，问百年民所疾苦。惟吏多私，征求无已，去者便，居者扰，故为流民法，以禁重赋。乃者封泰山，皇天嘉况，神物并见。朕方答气应，未能承意，是以切比闾里，知吏奸邪。委任有司，然则官旷民愁，盗贼公行。往年觐明堂，赦殊死，无禁锢，咸自新，与更始。今流民愈多，计文不改，君不绳责长吏，而请以兴徙四十万口，摇荡百姓，孤儿幼年未满十岁，无罪而坐率，朕失望焉。今君上书言仓库城郭不充实，民多贫，盗贼众，请入粟为庶人。夫怀知民贫而请益赋，动危之而辞位，欲安归难乎？君其反室！"

庆素质，见诏报"反室"，自以为得许，欲上印绶。掾史以为见责甚深，而终以反室者，丑恶之辞也。或劝庆宜引决。庆甚惧，不知所出，遂复起视事。

庆为丞相，文深审谨，无他大略。后三岁余薨，谥曰恬侯。中子德，庆爱之。上以德嗣，后为太常，坐法免，国除。庆方为丞相时，诸子孙为小吏至二千石者十三人。及庆死后，稍以罪去，孝谨衰矣。

卫绾，代大陵人也，以戏车为郎，事文帝，功次迁中郎将，醇谨无它。孝景为太子时，召上左右饮，而绾称病不行。文帝且崩时，属孝景曰："绾长者，善遇之。"及景帝立，岁余，不孰何绾，绾日以谨力。

景帝幸上林，诏中郎将参乘，还而问曰："君知所以得参乘乎？"绾曰："臣代戏车士，幸得功次迁，待罪中郎将，不知也。"上问曰："吾为太子时召君，君不肯来，何也？"对曰："死罪，病。"上赐之剑，绾曰："先帝赐臣剑凡六，不敢奉诏。"上曰："剑，人之所施易，独至今乎？"绾曰："具在。"上使取六剑，剑常盛，未尝服也。郎官有谴，常蒙其罪，不与它将争；有功，常让它将。上以为廉，忠实无它肠，乃拜绾为河间王太傅。吴、楚反，诏绾为将，将河间兵击吴、楚有功，拜为中尉。三岁，以军功封绾为建陵侯。明年，上废太子，诛栗卿之属。上以绾为长者，不忍，乃赐绾告归，而使郅都治捕栗氏。既已，上立胶东王为太子，召绾拜为太子太傅，迁为御史大夫。五岁，代桃侯舍为丞相，朝奏事如职所奏。然自初官以至相，终无可言。上以为敦厚可相少主，尊宠之，赏赐甚多。

为丞相三岁，景帝崩，武帝立。建元中，丞相以景帝病时诸官囚多坐不辜者，而君不任职，免之。后薨，谥曰哀侯。子信嗣，坐酎金，国除。

直不疑，南阳人也。为郎，事文帝。其同舍有告归，误持其同舍郎金去。已而同舍郎觉，亡意不疑，不疑谢有之，买金偿。后告归者至而归金，亡金郎大惭，以此称为长者。稍迁至中大夫。朝，廷见，人或毁不疑曰："不疑状貌甚美，然特毋奈其善盗嫂何也！"不疑闻，曰："我乃无兄。"然终不自明也。吴、楚反时，不疑以二千石将击之。景帝后元年，拜为御史大夫。天子修吴、楚时功，封不疑为塞侯。武帝即位，与丞相绾俱以过免。

不疑学《老子》言。其所临，为官如故，唯恐人之知其为吏迹也。不好立名，称为长者。薨，谥曰信侯。传子至孙彭祖，坐酎金，国除。

周仁，其先任城人也。以醫见。景帝为太子时，为舍人，积功迁至太中大夫。景帝初立，拜仁为郎中令。仁为人阴重不泄。常衣弊补衣溺裤，故为不洁清，以是得幸，入卧内。于后宫秘戏，仁常在旁，终无所言。上时问人，仁曰："上自察之。"然亦无所毁，如此。景帝再自幸其家。家徙阳陵。上所赐甚多，然终常让，不敢受也。诸侯群臣赂遗，终无所受。武帝立，为先帝臣重之。仁乃病免，以二千石禄归老，子孙咸至大官。

张驱，字叔，高祖功臣安丘侯说少子也。驱孝文时以治刑名侍太子，然其人长者。景帝时尊重，常为九卿。至武帝元朔中，代韩安国为御史大夫。驱为吏，未尝言按人，颛以诚长者处官。官属以为长者，亦不敢大欺。上具狱事，有可却，却之；不可者，不得已，为涕泣，面而封之。其爱人如此。

老笃，请免，天子亦宠以上大夫禄，归老于家。家阳陵。子孙咸至大官。

赞曰：仲尼有言"君子欲讷于言而敏于行"，其万石君、建陵侯、塞侯、张叔之谓与？是以其教不肃而成，不严而治。至石建之浣衣，周仁为垢污，君子讥之。

卷四十七

文三王传第十七

孝文皇帝四男：窦皇后生孝景帝、梁孝王武，诸姬生代孝王参、梁怀王揖。

梁孝王武以孝文二年与太原王参、梁王揖同日立。武为代王，四年徙为淮阳王，十二年徙梁，自初王通历已十一年矣。

孝王十四年，入朝。十七年、十八年，比年入朝，留。其明年，乃之国。二十一年，入朝。二十二年，文帝崩。二十四年，入朝。二十五年，复入朝。是时，上未置太子，与孝王宴饮，从容言曰："千秋万岁后传于王。"王辞谢。虽知非至言，然心内喜。太后亦然。

其春，吴、楚、齐、赵七国反，先击梁棘壁，杀数万人。梁王城守睢阳，而使韩安国、张羽等为将军以距吴、楚。吴、楚以梁为限，不敢过而西，与太尉亚夫等相距三月。吴、楚破，而梁所杀虏略与汉中分。

明年，汉立太子。梁最亲，有功，又为大国，居天下膏腴地，北界泰山，西至高阳，四十余城，多大县。孝王，太后少子，爱之，赏赐不可胜道。于是孝王筑东苑，方三百余里，广睢阳城七十里，大治宫室，为复道，自宫连属于平台三十余里。得赐天子旌旗，从千乘万骑，出称警，入言跸，拟于天子。招延四方豪桀，自山东游士莫不至：齐人羊胜、公孙诡、邹阳之属。公孙诡多奇邪计，初见日，王赐千金，官至中尉，号曰公孙将军。多作兵弩弓数十万，而府库金钱且百巨万，珠玉宝器多于京师。

二十九年十月，孝王入朝。景帝使使持乘舆驷，迎梁王于关下。既朝，上疏，因留。以太后故，入则侍帝同辇，出则同车游猎上林中。梁之侍中、郎、谒者著引籍出入天子殿门，与汉宦官亡异。十一月。上废栗太子，太后心欲以梁王为嗣。大臣及爰盎等有所关说于帝，太后议格，孝王不敢复言太后以嗣事。事秘，世莫知，乃辞归国。其夏，上立胶东王为太子。梁王怨爰盎及议臣，乃与羊胜、公孙诡之属谋，阴使人刺杀爰盎及他议臣十余人。贼未得也。于是天子意梁，逐贼，果梁使之。遣使冠盖相望于道，复案梁事，捕公孙诡、羊胜，皆匿王后宫。使者责二千石急，梁相轩丘豹及内史安国皆泣谏王，王乃令胜、诡皆自杀，出之。上由此怨望于梁王。梁王恐，乃使韩安国因长公主谢罪太后，然后得释。

上怒稍解，因上书请朝。既至关，茅兰说王，使乘布车，从两骑入，匿于长公主园。汉使迎王，王已入关，车骑尽居外，外不知王处。太后泣曰："帝杀吾子！"帝忧恐。于是梁王伏斧质，之阙下谢罪。然后太后、帝皆大喜，相与泣，复如故。悉召王从官入关。然帝益疏王，不与同车辇矣。三十五年冬，复入朝。上疏欲留，上弗许。归国，意忽忽不乐。北猎梁山，有献牛，足上出背上，孝王恶之。六月中，病热，六日薨。

孝王慈孝，每闻太后病，口不能食，常欲留长安侍太后。太后亦爱之。及闻孝王死，窦太后泣极哀，不食，曰："帝果杀吾子！"帝哀惧，不知所为。与长公主计之，乃分梁为五国，尽立孝王男五人为王，女五人皆令食汤沐邑。奏之太后，太后乃说，为帝壹餐。

孝王未死时，财以巨万计，不可胜数。及死，藏府余黄金尚四十余万斤，他财物称是。

代孝王参初立为太原王。四年，代王武徙为淮阳王，而参徙为代王，复并得太原，都晋阳如故。五年一朝，凡三朝。十七年薨，子共王登嗣。二十九年薨，子义嗣。元鼎中，汉广关，以常山为阻，徙代王于清河，是为刚王。并前在代凡立四十年薨，子顷王汤嗣。二十四年薨，子年嗣。

地节中，冀州刺史林奏年为太子时与女弟则私通。及年立为王后，则怀年子，其婿使勿举。则曰："自来杀之。"婿怒曰："为王生子，自令王家养之。"则送儿顷太后所。相闻知，禁止则，令不得入宫。年使从季父往来送迎则，连年不绝。有司奏年淫乱，年坐废为庶人，徙房陵，与汤沐邑百户。立三年，国除。

元始二年，新都侯王莽兴灭继绝，白太皇太后，立年弟子如意为广宗王，奉代孝王后。莽篡位，国绝。

梁怀王揖，文帝少子也。好《诗》、《书》，帝爱之，异于他子。五年一朝，凡再入朝。因堕马死，立十年薨。无子，国除。明年，梁孝王武徙王梁。

梁孝王子五人为王。太子买为梁共王，次子明为济川王，彭离为济东王，定为山阳王，不识为济阴王，皆以孝景中六年同日立。

梁共王买立七年薨，子平王襄嗣。

济川王明以垣邑侯立。七年，坐射杀其中尉，有司请诛，武帝弗忍，废为庶人，徙房陵，国除。

济东王彭离立二十九年。彭离骄悍，昏暮私与其奴亡命少年数十人行剽，杀人取财物以为好。所杀发觉者百余人，国皆知之，莫敢夜行。所杀者子上书告言，有司请诛，武帝弗忍，废为庶人，徙上庸，国除，为大河郡。

山阳哀王定立九年薨。亡子，国除。

济阴哀王不识立一年薨。亡子，国除。

孝王支子四王，皆绝于身。

梁平王襄，母曰陈太后。共王母曰李太后。李太后，亲平王之大母也。而平王之后曰任后，任后甚有宠于襄。

初，孝王有雷尊，直千金，戒后世善宝之，毋得以与人。任后闻而欲得之。李太后曰："先王有命，毋得以尊与人。他物虽百巨万，犹自恣。"任后绝欲得之。王襄直使人开府取尊赐任后，又王及母陈太后事李太后多不顺。有汉使者来，李太后欲自言，王使谒者中郎胡等遮止，闭门。李太后与争门，措指，太后啼呼，不得见汉使者。李太后亦私与食官长及郎尹霸等奸乱，王与任后以此使人风止李太后。李太后亦已，后病薨。病时，任后未尝请疾；薨，又不侍丧。

元朔中，睢阳人犴反，人辱其父，而与睢阳太守客俱出同车。犴反杀其仇车上，亡去。睢阳太守怒，以让梁二千石。二千石以下求反急，执反亲戚。反知国阴事，乃上变告梁王与大母争尊状。时相以下具知之，欲以伤梁长吏，书闻。天子下吏验问，有之。公卿治，奏以为不孝，请诛王及太后。天子曰："首恶失道，任后也。朕置相吏不逮，无以辅王，故陷不谊，不忍致法。"削梁王五县，夺王太后汤沐成阳邑，枭任后首于市，中郎胡等皆伏诛，梁余尚有八城。

襄立四十年薨，子顷王无伤嗣。十一年薨，子敬王定国嗣。四十年薨，子夷王遂嗣。六年薨，子荒王嘉嗣。十五年薨，子立嗣。

鸿嘉中，太傅辅奏："立一日至十一犯法，臣下愁苦，莫敢亲近，不可谏止。愿令王，非耕、祠，法驾毋得出宫，尽出马置外苑，收兵杖藏私府，毋得以金钱财物假赐人。"事下丞相、御史，请许。奏可。后数复驱伤郎，夜私出宫。傅相连奏，坐削或千户或五百户，如是者数焉。

荒王女弟园子为立舅任宝妻，宝兄子昭为立后。数过宝饮食，报宝曰："我好翁主，欲得之。"宝曰："翁主，姑也，法重。"立曰："何能为！"遂与园子奸。

积数岁，永始中，相禹奏立对外家怨望，有恶言。有司案验，因发淫乱事，奏立禽兽行，请诛。太中大夫谷永上疏曰："臣闻'礼，天子外屏，不欲见外'也。是故帝王之意，不窥人闺门之私，听闻中冓之言。《春秋》为亲者讳。《诗》云'戚戚兄弟，莫远具尔'。今梁王年少，颇有狂病，始以恶言按验，既亡事实，而发闺门之私，非本章所指。王辞又不服，猥强劾立，傅致难明之事，独以偏辞成罪断狱，亡益于治道。污蔑宗室，以内乱之恶披布宣扬于天下，非所以为公族隐讳，增朝廷之荣华，昭圣德之风化也。臣愚以为王少，而父同产长，年齿不伦，梁国之富，足以厚聘美女，招致妖丽；父同产亦有耻辱之心。案事者乃验问恶言，何故猥自发舒？以三者揆之，殆非人情，疑有所迫切，过误失言，文吏蹑寻，不得转移。萌牙之时，加恩勿治，上也。既已案验举宪，宜及王辞不服，诏廷尉选上德通理之吏，更审考清问，著不然之效，定失误之法，而反命于下吏，以广公族附疏之德，为宗室刷污乱之耻，甚得治亲之谊。"天子由是寝而不治。

居数岁，元延中，立复以公事怨相掾及睢阳丞，使奴杀之，杀奴以灭口。凡杀三人，伤五人，手殴郎吏二十余人。上书不拜奏。谋篡死罪囚。有司请诛，上不忍，削立五县。哀帝建平中，立复杀人。天子遣廷尉赏、大鸿胪由持节即讯。至，移书傅、相、中尉曰："王背策戒，悖暴妄行，连犯大辟，毒流吏民。比比蒙恩，不伏重诛，不思改过，复贼杀人。幸得蒙恩，丞相长史、大鸿胪丞即问。王阳病抵谰，置辞骄嫚，不首主令，与背畔亡异。丞相、御史请收王玺绶，送陈留狱。明诏加恩，复遣廷尉、大鸿胪杂问。今王当受诏置辞，恐复不首实对。《书》曰：'至于再三，有不用，我降尔命。'傅、相、中尉皆以辅正为职，'虎兕出于匣，龟玉毁于匮中，是谁之过也？'书到，明以谊晓王。敢复怀诈，罪过益深。傅、相以下，不能辅导，有正法。"

立惶恐，免冠对曰："立少失父母，孤弱处深宫中，独与宦者婢妾居，渐渍小国之俗，加以质性下愚，有不可移之姿。往者傅、相亦不纯以仁谊辅翼立，大臣皆尚苛刻，刺求微密。谗臣在其间，左右弄口，积使上下不和，更相眄伺。宫殿之里，毛氂过失，亡不暴陈。当伏重诛，以视海内，数蒙圣恩，得见贳赦。今立自知贼杀中郎曹将，冬月迫促，贪生畏死，即诈僵仆阳病，侥幸得逾于须臾。谨以实对，伏须重诛。"时冬月尽，其春大赦，不治。

元始中，立坐与平帝外家中山卫氏交通，新都侯王莽奏废立为庶人，徙汉中。立自杀。二十七年，国除。后二岁，莽白太皇太后立孝王玄孙之曾孙沛郡卒史音为梁王，奉孝王后。莽篡，国绝。

赞曰：梁孝王虽以爱亲故王膏腴之地，然会汉家隆盛，百姓殷富，故能殖其货财，广其宫室车服。然亦僭矣。怙亲亡厌，牛祸告罚，卒用忧死，悲夫！

卷四十八

贾谊传第十八

贾谊，雒阳人也，年十八，以能诵诗书属文称于郡中。河南守吴公闻其秀材，召置门下，甚幸爱。文帝初立，闻河南守吴公治平为天下第一，故与李斯同邑，而尝学事焉，征以为廷尉。廷尉乃言谊年少，颇通诸家之书。文帝召以为博士。

是时，谊年二十余，最为少。每诏令议下，诸老先生未能言，谊尽为之对，人人各如其意所出。诸生于是以为能。文帝说之，超迁，岁中至太中大夫。谊以为汉兴二十余年，天下和洽，宜当改正朔，易服色制度，定官名，兴礼乐。乃草具其仪法，色上黄，数用五，为官名悉更，奏之。文帝谦让未皇也。然诸法令所更定，及列侯就国，其说皆谊发之。于是天子议以谊任公卿之位。绛、灌、东阳侯、冯敬之属尽害之，乃毁谊曰："雒阳之人年少初学，专欲擅权，纷乱诸事。"于是天子后亦疏之，不用其议，以谊为长沙王太傅。

谊既以適去，意不自得，及渡湘水，为赋以吊屈原。屈原，楚贤臣也，被谗放逐，作《离骚赋》，其终篇曰："已矣！国亡人，莫我知也。"遂自投江而死。谊追伤之，因以自谕。其辞曰：

恭承嘉惠兮，俟罪长沙。仄闻屈原兮，自湛汨罗。造托湘流兮，敬吊先生。遭世罔极兮，乃陨厥身。乌呼哀哉兮，逢时不祥！鸾凤伏窜兮，鸱鸮翱翔。辅茸尊显兮，谗谀得志；贤圣逆曳兮，方正倒植。谓随、夷混兮，谓跖、蹻廉；莫邪为钝兮，铅刀为铦。于嗟默默，生之亡故兮！斡弃周鼎，宝康瓠兮。腾驾罢牛，骖蹇驴兮；骥垂两耳，服盐车兮。章父荐屦，渐不可久兮；嗟若先生，独离此咎兮！

谇曰：已矣！国其莫吾知兮，子独壹郁其谁语？凤缥缥其高逝兮，夫固自引而远去。袭九渊之神龙兮，沕渊潜以自珍；偭蟂獭以隐处兮，夫岂从虾与蛭螾？所贵圣之神德兮，远浊世而自臧。使麒麟可系而羁兮，岂云异夫犬羊？般纷纷其离此邮兮，亦夫子之故也！历九州而相其君兮，何必怀此都也？凤皇翔于千仞兮，览德辉而下之；见细德之险微兮，遥增击而去之。彼寻常之污渎兮，岂容吞舟之鱼！横江湖之鳣鲸兮，固将制于蝼蚁。

谊为长沙傅三年，有服飞入谊舍，止于坐隅。服似鸮，不祥鸟也。谊既以適居长沙，长沙卑湿，谊自伤悼，以为寿不得长，乃为赋以自广。其辞曰：

单阏之岁，四月孟夏，庚子日斜，服集余舍，止于坐隅，貌甚闲暇。异物来崪，私怪其故，发书占之，谶言其度。曰"野鸟入室，主人将去。"问于子服："余去何之？吉乎告我，凶言其灾。淹速之度，语余其期。"

服乃太息，举首奋翼，口不能言，请对以意。万物变化，固亡休息。斡流而迁，或推而还。形气转续，变化而嬗。沕穆亡间，胡可胜言！祸兮福所倚，福兮祸所伏；忧喜聚门，吉凶同域。彼吴强大，夫差以败；粤栖会稽，勾践伯世。斯游遂成，卒被五刑，傅说胥靡，乃相武丁。夫祸之与福，何异纠纆！命不可说，孰知其极？水激则旱，矢激则远。万物回薄，震荡相转。云烝雨降，纠错相纷。大钧播物，坱圠无垠。天不可与虑，道不可与谋。迟速有命，乌识其时？

且夫天地为炉，造化为工；阴阳为炭，万物为铜，合散消息，安有常则？千变万化，未始有极。忽然为人，何足控揣；化为异物，又何足患！小智自私，贱彼贵我；达人大观，物亡不可。贪夫徇财，列士徇名；夸者死权，品庶每生。怵迫之徒，或趋西东；大人不曲，意变齐同。愚士系俗，僒若囚拘；至人遗物，独与道俱。众人惑惑，好恶积意；真人恬漠，独与道息。释智遗形，超然自丧；寥廓忽荒，与道翱翔。乘流则逝，得坎则止；纵躯委命，不私与己。其生兮若浮，其死兮若休。澹呼若深渊之靓，泛呼若不系之舟。不以生故自保，养空而浮。德人无累，知命不忧。细故蒂芥，何足以疑！

后岁余，文帝思谊，征之。至，入见，上方受厘，坐宣室。上因感鬼神事，而问鬼神之本。谊具道所以然之故。至夜半，文帝前席。既罢，曰："吾久不见贾生，自以为过之，今不及也。"乃拜谊为梁怀王太傅。怀王，上少子，爱，而好书，故令谊傅之，数问以得失。

是时，匈奴强，侵边。天下初定，制度疏阔。诸侯王僭拟，地过古制，淮南、济北王皆为逆诛。谊数上疏陈政事，多所欲匡建，其大略曰：

臣窃惟事势，可为痛哭者一，可为流涕者二，可为长太息者六，若其它背理而伤道者，难遍以疏举。进言者皆曰天下已安已治矣，臣独以为未也。曰安且治者，非愚则谀，皆非事实知治乱之体者也。夫抱火厝之积薪之下而寝其上，火未及燃，因谓之安，方今之势，何以异此！本末舛逆，首尾衡决，国制抢攘，非甚有纪，胡可谓治！陛下何不壹令臣得孰数之于前，因陈治安之策，试详择焉！

夫射猎之娱，与安危之机孰急？使为治，劳智虑，苦身体，乏钟鼓之乐，勿为可也。乐与今同，而加之诸侯轨道，兵革不动，民保首领，匈奴宾服，四荒乡风，百姓素朴，狱讼衰息，大数既得，则天下顺治，海内之气清和咸理，生为明帝，没为明神，名誉之美，垂于无穷。《礼》祖有功而宗有德，使顾成之庙称为太宗，上配太祖，与汉亡极。建久安之势，成长治之业，以承祖庙，以奉六亲，至孝也；以幸天下，以育群生，至仁也；立经陈纪，轻重同得，后可以为万世法程，虽有愚幼不肖之嗣，犹得蒙业而安，至明也。以陛下之明达，因使少知治体者得佐下风，致此非难也。其具可素陈于前，愿幸无忽。臣谨稽之天地，验之往古，按之当今之务，日夜念此至孰也，虽使禹、舜复生，为陛下计，亡以易此。

夫树国固必相疑之势，下数被其殃，上数爽其忧，甚非所以安上而全下也。今或亲弟谋为东帝，亲兄之子西乡而击，今吴又见告矣。天子春秋鼎盛，行义未过，德泽有加焉，犹尚如是，况莫大诸侯，权力且十此者乎！

然而天下少安，何也？大国之王幼弱未壮，汉之所置傅、相方握其事。数年之后，诸侯之王大抵皆冠，血气方刚，汉之傅、相称病而赐罢，彼自丞、尉以上偏置私人，如此，有异淮南、济北之为邪！此时而欲为治安，虽尧、舜不治。

黄帝曰："日中必熭，操刀必割。"今令此道顺而全安，甚易，不肯早为，已乃堕骨肉之属而抗刭之，岂有异秦之季世乎！夫以天子之位，乘今之时，因天之助，尚惮以危为安，以乱为治，假设陛下居齐桓之处，将不合诸侯而匡天下乎？臣又知陛下有所必不能矣。假设天下如曩时，淮阴侯尚王楚，黥布王淮南，彭越王梁，韩信王韩，张敖王赵，贯高为相，卢绾王燕，陈豨在代，令此六七公者皆亡恙，当是时而陛下即天子位，能自安乎？臣有以知陛下之不能也。天下淆乱，高皇帝与诸公并起，非有仄室之势以豫席之也。诸公幸者，乃为中涓，其次廑得舍人，材之不逮至远也。高皇帝以明圣威武即天子位，割膏腴之地以王诸公，多者百余城，少者乃三四十县，德至渥也，然其后十年之间，反者九起。陛下之与诸公，非亲角材而臣之也，又非身封王之也，自高皇帝不能以是一岁为安，故臣知陛下之不能也。然尚有可诿者，曰疏，臣请试言其亲者。假令悼惠王王齐，元王王楚，中子王赵，幽王王淮阳，共王王梁，灵王王燕，厉王王淮南，六七贵人皆亡恙，当是时陛下即位，能为治乎？臣又知陛下之不能也。若此诸王，虽名为臣，实皆有布衣昆弟之心，虑亡不帝制而天子自为者。擅爵人，赦死罪，甚者或戴黄屋，汉法令非行也。虽行不轨如厉王者，令之不肯听，召之安可致乎！幸而来至，法安可得加！动一亲戚，天下圜视而起，陛下之臣虽有悍如冯敬者，适启其口，匕首已陷其匈矣。陛下虽贤，谁与领此？故疏者必危，亲者必乱，已然之效也。其异姓负强而动者，汉已幸胜之矣，又不易其所以然。同姓袭是迹而动，既有征矣，其势尽又复然。殃祸之变，未知报移，明帝处之尚不能以安，后世将如之何！

屠牛坦一朝解十二牛，而芒刃不顿者，所排击剥割，皆众理解也。至于髋髀之所，非斤则斧。夫仁义恩厚，人主之芒刃也；权势法制，人主之斤斧也。今诸侯王皆众髋髀也，释斤斧之用，而欲婴以芒刃，臣以为不缺则折。胡不用之淮南、济北？势不可也。

臣窃迹前事，大抵强者先反。淮阴王楚最强，则最先反；韩信倚胡，则又反；贯高因赵资，则又反；陈豨兵精，则又反；彭越用梁，则又反；黥布用淮南，则又反，卢绾最弱，最后反。长沙乃在二万五千户耳，功少而最完，势疏而最忠，非独性异人也，亦形势然也。曩令樊、郦、绛、灌据数十城而王，今虽以残亡可也；令信、越之伦列为彻侯而居，虽至今存可也。然则天下之大计可知已。欲诸王之皆忠附，则莫若令如长沙王；欲臣子之勿菹醢，则莫若令如樊、郦等；欲天下之治安，莫若众建诸侯而少其力。力少则易使以义，国小则亡邪心。令海内之势如身之使臂，臂之使指，莫不制从，诸侯之君不敢有异心，辐凑并进而归命天子，虽在细民，且知其安，故天下咸知陛下之明。割地定制，令齐、赵、楚各为若干国，使悼惠王、幽王、元王之子孙毕以次各受祖之分地，地尽而止，及燕、梁它国皆然。其分地众而子孙少者，建以为国，空而置之，须其子孙生者，举使君之。诸侯之地其削颇入汉者，为徙其侯国及封其子孙也，所以数偿之；一寸之地，一人之众，天子亡所利焉，诚以定治而已，故天下咸知陛下之廉。地制壹定，宗室子孙莫虑不王，下无倍畔之心，上无诛伐之志，故天下咸知陛下之仁。法立而不犯，令行而不逆，贯高、利几之谋不生，柴奇、开章之计不萌，细民乡善，大臣致顺，故天下咸知陛下之义。卧赤子天下之上而安，植遗腹，朝委裘，而天下不乱，当时大治，后世诵圣。壹动而五业附，陛下谁惮而久不为此？

天下之势方病大瘇。一胫之大几如要，一指之大几如股，平居不可屈信，一二指搐，身虑亡聊。失今不治，必为锢疾，后虽有扁鹊，不能为已。病非徒瘇也，又苦跖盭。元王之子，帝从弟也；今之王者，从弟之子也。惠王，亲兄子也；今之王者，兄子之子也。亲者或亡分地以安天下，疏者或制大权以逼天子，臣故曰非徒病瘇也，又苦跖𤸇。可痛哭者，此病是也。

天下之势方倒县。凡天子者，天下之首，何也？上也。蛮夷者，天下之足，何也？下也。今匈奴嫚侮侵掠，至不敬也，为天下患，至亡已也，而汉岁致金絮采缯以奉之。夷狄征令，是主上之操也；天子共贡，是臣下之礼也。足反居上，首顾居下，倒县如此，莫之能解，犹为国有人乎？非亶倒县而已，又类辟，且病痱。夫辟者一面病，痱者一方痛。今西边北边之郡，虽有长爵不轻得复，五尺以上不轻得息，斥候望烽燧不得卧，将吏被介胄而睡，臣故曰一方病矣。医能治之，而上不使，可为流涕者此也。

陛下何忍以帝皇之号为戎人诸侯，势既卑辱，而祸不息，长此安穷！进谋者率以为是，固不可解也，亡具甚矣。臣窃料匈奴之众不过汉一大县，以天下之大困于一县之众，甚为执事者羞之。陛下何不试以臣为属国之官以主匈奴？行臣之计，请必系单于之颈而制其命，伏中行说而笞其背，举匈奴之众唯上之令。今不猎猛敌而猎田彘，不搏反寇而搏畜菟，玩细娱而不图大患，非所以为安也。德可远施，威可远加，而直数百里外威令不信，可为流涕者此也。

今民卖僮者，为之绣衣丝履偏诸缘，内之闲中，是古天子后服，所以庙而不宴者也，而庶人孽得以衣婢妾。白縠之表，薄纨之里，緁以偏诸，美者黼绣，是古天子之服，今富人大贾嘉会召客者以被墙。古者以奉一帝一后而节适，今庶人屋壁得为帝服，倡优下贱得为后饰，然而天下不屈者，殆未有也。且帝之身自衣皂绨，而富民墙屋被文绣；天子之后以缘其领，庶人孽妾缘其履：此臣所谓舛也。夫百人作之不能衣一人，欲天下亡寒，胡可得也？一人耕之，十人聚而食之，欲天下亡饥，不可得也。饥寒切于民之肌肤，欲其亡为奸邪，不可得也。国已屈矣，盗贼直须时耳，然而献计者曰“毋动”，为大耳。夫俗至大不敬也，至亡等也，至冒上也，进计者犹曰“毋为”，可为长太息者此也。

商君遗礼义，弃仁恩，并心于进取，行之二岁，秦俗日败。故秦人家富子壮则出分，家贫子壮则出赘。借父耰锄，虑有德色；母取箕帚，立而谇语。抱哺其子，与公并倨；妇姑不相说，则反唇而相稽。其慈子耆利，不同禽兽者亡几耳。然并心而赴时，犹曰蹶六国，兼天下。功成求得矣，终不知反廉愧之节，仁义之厚。信并兼之法，遂进取之业，天下大败；众掩寡，智欺愚，勇威怯，壮陵衰，其乱至矣。是以大贤起之，威震海内，德从天下。曩之为秦者，今转而为汉矣。然其遗风余俗，犹尚未改。今世以侈靡相竞，而上亡制度，弃礼谊，捐廉耻，日甚，可谓月异而岁不同矣。逐利不耳，虑非顾行也，今其甚者杀父兄矣。盗者剟寝户之帘，搴两庙之器，白昼大都之中剽吏而夺之金。矫伪者出几十万石粟，赋六百余万钱，乘传而行郡国，此其亡行义之尤至者也。而大臣特以簿书不报，期会之间，以为大故。至于俗流失，世坏败，因恬而不知怪，虑不动于耳目，以为是适然耳。夫移风易俗，使天下回心而乡道，类非俗吏之所能为也。俗吏之所务，在于刀笔筐箧，而不知大体。陛下又不自忧，窃为陛下惜之。

夫立君臣，等上下，使父子有礼，六亲有纪，此非天之所为，人之所设也。夫人之所设，不为不立，不植则僵，不修则坏。《管子》曰：“礼义廉耻，是谓四维；四维不张，国乃灭亡。”使管子愚人也则可，管子而少知治体，则是岂可不为寒心哉！秦灭四维而不张，故君臣乖乱，六亲殃戮，奸人并起，万民离叛，凡十三岁，而社稷为虚。今四维犹未备也，故奸人几幸，而众心疑惑。

岂如今定经制，令君君臣臣，上下有差，父子六亲各得其宜，奸人亡所几幸，而群臣众信，上不疑惑！此业壹定，世世常安，而后有所持循矣。若夫经制不定，是犹度江河亡维楫，中流而遇风波，船必覆矣。可为长叹息者此也。

夏为天子，十有余世，而殷受之。殷为天子，二十余世，而周受之。周为天子，三十余世，而秦受之。秦为天子，二世而亡。人性不甚相远也，何三代之君有道之长，而秦无道之暴也？其故可知也。古之王者，太子乃生，固举以礼，使士负之，有司齐肃端冕，见之南郊，见于天也。过阙则下，过庙则趋，孝子之道也。故自为赤子而教固已行矣。昔者成王幼在襁抱之中，召公为太保，周公为太傅，太公为太师。保，保其身体；傅，傅之德义；师，道之教训：此三公之职也。于是为置三少，皆上大夫也，曰少保、少傅、少师，是与太子宴者也。故乃孩提有识，三公、三少固明孝仁礼义以道习之，逐去邪人，不使见恶行。于是皆选天下之端士孝悌博闻有道术者以卫翼之，使与太子居处出入。故太子乃生而见正事，闻正言，行正道，左右前后皆正人也。夫习与正人居之，不能毋正，犹生长于齐不能不齐言也；习与不正人居之，不能毋不正，犹生长于楚之地不能不楚言也。故择其所耆，必先受业，乃得尝之；择其所乐，必先有习，乃得为之。孔子曰："少成若天性，习惯如自然。"及太子少长，知妃色，则入于学。学者，所学之官也。《学礼》曰："帝入东学，上亲而贵仁，则亲疏有序而恩相及矣；帝入南学，上齿而贵信，则长幼有差而民不诬矣；帝入西学，上贤而贵德，则圣智在位而功不遗矣；帝入北学，上贵而尊爵，则贵贱有等而下不逾矣；帝入太学，承师问道，退习而考于太傅，太傅罚其不则而匡其不及，则德智长而治道得矣。此五学者既成于上，则百姓黎民化辑于下矣。"及太子既冠成人，免于保傅之严，则有记过之史，彻膳之宰，进善之旌，诽谤之木，敢谏之鼓。瞽史诵诗，工诵箴谏，大夫进谋，士传民语。习与智长，故切而不愧；化与心成，故中道若性。三代之礼：春朝朝日，秋暮夕月，所以明有敬也；春秋入学，坐国老，执酱而亲馈之，所以明有孝也；行以鸾和，步中《采齐》，趣中《肆夏》，所以明有度也；其于禽兽，见其生不食其死，闻其声不食其肉，故远庖厨，所以长恩，且明有仁也。

夫三代之所以长久者，以其辅翼太子有此具也。及秦而不然。其俗固非贵辞让也，所上者告讦也；固非贵礼义也，所上者刑罚也。使赵高傅胡亥而教之狱，所习者非斩劓人，则夷人之三族也。故胡亥今日即位而明日射人，忠谏者谓之诽谤，深计者谓之妖言，其视杀人若艾草菅然。岂惟胡亥之性恶哉？彼其所以道之者非其理故也。

鄙谚曰："不习为吏，视已成事。"又曰："前车覆，后车诫。"夫三代之所以长久者，其已事可知也；然而不能从者，是不法圣智也。秦世之所以亟绝者，其辙迹可见也；然而不避，是后车又将覆也。夫存亡之变，治乱之机，其要在是矣。天下之命，县于太子；太子之善，在于早谕教与选左右。夫心未滥而先谕教，则化易成也；开于道术智谊之指，则教之力也。若其服习积贯，则左右而已。夫胡、粤之人，生而同声，耆俗不异，及其长而成俗，累数译而不能相通，行有虽死而不相为者，则教习然也。臣故曰选左右早谕教最急。夫教得而左右正，则太子正矣，太子正而天下定矣。《书》曰："一人有庆，兆民赖之。"此时务也。

凡人之智，能见已然，不能见将然。夫礼者禁于将然之前，而法者禁于已然之后，是故法之所用易见，而礼之所为生难知也。若夫庆赏以劝善，刑罚以惩恶，先王执此之政，坚如金石，行此之令，信如四时，据此之公，无私如天地耳，岂顾不用哉？然而曰礼云礼云者，贵绝恶于未萌，而起教于微眇，使民日迁善远罪而不自知也。孔子曰：“听讼，吾犹人也，必也使毋讼乎！”为人主计者，莫如先审取舍；取舍之极定于内，而安危之萌应于外矣。安者非一日而安也，危者非一日而危也，皆以积渐然，不可不察也。人主之所积，在其取舍。以礼义治之者，积礼义；以刑罚治之者，积刑罚。刑罚积而民怨背，礼义积而民和亲。故世主欲民之善同，而所以使民善者或异。或道之以德教，或驱之以法令。道之以德教者，德教洽而民气乐；驱之以法令者，法令极而民风哀。哀乐之感，祸福之应也。秦王之欲尊宗庙而安子孙，与汤、武同，然而汤、武广大其德行，六七百岁而弗失，秦王治天下，十余岁则大败。此亡它故矣，汤、武之定取舍审而秦王之定取舍不审矣。夫天下，大器也。今人之置器，置诸安处则安，置诸危处则危。天下之情与器亡以异，在天子之所置之。汤、武置天下于仁义礼乐，而德泽洽，禽兽草木广裕，德被蛮貊四夷，累子孙数十世，此天下所共闻也。秦王置天下于法令刑罚，德泽亡一有，而怨毒盈于世，下憎恶之如仇雠，祸几及身，子孙诛绝，此天下之所共见也。是非其明效大验邪！人之言曰：“听言之道，必以其事观之，则言者莫敢妄言。”今或言礼谊之不如法令，教化之不如刑罚，人主胡不引殷、周、秦事以观之也？

人主之尊譬如堂，群臣如陛，众庶如地。故陛九级上，廉远地，则堂高；陛亡级，廉近地，则堂卑。高者难攀，卑者易陵，理势然也。故古者圣王制为等列，内有公卿、大夫、士外有公、侯、伯、子、男，然后有官师小吏，延及庶人，等级分明，而天子加焉，故其尊不可及也。里谚曰：“欲投鼠而忌器。”此善谕也。鼠近于器，尚惮不投，恐伤其器，况于贵臣之近主乎！廉耻节礼以治君子，故有赐死而亡戮辱。是以黥、劓之罪不及大夫，以其离主上不远也。礼不敢齿君之路马，蹴其刍者有罚；见君之几杖则起，遭君之乘车则下，入正门则趋；君之宠臣虽或有过，刑戮之罪不加其身者，尊君之故也。此所以为主上豫远不敬也，所以体貌大臣而厉其节也。今自王侯三公之贵，皆天子之所改容而礼之也，古天子之所谓伯父、伯舅也，而令与众庶同黥、劓、髡、刖、笞傌、弃市之法，然则堂不亡陛乎！被戮辱者不泰迫乎？廉耻不行，大臣无乃握重权，大官而有徒隶亡耻之心乎？夫望夷之事，二世见当以重法者，投鼠而不忌器之习也。

臣闻之，履虽鲜不加于枕，冠虽敝不以苴履。夫尝已在贵宠之位，天子改容而体貌之矣，吏民尝俯伏以敬畏之矣，今而有过，帝令废之可也，退之可也，赐之死可也，灭之可也；若夫束缚之，系緤之，输之司寇，编之徒官，司寇小吏詈骂而榜笞之，殆非所以令众庶见也。夫卑贱者习知尊贵者之一旦吾亦乃可以加此也，非所以习天下也，非尊尊贵贵之化也。夫天子之所尝敬，众庶之所尝宠，死而死耳，贱人安宜得如此而顿辱之哉！

豫让事中行之君，智伯伐而灭之，移事智伯。及赵灭智伯，豫让衅面吞炭，必报襄子，五起而不中。人问豫子，豫子曰：“中行众人畜我，我故众人事之；智伯国士遇我，我故国士报之。”故此一豫让也，反君事仇，行若狗彘，已而抗节致忠，行出乎列士，人主使然也。故主上遇其大臣如遇犬马，彼将犬马自为也；如遇官徒，彼将官徒自为也。顽顿亡耻，奊诟亡节，廉耻不立，且不自好，苟若而可，故见利则逝，见便则夺。主上有败，则因而挻之矣；主上有患，则吾苟免而已，立而观之耳；有便吾身者，则欺卖而利之耳。人主将何便于此？群下至众，而主上至少也，所托财器职业者粹于群下也。俱亡耻，俱苟妄，则主上最病。故古者礼不及庶人，刑不至大夫，所以厉宠臣之节也。古者大臣有坐不廉而废者，不谓不廉，曰“簠簋不饰”；坐污秽淫乱男女亡别者，不曰污秽，曰“帷薄不修”；坐罢软不胜任者，不谓罢软，曰“下官不职”。故贵大臣定有其罪矣，犹未斥然正以呼之也，尚迁就而为之讳也。故其在大谴大何之域者，闻谴何则白冠氂缨，盘水加剑，造请室而请罪耳，上不执缚系引而行也。其有中罪者，闻命而自弛，上不使人颈盭而加也。其有大罪者，闻命则北面再拜，跪而自裁，上不使捽抑而刑之也，曰："子大夫自有过耳！吾遇子有礼矣。”遇之有礼，故群臣自憙；婴以廉耻，故人矜节行。上设廉耻礼义以遇其臣，而臣不以节行报其上者，则非人类也。故化成俗定，则为人臣者主耳忘身，国耳忘家，公耳忘私，利不苟就，害不苟去，唯义所在。上之化也，故父兄之臣诚死宗庙，法度之臣诚死社稷，辅翼之臣诚死君上，守圄扞敌之臣诚死城郭封疆。故曰圣人有金城者，比物此志也。彼且为我死，故吾得与之俱生；彼且为我亡，故吾得与之俱存；夫将为我危，故吾得与之皆安。顾行而忘利，守节而仗义，故可以托不御之权，可以寄六尺之孤。此厉廉耻行礼谊之所致也，主上何丧焉！此之不为，而顾彼之久行，故曰可为长叹息者此也。

是时，丞相绛侯周勃免就国，人有告勃谋反，逮系长安狱治，卒亡事，复爵邑，故贾谊以此讥上。上深纳其言，养臣下有节。是后大臣有罪，皆自杀，不受刑。至武帝时，稍复入狱，自甯成始。

初，文帝以代王入即位，后分代为两国，立皇子武为代王，参为太原王，小子胜则梁王矣。后又徙代王武为淮阳王，而太原王参为代王，尽得故地。居数年，梁王胜死，亡子。谊复上疏曰：

陛下即不定制，如今之势，不过一传再传，诸侯犹且人恣而不制，豪植而大强，汉法不得行矣。陛下所以为蕃扞及皇太子之所恃者，唯淮阳、代二国耳。代北边匈奴，与强敌为邻，能自完则足矣。而淮阳之比大诸侯，廑如黑子之著面，适足以饵大国耳，不足以有所禁御。方今制在陛下，制国而令子适足以为饵，岂可谓工哉！人主之行异布衣。布衣者，饰小行，竞小廉，以自托于乡党，人主唯天下安社稷固不耳。高皇帝瓜分天下以王功臣，反者如蝟毛而起，以为不可，故蕲去不义诸侯而虚其国。择良日，立诸子雒阳上东门之外，毕以为王，而天下安。故大人者，不牵小行，以成大功。

今淮南地远者或数千里，越两诸侯，而县属于汉。其吏民徭役往来长安者，自悉而补，中道衣敝，钱用诸费称此，其苦属汉而欲得王至甚，逋逃而归诸侯者已不少矣。其势不可久。臣之愚计，愿举淮南地以益淮阳，而为梁王立后，割淮阳北边二三列城与东郡以益梁；不可者，可徙代王而都睢阳。梁起于新郪以北著之河，淮阳包陈以南揵之江，则大诸侯之有异心者，破胆而不敢谋。梁足以扞齐、赵，淮阳足以禁吴、楚，陛下高枕，终亡山东之忧矣，此二世之利也。当今恬然，适遇诸侯之皆少，数岁之后，陛下且见之矣。夫秦日夜苦心劳力以除六国之祸，今陛下力制天下，颐指如意，高拱以成六国之祸，难以言智。苟身亡事，畜乱宿祸，熟视而不定，万年之后，传之老母弱子，将使不宁，不可谓仁。臣闻圣主言问其臣而不自造事，故使人臣得毕其愚忠。唯陛下财幸！

文帝于是从谊计，乃徙淮阳王武为梁王，北界泰山，西至高阳，得大县四十余城；

徙城阳王喜为淮南王，抚其民。

时又封淮南厉王四子皆为列侯。谊知上必将复王之也，上疏谏曰："窃恐陛下接王淮南诸子，曾不与如臣者孰计之也。淮南王之悖逆亡道，天下孰不知其罪？陛下幸而赦迁之，自疾而死，天下孰以王死之不当？今奉尊罪人之子，適足以负谤于天下耳。此人少壮，岂能忘其父哉？自公胜所为父报仇者，大父与伯父、叔父也。白公为乱，非欲取国代主也，发愤快志，剡手以冲仇人之匈，固为俱靡而已。淮南虽小，黥布尝用之矣，汉存特幸耳。夫擅仇人足以危汉之资，于策不便。虽割而为四，四子一心也。予之众，积之财，此非有子胥、白公报于广都之中，即疑有剸诸、荆轲起于两柱之间，所谓假贼兵为虎翼者也。愿陛下少留计！"

梁王胜坠马死，谊自伤为傅无状，常哭泣，后岁余，亦死。贾生之死，年三十三矣。

后四岁，齐文王薨，亡子。文帝思贾生之言，乃分齐为六国，尽立悼惠王子六人为王；又迁淮南王喜于城阳，而分淮南为三国，尽立厉王三子以王之。后十年，文帝崩，景帝立；三年而吴、楚、赵与四齐王合从举兵，西乡京师，梁王扞之，卒破七国。至武帝时，淮南厉王子为王者两国亦反诛。

孝武初立，举贾生之孙二人至郡守。贾嘉最好学，世其家。

赞曰：刘向称"贾谊言三代与秦治乱之意，其论甚美，通达国体，虽古之伊、管未能远过也。使时见用，功化必盛。为庸臣所害，甚可悼痛。"追观孝文玄默躬行以移风俗，谊之所陈略施行矣。及欲改定制度，以汉为土德，色上黄，数用五，及欲试属国，施五饵三表以系单于，其术固以疏矣。谊亦天年早终，虽不至公卿，未为不遇也。凡所著述五十八篇，掇其切于世事者著于传云。

卷四十九

爰盎晁错传第十九

爰盎，字丝。其父楚人也，故为群盗，徙安陵。高后时，盎为吕禄舍人。孝文即位，盎兄哙任盎为郎中。

绛侯为丞相，朝罢趋出，意得甚。上礼之恭，常目送之。盎进曰："丞相何如人也？"上曰："社稷臣。"盎曰："绛侯所谓功臣，非社稷臣。社稷臣主在与在，主亡与亡。方吕后时，诸吕用事，擅相王，刘氏不绝如带。是时绛侯为太尉，本兵柄，弗能正。吕后崩，大臣相与共诛诸吕，太尉主兵，适会其成功，所谓功臣，非社稷臣。丞相如有骄主色，陛下谦让，臣主失礼，窃为陛下弗取也。"后朝，上益庄，丞相益畏。已而绛侯望盎曰："吾与汝兄善，今儿乃毁我！"盎遂不谢。及绛侯就国，人上书告以为反，征系请室，诸公莫敢为言，唯盎明绛侯无罪。绛侯得释，盎颇有力。绛侯乃大与盎结交。

淮南厉王朝，杀辟阳侯，居处骄甚。盎谏曰："诸侯太骄必生患，可適削地。"上弗许。淮南王益横。谋反发觉，上征淮南王，迁之蜀，槛车传送。盎时为中郎将，谏曰："陛下素骄之，弗稍禁，以至此，今又暴摧折之。淮南王为人刚，有如遇霜露行道死，陛下竟为以天下大弗能容，有杀弟名，奈何？”上不听，遂行之。

淮南王至雍，病死。闻，上辍食，器甚哀。盎入，顿首请罪。上曰：“以不用公言至此。”盎曰：“上自宽，此往事，岂可悔哉！且陛下有高世行三，此不足以毁名。”上曰：“吾高世三者何事？”盎曰：“陛下居代时，太后尝病，三年，陛下不交睫解衣，汤药非陛下口所尝弗进。夫曾参以布衣犹难之，今陛下亲以王者修之，过曾参远矣。诸吕用事，大臣颛制，然陛下从代乘六乘传，驰不测渊，虽贲、育之勇不及陛下。陛下至代邸，西乡让天子者三，南乡让天子者再。夫许由一让，陛下五以天下让，过许由四矣。且陛下迁淮南王，欲以苦其志，使改过，有司宿卫不谨，故病死。”于是上乃解，盎繇此名重朝廷。

盎常引大体慷慨。宦者赵谈以数幸，常害盎，盎患之。盎兄子种为常侍骑，谏盎曰：“君众辱之，后虽恶君，上不复信。”于是上朝东宫，赵谈骖乘，盎伏车前曰：“臣闻天子所与共六尺舆者，皆天下豪英。今汉虽乏人，陛下独奈何与刀锯之余共载！”于是上笑，下赵谈。谈泣下车。

上从霸陵上，欲西驰下峻阪，盎揽辔。上曰：“将军怯邪？”盎言曰：“臣闻千金之子不垂堂，百金之子不骑衡，圣主不乘危，不侥幸。今陛下骋六飞，驰不测山，有如马惊车败，陛下纵自轻，奈高庙、太后何？”上乃止。上幸上林，皇后、慎夫人从。其在禁中，常同坐。及坐，郎署长布席，盎引却慎夫人坐。慎夫人怒，不肯坐。上亦怒，起。盎因前说曰：“臣闻尊卑有序则上下和，今陛下既以立后，慎夫人乃妾，妾、主岂可以同坐哉！且陛下幸之，则厚赐之。陛下所以为慎夫人，适所以祸之也。独不见‘人豕’乎？”于是上乃说，入语慎夫人。慎夫人赐盎金五十斤。

然盎亦以数直谏，不得久居中。调为陇西都尉，仁爱士卒，士卒皆争为死。迁齐相，徙为吴相。辞行，种谓盎曰：“吴王骄日久，国多奸，今丝欲刻治，彼不上书告君，则利剑刺君矣。南方卑湿，丝能日饮，亡何，说王毋反而已。如此幸得脱。”盎用种之计，吴王厚遇盎。

盎告归，道逢丞相申屠嘉，下车拜谒，丞相从车上谢。盎还，愧其吏，乃之丞相舍上谒，求见丞相。丞相良久乃见。因跪曰：“愿请间。”丞相曰：“使君所言公事，之曹与长史掾议之，吾且奏之；则私，吾不受私语。”盎即起说曰：“君为相，自度孰与陈平、绛侯？”丞相曰：“不如。”盎曰：“善，君自谓弗如。夫陈平、绛侯辅翼高帝，定天下，为将相，而诛诸吕，存刘氏；君乃为材官蹶张，迁为队帅，积功至淮阳守，非有奇计攻城野战之功。且陛下从代来，每朝，郎官者上书疏，未尝不止辇受。其言不可用，置之；言可采，未尝不称善。何也？欲以致天下贤英士大夫，日闻所不闻，以益圣。而君自闭箝天下之口，而日益愚。夫以圣主责愚相，君受祸不久矣。”丞相乃再拜曰：“嘉鄙人，乃不知，将军幸教。”引与入坐，为上客。

盎素不好晁错，错所居坐，盎辄避；盎所居坐，错亦避：两人未尝同堂语。及孝景即位，晁错为御史大夫，使吏案盎受吴王财物，抵罪，诏赦以为庶人。吴、楚反闻，错谓丞史曰：“爰盎多受吴王金钱，专为蔽匿，言不反。今果反，欲请治盎，宜知其计谋。”丞史曰：“事未发，治之有绝。今兵西向，治之何益！且盎不宜有谋。”错犹与未决。人有告盎，盎恐，夜见窦婴，为言吴所以反，愿至前，口对状。婴入言，上乃召盎。盎入见，竟言吴所以反，独急斩错以谢吴，吴可罢。上拜盎为泰常，窦婴为大将军。两人素相善。是时，诸陵长安中贤大夫争附两人，车骑随者日数百乘。

及晁错已诛，盎以泰常使吴。吴王欲使将，不肯。欲杀之，使一都尉以五百人围守盎军中。初，盎为吴相时，从史盗私盎侍儿。盎知之，弗泄，遇之如故。人有告从史，

"君知女与侍者通"，乃亡去。盎驱自追之，遂以侍者赐之，复为从史。及盎使吴见守，从史适在守盎校为司马，乃悉以其装赍买二石醇醪，会天寒，士卒饥渴，饮醉西南陬卒，卒皆卧。司马夜引盎起，曰："君可以去矣，吴王期旦日斩君。"盎弗信，曰："何为者？"司马曰："臣故为君从史盗侍儿者也。"盎乃惊，谢曰："公幸有亲，吾不足累公。"司马曰："君弟去，臣亦且亡，辟吾亲，君何患！"乃以刀决帐，道从醉卒直出。司马与分背。盎解节旄怀之，屐步行七十里，明，见梁骑，驰去，遂归报。

吴、楚已破，上更以元王子平陆侯礼为楚王，以盎为楚相。尝上书，不用。盎病免家居，与闾里浮湛，相随行斗鸡走狗。雒阳剧孟尝过盎，盎善待之。安陵富人有谓盎曰；'吾闻剧孟博徒，将军何自通之？"盎曰："剧孟虽博徒，然母死，客送丧车千余乘，此亦有过人者。且缓急人所有。夫一旦叩门，不以亲为解，不以在亡为辞，天下所望者，独季心、剧孟。今公阳从数骑，一旦有缓急，宁足恃乎！"遂骂富人，弗与通。诸公闻之，皆多盎。

盎虽居家，景帝时时使人问筹策。梁王欲求为嗣，盎进说，其后语塞。梁王以此怨盎，使人刺盎。刺者至关中，问盎，称之皆不容口。乃见盎曰："臣受梁王金刺君，君长者，不忍刺君。然后刺者十余曹，备之！"盎心不乐，家多怪，乃之棓生所问占。还，梁刺客后曹果遮刺杀盎安陵郭门外。

晁错，颍川人也。学申、商刑名于轵张恢生所，与雒阳宋孟及刘带同师。以文学为太常掌故。

错为人峭直刻深。孝文时，天下亡治《尚书》者，独闻齐有伏生，故秦博士，治《尚书》，年九十余，老不可征。乃诏太常，使人受之。太常遣错受《尚书》伏生所，还，因上书称说。诏以为太子舍人，门大夫，迁博士。又上书言："人主所以尊显功名扬于万世之后者，以知术数也。故人主知所以临制臣下而治其众，则群臣畏服矣；知所以听言受事，则不欺蔽矣；知所以安利万民，则海内必从矣；知所以忠孝事上，则臣子之行备矣：此四者，臣窃为皇太子急之。人臣之议或曰皇太子亡以知事为也，臣之愚，诚以为不然。窃观上世之君，不能奉其宗庙而劫杀于其臣者，皆不知术数者也。皇太子所读书多矣，而未深知术数者，不问书说也。夫多诵而不知其说，所谓劳苦而不为功。臣窃观皇太子材智高奇，驭射伎艺过人绝远，然于术数未有所守者，以陛下为心也。窃愿陛下幸择圣人之术可用今世者，以赐皇太子，因时使太子陈明于前。唯陛下裁察。"上善之，于是拜错为太子家令。以其辩得幸太子，太子家号曰"智囊"。

是时匈奴强，数寇边，上发兵以御之。错上言兵事，曰：

臣闻汉兴以来，胡虏数入边地，小入则小利，大入则大利；高后时再入陇西，攻城屠邑，驱略畜产；其后复入陇西，杀吏卒，大寇盗。窃闻战胜之威，民气百倍；败兵之卒，没世不复。自高后以来，陇西三困于匈奴矣，民气破伤，亡有胜意。今兹陇西之吏，赖社稷之神灵，奉陛下之明诏，和辑士卒，底厉其节，起破伤之民以当乘胜之匈奴，用少击众，杀一王，败其众而法曰大有利。非陇西之民有勇怯，乃将吏之制巧拙异也。故兵法曰："有必胜之将，无必胜之民。"繇此观之，安边境，立功名，在于良将，不可不择也。

臣又闻用兵，临战合刃之急者三：一曰得地形，二曰卒服习，三曰器用利。兵法曰：丈五之沟，渐车之水，山林积石，经川丘阜，草木所在，此步兵之地也，车骑二不当一，土山丘陵，曼衍相属，平原广野，此车骑之地，步兵十不当一。平陵相远，川谷居间，仰高临下，此弓弩之地也，短兵百不当一。两陈相近，平地浅草，可前可后，此长戟之地也，剑盾三不当一。萑苇竹萧，草木蒙笼，枝叶茂接，此矛鋋之地也，长戟二不当一。曲道相伏，险厄相薄，此剑盾之地也，弓弩三不当一。士不选练，卒不服习，起居不精，动静不集，趋利弗及，避难不毕，前击后解，与金鼓之音相失，此不习勒卒之过也，百不当十。兵不完利，与空手同；甲不坚密，与袒裼同；弩不可以及远，与短兵同；射不能中，与亡矢同；中不能入，与亡镞同；此将不省兵之祸也，五不当一。故兵法曰：器械不利，以其卒予敌也；卒不可用，以其将予敌也；将不知兵，以其主予敌也；君不择将，以其国予敌也。四者，兵之至要也。

臣又闻小大异形，强弱异势，险易异备。夫卑身以事强，小国之形也；合小以攻大，敌国之形也；以蛮夷攻蛮夷，中国之形也。今匈奴地形、技艺与中国异。上下山阪，出入溪涧，中国之马弗与也；险道倾仄，且驰且射，中国之骑弗与也；风雨罢劳，饥渴不困，中国之人弗与也：此匈奴之长技也。若夫平原易地，轻车突骑，则匈奴之众易挠乱也；劲弩长戟，射疏及远，则匈奴之弓弗能格也；坚甲利刃，长短相杂，游弩往来，什伍俱前，则匈奴之兵弗能当也；材官驺发，矢道同的，则匈奴之革笥木荐弗能支也；下马地斗，剑戟相接，去就相薄，则匈奴之足弗能给也；此中国之长技也。以此观之，匈奴之长技三，中国之长技五。陛下又兴数十万之众，以诛数万之匈奴，众寡之计，以一击十之术也。

虽然，兵，凶器；战，危事也。以大为小，以强为弱，在俛卬之间耳。夫以人之死争胜，跌而不振，则悔之亡及也。帝王之道，出于万全。今降胡义渠蛮夷之属来归谊者，其众数千，饮食长技与匈奴同，可赐之坚甲絮衣，劲弓利矢，益以边郡之良骑。令明将能知其习俗和辑其心者，以陛下之明约将之。即有险阻，以此当之；平地通道，则以轻车材官制之。两军相为表里，各用其长技，衡加之以众，此万全之术也。

传曰："狂夫之言，而明主择焉。"臣错愚陋，昧死上狂言，唯陛下财择。

文帝嘉之，乃赐错玺书宠答焉，曰："皇帝问太子家令：上书言兵体三章，闻之。书言'狂夫之言，而明主择焉'。今则不然。言者不狂，而择者不明，国之大患，故在于此。使夫不明择于不狂，是以万听而万不当也。"

错复言守边备塞、劝农力本，当世急务二事，曰：

臣闻秦时北攻胡貉，筑塞河上，南攻杨粤，置戍卒焉。其起兵而攻胡、粤者，非以卫边地而救民死也，贪戾而欲广大也，故功未立而天下乱。且夫起兵而不知其势，战则为人禽，屯则卒积死。夫胡貉之地，积阴之处也，木皮三寸，冰厚六尺，食肉而饮酪，其人密理，鸟兽毳毛，其性能寒。杨粤之地少阴多阳，其人疏理，鸟兽希毛，其性能暑。秦之戍卒不能其水土，戍者死于边，输者偾于道。秦民见行，如往弃市，因以谪发之，名曰"谪戍"。先发吏有谪及赘婿、贾人，后以尝有市籍者，又后以大父母、父母尝有市籍者，后入闾，取其左。发之不顺，行者深恐，有背畔之心。凡民守战至死而不降北者，以计为之也。故战胜守固则有拜爵之赏，攻城屠邑则得其财卤以富家室，故能使其众蒙矢石，赴汤火，视死如生。今秦之发卒也，有万死之害，而亡铢两之报，死事之后不得一算之复，天下明知祸烈及己也。陈胜行戍，至于大泽，为天下先倡，天下从之如流水者，秦以威劫而行之之敝也。

胡人衣食之业不著于地，其势易以扰乱边境。何以明之？胡人食肉饮酪，衣皮毛，非有城郭田宅之归居，如飞鸟走兽于广野，美草甘水则止，草尽水竭则移。以是观之，往来转徙，时至时去，此胡人之生业，而中国之所以离南亩也。今使胡人数处转牧行猎于塞下，或当燕、代，或当上郡、北地、陇西，以候备塞之卒，卒少则入。陛下不救，则边民绝望而有降敌之心；救之，少发则不足，多发，远县才至，则胡又已去。聚而不罢，为费甚大；罢之，则胡复入。如此连年，则中国贫苦而民不安矣。

陛下幸忧边境，遣将吏发卒以治塞，甚大惠也。然令远方之卒守塞，一岁而更，不知胡人之能，不如选常居者，家室田作，且以备之。以便为之高城深堑，具蔺石，布渠答，复为一城其内，城间百五十步。要害之处，通川之道，调立城邑，毋下千家，为中周虎落。先为室屋，具田器，乃募罪人及免徒复作令居之；不足，募以丁奴婢赎罪及输奴婢欲以拜爵者；不足，乃募民之欲往者。皆赐高爵，复其家。予冬夏衣，廪食，能自给而止。郡县之民得买其爵，以自增至卿。其亡夫若妻者，县官买与之。人情非有匹敌，不能久安其处。塞下之民，禄利不厚，不可使久居危难之地。胡人入驱而能止其所驱者，以其半予之，县官为赎其民。如是，则邑里相救助，赴胡不避死。非以德上也，欲全亲戚而利其财也。此与东方之戍卒不习地势而心畏胡者，功相万也。以陛下之时，徙民实边，使远方无屯戍之事，塞下之民父子相保，亡系虏之患，利施后世，名称圣明，其与秦之行怨民，相去远矣。

上从其言，募民徙塞下。错复言：

陛下幸募民相徙以实塞下，使屯戍之事益省，输将之费益寡，甚大惠也。下吏诚能称厚惠，奉明法，存恤所徙之老弱，善遇其壮士，和辑其心而勿侵刻，使先至者安乐而不思故乡，则贫民相募而劝往矣。臣闻古之徙远方以实广虚也，相其阴阳之和，尝其水泉之味，审其土地之宜，观其草木之饶，然后营邑立城，制里割宅，通田作之道，正阡陌之界，先为筑室，家有一堂二内，门户之闭，置器物焉，民至有所居，作有所用，此民所以轻去故乡而劝之新邑也。为置医巫，以救疾病，以修祭祀，男女有昏，生死相恤，坟墓相从，种树畜长，室屋完安，此所以使民乐其处而有长居之心也。

臣又闻古之制边县以备敌也，使五家为伍，伍有长；十长一里，里有假士；四里一连，连有假五百；十连一邑，邑有假候：皆择其邑之贤材有护，习地形知民心者，居则习民于射法，出则教民于应敌。故卒伍成于内，则军正定于外。服习以成，勿令迁徙，幼则同游，长则共事。夜战声相知，则足以相救；昼战目相见，则足以相识；欢爱之心，足以相死。如此而劝以厚赏，威以重罚，则前死不还踵矣。所徙之民非壮有材力，但费衣粮，不可用也；虽有材力，不得良吏，犹亡功也。

陛下绝匈奴不与和亲，臣窃意其冬来南也，壹大治，则终身创矣。欲立威者，始于折胶，来而不能困，使得气去，后来易服也。愚臣亡识，唯陛下财察。

后诏有司举贤良文学士，错在选中。上亲策诏之，曰：

惟十有五年九月壬子，皇帝曰："昔者大禹勤求贤士，施及方外，四极之内，舟车所至，人迹所及，靡不闻命，以辅其不逮；近者献其明，远者通厥聪，比善戮力，以翼天子。是以大禹能亡失德，夏以长楙。高皇帝亲除大害，去乱从，并建豪英，以为官师，为谏争，辅天子之阙，而翼戴汉宗也。赖天之灵，宗庙之福，方内以安，泽及四夷。今朕获执天子之正，以承宗庙之祀，朕既不德，又不敏，明弗能烛，而智不能治，此大夫之所著闻也。故诏有司、诸侯王、三公、九卿及主郡吏，各帅其志，以选贤良明于国家之大体，通于人事之终始，及能直言极谏者，各有人数，将以匡朕之不逮。二三大夫之行当此三道，朕甚嘉之，故登大夫于朝，亲谕朕志。大夫其上三道之要，及永惟朕之不德，吏之不平，政之不宣，民之不宁，四者之阙，悉陈其志，毋有所隐。上以荐先帝之宗庙，下以兴愚民之休利，著之于篇，朕亲览焉，观大夫所以佐朕，至与不至。书之，周之密之，重之闭之。兴自朕躬，大夫其正论，毋枉执事。乌呼，戒之！二三大夫其帅志毋怠！"

错对曰：

平阳侯臣窋、汝阴侯臣灶、颍阴侯臣何、廷尉臣宜昌、陇西太守臣昆邪所选贤良太子家令臣错昧死再拜言：臣窃闻古之贤主莫不求贤以为辅翼，故黄帝得力牧而为五帝先，大禹得咎繇而为三王祖，齐桓得管子而为五伯长。今陛下讲于大禹及高皇帝之建豪英也，退托于不明，以求贤良，让之至也。臣窃观上世之传，若高皇帝之建功业，陛下之德厚而得贤佐，皆有司之所览，刻于玉版，藏于金匮，历之春秋，纪之后世，为帝者祖宗，与天地相终。今臣窋等乃以臣错充赋，甚不称明诏求贤之意。臣错草茅臣，亡识知，昧死上愚对，曰：

诏策曰"明于国家大体"，愚臣窃以古之五帝明之。臣闻五帝神圣，其臣莫能及，故自亲事，处于法官之中，明堂之上；动静上配天，下顺地，中得人。故众生之类亡不覆也，根著之徒亡不载也；烛以光明，亡偏异也；德上及飞鸟，下至水虫草木诸产，皆被其泽。然后阴阳调，四时节，日月光，风雨时，膏露降，五谷熟，祆孽灭，贼气息，民不疾疫，河出图，洛出书，神龙至，凤鸟翔，德泽满天下，灵光施四海。此谓配天地，治国大体之功也。

诏策曰"通于人事终始"，愚臣窃以古之三王明之。臣闻三王臣主俱贤，故合谋相辅，计安天下，莫不本于人情。人情莫不欲寿，三王生而不伤也；人情莫不欲富，三王厚而不困也；人情莫不欲安，三王扶而不危也；人情莫不欲逸，三王节其力而不尽也。其为法令也，合于人情而后行之；其动众使民也，本于人事然后为之。取人以己，内恕及人。情之所恶，不以强人；情之所欲，不以禁民。是以天下乐其政，归其德，望之若父母，从之若流水；百姓和亲，国家安宁，名位不失，施及后世。此明于人情终始之功也。

诏策曰"直言极谏"，愚臣窃以五伯之臣明之。臣闻五伯不及其臣，故属之以国，任之以事。五伯之佐之为人臣也，察身而不敢诬，奉法令不容私，尽心力不敢矜，遭患难不避死，见贤不居其上，受禄不过其量，不以亡能居尊显之位。自行若此，可谓方正之士矣。其立法也，非以苦民伤众而为之机陷也，以之兴利除害，尊主安民而救暴乱也。其行赏也，非虚取民财妄予人也，以劝天下之忠孝而明其功也。故功多者赏厚，功少者赏薄。如此，敛民财以顾其功，而民不恨者，知与而安己也。其行罚也，非以忿怒妄诛而从暴心也，以禁天下不忠不孝而害国者也。故罪大者罚重，罪小者罚轻。如此，民虽伏罪至死而不怨者，知罪罚之至，自取之也。立法若此，可谓平正之吏矣。法之逆者，请而更之，不以伤民；主行之暴者，逆而复之，不以伤国。救主之失，补主之过，扬主之美，明主之功，使主内亡邪辟之行，外亡骞污之名。事君若此，可谓直言极谏之士矣。此五伯之所以德匡天下，威正诸侯，功业甚美，名声章明。举天下之贤主，五伯与焉，此身不及其臣而使得直言极谏补其不逮之功也。今陛下人民之众，威武之重，德惠之厚，令行禁止之势，万万于五伯，而赐愚臣策曰"匡朕之不逮"，愚臣何足以识陛下之高明而奉承之！

诏策曰“吏之不平，政之不宣，民之不宁”，愚臣窃以秦事明之。臣闻秦始并天下之时，其主不及三王，而臣不及其佐，然功力不迟者，何也？地形便，山川利，财用足，民利战。其所与并者六国，六国者，臣主皆不肖，谋不辑，民不用，故当此之时，秦最富强。夫国富强而邻国乱者，帝王之资也，故秦能兼六国，立为天子。当此之时，三王之功不能进焉。及其末涂之衰也，任不肖而信谗贼；宫室过度，耆欲亡极，民力罢尽，赋敛不节；矜奋自贤，群臣恐谀，骄溢纵恣，不顾患祸，妄赏以随喜意，妄诛以快怒心，法令烦懵，刑罚暴酷，轻绝人命，身自射杀；天下寒心，莫安其处。奸邪之吏，乘其乱法，以成其威，狱官主断，生杀自恣。上下瓦解，各自为制。秦始乱之时，吏之所先侵者，贫人贱民也；至其中节，所侵者富人吏家也；及其末涂，所侵者宗室大臣也。是故亲疏皆危，外内咸怨，离散逋逃，人有走心。陈胜先倡，天下大溃，绝祀亡世，为异姓福。此吏不平，政不宣，民不宁之祸也。今陛下配天象地，覆露万民，绝秦之迹，除其乱法；躬亲本事，废去淫末；除苛解娆，宽大爱人；肉刑不用，罪人亡帑；非谤不治，铸钱者除；通关去塞，不孽诸侯；宾礼长老，爱恤少孤；罪人有期，后宫出嫁；尊赐孝悌，农民不租；明诏军师，爱士大夫；求进方正，废退奸邪；除去阴刑，害民者诛；忧劳百姓，列侯就都；亲耕节用，视民不奢。所为天下兴利除害，变法易故，以安海内者，大功数十，皆上世之所难及，陛下行之，道纯德厚，元元之民幸矣。

诏策曰“永惟朕之不德”，愚臣不足以当之。

诏策曰“悉陈其志，毋有所隐”，愚臣窃以五帝之贤臣明之。臣闻五帝其臣莫能及，则自亲之；三王臣主俱贤，则共忧之，五伯不及其臣，则任使之。此所以神明不遗，而贤圣不废也，故各当其世而立功德焉。传曰“往者不可及，来者犹可待，能明其世者谓之天子”，此之谓也。窃闻战不胜者易其地，民贫穷者变其业。今以陛下神明德厚，资财不下五帝，临制天下，至今十有六年，民不益富，盗贼不衰，边境未安，其所以然，意者陛下未之躬亲，而待群臣也。今执事之臣皆天下之选已，然莫能望陛下清光，譬之犹五帝之佐也。陛下不自躬亲，而待不望清光之臣，臣窃恐神明之遗也。日损一日，岁亡一岁，日月益暮，盛德不及究于天下，以传万世。愚臣不自度量，窃为陛下惜之。昧死上狂惑草茅之愚，臣言惟陛下财择。

时，贾谊已死，对策者百余人，唯错为高第，繇是迁中大夫。错又言宜削诸侯事，及法令可更定者，书凡三十篇。孝文虽不尽听，然奇其材。当是时，太子善错计策，爰盎诸大功臣多不好错。

景帝即位，以错为内史。错数请间言事，辄听，幸倾九卿，法令多所更定。丞相申屠嘉心弗便，力未有以伤。内史府居太上庙堧中，门东出，不便，错乃穿门南出，凿庙堧垣。丞相大怒，欲因此过为奏请诛错。错闻之，即请间为上言之。丞相奏事，因言错擅凿庙垣为门，请下廷尉诛。上曰：“此非庙垣，乃堧中垣，不致于法。”丞相谢。罢朝，因怒谓长史曰：“吾当先斩以闻，乃先请，固误。”丞相遂发病死。错以此愈贵。

迁为御史大夫，请诸侯之罪过，削其支郡。奏上，上令公卿、列侯、宗室杂议，莫敢难，独窦婴争之，繇此与错有隙。错所更令三十章，诸侯喧哗。错父闻之，从颍川来，谓错曰：“上初即位，公为政用事，侵削诸侯，疏人骨肉，口让多怨，公何为也？”错曰：“固也。不如此，天子不尊，宗庙不安。”父曰：“刘氏安矣，而晁氏危，吾去公归矣！”遂饮药死，曰“吾不忍见祸逮身。”

后十余日，吴、楚七国俱反，以诛错为名。上与错议出军事，错欲令上自将兵，而身居守。会窦婴言爰盎，诏召入见，上方与错调兵食。上问盎曰："君尝为吴相，知吴臣田禄伯为人乎？今吴、楚反，于公意何如？"对曰："不足忧也，今破矣。"上曰："吴王即山铸钱，煮海为盐，诱天下豪桀，白头举事，此其计不百全，岂发乎？何以言其无能为也？"盎对曰："吴铜、盐之利则有之，安得豪桀而诱之！诚令吴得豪桀，亦且辅而为谊，不反矣。吴所诱，皆亡赖子弟，亡命铸钱奸人，故相诱以乱。"错曰："盎策之善。"上问曰："计安出？"盎对曰："愿屏左右。"上屏人，独错在。盎曰："臣所言，人臣不得知。"乃屏错。错趋避东箱，甚恨。上卒问盎，对曰："吴、楚相遗书，言高皇帝王子弟各有分地，今贼臣晁错擅適诸侯，削夺之地，以故反名为西共诛错，复故地而罢。方今计，独有斩错，发使赦吴、楚七国，复其故地，则兵可毋血刃而俱罢。"于是上默然良久，曰："顾诚何如，吾不爱一人谢天下。"盎曰："愚计出此，唯上孰计之。"乃拜盎为泰常，密装治行。

后十余日，丞相青翟、中尉嘉、廷尉欧劾奏错曰："吴王反逆亡道，欲危宗庙，天下所当共诛。今御史大夫错议曰：'兵数百万，独属群臣，不可信，陛下不如自出临兵，使错居守。徐、僮之旁吴所未下者可以予吴。'错不称陛下德信，欲疏群臣百姓，又欲以城邑予吴，亡臣子礼，大逆无道。错当要斩，父母妻子同产无少长皆弃市。臣请论如法。"制曰："可。"错殊不知。乃使中尉召错，绐载行市。错衣朝衣斩东市。

错已死，谒者仆射邓公为校尉，击吴、楚为将。还，上书言军事，见上。上问曰："道军所来，闻晁错死，吴、楚罢不？"邓公曰："吴为反数十岁矣，发怒削地，以诛错为名，其意不在错也。且臣恐天下之士箝口不敢复言矣。"上曰："何哉？"邓公曰："夫晁错患诸侯强大不可制，故请削之，以尊京师，万世之利也。计划始行，卒受大戮，内杜忠臣之口，外为诸侯报仇，臣窃为陛下不取也。"于是景帝喟然长息，曰："公言善。吾亦恨之！"乃拜邓公为城阳中尉。

邓公，成固人也，多奇计。建元年中，上招贤良，公卿言邓先。邓先时免，起家为九卿。一年，复谢病免归。其子章，以修黄、老言显诸公间。

赞曰："爰盎虽不好学，亦善傅会，仁心为质，引义慷慨。遭孝文初立，资适逢世。时已变易，及吴壹说，果于用辩，身亦不遂。晁错锐于为国远虑，而不见身害。其父睹之，经于沟渎，亡益救败。不如赵母指括，以全其宗。悲夫！错虽不终，世哀其忠。故论其施行之语著于篇。

卷五十

张冯汲郑传第二十

张释之，字季，南阳堵阳人也。与兄仲同居，以赀为骑郎，事文帝，十年不得调，亡所知名。释之曰："久宦减仲之产，不遂。"欲免归。中郎将爰盎知其贤，惜其去，乃请徙释之补谒者。释之既朝毕，因前言便宜事。文帝曰："卑之，毋甚高论，令今可行也。”于是释之言秦、汉之间事，秦所以失，汉所以兴者。文帝称善，拜释之为谒者仆射。

从行，上登虎圈，问上林尉禽簿，十余问，尉左右视，尽不能对。虎圈啬夫从旁代尉对上所问禽兽簿甚悉，欲以观其能口对向应亡穷者。文帝曰：“吏不当如此邪？尉亡赖！”诏释之拜啬夫为上林令。释之前曰：“陛下以绛侯周勃何如人也？”上曰：“长者。”又复问：“东阳侯张相如何如人也？”上复曰：“长者。”释之曰：“夫绛侯、东阳侯称为长者，此两人言事曾不能出口，岂效此啬夫喋喋利口捷给哉！且秦以任刀笔之吏，争以亟疾苛察相高，其敝徒文具，亡恻隐之实。以故不闻其过，陵夷至于二世，天下土崩。今陛下以啬夫口辩而超迁之，臣恐天下随风靡，争口辩，亡其实。且下之化上，疾于景向，举错不可不察也。”文帝曰：“善。”乃止，不拜啬夫。

就车，召释之骖乘，徐行，行问释之秦之敝。具以质言。至宫，上拜释之为公车令。顷之，太子与梁王共车入朝，不下司马门，于是释之追止太子、梁王毋入殿门。遂劾不下公门不敬，奏之。薄太后闻之，文帝免冠谢曰：“教儿子不谨。”薄太后使使承诏赦太子、梁王，然后得入。文帝繇是奇释之，拜为中大夫。顷之，至中郎将。从行至霸陵，上居外临厕。时慎夫人从，上指视慎夫人新丰道，曰：“此走邯郸道也。”使慎夫人鼓瑟，上自倚瑟而歌，意凄怆悲怀，顾谓群臣曰：“嗟乎！以北山石为椁，用纻絮斮陈漆其间，岂可动哉！”左右皆曰：“善。”释之前曰：“使其中有可欲，虽锢南山犹有隙；使其中亡可欲，虽亡石椁，又何戚焉？”文帝称善。其后，拜释之为廷尉。

顷之，上行出中渭桥，有一人从桥下走，乘舆马惊。于是使骑捕之，属廷尉。释之治问。曰：“县人来，闻跸，匿桥下。久，以为行过，既出，见车骑，即走耳。”释之奏当：“此人犯跸，当罚金。”上怒曰：“此人亲惊吾马，马赖和柔，令它马，固不败伤我乎？而廷尉乃当之罚金！”释之曰:“法者，天子所与天下公共也。今法如是，更重之，是法不信于民也。且方其时，上使使诛之则已。今已下廷尉，廷尉，天下之平也，壹倾，天下用法皆为之轻重，民安所错其手足？唯陛下察之。”上良久曰：“廷尉当是也。”

其后人有盗高庙座前玉环，得，文帝怒，下廷尉治。案盗宗庙服御物者为奏，当弃市。上大怒曰：“人亡道，乃盗先帝器！吾属廷尉者，欲致之族，而君以法奏之，非吾所以共承宗庙意也。”释之免冠顿首谢曰：“法如是足也。且罪等，然以逆顺为基。今盗宗庙器而族之，有如万分一，假令愚民取长陵一抔土，陛下且何以加其法乎？”文帝与太后言之，乃许廷尉当。是时，中尉条侯周亚夫与梁相山都侯王恬启见释之持议平，乃结为亲友。张廷尉繇此天下称之。

文帝崩，景帝立，释之恐。称疾。欲免去，惧大诛至，欲见，则未知何如。用王生计，卒见谢，景帝不过也。

王生者，善为黄、老言，处士。尝召居廷中，公卿尽会立。王生老人，曰:“吾袜解”，顾谓释之:“为我结袜！”释之跪而结之，既已，人或让王生:“独奈何廷辱张廷尉如此？”王生曰：“吾老且贱，自度终亡益于张廷尉。廷尉方天下名臣，吾故聊使结袜，欲以重之。”诸公闻之，贤王生而重释之。

释之事景帝岁余，为淮南相，犹尚以前过也。年老病卒。其子挚，字长公，官至大夫，免。以不能取容当世，故终身不仕。

冯唐，祖父赵人也。父徙代。汉兴徙安陵。唐以孝著，为郎中署长，事文帝。帝辇过，问唐曰：“父老何自为郎？家安在？”具以实言。文帝曰：“吾居代时，吾尚食监高祛数为我言赵将李齐之贤，战于巨鹿下。吾每饮食，意未尝不在巨鹿也。父老知之乎？”唐对曰：“齐尚不如廉颇、李牧之为将也。”上曰：“何已？”唐曰：“臣大父在赵时，为官帅将，善李牧。臣父故为代相，善李齐。知其为人也。”上既闻廉颇、李牧为人，良说，乃拊髀曰：“嗟乎！吾独不得廉颇、李牧为将，岂忧匈奴哉！”唐曰：“主臣！陛下虽有廉颇、李牧，不能用也。”上怒，起入禁中。良久，召唐让曰：“公众辱我，独亡间处乎？”唐谢曰：“鄙人不知忌讳。”

当是时，匈奴新大入朝那，杀北地都尉卬。上以胡寇为意，乃卒复问唐曰：“公何以言吾不能用颇、牧也？”唐对曰：“臣闻上古王者遣将也，跪而推毂，曰：‘阃以内寡人制之，阃以外将军制之；军功爵赏，皆决于外，归而奏之。’此非空言也。臣大父言李牧之为赵将居边，军市之租皆自用飨士，赏赐决于外，不从中复也。委任而责成功，故李牧乃得尽其知能，选车千三百乘，彀骑万三千匹，百金之士十万，是以北逐单于，破东胡，灭澹林，西抑强秦，南支韩、魏。当是时，赵几伯。后会赵王迁立，其母倡也，用郭开谗，而诛李牧，令颜聚代之。是以为秦所灭。今臣窃闻魏尚为云中守，军市租尽给士卒，出私养钱，五日壹杀牛，以飨宾客军吏舍人，是以匈奴远避，不近云中之塞，虏尝一入，尚帅车骑击之，所杀甚众。夫士卒尽家人子，起田中从军，安知尺籍伍符？终日力战，斩首捕虏，上功莫府，一言不相应，文吏以法绳之。其赏不行，吏奉法必用。愚以为陛下法太明，赏太轻，罚太重。且云中守尚坐上功首虏差六级，陛下下之吏，削其爵，罚作之。繇此言之，陛下虽得李牧，不能用也。臣诚愚，触忌讳，死罪！”文帝说。是日，令唐持节赦魏尚，复以为云中守，而拜唐为车骑都尉，主中尉及郡国车士。

十年，景帝立，以唐为楚相。武帝即位，求贤良，举唐。唐时年九十余，不能为官，乃以子遂为郎。遂，字王孙，亦奇士。魏尚，槐里人也。

汲黯，字长孺，濮阳人也。其先有宠于古之卫君也。至黯十世，世为卿大夫。以父任，孝景时为太子洗马，以严见惮。

武帝即位，黯为谒者。东粤相攻，上使黯往视之。至吴而还，报曰：“粤人相攻，固其俗，不足以辱天子使者。”河内失火，烧千余家，上使黯往视之。还报曰：“家人失火，屋比延烧，不足忧，臣过河内，河内贫人伤水旱万余家，或父子相食，臣谨以便宜，持节发河内仓粟以振贫民。请归节，伏矫制罪。”上贤而释之，迁为荥阳令。黯耻为令，称疾归田里。上闻，乃召为中大夫，以数切谏，不得久留内，迁为东海太守。

黯学黄、老言，治官民，好清静，择丞史任之，责大指而已，不细苛。黯多病，卧阁内不出。岁余，东海大治，称之。上闻，召为主爵都尉，列于九卿。治务在无为而已，引大体，不拘文法。为人性倨，少礼，面折，不能容人之过。合己者善待之，不合者弗能忍见，士亦以此不附焉。然好游侠，任气节，行修洁。其谏，犯主之颜色。常慕傅伯、爰盎之为人。善灌夫、郑当时及宗正刘弃疾。亦以数直谏，不得久居位。是时，太后弟武安侯田蚡为丞相，中二千石拜谒，蚡弗为礼。黯见蚡，未尝拜，揖之。上方招文学儒者，上曰吾欲云云，黯对曰：“陛下内多欲而外施仁义，奈何欲效唐、虞之治乎！”上怒，变色而罢朝。公卿皆为黯惧。上退，谓人曰：“甚矣，汲黯之戆也！”群臣或数黯，黯曰：“天子置公卿辅弼之臣，宁令从谀承意，陷主于不谊乎？且已在其位，纵爱身，奈辱朝廷何！”

黯多病，病且满三月，上常赐告者数，终不愈。最后，严助为请告。上曰：“汲黯何如人也？”曰：“使黯任职居官，亡以愈人，然至其辅少主守成，虽自谓贲、育弗能夺也。”上曰：“然。古有社稷之臣，至如汲黯，近之矣！”大将军青侍中，上踞厕视之。

丞相弘宴见，上或时不冠。至如见黯，不冠不见也。上尝坐武帐，黯前奏事，上不冠，望见黯，避帷中，使人可其奏。其见敬礼如此。

张汤以更定律令为廷尉，黯质责汤于上前，曰："公为正卿，上不能褒先帝之功业，下不能化天下之邪心，安国富民，使囹圄空虚，何空取高皇帝约束纷更之为？而公以此无种矣！"黯时与汤论议，汤辩常在文深小苛，黯愤发，骂曰："天下谓刀笔吏不可为公卿，果然。必汤也，令天下重足而立，仄目而视矣！"

是时，汉方征匈奴，招怀四夷。黯务少事，间常言与胡和亲，毋起兵。上方乡儒术，尊公孙弘，及事益多，吏民巧。上分别文法，汤等数奏决谳以幸。而黯常毁儒，面触弘等徒怀诈饰智以阿人主取容，而刀笔之吏专深文巧诋，陷人于罔，以自为功。上愈益贵弘、汤，弘、汤心疾黯，虽上亦不说也，欲诛之以事。弘为丞相，乃言上曰："右内史界部中多贵人宗室，难治，非素重臣弗能任，请徙黯为右内史。"数岁，官事不废。大将军青既益尊，姊为皇后，然黯与亢礼。或说黯曰："自天子欲令群臣下大将军，大将军尊贵，诚重，君不可以不拜。"黯曰："夫以大将军有揖客，反不重耶？"大将军闻，愈贤黯，数请问以朝廷所疑，遇黯加于平日。淮南王谋反，惮黯，曰："黯好直谏，守节死义；至说公孙弘等，如发蒙耳。"上既数征匈奴有功，黯言益不用。

始黯列九卿矣，而公孙弘、张汤为小吏。及弘、汤稍贵，与黯同位，黯又非毁弘、汤。已而弘至丞相，封侯，汤御史大夫，黯时丞史皆与同列，或尊用过之。黯褊心，不能无少望，见上，言曰："陛下用群臣如积薪耳，后来者居上。"黯罢，上曰："人果不可以无学，观汲黯之言，日益甚矣。"

居无何，匈奴浑邪王帅众来降，汉发车二万乘。县官亡钱，从民贳马，民或匿马，马不具。上怒，欲斩长安令。黯曰："长安令亡罪，独斩臣黯，民乃肯出马。且匈奴畔其主而降汉，徐以县次传之，何至令天下骚动，罢中国，甘心夷狄之人乎！"上默然。后浑邪王至，贾人与市者，坐当死五百余人。黯入，请间，见高门，曰："夫匈奴攻当路塞，绝和亲，中国举兵诛之，死伤不可胜计，而费以巨万百数。臣愚以为陛下得胡人，皆以为奴婢，赐从军死者家；卤获，因与之，以谢天下，塞百姓之心。今纵不能，浑邪帅数万之众来，虚府库赏赐，发良民侍养，若奉骄子。愚民安知市买长安中而文吏绳以为阑出财物如边关乎？陛下纵不能得匈奴之赢以谢天下，又以微文杀无知者五百余人，臣窃为陛下弗取也。"上弗许，曰："吾久不闻汲黯之言，今又复妄发矣。"后数月，黯坐小法，会赦，免官。于是黯隐于田园者数年。

会更立五铢钱，民多盗铸钱者，楚地尤甚。上以为淮阳，楚地之郊也，召黯拜为淮阳太守。黯伏谢不受印绶，诏数强予，然后奉诏。召上殿，黯泣曰："臣自以为填沟壑，不复见陛下，不意陛下复收之。臣常有狗马之心，今病，力不能任郡事。臣愿为中郎，出入禁闼，补过拾遗，臣之愿也。"上曰："君薄淮阳邪？吾今召君矣。顾淮阳吏民不相得，吾徒得君重，卧而治之。"黯既辞，过大行李息，曰："黯弃逐居郡，不得与朝廷议矣。然御史大夫汤智足以距谏，诈足以饰非，非肯正为天下言，专阿主意。主意所不欲，因而毁之；主意所欲，因而誉之。好兴事，舞文法，内怀诈以御主心，外挟贼吏以为重。公列九卿不早言之何？公与之俱受其戮矣！"息畏汤，终不敢言。黯居郡如其故治，淮阳政清。

后张汤败，上闻黯与息言，抵息罪。令黯以诸侯相秩居淮阳。居淮阳十岁而卒。卒后，上以黯故，官其弟仁至九卿，子偃至诸侯相。黯姊子司马安亦少与黯为太子洗马。安文深巧善宦，四至九卿，以河南太守卒。昆弟以安故，同时至二千石十人。濮阳段宏始事盖侯信，信任宏，官亦再至九卿。然卫人仕者皆严惮汲黯，出其下。

郑当时，字庄，陈人也。其先郑君尝事项籍，籍死而属汉。高祖令诸故项籍臣名籍，郑君独不奉诏。诏尽拜名籍者为大夫，而逐郑君。郑君死孝文时。

当时以任侠自喜，脱张羽于厄，声闻梁、楚间。孝景时，为太子舍人。每五日洗沐，常置驿马长安诸郊，请谢宾客，夜以继日，至明旦，常恐不遍。当时好黄、老言，其慕长者，如恐不称。自见年少官薄，然其知友皆大父行，天下有名之士也。

武帝即位，当时稍迁为鲁中尉，济南太守，江都相，至九卿为右内史。以武安魏其时议，贬秩为詹事，迁为大司农。当时为大吏，戒门下："客至，亡贵贱亡留门大者。"执宾主之礼，以其贵下人。性廉，又不治产，卬奉赐给诸公。然其馈遗人，不过具器食。每朝，候上间说，未尝不言天下长者。其推毂士及官属丞史，诚有味其言也。常引以为贤于己。未尝名吏，与官属言，若恐伤之。闻人之善言，进之上，唯恐后。山东诸公以此翕然称郑庄。

使视决河，自请治行五日。上曰："吾闻郑庄行，千里不赍粮，治行者何也？"然当时在朝，常趋和承意，不敢甚斥臧否。汉征匈奴，招四夷，天下费多，财用益屈。当时为大司农，任人宾客僦，入多逋负。司马安为淮阳太守，发其事，当时以此陷罪，赎为庶人。顷之，守长史。迁汝南太守，数岁，以官卒。昆弟以当时故，至二千石者六七人。当时始与汲黯列为九卿，内行修。两人中废，宾客益落。当时死，家亡余财。

先是，下邽翟公为廷尉，宾客亦填门，及废，门外可设爵罗。后复为廷尉，客欲往，翟公大署其门，曰："一死一生，乃知交情；一贫一富，乃知交态；一贵一贱，交情乃见。"

赞曰：张释之之守法，冯唐之论将，汲黯之正直，郑当时之推士，不如是，亦何以成名哉！扬子以为孝文亲诎帝尊以信亚夫之军，曷为不能用颇、牧？彼将有激云尔。

卷五十一

贾邹枚路传第二十一

贾山，颍川人也。祖父祛，故魏王时博士弟子也。山受学祛，所言涉猎书记，不能为醇儒。尝给事颍阴侯为骑。

孝文时，言治乱之道，借秦为谕，名曰《至言》。其辞曰：

臣闻为人臣者，尽忠竭愚，以直谏主，不避死亡之诛者，臣山是也。臣不敢以久远谕，愿借秦以为谕，唯陛下少加意焉。

夫布衣韦带之士，修身于内，成名于外，而使后世不绝息。至秦则不然。贵为天子，富有天下，赋敛重数，百姓任罢，赭衣半道，群盗满山，使天下之人戴目而视，倾耳而听。一夫大呼，天下响应者，陈胜是也。秦非徒如此也，起咸阳而西至雍，离宫三百，钟鼓帷帐，不移而具。又为阿房之殿，殿高数十仞，东西五里，南北千步，从车罗骑，四马鹜驰，旌旗不桡。为宫室之丽至于此，使其后世曾不得聚庐而托处焉。为驰道于天下，东穷燕、齐，南极吴、楚，江湖之上，濒海之观毕至。道广五十步，三丈而树，厚筑其外，隐以金椎，树以青松。为驰道之丽至于此，使其后世曾不得邪径而托足焉。死葬乎骊山，吏徒数十万人，旷日十年。下彻三泉合采金石，冶铜锢其内，桼涂其外，被以珠玉，饰以翡翠，中成观游，上成山林，为葬埋之侈至于此，使其后世曾不得蓬颗蔽冢而托葬焉。秦以熊罴之力，虎狼之心，蚕食诸侯，并吞海内，而不笃礼义，故天殃已加矣。臣昧死以闻，愿陛下少留意而详择其中。

臣闻忠臣之事君也，言切直则不用而身危，不切直则不可以明道，故切直之言，明主所欲急闻，忠臣之所以蒙死而竭知也。地之硗者，虽有善种，不能生焉；江皋河濒，虽有恶种，无不猥大。昔者夏、商之季世，虽关龙逢、箕子、比干之贤，身死亡而道不用。文王之时，豪俊之士皆得竭其智，刍荛采薪之人皆得尽其力，此周之所以兴也。故地之美者善养禾，君之仁者善养士。雷霆之所击，无不摧折者；万钧之所压，无不糜灭者。今人主之威，非特雷霆也;势重，非特万钧也。开道而求谏，和颜色而受之，用其言而显其身，士犹恐惧而不敢自尽，又乃况于纵欲恣行暴虐，恶闻其过乎！震之以威，压之以重，则虽有尧、舜之智，孟贲之勇，岂有不摧折者哉？如此，则人主不得闻其过失矣；弗闻，则社稷危矣。古者圣王之制，史在前书过失，工诵箴谏，瞽诵诗谏，公卿比谏，士传言谏过，庶夫谤于道，商旅议于市，然后君得闻其过失也。闻其过失而改之，见义而从之，所以永有天下也。天子之尊，四海之内，其义莫不为臣。然而养三老于大学，亲执酱而馈，执爵而酳，祝饐在前，祝鲠在后，公卿奉杖，大夫进履，举贤以自辅弼，求修正之士使直谏。故以天子之尊，尊养三老，视孝也；立辅弼之臣者，恐骄也；置直谏之士者，恐不得闻其过也；学问至于刍荛者，求善无餍也；商人庶人诽谤已而改之，从善无不听也。

昔者，秦政力并万国，富有天下，破六国以为郡县，筑长城以为关塞。秦地之固，大小之势，轻重之权，其与一家之富，一夫之强，胡可胜计也！然而兵破于陈涉，地夺于刘氏者，何也？秦王贪狼暴虐，残贼天下，穷困万民，以适其欲也。昔者，周盖千八百国，以九州之民养千八百国之君，用民之力不过岁三日，什一而籍，君有余财，民有余力，而颂声作。秦皇帝以千八百国之民自养，力罢不能胜其役，财尽不能胜其求。一君之身耳，所以自养者驰骋弋猎之娱，天下弗能供也。劳罢者不得休息，饥寒者不得衣食，亡罪而死刑者无所告诉，人与之为怨，家与之为仇，故天下坏也。秦皇帝身在之时，天下已坏矣，而弗自知也。秦皇帝东巡狩，至会稽、琅邪，刻石著其功，自以为过尧、舜统；县石铸钟虡，筛土筑阿房之宫，自以为万世有天下也。古者圣王作谥，三四十世耳，虽尧、舜、禹、汤、文、武累世广德以为子孙基业，无过二三十世者也。秦皇帝曰死而以谥法，是父子名号有时相袭也，以一至万，则世世不相复也，故死而号曰始皇帝，其次曰二世皇帝者，欲以一至万也。秦皇帝计其功德，度其后嗣，世世无穷，然身死才数月耳，天下四面而攻之，宗庙灭绝矣。

秦皇帝居灭绝之中而不自知者何也？天下莫敢告也。其所以莫敢告者何也？亡养老之义，亡辅弼之臣，亡进谏之士，纵恣行诛，退诽谤之人，杀直谏之士，是以道谀偷合苟容，比其德则贤于尧、舜，课其功则贤于汤、武，天下已溃而莫之告也。诗曰："匪言不能，胡此畏忌，听言则对，谮言则退。"此之谓也。又日："济济多士，文王以宁。"天下未尝亡士也，然而文王独言以宁者何也？文王好仁则仁兴，得士而敬之则士用，用之有礼义。故不致其爱敬，则不能尽其心；不能尽其心，则不能尽其力；不能尽其力，则不能成其功。故古之贤君于其臣也，尊其爵禄而亲之；疾则临视之亡数，死则往吊哭之，临其小敛大敛，已棺涂而后为之服锡衰麻絰，而三临其丧；未敛不饮酒食肉，未葬不举乐，当宗庙之祭而死，为之废乐。故古之君人者于其臣也，可谓尽礼矣；服法服，端容貌，正颜色，然后见之。故臣下莫敢不竭力尽死以报其上，功德立于后世，而令闻不忘也。

今陛下念思祖考，术追厥功，图所以昭光洪业休德，使天下举贤良方正之士，天下皆訢訢焉，曰将兴尧、舜之道，三王之功矣。天下之士莫不精白以承休德。今方正之士皆在朝廷矣，又选其贤者使为常侍诸吏，与之驰驱射猎，一日再三出。臣恐朝廷之解驰，百官之堕于事也，诸侯闻之，又必怠于政矣。

陛下即位，亲自勉以厚天下，损食膳，不听乐，减外徭卫卒，止岁贡；省厩马以赋县传，去诸苑以赋农夫，出帛十万余匹以振贫民；礼高年，九十者一子不事，八十者二算不事；赐天下男子爵，大臣皆至公卿；发御府金赐大臣宗族，亡不被泽者；赦罪人，怜其亡发，赐之巾，怜其衣赭书其背，父子兄弟相见也，而赐之衣。平狱缓刑，天下莫不说喜。是以元年膏雨降，五谷登，此天之所以相陛下也。刑轻于它时而犯法者寡，衣食多于前年而盗贼少，此天下之所以顺陛下也。臣闻山东吏布诏令，民虽老羸疾，扶杖而往听之，愿少须臾毋死，思见德化之成也。今功业方就，名闻方昭，四方乡风，今从豪俊之臣，方正之士，直与之日日猎射，击兔伐狐，以伤大业，绝天下之望，臣窃悼之。诗曰："靡不有初，鲜克有终。"臣不胜大愿，愿少衰射猎，以夏岁二月，定明堂，造太学，修先王之道。风行俗成，万世之基定，然后唯陛下所幸耳。

古者大臣不媟，故君子不常见其齐严之色、肃敬之容。大臣不得与宴游，方正修洁之士不得从射猎，使皆务其方以高其节，则群臣莫敢不正身修行，尽心以称大礼。如此，则陛下之道尊敬，功业施于四海，垂于万世子孙矣。诚不如此，则行日坏而荣日灭矣。夫士修之于家，而坏之于天子之廷，臣窃愍之。陛下与众臣宴游，与大臣方正朝廷论议。夫游不失乐，朝不失礼，议不失计，轨事之大者也。

其后，文帝除铸钱令，山复上书谏，以为变先帝法，非是。又讼淮南王无大罪，宜急令反国。又言柴唐子为不善，足以戒。章下诘责，对以为："钱者，亡用器也，而可以易富贵。富贵者，人主之操柄也，令民为之，是与人主共操柄，不可长也。"其言多激切，善指事意，然终不加罚，所以广谏争之路也。其后复禁铸钱云。

邹阳，齐人也。汉兴，诸侯王皆自治民聘贤。吴王濞招致四方游士，阳与吴严忌、枚乘等俱仕吴，皆以文辩著名。久之，吴王以太子事怨望，称疾不朝，阴有邪谋，阳奏书谏。为其事尚隐，恶指斥言，故先引秦为谕，因道胡、越、齐、赵、淮南之难，然后乃致其意。其辞曰：

臣闻秦倚曲台之宫，悬衡天下，画地而不犯，兵加胡、越；至其晚节末路，张耳、陈胜连从兵之据，以叩函谷，咸阳遂危。何则？列郡不相亲，万室不相救也。今胡数涉北河之外，上覆飞鸟，下不见伏菟，斗城不休，救兵不止，死者相随，辇车相属，转粟流输，千里不绝。何则？强赵责于河间，六齐望于惠后，城阳顾于卢博，三淮南之心思坟墓。大王不忧，臣恐救兵之不专，胡马遂进窥于邯郸，越水长沙，还舟青阳。虽使梁并淮阳之兵，下淮东，越广陵，以遏越人之粮，汉亦折西河而下，北守漳水，以辅大国，胡亦益进，越亦益深。此臣之所为大王患也。

臣闻交龙襄首奋翼，则浮云出流，雾雨咸集。圣王底节修德，则游谈之士归义思名。今臣尽智毕议，易精极虑，则无国不可奸；饰固陋之心，则何王之门不可曳长裾乎？然臣所以历数王之朝，背淮千里而自致者，非恶臣国而乐吴民也，窃高下风之行，尤说大王之义。故愿大王之无忽，察听其志。

臣闻鸷鸟累百，不如一鹗。夫全赵之时，武力鼎士袨服丛台之下者一旦成市，而不能止幽王之湛患。淮南连山东之侠，死士盈朝，不能还厉王之西也。然而计议不得，虽诸、贲不能安其位，亦明矣。故愿大王审画而已。

始孝文皇帝据关入立，寒心销志，不明求衣。自立天子之后，使东牟朱虚东褒义父之后，深割婴儿王之。壤子王梁、代，益以淮阳。卒仆济北，囚弟于雍者，岂非象新垣平等哉！今天子新据先帝之遗业，左规山东，右制关中，变权易势，大臣难知。大王弗察，臣恐周鼎复起于汉，新垣过计于朝，则我吴遗嗣，不可期于世矣。高皇帝烧栈道，水章邯，兵不留行，收弊民之倦，东驰函谷，西楚大破。水攻则章邯以亡其城，陆击则荆王以失其地，此皆国家之不几者也。愿大王孰察之。

吴王不内其言。

是时，景帝少弟梁孝王贵盛，亦待士。于是邹阳、枚乘、严忌知吴不可说，皆去之梁，从孝王游。

阳为人有智略，慷慨不苟合，介于羊胜、公孙诡之间。胜等疾阳，恶之孝王。孝王怒，下阳吏，将杀之。阳客游以谗见禽，恐死而负累，乃从狱中上书曰：

臣闻忠无不报，信不见疑，臣常以为然，徒虚语耳。昔荆轲慕燕丹之义，白虹贯日，太子畏之；卫先生为秦画长平之事，太白食昴，昭王疑之。夫精变天地而信不谕两主，岂不哀哉！今臣尽忠竭诚，毕议愿知，左右不明，卒从吏讯，为世所疑。是使荆轲、卫先生复起，而燕、秦不寤也。愿大王孰察之。

昔玉人献宝，楚王诛之；李斯竭忠，胡亥极刑。是以箕子阳狂，接舆避世，恐遭此患也。愿大王察玉人、李斯之意，而后楚王、胡亥之听，毋使臣为箕子、接舆所笑。臣闻比干剖心，子胥鸱夷，臣始不信，乃今知之。愿大王孰察，少加怜焉！

语曰："有白头如新，倾盖如故。"何则？知与不知也。故樊於期逃秦之燕，借荆轲首以奉丹事；王奢去齐之魏，临城自刭以却齐而存魏。夫王奢、樊於期非新于齐、秦而故于燕、魏也，所以去二国死两君者，行合于志，慕义无穷也。是以苏秦不信于天下，为燕尾生；白圭战亡六城，为魏取中山。何则？诚有以相知也。苏秦相燕，人恶之燕王，燕王按剑而怒，食以駃騠；白圭显于中山，人恶之于魏文侯，文侯赐以夜光之璧。何则？两主二臣，剖心析肝相信，岂移于浮辞哉！

故女无美恶，入宫见妒；士无贤不肖，入朝见嫉。昔司马喜膑脚于宋，卒相中山；范睢拉胁折齿于魏，卒为应侯。此二人者，皆信必然之画，捐朋党之私，挟孤独之交，故不能自免于嫉妒之人也。是以申徒狄蹈雍之河，徐衍负石入海。不容于世，义不苟取比周于朝以移主上之心。故百里奚乞食于道路，缪公委之以政；甯戚饭牛车下，桓公任之以国。此二人者，岂素宦于朝，借誉于左右，然后二主用之哉？感于心，合于行，坚如胶桼，昆弟不能离，岂惑于众口哉？故偏听生奸，独任成乱。昔鲁听季孙之说逐孔子，宋任子冉之计囚墨翟。夫以孔、墨之辩，不能自免于谗谀，而二国以危。何则？众口铄金，积毁销骨也。秦用戎人由余而伯中国，齐用越人子臧而强威、宣。此二国岂系于俗，牵于世，系奇偏之浮辞哉？公听并观，垂明当世。故意合则胡、越为兄弟，由余、子臧是矣；不合则骨肉为仇敌，朱、象、管、蔡是矣。今人主诚能用齐、秦之明，后宋、鲁之听，则五伯不足侔，而三王易为也。

是以圣王觉寤，捐子之之心，而不说田常之贤，封比干之后，修孕妇之墓，故功业覆于天下。何则？欲善亡厌也。夫晋文亲其仇，强伯诸侯；齐桓用其仇，而一匡天下。何则？慈仁殷勤，诚加于心，不可以虚辞借也。

至夫秦用商鞅之法，东弱韩、魏，立强天下，卒车裂之。越用大夫种之谋，禽劲吴而伯中国，遂诛其身。是以孙叔敖三去相而不悔，於陵子仲辞三公为人灌园。今人主诚能去骄傲之心，怀可报之意，披心腹，见情素，堕肝胆，施德厚，终与之穷达，无爱于士，则桀之犬可使吠尧，跖之客可使刺由，何况因万乘之权，假圣王之资乎！然则轲湛七族，要离燔妻子，岂足为大王道哉！

臣闻明月之珠，夜光之璧，以暗投人于道，众莫不按剑相眄者。何则？无因而至前也。蟠木根柢，轮囷离奇，而为万乘器者，以左右先为之容也。故无因而至前，虽出随珠和璧，祗怨结而不见德；有人先游，则枯木朽株，树功而不忘。今夫天下布衣穷居之士，身在贫羸，虽蒙尧、舜之术，挟伊、管之辩，怀龙逢、比干之意，而素无根柢之容，虽竭精神，欲开忠于当世之君，则人主必袭按剑相眄之迹矣。是使布衣之士不得为枯木朽株之资也。

是以圣王制世御俗，独化于陶钧之上，而不牵乎卑辞之语，不夺乎众多之口。故秦皇帝任中庶子蒙之言，以信荆轲，而匕首窃发；周文王猎泾渭，载吕尚归，以王天下。秦信左右而亡，周用乌集而王。何则？以其能越挛拘之语，驰域外之议，独观乎昭旷之道也。今人主沉谄谀之辞，牵帷廧之制，使不羁之士与牛骥同皂，此鲍焦所以愤于世也。

臣闻盛饰入朝者不以私污义，底厉名号者不以利伤行。故里名胜母，曾子不入；邑号朝歌，墨子回车。今欲使天下寥廓之士笼于威重之权，胁于位势之贵，回面污行，以事谄谀之人，而求亲近于左右，则士有伏死堀穴岩薮之中耳，安有尽忠信而趋阙下者哉！

书奏孝王，孝王立出之，卒为上客。

初，胜、诡欲使王求为汉嗣，王又尝上书，愿赐容车之地径至长乐宫，自使梁国士众筑作甬道朝太后。爰盎等皆建以为不可。天子不许。梁王怒，令人刺杀盎。上疑梁杀之，使者冠盖相望责梁王。梁王始与胜、诡有谋，阳争以为不可，故见谗。枚先生、严夫子皆不敢谏。

及梁事败，胜、诡死，孝王恐诛，乃思阳言，深辞谢之，赍以千金，令求方略解罪于上者，阳素知齐人王先生，年八十余，多奇计，即往见，语以其事。王先生曰："难哉！人主有私怨深怒，欲施必行之诛，诚难解也。以太后之尊，骨肉之亲，犹不能止，况臣下乎？昔秦始皇有伏怒于太后，群臣谏而死者以十数。得茅焦为廓大义，始皇非能说其言也，乃自强从之耳。茅焦亦廑脱死如毛氂耳，故事所以难者也。今子欲安之乎？"阳曰："邹、鲁守经学，齐、楚多辩知，韩、魏时有奇节，吾将历问之。"王先生曰："子行矣。还，过我而西。"

邹阳行月余，莫能为谋，还，过王先生，曰："臣将西矣，为如何？"王先生曰："吾先日欲献愚计，以为众不可盖，窃自薄陋不敢道也。若子行，必往见王长君，士无过此者矣。"邹阳发寤于心，曰："敬诺。"辞去，不过梁，径至长安，因客见王长君。

长君者，王美人兄也，后封为盖侯。邹阳留数日，乘间而请曰："臣非为长君无使令于前，故来侍也；愚戆窃不自料，愿有谒也。"长君跪曰："幸甚。"阳曰："窃闻长君弟得幸后宫，天下无有，而长君行迹多不循道理者。今爰盎事即穷竟，梁王恐诛。如此，则太后怫郁泣血，无所发怒，切齿侧目于贵臣矣。臣恐长君危于累卵，窃为足下忧之。"长君惧然曰："将为之奈何？"阳曰："长君诚能精为上言之，得毋竟梁事，长君必固自结于太后。太后厚德长君，入于骨髓，而长君之弟幸于两宫，金城之固也。又有存亡继绝之功，德布天下，名施无穷，愿长君深自计之。昔者，舜之弟象日以杀舜为事，及舜立为天子，封之于有卑。夫仁人之于兄弟，无臧怒，无宿怨，厚亲爱而已，是以后世称之。鲁公子庆父使仆人杀子般，狱有所归，季友不探其情而诛焉；庆父亲杀闵公，季子缓追免贼，《春秋》以为亲亲之道也。鲁哀姜薨于夷，孔子曰'齐桓公法而不谲'，以为过也。以是说天子，侥幸梁事不奏。"长君曰："诺。"乘间入而言之。及韩安国亦见长公主，事果得不治。

初，吴王濞与七国谋反，及发，齐、济北两国城守不行。汉既破吴，齐王自杀，不得立嗣。济北王亦欲自杀，幸全其妻子。齐人公孙玃谓济北王曰："臣请试为大王明说梁王，通意天子，说而不用，死未晚也。"公孙玃遂见梁王，曰："夫济北之地，东接强齐，南牵吴、越，北胁燕、赵，此四分五裂之国，权不足以自守，劲不足以扞寇，又非有奇怪云以待难也，虽坠言于吴，非其正计也。昔者郑祭仲许宋人立公子突以活其君，非义也，《春秋》记之，为其以生易死，以存易亡也。乡使济北见情实，示不从之端，则吴必先历齐毕济北，招燕、赵而总之。如此，则山东之从结而无隙矣。今吴、楚之王练诸侯之兵，驱白徒之众，西与天子争衡，济北独底节坚守不下。使吴失与而无助，跬步独进，瓦解土崩，破败而不救者，未必非济北之力也。夫以区区之济北而与诸侯争强，是以羔犊之弱而扞虎狼之敌也。守职不桡，可谓诚一矣。功义如此，尚见疑于上，胁肩低首，累足抚衿，使有自悔不前之心，非社稷之利也。臣恐藩臣守职者疑之。臣窃料之，能历西山，径长乐，抵未央，攘袂而正议者，独大王耳。上有全亡之功，下有安百姓之名，德沦于骨髓，恩加于无穷，愿大王留意详惟之。"孝王大说，使人驰以闻。济北王得不坐，徙封于淄川。

枚乘，字叔，淮阴人也，为吴王濞郎中。吴王之初怨望谋为逆也，乘奏书谏曰：

臣闻得全者全昌，失全者全亡。舜无立锥之地，以有天下；禹无十户之聚，以王诸侯。汤、武之土不过百里，上不绝三光之明，下不伤百姓之心者，有王术也。故父子之道，天性也。忠臣不避重诛以直谏，则事无遗策，功流万世。臣乘愿披心腹而效愚忠，唯大王少加意念恻怛之心于臣乘言。

夫以一缕之任系千钧之重，上县无极之高，下垂不测之渊，虽甚愚之人犹知哀其将绝也。马方骇鼓而惊之，系方绝又重镇之；系绝于天不可复结，队入深渊难以复出。其出不出，间不容发。能听忠臣之言，百举必脱。必若所欲为，危于累卵，难于上天；变所欲为，易于反掌，安于泰山。今欲极天命之寿，敝无穷之乐，究万乘之势，不出反掌之易，以居泰山之安，而欲乘累卵之危，走上天之难，此愚臣之所大惑也。

人性有畏其景而恶其迹者，却背而走，迹愈多，景愈疾，不知就阴而止，景灭迹绝。欲人勿闻，莫若勿言；欲人勿知，莫若勿为。欲汤之㵾，一人炊之，百人扬之，无益也，不如绝薪止火而已。不绝之于彼，而救之于此，譬犹抱薪而救火也。养由基，楚之善射者也，去杨叶百步，百发百中。杨叶之大，加百中焉，可谓善射矣。然其所止，乃百步之内耳，比于臣乘，未知操弓持矢也。

福生有基，祸生有胎；纳其基，绝其胎，祸何自来？泰山之霤穿石，单极之绠断榦。

水非石之钻，索非木之锯，渐靡使之然也。夫铢铢而称之，至石必差；寸寸而度之，至丈必过。石称丈量，径而寡失。夫十围之木，始生如蘖，足可搔而绝，手可擢而拔，据其未生，先其未形也。磨砻底厉，不见其损，有时而尽；种树畜养，不见其益，有时而大；积德累行，不知其善，有时而用；弃义背理，不知其恶，有时而亡。臣愿大王孰计而身行之，此百世不易之道也。

吴王不纳。乘等去而之梁，从孝王游。

景帝即位，御史大夫晁错为汉定制度，损削诸侯，吴王遂与六国谋反，举兵西乡，以诛错为名。汉闻之，斩错以谢诸侯。枚乘复说吴王曰：

昔者，秦西举胡戎之难，北备榆中之关，南距羌笮之塞，东当六国之从。六国乘信陵之籍，明苏秦之约，厉荆轲之威，并力一心以备秦。然秦卒禽六国，灭其社稷，而并天下，是何也？则地利不同，而民轻重不等也。今汉据全秦之地，兼六国之众，修戎狄之义，而南朝羌笮，此其与秦，地相什而民相百，大王之所明知也。今夫谗谀之臣为大王计者，不论骨肉之义，民之轻重，国之大小，以为吴祸，此臣所以为大王患也。

夫举吴兵以訾于汉，譬犹蝇蚋之附群牛，腐肉之齿利剑，锋接必无事矣。天子闻吴率失职诸侯，愿责先帝之遗约，今汉亲诛其三公，以谢前过，是大王之威加于天下，而功越于汤、武也。夫吴有诸侯之位，而实富于天子；有隐匿之名，而居过于中国。夫汉并二十四郡，十七诸侯，方输错出，运行数千里不绝于道，其珍怪不如东山之府。转粟西乡，陆行不绝，水行满河，不如海陵之仓。修治上林，杂以离宫，积聚玩好，圈守禽兽，不如长洲之苑。游曲台，临上路，不如朝夕之池。深壁高垒，副以关城，不如江淮之险。此臣之所以为大王乐也。

今大王还兵疾归，尚得十半。不然，汉知吴之有吞天下之心也，赫然加怒，遣羽林黄头循江而下，袭大王之都；鲁东海绝吴之饷道；梁王饬车骑，习战射，积粟固守，以备荥阳，待吴之饥。大王虽欲反都，亦不得已。夫三淮南之计不负其约，齐王杀身以灭其迹，四国不得出兵其郡，赵囚邯郸，此不可掩，亦已明矣。大王已去千里之国，而制于十里之内矣。张、韩将北地，弓高宿左右，兵不得下壁，军不得大息，臣窃哀之。愿大王孰察焉。

吴王不用乘策，卒见禽灭。

汉既平七国，乘由是知名。景帝召拜乘为弘农都尉。乘久为大国上宾，与英俊并游，得其所好，不乐郡吏，以病去官。复游梁，梁客皆善属辞赋，乘尤高。孝王薨，乘归淮阴。

武帝自为太子闻乘名，及即位，乘年老，乃以安车蒲轮征乘，道死。诏问乘子，无能为文者，后乃得其孽子皋。

皋，字少孺，乘在梁时，取皋母为小妻。乘之东归也，皋母不肯随乘，乘怒，分皋数千钱，留与母居。年十七，上书梁共王，得召为郎。三年，为王使，与冗从争，见谗恶遇罪，家室没入。皋亡至长安。会赦，上书北阙，自陈枚乘之子。上得大喜，召入见待诏，皋因赋殿中。诏使赋平乐馆，善之。拜为郎，使匈奴。皋不通经术，诙笑类俳倡，为赋颂，好嫚戏，以故得媟黩贵幸，比东方朔、郭舍人等，而不得比严助等得尊官。

武帝春秋二十九乃得皇子，群臣喜，故皋与东方朔作《皇太子生赋》及《立皇子禖祝》，受诏所为，皆不从故事，重皇子也。

初，卫皇后立，皋奏赋以戒终。皋为赋善于朔也。

从行至甘泉、雍、河东，东巡狩，封泰山，塞决河宣房，游观三辅离宫馆，临山泽，弋猎射驭狗马蹴鞠刻镂，上有所感，辄使赋之。为文疾，受诏辄成，故所赋者多。司马相如善为文而迟，故所作少而善于皋。皋赋辞中自言为赋不如相如，又言为赋乃俳，见视如倡，自悔类倡也。故其赋有诋娸东方朔，又自诋娸。其文黩，曲随其事，皆得其意，颇诙笑，不甚闲靡。凡可读者百二十篇，其尤嫚戏不可读者尚数十篇。

路温舒，字长君，巨鹿东里人也。父为里监门。使温舒牧羊，温舒取泽中蒲，截以为牒，编用写书。稍习善，求为狱小吏，因学律令，转为狱史，县中疑事皆问焉。太守行县，见而异之，署决曹史。又受《春秋》，通大义。举孝廉，为山邑丞，坐法免，复为郡吏。

元凤中，廷尉光以治诏狱，请温舒署奏曹掾，守廷尉史。会昭帝崩，昌邑王贺废，宣帝初即位，温舒上书，言宜尚德缓刑。其辞曰：

臣闻齐有无知之祸，而桓公以兴；晋有骊姬之难，而文公用伯。近世赵王不终，诸吕作乱，而孝文为大宗。繇是观之，祸乱之作，将以开圣人也。故桓、文扶微兴坏，尊文武之业，泽加百姓，功润诸侯，虽不及三王，天下归仁焉。文帝永思至德，以承天心，崇仁义，省刑罚，通关梁，一远近，敬贤如大宾，爱民如赤子，内恕情之所安，而施之于海内，是以囹圄空虚，天下太平。夫继变化之后，必有异旧之恩，此贤圣所以昭天命也。往者，昭帝即世而无嗣，大臣忧戚，焦心合谋，皆以昌邑尊亲，援而立之。然天不授命，淫乱其心，遂以自亡。深察祸变之故，乃皇天之所以开至圣也。故大将军受命武帝，股肱汉国，披肝胆，决大计，黜亡义，立有德，辅天而行，然后宗庙以安，天下咸宁。

臣闻《春秋》正即位，大一统而慎始也。陛下初登至尊，与天合符，宜改前世之失，正始受命之统，涤烦文，除民疾，存亡继绝，以应天意。

臣闻秦有十失，其一尚存，治狱之吏是也。秦之时，羞文学，好武勇，贱仁义之士，贵治狱之吏；正言者谓之诽谤，遏过者谓之妖言。故盛服先生不用于世，忠良切言皆郁于胸，誉谀之声日满于耳；虚美熏心，实祸蔽塞。此乃秦之所以亡天下也。方今天下赖陛下恩厚，亡金革之危，饥寒之患，父子夫妻戮力安家，然太平未洽者，狱乱之也。夫狱者，天下之大命也，死者不可复生，绝者不可复属。《书》曰："与其杀不辜，宁失不经。"今治狱吏则不然，上下相驱，以刻为明；深者获公名，平者多后患。故治狱之吏皆欲人死，非憎人也，自安之道在人之死。是以死人之血流离于市，被刑之徒比肩而立，大辟之计岁以万数，此仁圣之所以伤也。太平之未洽，凡以此也。夫人情安则乐生，痛则思死。棰楚之下，何求而不得？故囚人不胜痛，则饰辞以视之；吏治者利其然，则指道以明之；上奏畏却，则锻练而周内之。盖奏当之成，虽咎繇听之，犹以为死有余辜。何则？成练者众，文致之罪明也。是以狱吏专为深刻，残贼而亡极，偷为一切，不顾国患，此世之大贼也。故俗语曰："画地为狱，议不入；刻木为吏，期不对。”此皆疾吏之风，悲痛之辞也。故天下之患，莫深于狱；败法乱正，离亲塞道，莫甚乎治狱之吏。此所谓一尚存者也。

臣闻乌鸢之卵不毁，而后凤凰集；诽谤之罪不诛，而后良言进。故古人有言：“山薮藏疾，川泽纳污，瑾瑜匿恶，国君含诟。”唯陛下除诽谤以招切言，开天下之口，广箴谏之路，扫亡秦之失，尊文、武之德，省法制，宽刑罚，以废治狱，则太平之风可兴于世，永履和乐，与天亡极，天下幸甚。

上善其言，迁广阳私府长。

内史举温舒文学高第，迁右扶风丞。时，诏书令公卿选可使匈奴者，温舒上书，愿给厮养，暴骨方外，以尽臣节。事下度辽将军范明友、太仆杜延年问状，罢归故官。久之，迁临淮太守，治有异迹，卒于官。

温舒从祖父受历数天文，以为汉厄三七之间，上封事以豫戒。成帝时，谷永亦言如此。及王莽篡位，欲章代汉之符，著其语焉。温舒子及孙皆至牧守大官。

赞曰：春秋鲁臧孙达以礼谏君，君子以为有后。贾山自下劘上，邹阳、枚乘游于危国，然卒免刑戮者，以其言正也。路温舒辞顺而意笃，遂为世家，宜哉！

卷五十二

窦田灌韩传第二十二

窦婴，字王孙，孝文皇后从兄子也。父世观津人也。喜宾客。孝文时为吴相，病免。孝景即位，为詹事。

帝弟梁孝王，母窦太后爱之。孝王朝，因燕昆弟饮。是时，上未立太子，酒酣，上从容曰：“千秋万岁后传王。”太后欢。婴引卮酒进上曰：“天下者，高祖天下，父子相传，汉之约也，上何以得传梁王！”太后由此憎婴。婴亦薄其官，因病免。太后除婴门籍，不得朝请。

孝景三年，吴、楚反，上察宗室诸窦无如婴贤，召入见，固让谢，称病不足任。太后亦惭。于是上曰：“天下方有急，王孙宁可以让邪？”乃拜婴为大将军，赐金千斤。婴言爰盎、栾布诸名将贤士在家者进之。所赐金，陈廊庑下，军吏过，辄令财取为用，金无入家者。婴守荥阳，监齐、赵兵。七国破，封为魏其侯。游士宾客争归之。每朝议大事，条侯、魏其，列侯莫敢与亢礼。四年，立栗太子，以婴为傅。七年，栗太子废，婴争弗能得，谢病，屏居蓝田南山下数月，诸窦宾客辩士说，莫能来。梁人高遂乃说婴曰：“能富贵将军者，上也；能亲将军者，太后也。今将军傅太子，太子废，争不能拔，又不能死，自引谢病，拥赵女屏闲处而不朝，只加怼自明，扬主之过。有如两宫奭将军，则妻子无类矣。”婴然之，乃起，朝请如故。桃侯免相，窦太后数言魏其。景帝曰：“太后岂以臣有爱相魏其者？魏其沾沾自喜耳，多易，难以为相持重。”遂不用，用建陵侯卫绾为丞相。

田蚡，孝景王皇后同母弟也，生长陵。窦婴已为大将军，方盛，蚡为诸曹郎，未贵，往来侍酒婴所，跪起如子姓。及孝景晚节，蚡益贵幸，为中大夫。辩有口，学《盘盂》诸书，王皇后贤之。

孝景崩，武帝初即位，蚡以舅封为武安侯，弟胜为周阳侯。蚡新用事，卑下宾客，进名士家居者贵之，欲以倾诸将相。上所填抚，多蚡宾客计策。会丞相绾病免，上议置丞相、太尉。藉福说蚡曰："魏其侯贵久矣，素天下士归之。今将军初兴，未如，即上以将军为相，必让魏其。魏其为相，将军必为太尉。太尉、相尊等耳，有让贤名。"蚡乃微言太后风上，于是乃以婴为丞相，蚡为太尉。藉福贺婴，因吊曰："君侯资性喜善疾恶，方今善人誉君侯，故至丞相；然恶人众，亦且毁君侯。君侯能兼容，则幸久；不能，今以毁去矣。"婴不听。

婴、蚡俱好儒术，推毂赵绾为御史大夫，王臧为郎中令。迎鲁申公，欲设明堂，令列侯就国，除关，以礼为服制，以兴太平。举谪诸窦宗室无行者，除其属籍。诸外家为列侯，列侯多尚公主，皆不欲就国，以故毁日至窦太后。太后好黄、老言，而婴、蚡、赵绾等务隆推儒术，贬道家言，是以窦太后滋不说。

二年，御史大夫赵绾请毋奏事东宫。窦太后大怒，曰："此欲复为新垣平邪！"乃罢逐赵绾、王臧，而免丞相婴、太尉蚡，以柏至侯许昌为丞相，武强侯庄青翟为御史大夫。婴、蚡以侯家居。蚡虽不任职，以王太后故亲幸，数言事，多效，士吏趋势利者皆去婴而归蚡。蚡日益横。六年，窦太后崩，丞相昌、御史大夫青翟坐丧事不办，免。上以蚡为丞相，大司农韩安国为御史大夫。天下士郡诸侯愈益附蚡。

蚡为人貌侵，生贵甚。又以为诸侯王多长，上初即位，富于春秋，蚡以肺腑为相，非痛折节以礼屈之，天下不肃。当是时，丞相入奏事，语移日，所言皆听。荐人或起家至二千石，权移主上。上乃曰："君除吏尽未？吾亦欲除吏。"尝请考工地益宅，上怒曰："遂取武库！"是后乃退。召客饮，坐其兄盖侯北乡，自坐东乡，以为汉相尊，不可以兄故私桡。由此滋骄，治宅甲诸第，田园极膏腴，市买郡县器物相属于道。前堂罗钟鼓，立曲旃；后房妇女以百数。诸奏珍物狗马玩好，不可胜数。

而婴失窦太后，益疏不用，无势，诸公稍自引而怠骜，唯灌夫独否。故婴墨墨不得意，而厚遇夫也。

灌夫，字仲孺，颍阴人也。父张孟，常为颍阴侯灌婴舍人，得幸，因进之，至二千石，故蒙灌氏姓为灌孟。吴、楚反时，颍阴侯灌婴为将军，属太尉，请孟为校尉。夫以千人与父俱。孟年老，颍阴侯强请之，郁郁不得意，故战常陷坚，遂死吴军中。汉法，父子俱，有死事，得与丧归，夫不肯随丧归。奋曰："愿取吴王若将军头以报父仇！"于是夫被甲持戟，募军中壮士所善愿从数十人。及出壁门，莫敢前。独两人及从奴十余骑驰入吴军，至戏下，所杀伤数十人。不得前，复还走汉壁，亡其奴，独与一骑归。夫身中大创十余，适有万金良药，故得无死。创少瘳，又复请将军曰："吾益知吴壁曲折，请复往。"将军壮而义之，恐亡夫，乃言太尉，太尉召固止之。吴军破，夫以此名闻天下。

颍阴侯言夫，夫为郎中将。数岁，坐法去，家居长安中，诸公莫不称，由是复为代相。武帝即位，以为淮阳天下郊，劲兵处，故徙夫为淮阳太守。入为太仆。二年，夫与长乐卫尉窦甫饮，轻重不得，夫醉，搏甫。甫，窦太后昆弟。上恐太后诛夫，徙夫为燕相。数岁，坐法免，家居长安。夫为人刚直，使酒，不好面谀。贵戚诸势在己之右，欲必陵之；士在己左，愈贫贱，尤益礼敬，与钧。稠人广众，荐宠下辈。士亦以此多之。夫不好文学，喜任侠,已然诺。诸所与交通,无非豪桀大猾。家累数千万,食客日数十百人。波池田园,宗族宾客为权利，横颍川。颍川儿歌之曰："颍水清，灌氏宁；颍水浊，灌氏族。"

夫家居，卿相侍中宾客益衰。及窦婴失势，亦欲倚夫引绳排根生平慕之后弃者。夫亦得婴通列侯宗室为名高。两人相为引重，其游如父子然，相得欢甚，无厌，恨相知之晚。

夫尝有服，过丞相蚡。蚡从容曰："吾欲与仲孺过魏其侯，会仲孺有服。"夫曰："将军乃肯幸临况魏其侯,夫安敢以服为解！请语魏其侯帐具,将军旦日蚤临。"蚡许诺。夫以语婴。婴与夫人益市牛酒，夜洒扫张具至旦。平明，令门下候司。至日中，蚡不来。婴谓夫曰："丞相岂忘之哉？"夫不怿，曰："夫以服请，不宜。"乃驾，自往迎蚡。蚡特前戏许夫，殊无意往。夫至门，蚡尚卧也。于是夫见，曰："将军昨日幸许过魏其，魏其夫妻治具，至今未敢尝食。"蚡悟，谢曰："吾醉，忘与仲孺言。"乃驾往。往又徐行，夫愈益怒。及饮酒酣，夫起舞属蚡，蚡不起。夫徙坐，语侵之。婴乃扶夫去，谢蚡，蚡卒饮至夜，极欢而去。

后蚡使藉福请婴城南田,婴大望曰:"老仆虽弃,将军虽贵,宁可以势相夺乎！"不许。夫闻，怒骂福。福恶两人有隙，乃谩好谢蚡曰："魏其老且死，易忍，且待之。"已而蚡闻婴、夫实怒不予，亦怒曰："魏其子尝杀人，蚡活之。蚡事魏其无所不可，爱数顷田？且灌夫何与也？吾不敢复求田！"由此大怒。元光四年春,蚡言灌夫家在颍川,横甚,民苦之。请案之。上曰:"此丞相事,何请？"夫亦持蚡阴事,为奸利,受淮南王金与语言。宾客居间，遂已，俱解。

夏，蚡取燕王女为夫人，太后诏召列侯宗室皆往贺。婴过夫，欲与俱。夫谢曰："夫数以酒失过丞相，丞相今者又与夫有隙。"婴曰："事已解。"强与俱。酒酣，蚡起为寿，坐皆避席伏。已婴为寿，独故人避席，余半膝席。夫行酒，至蚡，蚡膝席曰："不能满觞。"夫怒，因嘻笑曰："将军贵人也，毕之！"时蚡不肯。行酒次至临汝侯灌贤，贤方与程不识耳语，又不避席。夫无所发怒，乃骂贤曰："平生毁程不识不直一钱，今日长者为寿，乃效女曹儿呫嗫耳语！"蚡谓夫曰："程、李俱东西宫卫尉，今众辱程将军，仲孺独不为李将军地乎？"夫曰："今日斩头穴匈，何知程、李！"坐乃起更衣，稍稍去。婴去，戏夫。夫出，蚡遂怒曰："此吾骄灌夫罪也。"乃令骑留夫，夫不得出。藉福起为谢，案夫项令谢。夫愈怒，不肯顺。蚡乃戏骑缚夫置传舍，召长史曰："今日召宗室，有诏。"劾灌夫骂坐不敬，系居室。遂其前事，遣吏分曹逐捕诸灌氏支属，皆得弃市罪。婴愧，为资使宾客请，莫能解。蚡吏皆为耳目，诸灌氏皆亡匿，夫系，遂不得告言蚡阴事。

婴锐为救夫，婴夫人谏曰："灌将军得罪丞相，与太后家迕，宁可救邪？"婴曰："侯自我得之，自我捐之，无所恨。且终不令灌仲孺独死，婴独生。"乃匿其家，窃出上书。立召入，具告言灌夫醉饱事，不足诛。上然之，赐婴食，曰："东朝廷辩之。"

婴东朝，盛推夫善，言其醉饱得过，乃丞相以它事诬罪之。蚡盛毁夫所为横恣，罪逆不道。婴度无可奈何，因言蚡短。蚡曰："天下幸而安乐无事，蚡得为肺附，所好音乐、狗马、田宅，所爱倡优、巧匠之属，不如魏其、灌夫日夜招聚天下豪杰壮士与论议，腹诽而心谤，卬视天，俯画地，辟睨两宫间，幸天下有变，而欲有大功。臣乃不如魏其等所为。"上问朝臣："两人孰是？"御史大夫韩安国曰："魏其言灌夫父死事，身荷戟驰不测之吴军，身被数十创，名冠三军，此天下壮士，非有大恶，争杯酒，不足引它过以诛也。魏其言是。丞相亦言灌夫通奸猾，侵细民，家累巨万，横恣颍川，輘轹宗室，侵犯骨肉，此所谓'支大于干，胫大于股，不折必披'。丞相言亦是。唯明主裁之。”主爵都尉汲黯是魏其。内史郑当时是魏其，后不坚。余皆莫敢对。上怒内史曰：“公平生数言魏其、武安长短，今日廷论，局趣效辕下驹，吾并斩若属矣！”即罢起入，上食太后。太后亦已使人候司，具以语太后。太后怒，不食，曰：“我在也，而人皆藉吾弟，令我百岁后，皆鱼肉之乎！且帝宁能为石人邪！此特帝在，即录录，设百岁后，是属宁有可信者乎？”上谢曰：“俱外家，故廷辨之。不然，此一狱吏所决耳。”是时，郎中令石建为上分别言两人。

蚡已罢朝，出止车门，召御史大夫安国载，怒曰：“与长孺共一秃翁，何为首鼠两端？”安国良久谓蚡曰：“君何不自喜！夫魏其毁君，君当免冠解印绶归，曰‘臣以肺附幸得待罪，固非其任，魏其言皆是。’如此，上必多君有让，不废君。魏其必愧，杜门齚舌自杀。今人毁君，君亦毁之，譬如贾竖女子争言，何其无大体也！”蚡谢曰：“争时急，不知出此。”

于是上使御史簿责婴所言灌夫颇不雠，劾系都司空。孝景时，婴尝受遗诏，曰“事有不便，以便宜论上”。及系，灌夫罪至族，事日急，诸公莫敢复明言于上。婴乃使昆弟子上书言之，幸得召见。书奏，案尚书，大行无遗诏。诏书独臧婴家，婴家丞封。乃劾婴矫先帝诏害，罪当弃市。五年十月，悉论灌夫支属。婴良久乃闻有劾，即阳病痱，不食欲死。或闻上无意杀婴，复食，治病，议定不死矣。乃有飞语为恶言闻上，故以十二月晦论弃市渭城。

春，蚡疾，一身尽痛，若有击者，呼服谢罪。上使视鬼者瞻之，曰：“魏其侯与灌夫共守，笞欲杀之。”竟死。子恬嗣，元朔中有罪免。

后淮南王安谋反，觉。始安入朝时，蚡为太尉，迎安霸上，谓安曰：“上未有太子，大王最贤，高祖孙，即宫车晏驾，非大王立，尚谁立哉？”淮南王大喜，厚遗金钱财物。上自婴、夫事时不直蚡，特为太后故。及闻淮南事，上曰：“使武安侯在者，族矣。”

韩安国，字长孺，梁成安人也，后徙睢阳。尝受《韩子》、杂说邹田生所。事梁孝王，为中大夫。吴、楚反时，孝王使安国及张羽为将，扞吴兵于东界。张羽力战，安国持重，以故吴不能过梁。吴、楚破，安国、张羽名由此显梁。

梁王以至亲故，得自置相、二千石，出入游戏，僭于天子。天子闻之，心不善。太后知帝弗善，乃怒梁使者，弗见，案责王所为。安国为梁使，见大长公主而泣曰：“何梁王为人子之孝，为人臣之忠，而太后曾不省也？夫前日吴、楚、齐、赵七国反，自关以东皆合从而西向，唯梁最亲，为限难。梁王念太后、帝在中，而诸侯扰乱，壹言泣数行而下，跪送臣等六人将兵击却吴、楚，吴、楚以故兵不敢西，而卒破亡，梁之力也。今太后以小苛礼责望梁王。梁王父兄皆帝王，而所见者大，故出称跸，入言警，车旗皆帝所赐，即以嫮鄙小县，驱驰国中，欲夸诸侯，令天下知太后、帝爱之也。今梁使来，辄案责之，梁王恐，日夜涕泣思慕，不知所为。何梁王之忠孝而太后不恤也？”长公主具以告太后，太后喜曰：“为帝言之。”言之，帝心乃解，而免冠谢太后曰：“兄弟不能相教，乃为太后遗忧。”悉见梁使，厚赐之。其后，梁王益亲欢。太后、长公主更赐安国直千余金。由此显，结于汉。

其后，安国坐法抵罪，蒙狱吏田甲辱安国。安国曰：“死灰独不复然乎？”甲曰：“然即溺之。”居无几，梁内史缺，汉使使者拜安国为梁内史，起徒中为二千石。田甲亡。安国曰：“甲不就官，我灭而宗。”甲肉袒谢，安国笑曰：“公等足与治乎？”卒善遇之。

内史之缺也，王新得齐人公孙诡，说之，欲请为内史。窦太后所，乃诏王以安国为内史。

公孙诡、羊胜说王求为帝太子及益地事，恐汉大臣不听，乃阴使人刺汉用事谋臣。及杀故吴相爰盎，景帝遂闻诡、胜等计划，乃遣使捕诡、胜，必得。汉使十辈至梁，相以下举国大索，月余弗得。安国闻诡、胜匿王所，乃入见王而泣曰："主辱者臣死。大王无良臣，故纷纷至此。今胜、诡不得，请辞赐死。"王曰："何至此？"安国泣数行下，曰："大王自度于皇帝，孰与太上皇之与高帝及皇帝与临江王亲？"王曰："弗如也。"安国曰："夫太上皇、临江亲父子间，然高帝曰'提三尺取天下者朕也'，故太上终不得制事，居于栎阳。临江，適长太子，以一言过，废王临江；用宫垣事，卒自杀中尉府。何者？治天下终不用私乱公。语曰：'虽有亲父，安知不为虎？虽有亲兄，安知不为狼？'今大王列在诸侯，訹邪臣浮说，犯上禁，桡明法。天子以太后故，不忍致法于大王。太后日夜涕泣，幸大王自改，大王终不觉寤。有如太后宫车即晏驾，大王尚谁攀乎？"语未卒，王泣数行而下，谢安国曰："吾今出之。"即日诡、胜自杀。汉使还报，梁事皆得释，安国力也。景帝、太后益重安国。

孝王薨，共王即位，安国坐法失官，家居。武帝即位，武安侯田蚡为太尉，亲贵用事。安国以五百金遗蚡，蚡言安国太后，上素闻安国贤，即召以为北地都尉，迁为大司农。闽、东越相攻，遣安国、大行王恢将兵。未至越，越杀其王降，汉兵亦罢。其年，田蚡为丞相，安国为御史大夫。

匈奴来请和亲，上下其议。大行王恢，燕人，数为边吏，习故事，议曰："汉与匈奴和亲，率不过数岁即背约。不如勿许，举兵击之。"安国曰："千里而战，即兵不获利。今匈奴负戎马足，怀鸟兽心，迁徙鸟集，难得而制。得其地不足为广，有其众不足为强，自上古弗属。汉数千里争利，则人马罢，虏以全制其敝，势必危殆。臣故以为不如和亲。"群臣议多附安国，于是上许和亲。

明年，雁门马邑豪聂壹因大行王恢言："匈奴初和亲，亲信边，可诱以利致之，伏兵袭击，必破之道也。"上乃召问公卿曰："朕饰子女以配单于，币帛文锦，赂之甚厚。单于待命加嫚，侵盗无已，边竟数惊，朕甚闵之。今欲举兵攻之，何如？"

大行恢对曰："陛下虽未言，臣固愿效之。臣闻全代之时，北有强胡之敌，内连中国之兵，然尚得养老长幼，种树以时，仓禀常实，匈奴不轻侵也。今以陛下之威，海内为一，天下同任，又遣子弟乘边守塞，转粟輓输，以为之备，然匈奴侵盗不已者，无它，以不恐之故耳。臣窃以为击之便。"

御史大夫安国曰："不然。臣闻高皇帝尝围于平城，匈奴至者投鞍高如城者数所。平城之饥，七日不食，天下歌之，及解围反位，而无忿怒之心。夫圣人以天下为度者也，不以己私怒伤天下之功，故乃遣刘敬奉金千斤，以结和亲，至今为五世利。孝文皇帝又尝壹拥天下之精兵聚之广武常谿，然终无尺寸之功，而天下黔首无不忧者。孝文寤于兵之不可宿，故复合和亲之约。此二圣之迹，足以为效矣。臣窃以为勿击便。"

恢曰："不然。臣闻五帝不相袭礼，三王不相复乐，非故相反也，各因世宜也。且高帝身被坚执锐，蒙雾露，沐霜雪，行几十年，所以不报平城之怨者，非力不能，所以休天下之心也。今边竟数惊，士卒伤死，中国槥车相望，此仁人之所隐也。臣故曰'击之便'。"

安国曰："不然。臣闻利不十者不易业，功不百者不变常，是以古之人君谋事必就祖，发政占古语，重作事也。且自三代之盛，夷狄不与正朔服色，非威不能制，强弗能服也，以为远方绝地不牧之民，不足烦中国也。且匈奴，轻疾悍亟之兵也，至如猋风，去如收电，畜牧为业，弧弓射猎，逐兽随草，居处无常，难得而制。今使边郡久废耕织，以支胡之常事，其势不相权也。臣故曰'勿击便'。"

恢曰："不然。臣闻凤鸟乘于风，圣人因于时。昔秦缪公都雍，地方三百里，知时宜之变，攻取西戎，辟地千里，并国十四，陇西、北地是也。及后蒙恬为秦侵胡，辟数千里，以河为竟，累石为城，树榆为塞，匈奴不敢饮马于河，置烽燧然后敢牧马。夫匈奴独可以威服，不可以仁畜也。今以中国之盛，万倍之资，遣百分之一以攻匈奴，譬犹以强弩射且溃之痈也，必不留行矣。若是，则北发月氏可得而臣也。臣故曰'击之便'。"

安国曰："不然。臣闻用兵者以饱待饥，正治以待其乱，定舍以待其劳。故接兵覆众，伐国堕城，常坐而役敌国，此圣人之兵也。且臣闻之，冲风之衰，不能起毛羽；强弩之末，力不能入鲁缟。夫盛之有衰，犹朝之必莫也。今将卷甲轻举，深入长驱，难以为功；从行则迫胁，衡行则中绝，疾则粮乏，徐则后利，不至千里，人马乏食。兵法曰：'遗人获也。'意者有它缪巧可以禽之，则臣不知也；不然，则未见深入之利也。臣故曰'勿击便'。"

恢曰："不然。夫草木遭霜者，不可以风过；清水明镜，不可以形逃；通方之士，不可以文乱。今臣言击之者，固非发而深入也，将顺因单于之欲，诱而致之边，吾选枭骑壮士阴伏而处以为之备，审遮险阻以为其戒。吾势已定，或营其左，或营其右，或当其前，或绝其后，单于可禽，百全必取。"

上曰："善。"乃从恢议。阴使聂壹为间，亡入匈奴，谓单于曰："吾能斩马邑令丞，以城降，财物可尽得。"单于爱信，以为然而许之。聂壹乃诈斩死罪囚，县其头马邑城下，视单于使者为信，曰："马邑长吏已死，可急来。"于是单于穿塞，将十万骑入武州塞。

当是时，汉伏兵车骑材官三十余万，匿马邑旁谷中。卫尉李广为骁骑将军，太仆公孙贺为轻车将军，大行王恢为将屯将军，太中大夫李息为材官将军。御史大夫安国为护军将军，诸将皆属。约单于入马邑纵兵。王恢、李息别从代主击辎重。于是单于入塞，未至马邑百余里，觉之，还去。语在《匈奴传》。塞下传言单于已去，汉兵追至塞，度弗及，王恢等皆罢兵。

上怒恢不出击单于辎重也，恢曰："始约为入马邑城，兵与单于接，而臣击其辎重，可得利。今单于不至而还，臣以三万人众不敌，祗取辱。固知还而斩，然完陛下士三万人。"于是下恢廷尉，廷尉当恢逗桡，当斩。恢行千金丞相蚡，蚡不敢言上，而言于太后曰："王恢首为马邑事，今不成而诛恢，是为匈奴报仇也。"上朝太后，太后以蚡言告上。上曰："首为马邑事者恢，故发天下兵数十万，从其言，为此。且纵单于不可得，恢所部击，犹颇可得，以尉士大夫心。今不诛恢，无以谢天下。"于是恢闻，乃自杀。

安国为人多大略，知足以当世取舍，而出于忠厚。贪耆财利，然所推举皆廉士贤于己者。于梁举壶遂、臧固，至它，皆天下名士，士亦以此称慕之，唯天子以为国器。安国为御史大夫五年，丞相蚡薨。安国行丞相事，引堕车，蹇。上欲用安国为丞相，使使视，蹇甚，乃更以平棘侯薛泽为丞相。安国病免，数月，愈，复为中尉。岁余，徙为卫尉。而将军卫青等击匈奴，破龙城。明年，匈奴大入边。语在《青传》。

安国为材官将军，屯渔阳，捕生口虏，言匈奴远去。即上言方佃作时，请且罢屯。罢屯月余，匈奴大入上谷、渔阳。安国壁乃有七百余人，出与战，安国伤，入壁。匈奴虏略千余人及畜产去。上怒，使使责让安国。徙益东，屯右北平。是时，虏言当入东方。

安国始为御史大夫及护军，后稍下迁。新壮将军卫青等有功，益贵。安国既斥疏，将屯又失亡多，甚自愧，幸得罢归，乃益东徙，意忽忽不乐，数月，病呕血死。

壶遂与太史迁等定汉律历，官至詹事，其人深中笃行君子。上方倚欲以为相，会其病卒。

赞曰：窦婴、田蚡皆以外戚重，灌夫用一时决策，而各名显，并位卿相，大业定矣。然婴不知时变，夫亡术而不逊，蚡负贵而骄溢。凶德参会，待时而发，藉福区区其间，恶能救斯败哉！以韩安国之见器，临其挚而颠坠，陵夷以忧死，遇合有命，悲夫！若王恢为兵首而受其咎，岂命也乎？

卷五十三

景十三王传第二十三

孝景皇帝十四男。王皇后生孝武皇帝。栗姬生临江闵王荣、河间献王德、临江哀王阏。程姬生鲁共王馀、江都易王非、胶西于王端。贾夫人生赵敬肃王彭祖、中山靖王胜。唐姬生长沙定王发。王夫人生广川惠王越、胶东康王寄、清河哀王乘、常山宪王舜。

河间献王德以孝景前二年立，修学好古，实事求是。从民得善书，必为好写与之，留其真，加金帛赐以招之。繇是四方道术之人不远千里，或有先祖旧书，多奉以奏献王者，故得书多，与汉朝等。是时，淮南王安亦好书，所招致率多浮辩。献王所得书皆古文先秦旧书，《周官》、《尚书》、《礼》、《礼记》、《孟子》、《老子》之属，皆经传说记，七十子之徒所论。其学举六艺，立《毛氏诗》、《左氏春秋》博士。修礼乐，被服儒术，造次必于儒者。山东诸儒者从而游。

武帝时，献王来朝，献雅乐，对三雍宫及诏策所问三十余事。其对推道术而言，得事之中，文约指明。

立二十六年薨。中尉常丽以闻，曰："王身端行治，温仁恭俭，笃敬爱下，明知深察，惠于鳏寡。"大行令奏："谥法曰'聪明睿智曰献'，宜谥曰献王。"子共王不害嗣，四年薨。子刚王堪嗣，十二年薨。子顷王授嗣，十七年薨。子孝王庆嗣，四十三年薨。子元嗣。

元取故广陵厉王、厉王太子及中山怀王故姬廉等以为姬。甘露中，冀州刺史敞奏元，事下廷尉，逮召廉等。元迫胁凡七人，令自杀。有司奏请诛元，有诏"削二县，万一千户"。后元怒少史留贵，留贵逾垣出，欲告元，元使人杀留贵母。有司奏元残贼不改，不可君国子民。废勿王，处汉中房陵。居数年，坐与妻若共乘朱轮车，怒若，又笞击，令自髡。汉中太守请治，病死。立十七年，国除。

绝五岁，成帝建始元年，复立元弟上郡库令良，是为河间惠王。良修献王之行，母太后薨，服丧如礼。哀帝下诏褒扬曰："河间王良，丧太后三年，为宗室仪表，其益封万户。"二十七年薨。子尚嗣，王莽时绝。

临江哀王阏以孝景前二年立，三年薨。无子，国除为郡。

临江闵王荣以孝景前四年为皇太子，四岁废为临江王。三岁，坐侵庙壖地为宫，上征荣。荣行，祖于江陵北门，既上车，轴折车废。江陵父老流涕窃言曰："吾王不反矣！"荣至，诣中尉府对簿。中尉郅都簿责讯王，王恐，自杀。葬蓝田，燕数万衔土置冢上。百姓怜之。

荣最长，亡子，国除。地入于汉，为南郡。

鲁恭王馀以孝景前二年立为淮阳王。吴、楚反破后，以孝景前三年徙王鲁。好治宫室、苑囿、狗马，季年好音，不喜辞。为人口吃难言。二十八年薨。子安王光嗣，初好音乐舆马，晚节遴，唯恐不足于财。四十年薨。子孝王庆忌嗣，三十七年薨。子顷王劲嗣，二十八年薨。子文王睃嗣，十八年薨，亡子，国除。哀帝建平三年，复立顷王子睃弟郚乡侯闵为王。王莽时绝。

恭王初好治宫室，坏孔子旧宅以广其宫，闻钟磬琴瑟之声，遂不敢复坏，于其壁中得古文经传。

江都易王非以孝景前二年立为汝南王。吴、楚反时，非年十五，有材气，上书自请击吴。景帝赐非将军印，击吴。吴已破，徙王江都，治故吴国，以军功赐天子旗。元光中，匈奴大入汉边，非上书愿击匈奴，上不许。非好气力，治宫馆，招四方豪桀，骄奢甚。二十七年薨，子建嗣。

建为太子时，邯郸人梁蚡持女欲献之易王，建闻其美，私呼之，因留不出。蚡宣言曰："子乃与其公争妻！"建使人杀蚡。蚡家上书，下廷尉考，会赦，不治。易王薨未葬，建居服舍，召易王所爱美人淖姬等凡十人与奸。建女弟徵臣为盖侯子妇，以易王丧来归，建复与奸。建异母弟定国为淮阳侯，易王最小子也，其母幸立之，具知建事，行钱使男子荼恬上书告建淫乱，不当为后。事下廷尉，廷尉治恬受人钱财为上书，论弃市。建罪不治。后数使使至长安迎徵臣，鲁恭王太后闻之，遗徵臣书曰："国中口语籍籍，慎无复至江都。"后建使谒者吉请问共太后，太后泣谓吉："归以吾言谓而王，王前事漫漫，今当自谨，独不闻燕、齐事乎？言吾为而王泣也！"吉归，致共太后语，建大怒，击吉，斥之。

建游章台宫，令四女子乘小船，建以足蹈覆其船，四人皆溺，二人死。后游雷波，天大风，建使郎二人乘小船入波中。船覆，两郎溺，攀船，乍见乍没。建临观大笑，令皆死。宫人姬八子有过者，辄令裸立击鼓，或置树上，久者三十日乃得衣；或髡钳以铅杵舂，不中程，辄掠；或纵狼令啮杀之，建观而大笑；或闭不食，令饿死。凡杀不辜三十五人。建欲令人与禽兽交而生子，强令宫人裸而四据，与羝羊及狗交。专为淫虐，自知罪多，国中多欲告言者，建恐诛，心内不安，与其后成光共使越婢下神，祝诅上。与郎中令等语怨望："汉廷使者即复来覆我，我决不独死！"

建亦颇闻淮南、衡山阴谋，恐一日发，为所并，遂作兵器。号王后父胡应为将军。中大夫疾有材力，善骑射，号曰灵武君。作治黄屋盖，刻皇帝玺，铸将军、都尉金银印，作汉使节二十、绶千余，具置军官品员及拜爵封侯之赏，具天下之舆地及军陈图。遣人通越繇王闽侯，遗以锦帛奇珍，繇王闽侯亦遗建荃、葛、珠玑、犀甲、翠羽、蝯熊奇兽，数通使往来，约有急相助。及淮南事发，治党与，颇连及建，建使人多推金钱绝其狱。

后复谓近臣曰："我为王，诏狱岁至，生又无欢怡日，壮士不坐死，欲为人所不能为耳。"建时佩其父所赐将军印，载天子旗出。积数岁，事发觉，汉遣丞相长史与江都相杂案，索得兵器、玺、绶、节反具，有司请捕诛建。制曰："与列侯吏二千石博士议。"议皆曰："建失臣子道，积久，辄蒙不忍，遂谋反逆。所行无道，虽桀、纣恶不至于此。天诛所不赦，当以谋反法诛。"有诏宗正、廷尉即问建。建自杀，后成光等皆弃市。六年国除，地入于汉，为广陵郡。

绝百二十一年，平帝时新都侯王莽秉政，兴灭继绝，立建弟盱眙侯子宫为广陵王，奉易王后。莽篡，国绝。

胶西于王端，孝景前三年立。为人贼盭，又阴痿，一近妇人，病数月。有所爱幸少年，以为郎。郎与后宫乱，端禽灭之，及杀其子母。数犯法，汉公卿数请诛端，天子弗忍，而端所为滋甚。有司比再请，削其国，去太半。端心愠，遂为无訾省。府库坏漏，尽腐财物，以巨万计，终不得收徙。令吏毋得收租赋。端皆去卫，封其宫门，从一门出入。数变名姓，为布衣，之它国。相二千石至者，奉汉法以治，端辄求其罪告之，亡罪者诈药杀之。所以设诈究变，强足以距谏，知足以饰非。相二千石从王治，则汉绳以法。故胶西小国，而所杀伤二千石甚众。

立四十七年薨，无子，国除。地入于汉，为胶西郡。

赵敬肃王彭祖以孝景前二年立为广川王。赵王遂反破后，徙王赵。彭祖为人巧佞，卑谄足共，而心刻深，好法律，持诡辩以中人。多内宠姬及子孙。相二千石欲奉汉法以治，则害于王家。是以每相二千石至，彭祖衣帛布单衣，自行迎除舍，多设疑事以诈动之，得二千石失言，中忌讳，辄书之。二千石欲治者，则以此迫劫；不听，乃上书告之，及污以奸利事。彭祖立六十余年，相二千石无能满二岁，辄以罪去，大者死，小者刑。以故二千石莫敢治，而赵王擅权。使使即县为贾人榷会，入多于国租税。以是赵王家多金钱，然后赐姬诸子，亦尽之矣。

彭祖不好治宫室禨祥，好为吏。上书愿督国中盗贼。常夜从走卒行徼邯郸中。诸使过客，以彭祖险陂，莫敢留邯郸。

久之，太子丹与其女弟及同产姊奸。江充告丹淫乱，又使人椎埋攻剽，为奸甚众。武帝遣使者发吏卒捕丹，下魏郡诏狱，治罪至死。彭祖上书冤讼丹，愿从国中勇敢击匈奴，赎丹罪，上不许。久之，竟赦出。后彭祖入朝，因帝姊平阳隆虑公主求复立丹为太子，上不许。

彭祖取江都易王宠姬，王建所奸淖姬者，甚爱之，生一男，号淖子。彭祖以征和元年薨，谥敬肃王。彭祖薨时，淖姬兄为汉宦者，上召问："淖子何如？"对曰："为人多欲。"上曰："多欲不宜君国子民。"问武始侯昌，曰："无咎无誉。"上曰："如是可矣。"遣使者立昌，是为顷王，十九年薨。子怀王尊嗣，五年薨。无子，绝二岁。宣帝立尊弟高，是为哀王，数月薨。子共王充嗣，五十六年薨。子隐嗣，王莽时绝。

初，武帝复以亲亲故，立敬肃王小子偃为平干王，是为顷王，十一年薨。子缪王元嗣，二十五年薨。大鸿胪禹奏："元前以刃贼杀奴婢，子男杀谒者，为刺史所举奏，罪名明白。病先令，令能为乐奴婢从死，迫胁自杀者凡十六人，暴虐不道。故《春秋》之义，诛君之子不宜立。元虽未伏诛，不宜立嗣。"奏可，国除。

中山靖王胜以孝景前三年立。武帝初即位，大臣惩吴、楚七国行事，议者多冤晁错之策，皆以诸侯连城数十，泰强，欲稍侵削，数奏暴其过恶。诸侯王自以骨肉至亲，先帝所以广封连城，犬牙相错者，为盘石宗也。今或无罪，为臣下所侵辱，有司吹毛求疵，笞服其臣，使证其君，多自以侵冤。

建元三年，代王登、长沙王发、中山王胜、济川王明来朝，天子置酒，胜闻乐声而泣。问其故，胜对曰：

臣闻悲者不可为累欷，思者不可为叹息。故高渐离击筑易水之上，荆轲为之低而不食；雍门子壹微吟，孟尝君为之於邑。今臣心结日久，每闻幼眇之声，不知涕泣之横集也。

夫众煦漂山，聚蚊成雷，朋党执虎，十夫桡椎。是以文王拘于牖里，孔子厄于陈、蔡。此乃烝庶之风成，增积之生害也。臣身远与寡，莫为之先，众口铄金，积毁销骨，丛轻折轴，羽翮飞肉，纷惊逢罗，潸然出涕。

臣闻白日晒光，幽隐皆照；明月曜夜，蚊虻宵见。然云蒸列布，杳冥昼昏；尘埃布覆，昧不见泰山。何则？物有蔽之也。今臣雍阏不得闻，谗言之徒蜂生，道辽路远，曾莫为臣闻，臣窃自悲也。

臣闻社鼷不灌，屋鼠不熏。何则？所托者然也。臣虽薄也，得蒙肺附；位虽卑也，得为东藩，属又称兄。今群臣非有葭莩之亲，鸿毛之重，群居党议，朋友相为，使夫宗室摈却，骨肉冰释。斯伯奇所以流离，比干所以横分也。《诗》云“我心忧伤，惄焉如捣；假寐永叹，唯忧用老；心之忧矣，疢如疾首”，臣之谓也。

具以吏所侵闻。于是上乃厚诸侯之礼，省有司所奏诸侯事，加亲亲之恩焉。其后更用主父偃谋，令诸侯以私恩自裂地分其子弟，而汉为定制封号，辄别属汉郡。汉有厚恩，而诸侯地稍自分析弱小云。

胜为人乐酒好内，有子百二十余人。常与赵王彭祖相非曰：“兄为王，专代吏治事。王者当日听音乐，御声色。”赵王亦曰：“中山王但奢淫，不佐天子拊循百姓，何以称为藩臣！”

四十三年薨。子哀王昌嗣，一年薨。子康王昆侈嗣，二十一年薨。子顷王辅嗣，四年薨。子宪王福嗣，十七年薨。子怀王循嗣，十五年薨，无子，绝四十五岁。成帝鸿嘉二年，复立宪王弟孙利乡侯子云客，是为广德夷王。三年薨，无子，绝十四岁。哀帝复立云客弟广汉为广平王。薨，无后。平帝元始二年，复立广川惠王曾孙伦为广德王，奉靖王后。王莽时绝。

长沙定王发，母唐姬，故程姬侍者。景帝召程姬，程姬有所避，不愿进，而饰侍者唐儿使夜进。上醉，不知，以为程姬而幸之，遂有身。已乃觉非程姬也。及生子，因名曰发。以孝景前二年立。以其母微无宠，故王卑湿贫国。二十八年薨。子戴王庸嗣，二十七年薨。子顷王鲋鮈嗣，十七年薨。子剌王建德嗣，宣帝时坐猎纵火燔民九十六家，杀二人，又以县官事怨内史，教人诬告以弃市罪，削八县，罢中尉官。三十四年薨。子炀王旦嗣，二年薨。无子，绝岁余。元帝初元三年复立旦弟宗，是为孝王，五年薨。子鲁人嗣，王莽时绝。

广川惠王越以孝景中二年立，十三年薨。子缪王齐嗣，四十四年薨。初，齐有幸臣乘距，已而有罪，欲诛距。距亡，齐因禽其宗族。距怨王，乃上书告齐与同产奸。是后，齐数告言汉公卿及幸臣所忠等，又告中尉蔡彭祖捕子明，骂曰：“吾尽汝种矣！”有司案验，不如王言，劾齐诬罔，大不敬，请系治。齐恐，上书愿与广川勇士奋击匈奴，上许之，未发，病薨。有司请除国，奏可。

后数月，下诏曰：“广川惠王于朕为兄，朕不忍绝其宗庙，其以惠王孙去为广川王。”去即缪王齐太子也，师受《易》、《论语》、《孝经》皆通，好文辞、方技、博弈、倡优。

其殿门有成庆画，短衣大绔长剑，去好之，作七尺五寸剑，被服皆效焉。有幸姬王昭平、王地馀，许以为后。去尝疾，姬阳成昭信侍视甚谨，更爱之。去与地馀戏，得袖中刀，笞问状，服欲与昭平共杀昭信。笞问昭平，不服，以铁针针之，强服。乃会诸姬，去以剑自击地馀，令昭信击昭平，皆死。昭信曰："两姬婢且泄口。"复绞杀从婢三人。后昭信病，梦见昭平等以状告去。去曰："虏乃复见畏我！独可燔烧耳。"掘出尸，皆烧为灰。

后去立昭信为后；幸姬陶望卿为脩靡夫人，主缯帛；崔脩成为明贞夫人，主永巷。昭信复谮望卿曰："与我无礼，衣服常鲜于我，尽取善缯丐诸宫人。"去曰："若数恶望卿，不能减我爱；设闻其淫，我亨之矣。"后昭信谓去曰："前画工画望卿舍，望卿袒裼傅粉其傍。又数出入南户窥郎吏，疑有奸。"去曰："善司之。"以故益不爱望卿。后与昭信等饮，诸姬皆侍，去为望卿作歌曰："背尊章，嫖以忽，谋屈奇，起自绝。行周流，自生患，谅非望，今谁怨！"使美人相和歌之。去曰："是中当有自知者。"昭信知去已怒，即诬言望卿历指郎吏卧处，具知其主名，又言郎中令锦被，疑有奸。去即与昭信从诸姬至望卿所，裸其身，更击之。令诸姬各持烧铁共灼望卿。望卿走，自投井死。昭信出之，椓杙其阴中，割其鼻唇，断其舌。谓去曰："前杀昭平，反来畏我，今欲靡烂望卿，使不能神。"与去共支解，置大镬中，取桃灰毒药并煮之，召诸姬皆临观，连日夜靡尽。复共杀其女弟都。

后去数召姬荣爱与饮，昭信复谮之，曰："荣姬视瞻，意态不善，疑有私。"时爱为去刺方领绣，去取烧之。爱恐，自投井。出之未死，笞问爱，自诬与医奸。去缚系柱，烧刀灼溃两目，生割两股，销铅灌其口中。爱死，支解以棘埋之。诸幸于去者，昭信辄谮杀之，凡十四人，皆埋太后所居长寿宫中。宫人畏之，莫敢复迕。

昭信欲擅爱，曰："王使明贞夫人主诸姬，淫乱难禁。请闭诸姬舍门，无令出敖。"使其大婢为仆射，主永巷，尽封闭诸舍，上籥于后，非大置酒召，不得见。去怜之，为作歌曰："愁莫愁，居无聊。心重结，意不舒。内茀郁，忧哀积。上不见天，生何益！日崔隤，时不再。愿弃躯，死无悔。"令昭信声鼓为节，以教诸姬歌之，歌罢辄归永巷，封门。独昭信兄子初为乘华夫人，得朝夕见。昭信与去从十余奴博饮游敖。

初，去年十四五，事师受《易》，师数谏正去，去益大，逐之。内史请以为掾，师数令内史禁切王家。去使奴杀师父子，不发觉。后去数置酒，令倡俳裸戏坐中以为乐。相彊劾系倡，阑入殿门，奏状。事下考案，倡辞，本为王教脩靡夫人望卿弟都歌舞。使者召望卿、都，去对"皆淫乱自杀"。会赦不治。望卿前亨煮，即取他死人与都死并付其母。母曰："都是，望卿非也。"数号哭求死，昭信令奴杀之。奴得，辞服。本始三年，相内史奏状，具言赦前所犯。天子遣大鸿胪、丞相长史、御史丞、廷尉正杂治巨鹿诏狱，奏请逮捕去及后昭信。制曰："王后昭信、诸姬奴婢证者皆下狱。"辞服。有司复请诛王。制曰："与列侯、中二千石、二千石、博士议。"议者皆以为去悖虐，听后昭信谗言，燔烧亨煮，生割剥人，距师之谏，杀其父子。凡杀无辜十六人，至一家母子三人，逆节绝理。其十五人在赦前，大恶仍重，当伏显戮以示众。制曰："朕不忍致王于法，议其罚。"有司请废勿王，与妻子徙上庸。奏可，与汤沐邑百户。去道自杀，昭信弃市。

立二十二年，国除。后四岁，宣帝地节四年，复立去兄文，是为戴王。文素正直，数谏王去，故上立焉，二年薨。子海阳嗣，十五年，坐画屋为男女裸交接，置酒请诸父姊妹饮，令仰视画；又海阳女弟为人妻，而使与幸臣奸；又与从弟调等谋杀一家三人，已杀。甘露四年坐废，徙房陵，国除。后十五年，平帝元始二年，复立戴王弟襄隄侯子愈为广德王，奉惠王后，二年薨。子赤嗣，王莽时绝。

胶东康王寄以孝景中二年立，二十八年薨。淮南王谋反时，寄微闻其事，私作兵车镞矢，战守备，备淮南之起。及吏治淮南事，辞出之。寄于上最亲，意自伤，发病而死，不敢置后。于是上闻寄有长子贤，母无宠，少子庆，母爱幸，寄常欲立之，为非次，因有过，遂无所言。上怜之，立贤为胶东王，奉康王祀，而封庆为六安王，王故衡山地。胶东王贤立十五年薨，谥为哀王。子戴王通平嗣，二十四年薨。子顷王音嗣，五十四年薨。子共王授嗣，十四年薨。子殷嗣，王莽时绝。

六安共王庆立三十八年薨。子夷王禄嗣，十年薨。子缪王定嗣，二十二年薨。子顷王光嗣，二十七年薨。子育嗣，王莽时绝。

清河哀王乘以孝景中三年立，十二年薨。无子，国除。

常山宪王舜以孝景中五年立。舜，帝少子，骄淫，数犯禁，上常宽之。三十三年薨，子勃嗣为王。

初，宪王有不爱姬生长男棁，棁以母无宠故，亦不得幸于王。王后脩生太子勃。王内多，所幸姬生子平、子商。王后稀得幸。及宪王疾甚，诸幸姬侍病，王后以妒媢不常在，辄归舍。医进药，太子勃不自尝药，又不宿留侍疾。及王薨，王后、太子乃至。宪王雅不以棁子数，不分与财物。郎或说太子、王后，令分棁财，皆不听。太子代立，又不收恤棁。棁怨王后及太子。汉使者视宪王丧，棁自言宪王病时，王后、太子不侍，及薨，六日出舍，太子勃私奸、饮酒、博戏、击筑，与女子载驰，环城过市，入狱视囚。天子遣大行骞验问，逮诸证者，王又匿之。吏求捕，勃使人致击笞掠，擅出汉所疑囚。有司请诛勃及宪王后脩。上曰："脩素无行，使棁陷之罪。勃无良师傅，不忍致诛。"有司请废勿王，徙王勃以家属处房陵，上许之。

勃王数月，废，国除。月余，天子为最亲，诏有司曰："常山宪王早夭，后妾不和，適孽诬争，陷于不谊以灭国，朕甚闵焉。其封宪王子平三万户，为真定王；子商三万户，为泗水王。"顷王平立二十五年薨。子烈王偃嗣，十八年薨。子孝王由嗣，二十二年薨。子安王雍嗣，二十六年薨。子共王普嗣，十五年薨。子阳嗣，王莽时绝。

泗水思王商立十二年薨。子哀王安世嗣，一年薨，无子。于是武帝怜泗水王绝，复立安世弟贺，是为戴王。立二十二年薨，有遗腹子煖，相内史不以闻。太后上书，昭帝闵之，抵相内史罪，立煖，是为勤王。立三十九年薨。子戾王骏嗣，三十一年薨。子靖嗣，王莽时绝。

赞曰：昔鲁哀公有言："寡人生于深宫之中，长于妇人之手，未尝知忧，未尝知惧。"信哉斯言也！虽欲不危亡，不可得已。是故古人以宴安为鸩毒，亡德而富贵，谓之不幸。汉兴，至于孝平，诸侯王以百数，率多骄淫失道。何则？沉溺放恣之中，居势使然也。自凡人犹系于习俗，而况哀公之伦乎！夫唯大雅，卓尔不群，河间献王近之矣。

卷五十四

李广苏建传第二十四

李广，陇西成纪人也。其先曰李信，秦时为将，逐得燕太子丹者也。广世世受射。孝文十四年，匈奴大入萧关，而广以良家子从军击胡，用善射，杀首虏多，为郎，骑常侍。数从射猎，格杀猛兽，文帝曰："惜广不逢时，令当高祖世，万户侯岂足道哉！"

景帝即位，为骑郎将。吴、楚反时，为骁骑都尉，从太尉亚夫战昌邑下，显名。以梁王授广将军印，故还，赏不行。为上谷太守，数与匈奴战。典属国公孙昆邪为上泣曰："李广材气，天下亡双，自负其能，数与虏确，恐亡之。"上乃徙广为上郡太守。

匈奴侵上郡，上使中贵人从广勒习兵击匈奴。中贵人者数十骑从，见匈奴三人，与战。射伤中贵人，杀其骑且尽。中贵人走广，广曰："是必射雕者也。"广乃从百骑往驰三人。三人亡马步行，行数十里。广令其骑张左右翼，而广身自射彼三人者，杀其二人，生得一人，果匈奴射雕者也。已缚之上山，望匈奴数千骑，见广，以为诱骑，惊，上山陈。广之百骑皆大恐，欲驰还走。广曰："我去大军数十里，今如此走，匈奴追射，我立尽。今我留，匈奴必以我为大军之诱，不我击。"广令曰："前！"未到匈奴陈二里所，止，令曰："皆下马解鞍！"骑曰："虏多如是，解鞍，即急，奈何？"广曰："彼虏以我为走，今解鞍以示不去，用坚其意。"有白马将出护兵。广上马，与十余骑奔射杀白马将，而复还至其百骑中，解鞍，纵马卧。时会暮，胡兵终怪之，弗敢击。夜半，胡兵以为汉有伏军于傍欲夜取之，即引去。平旦，广乃归其大军。后徙为陇西、北地、雁门、云中太守。

武帝即位，左右言广名将也，由是入为未央卫尉，而程不识时亦为长乐卫尉。程不识故与广俱以边太守将屯。及出击胡，而广行无部曲行陈，就善水草顿舍，人人自便，不击刁斗自卫，莫府省文书，然亦远斥候，未尝遇害。程不识正部曲行伍营陈，击刁斗，吏治军簿至明，军不得自便。不识曰："李将军极简易，然虏卒犯之，无以禁；而其士亦佚乐，为之死。我军虽烦扰，虏亦不得犯我。"是时，汉边郡李广、程不识为名将，然匈奴畏广，士卒多乐从，而苦程不识。不识孝景时以数直谏为太中大夫，为人廉，谨于文法。

后汉诱单于以马邑城，使大军伏马邑傍，而广为骁骑将军，属护军将军。单于觉之，去，汉军皆无功。后四岁，广以卫尉为将军，出雁门击匈奴。匈奴兵多，破广军，生得广。单于素闻广贤，令曰："得李广必生致之。"胡骑得广，广时伤，置两马间，络而盛之卧。行十余里，广阳死，睨其傍有一儿骑善马，暂腾而上胡儿马，因抱儿鞭马南驰数十里，得其余军。匈奴骑数百追之，广行取儿弓射杀追骑，以故得脱。于是至汉，汉下广吏。吏当广亡失多，为虏所生得，当斩，赎为庶人。

数岁，与故颍阴侯屏居蓝田南山中射猎。尝夜从一骑出，从人田间饮。还至亭，霸陵尉醉，呵止广，广骑曰："故李将军。"尉曰："今将军尚不得夜行，何故也！"宿广亭下。居无何，匈奴入辽西，杀太守，败韩将军。韩将军后徙居右北平，死。于是上乃召拜广为右北平太守。广请霸陵尉与俱，至军而斩之，上书自陈谢罪。上报曰："将军者，国之爪牙也。《司马法》曰：'登车不式，遭丧不服，振旅抚师，以征不服；率三军之心，同战士之力，故怒形则千里竦，威振则万物伏；是以名声暴于夷貉，威棱憺乎邻国。'夫报忿除害，捐残去杀，朕之所图于将军也；若乃免冠徒跣，稽颡请罪，岂朕之指哉！将军其率师东辕，弥节白檀，以临右北平盛秋。"广在郡，匈奴号曰"汉飞将军"，避之，数岁不入界。

广出猎，见草中石，以为虎而射之，中石没矢，视之，石也，他日射之，终不能入矣。广所居郡闻有虎，常自射之。及居右北平射虎，虎腾伤广，广亦射杀之。

石建卒，上召广代为郎中令。元朔六年，广复为将军，从大将军出定襄。诸将多中首虏率为侯者，而广军无功。后三岁，广以郎中令将四千骑出右北平，博望侯张骞将万骑与广俱，异道。行数百里，匈奴左贤王将四万骑围广，广军士皆恐，广乃使其子敢往驰之。敢从数十骑直贯胡骑，出其左右而还，报广曰："胡虏易与耳。"军士乃安。为圜陈外乡，胡急击，矢下如雨。汉兵死者过半，汉矢且尽。广乃令持满毋发，而广身自以大黄射其裨将，杀数人，胡虏益解。会暮，吏士无人色，而广意气自如，益治军。军中服其勇也。明日，复力战，而博望侯军亦至，匈奴乃解去。汉军罢，弗能追。是时，广军几没，罢归。汉法，博望侯后期，当死，赎为庶人。广军自当，亡赏。

初，广与从弟李蔡俱为郎，事文帝。景帝时，蔡积功至二千石。武帝元朔中，为轻车将军，从大将军击右贤王，有功中率，封为乐安侯。元狩二年，代公孙弘为丞相。蔡为人在下中，名声出广下远甚，然广不得爵邑，官不过九卿。广之军吏及士卒或取封侯。广与望气王朔语云："自汉击匈奴，广未尝不在其中，而诸妄校尉已下，材能不及中，以军功取侯者数十人。广不为后人，然终无尺寸功以得封邑者，何也？岂吾相不当侯邪？"朔曰："将军自念，岂尝有恨者乎？"广曰："吾为陇西守，羌尝反，吾诱降者八百余人，诈而同日杀之，至今恨独此耳。"朔曰："祸莫大于杀已降，此乃将军所以不得侯者也。"

广历七郡太守，前后四十余年，得赏赐，辄分其戏下，饮食与士卒共之。家无余财，终不言生产事。为人长，爰臂，其善射亦天性，虽子孙他人学者莫能及。广呐口少言，与人居，则画地为军陈，射阔狭以饮。专以射为戏。将兵乏绝处见水，士卒不尽饮，不近水，不尽餐，不尝食。宽缓不苛，士以此爱乐为用。其射，见敌，非在数十步之内，度不中不发，发即应弦而倒。用此，其将数困辱，及射猛兽，亦数为所伤云。

元狩四年，大将军票骑将军大击匈奴，广数自请行。上以为老，不许；良久乃许之，以为前将军。大将军青出塞，捕虏知单于所居，乃自以精兵走之，而令广并于右将军军，出东道。东道少回远，大军行，水草少，其势不屯行。广辞曰："臣部为前将军，今大将军乃徙臣出东道，且臣结发而与匈奴战，乃今一得当单于，臣愿居前，先死单于。"大将军阴受上指，以为李广数奇，毋令当单于，恐不得所欲。是时，公孙敖新失侯，为中将军，大将军亦欲使敖与俱当单于，故徙广。广知之，固辞。大将军弗听，令长史封书与广之莫府，曰："急诣部，如书。"广不谢大将军而起行，意象愠怒而就部，引兵与右将军食其合军出东道。惑失道，后大将军。大将军与单于接战，单于遁走，弗能得而还。南绝幕，乃遇两将军。广已见大将军，还入军。大将军使长史持糒醪遗广，因问广、食其失道状，曰："青欲上书报天子失军曲折。"广未对。大将军长史急责广之莫府上簿。广曰："诸校尉亡罪，乃我自失道。吾今自上簿。"

至莫府，谓其麾下曰："广结发与匈奴大小七十余战，今幸从大将军出接单于兵，而大将军徙广部行回远，又迷失道，岂非天哉！且广年六十余，终不能复对刀笔之吏矣！"

遂引刀自刭。百姓闻之，知与不知，老壮皆为垂泣。而右将军独下吏，当死，赎为庶人。

广三子，曰当户、椒、敢，皆为郎。上与韩嫣戏，嫣少不逊，当户击嫣，嫣走，于是上以为能。当户蚤死，乃拜椒为代郡太守，皆先广死。广死军中时，敢从票骑将军。广死明年，李蔡以丞相坐诏赐冢地阳陵当得二十亩，蔡盗取三顷，颇卖得四十余万，又盗取神道外壖地一亩葬其中，当下狱，自杀。敢以校尉从票骑将军击胡左贤王，力战，夺左贤王旗鼓，斩首多，赐爵关内侯，食邑二百户，代广为郎中令。顷之，怨大将军青之恨其父，乃击伤大将军，大将军匿讳之。居无何，敢从上雍，至甘泉宫猎，票骑将军去病怨敢伤青，射杀敢。去病时方贵幸，上为讳，云“鹿触杀之”。居岁余，去病死。

敢有女为太子中人，爱幸。敢男禹有宠于太子，然好利，亦有勇。尝与侍中贵人饮，侵陵之，莫敢应。后诉之上，上召禹，使刺虎，县下圈中，未至地，有诏引出之。禹从落中以剑斫绝累，欲刺虎。上壮之，遂救止焉。而当户有遗腹子陵，将兵击胡，兵败，降匈奴。后人告禹谋欲亡从陵，下吏死。

陵，字少卿，少为侍中建章监。善骑射，爱人，廉让下士，甚得名誉。武帝以为有广之风，使将八百骑，深入匈奴二千余里，过居延视地形，不见虏，还。拜为骑都尉，将勇敢五千人，教射酒泉、张掖以备胡。数年，汉遣贰师将军伐大宛，使陵将五校兵随后。行至塞，会贰师还。上赐陵书，陵留吏士，与轻骑五百出敦煌，至盐水，迎贰师还，复留屯张掖。

天汉二年，贰师将三万骑出酒泉，击右贤王于天山。召陵，欲使为贰师将辎重。陵召见武台，叩头自请曰：“臣所将屯边者，皆荆楚勇士奇材剑客也，力扼虎，射命中，愿得自当一队，到兰干山南以分单于兵，毋令专乡贰师军。”上曰：“将恶相属邪！吾发军多，毋骑予女。”陵对：“无所事骑，臣愿以少击众，步兵五千人涉单于庭，”上壮而许之，因诏强弩都尉路博德将兵半道迎陵军。博德故伏波将军，亦羞为陵后距，奏言：“方秋匈奴马肥，未可与战，臣愿留陵至春，俱将酒泉、张掖骑各五千人并击东西浚稽，可必禽也。”书奏，上怒，疑陵悔不欲出而教博德上书，乃诏博德：“吾欲予李陵骑，云‘欲以少击众’。今虏入西河，其引兵走西河，遮钩营之道。”诏陵：“以九月发，出遮虏鄣，至东浚稽山南龙勒水上，徘徊观虏，即亡所见，从浞野侯赵破奴故道抵受降城休士，因骑置以闻。所与博德言者云何？具以书对。”陵于是将其步卒五千人出居延，北行三十日，至浚稽山止营，举图所过山川地形，使麾下骑陈步乐还以闻。步乐召见，道陵将率得士死力，上甚说，拜步乐为郎。

陵至浚稽山，与单于相直，骑可三万围陵军。军居两山间，以大车为营。陵引士出营外为陈，前行持戟盾，后行持弓弩，令曰：“闻鼓声而纵，闻金声而止。”虏见汉军少，直前就营。陵搏战攻之，千弩俱发，应弦而倒。虏还走上山，汉军追击，杀数千人。单于大惊，召左右地兵八万余骑攻陵。陵且战且引，南行数日，抵山谷中。连战，士卒中矢伤，三创者载辇，两创者将车，一创者持兵战。陵曰：“吾士气少衰而鼓不起者，何也？军中岂有女子乎？”始军出时，关东群盗妻子徙边者随军为卒妻妇，大匿车中。陵搜得，皆剑斩之。明日复战，斩首三千余级。引兵东南，循故龙城道行，四五日，抵大泽葭苇中，虏从上风纵火，陵亦令军中纵火以自救。南行至山下，单于在南山上，使其子将骑击陵。陵军步斗树木间，复杀数千人，因发连弩射单于，单于下走。是日捕得虏，言：“单于曰：‘此汉精兵，击之不能下，日夜引吾南近塞，得毋有伏兵乎？’诸当户君长皆言：‘单于自将数万骑击汉数千人不能灭，后无以复使边臣，令汉益轻匈奴。’复力战山谷间，尚四五十里得平地，不能破，乃还。”

是时，陵军益急，匈奴骑多，战一日数十合，复伤杀虏二千余人。虏不利，欲去，会陵军侯管敢为校尉所辱，亡降匈奴，具言“陵军无后救，射矢且尽，独将军麾下及成安侯校各八百人为前行，以黄与白为帜，当使精骑射之即破矣。”成安侯者，颍川人，父韩千秋，故济南相，奋击南越战死，武帝封子延年为侯，以校尉随陵。单于得敢大喜，使骑并攻汉军，疾呼曰：“李陵、韩延年趣降！”遂遮道急攻陵。陵居谷中，虏在山上，四面射，矢如雨下。汉军南行，未至鞮汗山，一日五十万矢皆尽，即弃车去。士尚三千余人，徒斩车辐而持之，军吏持尺刀，抵山入峡谷。单于遮其后，乘隅下垒石，士卒多死，不得行。昏后，陵便衣独步出营，止左右：“毋随我，丈夫一取单于耳！”良久，陵还，大息曰：“兵败，死矣！”军吏或曰：“将军威震匈奴，天命不遂，后求道径还归，如浞野侯为虏所得，后亡还，天子客遇之，况于将军乎！”陵曰：“公止！吾不死，非壮士也。”于是尽斩旌旗，及珍宝埋地中，陵叹曰：“复得数十矢，足以脱矣。今无兵复战，天明坐受缚矣！各鸟兽散，犹有得脱归报天子者。”令军士人持二升糒，一半冰，期至遮虏鄣者相待。夜半时，击鼓起士，鼓不鸣。陵与韩延年俱上马，壮士从者十余人。虏骑数千追之，韩延年战死。陵曰：“无面目报陛下！”遂降。军人分散，脱至塞者四百余人。

陵败处去塞百余里，边塞以闻。上欲陵死战，召陵母及妇，使相者视之，无死丧色。后闻陵降，上怒甚，责问陈步乐，步乐自杀。群臣皆罪陵，上以问太史令司马迁，迁盛言：“陵事亲孝，与士信，常奋不顾身以殉国家之急。其素所畜积也，有国士之风。今举事一不幸，全躯保妻子之臣随而媒糵其短，诚可痛也！且陵提步卒不满五千，深輮戎马之地，抑数万之师，虏救死扶伤不暇，悉举引弓之民共攻围之。转斗千里，矢尽道穷，士张空拳，冒白刃，北首争死敌，得人之死力，虽古名将不过也。身虽陷败，然其所摧败亦足暴于天下。彼之不死，宜欲得当以报汉也。”

初，上遣贰师大军出，财令陵为助兵，及陵与单于相值，而贰师功少。上以迁诬罔，欲沮贰师，为陵游说，下迁腐刑。久之，上悔陵无救，曰：“陵当发出塞，乃诏强弩都尉令迎军。坐预诏之，得令老将生奸诈。”乃遣使劳赐陵余军得脱者。

陵在匈奴岁余，上遣因杅将军公孙敖将兵深入匈奴迎陵。敖军无功还，曰：“捕得生口，言李陵教单于为兵以备汉军，故臣无所得。”上闻，于是族陵家，母弟妻子皆伏诛。陇西士大夫以李氏为愧。其后，汉遣使使匈奴，陵谓使者曰：“吾为汉将步卒五千人横行匈奴，以亡救而败，何负于汉而诛吾家？”使者曰：“汉闻李少卿教匈奴为兵。”陵曰：“乃李绪，非我也。”李绪本汉塞外都尉，居奚侯城，匈奴攻之，绪降，而单于客遇绪，常坐陵上。陵痛其家以李绪而诛，使人刺杀绪。大阏氏欲杀陵，单于匿之北方，大阏氏死乃还。

单于壮陵，以女妻之，立为右校王，卫律为丁灵王，皆贵用事。卫律者，父本长水胡人。律生长汉，善协律都尉李延年，延年荐言律使匈奴。使还，会延年家收，律惧并诛，亡还降匈奴。匈奴爱之，常在单于左右。陵居外，有大事，乃入议。

昭帝立，大将军霍光、左将军上官桀辅政，素与陵善，遣陵故人陇西任立政等三人俱至匈奴招陵。立政等至，单于置酒赐汉使者，李陵、卫律皆侍坐。立政等见陵，未得私语，即目视陵，而数数自循其刀环，握其足，阴谕之，言可还归汉也。后陵、律持牛酒劳汉使，博饮，两人皆胡服椎结。立政大言曰：“汉已大赦，中国安乐，主上富于春秋，霍子孟、上官少叔用事。”以此言微动之。陵墨不应，孰视而自循其发，答曰：“吾已胡服矣！”有顷，律起更衣，立政曰：“咄，少卿良苦！霍子孟、上官少叔谢女。”陵曰：“霍与上官无恙乎？”立政曰：“请少卿来归故乡，毋忧富贵。”陵字立政曰：“少公，归易耳，恐再辱，奈何！”语未卒，卫律还，颇闻余语。曰：“李少卿贤者，不独居一国。

范蠡遍游天下，由余去戎入秦，今何语之亲也！”因罢去。立政随谓陵曰：“亦有意乎？”陵曰：“丈夫不能再辱。”

陵在匈奴二十余年，元平元年病死。

苏建，杜陵人也。以校尉从大将军青击匈奴，封平陵侯。以将军筑朔方。后以卫尉为游击将军，从大将军出朔方。后一岁，以右将军再从大将军出定襄，亡翕侯，失军当斩，赎为庶人。其后为代郡太守，卒官。有三子：嘉为奉车都尉，贤为骑都尉，中子武最知名。

武，字子卿，少以父任，兄弟并为郎，稍迁至栘中厩监。时汉连伐胡，数通使相窥观，匈奴留汉使郭吉、路充国等，前后十余辈。匈奴使来，汉亦留之以相当。天汉元年，且鞮侯单于初立，恐汉袭之，乃曰：“汉天子我丈人行也。”尽归汉使路充国等。武帝嘉其义，乃遣武以中郎将使持节送匈奴使留在汉者，因厚赂单于，答其善意。武与副中郎将张胜及假吏常惠等募士斥候百余人俱。既至匈奴，置币遗单于。单于益骄，非汉所望也。

方欲发使送武等，会缑王与长水虞常等谋反匈奴中。缑王者，昆邪王姊子也，与昆邪王俱降汉，后随浞野侯没胡中。及卫律所将降者，阴相与谋劫单于母阏氏归汉。会武等至匈奴，虞常在汉时素与副张胜相知，私候胜曰：“闻汉天子甚怨卫律，常能为汉伏弩射杀之。吾母与弟在汉，幸蒙其赏赐。”张胜许之，以货物与常。后月余，单于出猎，独阏氏子弟在。虞常等七十余人欲发，其一人夜亡，告之。单于子弟发兵与战。缑王等皆死，虞常生得。

单于使卫律治其事。张胜闻之，恐前语发，以状语武。武曰：“事如此，此必及我。见犯乃死，重负国。”欲自杀，胜、惠共止之。虞常果引张胜。单于怒，召诸贵人议，欲杀汉使者。左伊秩訾曰：“即谋单于，何以复加？宜皆降之。”单于使卫律召武受辞，武谓惠等：“屈节辱命，虽生，何面目以归汉！”引佩刀自刺。卫律惊，自抱持武，驰召医。凿地为坎，置煴火，覆武其上，蹈其背以出血。武气绝半日，复息。惠等哭，舆归营。单于壮其节，朝夕遣人候问武，而收系张胜。

武益愈，单于使使晓武。会论虞常，欲因此时降武。剑斩虞常已，律曰：“汉使张胜谋杀单于近臣，当死，单于募降者赦罪。”举剑欲击之，胜请降。律谓武曰：“副有罪，当相坐。”武曰：“本无谋，又非亲属，何谓相坐？”复举剑拟之，武不动。律曰：“苏君，律前负汉归匈奴，幸蒙大恩，赐号称王，拥众数万，马畜弥山，富贵如此。苏君今日降，明日复然，空以身膏草野，谁复知之！”武不应。律曰：“君因我降，与君为兄弟，今不听吾计，后虽欲复见我，尚可得乎？”武骂律曰：“女为人臣子，不顾恩义，畔主背亲，为降虏于蛮夷，何以女为见？且单于信女，使决人死生，不平心持正，反欲斗两主，观祸败。南越杀汉使者，屠为九郡；宛王杀汉使者，头县北阙；朝鲜杀汉使者，即时诛灭。独匈奴未耳。若知我不降明，欲令两国相攻，匈奴之祸从我始矣。”

律知武终不可胁，白单于。单于愈益欲降之，乃幽武置大窖中，绝不饮食。天雨雪，武卧啮雪与旃毛并咽之，数日不死。匈奴以为神，乃徙武北海上无人处，使牧羝，羝乳乃得归。别其官属常惠等，各置他所。

武既至海上，廪食不至，掘野鼠去草实而食之。杖汉节牧羊，卧起操持，节旄尽落。积五、六年，单于弟於靬王弋射海上。武能网纺缴，檠弓弩，於靬王爱之，给其衣食。三岁余，王病，赐武马畜、服匿、穹庐。王死后，人众徙去。其冬，丁令盗武牛羊，武复穷厄。

初，武与李陵俱为侍中，武使匈奴明年，陵降，不敢求武。久之，单于使陵至海上，为武置酒设乐，因谓武曰："单于闻陵与子卿素厚，故使陵来说足下，虚心欲相待。终不得归汉，空自苦亡人之地，信义安所见乎？前长君为奉车，从至雍棫阳宫，扶辇下除，触柱折辕，劾大不敬，伏剑自刎，赐钱二百万以葬。孺卿从祠河东后土，宦骑与黄门驸马争船，推堕驸马河中溺死，宦骑亡，诏使孺卿逐捕不得，惶恐饮药而死。来时，大夫人已不幸，陵送葬至阳陵。子卿妇年少，闻已更嫁矣。独有女弟二人，两女一男，今复十余年，存亡不可知。人生如朝露，何久自苦如此！陵始降时，忽忽如狂，自痛负汉，加以老母系保宫，子卿不欲降，何以过陵？且陛下春秋高，法令亡常，大臣亡罪夷灭者数十家，安危不可知，子卿尚复谁为乎？愿听陵计，勿复有云。"武曰："武父子亡功德，皆为陛下所成就，位列将，爵通侯，兄弟亲近，常愿肝脑涂地。今得杀身自效，虽蒙斧钺汤镬，诚甘乐之。臣事君，犹子事父也，子为父死亡所恨。愿勿复再言。"陵与武饮数日，复曰："子卿壹听陵言。"武曰："自分已死久矣！王必欲降武，请毕今日之欢，效死于前！"陵见其至诚，喟然叹曰："嗟乎，义士！陵与卫律之罪上通于天。"因泣下沾衿，与武决去。

陵恶自赐武，使其妻赐武牛羊数十头，后陵复至北海上，语武："区脱捕得云中生口，言太守以下吏民皆白服，曰上崩。"武闻之，南乡号哭，呕血，旦夕临。

数月，昭帝即位。数年，匈奴与汉和亲。汉求武等，匈奴诡言武死。后汉使复至匈奴，常惠请其守者与俱，得夜见汉使，具自陈道。教使者谓单于，言天子射上林中，得雁，足有系帛书，言武等在荒泽中。使者大喜，如惠语以让单于。单于视左右而惊，谢汉使曰："武等实在。"于是李陵置酒贺武曰："今足下还归，扬名于匈奴，功显于汉室，虽古竹帛所载，丹青所画，何以过子卿！陵虽驽怯，令汉且贳陵罪，全其老母，使得奋大辱之积志，庶几乎曹柯之盟，此陵宿昔之所不忘也。收族陵家，为世大戮，陵尚复何顾乎！已矣！令子卿知吾心耳。异域之人，壹别长绝！"陵起舞，歌曰："径万里兮度沙幕，为君将兮奋匈奴。路穷绝兮矢刃摧，士众灭兮名已隤。老母已死，虽欲报恩将安归！"陵泣下数行，因与武决。单于召会武官属，前以降及物故，凡随武还者九人。

武以始元六年春至京师。诏武奉一太牢谒武帝园庙，拜为典属国，秩中二千石，赐钱二百万，公田二顷，宅一区。常惠、徐圣、赵终根皆拜为中郎，赐帛各二百匹。其余六人老归家，赐钱人十万，复终身。常惠后至右将军，封列侯，自有传。武留匈奴凡十九岁，始以强壮出，及还，须发尽白。

武来归明年，上官桀子安与桑弘羊及燕王、盖主谋反。武子男元与安有谋，坐死。

初，桀、安与大将军霍光争权，数疏光过失予燕王，令上书告之。又言苏武使匈奴二十年不降，还乃为典属国，大将军长史无功劳，为搜粟都尉，光颛权自恣。及燕王等反诛，穷治党与，武素与桀、弘羊有旧，数为燕王所讼，子又在谋中，廷尉奏请逮捕武。霍光寝其奏，免武官。

数年，昭帝崩，武以故二千石与计谋立宣帝，赐爵关内侯，食邑三百户。久之，卫将军张安世荐武明习故事，奉使不辱命，先帝以为遗言。宣帝即时召武待诏宦者署，数进见，复为右曹典属国。以武著节老臣，命朝朔望，号称祭酒，甚优宠之。

武所得赏赐，尽以施予昆弟故人，家不余财。皇后父平恩侯、帝舅平昌侯、乐昌侯、车骑将军韩增、丞相魏相、御史大夫丙吉皆敬重武。武年老，子前坐事死，上闵之，问左右："武在匈奴久，岂有子乎？"武因平恩侯自白："前发匈奴时，胡妇适产一子通国，有声问来，愿因使者致金帛赎之。"上许焉。后通国随使者至，上以为郎。又以武弟子为右曹。武年八十余，神爵二年病卒。

甘露三年，单于始入朝。上思股肱之美，乃图画其人于麒麟阁，法其形貌，署其官爵、姓名。唯霍光不名，曰大司马大将军博陆侯姓霍氏，次曰卫将军富平侯张安世，次曰车骑将军龙额侯韩增，次曰后将军营平侯赵充国，次曰丞相高平侯魏相，次曰丞相博阳侯丙吉，次曰御史大夫建平侯杜延年，次曰宗正阳城侯刘德，次曰少府梁丘贺，次曰太子太傅萧望之，次曰典属国苏武。皆有功德，知名当世，是以表而扬之，明著中兴辅佐，列于方叔、召虎、仲山甫焉。凡十一人，皆有传。自丞相黄霸、廷尉于定国、大司农朱邑、京兆尹张敞、右扶风尹翁归及儒者夏侯胜等，皆以善终，著名宣帝之世，然不得列于名臣之图，以此知其选矣。

赞曰：李将军恂恂如鄙人，口不能出辞，及死之日，天下知与不知皆为流涕，彼其中心诚信于士大夫也。谚曰："桃李不言，下自成蹊。"此言虽小，可以喻大。然三代之将，道家所忌，自广至陵，遂亡其宗，哀哉！孔子称"志士仁人，有杀身以成仁，无求生以害仁"，"使于四方，不辱君命"，苏武有之矣。

卷五十五

卫青霍去病传第二十五

卫青，字仲卿。其父郑季，河东平阳人也，以县吏给事侯家。平阳侯曹寿尚武帝姊阳信长公主。季与主家僮卫媪通，生青。青有同母兄卫长君及姊子夫，子夫自平阳公主家得幸武帝，故青冒姓为卫氏。卫媪长女君孺，次女少儿，次女则子夫。子夫男弟步广，皆冒卫氏。

青为侯家人，当时归其父，父使牧羊。民母之子皆奴畜之，不以为兄弟数。青尝从人至甘泉居室，有一钳徒相青曰："贵人也，官至封侯。"青笑曰："人奴之生，得无笞骂即足矣，安得封侯事乎！"青壮，为侯家骑，从平阳主。建元二年春，青姊子夫得入宫幸上。皇后，大长公主女也，无子，妒。大长公主闻卫子夫幸，有身，妒之，乃使人捕青。青时给事建章，未知名。大长公主执囚青，欲杀之。其友骑郎公孙敖与壮士往篡之，故得不死。上闻，乃召青为建章监，侍中。及母昆弟贵，赏赐数日间累千金。君孺为太仆公孙贺妻，少儿故与陈掌通，上召贵掌。公孙敖由此益显。子夫为夫人。青为太中大夫。

元光六年，拜为车骑将军，击匈奴，出上谷；公孙贺为轻车将军，出云中；太中大夫公孙敖为骑将军，出代郡；卫尉李广为骁骑将军，出雁门：军各万骑。青至笼城，斩首虏数百。骑将军敖亡七千骑，卫尉广为虏所得，得脱归，皆当斩，赎为庶人。贺亦无功。唯青赐爵关内侯。是后匈奴仍侵犯边。语在《匈奴传》。

元朔元年春，卫夫人有男，立为皇后。其秋，青复将三万骑出雁门，李息出代郡。青斩首虏数千。明年，青复出云中，西至高阙，遂至于陇西，捕首虏数千，畜百余万，走白羊、楼烦王。遂取河南地为朔方郡。以三千八百户封青为长平侯。青校尉苏建为平陵侯，张次公为岸头侯。使建筑朔方城。上曰：“匈奴逆天理，乱人伦，暴长虐老，以盗窃为务，行诈诸蛮夷，造谋籍兵，数为边害，故兴师遣将，以征厥罪。《诗》不云乎：‘薄伐猃允，至于太原’；‘出车彭彭，城彼朔方’。今车骑将军青度西河至高阙，获首二千三百级，车辎畜产毕收为卤，已封为列侯，遂西定河南地，案榆谿旧塞，绝梓领，梁北河，讨蒲泥，破符离，斩轻锐之卒，捕伏听者三千一十七级。执讯获丑，驱马牛羊百有余万，全甲兵而还，益封青三千八百户。”其后匈奴比岁入代郡、雁门、定襄、上郡、朔方，所杀略甚众。语在《匈奴传》。

元朔五年春，令青将三万骑出高阙，卫尉苏建为游击将军，左内史李沮为强弩将军，太仆公孙贺为骑将军，代相李蔡为轻车将军，皆领属车骑将军，俱出朔方。大行李息、岸头侯张次公为将军，俱出右北平。匈奴右贤王当青等兵，以为汉兵不能至此，饮醉，汉兵夜至，围右贤王。右贤王惊，夜逃，独与其爱妾一人骑数百驰，溃围北去。汉轻骑校尉郭成等追数百里，弗得，得右贤裨王十余人，众男女万五千余人，畜数十百万，于是引兵而还。至塞，天子使使者持大将军印，即军中拜青为大将军，诸将皆以兵属，立号而归。上曰：“大将军青躬率戎士，师大捷，获匈奴王十有余人，益封青八千七百户。”而封青子伉为宜春侯，子不疑为阴安侯，子登为发干侯。青固谢曰：“臣幸得待罪行间，赖陛下神灵，军大捷，皆诸校力战之功也。陛下幸已益封臣青，臣青子在襁褓中，未有勤劳，上幸裂地封为三侯，非臣待罪行间所以劝士力战之意也。伉等三人何敢受封！”上曰：“我非忘诸校功也，今固且图之。”乃诏御史曰：“护军都尉公孙敖三从大将军击匈奴，常护军傅校获王，封敖为合骑侯。都尉韩说从大军出窴浑，至匈奴右贤王庭，为戏下搏战获王，封说为龙侯。骑将军贺从大将军获王，封贺为南窌侯。轻车将军李蔡再从大将军获王，封蔡为乐安侯。校尉李朔、赵不虞、公孙戎奴各三从大将军获王，封朔为陟轵侯，不虞为随成侯，戎奴为从平侯。将军李沮、李息及校尉豆如意、中郎将绾皆有功，赐爵关内侯。沮、息、如意食邑各三百户。”其秋，匈奴入代，杀都尉。

明年春，大将军青出定襄，合骑侯敖为中将军，太仆贺为左将军，翕侯赵信为前将军，卫尉苏建为右将军，郎中令李广为后将军，左内史李沮为强弩将军，咸属大将军，斩首数千级而还。月余，悉复出定襄，斩首虏万余人。苏建、赵信并军三千余骑，独逢单于兵，与战一日余，汉兵且尽。信故胡人，降为翕侯，见急，匈奴诱之，遂将其余骑可八百奔降单于。苏建尽亡其军，独以身得亡去，自归青。青问其罪正闳、长史安、议郎周霸等：“建当云何？”霸曰：“自大将军出，未尝斩裨将，今建弃军，可斩，以明将军之威。”闳、安曰：“不然。兵法‘小敌之坚，大敌之禽也。’今建以数千当单于数万，力战一日余，士皆不敢有二心。自归而斩之，是示后无反意也。不当斩。”青曰：“青幸得以肺附待罪行间，不患无威，而霸说我以明威，甚失臣意。且使臣职虽当斩将，以臣之尊宠而不敢自擅专诛于境外，其归天子，天子自裁之，于以风为人臣不敢专权，不亦可乎？”军吏皆曰“善”。遂囚建行在所。

是岁也，霍去病始侯。

霍去病，大将军青姊少儿子也。其父霍仲孺先与少儿通，生去病。及卫皇后尊，少儿更为詹事陈掌妻。去病以皇后姊子，年十八为侍中。善骑射，再从大将军。大将军受诏，予壮士，为票姚校尉，与轻勇骑八百直弃大将军数百里赴利，斩捕首虏过当。于是上曰：“票姚校尉去病斩首捕虏二千二十八级，得相国、当户，斩单于大父行籍若侯产，捕季父罗姑比，再冠军，以二千五百户封去病为冠军侯。上谷太守郝贤四从大将军，捕首虏千三百级，封贤为终利侯。骑士孟已有功，赐爵关内侯，邑二百户。”

是岁失两将军，亡翕侯，功不多，故青不益封。苏建至，上弗诛，赎为庶人。青赐千金。是时王夫人方幸于上，甯乘说青曰："将军所以功未甚多，身食万户，三子皆为侯者，以皇后故也。今王夫人幸而宗族未富贵，愿将军奉所赐千金为王夫人亲寿。"青以五百金为王夫人亲寿。上闻，问青，青以实对。上乃拜甯乘为东海都尉。校尉张骞从大将军，以尝使大夏，留匈奴中久，道军，知善水草处，军得以无饥渴，因前使绝国功，封骞为博望侯。

去病侯三岁，元狩三年春为票骑将军，将万骑出陇西，有功。上曰："票骑将军率戎士逾乌盭，讨速濮，涉狐奴，历五王国，辎重人众摄慑者弗取，几获单于子。转战六日，过焉支山千有余里，合短兵，鏖皋兰下，杀折兰王，斩卢侯王，锐悍者诛，全甲获丑，执浑邪王子及相国、都尉，捷首虏八千九百六十级，收休屠祭天金人，师率减什七，益封去病二千二百户。"

其夏，去病与合骑侯敖俱出北地，异道。博望侯张骞、郎中令李广俱出右北平，异道。广将四千骑先至，骞将万骑后。匈奴左贤王将数万骑围广，广与战二日，死者过半，所杀亦过当。骞至，匈奴引兵去。骞坐行留，当斩，赎为庶人。而去病出北地，遂深入，合骑侯失道，不相得。去病至祁连山，捕首虏甚多。上曰："票骑将军涉钧耆，济居延，遂臻小月氏，攻祁连山，扬武乎觻得，得单于单桓、酋涂王，及相国、都尉以众降下者二千五百人，可谓能舍服知成而止矣。捷首虏三万二百，获五王，王母、单于阏氏、王子五十九人，相国、将军、当户、都尉六十三人，师大率减什三，益封去病五千四百户。赐校尉从至小月氏者爵左庶长。鹰击司马破奴再从票骑将军斩遬濮王，捕稽且王，右千骑将王、王母各一人，王子以下四十一人，捕虏三千三百三十人，前行捕虏千四百人，封破奴为从票侯。校尉高不识从票骑将军捕呼于耆王王子以下十一人，捕虏千七百六十八人，封不识为宜冠侯。校尉仆多有功，封为煇渠侯。"合骑侯敖坐行留不与票骑将军会，当斩，赎为庶人。诸宿将所将士马兵亦不如去病，去病所将常选，然亦敢深入，常与壮骑先其大军，军亦有天幸，未尝困绝也。然而诸宿将常留落不耦。由此去病日以亲贵，比大将军。

其后，单于怒浑邪王居西方数为汉所破，亡数万人，以票骑之兵也，欲召诛浑邪王。浑邪王与休屠王等谋欲降汉，使人先要道边。是时，大行李息将城河上，得浑邪王使，即驰传以闻。上恐其以诈降而袭边，乃令去病将兵往迎之。去病既渡河，与浑邪众相望。浑邪裨王将见汉军而多欲不降者，颇遁去。去病乃驰入，得与浑邪王相见，斩其欲亡者八千人，遂独遣浑邪王乘传先诣行在所，尽将其众渡河，降者数万人，号称十万。既至长安，天子所以赏赐数十巨万。封浑邪王万户，为漯阳侯。封其裨王呼毒尼为下摩侯，雁疪辉渠侯，禽黎为河綦侯，大当户调虽为常乐侯。于是上嘉去病之功，曰："票骑将军去病率师征匈奴，西域王浑邪王及厥众萌咸奔于率，以军粮接食，并将控弦万有余人，诛獟悍，捷首虏八千余级，降异国之王三十二。战士不离伤，十万之众毕怀集服。仍兴之劳，爰及河塞，庶几亡患，以千七百户益封票骑将军。减陇西、北地、上郡戍卒之半，以宽天下繇役。"乃分处降者于边五郡故塞外，而皆在河南，因其故俗为属国。其明年，匈奴入右北平、定襄，杀略汉千余人。

其明年，上与诸将议曰："翕侯赵信为单于画计，常以为汉兵不能度幕轻留，今大发卒，其势必得所欲。"是岁元狩四年也。春，上令大将军青、票骑将军去病各五万骑，步兵转者踵军数十万，而敢力战深入之士皆属去病。去病始为出定襄，当单于。捕虏，虏言单于东，乃更令去病出代郡，令青出定襄。郎中令李广为前将军，太仆公孙贺为左将军，主爵赵食其为右将军，平阳侯襄为后将军，皆属大将军。赵信为单于谋曰：

“汉兵即度幕，人马罢，匈奴可坐收虏耳。”乃悉远北其辎重，皆以精兵待幕北。而适直青军出塞千余里，见单于兵陈而待，于是青令武刚车自环为营，而纵五千骑往当匈奴，匈奴亦从万骑。会日且入，而大风起，沙砾击面，两军不相见，汉益纵左右翼绕单于。单于视汉兵多，而士马尚强，战而匈奴不利，薄莫，单于遂乘六骡，壮骑可数百，直冒汉围西北驰去。昏，汉匈奴相纷拏，杀伤大当。汉军左校捕虏，言单于未昏而去，汉军因发轻骑夜追之，青因随其后。匈奴兵亦散走。会明，行二百余里，不得单于，颇捕斩首虏万余级，遂至窴山赵信城，得匈奴积粟食军。军留一日而还，悉烧其城余粟以归。

青之与单于会也，而前将军广、右将军食其军别从东道，或失道。大将军引还，过幕南，乃相逢。青欲使使归报，令长史簿责广，广自杀。食其赎为庶人。青军入塞，凡斩首虏万九千级。是时，匈奴众失单于十余日，右谷蠡王自立为单于。单于后得其众，右王乃去单于之号。去病骑兵车重与大将军军等，而亡裨将。悉以李敢等为大校，当裨将，出代、右北平二千余里，直左方兵，所斩捕功已多于青。

既皆还，上曰：“票骑将军去病率师躬将所获荤允之士，约轻赍，绝大幕，涉获单于章渠，以诛北车耆，转击左大将双，获旗鼓，历度难侯，济弓卢，获屯头王、韩王等三人，将军、相国、当户、都尉八十三人，封狼居胥山，禅于姑衍，登临翰海，执讯获丑七万有四百四十三级，师率减什二，取食于敌，卓行殊远而粮不绝。以五千八百户益封票骑将军。右北平太守路博德属票骑将军，会兴城，不失期，从至梼余山，斩首捕虏二千八百级，封博德为邳离侯。北地都尉卫山从票骑将军获王，封山为义阳侯。故归义侯因淳王复陆支、楼剸王伊即靬皆从票骑将军有功，封复陆支为杜侯，伊即靬为众利侯。从票侯破奴、昌武侯安稽从票骑有功，益封各三百户。渔阳太守解、校尉敢皆获鼓旗，赐爵关内侯，解食邑三百户，敢二百户。校尉自为爵左庶长。”军吏卒为官，赏赐甚多。而青不得益封，吏卒无封者。唯西河太守常惠、云中太守遂成受赏，遂成秩诸侯相，赐食邑二百户，黄金百斤，惠爵关内侯。

两军之出塞，塞阅官及私马凡十四万匹，而后入塞者不满三万匹。乃置大司马位，大将军、票骑将军皆为大司马。定令，令票骑将军秩禄与大将军等。自是后，青日衰而去病日益贵。青故人门下多去事去病，辄得官爵，唯独任安不肯去。

去病为人少言不泄，有气敢往。上尝欲教之吴、孙兵法，对曰：“顾方略何如耳，不至学古兵法。”上为治第，令视之，对曰：“匈奴不灭，无以家为也。”由此上益重爱之。然少而侍中，贵不省士。其从军，上为遣太官赍数十乘，既还，重车余弃粱肉，而士有饥者。其在塞外，卒乏粮，或不能自振，而去病尚穿域蹋鞠也，事多此类。青仁，喜士退让，以和柔自媚于上，然于天下未有称也。

去病自四年军后三岁，元狩六年薨。上悼之，发属国玄甲，军陈自长安至茂陵，为冢象祁连山。谥之并武与广地曰景桓侯。子嬗嗣。嬗，字子侯，上爱之，幸其壮而将之。为奉车都尉，从封泰山而薨。无子，国除。

自去病死后，青长子宜春侯伉坐法失侯。后五岁，伉弟二人阴安侯不疑、发干侯登，皆坐酎金失侯。后二岁，冠军侯国绝。后四年，元封五年，青薨，谥曰烈侯。子伉嗣，六年坐法免。

自青围单于后十四岁而卒，竟不复击匈奴者，以汉马少，又方南诛两越，东伐朝鲜，击羌、西南夷，以故久不伐胡。

初，青既尊贵，而平阳侯曹寿有恶疾就国，长公主问：“列侯谁贤者？”左右皆言大将军。主笑曰：“此出吾家，常骑从我，奈何？”左右曰：“于今尊贵无比。”于是长公主风白皇后，皇后言之，上乃诏青尚平阳主，与主合葬，起冢象卢山云。

最大将军青凡七出击匈奴，斩捕首虏五万余级。一与单于战，收河南地，置朔方郡。再益封，凡万六千三百户；封三子为侯，侯千三百户，并之二万二百户。其裨将及校尉侯者九人，为特将者十五人，李广、张骞、公孙贺、李蔡、曹襄、韩说、苏建皆自有传。

李息，郁郅人也，事景帝。至武帝立八岁，为材官将军，军马邑；后六岁，为将军，出代；后三岁，为将军，从大将军出朔方：皆无功。凡三为将军，其后常为大行。

公孙敖，义渠人，以郎事景帝。至武帝立十二岁，为骑将军，出代，亡卒七千人，当斩，赎为庶人。后五岁，以校尉从大将军，封合骑侯。后一岁，以中将军从大将军再出定襄，无功。后二岁，以将军出北地，后票骑失期，当斩，赎为庶人。后二岁，以校尉从大将军，无功。后十四岁，以因杅将军筑受降城。七岁，复以因杅将军再出击匈奴，至余吾，亡士多，下吏，当斩，诈死，亡居民间五、六岁。后觉，复系。坐妻为巫蛊，族。凡四为将军。

李沮，云中人，事景帝。武帝立十七岁，以左内史为强弩将军。后一岁，复为强弩将军。

张次公，河东人，以校尉从大将军，封岸头侯。其后太后崩，为将军，军北军。后一岁，复从大将军。凡再为将军，后坐法失侯。

赵信，以匈奴相国降，为侯。武帝立十八年，为前将军，与匈奴战，败，降匈奴。

赵食其，祋祤人。武帝立十八年，以主爵都尉从大将军，斩首六百六十级。元狩三年，赐爵关内侯，黄金百斤。明年，为右将军，从大将军出定襄，迷失道，当斩，赎为庶人。

郭昌，云中人，以校尉从大将军。元封四年，以太中大夫为拔胡将军，屯朔方。还击昆明，无功，夺印。

荀彘，太原广武人，以御见，侍中，用校尉数从大将军。元封三年，为左将军击朝鲜，无功，坐捕楼船将军诛。

最票骑将军去病凡六出击匈奴，其四出以将军，斩首虏十一万余级。浑邪王以众降数万，开河西酒泉之地，西方益少胡寇。四益封，凡万七千七百户。其校尉吏有功侯者六人，为将军者二人。

路博德，西河平州人，以右北平太守从票骑将军，封邳离侯。票骑死后，博德以卫尉为伏波将军，伐破南越，益封。其后坐法失侯。为强弩都尉，屯居延，卒。

赵破奴，太原人。尝亡入匈奴，已而归汉，为票骑将军司马。出北地，封从票侯，坐酎金失侯。后一岁，为匈河将军，攻胡至匈河水，无功。后一岁，击虏楼兰王，后为浞野侯。后六岁，以浚稽将军将二万骑击匈奴左王。左王与战，兵八万骑围破奴，破奴为虏所得，遂没其军。居匈奴中十岁，复与其太子安国亡入汉。后坐巫蛊，族。

自卫氏兴，大将军青首封，其后支属五人为侯。凡二十四岁而五侯皆夺国。征和中，戾太子败，卫氏遂灭。而霍去病弟光贵盛，自有传。

赞曰：苏建尝说责：“大将军至尊重，而天下之贤士大夫无称焉，愿将军观古名将所招选者，勉之哉！”青谢曰：“自魏其、武安之厚宾客，天子常切齿。彼亲待士大夫，招贤黜不肖者，人主之柄也。人臣奉法遵职而已，何与招士！”票骑亦方此意，为将如此。

卷五十六

董仲舒传第二十六

董仲舒，广川人也。少治《春秋》，孝景时为博士。下帷讲诵，弟子传以久次相授业，或莫见其面。盖三年不窥园，其精如此。进退容止，非礼不行，学士皆师尊之。

武帝即位，举贤良文学士前后百数，而仲舒以贤良对策焉。

制曰：朕获承至尊休德，传之亡穷，而施之罔极，任大而守重，是以夙夜不皇康宁，永惟万事之统，犹惧有阙。故广延四方之豪俊，郡国诸侯公选贤良修洁博习之士，欲闻大道之要，至论之极。今子大夫褎然为举首，朕甚嘉之。子大夫其精心至思，朕垂听而问焉。

盖闻五帝三王之道，改制作乐而天下洽和，百王同之。当虞氏之乐莫盛于《韶》，于周莫盛于《勺》。圣王已没，钟鼓管弦之声未衰，而大道微缺，陵夷至乎桀、纣之行，王道大坏矣。夫五百年之间，守文之君，当涂之士，欲则先王之法以戴翼其世者甚众，然犹不能反，日以仆灭，至后王而后止，岂其所持操或悖谬而失其统与？固天降命不可复反，必推之于大衰而后息与？乌呼！凡所为屑屑，夙兴夜寐，务法上古者，又将无补与？三代受命，其符安在？灾异之变，何缘而起？性命之情，或夭或寿，或仁或鄙，习闻其号，未烛厥理。伊欲风流而令行，刑轻而奸改，百姓和乐，政事宣昭，何修何饬而膏露降，百谷登，德润四海，泽臻草木，三光全，寒暑平，受天之祜，享鬼神之灵，德泽洋溢，施乎方外，延及群生？

子大夫明先圣之业，习俗化之变，终始之序，讲闻高谊之日久矣，其明以谕朕。科别其条，勿猥勿并，取之于术，慎其所出。乃其不正不直，不忠不极，枉于执事，书之不泄，兴于朕躬，毋悼后害。子大夫其尽心，靡有所隐，朕将亲览焉。

仲舒对曰：

陛下发德音，下明诏，求天命与情性，皆非愚臣之所能及也。臣谨案《春秋》之中，视前世已行之事，以观天人相与之际，甚可畏也。国家将有失道之败，而天乃先出灾害以谴告之，不知自省，又出怪异以警惧之，尚不知变，而伤败乃至。以此见天心之仁爱人君而欲止其乱也。自非大亡道之世者，天尽欲扶持而全安之，事在强勉而已矣。强勉学问，则闻见博而知益明；强勉行道，则德日起而大有功：此皆可使还至而立有效者也。《诗》曰“夙夜匪解”，《书》云“茂哉茂哉！”皆强勉之谓也。

道者，所繇适于治之路也，仁义礼乐皆其具也。故圣王已没，而子孙长久安宁数百岁，此皆礼乐教化之功也。王者未作乐之时，乃用先王之乐宜于世者，而以深入教化于民。教化之情不得，雅颂之乐不成，故王者功成作乐，乐其德也。乐者，所以变民风，化民俗也；其变民也易，其化人也著。故声发于和而本于情，接于肌肤，臧于骨髓。故王道虽微缺，而管弦之声未衰也。夫虞氏之不为政久矣，然而乐颂遗风犹有存者，是以孔子在齐而闻《韶》也。夫人君莫不欲安存而恶危亡，然而政乱国危者甚众，所任者非其人，而所繇者非其道，是以政日以仆灭也。夫周道衰于幽、厉，非道亡也，幽、厉不繇也。至于宣王，思昔先王之德，兴滞补弊，明文、武之功业，周道粲然复兴，诗人美之而作，上天祐之，为生贤佐，后世称诵，至今不绝。此夙夜不解行善之所致也。孔子曰“人能弘道，非道弘人”也。故治乱废兴在于己，非天降命不可得反，其所操持悖谬失其统也。

臣闻天之所大奉使之王者，必有非人力所能致而自至者，此受命之符也。天下之人同心归之，若归父母，故天瑞应诚而至。《书》曰“白鱼入于王舟，有火复于王屋，流为乌”，此盖受命之符也。周公曰“复哉复哉”，孔子曰“德不孤，必有邻”，皆积善累德之效也。及至后世，淫佚衰微，不能统理群生，诸侯背畔，残贼良民以争壤土，废德教而任刑罚。刑罚不中，则生邪气；邪气积于下，怨恶畜于上。上下不和，则阴阳缪盭而妖孽生矣。此灾异所缘而起也。

臣闻命者天之令也，性者生之质也，情者人之欲也。或夭或寿，或仁或鄙，陶冶而成之，不能粹美，有治乱之所生，故不齐也。孔子曰：“君子之德风也，小人之德草也，草上之风必偃。”故尧、舜行德则民仁寿，桀、纣行暴则民鄙夭。夫上之化下，下之从上，犹泥之在钧，唯甄者之所为；犹金之在熔，唯冶者之所铸。“绥之斯俫，动之斯和”，此之谓也。

臣谨案《春秋》之文，求王道之端，得之于正。正次王，王次春。春者，天之所为也；正者，王之所为也。其意曰，上承天之所为，而下以正其所为，正王道之端云尔。然则王者欲有所为，宜求其端于天。天道之大者在阴阳。阳为德，阴为刑；刑主杀而德主生。是故阳常居大夏，而以生育养长为事；阴常居大冬，而积于空虚不用之处。以此见天之任德不任刑也。天使阳出布施于上而主岁功，使阴入伏于下而时出佐阳；阳不得阴之助，亦不能独成岁。终阳以成岁为名，此天意也。王者承天意以从事，故任德教而不任刑。刑者不可任以治世，犹阴之不可任以成岁也。为政而任刑，不顺于天，故先王莫之肯为也。今废先王德教之官，而独任执法之吏治民，毋乃任刑之意与！孔子曰：“不教而诛谓之虐。”虐政用于下，而欲德教之被四海，故难成也。

臣谨案《春秋》谓一元之意，一者万物之所以从始也，元者辞之所谓大也。谓一为元者，视大始而欲正本也。《春秋》深探其本，而反自贵者始。故为人君者，正心以正朝廷，正朝廷以正百官，正百官以正万民，正万民以正四方。四方正，远近莫敢不壹于正，而亡有邪气奸其间者。是以阴阳调而风雨时，群生和而万民殖，五谷孰而草木茂，天地之间被润泽而大丰美，四海之内闻盛德而皆徕臣，诸福之物，可致之祥，莫不毕至，而王道终矣。

孔子曰：“凤鸟不至，河不出图，吾已矣夫！”自悲可致此物，而身卑贱不得致也。今陛下贵为天子，富有四海，居得致之位，操可致之势，又有能致之资，行高而恩厚，知明而意美，爱民而好士，可谓谊主矣。然而天地未应而美祥莫至者，何也？凡以教化不立而万民不正也。夫万民之从利也，如水之走下，不以教化堤防之，不能止也。是故教化立而奸邪皆止者，其堤防完也；教化废而奸邪并出，刑罚不能胜者，其堤防坏也。古之王者明于此，是故南面而治天下，莫不以教化为大务。立太学以教于国，设庠序以化于邑，渐民以仁，摩民以谊，节民以礼，故其刑罚甚轻而禁不犯者，教化行而习俗美也。

圣王之继乱世也，扫除其迹而悉去之，复修教化而崇起之。教化已明，习俗已成，子孙循之，行五六百岁尚未败也。至周之末世，大为亡道，以失天下。秦继其后，独不能改，又益甚之，重禁文学，不得挟书，弃捐礼谊而恶闻之，其心欲尽灭先王之道，而颛为自恣苟简之治，故立为天子十四岁而国破亡矣。自古以来，未尝有以乱济乱，大败天下之民如秦者也。其遗毒余烈，至今未灭，使习俗薄恶，人民嚚顽，抵冒殊扞，孰烂如此之甚者也。孔子曰："腐朽之木不可雕也，粪土之墙不可圬也。"今汉继秦之后，如朽木、粪墙矣，虽欲善治之，亡可奈何。法出而奸生，令下而诈起，如以汤止沸，抱薪救火，愈甚亡益也。窃譬之琴瑟不调，甚者必解而更张之，乃可鼓也；为政而不行，甚者必变而更化之，乃可理也。当更张而不更张，虽有良工不能善调也；当更化而不更化，虽有大贤不能善治也。故汉得天下以来，常欲善治而至今不可善治者，失之于当更化而不更化也。古人有言曰："临渊羡鱼，不如退而结网。"今临政而愿治七十余岁矣，不如退而更化；更化则可善治，善治则灾害日去，福禄日来。《诗》云："宜民宜人，受禄于天。"为政而宜于民者，固当受禄于天。夫仁、谊、礼、知、信五常之道，王者所当修饬也；五者修饬，故受天之祐，而享鬼神之灵，德施于方外，延及群生也。

天子览其对而异焉，乃复册之曰：

制曰：盖闻虞舜之时，游于岩郎之上，垂拱无为，而天下太平。周文王至于日昃不暇食，而宇内亦治。夫帝王之道，岂不同条共贯与？何逸劳之殊也？

盖俭者不造玄黄旌旗之饰。及至周室，设两观，乘大路，朱干玉戚，八佾陈于庭，而颂声兴。夫帝王之道岂异指哉？或曰良玉不瑑，又曰非文无以辅德，二端异焉。

殷人执五刑以督奸，伤肌肤以征恶。成、康不式，四十余年天下不犯，囹圄空虚。秦国用之，死者甚众，刑者相望，秏矣哀哉！

乌呼！朕夙寤晨兴，惟前帝王之宪，永思所以奉至尊，章洪业，皆在力本任贤。今朕亲耕籍田以为农先，劝孝弟，崇有德，使者冠盖相望，问勤劳，恤孤独，尽思极神，功烈休德未始云获也。今阴阳错缪，氛气充塞，群生寡遂，黎民未济，廉耻贸乱，贤不肖浑殽，未得其真，故详延特起之士，庶几乎！今子大夫待诏百有余人，或道世务而未济，稽诸上古之不同，考之于今而难行，毋乃牵于文系而不得骋与？将所繇异术，所闻殊方与？各悉对，著于篇，毋讳有司。明其指略，切磋究之，以称朕意。

仲舒对曰：

臣闻尧受命，以天下为忧，而未以位为乐也，故诛逐乱臣，务求贤圣，是以得舜、禹、稷、卨、咎繇。众圣辅德，贤能佐职，教化大行，天下和洽，万民皆安仁乐谊，各得其宜，动作应礼，从容中道。故孔子曰："如有王者，必世而后仁"，此之谓也。尧在位七十载，乃逊于位以禅虞舜。尧崩，天下不归尧子丹朱而归舜。舜知不可辟，乃即天子之位，以禹为相，因尧之辅佐，继其统业，是以垂拱无为而天下治。孔子曰"《韶》尽美矣，又尽善也"，此之谓也。至于殷纣，逆天暴物，杀戮贤知，残贼百姓。伯夷、太公皆当世贤者，隐处而不为臣。守职之人皆奔走逃亡，入于河海。天下秏乱，万民不安，故天下去殷而从周。文王顺天理物，师用贤圣，是以闳夭、大颠、散宜生等亦聚于朝廷。爱施兆民，天下归之，故太公起海滨而即三公也。当此之时，纣尚在上，尊卑昏乱，百姓散亡，故文王悼痛而欲安之，是以日昃而不暇食也。孔子作《春秋》，先正王而系万事，见素王之文焉。由此观之，帝王之条贯同，然而劳逸异者，所遇之时异也。孔子曰"《武》尽美矣，未尽善也"，此之谓也。

臣闻制度文采玄黄之饰，所以明尊卑，异贵贱，而劝有德也。故《春秋》受命所先制者，改正朔，易服色，所以应天也。然则宫室旌旗之制，有法而然者也。故孔子曰："奢则不逊，俭则固。"俭非圣人之中制也。臣闻良玉不瑑，资质润美，不待刻瑑，此亡异于达巷党人不学而自知也。然则常玉不瑑，不成文章；君子不学，不成其德。

臣闻圣王之治天下也，少则习之学，长则材诸位，爵禄以养其德，刑罚以威其恶，故民晓于礼谊而耻犯其上。武王行大谊，平残贼，周公作礼乐以文之，至于成康之隆，囹圄空虚四十余年。此亦教化之渐而仁谊之流，非独伤肌肤之效也。至秦则不然。师申、商之法，行韩非之说，憎帝王之道，以贪狼为俗，非有文德以教训于天下也。诛名而不察实，为善者不必免，而犯恶者未必刑也。是以百官皆饰空言虚辞而不顾实，外有事君之礼，内有背上之心，造伪饰诈，趣利无耻；又好用憯酷之吏，赋敛亡度，竭民财力，百姓散亡，不得从耕织之业，群盗并起。是以刑者甚众，死者相望，而奸不息，俗化使然也。故孔子曰"导之以政，齐之以刑，民免而无耻"，此之谓也。

今陛下并有天下，海内莫不率服，广览兼听，极群下之知，尽天下之美，至德昭然，施于方外。夜郎、康居，殊方万里，说德归谊，此太平之致也。然而功不加于百姓者，殆王心未加焉。曾子曰："尊其所闻，则高明矣；行其所知，则光大矣。高明光大，不在于它，在乎加之意而已。"愿陛下因用所闻，设诚于内而致行之，则三王何异哉！

陛下亲耕籍田以为农先，夙寤晨兴，忧劳万民，思惟往古，而务以求贤，此亦尧、舜之用心也，然而未云获者，士素不厉也。夫不素养士而欲求贤，譬犹不琢玉而求文采也。故养士之大者，莫大乎太学；太学者，贤士之所关也，教化之本原也。今以一郡一国之众，对亡应书者，是王道往往而绝也。臣愿陛下兴太学，置明师，以养天下之士，数考问以尽其材，则英俊宜可得矣。今之郡守、县令，民之师帅，所使承流而宣化也；故师帅不贤，则主德不宣，恩泽不流。今吏既亡教训于下，或不承用主上之法，暴虐百姓，与奸为市，贫穷孤弱，冤苦失职，甚不称陛下之意。是以阴阳错缪，氛气充塞，群生寡遂，黎民未济，皆长吏不明，使至于此也。

夫长吏多出于郎中、中郎，吏二千石子弟选郎吏，又以富訾，未必贤也。且古所谓功者，以任官称职为差，非所谓积日絫久也。故小材虽累日，不离于小官；贤材虽未久，不害为辅佐。是以有司竭力尽知，务治其业而以赴功。今则不然。絫日以取贵，积久以致官，是以廉耻贸乱，贤不肖浑殽，未得其真。臣愚以为使诸列侯、郡守、二千石各择其吏民之贤者，岁贡各二人以给宿卫，且以观大臣之能；所贡贤者有赏，所贡不肖者有罚。夫如是，诸侯、吏二千石皆尽心于求贤，天下之士可得而官使也。遍得天下之贤人，则三王之盛易为，而尧、舜之名可及也。毋以日月为功，实试贤能为上，量材而授官，录德而定位，则廉耻殊路，贤不肖异处矣。陛下加惠，宽臣之罪，令勿牵制于文，使得切磋究之，臣敢不尽愚！

于是天子复册之。

制曰：盖闻"善言天者必有征于人，善言古者必有验于今"。故朕垂问乎天人之应，上嘉唐、虞，下悼桀、纣，寖微寖灭寖明寖昌之道，虚心以改。今子大夫明于阴阳所以造化，习于先圣之道业，然而文采未极，岂惑乎当世之务哉？条贯靡竟，统纪未终，意朕之不明与？听若眩与？夫三王之教所祖不同，而皆有失，或谓久而不易者道也，意岂异哉？今子大夫既已著大道之极，陈治乱之端矣，其悉之究之，孰之复之。《诗》不云乎，"嗟尔君子，毋常安息，神之听之，介尔景福。"朕将亲览焉，子大夫其茂明之。

仲舒复对曰：

臣闻《论语》曰："有始有卒者，其唯圣人乎！"今陛下幸加惠，留听于承学之臣，复下明册，以切其意，而究尽圣德，非愚臣之所能具也。前所上对，条贯靡竟，统纪不终，辞不别白，指不分明，此臣浅陋之罪也。

册曰："善言天者必有征于人，善言古者必有验于今。"臣闻天者群物之祖也，故遍覆包函而无所殊，建日月风雨以和之，经阴阳寒暑以成之。故圣人法天而立道，亦普爱而亡私，布德施仁以厚之，设谊立礼以导之。春者天之所以生也，仁者君之所以爱也；夏者天之所以长也，德者君之所以养也；霜者天之所以杀也，刑者君之所以罚也。繇此言之，天人之征，古今之道也。孔子作《春秋》，上揆之天道，下质诸人情，参之于古，考之于今。故《春秋》之所讥，灾害之所加也；《春秋》之所恶，怪异之所施也。书邦家之过，兼灾异之变，以此见人之所为，其美恶之极，乃与天地流通而往来相应，此亦言天之一端也。古者修教训之官，务以德善化民，民已大化之后，天下常亡一人之狱矣。今世废而不修，亡以化民，民以故弃行谊而死财利，是以犯法而罪多，一岁之狱以万千数。以此见古之不可不用也，故《春秋》变古则讥之。天令之谓命，命非圣人不行；质朴之谓性，性非教化不成；人欲之谓情，情非度制不节。是故王者上谨于承天意，以顺命也；下务明教化民，以成性也；正法度之宜，别上下之序，以防欲也：修此三者，而大本举矣。人受命于天，固超然异于群生，入有父子兄弟之亲，出有君臣上下之谊，会聚相遇，则有耆老长幼之施，粲然有文以相接，欢然有恩以相爱，此人之所以贵也。生五谷以食之，桑麻以衣之，六畜以养之，服牛乘马，圈豹槛虎，是其得天之灵，贵于物也。故孔子曰："天地之性人为贵。"明于天性，知自贵于物；知自贵于物，然后知仁谊；知仁谊，然后重礼节；重礼节，然后安处善；安处善，然后乐循理；乐循理，然后谓之君子。故孔子曰："不知命，亡以为君子"，此之谓也。

册曰："上嘉唐、虞，下悼桀、纣，寖微寖灭寖明寖昌之道，虚心以改。"臣闻众少成多，积小致巨，故圣人莫不以晻致明，以微致显。是以尧发于诸侯，舜兴乎深山，非一日而显也，盖有渐以致之矣。言出于己，不可塞也；行发于身，不可掩也。言行，治之大者，君子之所以动天地也。故尽小者大，慎微者著。《诗》云："惟此文王，小心翼翼。"故尧兢兢日行其道，而舜业业日致其孝，善积而名显，德章而身尊，以其寖明寖昌之道也。积善在身，犹长日加益，而人不知也；积恶在身，犹火之销膏，而人不见也。非明乎情性察乎流俗者，孰能知之？此唐、虞之所以得令名，而桀、纣之可为悼惧者也。夫善恶之相从，如景乡之应形声也。故桀、纣暴谩，谗贼并进，贤知隐伏，恶日显，国日乱，晏然自以如日在天，终陵夷而大坏。夫暴逆不仁者，非一日而亡也，亦以渐至，故桀、纣虽亡道，然犹享国十余年，此其寖微寖灭之道也。

册曰："三王之教所祖不同，而皆有失，或谓久而不易者道也，意岂异哉？"臣闻夫乐而不乱复而不厌者谓之道；道者万世亡弊，弊者道之失也。先王之道必有偏而不起之处，故政有眊而不行，举其偏者以补其弊而已矣。三王之道所祖不同，非其相反，将以救溢扶衰，所遭之变然也。故孔子曰："亡为而治者，其舜乎！"改正朔，易服色，以顺天命而已；其余尽循尧道，何更为哉！故王者有改制之名，亡变道之实。然夏上忠，殷上敬，周上文者，所继之救，当用此也。孔子曰："殷因于夏礼，所损益可知也；周因于殷礼，所损益可知也；其或继周者，虽百世可知也。"此言百王之用，以此三者矣。夏因于虞，而独不言所损益者，其道如一而所上同也。道之大原出于天，天不变，道亦不变，是以禹继舜，舜继尧，三圣相受而守一道，亡救弊之政也，故不言其所损益也。繇是观之，继治世者其道同，继乱世者其道变。今汉继大乱之后，若宜少损周之文致，用夏之忠者。

陛下有明德嘉道，愍世欲之靡薄，悼王道之不昭，故举贤良方正之士，论谊考问，将欲兴仁谊之休德，明帝王之法制，建太平之道也。臣愚不肖，述所闻，诵所学，道师之言，廑能勿失耳。若乃论政事之得失，察天下之息秏，此大臣辅佐之职，三公九卿之任，非臣仲舒所能及也。然而臣窃有怪者。夫古之天下亦今之天下，今之天下亦古之天下，共是天下，古亦大治，上下和睦，习俗美盛，不令而行，不禁而止，吏亡奸邪，民亡盗贼，囹圄空虚，德润草木，泽被四海，凤皇来集，麒麟来游，以古准今，壹何不相逮之远也！安所缪盭而陵夷若是？意者有所失于古之道与？有所诡于天之理与？试迹之古，返之于天，党可得见乎？

夫天亦有所分予，予之齿者去其角，傅其翼者两其足，是所受大者不得取小也。古之所予禄者，不食于力，不动于末，是亦受大者不得取小，与天同意者也。夫已受大，又取小，天不能足，而况人乎！此民之所以嚣嚣苦不足也。身宠而载高位，家温而食厚禄，因乘富贵之资力，以与民争利于下，民安能如之哉！是故众其奴婢，多其牛羊，广其田宅，博其产业，畜其积委，务此而亡已，以迫蹴民，民日削月朘，寖以大穷。富者奢侈羡溢，贫者穷急愁苦；穷急愁苦而上不救，则民不乐生；民不乐生，尚不避死，安能避罪！此刑罚之所以蕃而奸邪不可胜者也。故受禄之家，食禄而已，不与民争业，然后利可均布，而民可家足。此上天之理，而亦太古之道，天子之所宜法以为制，大夫之所当循以为行也。故公仪子相鲁，之其家见织帛，怒而出其妻，食于舍而茹葵，愠而拔其葵，曰："吾已食禄，又夺园夫红女利乎！"古之贤人君子在列位者皆如是，是故下高其行而从其教，民化其廉而不贪鄙。及至周室之衰，其卿大夫缓于谊而急于利，亡推让之风而有争田之讼。故诗人疾而刺之，曰："节彼南山，惟石岩岩，赫赫师尹，民具尔瞻。"尔好谊，则民乡仁而俗善；尔好利，则民好邪而俗败。由是观之，天子大夫者，下民之所视效，远方之所四面而内望也。近者视而放之，远者望而效之，岂可以居贤人之位而为庶人行哉！夫皇皇求财利常恐乏匮者，庶人之意也；皇皇求仁义常恐不能化民者，大夫之意也。《易》曰："负且乘，致寇至。"乘车者君子之位也，负担者小人之事也，此言居君子之位而为庶人之行者，其患祸必至也。若居君子之位，当君子之行，则舍公仪休之相鲁，亡可为者矣。

《春秋》大一统者，天地之常经，古今之通谊也。今师异道，人异论，百家殊方，指意不同，是以上亡以持一统；法制数变，下不知所守。臣愚以为诸不在六艺之科孔子之术者，皆绝其道，勿使并进。邪辟之说灭息，然后统纪可一而法度可明，民知所从矣。

对既毕，天子以仲舒为江都相，事易王。易王，帝兄，素骄，好勇。仲舒以礼谊匡正，王敬重焉。久之，王问仲舒曰："粤王句践与大夫泄庸、种、蠡谋伐吴，遂灭之。孔子称殷有三仁，寡人亦以为粤有三仁。桓公决疑于管仲，寡人决疑于君。"仲舒对曰："臣愚不足以奉大对。闻昔者鲁君问柳下惠：'吾欲伐齐，何如？'柳下惠曰：'不可。'归而有忧色，曰：'吾闻伐国不问仁人，此言何为至于我哉！'徒见问耳，且犹羞之，况设诈以伐吴乎？由此言之，粤本无一仁。夫仁人者，正其谊不谋其利，明其道不计其功。是以仲尼之门，五尺之童羞称五伯，为其先诈力而后仁谊也。苟为诈而已，故不足称于大君子之门也。五伯比于他诸侯为贤，其比三王，犹武夫之与美玉也。"王曰："善。"

仲舒治国，以《春秋》灾异之变推阴阳所以错行，故求雨，闭诸阳，纵诸阴，其止雨反是；行之一国，未尝不得所欲。中废为中大夫。先是辽东高庙、长陵高园殿灾，仲舒居家推说其意，草稿未上，主父偃候仲舒，私见，嫉之，窃其书而奏焉。上召视诸儒，仲舒弟子吕步舒不知其师书，以为大愚。于是下仲舒吏，当死，诏赦之，仲舒遂不敢复言灾异。

仲舒为人廉直。是时方外攘四夷，公孙弘治《春秋》不如仲舒，而弘希世用事，位至公卿。仲舒以弘为从谀，弘嫉之。胶西王亦上兄也，尤纵恣，数害吏二千石。弘乃言于上曰："独董仲舒可使相胶西王。"胶西王闻仲舒大，善待之。仲舒恐久获罪，病免。凡相两国，辄事骄王，正身以率下，数上疏谏争，教令国中，所居而治。及去位归居，终不问家产业，以修学著书为事。

仲舒在家，朝廷如有大议，使使者及廷尉张汤就其家而问之，其对皆有明法。自武帝初立，魏其、武安侯为相而隆儒矣。及仲舒对册，推明孔氏，抑黜百家。立学校之官，州郡举茂材孝廉，皆自仲舒发之。年老，以寿终于家。家徙茂陵，子及孙皆以学至大官。

仲舒所著，皆明经术之意，及上疏条教，凡百二十三篇。而说《春秋》事得失，《闻举》、《玉杯》、《蕃露》、《清明》、《竹林》之属，复数十篇，十余万言，皆传于后世。掇其切当世施朝廷者著于篇。

赞曰：刘向称："董仲舒有王佐之材，虽伊、吕亡以加，管、晏之属，伯者之佐，殆不及也。"至向子歆以为："伊、吕乃圣人之耦，王者不得则不兴。故颜渊死，孔子曰'噫！天丧余。'唯此一人为能当之，自宰我、子赣、子夏不与焉。仲舒遭汉承秦灭学之后，《六经》离析，下帷发愤，潜心大业，令后学者有所统壹，为群儒首。然考其师友渊源所渐，犹未及乎游、夏，而曰管、晏弗及，伊、吕不加，过矣。"至向曾孙龚，笃论君子也，以歆之言为然。

卷五十七上

司马相如传第二十七上

司马相如，字长卿，蜀郡成都人也。少时好读书，学击剑，名犬子。相如既学，慕蔺相如之为人也，更名相如。以訾为郎，事孝景帝，为武骑常侍，非其好也。会景帝不好辞赋，是时梁孝王来朝，从游说之士齐人邹阳、淮阴枚乘、吴严忌夫子之徒，相如见而说之，因病免，客游梁，得与诸侯游士居，数岁，乃著《子虚之赋》。

会梁孝王薨，相如归，而家贫无以自业。素与临邛令王吉相善，吉曰："长卿久宦游，不遂而困，来过我。"于是相如往舍都亭。临邛令缪为恭敬，日往朝相如。相如初尚见之，后称病，使从者谢吉，吉愈益谨肃。

临邛多富人，卓王孙僮客八百人，程郑亦数百人，乃相谓曰："令有贵客，为具召之。并召令。"令既至，卓氏客以百数，至日中请司马长卿，长卿谢病不能临。临邛令不敢尝食，身自迎相如，相如为不得已而强往，一坐尽倾。酒酣，临邛令前奏琴曰："窃闻长卿好之，愿以自娱。"相如辞谢，为鼓一再行。是时，卓王孙有女文君新寡，好音，故相如缪与令相重而以琴心挑之。相如时从车骑，雍容闲雅，甚都。及饮卓氏弄琴，文君窃从户窥，心说而好之，恐不得当也。既罢，相如乃令侍人重赐文君侍者通殷勤。文君夜亡奔相如，相如与驰归成都。家徒四壁立。卓王孙大怒曰：“女不材，我不忍杀，一钱不分也！”人或谓王孙，王孙终不听。文君久之不乐，谓长卿曰：“弟俱如临邛，比昆弟假貣，犹足以为生，何至自苦如此！”相如与俱之临邛，尽卖车骑，买酒舍，乃令文君当卢。相如身自著犊鼻裈，与庸保杂作，涤器于市中。卓王孙耻之，为杜门不出。昆弟诸公更谓王孙曰：“有一男两女，所不足者非财也。今文君既失身于司马长卿，长卿故倦游，虽贫，其人材足依也。且又令客，奈何相辱如此！”卓王孙不得已，分与文君僮百人，钱百万，及其嫁时衣被财物。文君乃与相如归成都，买田宅，为富人。

居久之，蜀人杨得意为狗监，侍上。上读《子虚赋》而善之，曰：“朕独不得与此人同时哉！”得意曰：“臣邑人司马相如自言为此赋。”上惊，乃召问相如。相如曰：“有是。然此乃诸侯之事，未足观，请为天子游猎之赋。”上令尚书给笔札，相如以“子虚”，虚言也，为楚称；“乌有先生”者，乌有此事也，为齐难；“亡是公”者，亡是人也，欲明天子之义。故虚借此三人为辞，以推天子诸侯之苑囿。其卒章归于节俭，因以风谏。奏之天子，天子大说。其辞曰：

楚使子虚使于齐，齐王悉发车骑与使者出田。田罢，子虚过姹乌有先生，亡是公存焉。坐定，乌有先生问曰：“今日田乐乎？”子虚曰：“乐。”“获多乎？”曰：“少。”“然则何乐？”对曰：“仆乐王之欲夸仆以车骑之众，而仆对以云梦之事也。”曰：“可得闻乎？”

子虚曰：“可。王驾车千乘，选徒万骑，田于海滨，列卒满泽，罘罔弥山。掩菟辚鹿，射麋格麟，骛于盐浦，割鲜染轮。射中获多，矜而自功，顾谓仆曰；‘楚亦有平原广泽游猎之地饶乐若此者乎？楚王之猎孰与寡人？’仆下车对曰：‘臣，楚国之鄙人也，幸得宿卫十有余年，时从出游，游于后园，览于有无，然犹未能遍睹也。又乌足以言其外泽乎？’齐王曰：‘虽然，略以子之所闻见言之。’

“仆对曰：‘唯唯。臣闻楚有七泽，尝见其一，未睹其余也。臣之所见，盖特其小小者耳，名曰云梦。云梦者，方九百里，其中有山焉。其山则盘纡茀郁，隆崇律崒；岑崟参差，日月蔽亏；交错纠纷，上干青云；罢池陂陁，下属江河。其土则丹青赭垩，雌黄白坿，锡碧金银，众色炫耀，照烂龙鳞。其石则赤玉玫瑰，琳珉昆吾，瑊玏玄厉，碝石武夫。其东则有蕙圃，衡兰芷若，穹穷昌蒲，江离蘪芜，诸柘巴且。其南则有平原广泽，登降陁靡，案衍坛曼，缘以大江，限以巫山。其高燥则生葴析苞荔，薛莎青薠。其埤湿则生藏莨蒹葭，东蘠雕胡，莲藕觚卢，奄闾轩于。众物居之，不可胜图。其西则有涌泉清池，激水推移，外发夫容蔆华，内隐巨石白沙。其中则有神龟蛟鼍，毒冒鳖鼋。其北则有阴林巨树，楩楠豫章，桂椒木兰，檗离朱杨，樝梨栏栗，橘柚芬芳。其上则有宛雏孔鸾，腾远射干。其下则有白虎玄豹，蜒貙豻。

“‘于是乎乃使剸诸之伦，手格此兽。楚王乃驾驯驳之驷，乘雕玉之舆，靡鱼须之桡旃，曳明月之珠旗，建干将之雄戟，左乌号之雕弓，右夏服之劲箭；阳子骖乘，纤阿为御；案节未舒，即陵狡兽，蹴蛩蛩，辚距虚，轶野马，轊騊駼；乘遗风，射游骐，倏眒倩眒，雷动炎至，星流电击，弓不虚发，中必决眦，洞胸达掖，绝乎心系，获若雨兽，揜草蔽地。于是楚王乃弭节徘徊，翱翔容与，览乎阴林，观壮士之暴怒，与猛兽之恐惧，徼睹受诎，殚睹众物之变态。

“‘于是郑女曼姬，被阿锡，揄紵缟，杂纤罗，垂雾縠，襞积褰绉，郁桡谿谷；衯衯裶裶，扬袘戌削，蜚襳垂髾；扶舆猗靡，翕呷萃蔡，下摩兰蕙，上拂羽盖；错翡翠之葳蕤，缪绕玉绥；眇眇忽忽，若神之仿佛。

“‘于是乃群相与獠于蕙圃，媻姗勃窣，上金堤，揜翡翠，射鵔鸃，微矰出，纤缴施，弋白鹄，连駕鹅，双鸧下，玄鹤加。怠而后游于清池，浮文鷁，扬旌栧，张翠帷，建羽盖。罔毒冒，约紫贝，摐金鼓，吹鸣籁，榜人歌，声流喝，水虫骇，波鸿沸，涌泉起，奔扬会，礧石相击，琅琅递礚礚，若雷霆之声，闻乎数百里外。

"'将息獠者，击灵鼓，起烽燧，车案行，骑就队，纚乎淫淫，般乎裔裔。于是楚王乃登阳云之台，泊乎无为，淡乎自持，勺药之和具而后御之。不若大王终日驰骋，曾不下舆，脟割轮焠，自以为娱。臣窃观之，齐殆不如。'于是王无以应仆也。"

乌有先生曰："是何言之过也！足下不远千里，来况齐国，王悉境内之士，备车骑之众，与使者出田，乃欲戮力致获，以娱左右也，何名为夸哉！问楚地之有无者，愿闻大国之风烈，先生之余论也。今足下不称楚王之德厚，而盛推云梦以为骄，奢言淫乐而显侈靡，窃为足下不取也。必若所言，固非楚国之美也。有而言之，是章君之恶也；无而言之，是害足下之信也。章君恶，伤私义，二者无一可，而先生行之，必且轻于齐而累于楚矣。且齐东陼巨海，南有琅邪，观乎成山，射乎之罘，浮勃澥，游孟诸，邪与肃慎为邻，右以汤谷为界。秋田乎青丘，仿偟乎海外，吞若云梦者八九，其于匈中曾不蒂芥。若乃俶傥瑰玮，异方殊类，珍怪鸟兽，万端鳞崪，充仞其中者，不可胜记，禹不能名，卨不能计。然在诸侯之位，不敢言游戏之乐，苑囿之大；先生又见客，是以王辞不复，何为无以应哉！"

亡是公听然而笑曰："楚则失矣，而齐亦未为得也。夫使诸侯纳贡者，非为财币，所以述职也；封疆画界者，非为守御，所以禁淫也。今齐列为东蕃，而外私肃慎，捐国隃限，越海而田，其于义固未可也。且二君之论，不务明君臣之义，正诸侯之礼，徒事争于游戏之乐，苑囿之大，欲以奢侈相胜，荒淫相越，此不可以扬名发誉，而适足以贬君自损也。

"且夫齐、楚之事又乌足道乎！君未睹夫巨丽也，独不闻天子之上林乎？左苍梧，右西极，丹水更其南，紫渊径其北。终始霸、产，出入泾、渭，酆、镐、潦、潏，纡余委蛇，经营其内。荡荡乎八川分流，相背异态，东西南北，驰骛往来，出乎椒丘之阙，行乎州淤之浦，径乎桂林之中，过乎泱莽之野，汩乎混流，顺阿而下，赴隘狭之口，触穹石，激堆埼，沸乎暴怒，汹涌彭湃，滭弗宓汩，逼侧泌，横流逆折，转腾潎洌，滂濞沆溉，穹隆云桡，宛潬胶盭，逾波趋浥，莅莅下濑，批岩冲拥，奔扬滞沛，临坻注壑，瀺灂霣队，沈沈隐隐，砰磅訇礚，潏潏淈淈，湁潗鼎沸，驰波跳沫，汩急漂疾，悠远长怀。寂漻无声，肆乎永归。然后灏溔潢漾，安翔徐佪，翯乎滈滈，东注大湖，衍溢陂池。于是蛟龙赤螭，䱭䲛渐离，鰅鳙鰬魠，禺禺魼鳎，揵鳍掉尾，振鳞奋翼，潜处乎深岩。鱼鳖欢声，万物众伙。明月珠子，的皪江靡，蜀石黄碝，水玉磊砢，磷磷烂烂，采色澔汗，丛积乎其中。鸿鷫鹄鸨，驾鹅属玉，交精旋目，烦鹜庸渠，箴疵鵁卢，群浮乎其上。泛淫泛滥，随风澹淡，与波摇荡，奄薄水陼，唼喋菁藻，咀嚼菱藕。

"于是乎崇山矗矗，巃嵸崔嵬，深林巨木，崭岩参差。九嵕巀嶭，南山峨峨，岩陁甗锜，摧崣崛崎，振溪通谷，蹇产沟渎，谽呀豁閜，阜陵别隖，崴魂㟪廆，丘虚堀礧，隐辚郁垒，登降施靡，陂池貏豸。允溶淫鬻，散涣夷陆，亭皋千里，靡不被筑。掩以绿蕙，被以江离，糅以蘼芜，杂以留夷。布结缕，攒戾莎，揭车衡兰，稿本射干，茈姜蘘荷，葴持若荪，鲜支黄砾，蒋苎青薠，布濩闳泽，延曼太原，离靡广衍，应风披靡，吐芳扬烈，郁郁菲菲，众香发越，肸蚃布写，晻薆咇茀。

"于是乎周览泛观，缜纷轧芴，芒芒恍忽，视之无端，察之无涯。日出东沼，入乎西陂。其南则隆冬生长，涌水跃波；其兽则庸旄貘犛，沈牛麈麋，赤首圜题，穷奇象犀。其北则盛夏含冻裂地，涉冰揭河；其兽则麒麟角端，騊駼橐驼，蛩蛩驒騱驴骡。

"于是乎离宫别馆，弥山跨谷，高廊四注，重坐曲阁，华榱璧珰，辇道纚属，步櫩周流，长途中宿。夷嵕筑堂，累台增成，岩突洞房。俯杳眇而无见，仰攀橑而扪天，奔星更于闺闼，宛虹拖于楯轩。青龙蚴蟉于东箱，象舆婉僤于西清，灵圄燕于闲馆，偓佺之伦暴于南荣，醴泉涌于清室，通川过于中庭。磐石裖崖，嵚岩倚倾，嵯峨嶕嶫，刻削峥嵘，玫瑰碧琳，珊瑚丛生，珉玉旁唐，玢豳文磷，赤瑕驳荦，杂缅其间，朝采琬琰，和氏出焉。

"于是乎卢橘夏孰，黄甘橙楱，枇杷橪柿，亭柰厚朴，梬枣杨梅，樱桃蒲陶，隐夫薁棣，荅遝离支，罗乎后宫，列乎北园，丘陵貤，下平原，扬翠叶，扤紫茎，发红华，垂朱荣，煌煌扈扈，照曜巨野。沙棠栎槠，华枫枰栌，留落胥邪，仁频并闾，欃檀木兰，豫章女贞，长千仞，大连抱，夸条直畅，实叶葰茂，攒立丛倚，连汉书卷欐佹，崔错癹，坑衡閜，垂条扶疏，落英幡纚，纷溶萷蔘，猗柅从风，藰莅卉歙，盖象金石之声，管籥之音。柴池茈虒，旋还乎后宫，杂袭累辑，被山缘谷，循阪下隰，视之无端，究之亡穷。

"于是乎玄猨素雌，蜼玃飞蠝，蛭蜩玃猱，獑胡豰蛫，栖息乎其间。长啸哀鸣，翩幡互经，夭蟜枝格，偃蹇杪颠，逾绝梁，腾殊榛，捷垂条，掉希间，牢落陆离，烂漫远迁。

"若此者数百千处，娱游往来，宫宿馆舍，庖厨不徙，后宫不移，百官备具。

"于是乎背秋涉冬，天子校猎。乘镂象，六玉虬，拖蜺旌，靡云旗，前皮轩，后道游；孙叔奉辔，卫公参乘，扈从横行，出乎四校之中。鼓严簿，纵猎者，江河为阹，泰山为橹，车骑雷起，殷天动地，先后陆离，离散别追，淫淫裔裔，缘陵流泽，云布雨施。生貔豹，搏豺狼，手熊罴，足野羊，蒙鹖苏，绔白虎，被斑文，跨野马，陵三嵕之危，下碛历之坻，径峻赴险，越壑厉水。推蜚廉，弄解廌，格虾蛤，鋋猛氏，羂要褭，射封豕。箭不苟害，解脰陷脑；弓不虚发，应声而倒。

"于是乘舆弭节徘徊，翱翔往来，睨部曲之进退，览将帅之变态。然后侵淫促节，倏夐远去，流离轻禽，蹴履狡兽，轊白鹿，捷狡兔。轶赤电，遗光耀，追怪物，出宇宙，弯蕃弱，满白羽，射游枭，栎蜚遽。择肉而后发，先中而命处，弦矢分，艺殪仆。

"然后扬节而上浮，陵惊风，历骇猋，乘虚亡，与神俱，蔺玄鹤，乱昆鸡，遒孔鸾，促鵔鸃，拂翳鸟，捎凤凰，捷鹓鶵，揜焦明。

"道尽涂殚，回车而还。消摇乎襄羊，降集乎紘，率乎直指，揜乎反乡，蹷石关，历封峦，过云雄鹊，望露寒，下堂梨，息宜春，西驰宣曲，濯鷁牛首，登龙台，掩细柳，观士大夫之勤略，钧猎者之所得获。徒车之所閵轹，骑之所蹂若，人之所蹈藉，与其穷极倦谻，惊惮詟伏，不被创刃而死者，它它藉藉，填坑满谷，掩平弥泽。

"于是乎游戏懈怠，置酒乎颢天之台，张乐乎胶葛之宇，撞千石之钟，立万石之虡，建翠华之旗，树灵鼍之鼓，奏陶唐氏之舞，听葛天氏之歌，千人倡，万人和，山陵为之震动，川谷为之荡波。巴、俞、宋、蔡，淮南《干遮》，文成颠歌，族居递奏，金鼓迭起，铿鎗闛鞈，洞心骇耳。荆、吴、郑、卫之声，《韶》、《濩》、《武》、《象》之乐，阴淫案衍之音，鄢、郢缤纷，《激楚》、《结风》，俳优侏儒，狄鞮之倡，所以娱耳目乐心意者，丽靡烂漫于前，靡曼美色于后。

"若夫青琴、虙妃之徒，绝殊离俗，妖冶闲都，靓庄刻饰，便嬛繛约，柔桡嫚嫚，妩媚纤弱，曳独茧之褕袘，眇阎易以恤削，便姗嫳屑，与世殊服，芬芳沤郁，酷烈淑郁，皓齿粲烂，宜笑的皪，长眉连娟，微睇绵藐，色授魂予，心愉于侧。

"于是酒中乐酣，天子芒然而思，似若有亡，曰：'嗟乎，此大奢侈！朕以览听余闲，无事弃日，顺天道以杀伐，时休息以于此，恐后世靡丽，遂往而不返，非所以为继嗣创业垂统也。’于是乎乃解酒罢猎，而命有司曰：‘地可恳辟，悉为农郊，以赡氓隶，隤墙填堑，使山泽之民得至焉。实陂池而勿禁，虚宫馆而勿仞。发仓廪以救贫穷，补不足，恤鳏寡，存孤独。出德号，省刑罚，改制度，易服色，革正朔，与天下为始。’

“于是历吉日以斋戒，袭朝服，乘法驾，建华旗，鸣玉鸾，游于六艺之囿，驰骛乎仁义之涂，览观《春秋》之林，射《狸首》，兼《驺虞》，弋玄鹤，舞干戚，戴云罕，揜群雅，悲《伐檀》，乐乐胥，修容乎《礼》园，翱翔乎《书》圃，述《易》道，放怪兽，登明堂，坐清庙，恣群臣，奏得失，四海之内，靡不受获。于斯之时，天下大说，乡风而听，随流而化，网上冉然兴道而迁义，刑错而不用，德隆于三皇，功羡于五帝。若此，故猎乃可喜也。

“若夫终日驰骋，劳神苦形，罢车马之用，抚士卒之精，费府库之财，而无德厚之恩，务在独乐，不顾众庶，忘国家之政，贪雉菟之获，则仁者不繇也。从此观之，齐、楚之事，岂不哀哉！地方不过千里，而囿居九百，是草木不得垦辟，而民无所食也。夫以诸侯之细，而乐万乘之所侈，仆恐百姓被其尤也。”

于是二子愀然改容，超若自失，逡巡避席，曰：“鄙人固陋，不知忌讳，乃今日见教，谨受命矣。”

赋奏，天子以为郎。亡是公言上林广大，山谷水泉万物，及子虚言云梦所有甚众，侈靡多过其实，且非义理所止，故删取其要，归正道而论之。

卷五十七下

司马相如传第二十七下

相如为郎数岁，会唐蒙使略通夜郎、僰中，发巴、蜀吏卒千人，郡又多为发转漕万余人，用军兴法诛其渠率。巴、蜀民大惊恐。上闻之，乃遣相如责唐蒙等，因谕告巴、蜀民以非上意。檄曰：

告巴、蜀太守：蛮夷自擅，不讨之日久矣，时侵犯边境，劳士大夫。陛下即位，存抚天下，集安中国，然后兴师出兵，北征匈奴，单于怖骇，交臂受事，屈膝请和。康居西域，重译纳贡，稽首来享。移师东指，闽越相诛；右吊番禺，太子入朝。南夷之君，西僰之长，常效贡职，不敢惰怠，延颈举踵，喁喁然，皆乡风慕义，欲为臣妾，道里辽远，山川阻深，不能自致。夫不顺者已诛，而为善者未赏，故遣中郎将往宾之，发巴、蜀之士各五百人以奉币，卫使者不然，靡有兵革之事，战斗之患。今闻其乃发军兴制，惊惧子弟，忧患长老，郡又擅为转粟运输，皆非陛下之意也。当行者或亡逃自贼杀，说非人臣之节也。

夫边郡之士，闻烽举燧燔，皆摄弓而驰，荷兵而走，流汗相属，惟恐居后，触白刃，冒流矢，议不反顾，计不旋踵，人怀怒心，如报私仇。彼岂乐死恶生，非编列之民，而与巴、蜀异主哉？计深虑远，急国家之难，而乐尽人臣之道也。故有剖符之封，析圭而爵，位为通侯，居列东第。终则遗显号于后世，传土地于子孙，事行甚忠敬，居位甚安佚，名声施于无穷，功烈著而不灭。是以贤人君子，肝脑涂中原，膏液润野草而不辞也。今奉币役至南夷，即自贼杀，或亡逃抵诛，身死无名，谥为至愚，耻及父母，为天下笑。人之度量相越，岂不远哉！然此非独行者之罪也，父兄之教不先，子弟之率不谨，寡廉鲜耻，而俗不长厚也。其被刑戮，不亦宜乎！

陛下患使者有司之若彼，悼不肖愚民之如此，故遣信使，晓谕百姓以发卒之事，因数之以不忠死亡之罪，让三老孝弟以不教诲之过。方今田时，重烦百姓，已亲见近县，恐远所谿谷山泽之民不遍闻，檄到，亟下县道，咸谕陛下意，毋忽！

相如还报。唐蒙已略通夜郎，因通西南夷道，发巴、蜀、广汉卒，作者数万人。治道二岁，道不成，士卒多物故，费以亿万计。蜀民及汉用事者多言其不便。是时邛、筰之君长闻南夷与汉通，得赏赐多，多欲愿为内臣妾，请吏，比南夷。上问相如，相如曰："邛、筰、冉、者近蜀，道易通，异时尝通为郡县矣，至汉兴而罢。今诚复通，为置县，愈于南夷。"上以为然，乃拜相如为中郎将，建节往使。副使者王然于、壶充国、吕越人，驰四乘之传，因巴、蜀吏币物以赂西南夷。至蜀，太守以下郊迎，县令负弩矢先驱，蜀人以为宠。于是卓王孙、临邛诸公皆因门下献牛、酒以交欢。卓王孙喟然而叹，自以得使女尚司马长卿晚，乃厚分与其女财，与男等。相如使略定西南夷，邛、筰、冉、駹、斯榆之君皆请为臣妾，除边关，边关益斥，西至沫、若水，南至牂柯为徼，通灵山道，桥孙水，以通邛、筰。还报，天子大说。

相如使时，蜀长老多言通西南夷之不为用，大臣亦以为然。相如欲谏，业已建之，不敢，乃著书，借蜀父老为辞，而己诘难之，以风天子，且因宣其使指，令百姓皆知天子意。其辞曰：

汉兴七十有八载，德茂存乎六世，威武纷云，湛恩汪濊，群生沾濡，洋溢乎方外。于是乃命使西征，随流而攘，风之所被，罔不披靡。因朝冉从駹，定筰存邛，略斯榆，举苞蒲，结轶还辕，东乡将报，至于蜀都。

耆老大夫搢绅先生之徒二十有七人，俨然造焉。辞毕，进曰："盖闻天子之于夷狄也，其义羁縻勿绝而已。今罢三郡之士，通夜郎之涂，三年于兹，而功不竟，士卒劳倦，万民不赡；今又接之以西夷，百姓力屈，恐不能卒业，此亦使者之累也，窃为左右患之。且夫邛、筰、西僰之与中国并也，历年兹多，不可记已。仁者不以德来，强者不以力并，意者殆不可乎！今割齐民以附夷狄，弊所恃以事无用，鄙人固陋，不识所谓。"

使者曰："乌谓此乎？必若所云，则是蜀不变服而巴不化俗也，仆尚恶闻若说。然斯事体大，固非观者之所觏也。余之行急，其详不可得闻已。请为大夫粗陈其略：

"盖世必有非常之人，然后有非常之事；有非常之事，然后有非常之功。非常者，固常人之所异也。故曰非常之元，黎民惧焉；及臻厥成，天下晏如也。

"昔者，洪水沸出，泛滥衍溢，民人升降移徙，崎岖而不安。夏后氏戚之，乃堙洪原，决江疏河，洒沈澹灾，东归之于海，而天下永宁。当斯之勤，岂惟民哉？心烦于虑，而身亲其劳，躬胝无胈，肤不生毛，故休烈显乎无穷，声称浃乎于兹。

"且夫贤君之践位也，岂特委琐握躖，拘文牵俗，循诵习传，当世取说云尔哉！必将崇论閎议，创业垂统，为万世规。故驰骛乎兼容并包，而勤思乎参天贰地。且《诗》不云乎：'普天之下，莫非王土；率土之滨，莫非王臣。'

是以六合之内，八方之外，浸淫衍溢，怀生之物有不浸润于泽者，贤君耻之。今封疆之内，冠带之伦，咸获嘉祉，靡有阙遗矣。而夷狄殊俗之国，辽绝异党之域，舟车不通，人迹罕至，政教未加，流风犹微，内之则犯义侵礼于边境，外之则邪行横作，放杀其上，君臣易位，尊卑失序，父兄不辜，幼孤为奴虏，系累号泣。内乡而怨，曰：'盖闻中国有至仁焉，德洋恩普，物靡不得其所，今独曷为遗己！'举踵思慕，若枯旱之望雨，盭夫为之垂涕，况乎上圣，又乌能已？故北出师以讨强胡，南驰使以诮劲越。四面风德，二方之君鳞集仰流，愿得受号者以亿计。故乃关沬、若，徼牂柯，镂灵山，梁孙原，创道德之涂，垂仁义之统，将博恩广施，远抚长驾，使疏逖不闭，曶爽暗昧得耀乎光明，以偃甲兵于此，而息讨伐于彼。遐迩一体，中外禔福，不亦康乎？夫拯民于沈溺，奉至尊之休德，反衰世之陵夷，继周氏之绝业，天子之急务也。百姓虽劳，又恶可以已哉？

"且夫王者固未有不始于忧勤，而终于佚乐者也。然则受命之符合在于此。方将增太山之封，加梁父之事，鸣和鸾，扬乐颂，上咸五，下登三。观者未睹指，听者未闻音，犹焦朋已翔乎寥廓，而罗者犹视乎薮泽，悲夫！"

于是诸大夫茫然丧其所怀来，失厥所以进，喟然并称曰："允哉汉德，此鄙人之所愿闻也。百姓虽劳，请以身先之。"敞罔靡徙，迁延而辞避。

其后人有上书言相如使时受金，失官。居岁余，复召为郎。

相如口吃而善著书。常有消渴病。与卓氏婚，饶于财。故其事宦，未尝肯与公卿国家之事，常称疾闲居，不慕官爵。尝从上至长杨猎。是时天子方好自击熊豕，驰逐野兽，相如因上疏谏。其辞曰：

臣闻物有同类而殊能者，故力称乌获，捷言庆忌，勇期贲、育。臣之愚，窃以为人诚有之，兽亦宜然。今陛下好陵阻险，射猛兽，卒然遇逸材之兽，骇不存之地，犯属车之清尘，舆不及还辕，人不暇施巧，虽有乌获、逢蒙之技不能用，枯木朽株尽为难矣。是胡越起于毂下，而羌夷接轸也，岂不殆哉！虽万全而无患，然本非天子之所宜近也。

且夫清道而后行，中路而驰，犹时有衔橛之变。况乎涉丰草，骋丘虚，前有利兽之乐，而内无存变之意。其为害也不难矣！夫轻万乘之重不以为安，乐出万有一危之涂以为娱，臣窃为陛下不取。

盖明者远见于未萌，而知者避危于无形，祸固多藏于隐微而发于人之所忽者也。故鄙谚曰："家累千金，坐不垂堂。"此言虽小，可以谕大。臣愿陛下留意幸察。

上善之。还过宜春宫，相如奏赋以哀二世行失。其辞曰：

登陂陁之长阪兮，坌入曾宫之嵯峨。临曲江之隑州兮，望南山之参差。岩岩深山之谾谾兮，通谷豁乎谽谺。汩淢以永逝兮，注平皋之广衍。观众树之蓊薆兮，览竹林之榛榛。东驰土山兮，北揭石濑。弭节容与兮，历吊二世。持身不谨兮，亡国失势；信谗不寤兮，宗庙灭绝。乌呼！操行之不得，墓芜秽而不修兮，魂亡归而不食。

相如拜为孝文园令。上既美子虚之事，相如见上好仙，因曰："上林之事未足美也，尚有靡者。臣尝为《大人赋》，未就，请具而奏之。"相如以为列仙之儒居山泽间，形容甚臞，此非帝王之仙意也，乃遂奏《大人赋》。其辞曰：

世有大人兮，在乎中州。宅弥万里兮，曾不足以少留。悲世俗之迫隘兮，朅轻举而远游。乘绛幡之素蜺兮，载云气而上浮。建格泽之修竿兮，总光耀之采旄。垂旬始以为幓兮，曳彗星而为髾。掉指桥以偃寋兮，又猗抳以招摇。揽搀抢以为旌兮，靡屈虹而为绸。红杳眇以玄泯兮，猋风涌而云浮。驾应龙象舆之蠖略委丽兮，骖赤螭青虬之蚴蟉宛蜒。低仰夭蟜裾以骄骜兮，诎折隆穷躩以连卷。沛艾赳螑仡以怡拟兮，放散畔岸骧以孱颜。跮踱輵螛容以骫丽兮，蜩蟉偃寋怵臭以梁倚。纠蓼叫奡踏以艐路兮，蔑蒙踊跃腾而狂趭。莅飒卉歙焱至电过兮，焕然雾除，霍然云消。

邪绝少阳而登太阴兮，与真人乎相求。互折窈窕以右转兮，横厉飞泉以正东。悉征灵圉而选之兮，部署众神于摇光。使五帝先导兮，反大壹而从陵阳。左玄冥而右黔雷兮，前长离而后矞皇。厮征伯侨而役羡门兮，诏岐伯使尚方。祝融警而跸御兮，清气氛而后行。屯余车而万乘兮，綷云盖而树华旗。使句芒其将行兮，吾欲往乎南娭。

历唐尧于崇山兮，过虞舜于九疑。纷湛湛其差错兮，杂遝胶輵以方驰。骚扰冲苁其纷挐兮，滂濞泱轧丽以林离。攒罗列聚丛以茏茸兮，衍曼流烂痑以陆离。径入雷室之砰磷郁律兮，洞出鬼谷之堀礨嵬魁。遍览八紘而观四海兮，朅度九江越五河。经营炎火而浮弱水兮，杭绝浮渚涉流沙。奄息葱极泛滥水娭兮，使灵娲鼓琴而舞冯夷。时若暧暧将混浊兮，召屏翳诛风伯，刑雨师。西望昆仑之轧沕荒忽兮，直径驰乎三危。排阊阖而入帝宫兮，载玉女而与之归。登阆风而遥集兮，亢乌腾而壹止。低徊阴山翔以纡曲兮，吾乃今日睹西王母。暠然白首戴胜而穴处兮，亦幸有三足乌为之使。必长生若此而不死兮，虽济万世不足以喜。

回车却来兮，绝道不周，会食幽都，呼吸沆瀣兮餐朝霞，咀噍芝英兮叽琼华。僸祲寻而高纵兮，纷鸿溶而上厉。贯列缺之倒景兮，涉丰隆之滂濞。骋游道而修降兮，骛遗雾而远逝。迫区中隘陕兮，舒节出乎北垠。遗屯骑于玄阙兮，轶先驱于寒门。下峥嵘而无地兮，上嵺廓而无天。视眩泯而亡见兮，听敞恍而亡闻。乘虚亡而上遐兮，超无友而独存。

相如既奏《大人赋》，天子大说，飘飘有陵云气游天地之间意。

相如既病免，家居茂陵。天子曰："司马相如病甚，可往从悉取其书，若后之矣。"使所忠往，而相如已死，家无遗书。问其妻，对曰："长卿未尝有书也。时时著书，人又取去。长卿未死时，为一卷书，曰有使来求书，奏之。"其遗札书言封禅事，所忠奏焉，天子异之。其辞曰：

伊上古之初肇，自颢穹生民。历选列辟，以迄乎秦。率迩者踵武，听逖者风声。纷轮威蕤，堙灭而不称者，不可胜数也。继《昭》、《夏》，崇号谥，略可道者七十有二君。罔若淑而不昌，畴逆失而能存？

轩辕之前，遐哉邈乎，其详不可得闻已。五三《六经》载籍之传，维见可观也。《书》曰："元首明哉！股肱良哉！"因斯以谈，君莫盛于尧，臣莫贤于后稷。后稷创业于唐，公刘发迹于西戎，文王改制，爰周郅隆，大行越成，而后陵迟衰微，千载亡声，岂不善始终哉！然无异端，慎所由于前，谨遗教于后耳。故轨迹夷易，易遵也；湛恩庞洪，易丰也；宪度著明，易则也；垂统理顺，易继也。是以业隆于襁保而崇冠乎二后。揆厥所元，终都攸卒，未有殊尤绝迹可考于今者也。然犹蹑梁甫，登太山，建显号，施尊名。大汉之德，逢涌原泉，沕潏曼羡，旁魄四塞，云布雾散，上畅九垓，下溯八埏。怀生之类，沾濡浸润，协气横流，武节焱逝，尔狭游原，回阔泳末，首恶郁没，暗昧昭晰，昆虫闿怿，回首面内。然后囿驺虞之珍群，徼麋鹿之怪兽，导一茎六穗于庖，牺双觡共抵之兽，获周余放龟于岐，招翠黄乘龙于沼。鬼神接灵圉，宾于闲馆。奇物谲诡，俶傥穷变。钦哉，符瑞臻兹，犹以为薄，不敢道封禅。盖周跃鱼陨杭，休之以燎。微夫斯之为符也，以登介丘，不亦恧乎！进攘之道，何其爽与？

于是大司马进曰："陛下仁育群生，义征不譓，诸夏乐贡，百蛮执贽，德牟往初，功无与二，休烈液洽，符瑞众变，期应绍至，不特创见。意者太山、梁父设坛场望幸，盖号以况荣，上帝垂恩储祉，将以庆成，陛下谦让而弗发也。挈三神之欢，缺王道之仪，群臣恧焉。或谓且天为原质暗，示珍符固不可辞；若然辞之，是泰山靡记而梁父罔几也。亦各并时而荣，咸济厥也而屈，说者尚何称于后，而云七十二君哉？夫修德以锡符，奉符以行事，不为进越也。故圣王弗替，而修礼地祇，谒款天神，勒功中岳，以章至尊，舒盛德，发号荣，受厚福，以浸黎民。皇皇哉斯事，天下之壮观，王者之卒业，不可贬也。愿陛下全之。而后因杂缙绅先生之略术，使获曜日月之末光绝炎，以展采错事。犹兼正列其义，祓饰厥文，作《春秋》一艺。将袭旧六为七，摅之无穷，俾万世得激清流，扬微波，蜚英声，腾茂实。前圣之所以永保鸿名而常为称首者用此。宜命掌故悉奏其仪而览焉。"

于是天子沛然改容，曰："俞乎，朕其试哉！"乃迁思回虑，总公卿之议，询封禅之事，诗大泽之博，广符瑞之富。遂作颂曰：

自我天覆，云之油油，甘露时雨，厥壤可游。滋液渗漉，何生不育！嘉谷六穗，我穑曷蓄？

匪唯雨之，又润泽之；匪唯偏我，泛布护之；万物熙熙，怀而慕之。名山显位，望君之来。君兮君兮，侯不迈哉！

般般之兽，乐我君圃；白质黑章，其仪可喜；旼旼穆穆，君子之态。盖闻其声，今视其来。厥涂靡从，天瑞之征。兹尔于舜，虞氏以兴。

濯濯之麟，游彼灵畤。孟冬十月，君徂郊祀。驰我君舆，帝用享祉。三代之前，盖未尝有。

宛宛黄龙，兴德而升；采色玄耀，炳炳辉煌。正阳显见，觉寤黎烝。于传载之，云受命所乘。

厥之有章，不必谆谆。依类托寓，谕以封峦。

披艺观之，天人之际已交，上下相发允答。圣王之事，兢兢翼翼。故曰于兴必虑衰，安必思危。是以汤、武至尊严，不失肃祗，舜在假典，顾省厥遗：此之谓也。

相如既卒五岁，上始祭后土。八年而遂礼中岳，封于太山，至梁甫，禅肃然。

相如它所著，若《遗平陵侯书》、《与五公子相难》、《草木书篇》，不采，采其尤著公卿者云。

赞曰：司马迁称"《春秋》推见至隐，《易本》隐以之显，《大雅》言王公大人，而德逮黎庶，《小雅》讥小己之得失，其流及上。所言虽殊，其合德一也。相如虽多虚辞滥说，然要其归引之于节俭，此亦《诗》之风谏何异？"扬雄以为靡丽之赋，劝百而讽一，犹骋郑、卫之声，曲终而奏雅，不已戏乎！

卷五十八

公孙弘卜式兒宽传第二十八

公孙弘，菑川薛人也。少时为狱吏，有罪，免。家贫，牧豕海上。年四十余，乃学《春秋》杂说。

武帝初即位，招贤良文学士，是时，弘年六十，以贤良征为博士。使匈奴，还报，不合意，上怒，以为不能，弘乃移病免归。

元光五年，复征贤良文学，菑川国复推上弘。弘谢曰："前已尝西，用不能罢，愿更选。"国人固推弘，弘至太常。上策诏诸儒：

制曰：盖闻上古至治，画衣冠，异章服，而民不犯；阴阳和，五谷登，六畜蕃，甘露降，风雨时，嘉禾兴，朱草生，山不童，泽不涸；麟凤在郊薮，龟龙游于沼，河洛出图书；父不丧子，兄不哭弟；北发渠搜，南抚交阯，舟车所至，人迹所及，跂行喙息，咸得其宜。朕甚嘉之，今何道而臻乎此？子大夫修先圣之术，明君臣之义，讲论洽闻，有声乎当世，敢问子大夫：天人之道，何所本始？吉凶之效，安所期焉？禹、汤水旱，厥咎何由？仁、义、礼、知四者之宜，当安设施？属统垂业，物鬼变化，天命之符，废兴何如？天文、地理、人事之纪，子大夫习焉。其悉意正议，详具其对，著之于篇，朕将亲览焉，靡有所隐。

弘对曰：

臣闻上古尧、舜之时，不贵爵赏而民劝善，不重刑罚而民不犯，躬率以正而遇民信也；末世贵爵厚赏而民不劝，深刑重罚而奸不止，其上不正，遇民不信也。夫厚赏重刑未足以劝善而禁非，必信而已矣。是故因能任官，则分职治；去无用之言，则事情得；不作无用之器，即赋敛省；不夺民时，不妨民力，则百姓富；有德者进，无德者退，则朝廷尊；有功者上，无功者下，则群臣逡；罚当罪，则奸邪止；赏当贤，则臣下劝：凡此八者，治民之本也。故民者，业之即不争，理得则不怨，有礼则不暴，爱之则亲上，此有天下之急者也。故法不远义，由民服而不离；和不远礼，则民亲而不暴。故法之所罚，义之所去也；和之所赏，礼之所取也。礼义者，民之所服也，而赏罚顺之，则民不犯禁矣，故画衣冠，异章服，而民不犯者，此道素行也。

臣闻之，气同则从，声比则应。今人主和德于上，百姓和合于下，故心和则气和，气和则形和，形和则声和，声和则天地之和应矣。故阴阳和，风雨时，甘露降，五谷登，六畜蕃，嘉禾兴，朱草生，山不童，泽不涸，此和之至也。故形和则无疾，无疾则不夭，故父不丧子，兄不哭弟。德配天地，明并日月，则麟凤至，龟龙在郊，河出图，洛出书，远方之君莫不说义，奉币而来朝。此和之极也。

臣闻之，仁者爱也，义者宜也，礼者所履也，智者术之原也。致利除害，兼爱无私，谓之仁；明是非，立可否，谓之义；进退有度，尊卑有分，谓之礼；

擅杀生之柄，通壅塞之涂，权轻重之数，论得失之道，使远近情伪必见于上，谓之术：凡此四者，治之本，道之用也，皆当设施，不可废也。得其要，则天下安乐，法设而不用；不得其术，则主蔽于上，官乱于下。此事之情，属统垂业之本也。

臣闻尧遭鸿水，使禹治之，未闻禹有水也。若汤之旱，则桀之余烈也。桀、纣行恶，受天之罚；禹、汤积德，以王天下。因此观之，天德无私亲，顺之和起，逆之害生。此天文、地理、人事之纪。臣弘愚戆，不足以奉大对。

时对者百余人，太常奏弘第居下。策奏，天子擢弘对为第一。召入见，容貌甚丽，拜为博士，待诏金马门。

弘复上疏曰："陛下有先圣之位而无先圣之名，有先圣之名而无先圣之吏，是以势同而治异。先世之吏正，故其民笃；今世之吏邪，故其民薄。政弊而不行，令倦而不听。夫使邪吏行弊政，用倦令治薄民，民不可得而化，此治之所以异也。臣闻周公旦治天下，期年而变，三年而化，五年而定。唯陛下之所志。"书奏，天子以册书答曰："问：弘称周公之治，弘之材自视孰与周公贤？"弘对曰："愚臣浅薄，安敢比材于周公！虽然，愚心晓然见治道之可以然也。夫虎豹马牛，禽兽之不可制者也，及其教驯服习之，至可牵持驾服，唯人之从。臣闻揉曲木者不累日，销金石者不累月，夫人之于利害好恶，岂比禽兽木石之类哉？期年而变，臣弘尚窃迟之。"上异其言。

时方通西南夷，巴、蜀苦之，诏使弘视焉。还奏事，盛毁西南夷无所用，上不听。每朝会议，开陈其端，使人主自择，不肯面折庭争。于是上察其行慎厚，辩论有余，习文法吏事，缘饰以儒术，上说之，一岁中至左内史。

弘奏事，有所不可，不肯庭辩。常与主爵都尉汲黯请间，黯先发之，弘推其后，上常说，所言皆听，以此日益亲贵。尝与公卿约议，至上前，皆背其约以顺上指。汲黯庭诘弘曰："齐人多诈而无情，始为与臣等建此议，今皆背之，不忠。"上问弘，弘谢曰："夫知臣者以臣为忠，不知臣者以臣为不忠。"上然弘言。左右幸臣每毁弘，上益厚遇之。

弘为人谈笑多闻，常称以为人主病不广大，人臣病不俭节。养后母孝谨，后母卒，服丧三年。

为内史数年，迁御史大夫。时又东置苍海，北筑朔方之郡。弘数谏，以为罢弊中国以奉无用之地，愿罢之。于是上乃使朱买臣等难弘置朔方之便。发十策，弘不得一。弘乃谢曰："山东鄙人，不知其便若是，愿罢西南夷、苍海，专奉朔方。"上乃许之。

汲黯曰："弘位在三公，奉禄甚多，然为布被，此诈也。"上问弘，弘谢曰："有之。夫九卿与臣善者无过黯，然今日庭诘弘，诚中弘之病，夫以三公为布被，试饰诈欲以钓名。且臣闻管仲相齐，有三归，侈拟于君，桓公以霸，亦上僭于君。晏婴相景公，食不重肉，妾不衣丝，齐国亦治，亦下比于民。今臣弘位为御史大夫，为布被，自九卿以下至于小吏无差，诚如黯言。且无黯，陛下安闻此言？"上以为有让，愈益贤之。

元朔中，代薛泽为丞相。先是，汉常以列侯为丞相，唯弘无爵，上于是下诏曰："朕嘉先圣之道，开广门路，宣招四方之士，盖古者任贤而序位，量能以授官，劳大者厥禄厚，德盛者获爵尊，故武功以显重，而文德以行褒。其以高成之平津乡户六百五十封丞相弘为平津侯。"其后以为故事，至丞相封，自弘始也。时上方兴功业，娄举贤良。弘自见为举首，起徒步，数年至宰相封侯，于是起客馆，开东阁以延贤人，与参谋议。弘身食一肉，脱粟饭，故人宾客仰衣食，奉禄皆以给之，家无所余。然其性意忌，外宽内深。诸常与弘有隙，无近远，虽阳与善，后竟报其过。杀主父偃，徙董仲舒胶西，皆弘力也。

后淮南、衡山谋反，治党与方急，弘病甚，自以为无功而封侯，居宰相位，宜佐明主填抚国家，使人由臣子之道。今诸侯有畔逆之计，此大臣奉职不称也。恐病死无以塞责，乃上书曰："臣闻天下通道五，所以行之者三。君臣、父子、夫妇、长幼、朋友之交，五者天下之通道也；仁、知、勇三者，所以行之也。故曰'好问近乎知，力行近乎仁，知耻近乎勇，知此三者，知所以自治；知所以自治，然后知所以治人。'未有不能自治而能治人者也。陛下躬孝弟，监三王，建周道，兼文武，招徕四方之士，任贤序位，量能授官，将以厉百姓劝贤材也。今臣愚驽，无汗马之劳，陛下过意擢臣弘卒伍之中，封为列侯，致位三公。臣弘行能不足以称，加有负薪之疾，恐先狗马填沟壑，终无以报德塞责。愿归侯，乞骸骨，避贤者路。"上报曰："古者赏有功，褒有德，守成上文，遭遇右武，未有易此者也。朕夙夜庶几，获承至尊，惧不能宁，惟所与共为治者，君宜知之。盖君子善善及后世，若兹行，常在朕躬。君不幸罹霜露之疾，何恙不已，乃上书归侯，乞骸骨，是章朕之不德也。今事少闲，君其存精神，止念虑，辅助医药以自持。"因赐告牛、酒、杂帛。居数月，有瘳，视事。

凡为丞相御史六岁，年八十，终丞相位。其后李蔡、严青翟、赵周、石庆、公孙贺、刘屈氂继踵为丞相。自蔡至庆，丞相府客馆丘虚而已，至贺、屈氂时坏以为马厩车库奴婢室矣。唯庆以惇谨，复终相位，其余尽伏诛云。

弘子度嗣侯，为山阳太守十余岁，诏征巨野令史成诣公车，度留不遣，坐论为城旦。

元始中，修功臣后，下诏曰："汉兴以来，股肱在位，身行俭约，轻财重义，未有若公孙弘者也。位在宰相封侯，而为布被脱粟之饭，奉禄以给故人宾客，无有所余，可谓减于制度，而率下笃俗者也，与内富厚而外为诡服以钓虚誉者殊科。夫表德章义，所以率世厉俗，圣王之制也。其赐弘后子孙之次见为適者，爵关内侯，食邑三百户。"

卜式，河南人也。以田畜为事。有少弟，弟壮，式脱身出，独取畜羊百余，田宅财物尽与弟。式入山牧，十余年，羊致千余头，买田宅。而弟尽破其产，式辄复分与弟者数矣。

时汉方事匈奴，式上书，愿输家财半助边。上使使问式："欲为官乎？"式曰："自小牧羊，不习仕宦，不愿也。"使者曰："家岂有冤，欲言事乎？"式曰："臣生与人亡所争，邑人贫者贷之，不善者教之，所居，人皆从式，式何故见冤！"使者曰："苟，子何欲？"式曰："天子诛匈奴，愚以为贤者宜死节，有财者宜输之，如此而匈奴可灭也。"使者以闻。上以语丞相弘。弘曰："此非人情。不轨之臣不可以化为而乱法，愿陛下勿许。"上不报，数岁乃罢式。式归，复田牧。

岁余，会浑邪等降，县官费众，仓府空，贫民大徙，皆卬给县官，无以尽赡。式复持钱二十万与河南太守，以给徙民。河南上富人助贫民者，上识式姓名，曰："是固前欲输其家半财助边。"乃赐式外繇四百人，式又尽复与官。是时，富豪皆争匿财，唯式尤欲助费。上于是以式终长者，乃召拜式为中郎，赐爵左庶长，田十顷，布告天下，尊显以风百姓。

初，式不愿为郎，上曰："吾有羊在上林中，欲令子牧之。"式既为郎，布衣草蹻而牧羊。岁余，羊肥息。上过其羊所，善之。式曰："非独羊也，治民亦犹是矣。以时起居，恶者辄去，毋令败群。"上奇其言，欲试使治民。拜式缑氏令，缑氏便之；迁成皋令，将漕最。上以式朴忠，拜为齐王太傅，转为相。

会吕嘉反，式上书曰："臣闻主愧臣死。群臣宜尽死节，其驽下者宜出财以佐军，如是则强国不犯之道也。臣愿与子男及临菑习弩博昌习船者请行死之，以尽臣节。”上贤之，下诏曰：“朕闻报德以德，报怨以直。今天下不幸有事，郡县诸侯未有奋繇直道者也。齐相雅行躬耕，随牧畜番，辄分昆弟，更造，不为利惑。日者北边有兴，上书助官。往年西河岁恶，率齐人入粟。今又首奋，虽未战，可谓义形于内矣。其赐式爵关内侯，黄金四十斤，田十顷，布告天下，使明知之。”

元鼎中，征式代石庆为御史大夫。式既在位，言郡国不便盐铁而船有算，可罢。上由是不说式。明年当封禅，式又不习文章，贬秩为太子太傅，以兒宽代之。式以寿终。

兒宽，千乘人也。治《尚书》，事欧阳生。以郡国选诣博士，受业孔安国。贫无资用，尝为弟子都养。时行赁作，带经而鉏，休息辄读诵，其精如此。以射策为掌故，功次，补廷尉文学卒史。

宽为人温良，有廉知自将，善属文，然懦于武，口弗能发明也。时张汤为廷尉，廷尉府尽用文史法律之吏，而宽以儒生在其间，见谓不习事，不署曹，除为从史，之北地视畜数年。还至府，上畜簿，会廷尉时有疑奏，已再见却矣，掾史莫知所为。宽为言其意，掾史因使宽为奏。奏成，读之皆服，以白廷尉汤。汤大惊，召宽与语，乃奇其材，以为掾。上宽所作奏，即时得可。异日，汤见上。问曰：“前奏非俗吏所及，谁为之者？”汤言兒宽。上曰：“吾固闻之久矣。”汤由是乡学，以宽为奏谳掾，以古法义决疑狱，甚重之。及汤为御史大夫，以宽为掾，举侍御史。见上，语经学，上说之，从问《尚书》一篇。擢为中大夫，迁左内史。

宽既治民，劝农业，缓刑罚，理狱讼，卑体下士，务在于得人心；择用仁厚士，推情与下，不求名声，吏民大信爱之。宽表奏开六辅渠，定水令以广溉田。收租税，时裁阔狭，与民相假贷，以故租多不入。后有军发，左内史以负租课殿，当免。民闻当免，皆恐失之，大家牛车，小家担负，输租繦属不绝，课更以最。上由此愈奇宽。及议欲放古巡狩封禅之事，诸儒对者五十余人，未能有所定。先是，司马相如病死，有遗书，颂功德，言符瑞，足以封泰山。上奇其书，以问宽，宽对曰：“陛下躬发圣德，统楫群元，宗祀天地，荐礼百神，精神所乡，征兆必报，天地并应，符瑞昭明。其封泰山，禅梁父，昭姓考瑞，帝王之盛节也。然享荐之义，不著于经，以为封禅告成，合祛于天地神祇，祇戒精专以接神明。总百官之职，各称事宜而为之节文。唯圣主所由，制定其当，非群臣之所能列。今将举大事，优游数年，使群臣得人自尽，终莫能成。唯天子建中和之极，兼总条贯，金声而玉振之，以顺成天庆，垂万世之基。”上然之，乃自制仪，采儒术以文焉。

既成，将用事，拜宽为御史大夫，从东封泰山，还登明堂。宽上寿曰：“臣闻三代改制，属象相因。间者圣统废绝，陛下发愤，合指天地，祖立明堂辟雍，宗祀泰一，六律五声，幽赞圣意，神乐四合，各有方象，以丞嘉祀，为万世则，天下幸甚。将建大元本瑞，登告岱宗，发祉闿门，以候景至。癸亥宗祀，日宣重光；上元甲子，肃邕永享。光辉充塞，天文粲然，见象日昭，报降符应。臣宽奉觞再拜，上千万岁寿。”制曰：“敬举君之觞。”

后太史令司马迁等言：“历纪坏废，汉兴未改正朔，宜可正。”上乃诏宽与迁等共定汉《太初历》。语在《律历志》。

初，梁相褚大通《五经》，为博士，时宽为弟子。及御史大夫缺，征褚大，大自以为得御史大夫。至洛阳，闻兒宽为之，褚大笑。及至，与宽议封禅于上前，大不能及，退而服曰：“上诚知人。”宽为御史大夫，以称意任职，故久无有所匡谏于上，官属易之。

居位九岁，以官卒。

赞曰：公孙弘、卜式、兒宽皆以鸿渐之翼困于燕爵，远迹羊豕之间，非遇其时，焉能致此位乎？是时，汉兴六十余载，海内艾安，府库充实，而四夷未宾，制度多阙。上方欲用文武，求之如弗及，始以蒲轮迎枚生，见主父而叹息。群士慕向，异人并出。卜式拔于刍牧，弘羊擢于贾竖，卫青奋于奴仆，日磾出于降虏，斯亦曩时版筑饭牛之朋已。汉之得人，于兹为盛，儒雅则公孙弘、董仲舒、兒宽，笃行则石建、石庆，质直则汲黯、卜式，推贤则韩安国、郑当时，定令则赵禹、张汤，文章则司马迁、相如，滑稽则东方朔、枚皋，应对则严助、朱买臣，历数则唐都、洛下闳，协律则李延年，运筹则桑弘羊，奉使则张骞、苏武，将率则卫青、霍去病，受遗则霍光、金日磾，其余不可胜纪。是以兴造功业，制度遗文，后世莫及。孝宣承统，纂修洪业，亦讲论六艺，招选茂异，而萧望之、梁丘贺、夏侯胜、韦玄成、严彭祖、尹更始以儒术进，刘向、王褒以文章显，将相则张安世、赵充国、魏相、丙吉、于定国、杜延年，治民则黄霸、王成、龚遂、郑弘、召信臣、韩延寿、尹翁归、赵广汉、严延年、张敞之属，皆有功迹见述于世。参其名臣，亦其次也。

卷五十九

张汤传第二十九

张汤，杜陵人也。父为长安丞，出，汤为儿守舍。还，鼠盗肉，父怒，笞汤。汤掘熏得鼠及余肉，劾鼠掠治，传爰书，讯鞫论报，并取鼠与肉，具狱磔堂下。父见之，视文辞如老狱吏，大惊，遂使书狱。

父死后，汤为长安吏。周阳侯为诸卿时，尝系长安，汤倾身事之。及出为侯，大与汤交，遍见贵人。汤给事内史，为甯成掾，以汤为无害，言大府，调茂陵尉，治方中。

武安侯为丞相，征汤为吏。荐补侍御史。治陈皇后巫蛊狱，深竟党与，上以为能，迁太中大夫。与赵禹共定诸律令，务在深文，拘守职之吏。已而禹至少府，汤为廷尉，两人交欢，兄事禹。禹志在奉公孤立，而汤舞知以御人。始为小吏，干没，与长安富贾田甲、鱼翁叔之属交私。及列九卿，收接天下名士大夫，己心内虽不合，然阳浮道与之。

是时，上方乡文学，汤决大狱，欲傅古义，乃请博士弟子治《尚书》、《春秋》，补廷尉史，平亭疑法。奏谳疑，必奏先为上分别其原，上所是，受而著谳法廷尉挈令，扬主之明。奏事即谴，汤摧谢，乡上意所便，必引正监掾史贤者，曰："固为臣议，如此上责臣，臣弗用，愚抵此。"罪常释。间即奏事，上善之，曰："臣非知不为此奏，乃监、掾、史某所为。"其欲荐吏，扬人之善、解人之过如此。所治即上意所欲罪，予监吏深刻者；即上意所欲释，予监吏轻平者。所治即豪，必舞文巧诋；即下户羸弱，时口言"虽文致法，上裁察。"于是往往释汤所言。汤至于大吏，内行修，交通宾客饮食，于故人子弟为吏及贫昆弟，调护之尤厚，其造请诸公，不避寒暑。是以汤虽文深意忌不专平，然得此声誉。而深刻吏多为爪牙用者，依于文学之士。丞相弘数称其美。

及治淮南、衡山、江都反狱，皆穷根本。严助、伍被，上欲释之，汤争曰："伍被本造反谋，而助亲幸出入禁闼腹心之臣，乃交私诸侯，如此弗诛，后不可治。"上可论之。其治狱所巧排大臣自以为功，多此类。繇是益尊任，迁御史大夫。

会浑邪等降汉，大兴兵伐匈奴，山东水旱，贫民流徙，皆印给县官，县官空虚。汤承上指，请造白金及五铢钱，笼天下盐铁，排富商大贾，出告缗令，锄豪强并兼之家，舞文巧诋以辅法。汤每朝奏事，语国家用，日旰，天子忘食。丞相取充位，天下事皆决汤。百姓不安其生，骚动，县官所兴未获其利，奸吏并侵渔，于是痛绳以罪。自公卿以下至于庶人咸指汤。汤尝病，上自至舍视，其隆贵如此。

匈奴求和亲，群臣议前，博士狄山曰："和亲便。"上问其便，山曰："兵，凶器，未易数动。高帝欲伐匈奴，大困平城，乃遂结和亲。孝惠、高后时，天下安乐，及文帝欲事匈奴，北边萧然苦兵。孝景时，吴、楚七国反，景帝往来东宫间，天下寒心数月。吴、楚已破，竟景帝不言兵，天下富实。今自陛下兴兵击匈奴，中国以空虚，边大困贫。由是观之，不如和亲。"上问汤，汤曰："此愚儒无知。"狄山曰："臣固愚忠，若御史大夫汤，乃诈忠。汤之治淮南、江都，以深文痛诋诸侯，别疏骨肉，使藩臣不自安，臣固知汤之诈忠。"于是上作色曰："吾使生居一郡，能无使虏入盗乎？"山曰："不能。"曰："居一县？"曰："不能。"复曰："居一鄣间？"山自度辩穷且下吏，曰："能。"乃遣山乘鄣。至月余，匈奴斩山头而去。是后群臣震慑。

汤客田甲虽贾人，有贤操，始汤为小吏，与钱通，及为大吏，而甲所以责汤行义，有烈士之风。

汤为御史大夫七岁，败。

河东人李文，故尝与汤有隙，已而为御史中丞，荐数从中文事有可以伤汤者，不能为地。汤有所爱史鲁谒居，知汤弗平，使人上飞变告文奸事，事下汤，汤治论杀文，而汤心知谒居为之。上问："变事从迹安起？"汤阳惊曰："此殆文故人怨之。"谒居病卧闾里主人，汤自往视病，为谒居摩足。赵国以冶铸为业，王数讼铁官事，汤常排赵王。赵王求汤阴事。谒居尝案赵王，赵王怨之，并上书告："汤大臣也，史谒居有病，汤至为摩足，疑与为大奸。"事下廷尉。谒居病死，事连其弟，弟系导官。汤亦治它囚导官。见谒居弟，欲阴为之，而阳不省。谒居弟不知而怨汤，使人上书，告汤与谒居谋，共变李文。事下减宣。宣尝与汤有隙，及得此事，穷竟其事，未奏也。会人有盗发孝文园瘗钱，丞相青翟朝，与汤约俱谢，至前，汤念独丞相以四时行园，当谢，汤无与也，不谢。丞相谢，上使御史案其事。汤欲致其文丞相见知，丞相患之。三长史皆害汤，欲陷之。

始，长史朱买臣素怨汤，语在其传。王朝，齐人，以术至右内史。边通学短长，刚暴人也，官至济南相。故皆居汤右，已而失官，守长史，诎体于汤。汤数行丞相事，知此三长史素贵，常陵折之。故三长史合谋曰："始汤约与君谢，已而卖君；今欲劾君以宗庙事，此欲代君耳。吾知汤阴事。"使吏捕案汤左田信等，曰汤且欲为请奏，信辄先知之，居物致富，与汤分之，及它奸事。事辞颇闻。上问汤曰："吾所为，贾人辄知，益居其物，是类有以吾谋告之者。"汤不谢，又阳惊曰："固宜有。"减宣亦奏谒居事。上以汤怀诈面欺，使使八辈簿责汤。汤具自道无此，不服。于是上使赵禹责汤。禹至，让汤曰："君何不知分也！君所治，夷灭者几何人矣！今人言君皆有状，天子重致君狱，欲令君自为计，何多以对为？"汤乃为书谢曰："汤无尺寸之功，起刀笔吏，陛下幸致位三公，无以塞责。然谋陷汤者，三长史也。”遂自杀。

汤死，家产直不过五百金，皆所得奉赐，无它赢。昆弟诸子欲厚葬汤，汤母曰：“汤为天子大臣，被恶言而死，何厚葬为！”载以牛车，有棺而无椁。上闻之，曰：“非此母不生此子。”乃尽按诛三长史。丞相青翟自杀。出田信。上惜汤，复稍进其子安世。

安世，字子孺，少以父任为郎。用善书给事尚书，精力于职，休沐未尝出。上行幸河东，尝亡书三箧，诏问莫能知，唯安世识之，具作其事。后购求得书，以相校无所遗失。上奇其材，擢为尚书令，迁光禄大夫。

昭帝即位，大将军霍光秉正，以安世笃行，光亲重之。会左将军上官桀父子及御史大夫桑弘羊皆与燕王、盖主谋反诛，光以朝无旧臣，白用安世为右将军光禄勋，以自副焉。久之，天子下诏曰：“右将军光禄勋安世辅政宿卫，肃敬不怠，十有三年，咸以康宁。夫亲亲任贤，唐、虞之道也，其封安世为富平侯。”

明年，昭帝崩，未葬，大将军光白太后，徙安世为车骑将军，与共征立昌邑王。王行淫乱，光复与安世谋废王，尊立宣帝。帝初即位，褒赏大臣，下诏曰：“夫褒有德，赏有功，古今之通义也。车骑将军光禄勋富平侯安世，宿卫忠正，宣德明恩，勤劳国家，守职秉义，以安宗庙，其益封万六百户，功次大将军光。”安世子千秋、延寿、彭祖，皆中郎将侍中。

大将军光薨后数月，御史大夫魏相上封事曰：“圣王褒有德以怀万方，显有功以劝百寮，是以朝廷尊荣，天下乡风。国家承祖宗之业，制诸侯之重，新失大将军，宜宣章盛德以示天下，显明功臣以填藩国。毋空大位，以塞争权，所以安社稷绝未萌也。车骑将军安世事孝武皇帝三十余年，忠信谨厚，勤劳政事，夙夜不怠，与大将军定策，天下受其福，国家重臣也，宜尊其位，以为大将军，毋令领光禄勋事，使专精神，忧念天下，思惟得失。安世子延寿重厚，可以为光禄勋，领宿卫臣。”上亦欲用之。安世闻指，惧不敢当，请间求见，免冠顿首曰：“老臣耳妄闻，言之为先事，不言情不达，诚自量不足以居大位，继大将军后。唯天子财哀，以全老臣之命。”上笑曰：“君言泰谦。君而不可，尚谁可者！”安世深辞弗能得。后数日，竟拜为大司马车骑将军，领尚书事。数月，罢车骑将军屯兵，更为卫将军，两宫卫尉，城门、北军兵属焉。

时，霍光子禹为右将军，上亦以禹为大司马，罢其右将军屯兵，以虚尊加之，而实夺其众。后岁余，禹谋反，夷宗族，安世素小心畏忌，已内忧矣。其女孙敬为霍氏外属妇，当相坐，安世瘦惧，形于颜色。上怪而怜之，以问左右，乃赦敬，以慰其意。安世寖恐。职典枢机，以谨慎周密自著，外内无间。每定大政，已决，辄移病出；闻有诏令，乃惊，使吏之丞相府问焉。自朝廷大臣莫知其与议也。

尝有所荐，其人来谢，安世大恨，以为举贤达能，岂有私谢邪？绝勿复为通。有郎功高不调，自言，安世应曰：“君之功高，明主所知。人臣执事，何长短而自言乎！”绝不许。已而郎果迁。莫府长史迁，辞去之官，安世问以过失。长史曰：“将军为明主股肱，而士无所进，论者以为讥。”安世曰：“明主在上，贤不肖较然，臣下自修而已，何知士而荐之？”其欲匿名迹远权势如此。

为光禄勋，郎有醉小便殿上，主事白行法，安世曰：“何以知其不反水浆邪？如何以小过成罪！”郎淫官婢，婢兄自言，安世曰：“奴以恚怒，诬污衣冠。”告署適奴。其隐人过失，皆此类也。

安世自见父子尊显，怀不自安，为子延寿求出补吏，上以为北地太守。岁余，上闵安世年老，复征延寿为左曹太仆。

初，安世兄贺幸于卫太子，太子败，宾客皆诛，安世为贺上书，得下蚕室。后为掖庭令，而宣帝以皇曾孙收养掖庭。贺内伤太子无辜，而曾孙孤幼，所以视养拊循，恩甚密焉。及曾孙壮大，贺教书，令受《诗》，为取许妃，以家财聘之。曾孙数有征怪，语在《宣纪》。贺闻知，为安世道之，称其材美。安世辄绝止，以为少主在上，不宜称述曾孙。及宣帝即位，而贺已死。上谓安世曰："掖庭令平生称我，将军止之，是也。"上追思贺恩，欲封其冢为恩德侯，置守冢二百家。贺有一子蚤死，无子，子安世小男彭祖。彭祖又小与上同席研书，指欲封之，先赐爵关内侯。故安世深辞贺封，又求损守冢户数。稍减至三十户。上曰："吾自为掖庭令，非为将军也。"安世乃止，不敢复言。遂下诏曰："其为故掖庭令张贺置守冢三十家。"上自处置其里，居冢西斗鸡翁舍南，上少时所尝游处也。明年，复下诏曰："朕微眇时，故掖庭令张贺辅道朕躬，修文学经术，恩惠卓异，厥功茂焉。《诗》云：'无言不仇，无德不报。'其封贺弟子侍中关内侯彭祖为阳都侯，赐贺谥曰阳都哀侯。"时，贺有孤孙霸，年七岁，拜为散骑、中郎将，赐爵关内侯，食邑三百户。安世以父子封侯，在位大盛，乃辞禄。诏都内别臧张氏无名钱以百万数。

安世尊为公侯，食邑万户，然身衣弋绨，夫人自纺绩，家童七百人，皆有手技作事，内治产业，累积纤微，是以能殖其货，富于大将军光。天子甚尊惮大将军，然内亲安世，心密于光焉。

元康四年春，安世病，上疏归侯，乞骸骨。天子报曰："将军年老被病，朕甚闵之。虽不能视事，折冲万里，君先帝大臣，明于治乱，朕所不及，得数问焉，何感而上书归卫将军富平侯印？薄朕忘故，非所望也！愿将军强餐食，近医药，专精神，以辅天年。"安世复强起视事，至秋薨。天子赠印绶，送以轻车介士，谥曰敬侯。赐茔杜东，将作穿复土，起冢祠堂。子延寿嗣。

延寿已历位九卿，既嗣侯，国在陈留，别邑在魏郡，租入岁千余万。延寿自以身无功德，何以能久堪先人大国，数上书让减户邑，又因弟阳都侯彭祖口陈至诚。天子以为有让，乃徙封平原，并一国，户口如故，而租税减半。薨，谥曰爱侯。子勃嗣，为散骑、谏大夫。

元帝初即位，诏列侯举茂材，勃举太官献丞陈汤。汤有罪，勃坐削户二百，会薨，故赐谥曰缪侯。后汤立功西域，世以勃为知人。子临嗣。

临亦谦俭，每登阁殿，常叹曰："桑、霍为我戒，岂不厚哉！"且死，分施宗族故旧，薄葬不起坟。临尚敬武公主。薨，子放嗣。

鸿嘉中，上欲遵武帝故事，与近臣游宴，放以公主子开敏得幸。放取皇后弟平恩侯许嘉女，上为放供张，赐甲第，充以乘舆服饰，号为天子取妇，皇后嫁女。大官私官并供其第，两宫使者冠盖不绝，赏赐以千万数。放为侍中、中郎将，监平乐屯兵，置莫府，仪比将军。与上卧起，宠爱殊绝，常从为微行出游，北至甘泉，南至长杨、五莋，斗鸡走马长安中，积数年。

是时，上诸舅皆害其宠，白太后。太后以上春秋富，动作不节，甚以过放。时数有灾异，议者归咎放等。于是丞相宣、御史大夫方进奏："放骄蹇纵恣，奢淫不制。前侍御史修等四人奉使至放家逐名捕贼，时放见在，奴从者闭门设兵弩射吏，距使者不肯内。知男子李游君欲献女，使乐府音监景武强求不得，使奴康等之其家，贼伤三人。又以县官事怨乐府游徼莽，而使大奴骏等四十余人群党盛兵弩，白昼入乐府攻射官寺，缚束长吏子弟，斫破器物，宫中皆奔走伏匿。莽自髡钳，衣赭衣，及守令史调等皆徒跣叩头谢放，放乃止。奴从者支属并乘权势为暴虐，至求吏妻不得，杀其夫，或恚一人，妄杀其亲属，辄亡入放第，不得，幸得勿治。放行轻薄，连犯大恶，有感动阴阳之咎，为臣不忠首，罪名虽显，前蒙恩。骄逸悖理，与背畔无异，臣子之恶，莫大于是，不宜宿卫在位。臣请免放归国，以销众邪之萌，厌海内之心。”

上不得已，左迁放为北地都尉。数月，复征入侍中。太后以放为言，出放为天水属国都尉。永始、元延间，比年日蚀，故久不还放，玺书劳问不绝。居岁余，征放归第视母公主疾。数月，主有瘳，出放为河东都尉。上虽爱放，然上迫太后，下用大臣，故常涕泣而遣之。后复征放为侍中光禄大夫，秩中二千石。岁余，丞相方进复奏放，上不得已，免放，赐钱五百万，遣就国。数月，成帝崩，放思慕哭泣而死。

初，安世长子千秋与霍光子禹俱为中郎将，将兵随度辽将军范明友击乌桓。还，谒大将军光，问千秋战斗方略，山川形势，千秋口对兵事，画地成图，无所忘失。光复问禹，禹不能记，曰："皆有文书。”光由是贤千秋，以禹为不材，叹曰："霍氏世衰，张氏兴矣！”及禹诛灭，而安世子孙相继，自宣、元以来为侍中、中常侍、诸曹散骑、列校尉者凡十余人。功臣之世，唯有金氏、张氏，亲近宠贵，比于外戚。

放子纯嗣侯，恭俭自修，明习汉家制度故事，有敬侯遗风。王莽时不失爵，建武中历位至大司空，更封富平之别乡为武始侯。

张汤本居杜陵，安世武、昭、宣世辄随陵，凡三徙，复还杜陵。

赞曰:冯商称张汤之先与留侯同祖，而司马迁不言，故阙焉。汉兴以来，侯者百数，保国持宠，未有若富平者也。汤虽酷烈，及身蒙咎，其推贤扬善，固宜有后。安世履道，满而不溢。贺之阴德，亦有助云。

卷六十

杜周传第三十

杜周，南阳杜衍人也。义纵为南阳太守，以周为爪牙，荐之张汤，为廷尉史。使案边失亡，所论杀甚多。奏事中意，任用，与减宣更为中丞者十余岁。

周少言重迟，而内深次骨。宣为左内史，周为廷尉，其治大抵放张汤，而善候司。上所欲挤者，因而陷之；上所欲释，久系待问而微见其冤状。客有谓周曰："君为天下决平，不循三尺法，专以人主意指为狱，狱者固如是乎？”周曰："三尺安出哉？前主所是著为律，后主所是疏为令；当时为是，何古之法乎！”

至周为廷尉，诏狱亦益多矣。二千石系者新故相因，不减百余人。郡吏大府举之廷尉，一岁至千余章。章大者连逮证案数百，小者数十人；远者数千里，近者数百里。会狱，吏因责如章告劾，不服，以掠笞定之。于是闻有逮证，皆亡匿。狱久者至更数赦十余岁而相告言，大氐尽诋以不道，以上廷尉及中都官，诏狱逮至六七万人，吏所增加十有余万。

周中废，后为执金吾，逐捕桑弘羊、卫皇后昆弟子刻深，上以为尽力无私，迁为御史大夫。

始周为廷史，有一马，及久任事，列三公，而两子夹河为郡守，家訾累巨万矣。治皆酷暴，唯少子延年行宽厚云。

延年，字幼公，亦明法律。昭帝初立，大将军霍光秉政，以延年三公子，吏材有余，补军司空。始元四年，益州蛮夷反，延年以校尉将南阳士击益州，还，为谏大夫。左将军上官桀父子与盖主、燕王谋为逆乱，假稻田使者燕仓知其谋，以告大司农杨敞。敞惶惧，移病，以语延年。延年以闻，桀等伏辜。延年封为建平侯。

延年本大将军霍光吏，首发大奸，有忠节，由是擢为太仆、右曹、给事中。光持刑罚严，延年辅之以宽。治燕王狱时，御史大夫桑弘羊子迁亡，过父故吏侯史吴。后迁捕得，伏法。会赦，侯史吴自出系狱，廷尉王平与少府徐仁杂治反事，皆以为桑迁坐父谋反而侯史吴藏之，非匿反者，乃匿为随者也。即以赦令除吴罪。后侍御史治实，以桑迁通经术，知父谋反而不谏争，与反者身无异；侯史吴故三百石吏，首匿迁，不与庶人匿随从者等，吴不得赦。奏请复治，劾廷尉、少府纵反者。少府徐仁即丞相车千秋女婿也，故千秋数为侯史吴言。恐光不听，千秋即召中二千石、博士会公车门，议问吴法。议者知大将军指，皆执吴为不道。明日，千秋封上众议，光于是以千秋擅召中二千石以下，外内异言，遂下廷尉平、少府仁狱。朝廷皆恐丞相坐之。延年乃奏记光争，以为"吏纵罪人，有常法，今更诋吴为不道，恐于法深。又丞相素无所守持，而为好言于下，尽其素行也。至擅召中二千石，甚无状。延年愚，以为丞相久故，及先帝用事，非有大故，不可弃也。间者民颇言狱深，吏为峻诋，今丞相所议，又狱事也，如是以及丞相，恐不合众心。群下喧哗，庶人私议，流言四布，延年窃重将军失此名于天下也！"光以廷尉、少府弄法轻重，皆论弃市，而不以及丞相，终与相竟。延年论议持平，合和朝廷，皆此类也。

见国家承武帝奢侈师旅之后，数为大将军光言："年岁比不登，流民未尽还，宜修孝文时政，示以俭约宽和，顺天心，说民意，年岁宜应。"光纳其言，举贤良，议罢酒榷、盐、铁，皆自延年发之。吏民上书言便宜，有异，辄下延年平处复奏。言可官试者，至为县令，或丞相、御史除用，满岁以状闻，或抵其罪法，常与两府及廷尉分章。

昭帝末，寝疾，征天下名医，延年典领方药。帝崩，昌邑王即位，废，大将军光、车骑将军张安世与大臣议所立。时，宣帝养于掖廷，号皇曾孙，与延年中子佗相爱善，延年知曾孙德美，劝光、安世立焉。宣帝即位，褒赏大臣，延年以定策安宗庙，益户二千三百，与始封所食邑凡四千三百户。诏有司论定策功：大司马大将军光功德过太尉绛侯周勃；车骑将军安世、丞相杨敞功比丞相陈平；前将军韩增、御史大夫蔡谊功比颍阴侯灌婴；太仆杜延年功比朱虚侯刘章；后将军赵充国、大司农田延年、少府史乐成功比典客刘揭，皆封侯益土。

延年为人安和，备于诸事，久典朝政，上任信之，出即奉驾，入给事中，居九卿位十余年，赏赐赂遗，訾数千万。

霍光薨后，子禹与宗族谋反，诛。上以延年霍氏旧人，欲退之，而丞相魏相奏延年素贵用事，官职多奸。遣吏考察，但得苑马多死，官奴婢乏衣食，延年坐免官，削户二千。后数月，复召拜为北地太守。延年以故九卿外为边吏，治郡不进，上以玺书让延年。延年乃选用良吏，捕系豪强，郡中清静。居岁余，上使谒者赐延年玺书，黄金二十斤，徙为西河太守，治甚有名。五凤中，征入为御史大夫。延年居父官府，不敢当旧位，坐卧皆易其处。是时，四夷和，海内平，延年视事三岁，以老病乞骸骨，天子优之，使光禄大夫持节赐延年黄金百斤、牛酒，加致医药，延年遂称病笃。赐安车驷马，罢就第。后数月薨，谥曰敬侯，子缓嗣。

缓少为郎，本始中以校尉从蒲类将军击匈奴，还为谏大夫，迁上谷都尉，雁门太守。父延年薨，征视丧事，拜为太常，治诸陵县，每冬月封具狱日，常去酒省食，官属称其有恩。元帝初即位，谷贵民流，永光中西羌反，缓辄上书入钱、谷以助用，前后数百万。

缓六弟，五人至大官，少弟熊历五郡二千石、三州牧刺史，有能名，唯中弟钦官不至而最知名。

钦，字子夏，少好经书，家富而目偏盲，故不好为吏。茂陵杜邺与钦同姓字，俱以材能称京师，故衣冠谓钦为“盲杜子夏”以相别。钦恶以疾见诋，乃为小冠，高广财二寸，由是京师更谓钦为“小冠杜子夏”，而邺为“大冠杜子夏”云。

时，帝舅大将军王凤以外戚辅政，求贤知自助。凤父顷侯禁与钦兄缓相善，故凤深知钦能，奏请钦为大将军军武库令。职闲无事，钦所好也。

钦为人深博有谋。自上为太子时，以好色闻，及即位。皇太后诏采良家女。钦因是说大将军凤曰：“礼壹娶九女，所以极阳数，广嗣重祖也；必乡举求窈窕，不问华色，所以助德理内也；娣侄虽缺不复补，所以养寿塞争也。故后妃有贞淑之行，则胤嗣有贤圣之君；制度有威仪之节，则人君有寿考之福。废而不由，则女德不厌；女德不厌，则寿命不究于高年。《书》云‘或四三年’，言失欲之生害也。男子五十，好色未衰；妇人四十，容貌改前。以改前之容侍于未衰之年，而不以礼为制，则其原不可救而后徕异态；后徕异态，则正后自疑而支庶有间适之心。是以晋献被纳谗之谤，申生蒙无罪之辜。今圣主富于春秋，未有適嗣，方乡术入学，未亲后妃之议。将军辅政，宜因始初之隆，建九女之制，详择有行义之家，求淑女之质，毋必有声色音技能，为万世大法。夫少，戒之在色，《小卞》之作，可为寒心。唯将军常以为忧。”

凤白之太后，太后以为故事无有。钦复重言：“《诗》云‘殷监不远，在夏后氏之世’。刺戒者至迫近，而省听者常怠忽，可不慎哉！前言九女，略陈其祸福，甚可悼惧，窃恐将军不深留意。后妃之制，夭寿治乱存亡之端也。迹三代之季世，览宗、宣之飨国，察近属之符验，祸败曷常不由女德？是以佩玉晏鸣，《关雎》叹之，知好色之伐性短年，离制度之生无厌，天下将蒙化，陵夷而成俗也。故咏淑女，几以配上，忠孝之笃，仁厚之作也。夫君亲寿尊，国家治安，诚臣子至愿，所当勉之也。《易》曰：‘正其本，万物理。’凡事论有疑未可立行者，求之往古则典刑无，考之来今则吉凶同，卒摇易之则民心惑，若是者诚难施也。今九女之制，合于往古，无害于今，不逆于民心，至易行也，行之至有福也，将军辅政而不蚤定，非天下之所望也。唯将军信臣子之愿，念《关雎》之思，逮委政之隆，及始初清明，为汉家建无穷之基，诚难以忽，不可以遴。”凤不能自立法度，循故事而已。会皇太后女弟司马君力与钦兄子私通，事上闻，钦惭惧，乞骸骨去。

后有日蚀、地震之变，诏举贤良方正能直言士，合阳侯梁放举钦。钦上对曰：“陛下畏天命，悼变异，延见公卿，举直言之士，将以求天心，迹得失也。臣钦愚戆，经术浅薄，不足以奉大对。臣闻日蚀、地震，阳微阴盛也。臣者，君之阴也；子者，父之阴也；妻者，夫之阴也；夷狄者，中国之阴也。《春秋》日蚀三十六，地震五，或夷狄侵中国。或政权在臣下，或妇乘夫，或臣子背君父，事虽不同，其类一也。臣窃观人事以考变异，则本朝大臣无不自安之人，外戚亲属无乖剌之心，关东诸侯无强大之国，三垂蛮夷无逆理之节；殆为后宫。何以言之？日以戊申蚀，时加未。戊未，土也。土者，中宫之部也。其夜地震未央宫殿中，此必適妾将有争宠相害而为患者，唯陛下深戒之。变感以类相应，人事失于下，变象见于上。能应之以德，则异咎消亡；不能应之以善，则祸败至。高宗遭雊雉之戒，饬己正事，享百年之寿，殷道复兴，要在所以应之。应之非诚不立，非信不行。宋景公，小国之诸侯耳，有不忍移祸之诚，出人君之言三，荧惑为之退舍。以陛下圣明，内推至诚，深思天变，何应而不感？何摇而不动？孔子曰：'仁远乎哉！'唯陛下正后妾，抑女宠，防奢泰，去佚游，躬节俭，亲万事，数御安车，由辇道，亲二宫之饔膳，致晨昏之定省。如此，即尧、舜不足与比隆，咎异何足消灭！如不留听于庶事，不论材而授位，殚天下之财以奉淫侈，匮万姓之力以从耳目，近谄谀之人而远公方，信谗贼之臣以诛忠良，贤俊失在岩穴，大臣怨于不以，虽无变异，社稷之忧也。天下至大，万事至众，祖业至重，诚不可以佚豫为，不可以奢泰持也。唯陛下忍无益之欲，以全众庶之命。臣钦愚戆，言不足采。"

其夏，上尽召直言之士诣白虎殿对策，策曰："天地之道何贵？王者之法何如？《六经》之义何上？人之行何先？取人之术何以？当世之治何务？各以经对。"

钦对曰："臣闻天道贵信，地道贵贞；不信不贞，万物不生。生，天地之所贵也。王者承天地之所生，理而成之，昆虫草木靡不得其所。王者法天地，非仁无以广施，非义无以正身；克己就义，恕以及人，《六经》之所上也。不孝，则事君不忠，莅官不敬，战陈无勇，朋友不信。孔子曰：'孝无终始，而患不及者，未之有也。'孝，人行之所先也。观本行于乡党，考功能于官职，达观其所举，富观其所予，穷观其所不为，乏观其所不取，近观其所为，远观其所主。孔子曰：'视其所以，观其所由，察其所安，人焉廋哉？'取人之术也。殷因于夏尚质，周因于殷尚文，今汉家承周、秦之敝，宜抑文尚质，废奢长俭，表实去伪。孔子曰：'恶紫之夺朱'，当世治之所务也。臣窃有所忧，言之则拂心逆指，不言则渐日长，为祸不细，然小臣不敢废道而求从，违忠而耦意。臣闻玩色无厌，必生好憎之心；好憎之心生，则爱宠偏于一人；爱宠偏于一人，则继嗣之路不广，而嫉妒之心兴矣。如此，则匹妇之说，不可胜也。唯陛下纯德普施，无欲是从，此则众庶咸说，继嗣日广，而海内长安。万事之是非何足备言！"

钦以前事病，赐帛罢，后为议郎，复以病免。

征诣大将军莫府，国家政谋，凤常与钦虑之。数称达名士王骏、韦安世、王延世等，救解冯野王、王尊、胡常之罪过，及继功臣绝世，填抚四夷，当世善政，多出于钦者。见凤专政泰重，戒之曰："昔周公身有至圣之德，属有叔父之亲，而成王有独见之明，无信谗之听，然管、蔡流言而周公惧。穰侯，昭王之舅也，权重于秦，威震邻敌，有旦莫偃伏之爱，心不介然有间，然范雎起徒步，由异国，无雅信，开一朝之说，而穰侯就封。及近者武安侯之见退，三事之迹，相去各数百岁，若合符节，甚不可不察。愿将军由周公之谦惧，损穰侯之威，放武安之欲，毋使范雎之徒得间其说。"

顷之，复日蚀，京兆尹王章上封事求见，果言凤专权蔽主之过，宜废勿用，以应天变。于是天子感悟，召见章，与议，欲退凤。凤甚忧惧，钦令凤上疏谢罪，乞骸骨，文指甚哀。太后涕泣为不食。上少而亲倚凤，亦不忍废，复起凤就位。凤心惭，称病笃，欲遂退。钦复说之曰："将军深悼辅政十年，变异不已，故乞骸骨，归咎于身，刻己自责，至诚动众，愚知莫不感伤。虽然，是无属之臣，执进退之分，絜其去就之节者耳，非主上所以待将军，非将军所以报主上也。昔周公虽老，犹在京师，明不离成周，示不忘王室也。仲山父异姓之臣，无亲于宣，就封于齐，犹叹息永怀，宿夜徘徊，不忍远去，况将军之于主上，主上之与将军哉！夫欲天下治安变异之意。莫有将军，主上照然知之，故攀援不遣，《书》称‘公毋困我！’唯将军不为四国流言自疑于成王，以固至忠。”凤复起视事。上令尚书劾奏京兆尹章，章死诏狱。语在《元后传》。

章既死，众庶冤之，以讥朝廷。钦欲救其过，复说凤曰："京兆尹章所坐事密。吏民见章素好言事，以为不坐官职，疑其以日蚀见对有所言也。假令章内有所犯，虽陷正法，事不暴扬，自京师不晓，况于远方。恐天下不知章实有罪，而以为坐言事也。如是，塞争引之原，损宽明之德。钦愚以为宜因章事举直言极谏，并见郎从官展尽其意，加于往前，以明示四方，使天下咸知主上圣明，不以言罪下也。若此，则流言消释，疑惑著明。”凤白行其策。钦之补过将美，皆此类也。优游不仕，以寿终，钦子及昆弟支属至二千石者且十人。钦兄缓前免太常，以列侯奉朝请，成帝时乃薨，子业嗣。

业有材能，以列侯选，复为太常。数言得失，不事权贵，与丞相翟方进、卫尉定陵侯淳于长不平。后业坐法免官，复为函谷关都尉。会定陵侯长有罪，当就国，长舅红阳侯立与业书曰："诚哀老姊垂白，随无状子出关，愿勿复用前事相侵。”定陵侯既出关，伏罪复发，下洛阳狱。丞相史搜得红阳侯书，奏业听请，不敬，坐免就国。

其春，丞相方进薨，业上书言："方进本与长深结厚，更相称荐，长陷大恶，独得不坐，苟欲障塞前过，不为陛下广持平例，又无恐惧之心，反因时信其邪辟，报睚眦怨。故事，大逆朋友坐免官，无归故郡者，今坐长者归故郡，已深一等；红阳侯立坐子受长货赂故就国耳，非大逆也，而方进复奏立党友后将军朱博、巨鹿太守孙宏、故少府陈咸，皆免官，归咸故郡。刑罚无平，在方进之笔端，众庶莫不疑惑，皆言孙宏不与红阳侯相爱。宏前为中丞时，方进为御史大夫，举掾隆可侍御史，宏奏隆前奉使欺谩，不宜执法近侍，方进以此怨宏。又方进为京兆尹时，陈咸为少府，在九卿高弟，陛下所自知也。方进素与司直师丹相善，临御史大夫缺，使丹奏咸为奸利，请案验，卒不能有所得，而方进果自得御史大夫。为丞相，即时诋欺，奏免咸，复因红阳侯事归咸故郡。众人皆言国家假方进权太甚。案师丹行能无异，及光禄勋许商被病残人，皆但以附从方进，尝获尊官。丹前亲荐邑子丞相史能使巫下神，为国求福，几获大利。幸赖陛下至明，遣使者毛莫如先考验，卒得其奸，皆坐死。假令丹知而白之，此诬罔罪也；不知而白之，是背经术惑左道也；二者皆在大辟，重于朱博、孙宏、陈咸所坐。方进终不举白，专作威福，阿党所厚，排挤英俊，托公报私，横厉无所畏忌，欲以熏燎天下。天下莫不望风而靡，自尚书近臣皆结舌杜口，骨肉亲属莫不股栗。威权泰盛而不忠信，非所以安国家也。今闻方进卒病死，不以尉示天下，反复赏赐厚葬，唯陛下深思往事，以戒来今。”

会成帝崩，哀帝即位，业复上书言："王氏世权日久，朝无骨鲠之臣，宗室诸侯微弱，与系囚无异，自佐史以上至于大吏皆权臣之党。曲阳侯根前为三公辅政，知赵昭仪杀皇子，不辄白奏，反与赵氏比周，恣意妄行，谮诉故许后，被加以非罪，诛破诸许族，败元帝外家。内嫉妒同产兄姊红阳侯立及淳于氏，皆老被放弃。新喋血京师，威权可畏。高阳侯薛宣有不养母之名，安昌侯张禹奸人之雄，惑乱朝廷，使先帝负谤于海内，尤不可不慎。陛下初即位，谦让未皇，孤独特立，莫可据仗，权臣易世，意若探汤。宜蚤以义割恩，安百姓心。窃见朱博忠信勇猛，材略不世出，诚国家雄俊之宝臣也，宜征博置左右，以填天下。此人在朝，则陛下可高枕而卧矣。昔诸吕欲危刘氏，赖有高祖遗臣周勃、陈平尚存，不者，几为奸臣笑。”

业又言宜为恭王立庙京师，以章孝道。时，高昌侯董宏亦言宜尊帝母定陶王丁后为帝太后。大司空师丹等劾宏误朝不道，坐免为庶人，业复上书讼宏。前后所言皆合指施行，朱博果见拔用。业由是征，复为太常。岁余，左迁上党都尉。会司隶奏业为太常选举不实，业坐免官，复就国。

哀帝崩，王莽秉政，诸前议立庙尊号者皆免，徙合浦。业以前罢黜，故见阔略，忧恐，发病死。业成帝初尚帝妹颍邑公主，主无子，薨，业家上书求还京师与主合葬，不许，而赐谥曰荒侯，传子至孙绝。初，杜周武帝时徙茂陵，至延年徙杜陵云。

赞曰：张汤、杜周并起文墨小吏，致位三公，列于酷吏。而俱有良子，德器自过，爵位尊显，继世立朝，相与提衡，至于建武，杜氏爵乃独绝，迹其福祚，元功儒林之后莫能及也。自谓唐杜苗裔，岂其然乎？及钦浮沉当世，好谋而成，以建始之初深陈女戒，终如其言，庶几乎《关雎》之见微。非夫浮华博习之徒所能规也。业因势而抵陒，称朱博，毁师丹，爱憎之议可不畏哉！

卷六十一

张骞李广利传第三十一

张骞，汉中人也，建元中为郎。时，匈奴降者言匈奴破月氏王，以其头为饮器，月氏遁而怨匈奴，无与共击之，汉方欲事灭胡，闻此言，欲通使，道必更匈奴中，乃募能使者。骞以郎应募，使月氏，与堂邑氏奴甘父俱出陇西。径匈奴，匈奴得之，传诣单于。单于曰："月氏在吾北，汉何以得往使？吾欲使越，汉肯听我乎？"留骞十余岁，予妻，有子，然骞持汉节不失。

居匈奴西，骞因与其属亡乡月氏，西走数十日，至大宛。大宛闻汉之饶财，欲通不得，见骞，喜，问欲何之。骞曰："为汉使月氏而为匈奴所闭道，今亡，唯王使人道送我。诚得至，反汉，汉之赂遗王财物不可胜言。"大宛以为然，遣骞，为发译道，抵康居。康居传致大月氏。大月氏王已为胡所杀，立其夫人为王。既臣大夏而君之，地肥饶，少寇，志安乐。又自以远远汉，殊无报胡之心。骞从月氏至大夏，竟不能得月氏要领。留岁余，还，并南山，欲从羌中归，复为匈奴所得。留岁余，单于死，国内乱，骞与胡妻及堂邑父俱亡归汉。拜骞太中大夫，堂邑父为奉使君。

骞为人强力，宽大信人，蛮夷爱之。堂邑父胡人，善射，穷急射禽兽给食。初，骞行时百余人，去十三岁，唯二人得还。骞身所至者，大宛、大月氏、大夏、康居，而传闻其旁大国五六，具为天子言其地形所有，语皆在《西域传》。

骞曰："臣在大夏时，见邛竹杖、蜀布，问：'安得此？'大夏国人曰：'吾贾人往市之身毒国。身毒国在大夏东南可数千里。其俗土著。与大夏同，而卑湿暑热。其民乘象以战。其国临大水焉。'以骞度之，大夏去汉万二千里，居西南。今身毒又居大夏东南数千里，有蜀物，此其去蜀不远矣。今使大夏，从羌中，险，羌人恶之；少北，则为匈奴所得；从蜀，宜径，又无寇。”天子既闻大宛及大夏、安息之属皆大国，多奇物，土著，颇与中国同俗，而兵弱，贵汉财物；其北则大月氏、康居之属，兵强，可以赂遗设利朝也。诚得而以义属之，则广地万里，重九译，致殊俗，威德遍于四海。天子欣欣以骞言为然。乃令因蜀犍为发间使，四道并出：出駹，出莋，出徙、邛，出僰，皆各行一二千里。其北方闭氐、莋，南方闭嶲、昆明。昆明之属无君长，善寇盗，辄杀略汉使，终莫得通。然闻其西可千余里，有乘象国，名滇越，而蜀贾间出物者或至焉，于是汉以求大夏道始通滇国。初，汉欲通西南夷，费多，罢之。及骞言可以通大夏，乃复事西南夷。

骞以校尉从大将军击匈奴。知水草处，军得以不乏，乃封骞为博望侯。是岁，元朔六年也。后二年，骞为卫尉，与李广俱出右北平击匈奴。匈奴围李将军，军失亡多，而骞后期当斩，赎为庶人。是岁，骠骑将军破匈奴西边，杀数万人，至祁连山。其秋，浑邪王率众降汉，而金城、河西并南山至盐泽，空无匈奴，匈奴时有候者到，而希矣。后二年，汉击走单于于幕北。

天子数问骞大夏之属。骞既失侯，因曰：“臣居匈奴中，闻乌孙王号昆莫。昆莫父难兜靡本与大月氏俱在祁连、敦煌间，小国也。大月氏攻杀难兜靡，夺其地，人民亡走匈奴。子昆莫新生，傅父布就翎侯抱亡置草中，为求食，还，见狼乳之，又乌衔肉翔其旁，以为神，遂持归匈奴，单于爱养之。及壮，以其父民众与昆莫，使将兵，数有功。时，月氏已为匈奴所破，西击塞王。塞王南走远徙，月氏居其地。昆莫既健，自请单于报父怨，遂西攻破大月氏。大月氏复西走，徙大夏地。昆莫略其众，因留居，兵稍强，会单于死，不肯复朝事匈奴。匈奴遣兵击之，不胜，益以为神而远之。今单于新困于汉，而昆莫地空。蛮夷恋故地，又贪汉物，诚以此时厚赂乌孙，招以东居故地，汉遣公主为夫人，结昆弟，其势宜听，则是断匈奴右臂也。既连乌孙，自其西大夏之属皆可招来而为外臣。”天子以为然，拜骞为中郎将，将三百人，马各二匹，牛、羊以万数，赍金币帛直数千巨万，多持节副使，道可便遣之旁国。骞既至乌孙，致赐谕指，未能得其决。语在《西域传》。骞即分遣副使使大宛、康居、月氏、大夏。乌孙发译道送骞，与乌孙使数十人，马数十匹，报谢，因令窥汉，知其广大。

骞还，拜为大行。岁余，骞卒。后岁余，其所遣副使通大夏之属者皆颇与其人俱来，于是西北国始通于汉矣。然骞凿空，诸后使往者皆称博望侯，以为质于外国，外国由是信之。其后，乌孙竟与汉结婚。

初，天子发书《易》，曰“神马当从西北来”。得乌孙马好，名曰“天马”。及得宛汗血马，益壮，更名乌孙马曰“西极马”，宛马曰“天马”云。而汉始筑令居以西，初置酒泉郡，以通西北国。因益发使抵安息、奄蔡、犛靬、条支、身毒国。而天子好宛马，使者相望于道，一辈大者数百，少者百余人，所赍操，大放博望侯时。其后益习而衰少焉。汉率一岁中使者多者十余，少者五六辈，远者八九岁，近者数岁而反。

是时，汉既灭越，蜀所通西南夷皆震，请吏。置牂柯、越嶲、益州、沈黎、文山郡，欲地接以前通大夏。乃遣使岁十余辈，出此初郡，皆复闭昆明，为所杀，夺币物。于是汉发兵击昆明，斩首数万。后复遣使，竟不得通。语在《西南夷传》。

自骞开外国道以尊贵，其吏士争上书言外国奇怪利害，求使。天子为其绝远，非人所乐，听其言，予节，募吏民无问所从来，为具备人众遣之，以广其道。来还不能无侵盗币物，及使失指，天子为其习之，辄复按致重罪，以激怒令赎，复求使。使端无穷，而轻犯法。其吏卒亦辄复盛推外国所有，言大者予节，言小者为副，故妄言无行之徒皆争相效。其使皆私县官赍物，欲贱市以私其利。外国亦厌汉使人人有言轻重，度汉兵远，不能至，而禁其食物，以苦汉使。汉使乏绝，责怨，至相攻击。楼兰、姑师小国，当空道，攻劫汉使王恢等尤甚。而匈奴奇兵又时时遮击之。使者争言外国利害，皆有城邑，兵弱易击。于是天子遣从票侯破奴将属国骑及郡兵数万以击胡，胡皆去。明年，击破姑师，虏楼兰王。酒泉列亭障至玉门矣。

而大宛诸国发使随汉使来，观汉广大，以大鸟卵及犛靬眩人献于汉，天子大说。而汉使穷河源，其山多玉石，采来，天子案古图书，名河所出山曰昆仑云。

是时，上方数巡狩海上，乃悉从外国客，大都多人则过之，散财帛赏赐，厚具饶给之，以览视汉富厚焉。大角氐，出奇戏诸怪物，多聚观者，行赏赐，酒池肉林，令外国客遍观各仓库府臧之积，欲以见汉广大，倾骇之。及加其眩者之工，而角氐奇戏岁增变，其益兴，自此始。而外国使更来更去。大宛以西皆自恃远，尚骄恣，未可诎以礼羁縻而使也。

汉使往既多，其少从率进孰于天子，言大宛有善马在贰师城，匿不肯示汉使。天子既好宛马，闻之甘心，使壮士车令等持千金及金马以请宛王贰师城善马。宛国饶汉物，相与谋曰："汉去我远，而盐水中数有败，出其北有胡寇，出其南乏水草，又且往往而绝邑，乏食者多。汉使数百人为辈来，常乏食，死者过半，是安能致大军乎？且贰师马，宛宝马也。"遂不肯予汉使。汉使怒，妄言，椎金马而去。宛中贵人怒曰："汉使至轻我！"遣汉使去，令其东边郁成王遮攻，杀汉使，取其财物。天子大怒。诸尝使宛姚定汉等言："宛兵弱，诚以汉兵不过三千人，强弩射之，即破宛矣。"天子以尝使浞野侯攻楼兰，以七百骑先至，虏其王，以定汉等言为然，而欲侯宠姬李氏，乃以李广利为将军，伐宛。

骞孙猛，字子游，有俊才。元帝时为光禄大夫，使匈奴，给事中，为石显所谮，自杀。

李广利，女弟李夫人有宠于上，产昌邑哀王。太初元年，以广利为贰师将军，发属国六千骑及郡国恶少年数万人以往，期至贰师城取善马，故号"贰师将军"。故浩侯王恢使道军。既西过盐水，当道小国各坚城守，不肯给食，攻之不能下。下者得食，不下者数日则去。比至郁成，士财有数千，皆饥罢。攻郁成城，郁成距之，所杀伤甚众。贰师将军与左右计："至郁成尚不能举，况至其王都乎？"引而还。往来二岁，至敦煌，士不过什一二。使使上书言："道远，多乏食，且士卒不患战而患饥。人少，不足以拔宛。愿且罢兵，益发而复往。"天子闻之，大怒，使使遮玉门关，曰："军有敢入，斩之。"贰师恐，因留屯敦煌。

其夏，汉亡浞野之兵二万余于匈奴，公卿议者皆愿罢宛军，专力攻胡。天子业出兵诛宛，宛小国而不能下，则大夏之属渐轻汉，而宛善马绝不来，乌孙、轮台易苦汉使，为外国笑。乃案言伐宛尤不便者邓光等。赦囚徒扞寇盗，发恶少年及边骑，岁余而出敦煌六万人。负私从者不与。牛十万，马三万匹，驴、橐驼以万数赍粮，兵弩甚设。天下骚动，转相奉伐宛，五十余校尉。宛城中无井，汲城外流水，于是遣水工徙其城下水空以穴其城。益发戍甲卒十八万酒泉、张掖北，置居延、休屠以卫酒泉。而发天下七科适，及载糒给贰师，转车人徒相连属至敦煌。而拜习马者二人为执驱马校尉，备破宛择取其善马云。

于是贰师后复行，兵多，所至小国莫不迎，出食给军。至轮台，轮台不下，攻数日，屠之。自此而西，平行至宛城，兵到者三万。宛兵迎击汉兵，汉兵射败之，宛兵走入保其城。贰师欲攻郁成城，恐留行而令宛益生诈，乃先至宛，决其水原，移之，则宛固已忧困。围其城，攻之四十余日。其外城坏，虏宛贵人勇将煎靡。宛大恐，走入中城，相与谋曰：“汉所为攻宛，以王毋寡。”宛贵人谋曰：“王毋寡匿善马，杀汉使。今杀王而出善马，汉兵宜解；即不，乃力战而死，未晚也。”宛贵人皆以为然，共杀王。持其头，遣人使贰师，约曰：“汉无攻我，我尽出善马，恣所取，而给汉军食。即不听我，我尽杀善马，康居之救又且至。至，我居内，康居居外，与汉军战。孰计之，何从？”是时，康居候视汉兵尚盛，不敢进。贰师闻宛城中新得汉人知穿井，而其内食尚多。计以为来诛首恶者毋寡，毋寡头已至，如此不许，则坚守，而康居候汉兵罢来救宛，破汉军必矣。军吏皆以为然，许宛之约。宛乃出其马，令汉自择之，而多出食食汉军。汉军取其善马数十匹，中马以下牝牡三千余匹，而立宛贵人之故时遇汉善者名昧蔡为宛王，与盟而罢兵。终不得入中城，罢而引归。

初，贰师起敦煌西，为人多，道上国不能食，分为数军，从南北道。校尉王申生、故鸿胪壶充国等千余人别至郁成，城守不肯给食。申生去大军二百里，负而轻之，攻郁成急。郁成窥知申生军少，晨用三千人攻杀申生等，数人脱亡，走贰师。贰师令搜粟都尉上官桀往攻破郁成，郁成降。其王亡走康居，桀追至康居。康居闻汉已破宛，出郁成王与桀，桀令四骑士缚守诣大将军。四人相谓：“郁成，汉所毒，今生将，卒失大事。”欲杀，莫適先击。上邽骑士赵弟拔剑击斩郁成王。桀等遂追及大将军。

初，贰师后行，天子使使告乌孙大发兵击宛。乌孙发二千骑往，持两端，不肯前。贰师将军之东，诸所过小国闻宛破，皆使其子弟从入贡献，见天子，因为质焉。军还，入玉门者万余人，马千余匹。后行，非乏食，战死不甚多，而将吏贪，不爱卒，侵牟之，以此物故者众。天子为万里征伐，不录其过，乃下诏曰：“匈奴为害久矣，今虽徙幕北，与旁国谋共要绝大月氏使，遮杀中郎将江、故雁门守攘。危须以西及大宛皆合约杀期门车令、中郎将朝及身毒国使，隔东西道。贰师将军广利征讨厥罪，伐胜大宛。赖天之灵。从溯河山，涉流沙，通西海，山雪不积，士大夫径度，获王首虏，珍怪之物毕陈于阙。其封广利为海西侯，食邑八千户。”又封斩郁成王者赵弟为新畤侯；军正赵始成功最多，为光禄大夫；上官桀敢深入，为少府；李哆有计谋，为上党太守。军官吏为九卿者三人，诸侯相、郡守、二千石百余人，千石以下千余人。奋行者官过其望，以適过行者皆黜其劳。士卒赐直四万钱。伐宛再反，凡四岁而得罢焉。

后十一岁，征和三年，贰师复将七万骑出五原，击匈奴，度郅居水。兵败，降匈奴，为单于所杀。语在《匈奴传》。

赞曰：“《禹本记》言河出昆仑，昆仑高二千五百里余，日月所相避隐为光明也。自张骞使大夏之后，穷河原，恶睹所谓昆仑者乎？故言九州山川，《尚书》近之矣。至《禹本记》、《山经》所有，放哉！”

卷六十二

司马迁传第三十二

昔在颛顼，命南正重司天，火正黎司地。唐、虞之际，绍重、黎之后，使复典之，至于夏、商，故重、黎氏世序天地。其在周，程伯休甫其后也。当宣王时，官失其守而为司马氏。司马氏世典周史。惠、襄之间，司马氏适晋。晋中军随会奔魏，而司马氏入少梁。

自司马氏去周适晋，分散，或在卫，或在赵，或在秦。其在卫者，相中山。在赵者，以传剑论显，蒯聩其后也。在秦者错，与张仪争论，于是惠王使错将兵伐蜀，遂拔，因而守之。错孙蕲，事武安君白起。而少梁更名夏阳。蕲与武安君坑赵长平军，还而与之俱赐死杜邮，葬于华池。蕲孙昌，为秦王铁官。当始皇之时，蒯聩玄孙卬为武信君将而徇朝歌。诸侯之相王，王卬于殷。汉之伐楚，卬归汉，以其地为河内郡。昌生毋怿，毋怿为汉市长。毋怿生喜，喜为五大夫，卒，皆葬高门。喜生谈，谈为太史公。

太史公学天官于唐都，受《易》于杨何，习道论于黄子。太史公仕于建元、元封之间，愍学者不达其意而师悖，乃论六家之要指曰：

《易大传》："天下一致而百虑，同归而殊涂。"夫阴阳、儒、墨、名、法、道德，此务为治者也。直所从言之异路，有省不省耳。尝窃观阴阳之术，大详而众忌讳，使人拘而多畏，然其叙四时之大顺，不可失也。儒者博而寡要，劳而少功，是以其事难尽从，然其叙君臣、父子之礼，列夫妇、长幼之别，不可易也。墨者俭而难遵，是以其事不可遍循，然其强本节用，不可废也。法家严而少恩，然其正君臣上下之分，不可改也。名家使人俭而善失真，然其正名实，不可不察也。道家使人精神专一，动合无形，澹足万物。其为术也，因阴阳之大顺，采儒、墨之善，撮名、法之要，与时迁徙，应物变化，立俗施事，无所不宜，指约而易操，事少而功多。儒者则不然，以为人主天下之仪表也，君唱臣和，主先臣随。如此，则主劳而臣佚。至于大道之要，去健羡，黜聪明，释此而任术。夫神大用则竭，形大劳则敝；神形蚤衰，欲与天地长久，非所闻也。

夫阴阳，四时、八位、十二度、二十四节各有教令，曰"顺之者昌，逆之者亡"，未必然也，故曰"使人拘而多畏"。夫春生、夏长、秋收、冬藏，此天道之大经也，弗顺，则无以为天下纪纲。故曰"四时之大顺，不可失也"。

夫儒者，以六艺为法，六艺经传以千万数，累世不能通其学，当年不能究其礼。故曰"博而寡要，劳而少功"。若夫列君臣、父子之礼，序夫妇、长妇之别，虽百家弗能易也。

墨者亦上尧、舜，言其德行，曰："堂高三尺，土阶三等，茅茨不剪，采椽不斫；饭土簋，啜土刑，粝粱之食，藜藿之羹；夏日葛衣，冬日鹿裘。"其送死，桐棺三寸，举音不尽其哀。教丧礼，必以此为万民率。故天下共若此，则尊卑无别也。夫世异时移，事业不必同，故曰"俭而难遵"也。要曰"强本节用”，则人给家足之道也。此墨子之所长，虽百家不能废也。

法家不别亲疏，不殊贵贱，一断于法，则亲亲尊尊之恩绝矣，可以行一时之计，而不可长用也，故曰“严而少恩”。若尊主卑臣，明分职不得相逾越，虽百家不能改也。

名家苛察缴绕，使人不得反其意，剸决于名，时失人情，故曰“使人俭而善失真”。若夫控名责实，参伍不失，此不可不察也。

道家无为，又曰无不为，其实易行，其辞难知。其术以虚无为本，以因循为用。无成势，无常形，故能究万物之情。不为物先后，故能为万物主。有法无法，因时为业；有度无度，因物兴舍。故曰“圣人不巧，时变是守”。虚者，道之常也；因者，君之纲也。群臣并至，使各自明也。其实中其声者谓之端，实不中其声者谓之款。款言不听，奸乃不生，贤不肖自分，白黑乃形。在所欲用耳，何事不成！乃合大道，混混冥冥。光耀天下，复反无名。凡人所生者神也，所托者形也。神大用则竭，形大劳则敝，形神离则死。死者不可复生，离者不可复合，故圣人重之。由此观之，神者生之本，形者生之具。不先定其神形，而曰“我有以治天下”，何由哉？

太史公既掌天官，不治民。有子曰迁。

迁生龙门，耕牧河山之阳。年十岁则诵古文。二十而南游江、淮，上会稽，探禹穴，窥九疑，浮沅、湘。北涉汶、泗，讲业齐鲁之都，观夫子遗风，乡射邹峄；厄困蕃、薛、彭城，过梁、楚以归。于是迁仕为郎中，奉使西征巴、蜀以南，略邛、笮、昆明，还报命。

是岁，天子始建汉家之封，而太史公留滞周南，不得与从事，发愤且卒。而子迁适反，见父于河、洛之间。太史公执迁手而泣曰：“予先，周室之太史也。自上世尝显功名虞、夏，典天官事。后世中衰，绝于予乎？汝复为太史，则续吾祖矣。今天子接千岁之统，封泰山，而予不得从行，是命也夫！命也夫！予死，尔必为太史；为太史，毋忘吾所欲论著矣。且夫孝，始于事亲，中于事君，终于立身；扬名于后世，以显父母，此孝之大也。夫天下称周公，言其能论歌文、武之德，宣周、召之风，达大王、王季思虑，爰及公刘，以尊后稷也。幽、厉之后，王道缺，礼乐衰，孔子修旧起废，论《诗》、《书》，作《春秋》，则学者至今则之。自获麟以来四百有余岁，而诸侯相兼，史记放绝。今汉兴，海内一统，明主贤君，忠臣义士，予为太史而不论载，废天下之文，予甚惧焉，尔其念哉！”迁俯首流涕曰：“小子不敏，请悉论先人所次旧闻，不敢阙。”卒三岁，而迁为太史令，紬史记石室金匮之书。五年而当太初元年，十一月甲子朔旦冬至，天历始改，建于明堂，诸神受记。

太史公曰：“先人有言：‘自周公卒五百岁而有孔子，孔子至于今五百岁，有能绍而明之，正《易传》，继《春秋》，本《诗》、《书》、《礼》、《乐》之际。’意在斯乎！意在斯乎！小子何敢攘焉！”

上大夫壶遂曰：“昔孔子为何作《春秋》哉？”太史公曰：“余闻之董生：‘周道废，孔子为鲁司寇，诸侯害之，大夫壅之。孔子知时之不用，道之不行也，是非二百四十二年之中，以为天下仪表，贬诸侯，讨大夫，以达王事而已矣。’子曰：‘我欲载之空言，不如见之于行事之深切著明也。’《春秋》上明三王之道，下辨人事之经纪，别嫌疑，明是非，定犹与，善善恶恶，贤贤贱不肖，存亡国，继绝世，补弊起废，王道之大者也。《易》，著天地、阴阳、四时、五行，故长于变；《礼》，纲纪人伦，故长于行；《书》，记先王之事，故长于政；《诗》，记山川、溪谷、禽兽、草木、牝牡、雌雄，故长于风；《乐》，乐所以立，故长于和；《春秋》文成数万，其指数千。万物之散聚皆在《春秋》。《春秋》，辩是非，故长于治人。是故《礼》以节人，《乐》以发和，《书》以道事，《诗》以达意，《易》以道化，《春秋》以道义。拨乱世反之正，莫近于《春秋》。《春秋》之中，弑君三十六，亡国五十二，诸侯奔走不得保社稷者不可胜数。察其所以，皆失其本已。故《易》曰'差以豪氂，谬以千里'。故'臣弑君，子弑父，非一朝一夕之故，其渐久矣'。有国者不可以不知《春秋》，前有谗而不见，后有贼而不知。为人臣者不可以不知《春秋》，守经事而不知其宜，遭变事而不知其权。为人君父者而不通于《春秋》之义者，必蒙首恶之名。为人臣子不通于《春秋》之义者，必陷篡弑诛死之罪。其实皆以善为之，而不知其义，被之空言不敢辞。夫不通礼义之指，至于君不君，臣不臣，父不父，子不子。夫君不君则犯，臣不臣则诛，父不父则无道，子不子则不孝：此四行者，天下之大过也。以天下大过予之，受而不敢辞。故《春秋》者，礼义之大宗也。夫礼禁未然之前，法施已然之后；法之所为用者易见，而礼之所为禁者难知。"

壶遂曰："孔子之时，上无明君，下不得任用，故作《春秋》，垂空文以断礼义，当一王之法。今夫子上遇明天子，下得守职，万事既具，咸各序其宜，夫子所论，欲以何明？"太史公曰："唯唯，否否，不然。余闻之先人曰：'虙戏至纯厚，作《易》八卦。尧、舜之盛，《尚书》载之，礼乐作焉。汤、武之隆，诗人歌之。《春秋》采善贬恶，推三代之德，褒周室，非独刺讥而已也。'汉兴已来，至明天子，获符瑞，封禅，改正朔，易服色，受命于穆清，泽流罔极，海外殊俗，重译款塞，请来献见者，不可胜道。臣下百官，力诵圣德，犹不能宣尽其意。且士贤能矣，而不用，有国者耻也；主上明圣，德不布闻，有司之过也。且余掌其官，废明圣盛德不载，灭功臣、贤大夫之业不述，堕先人所言，罪莫大焉。余所谓述故事，整齐其世传，非所谓作也，而君比之《春秋》，谬矣。"

于是论次其文。十年而遭李陵之祸，幽于累绁。乃喟然而叹曰："是余之罪夫！身亏不用矣。"退而深惟曰："夫《诗》、《书》隐约者，欲遂其志之思也。"卒述陶唐以来，至于麟止，自黄帝始。

《五帝本纪》第一，《夏本纪》第二，《殷本纪》第三，《周本纪》第四，《秦本纪》第五，《始皇本纪》第六，《项羽本纪》第七，《高祖木纪》第八，《吕后本纪》第九，《孝文本纪》第十，《孝景本纪》第十一，《今上本纪》第十二。《三代世表》第一，《十二诸侯年表》第二，《六国年表》第三，《秦楚之际月表》第四，《汉诸侯年表》第五，《高祖功臣年表》第六，《惠景间功臣年表》第七，《建元以来侯者年表》第八，《王子侯者年表》第九，《汉兴以来将相名臣年表》第十。《礼书》第一，《乐书》第二，《律书》第三，《历书》第四，《天官书》第五，《封禅书》第六，《河渠书》第七，《平准书》第八。《吴太伯世家》第一，《齐太公世家》第二，《鲁周公世家》第三，《燕召公世家》第四，《管蔡世家》第五，《陈杞世家》第六，《卫康叔世家》第七，《宋微子世家》第八，《晋世家》第九，《楚世家》第十，《越世家》第十一，《郑世家》第十二，《赵世家》第十三，《魏世家》第十四，《韩世家》第十五，《田完世家》第十六，《孔子世家》第十七，《陈涉世家》第十八，《外戚世家》第十九，《楚元王世家》第二十，《荆燕王世家》第二十一，《齐悼惠王世家》第二十二，《萧相国世家》第二十三，《曹相国世家》第二十四，《留侯世家》第二十五，《陈丞相世家》第二十六，《绛侯世家》第二十七，《梁孝王世家》第二十八，《五宗世家》第二十九，《三王世家》第三十。《伯夷列传》第一，《管晏列传》第二，《老子韩非列传》第三，《司马穰苴列传》第四，《孙子吴起列传》第五，《伍子胥列传》第六，《仲尼弟子列传》第七，《商君列传》第八，《苏秦列传》第九，《张仪列传》第十，《樗里甘茂列传》第十一，《穰侯列传》第十二，《白起王翦列传》第十三,《孟子荀卿列传》第十四,《平原虞卿列传》第十五,《孟尝君列传》第十六,《魏公子列传》第十七,《春申君列传》第十八,《范雎蔡泽列传》第十九,《乐毅列传》第二十,《廉颇蔺相如列传》第二十一,《田单列传》第二十二,《鲁仲连列传》第二十三,《屈原贾生列传》第二十四,《吕不韦列传》第二十五,《刺客列传》第二十六,《李斯列传》第二十七,《蒙恬列传》第二十八,《张耳陈馀列传》第二十九,《魏豹彭越列传》第三十,《黥布列传》第三十一,《淮阴侯韩信列传》第三十二,《韩王信卢绾列传》第三十三,《田儋列传》第三十四,《樊郦滕灌列传》第三十五,《张丞相仓列传》第三十六,《郦生陆贾列传》第三十七,《傅靳蒯郑鄘成侯列传》第三十八,《刘敬叔孙通列传》第三十九,《季布栾布列传》第四十,《爰盎晁错列传》第四十一,《张释之冯唐列传》第四十二,《万石张叔列传》第四十三,《田叔列传》第四十四,《扁鹊仓公列传》第四十五,《吴王濞列传》第四十六,《魏其武安列传》第四十七,《韩长孺列传》第四十八,《李将军列传》第四十九,《卫将军骠骑列传》第五十,《平津主父列传》第五十一,《匈奴列传》第五十二,《南越列传》第五十三,《闽越列传》第五十四,《朝鲜列传》第五十五,《西南夷列传》第五十六,《司马相如列传》第五十七,《淮南衡山列传》第五十八,《循吏列传》第五十九,《汲郑列传》第六十,《儒林列传》第六十一,《酷吏列传》第六十二,《大宛列传》第六十三,《游侠列传》第六十四,《佞幸列传》第六十五,《滑稽列传》第六十六,《日者列传》第六十七,《龟策列传》第六十八,《货殖列传》第六十九。

惟汉继五帝末流,接三代绝业。周道既废,秦拨去古文,焚灭《诗》、《书》,故明堂、石室、金匮、玉版图籍散乱。汉兴,萧何次律令,韩信申军法,张苍为章程,叔孙通定礼仪,则文学彬彬稍进,《诗》、《书》往往间出。自曹参荐盖公言黄、老,而贾谊、晁错明申、韩,公孙弘以儒显,百年之间,天下遗文古事靡不毕集。太史公仍父子相继臯其职,曰:"於戏!余维先人尝掌斯事,显于唐、虞;至于周,复典之。故司马氏世主天官,至于余乎,钦念哉!"网罗天下放失旧闻,王迹所兴,原始察终,见盛观衰,论考之行事,略三代,录秦、汉,上记轩辕,下至于兹,著十二本纪;既科条之矣,并时异世,年差不明,作十表;礼乐损益,律历改易,兵权、山川、鬼神,天人之际,承敝通变,作八书;二十八宿环北辰,三十辐共一毂,运行无穷,辅弼股肱之臣配焉,忠信行道以奉主上,作三十世家;扶义俶傥,不令已失时,立功名于天下,作七十列传:凡百三十篇,五十二万六千五百字,为《太史公书》。序略,以拾遗补艺,成一家言,协"六经"异传,齐百家杂语,臧之名山,副在京师,以俟后圣君子。第七十,迁之自叙云尔。而十篇缺,有录无书。

迁既被刑之后,为中书令,尊宠任职。故人益州刺史任安予迁书,责以古贤臣之义。迁报之曰:

少卿足下:曩者辱赐书,教以慎于接物,推贤进士为务。意气勤勤恳恳,若望仆不相师用,而流俗人之言。仆非敢如是也。虽罢驽,亦尝侧闻长者遗风矣。顾自以为身残处秽,动而见尤,欲益反损,是以抑郁而无谁语。谚曰:"谁为为之,孰令听之?"盖钟子期死,伯牙终身不复鼓琴。何则?士为知己用,女为说己容。若仆大质已亏缺,虽材怀随、和,行若由、夷,终不可以为荣,适足以发笑而自点耳。

书辞宜答,会东从上来,又迫贱事,相见日浅,卒卒无须臾之间得竭指意。今少卿抱不测之罪,涉旬月,迫季冬,仆又薄从上上雍,恐卒然不可讳。是仆终已不得舒愤懑以晓左右,则长逝者魂魄私恨无穷。请略陈固陋。阙然不报,幸勿过。

仆闻之：修身者，智之府也；爱施者，仁之端也；取予者，义之符也；耻辱者，勇之决也；立名者，行之极也：士有此五者，然后可以托于世，列于君子之林矣。故祸莫憯于欲利，悲莫痛于伤心，行莫丑于辱先，而诟莫大于宫刑。刑余之人，无所比数，非一世也，所从来远矣！昔卫灵公与雍渠载，孔子适陈；商鞅因景监见，赵良寒心；同子参乘，爰丝变色：自古而耻之。夫中材之人，事关于宦竖，莫不伤气，况慷慨之士乎！如今朝虽乏人，奈何令刀锯之余荐天下豪隽哉！仆赖先人绪业，得待罪辇毂下，二十余年矣。所以自惟：上之，不能纳忠效信，有奇策材力之誉，自结明主；次之，又不能拾遗补阙，招贤进能，显岩穴之士；外之，不能备行伍，攻城野战，有斩将搴旗之功；下之，不能累日积劳，取尊官厚禄，以为宗族交游光宠。四者无一遂，苟合取容，无所短长之效，可见于此矣。乡者，仆亦尝厕下大夫之列，陪外廷末议。不以此时引维纲，尽思虑，今已亏形为扫除之隶，在阘茸之中，乃欲卬首信眉，论列是非，不亦轻朝廷，羞当世之士邪！嗟乎！嗟乎！如仆，尚何言哉！尚何言哉！

且事本末未易明也。仆少负不羁之才，长无乡曲之誉，主上幸以先人之故，使得奉薄技，出入周卫之中。仆以为戴盆何以望天，故绝宾客之知，忘室家之业，日夜思竭其不肖之材力，务壹心营职，以求亲媚于主上。而事乃有大谬不然者。夫仆与李陵俱居门下，素非相善也，趣舍异路，未尝衔杯酒接殷勤之欢。然仆观其为人自奇士，事亲孝，与士信，临财廉，取予义，分别有让，恭俭下人，常思奋不顾身以徇国家之急。其素所畜积也，仆以为有国士之风。夫人臣出万死不顾一生之计，赴公家之难，斯已奇矣。今举事壹不当，而全躯保妻子之臣随而媒孽其短，仆诚私心痛之！且李陵提步卒不满五千，深践戎马之地，足历王庭，垂饵虎口，横挑强胡，卬亿万之师，与单于连战十余日，所杀过当。虏救死扶伤不给，旃裘之君长咸震怖，乃悉征左右贤王，举引弓之民，一国共攻而围之。转斗千里，矢尽道穷，救兵不至，士卒死伤如积。然李陵一呼劳军，士无不起，躬流涕，沬血饮泣，张空拳，冒白刃，北首争死敌。陵未没时，使有来报，汉公卿王侯皆奉觞上寿。后数日，陵败书闻，主上为之食不甘味，听朝不怡。大臣忧惧，不知所出。仆窃不自料其卑贱，见主上惨凄怛悼，诚欲效其款款之愚。以为李陵素与士大夫绝甘分少，能得人之死力，虽古名将不过也。身虽陷败，彼观其意，且欲得其当而报汉。事已无可奈何，其所摧败，功亦足以暴于天下。仆怀欲陈之，而未有路，适会召问，即以此指推言陵功，欲以广主上之意，塞睚眦之辞。未能尽明，明主不深晓，以为仆沮贰师，而为李陵游说，遂下于理。拳拳之忠，终不能自列。因为诬上，卒从吏议。家贫，财赂不足以自赎，交游莫救，左右亲近不为一言。身非木石，独与法吏为伍，深幽囹圄之中，谁可告诉者！此正少卿所亲见，仆行事岂不然邪？李陵既生降，隤其家声，而仆又茸以蚕室，重为天下观笑。悲夫！悲夫！

事未易一二为俗人言也。仆之先人，非有剖符丹书之功，文史、星历，近乎卜祝之间，固主上所戏弄，倡优畜之，流俗之所轻也。假令仆伏法受诛，若九牛亡一毛，与蝼蚁何异！而世又不与能死节者比，特以为智穷罪极，不能自免，卒就死耳。何也？素所自树立使然。人固有一死，死有重于泰山，或轻于鸿毛，用之所趋异也。太上不辱先，其次不辱身，其次不辱理色，其次不辱辞令，其次诎体受辱，其次易服受辱，其次关木索被箠楚受辱，其次鬄毛发婴金铁受辱，其次毁肌肤断支体受辱，最下腐刑，极矣。传曰“刑不上大夫”，此言士节不可不厉也。猛虎处深山，百兽震恐，及其在阱槛之中，摇尾而求食，积威约之渐也。故士有画地为牢势不入，削木为吏议不对，定计于鲜也。今交手足，受木索，暴肌肤，受榜箠，幽于圜墙之中，当此之时，见狱吏则头枪地，视徒隶则心惕息。何者？积威约之势也。及已至此，言不辱者，所谓强颜耳，曷足贵乎！且西伯，伯也，拘牖里；李斯，相也，具五刑；淮阴，王也，受械于陈；彭越、张敖，南乡称孤，系狱具罪；绛侯诛诸吕，权倾五伯，囚于请室；魏其，大将也，衣赭，关三木；季布为朱家钳奴；灌夫受辱居室：此人皆身至王侯将相，声闻邻国，及罪至罔加，不能引决自财。在尘埃之中，古今一体，安在其不辱也！由此言之，勇怯，势也；强弱，形也。审矣，曷足怪乎！且人不能蚤自财绳墨之外，已稍陵夷至于鞭箠之间，乃欲引节，斯不亦远乎！古人所以重施刑于大夫者，殆为此也。夫人情莫不贪生恶死，念亲戚，顾妻子，至激于义理者不然，乃有不得已也。今仆不幸，蚤失二亲，无兄弟之亲，独身孤立，少卿视仆于妻子何如哉？且勇者不必死节，怯夫慕义，何处不勉焉！仆虽怯耎欲苟活，亦颇识去就之分矣，何至自湛溺累绁之辱哉！且夫臧获婢妾犹能引决，况若仆之不得已乎！所以隐忍苟活，函粪土之中而不辞者，恨私心有所不尽，鄙没世而文采不表于后也。

古者富贵而名摩灭，不可胜记，唯俶傥非常之人称焉。盖西伯拘而演《周易》；仲尼厄而作《春秋》；屈原放逐，乃赋《离骚》；左丘失明，厥有《国语》；孙子膑脚，《兵法》修列；不韦迁蜀，世传《吕览》；韩非囚秦，《说难》、《孤愤》。《诗》三百篇，大氐贤圣发愤之所为作也。此人皆意有所郁结，不得通其道，故述往事，思来者。及如左丘明无目，孙子断足，终不可用，退论书策以舒其愤，思垂空文以自见。仆窃不逊，近自托于无能之辞，网罗天下放失旧闻，考之行事，稽其成败兴坏之理，凡百三十篇，亦欲以究天人之际，通古今之变，成一家之言。草创未就，适会此祸，惜其不成，是以就极刑而无愠色。仆诚已著此书，藏之名山，传之其人，通邑大都，则仆偿前辱之责，虽万被戮，岂有悔哉！然此可为智者道，难为俗人言也。

且负下未易居，下流多谤议。仆以口语遇遭此祸，重为乡党戮笑，污辱先人，亦何面目复上父母之丘墓乎？虽累百世，垢弥甚耳！是以肠一日而九回，居则忽忽若有所亡，出则不知所如往。每念斯耻，汗未尝不发背沾衣也。身直为闺阁之臣，宁得自引深臧于岩穴邪！故且从俗浮湛，与时俯仰，以通其狂惑。今少卿乃教以推贤进士，无乃与仆之私指谬乎？今虽欲自雕瑑，曼辞以自解，无益，于俗不信，只取辱耳。要之死日，然后是非乃定。书不能尽意，故略陈固陋。

迁既死后，其书稍出。宣帝时，迁外孙平通侯杨恽祖述其书，遂宣布焉。王莽时，求封迁后，为史通子。

赞曰：自古书契之作而有史官，其载籍博矣。至孔氏撰之，上继唐尧，下讫秦缪。唐、虞以前，虽有遗文，其语不经，故言黄帝、颛顼之事未可明也。及孔子因鲁史记而作《春秋》，而左丘明论辑其本事以为之传，又撰异同为《国语》。又有《世本》，录黄帝以来至春秋时帝王、公、侯、卿、大夫祖世所出。春秋之后，七国并争，秦兼诸侯，有《战国策》。汉兴伐秦定天下，有《楚汉春秋》。故司马迁据《左氏》、《国语》，采《世本》、《战国策》，述《楚汉春秋》，接其后事，讫于大汉。其言秦、汉，详矣。至于采经摭传，分散数家之事，甚多疏略，或有抵梧。亦其涉猎者广博，贯穿经传，驰骋古今，上下数千载间，斯以勤矣。又，其是非颇缪于圣人，论大道则先黄、老而后六经，序游侠则退处士而进奸雄，述货殖则崇势利而羞贱贫，此其所蔽也。然自刘向、扬雄博极群书，皆称迁有良史之材，服其善序事理，辨而不华，质而不俚，其文直，其事核，不虚美，不隐恶，故谓之实。乌呼！以迁之博物洽闻，而不能以知自全，既陷极刑，幽而发愤，书亦信矣。迹其所以自伤悼，《小雅》巷伯之伦。夫唯《大雅》“既明且哲，能保其身”，难矣哉！

卷六十三

武五子传第三十三

孝武皇帝六男。卫皇后生戾太子，赵婕妤生孝昭帝，王夫人生齐怀王闳，李姬生燕刺王旦、广陵厉王胥，李夫人生昌邑哀王。

戾太子据，元狩元年立为皇太子，年七岁矣。初，上年二十九乃得太子，甚喜，为立，使东方朔、枚皋作禖祝。少壮，诏受《公羊春秋》，又从瑕丘江公受《穀梁》。及冠就宫，上为立博望苑，使通宾客，从其所好，故多以异端进者。元鼎四年，纳史良娣，产子男进，号曰史皇孙。

武帝末，卫后宠衰，江充用事。充与太子及卫氏有隙，恐上晏驾后为太子所诛，会巫蛊事起，充因此为奸。是时，上春秋高，意多所恶，以为左右皆为蛊道祝诅，穷治其事。丞相公孙贺父子，阳石、诸邑公主，及皇后弟子长平侯卫伉皆坐诛。语在《公孙贺》、《江充传》。

充典治巫蛊，既知上意，白言宫中有蛊气，入宫至省中，坏御座掘地。上使按道侯韩说、御史章赣、黄门苏文等助充。充遂至太子宫掘蛊，得桐木人。时上疾，辟暑甘泉宫，独皇后、太子在。太子召问少傅石德，德惧为师傅并诛，因谓太子曰：“前丞相父子、两公主及卫氏皆坐此，今巫与使者掘地得征验，不知巫置之邪，将实有也，无以自明，可矫以节收捕充等系狱，穷治其奸诈。且上疾在甘泉，皇后及家吏请问皆不报，上存亡未可知，而奸臣如此，太子将不念秦扶苏事耶？”太子急，然德言。

征和二年七月壬午，乃使客为使者收捕充等。按道侯说疑使者有诈，不肯受诏，客格杀说。御史章赣被创突亡，自归甘泉。太子使舍人无且持节夜入未央宫殿长秋门，因长御倚华具白皇后，发中厩车载射士，出武库兵，发长乐宫卫，告令百官曰江充反。乃斩充以徇，炙胡巫上林中。遂部宾客为将率，与丞相刘屈等战。长安中扰乱，言太子反，以故众不附。太子兵败，亡，不得。

上怒甚，群下忧惧，不知所出。壶关三老茂上书曰：“臣闻父者犹天，母者犹地，子犹万物也。故天平地安，阴阳和调，物乃茂成；父慈母爱，室家之中子乃孝顺。阴阳不和，则万物夭伤；父子不和，则室家丧亡。故父不父则子不子，君不君则臣不臣，虽有粟，吾岂得而食诸！昔者虞舜，孝之至也，而不中于瞽叟；孝己被谤，伯奇放流，骨肉至亲，父子相疑。何者？积毁之所生也。由是观之，子无不孝，而父有不察。今皇太子为汉適嗣，承万世之业，体祖宗之重，亲则皇帝之宗子也。江充，布衣之人，闾阎之隶臣耳，陛下显而用之，衔至尊之命以迫蹴皇太子，造饰奸诈，群邪错谬，是以亲戚之路隔塞而不通。太子进则不得上见，退则困于乱臣，独冤结而亡告，不忍忿忿之心，起而杀充，恐惧逋逃，子盗父兵以救难自免耳，臣窃以为无邪心。《诗》曰：'营营青蝇，止于藩；恺悌君子，无信谗言；谗言罔极，交乱四国。'往者江充谗杀赵太子，天下莫不闻，其罪固宜。陛下不省察，深过太子，发盛怒，举大兵而求之，三公自将，智者不敢言，辩士不敢说，臣窃痛之。臣闻子胥尽忠而忘其号，比干尽仁而遗其身，忠臣竭诚不顾鈇钺之诛以陈其愚，志在匡君安社稷也。《诗》云：'取彼谮人，投畀豺虎。'唯陛下宽心慰意，少察所亲，毋患太子之非，亟罢甲兵，无令太子久亡。臣不胜惓惓，出一旦之命，待罪建章阙下。"书奏，天子感寤。

太子之亡也，东至湖，臧匿泉鸠里。主人家贫，常卖屦以给太子。太子有故人在湖，闻其富赡，使人呼之而发觉。吏围捕太子，太子自度不得脱，即入室距户自经。山阳男子张富昌为卒，足蹋开户，新安令史李寿趋抱解太子，主人公遂格斗死，皇孙二人皆并遇害。上既伤太子，乃下诏曰："盖行疑赏，所以申信也。其封李寿为侯，张富昌为题侯。"

久之，巫蛊事多不信。上知太子惶恐无他意，而车千秋复讼太子冤，上遂擢千秋为丞相，而族灭江充家，焚苏文于横桥上，及泉鸠里加兵刃于太子者，初为北地太守，后族。上怜太子无辜，乃作思子宫，为归来望思之台于湖。天下闻而悲之。

初，太子有三男一女，女者平舆侯嗣子尚焉。及太子败，皆同时遇害。卫后、史良娣葬长安城南。史皇孙、皇孙妃王夫人及皇女孙葬广明。皇孙二人随太子者。与太子并葬湖。

太子有遗孙一人，史皇孙子，王夫人男，年十八即尊位，是为孝宣帝。帝初即位，下诏曰："故皇太子在湖，未有号谥，岁时祠，其议谥，置园邑。"有司奏请："《礼》'为人后者，为之子也'，故降其父母不得祭，尊祖之义也。陛下为孝昭帝后，承祖宗之祀，制礼不逾闲。谨行视孝昭帝所为故皇太子起位在湖，史良娣冢在博望苑北，亲史皇孙位在广明郭北。谥法曰："谥者，行之迹也'，愚以为亲谥宜曰悼，母曰悼后，比诸侯王园，置奉邑三百家。故皇太子谥曰戾，置奉邑二百家。史良娣曰戾夫人，置守冢三十家。园置长丞，周卫奉守如法。"以湖阌乡邪里聚为戾园，长安白亭东为戾后园，广明成乡为悼园。皆改葬焉。

后八岁，有司复言："《礼》'父为士，子为天子，祭以天子'。悼园宜称尊号曰皇考，立庙，因园为寝，以时荐享焉。益奉园民满千六百家，以为奉明县。尊戾夫人曰戾后，置园奉邑，及益戾园各满三百家。"

齐怀王闳与燕王旦、广陵王胥同日立，皆赐策，各以国土风俗申戒焉，曰："惟元狩六年四月乙巳，皇帝使御史大夫汤庙立子闳为齐王，曰：'乌呼！小子闳，受兹青社。朕承天序，惟稽古，建尔国家，封于东土，世为汉藩辅。呜呼！念哉，共朕之诏。惟命不于常，人之好德，克明显光；义之不图，俾君子怠。悉尔心，允执其中，天禄永终；厥有愆不臧，乃凶于乃国，而害于尔躬。呜呼！保国乂民，可不敬与！王其戒之！'"闳母王夫人有宠，闳尤爱幸，立八年，薨，无子，国除。

燕刺王旦赐策曰："呜呼！小子旦，受兹玄社，建尔国家，封于北土，世为汉藩辅。

呜呼！薰鬻氏虐老兽心，以奸巧边甿。朕命将率，徂征厥罪。万夫长、千夫长，三十有二帅，降旗奔师。薰鬻徙域，北州以妥。悉尔心，毋作怨，毋作非德，毋乃废备。非教士不得从征。王其戒之！”

旦壮大就国，为人辩略，博学经书、杂说，好星历、数术、倡优、射猎之事，招致游士。及卫太子败，齐怀王又薨，旦自以次第当立，上书求入宿卫。上怒，下其使狱。后坐臧匿亡命，削良乡、安次、文安三县。武帝由是恶旦，后遂立少子为太子。

帝崩，太子立，是为孝昭帝，赐诸侯王玺书。旦得书，不肯哭，曰：“玺书封小。京师疑有变。”遣幸臣寿西长、孙纵之、王孺等之长安，以问礼仪为名。王孺见执金吾广意，问：“帝崩所病？立者谁子？年几岁？”广意言：“待诏五莋宫，宫中讙言帝崩，诸将军共立太子为帝，年八九岁，葬时不出临。”归以报王。王曰：“上弃群臣，无语言，盖主又不得见，甚可怪也。”复遣中大夫至京师上言：“窃见孝武皇帝躬圣道，孝宗庙，慈爱骨肉，和集兆民，德配天地，明并日月，威武洋溢，远方执宝而朝，增郡数十，斥地且倍，封泰山，禅梁父，巡狩天下，远方珍物陈于太庙，德甚休盛，请立庙郡国。”奏报闻。时大将军霍光秉政，褒赐燕王钱三千万，益封万三千户。旦怒曰：“我当为帝，何赐也！”遂与宗室中山哀王子刘长、齐孝王孙刘泽等结谋，诈言以武帝时受诏，得职吏事，修武备，备非常。

长于是为旦命令群臣曰：“寡人赖先帝休德，获奉北藩，亲受明诏，职吏事，领库兵，饬武备，任重职大，夙夜兢兢，子大夫将何以规佐寡人？且燕国虽小，成周之建国也，上自召公，下及昭、襄，于今千载，岂可谓无贤哉？寡人束带听朝三十余年，曾无闻焉。其者寡人之不及与？意亦子大夫之思有所不至乎？其咎安在？方今寡人欲挢邪防非，章闻扬和，抚慰百姓，移风易俗，厥路何由？子大夫其各悉心以对，寡人将察焉。”

群臣皆免冠谢。郎中成轸谓旦曰：“大王失职，独可起而索，不可坐而得也。大王一起，国中虽女子皆奋臂随大王。”旦曰：“前高后时，伪立子弘为皇帝，诸侯交手事之八年。吕太后崩，大臣诛诸吕，迎立文帝，天下乃知非孝惠子也。我亲武帝长子，反不得立，上书请立庙，又不听。立者疑非刘氏。”

即与刘泽谋为奸书，言少帝非武帝子，大臣所共立，天下宜共伐之。使人传行郡国，以摇动百姓。泽谋归发兵临淄，与燕王俱起。旦遂招来郡国奸人，赋敛铜铁作甲兵，数阅其车骑材官卒，建旌旗鼓车，旄头先驱，郎中侍从者著貂羽，黄金附蝉，皆号侍中。旦从相、中尉以下，勒车骑，发民会围，大猎文安县，以讲士马，须期日。郎中韩义等数谏旦，旦杀义等凡十五人。会缾侯刘成知泽等谋，告之青州刺史隽不疑，不疑收捕泽以闻。天子遣大鸿胪丞治，连引燕王。有诏勿治，而刘泽等伏诛。益封缾侯。

久之，旦姊鄂邑盖长公主、左将军上官桀父子与霍光争权有隙，皆知旦怨光，即私与燕交通。旦遣孙纵之等前后十余辈，多赍金宝走马，赂遗盖主。上官桀及御史大夫桑弘羊等皆与交通，数记疏光过失与旦，令上书告之。桀欲从中下其章。旦闻之，喜，上疏曰：“昔秦据南面之位，制一世之命，威服四夷，轻弱骨肉，显重异族，废道任刑，无恩宗室。其后尉佗入南夷，陈涉呼楚泽，近狎作乱，内外俱发，赵氏无炊火焉。高皇帝览踪迹，观得失，见秦建本非是，故改其路，规土连城，布王子孙，是以支叶扶疏，异姓不得间也。今陛下承明继成，委任公卿，群臣连与成朋，非毁宗室，肤受之诉，日骋于廷，恶吏废法立威，主恩不及下究。臣闻武帝使中郎将苏武使匈奴，见留二十年不降，还亶为典属国。今大将军长史敞无劳，为搜粟都尉。又将军都郎羽林，道上移跸，太官先置。臣旦愿归符玺，入宿卫，察奸臣之变。”

是时，昭帝年十四，觉其有诈，遂亲信霍光，而疏上官桀等。桀等因谋共杀光，废帝，迎立燕王为天子。旦置驿书，往来相报，许立桀为王，外连郡国豪杰以千数。旦以语相平，平曰：“大王前与刘泽结谋，事未成而发觉者，以刘泽素夸，好侵陵也。平闻左将军素轻易，车骑将军少而骄，臣恐其如刘泽时不能成，又恐既成，反大王也。”旦曰：“前日一男子诣阙，自谓故太子，长安中民趣乡之，正喧不可止，大将军恐，出兵陈之，以自备耳。我帝长子，天下所信，何忧见反？”后谓群臣：“盖主报言，独患大将军与右将军王莽。今右将军物故，丞相病，幸事必成，征不久。”令群臣皆装。

是时天雨，虹下属宫中饮井水，水泉竭。厕中豕群出，坏大官灶。乌鹊斗死。鼠舞殿端门中。殿上户自闭，不可开。天火烧城门。大风坏宫城楼，折拔树木。流星下堕。后姬以下皆恐。王惊病，使人祠葭水、台水。王客吕广等知星，为王言“当有兵围城，期在九月、十月，汉当有大臣戮死者”。语具在《五行志》。

王愈忧恐，谓广等曰：“谋事不成，妖祥数见，兵气且至，奈何？”会盖主舍人父燕仓知其谋，告之，由是发觉。丞相赐玺书，部中二千石逐捕孙纵之及左将军桀等，皆伏诛。旦闻之，召相平曰：“事败，遂发兵乎？”平曰：“左将军已死，百姓皆知之，不可发也。”王忧懑，置酒万载宫，会宾客、群臣、妃妾坐饮。王自歌曰：“归空城兮，狗不吠，鸡不鸣，横术何广广兮，固知国中之无人！”华容夫人起舞曰：“发纷纷兮寘渠，骨籍籍兮亡居。母求死子兮，妻求死夫。裴回两渠间兮，君子独安居！”坐者皆泣。

有赦令到，王读之，曰：“嗟乎！独赦吏民，不赦我。”因迎后姬诸夫人之明光殿，王曰：“老虏曹为事当族！”欲自杀。左右曰：“党得削国，幸不死。”后姬夫人共啼泣止王。会天子使使者赐燕王玺书曰：“昔高皇帝王天下，建立子弟以藩屏社稷。先日诸吕阴谋大逆，刘氏不绝若发，赖绛侯等诛讨贼乱，尊立孝文，以安宗庙，非以中外有人，表里相应故邪？樊、郦、曹、灌，携剑推锋，从高皇帝垦灾除害，耘锄海内，当此之时，头如蓬葆，勤苦至矣，然其赏不过封侯。今宗室子孙曾无暴衣露冠之劳，裂地而王之，分财而赐之，父死子继，兄终弟及。今王骨肉至亲，敌吾一体，乃与他姓异族谋害社稷，亲其所疏，疏其所亲，有逆悖之心，无忠爱之义。如使古人有知，当何面目复奉齐酎见高祖之庙乎！”

旦得书，以符玺属医工长，谢相二千石：“奉事不谨，死矣。”即以绶自绞。后夫人随旦自杀者二十余人。天子加恩，赦王太子建为庶人，赐旦谥曰剌王。旦立三十八年而诛，国除。

后六年，宣帝即位，封旦两子，庆为新昌侯，贤为安定侯。又立故太子建，是为广阳顷王，二十九年薨。子穆王舜嗣，二十一年薨。子思王璜嗣，二十年薨。子嘉嗣。王莽时，皆废汉藩王为家人，嘉独以献符命封扶美侯，赐姓王氏。

广陵厉王胥赐策曰：“呜呼！小子胥，受兹赤社，建尔国家，封于南土，世世为汉藩辅。古人有言曰：‘大江之南，五湖之间，其人轻心。扬州保强，三代要服，不及以正。’呜呼！悉尔心，祗祗兢兢，乃惠乃顺，毋桐好逸，毋迩宵人，惟法惟则！《书》云‘臣不作福，不作威’，靡有后羞。王其戒之！”

胥壮大，好倡乐逸游，力扛鼎，空手搏熊彘猛兽。动作无法度，故终不得为汉嗣。

昭帝初立，益封胥万三千户，元凤中入朝，复益万户，赐钱二千万，黄金二千斤，安车驷马宝剑。及宣帝即位，封胥四子圣、曾、宝、昌皆为列侯，又立胥小子弘为高密王。所以褒赏甚厚。

始，昭帝时，胥见上年少无子，有觊欲心。而楚地巫鬼，胥迎女巫李女须，使下神祝诅。女须泣曰：“孝武帝下我。”左右皆伏。言“吾必令胥为天子”。胥多赐女须钱，使祷巫山。会昭帝崩，胥曰："女须良巫也！"杀牛塞祷。及昌邑王征，复使巫祝诅之。后王废，胥浸信女须等，数赐予钱物。宣帝即位，胥曰："太子孙何以反得立？"复令女须祝诅如前。又胥女为楚王延寿后弟妇，数相馈遗，通私书。后延寿坐谋反诛，辞连及胥。有诏勿治，赐胥黄金前后五千斤，它器物甚众。胥又闻汉立太子，谓姬南等曰："我终不得立矣。"乃止不诅。后胥子南利侯宝坐杀人夺爵，还归广陵，与胥姬左修奸。事发觉，系狱，弃市。相胜之奏夺王射陂草田以赋贫民，奏可。胥复使巫祝诅如前。

胥宫园中枣树生十余茎，茎正赤，叶白如素。池水变赤，鱼死。有鼠昼立舞王后廷中。胥谓姬南等曰："枣水鱼鼠之怪甚可恶也。"居数月，祝诅事发觉，有司按验，胥惶恐，药杀巫及宫人二十余人以绝口。公卿请诛胥，天子遣廷尉、大鸿胪即讯。胥谢曰："罪死有余，诚皆有之。事久远，请归思念具对。"胥既见使者还，置酒显阳殿，召太子霸及子女董訾、胡生等夜饮，使所幸八子郭昭君、家人子赵左君等鼓瑟歌舞。王自歌曰："欲久生兮无终，长不乐兮安穷！奉天期兮不得须臾，千里马兮驻待路。黄泉下兮幽深，人生要死，何为苦心！何用为乐心所喜，出入无悰为乐亟。蒿里召兮郭门阅，死不得取代庸，自身逝。"左右悉更涕泣奏酒，至鸡鸣时罢。胥谓太子霸曰："上遇我厚，今负之甚。我死，骸骨当暴。幸而得葬，薄之，无厚也。"即以绶自绞死。及八子郭昭君等二人皆自杀。天子加恩，赦王诸子皆为庶人，赐谥曰厉王。立六十四年而诛，国除。

后七年，元帝复立胥太子霸，是为孝王，十三年薨。子共王意嗣，三年薨。子哀王护嗣，十六年薨，无子，绝。后六年，成帝复立孝王子守，是为靖王，立二十年薨。子宏嗣，王莽时绝。

初，高密哀王弘本始元年以广陵王胥少子立，九年薨。子顷王章嗣，三十三年薨。子怀王宽嗣，十一年薨。子慎嗣，王莽时绝。

昌邑哀王髆，天汉四年立，十一年薨，子贺嗣。立十三年，昭帝崩，无嗣，大将军霍光征王贺典丧。玺书曰："制诏昌邑王：使行大鸿胪事少府乐成，宗正德、光禄大夫吉、中郎将利汉征王，乘七乘传诣长安邸。"夜漏未尽一刻，以火发书。其日中，贺发，晡时至定陶，行百三十五里，侍从者马死相望于道。郎中令龚遂谏王，令还郎谒者五十余人。贺到济阳，求长鸣鸡，道买积竹杖。过弘农，使大奴善以衣车载女子。至湖，使者以让相安乐。安乐告遂，遂入问贺，贺曰："无有。"遂曰："即无有，何爱一善以毁行义！请收属吏，以湔洒大王。"即捽善，属卫士长行法。

贺到霸上，大鸿胪郊迎，驺奉乘舆车。王使仆寿成御，郎中令遂参乘。且至广明东都门，遂曰："礼，奔丧望见国都哭。此长安东郭门也。"贺曰："我嗌痛，不能哭。"至城门，遂复言，贺曰："城门与郭门等耳。"且至未央宫东阙，遂曰："昌邑帐在是阙外驰道北，未至帐所，有南北行道，马足未至数步，大王宜下车，乡阙西面伏，哭尽哀止。"王曰："诺。"到，哭如仪。

王受皇帝玺绶，袭尊号。即位二十七日，行淫乱。大将军光与群臣议，白孝昭皇后，废贺归故国，赐汤沐邑二千户，故王家财物皆与贺。及哀王女四人各赐汤沐邑千户。语在《霍光传》。国除，为山阳郡。初，贺在国时，数有怪。尝见白犬，高三尺，无头，其颈以下似人，而冠方山冠。后见熊，左右皆莫见。又大鸟飞集宫中。王知，恶之，辄以问郎中令遂。遂为言其故，语在《五行志》。王天叹曰："不祥何为数来！"遂叩头曰："臣不敢隐忠，数言危亡之戒，大王不说。夫国之存亡，岂在臣言哉？愿王内自揆度。大王诵《诗》三百五篇，人事浃，王道备，王之所行中《诗》一篇何等也？大王位为诸侯王，行污于庶人，以存难，以亡易，宜深察之。"后又血污王坐席，王问遂，遂叫然号曰："宫空不久，袄祥数至。血者，阴忧象也。宜畏慎自省。"贺终不改节。居无何，征。既即位，后王梦青蝇之矢积西阶东，可五六石，以屋版瓦覆，发视之，青蝇矢也。以问遂，遂曰："陛下之《诗》不云乎？'营营青蝇，至于藩；恺悌君子，毋信谗言。'陛下左侧谗人众多，如是青蝇恶矣。宜进先帝大臣子孙亲近以为左右。如不忍昌邑故人，信用谗谀，必有凶咎。愿诡祸为福，皆放逐之。臣当先逐矣。"贺不用其言，卒至于废。

大将军光更尊立武帝曾孙，是为孝宣帝。即位，心内忌贺，元康二年遣使者赐山阳太守张敞玺书曰："制诏山阳太守：其谨备盗贼，察往来过客。毋下所赐书！"敞于是条奏贺居处，著其废亡之效，曰："臣敞地节三年五月视事，故昌邑王居故宫，奴婢在中者百八十三人，闭大门，开小门，廉吏一人为领钱物市买，朝内食物，它不得出入。督盗一人别主徼循，察往来者。以王家钱取卒，宫清中备盗贼。臣敞数遣丞吏行察。四年九月中，臣敞入视居处状，故王年二十六七，为人青黑色，小目，鼻末锐卑，少须眉，身体长大，疾痿，行步不便。衣短衣大裤，冠惠文冠，佩玉环，簪笔持牍趋谒。臣敞与坐语中庭，阅妻子奴婢。臣敞欲动观其意，即以恶鸟感之，曰：'昌邑多枭。'故王应曰：'然。前贺西至长安，殊无枭。复来，东至济阳，乃复闻枭声。'臣敞阅至子女持辔，故王跪曰：'持辔母，严长孙女也。'臣敞故知执金吾严延年字长孙，女罗紨，前为故王妻。察故王衣服言语跪起，清狂不惠。妻十六人，子二十二人，其十一人男，十一人女。昧死奏名籍及奴婢财物簿。臣敞前书言：'昌邑哀王歌舞者张修等十人，无子，又非姬，但良人，无官名，王薨当罢归。太傅豹等擅留，以为哀王园中人，所不当得为，请罢归。'故王闻之曰：'中人守园，疾者当勿治，相杀伤者当勿法，欲令亟死，太守奈何而欲罢之？'其天资喜由乱亡，终不见仁义如此。后丞相御史以臣敞书闻，奏可。皆以遣。"上由此知贺不足忌。

其明年春，乃下诏曰："盖闻象有罪，舜封之，骨肉之亲，析而不殊。其封故昌邑王贺为海昏侯，食邑四千户。"侍中卫尉金安上上书言："贺，天之所弃，陛下至仁，复封为列侯。贺嚚顽放废之人，不宜得奉宗庙朝聘之礼。"奏可。贺就国豫章。

数年，扬州刺史柯奏贺与故太守卒史孙万世交通，万世问贺："前见废时，何不坚守毋出宫，斩大将军，而听人夺玺绶乎？"贺曰："然。失之。"万世又以贺且王豫章，不久为列侯。贺曰："且然，非所宜言。"有司案验，请逮捕。制曰："削户三千。"后薨。

豫章太守廖奏言："舜封象于有鼻，死不为置后，以为暴乱之人不宜为太祖。海昏侯贺死，上当为后者子充国；充国死，复上弟奉亲；奉亲复死，是天绝之也。陛下圣仁，于贺甚厚，虽舜于象无以加也。宜以礼绝贺，以奉天意。愿下有司议。"议皆以为不宜为立嗣，国除。

元帝即位，复封贺子代宗为海昏侯，传子至孙，今见为侯。

赞曰：巫蛊之祸，岂不哀哉！此不唯一江充之辜，亦有天时，非人力所致焉。建元六年，蚩尤之旗见，其长竟天。后遂命将出征，略取河南，建置朔方。其春，戾太子生。自是之后，师行三十年，兵所诛屠夷灭死者不可胜数。及巫蛊事起，京师流血，僵尸数万，太子子父皆败。故太子生长于兵，与之终始，何独一嬖臣哉！秦始皇即位三十九年，内平六国，外攘四夷，死人如乱麻，暴骨长城之下，头卢相属于道，不一日而无兵。由是山东之难兴，四方溃而逆秦。秦将吏外畔，贼臣内发，乱作萧墙，祸成二世。故曰"兵犹火也，弗戢必自焚"，信矣。是以仓颉作书，"止""戈"为"武"。圣人以武禁暴整乱，止息兵戈，非以为残而兴纵之也。《易》曰："天之所助者顺也，人之所助者信也；君子履信思顺，自天祐之，吉无不利也。"故车千秋指明蛊情，章太子之冤。千秋材知未必能过人也，以其销恶运，遏乱原，因衰激极，道迎善气，传得天人之祐助也。

卷六十四上

严朱吾丘主父徐严终王贾传第三十四上

严助，会稽吴人，严夫子子也，或言族家子也。郡举贤良，对策百余人，武帝善助对，由是独擢助为中大夫。后得朱买臣、吾丘寿王、司马相如、主父偃、徐乐、严安、东方朔、枚皋、胶仓、终军、严葱奇等，并在左右。是时，征伐四夷，开置边郡，军旅数发，内改制度，朝廷多事，娄举贤良文学之士。公孙弘起徒步，数年至丞相，开东阁，延贤人与谋议，朝觐奏事，因言国家便宜。上令助等大臣辩论，中外相应以义理之文，大臣数诎。其尤亲幸者，东方朔、枚皋、严助、吾丘寿王、司马相如。相如常称疾避事。朔、皋不根持论，上颇俳优畜之。唯助与寿王见任用，而助最先进。

建元三年，闽越举兵围东瓯，东瓯告急于汉。时，武帝年未二十，以问太尉田蚡。蚡以为越人相攻击，其常事，又数反复，不足烦中国往救也，自秦时弃不属。于是助诘蚡曰："特患力不能救，德不能覆，诚能，何故弃之？且秦举咸阳而弃之，何但越也！今小国以穷困来告急，天子不振，尚安所诉，又何以子万国乎？"上曰："太尉不足与计。吾新即位，不欲出虎符发兵郡国。"乃遣助以节发兵会稽。会稽守欲距法，不为发。助乃斩一司马，谕意指，遂发兵浮海救东瓯。未至，闽越引兵罢。

后三岁，闽越复兴兵击南越。南越守天子约，不敢擅发兵，而上书以闻。上多其义，大为发兴，遣两将军将兵诛闽越。淮南王安上书谏曰：

陛下临天下，布德施惠，缓刑罚，薄赋敛，哀鳏寡，恤孤独，养耆老，振匮乏，盛德上隆，和泽下洽，近者亲附，远者怀德，天下摄然，人安其生，自以没身不见兵革。今闻有司举兵将以诛越，臣安窃为陛下重之。越，方外之地，劗发文身之民也。不可以冠带之国法度理也。自三代之盛，胡越不与受正朔，非强弗能服，威弗能制也，以为不居之地，不牧之民，不足以烦中国也。故古者封内甸服，封外侯服，侯卫宾服，蛮夷要服，戎狄荒服，远近势异也。自汉初定已来七十二年，吴越人相攻击者不可胜数，然天子未尝举兵而入其地也。

臣闻越非有城郭邑里也，处溪谷之间，篁竹之中，习于水斗，便于用舟，地深昧而多水险，中国之人不知其势阻而入其地，虽百不当其一。得其地，不可郡县也；攻之，不可暴取也。以地图察其山川要塞，相去不过寸数，而间独数百千里，阻险林丛弗能尽著。视之若易，行之甚难。天下赖宗庙之灵，方内大宁，戴白之老不见兵革，民得夫妇相守，父子相保，陛下之德也。越人名为藩臣，贡酎之奉，不输大内，一卒之用不给上事。自相攻击而陛下发兵救之，是反以中国而劳蛮夷也。且越人愚戆轻薄，负约反复，其不用天子之法度，非一日之积也。一不奉诏，举兵诛之，臣恐后兵革无时得息也。

间者，数年岁比不登，民待卖爵赘子以接衣食，赖陛下德泽振救之，得毋转死沟壑。四年不登，五年复蝗，民生未复。今发兵行数千里，资衣粮，入越地，舆轿而逾领，拖舟而入水，行数百千里，夹以深林丛竹，水道上下击石，林中多蝮蛇猛兽，夏月暑时，呕泄霍乱之病相随属也，曾未施兵接刃，死伤者必众矣。前时南海王反，陛下先臣使将军间忌将兵击之，以其军降，处之上淦。后复反，会天暑多雨，楼船卒水居击棹，未战而疾死者过半。亲老涕泣，孤子啼号，破家散业，迎尸千里之外，裹骸骨而归。悲哀之气数年不息，长老至今以为记。曾未入其地而祸已至此矣。

臣闻军旅之后，必有凶年，言民之各以其愁苦之气，薄阴阳之和，感天地之精，而灾气为之生也。陛下德配天地，明象日月，恩至禽兽，泽及草木，一人有饥寒不终其天年而死者，为之凄怆于心。今方内无狗吠之警，而使陛下甲卒死亡，暴露中原，沾渍山谷，边境之民为之早闭晏开，朝不及夕，臣安窃为陛下重之。

不习南方地形者，多以越为人众兵强，能难边城。淮南全国之时，多为边吏，臣窃闻之，与中国异。限以高山，人迹所绝，车道不通，天地所以隔外内也。其入中国必下领水，领水之山峭峻，漂石破舟，不可以大船载食粮下也。越人欲为变，必先田馀干界中，积食粮，乃入伐材治船。边城守候诚谨，越人有入伐材者，辄收捕，焚其积聚，虽百越，奈边城何！且越人绵力薄材，不能陆战，又无车骑弓弩之用，然而不可入者，以保地险，而中国之人不能其水土也。臣闻越甲卒不下数十万，所以入之，五倍乃足，挽车奉饷者，不在其中。南方暑湿，近夏瘅热，暴露水居，蝮蛇蠚生，疾疠多作，兵未血刃而病死者什二三，虽举越国而虏之，不足以偿所亡。

臣闻道路言，闽越王弟甲弑而杀之，甲以诛死，其民未有所属。陛下若欲来内，处之中国，使重臣临存，施德垂赏以招致之，此必携幼扶老以归圣德。若陛下无所用之，则继其绝世，存其亡国，建其王侯，以为畜越，此必委质为藩臣，世共贡职。陛下以方寸之印，丈二之组，填抚方外，不劳一卒，不顿一戟，而威德并行。今以兵入其地，此必震恐，以有司欲屠灭之也，必雉兔逃入山林险阻。背而去之，则复相群聚；留而守之，历岁经年，则士卒罢倦，食粮乏绝，男子不得耕稼树种，妇人不得纺绩织纴，丁壮从军，老弱转饷，居者无食，行者无粮。民苦兵事，亡逃者必众，随而诛之，不可胜尽，盗贼必起。

臣闻长老言，秦之时尝使尉屠睢击越，又使监禄凿渠通道。越人逃入深山林丛，不可得攻。留军屯守空地，旷日持久，士卒劳倦。越乃出击之，秦兵大破，乃发適戍以备之。当此之时，外内骚动，百姓靡敝，行者不还，往者莫反，皆不聊生，亡逃相从，群为盗贼，于是山东之难始兴。此老子所谓“师之所处，荆棘生之”者也。兵者凶事，一方有急，四面皆从。臣恐变故之生，奸邪之作，由此始也。《周易》曰:“高宗伐鬼方，三年而克之。”鬼方，小蛮夷；高宗，殷之盛天子也。以盛天子伐小蛮夷，三年而后克，言用兵之不可不重也。

臣闻天子之兵有征而无战，言莫敢校也。如使越人蒙死侥幸以逆执事之颜行，厮舆之卒有一不备而归者，虽得越王之首，臣犹窃为大汉羞之。陛下以四海为境，九州为家，八薮为囿，江汉为池，生民之属皆为臣妾。人徒之众足以奉千官之共，租税之收足以给乘舆之御。玩心神明，秉执圣道，负黼依，冯玉几，南面而听断，号令天下，四海之内莫不向应。陛下垂德惠以覆露之，使元元之民安生乐业，则泽被万世，传之子孙，施之无穷。天下之安犹泰山而四维之也，夷狄之地何足以为一日之闲，而烦汗马之劳乎！《诗》云“王犹允塞，徐方既来”，言王道甚大，而远方怀之也。臣闻之，农夫劳而君子养焉，愚者言而智者择焉。臣安幸得为陛下守藩，以身为障蔽，人臣之任也。边境有警，爱身之死而不毕其愚，非忠臣也。臣安窃恐将吏之以十万之师为一使之任也！

是时，汉兵遂出，逾领，适会闽越王弟馀善杀王以降。汉兵罢。上嘉淮南之意，美将卒之功，乃令严助谕意风指于南越。南越王顿首曰：“天子乃幸兴兵诛闽越，死无以报！”即遣太子随助入侍。助还，又谕淮南曰：“皇帝问淮南王：使中大夫玉上书言事，闻之。朕奉先帝之休德，夙兴夜寐，明不能烛，重以不德，是以比年凶灾害众。夫以眇眇之身，托于王侯之上，内有饥寒之民，南夷相攘，使边骚然不安，朕甚惧焉。今王深惟重虑，明太平以弼朕失，称三代至盛，际天接地，人迹所及，咸尽宾服，藐然甚惭。嘉王之意，靡有所终，使中大夫助谕朕意，告王越事。”

助谕意曰：“今者大王以发屯临越事上书，陛下故遣臣助告王其事。王居远，事薄遽，不与王同其计。朝有阙政，遗王之忧，陛下甚恨之。夫兵固凶器，明主之所重出也，然自五帝、三王禁暴止乱，非兵，未之闻也。汉为天下宗，操杀生之柄，以制海内之命，危者望安，乱者治。今闽越王狠戾不仁，杀其骨肉，离其亲戚，所为甚多不义，又数举兵侵陵百越，并兼邻国，以为暴强，阴计奇策，入燔寻阳楼船，欲招会稽之地，以践句践之迹。今者，边又言闽王率两国击南越。陛下为万民安危久远之计，使人谕告之曰：‘天下安宁，各继世抚民，禁毋敢相并。’有司疑其以虎狼之心，贪据百越之利，或于逆顺，不奉明诏，则会稽、豫章必有长患。且天子诛而不伐，焉有劳百姓苦士卒乎？故遣两将屯于境上，震威武，扬声乡。屯曾未会，天诱其衷，闽王陨命，辄遣使者罢屯，毋后农时。南越王甚嘉被惠泽，蒙休德，愿革心易行，身从使者入谢。有狗马之病，不能胜服，故遣太子婴齐入侍；病有瘳，愿伏北阙，望大廷，以报盛德。闽王以八月举兵于冶南，士卒罢倦，三王之众相与攻之，因其弱弟馀善以成其诛，至今国空虚，遣使者上符节，请所立，不敢自立，以待天子之明诏。此一举，不挫一兵之锋，不用一卒之死，而闽王伏辜，南越被泽，威震暴王，义存危国，此则陛下深计远虑之所出也。事效见前，故使臣助来谕王意。”

于是王谢曰：“虽汤伐桀，文王伐崇，诚不过此。臣安妄以愚意狂言，陛下不忍加诛，使使者临诏臣安以所不闻，诚不胜厚幸！”助由是与淮南王相结而还。上大说。

助侍燕从容，上问助居乡里时，助对曰：“家贫，为友婿富人所辱。”上问所欲，对愿为会稽太守。于是拜为会稽太守。数年，不闻问。赐书曰：“制诏会稽太守：君厌承明之庐，劳侍从之事，怀故土，出为郡吏。会稽东接于海，南近诸越，北枕大江。间者，阔焉久不闻问，具以《春秋》对，毋以苏秦从横。”助恐，上书谢称：“《春秋》天王出居于郑，不能事母，故绝之。臣事君，犹子事父母也，臣助当伏诛。陛下不忍加诛，愿奉三年计最。”诏许，因留侍中。有奇异，辄使为文，及作赋颂数十篇。

后淮南王来朝，厚赂遗助，交私论议。及淮南王反，事与助相连，上薄其罪，欲勿诛。廷尉张汤争，以为助出入禁门，腹心之臣，而外与诸侯交私如此，不诛，后不可治。助竟弃市。

朱买臣，字翁子，吴人也。家贫，好读书，不治产业，常艾薪樵，卖以给食，担束薪，行且诵书。其妻亦负戴相随，数止买臣毋歌呕道中。买臣愈益疾歌，妻羞之，求去。买臣笑曰："我年五十当富贵，今已四十余矣。女苦日久，待我富贵报女功。"妻恚怒曰："如公等，终饿死沟中耳，何能富贵！"买臣不能留，即听去。其后，买臣独行歌道中，负薪墓间。故妻与夫家俱上冢，见买臣饥寒，呼饭饮之。

后数岁，买臣随上计吏为卒，将重车至长安，诣阙上书，书久不报。待诏公车，粮用乏，上计吏卒更乞丐之。会邑子严助贵幸，荐买臣，召见，说《春秋》，言《楚词》，帝甚说之，拜买臣为中大夫，与严助俱侍中。是时，方筑朔方，公孙弘谏，以为罢敝中国。上使买臣难诎弘，语在《弘传》。后买臣坐事免，久之，召待诏。

是时，东越数反复，买臣因言："故东越王居保泉山，一人守险，千人不得上。今闻东越王更徙处南行，去泉山五百里，居大泽中。今发兵浮海，直指泉山，陈舟列兵，席卷南行，可破灭也。"上拜买臣会稽太守。上谓买臣曰："富贵不归故乡，如衣绣夜行，今子何如？"买臣顿首辞谢。诏买臣到郡，治楼船，备粮食、水战具，须诏书到，军与俱进。

初，买臣免，待诏，常从会稽守邸者寄居饭食。拜为太守，买臣衣故衣，怀其印绶，步归郡邸。直上计时，会稽吏方相与群饮，不视买臣。买臣入室中，守邸与共食，食且饱，少见其绶。守邸怪之，前引其绶，视其印，会稽太守章也。守邸惊，出语上计掾吏。皆醉，大呼曰："妄诞耳！"守邸曰："试来视之。"其故人素轻买臣者入视之，还走，疾呼曰："实然！"坐中惊骇，白守丞，相推排陈列中庭拜谒。买臣徐出户。有顷，长安厩吏乘驷马车来迎，买臣遂乘传去。会稽闻太守且至，发民除道，县吏并送迎，车百余乘。入吴界，见其故妻、妻夫治道。买臣驻车，呼令后车载其夫妻，到太守舍，置园中，给食之。居一月，妻自经死，买臣乞其夫钱，令葬。悉召见故人与饮食诸尝有恩者，皆报复焉。

居岁余，买臣受诏将兵，与横海将军韩说等俱击破东越，有功。征入为主爵都尉，列于九卿。数年，坐法免官，复为丞相长史。张汤为御史大夫。始，买臣与严助俱侍中，贵用事，汤尚为小吏，趋走买臣等前。后汤以廷尉治淮南狱，排陷严助，买臣怨汤。及买臣为长史，汤数行丞相事，知买臣素贵，故陵折之。买臣见汤，坐床上弗为礼。买臣深怨，常欲死之。后遂告汤阴事，汤自杀，上亦诛买臣。买臣子山拊官至郡守，右扶风。

吾丘寿王，字子赣，赵人也。年少，以善格五召待诏。诏使从中大夫董仲舒受《春秋》，高才通明。迁侍中中郎，坐法免。上书谢罪，愿养马黄门，上不许。后愿守塞扞寇难，复不许。久之，上疏愿击匈奴，诏问状，寿王对良善，复召为郎。

稍迁，会东郡盗贼起，拜为东郡都尉。上以寿王为都尉，不复置太守。是时，军旅数发，年岁不熟，多盗贼。诏赐寿王玺书曰："子在朕前之时，知略辐凑，以为天下少双，海内寡二。及至连十余城之守，任四千石之重，职事并废，盗贼从横，甚不称在前时，何也？"寿王谢罪，因言其状。

后征入为光禄大夫侍中。丞相公孙弘奏言："民不得挟弓弩。十贼彍弩，百吏不敢前，盗贼不辄伏辜，免脱者众，害寡而利多，此盗贼所以蕃也。禁民不得挟弓弩，则盗贼执短兵，短兵接则众者胜。以众吏捕寡贼，其势必得。盗贼有害无利，则莫犯法，刑错之道也。臣愚以为禁民毋得挟弓弩便。"上下其议，寿王对曰：

臣闻古者作五兵，非以相害，以禁暴讨邪也。安居则以制猛兽而备非常，有事则以设守卫而施行阵。及至周室衰微，上无明王，诸侯力政，强侵弱，众暴寡，海内抏敝，巧诈并生。是以知者陷愚，勇者威怯，苟以得胜为务，不顾义理。故机变械饰，所以相贼害之具不可胜数。于是秦兼天下，废王道，立私议，灭《诗》、《书》而首法令，去仁恩而任刑戮，堕名城，杀豪桀，销甲兵，折锋刃。其后，民以耰锄箠梃相挞击，犯法滋众，盗贼不胜，至于赭衣塞路，群盗满山，卒以乱亡。故圣王务教化而省禁防，知其不足恃也。

今陛下昭明德，建太平，举俊才，兴学官，三公有司或由穷巷，起白屋裂地而封，宇内日化，方外乡风，然而盗贼犹有者，郡国二千石之罪，非挟弓弩之过也。《礼》曰男子生，桑弧蓬矢以举之，明示有事也。孔子曰："吾何执，执射乎？"大射之礼，自天子降及庶人，三代之道也。《诗》云"大侯既抗，弓矢斯张，射夫既同，献尔发功"，言贵中也。愚闻圣王合射以明教矣，未闻弓矢之为禁也。且所为禁者，为盗贼之以攻夺也。攻夺之罪死，然而不止者，大奸之于重诛固不避也。臣恐邪人挟之而吏不能止，良民以自备而抵法禁，是擅贼威而夺民救也。窃以为无益于禁奸，而废先王之典，使学者不得习行其礼，大不便。

书奏，上以难丞相弘。弘诎服焉。

及汾阴得宝鼎，武帝嘉之，荐见宗庙，臧于甘泉宫。群臣皆上寿贺曰："陛下得周鼎。"寿王独曰非周鼎。上闻之，召而问之，曰："今朕得周鼎，群臣皆以为然，寿王独以为非，何也？有说则可，无说则死。"寿王对曰："臣安敢无说！臣闻周德始乎后稷，长于公刘，大于大王，成于文、武，显于周公，德泽上昭，天下漏泉，无所不通。上天报应，鼎为周出，故名曰周鼎。今汉自高祖继周，亦昭德显行，布恩施惠，六合和同。至于陛下，恢廓祖业，功德愈盛，天瑞并至，珍祥毕见。昔秦始皇亲出鼎于彭城而不能得，天祚有德而宝鼎自出，此天之所以与汉，乃汉宝，非周宝也。"上曰："善。"群臣皆称万岁。是日，赐寿王黄金十斤。后坐事诛。

主父偃，齐国临菑人也。学长短从横术，晚乃学《易》、《春秋》、百家之言。游齐诸子间，诸儒生相与排傧，不容于齐。家贫，假贷无所得，北游燕、赵、中山，皆莫能厚，客甚困。以诸侯莫足游者，元光元年，乃西入关见卫将军。卫将军数言上，上不省。资用乏，留久，诸侯宾客多厌之，乃上书阙下。朝奏，暮召入见。所言九事，其八事为律令，一事谏伐匈奴，曰：

臣闻明主不恶切谏以博观，忠臣不避重诛以直谏，是故事无遗策而功流万世。今臣不敢隐忠避死，以效愚计，愿陛下幸赦而少察之。

《司马法》曰："国虽大，好战必亡；天下虽平，忘战必危。"天下既平，天子大恺，春搜秋狝，诸侯春振旅，秋治兵，所以不忘战也。且怒者逆德也，兵者凶器也，争者末节也。古之人君一怒必伏尸流血，故圣王重行之。夫务战胜，穷武事，未有不悔者也。

昔秦皇帝任战胜之威，蚕食天下，并吞战国，海内为一，功齐三代。务胜不休，欲攻匈奴，李斯谏曰："不可。夫匈奴无城郭之居，委积之守，迁徙鸟举，难得而制。轻兵深入，粮食必绝；运粮以行，重不及事。得其地，不足以为利；得其民，不可调而守也。胜必弃之，非民父母。靡敝中国，甘心匈奴，非完计也。"秦皇帝不听，遂使蒙恬将兵而攻胡，却地千里，以河为境。地固泽卤，不生五谷，然后发天下丁男以守北河。暴兵露师十有余年，死者不可胜数，终不能逾河而北。是岂人众之不足，兵革之不备哉？其势不可也。又使天下飞刍挽粟，起于黄、腄、琅邪负海之郡，转输北河，率三十钟而致一石。男子疾耕不足于粮饷，女子纺绩不足于帷幕。百姓靡敝，孤寡老弱不能相养，道死者相望，盖天下始叛也。

及至高皇帝定天下，略地于边，闻匈奴聚代谷之外而欲击之。御史成谏曰："不可。夫匈奴，兽聚而鸟散，从之如搏景，今以陛下盛德攻匈奴，臣窃危之。"高帝不听，遂至代谷，果有平城之围。高帝悔之，乃使刘敬往结和亲，然后天下亡干戈之事。

故兵法曰："兴师十万，日费千金。"秦常积众数十万人，虽有覆军杀将，系虏单于，适足以结怨深仇，不足以偿天下之费。夫匈奴行盗侵驱，所以为业，天性固然。上自虞、夏、殷、周，固不程督，禽兽畜之，不比为人。夫不上观虞、夏、殷、周之统，而下循近世之失，此臣之所以大恐，百姓所疾苦也。且夫兵久则变生，事苦则虑易。使边境之民靡敝愁苦，将吏相疑而外市，故尉佗、章邯得成其私，而秦政不行，权分二子，此得失之效也。故《周书》曰："安危在出令，存亡在所用。"愿陛下孰计之而加察焉。

是时，徐乐、严安亦俱上书言世务。书奏，上召见三人，谓曰："公皆安在？何相见之晚也！"乃拜偃、乐、安皆为郎中。偃数上疏言事，迁谒者、中郎、中大夫。岁中四迁。

偃说上曰："古者诸侯地不过百里，强弱之形易制。今诸侯或连城数十，地方千里。缓则骄奢易为淫乱，急则阻其强而合从以逆京师。今以法割削，则逆节萌起，前日晁错是也。今诸侯子弟或十数，而適嗣代立，余虽骨肉，无尺地之封，则仁孝之道不宣。愿陛下令诸侯得推恩分子弟，以地侯之。彼人人喜得所愿，上以德施，实分其国。必稍自销弱矣。"于是上从其计。又说上曰："茂陵初立，天下豪桀兼并之家，乱众民，皆可徙茂陵，内实京师，外销奸猾，此所谓不诛而害除。"上又从之。

尊立卫皇后及发燕王定国阴事，偃有功焉。大臣皆畏其口，赂遗累千金。或说偃曰："大横！"偃曰："臣结发游学四十余年，身不得遂，亲不以为子，昆弟不收，宾客弃我，我厄日久矣。丈夫生不五鼎食，死则五鼎亨耳！吾日暮，故倒行逆施之。"

偃盛言朔方地肥饶，外阻河，蒙恬城以逐匈奴，内省转输戍漕，广中国，灭胡之本也。上览其说，下公卿议，皆言不便。公孙弘曰："秦时尝发三十万众筑北河，终不可就，已而弃之。"朱买臣难诎弘，遂置朔方，本偃计也。

元朔中，偃言齐王内有淫失之行，上拜偃为齐相。至齐，遍召昆弟宾客，散五百金予之，数曰："始吾贫时，昆弟不我衣食，宾客不我内门。今吾相齐，诸君迎我或千里。吾与诸君绝矣，毋复入偃之门！"乃使人以王与姊奸事动王。王以为终不得脱，恐效燕王论死，乃自杀。

偃始为布衣时，尝游燕、赵，及其贵，发燕事。赵王恐其为国患，欲上书言其阴事，为居中，不敢发。及其为齐相，出关，即使人上书，告偃受诸侯金，以故诸侯子多以得封者。及齐王以自杀闻，上大怒，以为偃劫其王令自杀，乃征下吏治。偃服受诸侯之金，实不劫齐王令自杀。上欲勿诛。公孙弘争曰："齐王自杀无后，国除为郡，入汉，偃本首恶，非诛偃无以谢天下。"乃遂族偃。

偃方贵幸时，客以千数，及族死，无一人视，独孔车收葬焉。上闻之，以车为长者。

徐乐，燕郡无终人也。上书曰：

臣闻天下之患，在于土崩，不在瓦解，古今一也。何谓土崩？秦之末世是也。陈涉无千乘之尊、尺土之地，身非王公大人名族之后，乡曲之誉，非有孔、曾、墨子之贤，陶朱、猗顿之富也。然起穷巷，奋棘矜，偏袒大呼，天下从风，此其故何也？由民困而主不恤，下怨而上不知，俗已乱而政不修，此三者陈涉之所以为资也。此之谓土崩。故曰天下之患在乎土崩。何谓瓦解？吴、楚、齐、赵之兵是也。七国谋为大逆，号皆称万乘之君，带甲数十万，威足以严其境内，财足以劝其士民，然不能西攘尺寸之地，而身为禽于中原者，此其故何也？非权轻于匹夫而兵弱于陈涉也。当是之时，先帝之德未衰，而安土乐俗之民众，故诸侯无竟外之助。此之谓瓦解。故曰天下之患不在瓦解。

由此观之，天下诚有土崩之势，虽布衣穷处之士或首难而危海内，陈涉是也，况三晋之君或存乎？天下虽未治也，诚能无土崩之势，虽有强国劲兵，不得还踵而身为禽，吴、楚是也，况群臣、百姓，能为乱乎？此二体者，安危之明要，贤主之所留意而深察也。

间者，关东五谷数不登，年岁未复，民多穷困，重之以边境之事，推数循理而观之，民宜有不安其处者矣。不安故易动，易动者，土崩之势也。故贤主独观万化之原，明于安危之机，修之庙堂之上，而销未形之患也。其要，期使天下无土崩之势而已矣。故虽有强国劲兵，陛下逐走兽，射飞鸟，弘游燕之囿，淫从恣之观，极驰骋之乐，自若。金石丝竹之声不绝于耳，帷幄之私、俳优侏儒之笑不乏于前，而天下无宿忧。名何必夏、子，俗何必成、康！虽然，臣窃以为陛下天然之质，宽仁之资，而诚以下为务，则禹、汤之名不难侔，而成、康之俗未必不复兴也。此二体者立，然后处尊安之实，扬广誉于当世，亲天下而服四夷，余恩遗德为数世隆，南面背依摄袂而揖王公，此陛下之所服也。臣闻图王不成，其敝足以安。安则陛下何求而不得，何威而不成，奚征而不服哉？

卷六十四下

严朱吾丘主父徐严终王贾传第三十四下

严安者，临菑人也。以故丞相史上书，曰：

臣闻《邹子》曰："政教文质者，所以云救也，当时则用，过则舍之，有易则易之，故守一而不变者，未睹治之至也。"今天下人民用财侈靡，车马衣裘宫室皆竞修饰，调五声使有节族，杂五色使有文章，重五味方丈于前，以观欲天下。彼民之情，见美则愿之，是教民以侈也。侈而无节，则不可赡，民离本而徼末矣。末不可徒得，故搢绅者不惮为诈，带剑者夸杀人以矫夺，而世不知愧，故奸轨浸长。夫佳丽珍怪固顺于耳目，故养失而泰，乐失而淫，礼失而采，教失而伪。伪、采、淫、泰，非所以范民之道也。是以天下人民逐利无已，犯法者众。臣愿为民制度以防其淫，使贫富不相耀以和其心。心既和平，其性恬安。恬安不营，则盗贼销；盗贼销，则刑罚少；刑罚少，则阴阳和，四时正，风雨时，草木畅茂，五谷蕃孰，六畜遂字，民不夭厉，和之至也。

臣闻周有天下，其治三百余岁，成、康其隆也，刑错四十余年而不用。

及其衰，亦三百余年，故五伯更起。伯者，常佐天子兴利除害，诛暴禁邪，匡正海内，以尊天子。五伯既没，贤圣莫续，天子孤弱，号令不行。诸侯恣行，强陵弱，众暴寡。田常篡齐，六卿分晋，并为战国，此民之始苦也。于是强国务攻，弱国修守，合从连衡，驰车毂击，介胄生虮虱，民无所告诉。

及至秦王，蚕食天下，并吞战国，称号皇帝，一海内之政，坏诸侯之城。销其兵，铸以为钟虡，示不复用。元元黎民得免于战国，逢明天子，人人自以为更生。乡使秦缓刑罚，薄赋敛，省繇役，贵仁义，贱权利，上笃厚，下佞巧，变风易俗，化于海内，则世世必安矣。秦不行是风，循其故俗，为知巧权利者进，笃厚忠正者退，法严令苛，谄谀者众，日闻其美，意广心逸。欲威海外，使蒙恬将兵以北攻强胡，辟地进境，戍于北河，飞刍挽粟以随其后。又使尉屠睢将楼船之士攻越，使监禄凿渠运粮，深入越地，越人遁逃。旷日持久，粮食乏绝，越人击之，秦兵大败。秦乃使尉佗将卒以戍越。当是时，秦祸北构于胡，南挂于越，宿兵于无用之地，进而不得退。行十余年，丁男被甲，丁女转输，苦不聊生，自经于道树，死者相望。及秦皇帝崩，天下大畔。陈胜、吴广举陈，武臣、张耳举赵，项梁举吴，田儋举齐，景驹举郢，周市举魏，韩广举燕，穷山通谷，豪士并起，不可胜载也。然本皆非公侯之后，非长官之吏，无尺寸之势，起闾巷，杖棘矜，应时而动，不谋而俱起，不约而同会，壤长地进，至乎伯王，时教使然也。秦贵为天子，富有天下，灭世绝祀，穷兵之祸也。故周失之弱，秦失之强，不变之患也。

今徇南夷，朝夜郎，降羌僰，略薉州，建城邑，深入匈奴，燔其龙城，议者美之。此人臣之利，非天下之长策也。今中国无狗吠之警，而外累于远方之备，靡敝国家，非所以子民也。行无穷之欲，甘心快意，结怨于匈奴，非所以安边也。祸挐而不解，兵休而复起，近者愁苦，远者惊骇，非所以持久也。今天下锻甲摩剑，矫箭控弦，转输军粮，未见休时，此天下所共忧也。夫兵久而变起，事烦而虑生。今外郡之地或几千里，列城数十，形束壤制，带胁诸侯，非宗室之利也。上观齐、晋所以亡，公室卑削，六卿大盛也；下览秦之所以灭，刑严文刻，欲大无穷也。今郡守之权非特六卿之重也，地几千里非特闾巷之资也。甲兵器械非特棘矜之用也。以逢万世之变，则不可胜讳也。

后以安为骑马令。

终军，字子云，济南人也。少好学，以辩博能属文闻于郡中。年十八，选为博士弟子。至府受遣，太守闻其有异材，召见军。甚奇之，与交结。军揖太守而去，至长安上书言事。武帝异其文，拜军为谒者给事中。

从上幸雍祠五畤，获白麟，一角而五蹄。时又得奇木，其枝旁出，辄复合于木上。上异此二物，博谋群臣。军上对曰：

臣闻《诗》颂君德，《乐》舞后功，异经而同指，明盛德之所隆也。南越窜屏葭苇，与鸟鱼群，正朔不及其俗。有司临境，而东瓯内附，闽王伏辜，南越赖救。北胡随畜荐居，禽兽行，虎狼心，上古未能摄。大将军秉钺，单于奔幕；票骑抗旌，昆邪右衽。是泽南洽而威北畅也。若罚不阿近，举不遗远，设官俟贤，县赏待功，能者进以保禄，罢者退而劳力，刑于宇内矣。履众美而不足，怀圣明而不专，建三宫之文质，章厥职之所宜，封禅之君无闻焉。

夫天命初定，万事草创，及臻六合同风，九州共贯，必待明圣润色，祖业传于无穷。故周至成王，然后制定，而休征之应见。陛下盛日月之光，垂圣思于勒成，专神明之敬，奉燔瘗于郊宫，献享之精交神，积和之气塞明，而异兽来获，宜矣。昔武王中流未济，白鱼入于王舟，俯取以燎，群公咸曰“休哉！”今郊祀未见于神祇，而获兽以馈，此天之所以示飨，而上通之符合也。宜因昭时令日，改定告元，苴白茅于江、淮，发嘉号于营丘，以应缉熙，使著事者有纪焉。

盖六鹢退飞，逆也；白鱼登舟，顺也。夫明暗之征，上乱飞鸟，下动渊鱼，各以类推。今野兽并角，明同本也；众支内附，示无外也。若此之应，殆将有解编发、削左衽、袭冠带、要衣裳而蒙化者焉。斯拱而俟之耳！

对奏，上甚异之，由是改元为元狩。后数月，越地及匈奴名王有率众来降者，时皆以军言为中。

元鼎中，博士徐偃使行风俗。偃矫制，使胶东、鲁国鼓铸盐铁。还，奏事，徙为太常丞。御史大夫张汤劾偃矫制大害，法至死。偃以为《春秋》之义，大夫出疆，有可以安社稷，存万民，颛之可也。汤以致其法，不能诎其义。有诏下军问状，军诘偃曰：“古者诸侯国异俗分，百里不通，时有聘会之事，安危之势，呼吸成变，故有不受辞造命颛己之宜；今天下为一，万里同风，故《春秋》‘王者无外’。偃巡封域之中，称以出疆何也？且盐铁，郡有余臧，正二国废，国家不足以为利害，而以安社稷存万民为辞，何也？”又诘偃：“胶东南近琅邪，北接北海，鲁国西枕泰山，东有东海，受其盐铁。偃度四郡口数、田地，率其用器食盐，不足以并给二郡邪？将势宜有余，而吏不能也？何以言之？偃矫制而鼓铸者，欲及春耕种赡民器也。今鲁国之鼓，当先具其备，至秋乃能举火。此言与实反者非？偃已前三奏，无诏，不惟所为不许，而直矫作威福，以从民望，干名采誉，此明圣所必加诛也。‘枉尺直寻’，孟子称其不可；今所犯罪重，所就者小，偃自予必死而为之邪？将幸诛不加，欲以采名也？”偃穷诎，服罪当死。军奏“偃矫制颛行，非奉使体，请下御史征偃即罪。”奏可。上善其诘，有诏示御史大夫。

初，军从济南当诣博士，步入关，关吏予军繻。军问：“以此何为？”吏曰：“为复传，还当以合符。”军曰：“大丈夫西游，终不复传还。”弃繻而去。军为谒者，使行郡国，建节东出关，关吏识之，曰：“此使者乃前弃繻生也。”军行郡国，所见便宜以闻。还奏事，上甚说。

当发使使匈奴，军自请曰：“军无横草之功，得列宿卫，食禄五年。边境时有风尘之警，臣宜被坚执锐，当矢石，启前行。驽下不习金革之事，今闻将遣匈奴使者，臣愿尽精厉气，奉佐明使，画吉凶于单于之前。臣年少材下，孤于外官，不足以亢一方之任，窃不胜愤懑。”诏问画吉凶之状，上奇军对，擢为谏大夫。

南越与汉和亲，乃遣军使南越，说其王，欲令入朝，比内诸侯。军自请：“愿受长缨，必羁南越王而致之阙下。”军遂往说越王，越王听许，请举国内属。天子大说，赐南越大臣印绶，一用汉法，以新改其俗，令使者留填抚之。越相吕嘉不欲内属，发兵攻杀其王及汉使者，皆死。语在《南越传》。军死时年二十余，故世谓之“终童”。

王褒，字子渊，蜀人也。宣帝时修武帝故事，讲论六艺群书，博尽奇异之好，征能为《楚辞》九江被公召见诵读，益召高材刘向、张子侨、华龙、柳褒等待诏金马门。神爵、五凤之间，天下殷富，数有嘉应。上颇作歌诗，欲兴协律之事，丞相魏相奏言知音善鼓雅琴者渤海赵定、梁国龚德，皆召见待诏。于是益州刺史王襄欲宣风化于众庶，闻王褒有俊材，请与相见，使褒作《中和》、《乐职》、《宣布》诗，选好事者令依《鹿鸣》之声习而歌之。时，汜乡侯何武为僮子，选在歌中。久之，武等学长安，歌太学下，转而上闻。宣帝召见武等观之，皆赐帛，谓曰："此盛德之事，吾何足以当之！"

褒既为刺史作颂，又作其传，益州刺史因奏褒有轶材。上乃征褒。既至，诏褒为圣主得贤臣颂其意。褒对曰：

夫荷旃被毳者，难与道纯绵之丽密；羹藜含糗者，不足与论太牢之滋味。今臣辟在西蜀，生于穷巷之中，长于蓬茨之下，无有游观广览之知，顾有至愚极陋之累，不足以塞厚望，应明指。虽然，敢不略陈愚而抒情素！

记曰：共惟《春秋》法五始之要，在乎审己正统而已。夫贤者，国家之器用也。所任贤，则趋舍省而功施普；器用利，则用力少而就效众。故工人之用钝器也，劳筋苦骨，终日矻矻。及至巧冶铸干将之朴，清水焠其锋，越砥敛其咢，水断蛟龙，陆剸犀革，忽若彗泛画涂。如此，则使离娄督绳，公输削墨，虽崇台五增，延袤百丈，而不混者，工用相得也。庸人之御驽马，亦伤吻敝策而不进于行，匈喘肤汗，人极马倦。及至驾啮膝，骖乘旦，王良执靶，韩哀附舆，纵驰骋骛，忽如景靡，过都越国，蹶如历块；追奔电，逐遗风，周流八极，万里一息。何其辽哉？人马相得也。故服絺之凉者，不苦盛暑之郁燠；袭貂狐之暖者，不忧至寒之凄怆。何则？有其具者易其备。贤人君子，亦圣王之所以易海内也。是以呕喻受之，开宽裕之路，以延天下英俊也。夫竭知附贤者，必建仁策；索人求士者，必树伯迹。昔周公躬吐捉之劳，故有圄空之隆；齐桓设庭燎之礼，故有匡合之功。由此观之，君人者勤于求贤而逸于得人。

人臣亦然。昔贤者之未遭遇也，图事揆策则君不用其谋，陈见悃诚则上不然其信，进仕不得施效，斥逐又非其愆。是故伊尹勤于鼎俎，太公困于鼓刀，百里自鬻，甯子饭牛，离此患也。及其遇明君遭圣主也，运筹合上意，谏诤即见听，进退得关其忠，任职得行其术，去卑辱奥渫而升本朝，离疏释蹻而享膏粱，剖符锡壤而光祖考，传之子孙，以资说士。故世必有圣知之君，而后有贤明之臣。故虎啸而风冽，龙兴而致云，蟋蟀俟秋吟，蜉蝣出以阴。《易》曰："飞龙在天，利见大人。"《诗》曰："思皇多士，生此王国。"故世平主圣，俊艾将自至，若尧、舜、禹、汤、文、武之君，获稷、契、皋陶、伊尹、吕望，明明在朝，穆穆列布，聚精会神，相得益章。虽伯牙操递钟，逢门子弯乌号，犹未足以喻其意也。

故圣主必待贤臣而弘功业，俊士亦俟明主以显其德。上下俱欲，欢然交欣，千载一合，论说无疑，翼乎如鸿毛过顺风，沛乎如巨鱼纵大壑。其得意若此，则胡禁不止，曷令不行？化溢四表，横被无穷，遐夷贡献，万祥毕溱。是以圣王不遍窥望而视已明，不单顷耳而听已聪；恩从祥风翱，德与和气游，太平之责塞，优游之望得；遵游自然之势，恬淡无为之场，休征自至，寿考无疆，雍容垂拱，永永万年，何必偃卬诎信若彭祖，呴嘘呼吸如侨、松，眇然绝俗离世哉！《诗》云"济济多士，文王以宁"，盖信乎其以宁也！

是时，上颇好神仙，故褒对及之。

上令褒与张子侨等并待诏，数从褒等放猎，所幸宫馆，辄为歌颂，第其高下，以差赐帛。议者多以为淫靡不急，上曰："'不有博弈者乎，为之犹贤乎已！'辞赋大者与古诗同义，小者辩丽可喜。辟如女工有绮縠，音乐有郑、卫，今世俗犹皆以此虞说耳目，辞赋比之，尚有仁义风谕，鸟兽草木多闻之观，贤于倡优博弈远矣。"顷之，擢褒为谏大夫。

其后太子体不安，苦忽忽善忘，不乐。诏使褒等皆之太子宫虞侍太子，朝夕诵读奇文及所自造作。疾平复，乃归。太子喜褒所为《甘泉》及《洞箫颂》，令后宫贵人左右皆诵读之。

后方士言益州有金马碧鸡之宝，可祭祀致也，宣帝使褒往祀焉。褒于道病死，上闵惜之。

贾捐之，字君房，贾谊之曾孙也。元帝初即位，上疏言得失，召待诏金马门。

初，武帝征南越，元封元年立儋耳、珠崖郡，皆在南方海中洲居，广袤可千里，合十六县，户二万三千余。其民暴恶，自以阻绝，数犯吏禁，吏亦酷之，率数年一反，杀吏，汉辄发兵击定之。自初为郡至昭帝始元元年，二十余年间，凡六反叛。至其五年，罢儋耳郡并属珠崖。至宣帝神爵三年，珠崖三县复反。反后七年，甘露元年，九县反，辄发兵击定之。元帝初元元年，珠崖又反，发兵击之。诸县更叛，连年不定。上与有司议大发军，捐之建议，以为不当击。上使侍中、驸马都尉、乐昌侯王商诘问捐之曰："珠崖内属为郡久矣，今背畔逆节，而云不当击，长蛮夷之乱，亏先帝功德，经义何以处之？"捐之对曰：

臣幸得遭明盛之朝，蒙危言之策，无忌讳之患，敢昧死竭卷卷。

臣闻尧、舜，圣之盛也，禹入圣域而不优，故孔子称尧曰"大哉"，《韶》曰"尽善"，禹曰"无间"。以三圣之德，地方不过数千里，西被流沙，东渐于海，朔南暨声教，迄于四海，欲与声教则治之，不欲与者不强治也。故君臣歌德，含气之物各得其宜。武丁、成王，殷、周大仁也，然地东不过江、黄，西不过氐、羌，南不过蛮荆，北不过朔方。是以颂声并作，视听之类咸乐其生，越裳氏重九译而献，此非兵革之所能致。及其衰也，南征不还，齐桓救其难，孔子定其文。以至乎秦，兴兵远攻，贪外虚内，务欲广地，不虑其害。然地南不过闽越，北不过太原，而天下溃畔，祸卒在于二世之末，《长城之歌》至今未绝。

赖圣汉初兴，为百姓请命，平定天下。至孝文皇帝，闵中国未安，偃武行文，则断狱数百，民赋四十，丁男三年而一事。时有献千里马者，诏曰："鸾旗在前，属车在后，吉行日五十里，师行三十里，朕乘千里之马，独先安之？"于是还马，与道里费，而下诏曰："朕不受献也，其令四方毋求来献。"当此之时，逸游之乐绝，奇丽之赂塞，郑、卫之倡微矣。夫后宫盛色则贤者隐处，佞人用事则诤臣杜口，而文帝不行，故谥为孝文，庙称太宗。至孝武皇帝元狩六年，太仓之粟红腐而不可食，都内之钱贯朽而不可校。乃探平城之事，录冒顿以来数为边害，籍兵厉马，因富民以攘服之。西连诸国至于安息，东过碣石以玄菟、乐浪为郡，北却匈奴万里，更起营塞，制南海以为八郡，则天下断狱万数，民赋数百，造盐、铁、酒榷之利以佐用度，犹不能足。当此之时，寇贼并起，军旅数发，父战死于前，子斗伤于后，女子乘亭障，孤儿号于道，老母寡妇饮泣巷哭，遥设虚祭，想魂乎万里之外。淮南王盗写虎符，阴聘名士，关东公孙勇等诈为使者，是皆廓地泰大，征伐不休之故也。

今天下独有关东，关东大者独有齐、楚，民众久困，连年流离，离其城郭，相枕席于道路。人情莫亲父母，莫乐夫妇，至嫁妻卖子，法不能禁，义不能止，此社稷之忧也。今陛下不忍悁悁之忿，欲驱士众挤之大海之中，快心幽冥之地，非所以救助饥馑，保全元元也。《诗》云"蠢尔蛮荆，大邦为仇"，言圣人起则后服，中国衰则先畔，动为国家难，自古而患之久矣，何况乃复其南方万里之蛮乎！骆越之人父子同川而浴，相习以鼻饮，与禽兽无异，本不足郡县置也。颛颛独居一海之中，雾露气湿，多毒草虫蛇水土之害，人未见虏，战士自死。又非独珠崖有珠犀玳瑁也，弃之不足惜，不击不损威。其民譬犹鱼鳖，何足贪也！

臣窃以往者羌军言之，暴师曾未一年，兵出不逾千里，费四十余万万，大司农钱尽，乃以少府禁钱续之。夫一隅为不善，费尚如此，况于劳师远攻，亡士毋功乎！求之往古则不合，施之当今又不便。臣愚以为非冠带之国，《禹贡》所及，《春秋》所治，皆可且无以为。愿遂弃珠崖，专用恤关东为忧。

对奏，上以问丞相御史，御史大夫陈万年以为当击；丞相于定国以为："前日兴兵击之连年，护军都尉、校尉及丞凡十一人，还者二人，卒士及转输死者万人以上，费用三万万余，尚未能尽降。今关东困乏，民难摇动，捐之议是。"上乃从之。遂下诏曰："珠崖虏杀吏民，背畔为逆，今廷议者或言可击，或言可守，或欲弃之，其指各殊。朕日夜惟思议者之言，羞威不行，则欲诛之；狐疑辟难，则守屯田；通于时变，则忧万民。夫万民之饥饿，与远蛮之不讨，危孰大焉？且宗庙之祭，凶年不备，况乎辟不嫌之辱哉！今关东大困，仓库空虚，无以相赡，又以动兵，非特劳民，凶年随之。其罢珠崖郡。民有慕义欲内属，便处之；不欲，勿强。"珠崖由是罢。

捐之数召见，言多纳用。时，中书令石显用事，捐之数短显，以故不得官，后稀复见。而长安令杨兴新以材能得幸，与捐之相善。捐之欲得召见，谓兴曰："京兆尹缺，使我得见，言君兰，京兆尹可立得。"兴曰："县官尝言兴愈薛大夫，我易助也。君房下笔，言语妙天下，使君房为尚书令，胜五鹿充宗远甚。"捐之曰："令我得代充宗，君兰为京兆，京兆，郡国首，尚书，百官本，天下真大治，士则不隔矣。捐之前言平恩侯可为将军，期思侯并可为诸曹，皆如言；又荐谒者满宣，立为冀州刺史；言中谒者不宜受事，宦者不宜入宗庙，立止。相荐之信，不当如是乎！"兴曰："我复见，言君房也。"捐之复短石显。兴曰："显鼎贵，上信用之。今欲进，弟从我计，且与合意，即得入矣。"

捐之即与兴共为荐显奏，曰："窃见石显本山东名族，有礼义之家也。持正六年，未尝有过，明习于事，敏而疾见，出公门，入私门。宜赐爵关内侯，引其兄弟以为诸曹。"又共为荐兴奏，曰："窃见长安令兴，幸得以知名数召见。兴事父母有曾氏之孝，事师有颜、闵之材，荣名闻于四方。明诏举茂材，列侯以为首。为长安令，吏民敬乡，道路皆称能。观其下笔属文，则董仲舒；进谈动辞，则东方生；置之争臣，则汲直；用之介胄，则冠军侯；施之治民，则赵广汉；抱公绝私，则尹翁归。兴兼此六人而有之，守道坚固，执义不回，临大节而不可夺，国之良臣也，可试守京兆尹。"

石显闻知，白之上。乃下兴、捐之狱，令皇后父阳平侯禁与显共杂治，奏"兴、捐之怀诈伪，以上语相风，更相荐誉，欲得大位，漏泄省中语，罔上不道。《书》曰：'谗说殄行，震惊朕师。'《王制》：'顺非而泽，不听而诛。'请论如法。"

捐之竟坐弃市。兴减死罪一等，髡钳为城旦。成帝时，至部刺史。

赞曰：《诗》称"戎狄是膺，荆舒是惩"，久矣其为诸夏患也。汉兴，征伐胡越，于是为盛。究观淮南、捐之、主父、严安之义，深切著明，故备论其语。世称公孙弘排主父，张汤陷严助，石显谮捐之，察其行迹，主父求欲鼎亨而得族，严、贾出入禁门招权利，死皆其所也，亦何排陷之恨哉！

卷六十五

东方朔传第三十五

东方朔，字曼倩，平原厌次人也。武帝初即位，征天下举方正贤良文学材力之士，待以不次之位，四方士多上书言得失，自衒鬻者以千数，其不足采者辄报闻罢。朔初来，上书曰："臣朔少失父母，长养兄嫂。年十三学书，三冬文史足用。十五学击剑。十六学《诗》、《书》，诵二十二万言。十九学孙、吴兵法，战阵之具，钲鼓之教，亦诵二十二万言。凡臣朔固已诵四十四万言。又常服子路之言。臣朔年二十二，长九尺三寸，目若悬珠，齿若编贝，勇若孟贲，捷若庆忌，廉若鲍叔，信若尾生。若此，可以为天子大臣矣。臣朔昧死再拜以闻。"

朔文辞不逊，高自称誉，上伟之，令待诏公车，奉禄薄，未得省见。

久之，朔绐驺朱儒，曰："上以若曹无益于县官，耕田力作固不及人，临众处官不能治民，从军击虏不任兵事，无益于国用，徒索衣食，今欲尽杀若曹。"朱儒大恐，啼泣。朔教曰："上即过，叩头请罪。"居有顷，闻上过，朱儒皆号泣顿首。上问："何为？"对曰："东方朔言上欲尽诛臣等。"上知朔多端，召问朔："何恐朱儒为？"对曰："臣朔生亦言，死亦言。朱儒长三尺余，奉一囊粟，钱二百四十。臣朔长九尺余，亦奉一囊粟，钱二百四十。朱儒饱欲死，臣朔饥欲死。臣言可用，幸异其礼；不可用，罢之，无令但索长安米。"上大笑，因使待诏金马门，稍得亲近。

上尝使诸数家射覆，置守宫盂下，射之，皆不能中。朔自赞曰："臣尝受《易》，请射之。"乃别蓍布卦而对曰："臣以为龙又无角，谓之为蛇；又有足，跂跂脉脉善缘壁，是非守宫即蜥蜴。"上曰："善。"赐帛十匹。复使射他物，连中，辄赐帛。

时，有幸倡郭舍人，滑稽不穷，常侍左右，曰："朔狂，幸中耳，非至数也。臣愿令朔复射，朔中之，臣榜百，不能中，臣赐帛。"乃覆树上寄生，令朔射之。朔曰："是窭薮也。"舍人曰："果知朔不能中也。"朔曰："生肉为脍，干肉为脯；著树为寄生，盆下为窭薮。"上令倡临榜舍人，舍人不胜痛，呼謈。朔笑之曰："咄！口无毛，声謷謷，尻益高。"舍人恚曰："朔擅诋欺天子从官，当弃市。"上问朔："何故诋之？"对曰："臣非敢诋之，乃与为隐耳。"上曰："隐云何？"朔曰："夫口无毛者，狗窦也；声謷謷者，鸟哺鷇也；尻益高者，鹤俯啄也。"舍人不服，因曰："臣愿复问朔隐语，不知，亦当榜。"即妄为谐语曰："令壶龃，老柏涂，伊优亚，狋吽牙。何谓也？"朔曰："令者，命也。壶者，所以盛也。龃者，齿不正也。老者，人所敬也。柏者，鬼之廷也。涂者，渐洳径也。伊优亚者，辞未定也。狋吽牙者，两犬争也。"舍人所问，朔应声辄对，变诈锋出，莫能穷者，左右大惊。上以朔为常侍郎，遂得爱幸。

久之，伏日，诏赐从官肉。大官丞日晏不来，朔独拔剑割肉，谓其同官曰："伏日当早归，请受赐。"即怀肉去。大官奏之。朔入，上曰："昨赐肉，不待诏，以剑割肉而去之，何也？"朔免冠谢。上曰："先生起，自责也！"朔再拜曰："朔来！朔来！

受赐不待诏，何无礼也！拔剑割肉，一何壮也！割之不多，又何廉也！归遗细君，又何仁也！”上笑曰：“使先生自责，乃反自誉！”复赐酒一石，肉百斤，归遗细君。

初，建元三年，微行始出，北至池阳，西至黄山，南猎长杨，东游宜春。微行常用饮酎已。八九月中，与侍中常侍武骑及待诏陇西北地良家子能骑射者期诸殿门，故有“期门”之号自此始。微行以夜漏下十刻乃出，常称平阳侯。旦明，入山下驰射鹿豕狐兔，手格熊罴，驰骛禾稼稻粳之地。民皆号呼骂詈，相聚会，自言鄠杜令。令往，欲谒平阳侯，诸骑欲击鞭之。令大怒，使吏呵止，猎者数骑见留，乃示乘舆物，久之乃得去。时夜出夕还，后赍五日粮，会朝长信宫，上大欢乐之。是后，南山下乃知微行数出也。然尚迫于太后，未敢远出，丞相御史知指，乃使右辅都尉徼循长杨以东，右内史发小民共待会所。后乃私置更衣，从宣曲以南十二所，中休更衣，投宿诸宫，长杨、五柞、倍阳、宣曲尤幸。于是上以为道远劳苦，又为百姓患，乃使太中大夫吾丘寿王与待诏能用算者二人，举籍阿城以南，盩厔以东，宜春以西，提封顷亩，及其贾直，欲除以为上林苑，属之南山。又诏中尉、左右内史表属县草田，欲以偿鄠杜之民。吾丘寿王奏事，上大说称善。时朔在傍，进谏曰：

> 臣闻谦逊静悫，天表之应，应之以福；骄溢靡丽，天表之应，应之以异。今陛下累郎台，恐其不高也；弋猎之处，恐其不广也。如天不为变，则三辅之地尽可以为苑，何必盩厔、鄠杜乎！奢侈越制，天为之变，上林虽小，臣尚以为大也。
>
> 夫南山，天下之阻也，南有江、淮，北有河、渭，其地从汧、陇以东，商、雒以西，厥壤肥饶。汉兴，去三河之地，止霸、产以西，都泾、渭之南，此所谓天下陆海之地，秦之所以虏西戎兼山东者也。其山出玉石，金、银、铜、铁，豫章、檀、柘，异类之物，不可胜原，此百工所取给，万民所卬足也。又有粳稻、梨、栗、桑、麻、竹箭之饶，土宜姜芋，水多蛙鱼，贫者得以人给家足，无饥寒之忧。故酆、镐之间号为土膏，其贾亩一金。今规以为苑，绝陂池水泽之利，而取民膏腴之地，上乏国家之用，下夺农桑之业，弃成功，就败事，损耗五谷，是其不可一也。且盛荆棘之林，而长养麋鹿，广狐兔之苑，大虎狼之虚，又坏人冢墓，发人室庐，令幼弱怀土而思，耆老泣涕而悲，是其不可二也。斥而营之，垣而囿之，骑驰东西，车骛南北，又有深沟大渠，夫一日之乐不足以危无堤之舆，是其不可三也。故务苑囿之大，不恤农时，非所以强国富人也。
>
> 夫殷作九市之宫而诸侯畔，灵王起章华之台而楚民散，秦兴阿房之殿而天下乱。粪土愚臣，忘生触死，逆盛意，犯隆指，罪当万死，不胜大愿，愿陈《泰阶六符》，以观天变，不可不省。

是日因奏《泰阶》之事，上乃拜朔为太中大夫、给事中，赐黄金百斤。然遂起上林苑，如寿王所奏云。

久之，隆虑公主子昭平君尚帝女夷安公主，隆虑主病困，以金千斤、钱千万为昭平君豫赎死罪，上许之。隆虑主卒，昭平君日骄，醉杀主傅，狱系内官。以公主子，廷尉上请请论。左右人人为言：“前又入赎，陛下许之。”上曰：“吾弟老有是一子，死以属我。”于是为之垂涕叹息良久，曰：“法令者，先帝所造也。用弟故而诬先帝之法，吾何面目入高庙乎！又下负万民。”乃可其奏，哀不能自止，左右尽悲。朔前上寿，曰：“臣闻圣王为政，赏不避仇雠，诛不择骨肉。《书》曰：‘不偏不党，王道荡荡。’此二者，五帝所重，三王所难也。陛下行之，是以四海之内元元之民各得其所，天下幸甚！

臣朔奉觞，昧死再拜上万岁寿。”上乃起，入省中，夕时召让朔，曰：“传曰‘时然后言，人不厌其言’。今先生上寿，时乎？”朔免冠顿首曰：“臣闻乐太盛则阳溢，哀太盛则阴陨，阴阳变则心气动，心气动则精神散，精神散而邪气及。销忧者莫若酒，臣朔所以上寿者，明陛下正而不阿，因以止哀也。愚不知忌讳，当死。”先是，朔尝醉入殿中，小遗殿上，劾不敬。有诏免为庶人，待诏宦者署，因此对复为中郎，赐帛百匹。

初，帝姑馆陶公主号窦太主，堂邑侯陈午尚之。午死，主寡居，年五十余矣，近幸董偃。始偃与母以卖珠为事，偃年十三，随母出入主家。左右言其姣好，主召见，曰：“吾为母养之。”因留第中，教书计相马御射，颇读传记。至年十八而冠，出则执辔，入则侍内。为人温柔爱人，以主故，诸公接之，名称城中，号曰董君。主因推令散财交士，令中府曰：“董君所发，一日金满百斤，钱满百万，帛满千匹，乃白之。”安陵爰叔者，爰盎兄子也，与偃善，谓偃曰：“足下私侍汉主，挟不测之罪，将欲安处乎？”偃惧曰：“忧之久矣，不知所以。”爰叔曰：“顾城庙远无宿宫，又有萩竹籍田，足下何不白主献长门园？此上所欲也。如是，上知计出于足下也，则安枕而卧，长无惨怛之忧。久之不然，上且请之，于足下何如？”偃顿首曰：“敬奉教。”入言之主，主立奏书献之。上大说，更名窦太主园为长门宫。主大喜，使偃以黄金百斤为爰叔寿。

叔因是为董君画求见上之策，令主称疾不朝。上往临疾，问所欲，主辞谢曰：“妾幸蒙陛下厚恩，先帝遗德，奉朝请之礼，备臣妾之仪，列为公主，赏赐邑入，隆天重地，死无以塞责。一日卒有不胜洒扫之职，先狗马填沟壑，窃有所恨，不胜大愿，愿陛下时忘万事，养精游神，从中掖庭回舆，枉路临妾山林，得献觞上寿，娱乐左右。如是而死，何恨之有！”上曰：“主何忧？幸得愈。恐群臣从官多，大为主费。”上还，有顷，主疾愈，起谒，上以钱千万从主饮。后数日，上临山林，主自执宰敝膝，道入登阶就坐。坐未定，上曰：“愿谒主人翁。”主乃下殿，去簪珥，徒跣顿首谢曰：“妾无状，负陛下，身当伏诛。陛下不致之法，顿首死罪。”有诏谢。主簪履起，之东厢自引董君。董君绿帻傅鞲，随主前，伏殿下。主乃赞：“馆陶公主胞人臣偃昧死再拜谒。”因叩头谢，上为之起。有诏赐衣冠上。偃起，走就衣冠。主自奉食进觞。当是时，董君见尊不名，称为“主人翁”，饮大欢乐。主乃请赐将军、列侯、从官金钱杂缯各有数。于是董君贵宠，天下莫不闻。郡国狗马蹴鞠剑客辐凑董氏。常从游戏北宫，驰逐平乐，观鸡鞠之会，角狗马之足，上大欢乐之。于是上为窦太主置酒宣室，使谒者引内董君。

是时，朔陛戟殿下，辟戟而前曰：“董偃有斩罪三，安得入乎？”上曰：“何谓也？”朔曰：“偃以人臣私侍公主，其罪一也。败男女之化，而乱婚姻之礼，伤王制，其罪二也。陛下富于春秋，方积思于《六经》，留神于王事，驰骛于唐、虞，折节于三代，偃不遵经劝学，反以靡丽为右，奢侈为务，尽狗马之乐，极耳目之欲，行邪枉之道，径淫辟之路，是乃国家之大贼，人主之大蜮。偃为淫首，其罪三也。昔伯姬燔而诸侯惮，奈何乎陛下？”上默然不应良久，曰：“吾业以设饮，后而自改。”朔曰：“不可。夫宣室者，先帝之正处也，非法度之政不得入焉。故淫乱之渐，其变为篡，是以竖貂为淫而易牙作患，庆父死而鲁国全，管、蔡诛而周室安。”上曰：“善。”有诏止，更置酒北宫，引董君从东司马门。东司马门更名东交门。赐朔黄金三十斤。董君之宠由是日衰，至年三十而终。后数岁，窦太主卒，与董君会葬于霸陵。是后，公主贵人多逾礼制，自董偃始。

时，天下侈靡趋末，百姓多离农亩。上从容问朔：“吾欲化民，岂有道乎？”朔对曰：“尧、舜、禹、汤、文、武、成、康上古之事，经历数千载，尚难言也，臣不敢陈。愿近述孝文皇帝之时，当世耆老皆闻见之。贵为天子，富有四海，身衣弋绨，足履革舄，以韦带剑，莞蒲为席，兵木无刃，衣缊无文，集上书囊以为殿帷；以道德为丽，以仁义为准。于是天下望风成俗，昭然化之。今陛下以城中为小，图起建章，左凤阙，右神明，号称千门万户；木土衣绮绣，狗马被缋缋；宫人簪玳瑁，垂珠玑；设戏车，教驰逐，饰文采，丛珍怪；撞万石之钟，击雷霆之鼓，作俳优，舞郑女。上为淫侈如此，而欲使民独不奢侈失农，事之难者也。陛下诚能用臣朔之计，推甲乙之帐燔之于四通之衢，却走马示不复用，则尧、舜之隆宜可与比治矣。《易》曰：'正其本，万事理；失之毫厘，差以千里。'愿陛下留意察之。"

朔虽诙笑，然时观察颜色，直言切谏，上常用之。自公卿在位，朔皆敖弄，无所为屈。

上以朔口谐辞给，好作问之。尝问朔曰："先生视朕何如主也？"朔对曰："自唐、虞之隆，成、康之际，未足以谕当世。臣伏观陛下功德，陈五帝之上，在三王之右。非若此而已，诚得天下贤士，公卿在位咸得其人矣。譬若以周、邵为丞相，孔丘为御史大夫，太公为将军，毕公高拾遗于后，弁严子为卫尉，皋陶为大理，后稷为司农，伊尹为少府，子赣使外国，颜、闵为博士，子夏为太常，益为右扶风，季路为执金吾，契为鸿胪，龙逢为宗正，伯夷为京兆，管仲为冯翊，鲁般为将作，仲山甫为光禄，申伯为太仆，延陵季子为水衡，百里奚为典属国，柳下惠为大长秋，史鱼为司直，蘧伯玉为太傅，孔父为詹事，孙叔敖为诸侯相，子产为郡守，王庆忌为期门，夏育为鼎官，羿为旄头，宋万为式道候。"上乃大笑。

是时，朝廷多贤材，上复问朔："方今公孙丞相、兒大夫、董仲舒、夏侯始昌、司马相如、吾丘寿王、主父偃、朱买臣、严助、汲黯、胶仓、终军、严安、徐乐、司马迁之伦，皆辩知闳达，溢于文辞，先生自视，何与比哉？"朔对曰："臣观其臿齿牙，树颊胲，吐唇吻，擢项颐，结股脚，连脽尻，遗蛇其迹，行步偊旅，臣朔虽不肖，尚兼此数子者。"朔之进对澹辞，皆此类也。

武帝既招英俊，程其器能，用之如不及。时方外事胡、越，内兴制度，国家多事，自公孙弘以下至司马迁，皆奉使方外，或为郡国守相至公卿，而朔尝至太中大夫，后常为郎，与枚皋、郭舍人俱在左右，诙啁而已。久之，朔上书陈农战强国之计，因自讼独不得大官，欲求试用。其言专商鞅、韩非之语也，指意放荡，颇复诙谐，辞数万言，终不见用。朔因著论，设客难己，用位卑以自慰谕。其辞曰：

客难东方朔曰："苏秦、张仪一当万乘之主，而都卿相之位，泽及后世。今子大夫修先王之术，慕圣人之义，讽诵《诗》、《书》、百家之言，不可胜数，著于竹帛，唇腐齿落，服膺而不释，好学乐道之效，明白甚矣；自以智能海内无双，则可谓博闻辩智矣。然悉力尽忠以事圣帝，旷日持久，官不过侍郎，位不过执戟，意者尚有遗行邪？同胞之徒无所容居，其故何也？"

东方先生喟然长息，仰而应之曰："是固非子之所能备也，彼一时也，此一时也，岂可同哉？夫苏秦、张仪之时，周室大坏，诸侯不朝，力政争权，相禽以兵，并为十二国，未有雌雄，得士者强，失士者亡，故谈说行焉。身处尊位，珍宝充内，外有廪仓，泽及后世，子孙长享。今则不然。圣帝流德，天下震慑，诸侯宾服，连四海之外以为带，安于覆盂，动犹运之掌，贤不肖何以异哉？遵天之道，顺地之理，物无不得其所；故绥之则安，动之则苦；尊之则为将，卑之则为虏；抗之则在青云之上，抑之则在深泉之下；用之则为虎，不用则为鼠；虽欲尽节效情，安知前后？夫天地之大，士民之众，竭精谈说，并进辐凑者不可胜数，悉力募之，困于衣食，或失门户。使苏秦、张仪与仆并生于今之世，曾不得掌故，安敢望常侍郎乎？故曰时异事异。

"虽然，安可以不务修身乎哉！《诗》云：'鼓钟于宫，声闻于外。''鹤鸣于九皋，声闻于天。’苟能修身，何患不荣！太公体行仁义，七十有二乃设用于文、武，得信厥说，封于齐，七百岁而不绝。此士所以日夜孳孳，敏行而不敢怠也。辟若鹡鸰，飞且鸣矣。传曰：‘天不为人之恶寒而辍其冬，地不为人之恶险而辍其广，君子不为小人之匈匈而易其行。’‘天有常度，地有常形，君子有常行；君子道其常，小人计其功。’《诗》云：‘礼义之不愆，何恤人之言？’故曰：‘水至清则无鱼，人至察则无徒。冕而前旒，所以蔽明；黈纩充耳，所以塞聪。’明有所不见，聪有所不闻，举大德，赦小过，无求备于一人之义也。枉而直之，使自得之；优而柔之，使自求之；揆而度之，使自索之。盖圣人教化如此，欲自得之；自得之，则敏且广矣。

“今世之处士，魁然无徒，廓然独居，上观许由，下察接舆，计同范蠡，忠合子胥，天下和平，与义相扶，寡耦少徒，固其宜也。子何疑于我哉？若夫燕之用乐毅，秦之任李斯，郦食其之下齐，说行如流，曲从如环，所欲必得，功若丘山，海内定，国家安，是遇其时也，子又何怪之邪？语曰‘以管窥天，以蠡测海，以莛撞钟’，岂能通其条贯，考其文理，发其音声哉！繇是观之，譬犹鼱鼩之袭狗，孤豚之咋虎，至则靡耳，何功之有？今以下愚而非处士，虽欲勿困，固不得已，此适足以明其不知权变而终或于大道也。”

又设非有先生之论，其辞曰：

非有先生仕于吴，进不称往古以厉主意，退不能扬君美以显其功，默然无言者三年矣。吴王怪而问之，曰：“寡人获先人之功，寄于众贤之上，夙兴夜寐，未尝敢怠也。今先生率然高举，远集吴地，将以辅治寡人，诚窃嘉之，体不安席，食不甘味，目不视靡曼之色，耳不听钟鼓之音，虚心定志欲闻流议者三年于兹矣。今先生进无以辅治，退不扬主誉，窃不为先生取之也。盖怀能而不见，是不忠也；见而不行，主不明也。意者寡人殆不明乎？”非有先生伏而唯唯。吴王曰：“可以谈矣，寡人将竦意而览焉。”先生曰：“於戏！可乎哉？可乎哉？谈何容易！夫谈有悖于目、拂于耳、谬于心而便于身者；或有说于目、顺于耳、快于心而毁于行者，非有明王圣主，孰能听之？”吴王曰：“何为其然也？‘中人已上可以语上也。’先生试言，寡人将听焉。”

先生对曰：“昔者关龙逢深谏于桀，而王子比干直言于纣，此二臣者，皆极虑尽忠，闵王泽不下流，而万民骚动，故直言其失，切谏其邪者，将以为君之荣，除主之祸也。今则不然，反以为诽谤君之行，无人臣之礼，果纷然伤于身，蒙不辜之名，戮及先人，为天下笑，故曰谈何容易！是以辅弼之臣瓦解，而邪谄之人并进，遂及蜚廉、恶来革等。二人皆诈伪，巧言利口以进其身，阴奉雕瑑刻镂之好以纳其心。务快耳目之欲，以苟容为度。遂往不戒，身没被戮，宗庙崩阤，国家为虚，放戮圣贤，亲近谗夫。《诗》不云乎？‘谗人罔极，交乱四国’，此之谓也。故卑身贱体，说色微辞，愉愉呴呴，终无益于主上之治，则志士仁人不忍为也。将俨然作矜严之色，深言直谏，上以拂主之邪，下以损百姓之害，则忤于邪主之心，历于衰世之法。故养寿命之士莫肯进也，遂居深山之间，积土为室，编蓬为户，弹琴其中，以咏先王之风，亦可以乐而忘死矣。是以伯夷、叔齐避周，饿于首阳之下，后世称其仁。如是，邪主之行固足畏也，故曰谈何容易！”

于是吴王惧然易容，捐荐去几，危坐而听。先生曰：“接舆避世，箕子被发阳狂，此二人者，皆避浊世以全其身者也。使遇明王圣主，得清燕之闲，宽和之色，发愤毕诚，图画安危，揆度得失，上以安主体，下以便万民，则五帝、三王之道可几而见也。故伊尹蒙耻辱、负鼎俎、和五味以干汤，太公钓于渭之阳以见文王。心合意同，谋无不成，计无不从，诚得其君也。深念远虑，引义以正其身，推恩以广其下，本仁祖义，褒有德，禄贤能，诛恶乱，总远方，一统类，美风俗，此帝王所由昌也。上不变天性，下不夺人伦，则天地和洽，远方怀之，故号圣王。臣子之职既加矣，于是裂地定封，爵为公侯，传国子孙，名显后世，民到于今称之，以遇汤与文王也。太公、伊尹以如此，龙逢、比干独如彼，岂不哀哉！故曰谈何容易！”

于是吴王穆然，俯而深惟，仰而泣下交颐，曰：“嗟乎！余国之不亡也，绵绵连连，殆哉，世之不绝也！”于是正明堂之朝，齐君臣之位，举贤材，布德惠，施仁义，赏有功；躬节俭，减后宫之费，损车马之用；放郑声，远佞人，省庖厨，去侈靡；卑宫馆，坏苑囿，填池堑，以予贫民无产业者；开内藏，振贫穷，存耆老，恤孤独；薄赋敛，省刑辟。行此三年，海内晏然，天下大洽，阴阳和调，万物咸得其宜；国无灾害之变，民无饥寒之色，家给人足，畜积有余，囹圄空虚；凤凰来集，麒麟在郊，甘露既降，朱草萌牙；远方异俗之人乡风慕义，各奉其职而来朝贺。故治乱之道，存亡之端，若此易见，而君人者莫肯为也，臣愚窃以为过。故《诗》云：“王国克生，惟周之桢，济济多士，文王以宁。”此之谓也。

朔之文辞，此二篇最善。其余有《封泰山》、《责和氏璧》及《皇太子生禖》、《屏风》、《殿上柏柱》、《平乐观赋猎》，八言、七言上下，《从公孙弘借车》，凡刘向所录朔书具是矣。世所传他事皆非也。

赞曰：刘向言少时数问长老贤人通于事及朔时者，皆曰朔口谐倡辩，不能持论，喜为庸人诵说，故令后世多传闻者。而杨雄亦以为朔言不纯师，行不纯德，其流风遗书蔑如也。然朔名过实者，以其诙达多端，不名一行，应谐似优，不穷似智，正谏似直，秽德似隐。非夷、齐而是柳下惠，戒其子以上容：“首阳为拙，柱下为工；饱食安步，以仕易农；依隐玩世，诡时不逢”。其滑稽之雄乎！朔之诙谐，逢占射覆，其事浮浅，行于众庶，童儿牧竖莫不眩耀。而后世好事者因取奇言怪语附着之朔，故详录焉。

卷六十六

公孙刘田王杨蔡陈郑传第三十六

公孙贺，字子叔，北地义渠人也。贺祖父昆邪，景帝时为陇西守，以将军击吴、楚有功，封平曲侯，著书十余篇。

贺少为骑士，从军数有功。自武帝为太子时，贺为舍人，及武帝即位，迁至太仆。贺夫人君孺，卫皇后姊也，贺由是有宠。元光中为轻车将军，军马邑。后四岁，出云中。后五岁，以车骑将军从大将军青出，有功，封南窌侯。后再以左将军出定襄，无功，坐酎金，失侯。复以浮沮将军出五原二千余里，无功。后八岁，遂代石庆为丞相，封葛绎侯。时朝廷多事，督责大臣。自公孙弘后，丞相李蔡、严青翟、赵周三人比坐事死。石庆虽以谨得终，然数被谴。初，贺引拜为丞相，不受印绶，顿首涕泣，曰："臣本边鄙，以鞍马骑射为官，材诚不任宰相。"上与左右见贺悲哀，感动下泣，曰："扶起丞相。"贺不肯起，上乃起去，贺不得已拜。出，左右问其故，贺曰："主上贤明，臣不足以称，恐负重责，从是殆矣。"

贺子敬声，代贺为太仆，父子并居公卿位。敬声以皇后姊子，骄奢不奉法，征和中擅用北军钱千九百万，发觉，下狱。是时，诏捕阳陵朱安世不能得，上求之急，贺自请逐捕安世以赎敬声罪。上许之。后果得安世。安世者，京师大侠也，闻贺欲以赎子，笑曰："丞相祸及宗矣。南山之竹不足受我辞，斜谷之木不足为我械。"安世遂从狱中上书，告敬声与阳石公主私通，及使人巫祭祠诅上，且上甘泉当驰道埋偶人，祝诅有恶言。下有司案验贺，穷治所犯，遂父子死狱中，家族。

巫蛊之祸起自朱安世，成于江充，遂及公主、皇后、太子，皆败。语在《江充》、《戾园传》。

刘屈氂，武帝庶兄中山靖王子也，不知其始所以进。

征和二年春，制诏御史："故丞相贺倚旧故乘高势而为邪，兴美田以利子弟宾客，不顾元元，无益边谷，货赂上流，朕忍之久矣。终不自革，乃以边为援，使内郡自省作车，又令耕者自转，以困农烦扰畜者，重马伤耗，武备衰减；下吏妄赋，百姓流亡；又诈为诏书，以奸传朱安世。狱已正于理。其以涿郡太守屈氂为左丞相，分丞相长史为两府，以待天下远方之选。夫亲亲任贤，周、唐之道也。以澎户二千二百封左丞相为澎侯。"

其秋，戾太子为江充所谮，杀充，发兵入丞相府，屈氂挺身逃，亡其印绶。是时，上避暑在甘泉宫，丞相长史乘疾置以闻。上问："丞相何为？"对曰："丞相秘之，未敢发兵。"上怒曰："事籍籍如此，何谓秘也？丞相无周公之风矣。周公不诛管、蔡乎？"乃赐丞相玺书曰："捕斩反者，自有赏罚。以牛车为橹，毋接短兵，多杀伤士众。坚闭城门，毋令反者得出。"

太子既诛充发兵，宣言帝在甘泉病困，疑有变，奸臣欲作乱。上于是从甘泉来，幸城西建章宫，诏发三辅近县兵，部中二千石以下，丞相兼将。太子亦遣使者挢制赦长安中都官囚徒，发武库兵，命少傅石德及宾客张光等分将，使长安囚如侯持节发长水及宣曲胡骑，皆以装会。侍郎莽通使长安，因追捕如侯，告胡人曰："节有诈，勿听也。"遂斩如侯，引骑入长安，又发辑濯士，以予大鸿胪商丘成。初，汉节纯赤，以太子持赤节，故更为黄旄加上以相别。太子召监北军使者任安发北军兵，安受节已，闭军门，不肯应太子。太子引兵去，驱四市人凡数万众，至长乐西阙下，逢丞相军，合战五日，死者数万人，血流入沟中。丞相附兵浸多，太子军败，南奔覆盎城门，得出。会夜司直田仁部闭城门，坐令太子得出，丞相欲斩仁。御史大夫暴胜之谓丞相曰："司直，吏二千石，当先请，奈何擅斩之？"丞相释仁。上闻而大怒，下吏责问御史大夫曰："司直纵反者，丞相斩之，法也，大夫何以擅止之？"胜之皇恐，自杀。及北军使者任安，坐受太子节，怀二心，司直田仁纵太子，皆要斩。上曰："侍郎莽通获反将如侯，长安男子景建从通获少傅石德，可谓元功矣。鸿胪商丘成力战获反将张光。其封通为重合侯，建为德侯，成为秺侯。"诸太子宾客，尝出入宫门，皆坐诛。其随太子发兵，以反法族。吏士劫略者，皆徙敦煌郡。以太子在外，始置屯兵长安诸城门。后二十余日，太子得于湖。语在《太子传》。

其明年，贰师将军李广利将兵出击匈奴，丞相为祖道，送至渭桥，与广利辞决。广利曰："愿君侯早请昌邑王为太子。如立为帝，君侯长何忧乎？"屈氂许诺。昌邑王者，贰师将军女弟李夫人子也。贰师女为屈氂子妻，故共欲立焉。是时，治巫蛊狱急，内者令郭穰告丞相夫人以丞相数有谴，使巫祠社，祝诅主上，有恶言，及与贰师共祷祠，欲令昌邑王为帝。有司奏请案验，罪至大逆不道。有诏载屈氂厨车以徇，要斩东市，妻子枭首华阳街。贰师将军妻子亦收。贰师闻之，降匈奴，宗族遂灭。

车千秋本姓田氏，其先齐诸田徙长陵。千秋为高寝郎。会卫太子为江充所谮败，久之，千秋上急变讼太子冤，曰："子弄父兵，罪当笞；天子之子过误杀人，当何罪哉！臣尝梦见一白头翁教臣言。"是时，上颇知太子惶恐无他意，乃大感寤，召见千秋。至前，千秋长八尺余，体貌甚丽，武帝见而说之，谓曰："父子之间，人所难言也，公独明其不然。此高庙神灵使公教我，公当遂为吾辅佐。"立拜千秋为大鸿胪。数月，遂代刘屈氂为丞相，封富民侯。千秋无他材能术学，又无伐阅功劳，特以一言寤意，旬月取宰相封侯，世未尝有也。后汉使者至匈奴，单于问曰："闻汉新拜丞相，何有得之？"使者曰："以上书言事故。"单于曰："苟如是，汉置丞相，非用贤也。妄一男子上书即得之矣。"使者还，道单于语。武帝以为辱命，欲下之吏。良久，乃贳之。

然千秋为人敦厚有智，居位自称，逾于前后数公。初，千秋始视事，见上连年治太子狱，诛罚尤多，群下恐惧，思欲宽广上意，慰安众庶。乃与御史、中二千石共上寿颂德美，劝上施恩惠，缓刑罚，玩听音乐，养志和神，为天下自虞乐。上报曰："朕之不德，自左丞相与贰师阴谋逆乱，巫蛊之祸流及士大夫。朕日一食者累月，乃何乐之听？痛士大夫常在心，既事不咎。虽然，巫蛊始发，诏丞相、御史督二千石求捕，廷尉治，未闻九卿、廷尉有所鞫也。曩者，江充先治甘泉宫人，转至未央椒房，以及敬声之畴、李禹之属谋入匈奴，有司无所发，今丞相亲掘兰台蛊验，所明知也。至今余巫颇脱不止，阴贼侵身，远近为蛊，朕愧之甚，何寿之有？敬不举君之觞！谨谢丞相、二千石各就馆。书曰：'毋偏毋党，王道荡荡。'毋有复言。"

后岁余，武帝疾，立皇子钩弋夫人男为太子，拜大将军霍光、车骑将军金日磾、御史大夫桑弘羊及丞相千秋，并受遗诏，辅道少主。武帝崩，昭帝初即位，未任听政，政事一决大将军光。千秋居丞相位，谨厚有重德。每公卿朝会，光谓千秋曰："始与君侯俱受先帝遗诏，今光治内，君侯治外，宜有以教督，使光毋负天下。"千秋曰："唯将军留意，即天下幸甚。"终不肯有所言。光以此重之。每有吉祥嘉应，数褒赏丞相。讫昭帝世，国家少事，百姓稍益充实。始元六年，诏郡国举贤良文学士，问以民所疾苦，于是盐铁之议起焉。

千秋为相十二年，薨，谥曰定侯。初，千秋年老，上优之，朝见，得乘小车入宫殿中，故因号曰"车丞相"。子顺嗣侯，官至云中太守，宣帝时以虎牙将军击匈奴，坐盗增卤获自杀，国除。

桑弘羊为御史大夫八年，自以为国家兴榷管之利，伐其功，欲为子弟得官，怨望霍光，与上官桀等谋反，遂诛灭。

王訢，济南人也。以郡县吏积功，稍迁为被阳令。武帝末，军旅数发，郡国盗贼群起，绣衣御史暴胜之使持斧逐捕盗贼，以军兴从事，诛二千石以下。胜之过被阳，欲斩訢，訢已解衣伏质，仰言曰："使君颛杀生之柄，威震郡国，今复斩一訢，不足以增威，不如时有所宽，以明恩贷，令尽死力。”胜之壮其言，贯不诛，因与䜣相结厚。

胜之使还，荐䜣，征为右辅都尉，守右扶风。上数出幸安定、北地，过扶风，宫馆驰道修治，供张办。武帝嘉之，驻车，拜䜣为真，视事十余年。昭帝时为御史大夫，代车千秋为丞相，封宜春侯。明年薨，谥曰敬侯。

子谭嗣，以列侯与谋废昌邑王立宣帝，益封三百户。薨，子咸嗣。王莽妻即咸女，莽篡位，宜春氏以外戚宠。自䜣传国至玄孙，莽败，乃绝。

杨敞，华阴人也。给事大将军莫府，为军司马，霍光爱厚之，稍迁至大司农。元凤中，稻田使者燕苍知上官桀等反谋，以告敞。敞素谨畏事，不敢言，乃移病卧。以告谏大夫杜延年，延年以闻。苍、延年皆封，敞以九卿不辄言，故不得侯。后迁御史大夫，代王䜣为丞相，封安平侯。

明年，昭帝崩。昌邑王征即位，淫乱，大将军光与车骑将军张安世谋欲废王更立。议既定，使大司农田延年报敞。敞惊惧，不知所言，汗出洽背，徒唯唯而已。延年起至更衣，敞夫人遽从东箱谓敞曰："此国大事，今大将军议已定，使九卿来报君侯。君侯不疾应，与大将军同心，犹与无决，先事诛矣。"延年从更衣还，敞、夫人与延年参语许诺，请奉大将军教令，遂共废昌邑王，立宣帝。宣帝即位月余，敞薨，谥曰敬侯。子忠嗣，以敞居位定策安宗庙，益封三千五百户。

忠弟恽，字子幼，以忠任为郎，补常侍骑。恽母，司马迁女也。恽始读外祖《太史公记》，颇为《春秋》。以材能称。好交英俊诸儒，名显朝廷，擢为左曹。霍氏谋反，恽先闻知，因侍中金安上以闻，召见言状。霍氏伏诛，恽等五人皆封，恽为平通侯，迁中郎将。

郎官故事，令郎出钱市财用，给文书，乃得出，名曰"山郎"。移病尽一日，辄偿一沐，或至岁余不得沐。其豪富郎，日出游戏，或行钱得善部。货赂流行，传相放效。恽为中郎将，罢山郎，移长度大司农，以给财用。其疾病休谒洗沐，皆以法令从事。郎、谒者有罪过，辄奏免，荐举其高弟有行能者，至郡守、九卿。郎官化之，莫不自厉，绝请谒货赂之端，令行禁止，宫殿之内翕然同声。由是擢为诸吏光禄勋，亲近用事。

初，恽受父财五百万，及身封侯，皆以分宗族。后母无子，财亦数百万，死皆予恽，恽尽复分后母昆弟。再受訾千余万，皆以分施。其轻财好义如此。

恽居殿中，廉洁无私，郎官称公平。然恽伐其行治，又性刻害，好发人阴伏，同位有忤己者，必欲害之，以其能高人。由是多怨于朝廷，与太仆戴长乐相失，卒以是败。

长乐者，宣帝在民间时与相知，及即位，拔擢亲近。长乐尝使行事肄宗庙，还谓掾史曰："我亲面见受诏，副帝肄，秺侯御。"人有上书告长乐非所宜言，事下廷尉。长乐疑恽教人告之，亦上书告恽罪：

> 高昌侯车奔入北掖门，恽语富平侯张延寿曰："闻前曾有奔车抵殿门，门关折，马死，而昭帝崩。今复如此，天时，非人力也。"左冯翊韩延寿有罪下狱，恽上书讼延寿。郎中丘常谓恽曰："闻君侯讼韩冯翊，当得活乎？"恽曰："事何容易！胫胫者未必全也。我不能自保，真人所谓鼠不容穴衔窭数者也。"又中书谒者令宣持单于使者语，视诸将军、中朝二千石。恽曰："冒顿单于得汉美食好物，谓之殠恶，单于不来明甚。"恽上观西阁上画人，指桀、纣画谓乐昌侯王武曰："天子过此，一二问其过，可以得师矣。"画人有尧、舜、禹、汤，不称而举桀、纣。恽闻匈奴降者道单于见杀，恽曰："得不肖君，大臣为画善计不用，自令身无处所。若秦时但任小臣，诛杀忠良，竟以灭亡；令亲任大臣，

即至今耳。古与今如一丘之貉。"恽妄引亡国以诽谤当世，无人臣礼。又语长乐曰："正月以来，天阴不雨，此《春秋》所记，夏侯君所言。行必不至河东矣。"以主上为戏语，尤悖逆绝理。

事下廷尉。廷尉定国考问，左验明白，奏：

恽不服罪，而召户将尊，欲令戒饬富平侯延寿，曰："太仆定有死罪数事，朝暮人也。恽幸与富平侯婚姻，今独三人坐语，侯言'时不闻恽语'，自与太仆相触也。"尊曰："不可。"恽怒，持大刀，曰："蒙富平侯力，得族罪！毋泄恽语，令太仆闻之乱余事。"恽幸得列九卿诸吏，宿卫近臣，上所信任，与闻政事，不竭忠爱，尽臣子义，而妄怨望，称引为妖恶言，大逆不道，请逮捕治。

上不忍加诛，有诏皆免恽、长乐为庶人。

恽既失爵位，家居治产业，起室宅，以财自娱。岁余，其友人安定太守西河孙会宗，知略士也，与恽书谏戒之，为言大臣废退，当阖门惶惧，为可怜之意，不当治产业，通宾客，有称誉。恽宰相子，少显朝廷，一朝以暗昧语言见废，内怀不服，报会宗书曰：

恽材朽行秽，文质无所底，幸赖先人余业得备宿卫，遭遇时变以获爵位，终非其任，卒与祸会。足下哀其愚，蒙赐书，教督以所不及，殷勤甚厚。然窃恨足下不深惟其终始，而猥随俗之毁誉也。言鄙陋之愚心，若逆指而文过，默而息乎，恐违孔氏"各言尔志"之义，故敢略陈其愚，唯君子察焉！

恽家方隆盛时，乘朱轮者十人，位在列卿，爵为通侯，总领从官，与闻政事，曾不能以此时有所建明，以宣德化，又不能与群僚同心并力，陪辅朝廷之遗忘，已负窃位素餐之责久矣。怀禄贪势，不能自退，遭遇变故，横被口语，身幽北阙，妻子满狱。当此之时，自以夷灭不足以塞责，岂意得全首领，复奉先人之丘墓乎？伏惟圣主之恩，不可胜量。君子游道，乐以忘忧；小人全躯，说以忘罪。窃自思念，过已大矣，行已亏矣，长为农夫以没世矣。是故身率妻子，戮力耕桑，灌园治产，以给公上，不意当复用此为讥议也。

夫人情所不能止者，圣人弗禁，故君父至尊亲，送其终也，有时而既。臣之得罪，已三年矣。田家作苦，岁时伏腊，亨羊炰羔，斗酒自劳。家本秦也，能为秦声。妇，赵女也，雅善鼓瑟。奴婢歌者数人，酒后耳热，仰天拊缶而呼乌乌。其诗曰："田彼南山，芜秽不治，种一顷豆，落而为萁。人生行乐耳，须富贵何时！"是日也，拂衣而喜，奋袖低卬，顿足起舞，诚淫荒无度，不知其不可也。恽幸有余禄，方籴贱贩贵，逐什一之利，此贾竖之事，污辱之处，恽亲行之。下流之人，众毁所归，不寒而栗。虽雅知恽者，犹随风而靡，尚何称誉之有！董生不云乎？"明明求仁义，常恐不能化民者，卿大夫意也；明明求财利，常恐困乏者，庶人之事也。"故"道不同，不相为谋。"今子尚安得以卿大夫之制而责仆哉！

夫西河魏土，文侯所兴，有段干木、田子方之遗风，漂然皆有节概，知去就之分。顷者，足下离旧土，临安定，安定山谷之间，昆戎旧壤，子弟贪鄙，岂习俗之移人哉？于今乃睹子之志矣。方当盛汉之隆，愿勉旃，毋多谈。

又恽兄子安平侯谭为典属国，谓恽曰："西河太守建平杜侯前以罪过出，今征为御史大夫。侯罪薄，又有功，且复用。"恽曰："有功何益？县官不足为尽力。"恽素与盖宽饶、韩延寿善，谭即曰："县官实然，盖司隶、韩冯翊皆尽力吏也，俱坐事诛。"会有日食变，驺马猥佐成上书告恽"骄奢不悔过，日食之咎，此人所致。"章下廷尉案验，得所予会宗书，宣帝见而恶之。廷尉当恽大逆无道，要斩。妻子徙酒泉郡。谭坐不谏正恽，与相应，有怨望语，免为庶人。召拜成为郎，诸在位与恽厚善者，未央卫尉韦玄成、京兆尹张敞及孙会宗等，皆免官。

蔡义，河内温人也。以明经给事大将军莫府。家贫，常步行，资礼不逮众门下，好事者相合为义买犊车，令乘之。数岁，迁补覆盎城门候。

久之，诏求能为《韩诗》者，征义待诏，久不进见。义上疏曰："臣山东草莱之人，行能亡所比，容貌不及众，然而不弃人伦者，窃以闻道于先师，自托于经术也。愿赐清闲之燕，得尽精思于前。"上召见义，说《诗》，甚说之，擢为光禄大夫、给事中，进授昭帝。数岁，拜为少府，迁御史大夫，代杨敞为丞相，封阳平侯。又以定策安宗庙益封，加赐黄金二百斤。

义为丞相时年八十余，短小无须眉，貌似老妪，行步俯偻，常两吏扶夹乃能行。时大将军光秉政，议者或言光置宰相不选贤，苟用可专制者。光闻之，谓侍中左右及官属曰："以为人主师当为宰相，何谓云云？此语不可使天下闻也。"

义为相四岁，薨，谥曰节侯。无子，国除。

陈万年，字幼公，沛郡相人也。为郡吏，察举，至县令，迁广陵太守，以高弟入为右扶风，迁太仆。

万年廉平，内行修，然善事人。赂遗外戚许、史，倾家自尽，尤事乐陵侯史高。丞相丙吉病，中二千石上谒问疾。遣家丞出谢，谢已皆去，万年独留，昏夜乃归。及吉病甚，上自临，问以大臣行能。吉荐于定国、杜延年及万年。万年竟代定国为御史大夫八岁，病卒。

子咸，字子康，年十八，以万年任为郎。有异材，抗直，数言事，刺讥近臣，书数十上，迁为左曹。万年尝病，召咸教戒于床下，语至夜半，咸睡，头触屏风。万年大怒，欲杖之，曰："乃公教戒汝，汝反睡，不听吾言，何也？"咸叩头谢曰："具晓所言，大要教咸谄也。"万年乃不复言。

万年死后，元帝擢咸为御史中丞，总领州郡奏事，课第诸刺史，内执法殿中，公卿以下皆敬惮之。是时，中书令石显用事颛权，咸颇言显短，显等恨之。时槐里令朱云残酷杀不辜，有司举奏，未下。咸素善云，云从刺候，教令上书自讼。于是石显微伺知之，白奏咸漏泄省中语，下狱掠治，减死，髡为城旦，因废。

成帝初即位，大将军王凤以咸前指言石显，有忠直节，奏请咸补长史。迁冀州刺史，奉使称意，征为谏大夫。复出为楚内史，北海、东郡太守。坐为京兆尹王章所荐，章诛，咸免官。起家复为南阳太守。所居以杀伐立威，豪猾吏及大姓犯法，辄论输府，以律程作司空，为地臼木杵，舂不中程，或私解脱钳釱，衣服不如法，辄加罪笞，督作剧，不胜痛，自绞死，岁数百千人，久者虫出腐烂，家不得收。其治放严延年，其廉不如。所居调发属县所出食物以自奉养，奢侈玉食。然操持掾史，郡中长吏皆令闭门自敛，不得逾法。公移敕书曰："即各欲求索自快，是一郡百太守也，何得然哉！"下吏畏之，豪强执服，令行禁止，然亦以此见废。咸，三公子，少显名于朝廷，而薛宣、朱博、翟方进、孔光等仕宦绝在咸后，皆以廉俭先至公卿，而咸滞于郡守。

时，车骑将军王音辅政，信用陈汤。咸数赂遗汤，予书曰："即蒙子公力，得入帝城，死不恨。"后竟征入为少府。少府多宝物，属官咸皆钩校，发其奸臧，没入辜榷财物。官属及诸中宫黄门、钩盾、掖庭官吏，举奏按论，畏咸，皆失气。为少府三岁，与翟方进有隙。方进为丞相，奏："咸前为郡守，所在残酷，毒螫加于吏民。主守盗，受所监。

而官媚邪臣陈汤以求荐举。苟得无耻，不宜处位。”咸坐免。顷之，红阳侯立举咸方正，为光禄大夫给事中，方进复奏免之。后数年，立有罪就国，方进奏归咸故郡，以忧死。

郑弘，字稚卿，泰山刚人也。兄昌，字次卿，亦好学，皆明经，通法律政事。次卿为太原、涿郡太守，弘为南阳太守，皆著治迹，条教法度，为后所述。次卿用刑罚深，不如弘平。迁淮阳相，以高第入为右扶风，京师称之。代韦玄成为御史大夫。六岁，坐与京房论议免，语在《房传》。

赞曰：所谓盐铁议者，起始元中，征文学贤良问以治乱，皆对愿罢郡国盐铁、酒榷均输，务本抑末，毋与天下争利，然后教化可兴。御史大夫弘羊以为此乃所以安边竟，制四夷，国家大业，不可废也。当时相诘难，颇有其议文。至宣帝时，汝南桓宽次公治《公羊春秋》，举为郎，至庐江太守丞，博通善属文，推衍盐铁之议，增广条目，极其论难，著数万言，亦欲以究治乱，成一家之法焉。其辞曰："观公卿贤良文学之议，'异乎吾所闻'。闻汝南朱生言，当此之时，英俊并进，贤良茂陵唐生、文学鲁国万生之徒六十有余人咸聚阙庭，舒六艺之风，陈治平之原，知者赞其虑，仁者明其施，勇者见其断，辩者骋其辞，龂龂焉，行行焉，虽未详备，斯可略观矣。中山刘子推言王道，挢当世，反诸正，彬彬然弘博君子也。九江祝生奋史鱼之节，发愤懑，讥公卿，介然直而不挠，可谓不畏强圉矣。桑大夫据当世，合时变，上权利之略，虽非正法，巨儒宿学不能自解，博物通达之士也。然摄公卿之柄，不师古始，放于末利，处非其位，行非其道，果陨其性，以及厥宗。车丞相履伊、吕之列，当轴处中，括囊不言，容身而去，彼哉！彼哉！若夫丞相、御史两府之士，不能正议以辅宰相，成同类，长同行，阿意苟合，以说其上，'斗筲之徒，何足选也！'"

卷六十七

杨胡朱梅云传第三十七

杨王孙者，孝武时人也。学黄、老之术，家业千金，厚自奉养生，亡所不致。及病且终，先令其子，曰："吾欲裸葬，以反吾真，必亡易吾意。死则为布囊盛尸，入地七尺，既下，从足引脱其囊，以身亲土。"其子欲默而不从，重废父命；欲从之，心又不忍，乃往见王孙友人祁侯。

祁侯与王孙书曰："王孙苦疾，仆迫从上祠雍，未得诣前。愿存精神，省思虑，进医药，厚自持。窃闻王孙先令裸葬，令死者亡知则已，若其有知，是戮尸地下，将裸见先人，窃为王孙不取也。且《孝经》曰'为之棺椁衣衾'，是亦圣人之遗制，何必区区独守所闻？愿王孙察焉。"

王孙报曰："盖闻古之圣王，缘人情不忍其亲，故为制礼，今则越之，吾是以裸葬，将以矫世也。夫厚葬诚亡益于死者，而俗人竞以相高，靡财单币，腐之地下。或乃今日入而明日发，此真与暴骸于中野何异！且夫死者，终生之化，而物之归者也。归者得至，化者得变，是物各反其真也。反真冥冥，亡形亡声，乃合道情。夫饰外以华众，厚葬以隔真，使归者不得至，化者不得变，是使物各失其所也。且吾闻之，精神者天之有也，形骸者地之有也。精神离形，各归其真，故谓之鬼，鬼之为言归也。其尸块然独处，岂有知哉？裹以币帛，隔以棺椁，支体络束，口含玉石，欲化不得，郁为枯腊，千载之后，棺椁朽腐，乃得归土，就其真宅。由是言之，焉用久客！昔帝尧之葬也，窾木为椟，葛藟为缄，其穿下不乱泉，上不泄殠。故圣王生易尚，死易葬也。不加功于亡用，不损财于亡谓。今费财厚葬，留归隔至，死者不知，生者不得，是谓重惑。於戏！吾不为也。"

祁侯曰："善。"遂裸葬。

胡建，字子孟，河东人也。孝武天汉中，守军正丞，贫亡车马，常步与走卒起居，所以尉荐走卒，甚得其心。时监军御史为奸，穿北军垒垣以为贾区，建欲诛之，乃约其走卒曰："我欲与公有所诛，吾言取之则取，斩之则斩。"于是当选士马日，监御史与护军诸校列坐堂皇上，建从走卒趋至堂皇下拜谒，因上堂皇，走卒皆上。建指监御史曰："取彼。"走卒前曳下堂皇。建曰："斩之。"遂斩御史。护军诸校皆愕惊，不知所以。建亦已有成奏在其怀中，遂上奏曰："臣闻军法，立武以威众，诛恶以禁邪。今监御史公穿军垣以求贾利，私买卖以与士市，不立刚毅之心，勇猛之节，亡以帅先士大夫，尤失理不公。用文吏议，不至重法。《黄帝李法》曰：'壁垒已定，穿窬不由路，是谓奸人，奸人者杀。'臣谨按军法曰：'正亡属将军，将军有罪以闻，二千石以下行法焉。'丞于用法疑，执事不诿上，臣谨以斩，昧死以闻。"制曰："《司马法》曰'国容不入军，军容不入国'，何文吏也？三王或誓于军中，欲民先成其虑也；或誓于军门之外，欲民先意以待事也；或将交刃而誓，致民志也。建又何疑焉？"建由是显名。

后为渭城令，治甚有声。值昭帝幼，皇后父上官将军安与帝姊盖主私夫丁外人相善。外人骄恣，怨故京兆尹樊福，使客射杀之。客臧公主庐，吏不敢捕。渭城令建将吏卒围捕。盖主闻之，与外人、上官将军多从奴客往，奔射追吏，吏散走。主使仆射劾渭城令游徼伤主家奴。建报亡它坐。盖主怒，使人上书告建侵辱长公主，射甲舍门。知吏贼伤奴，辟报故不穷审。大将军霍光寝其奏。后光病，上官氏代听事，下吏捕建。建自杀。吏民称冤，至今渭城立其祠。

朱云，字游，鲁人也，徙平陵。少时通轻侠，借客报仇。长八尺余，容貌甚壮，以勇力闻。年四十，乃变节从博士白子友受《易》，又事前将军萧望之受《论语》，皆能传其业。好倜傥大节，当世以是高之。

元帝时，琅邪贡禹为御史大夫，而华阴守丞嘉上封事，言"治道在于得贤，御史之官，宰相之副，九卿之右，不可不选。平陵朱云，兼资文武，忠正有智略，可使以六百石秩试守御史大夫，以尽其能。"上乃下其事问公卿。太子少傅匡衡对，以为"大臣者，国家之股肱，万姓所瞻仰，明王所慎择也。传曰下轻其上爵，贱人图柄臣，则国家摇动而民不静矣。今嘉从守丞而图大臣之位，欲以匹夫徒步之人而超九卿之右，非所以重国家而尊社稷也。自尧之用舜，文王于太公，犹试然后爵之，又况朱云者乎？云素好勇，数犯法亡命，受《易》颇有师道，其行义未有以异。今御史大夫禹洁白廉正，经术通明，有伯夷、史鱼之风，海内莫不闻知，而嘉猥称云，欲令为御史大夫，妄相称举，疑有奸心，渐不可长，宜下有司案验以明好恶。”嘉竟坐之。

是时，少府五鹿充宗贵幸，为《梁丘易》。自宣帝时善梁丘氏说，元帝好之，欲考其异同，令充宗与诸《易》家论。充宗乘贵辩口，诸儒莫能与抗，皆称疾不敢会。有荐云者，召入，摄斋登堂，抗首而请，音动左右。既论难，连拄五鹿君，故诸儒为之语曰："五鹿岳岳，朱云折其角。”由是为博士。

迁杜陵令，坐故纵亡命，会赦，举方正，为槐里令。时中书令石显用事，与充宗为党，百僚畏之。唯御史中丞陈咸年少抗节，不附显等，而与云相结。云数上疏，言丞相韦玄成容身保位，亡能往来，而咸数毁石显。久之，有司考云，疑风吏杀人。群臣朝见，上问丞相以云治行。丞相玄成言云暴虐亡状。时，陈咸在前，闻之，以语云。云上书自讼，咸为定奏草，求下御史中丞。事下丞相，丞相部吏考立其杀人罪。云亡入长安，复与咸计议。丞相具发其事，奏："咸宿卫执法之臣，幸得进见，漏泄所闻，以私语云，为定奏草，欲令自下治，后知云亡命罪人，而与交通，云以故不得。”上于是下咸、云狱，减死为城旦。咸、云遂废锢，终元帝世。

至成帝时，丞相故安昌侯张禹以帝师位特进，甚尊重。云上书求见，公卿在前。云曰："今朝廷大臣上不能匡主，下亡以益民，皆尸位素餐，孔子所谓'鄙夫不可与事君'，'苟患失之，亡所不至'者也。臣愿赐尚方斩马剑，断佞臣一人以厉其余。”上问："谁也？”对曰："安昌侯张禹。”上大怒，曰："小臣居下讪上，廷辱师傅，罪死不赦。”御史将云下，云攀殿槛，槛折。云呼曰："臣得下从龙逢、比干游于地下，足矣！未知圣朝何如耳？”御史遂将云去。于是左将军辛庆忌免冠解印绶，叩头殿下曰："此臣素著狂直于世。使其言是，不可诛；其言非，固当容之。臣敢以死争。”庆忌叩头流血。上意解，然后得已。及后当治槛，上曰："勿易！因而辑之，以旌直臣。”

云自是之后不复仕，常居鄠田，时出乘牛车从诸生，所过皆敬事焉。薛宣为丞相，云往见之。宣备宾主礼，因留云宿，从容谓云曰："在田野亡事，且留我东阁，可以观四方奇士。”云曰："小生乃欲相吏邪？”宣不敢复言。其教授，择诸生，然后为弟子。九江严望及望兄子元，字仲，能传云学，皆为博士。望至泰山太守。

云年七十余，终于家。病不呼医饮药。遗言以身服敛，棺周于身，土周于椁，为丈五坟，葬平陵东郭外。

梅福，字子真，九江寿春人也。少学长安，明《尚书》、《穀梁春秋》，为郡文学，补南昌尉。后去官归寿春，数因县道上言变事，求假轺传，诣行在所条对急政，辄报罢。

是时，成帝委任大将军王凤，凤专势擅朝，而京兆尹王章素忠直，讥刺凤，为凤所诛。王氏浸盛，灾异数见，郡下莫敢正言。福复上书曰：

> 臣闻箕子佯狂于殷，而为周陈《洪范》；叔孙通遁秦归汉，制作仪品。夫叔孙先非不忠也，箕子非疏其家而畔亲也，不可为言也。昔高祖纳善若不及，从谏若转圜，听言不求其能，举功不考其素。陈平起于亡命而为谋主，韩信拔于行陈而建上将。故天下之士云合归汉，争进奇异，知者竭其策，愚者尽其虑，勇士极其节，怯夫勉其死。合天下之知，并天下之威，是以举秦如鸿毛，取楚若拾遗，此高祖所以亡敌于天下也。孝文皇帝起于代谷，非有周、召之师，伊、吕之佐也，循高祖之法，加以恭俭。当此之时，天下几平。繇是言之，循高祖之法则治，不循则乱。何者？秦为亡道，削仲尼之迹，灭周公之轨，坏井田，除五等，礼废乐崩，王道不通，故欲行王道者莫能致其功也。孝武皇帝好忠谏，说至言，出爵不待廉茂，庆赐不须显功，是以天下布衣各厉志

竭精以赴阙廷自衒鬻者不可胜数。汉家得贤，于此为盛。使孝武皇帝听用其计，升平可致。于是积尸暴骨，快心胡、越，故淮南王安缘间而起。所以计虑不成而谋议泄者，以众贤聚于本朝，故其大臣势陵不敢和从也。方今布衣乃窥国家之隙，见间而起者，蜀郡是也。及山阳亡徒苏令之群，蹈藉名都大郡，求党与，索随和，而亡逃匿之意。此皆轻量大臣，亡所畏忌，国家之权轻，故匹夫欲与上争衡也。

士者，国之重器；得士则重，失士则轻。《诗》云："济济多士，文王以宁。"庙堂之议，非草茅所当言也。臣诚恐身涂野草，尸并卒伍，故数上书求见，辄报罢。臣闻齐桓之时有以九九见者，桓公不逆，欲以致大也。今臣所言非特九九也，陛下距臣者三矣，此天下士所以不至也。昔秦武王好力，任鄙叩关自鬻；缪公行伯，繇余归德。今欲致天下之士，民有上书求见者，辄使诣尚书问其所言，言可采取者，秩以升斗之禄，赐以一束之帛。若此，则天下之士发愤懑，吐忠言，嘉谋日闻于上，天下条贯，国家表里，烂然可睹矣。夫以四海之广，士民之数，能言之类至众多也。然其俊杰指世陈政，言成文章，质之先圣而不缪，施之当世合时务，若此者，亦亡几人。故爵禄束帛者，天下之底，高祖所以厉世摩钝也。孔子曰："工欲善其事，必先利其器。"至秦则不然，张诽谤之罔，以为汉驱除，倒持泰阿，授楚其柄，故诚能勿失其柄，天下虽有不顺，莫敢触其锋，此孝武皇帝所以辟地建功为汉世宗也。今不循伯者之道，乃欲以三代选举之法取当时之士，犹察伯乐之图，求骐骥于市，而不可得，亦已明矣。故高祖弃陈平之过而获其谋，晋文召天王，齐桓用其仇，亡益于时，不顾逆顺，此所谓伯道者也，一色成体谓之醇，白黑杂合谓之驳。欲以承平之法治暴秦之绪，犹以乡饮酒之礼理军市也。

今陛下既不纳天之言，又加戮焉。夫鸢鹊遭害，则仁鸟增逝；愚者蒙戮，则知士深退。间者愚民上疏，多触不急之法，或下廷尉，而死者众。自阳朔以来，天下以言为讳，朝廷尤甚，群臣皆承顺上指，莫有执正。何以明其然也？取民所上书，陛下之所善，试下之廷尉，廷尉必曰："非所宜言，大不敬。"以此卜之，一矣。故京兆尹王章资质忠直，敢面引廷争，孝元皇帝擢之，以厉具臣而矫曲朝。及至陛下，戮及妻子。且恶恶止其身，王章非有反畔之辜，而殃及家。折直士之节，结谏臣之舌，群臣皆知其非，然不敢争，天下以言为戒，最国家之大患也。愿陛下循高祖之轨，杜亡秦之路，数御《十月》之歌，留意《亡逸》之戒，除不急之法，下亡讳之诏，博览兼听，谋及疏贱，令深者不隐，远者不塞，所谓"辟四门，明四目"也。且不急之法，诽谤之微者也。"往者不可及，来者犹可追。"方今君命犯而主威夺，外戚之权日以益隆，陛下不见其形，愿察其景。建始以来，日食地震，以率言之，三倍春秋，水灾亡与比数。阴盛阳微，金铁为飞，此何景也！汉兴以来，社稷三危。吕、霍、上官皆母后之家也，亲亲之道，全之为右，当与之贤师良傅，教以忠孝之道。今乃尊宠其位，授以魁柄，使之骄逆，至于夷灭，此失亲亲之大者也。自霍光之贤，不能为子孙虑，故权臣易世则危。《书》曰："毋若火，始庸庸。"势陵于君，权隆于主，然后防之，亦亡及已。

上遂不纳。

成帝久亡继嗣，福以为宜建三统，封孔子之世以为殷后，复上书曰：

臣闻"不在其位，不谋其政"。政者职也，位卑而言高者罪也。越职触罪，危言世患，虽伏质横分，臣之愿也。守职不言，没齿身全，死之日，尸未腐而名灭，虽有景公之位，伏历千驷，臣不贪也。故愿一登文石之陛，涉赤墀之途，当户牖之法坐，尽平生之愚虑。亡益于时，有遗于世，此臣寝所以不安，食所以忘味也。愿陛下深省臣言。

臣闻存人所以自立也，壅人所以自塞也。善恶之报，各如其事。昔者秦灭二周，夷六国，隐士不显，逸民不举，绝三统，灭天道，是以身危子杀，厥孙不嗣，所谓壅人以自塞者也。故武王克殷，未下车，存五帝之后，封殷于宋，绍夏于杞，明著三统，示不独有也。是以姬姓半天下，迁庙之主，流出于户，所谓存人以自立者也。今成汤不祀，殷人亡后，陛下继嗣久微，殆为此也。《春秋经》曰："宋杀其大夫。"《穀梁传》曰："其不称名姓，以其在祖位，尊之也。"此言孔子故殷后也，虽不正统，封其子孙以为殷后，礼亦宜之。何者？诸侯夺宗，圣庶夺適。传曰"贤者子孙宜有土"，而况圣人，又殷之后哉！昔成王以诸侯礼葬周公，而皇天动威，雷风著灾。今仲尼之庙不出阙里，孔氏子孙不免编户，以圣人而歆匹夫之祀，非皇天之意也。今陛下诚能据仲尼之素功，以封其子孙，则国家必获其福，又陛下之名与天亡极。何者？追圣人素功，封其子孙，未有法也，后圣必以为则。不灭之名，可不勉哉！

福孤远，又讥切王氏，故终不见纳。

初，武帝时，始封周后姬嘉为周子南君，至元帝时，尊周子南君为周承休侯，位次诸侯王。使诸大夫博士求殷后，分散为十余姓，郡国往往得其大家，推求子孙，绝不能纪。时，匡衡议，以为"王者存二王后，所以尊其先王而通三统也。其犯诛绝之罪者绝，而更封他亲为始封君，上承其王者之始祖。《春秋》之义，诸侯不能守其社稷者绝。今宋国已不守其统而失国矣，则宜更立殷后为始封君，而上承汤统，非当继宋之绝侯也，宜明得殷后而已。今之故宋，推求其嫡，久远不可得；虽得其嫡，嫡之先已绝，不当得立。《礼记》孔子曰：'丘，殷人也。'先师所共传，宜以孔子世为汤后。"上以其语不经，遂见寝。至成帝时，梅福复言宜封孔子后以奉汤祀。绥和元年，立二王后，推迹古文，以《左氏》、《穀梁》、《世本》、《礼记》相明，遂下诏封孔子世为殷绍嘉公。语在《成纪》。是时，福居家，常以读书养性为事。

至元始中，王莽颛政，福一朝弃妻子，去九江，至今传以为仙。其后，人有见福于会稽者，变名姓，为吴市门卒云。

云敞，字幼孺，平陵人也。师事同县吴章，章治《尚书经》为博士。平帝以中山王即帝位，年幼，莽秉政，自号安汉公。以平帝为成帝后，不得顾私亲，帝母及外家卫氏皆留中山，不得至京师。莽长子宇，非莽隔绝卫氏，恐帝长大后见怨。宇与吴章谋，夜以血涂莽门，若鬼神之戒，冀以惧莽。章欲因对其咎。事发觉，莽杀宇，诛灭卫氏，谋所联及，死者百余人。章坐要斩，磔尸东市门。初，章为当世名儒，教授尤盛，弟子千余人，莽以为恶人党，皆当禁锢，不得仕宦。门人尽更名他师。敞时为大司徒掾，自劾吴章弟子，收抱章尸归，棺敛葬之，京师称焉。车骑将军王舜高其志节，比之栾布，表奏以为掾，荐为中郎谏大夫。莽篡位，王舜为太师，复荐敞可辅职。以病免。唐林言敞可典郡，擢为鲁郡大尹。更始时，安车征敞为御史大夫，复病免去，卒于家。

赞曰："昔仲尼称不得中行，则思狂狷。观杨王孙之志，贤于秦始皇远矣。世称朱云多过其实，故曰："盖有不知而作之者，我亡是也。"胡建临敌敢断，武昭于外。斩伐奸隙，军旅不队。梅福之辞。合于《大雅》，虽无老成，尚有典刑；殷监不远，夏后所闻。遂从所好，全性市门。云敞之义，著于吴章，为仁由己，再入大府，清则濯缨，何远之有？

卷六十八

霍光金日磾传第三十八

霍光，字子孟，票骑将军去病弟也。父中孺，河东平阳人也，以县吏给事平阳侯家，与侍者卫少兒私通而生去病。中孺吏毕归家，娶妇生光，因绝不相闻。久之，少兒女弟子夫得幸于武帝，立为皇后，去病以皇后姊子贵幸。既壮大，乃自知父为霍中孺，未及求问。会为票骑将军击匈奴，道出河东，河东太守郊迎，负弩矢先驱，至平阳传舍，遣吏迎霍中孺。中孺趋入拜谒，将军迎拜，因跪曰："去病不早自知为大人遗体也。"中孺扶服叩头，曰："老臣得托命将军，此天力也。"去病大为中孺买田宅、奴婢而去。还，复过焉，乃将光西至长安，时年十余岁，任光为郎，稍迁诸曹、侍中。去病死后，光为奉车都尉、光禄大夫，出则奉车，入侍左右，出入禁闼二十余年，小心谨慎，未尝有过，甚见亲信。

征和二年，卫太子为江充所败，而燕王旦、广陵王胥皆多过失。是时，上年老，宠姬钩弋赵倢伃有男，上心欲以为嗣，命大臣辅之。察群臣唯光任大重，可属社稷。上乃使黄门画者画周公负成王朝诸侯以赐光。后元二年春，上游五柞宫，病笃，光涕泣问曰："如有不讳，谁当嗣者？"上曰："君未谕前画意邪？立少子，君行周公之事。"光顿首让曰："臣不如金日磾。"日磾亦曰："臣外国人，不如光。"上以光为大司马大将军，日磾为车骑将军，及太仆上官桀为左将军，搜粟都尉桑弘羊为御史大夫，皆拜卧内床下，受遗诏辅少主。明日，武帝崩，太子袭尊号，是为孝昭皇帝。帝年八岁，政事一决于光。

先是，后元年，侍中仆射莽何罗与弟重合侯通谋为逆，时，光与金日磾、上官桀等共诛之，功未录。武帝病，封玺书曰："帝崩发书以从事。"遗诏封金日磾为秺侯，上官桀为安阳侯，光为博陆侯，皆以前捕反者功封。时，卫尉王莽子男忽侍中，扬语曰："帝崩，忽常在左右，安得遗诏封三子事！群儿自相贵耳。"光闻之，切让王莽，莽鸩杀忽。

光为人沉静详审，长才七尺三寸，白皙，疏眉目，美须髯。每出入下殿门，止进有常处，郎仆射窃识视之，不失尺寸，其资性端正如此。初辅幼主，政自己出，天下想闻其风采。殿中尝有怪，一夜群臣相惊，光召尚符玺郎，郎不肯授光。光欲夺之，郎按剑曰："臣头可得，玺不可得也！"光甚谊之。明日，诏增此郎秩二等。众庶莫不多光。

光与左将军桀结婚相亲，光长女为桀子安妻。有女年与帝相配，桀因帝姊鄂邑盖主内安女后宫为倢伃，数月立为皇后。父安为票骑将军，封桑乐侯。光时休沐出，桀辄入代光决事。桀父子既尊盛，而德长公主。公主内行不修，近幸河间丁外人。桀、安欲为外人求封，幸依国家故事以列侯尚公主者，光不许。又为外人求光禄大夫，欲令得召见，又不许。长主大以是怨光。而桀、安数为外人求官爵弗能得，亦惭。自先帝时，桀已为九卿，位在光右。及父子并为将军，有椒房中宫之重，皇后亲安女，光乃其外祖，面顾专制朝事，繇是与光争权。

燕王旦自以昭帝兄，常怀怨望。及御史大夫桑弘羊建造酒榷、盐铁，为国兴利，伐其功，欲为子弟得官，亦怨恨光。于是盖主、上官桀、安及弘羊皆与燕王旦通谋，诈令人为燕王上书，言："光出都肄郎羽林，道上称跸，太官先置。"又引苏武前使匈奴，拘留二十年不降，还乃为典属国，而大将军长史敞亡功为搜粟都尉。又擅调益莫府校尉。光专权自恣，疑有非常。臣旦愿归符玺，入宿卫，察奸臣变。"候司光出沐日奏之。桀欲从中下其事，桑弘羊当与诸大臣共执退光。书奏，帝不肯下。

明旦，光闻之，止画室中不入。上问："大将军安在？"左将军桀对曰："以燕王告其罪，故不敢入。"有诏召大将军。光入，免冠顿首谢，上曰："将军冠。朕知是书诈也，将军亡罪。"光曰："陛下何以知之？"上曰："将军之广明，都郎属耳。调校尉以来未能十日，燕王何以得知之？且将军为非，不须校尉。"是时，帝年十四，尚书左右皆惊，而上书者果亡，捕之甚急。桀等惧，白上小事不足遂，上不听。

后桀党有谮光者，上辄怒曰："大将军忠臣，先帝所属以辅朕身，敢有毁者坐之。"自是桀等不敢复言，乃谋令长公主置酒请光，伏兵格杀之，因废帝，迎立燕王为天子。事发觉，光尽诛桀、安、弘羊、外人宗族。燕王、盖主皆自杀。光威震海内。昭帝既冠，遂委任光，讫十三年，百姓充实，四夷宾服。

元平元年，昭帝崩，亡嗣。武帝六男独有广陵王胥在，群臣议所立，咸持广陵王。王本以行失道，先帝所不用。光内不自安。郎有上书言："周太王废太伯立王季，文王舍伯邑考立武王，唯在所宜，虽废长立少可也。广陵王不可以承宗庙。"言合光意。光以其书视丞相敞等，擢郎为九江太守，即日承皇太后诏，遣行大鸿胪事少府乐成、宗正德、光禄大夫吉、中郎将利汉迎昌邑王贺。

贺者，武帝孙，昌邑哀王子也。既至，即位，行淫乱。光忧懑，独以问所亲故吏大司农田延年。延年曰："将军为国柱石，审此人不可，何不建白太后，更选贤而立之？"光曰："今欲如是，于古尝有此不？"延年曰："伊尹相殷，废太甲以安宗庙，后世称其忠。将军若能行此，亦汉之伊尹也。"光乃引延年给事中，阴与车骑将军张安世图计，遂召丞相、御史、将军、列侯、中二千石、大夫、博士会议未央宫。光曰："昌邑王行昏乱，恐危社稷，如何？"群臣皆惊鄂失色，莫敢发言，但唯唯而已。田延年前，离席按剑，曰："先帝属将军以幼孤，寄将军以天下，以将军忠贤能安刘氏也。今群下鼎沸，社稷将倾，且汉之传谥常为孝者，以长有天下，令宗庙血食也。如令汉家绝祀，将军虽死，何面目见先帝于地下乎？今日之议，不得旋踵。群臣后应者，臣请剑斩之。"光谢曰："九卿责光是也。天下匈匈不安，光当受难。"于是议者皆叩头，曰："万姓之命在于将军，唯大将军令。"

光即与群臣俱见白太后，具陈昌邑王不可以承宗庙状。皇太后乃车驾幸未央承明殿，诏诸禁门毋内昌邑群臣。王入朝太后还，乘辇欲归温室，中黄门宦者各持门扇，王入，门闭，昌邑群臣不得入。王曰："何为？"大将军跪曰："有皇太后诏，毋内昌邑群臣。"王曰："徐之，何乃惊人如是！"光使尽驱出昌邑群臣，置金马门外。车骑将军安世将羽林骑收缚二百余人，皆送廷尉诏狱。令故昭帝侍中中臣侍守王。光敕左右："谨宿卫，卒有物故自裁，令我负天下，有杀主名。"王尚未自知当废，谓左右："我故群臣从官安得罪，而大将军尽系之乎？"顷之，有太后诏召王，王闻召，意恐，乃曰："我安得罪而召我哉！"太后被珠襦，盛服坐武帐中，侍御数百人皆持兵，期门武士陛戟，陈列殿下。群臣以次上殿，召昌邑王伏前听诏。光与群臣连名奏王，尚书令读奏曰：

丞相臣敞、大司马大将军臣光、车骑将军臣安世、度辽将军臣明友、前将军臣增、后将军臣充国、御史大夫臣谊、宜春侯臣谭、当涂侯臣圣、随桃侯臣昌乐、杜侯臣屠耆堂、太仆臣延年、太常臣昌、大司农臣延年、宗正臣德、少府臣乐成、廷尉臣光、执金吾臣延寿、大鸿胪臣贤、左冯翊臣广明、右扶风臣德、长信少府臣嘉、典属国臣武、京辅都尉臣广汉、司隶校尉臣辟兵、诸吏文学光禄大夫臣迁、臣畸、臣吉、臣赐、臣管、臣胜、臣梁、臣长幸、臣夏侯胜、太中大夫臣德、臣卬，昧死言皇太后陛下：臣敞等顿首死罪。天子所以永保宗庙总一海内者，以慈孝、礼谊、赏罚为本。孝昭皇帝早弃天下，亡嗣，臣敞等议，礼曰："为人后者为之子也"，昌邑王宜嗣后，遣宗正、大鸿胪、光禄大夫奉节使征昌邑王典丧。服斩缞，亡悲哀之心，废礼谊，居道上不素食，使从官略女子载衣车，内所居传舍。始至谒见，立为皇太子，常私买鸡豚以食。受皇帝信玺、行玺大行前，就次发玺不封。从官更持节，引内昌邑从官驺宰官奴二百余人，常与居禁闼内敖戏。自之符玺取节十六，朝暮临，令从官更持节从。为书曰："皇帝问侍中君卿：使中御府令高昌奉黄金千斤，赐君卿取十妻。"大行在前殿，发乐府乐器，引内昌邑乐人，击鼓歌吹作俳倡。会下还，上前殿，击钟磬，召内泰壹宗庙乐人辇道牟首，鼓吹歌舞，悉奏众乐。发长安厨三太牢修养祠阁室中，祀已，与从官饮啖。驾法驾，皮轩鸾旗，驱驰北宫、桂宫，弄彘斗虎。召皇太后御小马车，使官奴骑乘，游戏掖庭中。与孝昭皇帝宫人蒙等淫乱，诏掖庭令敢泄言要斩。

太后曰："止！为人臣子当悖乱如是邪！"王离席伏。尚书令复读曰：

取诸侯王、列侯、二千石绶及墨绶、黄绶以并佩昌邑郎官者免奴。变易节上黄旄以赤。发御府金钱、刀剑、玉器、采缯，赏赐所与游戏者。与从官官奴夜饮，湛沔于酒。诏太官上乘舆食如故。食监奏示释服未可御故食，复诏太官趣具，无关食监。太官不敢具，即使从官出买鸡豚，诏殿门内，以为常。独夜设九宾温室，延见姊夫昌邑关内侯。祖宗庙祠未举，为玺书使使者持节，以三太牢祠昌邑哀王园庙，称嗣子皇帝。受玺以来二十七日，使者旁午，持节诏诸官署征发，凡一千一百二十七事。文学、光禄大夫夏侯胜等及侍中傅嘉数进谏以过失，使人簿责胜，缚嘉系狱。荒淫迷惑，失帝王礼谊，乱汉制度。臣敞等数进谏，不变更，日以益甚，恐危社稷，天下不安。

臣敞等谨与博士臣霸、臣隽舍、臣德、臣虞舍、臣射、臣仓议，皆曰："高皇帝建功业为汉太祖，孝文皇帝慈仁节俭为太宗，今陛下嗣孝昭皇帝后，行淫辟不轨。《诗》云：'籍曰未知，亦既抱子。'五辟之属，莫大不孝。周襄王不能事母，《春秋》曰'天王出居于郑'，繇不孝出之，绝之于天下也。宗庙重于君，陛下未见命高庙，不可以承天序，奉祖宗庙，子万姓，当废。"臣请有司御史大夫臣谊、宗正臣德、太常臣昌与太祝以一太牢具，告祠高庙。臣敞等昧死以闻。

皇太后诏曰："可。"光令王起拜受诏，王曰："闻天子有争臣七人，虽无道不失天下。"光曰："皇太后诏废，安得天子！"乃即持其手，解脱其玺组，奉上太后，扶王下殿，出金马门，群臣随送。王西面拜，曰："愚戆不任汉事。"起就乘舆副车。大将军光送至昌邑邸，光谢曰："王行自绝于天，臣等驽怯，不能杀身报德。臣宁负王，不敢负社稷。愿王自爱，臣长不复见左右。"光涕泣而去。群臣奏言："古者废放之人屏于远方，不及以政，请徙王贺汉中房陵县。"太后诏归贺昌邑，赐汤沐邑二千户。昌邑群臣坐亡辅导之谊，陷王于恶，光悉诛杀二百余人。出死，号呼市中曰："当断不断，反受其乱。"

光坐庭中，会丞相以下议定所立。广陵王已前不用，及燕剌王反诛，其子不在议中。近亲唯有卫太子孙号皇曾孙在民间，咸称述焉。光遂复与丞相敞等上奏曰：“《礼》曰：‘人道亲亲故尊祖，尊祖故敬宗。’太宗亡嗣，择支子孙贤者为嗣。孝武皇帝曾孙病已，武帝时有诏掖庭养视，至今年十八，师受《诗》、《伦语》、《孝经》，躬行节俭，慈仁爱人，可以嗣孝昭皇帝后，奉承祖宗庙，子万姓。臣昧死以闻。”皇太后诏曰：“可。”光遣宗正刘德至曾孙家尚冠里，洗沐赐御衣，太仆以軨猎车迎曾孙就斋宗正府，入未央宫见皇太后，封为阳武侯。已而光奉上皇帝玺绶，谒于高庙，是为孝宣皇帝。明年，下诏曰：“夫褒有德，赏元功，古今通谊也。大司马、大将军光宿卫忠正，宣德明恩，守节秉谊，以安宗庙。其以河北、东武阳益封光万七千户。”与故所食凡二万户。赏赐前后黄金七千斤，钱六千万，杂缯三万匹，奴婢百七十人，马二千匹，甲第一区。

自昭帝时，光子禹及兄孙云皆中郎将，云弟山奉车都尉、侍中，领胡、越兵。光两女婿为东西宫卫尉，昆弟诸婿外孙皆奉朝请，为诸曹大夫、骑都尉，给事中。党亲连体，根据于朝廷。光自后元秉持万机，及上即位，及归政。上谦让不受，诸事皆先关白光，然后奏御天子。光每朝见，上虚己敛容，礼下之已甚。光秉政前后二十年，地节二年春病笃，车驾自临问光病，上为之涕泣。光上书谢恩曰：“愿分国邑三千户，以封兄孙奉车都尉山为列侯，奉兄票骑将军去病祀。”事下丞相、御史，即日拜光子禹为右将军。

光薨，上及皇太后亲临光丧。太中大夫任宣与侍御史五人持节护丧事。中二千石治莫府冢上。赐金钱、缯絮，绣被百领，衣五十箧，璧珠玑玉衣，梓宫、便房、黄肠题凑各一具，枞木外臧椁十五具。东园温明，皆如乘舆制度。载光尸柩以輼輬车，黄屋左纛，发材官轻车北军五校士军陈至茂陵，以送其葬。谥曰宣成侯。发三河卒穿复土，起冢祠堂，置园邑三百家，长丞奉守如旧法。

既葬，封山为乐平侯，以奉车都尉领尚书事。天子思光功德，下诏曰：“故大司马、大将军、博陆侯宿卫孝武皇帝三十有余年，辅孝昭皇帝十有余年，遭大难，躬秉谊，率三公、九卿、大夫定万世册，以安社稷，天下蒸庶咸以康宁。功德茂盛，朕甚嘉之。复其后世，畴其爵邑，世世无有所与，功如萧相国。”明年夏，封太子外祖父许广汉为平恩侯。复下诏曰：“宣成侯光宿卫忠正，勤劳国家，善善及后世，其封光兄孙中郎将云为冠阳侯。”

禹既嗣为博陆侯，太夫人显改光时所自造茔制而侈大起。起三出阙，筑神道，北临昭灵，南出承恩，盛饰祠室，辇阁通属永巷，而幽良人婢妾守之。广治第室，作乘舆辇，加画绣茵冯，黄金涂，韦絮荐轮，侍婢以五采丝挽显，游戏第中。初，光爱幸监奴冯子都，常与计事，及显寡居，与子都乱。而禹、山亦并缮治第宅，走马驰逐平乐馆。云当朝请，数称病私出，多从宾客，张围猎黄山苑中，使苍头奴上朝谒，莫敢谴者。而显及诸女，昼夜出入长信宫殿中，亡期度。

宣帝自在民间闻知霍氏尊盛日久，内不能善。光薨，上始躬亲朝政，御史大夫魏相给事中。显谓禹、云、山：“女曹不务奉大将军余业，今大夫给事中，他人一间，女能复自救邪？”后两家奴争道，霍氏奴入御史府，欲蹋大夫门，御史为叩头谢，乃去。人以谓霍氏，显等始知忧。会魏大夫为丞相，数燕见言事。平恩侯与侍中金安上等径出入省中。时，霍山自若领尚书，上令吏民得奏封事，不关尚书，群臣进见独往来，于是霍氏甚恶之。

宣帝始立，立微时许妃为皇后。显爱小女成君，欲贵之，私使乳医淳于衍行毒药杀许后，因劝光内成君，代立为后，语在《外戚传》。始，许后暴崩，吏捕诸医，劾衍侍疾亡状不道，下狱。吏簿问急，显恐事败，即具以实语光。光大惊，欲自发举，不忍，犹与。会奏上，因署衍勿论。光薨后，语稍泄。于是上始闻之而未察，乃徙光女婿度辽将军、未央卫尉、平陵侯范明友为光禄勋，次婿诸吏中郎将、羽林监任胜出为安定太守。数月，复出光姊婿给事中光禄大夫张朔为蜀郡太守，群孙婿中郎将王汉为武威太守。顷之，复徙光长女婿长乐卫尉邓广汉为少府。更以禹为大司马，冠小冠，亡印绶，罢其右将军屯兵官属，特使禹官名与光俱大司马者。又收范明友度辽将军印绶，但为光禄勋。及光中女婿赵平为散骑、骑都尉、光禄大夫将屯兵，又收平骑都尉印绶。诸领胡越骑、羽林及两宫卫将屯兵，悉易以所亲信许、史子弟代之。

禹为大司马，称病。禹故长史任宣候问，禹曰："我何病？县官非我家将军不得至是，今将军坟墓未干，尽外我家，反任许、史，夺我印绶，令人不省死。"宣见禹恨望深，乃谓曰："大将军时何可复行！持国权柄，杀生在手中。廷尉李种、王平、左冯翊贾胜胡及车丞相女婿少府徐仁皆坐逆将军意下狱死。使乐成小家子得幸将军，至九卿封侯。百官以下但事冯子都、王子方等，视丞相亡如也。各自有时，今许、史自天子骨肉，贵正宜耳。大司马欲用是怨恨，愚以为不可。"禹默然。数日，起视事。

显及禹、山、云自见日侵削，数相对啼泣，自怨。山曰："今丞相用事，县官信之，尽变易大将军时法令，以公田赋与贫民，发扬大将军过失。又诸儒生多窭人子，远客饥寒，喜亡说狂言，不避忌讳，大将军常仇之，今陛下好与诸儒生语，人人自使书对事，多言我家者。尝有上书言大将军时主弱臣强，专制擅权，今其子孙用事，昆弟益骄恣，恐危宗庙，灾异数见，尽为是也。其言绝痛，山屏不奏其书。后上书者益黠，尽奏封事，辄下中书令出取之，不关尚书，益不信人。"显曰："丞相数言我家，独无罪乎？"山曰："丞相廉正，安得罪？我家昆弟诸婿多不谨。又闻民间讙言霍氏毒杀许皇后。宁有是邪？"显恐急，即具以实告山、云、禹。山、云、禹惊曰："如是，何不早告禹等！县官离散斥逐诸婿，用是故也。此大事，诛罚不小，奈何？"于是始有邪谋矣。

初，赵平客石夏善为天官，语平曰："荧惑守御星，御星，太仆奉车都尉也。不黜则死。"平内忧山等。云舅李竟所善张赦见云家卒卒，谓竟曰："今丞相与平恩侯用事，可令太夫人言太后，先诛此两人。移徙陛下，在太后耳。"长安男子张章告之，事下廷尉。执金吾捕张赦、石夏等，后有诏止勿捕。山等愈恐，相谓曰："此县官重太后，故不竟也。然恶端已见，又有弑许后事，陛下虽宽仁，恐左右不听，久之犹发，发即族矣，不如先也。"遂令诸女各归报其夫，皆曰："安所相避？"

会李竟坐与诸侯王交通，辞语及霍氏，有诏云、山不宜宿卫，免，就第。光诸女遇太后无礼，冯子都数犯法，上并以为让，山、禹等甚恐。显梦第中井水溢流庭下，灶居树上，又梦大将军谓显曰："知捕儿不？亟下捕之。"第中鼠暴多，与人相触，以尾画地。鸮数鸣殿前树上。第门自坏。云尚冠里宅中门亦坏。巷端人共见有人居云屋上，彻瓦投地，就视，亡有，大怪之。禹梦车骑声正讙来捕禹，举家忧愁。山曰："丞相擅减宗庙羔、菟、蛙，可以此罪也。"谋令太后为博平君置酒，召丞相、平恩侯以下，使范明友、邓广汉承太后制引斩之，因废天子而立禹。约定未发，云拜为玄菟太守，太中大夫任宣为代郡太守。山又坐写秘书，显为上书献城西第，入马千匹，以赎山罪。书报闻，会事发觉，云、山、明友自杀，显、禹、广汉等捕得。禹要斩，显及诸女昆弟皆弃市。唯独霍后废处昭台宫，与霍氏相连坐诛灭者数千家。

上乃下诏曰："乃者东织室令史张赦使魏郡豪李竟报冠阳侯云谋为大逆，朕以大将军故，抑而不扬，冀其自新。今大司马博陆侯禹与母宣成侯夫人显及从昆弟子冠阳侯云、乐平侯山诸姊妹婿谋为大逆，欲诖误百姓。赖宗庙神灵，先发得，咸伏其辜，朕甚悼之。诸为霍氏所诖误，事在丙申前，未发觉在吏者，皆赦除之。男子张章先发觉，以语期门董忠，忠告左曹杨恽，恽告侍中金安上。恽召见对状，后章上书以闻。侍中史高与金安上建发其事，言无入霍氏禁闼，卒不得遂其谋，皆雠有功。封章为博成侯，忠高昌侯，恽平通侯，安上都成侯，高乐陵侯。”

初，霍氏奢侈，茂陵徐生曰：“霍氏必亡。夫奢则不逊，不逊必侮上。侮上者，逆道也。在人之右，众必害之。霍氏秉权日久，害之者多矣。天下害之，而又行逆道，不亡何待！”乃上疏言：“霍氏泰盛，陛下即爱厚之，宜以时抑制，无使至亡。”书三上，辄报闻。其后霍氏诛灭，而告霍氏者皆封。人为徐生上书曰：“臣闻客有过主人者，见其灶直突，傍有积薪，客谓主人，更为曲突，远徙其薪，不者且有火患。主人嘿然不应。俄而家果失火，邻里共救之，幸而得息。于是杀牛置酒，谢其邻人，灼烂者在于上行，余各以功次坐，而不录言曲突者。人谓主人曰：‘乡使听客之言，不费牛、酒，终亡火患。今论功而请宾，曲突徙薪亡恩泽，焦头烂额为上客耶？’主人乃寤而请之。今茂陵徐福数上书言霍氏且有变，宜防绝之。乡使福说得行，则国亡裂土出爵之费，臣亡逆乱诛灭之败。往事既已，而福独不蒙其功，唯陛下察之，贵徙薪曲突之策，使居焦发灼烂之右。”上乃赐福帛十匹，后以为郎。

宣帝始立，谒见高庙，大将军光从骖乘，上内严惮之，若有芒刺在背。后车骑将军张安世代光骖乘，天子从容肆体，甚安近焉。及光身死而宗族竟诛，故俗传之曰：“威震主者不畜，霍氏之祸萌于骖乘。”至成帝时，为光置守冢百家，吏卒奉祠焉。元始二年，封光从父昆弟曾孙阳为博陆侯，千户。

金日磾，字翁叔，本匈奴休屠王太子也。武帝元狩中，票骑将军霍去病将兵击匈奴右地，多斩首，虏获休屠王祭天金人。其夏，票骑复西过居延，攻祁连山，大克获。于是单于怨昆邪、休屠居西方之为汉所破，召其王欲诛之。昆邪、休屠恐，谋降汉。休屠王后悔，昆邪王杀之，并将众降汉。封昆邪王为列侯。日磾以父不降见杀，与母阏氏、弟伦俱没入官，输黄门养马，时年十四矣。

久之，武帝游宴见马，后宫满侧。日磾等数十人牵马过殿下，莫不窃视，至日磾独不敢。日磾长八尺二寸，容貌甚严，马又肥好，上异而问之，具以本状对。上奇焉，即日赐汤沐衣冠，拜为马监，迁侍中、驸马都尉、光禄大夫。日磾既亲近，未尝有过失，上甚信爱之，赏赐累千金，出则骖乘，入侍左右。贵戚多窃怨，曰：“陛下妄得一胡儿，反贵重之！”上闻，愈厚焉。

日磾母教诲两子，甚有法度，上闻而嘉之。病死，诏图画于甘泉宫，署曰“休屠王阏氏”。日磾每见画常拜，乡之涕泣，然后乃去。日磾子二人皆爱，为帝弄儿，常在旁侧。弄儿或自后拥上项，日磾在前，见而目之。弄儿走且啼曰：“翁怒。”上谓日磾“何怒吾儿为？”其后弄儿壮大，不谨，自殿下与宫人戏，日磾适见之，恶其淫乱，遂杀弄儿。弄儿即日磾长子也。上闻之大怒，日磾顿首谢，具言所以杀弄儿状。上甚哀，为之泣，已而心敬日磾。

初，莽何罗与江充相善，及充败卫太子，何罗弟通用诛太子时力战得封。后上知太子冤，乃夷灭充宗族党与。何罗兄弟惧及，遂谋为逆。日磾视其志意有非常，心疑之，阴独察其动静，与俱上下。何罗亦觉日意，以故久不得发。是时，上行幸林光宫，日磾小疾卧庐。何罗与通及小弟安成矫制夜出，共杀使者，发兵。明旦，上未起，何罗亡何从外入。日磾奏厕心动，立入坐内户下。须臾，何罗袖白刃从东箱上，见日磾，色变，走趋卧内欲入，行触宝瑟，僵。日磾得抱何罗，因传曰：“莽何罗反！”上惊起，左右拔刃欲格之，上恐并中日磾，止勿格。日磾捽胡投何罗殿下，得禽缚之，穷治，皆伏辜。由是著忠孝节。

日磾自在左右，目不忤视者数十年。赐出宫女，不敢近。上欲内其女后宫，不肯。其笃慎如此，上尤奇异之。及上病，属霍光以辅少主，光让日磾。日磾曰："臣外国人，且使匈奴轻汉。"于是遂为光副。光以女妻日磾嗣子赏。初，武帝遗诏以讨莽何罗功封日磾为秺侯，日以帝少不受封。辅政岁余，病困，大将军光白封日磾，卧授印绶。一日，薨，赐葬具冢地，遂以轻车介士，军陈至茂陵，谥曰敬侯。

日磾两子，赏、建，俱侍中，与昭帝略同年，共卧起。赏为奉车，建驸马都尉。及赏嗣侯，佩两绶。上谓霍将军曰："金氏兄弟两人不可使俱两绶邪？"霍光对曰："赏自嗣父为侯耳。"上笑曰："侯不在我与将军乎？"光曰："先帝之约，有功乃得封侯。"时年俱八九岁。宣帝即位，赏为太仆，霍氏有事萌牙，上书去妻。上亦自哀之，独得不坐。元帝时为光禄勋，薨，亡子，国除。元始中绝世，封建孙当为秺侯，奉日磾后。

初，日磾所将俱降弟伦，字少卿，为黄门郎，早卒。日磾两子贵，及孙则衰矣。而伦后嗣遂盛，子安上始贵显封侯。

安上，字子侯，少为侍中，惇笃有智，宣帝爱之。颇与发举楚王延寿反谋，赐爵关内侯，食邑三百户。后霍氏反，安上传禁门闼，无内霍氏亲属，封为都成侯，至建章卫尉。薨，赐冢茔杜陵，谥曰敬侯。四子，常、敞、岑、明。

岑、明皆为诸曹、中郎将，常光禄大夫。元帝为太子时，敞为中庶子，幸有宠，帝即位，为骑都尉光禄大夫、中郎将侍中。元帝崩，故事，近臣皆随陵为园郎，敞以世名忠孝，太后诏留侍成帝，为奉车水衡都尉，至卫尉。敞为人正直，敢犯颜色，左右惮之，唯上亦难焉。病甚，上使使者问所欲，以弟岑为托。上召岑，拜为使主客。敞子涉本为左曹，上拜涉为侍中，使待幸绿车载送卫尉舍。须臾卒。敞三子，涉、参、饶。

涉明经俭节，诸儒称之。成帝时为侍中、骑都尉，领三辅胡越骑。哀帝即位，为奉车都尉，至长信少府。而参使匈奴，匈奴中郎将、越骑校尉、关内都尉，安定、东海太守。饶为越骑校尉。

涉两子，汤、融，皆侍中、诸曹、将、大夫。而涉之从父弟钦举明经，为太子门大夫，哀帝即位，为太中大夫给事中，钦从父弟迁为尚书令，兄弟用事。帝祖母傅太后崩，钦使护作，职办，擢为泰山、弘农太守，著威名。平帝即位，征为大司马司直、京兆尹。帝年幼，选置师友，大司徒孙光以明经高行为孔氏师，京兆尹金钦以家世忠孝为金氏友。徙光禄大夫、侍中，秩中二千石，封都成侯。

时，王莽新诛平帝外家卫氏，召明礼少府宗伯凤入说为人后之谊，白令公卿、将军、侍中、朝臣并听，欲以内厉平帝而外塞百姓之议。钦与族昆弟秺侯当俱封。初，当曾祖父日磾传子节侯赏，而钦祖父安上传子夷侯常，皆亡子，国绝，故莽封钦、当奉其后。当母南即莽母功显君同产弟也。当上南大行为太夫人。钦因缘谓当："诏书陈日磾功，亡有赏语。当名为以孙继祖也。自当为父、祖父立庙。赏故国君，使大夫主其祭。"时，甄邯在旁，庭叱钦，因劾奏曰："钦幸得以通经术，超擢侍帷幄，重蒙厚恩，封袭爵号，知圣朝以世有为人后之谊。前遭故定陶太后背本逆天，孝哀不获厥福，乃者吕宽、卫宝复造奸谋，至于反逆，咸伏厥辜。太皇太后惩艾悼惧，逆天之咎，非圣诬法，大乱之殃，诚欲奉承天心，遵明圣制，专一为后之谊，以安天下之命，数临正殿，延见群臣，讲习《礼经》。孙继祖者，谓亡正统持重者也。赏见嗣日磾，后成为君，持大宗重，则《礼》所谓'尊祖故敬宗'，大宗不可以绝者也。钦自知与当俱拜同谊，即数扬言殿省中，教当云云。当即如其言，则钦亦欲为父明立庙而不入夷侯常庙矣。进退异言，颂惑众心，乱国大纲，开祸乱原，诬祖不孝，罪莫大焉。尤非大臣所宜，大不敬。秺侯当上母南为太夫人，失礼不敬。”莽白太后，下四辅、公卿、大夫、博士、议郎，皆曰：“钦宜以时即罪。”谒者召钦诣诏狱，钦自杀。邯以纲纪国体，亡所阿私，忠孝尤著，益封千户。更封长信少府涉子右曹汤为都成侯。汤受封日，不敢还归家，以明为人后之谊。益封之后，莽复用钦弟遵，封侯，历九卿位。

赞曰：霍光以结发内侍，起于阶闼之间，确然秉志，谊形于主。受襁褓之托，任汉室之寄，当庙堂，拥幼君，摧燕王，仆上官，因权制敌，以成其忠。处废置之际，临大节而不可夺，遂匡国家，安社稷。拥昭立宣，光为师保，虽周公、阿衡，何以加此！然光不学亡术，暗于大理，阴妻邪谋，立女为后，湛溺淫溢之欲，以增颠覆之祸，死财三年，宗族诛夷，哀哉！昔霍叔封于晋，晋即河东，光岂其苗裔乎！金日磾夷狄亡国，羁虏汉庭，而以笃敬寤主，忠信自著，勒功上将，传国后嗣，世名忠孝，七世内侍，何其盛也！本以休屠作金人为祭天主，故因赐姓金氏云。

卷六十九

赵充国辛庆忌传第三十九

赵充国，字翁孙，陇西上邽人也，后徙金城令居。始为骑士，以六郡良家子善骑射补羽林。为人沉勇有大略，少好将帅之节，而学兵法，通知四夷事。

武帝时，以假司马从贰师将军击匈奴，大为虏所围。汉军乏食数日，死伤者多，充国乃与壮士百余人溃围陷陈，贰师引兵随之，遂得解。身被二十余创，贰师奏状，诏征充国诣行在所。武帝亲见视其创，嗟叹之，拜为中郎，迁车骑将军长史。昭帝时，武都氐人反，充国以大将军、护军都尉将兵击定之，迁中郎将，将屯上谷，还为水衡都尉。击匈奴，获西祁王，擢为后将军，兼水衡如故。

与大将军霍光定册尊立宣帝，封营平侯。本始中，为蒲类将军征匈奴，斩虏数百级，还为后将军、少府。匈奴大发十余万骑，南旁塞，至符奚庐山，欲入为寇。亡者题除渠堂降汉言之，遣充国将四万骑屯缘边九郡。单于闻之，引去。

是时，光禄大夫义渠安国使行诸羌，先零豪言愿时渡湟水北，逐民所不田处畜牧。安国以闻，充国劾安国奉使不敬。是后，羌人旁缘前言，抵冒渡湟水，郡县不能禁。元康三年，先零遂与诸羌种豪二百余人解仇交质盟诅。上闻之，以问充国，对曰：“羌人所以易制者，以其种自有豪，数相攻击，势不一也。往三十余岁，西羌反时，亦先解仇合约攻令居，与汉相距，五六年乃定。至征和五年，先零豪封煎等通使匈奴，匈奴使人至小月氏，传告诸羌曰：‘汉贰师将军众十余万人降匈奴。羌人为汉事苦。张掖、酒泉本我地，地肥美，可共击居之。’以此观匈奴欲与羌合，非一世也。间者匈奴困于西方，闻乌桓来保塞，恐兵复从东方起，数使使尉黎、危须诸国，设以子女貂裘，欲沮解之。其计不合。疑匈奴更遣使至羌中，道从沙阴地，出盐泽，过长坑，入穷水塞，南抵属国，与先零相直。臣恐羌变未止此，且复结联他种，宜及未然为之备。”后月余，羌侯狼何果遣使至匈奴借兵，欲击鄯善、敦煌以绝汉道。充国以为：“狼何，小月氏种，在阳关西南，势不能独造此计，疑匈奴使已至羌中，先零、罕、开乃解仇作约。到秋马肥，变必起矣。宜遣使者行边兵豫为备，敕视诸羌，毋令解仇，以发觉其谋。”于是两府复白遣义渠安国行视诸羌，分别善恶。安国至，召先零诸豪三十余人，以尤桀黠，皆斩之。纵兵击其种人，斩首千余级。于是诸降羌及归义羌侯杨玉等恐怒，亡所信乡，遂劫略小种，背畔犯塞，攻城邑，杀长吏。安国以骑都尉将骑三千屯备羌，至浩亹，为虏所击，失亡车重兵器甚众。安国引还，至令居，以闻。是岁，神爵元年春也。

时，充国年七十余，上老之，使御史大夫丙吉问谁可将者，充国对曰：“亡逾于老臣者矣。”上遣问焉，曰：“将军度羌虏何如，当用几人？”充国曰：“百闻不如一见。兵难逾度，臣愿驰至金城，图上方略。然羌戎小夷，逆天背畔，灭亡不久，愿陛下以属老臣，勿以为忧。”上笑曰：“诺。”

充国至金城，须兵满万骑，欲渡河，恐为虏所遮，即夜遣三校衔枚先渡，渡辄营陈，会明，毕，遂以次尽渡。虏数十百骑来，出入军傍。充国曰：“吾士马新倦，不可驰逐。此皆骁骑难制，又恐其为诱兵也。击虏以殄灭为期，小利不足贪。”令军勿击。遣骑候四望陿中，亡虏。夜引兵上至落都，召诸校司马，谓曰：“吾知羌虏不能为兵矣。使虏发数千人守杜四望陿中，兵岂得入哉！”充国常以远斥候为务，行必为战备，止必坚营壁，尤能持重，爱士卒，先计而后战。遂西至西部都尉府，日飨军士，士皆欲为用。虏数挑战，充国坚守。捕得生口，言羌豪相数责曰：“语汝亡反，今天子遣赵将军来，年八九十矣，善为兵。今请欲一斗而死，可得邪！”

充国子右曹中郎将卬，将期门佽飞、羽林孤儿、胡越骑为支兵，至令居，虏并出绝转道，卬以闻。有诏将八校尉与骁骑都尉、金城太守合疏捕山间虏，通转道津渡。

初，罕、开豪靡当儿使弟雕库来告都尉曰先零欲反，后数日果反。雕库种人颇在先零中，都尉即留雕库为质。充国以为亡罪，乃遣归告种豪：“大兵诛有罪者，明白自别，毋取并灭。天子告诸羌人，犯法者能相捕斩，除罪。斩大豪有罪者一人，赐钱四十万，中豪十五万，下豪二万，大男三千，女子及老小千钱，又以其所捕妻子财物尽与之。”充国计欲以威信招降罕、开及劫略者，解散虏谋，徼极乃击之。

时上已发三辅、太常徒弛刑，三河、颍川、沛郡、淮阳、汝南材官，金城、陇西、天水、安定、北地、上郡骑士、羌骑，与武威、张掖、酒泉太守各屯其郡者，合六万人矣。酒泉太守辛武贤奏言：“郡兵皆屯备南山，北边空虚，势不可久。或曰至秋冬乃进兵，此虏在竟外之册。今虏朝夕为寇，土地寒苦，汉马不能冬，屯兵在武威、张掖、酒泉万骑以上，皆多羸瘦。可益马食，以七月上旬赍三十日粮，分兵并出张掖、酒泉合击罕、开在鲜水上者。虏以畜产为命，今皆离散，兵即分出，虽不能尽诛，亶夺其畜产，虏其妻子，复引兵还，冬复击之，大兵仍出，虏必震坏。”

天子下其书充国，令与校尉以下吏士知羌事者博议。充国及长史董通年以为：“武贤欲轻引万骑，分为两道出张掖，回远千里。以一马自佗负三十日食，为米二斛四斗，麦八斛，又有衣装兵器，难以追逐。勤劳而至，虏必商军进退，稍引去，逐水草，入山林。随而深入，虏即据前险，守后厄，以绝粮道，必有伤危之忧，为夷狄笑，千载不可复。而武贤以为可夺其畜产，虏其妻子，此殆空言，非至计也。又武威县、张掖日勒皆当北塞，有通谷水草。臣恐匈奴与羌有谋，且欲大入，幸能要杜张掖、酒泉以绝西域，其郡兵尤不可发。先零首为畔逆，它种劫略。故臣愚册，欲捐罕、开暗昧之过，隐而勿章，先行先零之诛以震动之，宜悔过反善，因赦其罪，选择良吏知其俗者揗循和辑，此全师保胜安边之册。”天子下其书。公卿议者咸以为先零兵盛，而负罕、开之助，不先破罕、开，则先零未可图也。

上乃拜侍中乐成侯许延寿为强弩将军，即拜酒泉太守武贤为破羌将军，赐玺书嘉纳其册。以书敕让充国曰：

皇帝问后将军，甚苦暴露。将军计欲至正月乃击罕羌，羌人当获麦，已远其妻子，精兵万人欲为酒泉、敦煌寇。边兵少，民守保不得田作。今张掖以东粟石百余，刍槁束数十。转输并起，百姓烦扰。将军将万余之众，不早及秋共水草之利争其畜食，欲至冬，虏皆当畜食，多藏匿山中依险阻，将军士寒，手足皲瘃，宁有利哉？将军不念中国之费，欲以岁数而胜微，将军谁不乐此者！

今诏破羌将军武贤将兵六千一百人，敦煌太守快将二千人，长水校尉富昌、酒泉侯奉世将婼、月氏兵四千人，亡虑万二千人。赍三十日食，以七月二十二日击罕羌，入鲜水北句廉上，去酒泉八百里，去将军可千二百里。将军其引兵便道西并进，虽不相及，使虏闻东方北方兵并来，分散其心意，离其党与，虽不能殄灭，当有瓦解者。已诏中郎将卬将胡越佽飞射士、步兵二校，益将军兵。

今五星出东方，中国大利，蛮夷大败。太白出高，用兵深入敢战者吉，弗敢战者凶。将军急装，因天时，诛不义，万下必全，勿复有疑。

充国既得让，以为将任兵在外，便宜有守，以安国家。乃上书谢罪，因陈兵利害，曰：

臣窃见骑都尉安国前幸赐书，择羌人可使使罕，谕告以大军当至，汉不诛罕，以解其谋。恩泽甚厚，非臣下所能及。臣独私美陛下盛德至计亡已，故遣开豪雕库宣天子至德，罕、开之属皆闻知明诏。今先零羌杨玉此羌首帅名王将骑四千及煎巩骑五千，阻石山木，候便为寇，罕羌未有所犯。今置先零，先击罕，释有罪，诛亡辜，起一难，就两害，诚非陛下本计也。

臣闻兵法“攻不足者守有余”，又曰“善战者致人，不致于人”。今罕羌欲为敦煌、酒泉寇，饬兵马，练战士，以须其至，坐得致敌之术，以逸击劳，取胜之道也。今恐二郡兵少不足以守，而发之行攻，释致虏之术而从为虏所致之道，臣愚以为不便。先零羌虏欲为背畔，故与罕、开解仇结约，然其私心不能亡恐汉兵至而罕、开背之也。臣愚以为其计常欲先赴罕、开之急，以坚其约，先击罕羌，先零必助之。今虏马肥，粮食方饶，击之恐不能伤害，适使先零得施德于罕羌，坚其约，合其党。虏交坚党合，精兵二万余人，迫胁诸小种，附著者稍众，莫须之属不轻得离也。如是，虏兵寖多，诛之用力数倍，臣恐国家忧累繇十年数，不二三岁而已。

臣得蒙天子厚恩，父子俱为显列。臣位至上卿，爵为列侯，犬马之齿七十六，为明诏填沟壑，死骨不朽，亡所顾念。独思惟兵利害至熟悉也，于臣之计，先诛先零已，则罕、开之属不烦兵而服矣。先零已诛而罕、开不服，涉正月击之，得计之理，又其时也。以今进兵，诚不见其利，唯陛下裁察。

六月戊申奏，七月甲寅玺书报从充国计焉。

充国引兵至先零在所，虏久屯聚，解弛，望见大军，弃车重，欲渡湟水，道厄狭，充国徐行驱之。或曰逐利行迟，充国曰：“此穷寇不可迫也。缓之则走不顾，急之则还致死。”诸校皆曰：“善。”虏赴水溺死者数百，降及斩首五百余人，卤马、牛、羊十万余头，车四千余两。兵至罕地，令军毋燔聚落刍牧田中。罕羌闻之，喜曰：“汉果不击我矣！”豪靡忘使人来言：“愿得还复故地。”充国以闻，未报。靡忘来自归，充国赐饮食，遣还谕种人。护军以下皆争之，曰：“此反虏，不可擅遣。”充国曰：“诸君但欲便文自营，非为公家忠计也。”语未卒，玺书报，令靡忘以赎论。后罕竟不烦兵而下。

其秋，充国病，上赐书曰：“制诏后将军：闻苦脚胫、寒泄，将军年老加疾，一朝之变不可讳，朕甚忧之。今诏破羌将军诣屯所，为将军副，急因天时大利，吏士锐气，以十二月击先零羌。即疾剧，留屯毋行，独遣破羌、强弩将军。”时，羌降者万余人矣。充国度其必坏，欲罢骑兵屯田，以待其敝。作奏未上，会得进兵玺书，中郎将卬惧，使客谏充国曰：“诚令兵出，破军杀将以倾国家，将军守之可也。即利与病，又何足争？一旦不合上意，遣绣衣来责将军，将军之身不能自保，何国家之安？”充国叹曰：“是何言之不忠也！本用吾言，羌虏得至是邪？往者举可先行羌者，吾举辛武贤，丞相御史复白遣义渠安国，竟沮败羌。金城、湟中谷斛八钱，吾谓耿中丞，籴二百万斛谷，羌人不敢动矣。耿中丞请籴百万斛，乃得四十万斛耳。义渠再使，且费其半。失此二册，羌人故敢为逆。失之毫厘，差以千里，是既然矣。今兵久不决，四夷卒有动摇，相因而起，虽有知者不能善其后，羌独足忧邪！吾固以死守之，明主可为忠言。”遂上屯田奏曰：

> 臣闻兵者，所以明德除害也，故举得于外，则福生于内，不可不慎。臣所将吏士马牛食，月用粮谷十九万九千六百三十斛，盐千六百九十三斛，茭藁二十五万二百八十六石。难久不解，繇役不息。又恐它夷卒有不虞之变，相因并起，为明主忧，诚非素定庙胜之册。且羌虏易以计破，难用兵碎也，故臣愚以为击之不便。
>
> 计度临羌东至浩亹，羌虏故田及公田，民所未垦，可二千顷以上，其间邮亭多坏败者。臣前部士入山，伐材木大小六万余枚，皆在水次。愿罢骑兵，留驰刑应募，及淮阳、汝南步兵与吏士私从者，合凡万二百八十一人，用谷月二万七千三百六十三斛，盐三百八斛，分屯要害处。冰解漕下，缮乡亭，浚沟渠，治湟狭以西道桥七十所，令可至鲜水左右。田事出，赋人二十亩。至四月草生，发郡骑及属国胡骑伉健各千，倅马什二，就草，为田者游兵。以充入金城郡，益积畜，省大费。今大司农所转谷至者，足支万人一岁食。谨上田处及器用簿，唯陛下裁许。

上报曰：“皇帝问后将军，言欲罢骑兵万人留田，即如将军之计，虏当何时伏诛，兵当何时得决？孰计其便，复奏。”充国上状曰：

> 臣闻帝王之兵，以全取胜，是以贵谋而贱战。战而百胜，非善之善者也，故先为不可胜以待敌之可胜。蛮夷习俗虽殊于礼义之国，然其欲避害就利，爱亲戚，畏死亡，一也。今虏亡其美地荐草，愁于寄托远遁，骨肉心离，人有畔志，而明主般师罢兵，万人留田，顺天时，因地利，以待可胜之虏，虽未即伏辜，兵决可期月而望。羌虏瓦解，前后降者万七余百人，及受言去者凡七十辈，此坐支解羌虏之具也。
>
> 臣谨条不出兵留田便宜十二事。步兵九校，吏士万人，留屯以为武备，因田致谷，威德并行，一也。又因排折羌虏，令不得归肥饶之地，贫破其众，以成羌虏相畔之渐，二也。居民得并田作，不失农业，三也。军马一月之食，度支田士一岁，罢骑兵以省大费，四也。至春省甲士卒，循河湟漕谷至临羌，以示羌虏，扬威武，传世折冲之具，五也。以闲暇时下所伐材，缮治邮亭，充入金城，六也。兵出，乘危徼幸，不出，令反畔之虏窜于风寒之地，离霜露疾疫瘃堕之患，坐得必胜之道，七也。亡经阻远追死伤之害，八也。内不

损威武之重，外不令虏得乘间之势，九也。又亡惊动河南大开、小开使生它变之忧，十也。治湟陿中道桥，令可至鲜水，以制西域，信威千里，从枕席上过师，十一也。大费既省，繇役豫息，以戒不虞，十二也。留屯田得十二便，出兵失十二利，臣充国材下，犬马齿衰，不识长册，唯明诏博详公卿议臣采择。

上复赐报曰："皇帝问后将军，言十二便，闻之。虏虽未伏诛，兵决可期月而望，期月而望者，谓今冬邪？谓何时也？将军独不计虏闻兵颇罢，且丁壮相聚，攻扰田者及道上屯兵，复杀略人民，将何以止之？又大开、小开前言曰：'我告汉军先零所在,兵不往击,久留,得亡效五年时不分别人而并击我？'其意常恐。今兵不出，得亡变生，与先零为一？将军孰计复奏。"充国奏曰：

臣闻兵以计为本，故多算胜少算。先零羌精兵今余不过七八千人，失地远客，分散饥冻。罕、开、莫须又颇暴略其羸弱畜产，畔还者不绝，皆闻天子明令相捕斩之赏。臣愚以为虏破坏可日月冀，远在来春，故曰兵决可期月而望。窃见北边自敦煌至辽东万一千五百余里，乘塞列隧有吏卒数千人，虏数大众攻之而不能害。今留步士万人屯田，地势平易，多高山远望之便，部曲相保，为堑垒木樵，校联不绝，便兵弩，饬斗具。烽火幸通，势及并力，以逸待劳，兵之利者也。臣愚以为屯田内有亡费之利，外有守御之备。骑兵虽罢，虏见万人留田为必禽之具，其土崩归德，宜不久矣。从今尽三月，虏马羸瘦，必不敢捐其妻子于他种中，远涉河山而来为寇。又见屯田之士精兵万人，终不敢复将其累重还归故地。是臣之愚计，所以度虏且必瓦解其处，不战而自破之册也。至于虏小寇盗，时杀人民，其原未可卒禁。臣闻战不必胜，不苟接刃；攻不必取，不苟劳众。诚令兵出，虽不能灭先零，亶能令虏绝不为小寇，则出兵可也。即今同是而释坐胜之道，从乘危之势，往终不见利，空内自罢敝，贬重而自损，非所以视蛮夷也。又大兵一出，还不可复留，湟中亦未可空，如是，徭役复发也。且匈奴不可不备，乌桓不可不忧。今久转运烦费，倾我不虞之用以澹一隅，臣愚以为不便。校尉临众幸得承威德，奉厚币，拊循众羌，谕以明诏，宜皆乡风，虽其前辞尝曰"得亡效五年"，宜亡它心，不足以故出兵。臣窃自惟念，奉诏出塞，引军远击，穷天子之精兵，散车甲于山野，虽亡尺寸之功，媮得避慊之便，而亡后咎余责，此人臣不忠之利，非明主社稷之福也。臣幸得奋精兵，讨不义，久留天诛。罪当万死。陛下宽仁，未忍加诛，令臣数得孰计。愚臣伏计孰甚，不敢避斧钺之诛，昧死陈愚，唯陛下省察。

充国奏每上，辄下公卿议臣。初是充国计者什三，中什五，最后什八。有诏诘前言不便者，皆顿首服。丞相魏相曰："臣愚不习兵事利害，后将军数画军册，其言常是，臣任其计可必用也。"上于是报充国曰："皇帝问后将军，上书言羌虏可胜之道，今听将军，将军计善。其上留屯田及当罢者人马数。将军强食，慎兵事，自爱！"上以破羌、强弩将军数言当击，又用充国屯田处离散，恐虏犯之，于是两从其计，诏两将军与中郎将卬出击。强弩出，降四千余人，破羌斩首二千级，中郎将卬斩首降者亦二千余级，而充国所降复得五千余人。诏罢兵，独充国留屯田。

明年五月，充国奏言："羌本可五万人军，凡斩首七千六百级，降者三万一千二百人，溺河湟饥饿死者五六千人，定计遗脱与煎巩、黄羝俱亡者不过四千人。羌靡忘等自诡必得，请罢屯兵。"奏可，充国振旅而还。

所善浩星赐迎说充国，曰："众人皆以破羌、强弩出击，多斩首获降，虏以破坏。然有识者以为虏势穷困，兵虽不出，必自服矣。将军即见，宜归功于二将军出击，非愚臣所及。如此，将军计未失也。”充国曰：“吾年老矣，爵位已极，岂嫌伐一时事以欺明主哉！兵势，国之大事，当为后法。老臣不以余命一为陛下明言兵之利害，卒死，谁当复言之者？”卒以其意对。上然其计，罢遣辛武贤归酒泉太守官，充国复为后将军卫尉。

其秋，羌若零、离留、且种、兒库共斩先零大豪犹非、杨玉首，及诸豪弟泽、阳雕、良儿、靡忘皆帅煎巩、黄羝之属四千余人降汉。封若零、弟泽二人为帅众王，离留、且种二人为侯，兒库为君，阳雕为言兵侯，良儿为君，靡忘为献牛君。初置金城属国以处降羌。

诏举可护羌校尉者，时充国病，四府举辛武贤小弟汤。充国遽起奏：“汤使酒，不可典蛮夷。不如汤兄临众。”时，汤已拜受节，有诏更用临众。后临众病免，五府复举汤，汤数醉酗羌人，羌人反畔，卒如充国之言。

初，破羌将军武贤在军中时与中郎将卬宴语，卬道：“车骑将军张安世始尝不快上，上欲诛之，卬家将军以为安世本持橐簪笔事孝武帝数十年，见谓忠谨，宜全度之。安世用是得免。”及充国还言兵事，武贤罢归故官，深恨，上书告卬泄省中语。卬坐禁止而入至充国莫府司马中乱屯兵，下吏，自杀。

充国乞骸骨，赐安车驷马、黄金六十斤，罢就第。朝庭每有四夷大议，常与参兵谋，问筹策焉。年八十六，甘露二年薨，谥曰壮侯。传子至孙钦，钦尚敬武公主。主亡子，主教钦良人习诈有身，名它人子。钦薨，子岑嗣侯，习为太夫人。岑父母求钱财亡已，忿恨相告。岑坐非子免，国除。元始中，修功臣后，复封充国曾孙伋为营平侯。

初，充国以功德与霍光等列，画未央宫。成帝时，西羌尝有警，上思将帅之臣，追美充国，乃召黄门郎杨雄即充国图画而颂之，曰：

明灵惟宣，戎有先零。先零昌狂。侵权西疆。汉命虎臣，惟后将军，整我六师，是讨是震。既临其域，谕以威德，有守矜功，谓之弗克。请奋其旅，于罕之羌，天子命我，从之鲜阳。营平守节，屡奏封章，料敌制胜，威谋靡亢。遂克西戎，还师于京，鬼方宾服，罔有不庭。昔周之宣，有方有虎，诗人歌功，乃列于《雅》。在汉中兴，充国作武，赳赳桓桓。亦绍厥后。

充国为后将军，徙杜陵。辛武贤自羌军还后七年，复为破羌将军，征乌孙至敦煌，后不出，征未到，病卒。子庆忌至大官。

辛庆忌，字子真，少以父任为右校丞，随长罗侯常惠屯田乌孙赤谷城，与歙侯战，陷陈却敌。惠奏其功，拜为侍郎，迁校尉，将吏士屯焉耆国。还为谒者，尚未知名。元帝初，补金城长史，举茂材，迁郎中、车骑将军，朝廷多重之者，转为校尉，迁张掖太守，徙酒泉，所在著名。

成帝初，征为光禄大夫，迁左曹中郎将，至执金吾。始武贤与赵充国有隙，后充国家杀辛氏，至庆忌为执金吾，坐子杀赵氏，左迁酒泉太守。岁余，大将军王凤荐庆忌：“前在两郡著功迹，征入，历位朝廷，莫不信乡。质行正直，仁勇得众心，通于兵事，明略威重，任国柱石。父破羌将军武贤显名前世，有威西夷。臣凤不宜久处庆忌之右。”乃复征为光禄大夫、执金吾。数年，坐小法左迁云中太守，复征为光禄勋。

时，数有灾异，丞相司直何武上封事曰：“虞有宫之奇，晋献不寐；卫青在位，淮南寝谋。故贤人立朝，折冲厌难，胜于亡形。《司马法》曰：‘天下虽安，忘战必危’。夫将不豫设，则亡以应卒；士不素厉，则难使死敌。是以先帝建列将之官，近戚主内，异姓距外，故奸轨不得萌动而破灭，诚万世之长册也。光禄勋庆忌行义修正，柔毅敦厚，谋虑深远。前在边郡，数破敌获虏，外夷莫不闻，乃者大异并见，未有其应。加以兵革久寝。《春秋》大灾未至而豫御之，庆忌宜在爪牙官以备不虞。”其后拜为右将军、诸吏、散骑、给事中，岁余徙为左将军。

庆忌居处恭俭，食饮被服尤节约，然性好舆马，号为鲜明，唯是为奢。为国虎臣，遭世承平，匈奴、西域亲附，敬其威信，年老卒官。长子通为护羌校尉，中子遵函谷关都尉，少子茂水衡都尉出为郡守，皆有将帅之风。宗族支属至二千石者十余人。

元始中，安汉公王莽秉政，见庆忌本大将军凤所成，三子皆能，欲亲厚之。是时，莽方立威柄，用甄丰、甄邯以自助，丰、邯新贵，威震朝廷。水衡都尉茂自见名臣子孙，兄弟并列，不甚诎事两甄。时平帝幼，外家卫氏不得在京师，而护羌校尉通长子次兄素与帝从舅卫子伯相善，两人俱游侠，宾客甚盛。及吕宽事起，莽诛卫氏。两甄构言诸辛阴与卫子伯为心腹，有背恩不说安汉公之谋。于是司直陈崇举奏其宗亲陇西辛兴等侵陵百姓，威行州郡。莽遂按通父子、遵、茂兄弟及南郡太守辛伯等，皆诛杀之。辛氏繇是废。庆忌本狄道人，为将军，徙昌陵。昌陵罢，留长安。

赞曰：秦、汉已来，山东出相，山西出将。秦时将军白起，郿人；王翦，频阳人。汉兴，郁郅王围、甘延寿，义渠公孙贺、傅介子，成纪李广、李蔡，杜陵苏建、苏武，上邽上官桀、赵充国，襄武廉褒，狄道辛武贤、庆忌，皆以勇武显闻。苏、辛父子著节，此其可称列者也，其余不可胜数。何则？山西天水、陇西、安定、北地处势迫近羌胡，民俗修习战备，高上勇力鞍马骑射。故《秦诗》曰：“王于兴师，修我甲兵，与子皆行。”其风声气俗自古而然，今之歌谣慷慨，风流犹存耳。

卷七十

傅常郑甘陈段传第四十

傅介子，北地人也，以从军为官。先是，龟兹、楼兰皆尝杀汉使者，语在《西域传》。至元凤中，介子以骏马监求使大宛，因诏令责楼兰、龟兹国。

介子至楼兰，责其王教匈奴遮杀汉使：“大兵方至，王苟不教匈奴，匈奴使过至诸国，何为不言？”王谢服，言：“匈奴使属过，当至乌孙，道过龟兹。”介子至龟兹，复责其王，王亦服罪。介子从大宛还到龟兹，龟兹言：“匈奴使从乌孙还，在此。”介子因率其吏士共诛斩匈奴使者。还奏事，诏拜介子为中郎，迁平乐监。

介子谓大将军霍光曰：“楼兰、龟兹数反复而不诛，无所惩艾。介子过龟兹时，其王近就人，易得也，愿往刺之，以威示诸国。”大将军曰：“龟兹道远，且验之于楼兰。”于是白遣之。介子与士卒俱赍金币，扬言以赐外国为名。至楼兰，楼兰王意不亲介子，介子阳引去，至其西界，使译谓曰：“汉使者持黄金、锦绣行赐诸国，王不来受，我去之西国矣。”即出金币以示译。译还报王，王贪汉物，来见使者。介子与坐饮，陈物示之。饮酒皆醉，介子谓王曰：“天子使我私报王。”王起随介子入帐中，屏语，壮士二人从后刺之，刃交胸，立死。其贵人左右皆散走。介子告谕以："王负汉罪，天子遣我来诛王，当更立前太子质在汉者。汉兵方至，毋敢动，动，灭国矣！"遂持王首还指阙，公卿将军议者咸嘉其功。上乃下诏曰："楼兰王安归尝为匈奴间，候遮汉使者，发兵杀略卫司马安乐、光禄大夫忠、期门郎遂成等三辈，及安息、大宛使，盗取节印、献物，甚逆天理。平乐监傅介子持节使诛斩楼兰王安归首，县之北阙，以直报怨，不烦师众。其封介子为义阳侯，食邑七百户。士刺王者皆补侍郎。"

介子薨，子敞有罪不得嗣，国除。元始中，继功臣世，复封介子曾孙长为义阳侯，王莽败，乃绝。

常惠，太原人也。少时家贫，自奋应募，随移中监苏武使匈奴，并见拘留十余年，昭帝时乃还。汉嘉其勤劳，拜为光禄大夫。

是时，乌孙公主上书言："匈奴发骑田车师，车师与匈奴为一，共侵乌孙，唯天子救之！"汉养士马，议欲击匈奴。会昭帝崩，宣帝初即位，本始二年，遣惠使乌孙。公主及昆弥皆遣使，因惠言："匈奴连发大兵击乌孙，取车延、恶师地，收其人民去，使使胁求公主，欲隔绝汉。昆弥愿发国半精兵，自给人马五万骑，尽力击匈奴。唯天子出兵以救公主、昆弥！"于是汉大发十五万骑，五将军分道出，语在《匈奴传》。

以惠为校尉，持节护乌孙兵。昆弥自将翕侯以下五万余骑，从西方入至右谷蠡庭，获单于父行及嫂居次，名王骑将以下三万九千人，得马、牛、驴、骡、橐佗五万余匹，羊六十余万头，乌孙皆自取卤获。惠从吏卒十余人随昆弥还，未至乌孙，乌孙人盗惠印绶节。惠还，自以当诛。时，汉五将皆无功，天子以惠奉使克获，遂封惠为长罗侯。复遣惠持金币还赐乌孙贵人有功者，惠因奏请龟兹国尝杀校尉赖丹，未伏诛，请便道击之，宣帝不许。大将军霍光风惠以便宜从事。惠与吏士五百人俱至乌孙，还过，发西国兵二万人，令副使发龟兹东国二万人，乌孙兵七千人，从三面攻龟兹，兵未合，先遣人责其王以前杀汉使状。王谢曰："乃我先王时为贵人姑翼所误耳，我无罪。"惠曰："即如此，缚姑翼来，吾置王。"王执姑翼诣惠，惠斩之而还。

后代苏武为典属国，明习外国事，勤劳数有功。甘露中，后将军赵充国薨，天子遂以惠为右将军，典属国如故。宣帝崩，惠事元帝，三岁薨，谥曰壮武侯。传国至曾孙，建武中乃绝。

郑吉，会稽人也，以卒伍从军，数出西域，由是为郎。吉为人强执，习外国事。自张骞通西域，李广利征伐之后，初置校尉，屯田渠黎。至宣帝时，吉以侍郎田渠黎，积谷，因发诸国兵攻破车师，迁卫司马，使护鄯善以西南道。

神爵中，匈奴乘乱，日逐王先贤掸欲降汉，使人与吉相闻。吉发渠黎、龟兹诸国五万人迎日逐王，口万二千人、小王将十二人随吉至河曲，颇有亡者，吉追斩之，遂将诣京师。汉封日逐王为归德侯。吉既破车师，降日逐，威震西域，遂并护车师以西北道，故号都护。都护之置自吉始焉。上嘉其功效，乃下诏曰："都护西域骑都尉郑吉，拊循外蛮，宣明威信，迎匈奴单于从兄日逐王众，击破车师兜訾城，功效茂著。其封吉为安远侯，食邑千户。"吉于是中西域而立莫府，治乌垒城，镇抚诸国，诛伐怀集之。汉之号令班西域矣，始自张骞而成于郑吉。语在《西域传》。

吉薨，谥曰缪侯。子光嗣，薨，无子，国除。元始中，录功臣不以罪绝者，封吉曾孙永为安远侯。

甘延寿，字君况，北地郁郅人也。少以良家子善骑射为羽林，投石拔距绝于等伦，尝超逾羽林亭楼，由是迁为郎。试弁，为期门，以材力爱幸。稍迁至辽东太守，免官。车骑将军许嘉荐延寿为郎中、谏大夫，使西域都护、骑都尉，与副校尉陈汤共诛斩郅支单于，封义成侯。薨，谥曰壮侯。传国至曾孙，王莽败，乃绝。

陈汤，字子公，山阳瑕丘人也。少好书，博达善属文。家贫丐贷无节，不为州里所称。西至长安求官，得太官献食丞。数岁，富平侯张勃与汤交，高其能。初元二年，元帝诏列侯举茂材，勃举汤。汤待迁，父死不奔丧，司隶奏汤无循行，勃选举故不以实，坐削户二百，会薨，因赐谥曰缪侯。汤下狱论。后复以荐为郎，数求使外国。久之，迁西域副校尉，与甘延寿俱出。

先是，宣帝时匈奴乖乱，五单于争立，呼韩邪单于与郅支单于俱遣子入侍，汉两受之。后呼韩邪单于身入称臣朝见，郅支以为呼韩邪破弱降汉，不能自还，即西收右地。会汉发兵送呼韩邪单于，郅支由是遂西破呼偈、坚昆、丁令，兼三国而都之。怨汉拥护呼韩邪而不助己，困辱汉使者江乃始等。初元四年，遣使奉献，因求侍子，愿为内附。汉议遣卫司马谷吉送之。御史大夫贡禹、博士匡衡以为《春秋》之义“许夷狄者不一而足”，今郅支单于乡化未醇，所在绝远，宜令使者送其子至塞而还。吉上书言：“中国与夷狄有羁縻不绝之义，今既养全其子十年，德泽甚厚，空绝而不送，近从塞还，示弃捐不畜，使无乡从之心，弃前恩，立后怨，不便。议者见前江乃始无应敌之数，知勇俱困，以知耻辱，即豫为臣忧。臣幸得建强汉之节，承明圣之诏，宣谕厚恩，不宜敢桀。若怀禽兽，加无道于臣，则单于长婴大罪，必遁逃远舍，不敢近边。没一使以安百姓，国之计，臣之愿也。愿送至庭。”上以示朝者，禹复争，以为吉往必为国取悔生事，不可许。右将军冯奉世以为可遣，上许焉。既至，郅支单于怒，竟杀吉等。自知负汉，又闻呼韩邪益强，遂西奔康居。康居王以女妻郅支，郅支亦以女予康居王。康居甚尊敬郅支，欲倚其威以胁诸国。郅支数借兵击乌孙，深入至赤谷城，杀略民人，驱畜产，乌孙不敢追，西边空虚，不居者且千里。郅支单于自以大国，威名尊重，又乘胜骄，不为康居王礼，怒杀康居王女及贵人、人民数百，或支解投都赖水中。发民作城，日作五百人，二岁乃已。又遣使责阖苏、大宛诸国岁遗，不敢不予。汉遣使三辈至康居求吉等死，郅支困辱使者，不肯奉诏，而因都护上书言：“居困厄，愿归计强汉，遣子入侍。”其骄嫚如此。

建昭三年，汤与延寿出西域。汤为人沉勇有大虑，多策谋，喜奇功，每过城邑山川，常登望。既领外国，与延寿谋曰：“夷狄畏服大种，其天性也。西域本属匈奴，今郅支单于威名远闻，侵陵乌孙、大宛，常为康居画计，欲降服之。如得此二国，北击伊列，西取安息，南排月氏、山离乌弋，数年之间，城郭诸国危矣。且其人剽悍，好战伐，数取胜，久畜之，必为西域患。郅支单于虽所在绝远，蛮夷无金城强弩之守，如发屯田吏士，驱从乌孙众兵，直指其城下，彼亡则无所之，守则不足自保，千载之功可一朝而成也。”延寿亦以为然，欲奏请之，汤曰：“国家与公卿议，大策非凡所见，事必不从。”延寿犹与不听。会其久病，汤独矫制发城郭诸国兵、车师戊己校尉屯田吏士。延寿闻之，惊起，欲止焉。汤怒，按剑叱延寿曰：“大众已集会，竖子欲沮众邪？”延寿遂从之，部勒行陈，益置扬威、白虎、合骑之校，汉兵、胡兵合四万余人，延寿、汤上疏自劾奏矫制，陈言兵状。

即日引军分行，别为六校，其三校从南道逾葱岭径大宛，其三校都护自将，发温宿国，从北道入赤谷，过乌孙，涉康居界，至阗池西。而康居副王抱阗将数千骑，寇赤谷城东，杀略大昆弥千余人，驱畜产甚多，从后与汉军相及，颇寇盗后重。汤纵胡兵击之，杀四百六十人，得其所略民四百七十人，还付大昆弥，其马、牛、羊以给军食。又捕得抱阗贵人伊奴毒。

入康居东界，令军不得为寇。间呼其贵人屠墨见之，谕以威信，与饮盟遣去。径引行，未至单于城可六十里，止营。复捕得康居贵人贝色子男开牟以为导。贝色子即屠墨母之弟，皆怨单于，由是具知郅支情。明日引行，未至城三十里，止营。单于遣使问："汉兵何以来？"应曰："单于上书言居困厄，愿归计强汉，身入朝见。天子哀闵单于弃大国，屈意康居，故使都护将军来迎单于妻子，恐左右惊动，故未敢至城下。"使数往来相答报。延寿、汤因让之："我为单于远来，而至今无名王大人见将军受事者，何单于忽大计，失客主之礼也！兵来道远，人畜罢极，食度且尽，恐无以自还，愿单于与大臣审计策。"

明日，前至郅支城都赖水上，离城三里，止营傅陈。望见单于城上立五采幡织，数百人披甲乘城，又出百余骑往来驰城下，步兵百余人夹门鱼鳞陈，讲习用兵。城上人更招汉军曰"斗来！"百余骑驰赴营，营皆张弩持满指之，骑引却。颇遣吏士射城门骑步兵，骑步兵皆入。延寿、汤令军闻鼓音皆薄城下，四面围城，各有所守，穿堑，塞门户，卤楯为前，戟弩为后，卬射城中楼上人，楼上人下走。土城外有重木城，从木城中射，颇杀伤外人。外人发薪烧木城。夜，数百骑欲出外，迎射杀之。

初，单于闻汉兵至，欲去，疑康居怨己，为汉内应，又闻乌孙诸国兵皆发，自以无所之。郅支已出，复还，曰："不如坚守。汉兵远来，不能久攻。"单于乃被甲在楼上，诸阏氏夫人数十皆以弓射外人。外人射中单于鼻，诸夫人颇死。单于下骑，传战大内。夜过半，木城穿，中人却入土城，乘城呼。时，康居兵万余骑分为十余处，四面环城，亦与相应和。夜，数奔营，不利，辄却。平明，四面火起，吏士喜，大呼乘之，钲鼓声动地。康居兵引却。汉兵四面推楯，并入土城中。单于男女百余人走入大内。汉兵纵火，吏士争入，单于被创死。军候假丞杜勋斩单于首，得汉使节二及谷吉等所赍帛书。诸卤获以畀得者。凡斩阏氏、太子、名王以下千五百一十八级，生虏百四十五人，降虏千余人，赋予城郭诸国所发十五王。

于是延寿、汤上疏曰："臣闻天下之大义，当混为一，昔有唐、虞，今有强汉。匈奴呼韩邪单于已称北藩，唯郅支单于叛逆，未伏其辜，大夏之西，以为强汉不能臣也。郅支单于惨毒行于民，大恶通于天。臣延寿、臣汤将义兵，行天诛，赖陛下神灵，阴阳并应，天气精明，陷陈克敌，斩郅支首及名王以下。宜县头槁街蛮夷邸间，以示万里，明犯强汉者，虽远必诛。"事下有司。丞相匡衡、御史大夫繁延寿以为："郅支及名王首更历诸国，蛮夷莫不闻知。《月令》春'掩骼埋胔'之时，宜勿县。"车骑将军许嘉、右将军王商以为："春秋夹谷之会，优施笑君，孔子诛之，方盛夏，首足异门而出。宜县十日乃埋之。"有诏将军议是。

初，中书令石显尝以姊妻延寿，延寿不取。及丞相、御史亦恶其矫制，皆不与汤。汤素贪，所卤获财物入塞多不法。司隶校尉移书道上，系吏士按验之。汤上疏言："臣与吏士共诛郅支单于，幸得禽灭，万里振旅，宜有使者迎劳道路。今司隶反逆收系按验，是为郅支报仇也！"上立出吏士，令县道具酒食以过军。既至，论功，石显、匡衡以为："延寿、汤擅兴师矫制，幸得不诛，如复加爵土，则后奉使者争欲乘危徼幸，生事于蛮夷，为国招难，渐不可开。"元帝内嘉延寿、汤功，而重违衡、显之议，议久不决。

故宗正刘向上疏曰："郅支单于囚杀使者吏士以百数，事暴扬外国，伤威毁重，群臣皆闵焉。陛下赫然欲诛之，意未尝有忘。西域都护延寿、副校尉汤承圣指，倚神灵，总百蛮之君，揽城郭之兵，出百死，入绝域，遂蹈康居，屠五重城，搴歙侯之旗，斩郅支之首，县旌万里之外，扬威昆山之西，扫谷吉之耻，立昭明之功，万夷慑伏，莫不惧震。呼韩邪单于见郅支已诛，且喜且惧，乡风驰义，稽首来宾，愿守北藩，累世称臣。立千载之功，建万世之安，群臣之勋莫大焉。昔周大夫方叔、吉甫为宣王诛猃狁而百蛮从，其《诗》曰："啴啴焞焞，如霆如雷，显允方叔，征伐猃狁，蛮荆来威。'《易》曰：'有嘉折首，获匪其丑。'言美诛首恶之人，而诸不顺者皆来从也。今延寿、汤所诛震，虽《易》之折首、《诗》之雷霆不能及也。论大功者不录小过，举大美者不疵细瑕。《司马法》曰'军赏不逾月'，欲民速得为善之利也。盖急武功，重用人也。吉甫之归，周厚赐之，其《诗》曰：'吉甫燕喜，既多受祉，来归自镐，我行永久。'千里之镐犹以为远，况万里之外，其勤至矣！延寿、汤既未获受祉之报，反屈捐命之功，久挫于刀笔之前，非所以劝有功厉戎士也。昔齐桓公前有尊周之功，后有灭项之罪，君子以功覆过而为之讳行事。贰师将军李广利捐五万之师，靡亿万之费，经四年之劳，而廑获骏马三十匹，虽斩宛王毋鼓之首，犹不足以复费，其私罪恶甚多。孝武以为万里征伐，不录其过，遂封拜两侯、三卿、二千石百有余人。今康居国强于大宛，郅支之号重于宛王，杀使者罪甚于留马，而延寿、汤不烦汉士，不费斗粮，比于贰师，功德百之。且常惠随欲击之乌孙，郑吉迎自来之日逐，犹皆裂土受爵。故言威武勤劳则大于方叔、吉甫，列功覆过则优于齐桓、贰师，近事之功则高于安远、长罗，而大功未著，小恶数布，臣窃痛之！宜以时解县通籍，除过勿治，尊宠爵位，以劝有功。"

于是天子下诏曰："匈奴郅支单于背畔礼义，留杀汉使者、吏士，甚逆道理，朕岂忘之哉！所以优游而不征者，重动师众，劳将帅，故隐忍而未有云也。今延寿、汤睹便宜，乘时利，结城郭诸国，擅兴师矫制而征之。赖天地宗庙之灵，诛讨郅支单于，斩获其首，及阏氏、贵人、名王以下千数。虽逾义干法，内不烦一夫之役，不开府库之臧，因敌之粮以赡军用，立功万里之外，威震百蛮，名显四海。为国除残，兵革之原息，边竟得以安。然犹不免死亡之患，罪当在于奉宪，朕甚闵之！其赦延寿、汤罪，勿治。"诏公卿议封焉。议者皆以为宜如军法捕斩单于令。匡衡、石显以为"郅支本亡逃失国，窃号绝域，非真单于。"元帝取安侯郑吉故事，封千户，衡、显复争。乃封延寿为义成侯，赐汤爵关内侯，食邑各三百户，加赐黄金百斤。告上帝、宗庙，大赦天下。拜延寿为长水校尉，汤为射声校尉。

延寿迁城门校尉、护军都尉，薨于官。成帝初即位，丞相衡复奏："汤以吏二千石奉使，颛命蛮夷中，不正身以先下，而盗所收康居财物，戒官属曰绝域事不复校。虽在赦前，不宜处位。"汤坐免。后汤上书言康居王侍子非王子也。按验，实王子也。汤下狱当死。太中大夫谷永上疏讼汤曰："臣闻楚有子玉得臣，文公为之仄席而坐；赵有廉颇、马服，强秦不敢窥兵井陉；近汉有郅都、魏尚，匈奴不敢南乡沙幕。由是言之，战克之将，国之爪牙，不可不重也。盖'君子闻鼓鼙之声，则思将率之臣'。窃见关内侯陈汤，前使副西域都护，忿郅支之无道，闵王诛之不加，策虑愊亿，义勇奋发，卒兴师奔逝，横厉乌孙，逾集都赖，屠三重城，斩郅支首，报十年之捕诛，雪边吏之宿耻，威震百蛮，武畅西海，汉元以来，征伐方外之将，未尝有也。今汤坐言事非是，幽囚久系，历时不决，执宪之吏欲致之大辟。昔白起为秦将，南拔郢都，北坑赵括，以纤介之过，赐死杜邮，秦民怜之，莫不陨涕。今汤亲秉钺，席卷喋血万里之外，荐功祖庙，告类上帝，介胄之士靡不慕义。以言事为罪，无赫赫之恶。《周书》曰：'记人之功，忘人之过，宜为君者也。'夫犬马有劳于人，尚加帷盖之报，况国之功臣者哉！窃恐陛下忽于鼙鼓之声，不察《周书》之意，而忘帷盖之施，庸臣遇汤，卒从吏议，使百姓介然有秦民之恨，非所以厉死难之臣也。"书奏，天子出汤，夺爵为士伍。

后数岁，西域都护段会宗为乌孙兵所围，驿骑上书，愿发城郭敦煌兵以自救。丞相王商、大将军王凤及百僚议数日不决。凤言："汤多筹策，习外国事，可问。"上召汤见宣室。汤击郅支时中寒病，两臂不诎申。汤入见，有诏毋拜，示以会宗奏。汤辞谢，曰："将相九卿皆贤材通明，小臣罢癃，不足以策大事。"上曰："国家有急，君其毋让。"对曰："臣以为此必无可忧也。"上曰："何以言之？"汤曰："夫胡兵五而当汉兵一，何者？兵刃朴钝，弓弩不利。今闻颇得汉巧，然犹三而当一。又兵法曰'客倍而主人半然后敌'，今围会宗者人众不足以胜会宗，唯陛下勿忧！且兵轻行五十里，重行三十里，今会宗欲发城郭敦煌，历时乃至，所谓报仇之兵，非救急之用也！"上曰："奈何？其解可必乎？度何时解？"汤知乌孙瓦合，不能久攻，故事不过数日。因对曰："已解矣！"诎指计其日，曰："不出五日，当有吉语闻。"居四日，军书到，言已解。大将军凤奏以为从事中郎，莫府事一决于汤。汤明法令，善因事为势，纳说多从。常受人金钱作章奏，卒以此败。

初，汤与将作大匠解万年相善。自元帝时，渭陵不复徙民起邑。成帝起初陵，数年后，乐霸陵曲亭南，更营之。万年与汤议，以为："武帝时工杨光以所作数可意，自致将作大匠，及大司农、中丞耿寿昌造杜陵赐爵关内侯，将作大匠乘马延年以劳苦秩中二千石；今作初陵而营起邑居，成大功，万年亦当蒙重赏。子公妻家在长安，儿子生长长安，不乐东方，宜求徙，可得赐田宅，俱善。"汤心利之，即上封事言："初陵，京师之地，最为肥美，可立一县。天下民不徙诸陵三十余岁矣，关东富人益众，多规良田，役使贫民，可徙初陵，以强京师，衰弱诸侯，又使中家以下得均贫富。汤愿与妻子家属徙初陵，为天下先。"于是天子从其计，果起昌陵邑，后徙内郡国民。万年自诡三年可成，后卒不就，群臣多言其不便者。下有司议，皆曰："昌陵因卑为高，积土为山，度便房犹在平地上，客土之中不保幽冥之灵，浅外不固，卒徒工庸以巨万数，至然脂火夜作，取土东山，且与谷同贾。作治数年，天下遍被其劳，国家罢敝，府臧空虚，下至众庶，熬熬苦之。故陵因天性，据真土，处势高敞，旁近祖考，前又已有十年功绪，宜还复故陵，勿徙民。"上乃下诏罢昌陵，语在《成纪》。丞相、御史请废昌陵邑中室，奏未下，人以问汤："第宅不彻，得毋复发徙？"汤曰："县官且顺听群臣言，犹且复发徙之也。"时，成都侯商新为大司马卫将军辅政，素不善汤。商闻此语，白汤惑众，下狱治，按验诸所犯。汤前为骑都尉王莽上书言："父早死，独不封，母明君共养皇太后，尤劳苦，宜封。"竟为新都侯。后皇太后同母弟苟参为水衡都尉，死，子伋为侍中，参妻欲为伋求封，汤受其金五十斤，许为求比上奏。弘农太守张匡坐臧百万以上，狡猾不道，有诏即讯，恐下狱，使人报汤。汤为讼罪，得逾冬月，许谢钱二百万，皆此类也。事在赦前。后东莱郡黑龙冬出，人以问汤，汤曰："是所谓玄门开。微行数出，出入不时，故龙以非时出也。"又言当复发徙，传相语者十余人。丞相御史奏："汤惑众不道，妄称诈归异于上，非所宜言，大不敬。"廷尉增寿议，以为："不道无正法，以所犯剧易为罪，臣下承用失其中，故移狱廷尉，无比者先以闻，所以正刑罚，重人命也。明主哀悯百姓，下制书罢昌陵勿徙吏民，已申布。汤妄以意相谓且复发徙，虽颇惊动，所流行者少，百姓不为变，不可谓惑众。汤称诈，虚设不然之事，非所宜言，大不敬也。"制曰："廷尉增寿当是。汤前有讨郅支单于功，其免汤为庶人，徙边。"又曰："故将作大匠万年佞邪不忠，妄为巧诈，多赋敛，烦繇役，兴卒暴之作，卒徒蒙辜，死者连属，毒流众庶，海内怨望。虽蒙赦令，不宜居京师。"于是汤与万年俱徙敦煌。久之，敦煌太守奏："汤前亲诛郅支单于，威行外国，不宜近边塞。"诏徙安定。

议郎耿育上书言便宜，因冤讼汤曰："延寿、汤为圣汉扬钩深致远之威，雪国家累年之耻，讨绝域不羁之君，系万里难制之虏，岂有比哉！先帝嘉之，仍下明诏，宣著其功，改年垂历，传之无穷。应是，南郡献白虎，边陲无警备。会先帝寝疾，然犹垂意不忘，数使尚书责问丞相，趣立其功。独丞相匡衡排而不予，封延寿、汤数百户，此功臣战士所以失望也。孝成皇帝承建业之基，乘征伐之威，兵革不动，国家无事，而大臣倾邪，谗佞在朝，曾不深惟本末之难，以防未然之戒，欲专主威，排妒有功，使汤块然被冤拘囚，不能自明，卒以无罪，老弃敦煌，正当西域通道，令威名折冲之臣旋踵及身，复为郅支遗虏所笑，诚可悲也！至今奉使外蛮者，未尝不陈郅支之诛以扬汉国之盛。夫援人之功以惧敌，弃人之身以快谗，岂不痛哉！且安不忘危，盛必虑衰，今国家素无文帝累年节俭富饶之畜，又无武帝荐延枭俊禽敌之臣，独有一陈汤耳！假使异世不及陛下，尚望国家追寻其功，封表其墓，以劝后进也。汤幸得身当圣世，功曾未久，反听邪臣鞭逐斥远，使亡逃分窜，死无处所。远览之士，莫不计度，以为汤功累世不可及，而汤过人情所有，汤尚如此，虽复破绝筋骨，暴露形骸，犹复制于唇舌，为嫉妒之臣所系虏耳，此臣所以为国家尤戚戚也。”书奏，天子还汤，卒于长安。

死后数年，王莽为安汉公秉政，既内德汤旧恩，又欲谄皇太后，以讨郅支功尊元帝庙称高宗。以汤、延寿前功大赏薄，及候丞杜勋不赏，及益封延寿孙迁千六百户，追谥汤曰破胡壮侯，封汤子冯为破胡侯，勋为讨狄侯。

段会宗，字子松，天水上邽人也。竟宁中，以杜陵令五府举为西域都护、骑都尉、光禄大夫。西域敬其威信。三岁，更尽还，拜为沛郡太守。以单于当朝，徙为雁门太守。数年，坐法免。西域诸国上书愿得会宗，阳朔中复为都护。

会宗为人好大节，矜功名，与谷永相友善。谷永闵其老复远出，予书戒曰：“足下以柔远之令德，复典都护之重职，甚休甚休！若子之材，可优游都城而取卿相，何必勒功昆山之仄，总领百蛮，怀柔殊俗？子之所长，愚无以喻。虽然，朋友以言赠行，敢不略意。方今汉德隆盛，远人宾服，傅、郑、甘、陈之功没齿不可复见，愿吾子因循旧贯，毋求奇功，终更亟还，亦足以复雁门之踦，万里之外以身为本。愿详思愚言。”

会宗既出，诸国遣子弟郊迎。小昆弥安日前为会宗所立，德之，欲往谒，诸翎侯止不听，遂至龟兹谒。城郭甚亲附。康居太子保苏匿率众万余人欲降，会宗奏状，汉遣卫司马逢迎。会宗发戊已校尉兵随司马受降。司马畏其众，欲令降者皆自缚，保苏匿怨望，举众亡去。会宗更尽还，以擅发戊己校尉之兵乏兴，有诏赎论。拜为金城太守，以病免。岁余，小昆弥为国民所杀，诸翎侯大乱，征会宗为左曹中郎将、光禄大夫，使安辑乌孙，立小昆弥兄末振将，定其国而还。

明年，末振将杀大昆弥，会病死，汉恨诛不加。元延中，复遣会宗发戊已校尉诸国兵，即诛末振将太子番丘。会宗恐大兵入乌孙，惊番丘，亡逃不可得，即留所发兵垫娄地，选精兵三十弩，径至昆弥所在，召番丘，责以：“末振将骨肉相杀，杀汉公主子孙，未伏诛而死，使者受诏诛番丘。”即手剑击杀番丘。官属以下惊恐，驰归。小昆弥乌犁靡者，末振将兄子也，勒兵数千骑围会宗，会宗为言来诛之意：“今围守杀我，如取汉牛一毛耳。宛王郅支头县槁街，乌孙所知也。”昆弥以下服，曰：“末振将负汉，诛其子可也，独不可告我，令饮食之邪？”会宗曰：“豫告昆弥，逃匿之，为大罪。即饮食以付我，伤骨肉恩，故不先告。”昆弥以下号泣罢去。会宗还奏事，公卿议会宗权得便宜，以轻兵深入乌孙，即诛番丘。宣明国威，宜加重赏。天子赐会宗爵关内侯，黄金百斤。是时，小昆弥季父卑爰疐拥众欲害昆弥，汉复遣会宗使安辑，与都护孙建并力。明年，会宗病死乌孙中，年七十五矣，城郭诸国为发丧立祠焉。

赞曰：自元狩之际，张骞始通西域，至于地节，郑吉建都护之号，讫王莽世，凡十八人，皆以勇略选，然其有功迹者具此。廉褒以恩信称，郭舜以廉平著，孙建用威重显，其余无称焉。陈汤傥荡，不自收敛，卒用困穷，议者闵之，故备列云。

卷七十一

隽疏于薛平彭传第四十一

隽不疑，字曼倩，勃海人也。治《春秋》，为郡文学，进退必以礼，名闻州郡。

武帝末，郡国盗贼群起，暴胜之为直指使者，衣绣衣，持斧，逐捕盗贼，督课郡国，东至海，以军兴诛不从命者，威振州郡。胜之素闻不疑贤，至勃海，遣吏请与相见。不疑冠进贤冠，带櫑具剑，佩环玦，褒衣博带，盛服至门上谒。门下欲使解剑，不疑曰："剑者，君子武备，所以卫身，不可解。请退。"吏白胜之。胜之开阁延请，望见不疑容貌尊严，衣冠甚伟，胜之躧履起迎。登堂坐定，不疑据地曰："窃伏海濒，闻暴公子威名旧矣，今乃承颜接辞。凡为吏，太刚则折，太柔则废，威行施之以恩，然后树功扬名，永终天禄。"胜之知不疑非庸人，敬纳其戒，深接以礼意，问当世所施行。门下诸从事皆州郡选吏，侧听不疑，莫不惊骇。至昏夜，罢去。胜之遂表荐不疑，征诣公车，拜为青州刺史。

久之，武帝崩，昭帝即位，而齐孝王孙刘泽交结郡国豪桀谋反，欲先杀青州刺史。不疑发觉，收捕，皆伏其辜。擢为京兆尹，赐钱百万。京师吏民敬其威信。每行县录囚徒还，其母辄问不疑："有所平反，活几何人？"即不疑多有所平反，母喜笑，为饮食言语异于他时；或亡所出，母怒，为之不食。故不疑为吏，严而不残。

始元五年，有一男子乘黄犊车，建黄旐，衣黄襜褕，著黄冒，诣北阙，自谓卫太子。公车以闻，诏使公卿、将军、中二千石杂识视。长安中吏民聚观者数万人。右将军勒兵阙下，以备非常。丞相、御史、中二千石至者并莫敢发言。京兆尹不疑后到，叱从吏收缚。或曰："是非未可知，且安之。"不疑曰："诸君何患于卫太子！昔蒯聩违命出奔，辄距而不纳，《春秋》是之。卫太子得罪先帝，亡不即死，今来自诣，此罪人也。"遂送诏狱。

天子与大将军霍光闻而嘉之，曰："公卿大臣当用经术明于大谊。"由是名声重于朝廷，在位者皆自以不及也。大将军光欲以女妻之，不疑固辞，不肯当。久之，以病免，终于家。京师纪之。后赵广汉为京兆尹，言："我禁奸止邪，行于吏民，至于朝廷事，不及不疑远甚。"廷尉验治何人，竟得奸诈。本夏阳人，姓成名方遂，居湖，以卜筮为事。有故太子舍人尝从方遂卜，谓曰："子状貌甚似卫太子。"方遂心利其言，几得以富贵，即诈自称诣阙，廷尉逮召乡里知识者张宗禄等，方遂坐诬罔不道，要斩东市。一云姓张名延年。

疏广，字仲翁，东海兰陵人也。少好学，明《春秋》，家居教授，学者自远方至。

征为博士、太中大夫。地节三年，立皇太子，选丙吉为太傅，广为少傅，数月，吉迁御史大夫，广徙为太傅。

广兄子受，字公子，亦以贤良举为太子家令。受好礼恭谨，敏而有辞。宣帝幸太子宫，受迎谒应对，及置酒宴，奉觞上寿，辞礼闲雅，上甚欢说。顷之，拜受为少傅。太子外祖父特进平恩侯许伯以为太子少，白使其弟中郎将舜监护太子家。上以问广，广对曰："太子国储副君，师友必于天下英俊，不宜独亲外家许氏。且太子自有太傅、少傅。官属已备，今复使舜护太子家，视陋，非所以广太子德于天下也。"上善其言，以语丞相魏相，相免冠谢曰："此非臣等所能及。"广由是见器重，数受赏赐。太子每朝，因进见，太傅在前，少傅在后。父子并为师傅，朝廷以为荣。

在位五岁，皇太子年十二，通《论语》、《孝经》。广谓受曰："吾闻'知足不辱，知止不殆'，'功遂身退，天之道'也。今仕官至二千石，宦成名立，如此不去，惧有后悔，岂如父子相随出关，归老故乡，以寿命终，不亦善乎？"受叩头曰："从大人议。"即日父子俱移病。满三月赐告，广遂称笃，上疏乞骸骨。上以其年笃老，皆许之，加赐黄金二十斤，皇太子赠以五十斤。公卿大夫故人邑子设祖道，供张东都门外，送者车数百两，辞决而去。及道路观者皆曰："贤哉二大夫！"或叹息为之下泣。

广既归乡里，日令家共具设酒食，请族人故旧宾客，与相娱乐。数问其家金余尚有几所，趣卖以共具。居岁余，广子孙窃谓其昆弟老人广所爱信者曰："子孙几及君时颇立产业基址，今日饮食，费且尽。宜从丈人所，劝说君买田宅。"老人即以闲暇时为广言此计，广曰："吾岂老悖不念子孙哉？顾自有旧田庐，令子孙勤力其中，足以共衣食，与凡人齐。今复增益之以为赢余，但教子孙怠惰耳。贤而多财，则损其志；愚而多财，则益其过。且夫富者，众人之怨也；吾既亡以教化子孙，不欲益其过而生怨。又此金者，圣主所以惠养老臣也，故乐与乡党宗族共飨其赐，以尽吾余日，不亦可乎！"于是族人说服。皆以寿终。

于定国，字曼倩，东海郯人也。其父于公为县狱吏、郡决曹，决狱平，罗文法者于公所决皆不恨。郡中为之生立祠，号曰于公祠。

东海有孝妇，少寡，亡子，养姑甚谨，姑欲嫁之，终不肯。姑谓邻人曰："孝妇事我勤苦，哀其亡子守寡。我老，久累丁壮，奈何？"其后姑自经死，姑女告吏："妇杀我母"。吏捕孝妇，孝妇辞不杀姑。吏验治，孝妇自诬服。具狱上府，于公以为此妇养姑十余年，以孝闻，必不杀也。太守不听，于公争之，弗能得，乃抱其具狱，哭于府上，因辞疾去。太守竟论杀孝妇。郡中枯旱三年。后太守至，卜筮其故，于公曰："孝妇不当死，前太守强断之，咎党在是乎？"于是太守杀牛自祭孝妇冢，因表其墓，天立大雨，岁孰。郡中以此大敬重于公。

定国少学法于父，父死，后定国亦为狱中、郡决曹，补廷尉史，以选与御史中丞从事治反者狱，以材高举侍御史，迁御史中丞。会昭帝崩，昌邑王征即位，行淫乱，定国上书谏。后王废，宣帝立，大将军光领尚书事，条奏群臣谏昌邑王者皆超迁。定国由是为光禄大夫，平尚书事，甚见任用。数年，迁水衡都尉，超过廷尉。

定国乃迎师学《春秋》，身执经，北面备弟子礼。为人廉恭，尤重经术士，虽卑贱徒步往过，定国皆与钧礼，恩敬甚备，学士咸称焉。其决疑平法，务在哀鳏寡，罪疑从轻。加审慎之心。朝廷称之曰："张释之为廷尉，天下无冤民；于定国为廷尉，民自以不冤。"定国食酒至数石不乱，冬月治请谳，饮酒益精明。为廷尉十八岁，迁御史大夫。甘露中，代黄霸为丞相，封西平侯。三年，宣帝崩，元帝立，以定国任职旧臣，敬重之。时陈万年为御史大夫，与定国并位八年，论议无所拂。后贡禹代为御史大夫，数处驳议，定国明习政事，率常丞相议可。然上始即位，关东连年被灾害，民流入关，言事者归咎于大臣。上于是数以朝日引见丞相、御史，入受诏，条责以职事，曰："恶吏负贼，妄意良民，至亡辜死。或盗贼发，吏不亟追而反系亡家，后不敢复告，以故浸广。民多冤结，州郡不理，连上书者交于阙廷。二千石选举不实，是以在位多不任职。民田有灾害，吏不肯除，收趣其租，以故重困。关东流民饥寒疾疫，已诏吏转漕，虚仓廪开府臧相振救，赐寒者衣，至春犹恐不赡。今丞相、御史将欲何施以塞此咎？悉意条状，陈朕过失。"定国上书谢罪。

永光元年，春霜夏寒，日青亡光，上复以诏条责曰："郎有从东方来者，言民父子相弃。丞相、御史案事之吏匿不言邪？将从东方来者加增之也？何以错缪至是？欲知其实。方今年岁未可预知也，即有水旱，其忧不细。公卿有可以防其未然，救其已然者不？各以诚对，毋有所讳。"定国惶恐，上书自劾，归侯印，乞骸骨。上报曰："君相朕躬，不敢怠息，万方之事，大录于君。能毋过者，其唯圣人。方今承周、秦之敝，俗化陵夷，民寡礼谊，阴阳不调，灾咎之发，不为一端而作，自圣人推类以记，不敢专也，况于非圣者乎！日夜惟思所以，未能尽明。经曰：'万方有罪，罪在朕躬。'君虽任职，何必颛焉？其勉察郡国守相群牧，非其人者毋令久贼民。永执纲纪，务悉聪明，强食慎疾。"定国遂称笃，固辞。上乃赐安车驷马、黄金六十斤，罢就第。数岁，七十余薨。谥曰安侯。

子永嗣。少时，耆酒多过失，年且三十，乃折节修行，以父任为侍中中郎将、长水校尉。定国死，居丧如礼，孝行闻。由是以列侯为散骑、光禄勋，至御史大夫。尚馆陶公主施。施者，宣帝长女，成帝姑也，贤有行，永以选尚焉。上方欲相之，会永薨。子恬嗣。恬不肖，薄于行。

始，定国父于公，其闾门坏，父老方共治之。于公谓曰："少高大闾门，令容驷马高盖车。我治狱多阴德，未尝有所冤，子孙必有兴者。"至定国为丞相，永为御史大夫，封侯传世云。

薛广德，字长卿，沛郡相人也。以《鲁诗》教授楚国，龚胜、舍师事焉。萧望之为御史大夫，除广德为属，数与论议，器之，荐广德经行宜充本朝。为博士，论石渠，迁谏大夫，代贡禹为长信少府、御史大夫。

广德为人温雅有酝藉。及为三公，直言谏争。始拜旬日间，上幸甘泉，郊泰畤，礼毕，因留射猎。广德上书曰："窃见关东困极，人民流离。陛下日撞亡秦之钟，听郑、卫之乐，臣诚悼之。今士卒暴露，从官劳倦，愿队下亟反宫，思与百姓同忧乐，天下幸甚。"上即日还。其秋，上酎祭宗庙，出便门，欲御楼船，广德当乘舆车，免冠顿首曰："宜从桥。"诏曰："大夫冠。"广德曰："陛下不听臣，臣自刎，以血污车轮，陛下不得入庙矣！"上不说。先驱光禄大夫张猛进曰："臣闻主圣臣直。乘船危，就桥安，圣主不乘危。御史大夫言可听。"上曰："晓人不当如是邪！"乃从桥。

后月余，以岁恶民流，与丞相定国、大司马车骑将军史高俱乞骸骨，皆赐安车驷马、黄金六十斤，罢。广德为御史大夫，凡十月免。东归沛，太守迎之界上。沛以为荣，县其安车传子孙。

平当，字子思，祖父以訾百万，自下邑徙平陵。当少为大行治礼丞，功次补大鸿胪文学，察廉为顺阳长、栒邑令，以明经为博士，公卿荐当论议通明，给事中。每有灾异，当辄傅经术，言得失。文雅虽不能及萧望之、匡衡，然指意略同。

自元帝时，韦玄成为丞相，奏罢太上皇寝庙园，当上书言："臣闻孔子曰：'如有王者，必世而后仁。'三十年之间，道德和洽，制礼兴乐，灾害不生，祸乱不作。今圣汉受命而王，继体承业二百余年，孜孜不怠，政令清矣。然风俗未和，阴阳未调，灾害数见，意者大本有不立与？何德化休征不应之久也！祸福不虚，必有因而至者焉。宜深迹其道而务修其本。昔者帝尧南面而治，先'克胆俊德，以亲九族'，而化及万国《孝经》曰'天地之性人为贵，人之行莫大于孝，孝莫大于严父，严父莫大于配天，则周公其人也。'夫孝子善述人之志，周公既成文、武之业而制作礼乐，修严父配天之事，知文王不欲以子临父，故推而序之，上极于后稷而以配天。此圣人之德，亡以加于孝也。高皇帝圣德受命，有天下，尊太上皇，犹周文、武之追王太王、王季也。此汉之始祖，后嗣所宜尊奉以广盛德，孝之至也。《书》云：'正稽古建功立事，可以永年，传于亡穷。'"上纳其言，下诏复太上皇寝庙园。

顷之，使行流民幽州。举奏刺史二千石劳徕有意者，言勃海盐池可且勿禁，以救民急。所过见称，奉使者十一人，为最，迁丞相司直。坐法，左迁逆方刺史，复征人为太中大夫给事中，累迁长信少府、大鸿胪、光禄勋。

先是，太后姊子卫尉淳于长白言昌陵不可成，下有司议。当以为作治连年，可遂就。上既罢昌陵，以长首建忠策，复下公卿议封长。当又以为长虽有善言，不应封爵之科。坐前议不正，左迁钜鹿太守。后上遂封上。当以经明《禹贡》，使行河，为骑都尉，领河堤。

哀帝即位，征当为光禄大夫、诸吏、散骑，复为光禄勋、御史大夫，至丞相。以冬月，赐爵关内侯。明年春，上使使者召，欲封当。当病笃，不应召。室家或谓当："不可强起受侯印为子孙耶？"当曰："吾居大位，已负素餐之责矣，起受侯印，还卧而死，死有余罪。今不起者，所以为子孙也。"遂上书乞骸骨。上报曰："朕选于众，以君为相，视事日寡，辅政未久，阴阳不调，冬无大雪，旱气为灾，朕之不德，何必君罪？君何疑而上书乞骸骨，归关内侯爵邑？使尚书令谭赐君养牛一，上尊酒十石。君其勉致医药以自持。"后月余，卒。子晏以明经历位大司徒，封防乡侯。汉兴，唯韦、平父子至宰相。

鼓宣，字子佩，淮阳阳夏人也。治《易》，事张禹，举为博士，迁东平太傅。禹以帝师见尊信，荐宣经明有威重，可任政事，繇是入为右扶风，迁廷尉，以王国人出为太原太守。数年，复入为大司农、光禄勋、右将军。哀帝即位，徙为左将军。岁余，上欲令丁、傅处爪牙官，乃策宣曰："有司数奏言诸侯国人不得宿卫，将军不宜典兵马，处大位。朕唯将军任汉将之重，而子又前取淮阳王女，婚姻不绝，非国之制。使光禄大夫曼赐将军黄金五十斤、安车驷马，其上左将军印绶，以关内侯归家。"

宣罢数岁，谏大夫鲍宣数荐宣。会元寿元年正月朔日蚀，鲍宣复言，上乃召宣为光禄大夫，迁御史大夫，转为大司空，封长平侯。

会哀帝崩，新都侯王莽为大司马，秉政专权。宣上书言："三公鼎足承君，一足不任，则覆乱美实。臣资性浅薄，年齿老眊，数伏疾病，昏乱遗忘，愿上大司空、长平侯印绶，乞骸骨归乡里，俟置沟壑。"莽白太后，策宣曰："惟君视事日寡，功德未效，迫于老眊昏乱，非所以辅国家、绥海内也。使光禄勋丰册诏君，其上大司空印绶，便就国。"莽恨宣求退，故不赐黄金、安车驷马。宣居国数年，薨，谥曰顷侯。传子至孙，王莽败，乃绝。

赞曰：隽不疑学以从政，临事不惑，遂立名迹，终始可述。疏广行止足之计，免辱殆之累，亦其次也。于安国父子哀鳏哲狱，为任职臣。薛广德保县车之荣，平当逡遁有耻，彭宣见险而止，异乎“苟患失之”者矣。

卷七十二

王贡两龚鲍传第四十二

昔武王伐纣，迁九鼎于雒邑，伯夷、叔齐薄之，饿死于首阳，不食其禄，周犹称盛德焉。然孔子贤此二人，以为“不降其志，不辱其身”也。而《孟子》亦云：“闻伯夷之风者，贪夫廉，懦夫有立志”；“奋乎百世之上，百世之下莫不兴起，非贤人而能若是乎！”

汉兴有园公、绮里季、夏黄公，角里先生，此四人者，当秦之世，避而入商雒深山，以待天下之定也。自高祖闻而召之，不至。其后吕后用留侯计，使皇太子卑辞束帛致礼，安车迎而致之。四人既至，从太子见，高祖客而敬焉，太子得以为重，遂用自安。语在《留侯传》。

其后谷口有郑子真，蜀有严君平，皆修身自保，非其服弗服，非其食弗食。成帝时，元舅大将军王凤以礼聘子真，子真遂不诎而终。君平卜筮于成都市，以为：“卜筮者贱业，而可以惠众人。有邪恶非正之问，则依蓍龟为言利害。与人子言依于孝，与人弟言依于顺，与人臣言依于忠，各因势导之以善，从吾言者，已过半矣。”裁日阅数人，得百钱足自养，财闭肆下帘而授《老子》。博览亡不通，依老子、严周之指著书十余万言。杨雄少时从游学，以而仕京师显名，数为朝廷在位贤者称君平德。杜陵李强素善雄，久之为益州牧，喜谓雄曰：“吾真得严君平矣。”雄曰：“君备礼以待之，彼人可见而不可得诎也。”强心以为不然。及至蜀，致礼与相见，卒不敢言以为从事，乃叹曰：“杨子云诚知人！”君平年九十余，遂以其业终，蜀人爱敬，至今称焉。及雄著书言当世士，称此二人。其论曰：“或问：君子疾没世而名不称，盍势诸名卿可几？曰：君子德名为几。梁、齐、楚、赵之君非不富且贵也，恶虖成其名！谷口郑子真不诎其志，耕于岩石之下，名震于京师，岂其卿？岂其卿？楚两龚之洁，其清矣乎！蜀严湛冥，不作苟见，不治苟得，久幽而不改其操，虽随、和何以加诸？举兹以旃，不亦宝乎！”

自园公、绮里季、夏黄公、角里先生、郑子真、严君平皆未尝仕，然其风声足以激贪厉俗，近古之逸民也。若王吉、贡禹，两龚之属，皆以礼让进退云。

王吉，字子阳，琅邪皋虞人也。少好学明经，以郡吏举孝廉为郎，补若卢右丞，迁云阳令。举贤良为昌邑中尉，而王好游猎，驱驰国中，动作亡节，吉上疏谏，曰：

臣闻古者师日行三十里，吉行五十里，《诗》云：“匪风发兮，匪车揭兮，顾瞻周道，中心怛兮。”说曰：是非古之风也，发发者；是非古之车也，揭揭者。盖伤之也。今者大王幸方与，曾不半日而驰二百里，百姓颇废耕桑，治道牵马，臣愚以为民不可数变。

昔召公述职，当民事时，舍于棠下而听断焉。是时，人皆得其所，后世思其仁恩，至乎不伐甘棠，《甘棠》之诗是也。

大王不好书术而乐逸游，冯式撙衔，驰骋不止，口倦乎叱咤，手苦于箠辔，身劳乎车舆；朝则冒雾露，昼则被尘埃，夏则为大暑之所暴炙，冬则为风寒之所偃薄。数以耎脆之玉体犯勤劳之烦毒，非所以全寿命之宗也，又非所以进仁义之隆也。

夫广夏之下，细旃之上，明师居前，劝诵在后，上论唐、虞之际，下及殷、周之盛，考仁圣之风，习治国之道，欣欣焉发愤忘食，日新厥德，其乐岂徒衔橛之间哉！休则俯仰诎信以利形，进退步趋以实下，吸新吐故以练臧，专意积精以适神，于以养生，岂不长哉！大王诚留意如此，则心有尧、舜之志，体有乔、松之寿，美声广誉登而上闻，则福禄其臻而社稷安矣。

皇帝仁圣，至今思慕未怠，于宫馆囿池弋猎之乐未有所幸，大王宜夙夜念此，以承圣意。诸侯骨肉，莫亲大王，大王于属则子也，于位则臣也，一身而二任之责加焉，恩爱行义孅介有不具者，于以上闻，非飨国之福也。臣吉愚戆，愿大王察之。

王贺虽不遵道，然犹知敬礼吉，乃下令曰："寡人造行不能无惰，中尉甚忠，数辅吾过。使谒者千秋赐中尉牛肉五百斤，酒五石，脯五束。"其后复放从自若。吉辄谏争，甚得辅弼之义，虽不治民，国中莫不敬重焉。

久之，昭帝崩，亡嗣，大将军霍光秉政，遣大鸿胪、宗正迎昌邑王。吉即奏书戒王曰："臣闻高宗谅暗，三年不言。今大王以丧事征，宜日夜哭泣悲哀而已，慎毋有所发。且何独丧事，凡南面之君何言哉？天不言，四时行焉，百物生焉，愿大王察之。大将军仁爱勇智，忠信之德天下莫不闻，事孝武皇帝二十余年未尝有过。先帝弃群臣，属以天下，寄幼孤焉，大将军抱持幼君襁褓之中，布政施教，海内晏然，虽周公、伊尹亡以加也。今帝崩，亡嗣，大将军惟思可以奉宗庙者，攀援而立大王，其仁厚岂有量哉！臣愿大王事之敬之，政事一听之，大王垂拱南面而已。愿留意，常以为念。"

王既到，即位二十余日以行淫乱废。昌邑群臣坐在国时不举奏王罪过，令汉朝不闻知，又不能辅道，陷王大恶，皆下狱诛。唯吉与郎中令龚遂以忠直数谏正得减死，髡为城旦。起家复为益州刺史，病去官，复征为博士、谏大夫。是时，宣帝颇修武帝故事，宫室车服盛于昭帝。时外戚许、史、王氏贵宠，而上躬亲政事，任用能吏。吉上疏言得失，曰：

陛下躬圣质，总万方，帝王图籍日陈于前，惟思世务，将兴太平。诏书每下，民欣然若更生。臣伏而思之，可谓至恩，未可谓本务也。

欲治之主不世出，公卿幸得遭遇其时，言听谏从，然未有建万世之长策，举明主于三代之隆者也。其务在于期会簿书，断狱听讼而已，此非太平之基也。

臣闻圣王宣德流化，必自近始。朝廷不备，难以言治；左右不正，难以化远。民者，弱而不可胜，愚而不可欺也。圣主独行于深宫，得则天下称诵之，失则天下咸言之。行发于近，必见于远，故谨选左右，审择所使。左右所以正身也，所使所以宣德也。《诗》云："济济多士，文王以宁。"此其本也。

《春秋》所以大一统者，六合同风，九州共贯也。今俗吏所以牧民者，非有礼义科指可世世通行者也，独设刑法以守之。其欲治者，不知所由，以意穿凿，各取一切，权谲自在，故一变之后不可复修也。是以百里不同风，千里不同俗，户异政，人殊服，诈伪萌生，刑罚亡极，质朴日销，恩爱浸薄。孔子曰"安上治民，莫善于礼"，非空言也。王者未制礼之时，引先王礼宜于今者而用之。臣愿陛下承天心，发大业，与公卿大臣延及儒生，述旧礼，明王制，驱一世之民济之仁寿之域，则俗何以不若成、康，寿何以不若高宗？窃见当世趋务不合于道者，谨条奏，唯陛下财择焉。

吉意以为："夫妇，人伦大纲，夭寿之萌也。世俗嫁娶太早，未知为人父母之道而有子，是以教化不明而民多夭。聘妻送女亡节，则贫人不及，故不举子。又汉家列侯尚公主，诸侯则国人承翁主，使男事女，夫诎于妇，逆阴阳之位，故多女乱。古者衣服车马贵贱有章，以褒有德而别尊卑，今上下僭差，人人自制，是以贪财诛利，不畏死亡。周之所以能致治，刑措而不用者，以其禁邪于冥冥，绝恶于未萌也。"又言："舜、汤不用三公九卿之世而举皋陶、伊尹，不仁者远。今使俗吏得任子弟，率多骄骜，不通古今，至于积功治人，亡益于民，此《伐檀》所为作也。宜明选求贤，除任子之令。外家及故人可厚以财，不宜居位。去角抵，减乐府，省尚方，明视天下以俭。古者工不造雕瑑，商不通侈靡，非工商之独贤，政教使之然也。民见俭则归本，本立而末成。"其指如此，上以其言迂阔，不甚宠异也。吉遂谢病归琅邪。

始吉少时学问，居长安。东家有大枣树垂吉庭中，吉妇取枣以啖吉。吉后知之，乃去妇。东家闻而欲伐其树，邻里共止之，因固请吉令还妇。里中为之语曰："东家有树，王阳妇去；东家枣完，去妇复还。"其厉志如此。吉与贡禹为友，世称"王阳在位，贡公弹冠"，言其取舍同也。元帝初即位，遣使者征贡禹与吉。吉年老，道病卒，上悼之，复遣使者吊祠云。

初，吉兼通《五经》，能为驺氏《春秋》，以《诗》、《论语》教授，好梁丘贺说《易》，令子骏受焉。骏以孝廉为郎。左曹陈咸荐骏贤父子，经明行修，宜显以厉俗。光禄勋匡衡亦举骏有专对材。迁谏大夫，使责淮阳宪王。迁赵内史。吉坐昌邑王被刑后，戒子孙毋为王国吏，故骏道病，免官归。起家复为幽州刺史，迁司隶校尉，奏免丞相匡衡，迁少府，八岁，成帝欲大用之，出骏为京兆尹，试以政事。先是，京兆有赵广汉、张敞、王尊、王章，至骏皆有能名，故京师称曰："前有赵、张，后有三王。"而薛宣从左冯翊代骏为少府，会御史大夫缺，谷永奏言："圣王不以名誉加于实效。考绩用人之法，薛宣政事已试。"上然其议。宣为少府月余，遂超御史大夫，至丞相，骏乃代宣为御史大夫，并居位。六岁病卒，翟方进代骏为大夫。数月，薛宣免，遂代为丞相。众人为骏恨不得封侯。骏为少府时，妻死，因不复娶，或问之，骏曰："德非曾参，子非华、元，亦何敢娶？"

骏子崇以父任为郎，历刺史、郡守，治有能名。建平三年，以河南太守征入为御史大夫数月。是时，成帝舅安成恭侯夫人放寡居，共养长信宫，坐祝诅下狱，崇奏封事，为放言。放外家解氏与崇为婚，哀帝以崇为不忠诚，策诏崇曰："朕以君有累世之美，故逾列次。在位以来，忠诚匡国未闻所由，反怀诈谖之辞，欲以攀救旧姻之家，大逆之辜，举错专恣，不遵法度，亡以示百僚。"左迁为大司农，后徙卫尉、左将军。平帝即位，王莽秉政，大司空彭宣乞骸骨罢，崇代为大司空，封扶平侯。岁余，崇复谢病乞骸骨，皆避王莽，莽遣就国。岁余，为傅婢所毒，薨，国除。

自吉至崇，世名清廉，然材器名称稍不能及父，而禄位弥隆。皆好车马衣服，其自奉养极为鲜明，而亡金银锦绣之物。及迁徙去处，所载不过囊衣，不畜积余财。去位家居，亦布衣疏食。天下服其廉而怪其奢，故俗传"王阳能作黄金"。

贡禹，字少翁，琅邪人也。以明经洁行著闻，征为博士、凉州刺史，病去官。复举贤良为河南令。岁余，以职事为府官所责，免冠谢。禹曰："冠一免，安复可冠也！"遂去官。

元帝初即位，征禹为谏大夫，数虚已问以政事。是时，年岁不登，郡国多困，禹奏言：

古者宫室有制，宫女不过九人，秣马不过八匹；墙涂而不雕，木摩而不刻，车舆器物皆不文画，苑囿不过数十里，与民共之；任贤使能，什一而税，无它赋敛徭戍之役，使民岁不过三日，千里之内自给，千里之外各置贡职而已。故天下家给人足，颂声并作。

至高祖、孝文、孝景皇帝，循古节俭，宫女不过十余，厩马百余匹。孝文皇帝衣绨履革，器亡雕文金银之饰。后世争为奢侈，转转益甚，臣下亦相放效，衣服履裤刀剑乱于主上，主上时临潮入庙，众人不能别异，甚非其宜。然非自知奢僭也，犹鲁昭公曰："吾何僭矣？"

今大夫僭诸侯，诸侯僭天子，天子过天道，其日久矣。承衰救乱，矫复古化，在于陛下。臣愚以为尽如太古难，宜少放古以自节焉。《论语》曰："君子乐节礼乐。"方今宫室已定，亡可奈何矣，其余尽可减损。故时齐三服官输物不过十笥，方今齐三服官作工各数千人，一岁费数巨万。蜀广汉主金银器，岁各用五百万。三工官官费五千万，东西织室亦然。厩马食粟将万匹。臣禹尝从之东宫，见赐杯案，尽文画金银饰，非当所以赐食臣下也。东宫之费亦不可胜计。天下之民所为大饥饿死者，是也。今民大饥而死，死又不葬，为犬猪食。人至相食，而厩马食粟，苦其大肥，气甚怒至，乃日步作之。王者受命于天，为民父母，固当若此乎！天不见耶？武帝时又多取好女至数千人，以填后宫。及弃天下，昭帝幼弱，霍光专事，不知礼正，妄多臧金钱财物，鸟、兽、鱼、鳖、牛、马、虎、豹生禽，凡百九十物，尽瘗臧之，又皆以后宫女置于园陵，大失礼，逆天心，又未必称武帝意也。昭帝晏驾，光复行之。至孝宣皇帝时，陛下恶有所言，群臣亦随故事，甚可痛也！故使天下承化，取女皆大过度，诸侯妻妾或至数百人，豪富吏民畜歌者至数十人，是以内多怨女，外多旷夫。及众庶葬埋，皆虚地上以实地下。其过自上生，皆在大臣循故事之罪也。

唯陛下深察古道，从其俭者，大减损乘舆服御器物，三分去二。子产多少有命，审察后宫，择其贤者留二十人，余悉归之。及诸陵园女亡子者，宜悉遣。独杜陵宫人数百，诚可哀怜也。厩马可亡过数十匹。独舍长安城南苑地以为田猎之囿，自城西南至山西至鄠皆复其田，以与贫民。方今天下饥馑，可亡大自损减以救之，称天意乎？天生圣人，盖为万民，非独使自娱乐而已也。故《诗》曰："天难谌斯，不易为王"；"上帝临女，毋贰尔心。""当仁不让"，独可以圣心参诸天地，揆之往古，不可与臣下议也。若其阿意顺指，随君上下，臣禹不胜拳拳，不敢不尽愚心。

天子纳善其忠，乃下诏令太仆减食谷马，水衡减食肉兽，省宜春下苑以与贫民，又罢角抵诸戏及齐三服官。迁禹为光禄大夫。顷之，禹上书曰："臣禹年老贫穷，家訾不满万钱，妻子糠豆不赡，裋褐不完。有田百三十亩，陛下过意征臣，臣卖田百亩以供车马。至，拜为谏大夫，秩八百石，俸钱月九千二百。廪食太官，又蒙赏赐四时杂缯、绵絮、衣服、酒肉、诸果物，德厚甚深。疾病侍医临治，赖陛下神灵，不死而活。又拜为光禄大夫，秩二千石，俸钱月万二千。禄赐愈多，家日以益富，身日以益尊，诚非草茅愚臣所当蒙也。伏自念终亡以报厚德，日夜惭愧而已。臣禹犬马之齿八十一，血气衰竭，耳目不聪明，非复能有补益，所谓素餐尸禄洿朝之臣也。自痛去家三千里，凡有一子，年十二，非有在家为臣具棺椁者也。诚恐一旦蹎仆气竭，不复自还，洿席荐于宫室，骸骨弃捐，孤魂不归。不胜私愿，愿乞骸骨，及身生归乡里，死亡所恨。"

天子报曰："朕以生有伯夷之廉，史鱼之直，守经据古，不阿当世，孳孳于民，俗之所寡，故亲近生，几参国政。今未得久闻生之奇论也，而云欲退，意岂有所恨与？将在位者与生殊乎？往者尝令金敞语生，欲及生时禄生之子，既已谕矣，今复云子少。夫以王命辨护生家，虽百子何以加？传曰亡怀土，何必思故乡！生其强饭慎疾以自辅。”后月余，以禹为长信少府。会御史大夫陈万年卒，禹代为御史大夫，列于三公。

自禹在位，数言得失，书数十上。禹以为古民亡赋算口钱，起武帝征伐四夷，重赋于民，民产子三岁则出口钱，故民重困，至于生子辄杀，甚可悲痛。宜令兒七岁去齿乃出口钱，年二十乃算。

又言古者不以金钱为币，专意于农，故一夫不耕，必有受其饥者。今汉家铸钱，及诸铁官皆置吏卒徒，攻山取铜铁，一岁功十万人已上，中农食七人，是七十万人常受其饥也。凿地数百丈，销阴气之精，地臧空虚，不能含气出云，斩伐林木亡有时禁，水旱之灾未必不由此也。自五铢钱起已来七十余年，民坐盗铸钱被刑者众，富人积钱满室，犹亡厌足。民心动摇，商贾求利，东西南北各用智巧，好衣美食，岁有十二之利，而不出租税。农夫父子暴露中野，不避寒暑，捽草杷土，手足胼胝，已奉谷租，又出稿税，乡部私求，不可胜供。故民弃本逐末，耕者不能半。贫民虽赐之田，犹贱卖以贾，穷则起为盗贼。何者？末利深而惑于钱也。是以奸邪不可禁，其原皆起于钱也。疾其末者绝其本，宜罢采珠玉金银铸钱之官，无复以为币。市井勿得贩卖，除其租铢之律，租税禄赐皆以布帛及谷，使百姓一归于农，复古道便。

又言诸离宫及长乐宫卫可减其太半，以宽繇役。又诸官奴婢十万余人戏游亡事，税良民以给之，岁费五六巨万，宜免为庶人，廪食，令代关东戍卒，乘北边亭塞候望。又欲令近臣自诸曹、侍中以上，家亡得私贩卖，与民争利，犯者辄免官削爵，不得仕官。禹又言：

孝文皇帝时，贵廉洁，贱贪污，贾人、赘婿及吏坐赃者皆禁锢不得为吏，赏善罚恶，不阿亲戚，罪白者伏其诛，疑者以与民，亡赎罪之法，故令行禁止，海内大化，天下断狱四百，与刑错亡异。武帝始临天下，尊贤用士，辟地广境数千里，自见功大威行，遂从耆欲，用度不足，乃行一切之变，使犯法者赎罪，入谷者补吏，是以天下奢侈，官乱民贫，盗贼并起，亡命者众。郡国恐伏其诛，则择便巧吏书习于计簿能欺上府者，以为右职；奸轨不胜，则取勇猛能操切百姓者，以苛暴威服下者，使居大位。故亡义而有财者显于世，欺谩而善书者尊于朝，悖逆而勇猛者贵于官。故俗皆曰：“何以孝弟为？财多而光荣。何以礼义为？史书而仕宦。何以谨慎为？勇猛而临官。”故黥劓而髡钳者犹复攘臂为政于世，行虽犬彘，家富势足，目指气使，是为贤耳。故谓居官而置富者为雄桀，处奸而得利者为壮士，兄劝其弟，父勉其子，俗之坏败，乃至于是！察其所以然者，皆以犯法得赎罪，求士不得真贤，相、守崇财利，诛不行之所致也。

今欲兴至治，致太平，宜除赎罪之法。相、守选举不以实，及有臧者，辄行其诛，亡但免官，则争尽力为善，贵孝弟，贱贾人，进真贤，举实廉，而天下治矣。孔子，匹夫之人耳，以乐道正身不解之故，四海之内，天下之君，微孔子之言亡所折中。况乎以汉地之广，陛下之德，处南面之尊，秉万乘之权，因天地之助，其于变世易俗，调和阴阳，陶冶万物，化正天下，易于决流抑队。自成、康以来，几且千岁，欲为治者甚众，然而太平不复兴者，何也？以其舍法度而任私意，奢侈行而仁义废也。

陛下诚深念高祖之苦，醇法太宗之治，正已以先下，选贤以自辅，开进忠正，致诛奸臣、远放谄佞，赦出园陵之女，罢倡乐，绝郑声，去甲乙之帐，退伪薄之物，修节俭之化，驱天下之民皆归于农，如此不解，则三王可侔，五帝可及。唯陛下留意省察，天下幸甚。

天子下其议，令民产子七岁乃出口钱，自此始。又罢上林宫馆希幸御者，及省建章、甘泉宫卫卒，减诸侯王庙卫卒，省其半。余虽未尽从，然嘉其质直之意。禹又奏欲罢郡国庙，定汉宗庙迭毁之礼，皆未施行。

为御史大夫数月卒，天子赐钱百万，以其子为郎，官至东郡都尉。禹卒后，上追思其议，竟下诏罢郡国庙，定迭毁之礼。然通儒或非之，语在《韦玄成传》。

两龚皆楚人也，胜，字君宾，舍，字君倩。二人相友，并著名节，故世谓之楚两龚。少皆好学明经，胜为郡吏，舍不仕。

久之，楚王入朝，闻舍高名，聘舍为常侍，不得已随王，归国固辞，愿卒学，复至长安。而胜为郡吏，三举孝廉，以王国人不得宿卫补吏，再为尉，一为丞，胜辄至官乃去。州举茂才，为重泉令，病去官。大司空何武、执金吾阎崇荐胜，哀帝自为定陶王固已闻其名，征为谏大夫。引见，胜荐龚舍及亢父甯寿、济阴侯嘉，有诏皆征。胜曰："窃见国家征医巫，常为驾，征贤者宜驾。"上曰："大夫乘私车来耶？"胜曰："唯唯。"有诏为驾。龚舍、侯嘉至，皆为谏大夫。甯寿称疾不至。

胜居谏官，数上书求见，言百姓贫，盗贼多，吏不良，风俗薄，灾异数见，不可不忧。制度泰奢，刑罚泰深，赋敛泰重，宜以俭约先下。其言祖述王吉、贡禹之意。为大夫二岁余，迁丞相司直，徙光禄大夫，守右扶风。数月，上知胜非拨烦吏，乃复还胜光禄大夫、诸吏给事中。胜言董贤乱制度，由是逆上指。

后岁余，丞相王嘉上书荐故廷尉梁相等，尚书劾奏嘉"言事恣意，迷国罔上，不道。"下将军中朝者议，左将军公孙禄，司隶鲍宣、光禄大夫孔光等十四人皆以为嘉应迷国不道法。胜独书议曰："嘉资性邪僻，所举多贪残吏。位列三公，阴阳不和，诸事并废，咎皆繇嘉，迷国不疑，今举相等，过微薄。"日暮议者罢。明旦复会，左将军禄问胜："君议亡所据，今奏当上，宜何从？"胜曰："将军以胜议不可者，通劾之。"博士夏侯常见胜应禄不和，起至胜前谓曰："宜如奏所言。"胜以手推常曰："去！"

后数日，复会议可复孝惠、孝景庙不，议者皆曰宜复。胜曰："当如礼。"常复谓胜："礼有变。"胜疾言曰："去！是时之变。"常恚，谓胜曰："我视君何若，君欲小与众异，外以采名，君乃申徒狄属耳！"先是，常又为胜道高陵有子杀母者，胜白之，尚书问："谁受？"对曰："受夏侯常。"尚书使胜问常，常连恨胜，即应曰："闻之白衣，戒君勿言也。奏事不详，妄作触罪。"胜穷，无以对尚书，即自劾奏与常争言，洿辱朝廷。事下御史中丞，召诘问，劾奏"胜吏二千石，常位大夫，皆幸得给事中，与论议，不崇礼义，而居公门下相非恨，疾言辩讼，惰谩亡状，皆不敬。"制曰："贬秩各一等。"胜谢罪，乞骸骨。上乃复加赏赐，以子博为侍郎，出胜为渤海太守。胜谢病不任之官，积六月免归。上复征为光禄大夫，胜常称疾卧，数使子上书乞骸骨，会哀帝崩。

初，琅邪邴汉亦以清行征用，至京兆尹，后为太中大夫。王莽秉政，胜与汉俱乞骸骨。自昭帝时，涿郡韩福以德行征至京师，赐策书束帛遣归。诏曰："朕闵劳以官职之事，其务修孝弟以教乡里。行道舍传舍，县次具酒肉，食从者及马。长吏以时存问，常以岁八月赐羊一头，酒二斛。不幸死者，赐衤复衾一，祠以中牢。"于是王莽依故事，白遣胜、汉。策曰："惟元始二年六月庚寅，光禄大夫、太中大夫耆艾二人以老病罢。太皇太后使谒者仆射策诏之曰：盖闻古者有司年至则致仕，所以恭让而不尽其力也。今大夫年至矣，朕愍以官职之事烦大夫，其上子若孙若同产、同产子一人。大夫其修身守道，以终高年。赐帛及行道舍宿，岁时羊酒衣衾，皆如韩福故事。所上子男皆除为郎。"于是胜、汉遂归老于乡里。汉兄子曼容亦养志自修，为官不肯过六百石，辄自免去，其名过出于汉。

初，龚舍以龚胜荐，征为谏大夫，病免。复征为博士，又病去。顷之，哀帝遣使者即楚拜舍为太山太守。舍家居在武原，使者至县请舍，欲令至廷拜授印绶。舍曰："王者以天下为家，何必县官？"遂于家受诏，便道之官。既至数月，上书乞骸骨。上征舍，至京兆东湖界，固称病笃。于子使使者收印绶，拜舍为光禄大夫。数赐告，舍终不肯起，乃遣归。

舍亦通《五经》，以《鲁诗》教授。舍、胜既归乡里，郡二千石长吏初到官皆至其家，如师弟子之礼。舍年六十八，王莽居摄中卒。

莽既篡国，遣五威将帅行天下风俗，将帅亲奉羊、酒存问胜。明年，莽遣使者即拜胜为讲学祭酒，胜称疾不应征。后二年，莽复遣使者奉玺书，太子师友祭酒印绶，安车驷马迎胜，即拜，秩上卿，先赐六月禄直以办装，使者与郡太守、县长吏、三老官属、行义诸生千人以上入胜里致诏。使者欲令胜起迎，久立门外，胜称病笃，为床室中户西南牖下，东首加朝服拕绅。使者入户，西行南面立，致诏付玺书，迁延再拜奉印绶，内安车驷马，进谓胜曰："圣朝未尝忘君，制作未定，待君为政，思闻所欲施行，以安海内"。胜对曰："素愚，加以年老被病，命在朝夕，随使君上道，必死道路，无益万分。"使者要说，至以印绶就加胜身，胜辄推不受。使者即上言："方盛夏暑热，胜病少气，可须秋凉乃发。"有诏许。使者五日一与太守俱问起居，为胜两子及门人高晖等言："朝廷虚心待君以茅土之封，虽疾病，宜动移至传舍，示有行意，必为子孙遗大业。"晖等白使者语，胜自知不见听，即谓晖等："吾受汉家厚恩，无以报，今年老矣，旦暮入地，谊岂以一身事二姓，下见故主哉？"胜因敕以棺敛丧事："衣周于身，棺周于衣。勿随俗动吾冢，种柏，作祠堂。"语毕，遂不复开口饮食，积十四日死，死时七十九矣。使者、太守临敛，赐衤复衾祭祠如法。门人衰绖治丧者百数。有老父来吊，哭甚哀，既而曰："嗟乎！薰以香自烧，膏以明自销。龚生竟夭天年，非吾徒也。"遂趋而出，莫知其谁。胜居彭城廉里，后世刻石表其里门。

鲍宣，字子都，渤海高城人也。好学，明经，为县乡啬夫，守束州丞。后为都尉、太守功曹，举孝廉为郎，病去官，复为州从事。大司马、卫将军王商辟宣，荐为议郎，后以病去。哀帝初，大司空何武除宣为西曹掾，甚敬重焉，荐宣为谏大夫，迁豫州牧。岁余，丞相司直郭钦奏"宣举错烦苛，代二千石署吏听讼，所察过诏条。行部乘传去法驾，驾一马，舍宿乡亭，为众所非。"宣坐免。归家数月，复征为谏大夫。

宣每居位，常上书谏争，其言少文多实。是时，帝祖母傅太后欲与成帝母俱称尊号，封爵亲属，丞相孔光、大司空师丹、何武、大司马傅喜始执正议，失傅太后指，皆免官。丁、傅子弟并进，董贤贵幸，宣以谏大夫从其后，上书谏曰：

窃见孝成皇帝时，外亲持权，人人牵引所私以充塞朝廷，妨贤人路，浊乱天下，奢泰亡度，穷困百姓，是以日蚀且十，彗星四起。危亡之征，陛下所亲见也，今奈何反复剧于前乎？朝臣亡有大儒骨鲠、白首耆艾、魁垒之士，论议通古今、喟然动众心、忧国如饥渴者，臣未见也。敦外亲小童及幸臣董贤等在公门省户下，陛下欲与此共承天地，安海内，甚难。今世俗谓不智者为能，谓智者为不能。昔尧放四罪而天下服，今除一吏而众皆惑；古刑人尚服，今赏人反惑。请寄为奸，群小日进。国家空虚，用度不足。民流亡，去城郭，盗贼并起，吏为残贼，岁增于前。

凡民有七亡：阴阳不和，水旱为灾，一亡也；县官重责更赋租税，二亡也；贪吏并公，受取不已，三亡也；豪强大姓蚕食亡厌，四亡也；苛吏徭役，失农桑时，五亡也；部落鼓鸣，男女遮列，六亡也；盗贼劫略，取民财物，七亡也。七亡尚可，又有七死：酷吏殴杀，一死也；治狱深刻，二死也；冤陷亡辜，三死也；盗贼横发，四死也；怨雠相残，五死也；岁恶饥饿，六死也；时气疾疫，七死也。民有七亡而无一得，欲望国安，诚难；民有七死而无一生，欲望刑措，诚难。此非公卿、守、相贪残成化之所致邪？群臣幸得居尊官，食重禄，岂有肯加恻隐于细民，助陛下流教化者邪？志但在营私家，称宾客，为奸利而已。以苟容曲从为贤。以拱默尸禄为智，谓如臣宣等为愚。陛下擢臣岩穴，诚冀有益毫毛，岂徒欲使臣美食大官，重高门之地哉！

天下乃皇天之天下也，陛下上为皇太子，下为黎庶父母，为天牧养元元，视之当如一，合《尸鸠》之诗。今贫民菜食不厌，衣又穿空，父子夫妇不能相保，诚可为酸鼻。陛下不救，将安所归命乎？奈何独私养外亲与幸臣董贤，多赏赐以大万数，使奴从宾客浆酒霍肉，苍头庐兒皆用致富！非天意也。及汝昌侯傅商亡功而封。夫官爵非陛下之官爵，乃天下之官爵也。陛下取非其官，官非其人，而望天说民服，岂不难哉！

方阳侯孙宠、宜陵侯息夫躬辩足以移众，强可用独立，奸人之雄，或世尤剧者也，宜以时罢退。及外亲幼童未通经术者，皆宜令休就师傅。急征故大司马傅喜使领外亲。故大司空何武、师丹、故丞相孔光、故左将军彭宣，经皆更博士，位皆历三公，智谋威信，可与建教化，图安危。龚胜为司直，郡国皆慎选举，三辅委输官不敢为奸，可大委任也。陛下前以小不忍退武等，海内失望。陛下尚能容亡功德者甚众，曾不能忍武等邪！治天下者当用天下之心为心，不得自专快意而已也。上之皇天见谴，下之黎庶怨恨，次有谏争之臣，陛下苟欲自薄而厚恶臣，天下犹不听也。臣虽愚戆，独不知多受禄赐，美食太官，广田宅，厚妻子，不与恶人结仇怨以安身邪？诚迫大义，官以谏争为职，不敢不竭愚。惟陛下少留神明，览《五经》之文，原圣人之至意，深思天地之戒。臣宣呐钝于辞，不胜忄卷忄卷，尽死节而已。

上以宣名儒，优容之。

是时，郡国地震，民讹言行筹，明年正月朔日蚀，上乃征孔光，免孙宠、息夫躬，罢侍中诸曹黄门郎数十人。宣复上书言：

陛下父事天，母事也，子养黎民，即位已来，父亏明，母震动，子讹言相惊恐。今日蚀于三始，诚可畏惧。小民正月朔日尚恐毁败器物，何况于日亏乎！陛下深内自责，避正殿，举直言，求过失，罢退外亲及旁仄素餐之人，征拜孔光为光禄大夫，发觉孙宠、息夫躬过恶，免官遣就国，众庶歙然，莫不说喜。天人同心，人心说则天意解矣。乃二月丙戌，白虹奸日，连阴不雨，此天有忧结未解，民有怨望未塞者也。

侍中、驸马都尉董贤本无葭莩之亲，但以令色谀言自进，赏赐亡度，竭尽府藏，并合三第尚以为小，复坏暴室。贤父子坐使天子使者将作治第，行夜吏卒皆得赏赐。上冢有会，辄太官为供。海内贡献当养一君，今反尽之贤家，岂天意与民意耶！天不可久负，厚之如此，反所以害之也。诚欲哀贤，宜为谢过天地，解仇海内，免遣就国，收乘舆器物，还之县官。如此，可以父子终其性命；不者，海内之所仇，未有得久安者也。

孙宠、息夫躬不宜居国，可皆免以视天下。复征何武、师丹、彭宣、傅喜，旷然使民易视，以应天心，建立大政，以兴太平之端。

高门去省户数十步，求见出入，二年未省，欲使海濒仄陋自通，远矣！愿赐数刻之间，极竭罂々之思，退入三泉，死亡所恨。

上感大异，纳宣言，征何武、彭宣，旬月皆复为三公。拜宣为司隶。时，哀帝改司隶校尉但为司隶，官比司直。

丞相孔光四时行园陵，官属以令行驰道中，宣出逢之，使吏钩止丞相掾史，没入其车马，摧辱宰相。事下御史，中丞、侍御史至司隶官，欲捕从事，闭门不肯内。宣坐距闭使者，亡人臣礼，大不敬，不道，下廷尉狱。博士弟子济南王咸举幡太学下，曰："欲救鲍司隶者会此下。"诸生会者千余人。朝日，遮丞相孔光自言，丞相车不得行，又守阙上书。上遂抵宣罪减死一等，髡钳。宣既被刑，乃徙之上党，以为其地宜田牧，又少豪俊，易长雄，遂家于长子。

平帝即位，王莽秉政，阴有篡国之心，乃风州郡以罪法案诛诸豪桀，及汉忠直臣不附己者，宣及何武等皆死。时，名捕陇西辛兴，兴与宣女婿许绀俱过宣，一饭去，宣不知情，坐系狱，自杀。

自成帝至王莽时，清名之士，琅邪又有纪逡王思，齐则薛方子容，太原则郇越臣仲、郇相稚宾，沛郡则唐林子高、唐尊伯高，皆以明经饬行显名于世。

纪逡、两唐皆仕王莽，封侯贵重，历公卿位。唐林数上疏谏正，有忠直节。唐尊衣敝履空，以瓦器饮食，又以历遗公卿，被虚伪名。

郇越、相，同族昆弟也，并举州郡孝廉、茂材，数病，去官。越散其先人訾千余万，以分施九族州里，志节尤高。相王莽时征为太子四友，病死，莽太子遣使裞以衣衾，其子攀棺不听，曰："死父遗言，师友之送勿有所受，今于皇太子得托友官，故不受也。"京师称之。

薛方尝为郡掾祭酒，尝征不至，及莽以安车迎方，方因使者辞谢曰："尧、舜在上，下有巢由，今明主方隆唐、虞之德，小臣欲守箕山之节也。"使者以闻，莽说其言，不强致。方居家以经教授，喜属文，著诗赋数十篇。

始隃麋郭钦，哀帝时为丞相司直，奏免豫州牧鲍宣、京兆尹薛修等，又奏董贤，左迁卢奴令，平帝时迁南郡太守。而杜陵蒋诩元卿为兖州刺史，亦以廉直为名。王莽居摄，钦、诩皆以病免官，归乡里，卧不出户，卒于家。

齐栗融客卿、北海禽庆子夏、苏章游卿、山阳曹竟子期皆儒生，去官不仕于莽。莽死，汉更始征竟以为丞相，封侯，欲视致贤人，销寇贼。竟不受侯爵。会赤眉入长安，欲降竟，竟手剑格死。

世祖即位，征薛方，道病卒。两龚、鲍宣子孙皆见褒表，至大官。

赞曰：《易》称"君子之道也，或出或处，或默或语"，言其各得道之一节，譬诸草木，区以别矣。故曰山林之士往而不能反，朝廷之士入而不能出，二者各有所短。春秋列国卿大夫及至汉兴将相名臣，怀禄耽宠以失其世者多矣！是故清节之士于是为贵。然大率多能自治而不能治人。王、贡之材，优于龚、鲍。守死善道，胜实蹈焉。贞而不谅，薛方近之。郭钦、蒋诩好遁不污，绝纪、唐矣！

卷七十三

韦贤传第四十三

韦贤，字长孺。鲁国邹人也。其先韦孟，家本彭城，为楚元王傅，傅子夷王及孙王戊。戊荒淫不遵道，孟作诗风谏。后遂去位，徙家于邹，又作一篇。其谏诗曰：

肃肃我祖，国自豕韦，黼衣朱绂，四牡龙旂。彤弓斯征，抚宁遐荒，总齐群邦，以翼大商，迭披大彭，勋绩惟光。至于有周，历世会同。王赧听谮，实绝我邦。我邦既绝，厥政斯逸，赏罚之行，非由王室。庶尹群后，靡扶靡卫，五服崩离，宗周以队。我祖斯微，迁于彭城，在予小子，勤诶厥生，厄此嫚秦，耒耜以耕。悠悠嫚秦，上天不宁，乃眷南顾，授汉于京。

于赫有汉，四方是征，靡适不怀，万国逌平。乃命厥弟，建侯于楚，俾我小臣，惟傅是辅。兢兢元王，恭俭净一，惠此黎民，纳彼辅弼。飨国渐世，垂烈于后，乃及夷王，克奉厥绪。咨命不永，唯王统祀，左右陪臣，此惟皇士。

如何我王，不思守保，不惟履冰，以继祖考！邦事是废，逸游是娱，犬马繇繇，是放是驱。务彼鸟兽，忽此稼苗，烝民以匮，我王以愉。所弘非德，所亲非俊，唯囿是恢，唯谀是信。睮々谄夫，咢咢黄发，如何我王，曾不是察！既藐下臣，追欲从逸，嫚彼显祖，轻兹削黜。

嗟嗟我王，汉之睦亲，曾不夙夜，以休令闻！穆穆天子，临尔下土，明明群司，执宪靡顾。正遐由近，殆其怙兹，嗟嗟我王，曷不此思！

非思非鉴，嗣其罔则，弥弥其失，岌岌其国。致冰匪霜，致队靡嫚，瞻惟我王，昔靡不练。兴国救颠，孰违悔过，追思黄发，秦缪以霸。岁月其徂，年其逮耇，于昔君子，庶显于后。我王如何，曾不斯觉！黄发不近，胡不时监！

其在邹诗曰：

微微小子，既耇且陋，岂不牵位，秽我王朝。王朝肃清。唯俊之庭，顾瞻余躬，惧秽此征。

我之退征，请于天子，天子我恤，矜我发齿。赫赫天子，明哲且仁，悬车之义，以洎小臣。嗟我小子，岂不怀土？庶我王寤，越迁于鲁。

既去祢祖，惟怀惟顾，祁祁我徒，戴负盈路。爰戾于邹，剪茅作堂，我徒我环，筑室于墙。

我即罨逝，心存我旧，梦我渎上，立于王朝。其梦如何？梦争王室。其争如何？梦王我弼。寤其外邦，叹其喟然，念我祖考，泣涕其涟。微微老夫，咨既迁绝，洋洋仲尼，视我遗烈。济济邹鲁，礼义唯恭，诵习弦歌，于异他邦。我虽鄙耇，心其好而，我徒侃尔，乐亦在而。

孟卒于邹。或曰其子孙好事，述先人之志而作是诗也。

自孟至贤五世。贤为人质朴少欲，笃志于学，兼能《礼》、《尚书》，以《诗》教授，号称邹鲁大儒。征为博士，给事中，进授昭帝《诗》，稍迁光禄大夫、詹事，至大鸿胪。

昭帝崩，无嗣，大将军霍光与公卿共尊立孝宣帝。帝初即位，贤以与谋议，安宗庙，赐爵关内侯，食邑。徙为长信少府，以先帝师，甚见尊重。本始三年，代蔡义为丞相，封扶阳侯，食邑七百户。时，贤七十余，为相五岁，地节三年以老病乞骸骨，赐黄金百斤，罢归，加赐第一区。丞相致仕自贤始。年八十二薨，谥曰节侯。

贤四子：长子方山为高寝令，早终；次子弘，至东海太守；次子舜，留鲁守坟墓；少子玄成，复以明经历位至丞相。故邹鲁谚曰："遗子黄金满籯，不如一经。"

玄成，字少翁，以父任为郎，常侍骑。少好学，修父业，尤谦逊下士。出遇知识步行，辄下从者，与载送之，以为常。其接人，贫贱者益加敬，繇是名誉日广。以明经擢为谏大夫，迁大河都尉。

初，玄成兄弘为太常丞，职奉宗庙，典诸陵邑，烦剧多罪过。父贤以弘当为嗣，故敕令自免。弘怀谦，不去官。及贤病笃，弘竟坐宗庙事系狱，罪未决。室家问贤当为后者，贤恚恨不肯言。于是贤门下生博士义倩等与宗家计议，共矫贤令，使家丞上书言大行，以大河都尉玄成为后。贤薨，玄成在官闻丧，又言当为嗣，玄成深知其非贤雅意，即阳为病狂，卧便利，妄笑语昏乱。征至长安，既葬，当袭爵，以病狂不应召。大鸿胪奏状，章下丞相、御史案验。玄成素有名声，士大夫多疑其欲让爵辟兄者。案事丞相史乃与玄成书曰："古之辞让，必有文义可观，故能垂荣于后。今子独坏容貌，蒙耻辱，为狂痴，光耀暗而不宣。微哉！子之所托名也。仆素愚陋，过为宰相执事，愿少闻风声。不然，恐子伤高而仆为小人也。"玄成友人侍郎章亦上疏言："圣王贵以礼让为国，宜优养玄成，勿枉其志，使得自安衡门之下。"而丞相、御史遂以玄成实不病，劾奏之。有诏勿劾，引拜。玄成不得已受爵。宣帝高其节，以玄成为河南太守。兄弘太山都尉，迁东海太守。

数岁，玄成征为未央卫尉，迁太常。坐与故平通侯杨恽厚善，恽诛，党友皆免官。后以列侯侍祀孝惠庙，当晨入庙，天雨淖，不驾驷马车而骑至庙下。有司劾奏，等辈数人皆削爵为关内侯。玄成自伤贬黜父爵，叹曰："吾何面目以奉祭祀！"作诗自劾责，曰：

> 赫矣我祖，侯于豕韦，赐命建伯，有殷以绥。厥绩既昭，车服有常，朝宗商邑，四牡翔翔，德之令显，庆流于裔，宗周至汉，群后历世。
>
> 肃肃楚傅，辅翼元、夷，厥驷有庸，惟慎惟祗。嗣王孔佚，越迁于邹，五世圹僚，至我节侯。
>
> 惟我节侯，显德遐闻，左右昭、宣，五品以训。既耇致位，惟懿惟奂，厥赐祁祁，百金洎馆。国彼扶阳，在京之东，惟帝是留，政谋是从。绎绎六辔，是列是理，威仪济济，朝享天子。天子穆穆，是宗是师，四方遐尔，观国之辉。
>
> 茅土之继，在我俊兄，惟我俊兄，是让是形。于休厥德，于赫有声，致我小子，越留于京。惟我小子，不肃会同，惰彼车服，黜此附庸。
>
> 赫赫显爵，自我队之；微微附庸，自我招之。谁能忍愧，寄之我颜；谁将遐征，从之夷蛮。于赫三事，匪俊匪作，于蔑小子，终焉其度。谁谓华高，企其齐而；谁谓德难，厉其庶而。嗟我小子，于贰其尤，队彼令声，申此择辞。四方群后，我监我视，威仪车服，唯肃是履！

初，宣帝宠姬张婕妤男淮阳宪王好政事，通法律，上奇其才，有意欲以为嗣，然用太子起于细微，又早失母，故不忍也。久之，上欲感风宪王，辅以礼让之臣，乃召拜玄成为淮阳中尉。是时，王未就国，玄成受诏，与太子太傅萧望之及《五经》诸儒杂论同异于石渠阁，条奏其对。及元帝即位，以玄成为少府，迁太子太傅，至御史大夫。永光中，代于定国为丞相。贬黜十年之间，遂继父相位，封侯故国，荣当世焉。玄成复作诗，自著复玷缺之艰难，因以戒示子孙，曰：

于肃君子，既令厥德，仪服此恭，棣棣其则。咨余小子，既德靡逮，曾是车服，荒嫚以队。

明明天子，俊德烈烈，不遂我遗，恤我九列。我既兹恤，惟夙惟夜，畏忌是申，供事靡惰。天子我监，登我三事，顾我伤队，爵复我旧。

我即此登，望我旧阶，先后兹度，涟涟孔怀。司直御事，我熙我盛；群公百僚，我嘉我庆。于异卿士，非同我心，三事惟艰，莫我肯矜。赫赫三事，力虽此毕，非我所度，退其罔日。昔我之队，畏不此居，今我度兹，戚戚其惧。

嗟我后人，命其靡常，靖享尔位，瞻仰靡荒。慎尔会同，戒尔车服，无惰尔仪，以保尔域。尔无我视，不慎不整；我之此复，惟禄之幸。於戏后人，惟肃惟栗。无忝显祖，以蕃汉室！

玄成为相七年，守正持重不及父贤，而文采过之。建昭三年薨，谥曰共侯。初，贤以昭帝时徙平陵，玄成别徙杜陵，病且死，因使者自白曰："不胜父子恩，愿乞骸骨，归葬父墓。"上许焉。

子顷侯宽嗣。薨，子僖侯育嗣。薨，子节侯沉嗣。自贤传国至玄孙乃绝。玄成兄高寝令方山子安世历郡守、大鸿胪、长乐卫尉，朝廷称有宰相之器，会其病终。而东海太守弘子赏亦明《诗》。哀帝为定陶王时，赏为太傅。哀帝即位，赏以旧恩为大司马车骑将军，列为三公，赐爵关内侯，食邑千户，亦年八十余，以寿终。宗族至吏二千石者十余人。

初，高祖时，令诸侯王都皆立太上皇庙。至惠帝尊高帝庙为太祖庙，景帝尊孝文庙为太宗庙，行所尝幸郡国各立太祖、太宗庙。至宣帝本始二年，复尊孝武庙为世宗庙，行所巡狩亦立焉。凡祖宗庙在郡国六十八，合百六十七所。而京师自高祖下至宣帝，与太上皇、悼皇考各自居陵旁立庙，并为百七十六。又园中各有寝、便殿，日祭于寝，月祭于庙，时祭于便殿。寝，日四上食；庙，岁二十五祠；便殿，岁四祠。又有一游衣冠。而昭灵后、武哀王、昭哀后、孝文太后、孝昭太后、卫思后、戾太子、戾后各有寝园，与诸帝合，凡三十所。一岁祠，上食二万四千四百五十五，用卫士四万五千一百二十九人，祝宰乐人万二千一百四十七人，养牺牲卒不在数中。

至元帝时，贡禹奏言："古者天子七庙，今孝惠、孝景庙皆亲尽，宜毁。及郡国庙不应古礼，宜正定。"天子是其议，未及施行而禹卒。光永四年，乃下诏先议罢郡国庙，曰："朕闻明王之御世也，遭时为法，因事制宜。往者天下初定，远方未宾，因尝所亲以立宗庙，盖建威销萌，一民之至权也。今赖天地之灵，宗庙之福，四方同轨，蛮貊贡职，久遵而不定，令疏远卑贱共承尊祀，殆非皇天祖宗之意，朕甚惧焉。传不云乎？'吾不与祭，如不祭。'其与将军、列侯、中二千石、二千石、诸大夫、博士、议郎议。"丞相玄成、御史大夫郑弘、太子太傅严彭祖、少府欧阳地馀、谏大夫尹更始等七十人皆曰："臣闻祭，非自外至者也，繇中出，生于心也。故唯圣人为能飨帝，孝子为能飨亲。立庙京师之居，躬亲承事，四海之内各以其职来助祭，尊亲之大义，五帝、三王所共，不易之道也。《诗》云：'有来雍雍，至止肃肃，相维辟公，天子穆穆。'《春秋》之义，父不祭于支庶之宅，君不祭于臣仆之家，王不祭于下土诸侯。臣等愚以为宗庙在郡国，宜无修，臣请勿复修。"奏可。因罢昭灵后、武哀王、昭哀后、卫思后、戾太子、戾后园，皆不奉祠，裁置吏卒守焉。

罢郡国庙后月余，复下诏曰："盖闻明王制礼，立亲庙四，祖宗之庙，万世不毁，所以明尊祖敬宗，著亲亲也。朕获承祖宗之重，惟大礼未备，战栗恐惧，不敢自颛，其与将军、列侯、中二千石、二千石、诸大夫、博士议。"玄成等四十四人奏议曰："《礼》，王者始受命，诸侯始封之君，皆为太祖。以下，五庙而迭毁，毁庙之主臧乎太祖，五年而再殷祭，言一禘祫也。祫祭者，毁庙与未毁庙之主皆合食于太祖，父为昭，子为穆，孙复为昭，古之正礼也。《祭义》曰：'王者禘其祖自出，以其祖配之，而立四庙。'言始受命而王，祭天以其祖配，而不为立庙，亲尽也。立亲庙四，亲亲也。亲尽而迭毁，亲疏之杀，示有终也。周之所以七庙者，以后稷始封，文王、武王受命而王，是以三庙不毁，与亲庙四而七。非有后稷始封，文、武受命之功者，皆当亲尽而毁。成王成二圣之业，制礼作乐，功德茂盛，庙犹不世，以行为谥而已。《礼》，庙在大门之内，不敢远亲也。臣愚以为高帝受命定天下，宜为帝者太祖之庙，世世不毁，承后属尽者宜毁。今宗庙异处，昭穆不序，宜入就太祖庙而序昭穆如礼。太上皇、孝惠、孝文、孝景庙皆亲尽宜毁，皇考庙亲未尽，如故。"大司马车骑将军许嘉等二十九人以为，孝文皇帝除诽谤，去肉刑，躬节俭，不受献，罪人不帑，不私其利，出美人，重绝人类，宾赐长老，收恤孤独，德厚侔天地，利泽施四海，宜为帝者太宗之庙。廷尉忠以为，孝武皇帝改正朔，易服色，攘四夷，宜为世宗之庙。谏大夫尹更始等十八人以为，皇考庙上序于昭穆，非正礼，宜毁。

于是上重其事，依违者一年，乃下诏曰："盖闻王者祖有功而宗有德，尊尊之大义也；存亲庙四，亲亲之至恩也。高皇帝为天下诛暴除乱，受命而帝，功莫大焉。孝文皇帝国为代王，诸吕作乱，海内摇动，然群臣黎庶靡不一意，北面而归心，犹谦辞固让而后即位，削乱秦之迹，兴三代之风，是以百姓晏然，咸获嘉福，德莫盛焉。高皇帝为汉太祖，孝文皇帝为太宗，世世承祀，传之无穷，朕甚乐之。孝宣皇帝为孝昭皇帝后，于义一体。孝景皇帝庙及皇考庙皆亲尽，其正礼仪。"玄成等奏曰："祖宗之庙世世不毁，继祖以下，五庙而迭毁。今高皇帝为太祖，孝文皇帝为太宗，孝景皇帝为昭，孝武皇帝为穆，孝昭皇帝与孝宣皇帝俱为昭。皇考庙亲未尽。太上、孝惠庙皆亲尽，宜毁。太上庙主宜瘗园，孝惠皇帝为穆，主迁于太祖庙，寝园皆无复修。"奏可。

议者又以为《清庙》之诗言交神之礼无不清静，今衣冠出游，有车骑之众，风雨之气，非所谓清静也。"祭不欲数，数则渎，渎则不敬。"宜复古礼，四时祭于庙，诸寝园日月间祀皆可勿复修。上亦不改也。明年，玄成复言："古者制礼，别尊卑贵贱，国君之母非適不得配食，则荐于寝，身没而已。陛下躬至孝，承天心，建祖宗，定迭毁，序昭穆，大礼既定，孝文太后、孝昭太后寝祠园宜如礼勿复修。"奏可。

后岁余，玄成薨，匡衡为丞相。上寝疾，梦祖宗谴罢郡国庙，上少弟楚孝王亦梦焉。上诏问衡，议欲复之，衡深言不可。上疾久不平。衡惶恐，祷高祖、孝文、孝武庙曰："嗣曾孙皇帝恭承洪业，夙夜不敢康宁，思育休烈，以章祖宗之盛功。故动作接神，必因古圣之经。往者有司以为前因所幸而立庙，将以系海内之心，非为尊祖严亲也。今赖宗庙之灵，六合之内莫不附亲，庙宜一居京师，天子亲奉，郡国庙可止毋修。皇帝祗肃旧礼，尊重神明，即告于祖宗而不敢失。今皇帝有疾不豫，乃梦祖宗见戒以庙，楚王梦亦有其序。皇帝悼惧。即诏臣衡复修立。谨案上世帝王承祖祢之大礼，皆不敢不自亲。郡国吏卑贱，不可使独承。又祭祀之义以民为本，间者岁数不登，百姓困乏，郡国庙无以修立。《礼》，凶年则岁事不举，以祖祢之意为不乐，是以不敢复。如诚非礼义之中，违祖宗之心，咎尽在臣衡，当受其殃，大被其疾，队在沟渎之中。皇帝至孝肃慎，宜蒙祐福。唯高皇帝、孝文皇帝、孝武皇帝省察，右飨皇帝之孝，开赐皇帝眉寿亡疆，令所疾日瘳，平复反常，永保宗庙，天下幸甚！”

又告谢毁庙曰：“往者大臣以为，在昔帝王承祖宗之休典，取象于天地，天序五行，人亲五属，天子奉天，故率其意而尊其制。是以禘尝之序，靡有过五。受命之君躬接于天，万世不堕。继烈以下，五庙而迁，上陈太祖，间岁而祫，其道应天，故福禄永终。太上皇非受命而属尽，义则当迁。又以为孝莫大于严父，故父之所尊子不敢不承，父之所异子不敢同。礼，公子不得为母信，为后则于子祭，于孙止，尊祖严父之义也。寝日四上食，园庙间祠，皆可亡修。皇帝思慕悼惧，未敢尽从。惟念高皇帝圣德茂盛，受命溥将，钦若稽古，承顺天心，子孙本支，陈锡亡疆。诚以为迁庙合祭，久长之策，高皇帝之意，乃敢不听？即以令日迁太上、孝惠庙，孝文太后、孝昭太后寝，将以昭祖宗之德，顺天人之序，定无穷之业。今皇帝未受兹福，乃有不能共职之疾。皇帝愿复修承祀，臣衡等咸以为礼不得。如不合高皇帝、孝惠皇帝、孝文皇帝、孝武皇帝、孝昭皇帝、孝宣皇帝、太上皇、孝文太后、孝昭太后之意，罪尽在臣衡等，当受其咎。今皇帝尚未平，诏中朝臣具复毁庙之文。臣衡中朝臣咸复以为天子之祀义有所断，礼有所承，违统背制，不可以奉先祖，皇天不祐，鬼神不飨。《六艺》所载皆言不当，无所依缘以作其文。事如失指，罪乃在臣衡，当深受其殃。皇帝宜厚蒙祉福，嘉气日兴，疾病平复，永保宗庙，与天亡极，群生百神，有所归息。”诸庙皆同文。

久之，上疾连年，遂尽复诸所罢寝庙园，皆修祀如故，初，上定迭毁礼，独尊孝文庙为太宗，而孝武庙亲未尽，故未毁。上于是乃复申明之，曰：“孝宣皇帝尊孝武庙曰世宗，损益之礼，不敢有与焉。他皆如旧制。”唯郡国庙遂废云。

元帝崩，衡奏言：“前以上体不平，故复诸所罢祠，卒不蒙福。案卫思后、戾太子、戾后园，亲未尽。孝惠、孝景庙亲尽，宜毁。及太上皇、孝文、孝昭太后、昭灵后、昭哀后、武哀王祠，请悉罢，勿奉。”奏可。初，高后时患臣下妄非议先帝宗庙寝园官，故定著令，敢有擅议者弃市。至元帝改制，蠲除此令。成帝时以无继嗣，河平元年复复太上皇寝庙园，世世奉祠。昭灵后、武哀王、昭哀后并食于太上寝庙如故，又复擅议宗庙之命。

成帝崩，哀帝即位。丞相孔光、大司空何武奏言：“永光五年制书，高皇帝为汉太祖，孝文皇帝为太宗。建昭五年制书，孝武皇帝为世宗。损益之礼，不敢有与。臣愚以为迭毁之次，当以时定，非令所为擅议宗庙之意也。臣请与群臣杂议。”奏可。于是，光禄勋彭宣、詹事满昌、博士左咸等五十三人皆以为继祖宗以下，五庙而迭毁，后虽有贤君，犹不得与祖宗并列。子孙虽欲褒大显扬而立之，鬼神不飨也。孝武皇帝虽有功烈，亲尽宜毁。

太仆王舜、中垒校尉刘歆议曰：

臣闻周室既衰，四夷并侵，猃狁最强，于今匈奴是也。至宣王而伐之，诗人美而颂之曰“薄伐猃狁，至于太原”，又曰“啴々推推，如霆如雷，显允方叔，征伐猃狁，荆蛮来威”，故称中兴。及至幽王，犬戎来伐，杀幽王，取宗器。自是之后，南夷与北夷交侵，中国不绝如线。《春秋》纪齐桓南伐楚，北伐山戎，孔子曰：“微管仲，吾其被发左衽矣。”是故弃桓之过而录其功，以为伯首。及汉兴，冒顿始强，破东胡，禽月氏，并其土地，地广兵强，为中国害。南越尉佗总百粤，自称帝。故中国虽平，犹有四夷之患，且无宁岁。一方有急，三面救之，是天下皆动而被其害也。孝文皇帝厚以货赂，与结和亲，犹侵暴无已。甚者，兴师十余万众，近屯京师及四边，岁发屯备虏，其为患久矣，非一世之渐也。诸侯郡守连匈奴及百粤以为逆者非一人也。匈奴所杀郡守、都尉，略取人民，不可胜数。孝武皇帝愍中国罢劳无安宁之时，乃遣大将军、骠骑、伏波、楼船之属，南灭百粤，起七郡；北攘匈奴，降昆邪十万之众，置五属国，起朔方，以夺其肥饶之地；东伐朝鲜，起玄菟、乐浪，以断匈奴之左臂；西伐大宛，并三十六国，结乌孙，起敦煌、酒泉、张掖，以隔婼羌，裂匈奴之右肩。单于孤特，远遁于幕北。四垂无事，斥地远境，起十余郡。功业既定，乃封丞相为富民侯，以大安天下，富实百姓，其规B137可见。又招集天下贤俊，与协心同谋，兴制度，改正朔，易服色，立天下之祠，建封禅，殊官号，存周后，定诸侯之制，永无逆争之心，至今累世赖之。单于守藩，百蛮服从，万世之基也，中兴之功未有高焉者也。高帝建大业，为太祖；孝文皇帝德至厚也，为文太宗；孝武皇帝功至著也，为武世宗，此孝宣帝所以发德音也。

《礼记·王制》及《春秋穀梁传》，天子七庙，诸侯五，大夫三，士二。天子七日而殡，七月而葬；诸侯五日而殡，五月而葬。此丧事尊卑之序也，与庙数相应。其文曰："天子三昭三穆，与太祖之庙而七；诸侯二昭二穆，与太祖之庙而五。"故德厚者流光，德薄者流卑。《春秋左氏传》曰："名位不同，礼亦异数。"自上以下，降杀以两，礼也。七者，其正法数，可常数者也。宗不在此数中。宗，变也，苟有功德则宗之，不可预为设数。故于殷，太甲为太宗，大戊曰中宗，武丁曰高宗。周公为《毋逸》之戒，举殷三宗以劝成王。繇是言之，宗无数也，然则所以劝帝者之功德博矣。以七庙言之，孝武皇帝未宜殿；以所宗言之，则不可谓无功德。《礼记》祀典曰："夫圣王之制祀也，功施于民则祀之，以劳定国则祀之，能救大灾则祀之。"窃观孝武皇帝，功德皆兼而有焉。凡在于异姓，犹将特祀之，况于先祖？或说天子五庙无见文，又说中宗、高宗者，宗其道而毁其庙。名与实异，非尊德贵功之意也。《诗》云："蔽芾甘棠，勿剪勿伐，邵伯所茇。"思其人犹爱其树，况宗其道而毁其庙乎？迭毁之礼自有常法，无殊功异德，固以亲疏相推及。至祖宗之序，多少之数，经传无明文，至尊至重，难以疑文虚说定也。孝宣皇帝举公卿之议，用众儒之谋，既以为世宗之庙，建之万世，宣布天下。臣愚以为孝武皇帝功烈如彼，孝宣皇帝崇立之如此，不宜毁。上览其议而从之。制曰："太仆舜、中垒校尉歆议可。"

歆又以为"礼，去事有杀，故《春秋外传》曰：'日祭，月祀，时享，岁贡，终王'祖祢则日祭，曾高则月祀，二祧则时享，坛墠则岁贡，大禘则终王。德盛而游广，亲亲之杀也；弥远则弥尊，故禘为重矣。孙居王父之处，正昭穆，则孙常与祖相代，此迁庙之杀也。圣人于其祖，出于情矣，礼无所不顺，故无毁庙。自贡禹建迭毁之议，惠、景及太上寝园废而为虚，失礼意矣。"

至平帝元始中，大司马王莽奏："本始元年丞相义等议，谥孝宣皇帝亲曰悼园，置邑三百家，至元康元年，丞相相等奏，父为士，子为天子，祭以天子，悼园宜称尊号曰'皇考'，立庙，益故奉园民满千六百家，以为县。臣愚以为皇考庙本不当立，累世奉之，非是。又孝文太后南陵、孝昭太后云陵园，虽前以礼不复修，陵名未正。谨与大司徒晏等百四十七人议，皆曰孝宣皇帝以兄孙继统为孝昭皇帝后，以数，故孝元世以孝景皇帝及皇考庙亲未尽，不毁。此两统贰父，违于礼制。案义奏亲谥曰'悼'，裁置奉邑，皆应经义。相奏悼园称'皇考'，立庙，益民为县，违离祖统，乖缪本义。父为士，子为天子，祭以天子者，乃谓若虞舜、夏禹、殷汤、周文、汉之高祖受命而王者也，非谓继祖统为后者也。臣请皇高祖考庙奉明园毁勿修，罢南陵、云陵为县。"奏可。

司徒掾班彪曰：汉承亡秦绝学之后，祖宗之制因时施宜。自元、成后学者蕃滋，贡禹毁宗庙，匡衡改郊兆，何武定三公，后皆数复，故纷纷不定。何者？礼文缺微，古今异制，各为一家，未易可偏定也。考观诸儒之议，刘歆博而笃矣。

卷七十四

魏相丙吉传第四十四

魏相，字弱翁，济阴定陶人也，徙平陵。少学《易》，为郡卒史，举贤良，以对策高第，为茂陵令。顷之，御史大夫桑弘羊客诈称御史止传，丞不以时谒，客怒缚丞。相疑其有奸，收捕，案致其罪，论弃客市，茂陵大治。

后迁河南太守，禁止奸邪，豪强畏服。会丞相车千秋死，先是千秋子为雒阳武库令，自见失父，而相治郡严，恐久获罪，乃自免去。相使掾追呼之，遂不肯还。相独恨曰："大将军闻此令去官，必以为我用丞相死不能遇其子。使当世贵人非我，殆矣！"武库令西至长安，大将军霍光果以责过相曰："幼主新立，以为函谷京师之固，武库精兵所聚，故以丞相弟为关都尉，子为武库令。今河南太守不深惟国家大策，苟见丞相不在而斥逐其子，何浅薄也！"后人有告相贼杀不辜，事下有司。河南卒戍中都官者二三千人，遮大将军，自言愿复留作一年以赎太守罪。河南老弱万余人守关欲入上书，关吏以闻。大将军用武库令事，遂下相廷尉狱。久系逾冬，会赦出。复有诏守茂陵令，迁扬州刺史。考案郡国守相，多所贬退。相与丙吉相善，时吉为光禄大夫，与相书曰："朝廷已深知弱翁治行，方且大用矣。愿少慎事自重，臧器于身。"相心善其言，为霁威严。居部二岁，征为谏大夫，复为河南太守。

数年，宣帝即位，征相入为大司农，迁御史大夫。四岁，大将军霍光薨，上思其功德，以其子禹为右将军，兄子乐平侯山复领尚书事。相因平恩侯许伯奏封事，言："《春秋》讥世卿，恶宋三世为大夫，及鲁季孙之专权，皆危乱国家。自后元以来，禄去王室，政由冢宰。今光死，子复为大将军，兄子秉枢机，昆弟诸婿据权势，在兵官。光夫人显及诸女皆通籍长信宫，或夜诏门出入，骄奢放纵，恐寖不制。宜有以损夺其权，破散阴谋，以固万世之基，全功臣之世。"又故事诸上书者皆为二封，署其一曰副，领尚书者先发副封，所言不善，屏去不奏。相复因许伯白，去副封以防雍蔽。宣帝善之，诏相给事中，皆从其议。霍氏杀许后之谋始得上闻。乃罢其三侯，令就第，亲属皆出补吏。于是韦贤以老病免，相遂代为丞相，封高平侯，食邑八百户。及霍氏怨相，又惮之，谋矫太后诏，先召斩丞相，然后废天子。事发觉，伏诛。宣帝始亲万机，厉精为治，练群臣，核名实，而相总领众职，甚称上意。

元康中，匈奴遣兵击汉屯田车师者，不能下。上与后将军赵充国等议，欲因匈奴衰弱，出兵击其右地，使不敢复扰西域。相上书谏曰："臣闻之，救乱诛暴，谓之义兵，兵义者王；敌加于己，不得已而起者，谓之应兵，兵应者胜；争恨小故，不忍愤怒者，谓之忿兵，兵忿者败；利人土地货宝者，谓之贪兵，兵贪者破；恃国家之大，矜民人之众，欲见威于敌者，谓之骄兵，兵骄者灭：此五者，非但人事，乃天道也。间者匈奴尝有善意，所得汉民辄奉归之，未有犯于边境，虽争屯田车师，不足致意中。今闻诸将军欲兴兵入其地，臣愚不知此兵何名者也。今边郡困乏，父子共犬羊之裘，食草莱之实，常恐不能自存，难以动兵。'军旅之后，必有凶年'，言民以其愁苦之气，伤阴阳之和也。出兵虽胜，犹有后忧，恐灾害之变因此以生。今郡国守相多不实选，风俗尤薄，水旱不时。案今年计，子弟杀父兄、妻杀夫者，凡二百二十二人，臣愚以为此非小变也。今左右不忧此，乃欲发兵报纤介之忿于远夷，殆孔子所谓'吾恐季孙之忧不在颛臾而在萧墙之内'也，愿陛下与平昌侯、乐昌侯、平恩侯及有识者详议乃可。"上从相言而止。

相明《易经》，有师法，好观汉故事及便宜章奏，以为古今异制，方今务在奉行故事而已。数条汉兴已来国家便宜行事，及贤臣贾谊、晁错、董仲舒等所言，奏请施行之，曰："臣闻明主在上，贤辅在下，则君安虞而民和睦。臣相幸得备位，不能奉明法，广教化，理四方，以宣圣德。民多背本趋末，或有饥寒之色，为陛下之忧，臣相罪当万死。臣相知能浅薄，不明国家大体，时用之宜，惟民终始，未得所由。窃伏观先帝圣德仁恩之厚，勤劳天下，垂意黎庶，忧水旱之灾，为民贫穷发仓禀，赈乏餧；遣谏大夫博士巡行天下，察风俗，举贤良，平冤狱，冠盖交道；省诸用，宽租赋，弛山泽波地，禁秣马酤酒贮积，所以周急继困，慰安元元，便利百姓之道甚备。臣相不能悉陈，昧死奏故事诏书凡二十三事。臣谨案王法必本于农而务积聚，量入制用以备凶灾，亡六年之畜，尚谓之急。元鼎二年，平原、勃海、太山、东郡溥被灾害，民饿死于道路。二千石不豫虑其难，使至于此，赖明诏振救，乃得蒙更生。今岁不登，谷暴腾踊，临秋收敛犹有乏者，至春恐甚，亡以相恤。西羌未平，师旅在外，兵革相乘，臣窃寒心，宜早图其备。唯陛下留神元元，帅由先帝盛德以抚海内。"上施行其策。

又数表采《易阴阳》及《明堂月令》奏之，曰：

臣相幸得备员，奉职不修，不能宣广教化。阴阳未和，灾害未息，咎在臣等。臣闻《易》曰："天地以顺动，故日月不过，四时不忒；圣王以顺动，故刑罚清而民服。"天地变化，必由阴阳，阴阳之分，以日为纪。日冬夏至，则八风之序立，万物之性成，各有常职，不得相干。东方之神太昊，乘'震'执规司春；南方之神炎帝，乘'离'执衡司夏；西方之神少昊，乘'兑'执矩司秋；北方之神颛顼，乘'坎'执权司冬；中央之神黄帝，乘'坤'、'艮'执绳司下土。兹五帝所司，各有时也。东方之卦不可以治西方，南方之卦不可以治北方。春兴'兑'治则饥，秋兴'震'治则华，冬兴'离'治则泄，夏兴'坎'治则雹。明王谨于尊天，慎于养人，故立羲和之官以乘四时，节授民事。君动静以道，奉顺阴阳，则日月光明，风雨时节，寒暑调和。三者得叙，则灾害不生，五谷熟，丝麻遂，草木茂，鸟兽蕃，民不夭疾，衣食有余。若是，则君尊民说，上下亡怨，政教不违，礼让可兴。夫风雨不时，则伤农桑；农桑伤，则民饥寒；饥寒在身，则亡廉耻，寇贼奸宄所由生也。臣愚以为阴阳者，王事之本，群生之命，自古贤圣未有不由者也。天子之义，必纯取法天地，而观于先圣。高皇帝所述书《天子所服第八》曰："大谒者臣章受诏长乐宫，曰：'令群臣议天子所服，以安治天下。'相国臣何、御史大夫臣昌谨与将军臣陵、太子太傅臣通等议：'春夏秋冬天子所服，当法天地之数，中得人和。故自天子王侯有土之君，下及兆民，能法天地，顺四时，以治国家，身亡祸殃，年寿永究，是奉宗庙安天下之大礼也。臣请法之。中谒者赵尧举春，李舜举夏，兒汤举秋，贡禹举冬，四人各职一时。’大谒者襄章奏，制曰：‘可。’孝文皇帝时，以二月施恩惠于天下，赐孝弟力田及罢军卒，祠死事者，颇非时节。御史大夫晁错时为太子家令，奏言其状。臣相伏念陛下恩泽甚厚，然而灾气未息，窃恐诏令有未合当时者也。愿陛下选明经通知阴阳者四人，各主一时，时至明言所职，以和阴阳，天下幸甚！

相数陈便宜，上纳用焉。

相敕掾史案事郡国及休告从家还至府，辄白四方异闻，或有逆贼风雨灾变，郡不上，相辄奏言之。时，丙吉为御史大夫，同心辅政，上皆重之。相为人严毅，不如吉宽。视事九岁，神爵三年薨，谥曰宪侯。子弘嗣，甘露中有罪削爵为关内侯。

丙吉，字少卿，鲁国人也。治律令，为鲁狱史。积功劳，稍迁至廷尉右监。坐法失官，归为州从事。武帝末，巫蛊事起，吉以故廷尉监征，诏治巫蛊郡邸狱。时，宣帝生数月，以皇曾孙坐卫太子事系，吉见而怜之。又心知太子无事实，重哀曾孙无辜，吉择谨厚女徒，令保养曾孙，置闲燥处。吉治巫蛊事，连岁不决。后元二年，武帝疾，往来长杨、五柞宫，望气者言长安狱中有天子气，于是上遣使者分条中都官诏狱系者，亡轻重一切皆杀之。内谒者令郭穰夜到邸狱，吉闭门拒使者不纳，曰："皇曾孙在。他人亡辜死者犹不可，况亲曾孙乎！"相守至天明不得入，穰还以闻，因劾奏吉。武帝亦寤，曰："天使之也。"因赦天下。郡邸狱系者独赖吉得生，恩及四海矣。曾孙病，几不全者数焉，吉数敕保养乳母加致医药，视遇甚有恩惠，以私财物给其衣食。

后吉为车骑将军军市令，迁大将军长史，霍光甚重之，入为光禄大夫给事中。昭帝崩，无嗣，大将军光遣吉迎昌邑王贺。贺即位，以行淫乱废，光与车骑将军张安世诸大臣议所立，未定。吉奏记光曰："将军事孝武皇帝，受襁褓之属，任天下之寄，孝昭皇帝早崩亡嗣，海内忧惧，欲亟闻嗣主，发丧之日以大谊立后，所立非其人，复以大谊废之，天下莫不服焉。方今社稷宗庙群生之命在将军之一举。窃伏听于众庶，察其所言，诸侯宗室在位列者，未有所闻于民间也。而遗诏所养武帝曾孙名病已在掖庭外家者，吉前使居郡邸时见其幼少，至今十八九矣，通经术，有美材，行安而节和。愿将军详大议，参以蓍龟，岂宜褒显，先使入侍，令天下昭然知之，然后决定大策，天下幸甚！"光览其议，遂尊立皇曾孙，遣宗正刘德与吉迎曾孙于掖庭。宣帝初即位，赐吉爵关内侯。

吉为人深厚，不伐善。自曾孙遭遇，吉绝口不道前恩，故朝廷莫能明其功也。地节三年，立皇太子，吉为太子太傅，数月，迁御史大夫。及霍氏诛，上躬亲政，省尚书事。是时，掖庭宫婢则令民夫上书，自陈尝有阿保之功。章下掖庭令考问，则辞引使者丙吉知状。掖庭令将则诣御史府以视吉。吉识，谓则曰："汝尝坐养皇曾孙不谨督笞，汝安得有功？独渭城胡组、淮阳郭徵卿有恩耳。"分别奏组等共养劳苦状。诏吉求组、徵卿，已死，有子孙，皆受厚赏。诏免则为庶人，赐钱十万。上亲见问，然后知吉有旧恩，而终不言。上大贤之，制诏丞相："朕微眇时，御史大夫吉与朕有旧恩，厥德茂焉。《诗》不云乎：‘亡德不报’。其封吉为博阳侯，邑千三百户。"临当封，吉疾病，上将使人加绋而封之，及其生存也。上忧吉疾不起，太子太傅夏侯胜曰："此未死也。臣闻有阴德者，必飨其乐以及子孙。今吉未获报而疾甚，非其死疾也。"后病果愈。吉上书固辞，自陈不宜以空名受赏。上报曰："朕之封君，非空名也，而君上书归侯印，是显朕之不德也。方今天下少事，君其专精神，省思虑，近医药，以自持。"后五岁，代魏相为丞相。

吉本起狱法小吏，后学《诗》、《礼》，皆通大义。及居相位，上宽大，好礼让。

掾史有罪臧，不称职，辄予长休告，终无所案验。客或谓吉曰："君侯为汉相，奸吏成其私，然无所惩艾。"吉曰："夫以三公之府有案吏之名，吾窃陋焉。"后人代吉，因以为故事，公府不案吏，自吉始。

于官属掾史，务掩过扬善。吉驭吏耆酒，数逋荡，尝从吉出，醉欧丞相车上。西曹主吏白欲斥之，吉曰："以醉饱之失去士，使此人将复何所容？西曹地忍之，此不过污丞相车茵耳。"遂不去也。此驭吏边郡人，习知边塞发奔命警备事，尝出，适见驿骑持赤白囊，边郡发奔命书驰来至。驭吏因随驿骑至公车刺取，知虏入云中、代郡，遽归府见吉白状，因曰："恐虏所入边郡，二千石长吏有老病不任兵马者，宜可豫视。"吉善其言，召东曹案边长吏，琐科条其人。未已，诏召丞相、御史，问以虏所入郡吏，吉具对。御史大夫卒遽不能详知，以得谴让。而吉见谓忧边思职，驭吏力也。吉乃叹曰："士亡不可容，能各有所长。向使丞相不先闻驭吏言，何见劳勉之有？"掾史由是益贤吉。

吉又尝出，逢清道群斗者，死伤横道，吉过之不问，掾史独怪之。吉前行，逢人逐牛，牛喘吐舌，吉止驻，使骑吏问："逐牛行几里矣？"掾史独谓丞相前后失问，或以讥吉，吉曰："民斗相杀伤，长安令、京兆尹职所当禁备逐捕，岁竟丞相课其殿最，奏行赏罚而已。宰相不亲小事，非所当于道路问也。方春少阳用事，未可大热，恐牛近行，用暑故喘，此时气失节，恐有所伤害也。三公典调和阴阳，职当忧，是以问之。"掾史乃服，以吉知大体。

五凤三年春，吉病笃。上自临问吉，曰："君即有不讳，谁可以自代者？"吉辞谢曰："群臣行能，明主所知，愚臣无所能识。"上固问，吉顿首曰："西河太守杜延年明于法度，晓国家故事，前为九卿十余年，今在郡治有能名。廷尉于定国执宪详平，天下自以不冤。太仆陈万年事后母孝，惇厚备于行止。此三人能皆在臣右，唯上察之。"上以吉言皆是而许焉。及吉薨，御史大夫黄霸为丞相，征西河太守杜延年为御史大夫，会其年老，乞骸骨，病免。以廷尉于定国代为御史大夫。黄霸薨，而定国为丞相，太仆陈万年代定国为御史大夫，居位皆称职，上称吉为知人。

吉薨，谥曰定侯。子显嗣，甘露中有罪削爵为关内侯，官至卫尉、太仆。始显少为诸曹，尝从祠高庙，至夕牲日，乃使出取斋衣。丞相吉大怒，谓其夫人曰："宗庙至重，而显不敬慎，亡吾爵者必显也。"夫人为言，然后乃已。吉中子禹为水衡都尉，少子高为中垒校尉。

元帝时，长安士伍尊上书言："臣少时为郡邸小吏，窃见孝宣皇帝以皇曾孙在郡邸狱。是时，治狱使者丙吉见皇曾孙遭离无辜，吉仁心感动，涕泣凄恻，选择复作胡组养视皇孙，吉常从。臣尊日再侍卧庭上。后遭条狱之诏，吉扞拒大难，不避严刑峻法。既遭大赦，吉谓守丞谁如，皇孙不当在官，使谁如移书京兆尹，遣与胡组俱送京兆尹，不受，复还。及组日满当去，皇孙思慕，吉以私钱顾组，令留与郭徵卿并养数月，乃遣组去。后少内啬夫白吉曰：'食皇孙亡诏令。'时，吉得食米肉，月月以给皇孙。吉即时病，辄使臣尊朝夕请问皇孙，视省席蓐燥湿。候伺组、徵卿，不得令晨夜去皇孙敖荡，数奏甘毳食物。所以拥全神灵，成育圣躬，功德已亡量矣。时岂豫知天下之福，而徼其报哉！诚其仁恩内结于心也。虽介之推割肌以存君，不足以比。孝宣皇帝时，臣上书言状，幸得下吉，吉谦让不敢自伐，删去臣辞，专归美于组、徵卿。组、徵卿皆以受田宅赐钱，吉封为博阳侯，臣尊不得比组、徵卿。臣年老居贫，死在旦暮，欲终不言，恐使有功不著。吉子显坐微文夺爵为关内侯，臣愚以为宜复其爵邑，以报先人功德。"先是，显为太仆十余年，与官属大为奸利，臧千余万，司隶校尉昌案劾，罪至不道，奏请逮捕。上曰："故丞相吉有旧恩，朕不忍绝。"免显官，夺邑四百户。后复以为城门校尉。显卒，子昌嗣爵关内侯。

成帝时，修废功，以吉旧恩尤重，鸿嘉元年制诏丞相御史：“盖闻褒功德，继绝统，所以重宗庙，广贤圣之路也。故博阳侯吉以旧恩有功而封，今其祀绝，朕甚怜之。夫善善及子孙，古今之通谊也，其封吉孙中郎将、关内侯昌为博阳侯，奉吉后。”国绝三十二岁复续云。昌传子至孙，王莽时乃绝。

赞曰：古之制名，必由象类，远取诸物，近取诸身。故经谓君为元首，臣为股肱，明其一体，相待而成也。是故君臣相配，古今常道，自然之势也。近观汉相，高祖开基，萧、曹为冠，孝宣中兴，丙、魏有声。是时，黜陟有序，众职修理，公卿多称其位，海内兴于礼让。览其行事，岂虚乎哉！

卷七十五

眭两夏侯京翼李传第四十五

眭弘，字孟，鲁国蕃人也。少时好侠，斗鸡走马，长乃变节，从嬴公受《春秋》。以明经为议郎，至符节令。

孝昭元凤三年正月，泰山、莱芜山南匈匈有数千人声，民视之，有大石自立，高丈五尺，大四十八围，入地深八尺，三石为足。石立后有白乌数千下集其旁。是时，昌邑有枯社木卧复生，又上林苑中大柳树断枯卧地，亦自立生，有虫食树叶成文字，曰：“公孙病已立”，孟推《春秋》之意，以为“石、柳，皆阴类，下民之象；泰山者，岱宗之岳，王者易姓告代之处。今大石自立，僵柳复起，非人力所为，此当有从匹夫为天子者。枯社木复生，故废之家公孙氏当复兴者也。”孟意亦不知其所在，即说曰：“先师董仲舒有言，虽有继体守文之君，不害圣人之受命。汉家尧后，有传国之运。汉帝宜谁差天下，求索贤人，禅以帝位，而退自封百里，如殷、周二王后，以承顺天命。”孟使友人内官长赐上此书。时，昭帝幼，大将军霍光秉政，恶之，下其书廷尉。奏赐、孟妄设妖言惑众，大逆不道。皆伏诛。后五年，孝宣帝兴于民间，即位，征孟子为郎。

夏侯始昌，鲁人也。通《五经》，以《齐诗》、《尚书》教授。自董仲舒、韩婴死后，武帝得始昌，甚重之。始昌明于阴阳，先言柏梁台灾日，至期日果灾。时，昌邑王以少子爱，上为选师，始昌为太傅。年老，以寿终。族子胜亦以儒显名。

夏侯胜，字长公。初，鲁共王分鲁西宁乡以封子节侯，别属大河，大河后更名东平，故胜为东平人。胜少孤，好学，从始昌受《尚书》及《洪范五行传》，说灾异。后事蕑卿，又从欧阳氏问。为学精孰，所问非一师也。善说礼服。征为博士、光禄大夫。会昭帝崩，昌邑王嗣立，数出。胜当乘舆前谏曰：“天久阴而不雨，臣下有谋上者，陛下出欲何之？”王怒，谓胜为妖言，缚以属吏。吏白大将军霍光，光不举法。是时，光与车骑将军张安世谋欲废昌邑王。光让安世以为泄语，安世实不言。乃召问胜，胜对言：“在

《洪范传》曰‘皇之不极，厥罚常阴，时则下人有伐上者’，恶察察言，故云臣下有谋。”光、安世大惊，以此益重经术士。后十余日，光卒与安世白太后，废昌邑王，尊立宣帝。光以为群臣奏事东宫，太后省政，宜知经术，白令胜用《尚书》授太后。迁长信少府，赐爵关内侯，以与谋废立，定策安宗庙，益千户。

宣帝初即位，欲褒先帝，诏丞相御史曰：“朕以眇身，蒙遗德，承圣业，奉宗庙，夙夜惟念。孝武皇帝躬仁谊，厉威武，北征匈奴，单于远遁，南平氐、羌、昆明、瓯骆两越，东定薉、貉、朝鲜，廓地斥境，立郡县，百蛮率服，款塞自至，珍贡陈于宗庙；协音律，造乐歌，荐上帝，封太山，立明堂，改正朔，易服色；明开圣绪，尊贤显功，兴灭继绝，褒周之后，备天地之礼，广道术之路。上天报况，符瑞并应，宝鼎出，白麟获，海效巨鱼，神人并见，山称万岁。功德茂盛，不能尽宣，而庙乐未称，朕甚悼焉。其与列侯、二千石、博士议。”于是群臣大议廷中，皆曰：“宜如诏书。”长信少府胜独曰：“武帝虽有攘四夷广土斥境之功，然多杀士众，竭民财力，奢泰亡度，天下虚耗，百姓流离，物故者半。蝗虫大起，赤地数千里，或人民相食，畜积至今未复。亡德泽于民，不宜为立庙乐。”公卿共难胜曰：“此诏书也。”胜曰：“诏书不可用也。人臣之谊，宜直言正论，非苟阿意顺指。议已出口，虽死不悔。”于是丞相义，御史大夫广明劾奏胜非议诏书，毁先帝，不道，及丞相长史黄霸阿纵胜，不举劾，俱下狱。有司遂请尊孝武帝庙为世宗庙，奏《盛德》、《文始》、《五行》之舞，天下世世献纳，以明盛德。武帝巡狩所幸郡国凡四十九，皆立庙，如高祖、太宗焉。

胜、霸既久系，霸欲从胜受经，胜辞以罪死。霸曰：‘朝闻道，夕死可矣’。”胜贤其言，遂授之。系再更冬，讲论不怠。

至四年夏，关东四十九郡同日地动，或山崩，坏城郭室屋，杀六千余人。上乃素服，避正殿，遣使者吊问吏民，赐死者棺钱。下诏曰：“盖灾异者，天地之戒也。朕承洪业，托士民之上，未能和群生。曩者地震北海、琅邪，坏祖宗庙，朕甚惧焉。其与列侯、中二千石博问术士，有以应变，补朕之阙，毋有所讳。”因大赦。胜出为谏大夫，给事中，霸为扬州刺史。

胜为人质朴守正，简易亡威仪。见时谓上为君，误相字于前，上亦以是亲信之。尝见，出道上语，上闻而让胜，胜曰：“陛下所言善，臣故扬之。尧言布于天下，至今见诵。臣以为可传，故传耳。”朝廷每有大议，上知胜素直，谓曰：“先生通正言，无惩前事。”

胜复为长信少府，迁太子太傅。受诏撰《尚书》、《论语说》，赐黄金百斤。年九十卒官，赐冢茔，葬平陵。太后赐钱二百万，为胜素服五日，以报师傅之恩，儒者以为荣。始，胜每讲授，常谓诸生曰：“士病不明经术，经术苟明，其取青紫如俯拾地芥耳。学经不明，不如归耕。”

胜从父子建，字长卿，自师事胜及欧阳高，左右采获，又从《五经》诸儒问与《尚书》相出入者，牵引以次章句，具文饰说。胜非之曰：“建所谓章句小儒，破碎大道。”建亦非胜为学疏略，难以应敌。建卒自颛门名经，为议郎、博士，至太子少傅。胜子兼为左曹太中大夫，孙尧至长信少府、司农、鸿胪，曾孙蕃郡守、州牧、长乐少府。胜同产弟子赏为梁内史，梁内史子定国为豫章太守。而建子千秋亦为少府、太子少傅。

京房，字君明，东郡顿丘人也。治《易》，事梁人焦延寿。延寿，字赣。赣贫贱，以好学得幸梁王，王共其资用，令极意学。既成，为郡史，察举补小黄令。以候司先知奸邪，盗贼不得发。爱养吏民，化行县中。举最当迁，三老官属上书愿留赣，有诏许增秩留，卒于小黄。赣常曰：“得我道以亡身者，必京生也。”其说长于灾变，分六十四卦，更直日用事，以风雨寒温为候：各有占验。房用之尤精。好钟律，知音声。初元四年以孝廉为郎。

永光、建昭间，西羌反，日蚀，又久青亡光，阴雾不精。房数上疏，先言其将然，近数月，远一岁，所言屡中，天子说之。数召见问，房对曰："古帝王以功举贤，则万化成，瑞应著，末世以毁誉取人，故功业废而致灾异。宜令百官各试其功，灾异可息。"诏使房作其事，房奏考功课吏法。上令公卿朝臣与房会议温室，皆以房言烦碎，令上下相司，不可许。上意乡之。时，部刺史奏事京师，上召见诸刺史，令房晓以课事，刺史复以为不可行。唯御史大夫郑弘、光禄大夫周堪初言不可，后善之。

是时，中书令石显颛权，显友人五鹿充宗为尚书令，与房同经，论议相非。二人用事，房尝宴见，问上曰："幽、厉之君何以危？所任者何人也？"上曰："君不明，而所任者巧佞。"房曰："知其巧佞而用之邪，将以为贤也？"上曰："贤之。"房曰："然则今何以知其不贤也？"上曰："以其时乱而君危知之。"房曰："若是，任贤必治，任不肖必乱，必然之道也。幽、厉何不觉寤而更求贤，曷为卒任不肖以至于是？"上曰："临乱之君各贤其臣，令皆觉寤，天下安得危亡之君？"房曰："齐桓公、秦二世亦尝闻此君而非笑之，然则任竖刁、赵高，政治日乱，盗贼满山，何不以幽、厉卜之而觉寤乎？"上曰："唯有道者能以往知来耳。"房因免冠顿首，曰："《春秋》纪二百四十二年灾异，以视万世之君。今陛下即位已来，日月失明，星辰逆行，山崩泉涌，地震石陨，夏霜冬雷，春凋秋荣，陨霜不杀，水旱螟虫，民人饥疫，盗贼不禁，刑人满市，《春秋》所记灾异尽备。陛下视今为治邪，乱邪？"上曰："亦极乱耳。尚何道！"房曰："今所任用者谁与？"上曰："然幸其愈于彼，又以为不在此人也。"房曰："夫前世之君亦皆然矣。臣恐后之视今，犹今之视前也。"上良久乃曰："今为乱者谁哉？"房曰："明主宜自知之。"上曰："不知也，如知，何故用之？"房曰："上最所信任，与图事帷幄之中进退天下之士者是矣。"房指谓石显，上亦知之，谓房曰："已谕。"

房罢出，后上令房上弟子晓知考功课吏事者，欲试用之。房上中郎任良、姚平，"愿以为刺史，试考功法，臣得通籍殿中，为奏事，以防雍塞"。石显、五鹿充宗皆疾房，欲远之，建言宜试以房为郡守。元帝于是以房为魏郡太守，秩八百石，居得以考功法治郡。房自请，愿无属刺史，得除用它郡人，自第吏千石已下，岁竟乘传奏事。天子许焉。

房自知数以论议为大臣所非，内与石显、五鹿充宗有隙，不欲远离左右，及为太守，忧惧。房以建昭二年二月朔拜，上封事曰："辛酉以来，蒙气衰去，太阳精明，臣独欣然，以为陛下有所定也。然少阴倍力而乘消息。臣疑陛下虽行此道，犹不得如意，臣窃悼惧。守阳平侯凤欲见未得，至己卯，臣拜为太守，此言上虽明下犹胜之效也。臣出之后，恐必为用事所蔽，身死而功不成，故愿岁尽乘传奏事，蒙哀见许。乃辛巳，蒙气复乘卦，太阳侵色，此上大夫覆阳而上意疑也。己卯、庚辰之间，必有欲隔绝臣令不得乘传奏事者。"

房未发，上令阳平侯凤承制诏房，止无乘传奏事。房意愈恐，去至新丰，因邮上封事曰："臣前以六月中言《遁卦》不效，法曰：'道人始去，寒，涌水为灾。'至其七月，涌水出。臣弟子姚平谓臣曰：'房可谓知道，未可谓信道也。房言灾异，未尝不中，今涌水已出，道人当逐死，尚复何言？'臣曰：'陛下至仁，于臣尤厚，虽言而死，臣犹言也。'平又曰：'房可谓小忠，未可谓大忠也。昔秦时赵高用事，有正先者，非刺高而死，高威自此成，故秦之乱，正先趣之。'今臣得出守郡，自诡效功，恐未效而死。惟陛下毋使臣塞涌水之异，当正先之死，为姚平所笑。"

房至陕，复上封事曰："乃丙戌小雨，丁亥蒙气去，然少阴并力而乘消息，戊子益甚，到五十分，蒙气复起。此陛下欲正消息，杂卦之党并力而争，消息之气不胜。强弱安危之机不可不察。己丑夜，有还风，尽辛卯，太阳复侵色，至癸巳，日月相薄，此邪阴同力而太阳为之疑也。臣前白九年不改，必有星亡之异。臣愿出任良试考功，臣得居内，星亡之异可去。议者知如此于身不利，臣不可蔽，故云使弟子不若试师。臣为刺史又当奏事，故复云为刺史恐太守不与同心，不若以为太守，此其所以隔绝臣也。陛下不违其言而遂听之，此乃蒙气所以不解，太阳亡色者也。臣去朝稍远，太阳侵色益甚，唯陛下毋难还臣而易逆天意。邪说虽安于人，天气必变，故人可欺，天不可欺也，愿陛下察焉。"房去月余，竟征下狱。

初，淮阳宪王舅张博从房受学，以女妻房。房与相亲，每朝见，辄为博道其语，以为上意欲用房议，而群臣恶其害己，故为众所排。博曰："淮阳王上亲弟，敏达好政，欲为国忠。今欲令王上书求入朝，得佐助房。"房曰："得无不可？"博曰："前楚王朝荐士，何为不可？"房曰："中书令石显、尚书令五鹿君相与合同，巧佞之人也，事县官十余年；及丞相韦侯，皆久亡补于民，可谓亡功矣。此尤不欲行考功者也。淮阳王即朝见，劝上行考功，事善；不然，但言丞相、中书令任事久而不治，可休丞相，以御史大夫郑弘代之，迁中书令置他官，以钩盾令徐立代之，如此，房考功事得施行矣。"博具从房记诸所说灾异事，因令房为淮阳王作求朝奏草，皆持柬与淮阳王。石显微司具知之，以房亲近，未敢言。及房出守郡，显告房与张博通谋，非谤政治，归恶天子，诖误诸侯王，语在《宪王传》。初，房见道幽、厉事，出为御史大夫郑弘言之。房、博皆弃市，弘坐免为庶人。房本姓李，推律自定为京氏，死时年四十一。

翼奉，字少君，东海下邳人也。治《齐诗》，与萧望之、匡衡同师。三人经术皆明，衡为后进，望之施之政事，而奉惇学不仕，好律历阴阳之占。元帝初即位，诸儒荐之，征待诏宦者署，数言事宴见，天子敬焉。

时，平昌侯王临以宣帝外属侍中，称诏欲从奉学其术。奉不肯与言，而上封事曰："臣闻之于师，治道要务，在知下之邪正。人诚乡正，虽愚为用；若乃怀邪，知益为害。知下之术，在于六情十二律而已。北方之情，好也；好行贪狼，申子主之。东方之情，怒也；怒行阴贼，亥卯主之。贪狼必待阴贼而后动，阴贼必待贪狼而后用，二阴并行，是以王者忌子卯也。《礼经》避之，《春秋》讳焉。南方之情，恶也；恶行廉贞，寅午主之。西方之情，喜也；喜行宽大，巳酉主之。二阳并行，是以王者吉午酉也。《诗》曰：'吉日庚午。'上方之情，乐也；乐行奸邪，辰未主之。下方之情，哀也；哀行公正，戌丑主之。辰未属阴，戌丑属阳，万物各以其类应。今陛下明圣虚静以待物至，万事虽众，何闻而不谕，岂况乎执十二律而御六情！于以知下参实，亦甚优矣，万不失一，自然之道也。乃正月癸未日加申，有暴风从西南来。未主奸邪，申主贪狼，风以大阴下抵建前，是人主左右邪臣之气也。平昌侯比三来见臣，皆以正辰加邪时。辰为客，时为主人。以律知人情，王者之秘道也，愚臣诚不敢以语邪人。"

上以奉为中郎，召问奉："来者以善日邪时，孰与邪日善时？"奉对曰："师法用辰不用日。辰为客，时为主人。见于明主，侍者为主人。辰正时邪，见者正，侍者邪；辰邪时正，见者邪，侍者正。忠正之见，侍者虽邪，辰时俱正；大邪之见，侍者虽正，辰时俱邪。即以自知侍者之邪，而时邪辰正，见者反邪；即以自知侍者之正，而时正辰邪，见者反正。辰为常事，时为一行。辰疏而时精，其效同功，必参五观之，然后可知。故曰："察其所由，省其进退，参之六合五行，则可以见人性，知人情。难用外察，从中甚明，故诗之为学，情性而已。五性不相害，六情更兴废。观性以历，观情以律，明主所宜独用，难与二人共也。故曰：‘显诸仁，臧诸用。’露之则不神，独行则自然矣，唯奉能用之，学者莫能行。”

是岁，关东大水，郡国十一饥，疫尤甚。上乃下诏江海陂湖园池属少府者以假贫民，勿租税；损大官膳，减乐府员，省苑囿，诸宫馆稀御幸者勿缮治；太仆、少府减食谷马，水衡省食肉兽。明年二月戊午，地震。其夏，齐地人相食。七月己酉，地复震。上曰："盖闻贤圣在位，阴阳和，风雨时，日月光，星辰静，黎庶康宁，考终厥命。今朕共承天地，托于公侯之上，明不能烛，德不能绥，灾异并臻，连年不息。乃二月戊午，地大震于陇西郡，毁落太上皇庙殿壁木饰，坏败豲道县城郭官寺及民室屋，厌杀人众，山崩地裂，水泉涌出。一年地再动，天惟降灾，震惊朕躬。治有大亏，咎至于此。夙夜兢兢，不通大变，深怀郁悼，未知有序。比年不登，元元困乏，不胜饥寒，以陷刑辟，朕甚闵焉，憯怛于心。已诏吏虚仓廪，开府臧，振救贫民，群司其茂思天地之戒，有可蠲除减省以便万姓者，各条奏。悉意陈朕过失，靡有所讳。”因赦天下，举直言极谏之士。奉奏封事曰：

臣闻之于师曰，天地设位，悬日月，布星辰，分阴阳，定四时，列五行，以视圣人，名之曰道。圣人见道，然后知王治之象，故画州土，建君臣，立律历，陈成败，以视贤者，名之曰经。贤者见经，然后知人道之务，则《诗》、《书》、《易》、《春秋》、《礼》、《乐》是也。《易》有阴阳，《诗》有五际，《春秋》有灾异，皆列终始，推得失，考天心，以言王道之安危。至秦乃不说，伤之以法，是以大道不通，至于灭亡。今陛下明圣，深怀要道，烛临万方，布德流惠，靡有阙遗。罢省不急之用，振救困贫，赋医药，赐棺钱，恩泽甚厚。又举直言，求过失，盛德纯备，天下幸甚。

臣奉窃学《齐诗》，闻五际之要《十月之交》篇，知日蚀、地震之效昭然可明，犹巢居知风，穴处知雨，亦不足多，适所习耳。臣闻人气内逆，则感动天地；天变见于星气日蚀，地变见于奇物震动。所以然者，阳用其精，阴用其形，犹人之有五脏六体，五脏象天，六体象地。故脏病则气色发于面，体病则欠申动于貌。今年太阴建于甲戌，律以庚寅初用事，历以甲午从春。历中甲庚，律得参阳，性中仁义，情得公正贞廉，百年之精岁也。正以精岁，本首王位，日临中时接律而地大震，其后连月久阴，虽有大令，犹不能复，阴气盛矣。古者朝廷必有同姓以明亲亲，必有异姓以明贤贤，此圣王之所以大通天下也。同姓亲而易进，异姓疏而难通，故同姓一，异姓五，乃为平均。今左右亡同姓，独以舅后之家为亲，异姓之臣又疏。二后之党满朝，非特处位，势尤奢僭过度，吕、霍、上官足以卜之，甚非爱人之道，又非后嗣之长策也。阴气之盛，不亦宜乎！

臣又闻未央、建章、甘泉宫才人各以百数，皆不得天性。若杜陵园，其已御见者，臣子不敢有言，虽然，太皇太后之事也。及诸侯王园，与其后宫，宜为设员，出其过制者，此损阴气应天救邪之道也。今异至不应，灾将随之。其法大水，极阴生阳，反为大旱，甚则有火灾，春秋宋伯姬是矣。唯陛下财察。

明年夏四月乙未，孝武园白鹤馆灾。奉自以为中，上疏曰："臣前上五际地震之效，曰极阴生阳，恐有火灾。不合明听，未见省答，臣窃内不自信。今白鹤馆以四月乙未，时加于卯，月宿亢灾，与前地震同法。臣奉乃深知道之可信也。不胜拳拳，愿复赐间，卒其终始。"

上复延问以得失。奉以为祭天地于云阳汾阴，及诸寝庙不以亲疏迭毁，皆烦费，违古制。又宫室苑囿，奢泰难供，以故民困国虚，亡累年之畜。所由来久，不改其本，难以末正，乃上疏曰：

臣闻昔者盘庚改邑以兴殷道，圣人美之。窃闻汉德隆盛，在于孝文皇帝躬行节俭，外省傜役。其时未有甘泉、建章及上林中诸离宫馆也。未央宫又无高门、武台、麒麟、凤皇、白虎、玉堂、金华之殿，独有前殿、曲台、渐台、宣室、温室、承明耳。孝文欲作一台，度用百金，重民之财，废而不为，其积土基，至今犹存，又下遗诏，不起山坟。故其时天下大和，百姓洽足，德流后嗣。

如令处于当今，因此制度，必不能成功名。天道有常，王道亡常，亡常者所以应有常也。必有非常之主，然后能立非常之功。臣愿陛下徙都于成周，左据成皋，右阻黾池，前乡崧高，后介大河，建荥阳，扶河东，南北千里以为关，而入敖仓；地方百里者八九，足以自娱；东厌诸侯之权，西远羌胡之难，陛下共己亡为，按成周之居，兼盘庚之德，万岁之后，长为高宗。汉家郊北兆寝庙祭祀之礼多不应古，臣奉诚难亶居而改作，故愿陛下迁都正本。众制皆定，亡复缮治宫馆不急之费，岁可余一年之畜。

臣闻三代之祖积德以王，然皆不过数百年而绝。周至成王，有上贤之材，因文、武之业，以周、召为辅，有司各敬其事，在位莫非其人。天下甫二世耳，然周公犹作诗、书深戒成王，以恐失天下。《书》则曰："王毋若殷王纣。"其《诗》则曰："殷之未丧师，克配上帝；宜监于殷，骏命不易。"今汉初取天下，起于丰沛，以兵征伐，德化未洽，后世奢侈，国家之费当数代之用，非直费财，又乃费士。孝武之世，暴骨四夷，不可胜数。有天下虽未久，至于陛下八世九主矣。虽有成王之明，然亡周、召之佐。今东方连年饥馑，加之以疾疫，百姓菜色，或至相食。地比震动，天气混浊，日光侵夺。由此言之，执国政者岂可以不怀怵惕而戒万分之一乎！故臣愿陛下因天变而徙都，所谓与天下更始者也。天道终而复始，穷则反本，故能延长而亡穷也。今汉道未终，陛下本而始之，于以永世延祚，不亦优乎！如因丙子之孟夏，顺太阴以东行，到后七年之明岁，必有五年之余蓄，然后大行考室之礼，虽周之隆盛，亡以加此。唯陛下留神，详察万世之策。

书奏，天子异其意，答曰："问奉：今园庙有七，云东徙，状何如？"奉对曰："昔成王徙洛，般庚迁殷，其所避就，皆陛下所明知也。非有圣明，不能一变天下之道。臣奉愚赣狂惑，唯陛下裁赦。"

其后，贡禹亦言当定迭毁礼，上遂从之。及匡衡为丞相，奏徙南北郊，其议皆自奉发之。

奉以中郎为博士、谏大夫，年老以寿终。子及孙，皆以学在儒官。

李寻，字子长，平陵人也。治《尚书》，与张孺、郑宽中同师。宽中等守师法教授，寻独好《洪范》灾异，又学天文月令阴阳。事丞相翟方进，方进亦善为星历，除寻为吏，数为翟侯言事。帝舅曲阳侯王根为大司马票骑将军，厚遇寻。是时多灾异，根辅政，数虚己问寻。寻见汉家有中衰阸会之象，其意以为且有洪水为灾，乃说根曰：

《书》云"天聪明"，盖言紫宫极枢，通位帝纪，太微四门，广开大道，五经六纬，尊术显士，翼张舒布，烛临四海，少微处士，为比为辅，故次帝廷，女宫在后。圣人承天，贤贤易色，取法于此。天官上相上将，皆颛面正朝，忧责甚重，要在得人。得人之效，成败之机，不可不勉也。昔秦穆公说諓諓之言，任仡仡之勇，身受大辱，社稷几亡。悔过自责，思惟黄发，任用百里奚，卒伯西域，德列王道。二者祸福如此，可不慎哉！

夫士者，国家之大宝，功名之本也。将军一门九侯，二十朱轮，汉兴以来，臣子贵盛，未尝至此。夫物盛必衰，自然之理，唯有贤友强辅，庶几可以保身命，全子孙，安国家。

《书》曰“历象日月星辰’，此言仰视天文，俯察地理，观日月消息，候星辰行伍，揆山川变动，参人民谣俗，以制法度，考祸福。举错悖逆，咎败将至，征兆为之先见。明君恐惧修正，侧身博问，转祸为福；不可救者，即蓄备以待之，故社稷亡忧。

窃见往者赤黄四塞，地气大发，动土竭民，天下扰乱之征也。彗星争明，庶雄为桀，大寇之引也。此二者已颇效矣。城中讹言大水，奔走上城，朝廷惊骇，女孽入宫，此独未效。间者重以水泉涌溢，旁宫阙仍出。月、太白入东井，犯积水，缺天渊。日数湛于极阳之色。羽气乘宫，起风积云。又错以山崩地动，河不用其道。盛冬雷电，潜龙为孽。继以陨星流彗，维、填上见，日蚀有背乡。此亦高下易居，洪水之征也。不忧不改，洪水乃欲荡涤，流彗乃欲扫除；改之，则有年亡期。故属者颇有变改，小贬邪猾，日月光精，时雨气应，此皇天右汉亡已也，何况致大改之！

宜急博求幽隐，拔擢天士，任以大职。诸阘茸佞谄，抱虚求进，及用残贼酷虐闻者，若此之徒，皆嫉善憎忠，坏天文，败地理，涌跃邪阴，湛溺太阳，为主结怨于民，宜以是废退，不当得居位。诚必行之，凶灾销灭，子孙之福不旋日而至。政治感阴阳，犹铁炭之低卬，见效可信者也。及诸蓄水连泉，务通利之。修旧堤防，省池泽税，以助损邪阴之盛。案行事，考变易，讹言之效，未尝不至。请征韩放，掾周敞、王望可与图之。

根于是荐寻。哀帝初即位，召寻待诏黄门，使侍中卫尉傅喜问寻曰：“间者水出地动，日月失度，星辰乱行，灾异仍重，极言毋有所讳。”寻对曰：

陛下圣德，尊天敬地，畏命重民，悼惧变异，不忘疏贱之臣，幸使重臣临问，愚臣不足以奉明诏。窃见陛下新即位，开大明，除忌讳，博延名士，靡不并进。臣寻位卑术浅，过随众贤待诏，食太官，衣御府，久污玉堂之署。比得召见，亡以自效。复特见延问至诚，自以逢不世出之命，愿竭愚心，不敢有所避，庶几万分有一可采。唯弃须臾之间，宿留瞽言，考之文理，稽之《五经》，揆之圣意，以参天心。夫变异之来，各应象而至，臣谨条陈所闻。

《易》曰：“县象著明，莫大乎日月。”夫日者，众阳之长，辉光所烛，万里同暑，人君之表也。故日将旦，清风发，群阴伏，君以临朝，不牵于色。日初出，炎以阳，君登朝，佞不行，忠直进，不蔽障。日中辉光，君德盛明，大臣奉公。日将入，专以一，君就房，有常节。君不修道，则日失其度，暗昧亡光。各有云为：其于东方作，日初出时，阴云邪气起者，法为牵于女谒，有所畏难；日出后，为近臣乱政；日中，为大臣欺诬；日且入，为妻妾役使所营。间者日尤不精，光明侵夺失色，邪气珥蜺数作。本起于晨，相连至昏，其日出后至日中间差愈。小臣不知内事，窃以日视陛下志操，衰于始初多矣。其咎恐有以守正直言而得罪者，伤嗣害世，不可不慎也。唯陛下执乾刚之德，强志守度，毋听女谒邪臣之态。诸保阿乳母甘言悲辞之托，断而勿听。勉强大谊，绝小不忍；良有不得已，可赐以货财，不可私以官位，诚皇天之禁也。日失其光，则星辰放流。阳不能制阴，阴桀得作。间者太白正昼经天。宜隆德克躬，以执不轨。

臣闻月者，众阴之长，销息见伏，百里为品，千里立表，万里连纪，妃、后、大臣、诸侯之象也。朔晦正终始，弦为绳墨，望成君德，春夏南，秋冬北。间者，月数以春夏与日同道，过轩辕上后受气，入太微帝廷扬光辉，犯上将近臣，列星皆失色，厌厌如灭，此为母后与政乱朝，阴阳俱伤，两不相便。外臣不知朝事，窃信天文即如此，近臣已不足杖矣。屋大柱小，可为寒心。唯陛下亲求贤士，无强所恶，以崇社稷，尊强本朝。

臣闻五星者，五行之精，五帝司命，应王者号令为之节度。岁星主岁事，为统首，号令所纪，今失度而盛，此君指意欲有所为，未得其节也。又填星不避岁星者，后帝共政，相留于奎、娄，当以义断之。荧惑往来亡常，周历两宫，作态低卬，入天门，上明堂，贯尾乱宫。太白发越犯库，兵寇之应也。贯黄龙，入帝庭，当门而出，随荧惑入天门，至房而分，欲与荧惑为患，不敢当明堂之精。此陛下神灵，故祸乱不成也。荧惑厥弛，佞巧依势，微言毁誉，进类蔽善。太白出端门，臣有不臣者。火入室，金上堂，不以时解，其忧凶。填、岁相守，又主内乱。宜察萧墙之内，毋忽亲疏之微，诛放佞人，防绝萌牙，以荡涤浊濊，消散积恶，毋使得成祸乱。辰星主正四时，当效于四仲；四时失序，则辰星作异。今出于岁首之孟，天所以谴告陛下也。政急则出早，政缓则出晚，政绝不行则伏不见而为彗茀。四孟皆出，为易王命；四季皆出，星家所讳。今幸独出寅孟之月，盖皇天所以笃右陛下也，宜深自改。

治国故不可以戚戚，欲速则不达。经曰："三载考绩，三考黜陟。"加以号令不顺四时，既往不咎，来事之师也。间者春三月治大狱，时贼阴立逆，恐岁小收；季夏举兵法，时寒气应，恐后有霜雹之灾；秋月行封爵，其月土湿奥，恐后有雷雹之变。夫以喜怒赏罚，而不顾时禁，虽有尧、舜之心，犹不能致和。善言天者，必有效于人。设上农夫而欲冬田，肉袒深耕，汗出种之，然犹不生者，非人心不至，天时不得也。《易》曰："时止则止，时行则行，动静不失其时，其道光明。"《书》曰："敬授民时。"故古之王者，尊天地，重阴阳，敬四时，严月令。顺之以善政，则和气可立致，犹枹鼓之相应也。今朝廷忽于时月之令，诸侍中、尚书近臣宜皆令通知月令之意，设群下请事；若陛下出令有谬于时者，当知争之，以顺时气。

臣闻五行以水为本，其星玄武婺女，天地所纪，终始所生。水为准平，王道公正修明，则百川理，落脉通；偏党失纲，则踊溢为败。《书》云"水曰润下"，阴动而卑，不失其道。天下有道，则河出图，洛出书，故河、洛决溢，所为最大。今汝、颖畎浍皆川水漂踊，与雨水并为民害，此《诗》所谓"烨烨震电，不宁不令，百川沸腾"者也。其咎在于皇甫卿士之属。唯陛下留意诗人之言，少抑外亲大臣。

臣闻地道柔静，阴之常义也。地有上、中、下：其上位震，应妃后不顺；中位应大臣作乱；下位应庶民离畔。震或于其国，国君之咎也。四方中央连国历州俱动者，其异最大。间者关东地数震，五星作异，亦未大逆，宜务崇阳抑阴，以救其咎；固志建威，闭绝私路，拔进英隽，退不任职，以强本朝。夫本强则精神折冲，本弱则招殃致凶，为邪谋所陵。闻往者淮南王作谋之时，其所难者，独有汲黯，以为公孙弘等不足言也。弘，汉之名相，于今亡比，而尚见轻，何况亡弘之属乎？故曰朝廷亡人，则为贼乱所轻，其道自然也。天下未闻陛下奇策固守之臣也。语曰，何以知朝廷之衰？人人自贤，不务于通人，故世陵夷。

马不伏历，不可以趋道；士不素养，不可以重国。《诗》曰“济济多士，文王以宁，”孔子曰“十室之邑，必有忠信，”非虚言也。陛下秉四海之众，曾亡柱干之固守闻于四境，殆开之不广，取之不明，劝之不笃。传曰：“土之美者善养禾，君之明者善养士。”中人皆可使为君子。诏书进贤良，赦小过，无求备，以博聚英隽。如近世贡禹，以言事忠切蒙尊荣，当此之时，士厉身立名者多。禹死之后，日日以衰。及京兆尹王章坐言事诛灭，智者结舌，邪伪并兴，外戚颛命，君臣隔塞，至绝继嗣，女宫作乱。此行事之败，诚可畏而悲也。

本在积任母后之家，非一日之渐，往者不可及，来者犹可追也。先帝大圣，深见天意昭然，使陛下奉承天统，欲矫正之也。宜少抑外亲，选练左右，举有德行道术通明之士充备天官，然后可以辅圣德，保帝位，承大宗。下至郎吏从官，行能亡以异，又不通一艺，及博士无文雅者，宜皆使就南亩，以视天下，明朝廷皆贤材君子，于以重朝尊君，灭凶致安，此其本也。臣自知所言害身，不辟死亡之诛，唯财留神，反复复愚臣之言。

是时哀帝初立，成帝外家王氏未甚抑黜，而帝外家丁、傅新贵，祖母傅太后尤骄恣，欲称尊号。丞相孔光、大司空师丹执政谏争，久之，上不得已，遂免光、丹而尊傅太后。语在《丹传》。上虽不从寻言，然采其语，每有非常，辄问寻。寻对屡中，迁黄门侍郎。以寻言且有水灾，故拜寻为骑都尉，使护河堤。

初，成帝时，齐人甘忠可诈造《天官历》、《包元太平经》十二卷，以言“汉家逢天地之大终，当更受命于天，天帝使真人赤精子，下教我此道。”忠可以教重平夏贺良、容丘丁广世、东郡郭昌等，中垒校尉刘向奏忠可假鬼神罔上惑众，下狱治服，未断病死。贺良等坐挟学忠可书以不敬论，后贺良等复私以相教。哀帝初立，司隶校尉解光亦以明经通灾异得幸，白贺良等所挟忠可书。事下奉车都尉刘歆，歆以为不合《五经》，不可施行。而李寻亦好之。光曰：“前歆父向奏忠可下狱，歆安肯通此道？”时，郭昌为长安令，劝寻宜助贺良等。寻遂白贺良等皆待诏黄门，数召见，陈说：“汉历中衰，当更受命。成帝不应天命，故绝嗣。今陛下久疾，变异屡数，天所以谴告人也。宜急改元易号，乃得延年益寿，皇子生，灾异息矣。得道不得行，咎殃且亡，不有洪水将出，灾火且起，涤荡民人。”

哀帝久寝疾，几其有益，遂从贺良等议。于是诏制丞相御史：“盖闻《尚书》‘五曰考终命’，言大运一终，更纪天元人元，考文正理，推历定纪，数如甲子也。朕以眇身入继太祖，承皇天，总百僚，子元元，未有应天心之效。即位出入三年，灾变数降，日月失度，星辰错谬，高下贸易，大异连仍，盗贼并起。朕甚惧焉，战战兢兢，唯恐陵夷。惟汉兴至今二百载，历纪开元，皇天降非材之右，汉国再获受命之符，朕之不德，曷敢不通夫受天之元命，必与天下自新。其大赦天下，以建平二年为太初元年，号曰陈圣刘太平皇帝。漏刻以百二十为度。布告天下，使明知之。”

后月余，上疾自若。贺良等复欲妄变政事，大臣争以为不可许。贺良等奏言大臣皆不知天命，宜退丞相御史，以解光、李寻辅政。上以其言亡验，遂下贺良等吏，而下诏曰：“朕获保宗庙，为政不德，变异屡仍，恐惧战栗，未知所由。待诏贺良等建言改元易号，增益漏刻，可以永安国家。朕信道不笃，过听其言，几为百姓获福。卒无嘉应，久旱为灾。以问贺良等，对当复改制度，皆背经谊，违圣制，不合时宜。夫过而不改，是为过矣，六月甲子诏书，非赦令也，皆蠲除之。贺良等反道惑众，奸态当穷竟。”皆下狱，光禄勋平当、光禄大夫毛莫如与御史中丞、廷尉杂治，当贺良等执左道，乱朝政，倾覆国家，诬罔主上，不道。贺良等皆伏诛。寻及解光减死一等，徙敦煌郡。

赞曰：幽赞神明，通合天人之道者，莫著乎《易》、《春秋》。然子赣犹云“夫子之文章可得而闻，夫子之言性与天道不可得而闻”已矣。汉兴，推阴阳言灾异者，孝武时有董仲舒、夏侯始昌；昭、宣则眭孟、夏侯胜；元、成则京房、翼奉、刘向、谷永；哀、平则李寻、田终术。此其纳说时君著明者也。察其所言，仿佛一端。假经设谊，依托象类，或不免乎“亿则屡中。”仲舒下吏，夏侯囚执，眭孟诛戮，李寻流放，此学者之大戒也。京房区区，不量浅深，危言刺讥，构怨强臣，罪辜不旋踵，亦不密以失身，悲夫！

卷七十六

赵尹韩张两王传第四十六

赵广汉，字子都，涿郡蠡吾人也，故属河间。少为郡吏、州从事，以廉洁通敏下士为名。举茂材，平准令。察廉为阳翟令。以治行尤异，迁京辅都尉，守京兆尹。会昭帝崩，而新丰杜建为京兆掾，护作平陵方上。建素豪侠，宾客为奸利，广汉闻之，先风告。建不改，于是收案致法。中贵人豪长者为请无不至，终无所听。宗族宾客谋欲篡取，广汉尽知其计议主名起居，使吏告曰：“若计如此，且并灭家。”令数吏将建弃市，莫敢近者。京师称之。

是时，昌邑王征即位，行淫乱，大将军霍光与群臣共废王，尊立宣帝。广汉以与议定策，赐爵关内侯。迁颍川太守。郡大姓原、褚宗族横恣，宾客犯为盗贼，前二千石莫能禽制。广汉既至数月，诛原、褚首恶，郡中震栗。先是，颍川豪杰大姓相与为婚姻，吏俗朋党。广汉患之，厉使其中可用者受记，出有案问，既得罪名，行法罚之，广汉故漏泄其语，令相怨咎。又教吏为缿筩，及得投书，削其主名，而托以为豪桀大姓子弟所言。其后强宗大族家家结为仇雠，奸党散落，风俗大改。吏民相告讦，广汉得以为耳目，盗贼以故不发，发又辄得。一切治理，威名流闻，及匈奴降者言匈奴中皆闻广汉。

本始二年，汉发五将军击匈奴，征广汉以太守将兵，属蒲类将军赵充国。从军还，复用守京兆尹，满岁为真。

广汉为二千石，以和颜接士，其尉荐待遇吏，殷勤甚备。事推功善，归之于下，曰：“其掾卿所为，非二千石所及。”行之发于至诚。吏见者皆输写心腹，无所隐匿，咸愿为用，僵仆无所避。广汉聪明，皆知其能之所宜，尽力与否。其或负者，辄先闻知，风谕不改，乃收捕之，无所逃，按之罪立具，即时伏辜。

广汉为人强力，天性精于吏职。见吏民，或夜不寝至旦。尤善为钩距，以得事情。钩距者，设欲知马贾，则先问狗，已问羊，又问牛，然后及马，参伍其贾，以类相准，则知马之贵贱不失实矣。唯广汉至精能行之，他人效者莫能及。郡中盗贼，闾里轻侠，其根株窟穴所在，及吏受取请求铢两之奸，皆知之。长安少年数人会穷里空舍谋共劫人，坐语未讫，广汉使吏捕治具服。富人苏回为郎，二人劫之。有顷，广汉将吏到家，自立庭下，使长安丞龚奢叩堂户晓贼，曰："京兆尹赵君谢两卿，无得杀质，此宿卫臣也。释质，束手，得善相遇，幸逢赦令，或时解脱。"二人惊愕，又素闻广汉名，即开户出，下堂叩头，广汉跪谢曰："幸全活郎，甚厚！"送狱，敕吏谨遇，给酒肉。至冬当出死，豫为调棺，给敛葬具，告语之，皆曰："死无所恨！"

广汉尝记召湖都亭长，湖都亭长西至界上，界上亭长戏曰："至府，为我多谢问赵君。"亭长既至，广汉与语，问事毕，谓曰："界上亭长寄声谢我，何以不为致问？"亭长叩头服实有之。广汉因曰："还为吾谢界上亭长，勉思职事，有以自效，京兆不忘卿厚意。"其发奸擿伏如神，皆此类也。广汉奏请，令长安游徼狱吏秩百石，其后百石吏皆差自重，不敢枉法妄系留人。京兆政清，吏民称之不容口。长老传以为自汉兴以来治京兆者莫能及。左冯翊、右扶风皆治长安中，犯法者从迹喜过京兆界。广汉叹曰："乱吾治者，常二辅也！诚令广汉得兼治之，直差易耳。"

初，大将军霍光秉政，广汉事光。及光薨后，广汉心知微指，发长安吏自将，与俱至光子博陆侯禹第，直突入其门，搜索私屠酤，椎破卢罂，斧斩其门关而去。时，光女为皇后，闻之，对帝涕泣。帝心善之，以召问广汉。广汉由是侵犯贵戚大臣。所居好用世吏子孙新进年少者，专厉强壮锋气，见事风生，无所回避，率多果敢之计，莫为持难。广汉终以此败。

初，广汉客私酤酒长安市，丞相吏逐去。客疑男子苏贤言之，以语广汉。广汉使长安丞按贤，尉史禹故劾贤为骑士屯霸上，不诣屯所，乏军兴。贤父上书讼罪，告广汉，事下有司复治。禹坐要斩，请逮捕广汉。有诏即讯，辞服，会赦，贬秩一等。广汉疑其邑子荣畜教令，后以他法论杀畜。人上书言之，事下丞相御史，案验甚急。广汉使所亲信长安人为丞相府门卒，令微司丞相门内不法事。地节三年七月中，丞相傅婢有过，自绞死。广汉闻之，疑丞相夫人妒杀之府舍。而丞相奉斋酎入庙祠，广汉得此，使中郎赵奉寿风晓丞相，欲以胁之，毋令穷正己事。丞相不听，按验愈急。广汉欲告之。先问太史知星气者，言今年当有戮死大臣，广汉即上书告丞相罪。制曰："下京兆尹治。"广汉知事迫切，遂自将吏卒突入丞相府，召其夫人跪庭下受辞，收奴婢十余人去，责以杀婢事。丞相魏相上书自陈："妻实不杀婢。广汉数犯罪法不伏辜，以诈巧迫胁臣相，幸臣相宽不奏。愿下明使者治广汉所验臣相家事。"事下廷尉治罪，实丞相自以过谴笞傅婢，出至外弟乃死，不如广汉言。司直萧望之劾奏："广汉摧辱大臣，欲以劫持奉公，逆节伤化，不道。"宣帝恶之，下广汉廷尉狱，又坐贼杀不辜，鞠狱故不以实，擅斥除骑士乏军兴数罪。天子可其奏。吏民守阙号泣者数万人，或言："臣生无益县官，愿代赵京兆死，使得牧养小民。"广汉竟坐要斩。

广汉虽坐法诛，为京兆尹廉明，威制豪强，小民得职。百姓追思，歌之至今。

尹翁归，字子兄，河东平阳人也，徙杜陵。翁归少孤，与季父居。为狱小吏，晓习文法。喜击剑，人莫能当。是时，大将军霍光秉政，诸霍在平阳，奴客持刀兵入市斗变，吏不能禁，及翁归为市吏，莫敢犯者。公廉不受馈，百贾畏之。

后去吏居家。会田延年为河东太守，行县至平阳，悉召故吏五六十人，延年亲临见，令有文者东，有武者西。阅数十人，次到翁归，独伏不肯起，对曰："翁归文武兼备，唯所施设。"功曹以为此吏倨敖不逊，延年曰："何伤？"遂召上辞问，甚奇其对，除补卒史，便从归府。案事发奸，穷竟事情，延年大重之，自以能不及翁归，徙署督邮。

河东二十八县，分为两部，闳孺部汾北，翁归部汾南。所举应法，得其罪辜，属县长吏虽中伤，莫有怨者。举廉为缑氏尉，历守郡中，所居治理，迁补都内令，举廉为弘农都尉。征拜东海太守，过辞廷尉于定国。定国家在东海，欲属托邑子两人，令坐后堂待见。定国与翁归语终日，不敢见其邑子。既去，定国乃谓邑子曰："此贤将，汝不任事也，又不可干以私。"

翁归治东海明察，郡中吏民贤不肖，及奸邪罪名尽知之。县县各有记籍。自听其政，有急名则少缓之；吏民小解，辄披籍。县县收取黠吏豪民，案致其罪，高至于死。收取人必于秋冬课吏大会中，及出行县，不以无事时。其有所取也，以一警百，吏民皆服，恐惧改行自新。东海大豪郯许仲孙为奸猾，乱吏治，郡中苦之。二千石欲捕者，辄以力势变诈自解，终莫能制。翁归至，论弃仲孙市，一郡怖栗，莫敢犯禁。东海大治。

以高第入守右扶风，满岁为真。选用廉平疾奸吏以为右职，接待以礼，好恶与同之；其负翁归，罚亦必行。治如在东海故迹，奸邪罪名亦县县有名籍。盗贼发其比伍中，翁归辄召其县长吏，晓告以奸黠主名，教使用类推迹盗贼所过抵，类常如翁归言，无有遗脱。缓于小弱，急于豪强。豪强有论罪，输掌畜官，使斫莝，责以员程，不得取代。不中程，辄笞督，极者至以鈇自刭而死。京师畏其威严，扶风大治，盗贼课常为三辅最。

翁归为政虽任刑，其在公卿之间清洁自守，语不及私，然温良谦退，不以行能骄人，甚得名誉于朝廷。视事数岁，元康四年病卒。家无余财，天子贤之，制诏御史："朕夙兴夜寐，以求贤为右，不异亲疏近远，务在安民而已。扶风翁归廉平乡正，治民异等，早夭不遂，不得终其功业，朕甚怜之。其赐翁归子黄金百斤，以奉其祭祠。"

翁归三子皆为郡守。少子岑历位九卿，至后将军。而闳孺亦至广陵相，有治名。由是世称田延年为知人。

韩延寿，字长公，燕人也，徙杜陵。少为郡文学。父义为燕郎中。剌王之谋逆也，义谏而死，燕人闵之。是时，昭帝富于春秋，大将军霍光持政，征郡国贤良、文学，问以得失。时魏相以文学对策，以为"赏罚所以劝善禁恶，政之本也。日者燕王为无道，韩义出身强谏，为王所杀。义无比干之亲而蹈比干之节，宜显赏其子，以示天下，明为人臣之义。"光纳其言，因擢延寿为谏大夫，迁淮阳太守。治甚有空，徙颍川。

颍川多豪强，难治，国家常为选良二千石。先是，赵广汉为太守，患其俗多朋党，故构会吏民，令相告讦，一切以为聪明，颍川由是以为俗，民多怨仇。延寿欲更改之，教以礼让，恐百姓不从，乃历召郡中长老为乡里所信向者数十人，设酒具食，亲与相对，接以礼意，人人问以谣俗，民所疾苦，为陈和睦亲爱、销除怨咎之路。长老皆以为便，可施行，因与议定嫁娶、丧祭仪品，略依古礼，不得过法。延寿于是令文学校官诸生皮弁执俎豆，为吏民行丧嫁娶礼。百姓遵用其教，卖偶车马下里伪物者，弃之市道。数年，徙为东郡太守，黄霸代延寿居颍川，霸因其迹而大治。

延寿为吏，上礼义，好古教化，所至必聘其贤士，以礼待用，广谋议，纳谏争；举行丧让财，表孝弟有行；修治学官，春秋乡射，陈钟鼓管弦，盛升降揖让，及都试讲武，设斧钺旌旗，习射御之事。治城郭，收赋租，先明布告其日，以期会为大事，吏民敬畏趋乡之。又置正、五长，相率以孝弟，不得舍奸人。闾里仟佰有非常，吏辄闻知，奸人莫敢入界。其始若烦，后吏无追捕之苦，民无棰楚之忧，皆便安之。接待下吏，恩施甚厚而约誓明。或欺负之者，延寿痛自刻责："岂其负之，何以至此？"吏闻者自伤悔，其县尉至自刺死。及门下掾自刭，人救不殊，因瘖不能言。延寿闻之，对掾史涕泣，遣吏医治视，厚复其家。

延寿尝出，临上车，骑吏一人后至，敕功曹议罚白。还至府门，门卒当车，愿有所言。

延寿止车问之，卒曰：“《孝经》曰：‘资于事父以事君，而敬同，故母取其爱，而君取其敬，兼之者父也。’今旦明府早驾，久驻未出，骑吏父来至府门，不敢入。骑吏闻之，趋走出谒，适会明府登车。以敬父而见罚，得毋亏大化乎？”延年举手舆中曰：“微子，太守不自知过。”归舍，召见门卒。卒本诸生，闻延寿贤，无因自达，故代卒，延寿遂待用之。其纳善听谏，皆此类也。在东郡三岁，令行禁止，断狱大减，为天下最。

入守左冯翊，满岁称职为真。岁余，不肯出行县。丞掾数白：“宜循行郡中，览观民俗，考长吏治迹。”延寿曰：“县皆有贤令长，督由分明善恶于外，行县恐无所益，重为烦扰。”丞掾皆以为方春月，可一出劝耕桑。延寿不得已，行县至高陵，民有昆弟相与讼田自言，延寿大伤之，曰：“幸得备位，为郡表率，不能宣明教化，至令民有骨肉争讼，既伤风化，重使贤长吏、啬夫、三老、孝弟受其耻，咎在冯翊，当先退。”是日，移病不听事，因入卧传舍，闭阁思过。一县莫知所为，令丞、啬夫、三老亦皆自系待罪。于是讼者宗族传相责让，此两昆弟深自悔，皆自髡肉袒谢，愿以田相移，终死不敢复争。延寿大喜，开阁延见，内酒肉与相对饮食，厉勉以意告乡部，有以表劝悔过从善之民。延寿乃起听事，劳谢令丞以下，引见尉荐。郡中歙然，莫不传相敕厉，不敢犯。延寿恩信周遍二十四县，莫复以辞讼自言者。推其至诚，吏民不忍欺绐。

延寿代萧望之为左冯翊，而望之迁御史大夫。侍谒者福为望之道延寿在东郡时放散官钱千余万。望之与丞相丙吉议，吉以为更大赦，不须考。会御史当问事东郡，望之因令并问之。延寿闻知，即部吏案校望之在冯翊时廪牺官钱放散百余万。廪牺吏掠治急，自引与望之为奸。延寿劾奏，移殿门禁止望之。望之自奏：“职在总领天下，闻事不敢不问，而为延寿所拘持。”上由是不直延寿，各令穷竟所考。望之卒无事实，而望之遣御史案东郡，具得其事。延寿在东郡时，试骑士，治饰兵车，画龙虎朱爵。延年衣黄纨方领，驾四马，傅总，建幢棨，植羽葆，鼓车歌车，功曹引车，皆驾四马，载棨戟。五骑为伍，分左右部，军假司马、千人持幢旁毂。歌者先居射室，望见延寿车，嗷咷楚歌。延寿坐射室，骑吏持戟夹陛列位，骑士从者带弓鞬罗后。令骑士兵车四面营陈，被甲鞮鞪居马上，抱弩负籣。又使骑士戏车弄马盗骖。延寿又取官铜物，候月蚀铸作刀剑钩镡，放效尚方事。及取官钱帛，私假繇使吏。及治饰车甲三百万以上。

于是望之劾奏延寿上僭不道，又自陈：“前为延寿所奏，今复举延寿罪，众庶皆以臣怀不正之心，侵冤延寿。愿下丞相、中二千石、博士议其罪。”事下公卿，皆以延寿前既无状，后复诬诉典法大臣，欲以解罪，狡猾不道。天子恶之，延寿竟坐弃市。吏民数千人送至渭城，老小扶持车毂，争奏酒炙。延寿不忍距逆，人人为饮，计饮酒石余。使掾史分谢送者：“远苦吏民，延寿死无所恨。”百姓莫不流涕。

延寿三子皆为郎吏。且死，属其子勿为吏，以己为戒。子皆以父言去官不仕。至孙威，乃复为吏至将军。威亦多恩信，能拊众，得士死力。威又坐奢僭诛，延寿之风类也。

张敞，字子高，本河东平阳人也。祖父孺为上谷太守，徙茂陵。敞父福事孝武帝，官至光禄大夫。敞后随宣帝徙杜陵。敞本以乡有秩补太守卒史，察廉为甘泉仓长，稍迁太仆丞，杜延年甚奇之。会昌邑王征即位，动作不由法度，敞上书谏曰：“孝昭皇帝早崩无嗣，大臣忧惧，选贤圣承宗庙，东迎之日，唯恐属车之行迟。今天子以盛年初即位，天下莫不拭目倾耳，观化听风。国辅大臣未褒，而昌邑小辇先迁，此过之大者也。”后十余日王贺废，敞以切谏显名，擢为豫州刺史。以数上事有忠言，宣帝征敞为太中大夫，与于定国并平尚书事。以正违忤大将军霍光，而使主兵车出军省减用度，复出为函谷关都尉。宣帝初即位，废王贺在昌邑，上心惮之，徙敞为山阳太守。

久之，大将军霍光薨，宣帝始亲政事，封光兄孙山、云皆为列侯，以光子禹为大司马。顷之，山、云以过归第，霍氏诸婿亲属颇出补吏。敞闻之，上封事曰："臣闻公子季友有功于鲁，大夫赵衰有功于晋，大夫田完有功于齐，皆畴其庸，延及子孙，终后田氏篡齐，赵氏分晋，季氏颛鲁。故仲尼作《春秋》，迹盛衰，讥世卿最甚。乃者大将军决大计，安宗庙，定天下，功亦不细矣。夫周公七年耳，而大将军二十岁，海内之命，断于掌握。方其隆时，感动天地，侵迫阴阳，月朓日蚀，昼冥宵光，地大震裂，火生地中，天文失度，妖祥变怪，不可胜记，皆阴类盛长，臣下颛制之所生也。朝臣宜有明言，曰陛下褒宠故大将军以报功德足矣。间者辅臣颛政，贵戚太盛，君臣之分不明，请罢霍氏三侯皆就第。及卫将军张安世，宜赐几杖归休，时存问召见，以列侯为天子师。明诏以恩不听，群臣以义固争而后许，天下必以陛下为不忘功德，而朝臣为知礼，霍氏世世无所患苦。今朝廷不闻直声，而令明诏自亲其文，非策之得者也。今两侯以出，人情不相远，以臣心度之，大司马及其枝属必有畏惧之心。夫近臣自危，非完计也，臣敞愿于广朝白发其端，直守远郡，其路无由。夫心之精微口不能言也，言之微眇书不能文也，故伊尹五就桀，五就汤，萧相国荐淮阴累岁乃得通，况乎千里之外，因书文谕事指哉！唯陛下省察。"上甚善其计，然不征也。

久之，勃海、胶东盗贼并起，敞上书自请治之，曰："臣闻忠孝之道，退家则尽心于亲，进宦则竭力于君。夫小国中君犹有奋不顾身之臣，况于明天子乎！今陛下游意于太平，劳精于政事，亹亹不舍昼夜。群臣有司宜各竭力致身。山阳郡户九万三千，口五十万以上，讫计盗贼未得者七十七人，它课诸事亦略如此。臣敞愚驽，既无以佐思虑，久处闲郡，身逸乐而忘国事，非忠孝之节也。伏闻胶东、勃海左右郡岁数不登，盗贼并起，至攻官寺，篡囚徒，搜市朝，劫列侯。吏失纲纪，奸轨不禁。臣敞不敢爱身避死，唯明诏之所处，愿尽力摧挫其暴虐，存抚其孤弱。事即有业，所至郡条奏其所由发废及所以兴之状。"书奏，天子征敞，拜胶东相，赐黄金三十斤。敞辞之官，自请治剧郡非赏罚无以劝善惩恶，吏追捕有功效者，愿得一功比三辅尤异。天子许之。

敞到胶东，明设购赏，开群盗令相捕斩除罪。吏追捕有功，上名尚书调补县令者数十人。由是盗贼解散，传相捕斩。吏民歙然，国中遂平。居顷之，王太后数出游猎，敞奏书谏曰："臣闻秦王好淫声，叶阳后为不听郑、卫之乐；楚严好田猎，樊姬为之不食鸟兽之肉。口非恶旨甘，耳非憎丝竹也，所以抑心意，绝耆欲者，将以率二君而全宗祀也。礼，君母出门则乘辎軿，下堂则从傅母，进退则鸣玉佩，内饰则结绸缪。此言尊贵所以自敛制，不从恣之义也。今太后资质淑美，慈爱宽仁，诸侯莫不闻，而少以田猎纵欲为名，于以上闻，亦未宜也。唯观览于往古，全行乎来今，令后姬得有所法则，下臣有所称诵，臣敞幸甚！"书奏，太后止不复出。

是时，颍川太守黄霸以治行第一入守京兆尹。霸视事数月，不称，罢归颍川。于是制诏御史："其以胶东相敞守京兆尹。"自赵广汉诛后，比更守尹，如霸等数人，皆不称职。京师寖废，长安市偷盗尤多，百贾苦之。上以问敞，敞以为可禁。敞既视事，求问长安父老，偷盗酋长数人，居皆温厚，出从童骑，闾里以为长者。敞皆召见责问，因贳其罪，把其宿负，令致诸偷以自赎。偷长曰："今一旦召诣府，恐诸偷惊骇，愿一切受署。"敞皆以为吏，遣归休。置酒，小偷悉来贺，且饮醉，偷长以赭污其衣裾。吏坐里闾阅出者，污赭辄收缚之，一日捕得数百人。穷治所犯，或一人百余发，尽行法罚。由是枹鼓稀鸣，市无偷盗，天子嘉之。

敞为人敏疾，赏罚分明，见恶辄取，时时越法纵舍，有足大者。其治京兆，略循赵广汉之迹。方略耳目，发伏禁奸，不如广汉，然敞本治《春秋》，以经术自辅，其政颇杂儒雅，往往表贤显善，不醇用诛罚，以此能自全，竟免于刑戮。京兆典京师，长安中浩穰，于三辅尤为剧。郡国二千石以高弟入守，及为真，久者不过二三年，近者数月一岁，辄毁伤失名，以罪过罢。唯广汉及敞为久任职。敞为京兆，朝廷每有大议，引古今，处便宜，公卿皆服，天子数从之。然敞无威仪，时罢朝会，过走马章台街，使御吏驱，自以便面拊马。又为妇画眉，长安中传张京兆眉怃。有司以奏敞。上问之，对曰："臣闻闺房之内，夫妇之私，有过于画眉者。"上爱其能，弗备责也。然终不得大位。

敞与萧望之、于定国相善。始敞与定国俱以谏昌邑王超迁。定国为大夫平尚书事，敞出为刺史，时望之为大行丞。后望之先至御史大夫，定国后至丞相，敞终不过郡守。为京兆九岁，坐与光禄勋杨恽厚善，后恽坐大逆诛，公卿奏恽党友，不宜处位，等比皆免，而敞奏独寝不下。敞使贼捕掾絮舜有所案验。舜以敞劾奏当免，不肯为敞竟事，私归其家。人或谏舜，舜曰："吾为是公尽力多矣，今五日京兆耳，安能复案事？"敞闻舜语，即部吏收舜系狱。是时，冬月未尽数日，案事吏昼夜验治舜，竟致其死事。舜当出死，敞使主簿持教告舜曰："五日京兆竟何如？冬月已尽，延命乎？"乃弃舜市。会立春，行冤狱使者出，舜家载尸，并编敞教，自言使者。使者奏敞贼杀不辜。天子薄其罪，欲令敞得自便利，即先下敞前坐杨恽不宜处位奏，免为庶人。敞免奏既下，诣阙上印绶，便从阙下亡命。

数月，京师吏民解弛，枹鼓数起，而冀州部中有大贼。天子思敞功效，使使者即家在所召敞。敞身被重劾，及使者至，妻子家室皆泣惶惧，而敞独笑曰："吾身亡命为民，郡吏当就捕，今使者来，此天子欲用我也。"即装随使者诣公车上书曰："臣前幸得备位列卿，待罪京兆，坐杀贼捕掾絮舜。舜本臣敞素所厚吏，数蒙恩贷，以臣有章劾当免，受记考事，便归卧家，谓臣'五日京兆'，背恩忘义，伤化薄俗。臣窃以舜无状，枉法以诛之。臣敞贼杀无辜，鞠狱故不直，虽伏明法，死无所恨。"天子引见敞，拜为冀州刺史。敞起亡命，复奉使典州。既到部，而广川王国群辈不道，贼连发，不得。敞以耳目发起贼主名区处，诛其渠帅。广川王姬昆弟及王同族宗室刘调等通行为之囊橐，吏逐捕穷窘，踪迹皆入王宫。敞自将郡国吏，车数百辆，围守王宫，搜索调等，果得之殿屋重轑中。敞傅吏皆捕格断头，县其头王宫门外，因劾奏广川王。天子不忍致法，削其户。敞居部岁余，冀州盗贼禁止。守太原太守，满岁为真，太原郡清。

顷之，宣帝崩。元帝初即位，待诏郑朋荐敞先帝名臣，宜傅辅皇太子。上以问前将军萧望之，望之以为敞能吏，任治烦乱，材轻，非师傅之器。天子使使者征敞，欲以为左冯翊。会病卒。敞所诛杀太原吏，吏家怨敞，随至杜陵刺杀敞中子璜。敞三子官皆至都尉。

初，敞为京兆尹，而敞弟武拜为梁相。是时，梁王骄贵，民多豪强，号为难治。敞问武："欲何以治梁？"武敬惮兄，谦不肯言。敞使吏送至关，戒吏自问武。武应曰："驭黠马者利其衔策，梁国大都，吏民凋敝，且当以柱后惠文弹治之耳。"秦时狱法吏冠柱后惠文，武意欲以刑法治梁。吏还道之，敞笑曰："审如掾言，武必辨治梁矣。"武既到官，其治有迹，亦能吏也。

敞孙竦，王莽时至郡守，封侯，博学文雅过于敞，然政事不及也。竦死，敞无后。

王尊，字子赣，涿郡高阳人也。少孤，归诸父，使牧羊泽中。尊窃学问，能史书。年十三，求为狱小吏。数岁，给事太守府，问诏书行事，尊无不对。太守奇之，除补书佐，署守属监狱。久之，尊称病去，事师郡文学官，治《尚书》、《论语》，略通大义。复召署守属治狱，为郡决曹史。数岁，以令举幽州刺史从事。而太守察尊廉，补辽西盐官长。

数上书言便宜事，事下丞相御史。

初元中，举直言，迁虢令，转守槐里，兼行美阳令事。春正月，美阳女子告假子不孝，曰："儿常以我为妻，妒笞我。"尊闻之，遣吏收捕验问，辞服。尊曰："律无妻母之法，圣人所不忍书，此经所谓造狱者也。"尊于是出坐廷上，取不孝子悬磔著树，使骑吏五人张弓射杀之，吏民惊骇。

后上行幸雍，过虢，尊供张如法而办。以高弟擢为安定太守。到官，出教告属县曰："令长丞尉奉法守城，为民父母，抑强扶弱，宣恩广泽，甚劳苦矣。太守以今日至府，愿诸君卿勉力正身以率下。故行贪鄙，能变更者与为治。明慎所职，毋以身试法。"又出教敕掾功曹"各自底厉，助太守为治。其不中用，趣自避退，毋久妨贤，夫羽翮不修，则不可以致千里；阃内不理，无以整外。府丞悉署吏行能，分别白之。贤为上，毋以富。贾人百万，不足与计事。昔孔子治鲁，七日诛少正卯，今太守视事已一月矣，五官掾张辅怀虎狼之心，贪污不轨，一郡之钱尽入辅家，然适足以葬矣。今将辅送狱，直符史诣阁下，从太守受其事。丞戒之戒之！相随入狱矣！"辅系狱数日死，尽得其狡猾不道，百万奸臧。威震郡中，盗贼分散，入傍郡界。豪强多诛伤伏辜者。坐残贼免。起家，复为护羌将军转校尉，护送军粮委输。而羌人反，绝转道，兵数万围尊。尊以千余骑奔突羌贼。功未列上，坐擅离部署，会赦，免归家。

涿郡太守徐明荐尊不宜久在闾巷，上以尊为郿令，迁益州刺史。先是，琅邪王阳为益州刺史，行部至邛郲折阪，叹曰："奉先人遗体，奈何数乘此险！"后以病去。及尊为刺史，至其阪，问吏曰："此非王阳所畏道邪？"吏对曰："是。"尊叱其驭曰："驱之！王阳为孝子，王尊为忠臣。"尊居部二岁，怀来徼外，蛮夷归附其威信。博士郑宽中使行风俗，举奏尊治状，迁为东平相。

是时，东平王以至亲骄奢不奉法度，傅相连坐。及尊视事，奉玺书至庭中，王未及出受诏，尊持玺书归舍，食已乃还。致诏后，谒见王，太傅在前说《相鼠》之诗。尊曰："毋持布鼓过雷门！"王怒，起入后宫。尊亦直趋出就舍。先是，王数私出入，驱驰国中，与后姬家交通。尊到官，召敕厩长："大王当从官属，鸣和鸾乃出，自今有令驾小车，叩头争之，言相教不得。"后尊朝王，王复延请登堂。尊谓王曰："尊来为相，人皆吊尊也，以尊不容朝廷，故见使相王耳。天下皆言王勇，顾但负贵，安能勇？如尊乃勇耳。"王变色视尊，意欲格杀之，即好谓尊曰："愿观相君佩刀。"尊举掖，顾谓傍侍郎："前引佩刀视王，王欲诬相拔刀向王邪？"王情得，又雅闻尊高名，大为尊屈，酌酒具食，相对极欢。太后徵史奏尊："为相倨慢不臣，王血气未定，不能忍。愚诚恐母子俱死。今妾不得使王复见尊。陛下不留意，妾愿先自杀，不忍见王之失义也。"尊竟坐免为庶人。大将军王凤奏请尊补军中司马，擢为司隶校尉。

初，中书谒者令石显贵幸，专权为奸邪。丞相匡衡、御史大夫张谭皆阿附畏事显，不敢言。久之，元帝崩，成帝初即位，显徙为中太仆，不复典权。衡、谭乃奏显旧恶，请免显等。尊于是劾奏："丞相衡、御史大夫谭位三公，典五常九德，以总方略、一统类、广教化、美风俗为职。知中书谒者令显等专权擅势，大作威福，纵恣不制，无所畏忌，为海内患害，不以时白奏行罚，而阿谀曲从，附下罔上，怀邪迷国，无大臣辅政之义也，皆不道，在赦令前。赦后，衡、谭举奏显，不自陈不忠之罪，而反扬著先帝任用倾覆之徒，妄言百官畏之，甚于主上。卑君尊臣，非所宜称，失大臣体。又正月行幸曲台，临飨罢卫士，衡与中二千石大鸿胪赏等会坐殿门下，衡南乡，赏等西乡。衡更为赏布东乡席，起立延赏坐，私语如食顷。衡知行临，百官共职，万众会聚，而设不正之席，使下坐上，相比为小惠于公门之下，动不中礼，乱朝廷爵秩之位。衡又使官大奴入殿中，问行起居，还言：'漏上十四刻行。'临到，衡安坐，不变色改容。无怵惕肃敬之心，骄慢不谨，皆不敬。"有诏勿治。于是衡惭惧，免冠谢罪，上丞相、侯印绶。天子以新即位，重伤大臣，乃下御史丞问状。劾奏尊："妄庶欺非谤赦前事，猥历奏大臣，无正法，饰成小过，以涂污宰相，摧辱公卿，轻薄国家，奉使不敬。"有诏左迁尊为高陵令，数月，以病免。

会南山群盗傰宗等数百人为吏民害，拜故弘农太守傅刚为校尉，将迹射士千人逐捕，岁余不能禽。或说大将军凤："贼数百人在毂下，发军击之不能得，难以视四夷。独选贤京兆尹乃可。"于是凤荐尊，征为谏大夫，守京辅都尉，行京兆尹事。旬月间盗贼清。迁光禄大夫，守京兆尹，后为真，凡三岁。坐遇使者无礼。司隶遣假佐放奉诏书白尊发吏捕人，放谓尊："诏书所捕宜密。"尊曰："治所公正，京兆善漏泄人事。"放曰："所捕宜今发吏。"尊又曰："诏书无京兆文，不当发吏。"及长安系者三月间千人以上。尊出行县，男子郭赐自言尊："许仲家十余人共杀赐兄赏，公归舍。"吏不敢捕。尊行县还，上奏曰："强不陵弱，各得其所，宽大之政行，和平之气通。"御史大夫中奏尊暴虐不改，外为大言，倨嫚姗上，威信日废，不宜备位九卿。尊坐免，吏民多称惜之。

湖三老公乘兴等上书讼尊治京兆功效日著："往者南山盗贼阻山横行，剽劫良民，杀奉法吏，道路不通，城门至以警戒。步兵校尉使逐捕，暴师露众，旷日烦费，不能禽制。二卿坐黜，群盗浸强，吏气伤沮，流闻四方，为国家忧。当此之时，有能捕斩，不爱金爵重赏。关内侯宽中使问所征故司隶校尉王尊捕群盗方略，拜为谏大夫，守京辅都尉，行京兆尹事。尊尽节劳心，夙夜思职，卑体下士，厉奔北之吏，起沮伤之气，二旬之间，大党震坏，渠率效首。贼乱蠲除，民反农业，拊循贫弱，锄耘豪强。长安宿豪大猾东市贾万、城西萬章、剪张禁、酒赵放、杜陵杨章等皆通邪结党，挟养奸轨，上干王法，下乱吏治，并兼役使，侵渔小民，为百姓豺狼。更数二千石，二十年莫能禽讨，尊以正法案诛，皆伏其辜。奸邪销释，吏民说服。尊拔剧整乱，诛暴禁邪，皆前所稀有，名将所不及。虽拜为真，未有殊绝褒赏加于尊身。今御史大夫奏尊'伤害阴阳，为国家忧，无承用诏书之意，靖言庸违，象龚滔天'。原其所以，出御史丞杨辅，故为尊书佐，素行阴贼，恶口不信，好以刀笔陷人于法。辅常醉过尊大奴利家，利家捽搏其颊，兄子闳拔刀欲刭之。辅以故深怨疾毒，欲伤害尊。疑辅内怀怨恨，外依公事，建画为此议，傅致奏文，浸润加诬，以复私怨。昔白起为秦将，东破韩、魏，南拔郢都，应侯谮之，赐死杜邮；吴起为魏守西河，而秦、韩不敢犯，谗人间焉，斥逐奔楚。秦听浸润以诛良将，魏信谗言以逐贤守，此皆偏听不聪，失人之患也。臣等窃痛伤尊修身洁己，砥节首公，刺讥不惮将相，诛恶不避豪强，诛不制之贼，解国家之忧，功著职修，威信不废，诚国家爪牙之吏，折冲之臣，今一旦无辜制于仇人之手，伤于诋欺之文，上不得以功除罪，下不得蒙棘木之听，独掩怨仇之偏奏，被共工之大恶，无所陈怨诉罪。尊以京师废乱，群盗并兴，选贤征用，起家为卿，贼乱既除，豪猾伏辜，即以佞巧废黜。一尊之身，三期之间，乍贤乍佞，岂不甚哉！孔子曰：'爱之欲其生，恶之欲其死，是惑也。''浸润之谮不行焉，可谓明矣。'愿下公卿、大夫、博士、议郎，定尊素行。夫人臣而伤害阴阳，死诛之罪也；靖言庸违，放殛之刑也。审如御史章，尊乃当伏观阙之诛，放于无人之域，不得苟免。及任举尊者，当获选举之辜，不可但已。即不如章，饰文深诋以诉无罪，亦宜有诛，以惩谗贼之口，绝诈欺之路。唯明主参详，使白黑分别。"书奏，天子复以尊为徐州刺史，迁东郡太守。

久之，河水盛溢，泛浸瓠子金堤，老弱奔走，恐水大决为害。尊躬率吏民，投沉白马，祀水神河伯。尊亲执圭璧，使巫策祝，请以身填金堤，因止宿，庐居堤上。吏民数千万人争叩头救止尊，尊终不肯去。及水盛堤坏，吏民皆奔走，唯一主簿泣在尊旁，立不动。而水波稍却回还。吏民嘉壮尊之勇节，白马三老朱英等奏其状。下有司考，皆如言。于是制诏御史："东郡河水盛长，毁坏金堤，未决三尺，百姓惶恐奔走。太守身当水冲，履咫尺之难，不避危殆，以安众心，吏民复还就作，水不为灾，朕甚嘉之。秩尊中二千石，加赐黄金二十斤。"

数岁，卒官，吏民纪之。尊子伯亦为京兆尹，坐耎弱不胜任免。

王章，字仲卿，泰山巨平人也。少以文学为官，稍迁至谏大夫，在朝廷名敢直言。元帝初，擢为左曹中郎将，与御史中丞陈咸相善，共毁中书令石显，为显所陷，咸减死髡，章免官。成帝立，征章为谏大夫，迁司隶校尉，大臣贵戚敬惮之。王尊免后，代者不称职，章以选为京兆尹。时，帝舅大将军王凤辅政，章虽为凤所举，非凤专权，不亲附凤。会日有蚀之，章奏封事，召见，言凤不可任用，宜更选忠贤。上初纳受章言，后不忍退凤。章由是见疑，遂为凤所陷，罪至大逆。语在《元后传》。

初，章为诸生学长安，独与妻居。章疾病，无被，卧牛衣中，与妻决，涕泣。其妻呵怒之曰："仲卿！京师尊贵在朝廷人谁逾仲卿者？今疾病困厄，不自激卬，乃反涕泣，何鄙也！"

后章仕宦历位，及为京兆，欲上封事，妻又止之曰："人当知足，独不念牛衣中涕泣时耶？"章曰："非女子所知也。"书遂上，果下廷尉狱，妻子皆收系。章小女年可十二，夜起号哭曰："平生狱上呼囚，数常至九，今八而止。我君素刚，先死者必君。"明日问之，章果死。妻子皆徙合浦。

大将军凤薨后，弟成都侯商复为大将军辅政，白上还章妻子故郡。其家属皆完具，采珠致产数百万，时，萧育为泰山太守，皆令赎还故田宅。

章为京兆二岁，死不以其罪，众庶冤纪之，号为三王。王骏自有传，骏即王阳子也。

赞曰：自孝武置左冯翊、右扶风、京兆尹，而吏民为之语曰："前有赵、张，后有三王。"然刘向独序赵广汉、尹翁归、韩延寿，冯商传王尊，扬雄亦如之。广汉聪明，下不能欺，延寿厉善，所居移风，然皆讦上不信，以失身堕功。翁归抱公洁己，为近世表。张敞衎衎，履忠进言，缘饰儒雅，刑罚必行，纵赦有度，条教可观，然被轻惰之名。王尊文武自将，所在必发，谲诡不经，好为大言。王章刚直守节，不量轻重，以陷刑戮，妻子流迁，哀哉！

卷七十七

盖诸葛刘郑孙毌将何传第四十七

盖宽饶，字次公，魏郡人也。明经为郡文学，以孝廉为郎。举方正，对策高第，迁谏大夫，行郎中户将事。劾奏卫将军张安世子侍中阳都侯彭祖不下殿门，并连及安世居位无补。彭祖时实下门，宽饶坐举奏大臣非是，左迁为卫司马。

先是时，卫司马在部，见卫尉拜谒，常为卫官繇使市买。宽饶视事，案旧令，遂揖官属以下行卫者。卫尉私使宽饶出，宽饶以令诣官府门上谒辞。尚书责问卫尉，由是卫官不复私使侯、司马。侯、司马不拜，出先置卫，辄上奏辞，自此正焉。宽饶初拜为司马，未出殿门，断其禅衣，令短离地，冠大冠，带长剑，躬案行士卒庐室，视其饮食居处，有疾病者身自抚循临问，加致医药，遇之甚有恩。及岁尽交代，上临飨罢卫卒，卫卒数千人皆叩头自请，愿复留共更一年，以报宽饶厚德。宣帝嘉之，以宽饶为太中大夫，使行风俗，多所称举贬黜，奉使称意。擢为司隶校尉，刺举无所回避，小大辄举，所劾奏众多，廷尉处其法，半用半不用，公卿贵戚及郡国吏繇使至长安，皆恐惧莫敢犯禁，京师为清。

平恩侯许伯入第，丞相、御史、将军、中二千石皆贺，宽饶不行。许伯请之，乃往，从西阶上，东乡特坐，许伯自酌曰："盖君后至。"宽饶曰："无多酌我，我乃酒狂。"丞相魏侯笑曰："次公醒而狂，何必酒也？"坐者皆属目卑下之。酒酣乐作，长信少府檀长卿起舞，为沐猴与狗斗，坐皆大笑。宽饶不说，卬视屋而叹曰："美哉！然富贵无常，忽则易人，此如传舍，所阅多矣。唯谨慎为得久，君侯可不戒哉！"因起趋出，劾奏长信少府以列卿而沐猴舞，失礼不敬。上欲罪少府，许伯为谢，良久，上乃解。

宽饶为人刚直高节，志在奉公。家贫，奉钱月数千，半以给吏民为耳目言事者。身为司隶，子常步行自戍北边，公廉如此。然深刻喜陷害人，在位及贵戚人与为怨，又好言事刺讥，奸犯上意。上以其儒者，优容之，然亦不得迁。同列后进或至九卿，宽饶自以行清能高，有益于国，而为凡庸所越，愈失意不快，数上疏谏争。太子庶子王生高宽饶节，而非其如此，予书曰："明主知君洁白公正，不畏强御，故命君以司察之位，擅君以奉使之权，尊官厚禄已施于君矣。君宜夙夜惟思当世之务，奉法宣化，忧劳天下，虽日有益，月有功，犹未足以称职而报恩也。自古之治，三王之术各有制度。今君不务循职而已，乃欲以太古久远之事匡拂天子，数进不用难听之语以摩切左右，非所以扬令名全寿命者也。方今用事之人皆明习法令，言足以饰君之辞，文足以成君之过，君不惟蘧氏之高踪，而慕子胥之末行，用不訾之躯，临不测之险，窃为君痛之。夫君子直而不挺，曲而不诎。《大雅》云：'既明且哲，以保其身。'狂夫之言，圣人择焉。唯裁省览。"宽饶不纳其言。

是时，上方用刑法，信任中尚书宦官，宽饶奏封事曰："方今圣道寖废，儒术不行，以刑余为周、召，以法律为《诗》、《书》。"又引《韩氏易传》言："五帝官天下，三王家天下，家以传子，官以传贤，若四时之运，功成者去，不得其人则不居其位。"书奏，上以宽饶怨谤终不改，下其书中二千石。时，执金吾议，以为宽饶指意欲求禅，大逆不道。谏大夫郑昌愍伤宽饶忠直忧国，以言事不当意而为文吏所诋挫，上书颂宽饶曰："臣闻山有猛兽，藜藿为之不采；国有忠臣，奸邪为之不起。司隶校尉宽饶居不求安，食不求饱，进有忧国之心，退有死节之义，上无许、史之属，下无金、张之托，职在司察，直道而行，多仇少与，上书陈国事，有司劾以大辟，臣幸得从大夫之后，官以谏为名，不敢不言。"上不听，遂下宽饶吏。宽饶引佩刀自刭北阙下，众莫不怜之。

诸葛丰，字少季，琅邪人也。以明经为郡文学，名特立刚直。贡禹为御史大夫，除丰为属，举侍御史。元帝擢为司隶校尉，刺举无所避，京师为之语曰："间何阔，逢诸葛。"上嘉其节，加丰秩光禄大夫。

时，侍中许章以外属贵幸，奢淫不奉法度，宾客犯事，与章相连。丰案劾章，欲奏其事，适逢许侍中私出，丰驻车举节诏章曰："下！"欲收之。章迫窘，驰车去，丰追之。

许侍中因得入宫门，自归上，丰亦上奏，于是收丰节。司隶去节自丰始。

丰上书谢曰："臣丰驽怯，文不足以劝善，武不足以执邪。陛下不量臣能否，拜为司隶校尉，未有以自效，复秩臣为光禄大夫，官尊责重，非臣所当处也。又迫年岁衰暮，常恐卒填沟渠，无以报厚德，使论议士讥臣无补，长获素餐之名。故常愿捐一旦之命，不待时而断奸臣之首，悬于都市，编书其罪，使四方明知为恶之罚，然后却就斧钺之诛，诚臣所甘心也。夫以布衣之士，尚犹有刎颈之交，今以四海之大，曾无伏节死谊之臣，率尽苟合取容，阿党相为，念私门之利，忘国家之政。邪秽浊混之气上感于天，是以灾变数见，百姓困乏。此臣下不忠之效也，臣诚耻之亡已。凡人情莫不欲安存而恶危亡，然忠臣直士不避患害者，诚为君也。今陛下天覆地载，物无不容，使尚书令尧赐臣丰书曰：'夫司隶者刺举不法，善善恶恶，非得颛之也。免处中和，顺经术意。'恩深德厚，臣丰顿首幸甚。臣窃不胜愤懑，愿赐清宴，唯陛下裁幸。"上不许。

是后，所言益不用，丰复上书言："臣闻伯奇孝而弃于亲，子胥忠而诛于君，隐公慈而杀于弟，叔武弟而杀于兄。夫以四子之行，屈平之材，然犹不能自显而被刑戮，岂不足以观哉！使臣杀身以安国，蒙诛以显君，臣诚愿之。独恐未有云补，而为众邪所排，令谗夫得遂，正直之路雍塞，忠臣沮心，智士杜口，此愚臣之所惧也。"

丰以春夏系治人，在位多言其短。上徙丰为城门校尉，丰上书告光禄勋周堪、光禄大夫张猛。上不直丰，乃制诏御史："城门校尉丰，前与光禄勋堪、光禄大夫猛在朝之时，数称言堪、猛之美。丰前为司隶校尉，不顺四时，修法度，专作苛暴，以获虚威，朕不忍下吏，以为城门校尉。不内省诸己，而反怨堪、猛，以求报举，告案无证之辞，暴扬难验之罪，毁誉恣意，不顾前言，不信之大者也。朕怜丰之耆老，不忍加刑，其免为庶人。"终于家。

刘辅，河间宗室人也。举孝廉，为襄贲令。上书言得失，召见，上美其材，擢为谏大夫。会成帝欲立赵倢伃为皇后，先下诏封倢伃父临为列侯。辅上书言："臣闻天之所与必先赐以符瑞，天之所违必先降以灾变；此神明之征应，自然之占验也。昔武王、周公承顺天地，以飨鱼乌之瑞，然犹君臣祗惧，动色相戒，况于季世，不蒙继嗣之福，屡受怒威之异者乎！虽夙夜自责，改过易行，畏天命，念祖业，妙选有德之世，考卜窈窕之女，以承宗庙，顺神祇心，塞天下望，子孙之祥犹恐晚暮，今乃触情纵欲，倾于卑贱之女，欲以母天下，不畏于天，不愧于人，惑莫大焉，里语曰：'腐木不可以为柱，卑人不可以为主。'天人之所不予，必有祸而无福，市道皆共知之，朝廷莫肯一言，臣窃伤心。自念得以同姓拔擢，尸禄不忠，污辱谏争之官，不敢不尽死，唯陛下深察。"书奏，上使侍御史收缚辅，系掖庭秘狱，群臣莫知其故。

于是中朝左将军辛庆忌、右将军廉褒、光禄勋师丹、太中大夫谷永俱上书曰："臣闻明王垂宽容之听，崇谏争之官，广开忠直之路，不罪狂狷之言，然后百僚在位，竭忠尽谋，不惧后患，朝廷无谄谀之士，元首无失道之愆。窃见谏大夫刘辅，前以县令求见，擢为谏大夫，此其言必有卓诡切至，当圣心者，故得拔至于此。旬日之间，收下秘狱，臣等愚，以为辅幸得托公族之亲，在谏臣之列，新从下土来，未知朝廷体，独触忌讳，不足深过。小罪宜隐忍而已，如有大恶，宜暴治理官，与众共之。昔赵简子杀其大夫鸣犊，孔子临河而还。今天心未豫，灾异屡降，水旱迭臻，方当隆宽广问，褒直尽下之时也。而行惨急之诛于谏争之臣，震惊群下，失忠直心。假令辅不坐直言，所坐不著，天下不可户晓。同姓近臣本以言显，其于治亲养忠之义诚不宜幽囚于掖庭狱。公卿以下见陛下进用辅亟，而折伤之暴，人有惧心，精锐销耎，莫敢尽节正言，非所以昭有虞之听，广德美之风也。臣等窃深伤之。唯陛下留神省察。”

上乃徙系辅共工狱，减死罪一等，论为鬼薪。终于家。

郑崇，字子游，本高密大族，世与王家相嫁娶。祖父以訾徙平陵。父宾明法令，为御史，事贡公，名公直。崇少为郡文学史，至丞相大车属。弟立与高武侯傅喜同门学，相友善。喜为大司马，荐崇，哀帝擢为尚书仆射。数求见谏争，上初纳用之。每见曳革履，上笑曰：“我识郑尚书履声。”

久之，上欲封祖母傅太后从弟商，崇谏曰：“孝成皇帝封亲舅五侯，天为赤黄昼昏，日中有黑气。今祖母从昆弟二人已侯。孔乡侯，皇后父；高武侯以三公封，尚有因缘。今无故欲复封商，坏乱制度，逆天人心，非傅氏之福也。臣闻师曰：‘逆阳者厥极弱，逆阴者厥极凶短折，犯人者有乱亡之患，犯神者有疾夭之祸，’故周公著戒曰：‘惟王不知艰难，唯耽乐是从，时亦罔有克寿，’故衰世之君夭折早没，此皆犯阴之害也。臣愿以身命当国咎。”崇因持诏书案起。傅太后大怒曰：“何有为天子乃反为一臣所颛制邪！”上遂下诏曰：“朕幼而孤，皇太太后躬自养育，免于襁褓，教道以礼，至于成人，惠泽茂焉。‘欲报之德。昊天罔极。’前追号皇太太后父为崇祖侯，惟念德报未殊，朕甚恧焉。侍中光禄大夫商，皇太太后父同产子，小自保大，恩义最亲。其封商为汝昌侯，为崇祖侯后，更号崇祖侯为汝昌哀侯。”

崇又以董贤贵宠过度谏，由是重得罪。数以职事见责，发疾颈痈，欲乞骸骨，不敢。尚书令赵昌佞谄，素害崇，知其见疏，因奏崇与宗族通，疑有奸，请治。上责崇曰：“君门如市人，何以欲禁切主上？”崇对曰：“臣门如市，臣心如水，愿得考覆。”上怒，下崇狱，穷治，死狱中。

孙宝，字子严，颍川鄢陵人也。以明经为郡吏。御史大夫张忠辟宝为属，欲令授子经，更为除舍，设储偫。宝自劾去，忠固还之，心内不平。后署宝主簿，宝徙入舍，祭灶请比邻。忠阴察，怪之，使所亲问宝：“前大夫为君设除大舍，子自劾去者，欲为高节也。今两府高士俗不为主簿，子既为之，徙舍甚说，何前后不相副也？”宝曰：“高士不为主簿，而大夫君以宝为可，一府莫言非，士安得独自高？前日君男欲学文，而移宝自近。礼有来学，义无往教；道不可诎，身诎何伤？且不遭者可无不为，况主簿乎！”忠闻之，甚惭，上书荐宝经明质直，宜备近臣。为议郎，迁谏大夫。

鸿嘉中，广汉群盗起，选为益州刺史。广汉太守扈商者，大司马车骑将军王音姊子，软弱不任职。宝到部，亲入山谷，谕告群盗，非本造意。渠率皆得悔过自出，遣归田里。自劾矫制，奏商为乱首，《春秋》之义，诛首恶而已。商亦奏宝所纵或有渠率当坐者。商征下狱，宝坐失死罪免。益州吏民多陈宝功效，言为车骑将军所排。上复拜宝为冀州刺史，迁丞相司直。

时，帝舅红阳侯立使客因南郡太守李尚占垦草田数百顷，颇有民所假少府陂泽，略皆开发，上书愿以入县官。有诏郡平田予直，钱有贵一万万以上。宝闻之，遣丞相史按验，发其奸，劾奏立、尚怀奸罔上，狡猾不道。尚下狱死。立虽不坐，后兄大司马卫将军商薨，次当代商，上度立而用其弟曲阳侯根为大司马票骑将军。会益州蛮夷犯法，巴、蜀颇不安，上以宝著名西州，拜为广汉太守，秩中二千石，赐黄金三十斤。蛮夷安辑，吏民称之。

征为京兆尹。故吏侯文以刚直不苟合，常称疾不肯仕，宝以恩礼请文，欲为布衣友，日设酒食，妻子相对。文求受署为掾，进见如宾礼。数月，以立秋日署文东部督邮。入见，敕曰："今日鹰隼始击，当顺天气取奸恶，以成严霜之诛，掾部渠有其人乎？"文曰："无其人不敢空受职。"宝曰："谁也？"文曰："霸陵杜稚季。"宝曰："其次？"文曰："豺狼横道，不宜复问狐狸。"宝默然。稚季者大侠，与卫尉淳于长、大鸿胪萧育等皆厚善。宝前失车骑将军，与红阳侯有隙，自恐见危，时淳于长方贵幸，友宝。宝亦欲附之，始视事而长以稚季托宝，故宝穷，无以复应文。文怪宝气索，知其有故，因曰："明府素著威名，今不敢取稚季，当且阖阁，勿有所问。如此竟岁，吏民未敢诬明府也。即度稚季而谴它事，众口喧哗，终身自堕。"宝曰："受教。"稚季耳目长，闻知之，杜门不通水火，穿舍后墙为小户，但持锄自治园，因文所厚自陈如此。文曰："我与稚季幸同土壤，素无睚眦，顾受将命，分当相直。诚能自改，严将不治前事，即不更心，但更门户，适趣祸耳。"稚季遂不敢犯法，宝亦竟岁无所谴。明年，稚季病死。宝为京兆尹三岁，京师称之。会淳于长败，宝与萧育等皆坐免官。文复去吏，死于家。稚季子杜苍，字君敖，名出稚季右，在游侠中。

哀帝即位，征宝为谏大夫，迁司隶。初，傅太后与中山孝王母冯太后俱事元帝，有隙，傅太后使有司考冯太后，令自杀，众庶冤之。宝奏请覆治，傅太后大怒，曰："帝置司隶，主使察我。冯氏反事明白，故欲擿觖以扬我恶。我当坐之。"上乃顺指下宝狱。尚书仆射唐林争之，上以林朋党比周，左迁敦煌鱼泽障候。大司马傅喜、光禄大夫龚胜固争，上为言太后，出宝复官。

顷之，郑崇下狱，宝上书曰："臣闻疏不图亲，外不虑内。臣幸得衔命奉使，职在刺举，不敢避贵幸之势，以塞视听之明。按尚书令昌奏仆射崇，下狱复治，榜掠将死，卒无一辞，道路称冤。疑昌与崇内有纤介，浸润相陷，自禁门内枢机近臣，蒙受冤谮，亏损国家，为谤不小。臣请治昌，以解众心。"书奏，天子不说，以宝名臣不忍诛，乃制诏丞相、大司空："司隶宝奏故尚书仆射崇冤，请狱治尚书令昌。案崇近臣，罪恶暴著，而宝怀邪，附下罔上，以春月作诋欺，遂其奸心，盖国家之贼也。传不云乎？'恶利口之覆国家。'其免宝为庶人。"

哀帝崩，王莽白王太后征宝以为光禄大夫，与王舜等俱迎中山王。平帝立，宝为大司农。会越巂郡上黄龙游江中，太师孔光、大司徒马宫等咸称莽功德比周公，宜告祠宗庙。宝曰："周公上圣，召公大贤。尚犹有不相说，著于经典，两不相损。今风雨未时，百姓不足，每有一事，群臣同声，得无非其美者。"时，大臣皆失色，侍中奉车都尉甄邯即时承制罢议者。会宝遣吏迎母，母道病，留弟家，独遣妻子。司直陈崇以奏宝，事下三公即讯。宝对曰："年七十悖眊，恩衰共养，营妻子，如章。"宝坐免，终于家。建武中，录旧德臣，以宝孙伉为诸长。

毋将隆，字君房，东海兰陵人也。大司马车骑将军王音内领尚书，外典兵马，踵故选置从事中郎与参谋议，奏请隆为从事中郎，迁谏大夫。成帝末，隆奏封事言："古者选诸侯入为公卿，以褒功德，宜征定陶王使在国邸，以填万方。"其后上竟立定陶王为太子，隆迁冀州牧、颍川太守。哀帝即位，以高第入为京兆尹，迁执金吾。

时，侍中董贤方贵，上使中黄门发武库兵，前后十辈，送董贤及上乳母王阿舍。隆奏言："武库兵器，天下公用，国家武备，缮治造作，皆度大司农钱。大司农钱自乘舆不以给共养，共养劳赐，一出少府。盖不以本臧给末用，不以民力共浮费，别公私，示正路也。古者诸侯方伯得颛征伐，乃赐斧钺。汉家边吏，职在距寇，亦赐武库兵，皆任其事然后蒙之。《春秋》之谊，家不臧甲，所以抑臣威，损私力也。今贤等便僻弄臣，私恩微妾，而以天下公用给其私门，契国威器共其家备。民力分于弄臣，武兵设于微妾，建立非宜，以广骄僭，非所以示四方也。孔子曰：'奚取于三家之堂！'臣请收还武库。"上不说。

顷之，傅太后使谒者买诸官婢，贱取之，复取执金吾官婢八人。隆奏言贾贱，请更平直。上于是制诏丞相、御史大夫："交让之礼兴，则虞、芮之讼息。隆位九卿，既无以匡朝廷之不逮，而反奏请与永信宫争贵贱之贾，程奏显言，众莫不闻。举错不由谊理，争求之名自此始，无以示百僚，伤化失俗。"以隆前有安国之言，左迁为沛郡都尉，迁南郡太守。

王莽少时，慕与隆交，隆不甚附。哀帝崩，莽秉政，使大司徒孔光奏隆前为冀州牧治中山冯太后狱冤陷无辜，不宜处位在中土。本中谒者令史立、侍御史丁玄自典考之，但与隆连名奏事。史立时为中太仆，丁玄泰山太守，及尚书令赵昌谮郑崇者为河内太守，皆免官，徙合浦。

何並，字子廉，祖父以吏二千石自平舆徙平陵。並为郡吏，至大司空掾，事何武。武高其志节，举能治剧，为长陵令，道不拾遗。

初，邛成太后外家王氏贵，而侍中王林卿通轻侠，倾京师。后坐法免。宾客愈盛，归长陵上冢，因留饮连日。恐其犯法，自造门上谒，谓林卿曰："冢间单外，君宜以时归。"林卿曰："诺。"先是，林卿杀婢婿埋冢舍，並具知之，以非己时，又见其新免，故不发举，欲无令留界中而已，即且遣吏奉谒传送。林卿素骄，惭于宾客，並度其为变，储兵马以待之。林卿既去，北度泾桥，令骑奴还至寺门，拔刀剥其建鼓。並自从吏兵追林卿。行数十里，林卿迫窘，乃令奴冠其冠被其襜褕自代，乘车从童骑，身变服从间径驰去。会日暮追及，收缚冠奴，奴曰："我非侍中，奴耳。"並心自知已失林卿，乃曰："王君困，自称奴，得脱死邪？"叱吏断头持还，县所剥鼓置都亭下，署曰："故侍中王林卿坐杀人埋冢舍，使奴剥寺门鼓。"吏民惊骇。林卿因亡命，众庶喧哗，以为实死。成帝太后以邛成太后爱林卿故，闻之涕泣，为言哀帝。哀帝问状而善之，迁並陇西太守。

徙颍川太守，代陵阳严诩。诩本以孝行为官，谓掾史为师友，有过辄闭阁自责，终不大言。郡中乱，王莽遣使征诩。官属数百人为设祖道，诩据地哭，掾史曰："明府吉征，不宜若此。"诩曰："吾哀颍川士，身岂有忧哉！我以柔弱征，必选刚猛代。代到，将有僵仆者，故相吊耳。"诩至，拜为美俗使者。是时，颍川钟元为尚书令，领廷尉，用事有权。弟威为郡掾，臧千金。並为太守，过辞钟廷尉，廷尉免冠为弟请一等之罪，愿早就髡钳。並曰："罪在弟身与君律，不在于太守。"元惧，驰遣人呼弟。阳翟轻侠赵季、李款多畜宾客，以气力渔食闾里，至奸人妇女，持吏长短，从横郡中，闻並且至，皆亡去。並下车求勇猛晓文法吏且十人，使文吏治三人狱，武吏往捕之，各有所部。敕曰："三人非负太守，乃负王法，不得不治。钟威所犯多在赦前，驱使入函谷关，勿令污民间；不入关，乃收之。赵、李桀恶，虽远去，当得其头，以谢百姓。"钟威负其兄，止雒阳，吏格杀之。亦得赵、李它郡，持头还，並皆县头及其具狱于市。郡中清静，表善好士，见纪颍川，名次黄霸。性清廉，妻子不至官舍。数年，卒。疾病，召丞掾作先令书，曰："告子恢，吾生素餐日久，死虽当得法赙，勿受。葬为小椁，亶容下棺。"恢如父言。王莽擢恢为关都尉。建武中以並孙为郎。

赞曰：盖宽饶为司臣，正色立于朝，虽《诗》所谓"国之司直"无以加也。若采王生之言以终其身，斯近古之贤臣矣。诸葛、刘、郑虽云狂瞽，有异志焉。孔子曰："吾未见刚者。"以数子之名迹。然毋将污于冀州，孙宝桡于定陵，况俗人乎！何並之节，亚尹翁归云。

卷七十八

萧望之传第四十八

萧望之，字长倩，东海兰陵人也，徙杜陵。家世以田为业，至望之，好学，治《齐诗》，事同县后仓且十年。以令诣太常受业，复事同学博士白奇，又从夏侯胜问《论语》、《礼服》。京师诸儒称述焉。

是时，大将军霍光秉政，长史丙吉荐儒生王仲翁与望之等数人，皆召见。先是，左将军上官桀与盖主谋杀光，光既诛桀等，后出入自备。吏民当见者，露索去刀兵，两吏挟持。望之独不肯听，自引出阁曰："不愿见。"吏牵持匈匈。光闻之，告吏勿持。望之既至前，说光曰："将军以功德辅幼主，将以流大化，致于洽平，是以天下之士延颈企踵，争愿自效，以辅高明。今士见者皆先露索挟持，恐非周公相成王躬吐握之礼，致白屋之意。"于是光独不除用望之，而仲翁等皆补大将军史。三岁间，仲翁至光禄大夫给事中，望之以射策甲科为郎，署小苑东门候。仲翁出入从仓头庐儿，下车趋门，传呼甚宠，顾谓望之曰："不肯录录，反抱关为？"望之曰："各从其志。"后数年，坐弟犯法，不得宿卫，免归为郡吏。及御史大夫魏相除望之为属，察廉为大行治礼丞。

时，大将军光薨，子禹复为大司马，兄子山领尚书，亲属皆宿卫内侍。地节三年夏，京师雨雹，望之因是上疏，愿赐清闲之宴，口陈灾异之意。宣帝自在民间闻望之名，曰："此东海萧生邪？下少府宋畸问状，无有所讳。"望之对，以为："《春秋》昭公三年大雨雹，是时季氏专权，卒逐昭公。乡使鲁君察于天变，宜亡此害。今陛下以圣德居位，思政求贤，尧、舜之用心也。然而善祥未臻，阴阳不和，是大臣任政，一姓擅势之所致也。附枝大者贼本心，私家盛者公室危。唯明主躬万机，选同姓，举贤材，以为腹心，与参政谋，令公卿大臣朝见奏事，明陈其职，以考功能。如是，则庶事理，公道立，奸邪塞，私权废矣。"对奏，天子拜望之为谒者，时，上初即位，思进贤良，多上书言便宜，辄下望之问状，高者请丞相御史，次者中二千石试事，满岁以状闻，下者报闻，或罢归田里，所白处奏皆可。累迁谏大夫，丞相司直，岁中三迁，官至二千石。其后霍氏竟谋反诛，望之寖益任用。

是时，选博士、谏大夫通政事者补郡国守、相，以望之为平原太守。望之雅意在本朝，远为郡守，内不自得，乃上疏曰："陛下哀愍百姓，恐德化之不究，悉出谏官以补郡吏，所谓忧其末而忘其本者也。朝无争臣则不知过，国无达士则不闻善。愿陛下选明经术，温故知新，通于几微谋虑之士以为内臣，与参政事。诸侯闻之，则知国家纳谏忧政，亡有阙遗。若此不怠，成、康之道其庶几乎！外郡不治，岂足忧哉？"书闻，征入守少府。宣帝察望之经明持重，论议有余，材任宰相，欲详试其政事，复以为左冯翊。望之从少府出为左迁，恐有不合意，即移病。上闻之，使侍中、成都侯金安上谕意曰："所用皆更治民以考功。君前为平原太守日浅，故复试之于三辅，非有所闻也。"望之即视事。

是岁，西羌反，汉遣后将军征之。京兆尹张敞上书言："国兵在外，军以夏发，陇西以北，安定以西，吏民并给转输，田事颇废，素无余积，虽羌虏以破，来春民食必乏。穷辟之处，买亡所得，县官谷度不足以振之。愿令诸有罪，非盗受财杀人及犯法不得赦者，皆得以差入谷此八郡赎罪。务益致谷以豫备百姓之急。"事下有司，望之与少府李强议，以为："民函阴阳之气，有好义欲利之心，在教化之所助。尧在上，不能去民欲利之心。而能令其欲利不胜其好义也；虽桀在上，不能去民好义之心，而能令其好义不胜其欲利也。故尧、桀之分，在于义利而已，道民不可不慎也。今欲令民量粟以赎罪，如此则富者得生，贫者独死，是贫富异刑而法不一也。人情，贫穷，父兄囚执，闻出财得以生活，为人子弟者将不顾死亡之患，败乱之行，以赴财利，求救亲戚。一人得生，十人以丧，如此，伯夷之行坏，公绰之名灭。政教一倾，虽有周、召之佐，恐不能复。古者臧于民，不足则取，有余则予。《诗》曰：'爰及矜人，哀此鳏寡。'上惠下也。又曰'雨我公田，遂及我私'，下急上也。今有西边之役，民失作业，虽户赋口敛以赡其困乏，古之通义，百姓莫以为非。以死救生，恐未可也。陛下布德施教，教化既成，尧、舜亡以加也。今议开利路以伤既成之化，臣窃痛之。"

于是天子复下其议两府，丞相、御史以难问张敞。敞曰："少府左冯翊所言，常人之所守耳。昔先帝征四夷，兵行三十余年，百姓犹不加赋，而军用给。今羌虏一隅小夷，跳梁于山谷间，汉但令罪人出财减罪以诛之，其名贤于烦扰良民横兴赋敛也。又诸盗及杀人犯不道者，百姓所疾苦也，皆不得赎，首匿、见知纵、所不当得为之属，议者或颇言其法可蠲除，今因此令赎，其便明甚，何化之所乱？《甫刑》之罚，小过赦，薄罪赎，有金选之品，所从来久矣，何贼之所生？敞备皂衣二十余年，尝闻罪人赎矣，未闻盗贼起也。窃怜凉州被寇，方秋饶时，民尚有饥乏，病死于道路，况至来春将大困乎！不早虑所以振救之策，而引常经以难，恐后为重责。常人可与守经，未可与权也。敞幸得备列卿，以辅两府为职，不敢不尽愚。"

望之、强复对曰："先帝圣德，贤良在位，作宪垂法，为无穷之规，永惟边竟之不赡，故《金布令甲》曰'边郡数被兵，离饥寒，夭绝天年，父子相失，令天下共给其费'，固为军旅卒暴之事也。闻天汉四年，常使死罪人入五十万钱减死罪一等，豪强吏民请夺假貣，至为盗贼以赎罪。其后奸邪横暴，群盗并起，至攻城邑，杀郡守，充满山谷，吏不能禁，明诏遣绣衣使者以兴兵击之，诛者过半，然后衰止。愚以为此使死罪赎之败也，故曰不便。"时，丞相魏相、御史大夫丙吉亦以为羌虏且破，转输略足相给，遂不施敞议。望之为左冯翊三年，京师称之，迁大鸿胪。

先是，乌孙昆弥翁归靡因长罗侯常惠上书，愿以汉外孙元贵靡为嗣，得复尚少主，结婚内附，畔去匈奴。诏下公卿议，望之以为乌孙绝域，信其美言，万里结婚，非长策也。天子不听。神爵二年，遣长罗侯惠使送公主配元贵靡。未出塞，翁归靡死，其兄子狂王背约自立。惠从塞下上书，愿留少主敦煌郡。惠至乌孙，责以负约，因立元贵靡，还迎少主。诏下公卿议，望之复以为："不可。乌孙持两端，亡坚约，其效可见。前少主在乌孙四十余年，恩爱不亲密，边境未以安，此已事之验也。今少主以元贵靡不得立而还，信无负于四夷，此中国之大福也。少主不止，繇役将兴，其原起此。"天子从其议，征少主还。后乌孙虽分国两立，以元贵靡为大昆弥，汉遂不复与结婚。

三年，代丙吉为御史大夫。五凤中匈奴大乱，议者多曰匈奴为害日久，可因其坏乱举兵灭之。诏遣中朝大司马车骑将军韩增、诸吏富平侯张延寿、光禄勋杨恽、太仆戴长乐问望之计策，望之对曰："《春秋》晋士丐帅师侵齐，闻齐侯卒，引师而还，君子大其不伐丧，以为恩足以服孝子，谊足以动诸侯。前单于慕化乡善称弟，遣使请求和亲，海内欣然，夷狄莫不闻。未终奉约，不幸为贼臣所杀，今而伐之，是乘乱而幸灾也，彼必奔走远遁。不以义动兵，恐劳而无功。宜遣使者吊问，辅其微弱，救其灾患，四夷闻之，咸贵中国之仁义。如遂蒙恩得复其位，必称臣服从，此德之盛也。”上从其议，后竟遣兵护辅呼韩邪单于定其国。

是时，大司农、中丞耿寿昌奏设常平仓，上善之，望之非寿昌。丞相丙吉年老，上重焉，望之又奏言：“百姓或乏困，盗贼未止，二千石多材下不任职。三公非其人，则三光为之不明，今首岁日月少光，咎在臣等。”上以望之意轻丞相，乃下侍中建章卫尉金安上、光禄勋杨恽、御史中丞王忠，并诘问望之。望之免冠置对，天子由是不说。

后丞相司直緐延寿奏：“侍中谒者良使承制诏望之，望之再拜已。良与望之言，望之不起，因故下手，而谓御史曰‘良礼不备’。故事丞相病，明日御史大夫辄问病；朝奏事会庭中，差居丞相后，丞相谢，大夫少进，揖。今丞相数病，望之不问病；会庭中，与丞相钧礼。时议事不合意，望之曰：‘侯年宁能父我邪！’知御史有令不得擅使，望之多使守史自给车马，之杜陵护视家事。少史冠法冠，为妻先引，又使卖买，私所附益凡十万三千。案望之大臣，通术经，居九卿之右，本朝所仰，至不奉法自修，踞慢不逊攘，受所监臧二百五十以上，请逮捕系治。”上于是策望之曰：“有司奏君责使者礼，遇丞相亡礼，廉声不闻，敖慢不逊，亡以扶政，帅先百僚。君不深思，陷于兹秽，朕不忍致君于理，使光禄勋恽策诏，左迁君为太子太傅，授印。其上故印使者，便道之官。君其秉道明孝，正直是与，帅意亡愆，靡有后言。”

望之既左迁，而黄霸代为御史大夫。数月间，丙吉薨，霸为丞相。霸薨，于定国复代焉。望之遂见废，不得相。为太傅，以《论语》、《礼服》授皇太子。

初，匈奴呼韩邪单于来朝，诏公卿议其仪，丞相霸、御史大夫定国议曰：“圣王之制，施德行礼，先京师而后诸夏，先诸夏而后夷狄。《诗》云：‘率礼不越，遂视既发；相土烈烈，海外有截。’陛下圣德充塞天地，光被四表，匈奴单于乡风慕化，奉珍朝贺，自古未之有也。其礼仪宜如诸侯王，位次在下。”望之以为：“单于非正朔所加，故称敌国，宜待以不臣之礼，位在诸侯王上。外夷稽首称藩，中国让而不臣，此则羁縻之谊，谦亨之福也。《书》曰‘戎狄荒服’，言其来服，荒忽亡常。如使匈奴后嗣卒有鸟窜鼠伏，阙如朝享，不为畔臣。信让行乎蛮貉，福祚流于亡穷，万世之长策也。”天子采之，下诏曰：“盖闻五帝、三王教化所不施，不及以政。今匈奴单于称北藩、朝正朔，朕之不逮，德不能弘覆。其以客礼待之，令单于位在诸侯王上，赞谒称臣而不名。”

及宣帝寝疾，选大臣可属者，引外属侍中乐陵侯史高、太子太傅望之、少傅周堪至禁中，拜高为大司马车骑将军，望之为前将军光禄勋，堪为光禄大夫，皆受遗诏辅政，领尚书事。宣帝崩，太子袭尊号，是为孝元帝。望之、堪本以师傅见尊重，上即位，数宴见，言治乱，陈王事。望之选白宗室明经达学散骑谏大夫刘更生给事中，与侍中金敞并拾遗左右。四人同心谋议，劝道上以古制，多所欲匡正，上甚乡纳之。

初，宣帝不甚从儒术，任用法律，而中书宦官用事。中书令弘恭、石显久典枢机，明习文法，亦与车骑将军高为表里，论议常独持故事，不从望之等。恭、显又时倾仄见诎。望之以为中书政本，宜以贤明之选，自武帝游宴后庭，故用宦者，非国旧制，又违古不近刑人之义，白欲更置士人，由是大与高、恭、显忤。上初即位，谦让重改作，议久不定，出刘更生为宗正。

望之、堪数荐名儒茂才以备谏官。会稽郑朋阴欲附望之，上疏言车骑将军高遣客为奸利郡国，及言许、史子弟罪过。章视周堪，堪白令朋待诏金马门。朋奏记望之曰：“将军体周、召之德，秉公绰之质，有卞庄之威。至乎耳顺之年，履折冲之位，号至将军，诚士之高致也。窟穴黎庶莫不欢喜，咸曰将军其人也。今将军规模云若管、晏而休，遂行日仄至周、召乃留乎？若管、晏而休，则下走将归延陵之皋，修农圃之畴，畜鸡种黍，俟见二子，没齿而已矣。如将军昭然度行，积思塞邪枉之险蹊，宣中庸之常政，兴周、召之遗业，亲日仄之兼听，则下走其庶几愿竭区区，底厉锋锷，奉万分之一。"望之见纳朋，接待以意。朋数称述望之，短车骑将军，言许、史过失。

后朋行倾邪，望之绝不与通。朋与大司农史李宫俱待诏，堪独白宫为黄门郎。朋，楚士，怨恨，更求入许、史，推所言许、史事曰："皆周堪、刘更生教我，我关东人，何以知此？"于是侍中许章白见朋。朋出扬言曰："我见，言前将军小过五，大罪一。中书令在旁，知我言状。"望之闻之，以问弘恭、石显。显、恭恐望之自讼，下于它吏，即挟朋及待诏华龙。龙者，宣帝时与张子蟜等待诏，以行污秽不进，欲入堪等，堪等不纳，故与朋相结。恭、显令二人告望之等谋欲罢车骑将军疏退许、史状，候望之出休日，令朋、龙上之。事下弘恭问状，望之对曰："外戚在位多奢淫，欲以匡正国家，非为邪也。"恭、显奏："望之、堪、更生朋党相称举，数谮诉大臣，毁离亲戚，欲以专擅权势，为臣不忠，诬上不道，请谒者召致廷尉。"时上初即位，不省"谒者召致廷尉"为下狱也。可其奏，后上召堪、更生，曰系狱。上大惊曰："非但廷尉问邪？"以责恭、显，皆叩头谢。上曰："令出视事。"恭、显因使高言："上新即位，未以德化闻于天下，而先验师傅，既下九卿大夫狱，宜因决免。"于是制诏丞相御史："前将军望之傅朕八年，亡它罪过，今事久远，识忘难明。其赦望之罪，收前将军光禄勋印绶，及堪、更生皆免为庶人。"而朋为黄门郎。

后数月，制诏御史："国之将兴，尊师而重傅。故前将军望之傅朕八年，道以经术，厥功茂焉。其赐望之爵关内侯，食邑六百户，给事中，朝朔望，坐次将军。"天子方倚欲以为丞相，会望之子散骑中郎伋上书讼望之前事，事下有司，复奏："望之前所坐明白，无谮诉者，而教子上书，称引亡辜之《诗》，失大臣体，不敬，请逮捕。"弘恭、石显等知望之素高节，不诎辱，建白："望之前为将军辅政，欲排退许、史，专权擅朝。幸得不坐，复赐爵邑，与闻政事，不悔过服罪，深怀怨望，教子上书，归非于上，自以托师傅，怀终不坐。非颇诎望之于牢狱，塞其怏怏心，则圣朝亡以施恩厚。"上曰："萧太傅素刚，安肯就吏？"显等曰："人命至重，望之所坐，语言薄罪，必亡所忧。"上乃可其奏。

显等封以付谒者，敕令召望之手付，因令太常急发执金吾车骑驰围其第。使者至，召望之。望之欲自杀，其夫人止之，以为非天子意。望之以问门下生朱云。云者好节士，劝望之自裁。于是望之仰天叹曰："吾尝备位将相，年逾六十矣，老入牢狱，苟求生活，不亦鄙乎！"字谓云曰："游，趣和药来，无久留我死！"竟饮鸩自杀。天子闻之惊。拊手曰："曩固疑其不就牢狱，果然杀吾贤傅！"是时，太官方上昼食，上乃却食，为之涕泣，哀恸左右。于是召显等责问以议不详。皆免冠谢，良久然后已。

望之有罪死，有司请绝其爵邑。有诏加恩，长子伋嗣为关内侯。天子追念望之不忘，每岁时遣使者祠祭望之家，终元帝世。望之八子，至大官者育、咸、由。

育，字次君，少以父任为太子庶子。元帝即位，为郎，病免，后为御史。大将军王凤以育名父子，著材能，除为功曹，迁谒者，使匈奴副校尉。后为茂陵令，会课，育第六。而漆令郭舜殿，见责问，育为之请，扶风怒曰："君课第六，裁自脱，何暇欲为左右言？"及罢出，传召茂陵令诣后曹，当以职事对。育径出曹，书佐随牵育，育案佩刀曰："萧育杜陵男子，何诣曹也！"遂趋出，欲去官。明旦，诏召入，拜为司隶校尉。育过扶风府门，官属掾史数百人拜谒车下。后坐失大将军指免官。复为中郎将使匈奴。历冀州、青州两郡刺史，长水校尉，泰山太守，入守大鸿胪。以鄠名贼梁子政阻山为害，久不伏辜，育为右扶风数月，尽诛子政等。坐与定陵侯淳于长厚善免官。

哀帝时，南郡江中多盗贼，拜育为南郡太守。上以育耆旧名臣，乃以三公使车载育入殿中受策，曰："南郡，盗贼群辈为害，朕甚忧之。以太守威信素著，故委南郡太守，之官，其于为民除害，安元元而已，亡拘于小文。"加赐黄金二十斤。育至南郡，盗贼静。病去官，起家复为光禄大夫执金吾，以寿终于官。

育为人严猛尚威，居官数免，稀迁。少与陈咸、朱博为友，著闻当世。往者有王阳、贡公，故长安语曰"萧、朱结绶，王、贡弹冠"，言其相荐达也。始育与陈咸俱以公卿子显名，咸最先进，年十八，为左曹，二十余，御史中丞。时，朱博尚为杜陵亭长，为咸、育所攀援，入王氏。后遂并历刺史、郡守相，及为九卿，而博先至将军上卿，历位多于咸、育，遂至丞相。育与博后有隙，不能终，故世以交为难。

咸，字仲，为丞相史，举茂材，好畤令，迁淮阳、泗水内史，张掖、弘农、河东太守。所居有迹。数增秩赐金。后免官，复为越骑校尉、护军都尉、中郎将，使匈奴，至大司农，终官。

由，字子骄，为丞相西曹卫将军掾，迁谒者，使匈奴副校尉。后举贤良，为定陶令，迁太原都尉，安定太守。治郡有声，多称荐者。初，哀帝为定陶王时，由为定陶令，失王指，顷之，制书免由为庶人。哀帝崩，为复土校尉、京辅左辅都尉，迁江夏太守。平江贼成重等有功，增秩为陈留太守。元始中，作明堂辟雍，大朝诸侯，征由为大鸿胪，会病，不及宾赞，还归故官，病免。复为中散大夫，终官。家至吏二千石者六七人。

赞曰：萧望之历位将相，籍师傅之恩，可谓亲昵亡间。及至谋泄隙开，谗邪构之，卒为便嬖宦竖所图，哀哉！不然，望之堂堂，折而不桡，身为儒宗，有辅佐之能，近古社稷臣也。

卷七十九

冯奉世传第四十九

冯奉世，字子明，上党潞人也，徙杜陵。其先冯亭，为韩上党守。秦攻上党，绝太行道，韩不能守，冯亭乃入上党城守于赵。赵封冯亭为华阳君，与赵将括距秦，战死于长平。宗族由是分散，或留潞，或在赵。在赵者为官帅将，官帅将子为代相。及秦灭六国，而冯亭之后冯毋择、冯去疾、冯劫皆为秦将相焉。

汉兴，文帝时冯唐显名，即代相子也。至武帝末，奉世以良家子选为郎。昭帝时，以功次补武安长。失官，年三十余矣，乃学《春秋》涉大义，读兵法明习，前将军韩增奏以为军司空令。本始中，从军击匈奴。军罢，复为郎。

先是时，汉数出使西域，多辱命不称，或贪污，为外国所苦。是时，乌孙大有击匈奴之功，而西域诸国新辑，汉方善遇，欲以安之，选可使外国者，前将军增举奉世以卫侯使持节送大宛诸国客。至伊脩城，都尉宋将言莎车与旁国共攻杀汉所置莎车王万年，并杀汉使者奚充国。时，匈奴又发兵攻车师城，不能下而去。莎车遣使扬言北道诸国已属匈奴矣，于是攻劫南道，与歃盟畔汉，从鄯善以西皆绝不通。都护郑吉、校尉司马意皆在北道诸国间。奉世与其副严昌计，以为不亟击之则莎车日强，其势难制，必危西域。遂以节谕告诸国王，因发其兵，南北道合万五千人进击莎车，攻拔其城。莎车王自杀，传其首诣长安。诸国悉平，威振西域。奉世乃罢兵以闻。宣帝召见韩增，曰："贺将军所举得其人。"奉世遂西至大宛。大宛闻其斩莎车王，敬之异于它使。得其名马象龙而还。上甚说，下议封奉世。丞相、将军皆曰："《春秋》之义，大夫出疆，有可以安国家，则颛之可也。奉世功效尤著，宜加爵土之赏。"少府萧望之独以奉世奉使有指，而擅矫制违命，发诸国兵，虽有功效，不可以为后法。即封奉世，开后奉使者利，以奉世为比，争逐发兵，要功万里之外，为国家生事于夷狄。渐不可长，奉世不宜受封。上善望之议，以奉世为光禄大夫、水衡都尉。

元帝即位，为执金吾。上郡属国归义降胡万余人反去。初，昭帝末，西河属国胡伊酋若王亦将众数千人畔，奉世辄持节将兵追击。右将军典属国常惠薨，奉世代为右将军典属国，加诸吏之号。数岁，为光禄勋。

永光二年秋，陇西羌彡姐旁种反，诏召丞相韦玄成、御史大夫郑弘、大司马车骑将军王接、左将军许嘉、右将军奉世入议。是时，岁比不登，京师谷石二百余，边郡四百，关东五百。四方饥馑，朝廷方以为忧，而遭羌变。玄成等漠然莫有对者。奉世曰："羌虏近在境内背畔，不以时诛，亡以威制远蛮。臣愿帅师讨之。"上问用兵之数，对曰："臣闻善用兵者，役不再兴，粮不三载，故师不久暴而天诛亟决，往者数不料敌，而师至于折伤；再三发軵，则旷日烦费，威武亏矣。今反虏无虑三万人，法当倍用六万人。然羌戎弓矛之兵耳，器不犀利，可用四万人，一月足以决。"丞相、御史、两将军皆以为民方收敛时，未可多发；万人屯守之，且足。奉世曰："不可。天下被饥馑，士马羸秏，守战之备久废不简，夷狄皆有轻边吏之心，而羌首难。今以万人分屯数处，虏见兵少，必不畏惧，战则挫兵病师，守则百姓不救。如此，怯弱之形见，羌人乘利，诸种并和，相扇而起，臣恐中国之役不得止于四万，非财币所能解也。故少发师而旷日，与一举而疾决，利害相万也。"固争之，不能得。有诏益二千人。

于是遣奉世将万二千人骑，以将屯为名，典属国任立、护军都尉韩昌为偏裨，到陇西，分屯三处。典属国为右军，屯白石；护军都尉为前军，屯临洮；奉世为中军，屯首阳西极上。前军到降同阪，先遣校尉在前与羌争地利，又别遣校尉救民于广阳谷。羌虏盛多，皆为所破，杀两校尉。奉世具上地形部众多少之计，愿益三万六千人乃足以决事。书奏，天子大为发兵六万余人，拜太常弋阳侯任千秋为奋武将军以助焉。奉世上言："愿得其众，不须烦大将。"因陈转输之费。

上于是以玺书劳奉世，且让之，曰："皇帝问将兵右将军，甚苦暴露。羌虏侵边境，杀吏民，甚逆天道，故遣将军帅士大夫行天诛。以将军材质之美，奋精兵，诛不轨，百下百全之道也。今乃有畔敌之名，大为中国羞。以昔不闲习之故邪？以恩厚未洽，信约不明也？朕甚怪之。上书言羌虏依深山，多径道，不得不多分部遮要害，须得后发营士，足以决事，部署已定，势不可复置大将，闻之。前为将军兵少，不足自守，故发近所骑，日夜诣，非为击也。今发三辅、河东、弘农越骑、迹射、佽飞、彀者、羽林孤儿及呼速累、嗕种，方急遣。且兵，凶器也，必有成败者，患策不豫定，料敌不审也，故复遣奋武将军。兵法曰大将军出必有偏裨，所以扬威武，参计策，将军又何疑焉？夫爱吏士，得众心，举而无悔，禽敌必全，将军之职也。若乃转输之费，则有司存，将军勿忧。须奋武将军兵到，合击羌虏。"

十月，兵毕至陇西。十一月，并进。羌虏大破，斩首数千级，余皆走出塞。兵未决间，汉复发募士万人，拜定襄太守韩安国为建威将军。未进，闻羌破，还。上曰："羌虏破散创艾，亡逃出塞，其罢吏士，颇留屯田，备要害处。"明年二月，奉世还京师，更为左将军，光禄勋如故。其后录功拜爵，下诏曰："羌虏桀黠，贼害吏民，攻陇西府寺，燔烧置亭，绝道桥，甚逆天道。左将军光禄勋奉世前将兵征讨，斩捕首虏八千余级，卤马、牛、羊以万数。赐奉世爵关内侯，食邑五百户，黄金六十斤。"裨将、校尉三十余人，皆拜。后岁余，奉世病卒。居爪牙官前后十年，为折冲宿将，功名次赵充国。

奋武将军任千秋者，其父宫，昭帝时以丞相征事捕斩反者左将军上官桀，封侯，宣帝时为太常，薨。千秋嗣后，复为太常。成帝时，乐昌侯王商代奉世为左将军，而千秋为右将军，后亦为左将军。子孙传国，至王莽乃绝云。

奉世死后二年，西域都护甘延寿以诛郅支单于封为列侯。时，丞相匡衡亦用延寿矫制生事，据萧望之前议，以为不当封，而议者咸美其功，上从众而侯之。于是杜钦上疏，追讼奉世前功曰："前莎车王杀汉使者，约诸国背畔。左将军奉世以卫侯便宜发兵诛莎车王，策定城郭，功施边境。议者以奉世奉使有指，《春秋》之义亡遂事，汉家之法有矫制，故不得侯。今匈奴郅支单于杀汉使者，亡保康居，都护延寿发城郭兵屯田吏士四万余人以诛斩之，封为列侯。臣愚以为比罪则郅支薄，量敌则莎车众，用师则奉世寡，计胜则奉世为功于边境安，虑败则延寿为祸于国家深。其违命而擅生事同，延寿割地封，而奉世独不录。臣闻功同赏异则劳臣疑，罪钧刑殊则百姓惑；疑生无常，惑生不知所从；亡常则节趋不立，不知所从则百姓无所措手足。奉世图难忘死，信命殊俗，威功白著，为世使表，独抑厌而不扬，非圣主所以塞疑厉节之意也。愿下有司议。"上以先帝时事，不复录。

奉世有子男九人，女四人。长女媛以选充后宫，为元帝昭仪，产中山孝王。元帝崩，媛为中山太后，随王就国。奉世长子谭，太常举孝廉为郎，功次补天水司马。奉世击西羌，谭为校尉，随父从军有功，未拜病死。谭弟野王、逡、立、参至大官。

野王，字君卿，受业博士，通《诗》。少以父任为太子中庶子。年十八，上书愿试守长安令。宣帝奇其志，问丞相魏相，相以为不可许。后以功次补当阳长，迁为栎阳令，徙夏阳令。元帝时，迁陇西太守，以治行高，入为左冯翊。岁余，而池阳令并素行贪污，轻野王外戚年少，治行不改。野王部督邮掾祋祤赵都案验，得其主守盗十金罪，收捕。并不首吏，都格杀。并家上书陈冤，事下廷尉。都诣吏自杀以明野王，京师称其威信，迁为大鸿胪。

数年，御史大夫李延寿病卒，在位多举野王。上使尚书选第中二千石，而野王行能第一。上曰："吾用野王为三公，后世必谓我私后宫亲属，以野王为比。"乃下诏曰："刚强坚固，确然亡欲，大鸿胪野王是也。心辨善辞，可使四方，少府五鹿充宗是也。廉洁节俭，太子少傅张谭是也。其以少傅为御史大夫。"上由下第而用谭，越次避嫌不用野王，以昭仪兄故也。野王乃叹曰："人皆以女宠贵，我兄弟独以贱！"野王虽不为三公，甚见器重，有名当世。

成帝立，有司奏野王王舅，不宜备九卿。以秩出为上郡太守，加赐黄金百斤。朔方刺史萧育奏封事，荐言："野王行能高妙，内足与图身，外足以虑化。窃惜野王怀国之宝，而不得陪朝廷与朝者并。野王前以王舅出，以贤复入，明国家乐进贤也。"上自为太子时闻知野王。会其病免，复以故二千石使行河堤，因拜为琅邪太守。是时，成帝长舅阳平侯王凤为大司马大将军，辅政八九年矣。时数有灾异，京兆尹王章讥凤专权不可任用，荐野王代凤。上初纳其言，而后诛章，语在《元后传》。于是野王惧不自安，遂病，满三月赐告，与妻子归杜陵就医药。大将军凤风御史中丞劾奏野王赐告养病而私自便，持虎符出界归家，奉诏不敬。杜钦时在大将军莫府，钦素高野王父子行能，奏记于凤，为野王言曰："窃见令曰，吏二千石告，过长安谒，不分别予赐。今有司以为予告得归，赐告不得，是一律两科，失省刑之意。夫三最予告，令也;病满三月赐告，诏恩也。令告则得，诏恩不得，失轻重之差。又二千石病赐告得归有故事，不得去郡亡著令。传曰：'赏疑从予，所以广恩劝功也；罚疑从去，所以慎刑，阙难知也。'今释令与故事而假不敬之法，甚违阙疑从去之意。即以二千石守千里之地，任兵马之重，不宜去郡，将以制刑为后法者，则野王之罪，在未制令前也。刑赏大信，不可不慎。"凤不听，竟免野王。郡国二千石病赐告不得归家，自此始。

初，野王嗣父爵为关内侯，免归。数年，年老，终于家。子座嗣爵，至孙坐中山太后事绝。

逡，字子产，通《易》，太常察孝廉为郎，补谒者。建昭中，选为复土校尉。光禄勋于永举茂材，为美阳令。功次迁长乐屯卫司马，清河都尉，陇西太守。治行廉平，年四十余卒。为都尉时，言河堤方略，在《沟洫志》。

立，字圣卿，通《春秋》。以父任为郎，稍迁诸曹。竟宁中，以王舅出为五原属国都尉。数年，迁五原太守，徙西河、上郡。立居职公廉，治行略与野王相似，而多知有恩贷，好为条教。吏民嘉美野王、立相代为太守，歌之曰："大冯君，小冯君，兄弟继踵相因循，聪明贤知惠吏民，政如鲁、卫德化钧，周公、康叔犹二君。"后迁为东海太守，下湿病痹。天子闻之，徙立为太原太守。更历五郡，所居有迹。年老卒官。

参，字叔平，学通《尚书》。少为黄门郎给事中，宿卫十余年。参为人矜严，好修容仪，进退恂恂，甚可观也。参，昭仪少弟，行又敕备，以严见惮，终不得亲近侍帷幄。竟宁中，以王舅出补渭陵食官令。以数病徙为寝中郎，有诏勿事。阳朔中，中山王来朝，参擢为上河农都尉。病免官，复为渭陵寝中郎。永始中，超迁代郡太守。以边郡道远，徙为安定太守。数岁，病免，复为谏大夫，使领护左冯翊都水。绥和中，立定陶王为皇太子，以中山王见废，故封王舅参为宜乡侯，以慰王意。参之国，上书愿至中山见王、太后。行未到而王薨。王病时，上奏愿贬参爵以关内侯食邑留长安。上怜之，下诏曰："中山孝王短命早薨，愿以舅宜乡侯参为关内侯，归家，朕甚愍之。其还参京师，以列侯奉朝请。"五侯皆敬惮之。丞相翟方进亦甚重焉，数谓参："物禁太甚。君侯以王舅见废，不得在公卿位，今五侯至尊贵也，与之并列，宜少诎节卑体，视有所宗。而君侯盛修容貌以威严加之。此非所以下五侯而自益者也。"参性好礼仪，终不改其恒操。

顷之，哀帝即位，帝祖母傅太后用事，追怨参姊中山太后，陷以祝诅大逆之罪，语在《外戚传》。参以同产当相坐，谒者承制召参诣廷尉，参自杀。且死，仰天叹曰："参父子兄弟皆备大位，身至封侯，今被恶名而死，姊弟不敢自惜，伤无以见先人于地下！"死者十七人，众莫不怜之。宗族徙归故郡。

赞曰：《诗》称“抑抑威仪，惟德之隅。”宜乡侯参鞠躬履方，择地而行，可谓淑人君子，然卒死于非罪，不能自免，哀哉！谗邪交乱，贞良被害，自古而然。故伯奇放流，孟子宫刑，申生雉经，屈原赴湘，《小弁》之诗作，《离骚》之辞兴。经曰：“心之忧矣，涕既陨之。”冯参姊弟，亦云悲矣！

卷八十

宣元六王传第五十

孝宣皇帝五男。许皇后生孝元帝，张倢伃生淮阳宪王钦，卫倢伃生楚孝王嚣，公孙倢伃生东平思王宇，戎倢伃生中山哀王竟。

淮阳宪王钦，元康三年立，母张倢伃有宠于宣帝。霍皇后废后，上欲立张倢伃为后。久之，惩艾霍氏欲害皇太子；乃更选后宫无子而谨慎者，乃立长陵王倢伃为后，令母养太子。后无宠，希御见，唯张倢伃最幸。而宪王壮大，好经书法律，聪达有材，帝甚爱之。太子宽仁，喜儒术，上数嗟叹宪王，曰：“真我子也！”常有意欲立张倢伃与宪王，然用太子起于微细，上少依倚许氏，及即位而许后以杀死，太子早失母，故弗忍也。久之，上以故丞相韦贤子玄成阳狂让侯兄，经明行高，称于朝廷，乃召拜玄成为淮阳中尉，欲感谕宪王，辅以推让之臣，由是太子遂安。宣帝崩，元帝即位，乃遣宪王之国。

时，张倢伃予已卒，宪王有外祖母，舅张博兄弟三人岁至淮阳见亲，辄受王赐。后王上书，请徙外家张氏于国。博上书，愿留守坟墓，独不徙。王恨之。后博至淮阳，王赐之少。博言：“负责数百万，愿王为偿。”王不许，博辞去，令弟光恐云王遇大人益解，博欲上书为大人乞骸骨去。王乃遣人持黄金五十斤送博。博喜，还书谢，为谄语盛称誉王，因言：“当今朝廷无贤臣，灾变数见，足为寒心。万姓咸归望于大王，大王奈何恬然不求入朝见，辅助主上乎？”使弟光数说王宜听博计，令于京师说用事贵人为王求朝。王不纳其言。

后光欲至长安，辞王，复言“愿尽力与博共为王求朝。王即日至长安，可因平阳侯。”光得王欲求朝语，驰使人语博。博知王意动，复遗王书曰：“博幸得肺腑，数进愚策，未见省察。北游燕、赵，欲循行郡国求幽隐之士，闻齐有驷先生者，善为《司马兵法》，大将之材也，博得谒见，承间进问五帝、三王究竟要道，卓尔非世俗之所知。今边境不安，天下骚动，微此人其莫能安也。又闻北海之濒有贤人焉，累世不可逮，然难致也。得此二人而荐之，功亦不细矣。博愿驰西以此赴助汉急，无财币以通显之。赵王使谒者持牛、酒，黄金三十斤劳博，博不受；复使人愿尚女，聘金二百斤，博未许。会得光书云大王已遣光西，与博并力求朝。博自以弃捐，不意大王还意反义，结以朱颜，愿杀身报德。朝事何足言！大王诚赐咳唾，使得尽死，汤禹所以成大功也。驷先生蓄积道术，书无不有，愿知大王所好，请得辄上。”王得书喜说，报博书曰：“子高乃幸左顾存恤，发心恻隐，显至诚，纳以嘉谋，语以至事，虽亦不敏，敢不谕意！今遣有司为子高偿责二百万。”

是时，博女婿京房以明《易》阴阳得幸于上，数召见言事。自谓为石显、五鹿充宗所排，谋不得用，数为博道之。博常欲诳耀淮阳王，即具记房诸所说灾异及召见密语，持予淮阳王以为信验，诈言：“已见中书令石君求朝，许以金五百斤。贤圣制事，盖虑功而不计费。昔禹治鸿水，百姓罢劳，成功既立，万世赖之。今闻陛下春秋未满四十，发齿堕落，太子幼弱，佞人用事，阴阳不调，百姓疾疫饥馑死者且半，鸿水之害殆不过此。大王绪欲救世，将比功德，何可以忽？博已与大儒知道者为大王为便宜奏，陈安危，指灾异，大王朝见，先口陈其意而后奏之，上必大悦，事成功立，大王即有周、邵之名，邪臣散亡，公卿变节，功德亡比，而梁、赵之宠必归大王，外家亦将富贵，何复望大王之金钱？”王喜说，报博书曰：“乃者诏下，止诸侯朝者，寡人憯然不知所出。子高素有颜、冉之资，臧武之智，子贡之辩，卞庄子之勇，兼此四者，世之所鲜。既开端绪，愿卒成之。求朝，义事也，奈何行金钱乎！”博报曰：“已许石君，须以成事。”王以金五百斤予博。

会房出为郡守，离左右，显具得此事告之。房漏泄省中语，博兄弟诖误诸侯王，诽谤政治，狡猾不道，皆下狱。有司奏请逮捕钦，上不忍致法，遣谏大夫王骏赐钦玺书曰：“皇帝问淮阳王。有司奏王，王舅张博数遗王书，非毁政治，谤讪天子，褒举诸侯，称引周、汤，以谄惑王，所言尤恶，悖逆无道。王不举奏而多与金钱，报以好言，罪至不赦，朕恻焉不忍闻，为王伤之。推原厥本，不祥自博，惟王之心，匪同于凶。已诏有司勿治王事，遣谏大夫骏申谕朕意。《诗》不云乎：‘靖恭尔位，正直是与’。王其勉之！”

骏谕指曰：“礼为诸侯制相朝聘之义，盖以考礼一德，尊事天子也。且王不学《诗》乎？《诗》云：‘俾侯于鲁，为周室辅。’今王舅博数遗王书，所言悖逆。王幸受诏策，通经术，知诸侯名誉不当出竟。天子普覆，德布于朝，而恬有罪言，多予金钱，与相报应，不忠莫大焉。故事，诸侯王获罪京师，罪恶轻重，纵不伏诛，必蒙迁削贬黜之罪，未有但已者也。今圣主赦王之罪，又怜王失计忘本，为博所惑，加赐玺书，使谏大夫申谕至意，殷勤之恩，岂有量哉！博等所犯恶大，群下之所共攻，王法之所不赦也。自今以来，王毋复以博等累心，务与众弃之。《春秋》之义，大能变改。《易》曰‘借用白茅，无咎’，言臣子之道，改过自新，洁已以承上，然后免于咎也。王其留意慎戒，惟思所以悔过易行，塞重责，称厚恩者。如此，则长有富贵，社稷安矣。”

于是淮阳王钦免冠稽首谢曰：“奉藩无状，过恶暴列，陛下不忍致法，加大恩，遣使者申谕道术守藩之义。伏念博罪恶尤深，当伏重诛。臣钦愿悉心自新，奉承诏策，顿首死罪。”

京房及博兄弟三人皆弃市，妻子徙边。

至成帝即位，以淮阳王属为叔父，敬宠之，异于它国。王上书自陈舅张博时事，颇为石显等所侵，因为博家属徙者求还。丞相、御史复劾钦：“前与博相遗私书，指意非诸侯王所宜，蒙恩勿治，事在赦前。不悔过而复称引，自以为直，失藩臣礼，不敬。”上加恩，许王还徙者。

三十六年薨。子文王玄嗣，二十六年薨。子縯嗣，王莽时绝。

楚孝王嚣，甘露二年立为定陶王，三年徙楚，成帝河平中入朝，时被疾，天子闵之，下诏曰：“盖闻‘天地之性人为贵，人之行莫大于孝。’楚王嚣素行孝顺仁慈，之国以来二十余年，纤介之过未尝闻，朕甚嘉之。今乃遭命，离于恶疾，夫子所痛，曰：‘蔑之，命矣夫！斯人也而有斯疾也！’朕甚闵焉。夫行纯茂而不显异，则有国者将何勖哉？《书》不云乎：‘用德章厥善。’今王朝正月，诏与子男一人俱，其以广戚县户四千三百封其子勋为广戚侯。”明年，嚣薨。子怀王文嗣，一年薨，无子，绝。明年，成帝复立文弟平陆侯衍，是为思王。二十一年薨，子纡嗣，王莽时绝。

初，成帝时又立纡弟景为定陶王。广戚侯勋薨，谥曰炀侯，子显嗣。平帝崩，无子，王莽立显子婴为孺子，奉平帝后。莽篡位，以婴为定安公。汉既诛莽，更始时婴在长安，平陵方望等颇知天文，以为更始必败，婴本统当立者也，共起兵将婴至临泾，立为天子。更始遣丞相李松击破杀婴云。

东平思王宇，甘露二年立。元帝即位，就国。壮大，通奸犯法，上以至亲贯弗罪，傅相连坐。

久之，事太后，内不相得，太后上书言之，求守杜陵园。上于是遣太中大夫张子蟜奉玺书敕谕之，曰：“皇帝问东平王。盖闻亲亲之恩莫重于孝，尊尊之义莫大于忠，故诸侯在位不骄以致孝道，制节谨度以翼天子，然后富贵不离于身，而社稷可保。今闻王自修有阙，本朝不和，流言纷纷，谤自内兴，朕甚憯焉，为王惧之。《诗》不云乎：‘毋念尔祖，述修阙德，永言配命，自求多福’。朕惟王之春秋方刚，忽于道德，意有所移，忠言未纳，故临遣太中大夫子蟜谕王朕意。孔子曰：‘过而不改，是谓过矣。’王其深惟孰思之，无违朕意。”

又特以玺书赐王太后，曰：“皇帝使诸吏宦者令承问东平王太后。朕有闻，王太后少加意焉。夫福善之门莫美于和睦，患咎之首莫大于内离。今东平王出襁褓之中而托于南面之位，加以年齿方刚，涉学日寡，骜忽臣下，不自它于太后，以是之间，能无失礼义者，其唯圣人乎！传曰：‘父为子隐，直在其中矣。’王太后明察此意，不可不详。闺门之内，母子之间，同气异息。骨肉之恩，岂可忽哉！岂可忽哉！昔周公戒伯禽曰：‘故旧无大故，则不可弃也，毋求备于一人。’夫以故旧之恩，犹忍小恶，而况此乎！已遣使者谕王，王既悔过服罪，太后宽忍以贯之。后宜不敢。王太后强餐，止思念，慎疾自爱。”

宇惭惧，因使者顿首谢死罪，愿洒心自改。诏书又敕傅相曰：“夫人之性皆有五常，及其少长，耳目牵于耆欲，故五常销而邪心作，情乱其性，利胜其义，而不失厥家者，未之有也。今王富于春秋，气力勇武，获师傅之教浅，加以少所闻见，自今以来，非《五经》之正术，敢以游猎非礼道王者，辄以名闻。”

宇立二十年，元帝崩。宇谓中谒者信等曰：“汉大臣议天子少弱，未能治天下，以为我知文法，建欲使我辅佐天子。我见尚书晨夜极苦，使我为之，不能也。今暑热，县官年少，持服恐无处所，我危得之！”比至下，宇凡三哭，饮酒食肉，妻妾不离侧。又姬朐臑故亲幸，后疏远，数叹息呼天。宇闻，斥朐臑为家人子，扫除永巷，数笞击之。朐臑私疏宇过失，数令家告之。宇觉知，绞杀朐臑。有司奏请逮捕，有诏削樊、亢父二县。后三岁，天子诏有司曰：“盖闻仁以亲亲，古之道也。前东平王有阙，有司请废，朕不忍。又请削，朕不敢专。惟王之至亲，未尝忘于心。今闻王改行自新，尊修经术，亲近仁人，非法之求，不以奸吏，朕甚嘉焉。传不云乎：朝过夕改，君子与之。其复前所削县如故。”

后年来朝，上疏求诸子及《太史公书》，上以问大将军王凤，对曰：“臣闻诸侯朝聘，考文章，正法度，非礼不言。今东平王幸得来朝，不思制节谨度，以防危失，而求诸书，非朝聘之义也。诸子书或反经术，非圣人；或明鬼神，信物怪；《太史公书》有战国纵横权谲之谋，汉兴之初谋臣奇策，天官灾异，地形厄塞：皆不宜在诸侯王。不可予。

不许之辞宜曰：'《五经》圣人所制，万事靡不毕载。王审乐道，傅相皆儒者，旦夕讲诵，足以正身虞意。夫小辩破义，小道不通，致远恐泥，皆不足以留意。诸益于经术者，不爱于王。'”对奏，天子如凤言，遂不与。

立三十三年薨，子炀王云嗣。哀帝时，无盐危山土自起覆草，如驰道状，又瓠山石转立。云及后谒自之石所祭，治石象瓠山立石，束倍草，并祠之。建平三年，息夫躬、孙宠等共因幸臣董贤告之。是时，哀帝被疾，多所恶，事下有司，逮王、后谒下狱验治，言使巫傅恭、婢合欢等祠祭诅祝上，为云求为天子。云又与知灾异者高尚等指星宿，言上疾必不愈，云当得天下。石立，宣帝起之表也。有司请诛王，有诏废徙房陵。云自杀，谒弃市。立十七年，国除。

元始元年，王莽欲反哀帝政，白太皇太后，立云太子开明为东平王，又立思王孙成都为中山王。开明立三年，薨，无子。复立开明兄严乡侯信子匡为东平王，奉开明后。王莽居摄，东郡太守翟义与严乡侯信谋举兵诛莽，立信为天子，兵败，皆为莽所灭。

中山哀王竟，初元二年立为清河王。三年，徙中山，以幼少未之国。建昭四年，薨邸，葬杜陵，无子，绝。太后归居外家戎氏。

孝元皇帝三男。王皇后生孝成帝，傅昭仪生定陶共王康，冯昭仪生中山孝王兴。

定陶共王康，永光三年立为济阳王。八年，徙为山阳王。八年，徙定陶。王少而爱，长多材艺，习知音声，上奇器之。母昭仪又幸，几代皇后太子。语在《元后》及《史丹传》。

成帝即位，缘先帝意，厚遇异于它王。十九年薨，子欣嗣。十五年，成帝无子，征入为皇太子，上以太子奉大宗后，不得顾私亲，乃立楚思王子景为定陶王，奉共王后。成帝崩，太子即位，是为孝哀帝。即位二年，追尊共王为共皇，置寝庙京师，序昭穆，仪如孝元帝。徙定陶王景为信都王云。

中山孝王兴，建昭二年，王为信都王。十四年，徙中山。成帝之议立太子也，御史大夫孔光以为《尚书》有殷及王，兄终弟及，中山王元帝之子，宜为后。成帝以中山王不材，又兄弟，不得相入庙。外家王氏与赵昭仪皆欲用哀帝为太子，故遂立焉。上乃封孝王舅冯参为宜乡侯，而益封孝王万户，以尉其意。三十年，薨，子衎嗣。七年，哀帝崩，无子，征中山王衎入即位，是为平帝。太皇太后以帝为成帝后，故立东平思王孙桃乡顷侯子成都为中山王，奉孝王后。王莽时绝。

赞曰：孝元之后，遍有天下，然而世绝于孙，岂非天哉！淮阳宪王于时诸侯为聪察矣，张博诱之，几陷无道。《诗》云“贪人败类”，古今一也。

卷八十一

匡张孔马传第五十一

匡衡，字稚圭，东海承人也。父世农夫，至衡好学，家贫，庸作以供资用，尤精力过绝人。诸儒为之语曰："无说《诗》，匡鼎来；匡说《诗》，解人颐。"

衡射策甲科，以不应令除为太常掌故，调补平原文学。学者多上书荐衡经明，当世少双，令为文学就官京师；后进皆欲从衡平原，衡不宜在远方。事下太子太傅萧望之、少府梁丘贺问，衡对《诗》诸大义，其对深美。望之奏衡经学精习，说有师道，可观览。宣帝不甚用儒，遣衡归官。而皇太子见衡对，私善之。

会宣帝崩，元帝初即位，乐陵侯史高以外属为大司马车骑将军，领尚书事，前将军萧望之为副。望之名儒，有师傅旧恩，天子任之，多所贡荐。高充位而已，与望之有隙。长安令杨兴说高曰："将军以亲戚辅政，贵重于天下无二，然众庶论议令问休誉不专在将军者何也？彼诚有所闻也。以将军之莫府，海内莫不印望。而所举不过私门宾客，乳母子弟，人情忽不自知，然一夫窃议，语流天下。夫富贵在身而列士不誉，是有狐白之裘而反衣之也。古人病其若此，故卑体劳心，以求贤为务。传曰：以贤难得之故因曰事不待贤，以食难得之故而曰饱不待食，或之甚者也。平原文学匡衡材智有余，经学绝伦，但以无阶朝廷，故随牒在远方。将军诚召置莫府，学士歙然归仁，与参事议，观其所有，贡之朝廷，必为国器，以此显示众庶，名流于世。"高然其言，辟衡为议曹史，荐衡于上，上以为郎中，迁博士，给事中。

是时，有日蚀、地震之变，上问以政治得失，衡上疏曰：

臣闻五帝不同礼，三王各异教，民俗殊务，所遇之时异也。陛下躬圣德，开太平之路，闵愚吏民触法抵禁，比年大赦，使百姓得改行自新，天下幸甚。臣窃见大赦之后，奸邪不为衰止，今日大赦，明日犯法，相随入狱，此殆导之未得其务也。盖保民者，"陈之以德义"，"示之以好恶"，观其失而制其宜，故动之而和，绥之而安。今天下俗贪财贱义，好声色，上侈靡，廉耻之节薄，淫辟之意纵，纲纪失序，疏者逾内，亲戚之恩薄，婚姻之党隆，苟合侥幸，以身设利。不改其原，虽岁赦之，刑犹难使错而不用也。

臣愚以为宜一旷然大变其俗。孔子曰："能以礼让为国乎，何有？"朝廷者，天下之桢干也。公卿大夫相与循礼恭让，则民不争；好仁乐施，则下不暴；上义高节，则民兴行；宽柔和惠，则众相爱。四者，明王之所以不严而成化也。何者？朝有变色之言，则下有争斗之患；上有自专之士，则下有不让之人；上有克胜之佐，则下有伤害之心；上有好利之臣，则下有盗窃之民：此其本也。今俗吏之治，皆不本礼让，而上克暴，或忮害好陷人于罪，贪财而慕势，故犯法者众，奸邪不止，虽严刑峻法，犹不为变。此非其天性，有由然也。

臣窃考《国风》之诗，《周南》、《召南》被贤圣之化深，故笃于行而廉于色。郑伯好勇，而国人暴虎；秦穆贵信，而士多从死；陈夫人好巫，而民淫祀；晋侯好俭，而民畜聚；太王躬仁，邠国贵恕。由此观之，治天下者审所上而已。今之伪薄忮害，不让极矣。臣闻教化之流，非家至而人说之也。贤者在位，能者布职，朝廷崇礼，百僚敬让，道德之行，由内及外，自近者始，然后民知所法，迁善日进而不自知。是以百姓安，阴阳和，神灵应，而嘉祥见。《诗》曰："商邑翼翼，四方之极；寿考且宁，以保我后生。"此成汤所以建至治，保子孙，化异俗而怀鬼方也。今长安天子之都，亲承圣化，然其习俗无以异于远方，郡国来者无所法则，或见侈靡而放效之。此教化之原本，风俗之枢机，宜先正者也。

臣闻天人之际，精祲有以相荡，善恶有以相推，事作乎下者象动乎上，阴阳之理各应其感，阴变则静者动，阳蔽则明者暗，水旱之灾随类而至。今关东连年饥馑，百姓乏困，或至相食，此皆生于赋敛多，民所共者大，而吏安集之不称之效也。陛下祗畏天戒，哀闵元元，大自减损，省甘泉、建章宫卫，罢珠崖，偃武行文，将欲度唐、虞之隆，绝殷、周之衰也。诸见罢珠崖诏书者，莫不欣欣，人自以将见太平也。宜遂减宫室之度，省靡丽之饰，考制度，修外内，近忠正，远巧佞，放郑、卫，进《雅》、《颂》，举异材，开直言，任温良之人，退刻薄之吏，显洁白之士，昭无欲之路，览《六艺》之意，察上世之务，明自然之道，博和睦之化，以崇至仁，匡失俗，易民视，令海内昭然咸见本朝之所贵，道德弘于京师，淑问扬乎疆外，然后大化可成，礼让可兴也。

上说其言，迁衡为光禄大夫、太子少傅。时，上好儒术文辞，颇改宣帝之政，言事者多进见，人人自以为得上意。又傅昭仪及子定陶王爱幸，宠于皇后、太子。衡复上疏曰：

臣闻治乱安危之机，在乎审所用心。盖受命之王务在创业垂统传之无穷，继体之君心存于承宣先王之德而褒大其功。昔者成王之嗣位，思述文、武之道以养其心，休烈盛美皆归之二后而不敢专其名，是以上天歆享，鬼神祐焉。其《诗》曰："念我皇祖，陟降廷止。"言成王常思祖考之业，而鬼神祐助其治也。

陛下圣德天覆，子爱海内，然阴阳未和，奸邪未禁者，殆论议者未丕扬先帝之盛功，争言制度不可用也，务变更之，所更或不可行，而复复之，是以群下更相是非，吏民无所信。臣窃恨国家释乐成之业，而虚为此纷纷也。愿陛下详览统业之事，留神于遵制扬功，以定群下之心。《大雅》曰："无念尔祖，聿修厥德。"孔子著之《孝经》首章，盖至德之本也，传曰："审好恶，理情性，而王道毕矣。"能尽其性，然后能尽人物之性；能尽人物之性，可以赞天地之化。治性之道，必审己之所有余，而强其所不足。盖聪明疏通者戒于大察，寡闻少见者戒于雍蔽，勇猛刚强者戒于大暴，仁爱温良者戒于无断，湛静安舒者戒于后时，广心浩大者戒于遗忘。必审己之所当戒，而齐之以义，然后中和之化应，而巧伪之徒不敢比周而望进。唯陛下戒所以崇圣德。

臣又闻室家之道修，则天下之理得，故《诗》始《国风》，《礼》本《冠》、《婚》。始乎《国风》，原情性而明人伦也；本乎《冠》、《婚》，正基兆而防未然也。福之兴莫不本乎室家，道之衰莫不始乎阃内。故圣王必慎妃后之际，别適长之位。礼之于内也。卑不逾尊，新不先故，所以统人情而理阴气也。其尊適而卑庶也，適子冠乎阼，礼之用醴，众子不得与列，所以贵正体而明嫌疑也。非虚加其礼文而已，乃中心与之殊异，故礼探其情而见之外也。圣人动静游燕，所亲物得其序；得其序，则海内自修，百姓从化。如当亲者疏，当尊者卑，则佞巧之奸因时而动，以乱国家。故圣人慎防其端，禁于未然，不以私恩害公义。陛下圣德纯备，莫不修正，则天下无为而治。《诗》云："于以四方，克定厥家。"传曰："正家而天下定矣。"

衡为少傅数年，数上疏陈便宜，及朝廷有政议，傅经以对，言多法义。上以为任公卿，由是为光禄勋、御史大夫。建昭三年，代韦玄成为丞相，封乐安侯，食邑六百户。

元帝崩，成帝即位，衡上疏戒妃匹，劝经学威仪之则，曰：

陛下秉至孝，哀伤思慕不绝于心，未有游虞弋射之宴，诚隆于慎终追远，无穷已也。窃愿陛下虽圣性得之，犹复加圣心焉。《诗》云"茕茕在疚"，言成王丧毕思慕，意气未能平也，盖所以就文、武之业，崇大化之本也。

臣又闻之师曰："妃匹之际，生民之始，万福之原。"婚姻之礼正，然后品物遂而天命全。孔子论《诗》以《关雎》为始，言太上者民之父母，后夫人之行不侔乎天地，则无以奉神灵之统而理万物之宜。故《诗》曰："窈窕淑女，君子好仇。"言能致其贞淑，不贰其操，情欲之感无介乎容仪，宴私之意不形乎动静，夫然后可以配至尊而为宗庙主。此纲纪之首，王教之端也。自上世已来，三代兴废，未有不由此者也。愿陛下详览得失盛衰之效以定大基，采有德，戒声色，近严敬，远技能。

窃见圣德纯茂，专精《诗》、《书》，好乐无厌。臣衡材驽，无以辅相善义，宣扬德音。臣闻《六经》者，圣人所以统天地之心，著善恶之归，明吉凶之分，通人道之正，使不悖于其本性者也。故审《六艺》之指，则天人之理可得而和，草木昆虫可得而育，此永永不易之道也。及《论语》、《孝经》，圣人言行之要，宜究其意。

臣又闻圣王之自为动静周旋，奉天承亲，临朝享臣，物有节文，以章人伦。盖钦翼祗栗，事天之容也；温恭敬逊，承亲之礼也；正躬严恪，临众之仪也；嘉惠和说，飨下之颜也。举错动作，物遵其仪，故形为仁义，动为法则。孔子曰："德义可尊，容止可观，进退可度，以临其民，是以其民畏而爱之，则而象之。"《大雅》云："敬慎威仪，惟民之则。"诸侯正月朝觐天子，天子惟道德，昭穆穆以视之，又观以礼乐，飨醴乃归。故万国莫不获赐祉福，蒙化而成俗。今正月初幸路寝，临朝贺，置酒以飨万方，传曰"君子慎始"，愿陛下留神动静之节，使群下得望盛德休光，以立基桢，天下幸甚！

上敬纳其言。顷之，衡复奏正南北郊，罢诸淫祀，语在《郊祀志》。

初，元帝时，中书令石显用事，自前相韦玄成及衡皆畏显，不敢失其意。至成帝初即位，衡乃与御史大夫甄谭共奏显，追条其旧恶，并及党与。于是司隶校尉王尊劾奏："衡、谭居大臣位，知显等专权势，作威福，为海内患害，不以时白奏行罚，而阿谀曲从，附下罔上，无大臣辅政之义。既奏显等，不自陈不忠之罪，而反扬著先帝任用倾覆之徒，罪至不道。"有诏勿劾。衡惭惧，上疏谢罪，因称病乞骸骨，上丞相乐安侯印绶。上报曰："君以道德修明，位有三公，先帝委政，遂及朕躬。君遵修法度，勤劳公家，朕嘉与君同心合意，庶几有成。今司隶校尉尊妄诋欺，加非于君，朕甚闵焉。方下有司问状，君何疑而上书归侯乞骸骨，是章朕之未烛也。传不云乎：'礼义不愆，何恤人之言！'君其察焉。专精神，近医药，强食自爱。"因赐上尊酒、养牛。衡起视事。上以新即位，褒优大臣，然群下多是王尊者。衡嘿嘿不自安，每有水旱，风雨不时，连乞骸骨让位。上辄以诏书慰抚，不许。

久之，衡子昌为越骑校尉，醉杀人，系诏狱。越骑官属与昌弟且谋篡昌。事发觉，衡免冠徒跣待罪，天子使谒者诏衡冠履。而有司奏衡专地盗土，衡竟坐免。初，衡封僮之乐安乡，乡本田堤封三千一百顷，南以闽佰为界。初元元年，郡图误以闽佰为平陵佰。积十余岁，衡封临淮郡，遂封真平陵佰以为界，多四百顷。至建始元年，郡乃定国界，上计簿，更定图，言丞相府。衡谓所亲吏赵殷曰："主簿陆赐故居奏曹，习事晓知国界，署集曹掾。"明年治计时，衡问殷国界事："曹欲奈何？"殷曰："赐以为举计，令郡实之。恐郡不肯从实，可令家丞上书。"衡曰："顾当得不耳，何至上书？"亦不告曹使举也，听曹为之。后赐与属明举计曰："案故图，乐安乡南以平陵佰为界，不足故而以闽佰为界，解何？"郡即复以四百顷付乐安国。衡遣从史之僮，收取所还田租谷千余石入衡家。司隶校尉骏、少府忠行廷尉事劾奏"衡监临盗所主守直十金以上。《春秋》之义，诸侯不得专地，所以一统尊法制也。衡位三公，辅国政，领计簿，知郡实，正国界，计簿已定而背法制，专地盗土以自益，及赐、明阿承衡意，猥举郡计，乱减县界，附下罔上，擅以地附益大臣，皆不道。"于是上可其奏，勿治，丞相免为庶人，终于家。

子咸亦明经，历位九卿。家世多为博士者。

张禹，字子文，河内轵人也。至禹父徙家莲勺。禹为儿，数随家至市，喜观于卜相者前。久之，颇晓其别蓍布卦意，时从旁言。卜者爱之。又奇其面貌，谓禹父："是儿多知，可令学经。"及禹壮，至长安学，从沛郡施雠受《易》，琅邪王阳、胶东庸生问《论语》，既皆明习，有徒众，举为郡文学。甘露中，诸儒荐禹，有诏太子太傅萧望之问。禹对《易》及《论语》大义，望之善焉，奏禹经学精习，有师法，可试事。奏寝，罢归故官。久之，试为博士。初元中，立皇太子，而博士郑宽中以《尚书》授太子，荐言禹善《论语》。诏令禹授太子《论语》，由是迁光禄大夫。数岁，出为东平内史。

元帝崩，成帝即位，征禹、宽中，皆以师赐爵关内侯，宽中食邑八百户，禹六百户。拜为诸吏光禄大夫，秩中二千石，给事中，领尚书事。是时，帝舅阳平侯王凤为大将军，辅政专权。而上富于春秋，谦让，方乡经学，敬重师傅。而禹与凤并领尚书，内不自安，数病。上书乞骸骨，欲退避凤。上报曰："朕以幼年执政，万机惧失其中，君以道德为师，故委国政。君何疑而数乞骸骨，忽忘雅素，欲避流言，朕无闻焉。君其固心致思，总秉诸事，推以孳孳，无违朕意。"加赐黄金百斤、养牛、上尊酒，太官致餐，侍医视疾，使者临问。禹惶恐，复起视事，河平四年代王商为丞相，封安昌侯。

为相六岁，鸿嘉元年以老病乞骸骨，上加优再三，乃听许。赐安车驷马，黄金百斤，罢就第，以列侯朝朔望，位特进，见礼如丞相，置从事史五人，益封四百户。天子数加赏赐，前后数千万。

禹为人谨厚，内殖货财，家以田为业。及富贵，多买田至四百顷，皆泾、渭溉灌，极膏腴上贾。它财物称是。禹性习知音声，内奢淫，身居大第，后堂理丝竹管弦。

禹成就弟子尤著者，淮阳彭宣至大司空，沛郡戴崇至少府九卿。宣为人恭俭有法度，而崇恺弟多智，二人异行。禹心亲爱崇，敬宣而疏之。崇每候禹，常责师宜置酒设乐与弟子相娱。禹将崇入后堂饮食，妇女相对，优人管弦铿锵极乐，昏夜乃罢。而宣之来也，禹见之于便坐，讲论经义，日晏赐食，不过一肉卮酒相对。宣未尝得至后堂。及两人皆闻知，各自得也。

禹年老，自治冢茔，起祠室，好平陵肥牛亭部处地，又近延陵，奏请求之，上以赐禹，诏令平陵徙亭它所。曲阳侯根闻而争之："此地当平陵寝庙衣冠所出游道，禹为师傅，不遵谦让，至求衣冠所游之道，又徙坏旧亭，重非所宜。孔子称'赐爱其羊，我爱其礼'，宜更赐禹它地。”根虽为舅，上敬重之不如禹，根言虽切，犹不见从，卒以肥牛亭地赐禹。根由是害禹宠，数毁恶之。天子愈益敬厚禹。禹每病，辄以起居闻，车驾自临问之。上亲拜禹床下，禹顿首谢恩，归诚，言："老臣有四男一女，爱女甚于男，远嫁为张掖太守萧咸妻，不胜父子私情，思与相近。”上即时徙咸为弘农太守。又禹小子未有官，上临候禹，禹数视其小子，上即禹床下拜为黄门郎，给事中。

禹虽家居，以特进为天子师，国家每有大政，必与定议。永始、元延之间，日蚀、地震尤数，吏民多上书言灾异之应，讥切王氏专政所致。上惧变异数见，意颇然之，未有以明见，乃车驾至禹弟，辟左右，亲问禹以天变，因用吏民所言王氏事示禹。禹自见年老，子孙弱，又与曲阳侯不平，恐为所怨。禹则谓上曰："春秋二百四十二年间，日蚀三十余，地震五十六，或为诸侯相杀，或夷狄侵中国，灾变之异深远难见，故圣人罕言命，不语怪神。性与天道，自子赣之属不得闻，何况浅见鄙儒之所言！陛下宜修政事以善应之，与下同其福喜，此经义意也。新学小生，乱道误人，宜无信用，以经术断之。”上雅信爱禹，由此不疑王氏。后曲阳侯根及诸王子弟闻知禹音，皆喜说，遂亲就禹。禹见时有变异，若上体不安，择日洁斋露蓍，正衣冠立筮，得吉卦则献其占，如有不吉，禹为感动有忧色。

成帝崩，禹及事哀帝，建平二年薨，谥曰节侯。禹四子，长子宏嗣侯，官至太常，列于九卿。三弟皆为校尉、散骑、诸曹。

初，禹为师，以上难数对已问经，为《论语章句》献之。始，鲁扶卿及夏侯胜、王阳、萧望之、韦玄成皆说《论语》，篇第或异。禹先事王阳，后从庸生，采获所安，最后出而尊贵。诸儒为之语曰："欲为《论》，念张文。”由是学者多从张氏，余家寖微。

孔光，字子夏，孔子十四世之孙也。孔子生伯鱼鲤，鲤生子思伋，伋生子上帛，帛生子家求，求生子真箕，箕生子高穿。穿生顺，顺为魏相。顺生鲋，鲋为陈涉博士，死陈下。鲋弟子襄为孝惠博士、长沙太傅。襄生忠，忠生武及安国，武生延年。延年生霸，字次儒。霸生光焉。安国、延年皆以治《尚书》为武帝博士。安国至临淮太守。霸亦治《尚书》，事太傅夏侯胜，昭帝末年为博士，宣帝时为太中大夫，以选授皇太子经，迁詹事、高密相。是时，诸侯王相在郡守上。

元帝即位，征霸，以师赐爵关内侯，食邑八百户，号褒成君，给事中，加赐黄金二百斤，第一区，徙名数于长安。霸为人谦退，不好权势，常称爵位泰过，何德以堪之！上欲致霸相位，自御史大夫贡禹卒，及薛广德免，辄欲拜霸。霸让位，自陈至三，上深知其至诚，乃弗用。以是敬之，赏赐甚厚。及霸薨，上素服临吊者再，至赐东园秘器、钱、帛，策赠以列侯礼，谥曰烈君。

霸四子，长子福嗣关内侯。次子捷、捷弟喜皆列校尉、诸曹。光，最少子也，经学尤明，年未二十，举为议郎。光禄勋匡衡举光方正，为谏大夫。坐议有不合，左迁虹长，自免归教授。成帝初即位，举为博士，数使录冤狱，行风俗，振赡流民，奉使称旨，由是知名。是时，博士选三科，高为尚书，次为刺史，其不通政事，以久次补诸侯太傅。光以高第为尚书，观故事品式，数岁明习汉制及法令。上甚信任之，转为仆射、尚书令。有诏光周密谨慎，未尝有过，加诸吏官，以子男放为侍郎，给事黄门。数年，迁诸吏光禄大夫，秩中二千石，给事中，赐黄金百斤，领尚书事。后为光禄勋，复领尚书，诸吏给事中如故。凡典枢机十余年，守法度，修故事。上有所问，据经法以心所安而对，不希指苟合；如或不从，不敢强谏争，以是久而安。时有所言，辄削草稿，以为章主之过，以奸忠直，人臣大罪也。有所荐举，唯恐其人之闻知。沐日归休，

《书》不云乎？'毋旷庶官，天工人其代之。'於乎！君其上丞相博山侯印绶，罢归。"

光退闾里，杜门自守。而朱博代为丞相，数月，坐承傅太后指妄奏事自杀。平当代为丞相，数月薨。王嘉复为丞相，数谏争忤指。旬岁间阅三相，议者皆以为不及光。上由是思之。

会元寿元年正月朔日有蚀之，后十余日傅太后崩。是月征光诣公车，问日蚀事。光对曰："臣闻日者，众阳之宗，人君之表，至尊之象。君德衰微，阴道盛强，侵蔽阳明，则日蚀应之。《书》曰'羞用五事'，'建用皇极。'如貌、言、视、听、思失，大中之道不立，则咎征荐臻，六极屡降。皇之不极，是为大中不立，其传曰'时则有日月乱行'，谓朓、侧匿，甚则薄蚀是也。又曰'六沴之作'，岁之朝曰三朝，其应至重。乃正月辛丑朔日有蚀之，变见三朝之会。上天聪明，苟无其事，变不虚生。《书》曰'惟先假王正厥事'，言异变之来，起事有不正也。臣闻师曰，天右与王者，故灾异数见，以谴告之，欲其改更。若不畏惧，有以塞除，而轻忽简诬，则凶罚加焉，其至可必。《诗》曰：'敬之敬之，天惟显思，命不易哉！'又曰：'畏天之威，于时保之。'皆谓不惧者凶，惧之则吉也。陛下圣德聪明，兢兢业业，承顺天戒，敬畏变异，勤心虚己，延见群臣，思求其故，然后敕躬自约；总正万事，放远谗说之党，援纳断断之介，退去贪残之徒，进用贤良之吏，平刑罚，薄赋敛，恩泽加于百姓，诚为政之大本，应变之至务也。天下幸甚。《书》曰'天既付命正厥德'，言正德以顺天也。又曰'天棐谌辞'，言有诚道，天辅之也。明承顺天道在于崇德博施，加精至诚，孳孳而已。俗之祈禳小数，终无益于应天塞异，销祸兴福，较然甚明，无可疑惑。"

书奏，上说，赐光束帛，拜为光禄大夫，秩中二千石，给事中，位次丞相。诏光举可尚书令者封上，光谢曰："臣以朽材，前比历位典大职，卒无尺寸之效，幸免罪诛，全保首领，今复拔擢，备内朝臣，与闻政事。臣光智谋浅短，犬马齿载，诚恐一旦颠仆，无以报称。窃见国家故事，尚书以久次转迁，非有踔绝之能，不相逾越。尚书仆射敞，公正勤职，通敏于事，可尚书令。谨封上。"敞以举故，为东平太守。敞姓成公，东海人也。

光为大夫月余，丞相嘉下狱死，御史大夫贾延免。光复为御史大夫，二月为丞相，复故国博山侯。上乃知光前免非其罪，以过近臣毁短光者，复免傅嘉，曰："前为侍中，毁谮仁贤，诬诉大臣，令俊艾者久失其位。嘉倾覆巧伪，挟奸以罔上，崇党以蔽朝，伤善以肆意。《诗》不云乎：'谗人罔极，交乱四国。'其免嘉为庶人，归故郡。"

明年，定三公官，光更为大司徒。会哀帝崩，太皇太后以新都侯王莽为大司马，征立中山王，是为平帝。帝年幼，太后称制，委政于莽。初，哀帝罢黜王氏，故太后与莽怨丁、傅、董贤之党。莽以光为旧相名儒，天下所信，太后敬之，备礼事光。所欲搏击，辄为草，以太后指风光令上之，睚眦莫不诛伤。莽权日盛，光忧惧不知所出，上书乞骸骨。莽白太后："帝幼少，宜置师傅。"徙光为帝太傅，位四辅，给事中，领宿卫供养，行内署门户，省服御食物。明年，徙为太师，而莽为太傅。光常称疾，不敢与莽并。有诏朝朔望，领城门兵。莽又风群臣奏莽功德，称宰衡，位在诸侯王上，百官统焉。光愈恐，固称疾辞位。太后诏曰："太师光，圣人之后，先师之子，德行纯淑，道术通明，居四辅职，辅道于帝。今年耆有疾，俊艾大臣，惟国之重，其犹不可以阙焉。《书》曰'无遗耇老'，国之将兴，尊师而重傅。其令太师毋朝，十日一赐餐。赐太师灵寿杖，黄门令为太师省中坐置几，太师入省中用杖，赐餐十七物，然后归老于第，官属按职如故。"

光凡为御史大夫、丞相各再，一为大司徒、太傅、太师，历三世，居公辅位前后十七年。自为尚书，止不教授，后为卿，时会门下大生讲问疑难，举大义云。其弟子多成就为博士、大夫者，见师居大位，几得其助力，光终无所荐举，至或怨之。其公如此。

光年七十，元始五年薨。莽白太后，使九卿策赠以太师、博山侯印绶，赐乘舆、秘器、金钱、杂帛。少府供张，谏大夫持节与谒者二人使护丧事，博士护行礼。太后亦遣中谒者持节视丧。公卿百官会吊送葬。载以乘舆輼輬及副各一乘，羽林孤儿诸生合四百人挽送。车万余辆，道路皆举音以过丧。将作穿复土，可甲卒五百人，起坟如大将军王凤制度。谥曰简烈侯。

初，光以丞相封，后益封，凡食邑万一千户。疾甚，上书让还七千户，及还所赐一第。

子放嗣。莽篡位后，以光兄子永为大司马，封侯。昆弟子至卿大夫四五人。始光父霸以初元元年为关内侯食邑。霸上书求奉孔子祭祀，元帝下诏曰："其令师褒成君关内侯霸以所食邑八百户祀孔子焉。"故霸还长子福名数于鲁，奉夫子祀。霸薨，子福嗣。福薨，子房嗣。房薨，子莽嗣。元始元年，封周公、孔子后为列侯，食邑各二千户。莽更封为褒成侯，后避王莽，更名均。

马宫，字游卿，东海戚人也。治《春秋》严氏，以射策甲科为郎，迁楚长史，免官。后为丞相史司直。师丹荐宫行能高洁，迁廷尉平，青州刺史，汝南、九江太守，所在见称。征为詹事，光禄勋，右将军，代孔光为大司徒，封扶德侯。光为太师薨，宫复代光为太师，兼司徒官。

初，宫哀帝时与丞相、御史杂议帝祖母傅太后谥，及元始中，王莽发傅太后陵徙归定陶，以民葬之，追诛前议者。宫为莽所厚，独不及，内惭惧，上书谢罪乞骸骨。莽以太皇太后诏赐宫策曰：

> 太师、大司徒、扶德侯上书言："前以光禄勋议故定陶共王母谥，曰'妇人以夫爵尊为号，谥宜曰孝元傅皇后，称渭陵东园。'臣知妾不得体君，卑不得敌尊，而希指雷同，诡经辟说，以惑误上。为臣不忠，当伏斧钺之诛，幸蒙洒心自新，又令得保首领。伏自惟念，入称四辅，出备三公，爵为列侯，诚无颜复望阙廷，无心复居官府，无宜复食国邑。愿上太师、大司徒、扶德侯印绶，避贤者路。"下君章有司，皆以为四辅之职为国维纲，三公之任鼎足承君，不有鲜明固守，无以居位。如君言至诚可听，惟君之恶在洒心前，不敢文过，朕甚多之，不夺君之爵邑，以著'自古皆有死'之义。其上太师、大司徒印绶使者，以侯就第。

莽篡位，以宫为太子师，卒官。

本姓马矢，宫仕学，称马氏云。

赞曰："自孝武兴学，公孙弘以儒相，其后蔡义、韦贤、玄成、匡衡、张禹、翟方进、孔光、平当、马宫及当子晏咸以儒宗居宰相位，服儒衣冠，传先王语，其酝藉可也，然皆持禄保位，被阿谀之讥。彼以古人之迹见绳，乌能胜其任乎！

卷八十二

王商史丹傅喜传第五十二

王商，字子威，涿郡蠡吾人也，徙杜陵。商父武、武兄无故，皆以宣帝舅封。无故为平昌侯，武为乐昌侯。语在《外戚传》。

商少为太子中庶子，以肃敬敦厚称。父薨，商嗣为侯，推财以分异母诸弟，身无所受，居丧哀戚。于是大臣荐商行可以厉群臣，义足以厚风俗，宜备近臣。由是擢为诸曹、侍中、中郎将。元帝时，至右将军、光禄大夫。是时，定陶共王爱幸，几代太子。商为外戚重臣辅政，拥佑太子，颇有力焉。

元帝崩，成帝即位，甚敬重商，徙为左将军。而帝元舅大司马大将军王凤颛权，行多骄僭。商论议不能平凤，凤知之，亦疏商。建始三年秋，京师民无故相惊，言大水至，百姓奔走相蹂躏，老弱号呼，长安中大乱。天子亲御前殿，召公卿议。大将军凤以为太后与上及后宫可御船，令吏民上长安城以避水。群臣皆从凤议。左将军商独曰："自古无道之国，水犹不冒城郭。今政治和平，世无兵革，上下相安，何因当有大水一日暴至？此必讹言也，不宜令上城，重惊百姓。"上乃止。有顷，长安中稍定，问之，果讹言。上于是美壮商之固守，数称其议。而凤大惭，自恨失言。

明年，商代匡衡为丞相，益封千户，天子甚尊任之。为人多质有威重，长八尺余，身体鸿大，容貌甚过绝人。河平四年，单于来朝，引见白虎殿。丞相商坐未央廷中，单于前，拜谒商。商起，离席与言，单于仰视商貌，大畏之，迁延却退。天子闻而叹曰："此真汉相矣！"

初，大将军凤连昏杨肜为琅邪太守，其郡有灾害十四，已上。商部属按问，凤以晓商曰："灾异天事，非人力所为。肜素善吏，宜以为后。"商不听，竟奏免肜，奏果寝不下，凤重以是怨商，阴求其短，使人上书言商闺门内事。天子以为暗昧之过，不足以伤大臣，凤固争，下其事司隶。先是，皇太后尝诏问商女，欲以备后宫。时女病，商意亦难之，以病对，不入。及商以闺门事见考，自知为凤所中，惶怖，更欲内女为援，乃因新幸李婕妤家白见其女。

会日有蚀之，太中大夫蜀郡张匡，其人佞巧，上书愿对近臣陈日蚀咎。下朝者左将军丹等问匡，对曰："窃见丞相商作威作福，从外制中，取必于上，性残贼不仁，遣票轻吏微求人罪，欲以立威，天下患苦之。前频阳耿定上书言商与父傅通，及女弟淫乱，奴杀其私夫，疑商教使。章下有司，商私怨怼。商子俊欲上书告商，俊妻左将军丹女，持其书以示丹，丹恶其父子乖迕。为女求去。商不尽忠纳善以辅至德，知圣主崇孝，远别不亲，后庭之事皆受命皇太后，太后前闻商有女，欲以备后宫，商言有固疾，后有耿定事，更诡道因李贵人家内女。执左道以乱政，诬罔悖大臣节，故应是而日蚀。《周书》曰：'以左道事君者诛。'《易》曰：'日中见昧，则折其右肱。'往者丞相周勃再建大功，及孝文时纤介怨恨，而日为之蚀，于是退勃使就国，卒无怵惕忧。今商无尺寸之功，而有三世之宠，身位三公，宗族为列侯、吏二千石、侍中诸曹，给事禁门内，连昏诸侯王，权宠至盛。审有内乱杀人怨怼之端，宜穷竟考问。臣闻秦丞相吕不韦见王无子，意欲有秦国，即求好女以为妻，阴知其有身而献之王，产始皇帝。及楚相春申君亦见王无子，心利楚国，即献有身妻而产怀王。自汉兴几遭吕、霍之患，今商有不仁之性，乃因怨以内女，其奸谋未可测度。前孝景世七国反，将军周亚夫以为即得雒阳剧孟，关东非汉之有。今商宗族权势，合赀巨万计，私奴以千数，非特剧孟匹夫之徒也。且失道之至，亲戚畔之，闺门内乱，父子相讦，而欲使之宣明圣化，调和海内，岂不谬哉！商视事五年，官职陵夷而大恶著于百姓，甚亏损盛德，有鼎折足之凶。臣愚以为圣主富于春秋，即位以来，未有惩奸之威，加以继嗣未立，大异并见，尤宜诛讨不忠，以遏未然。行之一人，则海内震动，百奸之路塞矣。"

于是左将军丹等奏：商位三公，爵列侯，亲受诏策为天下师，不遵法度以翼国家，而回辟下媚以进其私，执左道以乱政，为臣不忠，罔上不道，《甫刑》之辟，皆为上戮，罪名明白。臣请诏谒者召商诣若卢诏狱。"上素重商，知匡言多险，制曰"勿治"。凤固争之，于是制诏御史："盖丞相以德辅翼国家，典领百寮，协和万国，为职任莫重焉。今乐昌侯商为丞相，出入五年，未闻忠言嘉谋，而有不忠执左道之辜，陷于大辟。前商女弟内行不修，奴贼杀人，疑商教使，为商重臣，故抑而不穷。今或言商不以自悔而反怨怼，朕甚伤之。惟商与先帝有外亲，未忍致于理。其赦商罪。使者收丞相印绶。

商免相三日，发病呕血薨，谥曰戾侯。而商子弟亲属为驸马都尉、侍中、中常侍、诸曹大夫郎吏者，皆出补吏，莫得留给事宿卫者。有司奏商罪过未决，请除国邑。有诏长子安嗣爵为乐昌侯，至长乐卫尉、光禄勋。

商死后，连年日蚀、地震，直臣京兆尹王章上封事召见，讼商忠直无罪，言凤颛权蔽主。凤竟以法诛章，语在《元后传》。至元始中，王莽为安汉公，诛不附己者，乐昌侯安见被以罪，自杀，国除。

史丹，字君仲，鲁国人也，徙杜陵。祖父恭有女弟，武帝时为卫太子良娣，产悼皇考。皇考者，孝宣帝父也。宣帝微时依倚史氏。语在《史良娣传》。及宣帝即尊位，恭已死，三子，高、曾、玄。曾、玄皆以外属旧恩封：曾为将陵侯，玄平台侯。高侍中贵幸，以发举反者大司马霍禹功封乐陵侯。宣帝疾病，拜高为大司马、车骑将军，领尚书事。帝崩，太子袭尊号，是为孝元帝。高辅政五年，乞骸骨，赐安车驷马、黄金，罢就第。薨，谥曰安侯。

自元帝为太子时，丹以父高任为中庶子，侍从十余年。元帝即位，为驸马都尉侍中，出常骖乘，甚有宠。上以丹旧臣，皇考外属，亲信之，诏丹护太子家。是时，傅昭仪子定陶共王有材艺，子母俱爱幸，而太子颇有酒色之失，母王皇后无宠。

建昭之间，元帝被疾，不亲政事，留好音乐。或置鼙鼓殿下，天子自临轩槛上，隤铜丸以擿鼓，声中严鼓之节。后宫及左右习知音者莫能为，而定陶王亦能之，上数称其材。丹进曰："凡所谓材者，敏而好学，温故知新，皇太子是也。若乃器人于丝竹鼓鼙之间，则是陈惠、李微高于匡衡，可相国也。"于是上嘿然而笑。其后，中山哀王薨，太子前吊。哀王者，帝之少弟，与太子游学相长大。上望见太子，感念哀王，悲不能自止。太子既至前，不哀。上大恨曰："安有人不慈仁而可奉宗庙为民父母者乎！"上以责谓丹。丹免冠谢上曰："臣诚见陛下哀痛中山王，至以感损。向者太子当进见，臣窃戒属毋涕泣，感伤陛下。罪乃在臣，当死。"上以为然，意乃解。丹之辅相，皆此类也。

竟宁元年，上寝疾，傅昭仪及定陶王常在左右，而皇后、太子希得进见。上疾稍侵，意忽忽不平，数问尚书以景帝时立胶东王故事。是时，太子长舅阳平侯王凤为卫尉、侍中，与皇后太子皆忧，不知所出。丹以亲密臣得侍视疾，候上间独寝时，丹直入卧内，顿首伏青蒲上，涕泣言曰："皇太子以适长立，积十余年，名号系于百姓，天下莫不归心臣子。见定陶王雅素爱幸，今者道路流言，为国生意，以为太子有动摇之议。审若此，公卿以下必以死争，不奉诏。臣愿先赐死以示群臣！"天子素仁，不忍见丹涕泣，言又切至，上意大感，喟然太息曰："吾日困劣，而太子、两王幼少，意中恋恋，亦何不念乎！然无有此议。且皇后谨慎，先帝又爱太子。吾岂可违指！驸马都尉安所受此语？"丹即却，顿首曰："愚臣妄闻，罪当死！"上因纳，谓丹曰："吾病寖加，恐不能自还。善辅道太子，毋违我意！"丹嘘唏而起。太子由是遂为嗣矣。

元帝竟崩，成帝初即位，擢丹为长乐卫尉，迁右将军，赐爵关内侯，食邑三百户，给事中，后徙左将军、光禄大夫。鸿嘉元年，上遂下诏曰："夫褒有德，赏元功，古今通义也。左将军丹往时导朕以忠正，秉义醇一，旧德茂焉。其封丹为武阳侯，国东海郯之武强聚，户千一百。"

丹为人足知，恺弟爱人，貌若傥荡不备，然心甚谨密，故尤得信于上。丹兄嗣父爵为侯，让不受分。丹尽得父财，身又食大国邑，重以旧恩，数见褒赏。赏赐累千金，僮奴以百数，后房妻妾数十人，内奢淫，好饮酒，极滋味声色之乐。为将军前后十六年，永始中病乞骸骨，上赐策曰："左将军寝病不衰，愿归治疾，朕愍以官职之事久留将军，使躬不瘳。使光禄勋赐将军黄金五十斤，安车驷马，其上将军印绶。宜专精神，务近医药，以辅不衰。"

丹归第数月薨，谥曰顷侯。有子男女二十人，九男皆以丹任并为侍中、诸曹，亲近在左右。史氏凡四侯，至卿、大夫、二千石者十余人，皆讫王莽乃绝，唯将陵侯曾无子，绝于身云。

傅喜，字稚游，河内温人也，哀帝祖母定陶傅太后从父弟。少好学问，有志行。哀帝立为太子，成帝选喜为太子庶子。哀帝初即位，以喜为卫尉，迁右将军。是时，王莽为大司马，乞骸骨，避帝外家。上既听莽退，众庶归望于喜。喜从弟孔乡侯晏亲与喜等，而女为皇后，又帝舅阳安侯丁明，皆亲以外属封。喜执谦称疾。傅太后始与政事，喜数谏之，由是傅太后不欲令喜辅政。上于是用左将军师丹代王莽为大司马，赐喜黄金百斤、上将军印绶，以光禄大夫养病。

大司空何武、尚书令唐林皆上书言："喜行义修洁，忠诚忧国，内辅之臣也，今以寝病，一旦遣归，众庶失望，皆曰傅氏贤子，以论议不合于定陶太后故退，百寮莫不为国恨之。忠臣社稷之卫，鲁以季友治乱，楚以子玉轻重，魏以无忌折冲，项以范增存亡。故楚跨有南土，带甲百万，邻国不以为难，子玉为将，则文公侧席而坐，及其死也，君臣相庆。百万之众，不如一贤，故秦行千金以间廉颇，汉散万金以疏亚父。喜立于朝，陛下之光辉，傅氏之废兴也。"上亦自重之。明年正月，乃徙师丹为大司空，而拜喜为大司马，封高武侯。

丁、傅骄奢，皆嫉喜之恭俭。又傅太后欲求称尊号，与成帝母齐尊，喜与丞相孔光、大司空师丹共执正议。傅太后大怒，上不得已，先免师丹以感动喜，喜终不顺。后数月，遂策免喜曰："君辅政出入三年，未有昭然匡朕不逮。而本朝大臣遂其奸心，咎由君焉。其上大司马印绶，就第。"傅太后又自诏丞相、御史曰："高武侯喜无功而封，内怀不忠，附下罔上，与故大司空丹同心背畔，放命圮族，亏损德化，罪恶虽在赦前，不宜奉朝请，其遣就国。"后又欲夺喜侯，上亦不听。

喜在国三岁余，哀帝崩，平帝即位，王莽用事，免傅氏官爵归故郡，晏将妻子徙合浦。

莽白太后下诏曰："高武侯喜姿性端悫，论议忠直，虽与故定陶太后有属，终不顺指从邪，介然守节，以故斥逐就国。传不云乎：'岁寒然后知松柏之后凋也'。其还喜长安，以故高安侯莫府赐喜，位特进，奉朝请。"喜虽外见褒赏，孤立忧惧，后复遣就国，以寿终。莽赐谥曰贞侯。子嗣，莽败乃绝。

赞曰：自宣、元、成、哀外戚兴者，许、史、三王、丁、傅之家，皆重侯累将，穷贵极富，见其位矣，未见其人也。阳平之王多有材能，好事慕名，其势尤盛，旷贵最久。然至于莽，亦以覆国。王商有刚毅节，废黜以忧死，非其罪也。史丹父子相继，高以重厚，位至三公。丹之辅道副主，掩恶扬美，傅会善意，虽宿儒达士无以加焉。及其历房闼，入卧内，推至诚，犯颜色，动寤万乘，转移大谋，卒成太子，安母后之位。"无言不雠，"终获忠贞之报。傅喜守节不倾，亦蒙后凋之赏。哀、平际会，祸福速哉！

卷八十三

薛宣朱博传第五十三

薛宣，字赣君，东海郯人也。少为廷尉书佐、都船狱史。后以大司农斗食属察廉，补不其丞。琅邪太守赵贡行县，见宣，甚说其能。从宣历行属县，还至府，令妻子与相见，戒曰："赣君至丞相，我两子亦中丞相史。"察宣廉，迁乐浪都尉丞。幽州刺史举茂材，为宛句令。大将军王凤闻其能，荐宣为长安令，治果有名，以明习文法诏补御史中丞。

是时，成帝初即位，宣为中丞，执法殿中，外总部刺史，上疏曰："陛下至德仁厚，哀闵元元，躬有日仄之劳，而亡佚豫之乐，允执圣道，刑罚惟中，然而嘉气尚凝，阴阳不和，是臣下未称，而圣化独有不洽者也。臣窃伏思其一端，殆吏多苛政，政教烦碎，大率咎在部刺史，或不循守条职，举错各以其意，多与郡县事，至开私门，听谗佞，以求吏民过失，谴呵及细微，责义不量力。郡县相迫促，亦内相刻，流至众庶。是故乡党阙于嘉宾之欢，九族忘其亲亲之恩，饮食周急之厚弥衰，送往劳来之礼不行。夫人道不通，则阴阳否隔，和气不兴，未必不由此也。《诗》云：'民之失德，乾餱以愆。'鄙语曰：'苛政不亲，烦苦伤恩。'方刺史奏事时，宜明申敕，使昭然知本朝之要务。臣愚不知治道，唯明主察焉。"上嘉纳之。

宣数言政事便宜，举奏部刺史郡国二千石，所贬退称进，白黑分明，由是知名。出为临淮太守，政教大行。会陈留郡有大贼废乱，上徙宣为陈留太守，盗贼禁止，吏民敬其威信。入守左冯翊，满岁称职为真。

始高陵令杨湛、栎阳令谢游皆贪猾不逊，持郡短长，前二千石数案不能竟。及宣视事，诣府谒，宣设酒饭与相对，接待甚备。已而阴求其罪臧，具得所受取。宣察湛有改节敬宣之效，乃手自牒书，条其奸臧，封与湛曰："吏民条言君如牒，或议以为疑于主守盗。冯翊敬重令，又念十金法重，不忍相暴章。故密以手书相晓，欲君自图进退，可复伸眉于后。即无其事，复封还记，得为君分明之。"湛自知罪臧皆应记，而宣辞语温润，无伤害意。湛即时解印绶付吏，为记谢宣，终无怨言。而栎阳令游自以大儒有名，轻宣。宣独移书显，责之曰："告栎阳令：吏民言令治行烦苛，適罚作使千人以上；贼取钱财数十万，给为非法；卖买听任富吏，贾数不可知。证验以明白，欲遣吏考案，恐负举者，耻辱儒士，故使掾平镌令。孔子曰：'陈力就列，不能者止。'令详思之，方调守。"游得檄，亦解印绶去。

又频阳县北当上郡、西河，为数郡凑，多盗贼。其令平陵薛恭本县孝者，功次稍迁，未尝治民，职不办。而粟邑县小，辟在山中，民谨朴易治。令巨鹿尹赏久郡用事吏，为楼烦长，举茂材，迁在粟。宣即以令奏赏与恭换县。二人视事数月，而两县皆治。宣因移书劳勉之曰："昔孟公绰优于赵魏而不宜滕薛，故或以德显，或以功举，'君子之道，焉可怃也！'属县各有贤君，冯翊垂拱蒙成。愿勉所职，卒功业。"

宣得郡中吏民罪名，辄召告其县长吏，使自行罚。晓曰："府所以不自发举者，不欲代县治，夺贤令长名也。"长吏莫不喜惧，免冠谢宣归恩受戒者。宣为吏赏罚明，用法平而必行，所居皆有条教可纪，多仁恕爱利。池阳令举廉吏狱掾王立，府未及召，闻立受囚家钱。宣责让县，县案验狱掾，乃其妻独受系者钱万六千，受之再宿，狱掾实不知。掾惭恐自杀。宣闻之，移书池阳曰："县所举廉吏狱掾王立，家私受赇，而立不知，杀身以自明。立诚廉士，甚可闵惜！其以府决曹掾书立之柩，以显其魂。府掾史素与立相知者，皆予送葬。"及日至休吏，贼曹掾张扶独不肯休，坐曹治事。宣出教曰："盖礼贵和，人道尚通。日至，吏以令休，所繇来久。曹虽有公职事，家亦望私恩意。掾宜从众，归对妻子，设酒肴，请邻里，一笑相乐，斯亦可矣！"扶惭愧。官属善之。

宣为人好威仪，进止雍容，甚可观也。性密静有思，思省吏职，求其便安。下至财用笔研，皆为设方略，利用而省费。吏民称之，郡中清静。迁为少府，共张职办。

月余，御史大夫于永卒，谷永上疏曰：

帝王之德莫大于知人，知人则百僚任职，开工不旷。故皋陶曰："知人则哲，能官人。"御史大夫内承本朝之风化，外佐丞相统理天下，任重职大，非庸材所能堪。今当选于群卿，以充其缺。得其人则万姓欣喜，百僚说服；不得其人则大职堕斁，王功不兴。虞帝之明，在兹一举，可不致详！窃见少府宣，材茂行洁，达于从政，前为御史中丞，执宪毂下，不吐刚茹柔，举错时当；出守临淮、陈留，二郡称治；为左冯翊，崇教养善，威德并行，众职修理，奸轨绝息，辞讼者历年不至丞相府，赦后余盗贼什分三辅之一。功效卓尔，自左内史初置以来未尝有也。孔子曰："如有所誉，其有所试。"宣考绩功课，简在两府，不敢过称以奸欺诬之罪。臣闻贤材莫大于治人，宣已有效。其法律任廷尉有余，经术文雅足以谋王体，断国论；身兼数器，有"退食自公"之节。宣无私党游说之助，臣恐陛下忽于《羔羊》之诗，舍公实之臣，任华虚之誉，是用越职，陈宣行能，唯陛下留神考察。

上然之，遂以宣为御史大夫。

数月，代张禹为丞相，封高阳侯，食邑千户。宣除赵贡两子为史。贡者，赵广汉之兄子也，为吏亦有能名。宣为相，府辞讼例不满万钱不为移书，后皆遵用薛侯故事。然官属讥其烦碎无大体，不称贤也。时天子好儒雅，宣经术又浅，上亦轻焉。

久之，广汉郡盗贼群起，丞相、御史遣掾史逐捕不能克。上乃拜河东都尉赵护为广汉太守，以军法从事。数月，斩其渠帅郑躬，降者数千人，乃平。会邛成太后崩，丧事仓卒，吏赋敛以趋办。其后上闻之，以过丞相御史，遂册免宣曰："君为丞相，出入六年，忠孝之行，率先百僚，朕无闻焉。朕既不明，变异数见，岁比不登，仓廪空虚，百姓饥馑，流离道路，疾疫死者以万数，人至相食，盗贼并兴，群职旷废，是朕之不德而股肱不良也。乃者广汉群盗横恣，残贼吏民，朕恻然伤之，数以问君，君对辄不如其实。西州隔绝，几不为郡。三辅赋敛无度，酷吏并缘为奸，侵扰百姓，诏君案验，复无欲得事实之意。九卿以下，咸承风指，同时陷于谩欺之辜，咎由君焉！有司法君领职解嫚，开谩欺之路，伤薄风化，无以帅示四方。不忍致君于理，其上丞相、高阳侯印绶，罢归。"

初，宣为丞相，而翟方进为司直。宣知方进名儒，有宰相器，深结厚焉。后方进竟代为丞相，思宣旧恩，宣免后二岁，荐宣明习文法，练国制度，前所坐过薄，可复进用。上征宣，复爵高阳侯，加宠特进，位次师安昌侯，给事中，视尚书事。宣复尊重。任政数年，后坐善定陵侯淳于长罢就第。初，宣有两弟，明、修，明至南阳太守；修历郡守、京兆尹、少府，善交接，得州里之称。后母常从修居官。宣为丞相时，修为临菑令，宣迎后母，修不遣。后母病死，修去官持服。宣谓修三年服少能行之者，兄弟相驳不可，修遂竟服，由是兄弟不和。

久之，哀帝初即位，博士申咸给事中，亦东海人也，毁宣不供养行丧服，薄于骨肉，前以不忠孝免，不宜复列封侯在朝省。宣子况为右曹侍郎，数闻其语，赇客杨明，欲令创咸面目，使不居位。会司隶缺，况恐咸为之。遂令明遮斫咸宫门外，断鼻唇，身八创。事下有司，御史中丞众等奏："况朝臣，父故宰相，再封列侯，不相敕丞化，而骨肉相疑，疑咸受修言以谤毁宣。咸所言皆宣行迹，众人所共见，公家所宜闻。况知咸给事中，恐为司隶举奏宣，而公令明等迫切宫阙，要遮创戮近臣于大道人众中，欲以隔塞聪明，杜绝论议之端。桀黠无所畏忌，万众讙哗，流闻四方，不与凡民忿怒争斗者同。臣闻敬近臣，为近主也。礼，下公门，式路马，君畜产且犹敬之。《春秋》之义，意恶功遂，不免于诛，上浸之源不可长也。况首为恶，明手伤，功意俱恶，皆大不敬。明当以重论，及况皆弃市。"廷尉直以为："律曰'斗以刃伤人，完为城旦，其贼加罪一等，与谋者同罪。'诏书无以诋欺成罪。传曰:'遇人不以义而见疻者，与痏人之罪钧，恶不直也。'咸厚善修，而数称宣恶，流闻不谊，不可谓直。况以故伤咸，计谋已定，后闻置司隶，因前谋而趣明，非以恐咸为司隶故造谋也。本争私变，虽于掖门外伤咸道中，与凡民争斗无异，杀人者死，伤人者刑，古今之通道，三代所不易也。孔子曰：'必也正名。'名不正，则至于刑罚不中；刑罚不中，而民无所错手足。今以况为首恶，明手伤为大不敬，公私无差。《春秋》之义，原心定罪。原况以父见谤发忿怒，无它大恶。加诋欺，辑小过成大辟，陷死刑，违明诏，恐非法意，不可施行。圣王不以怒增刑。明当以贼伤人不直，况与谋者皆爵减完为城旦。"上以问公卿议臣。丞相孔光、大司空师丹以中丞议是，自将军以下至博士、议郎皆是廷尉。况竟减罪一等，徙敦煌。宣坐免为庶人，归故郡，卒于家。

宣子惠亦至二千石。始惠为彭城令，宣从临淮迁至陈留，过其县，桥梁、邮亭不修。宣心知惠不能，留彭城数日，案行舍中，处置什器，观视园菜，终不问惠以吏事。惠自知治县不称宣意，遣门下掾送宣至陈留，令掾进见，自从其所问宣不教戒惠吏职之意。宣笑曰:"吏道以法令为师，可问而知。及能与不能，自有资材，何可学也？"众人传称，以宣言为然。

初，宣后封为侯时，妻死，而敬武长公主寡居，上令宣尚焉。及宣免归故郡，公主留京师。后宣卒，主上书愿还宣葬延陵，奏可。况私从敦煌归长安，会赦，因留与主私乱。哀帝外家丁、傅贵，主附事之。而疏王氏。元始中，莽自尊为安汉公，主又出言非莽。而况与吕宽相善，及宽事觉时，莽并治况，发扬其罪，使使者以太皇太后诏赐主药。主怒曰："刘氏孤弱，王氏擅朝，排挤宗室，且嫂何与取妹披抉其闺门而杀之？”使者迫守主，遂饮药死。况枭首于市。白太后云主暴病薨。太后欲临其丧，莽固争，乃止。

朱博，字子元，杜陵人也。家贫，少时给事县为亭长，好客少年，捕搏敢行。稍迁为功曹，伉侠好交，随从士大夫，不避风雨。是时，前将军望之子萧育、御史大夫万年子陈咸以公卿子著材知名，博皆友之矣。时诸陵县属太常，博以太常掾察廉，补安陵丞。后去官入京兆，历曹史列掾，出为督邮书掾，所部职办，郡中称之。

而陈咸为御史中丞，坐漏泄省中语下狱。博去吏，间步至廷尉中，候伺咸事。咸掠治困笃，博诈得为医入狱，得见咸，具知其所坐罪。博出狱，又变姓名，为咸验治数百，卒免咸死罪。咸得论出，而博以此显名，为郡功曹。

久之，成帝即位，大将军王凤秉政，奏请陈咸为长史。咸荐萧育、朱博除莫府属，凤甚奇之，举博栎阳令，徙云阳、平陵三县，以高弟入为长安令。京师治理，迁冀州刺史。

博本武吏，不更文法，及为刺史行部，吏民数百人遮道自言，官寺尽满。从事白请且留此县录见诸自言者，事毕乃发，欲以观试博。博心知之，告外趣驾。既白驾办，博出就车见自言者，使从事明敕告吏民：“欲言县丞尉者，刺史不察黄绶，各自诣郡。欲言二千石墨绶长吏者，使者行部还，诣治所。其民为吏所冤，及言盗贼辞讼事，各使属其部从事。”博驻车决遣，四五百人皆罢去，如神。吏民大惊，不意博应事变乃至于此。后博徐问，果老从事教民聚会。博杀此吏，州郡畏博威严。徙为并州刺史、护漕都尉，迁琅邪太守。

齐郡舒缓养名，博新视事，右曹掾史皆移病卧。博问其故，对言：“惶恐！故事二千石新到，辄遣吏存问致意，乃敢起就职。”博奋髯抵几曰：“观齐儿欲以此为俗邪！”乃召见曹史书佐及县大吏，选视其可用者，出教置之。皆斥罢诸病吏，白巾走出府门。郡中大惊。顷之，门下掾赣遂耆老大儒，教授数百人，拜起舒迟。博出教主簿：“赣老生不习吏礼，主簿且教拜起，闲习乃止。”又敕功曹：“官属多褒衣大袑，不中节度，自今掾史衣皆令去地三寸。”博尤不爱诸生，所至郡辄罢去议曹，曰：“岂可复置谋曹邪！”文学儒吏时有奏记称说云云，博见谓曰：“如太守汉吏，奉三尺律令以从事耳，亡奈生所言圣人道何也！且持此道归，尧、舜君出，为陈说之。”其折逆人如此。视事数年，大改其俗，掾史礼节如楚、赵吏。

博治郡，常令属县各用其豪桀以为大吏，文武从宜。县有剧贼及它非常，博辄移书以诡责之。其尽力有效，必加厚赏；怀诈不称，诛罚辄行。以是豪强慹服。姑幕县有群辈八人报仇廷中，皆不得。长吏自系书言府，贼曹掾史自白请至姑幕。事留不出。功曹诸掾即皆自白，复不出。于是府丞诣阁，博乃见丞掾曰：“以为县自有长吏，府未尝与也，丞掾谓府当与之邪？”阁下书佐入，博口占檄文曰：“府告姑幕令丞：言贼发不得，有书。檄到，令丞就职，游徼王卿力有余，如律令！”王卿得敕惶怖，亲属失色，昼夜驰骛，十余日间捕得五人。博复移书曰：“王卿忧公甚效！檄到，赍伐阅诣府。部掾以下亦可用，渐尽其余矣。”其操持下，皆此类也。

以高弟入守左冯翊，满岁为真。其治左冯翊，文理聪明殊不及薛宣，而多武谲，网络张设，少爱利，敢诛杀。然亦纵舍，时有大贷，下吏以此为尽力。

长陵大姓尚方禁少时尝盗人妻，见斫，创著其颊。府功曹受赂，白除禁调守尉。博闻知，以它事召见，视其面，果有瘢。博辟左右问禁：“是何等创也？”禁自知情得，叩头服状。博笑曰：“大丈夫固时有是。冯翊欲洒卿耻，抆拭用禁，能自效不？”禁且喜且惧，对曰：“必死！”博因敕禁：“毋得泄语，有便宜，辄记言。”因亲信之以为耳目。禁晨夜发起部中盗贼及它伏奸，有功效。博擢禁连守县令。久之，召见功曹，闭阁数责以禁等事，与笔札使自记，“积受取一钱以上，无得有所匿。欺谩半言，断头矣！”功曹惶怖，具自疏奸臧，大小不敢隐。博知其对以实，乃令就席，受敕自改而已。投刀使削所记，遣出就职。功曹后常战栗，不敢蹉跌，博遂成就之。

迁为大司农。岁余，坐小法，左迁犍为太守。先是，南蛮若儿数为寇盗，博厚结其昆弟，使为反间，袭杀之，郡中清。徙为山阳太守，病免官。复征为光禄大夫，迁廷尉，职典决疑，当谳平天下狱。博恐为官属所诬，视事，召见正监典法掾史，谓曰：“廷尉本起于武吏，不通法律，幸有众贤，亦何忧！然廷尉治郡断狱以来且二十年，亦独耳剽日久，三尺律令，人事出其中。掾史试与正监共撰前世决事吏议难知者数十事，持以问廷尉，得为诸君覆意之。”正监以为博苟强，意未必能然，即共条白焉。博皆召掾史，并坐而问，为平处其轻重，十中八九。官属咸服博之疏略，材过人也。每迁徙易官，所到辄出奇谲如此，以明示下为不可欺者。久之，迁后将军，与红阳侯立相善。立有罪就国，有司奏立党友，博坐免。后岁余，哀帝即位，以博名臣，召见，起家复为光禄大夫，迁为京兆尹，数月超为大司空。

初，汉兴袭秦官，置丞相、御史大夫、太尉。至武帝罢太尉，始置大司马以冠将军之号，非有印绶官属也。及成帝时，何武为九卿，建言：“古者民朴事约，国之辅佐必得贤圣，然犹则天三光，备三公官，各有分职。今末俗之弊，政事烦多，宰相之材不能及古，而丞相独兼三公之事，所以久废而不治也。宜建三公官，定卿大夫之任，分职授政，以考功效。”其后上以问师安昌侯张禹，禹以为然。时曲阳侯王根为大司马票骑将军，而何武为御史大夫。于是上赐曲阳侯根大司马印绶，置官属，罢票骑将军官，以御史大夫何武为大司空，封列侯，皆增奉如丞相，以备三公官焉。议者多以为古今异制，汉自天子之号下至佐史皆不同于古，而独改三公，职事难分明，无益于治乱。是时，御史府吏舍百余区井水皆竭；又其府中列柏树，常有野乌数千栖宿其上，晨去暮来，号曰“朝夕乌”，乌去不来者数月，长老异之。后二岁余，朱博为大司空，奏言：“帝王之道不必相袭，各由时务。高皇帝以圣德受命，建立鸿业，置御史大夫，位次丞相，典正法度，以职相参，总领百官，上下相监临，历载二百年，天下安宁。今更为大司空，与丞相同位，未获嘉祐。故事，选郡国守相高第为中二千石，选中二千石为御史大夫，任职者为丞相，位次有序，所以尊圣德，重国相也。今中二千石未更御史大夫而为丞相，权轻，非所以重国政也。臣愚以为大司空官可罢，复置御史大夫，遵奉旧制。臣愿尽力，以御史大夫为百僚率。”哀帝从之，乃更拜博为御史大夫。会大司马喜免，以阳安侯丁明为大司马卫将军，置官属，大司马冠号如故事。后四岁，哀帝遂改丞相为大司徒，复置大司空、大司马焉。

初，何武为大司空，又与丞相方进共奏言：“古选诸侯贤者以为州伯，《书》曰‘咨十有二牧’，所以广聪明，烛幽隐也。今部刺史居牧伯之位，秉一州之统，选第大吏，所荐位高至九卿，所恶立退，任重职大。《春秋》之义，用贵治贱，不以卑临尊。刺史位下大夫，而临二千石，轻重不相准，失位次之序。臣请罢刺史，更置州牧，以应古制。”奏可。及博奏复御史大夫官，又奏言：“汉家至德溥大，宇内万里，立置郡县。部刺史奉使典州，督察郡国，吏民安宁。故事，居部九岁举为守相，其有异材功效著者辄登擢，秩卑而赏厚，咸劝功乐进。前丞相方进奏罢刺史，更置州牧，秩真二千石，位次九卿。九卿缺，以高第补，其中材则苟自守而已，恐功效陵夷，奸轨不禁。臣请罢州牧，置刺史如故。”奏可。

博为人廉俭，不好酒色游宴。自微贱至富贵，食不重味，案上不过三杯，夜寝早起，妻希见其面。有一女，无男。然好乐士大夫，为郡守九卿，宾客满门，欲仕宦者荐举之，欲报仇怨者解剑以带之。其趋事待士如是，博以此自立，然终用败。

初，哀帝祖母定陶太后欲求称尊号，太后从弟高武侯傅喜为大司马，与丞相孔光、大司空师丹共持正议。孔乡侯傅晏亦太后从弟，谄谀欲顺指，会博新征用为京兆尹，与交结，谋成尊号，以广孝道。由是师丹先免，博代为大司空，数燕见奏封事，言："丞相光志在自守，不能忧国；大司马喜至尊至亲，阿党大臣，无益政治。"上遂罢喜遣就国，免光为庶人，以博代光为丞相，封阳乡侯，食邑二千户。博上书让曰："故事，封丞相不满千户，而独臣过制，诚惭惧，愿还千户。"上许焉。傅太后怨傅喜不已，使孔乡侯晏风丞相，令奏免喜侯。博受诏，与御史大夫赵玄议，玄言："事已前决，得无不宜？"博曰："已许孔乡侯有指。匹夫相要，尚相得死，何况至尊？博唯有死耳！"玄即许可。博恶独斥奏喜，以故大司空氾乡侯何武前亦坐过免就国，事与喜相似，即并奏："喜、武前在位，皆无益于治，虽已退免，爵土之封非所当得也。请皆免为庶人。"上知傅太后素常怨喜，疑博、玄承指，即召玄诣尚书问状。玄辞服，有诏左将军彭宣与中朝者杂问。宣等劾奏："博宰相，玄上卿，晏以外亲封位特进，股肱大臣，上所信任，不思竭诚奉公，务广恩化，为百寮先，皆知喜、武前已蒙恩诏决，事更三赦，博执左道，亏损上恩，以结信贵戚，背君乡臣，倾乱政治，奸人之雄，附下罔上，为臣不忠不道；玄知博所言非法，枉义附从，大不敬；晏与博议免喜，失礼不敬。臣请诏谒者召博、玄、晏诣廷尉诏狱。"

制曰："将军、中二千石、二千石、诸大夫、博士、议郎议。"右将军蟜望等四十四人以为："如宣等言，可许。"谏大夫龚胜等十四人以为："《春秋》之义，奸以事君，常刑不舍。鲁大夫叔孙侨如欲颛公室，谮其族兄季孙行父于晋，晋执囚行父以乱鲁国，《春秋》重而书之。今晏放命圮族，干乱朝政，要大臣以罔上，本造计谋，职为乱阶，宜与博、玄同罪，罪皆不道。"上减玄死罪三等，削晏户四分之一，假谒者节召丞相诣廷尉诏狱。博自杀，国除。

初，博以御史为丞相，封阳乡侯，玄以少府为御史大夫，并拜于前殿，延登受策，有音如钟声。语在《五行志》。

赞曰：薛宣、朱博皆起佐史，历位以登宰相。宣所在而治，为世吏师，及居大位，以苛察失名，器诚有极也。博驰骋进取，不思道德，已亡可言，又见孝成之世委任大臣，假借用权。世主已更，好恶异前，复附丁、傅称顺孔乡。事发见诘，遂陷诬罔，辞穷情得，仰药饮鸩。孔子曰："久矣哉，由之行诈也！"博亦然哉！

卷八十四

翟方进传第五十四

翟方进，字子威，汝南上蔡人也。家世微贱，至方进父翟公，好学，为郡文学。方进年十二三，失父孤学，给事太守府为小史，号迟顿不及事，数为掾史所詈辱。方进自伤，乃从汝南蔡父相问己能所宜。蔡父大奇其形貌，谓曰："小史有封侯骨，当以经术进，努力为诸生学问。"方进既厌为小史，闻蔡父言，心喜，因病归家，辞其后母，欲西至京师受经。母怜其幼，随之长安，织屦以给。方进读经博士，受《春秋》。积十余年，经学明习，徒众日广，诸儒称之。以射策甲科为郎。二三岁，举明经，迁议郎。

是时，宿儒有清河胡常，与方进同经。常为先进，名誉出方进下，心害其能，论议不右方进。方进知之，候伺常大都授时，遣门下诸生至常所问大义疑难，因记其说。如是者久之，常知方进之宗让己，内不自得，其后居士大夫之间未尝不称述方进，遂相亲友。

河平中，方进转为博士。数年，迁朔方刺史，居官不烦苛，所察应条辄举，甚有威名。再三奏事，迁为丞相司直。从上甘泉，行驰道中，司隶校尉陈庆劾奏方进，没入车马。既至甘泉宫，会殿中，庆与廷尉范延寿语，时庆有章劾，自道："行事以赎论，今尚书持我事来，当于此决。前我为尚书时，尝有所奏事，忽忘之，留月余。"方进于是举劾庆曰："案庆奉使刺举大臣，故为尚书，知机事周密一统，明主躬亲不解。庆有罪未伏诛，无恐惧心，豫自设不坐之比。又暴扬尚书事，言迟疾无所在，亏损圣德之聪明，奉诏不谨，皆不敬，臣谨以劾。"庆坐免官。

会北地浩商为义渠长所捕，亡，长取其母，与豭猪连系都亭下。商兄弟会宾客，自称司隶掾、长安县尉，杀义渠长妻子六人，亡。丞相、御史请遣掾史与司隶校尉、部刺史并力逐捕，察无状者，奏可。司隶校尉涓勋奏言："《春秋》之义，王人微者序乎诸侯之上，尊王命也。臣幸得奉使，以督察公卿以下为职，今丞相宣请遣掾史，以宰士督察天子奉使命大夫，甚悖逆顺之理。宣本不师受经术，因事以立奸威，案浩商所犯，一家之祸耳，而宣欲专权作威，乃害于国，不可之大者。愿下中朝特进列侯、将军以下，正国法度。"议者以为，丞相掾不宜移书督趣司隶。会浩商捕得伏诛，家属徙合浦。

故事，司隶校尉位在司直下，初除，谒两府，其有所会，居中二千石前，与司直并迎丞相、御史。初，方进新视事，而涓勋亦初拜为司隶，不肯谒丞相、御史大夫，后朝会相见，礼节又倨。方进阴察之，勋私过光禄勋辛庆忌，又出逢帝舅成都侯商道路，下车立，瑟过，乃就车。于是方进举奏其状，因曰："臣闻国家之兴，尊尊而敬长，爵位上下之礼，王道纲纪。《春秋》之义，尊上公谓之宰，海内无不统焉。丞相进见圣主，御坐为起，在舆为下。群臣宜皆承顺圣化，以视四方。勋吏二千石，幸得奉使，不遵礼仪，轻谩宰相，贱易上卿，而又诎节失度，邪谄无常，色厉内荏。堕国体，乱朝廷之序，不宜处位。臣请下丞相免勋。"

时，太中大夫平当给事中奏言："方进国之司直，不自敕正以先群下，前亲犯令行驰道中，司隶庆平心举劾，方进不自责悔而内挟私恨，伺记庆之从容语言，以诋欺成罪。后丞相宣以一不道贼，请遣掾督趣司隶校尉，司隶校尉勋自奏暴于朝廷，今方进复举奏勋。议者以为方进不以道德辅正丞相，苟阿助大臣，欲必胜立威，宜抑绝其原。勋素行公直，奸人所恶，可少宽假，使遂其功名。"上以方进所举应科，不得用逆诈废正法，遂贬勋为昌陵令。方进旬岁间免两司隶，朝廷由是惮之。丞相宣甚器重焉，常诫掾史："谨事司直，翟君必在相位，不久。"

是时，起昌陵，营作陵邑，贵戚近臣子弟宾客多辜榷为奸利者，方进部掾史复案，发大奸赃数千万。上以为任公卿，欲试以治民，徙方进为京兆尹，搏击豪强，京师畏之。时，胡常为青州刺史，闻之，与方进书曰："窃闻政令甚明，为京兆能，则恐有所不宜。"方进心知所谓，其后少弛威严。

居官三岁，永始二年迁御史大夫。数月，会丞相薛宣坐广汉盗贼群起及太皇太后丧时三辅吏并征发为奸，免为庶人。方进亦坐为京兆尹时奉丧事烦扰百姓，左迁执金吾。二十余日，丞相官缺，群臣多举方进，上亦器其能，遂擢方进为丞相，封高陵侯，食邑千户。身既富贵，而后母尚在，方进内行修饰，供养甚笃。及后母终，既葬三十六日，除服起视事，以为身备汉相，不敢逾国家之制。为相公洁，请托不行郡国。持法刻深，举奏牧守九卿，峻文深诋，中伤者尤多。如陈咸、朱博、萧育、逢信、孙闳之属，皆京师世家，以材能少历牧守列卿，知名当世，而方进特立后起，十余年间至宰相，据法以弹咸等，皆罢退之。

初，咸最先进，自元帝初为御史中丞显名朝廷矣。成帝初即位，擢为部刺史，历楚国、北海、东郡太守。阳朔中，京兆尹王章讥切大臣，而荐琅邪太守冯野王可代大将军王凤辅政，东郡太守陈咸可御史大夫。是时，方进甫从博士为刺史云。后方进为京兆尹，咸从南阳太守入为少府，与方进厚善。先是，逢信已从高第郡守历京兆、太仆为卫尉矣，官簿皆在方进之右。及御史大夫缺，三人皆名卿，俱在选中，而方进得之。会丞相宣有事与方进相连，上使五二千石杂问丞相、御史，咸诘责方进，冀得其处，方进心恨。初，大将军凤奏除陈汤为中郎，与从事。凤薨后，从弟车骑将军音代凤辅政，亦厚汤。逢信、陈咸皆与汤善，汤数称之于凤、音所。久之，音薨，凤弟成都侯商复为大司马卫将军，辅政。商素憎陈汤，白其罪过，下有司案验，遂免汤，徙敦煌。时，方进新为丞相，陈咸内惧不安，乃令小冠杜子夏往观其意，微自解说。子夏既过方进，揣知其指，不敢发言。居亡何，方进奏咸与逢信："邪枉贪污，营私多欲。皆知陈汤奸佞倾覆，利口不轨，而亲交赂遗，以求荐举。后为少府，数馈遗汤。信、咸幸得备九卿，不思尽忠正身，内自知行辟亡功效，而官媚邪臣，欲以徼幸，苟得亡耻。孔子曰：'鄙夫可与事君也与哉！'咸、信之谓也。过恶暴见，不宜处位，臣请免以示天下。"奏可。

后二岁余，诏举方正直言之士，红阳侯立举咸对策，拜为光禄大夫给事中。方进复奏："咸前为九卿，坐为贪邪免，自知罪恶暴陈，依托红阳侯立徼幸，有司莫敢举奏。冒浊苟容，不顾耻辱，不当蒙方正举，备内朝臣。"并劾红阳侯立选举故不以实。有诏免咸，勿劾立。

后数年，皇太后姊子侍中卫尉定陵侯淳于长有罪，上以太后故，免官勿治罪。有司奏请遣长就国，长以金钱与立，立上封事为长求留曰："陛下既托文以皇太后故，诚不可更有它计。"后长阴事发，遂下狱。方进劾立："怀奸邪，乱朝政，欲倾误要主上，狡猾不道，请下狱。"上曰："红阳侯，朕之舅，不忍致法，遣就国。"于是方进复奏立党友曰："立素行积为不善，众人所共知。邪臣自结，附托为党，庶几立与政事，欲获其利。今立斥逐就国，所交结尤著者，不宜备大臣，为郡守。案后将军朱博、钜鹿太守孙闳、故光禄大夫陈咸与立交通厚善，相与为腹心，有背公死党之信，欲相攀援，死而后已；皆内有不仁之性，而外有俊材，过绝于人伦，勇猛果敢，处事不疑，所居皆尚残贼酷虐，苛刻惨毒以立威，而亡纤介爱利之风。天下所共知，愚者犹惑。孔子曰：'人而不仁如礼何！人而不仁如乐何！'言不仁之人，亡所施用；不仁而多材，国之患也。此三人皆内怀奸猾，国之所患，而深相与结，信于贵戚奸臣，此国家大忧，大臣所宜没身而争也。昔季孙行父有言曰：'见有善于君者爱之，若孝子之养父母也；见不善者诛之，若鹰鹯之逐鸟爵也。'翅翼虽伤，不避也。贵戚强党之众诚难犯，犯之，众敌并怨，善恶相冒。臣幸得备宰相，不敢不尽死。请免博、闳、咸归故郡，以销奸雄之党，绝群邪之望。"奏可。咸既废锢，复徙故郡，以忧发疾而死。

方进知能有余，兼通文法吏事，以儒雅缘饬法律，号为通明相，天子甚器重之，奏事亡不当意，内求人主微指以固其位。初，定陵侯淳于长虽外戚，然以能谋议为九卿，新用事，方进独与长交，称荐之。及长坐大逆诛，诸所厚善皆坐长免，上以方进大臣，又素重之，为隐讳。方进内惭，上疏谢罪乞骸骨。上报曰："定陵侯长已伏其辜，君虽交通，传不云乎？'朝过夕改，君子与之'，君何疑焉？其专心一意毋怠，近医药以自持。"方进乃起视事，条奏长所厚善京兆尹孙宝、右扶风萧育，刺史二千石以上免二十余人，其见任如此。

方进虽受《穀梁》，然好《左氏传》、天文星历，其《左氏》则国师刘歆，星历则长安令田终术师也。厚李寻，以为议曹。为相九岁，绥和二年春荧惑守心，寻奏记言："应变之权，君侯所自明。往者数白，三光垂象，变动见端，山川水泉，反理视患，民人讹谣，斥事感名。三者既效，可为寒心。今提扬眉，矢贯中，狼奋角，弓且张，金历库，土逆度，辅湛没，火守舍，万岁之期，近慎朝暮。上无恻怛济世之功，下无推让避贤之效，欲当大位，为具臣以全身，难矣！大责日加，安得但保斥逐之戮？阖府三百余人，唯君侯择其中，与尽节转凶。"

方进忧之，不知所出。会郎贲丽善为星，言大臣宜当之。上乃召见方进。还归，未及引决，上遂赐册曰："皇帝问丞相：君有孔子之虑，孟贲之勇，朕嘉与君同心一意，庶几有成。惟君登位，于今十年，灾害并臻，民被饥饿，加以疾疫溺死，关门牡开，失国守备，盗贼党辈。吏民残贼，殴杀良民，断狱岁岁多前。上书言事，交错道路，怀奸朋党，相为隐蔽，皆亡忠虑，群下凶凶，更相嫉妒，其咎安在？观君之治，无欲辅朕富民便安元元之念。间者郡国谷虽颇孰，百姓不足者尚众，前去城郭，未能尽还，夙夜未尝忘焉，朕惟往时之用，与今一也，百僚用度各有数。君不量多少，一听群下言，用度不足，奏请一切增赋，税城郭堧及园田，过更，算马牛羊，增益盐铁，变更无常。朕既不明，随奏许可，后议者以为不便，制诏下君，君云卖酒醪。后请止，未尽月复奏议令卖酒醪。朕诚怪君，何持容容之计，无忠固意，将何以辅朕帅道群下？而欲久蒙显尊之位，岂不难哉！传曰：'高而不危，所以长守贵也；欲退君位，尚未忍。君其孰念详计，塞绝奸原，忧国如家，务便百姓以辅朕。朕既已改，君其自思，强食慎职。使尚书令赐君上尊酒十石，养牛一，君审处焉。"

方进即日自杀。上秘之，遣九卿册赠以丞相、高陵侯印绶，赐乘舆秘器，少府供张，柱槛皆衣素。天子亲临吊者数至，礼赐异于它相故事。谥曰恭侯。长子宣嗣。

宣，字太伯，亦明经笃行，君子人也。及方进在，为关都尉、南郡太守。

少子曰义。义，字文仲，少以父任为郎，稍迁诸曹，年二十出为南阳都尉。宛令刘立与曲阳侯为婚，又素著名州郡，轻义年少。义行太守事，行县至宛，丞相史在传舍。立持酒肴谒丞相史，对饮未讫，会义亦往，外吏白都尉方至，立语言自若。须臾义至，内谒径入，立乃走下。义既还，大怒，阳以他事召立至，以主守盗十金，贼杀不辜，部掾夏恢等收缚立，传送邓狱。恢亦以宛大县，恐见篡夺，白义可因随后行县送邓。义曰："欲令都尉自送，则如勿收邪！'载环宛市乃送，吏民不敢动，威震南阳。

立家轻骑驰从武关入语曲阳侯，曲阳侯白成帝，帝以问丞相。方进遣吏敕义出宛令。宛令已出，吏还白状。方进曰："小儿未知为吏也，其意以为入狱当辄死矣。"

后义坐法免，起家而为弘农太守，迁河内太守、青州牧。所居著名，有父风烈。徙为东郡太守。数岁，平帝崩，王莽居摄，义心恶之，乃谓姊子上蔡陈丰曰："新都侯摄天子位，号令天下，故择宗室幼稚者以为孺子，依托周公辅成王之义，且以观望，必代汉家，其渐可见。方今宗室衰弱，外无强蕃，天下倾首服从，莫能亢捍国难。吾幸得备宰相子，身守大郡，父子受汉厚恩，义当为国讨贼，以安社稷。欲举兵西诛不当摄者，选宗室子孙辅而立之。设令时命不成，死国埋名，犹可以不惭于先帝。今欲发之，乃肯从我乎？"丰年十八，勇壮，许诺。

义遂与东郡都尉刘宇、严乡侯刘信、信弟武平侯刘璜结谋。及东郡王孙庆素有勇略，以明兵法，征在京师，义乃诈移书以重罪传逮庆。于是以九月都试日斩观令，因勒其车骑材官士，募郡中勇敢，部署将帅。严乡侯信者，东平王云子也。云诛死，信兄开明嗣为王，薨，无子，而信子匡复立为王，故义举兵并东平，立信为天子。义自号大司马柱天大将军，以东平王傅苏隆为丞相，中尉皋丹为御史大夫，移檄郡国，言莽鸩杀孝平皇帝，矫摄尊号，今天子已立，共行天罚。郡国皆震，比至山阳，众十余万。

莽闻之，大惧，乃拜其党亲轻车将军成武侯孙建为奋武将军，光禄勋成都侯王邑为虎牙将军，明义侯王骏为强弩将军，春王城门校尉王况为震威将军，宗伯忠孝侯刘宏为奋冲将军，中少府建威侯王昌为中坚将军，中郎将震羌侯窦兄为奋威将军，凡七人，自择除关西人为校尉军吏，将关东甲卒，发奔命以击义焉。复以太仆武让为积弩将军屯函谷关，将作大匠蒙乡侯逯并为横野将军屯武关，羲和红休侯刘歆为扬武将军屯宛，太保后丞丞阳侯甄邯为大将军屯霸上，常乡侯王恽为车骑将军屯平乐馆，骑都尉王晏为建威将军屯城北，城门校尉赵恢为城门将军，皆勒兵自备。

莽日抱孺子会群臣而称曰："昔成王幼，周公摄政，而管、蔡挟禄父以畔，今翟义亦挟刘信而作乱。自古大圣犹惧此，况臣莽之斗筲！"群臣皆曰："不遭此变，不章圣德。"莽于是依《周书》作《大诰》，曰：

> 惟居摄二年十月甲子，摄皇帝若曰：大诰道诸侯王、三公、列侯于汝卿、大夫、元士御事。不吊，天降丧于赵、傅、丁、董。洪惟我幼冲孺子，当承继嗣无疆大历服事，予未遭其明哲能道民于安，况其能往知天命！熙！我念孺子，若涉渊水，予惟往求朕所济度，奔走以傅近奉承高皇帝所受命，予岂敢自比于前人乎！天降威明，用宁帝室，遗我居摄宝龟。太皇太后以丹石之符，乃绍天明意，诏予即命居摄践祚，如周公故事。
>
> 反虏故东郡太守翟义擅兴师动众，曰"有大难于西土，西土人亦不靖。"于是动严乡侯信，诞敢犯祖乱宗之序。天降威遗我宝龟，固知我国有呰灾，使民不安，是天反复右我汉国也。粤其闻日，宗室之儁有四百人，民献仪九万夫，予敬以终于此谋继嗣图功。我有大事，休，予卜并吉，故我出大将告郡太守、

诸侯相、令、长曰："予得吉卜，予惟以汝于伐东郡严乡逋播臣。"尔国君或者无不反曰："难大，民亦不静，亦惟在帝宫诸侯宗室，于小子族父，敬不可征。"帝不违卜，故予为冲人长思厥难曰："呜呼！义、信所犯，诚动鳏寡，哀哉！"予遭天役遗，大解难于予身，以为孺子，不身自恤。

予义彼国君泉陵侯上书曰："成王幼弱，周公践天子位以治天下，六年，朝诸侯于明堂，制礼乐，班度量，而天下大服。太皇太后承顺天心，成居摄之义。皇太子为孝平皇帝子，年在襁褓，宜且为子，知为人子道，令皇太后得加慈母恩。畜养成就，加元服，然后复子明辟。"

熙！为我孺子之故，予惟赵、傅、丁、董之乱，遏绝继嗣，变剥適、庶，危乱汉朝，以成三厄，队极厥命。呜呼！害其可不旅力同心戒之哉！予不敢僭上帝命。天休于安帝室，兴我汉国，惟卜用克绥受兹命。今天其相民，况亦惟卜用！

太皇太后肇有元城沙鹿之右，阴精女主圣明之祥，配元生成，以兴我天下之符，遂获西王母之应，神灵之征，以佑我帝室，以安我大宗，以绍我后嗣，以继我汉功。厥害适统不宗元绪者，辟不违亲，辜不避戚。夫岂不爱？亦唯帝室。是以广立王侯，并建曾玄，俾屏我京师，绥抚宇内；博征儒生，讲道于廷，论序乖缪，制礼作乐，同律度量，混一风俗；正天地之位，昭郊宗之礼，定五畤庙祧，咸秩亡文；建灵台，立明堂，设辟雍，张太学，尊中宗、高宗之号。昔我高宗崇德建武，克绥西域，以受白虎威胜之瑞，天地判合，乾、坤序德。太皇太后临政，有龟、龙、麟、凤之应，五德嘉符，相因而备。河图、洛书远自昆仑，出于重野。古谶著言，肆今享实。此乃皇天上帝所以安我帝室，俾我成就洪烈也。呜呼！天明威辅汉始而大大矣。尔有惟旧人泉陵侯之言，尔不克远省，尔岂知太皇太后若此勤哉！

天毖劳我成功所，予不敢不极卒安皇帝之所图事。肆予告我诸侯王公、列侯、卿、大夫、元士御事：天辅诚辞，天其累我以民，予害敢不于祖宗安人图功所终？天亦惟劳我民，若有疾，予害敢不于祖宗所受休辅？予闻孝子善继人之意，忠臣善成人之事。予思若考作室，厥子堂而构之；厥父菑，厥子播而获之。予害敢不于身抚祖宗之所受大命？若祖宗乃有效汤、武伐厥子，民长其劝弗救。呜呼肆哉！诸侯王公、列侯、卿、大夫、元士御事，其勉助国道明！亦惟宗室之俊，民之表仪，迪知上帝命。粤天辅诚，尔不得易定！况今天降定于汉国，惟大艰人翟义、刘信大逆，欲相伐于厥室，岂亦知命之不易乎？予永念曰天惟丧翟义、刘信，若啬夫，予害敢不终予亩？天亦惟休于祖宗，予害其极卜，害敢不于从？率宁人有旨疆土，况今卜并吉！故予大以尔东征，命不僭差，卜陈惟若此。

乃遣大夫桓谭等班行谕告当反位孺子之意。还，封谭为明告里附城。

诸将东至陈留菑，与义会战，破之，斩刘璜首。莽大喜，复下诏曰：

太皇太后遭家不造，国统三绝，绝辄复续，恩莫厚焉，信莫立焉。孝平皇帝短命早崩，幼嗣孺冲，诏予居摄。予承明诏，奉社稷之任，持大宗之重，养六尺之托，受天下之寄，战战兢兢，不敢安息。伏念太皇太后惟经艺分析，王道离散，汉家制作之业独未成就，故博征儒士，大兴典制，备物致用，立功成器，以为天下利。王道粲然，基业既著，千载之废，百世之遗，于今乃成，道德庶几于唐、虞，功烈比齐于殷、周。今翟义、刘信等谋反大逆，流言惑众，欲以篡位，贼害我孺子，罪深于管、蔡，恶甚于禽兽。信父故东平王云，不孝不谨，亲毒杀其父思王，名曰巨鼠，后云竟坐大逆诛死。义父故丞相方进，险诐贼，兄宣静言令色，外巧内嫉，所杀乡邑汝南者数十人。今积恶二家，迷惑相得，此时命当殄，天所灭也。义始发兵，上书言宇、信等与东平相辅谋反，执捕械系，欲以威民，先自相被以反逆大恶，转相捕械，此其破殄之明证也。已捕斩断信二子谷乡侯章、德广侯鲔，义母练、兄宣、亲属二十四人皆磔暴于长安都市四通之衢。当其斩时，观者重叠，天气和清，可谓当矣。命遣大将军共行皇天之罚，讨海内之雠，功效著焉，予甚嘉之。《司马法》不云乎："赏不逾时"。欲民速睹为善之利也。今先封车骑都尉孙贤等五十五人皆为列侯，户邑之数别下。遣使者持黄金印、赤韨縌、朱轮车，即军中拜授。

因大赦天下。于是吏士精锐遂攻围义于圉城，破之，义与刘信弃军庸亡。至固始界中捕得义，尸磔陈都市。卒不得信。

初，三辅闻翟义起，自茂陵以西至汧二十三县盗贼并发，赵明、霍鸿等自称将军，攻烧官寺，杀右辅都尉及斄令，劫略吏民，众十余万，火见未央宫前殿。莽昼夜抱孺子祷宗庙。复拜卫尉王级为虎贲将军，大鸿胪望乡侯阎迁为折冲将军，与甄邯、王晏西击赵明等。正月，虎牙将军王邑等自关东还，便引兵西。强弩将军王骏以无功免，扬武将军刘歆归故官。复以邑弟侍中王奇为扬武将军，城门将军赵恢为强弩将军，中郎将李棽为厌难将军，复将兵西。二月，明等殄灭，诸县悉平，还师振旅。莽乃置酒白虎殿，劳飨将帅，大封拜。先是，益州蛮夷及金城塞外羌反畔，时州郡击破之。莽乃并录，以小大为差，封侯、伯、子、男凡三百九十五人，曰"皆以奋怒，东指西击，羌寇蛮盗，反虏逆贼，不得旋踵，应时殄灭，天下咸服"之功封云。莽于是自谓大得天人之助，至其年十二月，遂即真矣。

初，义所收宛令刘立闻义举兵，上书愿备军吏为国讨贼，内报私怨。莽擢立为陈留太守，封明德侯。始，义兄宣居长安，先义未发，家数有怪，夜闻哭声，听之不知所在。宣教授诸生满堂，有狗从外入，啮其中庭群雁数十，比惊救之，已皆断头。狗走出门，求不知处。宣大恶之，谓后母曰："东郡太守文仲素俶傥，今数有恶怪，恐有妄为而大祸至也。大夫人可归，为弃去宣家者以避害。"母不肯去，后数月败。

莽尽坏义第宅，污池之。发父方进及先祖冢在汝南者，烧其棺柩，夷灭三族，诛及种嗣，至皆同坑，以棘五毒并葬之。而下诏曰："盖闻古者伐不敬，取其鲸鲵筑武军，封以为大戮，于是乎有京观以惩淫慝。乃者反虏刘信、翟义悖逆作乱于东，而芒竹群盗赵明、霍鸿造逆西土，遣武将征讨，咸伏其辜。惟信、义等始发自濮阳，结奸无盐，殄灭于圉。赵明依阻槐里环堤，霍鸿负倚盩厔芒竹，咸用破碎，亡有余类。其取反虏逆贼之鲸鲵，聚之通路之旁，濮阳、无盐、圉、槐里、盩厔凡五所，各方六丈，高六尺，筑为武军，封以为大戮，荐树之棘。建表木，高丈六尺。书曰'反虏逆贼鲸鲵'，在所长吏常以秋循行，勿令坏败，以惩淫慝焉。"

初，汝南旧有鸿隙大陂，郡以为饶，成帝时，关东数水，陂溢为害。方进为相，与御史大夫孔光共遣掾行视，以为决去陂水，其地肥美，省堤防费而无水忧，遂奏罢之。及翟氏灭，乡里归恶，言方进请陂下良田不得而奏罢陂云。王莽时常枯旱，郡中追怨方进，童谣曰："坏陂谁？翟子威。饭我豆食羹芋魁。反乎覆，陂当复，谁云者？两黄鹄。"

司徒掾班彪曰："丞相方进以孤童携老母，羁旅入京师，身为儒宗，致位宰相，盛矣。当莽之起，盖乘天威，虽有贲、育，奚益于敌？义不量力，怀忠愤发，以陨其宗，悲夫！"

卷八十五

谷永杜邺传第五十五

谷永，字子云，长安人也。父吉，为卫司马，使送郅支单于侍子，为郅支所杀，语在《陈汤传》。永少为长安小史，后博学经书。建昭中，御史大夫繁延寿闻其有茂材，除补属，举为太常丞，数上疏言得失。

建始三年冬，日食、地震同日俱发，诏举方正直言极谏之士，太常阳城侯刘庆忌举永待诏公车。对曰：

陛下秉至圣之纯德，惧天地之戒异，饬身修政，纳问公卿，又下明诏，帅举直言，燕见绌绎，以求咎愆，使臣等得造明朝，承圣问。臣材朽学浅，不通政事。窃闻明王即位，正五事，建大中，以承天心，则庶征序于下，日月理于上；如人君淫溺后宫，般乐游田，五事失于躬，大中之道不立，则咎征降而六极至。凡灾异之发，各象过失，以类告人。乃十二月朔戊申，日食婺女之分，地震萧墙之内，二者同日俱发，以丁宁陛下，厥咎不远，宜厚求诸身。意岂陛下志在闺门，未恤政事，不慎举错，娄失中与？内宠大盛，女不遵道，嫉妒专上，妨继嗣与？古之王者废五事之中，失夫妇之纪，妻妾得意，谒行于内，势行于外，至覆倾国家，或乱阴阳。昔褒姒用国，宗周以丧；阎妻骄扇，日以不臧。此其效也。经曰："皇极，皇建其有极。"传曰："皇之不极，是谓不建，时则有日月乱行。"

陛下践至尊之祚为天下主，奉帝王之职以统群生，方内之治乱，在陛下所执。诚留意于正身，勉强于力行，损燕私之闲以劳天下，放去淫溺之乐，罢归倡优之笑，绝却不享之义，慎节游田之虞，起居有常，循礼而动，躬亲政事，致行无倦，安服若性。经曰："继自今嗣王，其毋淫于酒，毋逸于游田，惟正之共。"未有身治正而臣下邪者也。

夫妻之际，王事纲纪，安危之机，圣王所致慎也。昔舜饬正二女，以崇至德；楚庄忍绝丹姬，以成伯功；幽王惑于褒姒，周德降亡；鲁桓胁于齐女，社稷以倾。诚修后宫之政，明尊卑之序，贵者不得嫉妒专宠，以绝骄嫚之端，抑褒、阎之乱，贱者咸得秩进，各得厥职，以广继嗣之统，息《白华》之怨，后宫亲属，饶之以财，勿与政事，以远皇父之类，损妻党之权，未有闺门治而天下乱者也。

治远自近始，习善在左右。昔龙管纳言，而帝命惟允；四辅既备，成王靡有过事。诚敕正左右齐栗之臣，戴金貂之饰、执常伯之职者，皆使学先王之道，知君臣之义，济济谨孚，无敖戏骄恣之过，则左右肃艾，群僚仰法，化流四方。经曰："亦惟先正克左右。"未有左右正而百官枉者也。

治天下者尊贤考功则治，简贤违功则乱。诚审思治人之术，欢乐得贤之福，论材选士，必试于职，明度量以程能，考功实以定德，无用比周之虚誉，毋听寖润之谮诉，则抱功修职之吏无蔽伤之忧，比周邪伪之徒不得即工，小人日销，俊艾日隆。经曰："三载考绩，三考黜陟幽明。"又曰："九德咸事，俊艾在官。"未有功赏得于前众贤布于官而不治者也。

尧遭洪水之灾，天下分绝为十二州，制远之道微而无乖畔之难者，德厚恩深，无怨于下也。秦居平士，一夫大呼而海内崩析者，刑罚深酷，吏行残贼也。夫违天害德，为上取怨于下，莫甚乎残贼之吏。诚放退残贼酷暴之吏锢废勿用，益选温良上德之士以亲万姓，平刑释冤以理民命，务省徭役，毋夺民时，薄收赋税，毋殚民财，使天下黎元咸安家乐业，不若逾时之役，不患苛暴之政，不疾酷烈之吏，虽有唐尧之大灾，民无离上之心。经曰："怀保小人，惠于鳏寡。"未有德厚吏良而民畔者也。

臣闻灾异，皇天所以谴告人君过失，犹严父之明诫。畏惧敬改，则祸销福降；忽然简易，则咎罚不除。经曰："飨用五福，畏用六极。"传曰："六沴作见，若不共御，六罚既侵，六极其下。"今三年之间，灾异锋起，小大毕具，所行不享上帝，上帝不豫，炳然甚著。不求之身，无所改正，疏举广谋，又不用其言，是循不享之迹，无谢过之实也，天责愈深。此五者，王事之纲纪，南面之急务，唯陛下留神。

对奏，天子异焉，特召见永。

其夏，皆令诸方正对策，语在《杜钦传》。永对毕，因曰："臣前幸得条对灾异之效，祸乱所极，言关于圣聪。书陈于前，陛下委弃不纳，而更使方正对策，背可惧之大异，问不急之常论，废承天之至言，角无用之虚文，欲末杀灾异，满谰诬天，是故皇天勃然发怒，甲己之间暴风三溱，拔树折木，此天至明不可欺之效也。"上特复问永，永对曰："日食、地辱，皇后、贵妾专宠所致。"语在《五行志》。

是时，上初即位，谦让委政元舅大将军王凤，议者多归咎焉。永知凤方见柄用，阴欲自托，乃复曰：

方今四夷宾服，皆为臣妾，北无薰粥冒顿之患，南无赵佗、吕嘉之难，三垂晏然，靡有兵革之警。诸侯大者乃食数县，汉吏制其权柄，不得有为，亡吴、楚、燕、梁之势。百官盘互，亲疏相错，骨肉大臣有申伯之忠，洞洞属属，小心畏忌，无重合、安阳、博陆之乱。三者无毛发之辜，不可归咎诸舅。此欲以政事过差丞相父子、中尚书宦官，槛塞大异，皆瞽说欺天者也。窃恐陛下舍昭昭之白过，忽天地之明戒，听暗昧之瞽说，归咎乎无辜，倚异乎政事，重失天心，不可之大者也。

陛下即位，委任遵旧，未有过政。元年正月，白气较然起乎东方，至其四月，黄浊四塞，覆冒京师，申以大水，著以震蚀。各有占应，相为表里，百官庶事无所归倚，陛下独不怪与？白气起东方，贱人将兴之表也；黄浊冒京师，王道微绝之应也。夫贱人当起而京师道微，二者已丑。陛下诚深察愚臣之言，致惧天地之异，长思宗庙之计，改往反过，抗湛溺之意，解偏驳之爱，奋乾刚之威，平天覆之施，使列妾得人人更进，犹尚未足也，急复益纳宜子妇人，毋择好丑，毋避尝字，毋论年齿。推法言之，陛下得继嗣于微贱之间，乃反为福。得继嗣而已，母非有贱也。后宫女史使令有直意者，广求于微贱之间，以遇天所开右，慰释皇太后之忧愠，解谢上帝之谴怒，则继嗣蕃滋，灾异讫息。陛下则不深察愚臣之言，忽于天地之戒，咎根不除，水雨之灾，山石之异，将发不久；发则灾异已极，天变成形，臣虽欲捐身关策，不及事已。

疏贱之臣，至敢直陈天意，斥讥帷幄之私，欲间离贵后、盛妾，自知忤心逆耳，必不免于汤镬之诛。此天保右汉家，使臣敢直言也。三上封事，然后得召；待诏一旬，然后得见。夫由疏贱纳至忠，甚苦；由至尊闻天意，甚难。语不可露，愿具书所言，因侍中奏陛下，以示腹心大臣。腹心大臣以为非天意，臣当伏妄言之诛；即以为诚天意也，奈何忘国家大本，背天意而从欲！唯陛下省察熟念，厚为宗庙计。

时，对者数十人，永与杜钦为上第焉。上皆以其书示后宫。后上尝赐许皇后书，采永言以责之，语在《外戚传》。

永既阴为大将军凤说矣，能实最高，由是擢为光禄大夫。永奏书谢凤曰："永斗筲之材，质薄学朽，无一日之雅，左右之介，将军说其狂言，擢之皂衣之吏，厕之争臣之末，不听浸润之谮，不食肤受之诉，虽齐桓、晋文用士笃密，察父哲兄覆育子弟，诚无以加！昔豫子吞炭坏形以奉见异，齐客陨首公门以报恩施，知氏、孟尝犹有死士，何况将军之门！"凤遂厚之。

数年，出为安定太守。时，上诸舅皆修经书，任政事。平阿侯谭年次当继大将军凤辅政，尤与永善。阳朔中，凤薨。凤病困，荐从弟御史大夫音以自代。上从之，以音为大司马车骑将军，领尚书事，而平阿侯谭位特进，领城门兵。永闻之，与谭书曰："君侯躬周、召之德，执管、晏之操，敬贤下士，乐善不倦，宜在上将久矣，以大将军在，故抑郁于家，不得舒愤。今大将军不幸早薨，累亲疏，序材能，宜在君侯。拜吏之日，京师士大夫怅然失望。此皆永等愚劣，不能褒扬万分。属闻以特进领城门兵，是则车骑将军秉政雍容于内，而至戚贤舅执管籥于外也。愚窃不为君侯喜。宜深辞职，自陈浅薄不足以固城门之守，收太伯之让，保谦谦之路，阖门高枕，为知者首。愿君侯与博览者参之，小子为君侯安此。"谭得其书大感，遂辞让不受领城门职。由是谭、音相与不平。

永远为郡吏，恐为音所危，病满三月免。音奏请永补营军司马，永数谢罪自陈，得转为长史。音用从舅越亲辅政，威权损于凤时。永复说音曰："将军履上将之位，食膏腴之都，任周、召之职，拥天下之枢，可谓富贵之极，人臣无二，天下之责四面至矣，将何以居之？宜夙夜孳孳，执伊尹之强德，以守职匡上，诛恶不避亲爱，举善不避仇雠，以章至公，立信四方。笃行三者，乃可以长堪重任，久享盛宠。太白出西方六十日，法当参天，今已过期，尚在桑榆之间，质弱而行迟，形小而光微。荧惑角怒明大，逆行守尾。其逆，常也；守尾，变也。意岂将军忘湛渐之义，委曲从顺，所执不强，不广用士，尚有好恶之忌，荡荡之德未纯，方与将相大臣乖离之萌也？何故始袭司马之号，俄而金火并有此变？上天至明，不虚见异，唯将军畏之慎之，深思其故，改求其路，以享天意。"音犹不平，荐永为护苑使者。

音薨，成都侯商代为大司马卫将军，永乃迁为凉州刺史。奏事京师讫，当之部，时有黑龙见东莱，上使尚书问永，受所欲言。永对曰：

臣闻王天下有国家者，患在上有危亡之事，而危亡之言不得上闻；如使危亡之言辄上闻，则商、周不易姓而迭兴，三正不变改而更用。夏、商之将亡也，行道之人皆知之，晏然自以若天有日莫能危，是故恶日广而不自知，大命倾而不寤。《易》曰："危者有其安者也，亡者保其存者也。"陛下诚垂宽明之听，无忌讳之诛，使刍荛之臣得尽所闻于前，不惧于后患，直言之路开，则四方众贤不远千里，辐凑陈忠，群臣之上愿，社稷之长福也。

汉家行夏正，夏正色黑，黑龙，同姓之象也。龙阳德，由小之大，故为王者瑞应。未知同姓有见本朝无继嗣之庆，多危殆之隙，欲因扰乱举兵而起者邪？将动心冀为后者，残贼不仁，若广陵、昌邑之类？臣愚不能处也。元年九月黑龙见，其晦，日有食之。今年二月己未夜星陨，乙酉，日有食之。六月之间，大异四发，二而同月，三代之末，春秋之乱，未尝有也。臣闻三代所以陨社稷丧宗庙者，皆由妇人与群恶沉湎于酒。《书》曰：“乃用妇人之言，自绝于天”；“四方之逋逃多罪，是宗是长，是信是使”。《诗》云：“燎之方阳，宁或灭之？赫赫宗周，褒姒灭之！”《易》曰：“濡其首，有孚失是。”秦所以二世十六年而亡者，养生泰奢，奉终泰厚也。二者陛下兼而有之，臣请略陈其效。

《易》曰：“在中馈，无攸遂”，言妇人不得与事也。《诗》曰：“懿厥哲妇，为枭为鸱”；“匪降自天，生自妇人”。建始、河平之际，许、班之贵，顷动前朝，熏灼四方，赏赐无量，空虚内臧，女宠至极，不可上矣；今之后起，天所不飨，什倍于前。废先帝法度，听用其言，官秩不当，纵释王诛，骄其亲属，假之威权，从横乱政，刺举之吏，莫敢奉宪。又以掖庭狱大为乱阱，榜棰瘠于炮格，绝灭人命，主为赵、李报德复怨，反除白罪，建治正吏，多系无辜，掠立迫恐，至为人起责，分利受谢。生入死出者，不可胜数。是以日食再既，以昭其辜。

王者必先自绝，然后天绝之。陛下弃万乘之至贵，乐家人之贱事，厌高美之尊号，好匹夫之卑字，崇聚僄轻无义小人以为私客，数离深宫之固，挺身晨夜，与群小相随，乌集杂会，饮醉吏民之家，乱服共坐，流湎媟嫚，混肴无别，闵免遁乐，昼夜在路。典门户奉宿卫之臣执干戈而守空宫，公卿百僚不知陛下所在，积数年矣。

王者以民为基，民以财为本，财竭则下畔，下畔则上亡。是以明王爱养基本，不敢穷极，使民如承大祭。今陛下轻夺民财，不爱民力，听邪臣之计，去高敞初陵，损十年功绪，改作昌陵。反天地之性，因下为高，积土为山，发徒起邑，并治宫馆，大兴徭役，重增赋敛，征发如雨，役百乾溪，费疑骊山，靡敝天下，五年不成而后反故。又广旴营表，发人冢墓，断截骸骨，暴扬尸柩。百姓财竭力尽，愁恨感天，灾异屡降，饥馑仍臻。流散冗食，餧死于道，以百万数。公家无一年之畜，百姓无旬日之储，上下俱匮，无以相救。《诗》云：“殷监不远，在夏后之世。”愿陛下追观夏、商、周、秦所以失之，以镜考己行。有不合者，臣当伏妄言之诛。

汉兴九世，百九十余载，继体之主七，皆承天顺道，遵先祖法度，或以中兴，或以治安。至于陛下，独违道纵欲，轻身妄行，当盛壮之隆，无继嗣之福，有危亡之忧，积失君道，不合天意，亦已多矣。为人后嗣，守人功业，如此，岂不负哉！方今社稷宗庙祸福安危之机在于陛下，陛下诚肯发明圣之德，昭然远寤，畏此上天之威怒，深惧危亡之征兆，荡涤邪辟之恶志，厉精致政，专心反道，绝群小之私客，免不正之诏除，悉罢北宫私奴车马惰出之具，克己复礼，毋贰微行出饮之过，以防迫切之祸，深惟日食再既之意，抑损椒房玉堂之盛宠，毋听后宫之请谒，除掖庭之乱狱，出炮格之陷阱，诛戮邪佞之臣及左右执左道以事上者以塞天下之望，且寝初陵之作，止诸缮治宫室，阙更减赋，尽休力役，存恤振救困乏之人以弭远方，厉崇忠直，放退残贼，无使素餐之吏久尸厚禄，以次贯行，固执无违，夙夜孳孳，屡省无怠，旧愆毕改，新德既章，纤介之邪不复载心，则赫赫大异庶几可销，天命去就庶几可复，社稷宗庙庶几可保。唯陛下留神反复，熟省臣言。臣幸得备边部之吏，不知本朝失得，瞽言触忌讳，罪当万死。

成帝性宽而好文辞，又久无继嗣，数为微行，多近幸小臣，赵、李从微贱专宠，皆皇太后与诸舅夙夜所常忧。至亲难数言，故推永等使因天变而切谏，劝上纳用之。永自知有内应，展意无所依违，每言事辄见答礼。至上此对，上大怒。卫将军商密擿永令发去。上使侍御史收永，敕过交道厩者勿追，御史不及永，还，上意亦解，自悔。明年，征永为太中大夫，迁光禄大夫给事中。

元延元年，为北地太守。时，灾异尤数，永当之官，上使卫尉淳于长受永所欲言。永对曰：

臣永幸得以愚朽之材为太中大夫，备拾遗之臣，从朝者之后，进不能尽思纳忠辅宣圣德，退无被坚执锐讨不义之功，猥蒙厚恩，仍迁至北地太守。绝命陨首，身膏野草，不足以报塞万分。陛下圣德宽仁，不遗易忘之臣，垂周文之听，下及刍荛之愚，有诏使卫尉受臣永所欲言。臣闻事君之义，有言责者尽其忠，有官守者修其职。臣永幸得免于言责之辜，有官守之任，当毕力遵职，养绥百姓而已，不宜复关得失之辞。忠臣之于上，志在过厚，是故远不违君，死不忘国。昔史鱼既没，余忠未讫，委柩后寝，以尸达诚；汲黯身外思内，发愤舒忧，遗言李息。经曰："虽尔身在外，乃心无不在王室。"臣永幸得给事中出入三年，虽执干戈守边垂，思慕之心常存于省闼，是以敢越郡吏之职，陈累年之忧。

臣闻天生蒸民，不能相治，为立王者以统理之，方制海内非为天子，列土封疆非为诸侯，皆以为民也。垂三统，列三正，去无道，开有德，不私一姓，明天下乃天下之天下，非一人之天下也。王者躬行道德，承顺天地，博爱仁恕，恩及行苇，籍税取民不过常法，宫室车服不逾制度，事节财足，黎庶和睦，则卦气理效，五征时序，百姓寿考，庶草蕃滋，符瑞并降，以昭保右。失道妄行，逆天暴物，穷奢极欲，湛湎荒淫，妇言是从，诛逐仁贤，离逖骨肉，群小用事，峻刑重赋，百姓愁怨，则卦气悖乱，咎征著邮，上天震怒，灾异屡降，日月薄食，五星失行，山崩川溃，水泉踊出，妖孽并见，茀星耀光，饥馑荐臻，百姓短折，万物夭伤。终不改寤，恶洽变备，不复谴告，更命有德。《诗》云："乃眷西顾，此惟予宅。"

夫去恶夺弱，迁命贤圣，天地之常经，百王之所同也。加以功德有厚薄，期质有修短，时世有中季，天道有盛衰。陛下承八世之功业，当阳数之标季，涉三七之节纪，遭《无妄》之卦运，直百六之灾厄。三难异科，杂焉同会。建始元年以来二十载间，群灾大异，交错锋起，多于《春秋》所书。八世著记，久不塞除，重以今年正月己亥朔日有食之，三朝之会，四月丁酉四方众星白昼流陨，七月辛未彗星横天。乘三难之际会，畜众多之灾异，因之以饥馑，接之以不赡。彗星，极异也，土精所生，流陨之应出于饥变之后，兵乱作矣，厥期不久，隆德积善，惧不克济。内则为深宫后庭将有骄臣悍妾醉酒狂悖卒起之败，北宫苑囿街巷之中臣妾之家幽闲之处征舒、崔杼之乱；外则为诸夏下土将有樊并、苏令、陈胜、项梁奋臂之祸。内乱朝暮，日戒诸夏，举兵以火角为期。安危之分界，宗庙之至忧，臣永所以破胆寒心，豫言之累年。下有其萌，然后变见于上，可不致慎！

祸起细微，奸生所易。愿陛下正君臣之义，无复与群小媟黩燕饮；中黄门后庭素骄慢不谨尝以醉酒失臣礼者，悉出勿留。勤三纲之严，修后宫之政，抑远骄妒之宠，崇近婉顺之行，加惠失志之人，怀柔怨恨之心。保至尊之重，秉帝王之威，朝觐法出而后驾，陈兵清道而后行，无复轻身独出，饮食臣妾之家。三者既除，内乱之路塞矣。

诸夏举兵，萌在民饥馑而吏不恤，兴于百姓困而赋敛重，发于下怨离而上不知。《易》曰："屯其膏，小贞吉，大贞凶。"传曰："饥而不损兹谓泰，厥灾水，厥咎亡。"《訞辞》曰："关动牡飞，辟为无道，臣为非，厥咎乱臣谋篡。"王者遭衰难之世，有饥馑之灾，不损用而大自润，故凶；百姓困贫无以共求，愁悲怨恨，故水；城关守国之固，固将去焉，故牡飞。往年郡国二十一伤于水灾，禾黍不入。今年蚕麦咸恶。百川沸腾，江河溢决，大水泛滥郡国十五有余。比年丧稼，时过无宿麦。百姓失业流散，群辈守关。大异较炳如彼，水灾浩浩，黎庶穷困如此，宜损常税小自润之时，而有司奏请加赋，甚缪经义，逆于民心，布怨趋祸之道也。牡飞之状，殆为此发。古者谷不登亏膳，灾屡至损服，凶年不塈涂，明王之制也。《诗》云："凡民有丧，扶服救之。"《论语》曰："百姓不足，君孰予足？"臣愿陛下勿许加赋之奏，益减大官、导官、中御府、均官、掌畜、廪牺用度，止尚方、织室、京师郡国工服官发输造作，以助大司农。流恩广施，振赡困乏，开关梁，内流民，恣所欲之，以救其急。立春，遣使者循行风俗，宣布圣德，存恤孤寡，问民所苦，劳二千石，敕劝耕桑，毋夺农时，以慰绥元元之心，防塞大奸之隙，诸夏之乱，庶几可息。

臣闻上主可与为善而不可与为恶，下主可与为恶而不可与为善。陛下天然之性，疏通聪敏，上主之姿也。少省愚臣之言，感寤三难，深畏大异，定心为善，捐忘邪志，毋贰旧愆，厉精致政，至诚应天，则积异塞于上，祸乱伏于下，何忧患之有？窃恐陛下公志未专，私好颇存，尚爱群小，不肯为耳！

对奏，天子甚感其言。

永于经书，泛为疏达，与杜钦、杜邺略等，不能洽浃如刘向父子及扬雄也。其于天官、《京氏易》最密，故善言灾异，前后所上四十余事，略相反复，专攻上身与后宫而已。党于王氏，上亦知之，不甚亲信也。

永所居任职，为北地太守岁余，卫将军商薨，曲阳侯根为票骑将军，荐永，征入为大司农。岁余，永病，三月，有司奏请免。故事，公卿病，辄赐告，至永独即时免。数月，卒于家。本名并，以尉氏樊并反，更名永云。

杜邺，字子夏，本魏郡繁阳人也。祖父及父积功劳皆至郡守，武帝时徙茂陵。邺少孤，其母张敞女。邺壮，从敞子吉学问，得其家书。以孝廉为郎。

与车骑将军王音善。平阿侯谭不受城门职，后薨，上闵悔之，乃复令谭弟成都侯商位特进，领城门兵，得举吏如将军府。邺见音前与平阿有隙，即说音曰："邺闻人情，恩深者其养谨，爱至者其求详。夫戚而不见殊，孰能无怨？此《棠棣》、《角弓》之诗所为作也。昔秦伯有千乘之国，而不能容其母弟，《春秋》亦书而讥焉。周、召则不然，忠以相辅，义以相匡，同己之亲，等己之尊，不以圣德独兼国宠，又不为长专受荣任，分职于陕，并为弼疑。故内无感恨之隙，外无侵侮之羞，俱享天祐，两荷高名者，盖以此也。窃见成都侯以特进领城门兵，复有诏得举吏如五府，此明诏所欲宠也。将军宜承顺圣意，加异往时，每事凡议，必与及之，指为诚发，出于将军，则孰敢不说谕？昔文侯寤大雁之献而父子益亲，陈平共一饭之馔而将相加欢，所接虽在楹阶俎豆之间，其于为国折冲厌难，岂不远哉！窃慕仓唐、陆子之义，所白奥内，唯深察焉。"音甚嘉其言，由是与成都侯商亲密，二人皆重邺。后以病去郎。商为大司马卫将军，除邺主簿，以为腹心，举侍御史。哀帝即位，迁为凉州刺史。邺居职宽舒，少威严，数年以病免。

是时，帝祖母定陶傅太后称皇太太后，帝母丁姬称帝太后，而皇后即傅太后从弟子也。傅氏侯者三人，丁氏侯者二人。又封傅太后同母弟子郑业为阳信侯。傅太后尤与政专权。元寿元年正月朔，上以皇后父孔乡侯傅晏为大司马卫将军，而帝舅阳安侯丁明为大司马票骑将军。临拜，日食，诏举方正直言。扶阳侯韦育举邺方正，邺对曰：

臣闻禽息忧国，碎首不恨；卞和献宝，刖足愿之。臣幸得奉直言之诏，无二者之危，敢不极陈！臣闻阳尊阴卑，卑者随尊，尊者兼卑，天之道也。是以男虽贱，各为其家阳；女虽贵，犹为其国阴。故礼明三从之义，虽有文母之德，必系于子。《春秋》不书纪侯之母，阴义杀也。昔郑伯随姜氏之欲，终有叔段篡国之祸；周襄王内迫惠后之难，而遭居郑之危。汉兴，吕太后权私亲属，又以外孙为孝惠后，是时继嗣不明，凡事多暗，昼昏冬雷之变，不可胜载。窃见陛下行不偏之政，每事约俭，非礼不动，诚欲正身与天下更始也。然嘉瑞未应，而日食、地震，民讹言行筹，传相惊恐。案《春秋》灾异，以指象为言语，故在于得一类而达之也。日食，明阳为阴所临，“坤卦”乘“离”，“明夷”之象也。“坤”以法地，为土为母，以安静为德。震，不阴之效也。占象甚明，臣敢不直言其事！

昔曾子问从令之义，孔子曰：“是何言与！”善闵子骞守礼不苟，从亲所行，无非理者，故无可间也。前大司马新都侯莽退伏弟家，以诏策决，复遣就国。高昌侯宏去蕃自绝，犹受封土。制书侍中、驸马都尉迁不忠巧佞，免归故郡，间未旬月，则有诏还，大臣奏正其罚，卒不得遣，而反兼官奉使，显宠过故。及阳信侯业，皆缘私君国，非功义所止。诸外家昆弟无贤不肖，并侍帷幄，布在列位，或典兵卫，或将军屯，宠意并于一家，积贵之势，世所稀见所稀闻也。至乃并置大司马、将军之官。皇甫虽盛，三桓虽隆，鲁为作三军，无以甚此。当拜之日，暗然日食。不在前后，临事而发者，明陛下谦逊无专，承指非一，所言辄听，所欲辄随，有罪恶者不坐辜罚，无功能者毕受官爵，流渐积猥，正尤在是，欲令昭昭以觉圣朝。昔诗人所刺，《春秋》所讥，指象如此，殆不在它。由后视前，忿邑非之，逮身所行，不自镜见，则以为可，计之过者。疏贱独偏见，疑内亦有此类。天变不空，保右世主如此之至，奈何不应！

臣闻野鸡著怪，高宗深动；大风暴过，成王怛然。愿陛下加致精诚，思承始初，事稽诸古，以厌下心，则黎庶群生无不说喜，上帝百神收还威怒，祯祥福禄何嫌不报！

邺未拜，病卒。邺言民讹言行筹，及谷永言王者买私田，彗星陨石牡飞之占，语在《五行志》。

初，邺从张吉学，吉子竦又幼孤，从邺学问，亦著于世，尤长小学。邺子林，清静好古，亦有雅材，建武中历位列卿，至大司空。其正文字过于邺、竦，故世言小学者由杜公。

赞曰：孝成之世，委政外家，诸舅持权，重于丁、傅在孝哀时。故杜邺敢讥丁、傅，而钦、永不敢言王氏，其势然也。及钦欲挹损凤权，而邺附会音、商。永陈三七之戒，斯为忠焉，至其引申伯以阿凤，隙平阿于车骑，指金、火以求合，可谓谅不足而谈有余者。孔子称“友多闻”，三人近之矣。

卷八十六

何武王嘉师丹传第五十六

何武，字君公，蜀郡郫县人也。宣帝时，天下和平，四夷宾服，神爵、五凤之间屡蒙瑞应。而益州刺史王襄使辩士王褒颂汉德，作《中和》、《乐职》、《宣布》诗三篇。武年十四五，与成都杨覆众等共习歌之。是时，宣帝循武帝故事，求通达茂异士，召见武等于宣室。上曰："此盛德之事，吾何足以当之哉！"以褒为待诏，武等赐帛罢。

武诣博士受业，治《易》。以射策甲科为郎，与翟方进交志相友。光禄勋举四行，迁为鄠令，坐法免归。武兄弟五人，皆为郡吏，郡县敬惮之。武弟显家有市籍，租常不入，县数负其课。市啬夫求商捕辱显家，显怒，欲以吏事中商。武曰："以吾家租赋徭役不为众先，奉公吏不亦宜乎！"武卒白太守，召商为卒吏，州里闻之皆服焉。久之，太仆王音举武贤良方正，征对策，拜为谏大夫，迁扬州刺史。所举奏二千石长吏必先露章，服罪者为亏除，免之而已；不服，极法奏之，抵罪或至死。

九江太守戴圣，《礼经》号小戴者也，行治多不法，前刺史以其大儒，优容之。及武为刺史，行部录囚徒，有所举以属郡。圣曰："后进生何知，乃欲乱人治！"皆无所决。武使从事廉得其罪，圣惧，自免。后为博士，毁武于朝廷。武闻之，终不扬其恶。而圣子宾客为群盗，得，系庐江，圣自以子必死。武平心决之，卒得不死。自是后，圣惭服。武每奏事至京师，圣未尝不造门谢恩。

武为刺史，二千石有罪，应时举奏，其余贤与不肖敬之如一，是以郡国各重其守相，州中清平。行部必先即学官见诸生，试其诵论，问以得失，然后入传舍，出记问垦田顷亩、五谷美恶，已乃见二千石，以为常。

初，武为郡吏时，事太守何寿。寿知武有宰相器，以其同姓故厚之。后寿为大司农，其兄子为庐江长史。时，武奏事在邸，寿兄子适在长安，寿为具召武弟显及故人杨覆众等，酒酣，见其兄子，曰："此子扬州长史，材能驽下，未尝省见。"显等甚惭，退以谓武，武曰："刺史古之方伯，上所委任，一州表率也，职在进善退恶。吏治行有茂异，民有隐逸，乃当召见，不可有所私问。"显、覆众强之，不得已召见，赐卮酒。岁中，庐江太守举之。其守法见惮如此。

为刺史五岁，入为丞相司直，丞相薛宣敬重之。出为清河太守，数岁，坐郡中被灾害什四以上免。久之，大司马曲阳侯王根荐武，征为谏大夫。迁兖州刺史，入为司隶校尉，徙京兆尹。二岁，坐举方正所举者召见槃辟雅拜，有司以为诡众虚伪。武坐左迁楚内史，迁沛郡太守，复入为廷尉。绥和元年，御史大夫孔光左迁廷尉，武为御史大夫。成帝欲修辟雍，通三公官，即改御史大夫为大司空。武更为大司空，封氾乡侯，食邑千户。氾乡在琅邪不其，哀帝初即位，褒赏大臣，更以南阳犨之博望乡为氾乡侯国，增邑千户。

武为人仁厚，好进士，奖称人之善。为楚内史厚两龚，在沛郡厚两唐，及为公卿，荐之朝廷。此人显于世者，何侯力也，世以此多焉。然疾朋党，问文吏必于儒者，问儒者必于文吏，以相参检。欲除吏，先为科例以防请托。其所居亦无赫赫名，去后常见思。

及为御史大夫司空，与丞相方进共奏言："往者诸侯王断狱治政，内史典狱事，相总纲纪辅王，中尉备盗贼。今王不断狱与政，中尉官罢，职并内史，郡国守相委任，所以一统信，安百姓也。今内史位卑而权重，威职相逾，不统尊者，难以为治。臣请相如太守，内史如都尉，以顺尊卑之序，平轻重之权。"制曰："可。"以内史为中尉。初，武为九卿时，奏言宜置三公官，又与方进共奏罢刺史，更置州牧，后皆复复故，语在《朱博传》。唯内史事施行。

多所举奏，号为烦碎，不称贤公。功名略比薛宣，其材不及也，而经术正直过之。武后母在郡，遣吏归迎。会成帝崩，吏恐道路有盗贼，后母留止，左右或讥武事亲不笃，哀帝亦欲改易大臣，遂策免武曰："君举错烦苛，不合众心，孝声不闻，恶名流行，无以率示四方。其上大司空印绶，罢归就国。"后五岁，谏大夫鲍宣数称冤之，天子感丞相王嘉之对，而高安侯董贤亦荐武，武由是复征为御史大夫。月余，徙为前将军。

先是，新都侯王莽就国，数年，上以太皇太后故征莽还京师。莽从弟成都侯王邑为侍中，矫称太皇太后指白哀帝，为莽求特进给事中。哀帝复请之，事发觉。太后为谢，上以太后故不忍诛之，左迁邑为西河属国都尉，削千户。后有诏举大常，莽私从武求举，武不敢举。后数月，哀帝崩，太后即日引莽入，收大司马董贤印绶，诏有司举可大司马者。莽故大司马，辞位辟丁、傅，众庶称以为贤，又太后近亲，自大司徒孔光以下举朝皆举莽。武为前将军，素与左将军公孙禄相善，二人独谋，以为往时孝惠、孝昭少主之世，外戚吕、霍、上官持权，几危社稷，今孝成、孝哀比世无嗣，方当选立亲近辅幼主，不宜令异姓大臣持权，亲疏相错，为国计便。于是武举公孙禄可大司马，而禄亦举武。太后竟自用莽为大司马。莽风有司劾奏武、公孙禄互相称举，皆免。

武就国后，莽浸盛，为宰衡，阴诛不附己者。元始三年，吕宽等事起。时，大司空甄丰承莽风指，遣使者乘传案治党与，连引诸所欲诛，上党鲍宣，南阳彭伟、杜公子，郡国豪桀坐死者数百人。武在见诬中，大理正槛车征武，武自杀。众人多冤武者，莽欲厌众意，令武子况嗣为侯，谥武曰刺侯。莽篡位，免况为庶人。

王嘉，字公仲，平陵人也。以明经射策甲科为郎，坐户殿门失阑免。光禄勋于永除为掾，察廉为南陵丞，复察廉为长陵尉。鸿嘉中，举敦朴能直言，召见宣室，对政事得失，超迁太中大夫。出为九江、河南太守，治甚有声。征入为大鸿胪，徙京兆尹，迁御史大夫。建平三年代平当为丞相，封新甫侯，加食邑千一百户。

嘉为人刚直严毅有威重，上甚敬之。哀帝初立，欲匡成帝之政，多所变动，嘉上疏曰：

臣闻圣王之功在于得人。孔子曰："材难，不其然与！""故继世立诸侯，象贤也。"虽不能尽贤，天子为择臣，立命卿以辅之。居是国也，累世尊重，然后士民之众附焉，是以教化行而治功立。今之郡守重于古诸侯，往者致选贤材，贤材难得，拔擢可用者，或起于囚徒。昔魏尚坐事系，文帝感冯唐之言，遣使持节赦其罪，拜为云中太守，匈奴忌之。武帝擢韩安国于徒中，拜为梁内史，骨肉以安。张敞为京兆尹，有罪当免，黠吏知而犯敞，敞收杀之，其家自冤，使者覆狱，劾敞贼杀人，上逮捕不下，会免，亡命数十日，宣帝征敞拜为冀州刺史，卒获其用。前世非私此三人，贪其材器有益于公家也。

孝文时，吏居官者或长子孙，以官为氏，仓氏、库氏则仓库吏之后也。

其二千石长吏亦安官乐职，然后上下相望，莫有苟且之意。其后稍稍变易，公卿以下传相促急，又数改更政事，司隶、部刺史察过悉劾，发扬阴私，吏或居官数月而退，送故迎新，交错道路。中材苟容求全，下材怀危内顾，一切营私者多。二千石益轻贱，吏民慢易之。或持其微过，增加成罪，言于刺史、司隶，或至上书章下；众庶知其易危，小失意则有离畔之心。前山阳亡徒苏令等从横，吏士临难，莫肯伏节死义，以守相威权素夺也。孝成皇帝悔之，下诏书，二千石不为纵，遣使者赐金，尉厚其意，诚以为国家有急，取办于二千石，二千石尊重难危，乃能使下。

孝宣皇帝爱其良民吏，有章劾，事留中，会赦一解。故事，尚书希下章，为烦扰百姓，证验系治，或死狱中，章文必有"敢告之"字乃下。唯陛下留神于择贤，记善忘过，容忍臣子，勿责以备，二千石、部刺史、三辅县令有材任职者，人情不能不有过差，宜可阔略，令尽力者有所劝。此方今急务，国家之利也。前苏令发，欲遣大夫使逐问状，时见大夫无可使者，召盩厔令尹逢拜为谏大夫遣之。今诸大夫有材能者甚少，宜豫畜养可成就者，则士赴难不爱其死；临事仓卒乃求，非所以明朝廷也。

嘉因荐儒者公孙光、满昌及能吏萧咸、薛修等，皆故二千石有名称。天子纳而用之。

会息夫躬、孙宠等因中常侍宋弘上书告东平王云祝诅，又与后舅伍宏谋弑上为逆，云等伏诛，躬、宠擢为吏二千石。是时，侍中董贤爱幸于上，上欲侯之而未有所缘，傅嘉劝上因东平事以封贤。上于是定躬、宠告东平本章，掇去宋弘，更言因董贤以闻，欲以其功侯之，皆先赐爵关内侯。顷之，欲封贤等，上心惮嘉，乃先使皇后父孔乡侯傅晏持诏书视丞相御史。于是嘉与御史大夫贾延上封事言："窃见董贤等三人始赐爵，众庶匈匈，咸曰贤贵，其余并蒙恩，至今流言未解。陛下仁恩于贤等不已，宜暴贤等本奏语言，延问公卿、大夫、博士、议郎，考合古今，明正其义，然后乃加爵土；不然，恐大失众心，海内引领而议。暴平其事，必有言当封者，在陛下所从；天下虽不说，咎有所分，不独在陛下。前定陵侯淳于长初封，其事亦议。大司农谷永以长当封，众人归咎于永，先帝不独蒙其讥。臣嘉、臣延材驽不称，死有余责。知顺指不迕，可得容身须臾，所以不敢者，思报厚恩也。"上感其言，止，数月，遂下诏封贤等，因以切责公卿曰："朕居位以来，寝疾未瘳，反逆之谋相连不绝，贼乱之臣近侍帷幄。前东平王云与后谒祝诅朕，使侍医伍宏等内侍案脉，几危社稷，殆莫甚焉！昔楚有子玉得臣，晋文为之侧席而坐；近事，汲黯折淮南之谋。今云等至有图弑天子逆乱之谋者，是公卿股肱莫能悉心务聪明以销厌未萌之故。赖宗庙之灵，侍中、驸马都尉贤等发觉以闻，咸伏厥辜。《书》不云乎？'用德章厥善'。其封贤为高安侯、南阳太守宠为方阳侯、左曹光禄大夫躬为宜陵侯。"

后数月，日食，举直言，嘉复奏封事曰：

臣闻咎繇戒帝舜曰："亡敖佚欲有国，兢兢业业，一日二日万机。"箕子戒武王曰："臣无有作威作福，亡有玉食；臣之有作威作福玉食，害于而家，凶于而国，人用侧颇辟，民用僭慝。"言如此则逆尊卑之序，乱阴阳之统，而害及王者，其国极危。国人倾仄不正，民用僭差不一，此君不由法度，上下失序之败也。武王躬履此道，隆至成、康。自是以后，纵心恣欲，法度陵迟，至于臣弑君，子弑父。父子至亲，失礼患生，何况异姓之臣？孔子曰："道千乘之国，敬事而信，节用而爱人，使民以时。"孝文皇帝备行此道，海内蒙恩，为汉太宗。孝宣皇帝赏罚信明，施与有节，记人之功，忽于小过，以致治平。孝元皇帝奉承大业，温恭少欲，都内钱四十万万，水衡钱二十五万万，少府钱十八万万。尝幸上林，后宫冯贵人从临兽圈，猛兽惊出，贵人前当之，元帝嘉美其义，赐钱五万。掖庭见亲，有加赏赐，属其人勿众谢。示平恶偏，重失人心，赏赐节约。是时，外戚赀千万者少耳，故少府水衡见钱多也。虽遭初元、永光凶年饥馑，加有西羌之变，外奉师旅，内振贫民，终无倾危之忧，以府臧内充实也。孝成皇帝时，谏臣多言燕出之害，及女宠专爱，耽于酒色，损德伤年，其言甚切，然终不怨怒也。宠臣淳于长、张放、史育：育数贬退，家资不满千万；放斥逐就国；长榜死于狱。不以私爱害公义，故虽多内讥，朝廷安平，传业陛下。

陛下在国之时，好《诗》、《书》，上俭节，征来所过道上称诵德美，此天下所以回心也。初即位，易帷帐，去锦绣，乘舆席缘绨缯而已。共皇寝庙比比当作，忧闵元元，惟用度不足，以义割恩，辄且止息，今始作治。而驸马都尉董贤亦起官寺上林中，又为贤治大第，开门乡北阙，引王渠灌园池，使者护作，赏赐吏卒，甚于治宗庙。贤母病，长安厨给祠具，道中过者皆饮食。为贤治器，器成，奏御乃行，或物好，特赐其工，自贡献宗庙三官，犹不至此。贤家有宾婚及见亲，诸官并共，赐及仓头奴婢，人十万钱。使者护视，发取市物，百贾震动，道路喧哗，群臣惶惑。诏书罢菀，而以赐贤二千余顷，均田之制从此堕坏。奢僭放纵，变乱阴阳，灾异众多，百姓讹言，持筹相惊，被发徒跣而走，乘马者驰，天惑其意，不能自止。或以为筹者策失之戒也。陛下素仁智慎事，今而有此大讥。

孔子曰："危而不持，颠而不扶，则将安用彼相矣！"臣嘉幸得备位，窃内悲伤不能通愚忠之信；身死有益于国，不敢自惜。唯陛下慎己之所独乡，察众人之所共疑。往者宠臣邓通、韩嫣骄贵失度，逸豫无厌，小人不胜情欲，卒陷罪辜。乱国亡躯，不终其禄，所谓爱之适足以害之者也。宜深览前世，以节贤宠，全安其命。

于是上寖不说，而愈爱贤，不能自胜。

会祖母傅太后薨，上因托傅太后遗诏，令成帝母王太后下丞相、御史，益封贤二千户，及赐孔乡侯、汝昌侯、阳新侯国。嘉封还诏书，因奏封事谏上及太后曰："臣闻爵禄土地，天之有也。《书》云：'天命有德，五服五章哉！'王者代天爵人，尤宜慎之。裂地而封，不得其宜，则众庶不服，感动阴阳，其害疾自深。今圣体久不平，此臣嘉所内惧也。高安侯贤，佞幸之臣，陛下倾爵位以贵之，单货财以富之，损至尊以宠之，主威已黜，府藏已竭，唯恐不足。财皆民力所为，孝文皇帝欲起露台，重百金之费，克己不作。今贤散公赋以施私惠，一家至受千金，往古以来贵臣未尝有此，流闻四方，皆同怨之。里谚曰：'千人所指，无病而死。'臣常为之寒心。今太皇太后以永信太后遗诏，诏丞相、御史益贤户，赐三侯国，臣嘉窃惑。山崩地动，日食于三朝，皆阴侵阳之戒也。前贤已再封，晏、商再易邑，业缘私横求，恩已过厚，求索自恣，不知厌足，甚伤尊尊之义，不可以示天下，为害痛矣！臣骄侵罔，阴阳失节，气感相动，害及身体。陛下寝疾久不平，继嗣未立，宜思正万事，顺天人之心，以求福祐，奈何轻身肆意，不念高祖之勤苦垂立制度欲传之于无穷哉！《孝经》曰：'天子有争臣七人，虽无道，不失其天下。'臣谨封上诏书，不敢露见，非爱死而不自法，恐天下闻之，故不敢自劾。愚戆数犯忌讳，唯陛下省察。"

初，廷尉梁相与丞相长史、御史中丞及五二千石杂治东平王云狱，时冬月未尽二旬，而相心疑云冤，狱有饰辞，奏欲传之长安，更下公卿复治。尚书令鞫谭、仆射宗伯凤以为可许。天子以相等皆见上体不平，外内顾望，操持两心，幸云逾冬，无讨贼疾恶主雠之意，制诏免相等皆为庶人。后数月大赦，嘉奏封事荐相等明习治狱，"相计谋深沉，谭颇知雅文，凤经明行修，圣王有计功除过，臣窃为朝廷惜此三人。"书奏，上不能平。后二十余日，嘉封还益董贤户事，上乃发怒，召嘉诣尚书，责问以："相等前坐在位不尽忠诚，外附诸侯，操持两心，背人臣之义，今所称相等材美，足以相计除罪。君以道德，位在三公，以总方略一统万类分明善恶为职，知相等罪恶陈列，著闻天下，时辄以自劾，今又称誉相等，云为朝廷惜之。大臣举错，恣心自在，迷国罔上，近由君始，将谓远者何！对状。"嘉免冠谢罪。

事下将军中朝者。光禄大夫孔光、左将军公孙禄、右将军王安、光禄勋马宫、光禄大夫龚胜劾嘉迷国罔上不道，请与廷尉杂治。胜独以为嘉备宰相，诸事并废，咎由嘉生；嘉坐荐相等，微薄，以应迷国罔上不道，恐不可以示天下。遂可光等奏。

光等请谒者召嘉诣廷尉诏狱，制曰："票骑将军、御史大夫、中二千石、二千石、诸大夫、博士、议郎议。"卫尉云等五十人以为："如光等言可许。"议郎龚等以为："嘉言事前后相违，无所执守，不任宰相之职，宜夺爵土，免为庶人。"永信少府猛等十人以为："圣王断狱，必先原心定罪，探意立情，故死者不抱恨而入地，生者不衔怨而受罪。明主躬圣德，重大臣刑辟，广延有司议，欲使海内咸服。嘉罪名虽应法，圣王之于大臣，在舆为下，御坐则起，疾病视之无数，死则临吊之，废宗庙之祭，进之以礼，退之以义，诔之以行。案嘉本以相等为罪，罪恶虽著，大臣括发关械、裸躬就笞，非所以重国褒宗庙也。今春月寒气错缪，霜露数降，宜示天下以宽和。臣等不知大义，唯陛下察焉。"有诏假谒者节，召丞相诣廷尉诏狱。

使者既到府，掾史涕泣，共和药进嘉，嘉不肯服。主簿曰："将相不对理陈冤，相踵以为故事，君侯宜引决。"使者危坐府门上。主簿复前进药，嘉引药杯以击地，谓官属曰："丞相幸得备位三公，奉职负国，当伏刑都市以示万众。丞相岂儿女子邪，何谓咀药而死！"嘉遂装出，见使者再拜受诏，乘吏小车，去盖不冠，随使者诣廷尉。廷尉收嘉丞相、新甫侯印绶，缚嘉载致都船诏狱。

上闻嘉生自诣吏，大怒，使将军以下与五二千石杂治。吏诘问嘉，嘉对曰："案事者思得实。窃见相等前治东平王狱，不以云为不当死，欲关公卿示重慎；置驿马传囚，势不得逾冬月，诚不见其外内顾望阿附为云验。复幸得蒙大赦，相等皆良善吏，臣窃为国惜贤，不私此三人。"狱吏曰："苟如此，则君何以为罪犹当？有以负国，不空入狱矣。"吏稍侵辱嘉，嘉喟然仰天叹曰："幸得充备宰相，不能进贤、退不肖，以是负国，死有余责。"吏问贤、不肖主名，嘉曰："贤，故丞相孔光、故大司空何武，不能进；恶，高安侯董贤父子，佞邪乱朝，而不能退。罪当死，死无所恨。"嘉系狱二十余日，不食，欧血而死。帝舅大司马票骑将军丁明素重嘉而怜之，上遂免明，以董贤代之，语在《贤传》。

嘉为相三年诛，国除。死后上览其对而思嘉言，复以孔光代嘉为丞相，征用何武为御史大夫。元始四年，诏书追录忠臣，封嘉子崇为新甫侯，追谥嘉为忠侯。

师丹，字仲公，琅邪东武人也。治《诗》，事匡衡。举孝廉为郎。元帝末，为博士，免。建始中，州举茂才，复补博士，出为东平王太傅。丞相方进、御史大夫孔光举丹论议深博、廉正守道，征入为光禄大夫、丞相司直。数月，复以光禄大夫给事中，由是为少府、光禄勋、侍中，甚见尊重。成帝末年，立定陶王为皇太子，以丹为太子太傅。

哀帝即位，为左将军，赐爵关内侯，食邑，领尚书事，遂代王莽为大司马，封高乐侯。月余，徙为大司空。

上少在国，见成帝委政外家，王氏僭盛，常内邑邑。即位，多欲有所匡正。封拜丁、傅，夺王氏权。丹自以师傅居三公位，得信于上，上书言："古者谅闇不言，听于冢宰，三年无改于父之道。前大行尸柩在堂，而官爵臣等以及亲属，赫然皆贵宠。封舅为阳安侯，皇后尊号未定，豫封父为孔乡侯。出侍中王邑、射声校尉王邯等。诏书比下，变动政事，卒暴无渐。臣纵不能明陈大义，复曾不能牢让爵位，相随空受封侯，增益陛下之过。间者郡国多地动，水出流杀人民，日月不明，五星失行，此皆举错失中，号令不定，法度失理，阴阳混浊之应也。臣伏惟人情无子，年虽六七十，犹博取而广求。孝成皇帝深见天命，烛知至德，以壮年克己，立陛下为嗣。先帝暴弃天下而陛下继体，四海安宁，百姓不惧，此先帝圣德当合天人之功也。臣闻天威不违颜咫尺，愿陛下深思先帝所以建立陛下之意。且克己躬行以观群下之从化。天下者，陛下之家也，肺附何患不富贵，不宜仓卒。先帝不量臣愚，以为太傅，陛下以臣托师傅，故亡功德而备鼎足，封大国，加赐黄金，位为三公，职在左右，不能尽忠补过，而令庶人窃议，灾异数见，此臣之大罪也。臣不敢言乞骸骨归于海滨，恐嫌于伪。诚惭负重责，义不得不尽死。"书数十上，多切直之言。

初，哀帝即位，成帝母称太皇太后，成帝赵皇后称皇太后，而上祖母傅太后与母丁后皆在国邸，自以定陶共王为称。高昌侯董宏上书言："秦庄襄王母本夏氏，而为华阳夫人所子，及即位后，俱称太后。宜立定陶共王后为皇太后。"事下有司，时丹以左将军与大司马王莽共劾奏宏："知皇太后至尊之号，天下一统，而称引亡秦以为比喻，诖误圣朝，非所宜言，大不道。"上新立，谦让，纳用莽、丹言，免宏为庶人。傅太后大怒，要上欲必称尊号，上于是追尊定陶共王为共皇，尊傅太后为共皇太后，丁后为共皇后。郎中令泠褒、黄门郎段犹等复奏言："定陶共皇太后、共皇后皆不宜复引定陶蕃国之名以冠大号，车马衣服宜皆称皇之意，置吏二千石以下各供厥职，又宜为共皇立庙京师。"上复下其议，有司皆以为宜如褒、犹言。丹议独曰："圣王制礼取法于天地，故尊卑之礼明则人伦之序正，人伦之序正则乾坤得其位而阴阳顺其节，人主与万民俱蒙祐福。尊卑者，所以正天地之位，不可乱也。今定陶共皇太后、共皇后以定陶共为号者，母从子、妻从夫之义也。欲立官置吏，车服与太皇太后并，非所以明尊卑亡二上之义也。定陶共皇号谥已前定，义不得复改。《礼》：'父为士，子为天子，祭以天子，其尸服以士服'。子亡爵父之义，尊父母也。为人后者为之子，故为所后服斩衰三年，而降其父母期，明尊本祖而重正统也。孝成皇帝圣恩深远，故为共王立后，奉承祭祀，今共皇长为一国太祖，万世不毁，恩义已备。陛下既继体先帝，持重大宗，承宗庙天地社稷之祀，义不得复奉定陶共皇祭入其庙。今欲立庙于京师，而使臣下祭之，是无主也。又亲尽当毁，空去一国太祖不堕之祀，而就无主当毁不正之礼，非所以尊厚共皇也。"丹由是浸不合上意。

会有上书言古者以龟贝为货，今以钱易之，民以故贫，宜可改币。上以问丹，丹对言可改。章下有司议，皆以为行钱以来久，难卒变易。丹老人，忘其前语，后从公卿议。又丹使吏书奏，吏私写其草，丁、傅子弟闻之，使人上书告丹上封事行道人遍持其书。上以问将军中朝臣，皆对曰："忠臣不显谏，大臣奏事不宜漏泄，令吏民传写流闻四方。'臣不密则失身'，宜下廷尉治。"事下廷尉，廷尉劾丹大不敬。事未决，给事中博士申咸、炔钦上书，言"丹经行无比，自近世大臣能若丹者少。发愤懑，奏封事，不及深思远虑，使主簿书，漏泄之过不在丹。以此贬黜，恐不厌众心。"尚书劾咸、钦：

"幸得以儒官选擢备腹心，上所折中定疑，知丹社稷重臣，议罪处罚，国之所慎，咸、钦初傅经义以为当治，事以暴列，乃复上书妄称誉丹，前后相违，不敬。"上贬咸、钦秩各二等。遂策免丹曰："夫三公者，朕之腹心也，辅善相过，匡率百僚，和合天下者也。朕既不明，委政于公，间者阴阳不调，寒暑失常，变异屡臻，山崩地震，河决泉涌，流杀人民，百姓流连，无所归心，司空之职尤废焉。君在位出入三年，未闻忠言嘉谋，而反有朋党相进不公之名。乃者以挺力田议改币章示君，君内为朕建可改不疑；以君之言博考朝臣，君乃希众雷同，外以为不便，令观听者归非于朕。朕隐忍不宣，为君受愆。朕疾夫比周之徒虚伪坏化寖以成俗，故屡以书饬君；几君省过求己，而反不受，退有后言。及君奏封事，传于道路，布闻朝市，言事者以为大臣不忠，辜陷重辟，获虚采名，谤讥匈匈，流于四方。腹心如此，谓疏者何？殆谬于二人同心之利焉，将何以率示群下，附亲远方？朕惟君位尊任重，虑不周密，怀谖迷国，进退违命，反复异言，甚为君耻之，非所以共承天地，永保国家之意。以君尝托傅位，未忍考于理，已诏有司赦君勿治。其上大司空高乐侯印绶，罢归。"

尚书令唐林上疏曰："窃见免大司空丹策书，泰深痛切，君子作文，为贤者讳。丹经为世儒宗，德为国黄耇，亲傅圣躬，位在三公，所坐者微，海内未见其大过，事既已往，免爵大重，京师识者咸以为宜复丹邑爵，使奉朝请，四方所瞻仰也。惟陛下财览众心，有以尉复师傅之臣。"上从林言，下诏赐丹爵关内侯，食邑三百户。

丹既免数月，上用朱博议，尊傅太后为皇太太后，丁后为帝太后，与太皇太后及皇太后同尊，又为共皇立庙京师，仪如孝元皇帝。博迁为丞相，复与御史大夫赵玄奏言："前高昌侯宏首建尊号之议，而为丹所劾奏，免为庶人。时天下衰粗，委政于丹。丹不深惟褒广尊亲之义而妄称说，抑贬尊号，亏损孝道，不忠莫大焉。陛下圣仁，昭然定尊号，宏以忠孝复封高昌侯。丹恶逆暴著，虽蒙赦令，不宜有爵邑，请免为庶人。"奏可。丹于是废归乡里者数年。

平帝即位，新都侯王莽白太皇太后发掘傅太后、丁太后冢，夺其玺绶，更以民葬之，定陶隳废共皇庙。诸造议泠褒、段犹等皆徙合浦，复免高昌侯宏为庶人。征丹诣公车，赐爵关内侯，食故邑。数月，太皇太后诏大司徒、大司空曰："夫褒有德，赏元功，先圣之制，百王不易之道也。故定陶太后造称僭号，甚悖义理。关内侯师丹端诚于国，不顾患难，执忠节，据圣法，分明尊卑之制，确然有柱石之固，临大节而不可夺，可谓社稷之臣矣。有司条奏邪臣建定称号者已放退，而丹功赏未加，殆缪乎先赏后罚之义，非所以章有德报厥功也。其以厚丘之中乡户二千一百封丹为义阳侯。"月余薨，谥曰节侯。子业嗣，王莽败乃绝。

赞曰：何武之举，王嘉之争，师丹之议，考其祸福，乃效于后。当王莽之作，外内咸服，董贤之爱，疑于亲戚，武、嘉区区，以一蒉障江河，用没其身。丹与董宏更受赏罚，哀哉！故曰"依世则废道，违俗则危殆"，此古人所以难受爵位者也。

卷八十七上

扬雄传第五十七上

扬雄，字子云，蜀郡成都人也。其先出自有周伯侨者，以支庶初食采于晋之扬，因氏焉，不知伯侨周何别也。扬在河、汾之间，周衰而扬氏或称侯，号曰扬侯。会晋六卿争权，韩、魏、赵兴而范中行、知伯弊。当是时，逼扬侯，扬侯逃于楚巫山，因家焉。楚汉之兴也，扬氏溯江上，处巴江州。而扬季官至庐江太守。汉元鼎间避仇复溯江上，处岷山之阳曰郫，有田一进城壥，有宅一区，世世以农桑为业。自季至雄，五世而传一子，故雄亡它扬于蜀。

雄少而好学，不为章句，训诂通而已，博览无所不见。为人简易佚荡，口吃不能剧谈，默而好深湛之思，清静亡为，少耆欲，不汲汲于富贵，不戚戚于贫贱，不修廉隅以徼名当世。家产不过十金，乏无儋石之储，晏如也。自有大度:非圣哲之书不好也；非其意，虽富贵不事也。顾尝好辞赋。

先是时，蜀有司马相如，作赋甚弘丽温雅，雄心壮之，每作赋，常拟之以为式。又怪屈原文过相如，至不容，作《离骚》，自投江而死，悲其文，读之未尝不流涕也。以为君子得时则大行，得不时则龙蛇，遇不遇命也，何必湛身哉！乃作书，往往摭《离骚》文而反之，自岷山投诸江流以吊屈原，名曰《反离骚》；又旁《离骚》作重一篇，名曰《广骚》;又旁《惜诵》以下至《怀沙》一卷，名曰《畔牢愁》。《畔牢愁》、《广骚》文多，不载，独载《反离骚》，其辞曰：

有周氏之蝉嫣兮，或鼻祖于汾隅，灵宗初谍伯侨兮，流于末之扬侯。淑周楚之丰烈兮，超既离乎皇波，因江潭而淮记兮，钦吊楚之湘累。

惟天轨之不辟兮，何纯洁而离纷！纷累以其淟涊兮，暗累以其缤纷。

汉十世之阳朔兮，招摇纪于周正，正皇天之清则兮，度后土之方贞。图累承彼洪族兮，又览累之昌辞，带钩矩而佩衡兮，履欃枪以为綦。素初贮厥丽服兮，何文肆而质䵂！资娵、娃之珍髢兮，鬻九戎而索赖。

凤皇翔于蓬陼兮，岂驾鹅之能捷！骋骅骝以曲艰兮，驴骡连蹇而齐足。枳棘之榛榛兮，蝯狖拟而不敢下，灵修既信椒、兰之唼佞兮，吾累忽焉而不早睹？

衿芰茄之绿衣兮，被夫容之朱裳，芳酷烈而莫闻兮，不如襞而幽之离房。闺中容竞淖约兮，相态以丽佳，知众嫭之嫉妒兮，何必扬累之蛾眉？

懿神龙之渊潜，俟庆云而将举，亡春风之被离兮，孰焉知龙之所处？愍吾累之众芬兮，扬烨烨之芳苓，遭季夏之凝霜兮，庆夭悴而丧荣。

横江、湘以南淮兮，云走乎彼苍吾，驰江潭之泛溢兮，将折衷乎重华。舒中情之烦或兮，恐重华之不累与，陵阳侯之素波兮，岂吾累之独见许？

精琼靡与秋菊兮，将以延夫天年；临汨罗而自陨兮，恐日薄于西山。解扶桑之总辔兮，纵令之遂奔驰，鸾皇腾而不属兮，岂独飞廉与云师！

卷薜芷与若蕙兮，临湘渊而投之；棍申椒与菌桂兮，赴江湖而沤之。费椒糈以要神兮，又勤索彼琼茅，违灵氛而不从兮，反湛身于江皋！

累既攀夫傅说兮，奚不信而遂行？徒恐鷤鴂之将鸣兮，顾先百草为不芳！

初累弃彼虙妃兮，更思瑶台之逸女，抨雄鸩以作媒兮，何百离而曾不一耦！乘云蜺之旖柅兮，望昆仑以樛流，览四荒而顾怀兮，奚必云女彼高丘？

既亡鸾车之幽蔼兮，驾八龙之委蛇？临江濒而掩涕兮，何有《九招》与《九歌》？夫圣哲之遭兮，固时命之所有；虽增欷以于邑兮，吾恐灵修之不累改。昔仲尼之去鲁兮，斐斐迟迟而周迈，终回复于旧都兮，何必湘渊与涛濑！混渔父之餔兮，洁沐浴之振衣，弃由、聃之所珍兮，蹠彭咸之所遗！

孝成帝时，客有荐雄文似相如者，上方郊祠甘泉泰畤、汾阴后土，以求继嗣，召雄待诏承明之庭。正月，从上甘泉，还奏《甘泉赋》以风。其辞曰：

惟汉十世，将郊上玄，定泰畤，雍神休，尊明号，同符三皇，录功五帝，恤胤锡羡，拓迹开统。于是乃命群僚，历吉日，协灵辰，星陈而天行。诏招摇与泰阴兮，伏钩陈使当兵，属堪舆以壁垒兮，梢夔、魖而抶狂。八神奔而警跸兮，振殷辚而军装；蚩尤之伦带干将而秉玉戚兮，飞蒙茸而走陆梁。齐总总撙撙，其相胶葛兮，猋骇云讯，奋以方攘；骈罗列布，鳞以杂沓兮，柴虒参差，鱼颉而鸟䀠；翕赫曶霍，雾集蒙合兮，半散照烂，粲以成章。

于是乘舆乃登夫凤皇兮翳华芝，驷苍螭兮六素虬，蠖略蕤绥，漓乎襂纚。帅尔阴闭，霅然阳开，腾清霄而轶浮景兮，夫何旟旐郅偈之旖柅也！流星旄以电烛兮，咸翠盖而鸾旗。敦万骑于中营兮，方玉车之千乘。声駍隐以陆离兮，轻先疾雷而馺遗风。陵高衍之嵱嵷兮，超纡谲之清澄。登椽栾而狃天门兮，驰阊阖而入凌兢。

是时未臻夫甘泉也，乃望通天之绎绎。下阴潜以惨廪兮，上洪纷而相错；直峣峣以造天兮，厥高庆而不可乎疆度。平原唐其坛曼兮，列新雉于林薄；攒并闾与茇葀苦兮，纷被丽其亡鄂。崇丘陵之駊騀乎，深沟风嶔岩而为谷；往往离宫般以相烛兮，封峦石关施靡乎延属。

于是大夏云谲波诡，摧嶉而成观，仰挢首以高视兮，目冥眴而亡见。正浏滥以弘惝兮，指东西之漫漫，徒回回以徨徨兮，魂固眇眇而昏乱。据軨轩而周流兮，忽軮轧而亡垠。翠玉树之青葱兮，壁马犀之瞵瑞。金人仡仡其承钟虡兮，嵌岩岩其龙鳞，扬光曜之燎烛兮，乘景炎之炘炘，配帝居之县圃兮，象泰壹之威神。洪台掘其独出兮，掇北极之嶟嶟，列宿乃施于上荣兮，日月才经于柍桭，雷郁律而岩突兮，电倏忽于墙藩。鬼魅不能自还兮，半长途而下颠。历倒景而绝飞梁兮，浮蔑蠓而撇天。

左欃枪右玄冥兮，前熛阙后应门；阴西海与幽都兮，涌醴汩以生川。蛟龙连蜷于东厓兮，白虎敦圉乎昆仑。览樛流于高光兮，溶方皇于西清。前殿崔巍兮，和氏珑玲，炕浮柱之飞榱兮，神莫莫而扶倾，闶阆阆其寥廓兮，似紫宫之峥嵘。骈交错而曼衍兮，峣嵺㠑莘崯嶂隗乎其相婴。乘云阁而上下兮，纷蒙笼以掍成。曳红采之流离兮，飏翠气之冤延。袭琁室与倾宫兮，若登高妙远，肃乎临渊。

回猋肆其砀骇兮，翍桂椒，郁栘杨。香芬茀以穷隆兮，击薄栌而将荣。芗呹肸以掍根兮，声駍隐而历钟，排玉户而飏金铺兮，发兰惠与穹穷。惟弸其拂汨兮，稍暗暗而靓深。阴阳清浊穆羽相和兮，若夔、牙之调琴。般、倕弃其剞劂兮，王尔投其钩绳。虽方征侨与偓佺兮，犹仿佛其若梦。

于是事变物化，目骇耳回，盖天子穆然珍台闲馆琁题玉英蜵蠖濩之中，惟夫所以澄心清魂，储精垂思，感动天地，逆釐三神者。乃搜逑索耦皋、伊之徒，冠伦魁能，函甘棠之惠，挟东征之意，相与齐乎阳灵之宫。靡薜荔而为席兮，折琼枝以为芳，噏清云之流瑕兮，饮若木之露英，集乎礼神之囿，登乎颂祇之堂。建光耀之长旓兮，昭华覆之威威，攀琁玑而下视兮，行游目乎三危，陈众车于东坑兮，肆玉釱而下驰，漂龙渊而还九垠兮，窥地底而上回。风傱傱而扶辖兮，鸾凤纷其御蕤，梁弱水之濎濙兮，蹑不周之逶蛇，想西王母欣然而上寿兮，屏玉女而却虙妃。玉女无所眺其清庐兮，虙妃曾不得施其蛾眉。方揽道德之精刚兮，侔神明与之为资。

于是钦祡宗祈。燎熏皇天，招繇泰壹。举洪颐，树灵旗。樵蒸焜上，配藜四施，东烛仓海，西耀流沙，北爌幽都，南炀丹厓。玄瓒觩䚥，秬鬯泔淡，肸向丰融，懿懿芬芬。炎感黄龙兮，熛讹硕麟，选巫咸兮叫帝阍，开天庭兮延群神。傧暗蔼兮降清坛，瑞穰穰兮委如山。

于是事毕功弘，回车而归，度三峦兮偈棠梨。天阃决兮地垠开，八荒协兮万国谐。登长平兮雷鼓磕，天声起兮勇士厉，云飞扬兮雨滂沛，于胥德兮丽万世。

乱曰：崇崇圜丘，隆隐天兮，登降峛崺，单埢垣兮。增宫嵾差，骈嵯峨兮，岭巆嶙峋，洞亡厓兮。上天之縡，杳旭卉兮，圣皇穆穆，信厥对兮。倈祇郊禋，神所依兮，俳佪招摇，灵䚥迟兮。辉光眩耀，隆厥福兮，子子孙孙，长亡极兮。

甘泉本因秦离宫，既奢泰，而武帝复增通天、高光、迎风。宫外近则洪厓、旁皇、储胥、弩陆，远则石关、封峦、枝鹊、露寒、棠梨、师得，游观屈奇瑰玮，非木摩而不雕，墙涂而不画，周宣所考，般庚所迁，夏卑宫室，唐、虞棌掾三等之制也。且为其已久矣，非成帝所造，欲谏则非时，欲默则不能已，故遂推而隆之，乃上比于帝室紫宫，若曰此非人力之所为，党鬼神可也。又是时赵昭仪方大幸，每上甘泉，常法从，在属车间豹尾中。故雄聊盛言车骑之众，参丽之驾，非所以感动天地，逆釐三神。又言"屏玉女，却虙妃"，以微戒齐肃之事。赋成，奏之，天子异焉。

其三月，将祭后土，上乃帅群臣横大河，凑汾阴。既祭，行游介山，回安邑，顾龙门，览盐池，登历观，陟西岳以望八荒，迹殷、周之虚，眇然以思唐、虞之风。雄以为，临川羡鱼不如归而结网，还，上《河东赋》以劝，其辞曰：

伊年暮春，将瘗后土，礼灵祇，谒汾阴于东郊，因兹以勒崇垂鸿，发祥隤祉，钦若神明者，盛哉铄乎，越不可载已！于是命群臣，齐法服，整灵舆，乃抚翠凤之驾，六先景之乘，掉奔星之流旃，彏天狼之威弧。张耀日之玄旄，扬左纛，被云梢。奋电鞭，骖雷辎，鸣洪钟，建五旗。羲和司日，颜伦奉舆，风发飙拂，神腾鬼趡；千乘霆乱，万骑屈桥，嘻嘻旭旭，天地稠嶅。簸丘跳峦，涌渭跃泾。秦神下慑，跖魂负沴；河灵矍踢，掌华蹈衰。遂臻阴宫，穆穆肃肃，蹲蹲如也。

灵祇既乡，五位时叙，絪缊玄黄，将绍厥后。于是灵舆安步，周流容与，以览乎介山。嗟文公而愍推兮，勤大禹于龙门，洒沈灾于豁渎兮，播九河于东濒。登历观而遥望兮，聊浮游以经营。乐往昔之遗风兮，喜虞氏之所耕。瞰帝唐之嵩高兮，脉隆周之大宁。汨低回而不能去兮，行睨陔下与彭城。秽南巢之坎坷兮，易豳岐之夷平。乘翠龙而超河兮，陟西岳之嶢崝。云霏霏而来迎兮，泽渗漓而下降，郁萧条其幽蔼兮，滃泛沛以丰隆。叱风伯于南北兮，呵雨师于西东，参天地而独立兮，廓荡荡其亡双。

遵逝乎归来，以函夏之大汉兮，彼曾何足与比功？建《乾》、《坤》之贞兆兮，将悉总之以群龙。丽钩芒与骖蓐收兮，服玄冥及祝融。敦众神使式道兮，奋《六经》以摅颂。隃于穆之缉熙兮，过《清庙》之雍雍；轶五帝之遐迹兮，蹑三皇之高踪。既发轫于平盈兮，谁谓路远而不能从？

其十二羽猎，雄从。以为昔在二帝、三王，宫馆、台榭、沼池、苑囿、林麓、薮泽，财足以奉郊庙、御宾客、充庖厨而已，不夺百姓膏腴谷土桑柘之地。女有余布，男有余粟，国家殷富，上下交足，故甘露零其庭。醴泉流其唐，凤皇巢其树，黄龙游其沼，麒麟臻其囿，神爵栖其林。昔者禹任益虞而上下和，草木茂；成汤好田而天下用足；文王囿百里，民以为尚小；齐宣王囿四十里，民以为大：裕民之与夺民也。武帝广开上林，南至宜春、鼎胡、御宿、昆吾，旁南山而西，至长杨、五柞，北绕黄山，濒渭而东，周袤数百里，穿昆明池象滇河，营建章、凤阙、神明、馺娑、渐台、泰液象海水，周流方丈、瀛洲、蓬莱。游观侈靡，穷妙极丽。虽颇割其三垂以赡齐民，然至羽猎、田车、戎马、器械、诸偫、禁御所营，尚泰奢丽夸诩，非尧、舜、成汤、文王三驱之意也。又恐后世复修前好，不折中以泉台，故聊因《校猎赋》以风，其辞曰：

或称戏、农，岂或帝王之弥文哉？论者云否，各亦并时而得宜，奚必同条而共贯？则泰山之封，乌得七十而有二仪？是以创业垂统者俱不见其爽，遐迩五三孰知其是非？遂作颂曰：丽哉神圣，处于玄宫，富既与地乎侔訾，贵正与天乎比崇。齐桓曾不足使扶毂，楚严未足以为骖乘；狭三王之厄薜，峤高举而大兴；历五帝之寥廓，涉三皇之登闳；建道德以为师，友仁义与为朋。

于是玄冬季月，天地隆烈，万物权舆于内，徂落于外，帝将惟田于灵之囿，开北垠，受不周之制，以终始颛顼、玄冥之统。乃诏虞人典泽，东延昆邻，西驰阊阖。储积共偫。戍卒夹道。斩丛棘，夷野草，御自汧、渭，经营酆、镐，章皇周流，出入日月，天与地沓。尔乃虎路三嵕以为司马，围经百里而为殿门。外则正南极海，邪界虞渊，鸿蒙沆茫，碣以崇山。营合围会，然后先置乎白杨之南，昆明灵沼之东。贲、育之伦，蒙盾负羽，杖镆邪而罗者以万计，其余荷垂天之毕，张竟野之罘，靡日月之朱竿，曳彗星之飞旗。青云为纷，红蜺为缳，属之乎昆仑之虚，涣若天星之罗，浩如涛水之波，淫淫与与，前后要遮。欃枪为闉，明月为候，荧惑司命，天弧发射，鲜扁陆离，骈衍佖路。徽车轻武，鸿絧緁猎，殷殷轸轸，被陵缘阪，穷冥极远者，相与迥乎高原之上；羽骑营营，昈分殊事，缤纷往来，轠轳不绝，若光若灭者，布乎青林之下。

于是天子乃以阳鼂始出乎玄宫，撞鸿钟，建九旒，六白虎，载灵舆，蚩尤并毂，蒙公先驱。立历天之旂，曳捎星之旃，辟历列缺，吐火施鞭。萃傱允溶，淋离廓落，戏八镇而开关；飞廉、云师，吸嚊潚率，鳞罗布列，攒以龙翰。秋秋跄跄，入西园，切神光；望平乐，径竹林，蹂蕙圃，践兰唐。举烽烈火，辔者施披，方驰千驷，校骑万师。虓虎之陈，从横胶輵，猋泣雷厉，驞駍駖磕，汹汹旭旭，天动地岋。羡漫半散，萧条数千万里外。

若夫壮士慷慨，殊乡别趣，东西南北，骋者奔欲。拖苍豨，跋犀犛，蹶浮麋。斮巨狿，搏玄蝯，腾空虚，距连卷。踔夭蟜，娭涧门，莫莫纷纷，山谷为之风飙，林丛为之生尘。及至获夷之徒，蹶松柏，掌疾梨；猎蒙茏，辚轻飞；履般首，带修蛇；钩赤豹，摼象犀；跇峦坑，超唐陂。车骑云会，登降暗蔼，泰华为旒，熊耳为缀。木仆山还，漫若天外，储与乎大溥，聊浪乎宇内。

于是天清日晏，逢蒙列眥，羿氏控弦，皇车幽輵，光纯天地，望舒弥辔，翼乎徐至于上兰。移围徙陈，浸淫蹴部，曲队坚重，各按行伍。壁垒天旋，神抶电击，逢之则碎，近之则破，鸟不及飞，兽不得过，军惊师骇，刮野扫地。

及至罕车飞扬，武骑聿皇；蹈飞豹，绢扶阳；追天宝，出一方；应駍声，击流光。野尽山穷，囊括其雌雄，沇沇容容，遥噱乎紘中。三军芒然，穷冘阏与，亶观夫票禽之绁隃，犀兕之抵触，熊罴之拏攫，虎豹之凌遽，徒角抢题注，蹙竦慑怖，魂亡魄失，触辐关脰。妄发期中，进退履获，创淫轮夷，丘累陵聚。

于是禽殚中衰，相与集于靖冥之馆，以临珍池。灌以岐梁，溢以江河，东瞰目尽，西畅亡厓，随珠和氏，焯烁其陂。玉石嶜，眩耀青荧，汉女水潜，怪物暗冥，不可殚形。玄鸾孔雀，翡翠垂荣，王雎关关，鸿雁嘤嘤，群娭乎其中，噍噍昆鸣；凫鹥振鹭，上下砰磕，声若雷霆。乃使文身之技，水格鳞虫，凌坚冰，犯严渊，探岩排碕，薄索蛟螭，蹈獱獭，据鼋鼍，抾灵蠵。入洞穴，出苍梧，乘巨鳞，骑京鱼。浮彭蠡，目有虞，方椎夜光之流离，剖明月之珠胎，鞭洛水之虙妃，饷屈原与彭胥。

于兹乎鸿生巨儒，俄轩冕，杂衣裳，修唐典，匡《雅》、《颂》，揖让于前。昭光振耀，蠁曶如神，仁声惠于北狄，武义动于南邻。是以旃裘之王，胡貉之长，移珍来享，抗手称臣。前入围口，后陈卢山。群公常伯杨朱、墨翟之徒喟然称曰："崇哉乎德，虽有唐、虞、大夏、成周之隆，何以侈兹！太古之觐东岳，禅梁基，舍此世也，其谁与哉？"

上犹谦让而未俞也，方将上猎三灵之流，下决醴泉之滋，发黄龙之穴，窥凤皇之巢，临麒麟之囿，幸神雀之林；奢云梦，侈孟诸，非章华，是灵台，罕徂离宫而辍观游，土事不饰，木功不雕，承民乎农桑，劝之以弗迨，侪男女使莫违；恐贫穷者不遍被洋溢之饶，开禁苑，散公储，创道德之囿，弘仁惠之虞，驰弋乎神明之囿，览观乎群臣之有亡；放雉菟，收罝罘，麋鹿刍荛与百姓共之，盖所以臻兹也。于是醇洪鬯之德，丰茂世之规，加劳三皇，勖勤五帝，不亦至乎！乃祗庄雍穆之徒，立君臣之节，崇贤圣之业，未皇苑囿之丽，游猎之靡也，因回轸还衡，背阿房，反未央。

卷八十七下

扬雄传第五十七下

明年，上将大夸胡人以多禽兽，秋，命右扶风发民入南山，西自褒斜，东至弘农，南驱汉中，张罗罔罝罘，捕熊罴、豪猪、虎豹、狖玃、狐菟、麋鹿，载以槛车，输长杨射熊馆。以罔为周阹，纵禽兽其中，令胡人手搏之，自取其获，上亲临观焉。是时，农民不得收敛。雄从至射熊馆，还，上《长杨赋》，聊因笔墨之成文章，故借翰林以为主人，子墨为客卿以风。其辞曰：

子墨客卿问于翰林主人曰："盖闻圣主之养民也，仁沾而恩洽，动不为身。今年猎长杨，先命右扶风，左太华而右褒斜，椓嶻丂而为弋，纡南山以为罝，罗千乘于林莽，列万骑于山隅，帅军踤阹，锡戎获胡。扼熊罴，拖豪猪，木雍枪累，以为储胥，此天下之穷览极观也。虽然，亦颇扰于农民。三旬有余，其廑至矣，而功不图，恐不识者，外之则以为娱乐之游，内之则不以为干豆之事，岂为民乎哉！且人君以玄默为神，淡泊为德，今乐远出以露威灵，数摇动以罢车甲，本非人主之急务也，蒙窃或焉。”

翰林主人曰：“吁，谓之兹邪！若客，所谓知其一未睹其二，见其外不识其内者也。仆尝倦谈，不能一二其详，请略举凡，而客自览其切焉。”

客曰：“唯，唯。”

主人曰：“昔有强秦，封豕其士，窫窳其民，凿齿之徒相与摩牙而争之，豪俊麋沸云扰，群黎为之不康。于是上帝眷顾高祖，高祖奉命，顺斗极，运天关，横巨海，票昆仑，提剑而叱之，所麾城摲邑，下将降旗，一日之战，不可殚记。当此之勤，头蓬不暇疏，饥不及餐，鞮鍪生虮虱，介胄被沾汗，以为万姓请命乎皇天。乃展民之所诎，振民之所乏，规亿载，恢帝业，七年之间而天下密如也。

“逮至圣文，随风乘流，方垂意于至宁，躬服节俭，绨衣不敝，革鞜不穿，大夏不居，木器无文。于是后宫贱玳瑁而疏珠玑，却翡翠之饰，除雕瑑之巧，恶丽靡而不近，斥芬芳而不御，抑止丝竹晏衍之乐，憎闻郑、卫幼眇之声，是以玉衡正而太阶平也。

“其后熏鬻作虐，东夷横畔，羌戎睚眦，闽越相乱，遐萌为之不安，中国蒙被其难。于是圣武勃怒，爰整其旅，乃命票、卫，汾沄沸渭，云合电发，飙腾波流，机骇蜂轶，疾如奔星，击如震霆，砰轒辒，破穹庐，脑沙幕，髓余吾。遂猎乎王廷。驱橐它，烧熐蠡，分梨单于，磔裂属国，夷坑谷，拔卤莽，刊山石。蹂尸舆厮，系累老弱，吮鋋瘢耆、金镞淫夷者数十万人，皆稽颡树颔，扶服蛾伏，二十余年矣，尚不敢惕息。夫天兵四临，幽都先加，回戈邪指，南越相夷，靡节西征，羌僰东驰。是以遐方疏俗殊邻绝党之域，自上仁所不化，茂德所不绥，莫不跷足抗手，请献厥珍，使海内淡然，永亡边城之灾，金革之患。

“今朝廷纯仁，遵道显义，并包书林，圣风云靡；英华沉浮，洋溢八区，普天所覆，莫不沾濡；士有不谈王道者则樵夫笑之。故意者以为事罔隆而不杀，物靡盛而不亏，故平不肆险，安不忘危。乃时以有年出兵，整舆竦戎，振师五[莋，习马长杨，简力狡兽，校武票禽。乃萃然登南山，瞰乌弋，西厌月䏑，东震日域。又恐后世迷于一时之事，常以此取国家之大务，淫荒田猎，陵夷而不御也，是以车不安轫，日未靡旃，从者仿佛，骫属而还；亦所以奉太宗之烈，遵文、武之度，复三王之田，反五帝之虞；使农不辍耰，工不下机，婚姻以时，男女莫违；出恺弟，行简易，矜劬劳，休力役；见百年，存孤弱，帅与之，同苦乐。然后陈钟鼓之乐，鸣鞀磬之和，建碣磍之虡，拮隔鸣球，掉八列之舞；酌允铄，肴乐胥，听庙中之雍雍，受神人之福祜；歌投颂，吹合雅。其勤若此，故真神之所劳也。方将俟元符，以禅梁甫之基，增泰山之高，延光于将来，比荣乎往号，岂徒欲淫览浮观，驰骋秔稻之地，周流梨栗之林，蹂践刍荛，夸诩众庶，盛狖之收，多麋鹿之获哉！且盲不见咫尺，而离娄烛千里之隅；客徒爱胡人之获我禽兽，曾不知我亦已获其王侯。”

言未卒，墨客降席再拜稽首曰：“大哉体乎！允非小子之所能及也。乃今日发矇，廓然已昭矣！”

哀帝时，丁、傅、董贤用事，诸附离之者或起家至二千石。时，雄方草《太玄》，有以自守，泊如也。或嘲雄以玄尚白，而雄解之，号曰《解嘲》。其辞曰：

客嘲扬子曰："吾闻上世之士，人纲人纪，不生则已，生则上尊人君，下荣父母。析人之圭，儋人之爵，怀人之符，分人之禄，纡青拖紫，朱丹其毂。今子幸得遭明盛之世，处不讳之朝，与群贤同行，历金门上玉堂有日矣，曾不能画一奇，出一策，上说人主，下谈公卿。目如耀星，舌如电光，一从一衡，论者莫当，顾而作《太玄》五千文，支叶扶疏，独说十余万言，深者入黄泉，高者出苍天，大者含元气，纤者入无伦，然而位不过侍郎，擢才给事黄门。意者玄得毋尚白乎？何为官之拓落也？"

扬子笑而应之曰："客徒欲朱丹吾毂，不知一跌将赤吾之族也！往者周罔解结，群鹿争逸，离为十二，合为六七，四分五剖，并为战国。士无常君，国亡定臣，得士者富，失士者贫，矫翼厉翮，恣意所存，故士或自盛以橐，或凿坏以遁。是故驺衍以颉亢而取世资，孟轲虽连蹇，犹为万乘师。

"今大汉左东海，右渠搜，前番禺，后陶涂。东南一尉，西北一候。徽以纠墨，制以质铁，散以礼乐，风以《诗》、《书》，旷以岁月，结以倚庐。天下之士，雷动云合，鱼鳞杂袭，咸营于八区，家家自以为稷、契，人人自以为咎繇，戴縰垂缨而谈者皆拟于阿衡，五尺童子羞比晏婴与夷吾，当涂者入青云，失路者委沟渠，旦握权则为卿相，夕失势则为匹夫；譬若江湖之雀，勃解之鸟，乘雁集不为之多，双凫飞不为之少。昔三仁去而殷虚，二老归而周炽，子胥死而吴亡，种、蠡存而粤伯，五羖入而秦喜，乐毅出而燕惧，范雎以折摺而危穰侯，蔡泽虽噤吟而笑唐举。故当其有事也，非萧、曹、子房、平、勃、樊、霍则不能安；当其亡事也，章句之徒相与坐而守之，亦亡所患。故世乱，则圣哲驰骛而不足；世治，则庸夫高枕而有余。

"夫上世之士，或解缚而相，或释褐而傅；或倚夷门而笑，或横江潭而渔；或七十说而不遇，或立谈间而封侯；或枉千乘于陋巷，或拥帚彗而先驱。是以士颇得信其舌而奋其笔，窒隙蹈瑕而无所诎也。当今县令不请士，郡守不迎师，群卿不揖客，将相不俛眉；言奇者见疑，行殊者得辟，是以欲谈者宛舌而固声，欲行者拟足而投迹。乡使上世之士处乎今，策非甲科，行非孝廉，举非方正，独可抗疏，时道是非，高得待诏，下触闻罢，又安得青紫？

"且吾闻之，炎炎者灭，隆隆者绝；观雷观火，为盈为实，天收其声，地藏其热。高明之家，鬼瞰其室。攫挐者亡，默默者存；位极者宗危，自守者身全。是故知玄知默，守道之极；爰清爰静，游神之廷；惟寂惟寞，守德之宅。世异事变，人道不殊，彼我易时，未知何知。今子乃以鸱枭而笑凤皇，执蝘蜓而嘲龟龙，不亦病乎！子徒笑我玄之尚白，吾亦笑子之病甚，不遭臾跗、扁鹊，悲夫！"

客曰："然则靡《玄》无所成名乎？范、蔡以下何必《玄》哉？"

扬子曰："范雎，魏之亡命也。折胁拉髂，免于徽索，翕肩蹈背，扶服入橐，激卬万乘之主，界泾阳抵穰侯而代之，当也。蔡泽，山东之匹夫也，顉颐折安頞，涕涶流沫，西揖强秦之相，扼其咽，炕其气，附其背而夺其位，时也。天下已定，金革已平，都于雒阳，娄敬委辂脱挽，掉三寸之舌，建不拔之策，举中国徙之长安，适也。五帝垂典，三王传礼，百世不易，叔孙通起于枹鼓之间，解甲投戈，遂作君臣之仪，得也。《甫刑》靡敝，秦法酷烈，圣汉权制，而萧何造律，宜也。故有造萧何律于唐、虞之世，则悖矣；有作叔孙通仪于夏、殷之时，则惑矣；有建娄敬之策于成周之世，则缪矣；有谈范、蔡之说于金、张、许、史之间，则狂矣。夫萧规曹随，留侯画策，陈平出奇，功若泰山，向若阺隤，唯其人之赡知哉，亦会其时之可为也。故为可为于可为之时，则从；为不可为于不可为之时，则凶。夫蔺先生收功于章台，四皓采荣于南山，公孙创业于金马，票骑发迹于祁连，司马长卿窃訾于卓氏，东方朔割名于细君。仆诚不能与此数公者并，故默然独守吾《太玄》。”

雄以为赋者，将以风也，必推类而言，极丽靡之辞，闳侈巨衍，竞于使人不能加也，既乃归之于正，然览者已过矣。往时武帝好神仙，相如上《大人赋》，欲以风，帝反缥缥有陵云之志。由是言之，赋劝而不止，明矣。又颇似俳优淳于髡、优孟之徒，非法度所存，贤人君子诗赋之正也，于是辍不复为。而大潭思浑天，参摹而四分之，极于八十一。旁则三摹九据，极之七百二十九赞，亦自然之道也。故观《易》者，见其卦而名之；观《玄》者，数其画而定之。《玄》首四重者，非卦也，数也。其用自天元推一昼一夜阴阳数度律历之纪，九九大运，与天终始。故《玄》三方、九州、二十七部、八十一家、二百四十三表、七百二十九赞，分为三卷，曰一二三，与《泰初历》相应，亦有颛顼之历焉。揲之以三策，关之以休咎，絣之以象类，播之以人事，文之以五行，拟之以道德仁义礼知。无主无名，要合《五经》，苟非其事，文不虚生。为其泰曼漶而不可知，故有《首》、《冲》、《错》、《测》、《摛》、《莹》、《数》、《文》、《掜》、《图》、《告》十一篇，皆以解剥《玄》体，离散其文，章句尚不存焉。《玄》文多，故不著；观之者难知，学之者难成。客有难《玄》大深，众人之不好也，雄解之，号曰《解难》。其辞曰：

客难扬子曰：“凡著书者，为众人之所好也，美味期乎合口，工声调于比耳。今吾子乃抗辞幽说，闳意眇指，独驰骋于有亡之际，而陶冶大炉，旁薄群生，历览者兹年矣，而殊不寤。亶费精神于此，而烦学者于彼，譬画者画于无形，弦者放于无声，殆不可乎？”

扬子曰：“俞。若夫闳言崇议，幽微之涂，盖难与览者同也。昔人有观象于天，视度于地，察法于人者，天丽且弥，地普而深，昔人之辞，乃玉乃金。彼岂好为艰难哉？势不得已也。独不见夫翠虯绛螭之将登乎天，必耸身于仓梧之渊；不阶浮云，翼疾风，虚举而上升，则不能撠胶葛，腾九闳。日月之经不千里，则不能烛六合，耀八紘；泰山之高不嶕峣，则不能浡滃云而散歊烝。是以宓牺氏之作《易》也，绵络天地，经以八卦，文王附六爻，孔子错其象而彖其辞，然后发天地之臧，定万物之基。《典》、《谟》之篇，《雅》、《颂》之声，不温纯深润，则不足以扬鸿烈而章缉熙。盖胥靡为宰，寂寞为尸；大味必淡，大音必希；大语叫叫，大道低回。是以声之眇者不可同于众人之耳，形之美者不可棍于世俗之目，辞之衍者不可齐于庸人之听。今夫弦者，高张急徽，追趍逐者，则坐者不期而附矣；试为之施《咸池》，揄《六茎》，发《箫韶》，咏《九成》，则莫有和也。是故钟期死，伯牙绝弦破琴而不肯与众鼓；獿人亡，则匠石辍斤而不敢妄斫。师旷之调钟，俟知音者之在后也；孔子作《春秋》，几君子之前睹也。老聃有遗言，贵知我者希，此非其操与！”

雄见诸子各以其知舛驰，大氐底诋訾圣人，即为怪迂。析辩诡辞，以挠世事，虽小辩，终破大道而或众，使溺于所闻而不自知其非也。及太史公记六国，历楚、汉，讫麟止，不与圣人同，是非颇谬于经。故人时有问雄者，常用法应之，撰以为十三卷，象《论语》，号曰《法言》。《法言》文多不著，独著其目：

天降生民，倥侗颛蒙，恣于情性，聪明不开，训诸理。撰《学行》第一。

降周迄孔，成于王道，终后诞章乖离，诸子图微。撰《吾子》第二。

事有本真，陈施于亿，动不克咸，本诸身。撰《修身》第三。

芒芒天道，在昔圣考，过则失中，不及则不至，不可奸罔。撰《问道》第四。

神心曶恍，经纬万方，事系诸道德仁谊礼。撰《问神》第五。

明哲煌煌，旁烛亡疆，逊于不虞，以保天命。撰《问明》第六。

假言周于天地，赞于神明，幽弘横广，绝于迩言。撰《寡见》第七。

圣人聪明渊懿，继天测灵，冠于群伦，经诸范。撰《五百》第八。

立政鼓众，动化天下，莫上于中和，中和之发，在于哲民情。撰《先知》第九。

仲尼以来，国君、将相、卿士、名臣参差不齐，一概诸圣。撰《重黎》第十。

仲尼之后，讫于汉道，德行颜、闵，股肱萧、曹，爰及名将尊卑之条，称述品藻。撰《渊骞》第十一。

君子纯终领闻，蠢迪检押，旁开圣则。撰《君子》第十二。

孝莫大于宁亲，宁亲莫大于宁神，宁神莫大于四表之欢心。撰《孝至》第十三。

赞曰：雄之自序云尔。初，雄年四十余，自蜀来至游京师，大司马车骑将军王音奇其文雅，召以为门下史，荐雄待诏，岁余，奏《羽猎赋》，除为郎，给事黄门，与王莽、刘歆并。哀帝之初，又与董贤同官。当成、哀、平间，莽、贤皆为三公，权倾人主，所荐莫不拔擢，而雄三世不徙官。及莽篡位，谈说之士用符命称功德获封爵者甚众，雄复不侯，以耆老久次转为大夫，恬于势利乃如是。实好古而乐道，其意欲求文章成名于后世，以为经莫大于《易》，故作《太玄》；传莫大于《论语》，作《法言》；史篇莫善于《仓颉》，作《训纂》；箴莫善于《虞箴》，作《州箴》；赋莫深于《离骚》，反而广之；辞莫丽于相如，作四赋：皆斟酌其本，相与放依而驰骋云。用心于内，不求于外，于时人皆曶之；唯刘歆及范逡敬焉，而桓谭以为绝伦。

王莽时，刘歆、甄丰皆为上公，莽既以符命自立，即位之后，欲绝其原以神前事，而丰子寻、歆子棻复献之。莽诛丰父子，投棻四裔，辞所连及，便收不请。时，雄校书天禄阁上，治狱使者来，欲收雄，雄恐不能自免，乃从阁上自投下，几死。莽闻之曰："雄素不与事，何故在此？"间请问其故，乃刘棻尝从雄学作奇字，雄不知情。有诏勿问。然京师为之语曰："惟寂寞，自投阁；爰清静，作符命。"

雄以病免，复召为大夫。家素贫，耆酒，人希至其门。时有好事者载酒肴从游学，而巨鹿侯芭常从雄居，受其《太玄》、《法言》焉。刘歆亦尝观之，谓雄曰："空自苦！今学者有禄利，然尚不能明《易》，又如《玄》何？吾恐后人用覆酱瓿也。"雄笑而不应。年七十一，天凤五年卒，侯芭为起坟，丧之三年。

时，大司空王邑、纳言严尤闻雄死，谓桓谭曰："子常称扬雄书，岂能传于后世乎？"谭曰："必传。顾君与谭不及见也。凡人贱近而贵远，亲见扬子云禄位容貌不能动人，故轻其书。昔老聃著虚无之言两篇，薄仁义，非礼学，然后世好之者尚以为过于《五经》，自汉文、景之君及司马迁皆有是言。今扬子之书文义至深，而论不诡于圣人，若使遭遇时君，更阅贤知，为所称善，则必度越诸子矣。"诸儒或讥以为雄非圣人而作经，犹春秋吴楚之君僭号称王，盖诛绝之罪也。自雄之没至今四十余年，其《法言》大行，而《玄》终不显，然篇籍具存。

卷八十八

儒林传第五十八

古之儒者，博学乎《六艺》之文。六学者，王教之典籍，先圣所以明天道，正人伦，致至治之成法也。周道既衰，坏于幽、厉，礼乐征伐自诸侯出，陵夷二百余年而孔子兴，以圣德遭季世，知言之不用而道不行，乃叹曰："凤鸟不至，河不出图，吾已矣夫！""文王既没，文不在兹乎？"于是应聘诸侯，以答礼行谊。西入周，南至楚，畏匡厄陈，奸七十余君。适齐闻《韶》，三月不知肉味；自卫反鲁，然后乐正，《雅》、《颂》各得其所。究观古今之篇籍，乃称曰："大哉，尧之为君也！唯天为大，唯尧则之。巍巍乎其有成功也，焕乎其有文章也！"又曰："周监于二世，郁郁乎文哉！吾从周。"于是叙《书》则断《尧典》，称乐则法《韶舞》，论《诗》则首《周南》。缀周之礼，因鲁《春秋》，举十二公行事，绳之以文、武之道，成一王法，至获麟而止。盖晚而好《易》，读之韦编三绝，而为之传。皆因近圣之事，以立先王之教，故曰："述而不作，信而好古"；下学而上达，知我者其天乎！"

仲尼既没，七十子之徒散游诸侯，大者为卿相师傅，小者友教士大夫，或隐而不见。故子张居陈，澹台子羽居楚，子夏居西河，子贡终于齐。如田子方、段干木、吴起、禽滑氂之属，皆受业于子夏之伦，为王者师。是时，独魏文侯好学。天下并争于战国，儒术既黜焉，然齐鲁之间学者犹弗废，至于威、宣之际，孟子、孙卿之列咸遵夫子之业而润色之，以学显于当世。

及至秦始皇兼天下，燔《诗》、《书》，杀术士，六学从此缺矣。陈涉之王也，鲁诸儒持孔氏礼器往归之，于是孔甲为涉博士，卒与俱死。陈涉起匹夫，驱適戍以立号，不满岁而灭亡，其事至微浅，然而搢绅绅先生负礼器往委质为臣者何也？以秦禁其业，积怨而发愤于陈王也。

及高皇帝诛项籍，引兵围鲁，鲁中诸儒尚讲诵习礼，弦歌之音不绝，岂非圣人遗化好学之国哉？于是诸儒始得修其经学，讲习大射乡饮之礼。叔孙通作汉礼仪，因为奉常，诸弟子共定者，咸为选首，然后喟然兴于学。然尚有干戈，平定四海，亦未皇痒序之事也。孝惠、高后时，公卿皆武力功臣。孝文时颇登用，然孝文本好刑名之言。及至孝景，不任儒，窦太后又好黄、老术，故诸博士具官待问，未有进者。

汉兴，言《易》自淄川田生；言《书》自济南伏生；言《诗》，于鲁则申培公，于齐则辕固生，燕则韩太傅；言《礼》，则鲁高堂生；言《春秋》，于齐则胡毋生，于赵则董仲舒。及窦太后崩，武安君田蚡为丞相，黜黄老、刑名百家之言，延文学儒者以百数，而公孙弘以治《春秋》为丞相，封侯，天下学士靡然乡风矣。

弘为学官，悼道之郁滞，乃请曰："丞相、御史言：制曰'盖闻导民以礼，风之以乐。婚姻者，居室之大伦也。今礼废乐崩，朕甚愍焉，故详延天下方闻之士，咸登诸朝。其令礼官劝学，讲议洽闻，举遗兴礼，以为天下先。太常议，予博士弟子，崇乡里之化，以厉贤材焉。’谨与太常臧、博士平等议，曰：闻三代之道，乡里有教，夏曰校，殷曰庠，周曰序。其劝善也，显之朝廷；其惩恶也，加之刑罚。故教化之行也，建首善自京师始，由内及外。今陛下昭至德，开大明，配天地，本人伦，劝学兴礼，崇化厉贤，以风四方，太平之原也。古者政教未洽，不备其礼，请因旧官而兴焉。为博士官置弟子五十人，复其身。太常择民年十八以上、仪状端正者，补博士弟子。郡国县官有好文学、敬长上、肃政教、顺乡里，出入不悖，所闻，令、相、长、丞上属所二千石，二千石谨察可者，常与计偕，诣太常，得受业如弟子，一岁皆辄课，能通一艺以上，补文学掌故缺；其高第可以为郎中，太常籍奏。即有秀才异等，辄以名闻。其不事学若下材，及不能通一艺，辄罢之，而请诸能称者。臣谨案诏书律令下者，明天人分际，通古今之谊，文章尔雅，训辞深厚，恩施甚美。小吏浅闻，弗能究宣，亡以明布谕下。以治礼掌故以文学礼义为官，迁留滞。请选择其秩比二百石以上及吏百石通一艺以上补左右内史、大行卒史，比百石以下补郡太守卒史，皆各二人，边郡一人。先用诵多者，不足，择掌故以补中二千石属，文学掌故补郡属，备员。请著功令。它如律令。”

制曰：“可。”自此以来，公卿大夫士吏彬彬多文学之士矣。

昭帝时举贤良文学，增博士弟子员满百人，宣帝末增倍之。元帝好儒，能通一经者皆复。数年，以用度不足，更为设员千人，郡国置《五经》百石卒史。成帝末，或言孔子布衣养徒三千人，今天子太学弟子少，于是增弟子员三千人。岁余，复如故。平帝时王莽秉政，增元士之子得受业如弟子，勿以为员，岁课甲科四十人为郎中，乙科二十人为太子舍人，丙科四十人补文学掌故云。

自鲁商瞿子木受《易》孔子，以授鲁桥庇子庸。子庸授江东馯臂子弓。子弓授燕周丑子家。子家授东武孙虞子乘。子乘授齐田何子装。及秦禁学，《易》为筮卜之书，独不禁，故传受者不绝也。汉兴，田何以齐田徙杜陵，号杜田生，授东武王同子中，雒阳周王孙、丁宽、齐服生，皆著《易传》数篇。同授淄川杨何，字叔元，元光中征为太中大夫。齐即墨成，至城阳相。广川孟但，为太子门大夫。鲁周霸、莒衡胡、临淄主父偃，皆以《易》至大官。要言《易》者本之田何。

丁宽，字子襄，梁人也。初，梁项生从田何受《易》，时宽为项生从者，读《易》精敏，材过项生，遂事何。学成，何谢宽。宽东归，何谓门人曰：“《易》以东矣。”宽至雒阳，复从周王孙受古义，号《周氏传》。景帝时，宽为梁孝王将军距吴、楚，号丁将军，作《易说》三万言，训故举大谊而已，今《小章句》是也。宽授同郡砀田王孙。王孙授施雠、孟喜、梁丘贺。由是《易》有施、孟、梁丘之学。

施雠，字长卿，沛人也。沛与砀相近，雠为童子，从田王孙受《易》。后雠徙长陵，田王孙为博士，复从卒业，与孟喜、梁丘贺并为门人。谦让，常称学废，不教授。及梁丘贺为少府，事多，乃遣子临分将门人张禹等从雠问。雠自匿不肯见，贺固请，不得已乃授临等。于是贺荐雠：“结发事师数十年，贺不能及。”诏拜雠为博士。甘露中与《五经》诸儒杂论同异于石渠阁。雠授张禹、琅邪鲁伯。伯为会稽太守，禹至丞相。禹授淮阳彭宣、沛戴崇子平。崇为九卿，宣大司空。禹、宣皆有传。鲁伯授太山毛莫如少路、琅邪邴丹曼容，著清名。莫如至常山太守。此其知名者也。由是施家有张、彭之学。

孟喜，字长卿，东海兰陵人也。父号孟卿，善为《礼》、《春秋》，授后苍、疏广。

世所传《后氏礼》、《疏氏春秋》，皆出孟卿。孟卿以《礼经》多，《春秋》烦杂，乃使喜从田王孙受《易》。喜好自称誉，得《易》家候阴阳灾变书，诈言师田生且死时枕喜膝，独传喜，诸儒以此耀之。同门梁丘贺疏通证明之。曰："田生绝于施雠手中，时喜归东海，安得此事？"又蜀人赵宾好小数书，后为《易》，饰《易》文，以为"箕子明夷，阴阳气亡箕子；箕子者，万物方荄兹也。"宾持论巧慧，《易》家不能难，皆曰："非古法也"。云受孟喜，喜为名之。后宾死，莫能持其说。喜因不肯仞，以此不见信。喜举孝廉为郎，曲台署长，病免，为丞相掾。博士缺，众人荐喜。上闻喜改师法，遂不用喜。喜授同郡白光少子、沛翟牧子兄，皆为博士。由是有翟、孟、白之学。

梁丘贺，字长翁，琅邪诸人也。以能心计，为武骑。从太中大夫京房受《易》。房者，淄川杨何弟子也。房出为齐郡太守，贺更事田王孙。宣帝时，闻京房为《易》明，求其门人，得贺。贺时为都司空令，坐事，论免为庶人。待诏黄门数入说教侍中，以召贺。贺入说，上善之，以贺为郎。会八月饮酎，行祠孝昭庙，先驱旄头剑挺堕地，首垂泥中，刃乡乘舆车，马惊。于是召贺筮之，有兵谋，不吉。上还，使有司侍祠。是时，霍氏外孙代郡太守任宣坐谋反诛，宣子章为公车丞，亡在渭城界中，夜玄服入庙，居郎间，执戟立庙门，待上至，欲为逆。发觉，伏诛。故事，上常夜入庙，其后待明而入，自此始也。贺以筮有应，由是近幸，为太中大夫，给事中，至少府。为人小心周密，上信重之。年老终官。传子临，亦入说，为黄门郎。甘露中，奉使问诸儒于石渠。临学精孰，专行京房法。琅邪王吉通《五经》，闻临说，善之。时，宣帝选高材郎十人从临讲，吉乃使其子郎中骏上疏从临受《易》。临代五鹿充宗君孟为少府，骏御史大夫，自有传。充宗授平陵士孙张仲方、沛邓彭祖子夏、齐衡咸长宾。张为博士，至扬州牧，光禄大夫给事中，家世传业。彭祖，真定太傅。咸，王莽讲学大夫。由是梁丘有士孙、邓、衡之学。

京房受《易》梁人焦延寿。延寿云尝从孟喜问《易》。会喜死，房以为延寿《易》即孟氏学。翟牧、白生不肯，皆曰非也。至成帝时，刘向校书，考《易》说，以为诸《易》家说皆祖田何、杨叔、丁将军，大谊略同，唯京氏为异，党焦延寿独得隐士之说，托之孟氏，不相与同。房以明灾异得幸，为石显所谮诛，自有传。房授东海殷嘉、河东姚平、河南乘弘，皆为郎、博士。由是《易》有京氏之学。

费直，字长翁，东莱人也。治《易》为郎，至单父令。长于封筮，亡章句，徒以《彖》、《象》、《系辞》十篇文言解说上下经。琅邪王璜平中能传之。璜又传古文《尚书》。

高相，沛人也。治《易》与费公同时，其学亦亡章句，专说阴阳灾异，自言出于丁将军。传至相，相授子康及兰陵毋将永。康以明《易》为郎，永至豫章都尉。及王莽居摄，东郡太守翟谊谋举兵诛莽，事未发，康候知东郡有兵，私语门人，门人上书言之。后数月，翟谊兵起，莽召问，对"受师高康"。莽恶之，以为惑众，斩康。由是《易》有高氏学。高、费皆未尝立于学官。

伏生，济南人也，故为秦博士。孝文时，求能治《尚书》者，天下亡有，闻伏生治之，欲召。时伏生年九十余，老不能行，于是诏太常，使掌故晁错往受之。秦时禁《书》，伏生壁藏之，其后大兵起，流亡。汉定，伏生求其《书》，亡数十篇，独得二十九篇，即以教于齐、鲁之间。齐学者由此颇能言《尚书》，山东大师亡不涉《尚书》以教。伏生教济南张生及欧阳生。张生为博士，而伏生孙以治《尚书》征，弗能明定。是后鲁周霸、雒阳贾嘉颇能言《尚书》云。

欧阳生，字和伯，千乘人也。事伏生，授倪宽。宽又受业孔安国，至御史大夫，自有传。宽有俊材，初见武帝，语经学。上曰："吾始以《尚书》为朴学，弗好，及闻宽说，可观。"乃从宽问一篇。欧阳、大小夏侯氏学皆出于宽。宽授欧阳生子，世世相传，至曾孙高子阳，为博士。高孙地馀长宾以太子中庶子授太子，后为博士，论石渠。元帝即位，地馀侍中，贵幸，至少府。戒其子曰："我死，官属即送汝财物，慎毋受。汝九卿儒者子孙，以廉洁著，可以自成。"及地馀死，少府官属共送数百万，其子不受。天子闻而嘉之，赐钱百万。地馀少子政为王莽讲学大夫。由是《尚书》世有欧阳氏学。

林尊，字长宾，济南人也。事欧阳高，为博士，论石渠。后至少府、太子太傅，授平陵平当、梁陈翁生。当至丞相，自有传。翁生信都太傅，家世传业。由是欧阳有平、陈之学。翁生授琅邪殷崇、楚国龚胜。崇为博士，胜右扶风，自有传。而平当授九江朱普公文、上党鲍宣。普为博士，宣司隶校尉，自有传。徒众尤盛，知名者也。

夏侯胜，其先夏侯都尉，从济南张生受《尚书》，以传族子始昌。始昌传胜，胜又事同郡蕑。蕑卿者，倪宽门人。胜传从兄子建，建又事欧阳高。胜至长信少府，建太子太傅，自有传。由是《尚书》有大小夏侯之学。

周堪，字少卿，齐人也。与孔霸俱事大夏侯胜。霸为博士。堪译官令，论于石渠，经为最高，后为太子少傅，而孔霸以太中大夫授太子。及元帝即位，堪为光禄大夫，与萧望之并领尚书事，为石显等所谮，皆免官。望之自杀，上愍之，乃擢堪为光禄勋，语在《刘向传》。堪授牟卿及长安许商长伯。牟卿为博士。霸以帝师赐爵号褒成君，传子光，亦事牟卿，至丞相，自有传。由是大夏侯有孔、许之学。商善为算，著《五行论历》，四至九卿，号其门人沛唐林子高为德行，平陵吴章伟君为言语，重泉王吉少音为政事，齐炔钦幼卿为文学。王莽时，林、吉为九卿，自表上师冢，大夫、博士、郎吏为许氏学者，各从门人，会车数百辆，儒者荣之。钦、章皆为博士，徒众尤盛。章为王莽所诛。

张山拊，字长宾，平陵人也。事小夏侯建，为博士，论石渠，至少府。授同县李寻、郑宽中少君、山阳张无故子儒，信都秦恭延君、陈留假仓子骄。无故善修章句，为广陵太傅，守小夏侯说文。恭增师法至百万言，为城阳内史。仓以谒者论石渠，至胶东相。寻善说灾异，为骑都尉，自有传。宽中有俊材，以博士授太子，成帝即位，赐爵关内侯，食邑八百户，迁光禄大夫，领尚书事，甚尊重。会疾卒，谷永上疏曰："臣闻圣王尊师傅，褒贤俊，显有功，生则致其爵禄，死则异其礼谥。昔周公薨，成王葬以变礼，而当天心。公叔文子卒，卫侯加以美谥，著为后法。近事，大司空朱邑、右扶风翁归德茂夭年，孝宣皇帝愍册厚赐，赞命之臣靡不激扬。关内侯郑宽中有颜子之美质，包商、偃之文学，严然总《五经》之眇论，立师傅之显位，入则乡唐、虞之闳道，王法纳乎圣听，出则参冢宰之重职，功列施乎政事，退食自公，私门不开，散赐九族，田亩不益，德配周、召，忠合《羔羊》，未得登司徒，有家臣，卒然早终，尤可悼痛！臣愚以为宜加其葬礼，赐之令谥，以章尊师褒贤显功之德。"上吊赠宽中甚厚。由是小夏侯有

郑、张、秦、假、李氏之学。宽中授东郡赵玄，无故授沛唐尊，恭授鲁冯宾。宾为博士，尊王莽太傅，玄

哀帝御史大夫，至大官，知名者也。

孔氏有古文《尚书》,孔安国以今文字读之,因以起其家逸《书》,得十余篇,盖《尚书》兹多于是矣。遭巫蛊,未立于学官。安国为谏大夫,授都尉朝,而司马迁亦从安国问故。迁书载《尧典》、《禹贡》、《洪范》、《微子》、《金滕》诸篇，多古文说。都尉朝授胶东庸生。庸生授清河胡常少子，以明《榖梁春秋》为博士、部刺史，又传《左氏》。常授虢徐敖。敖为右扶风掾，又传《毛诗》，授王璜、平陵涂恽子真。子真授河南桑钦君长。王莽时，诸学皆立。刘歆为国师，璜、恽等皆贵显。世所传《百两篇》者，出东莱张霸，分析合二十九篇以为数十，又采《左氏传》、《书叙》为作首尾，凡百二篇。篇或数简，文意浅陋。成帝时求其古文者，霸以能为《百两》征，以中书校之，非是。霸辞受父，父有弟子尉氏樊并。时,太中大夫平当、侍御史周敞劝上存之。后樊并谋反,乃黜其书。

申公，鲁人也。少与楚元王交俱事齐人浮丘伯受《诗》。汉兴，高祖过鲁，申公以弟子从师入见于鲁南宫。吕太后时，浮丘伯在长安，楚元王遣子郢与申公俱卒学。元王薨,郢嗣立为楚王,令申公傅太子戊。戊不好学,病申公。及戊立为王,胥靡申公。申公愧之，归鲁退居家教，终身不出门。复谢宾客，独王命召之乃往。弟子自远方至受业者千余人，申公独以《诗经》为训故以教，亡传，疑者则阙弗传。兰陵王臧既从受《诗》，已通，事景帝为太子少傅，免去。武帝初即位，臧乃上书宿卫，累迁，一岁至郎中令。及代赵绾亦尝受《诗》申公，为御史大夫。绾、臧请立明堂以朝诸侯，不能就其事，乃言师申公。于是上使使束帛加璧，安车以蒲裹轮，驾驷迎申公，弟子二人乘轺传从。至，见上，上问治乱之事。申公时已八十余，老，对曰："为治者不在多言，顾力行何如耳。"是时，上方好文辞，见申公对，默然。然已招致，即以为太中大夫，舍鲁邸，议明堂事。太皇太后喜《老子》言，不说儒术，得绾、臧之过，以让上曰："此欲复为新垣平也！"上因废明堂事，下绾、臧吏，皆自杀。申公亦病免归，数年卒。弟子为博士十余人，孔安国至临淮太守，周霸胶西内史，夏宽城阳内史，砀鲁赐东海太守，兰陵缪生长沙内史，徐偃胶西中尉，邹人阙门庆忌胶东内史，其治官民皆有廉节称。其学官弟子行虽不备，而至于大夫、郎、掌故以百数。申公卒以《诗》、《春秋》授,而瑕丘江公尽能传之,徒众最盛。及鲁许生、免中徐公,皆守学教授。韦贤治《诗》,事博士大江公及许生,又治《礼》,至丞相。传子玄成,以淮阳中尉论石渠,后亦至丞相。玄成及兄子赏以《诗》授哀帝，至大司马车骑将军，自有传。由是《鲁诗》有韦氏学。

王式，字翁思，东平新桃人也。事免中徐公及许生。式为昌邑王师。昭帝崩，昌邑王嗣立，以行淫乱废，昌邑群臣皆下狱诛，唯中尉王吉、郎中令龚遂以数谏减死论。式系狱当死，治事使者责问曰："师何以亡谏书？"式对曰："臣以《诗》三百五篇朝夕授王，至于忠臣孝子之篇，未尝不为王反复诵之也；至于危亡失道之君，未尝不流涕为王深陈之也。臣以三百五篇谏，是以亡谏书。"使者以闻，亦得减死论，归家不教授。山阳张长安幼君先事式，后东平唐长宾、沛褚少孙亦来事式，问经数篇，式谢曰："闻之于师具是矣，自润色之。"不肯复授。唐生、褚生应博士弟子选，诣博士，抠衣登堂，颂礼甚严，试诵说，有法，疑者丘盖不言。诸博士惊问："何师？"对曰："事式。"皆素闻其贤，共荐式。诏除下为博士。式征来，衣博士衣而不冠，曰："刑余之人，何

宜复充礼官？”既至，止舍中，会诸大夫、博士，共持酒肉劳式，皆注意高仰之，博士江公世为《鲁诗》宗，至江公著《孝经说》，心嫉式，谓歌吹诸生曰：“歌《骊驹》。”式曰：“闻之于师：客歌《骊驹》，主人歌《客毋庸归》。今日诸君为主人，日尚早，未可也。”江翁曰：“经何以言之？”式曰：“在《曲礼》。”江翁曰：“何狗曲也！”式耻之，阳醉遏地。式客罢，让诸生曰：“我本不欲来，诸生强劝我，竟为竖子所辱！”遂谢病免归，终于家。张生、唐生、褚生皆为博士。张生论石渠，至淮阳中尉。唐生楚太傅。由是《鲁诗》有张、唐、褚氏之学。张生兄子游卿为谏大夫，以《诗》授元帝。其门人琅邪王扶为泗水中尉，授陈留许晏为博士。由是张家有许氏学。初，薛广德亦事王式，以博士论石渠，授龚舍。广德至御史大夫，舍泰山太守，皆有传。

辕固，齐人也。以治《诗》孝景时为博士，与黄生争论于上前。黄生曰：“汤、武非受命，乃杀也。”固曰：“不然。夫桀、纣荒乱，天下之心皆归汤、武，汤、武因天下之心而诛桀、纣，桀、纣之民弗为使而归汤、武，汤、武不得已而立，非受命为何？”黄生曰：“‘冠虽敝必加于首，履虽新必贯于足。’何者？上下之分也。今桀、纣虽失道，然君上也；汤、武虽圣，臣下也。夫主有失行，臣不正言匡过以尊天子，反因过而诛之，代立南面，非杀而何？”固曰：“必若云，是高皇帝代秦即天子之位，非邪？”于是上曰：“食肉毋食马肝，未为不知味也；言学者毋言汤、武受命，不为愚。”遂罢。窦太后好《老子》书，召问固。固曰：“此家人言耳。”太后怒曰：“安得司空城旦书乎！”乃使固入圈击彘。上知太后怒，而固直言无罪，乃假固利兵。下，固刺彘正中其心，彘应手而倒。太后默然，亡以复罪。后上以固廉直，拜为清河太傅，疾免。武帝初即位，复以贤良征。诸儒多嫉毁曰固老，罢归之。时，固已九十余矣。公孙弘亦征，仄目而事固。固曰：“公孙子，务正学以言，无曲学以阿世！”诸齐以《诗》显贵，皆固之弟子也。昌邑太傅夏侯始昌最明，自有传。

后苍，字近君，东海郯人也。事夏侯始昌。始昌通《五经》，苍亦通《诗》、《礼》，为博士，至少府，授翼奉、萧望之、匡衡。奉为谏大夫，望之前将军，衡丞相，皆有传。衡授琅邪师丹、伏理斿君、颍川满昌君都。君都为詹事，理高密太傅，家世传业。丹大司空，自有传。由是《齐诗》有翼、匡、师、伏之学。满昌授九江张邯、琅邪皮容，皆至大官，徒众尤盛。

韩婴，燕人也。孝文时为博士，景帝时至常山太傅。婴推诗人之意，而作内、外《传》数万言，其语颇与齐、鲁间殊，然归一也。淮南贲生受之。燕、赵间言《诗》者由韩生。韩生亦以《易》授人，推《易》意而为之传。燕、赵间好《诗》，故其《易》微，唯韩氏自传之。武帝时，婴尝与董仲舒论于上前，其人精悍，处事分明，仲舒不能难也。后其孙商为博士。孝宣时，涿郡韩生其后也，以《易》征，待诏殿中，曰：“所受《易》即先太傅所传也。尝受《韩诗》，不如韩氏《易》深，太傅故专传之。”司隶校尉盖宽饶本受《易》于孟喜，见涿韩生说《易》而好之，即更从受焉。

赵子，河内人也。事燕韩生，授同郡蔡谊。谊至丞相，自有传。谊授同郡食子公与王吉。吉为昌邑王中尉，自有传。食生为博士，授泰山栗丰。吉授淄川长孙顺。顺为博士，丰部刺史。由是《韩诗》有王、食、长孙之学。丰授山阳张就，顺授东海发福，皆至大官，徒众尤盛。

毛公，赵人也。治《诗》，为河间献王博士，授同国贯长卿。长卿授解延年。延年为阿武令，授徐敖。敖授九江陈侠，为王莽讲学大夫。由是言《毛诗》者，本之徐敖。

汉兴，鲁高堂生传《士礼》十七篇，而鲁徐生善为颂。孝文时，徐生以颂为礼官大夫，传子至孙延、襄。襄，其资性善为颂，不能通经；延颇能，未善也。襄亦以颂为大夫，至广陵内史。延及徐氏弟子公户满意、桓生、单次皆为礼官大夫。而瑕丘萧奋以《礼》至淮阳太守。诸言《礼》为颂者由徐氏。

孟卿，东海人也。事萧奋，以授后仓、鲁闾丘卿。仓说《礼》数万言，号曰《后氏曲台记》，授沛闻人通汉子方、梁戴德延君、戴圣次君、沛庆普孝公。孝公为东平太傅。德号大戴，为信都太傅；圣号小戴，以博士论石渠，至九江太守。由是《礼》有大戴、小戴、庆氏之学。通汉以太子舍人论石渠，至中山中尉。普授鲁夏侯敬，又传族子咸，为豫章太守。大戴授琅邪徐良斿卿，为博士、州牧、郡守，家世传业。小戴授梁人桥仁季卿、杨荣子孙。仁为大鸿胪，家世传业，荣琅邪太守。由是大戴有徐氏，小戴有桥、杨氏之学。

胡母生，字子都，齐人也。治《公羊春秋》，为景帝博士。与董仲舒同业，仲舒著书称其德。年老，归教于齐，齐之言《春秋》者宗事之，公孙弘亦颇受焉。而董生为江都相，自有传。弟子遂之者，兰陵褚大、东平嬴公、广川段仲、温吕步舒。大至梁相，步舒丞相长史，唯嬴公守学不失师法，为昭帝谏大夫，授东海孟卿、鲁眭孟。孟为符节令，坐说灾异诛，自有传。

严彭祖，字公子，东海下邳人也。与颜安乐俱事眭孟。孟弟子百余人，唯彭祖、安乐为明，质问疑谊，各持所见。孟曰："《春秋》之意，在二子矣！"孟死，彭祖、安乐各颛门教授。由是《公羊春秋》有颜、严之学。彭祖为宣帝博士，至河南、东郡太守。以高第入为左冯翊，迁太子太傅，廉直不事权贵。或说曰："天时不胜人事，君以不修小礼曲意，亡贵人左右之助，经谊虽高，不至宰相。愿少自勉强！"彭祖曰："凡通经术，固当修行先王之道。何可委曲从俗，苟求富贵乎！"彭祖竟以太傅官终。授琅邪王中，为元帝少府，家世传业。中授同郡公孙文、东门云。云为荆州刺史，文东平太傅，徒众尤盛。云坐为江贼拜辱命，下狱诛。

颜安乐，字公孙，鲁国薛人，眭孟姊子也。家贫，为学精力，官至齐郡太守丞，后为仇家所杀。安乐授淮阳泠丰次君、淄川任公。公为少府，丰淄川太守。由是颜家有泠、任之学。始贡禹事嬴公，成于眭孟，至御史大夫，疏广事孟卿，至太子太傅，皆自有传。广授琅邪管路，路为御史中丞。禹授颍川堂溪惠，惠授泰山冥都，都为丞相史。都与路又事颜安乐，故颜氏复有管、冥之学。路授孙宝，为大司农，自有传。丰授马宫、琅邪左咸。咸为郡守九卿，徒众尤盛。官至大司徒，自有传。

瑕丘江公，受《谷梁春秋》及《诗》于鲁申公，传子至孙为博士。武帝时，江公与董仲舒并。仲舒通《五经》，能持论，善属文。江公呐于口，上使与仲舒议，不如仲舒。而丞相公孙弘本为《公羊》学，比辑其议，卒用董生。于是上因尊《公羊》家，诏太子受《公羊春秋》，由是《公羊》大兴。太子既通，复私问《穀梁》而善之。其后浸微，唯鲁荣广王孙、皓星公二人受焉。广尽能传其《诗》、《春秋》，高材捷敏，与《公羊》大师眭孟等论，数困之，故好学者颇复受《穀梁》。沛蔡千秋少君、梁周庆幼君、丁姓子孙皆从广受。千秋又事皓星公，为学最笃。宣帝即位，闻卫太子好《谷梁春秋》，以问丞相韦贤、长信少府夏侯胜及侍中乐陵侯史高，皆鲁人也，言谷梁子本鲁学，公羊氏乃齐学也，宜兴《穀梁》。时千秋为郎，召见，与《公羊》家并说，上善《穀梁》说，擢千秋为谏大夫给事中，后有过，左迁平陵令。复求能为《穀梁》者，莫及千秋。上愍其学且绝，乃以千秋为郎中户将，选郎十人从受。汝南尹更始翁君本自事千秋，能说矣，会千秋病死，征江公孙为博士。刘向以故谏大夫通达待诏，受《穀梁》，欲令助之。江博士复死，乃征周庆、丁姓待诏保宫，使卒授十人。自元康中始讲，至甘露元年，积十余岁，皆明习。乃召《五经》名儒太子太傅萧望之等大议殿中，平《公羊》、《穀梁》同异，各以经处是非。时，《公羊》博士严彭祖、侍郎申輓、伊推、宋显，《穀梁》议郎尹更始、待诏刘向、周庆、丁姓并论。《公羊》家多不见从，愿请内侍郎许广，使者亦并内《穀梁》家中郎王亥，各五人，议三十余事。望之等十一人各以经谊对，多从《穀梁》。由是《穀梁》之学大盛。庆、姓皆为博士。姓至中山太傅，授楚申章昌曼君，为博士，至长沙太傅，徒众尤盛。尹更始为谏大夫、长乐户将，又受《左氏传》，取其变理合者以为章句，传子咸及翟方进、琅邪房凤。咸至大司农，方进丞相，自有传。

房凤，字子元，不其人也。以射策乙科为太史掌故。太常举方正，为县令都尉，失官。大司马票骑将军王根奏除补长史，荐凤明经通达，擢为光禄大夫，迁五官中郎将。时，光禄勋王龚以外属内卿，与奉车都尉刘歆共校书，三人皆侍中。歆白《左氏春秋》可立，哀帝纳之，以问诸儒，皆不对。歆于是数见丞相孔光，为言《左氏》以求助，光卒不肯。唯凤、龚许歆，遂共移书责让太常博士，语在《歆传》。大司空师丹奏歆非毁先帝所立，上于是出龚等补吏：龚为弘农；歆河内；凤九江太守，至青州牧。始，江博士授胡常，常授梁萧秉君房，王莽时为讲学大夫。由是《穀梁春秋》有尹、胡、申章、房氏之学。

汉兴，北平侯张苍及梁太傅贾谊、京兆尹张敞、太中大夫刘公子皆修《春秋左氏传》。谊为《左氏传》训故，授赵人贯公，为河间献王博士，子长卿为荡阴令，授清河张禹长子。禹与萧望之同时为御史，数为望之言《左氏》，望之善之，上书数以称说。后望之为太子太傅，荐禹于宣帝，征禹待诏，未及问，会疾死。授尹更始，更始传子咸及翟方进、胡常。常授黎阳贾护季君，哀帝时待诏为郎，授苍梧陈钦子佚，以《左氏》授王莽，至将军。而刘歆从尹咸及翟方进受。由是言《左氏》者本之贾护、刘歆。

赞曰：自武帝立《五经》博士，开弟子员，设科射策，劝以官禄，讫于元始，百有余年，传业者浸盛，支叶蕃滋，一经说至百余万言，大师众至千余人，盖禄利之路然也。初，《书》唯有欧阳，《礼》后，《易》杨，《春秋》公羊而已。至孝宣世，复立《大小夏侯尚书》，《大小戴礼》，施、孟、《梁丘易》，《穀梁春秋》。至元帝世，复立《京氏易》，平帝时，又立《左氏春秋》、《毛诗》、逸《礼》、古文《尚书》，所以罔罗遗失，兼而存之，是在其中矣。

卷八十九

循吏传第五十九

汉兴之初，反秦之敝，与民休息，凡事简易，禁罔疏阔，而相国萧、曹以宽厚清静为天下帅，民作“画一”之歌。孝惠垂拱，高后女主，不出房闼，而天下晏然，民务稼穑，衣食滋殖。至于文、景，遂移风易俗。是时，循吏如河南守吴公、蜀守文翁之属，皆谨身帅先，居以廉平，不至于严，而民从化。孝武之世，外攘四夷，内改法度，民用凋敝，奸轨不禁。时少能以化治称者，惟江都相董仲舒、内史公孙弘、兒宽，居官可纪。三人皆儒者，通于世务，明习文法，以经术润饰吏事，天子器之。仲舒数谢病去，弘、宽至三公。孝昭幼冲，霍光秉政，承奢侈师旅之后，海内虚耗，光因循守职，无所改作。至于始元、元凤之间，匈奴乡化，百姓益富，举贤良文学，问民所疾苦，于是罢酒榷而议盐铁矣。

及至孝宣，由仄陋而登至尊，兴于闾阎，知民事之艰难。自霍光薨后始躬万机，厉精为治，五日一听事，自丞相已下各奉职而进。及拜刺史守相，辄亲见问，观其所由，退而考察所行以质其言，有名实不相应，必知其所以然。常称曰：“庶民所以安其田里而亡叹息愁恨之心者，政平讼理也。与我共此者，其唯良二千石乎！”以为太守，吏民之本也。数变易则下不安。民知其将久，不可欺罔，乃服从其教化。故二千石有治理效，辄以玺书勉厉，增秩赐金，或爵至关内侯，公卿缺则选诸所表以次用之。是故汉世良吏，于是为盛，称中兴焉。若赵广汉、韩延寿、尹翁归、严延年、张敞之属，皆称其位，然任刑罚，或抵罪诛。王成、黄霸、朱邑、龚遂、郑弘、召信臣等，所居民富，所去见思，生有荣号，死见奉祀，此廪廪庶几德让君子之遗风矣。

文翁，庐江舒人也。少好学，通《春秋》，以郡县吏察举。景帝末，为蜀郡守，仁爱好教化。见蜀地辟陋有蛮夷风，文翁欲诱进之，乃选郡县小吏开敏有材者张叔等十余人亲自饬厉，遣诣京师，受业博士，或学律令。减省少府用度，买刀布蜀物，赍计吏以遗博士。数岁，蜀生皆成就还归，文翁以为右职，用次察举，官有至郡守刺史者。

又修起学官于成都市中，招下县子弟以为学官弟子，为除更徭，高者以补郡县吏，次为孝弟力田。常选学官僮子，使在便坐受事。每出行县，益从学官诸生明经饬行者与俱，使传教令，出入闺阁。县邑吏民见而荣之，数年，争欲为学官弟子，富人至出钱以求之。由是大化，蜀地学于京师者比齐鲁焉。至武帝时，乃令天下郡国皆立学官，自文翁为之始云。

文翁终于蜀，吏民为立祠堂，岁时祭祀不绝。至今巴蜀好文雅，文翁之化也。

王成，不知何郡人也。为胶东相，治甚有声。宣帝最先褒之，地节三年下诏曰：“盖闻有功不赏，有罪不诛，虽唐、虞不能以化天下。今胶东相成，劳来不怠，流民自占八万余口，治有异等之效。其赐成爵关内侯，秩中二千石。”未及征用，会病卒官。后诏使丞相、御史问郡国上计长吏守丞以政令得失，或对言前胶东相成伪自增加，以蒙显赏，是后俗吏多为虚名云。

黄霸，字次公，淮阳阳夏人也，以豪杰役使徙云陵。霸少学律令，喜为吏，武帝末以待诏入钱赏官，补侍郎谒者，坐同产有罪劾免。后复入谷沈黎郡，补左冯翊二百石卒史。冯翊以霸入财为官，不署右职，使领郡钱谷计。簿书正，以廉称，察补河东均输长，复察廉为河南太守丞。霸为人明察内敏，又习文法，然温良有让，足知，善御众。为丞，处议当于法，合人心，太守甚任之，吏民爱敬焉。

自武帝末，用法深。昭帝立，幼，大将军霍光秉政，大臣争权，上官桀等与燕王谋作乱，光既诛之，遂遵武帝法度，以刑罚痛绳群下，由是俗吏上严酷以为能，而霸独用宽和为名。

会宣帝即位，在民间时知百姓苦吏急也，闻霸持法平，召以为廷尉正，数决疑狱，庭中称平。守丞相长史，坐公卿大议廷中知长信少府夏侯胜非议诏书大不敬，霸阿从不举劾，皆下廷尉，系狱当死。霸因从胜受《尚书》狱中，再逾冬，积三岁乃出，语在《胜传》。胜出，复为谏大夫，令左冯翊宋畸举霸贤良。胜又口荐霸于上，上擢霸为扬州刺史。三岁，宣帝下诏曰："制诏御史：其以贤良高第扬州刺史霸为颍川太守，秩比二千石，居官赐车盖，特高一丈，别驾主簿车。缇油屏泥于轼前，以章有德。"

时，上垂意于治，数下恩泽诏书，吏不奉宣。太守霸为选择良吏，分部宣布诏令，令民咸知上意，使邮亭乡官皆畜鸡豚，以赡鳏寡贫穷者。然后为条教，置父老师帅伍长，班行之于民间，劝以为善防奸之意，及务耕桑，节用殖财，种树畜养，去食谷马。米盐靡密，初若烦碎，然霸精力能推行之。吏民见者，语次寻绎，问它阴伏，以相参考。尝欲有所司察，择长年廉吏遣行，属令周密。吏出，不敢舍邮亭，食于道旁，乌攫其肉。民有欲诣府口言事者适见之，霸与语，道此。后日吏还谒霸，霸见迎劳之，曰："甚苦！食于道旁乃为乌所盗肉。"吏大惊，以霸具知其起居，所问豪氂不敢有所隐。鳏寡孤独有死无以葬者，乡部书言，霸具为区处，某所大木可以为棺，某亭猪子可以祭，吏往皆如言。其识事聪明如此，吏民不知所出，咸称神明。奸人去入它郡，盗贼日少。

霸力行教化而后诛罚，务在成就全安长吏。许丞老，病聋，督邮白欲逐之，霸曰："许丞廉吏，虽老，尚能拜起送迎，正颇重听，何伤？且善助之，毋失贤者意。"或问其故，霸曰："数易长吏，送故迎新之费及奸吏缘绝簿书盗财物，公私费耗甚多，皆当出于民，所易新吏又未必贤，或不如其故，徒相益为乱。凡治道，去其泰甚者耳。"

霸以外宽内明得吏民心，户口岁增，治为天下第一。征守京兆尹，秩二千石。坐发民治驰道不先以闻，又发骑士诣北军马不适士，劾乏军兴，连贬秩。有诏归颍川太守官，以八百石居治如其前。前后八年，郡中愈治。是时，凤皇神爵数集郡国，颍川尤多。天子以霸治行终长者，下诏称扬曰："颍川太守霸，宣布诏令，百姓向化，孝子弟弟贞妇顺孙日以众多，田者让畔，道不拾遗，养视鳏寡，赡助贫穷，狱或八年亡重罪囚，吏民向于教化，兴于行谊，可谓贤人君子矣。《书》不云乎？'股肱良哉！'其赐爵关内侯，黄金百斤，秩中二千石。"而颍川孝弟有行义民、三老、力田，皆以差赐爵及帛。后数月，征霸为太子太傅，迁御史大夫。

五凤三年，代丙吉为丞相，封建成侯，食邑六百户。霸材长于治民，及为丞相，总纲纪号令，风采不及丙、魏、于定国，功名损于治郡。时，京兆尹张敞舍鹖雀飞集丞相府，霸以为神雀，议欲以闻。敞奏霸曰："窃见丞相请与中二千石博士杂问郡国上计长吏、守丞为民兴利除害、成大化条其对，有耕者让畔，男女异路，道不拾遗，及举孝子弟弟贞妇者为一辈，先上殿，举而不知其人数者次之，不为条教者在后叩头谢。丞相虽口不言，而心欲其为之也。长吏、守丞对时，臣敞舍有鹖雀飞止丞相府屋上，丞相以下见者数百人。边吏多知鹖雀者，问之，皆阳不知。丞相图议上奏曰：'臣问上计长吏、守丞以兴化条，皇天报下神雀。'后知从臣敞舍来，乃止。郡国吏窃笑丞相仁厚有知略，微信奇怪也。昔汲黯为淮阳守，辞去之官，谓大行李息曰：'御史大夫张汤怀诈阿意，以倾朝廷，公不早白，与俱受戮矣。'息畏汤，终不敢言。后汤诛败，上闻黯与息语，乃抵息罪而秩黯诸侯相，取其思竭忠也。臣敞非敢毁丞相也，诚恐群臣莫白，而长吏、守丞畏丞相指，归舍法令，各为私教，务相增加，浇淳散朴，并行伪貌，有名亡实，倾摇解怠，甚者为妖。假令京师先行让畔异路，道不拾遗，其实亡益廉贪贞淫之行，而以伪先天下，固未可也；即诸侯先行之，伪声轶于京师，非细事也。汉家承敝通变，造起律令，所以劝善禁奸，条贯详备，不可复加。宜令贵臣明饬长吏、守丞，归告二千石，举三老、孝弟、力田、孝廉、廉吏务得其人，郡事皆以义法令捡式，毋得擅为条教，敢挟诈伪以奸名誉者，必先受戮，以正明好恶。"天子嘉纳敞言，召上计吏，使侍中饬如敞指意。霸甚惭。

又乐陵侯史高以外属旧恩侍中贵重，霸荐高可太尉。天子使尚书召问霸"太尉官罢久矣，丞相兼之，所以偃武兴文也。如国家不虞，边境有事，左右之臣皆将率也。夫宣明教化，通达幽隐，使狱无冤刑，邑无盗贼，君之职也。将相之官，朕之任焉。侍中乐陵侯高帷幄近臣，朕之所自亲，君何越职而举之？"尚书令受丞相对，霸免冠谢罪，数日乃决。自是后不敢复有所请。然自汉兴，言治民吏，以霸为首。

为丞相五岁，甘露三年薨，谥曰定侯。霸死后，乐陵侯高竟为大司马，霸子思侯赏嗣，为关都尉。薨，子忠侯辅嗣，至卫尉九卿。薨，子忠嗣侯，讫王莽乃绝。子孙为吏二千石者五六人。

始，霸少为阳夏游徼，与善相人者共载出，见一妇人，相者言："此妇人当富贵，不然，相书不可用也。"霸推问之，乃其乡里巫家女也。霸即娶为妻，与之终身。为丞相后徙杜陵。

朱邑，字仲卿，庐江舒人也。少时为舒桐乡啬夫，廉平不苛，以爱利为行，未尝笞辱人，存问耆老孤寡，遇之有恩，所部吏爱敬焉。迁补太守卒史，举贤良为大司农丞，迁北海太守，以治行第一入为大司农。为人淳厚，笃于故旧，然性公正，不可交以私。天子器之，朝廷敬焉。

是时，张敞为胶东相，与邑书曰："明主游心太古，广延茂士，此诚忠臣竭思之时也。直敞远守剧郡，驭于绳墨，匈臆约结，固亡奇也。虽有，亦安所施？足下以清明之德，掌周稷之业，犹饥者甘糟糠，穰岁余粱肉。何则？有亡之势异也。昔陈平虽贤，须魏倩而后进；韩信虽奇，赖萧公而后信。故事各达其时之英俊，若必伊尹、吕望而后荐之，则此人不因足下而进矣。"邑感敞言，贡荐贤士大夫，多得其助者。身为列卿，居处俭节，禄赐以共九族乡党，家亡余财。

神爵元年卒。天子闵惜，下诏称扬曰："大司农邑，廉洁守节，退食自公，亡强外之交，束修之馈，可谓淑人君子，遭离凶灾，朕甚闵之。其赐邑子黄金百斤，以奉其祭祀。"

初，邑病且死，属其子曰："我故为桐乡吏，其民爱我，必葬我桐乡。后世子孙奉尝我，不如桐乡民。"及死，其子葬之桐乡西郭外，民果然共为邑起冢立祠，岁时祠祭，至今不绝。

龚遂，字少卿，山阳南平阳人也。以明经为官，至昌邑郎中令，事王贺。贺动作多不正，遂为人忠厚，刚毅有大节，内谏争于王，外责傅相，引经义，陈祸福，至于涕泣，蹇蹇亡已。面刺王过，王至掩耳起走，曰："郎中令善愧人。"及国中皆畏惮焉。王尝久与驺奴宰人游戏饮食，赏赐亡度。遂入见王，涕泣絅行，左右侍御皆出涕。王曰："郎中令何为哭？"遂曰："臣痛社稷危也！愿赐清闲竭愚。"王辟左右，遂曰："大王知胶西王所以为无道亡乎？"王曰："不知也。"曰："臣闻胶西王有谀臣侯得，王所为拟于桀、纣也，得以为尧、舜也。王说其谄谀，尝与寝处，唯得所言，以至于是。今大王亲近群小，渐渍邪恶所习，存亡之机，不可不慎也。臣请选郎通经术有行义者与王起居，坐则诵《诗》、《书》，立则习礼容，宜有益。"王许之。遂乃选郎中张安等十人侍王。居数日，王皆逐去安等。久之，宫中数有妖怪，王以问遂，遂以为有大忧，宫室将空，语在《昌邑王传》。会昭帝崩，亡子，昌邑王贺嗣立，官属皆征入。王相安乐迁长乐卫尉，遂见安乐，流涕谓曰："王立为天子，日益骄溢，谏之不复听，今哀痛未尽，日与近臣饮食作乐，斗虎豹，召皮轩，车九流，驱驰东西，所为悖道。古制宽，大臣有隐退，今去不得，阳狂恐知，身死为世戮，奈何？君，陛下故相。宜极谏争。"王即位二十七日，卒以淫乱废。昌邑群臣坐陷王于恶不道，皆诛，死者二百余人，唯遂与中尉王阳以数谏争得减死，髡为城旦。

宣帝即位，久之，渤海左右郡岁饥，盗贼并起，二千石不能禽制。上选能治者，丞相、御史举遂可用，上以为渤海太守。时，遂年七十余，召见，形貌短小，宣帝望见，不副所闻，心内轻焉，谓遂曰："渤海废乱，朕甚忧之。君欲何以息其盗贼，以称朕意？"遂对曰："海濒遐远，不沾圣化，其民困于饥寒而吏不恤，故使陛下赤子盗弄陛下之兵于潢池中耳。今欲使臣胜之邪，将安之也？"上闻遂对，甚说，答曰："选用贤良，固欲安之也。"遂曰："臣闻治乱民犹治乱绳，不可急也；唯缓之，然后可治。臣愿丞相、御史且无拘臣以文法，得一切便宜从事。"上许焉，加赐黄金，赠遣乘传。至渤海界，郡闻新太守至，发兵以迎，遂皆遣还，移书敕属县悉罢逐捕盗贼吏。诸持锄钩田器者皆为良民，吏无得问，持兵者乃为盗贼。遂单车独行至府，郡中翕然，盗贼亦皆罢。渤海又多劫略相随，闻遂教令，即时解散，弃其兵弩而持钩锄。盗贼于是悉平，民安土乐业。遂乃开仓廪假贫民，选用良吏，尉安牧养焉。

遂见齐俗奢侈，好末技，不田作，乃躬率以俭约，劝民务农桑，令口种一树榆，百本薤、五十本葱、一畦韭，家二母彘、五鸡。民有带持刀剑者，使卖剑买牛，卖刀买犊，曰："何为带牛佩犊！"春夏不得不趋田亩，秋冬课收敛，益蓄果实菱芡。劳来循行，郡中皆有蓄积，吏民皆富实。狱讼止息。

数年，上遣使者征遂，议曹王生愿从。功曹以为王生素耆酒，亡节度，不可使。遂不忍逆，从至京师。王生日饮酒，不视太守。会遂引入宫，王生醉，从后呼，曰："明府且止，愿有所白。"遂还问其故，王生曰："天子即问君何以治渤海，君不可有所陈对，宜曰'皆圣主之德，非小臣之力也'。"遂受其言。既至前，上果问以治状，遂对如王生言。天子说其有让，笑曰："君安得长者之言而称之？"遂因前曰："臣非知此，乃臣议曹教戒臣也。"上以遂年老不任公卿，拜为水衡都尉，议曹王生为水衡丞，以褒显遂云。水衡典上林禁苑，共张宫馆，为宗庙取牲，官职亲近，上甚重之，以官寿卒。

召信臣，字翁卿，九江寿春人也。以明经甲科为郎，出补穀阳长。举高第，迁上蔡长。其治视民如子，所居见称述。超为零陵太守，病归。复征为谏大夫，迁南阳太守，其治如上蔡。

信臣为人勤力有方略，好为民兴利，务在富之。躬劝耕农，出入阡陌，止舍离乡亭，稀有安居时。行视郡中水泉，开通沟渎，起水门提阏凡数十处，以广溉灌，岁岁增加，多至三万顷。民得其利，蓄积有余。信臣为民作均水约束，刻石立于田畔，以防分争。禁止嫁娶送终奢靡，务出于俭约。府县吏家子弟好游敖，不以田作为事，辄斥罢之，甚者案其不法，以视好恶。其化大行，郡中莫不耕稼力田，百姓归之，户口增倍，盗贼狱讼衰止。吏民亲爱信臣，号之曰召父。荆州刺史奏信臣为百姓兴利，郡以殷富，赐黄金四十斤。迁河南太守，治行常为第一，复数增秩赐金。

竟宁中，征为少府，列于九卿，奏请上林诸离远宫馆稀幸御者，勿复缮治共张，又奏省乐府黄门倡优诸戏，及宫馆兵弩什器减过泰半。太官园种冬生葱韭菜茹，覆以屋庑，昼夜然蕴火，待温气乃生。信臣以为此皆不时之物，有伤于人，不宜以奉供养，及它非法食物，悉奏罢，省费岁数千万。信臣年老以官卒。

元始四年，诏书祀百辟卿士有益于民者，蜀郡以文翁，九江以召父应诏书。岁时郡二千石率官属行礼，奉祠信臣冢，而南阳亦为立祠。

卷九十

酷吏传第六十

孔子曰：“导之以政，齐之以刑，民免而无耻；导之以德，齐之以礼，有耻且格。”老氏称：“上德不德，是以有德；下德不失德，是以无德。法令滋章，盗贼多有。”信哉是言也！法令者，治之具，而非制治清浊之原也。昔天下之罔尝密矣，然奸轨愈起，其极也，上下相遁，至于不振。当是之时，吏治若救火扬沸，非武健严酷，恶能胜其任而愉快乎？言道德者，溺于职矣。故曰：“听讼吾犹人也，必也使无讼乎！”“士闻道大笑之。”非虚言也。

汉兴，破觚而为圜，斫雕而为朴，号为罔漏吞舟之鱼。而吏治蒸蒸，不至于奸，黎民艾安。由是观之，在彼不在此。高后时，酷吏独有侯封，刻轹宗室，侵辱功臣。吕氏已败，遂夷侯封之家。孝景时，晁错以刻深颇用术辅其资，而七国之乱发怒于错，错卒被戮。其后有郅都、甯成之伦。

郅都，河东大阳人也。以郎事文帝。景帝时为中郎将，敢直谏，面折大臣于朝。尝从入上林，贾姬在厕，野彘入厕，上目都，都不行。上欲自持兵救贾姬，都伏上前曰：“亡一姬复一姬进，天下所少宁姬等邪？陛下纵自轻，奈宗庙太后何？”上还，彘亦不伤贾姬。太后闻之，赐都金百斤，上亦赐金百斤，由此重都。

济南瞷氏宗人三百余家，豪猾，二千石莫能制，于是景帝拜都为济南守。至则诛瞷氏首恶，余皆股栗。居岁余，郡中不拾遗，旁十余郡守畏都如大府。

都为人，勇有气，公廉，不发私书，问遗无所受，请寄无所听。常称曰：“已背亲而出，身固当奉职死节官下，终不顾妻子矣。”

都迁为中尉，丞相条侯至贵居也，而都揖丞相。是时，民朴，畏罪自重，而都独先严酷，致行法不避贵戚，列侯宗室见都侧目而视，号曰“苍鹰”。

临江王征诣中尉府对簿，临江王欲得刀笔为书谢上，而都禁吏弗与。魏其侯使人间予临江王。临江王既得，为书谢上，因自杀。窦太后闻之，怒，以危法中都，都免归家。景帝乃使使即拜都为雁门太守，便道之官，得以便宜从事。匈奴素闻郅都节，举边为引兵去，竟都死不近雁门。匈奴至为偶人象都，令骑驰射，莫能中，其见惮如此。匈奴患之。乃中都以汉法。景帝曰：“都忠臣。”欲释之。窦太后曰：“临江王独非忠臣乎？”于是斩都也。

甯成，南阳穰人也。以郎谒者事景帝。好气，为小吏，必陵其长吏；为人上，操下急如束湿。猾贼任威。稍迁至济南都尉，而郅都为守。始前数都尉步入府，因吏谒守如县令，其畏都如此。及成往，直凌都出其上。都素闻其声，善遇，与结欢。久之，都死，后长安左右宗室多犯法，上召成为中尉。其治效郅都，其廉弗如，然宗室豪杰人皆惴恐。

武帝即位，徙为内史。外戚多毁成之短，抵罪髡钳。是时九卿死即死，少被刑，而成刑极，自以为不复收，乃解脱，诈刻传出关归家。称曰：“仕不至二千石，贾不至千万，安可比人乎！”乃贳貣陂田千余顷，假贫民，役使数千家。数年，会赦，致产数千万，为任侠，持吏长短，出从数十骑。其使民，威重于郡守。

周阳由，其父赵兼以淮南王舅侯周阳，故因氏焉。由以宗家任为郎，事文帝。景帝时，由为郡守。武帝即位，吏治尚修谨，然由居二千石中最为暴酷骄恣。所爱者，挠法活之；所憎者，曲法灭之。所居郡，必夷其豪。为守，视都尉如令；为都尉，陵太守，夺之治。汲黯为忮，司马安之文恶，俱在二千石列，同车未尝敢均茵冯。后由为河东都尉，与其守胜屠公争权，相告言，胜屠公当抵罪，议不受刑，自杀，而由弃市。

自甯成、周阳由之后，事益多，民巧法，大抵吏治类多成、由等矣。

赵禹，漦人也。以佐史补中都官，用廉为令中，事太尉周亚夫。亚夫为丞相，禹为丞相史，府中皆称其廉平。然亚夫弗任，曰：“极知禹无害，然文深，不可以居大府。”武帝时，禹以刀笔吏积劳，迁为御史。上以为能，至中大夫。与张汤论定律令，作见知，吏传相监司以法，尽自此始。

禹为人廉裾，为吏以来，舍无食客。公卿相造请，禹终不行报谢，务在绝知友宾客之请，孤立行一意而已。见法辄取，亦不复案求官属阴罪。尝中废，已为廷尉。始条侯以禹贼深，及禹为少府九卿，酷急。至晚节，事益多。吏务为严峻，而禹治加缓，名为平。王温舒等后起，治峻禹。禹以老，徙为燕相。数岁，悖乱有罪，免归。后十余年，以寿卒于家。

义纵，河东人也。少年时尝为张次公俱攻剽，为群盗。纵有姊，以医幸王太后。太后问：“有子、兄弟为官者乎？”姊曰：“有弟无行，不可。”太后乃告上，上拜义姁弟纵为中郎，补上党郡中令。治敢往，少温籍，县无逋事，举第一。迁为长陵及长安令，直法行治，不避贵戚。以捕按太后外孙脩成子中，上以为能，迁为河内都尉。至则族灭其豪穰氏之属，河内道不拾遗。而张次公亦为郎，以勇悍从军，敢深入，有功，封为岸头侯。

甯成家居，上欲以为郡守，御史大夫弘曰:“臣居山东为小吏时，甯成为济南都尉，其治如狼牧羊，成不可令治民。”上乃拜成为关都尉。岁余，关吏税肄郡国出入关者，号曰:“宁见乳虎，无直甯成之怒。”其暴如此。义纵自河内迁为南阳太守，闻甯成家居南阳，及至关，甯成侧行送迎，然纵气盛，弗为礼。至郡，遂按甯氏，破碎其家。成坐有罪，及孔、暴之属皆奔亡，南阳吏民重足一迹。而平氏朱强、杜衍杜周为纵爪牙之吏，任用，迁为廷尉史。

军数出定襄，定襄吏民乱败，于是徙纵为定襄太守。纵至，掩定襄狱中重罪二百余人，及宾客昆弟私入相视者亦二百余人。纵一切捕鞠，曰：“为死罪解脱”。是日皆报杀四百余人。郡中不寒而栗，猾民佐吏为治。

是时，赵禹、张汤为九卿矣，然其治尚宽，辅法而行，纵以鹰击毛挚为治。后会更五铢钱白金起，民为奸，京师尤甚，乃以纵为右内史，王温舒为中尉。温舒至恶，所为弗先言纵，纵必以气陵之，败坏其功。其治，所诛杀甚多，然取为小治，奸益不胜，直指始出矣。吏之治以斩杀缚束为务，阎奉以恶用矣。纵廉，其治效郅都。上幸鼎湖，病久，已而卒起幸甘泉，道不治。上怒曰：“纵以我为不行此道乎？”衔之。至冬，杨可方受告缗，纵以为此乱民，部吏捕其为可使者。天子闻，使杜式治，以为废格沮事，弃纵市。后一岁，张汤亦死。

王温舒，阳陵人也。少时椎埋为奸。已而试县亭长，数废。数为吏，以治狱至廷尉史。事张汤，迁为御史，督盗贼，杀伤甚多。稍迁至广平都尉，择郡中豪敢往吏十余人为爪牙，皆把其阴重罪，而纵使督盗贼，快其意所欲得。此人虽有百罪，弗法;即有避回，夷之，亦灭宗。以故齐赵之盗不敢近广平，广平声为道不拾遗。上闻，迁为河内太守。

素居广平时，皆知河内豪奸之家。及往，以九月至，令郡具私马五十匹，为驿自河内至长安，部吏如居广平时方略，捕郡中豪猾，相连坐千余家。上书请，大者至族，小者乃死，家尽没入偿臧。奏行不过二日，得可，事论报，至流血十余里。河内皆怪其奏，以为神速。尽十二月，郡中无犬吠之盗。其颇不得，失之旁郡，追求，会春，温舒顿足叹曰：“嗟乎，令冬月益展一月，卒吾事矣！”其好杀行威不爱人如此。

上闻之，以为能，迁为中尉。其治复放河内，徒请召猜祸吏与从事，河内则杨皆、麻戊，关中扬赣、成信等。义纵为内史，惮之，未敢恣治。及纵死，张汤败后，徙为廷尉。而尹齐为中尉坐法抵罪，温舒复为中尉。为人少文，居它惛惛不辩，至于中尉则心开。素习关中俗，知豪恶吏，豪恶吏尽复为用。吏苛察淫恶少年，投近近购告言奸，置伯落长以收司奸。温舒多谄，善事有势者;即无势，视之如奴。有势家，虽有奸如山，弗犯；无势，虽贵戚，必侵辱。舞文巧，请下户之猾，以动大豪。其治中尉如此。奸猾穷治，大氐尽靡烂狱中，行论无出者。其爪牙吏虎而冠。于是中尉部中中猾以下皆伏，有势者为游声誉，称治。数岁，其吏多以权贵富。

温舒击东越还，议有不中意，坐以法免。是时，上方欲作通天台而未有人，温舒请复中尉脱卒，得数万人作。上说，拜为少府。徙右内史，治如其故，奸邪少禁。坐法失官，复为右辅，行中尉，如故操。

岁余，会宛军发，诏征豪吏。温舒匿其吏华成，及人有变告温舒受员骑钱，它奸利事，罪至族，自杀。其时，两弟及两婚家亦各自坐它罪而族。光禄勋徐自为曰：“悲夫！夫古有三族，而王温舒罪至同时而五族乎！”温舒死，家累千金。

尹齐，东郡茌平人也。以刀笔吏稍迁至御史。事张汤，汤数称以为廉。武帝使督盗贼，斩伐不避贵势。迁关都尉，声甚于甯成。上以为能，拜为中尉。吏民益凋敝，轻齐木强少文，豪恶吏伏匿而善吏不能为治，以故事多废，抵罪。后复为淮阳都尉。王温舒败后数年，病死，家直不满五十金。所诛灭淮阳甚多，及死，仇家欲烧其尸，妻亡去，归葬。

杨仆，宜阳人也。以千夫为吏。河南守举为御史，使督盗贼关东，治放尹齐，以敢击行。稍迁至主爵都尉，上以为能。南越反，拜为楼船将军，有功，封将梁侯。东越反，上欲复使将，为其伐前劳，以书敕责之曰："将军之功，独有先破石门、寻狭，非有斩将骞旗之实也，乌足以骄人哉！前破番禺，捕降者以为虏，掘死人以为获，是一过也。建德、吕嘉逆罪不容于天下，将军拥精兵不穷追，超然以东越为援，是二过也。士卒暴露连岁，为朝会不置酒，将军不念其勤劳，而造佞巧，请乘传行塞，因用归家，怀银黄，垂三组，夸乡里，是三过也。失期内顾，以道恶为解，失尊尊之序，是四过也。欲请蜀刀，问君贾几何，对曰率数百，武库日出兵而阳不知，挟伪干君，是五过也。受诏不至兰池宫，明日又不对。假令将军之吏问之不对，令之不从，其罪何如？推此心以在外，江海之间可得信乎！今东越深入，将军能率众以掩过不？"仆惶恐，对曰："愿尽死赎罪！"与王温舒俱破东越。后复与左将军荀彘俱击朝鲜，为彘所缚，语在《朝鲜传》。还，免为庶人，病死。

咸宣，杨人也。以佐史给事河东守。卫将军青使买马河东，见宣无害，言上，征为厩丞。官事办，稍迁至御史及丞，使治主父偃及淮南反狱，所以微文深诋杀者甚众，称为敢决疑。数废数起，为御史及中丞者几二十岁。王温舒为中尉，而宣为左内史。其治米盐，事小大皆关其手，自部署县名曹宝物，官吏令丞弗得擅摇，痛以重法绳之。居官数年，一切为小治辩，然独宣以小至大，能自行之，难以为经。中废为右扶风，坐怒其吏成信，信亡藏上林中，宣使郿令将吏卒，阑入上林中蚕室门攻亭格杀信，射中苑门，宣下吏，为大逆当族，自杀。而杜周任用。

是时，郡守尉、诸侯相、二千石欲为治者，大抵尽效王温舒等，而吏民益轻犯法，盗贼滋起。南阳有梅免、百政，楚有段中、杜少，齐有徐勃，燕、赵之间有坚卢、范主之属。大群至数千人，擅自号，攻城邑，取库兵，释死罪，缚辱郡守、都尉，杀二千石，为檄告县趋具食；小群以百数，掠卤乡里者不可称数。于是上始使御史中丞、丞相长史使督之，犹弗能禁，乃使光禄大夫范昆、诸部都尉及故九卿张德等衣绣衣，持节、虎符，发兵以兴击，斩首大部或至万余级。及以法诛通行饮食，坐相连郡，甚者数千人。数岁，乃颇得其渠率。散卒失亡，复聚党阻山川，往往而群，无可奈何。于是作沈命法，曰："群盗起不发觉，发觉而弗捕满品者，二千石以下至小吏主者皆死。"其后小吏畏诛，虽有盗弗敢发，恐不能得，坐课累府，府亦使不言。故盗贼浸多，上下相为匿，以避文法焉。

田广明，字子公，郑人也。以郎为天水司马。功次迁河南都尉，以杀伐为治。郡国盗贼并起，迁广明为淮阳太守。岁余，故城父令公孙勇与客胡倩等谋反，倩诈称光禄大夫，从车骑数十，言使督盗贼，止陈留传舍，太守谒见，欲收取之。广明觉知，发兵皆捕斩焉。而公孙勇衣绣衣，乘驷马车至圉，圉使小史侍之，亦知其非是，守尉魏不害与厩啬夫江德、尉史苏昌共收捕之。上封不害为当涂侯，德轑阳侯，昌蒲侯。初，四人俱拜于前，小史窃言。武帝问："言何？"对曰："为侯者得东归不？"上曰："女欲不？贵矣。女乡名为何？”对曰：“名遗乡。”上曰：“用遗汝矣。”于是赐小史爵关内侯，食遗乡六百户。上以广明连禽大奸，征入为大鸿胪，擢广明兄云中代为淮阳太守。昭帝时，广明将兵击益州，还，赐爵关内侯，徙卫尉。后出为左冯翊，治有能名。宣帝初立，代蔡义为御史大夫，以前为冯翊与议定策，封昌水侯。岁余，以祁连将军将兵击匈奴，出塞至受降城。受降都尉前死，丧柩在堂，广明召其寡妻与奸。既出不至质，引军空还。下太守杜延年簿责，广明自杀阙下，国除。兄云中为淮阳守，亦敢诛杀，吏民守阙告之，竟坐弃市。

田延年，字子宾，先齐诸田也，徙阳陵。延年以材略给事大将军莫府，霍光重之，迁为长史。出为河东太守，选拔尹翁归等以为爪牙，诛锄豪强，奸邪不敢发。以选入大司农。会昭帝崩，昌邑王嗣立，淫乱，霍将军忧惧，与公卿议废之，莫敢发言。延年按剑，廷叱群臣，即日议决，语在《光传》。宣帝即位，延年以决疑定策封阳成侯。

先是，茂陵富人焦氏、贾氏以数千万阴积贮炭苇诸下里物。昭帝大行时，方上事暴起，用度未办，延年奏言：“商贾或豫收方上不祥器物，冀其疾用，欲以求利，非民臣所当为。请没入县官。”奏可。富人亡财者皆怨，出钱求延年罪。初，大司农取民牛车三万两为僦，载沙便桥下，送致方上，车直千钱，延年上簿诈增僦直车二千，凡六千万，盗取其半。焦、贾两家告其事，下丞相府。丞相议奏延年“主守盗三千万，不道”。霍将军召问延年，欲为道地，延年抵曰：“本出将军之门，蒙此爵位，无有是事。”光曰：“即无事，当穷竟。”御史大夫田广明谓太仆杜延年：“《春秋》之义，以功覆过”当废昌邑王时，非田子宾之言大事不成。今县官出三千万自乞之何哉？愿以愚言白大将军。”延年言之大将军，大将军曰：“诚然，实勇士也！当发大议时，震动朝廷。”光因举手自抚心曰：“使我至今病悸！谢田大夫晓大司农，通往就狱，得公议之。”田大夫使人语延年，延年曰：“幸县官宽我耳，何面目入牢狱，使众人指笑我，卒徒唾吾背乎！”即闭阁独居齐舍，偏袒持刀东西步。数日，使者召延年诣廷尉。闻鼓声，自刎死，国除。

严延年，字次卿，东海下邳人也。其父为丞相掾，延年少学法律丞相府，归为郡吏。以选除补御史掾，举侍御史。是时，大将军霍光废昌邑王，尊立宣帝。宣帝初即位，延年劾奏光“擅废立，无人臣礼，不道”。奏虽寝，然朝廷肃焉敬惮。延年后复劾大司农田延年持兵干属车，大司农自讼不干属车。事下御史中丞，谴责延年何以不移书宫殿门禁止大司农，而令得出入宫。于是复劾延年阑内罪人，法至死。延年亡命。会赦出，丞相、御史府征书同日到，延年以御史书先至，诣御史府，复为掾。宣帝识之，拜为平陵令，坐杀不辜，去官。后为丞相掾，复擢好畤令。神爵中，西羌反，强弩将军许延寿请延年为长史，从军败西羌，还为涿郡太守。

时，郡比得不能太守，涿人毕野白等由是废乱。大姓西高氏、东高氏，自郡吏以下皆畏避之，莫敢与牾，咸曰：“宁负二千石，无负豪大家。”宾客放为盗贼，发，辄入高氏，吏不敢追。浸浸日多，道路张弓拔刃，然后敢行，其乱如此。延年至，遣掾蠡吾赵绣按高氏得其死罪。绣见延年新将，心内惧，即为两劾，欲先白其轻者，观延年意怒，乃出其重劾。延年已知其如此矣。赵掾至，果白其轻者，延年索怀中，得重劾，即收送狱。夜入，晨将至市论杀之，先所按者死，吏皆股弁。更遣吏公考两高，穷竟其奸，诛杀各数十人。郡中震恐，道不拾遗。

三岁，迁河南太守，赐黄金二十斤。豪强胁息，野无行盗，威震旁郡。其治务在摧折豪强，扶助贫弱。贫弱虽陷法，曲文以出之；其豪杰侵小民者，以文内之。众人所谓当死者，一朝出之；所谓当生者，诡杀之。吏民莫能测其意深浅，战栗不敢犯禁。

按其狱，皆文致不可得反。

延年为人短小精悍，敏捷于事，虽子贡、冉有通艺于政事，不能绝也。吏忠尽节者，厚遇之如骨肉，皆亲乡之，出身不顾，以是治下无隐情。然疾恶泰甚，中伤者多，尤巧为狱文，善史书，所欲诛杀，奏成于手，中主簿亲近史不得闻知。奏可论死，奄忽如神。冬月，传属县囚，会论府上，流血数里，河南号曰："屠伯"。令行禁止，郡中正清。

是时，张敞为京兆尹，素与延年善。敞治虽严，然尚颇有纵舍，闻延年用刑刻急，乃以书谕之曰："昔韩卢之取菟也，上观下获，不甚多杀。愿次卿少缓诛罚，思行此术。"延年报曰："河南天下喉咽，二周余毙，莠盛苗秽，何可不钼也？"自矜伐其能，终不衰止。时，黄霸在颍川以宽恕为治，郡中亦平，屡蒙丰年，凤皇下，上贤焉，下诏称扬其行，加金爵之赏。延年素轻霸为人，及比郡为守，褒赏反在己前，心内不服。河南界中又有蝗虫，府丞义出行蝗，还见延年，延年曰："此蝗岂凤皇食邪？"义又道司农中丞耿寿昌为常平仓，利百姓，延年曰："丞相御史不知为也，当避位去。寿昌安得权此？"后左冯翊缺，上欲征延年，符已发，为其名酷复止。延年疑少府梁丘贺毁之，心恨。会琅邪太守以视事久病，满三月免，延年自知见废，谓丞曰："此人尚能去官，我反不能去邪？"又延年察狱史廉，有臧不入身，延年坐选举不实贬秩，笑曰："后敢复有举人者矣！"丞义年老颇悖，素畏延年，恐见中伤。延年本尝与义俱为丞相史，实亲厚之，无意毁伤也，馈遗之甚厚。义愈益恐，自筮得死卦，忽忽不乐，取告至长安，上书言延年罪名十事。已拜奏，因饮药自杀，以明不欺。事下御史丞按验，有此数事，以结延年，坐怨望非谤政治不道弃市。

初，延年母从东海来，欲从延年腊，到雒阳，适见报囚。母大惊，便止都亭，不肯入府。延年出至都亭谒母，母闭阁不见。延年免冠顿首阁下，良久，母乃见之，因数责延年："幸得备郡守，专治千里，不闻仁爱教化，有以全安愚民，顾乘刑罚多刑杀人，欲以立威，岂为民父母意哉！"延年服罪，重顿首谢，因自为母御，归府舍。母毕正腊，谓延年："天道神明，人不可独杀。我不意当老见壮子被刑戮也！行矣！去女东归，扫除墓地耳。"遂去。归郡，见昆弟宗人，复为言之。后岁余，果败。东海莫不贤知其母。延年兄弟五人皆有吏材，至大官，东海号曰："万石严妪"。次弟彭祖，至太子太傅，在《儒林传》。

尹赏，字子心，巨鹿杨氏人也。以郡吏察廉为楼烦长。举茂材、粟邑令。左冯翊薛宣奏赏能治剧，徙为频阳令，坐残贼免。后以御史举为郑令。

永始、元延间，上怠于政，贵戚骄恣，红阳长仲兄弟交通轻侠，臧匿亡命。而北地大豪浩商等报怨，杀义渠长妻子六人，往来长安中。丞相、御史遣掾求逐党与，诏书召捕，久之乃得。长安中奸猾浸多，闾里少年群辈杀吏，受赇报仇，相与探丸为弹，得赤丸者斫武吏，得黑丸者斫文吏，白者主治丧；城中薄暮尘起，剽劫行者，死伤横道，枹鼓不绝。赏以三辅高第选守长安令，得一切便宜从事。赏至，修治长安狱，穿地方深各数丈，致令辟为郭，以大石覆其口，名为"虎穴"。乃部户曹掾史，与乡吏、亭长、里正、父老、伍人，杂举长安中轻薄少年恶子，无市籍商贩作务，而鲜衣凶服被铠扞持刀兵者，悉籍记之，得数百人。赏一朝会长安吏，车数百辆，分行收捕，皆劾以为通行饮食群盗。赏亲阅，见十置一，其余尽以次内虎穴中，百人为辈，覆以大石。数日一发视，皆相枕藉死，便舆出，瘗寺门桓东。楬著其姓名，百日后，乃令死者家各自发取其尸。亲属号哭，道路皆歔欷。长安中歌之曰："安所求子死？桓东少年场。生时谅不谨，枯骨后何葬？”赏所置皆其魁宿，或故吏善家子失计随轻黠愿自改者，财数十百人，皆贳其罪，诡令立功以自赎。尽力有效者，因亲用之为爪牙，追捕甚精，甘耆奸恶，甚于凡吏。赏视事数月，盗贼止，郡国亡命散走，各归其处，不敢窥长安。

江湖中多盗贼，以赏为江夏太守，捕格江贼及所诛吏民甚多，坐残贼免。南山群盗起，以赏为右辅都尉，迁执金吾，督大奸猾。三辅吏民甚畏之。

数年卒官。疾病且死，戒其诸子曰：“丈夫为吏，正坐残贼免，追思其功效，则复进用矣。一坐软弱不胜任免，终身废弃无有赦时，其羞辱甚于贪污坐赃。慎毋然！”赏四子皆至郡守，长子立为京兆尹，皆尚威严，有治办名。

赞曰：自郅都以下皆以酷烈为声，然都抗直，引是非，争大体。张汤以知阿邑人主，与俱上下，时辩当否，国家赖其便。赵禹据法守正。杜周从谀，以少言为重。张汤死后，罔密事丛，以寖秏废，九卿奉职，救过不给，何暇论绳墨之外乎！自是以至哀、平，酷吏众多，然莫足数，此其知名见纪者也。其廉者足以为仪表，其污者方略教道，一切禁奸，亦质有文武焉。虽酷，称其位矣。汤、周子孙贵盛，故别传。

卷九十一

货殖传第六十一

昔先王之制，自天子、公、侯、卿、大夫、士至于皂隶、抱关、击柝者，其爵禄、奉养、宫室、车服、棺椁、祭祀、死生之制各有差品，小不得僭大，贱不得逾贵。夫然，故上下序而民志定。于是辩其土地、川泽、丘陵、衍沃、原隰之宜，教民种树畜养；五谷六畜及至鱼鳖、鸟兽、雚蒲、材干、器械之资，所以养生送终之具，靡不皆育。育之以时，而用之有节。草木未落，斧斤不入于山林；豺獭未祭，罝网不布于野泽；鹰隼未击，矰弋不施于徯隧。既顺时而取物，然犹山不茬蘖，泽不伐夭，蝝鱼麛卵，咸有常禁。所以顺时宣气，蕃阜庶物，蓄足功用，如此之备也。然后四民因其土宜，各任智力，夙兴夜寐，以治其业，相与通功易事，交利而俱赡，非有征发期会，而远近咸足。故《易》曰：“后以财成辅相天地之宜，以左右民”，“备物致用，立成器以为天下利，莫大乎圣人”，此之谓也。《管子》云古之四民不得杂处。士相与言仁谊于闲宴，工相与议技巧于官府，商相与语财利于市井，农相与谋稼穑于田野，朝夕从事，不见异物而迁焉。故其父兄之教不肃而成，子弟之学不劳而能，各安其居而乐其业，甘其食而美其服，虽见奇丽纷华，非其所习，辟犹戎翟之与于越，不相入矣。是以欲寡而事节，财足而不争。于是在民上者，道之以德，齐之以礼，故民有耻而且敬，贵谊而贱利。此三代之所以直道而行，不严而治之大略也。

及周室衰，礼法堕，诸侯刻桷丹楹，大夫山节藻棁，八佾舞于庭，《雍》彻于堂。其流至乎士庶人，莫不离制而弃本，稼穑之民少，商旅之民多，谷不足而货有余。

陵夷至乎桓、文之后，礼谊大坏，上下相冒，国异政，家殊俗，嗜欲不制，僭差亡极。

于是商通难得之货，工作亡用之器，士设反道之行，以追时好而取世资。伪民背实而要名，奸夫犯害而求利，篡弑取国者为王公，圄夺成家者为雄桀。礼谊不足以拘君子，刑戮不足以威小人。富者木土被文锦，犬马余肉粟，而贫者裋褐不完，含菽饮水。其为编户齐民，同列而以财力相君，虽为仆虏，犹亡愠色。故夫饰变诈为奸轨者，自足乎一世之间；守道循理者，不免于饥寒之患。其教自上兴，由法度之无限也。故列其行事，以传世变云。

昔粤王勾践困于会稽之上，乃用范蠡、计然。计然曰："知斗则修备，时用则知物，二者形则万货之情可得见矣。故旱则资舟，水则资车，物之理也。"推此类而修之，十年国富，厚赂战士，遂报强吴，刷会稽之耻。范蠡叹曰："计然之策，十用其五而得意。既以施国，吾欲施之家。"乃乘扁舟，浮江湖，变名姓，适齐为鸱夷子皮，之陶为朱公。以为陶天下之中，诸侯四通，货物所交易也，乃治产积居，与时逐而不责于人。故善治产者，能择人而任时。十九年之间三致千金，再散分与贫友昆弟。后年衰老，听子孙修业而息之，遂至巨万。故言富者称陶朱。

子赣既学于仲尼，退而仕卫，发贮鬻财曹、鲁之间。七十子之徒，赐最为饶，而颜渊箪食瓢饮，在于陋巷。子赣结驷连骑，束帛之币聘享诸侯，所至，国君无不分庭与之抗礼。然孔子贤颜渊而讥子赣，曰："回也其庶乎，屡空。赐不受命，而货殖焉，意则屡中。"

白圭，周人也。当魏文侯时，李克务尽地力，而白圭乐观时变，故人弃我取，人取我予。能薄饮食，忍嗜欲，节衣服，与用事僮仆同苦乐，趋时若猛兽挚鸟之发。故曰："吾治生犹伊尹、吕尚之谋，孙、吴用兵，商鞅行法是也。故智不足与权变，勇不足以决断，仁不能以取予，强不能以有守，虽欲学吾术，终不告也。"盖天下言治生者祖白圭。

猗顿用盬盐起，邯郸郭纵以铸冶成业，与王者埒富。

乌氏蠃畜牧，及众，斥卖，求奇缯物，间献戎王。戎王十倍其偿，予畜，畜至用谷量牛马。秦始皇令蠃比封君，以时与列臣朝请。

巴寡妇清，其先得丹穴，而擅其利数世，家亦不訾。清寡妇能守其业，用财自卫，人不敢犯。始皇以为贞妇而客之，为筑女怀清台。

秦汉之制，列侯封君食租税，岁率户二百。千户之君则二十万，朝觐聘享出其中。庶民农工商贾，率亦岁万息二千，百万之家即二十万，而更徭租赋出其中，衣食好美矣。故曰陆地牧马二百蹄，牛千蹄角，千足羊，泽中千足彘，水居千石鱼波，山居千章之萩。安邑千树枣；燕、秦千树栗；蜀、汉、江陵千树橘；淮北荥南河济之间千树萩；陈、夏千亩漆；齐、鲁千亩桑麻；渭川千亩竹；及名国万家之城，带郭千亩亩钟之田，若千亩卮茜，千畦姜韭：此其人皆与千户侯等。

谚曰："以贫求富，农不如工，工不如商，刺绣文不如倚市门。"此言末业，贫者之资也。通邑大都酤一岁千酿，醯酱千瓨，浆千儋，屠牛、羊、彘千皮，谷籴千钟，薪槁千车，船长千丈，木千章，竹竿万个，轺车百乘，牛车千两；木器漆者千枚，铜器千钧，素木铁器若卮茜千石，马蹄躈千，牛千足，羊、彘千双，童手指千，筋角丹沙千斤，其帛絮细布千钧，文采千匹，荅布皮革千石，漆千大斗，蘖曲盐豉千合，鲐鮆千斤，鲰鲍千钧，枣栗千石者三之，狐貂裘千皮，羔羊裘千石，旃席千具，它果采千种，子贷金钱千贯，节驵侩，贪贾三之，廉贾五之，亦比千乘之家，此其大率也。

蜀卓氏之先，赵人也，用铁冶富。秦破赵，迁卓氏之蜀，夫妻推辇行。诸迁虏少有余财，争与吏，求近处，处葭萌。唯卓氏曰："此地狭薄。吾闻刚峄山之下沃野，下有踆鸱，至死不饥。民工作布，易贾。"乃求远迁。致之临邛，大憙，即铁山鼓铸，运筹算，贾滇、蜀民，富至童八百人，田池射猎之乐拟于人君。

程郑，山东迁虏也，亦冶铸，贾魋结民，富埒卓氏。

程、卓既衰，至成、哀间，成都罗裒訾至巨万。初，裒贾京师，随身数十百万，为平陵石氏持钱。其人强力。石氏訾次如、苴，亲信，厚资遣之，令往来巴、蜀，数年间致千余万。裒举其半赂遗曲阳、定陵侯，依其权力，赊贷郡国，人莫敢负。擅盐井之利，期年所得自倍，遂殖其货。

宛孔氏之先，梁人也，用铁冶为业。秦灭魏，迁孔氏南阳，大鼓铸，规陂田，连骑游诸侯，因通商贾之利，有游闲公子之名。然其赢得过当，愈于孅啬，家致数千金，故南阳行贾尽法孔氏之雍容。

鲁人俗俭啬，而丙氏尤甚，以铁冶起，富至巨万。然家自父兄子弟约，俯有拾，仰有取，贳贷行贾遍郡国。邹、鲁以其故，多去文学而趋利。

齐俗贱奴虏，而刀间独爱贵之。桀黠奴，人之所患，唯刀间收取，使之逐鱼盐商贾之利，或连车骑交守相，然愈益任之，终得其力，起数千万。故曰："宁爵无刀"，言能使豪奴自饶，而尽其力也。刀间既衰，至成、哀间，临淄姓伟訾五千万。

周人既孅而师史尤甚，转毂百数，贾郡国，无所不至。雒阳街居在齐、秦、楚、赵之中，富家相矜以久贾，过邑不入门。设用此等，故师史能致十千万。

师史既衰，至成、哀、王莽时，雒阳张长叔、薛子仲訾亦十千万。莽皆以为纳言士，欲法武帝，然不能得其利。

宣曲任氏，其先为督道仓吏。秦之败也，豪桀争取金玉，任氏独窖仓粟。楚、汉相距荥阳，民不得耕种，米石至万，而豪桀金玉尽归任氏，任氏以此起富。富人奢侈，而任氏折节为力田畜。人争取贱贾，任氏独取贵善，富者数世。然任公家约，非田畜所生不衣食，公事不毕则不得饮酒食肉。以此为闾里率，故富而主上重之。

塞之斥也，唯桥桃以致马千匹，牛倍之，羊万，粟以万钟计。

吴、楚兵之起，长安中列侯封君行从军旅，赍貣子钱家，子钱家以为关东成败未决，莫肯予。唯毋盐氏出捐千金贷，其息十之。三月，吴、楚平。一岁之中，则毋盐氏息十倍，用此富关中。

关中富商大贾，大氐尽诸田，田墙、田兰。韦家栗氏、安陵杜氏亦巨万。前富者既衰，自元、成讫王莽，京师富人杜陵樊嘉，茂陵挚网，平陵如氏、苴氏，长安丹王君房，豉樊少翁、王孙大卿，为天下高訾。樊嘉五千万，其余皆巨万矣。王孙卿以财养士，与雄桀交，王莽以为京司市师，汉司东市令也。

此其章章尤著者也。其余郡国富民兼业颛利，以货赂自行，取重于乡里者，不可胜数。故秦杨以田农而甲一州，翁伯以贩脂而倾县邑，张氏以卖酱而隃侈，质氏以洒削而鼎食，浊氏以胃脯而连骑，张里以马医而击钟，皆越法矣。然常循守事业，积累赢利，渐有所起。至于蜀卓，宛孔，齐之刀间，公擅山川铜铁鱼盐市井之入，运其筹策，上争王者之利，下锢齐民之业，皆陷不轨奢僭之恶。又况掘冢搏掩，犯奸成富，曲叔、稽发、雍乐成之徒，犹复齿列，伤化败俗，大乱之道也。

卷九十二

游侠传第六十二

古者天子建国，诸侯立家，自卿、大夫以至于庶人，各有等差，是以民服事其上，而下无觊觎。孔子曰："天下有道，政不在大夫。"百官有司奉法承令，以修所职，失职有诛，侵官有罚。夫然，故上下相顺，而庶事理焉。

周室既微，礼乐征伐自诸侯出。桓、文之后，大夫世权，陪臣执命。陵夷至于战国，合从连衡，力政争强。由是列国公子，魏有信陵、赵有平原、齐有孟尝、楚有春申，皆借王公之势，竞为游侠，鸡鸣狗盗，无不宾礼。而赵相虞卿弃国捐君，以周穷交魏齐之厄；信陵无忌窃符矫命，戮将专师，以赴平原之急：皆以取重诸侯，显名天下，扼腕而游谈者，以四豪为称首。于是背公死党之议成，守职奉上之义废矣。

及至汉兴，禁网疏阔，未之匡改也。是故代相陈豨从车千乘，而吴濞、淮南皆招宾客以千数。外戚大臣魏其，武安之属竞逐于京师，布衣游侠剧孟、郭解之徒驰骛于闾阎，权行州域，力折公侯。众庶荣其名迹，觊而慕之。虽其陷于刑辟，自与杀身成名，若季路、仇牧，死而不悔也。故曾子曰："上失其道，民散久矣。"非明王在上，视之以好恶，齐之以礼法，民曷由知禁而反正乎！

古之正法：五伯，三王之罪人也；而六国，五伯之罪人也。夫四豪者，又六国之罪人也。况于郭解之伦，以匹夫之细，窃杀生之权，其罪已不容于诛矣。观其温良泛爱，振穷周急，谦退不伐，亦皆有绝异之姿。惜乎不入于道德，苟放纵于末流，杀身亡宗，非不幸也。

自魏其、武安、淮南之后，天子切齿，卫、霍改节。然郡国豪桀处处各有，京师亲戚冠盖相望，亦古今常道，莫足言者。唯成帝时，外家王氏宾客为盛，而楼护为帅。及王莽时，诸公之间陈遵为雄，闾里之侠原涉为魁。

朱家，鲁人，高祖同时也。鲁人皆以儒教，而朱家用侠闻。所臧活豪士以百数，其余庸人不可胜言。然终不伐其能，饮其德，诸所尝施，唯恐见之。振人不赡，先从贫贱始。家亡余财，衣不兼采，食不重味，乘不过軥牛。专趋人之急，甚于己私。既阴脱季布之厄，及布尊贵，终身不见。自关以东，莫不延颈愿交。

楚田仲以侠闻，父事朱家，自以为行弗及也。田仲死后，有剧孟。

剧孟者，洛阳人也。周人以商贾为资，剧孟以侠显。吴、楚反时，条侯为太尉，乘传东，将至河南，得剧孟，喜曰："吴、楚举大事而不求剧孟，吾知其无能为已。"天下骚动，大将军得之若一敌国云。剧孟行大类朱家，而好博，多少年之戏。然孟母死，自远方送丧盖千乘。及孟死，家无十金之财。而符离王孟，亦以侠称江、淮之间。是时，济南瞷氏、陈周肤亦以豪闻。景帝闻之，使使尽诛此属。其后，代诸白、梁韩毋辟、阳翟薛况、陕寒孺，纷纷复出焉。

郭解，河内轵人也，温善相人许负外孙也。解父任侠，孝文时诛死。解为人静悍，不饮酒。少时阴贼感概，不快意，所杀甚众。以躯借友报仇，臧命作奸剽攻，休乃铸钱掘冢，不可胜数。适有天幸，窘急常得脱，若遇赦。及解年长，更折节为俭，以德报怨，厚施而薄望。然其自喜为侠益甚。既已振人之命，不矜其功，其阴贼著于心本发于睚眦如故云。而少年慕其行，亦辄为报仇，不使知也。

解姊子负解之势，与人饮，使之釂，非其任，强灌之。人怒，刺杀解姊子，去亡。解姊怒曰："以翁伯时人杀吾子，贼不得！"弃其尸道旁，弗葬，欲以辱解。解使人微知贼处。贼窘自归，具以实告解。解曰："公杀之当，吾儿不直。"遂去其贼，罪其姊子，收而葬之。诸公闻之，皆多解之义，益附焉。

解出，人皆避，有一人独箕踞视之。解问其姓名，客欲杀之。解曰："居邑屋不见敬，是吾德不修也，彼何罪！"乃阴请尉史曰："是人吾所重，至践更时脱之。"每至直更，数过，吏弗求。怪之，问其故，解使脱之。箕踞者乃肉袒谢罪。少年闻之，愈益慕解之行。

洛阳人有相仇者，邑中贤豪居间以十数，终不听。客乃见解。解夜见仇家，仇家曲听。解谓仇家："吾闻洛阳诸公在间，多不听。今子幸而听解，解奈何从它县夺人邑贤大夫权乎！"乃夜去，不使人知，曰："且毋庸，待我去，令洛阳豪居间乃听。"

解为人短小，恭俭，出未尝有骑，不敢乘车入其县庭。之旁郡国，为人请求事，事可出，出之；不可者，各令厌其意，然后乃敢尝酒食。诸公以此严重之，争为用。邑中少年及旁近县豪夜半过门，常十余车，请得解客舍养之。

及徙豪茂陵也，解贫，不中訾。吏恐，不敢不徙。卫将军为言："郭解家贫，不中徙。"上曰："解布衣，权至使将军，此其家不贫！"解徙，诸公送者出千余万。轵人杨季主子为县掾，隔之，解兄子断杨掾头。解入关，关中贤豪知与不知，闻声争交欢。邑人又杀杨季主，季主家上书人又杀阙下。上闻，乃下吏捕解。解亡，置其母家室夏阳，身至临晋。临晋籍少翁素不知解，因出关。籍少翁已出解，解传太原，所过辄告主人处。吏逐迹至籍少翁，少翁自杀，口绝。久之得解，穷治所犯为，而解所杀，皆在赦前。

轵有儒生侍使者坐，客誉郭解，生曰："解专以奸犯公法，何谓贤？"解客闻之，杀此生，断舌。吏以责解，解实不知杀者，杀者亦竟莫知为谁。吏奏解无罪。御史大夫公孙弘议曰："解布衣为任侠行权，以睚眦杀人，解不知，此罪甚于解知杀之。当大逆无道。"遂族解。

自是之后，侠者极众，而无足数者。然关中长安樊中子，槐里赵王孙，长陵高公子，西河郭翁中，太原鲁翁孺，临淮兒长卿，东阳陈君孺，虽为侠而恂恂有退让君子之风。至若北道姚氏，西道诸杜，南道仇景，东道赵佗羽公子，南阳赵调之徒，盗跖而居民间者耳，曷足道哉！此乃乡者朱家所羞也。

萬章，字子夏，长安人也。长安炽盛，街闾各有豪侠，章在城西柳市，号曰"城西萬子夏。"为京兆尹门下督，从至殿中，侍中诸侯贵人争欲揖章，莫与京兆尹言者。章逡循甚惧。其后京兆不复从也。与中书令石显相善，亦得显权力，门车常接毂。至成帝初，石显坐专权擅势免官，徙归故郡。显资巨万，当去，留床席器物数百万直，欲以与章，章不受。宾客或问其故，章叹曰："吾以布衣见哀于石君，石君家破，不能有以安也，而受其财物，此为石氏之祸，萬氏反当以为福邪！"诸公以是服而称之。

河平中，王尊为京兆尹，捕击豪侠，杀章及箭张回、酒市赵君都、贾子光，皆长安名豪，报仇怨养刺客者也。

楼护，字君卿，齐人。父世医也，护少随父为医长安，出入贵戚家。护诵医经、本草、方术数十万言，长者咸爱重之，共谓曰："以君卿之材，何不宦学乎？"由是辞其父，学经传，为京兆吏数年，甚得名誉。

是时，王氏方盛，宾客满门，五侯兄弟争名，其客各有所厚，不得左右，唯护尽入其门，咸得其欢心。结士大夫，无所不倾，其交长者，尤见亲而敬，众以是服。为人短小精辩，论议常依名节，听之者皆竦。与谷永俱为五侯上客，长安号曰"谷子云笔札，楼君卿唇舌"，言其见信用也。母死，送葬者致车二三千两，闾里歌之曰："五侯治丧楼君卿。"

久之，平阿侯举护方正，为谏大夫，使郡国。护假贷，多持币帛，过齐，上书求上先人冢，因会宗族故人，各以亲疏与束帛，一日数百金之费。使还，奏事称意，擢为天水太守。数岁免，家长安中。时成都侯商为大司马卫将军，罢朝，欲候护，其主簿谏："将军至尊，不宜入闾巷。"商不听，遂往至护家。家狭小，官属立车下，久住移时，天欲雨，主簿谓西曹诸掾曰："不肯强谏，反雨立闾巷！"商还，或白主簿语，商恨，以他职事去主簿，终身废锢。

后护复以荐为广汉太守。元始中，王莽为安汉公，专政，莽长子宇与妻兄吕宽谋以血涂莽第门，欲惧莽令归政。发觉，莽大怒，杀宇，而吕宽亡。宽父素与护相知，宽至广汉过护，不以事实语也。到数日，名捕宽诏书至，护执宽。莽大喜，征护入为前辉光，封息乡侯，列于九卿。

莽居摄，槐里大贼赵朋、霍鸿等群起，延入前辉光界，护坐免为庶人。其居位，爵禄赂遗所得亦缘手尽。既退居里巷，时五侯皆已死，年老失势，宾客益衰。至王莽篡位，以旧恩召见护，封为楼旧里附城。而成都侯商子邑为大司空，贵重，商故人皆敬事邑，唯护自安如旧节，邑亦父事之，不敢有阙。时请召宾客，邑居樽下，称"贱子上寿"。坐者百数，皆离席伏，护独东乡正坐，字谓邑曰："公子贵如何！"

初，护有故人吕公，无子，归护。护身与吕公，妻与吕妪同食。及护家居，妻子颇厌吕公。护闻之，流涕责其妻子曰："吕公以故旧穷老托身于我，义所当奉。"遂养吕公终身。护卒，子嗣其爵。

陈遵，字孟公，杜陵人也。祖父遂，字长子，宣帝微时与有故，相随博弈，数负进。及宣帝即位，用遂，稍迁至太原太守，乃赐遂玺书曰："制诏太原太守：官尊禄厚，可以偿博进矣。妻君宁时在旁，知状。"遂于是辞谢，因曰："事在元平元年赦令前。"其见厚如此。元帝时，征遂为京兆尹，至廷尉。

遵少孤，与张竦伯松俱为京兆史。竦博学通达，以廉俭自守，而遵放纵不拘，操行虽异，然相亲友，哀帝之末俱著名字，为后进冠。并入公府，公府掾史率皆羸车小马，不上鲜明，而遵独极舆马衣服之好，门外车骑交错。又日出醉归，曹事数废。西曹以故事适之，侍曹辄诣寺舍白遵曰："陈卿今日以某事适。"遵曰："满百乃相闻。"故事，有百适者斥，满百，西曹白请斥。大司徒马宫大儒优士，又重遵，谓西曹："此人大度士，奈何以小文责之？"乃举遵能治三辅剧县，补郁夷令。久之，与扶风相失，自免去。

槐里大贼赵朋、霍鸿等起，遵为校尉，击朋、鸿有功，封嘉威侯。居长安中，列侯近臣贵戚皆贵重之。牧守当之官，及郡国豪桀至京师者，莫不相因到遵门。

遵嗜酒，每大饮，宾客满堂，辄关门，取客车辖投井中，虽有急，终不得去。尝有部刺史奏事，过遵，值其方饮，刺史大穷，候遵沾醉时，突入见遵母，叩头自白当对尚书有期会状，母乃令从后阁出去。遵大率常醉，然事亦不废。长八尺余，长头大鼻，容貌甚伟。略涉传记，赡于文辞。性善书，与人尺牍，主皆藏去以为荣。请求不敢逆，所到，衣冠怀之，唯恐在后。时列侯有与遵同姓字者，每至人门，曰陈孟公，坐中莫不震动，既至而非，因号其人曰陈惊坐云。

王莽素奇遵材，在位多称誉者，由是起为河南太守。既至官，当遣从史西，召善书吏十人于前，治私书谢京师故人。遵冯几，口占书吏，且省官事，书数百封，亲疏各有意，河南大惊。数月免。

初，遵为河南太守，而弟级为荆州牧，当之官，俱过长安富人故淮阳王外家左氏饮食作乐。后司直陈崇闻之，劾奏："遵兄弟幸得蒙恩超等历位，遵爵列侯，备郡守，级州牧奉使，皆以举直察枉宣扬圣化为职，不正身自慎。始遵初除，乘藩车入闾巷，过寡妇左阿君置酒歌讴，遵起舞跳梁，顿仆坐上，暮因留宿，为侍婢扶卧。遵知饮酒饫宴有节，礼不入寡妇之门，而湛酒混肴，乱男女之别，轻辱爵位，羞污印韨，恶不可忍闻。臣请皆免。"遵既免，归长安，宾客愈盛，饮食自若。久之，复为九江及河内都尉，凡三为二千石。而张竦亦至丹阳太守，封淑德侯。后俱免官，以列侯归长安。竦居贫，无宾客，时时好事者从之质疑问事，论道经书而已。而遵昼夜呼号，车骑满门，酒肉相属。

先是，黄门郎扬雄作《酒箴》以讽谏成帝，其文为酒客难法度士，譬之于物，曰："子犹瓶矣。观瓶之居，居井之眉，处高临深，动常近危。酒醪不入口，臧水满怀，不得左右，牵于纆徽。一旦叀碍，为瓽所轠，身提黄泉，骨肉为泥。自用如此，不如鸱夷。鸱夷滑稽，腹如大壶，尽日盛酒，人复借酤。常为国器，托于属车，出入两宫，经营公家。由是言之，酒何过乎！"遵大喜之，常谓张竦："吾与尔犹是矣。足下讽诵经书，苦身自约，不敢差跌，而我放意自恣，浮湛俗间，官爵功名，不减于子，而差独乐，顾不优邪！"竦曰："人各有性，长短自裁。子欲为我亦不能，吾而效子亦败矣。虽然，学我者易持，效子者难将，吾常道也。"

及王莽败，二人俱客于池阳，竦为贼兵所杀。更始至长安，大臣荐遵为大司马护军，与归德侯刘飒俱使匈奴。单于欲胁诎遵，遵陈利害，为言曲直，单于大奇之，遣还。会更始败，遵留朔方，为贼所败，时醉见杀。

原涉，字巨先。祖父武帝时以豪桀自阳翟徙茂陵。涉父哀帝时为南阳太守。天下殷富，大郡二千石死官，赋敛送葬皆千万以上，妻子通共受之，以定产业。时又少行三年丧者。及涉父死，让还南阳赙送，行丧冢庐三年，由是显名京师。礼毕，扶风谒请为议曹，衣冠慕之辐辏。为大司徒史丹举能治剧，为谷口令，时年二十余。谷口闻其名，不言而治。

先是，涉季父为茂陵秦氏所杀，涉居谷口半岁所，自劾去官，欲报仇。谷口豪桀为杀秦氏，亡命岁余，逢赦出。郡国诸豪及长安、五陵诸为气节者皆归慕之。涉遂倾身与相待，人无贤不肖阗门，在所闾里尽满客。或讥涉曰："子本吏二千石之世，结发自修，以行丧推财礼让为名，正复雠取仇，犹不失仁义，何故遂自放纵，为轻侠之徒乎？"涉应曰："子独不见家人寡妇邪？始自约敕之时，意乃慕宋伯姬及陈孝妇，不幸一为盗贼所污，遂行淫失，知其非礼，然不能自还。吾犹此矣！"

涉自以为前让南阳赙送，身得其名，而令先人坟墓俭约，非孝也。乃大治起冢舍，周阁重门。初，武帝时，京兆尹曹氏葬茂陵，民谓其道为京兆仟，涉慕之，乃买地开道，立表署曰南阳仟，人不肯从，谓之原氏仟。费用皆仰富人长者，然身衣服车马才具，妻子内困。专以振施贫穷赴人之急为务。人尝置酒请涉，涉入里门，客有道涉所知母病避疾在里宅者。涉即往候，叩门。家哭，涉因入吊，问以丧事。家无所有，涉曰："但洁扫除沐浴，待涉。"还至主人，对宾客叹息曰："人亲卧地不收，涉何心乡此！愿撤去酒食。"宾客争问所当得，涉乃侧席而坐，削牍为疏，具记衣被棺木，下至饭含之物，分付诸客。诸客奔走市买，至日昳皆会。涉亲阅视已，谓主人："愿受赐矣。"既共饮食，涉独不饱，乃载棺物，从宾客往至丧家，为棺敛劳俫毕葬。其周急待人如此。后人有毁涉者曰："奸人之雄也"，丧家子即时刺杀言者。

宾客多犯法，罪过数上闻。王莽数收系欲杀，辄复赦出之。涉惧，求为卿府掾史，欲以避客。文母太后丧时，守复土校尉。已为中郎，后免官。涉欲上冢，不欲会宾客，密独与故人期会。涉单车驱上茂陵，投暮，入其里宅，因自匿不见人。遣奴至市买肉，奴乘涉气与屠争言，斫伤屠者，亡。是时，茂陵守令尹公新视事，涉未谒也，闻之大怒。知涉名豪，欲以示众厉俗，遣两吏胁守涉。至日中，奴不出，吏欲便杀涉去。涉迫窘不知所为。会涉所与期上冢者车数十乘到，皆诸豪也，共说尹公。尹公不听，诸豪则曰："原巨先奴犯法不得，使肉袒自缚，箭贯耳，诣廷门谢罪，于君威亦足矣。"尹公许之。涉如言谢，复服遣去。

初，涉与新丰富人祁太伯为友，太伯同母弟王游公素嫉涉，时为县门下掾，说尹公曰："君以守令辱原涉如是，一旦真令至，君复单车归为府吏，涉刺客如云，杀人皆不知主名，可为寒心。涉治冢舍，奢僭逾制，罪恶暴著，主上知之。今为君计，莫若堕坏涉冢舍，条奏其旧恶，君必得真令。如此，涉亦不敢怨矣。"尹公如其计，莽果以为真令。涉由此怨王游公，选宾客，遣长子初从车二十乘劫王游公家。游公母即祁太伯母也，诸客见之皆拜，传曰：无惊祁夫人"。遂杀游公父及子，断两头去。

涉性略似郭解，外温仁谦逊，而内隐好杀。睚眦于尘中，触死者甚多。王莽末，东方兵起，诸王子弟多荐涉能得士死，可用。莽乃召见，责以罪恶，赦贳，拜镇戎大尹，天水太守。涉至官无几，长安败，郡县诸假号起兵攻杀二千石长吏以应汉。诸假号素闻涉名，争问原尹何在，拜谒之。时莽州牧使者依附涉者皆得活。传送致涉长安，更始西屏将军申徒建请涉与相见，大重之。故茂陵令尹公坏涉冢舍者为建主簿，涉本不怨也。涉从建所出，尹公故遮拜涉，谓曰："易世矣，宜勿复相怨！"涉曰："尹君，何一鱼肉涉也！"涉用是怒，使客刺杀主簿。

涉欲亡去，申徒建内恨耻之，阳言"吾欲与原巨先共镇三辅，岂以一吏易之哉！"宾客通言，令涉自系狱谢，建许之。宾客车数十乘共送涉至狱。建遣兵道徼取涉于车上，送车分散驰，遂斩涉，悬之长安市。

自哀、平间，郡国处处有豪桀，然莫足数。其名闻州郡者，霸陵杜君敖、池阳韩幼孺、马领绣君宾、西河漕中叔，皆有谦退之风。王莽居摄，诛锄豪侠，名捕漕中叔，不能得。素善强弩将军孙建，莽疑建藏匿，泛以问建。建曰："臣名善之，诛臣足以塞责。"莽性果贼，无所容忍，然重建，不竟问，遂不得也。中叔子少游，复以侠闻于世云。

卷九十三

佞幸传第六十三

汉兴，佞幸宠臣，高祖时则有籍孺，孝惠有闳孺。此两人非有材能，但以婉媚贵幸，与上卧起，公卿皆因关说。故孝惠时，郎侍中皆冠鵔鸃，贝带，傅脂粉，化闳、籍之属也。两人徙家安陵。其后宠臣，孝文时士人则邓通，宦者则赵谈、北宫伯子；孝武时士人则韩嫣，宦者则李延年；孝元时宦者则弘恭、石显；孝成时士人则张放、淳于长；孝哀时则有董贤。孝景、昭、宣时皆无宠臣。景帝唯有郎中令周仁。昭帝时，驸马都尉秺侯金赏嗣父车骑将军日磾爵为侯，二人之宠取过庸，不笃。宣帝时侍中中郎将张彭祖少与帝微时同席研书，及帝即尊位，彭祖以旧恩封阳都侯，出常参乘，号为爱幸。其人谨敕，无所亏损，为其小妻所毒薨，国除。

邓通，蜀郡南安人也，以濯船为黄头郎。文帝尝梦欲上天，不能，有一黄头郎推上天，顾见其衣尻带后穿。觉而之渐台，以梦中阴目求推者郎，见邓通，其衣后穿，梦中所见也。召问其名姓，姓邓，名通。邓犹登也，文帝甚说，尊幸之，日日异。通亦愿谨，不好外交，虽赐洗沐，不欲出。于是文帝赏赐通巨万以十数，官至上大夫。

文帝时间如通家游戏，然通无他技能，不能有所荐达，独自谨身以媚上而已，上使善相人者相通，曰："当贫饿死。"上曰："能富通者在我，何说贫？"于是赐通蜀严道铜山，得自铸钱。邓氏钱布天下，其富如此。

文帝尝病痈，邓通常为上嗽吮之。上不乐，从容问曰："天下谁最爱我者乎？"通曰："宜莫若太子。"太子入问疾，上使太子齰痈。太子齰痈而色难之。已而闻通尝为上齰之，太子惭，由是心恨通。及文帝崩，景帝立，邓通免，家居。居无何，人有告通盗出徼外铸钱，下吏验问，颇有，遂竟案，尽没入之，通家尚负责数巨万。长公主赐邓通，吏辄随没入之，一簪不得著身。于是长公主乃令假衣食。竟不得名一钱，寄死人家。

赵谈者，以星气幸，北宫伯子长者爱人，故亲近，然皆不比邓通。

韩嫣，字王孙，弓高侯韩颓当之孙也。武帝为胶东王时，嫣与上学书相爱。及上为太子，愈益亲嫣。嫣善骑射，聪慧。上即位，欲事伐胡，而嫣先习兵，以故益尊贵，官至上大夫，赏赐拟邓通。始时，嫣常与上共卧起。江都王入朝，从上猎上林中。天子车驾跸道未行，先使嫣乘副车，从数十百骑驰视兽。江都王望见，以为天子，辟从者，伏谒道旁。嫣驱不见。既过，江都王怒，为皇太后泣，请得归国入宿卫，比韩嫣。太后由此衔嫣。

嫣侍，出入永巷不禁，以奸闻皇太后。太后怒，使使赐嫣死。上为谢，终不能得，嫣遂死。

嫣弟说，亦爱幸，以军功封案道侯，巫蛊时为戾太子所杀。子增封龙雒侯、大司马、车骑将军，自有传。

李延年，中山人，身及父母兄弟皆故倡也。延年坐法腐刑，给事狗监中。女弟得幸于上，号李夫人，列《外戚传》。延年善歌，为新变声。是时，上方兴天地诸祠，欲造乐，令司马相如等作诗颂。延年辄承意弦歌所造诗，为之新声曲。而李夫人产昌邑王，延年由是贵为协律都尉，佩二千石印绶，而与上卧起，其爱幸埒韩嫣。久之，延年弟季与中人乱，出入骄恣。及李夫人卒后，其爱弛，上遂诛延年兄弟宗族。

是后，宠臣大氐外戚之家也。卫青、霍去病皆爱幸，然亦以功能自进。

石显，字君房，济南人；弘恭，沛人也。皆少坐法腐刑，为中黄门，以选为中尚书。宣帝时任中书官，恭明习法令故事，善为请奏，能称其职。恭为令，显为仆射。元帝即位数年，恭死，显代为中书令。

是时，元帝被疾，不亲政事，方隆好于音乐，以显久典事，中人无外党，精专可信任，遂委以政。事无大小，因显白决，贵幸倾朝，百僚皆敬事显。显为人巧慧习事，能探得人主微指，内深贼，持诡辩以中伤人，忤恨睚眦，辄被以危法。初元中，前将军萧望之及光禄大夫周堪、宗正刘更生皆给事中。望之领尚书事，知显专权邪辟，建白以为："尚书百官之本，国家枢机，宜以通明公正处之。武帝游宴后庭，故用宦者，非古制也。宜罢中书宦官，应古不近刑人。"元帝不听，由是大与显忤。后皆害焉，望之自杀，堪、更生废锢，不得复进用，语在《望之传》。后太中大夫张猛、魏郡太守京房、御史中丞陈咸、待诏贾捐之皆尝奏封事，或召见，言显短。显求索其罪，房、捐之弃市，猛自杀于公车，咸抵罪，髡为城旦。及郑令苏建得显私书奏之，后以它事论死。自是公卿以下畏显，重足一迹。

显与中书仆射牢梁、少府五鹿充宗结为党友，诸附倚者皆得宠位，民歌之曰："牢邪石邪，五鹿客邪！印何累累，绶若若邪！"言其兼官据势也。

显见左将军冯奉世父子为公卿著名，女又为昭仪在内，显心欲附之，荐言昭仪兄谒者逡修敕宜侍帷幄。天子召见，欲以为侍中，逡请间言事。上闻逡言显颛权，天子大怒，罢逡归郎官。其后御史大夫缺，群臣皆举逡兄大鸿胪野王行能第一，天子以问显，显曰："九卿无出野王者。然野王亲昭仪兄，臣恐后世必以陛下度越众贤，私后宫亲以为三公。"上曰："善，吾不见是。"乃下诏嘉美野王，废而不用，语在《野王传》。

显内自知擅权事柄在掌握，恐天子一旦纳用左右耳目，有以间己，乃时归诚，取一信以为验。显尝使至诸官有所征发，显先自白，恐后漏尽宫门闭，请使诏吏开门。上许之。显故投夜还，称诏开门人。后果有上书告显颛命矫诏开宫门，天子闻之，笑以其书示显。显因泣曰："陛下过私小臣，属任以事，群下无不嫉妒欲陷害臣者，事类如此非一，唯独明主知之。愚臣微贱，诚不能以一躯称快万众，任天下之怨，臣愿归枢机职，受后宫扫除之役，死无所恨。唯陛下哀怜财幸，以此全活小臣。"天子以为然而怜之，数劳勉显，加厚赏赐，赏赐及赂遗訾一万万。

初，显闻众人匈匈，言己杀前将军萧望之。望之当世名儒，显恐天下学士姗己，病之。是时，明经著节士琅邪贡禹为谏大夫，显使人致意，深自结纳。显因荐禹天子，历位九卿，至御史大夫，礼事之甚备。议者于是称显，以为不妒谮望之矣。显之设变诈以自解免取信人主者，皆此类也。

元帝晚节寝疾，定陶恭王爱幸，显拥祐太子颇有力。元帝崩，成帝初即位，迁显为长信中太仆，秩中二千石。显失倚，离权数月，丞相御史条奏显旧恶，及其党牢梁、陈顺皆免官。显与妻子徙归故郡，忧满不食，道病死。诸所交结，以显为官，皆废罢。少府五鹿充宗左迁玄菟太守，御史中丞伊嘉为雁门都尉。长安谣曰："伊徙雁，鹿徙菟，去牢与陈实无贾。"

淳于长，字子孺，魏郡元城人也。少以太后姊子为黄门郎，未进幸。会大将军王凤病，长侍病，晨夜扶丞左右，甚有甥舅之恩。凤且终，以长属托太后及帝。帝嘉长义，拜为列校尉诸曹，迁水衡都尉侍中，至卫尉九卿。

久之，赵飞燕贵幸，上欲立以为皇后，太后以其所出微，难之。长主往来通语东宫。岁余，赵皇后得立，上甚德之，乃追显长前功，下诏曰："前将作大匠解万年奏请营作昌陵，罢弊海内，侍中卫尉长数白宜止徙家反故处，朕以长言下公卿，议者皆合长计。首建至策，民以康宁。其赐长爵关内侯。"后遂封为定陵侯，大见信用，贵倾公卿。外交诸侯牧守，赂遗赏赐亦累巨万。多畜妻妾，淫于声色，不奉法度。

初，许皇后坐执左道废处长定宫，而后姊嬺为龙额思侯夫人，寡居。长与嬺私通，因取为小妻。许后因嬺赂遗长，欲求复为倢伃。长受许后金钱乘舆服御物前后千余万，诈许为白上，立以为左皇后。嬺每入长定宫，辄与嬺书，戏侮许后，嫚易无不言。交通书记，赂遗连年。是时，帝舅曲阳侯王根为大司马票骑将军，辅政数岁，久病，数乞骸骨。长以外亲居九卿位，次第当代根。根兄子新都侯王莽心害长宠，私闻长取许嬺，受长定宫赂遗。莽侍曲阳侯疾，因言："长见将军久病，意喜，自以当代辅政，至对衣冠议语署置。"具言其罪过。根怒曰："即如是，何不白也？"莽曰："未知将军意，故未敢言。"根曰："趣白东宫。"莽求见太后，具言长骄佚，欲代曲阳侯，对莽母上车，私与长定贵人姊通，受取其衣物。太后亦怒曰："儿至如此！往白之帝！"莽白上，上乃免长官，遣就国。

初，长为侍中，奉两宫使，亲密。红阳侯立独不得为大司马辅政，立自疑为长毁谮，常怨毒长。上知之。及长当就国也，立嗣子融从长请车骑，长以珍宝因融重遗立，立因为长言。于是天子疑焉，下有司案验。吏捕融，立令融自杀以灭口，上愈疑其有大奸，遂逮长系洛阳诏狱穷治。长具服戏侮长定宫，谋立左皇后，罪至大逆，死狱中。妻子当坐者徙合浦，母若归故郡。红阳侯立就国。将军、卿、大夫、郡守坐长免罢者数十人。莽遂代根为大司马。久之，还长母及子酺于长安。后酺有罪，莽复杀之，徙其家属归故郡。

始，长以外亲亲近，其爱幸不及富平侯张放。放常与上卧起，俱为微行出入。

董贤，字圣卿，云阳人也。父恭，为御史，任贤为太子舍人。哀帝立，贤随太子官为郎。二岁余，贤传漏在殿下，为人美丽自喜，哀帝望见，说其仪貌，识而问之，曰："是舍人董贤邪？"因引上与语，拜为黄门郎，由是始幸。问及其父为云中侯，即日征为霸陵令，迁光禄大夫。贤宠爱日甚，为驸马都尉侍中，出则参乘，入御左右，旬月间赏赐累巨万，贵震朝廷。常与上卧起。尝昼寝，偏藉上袖，上欲起，贤未觉，不欲动贤，乃断袖而起。其恩爱至此。贤亦性柔和便辟，善为媚以自固。每赐洗沐，不肯出，常留中视医药。上以贤难归，诏令贤妻得通引籍殿中，止贤庐，若吏妻子居官寺舍。又召贤女弟以为昭仪，位次皇后，更名其舍为椒风，以配椒房云。昭仪及贤与妻旦夕上下，并侍左右。赏赐昭仪及贤妻亦各千万数。迁贤父为少府，赐爵关内侯，食邑，复徙为卫尉。又以贤妻父为将作大匠，弟为执金吾。诏将作大匠为贤起大第北阙下，重殿洞门，木土之功穷极技巧，柱槛衣以绨锦。下至贤家僮仆皆受上赐，及武库禁兵，上方珍宝。其选物上弟尽在董氏，而乘舆所服乃其副也。及至东园秘器，珠襦玉柙，豫以赐贤，无不备具。又令将作为贤起冢茔义陵旁，内为便房，刚柏题凑，外为徼道，周垣数里，门阙罘罳甚盛。

上欲侯贤而未有缘。会待诏孙宠、息夫躬等告东平王云后谒祠祀祝诅，下有司治，皆伏其辜。上于是令躬、宠为因贤告东平事者，乃以其功下诏封贤为高安侯，躬宜陵侯，宠方阳侯，食邑各千户。顷之，复益封贤二千户。丞相王嘉内疑东平事冤，甚恶躬等，数谏争，以贤为乱国制度，嘉竟坐言事下狱死。

上初即位，祖母傅太后、母丁太后皆在，两家先贵。傅太后从弟喜先为大司马辅政，数谏，失太后指，免官。上舅丁明代为大司马，亦任职，颇害贤宠，及丞相王嘉死，明甚怜之。上浸重贤，欲极其位，而恨明如此，遂册免明曰："前东平王云贪欲上位，祠祭祝诅，云后舅伍宏以医待诏，与校秘书郎杨闳结谋反逆，祸甚迫切。赖宗庙神灵，董贤等以闻，咸伏其辜。将军从弟侍中奉车都尉吴、族父左曹屯骑校尉宣皆知宏及栩丹诸侯王后亲，而宣除用丹为御属，吴与宏交通厚善，数称荐宏。宏以附吴得兴其恶心，因医技进，几危社稷，朕以恭皇后故，不忍有云。将军位尊任重，既不能明威立义，折消未萌，又不深疾云、宏之恶，而怀非君上，阿为宣、吴，反痛恨云等扬言为群下所冤，又亲见言伍宏善医，死可惜也，贤等获封极幸。嫉妒忠良，非毁有功，於戏伤哉！盖'君亲无将，将而诛之'。是以季友鸩叔牙，《春秋》贤之；赵盾不讨贼，谓之弑君。朕闵将军陷于重刑，故以书饬。将军遂非不改，复与丞相嘉相比，令嘉有依，得以罔上。有司致法将军请狱治，朕惟噬肤之恩未忍，其上票骑将军印绶，罢归就第。"遂以贤代明为大司马卫将军。册曰："朕承天序，惟稽古建尔于公，以为汉辅。往悉尔心，统辟元戎，折冲绥远，匡正庶事，允执其中。天下之众，受制于朕，以将为命，以兵为威，可不慎与！"

是时，贤年二十二，虽为三公，常给事中，领尚书，百官因贤奏事。以父恭不宜在卿位，徙为光禄大夫，秩中二千石。弟宽信代贤为驸马都尉。董氏亲属皆侍中诸曹奉朝请，宠在丁、傅之右矣。

明年，匈奴单于来朝，宴见，群臣在前。单于怪贤年少，以问译，上令译报曰："大司马年少，以大贤居位。"单于乃起拜，贺汉得贤臣。

初，丞相孔光为御史大夫，时贤父恭为御史，事光。及贤为大司马，与光并为三公，上故令贤私过光。光雅恭谨，知上欲尊宠贤，及闻贤当来也，光警戒衣冠出门待，望见贤车乃却入。贤至中门，光入阁，既下车，乃出拜谒，送迎甚谨，不敢以宾客均敌之礼。贤归，上闻之喜，立拜光两兄子为谏大夫、常侍。贤由是权与人主侔矣。

是时，成帝外家王氏衰废，唯平阿侯谭子去疾，哀帝为太子时为庶子得幸，及即位，为侍中、骑都尉。上以王氏亡在位者，遂用旧恩亲近去疾，复进其弟闳为中常侍，闳妻父萧咸，前将军望之子也，久为郡守，病免，为中郎将。兄弟并列，贤父恭慕之，欲与结婚姻。闳为贤弟驸马都尉宽信求咸女为妇，咸惶恐不敢当，私谓闳曰："董公为大司马，册文言'允执其中'，此乃尧禅舜之文，非三公故事，长老见者，莫不心惧。此岂家人子所能堪邪！"闳性有知略，闻咸言，心亦悟，乃还报恭，深达咸自谦薄之意。恭叹曰："我家何用负天下，而为人所畏如是！"意不说。后上置酒麒麟殿，贤父子亲属宴饮，王闳兄弟侍中、中常侍皆在侧。上有酒所，从容视贤笑，曰"吾欲法尧禅舜，何如？"闳进曰："天下乃高皇帝天下，非陛下之有也。陛下承宗庙，当传子孙于亡穷。统业至重，天子亡戏言！"上默然不说，左右皆恐。于是遣闳出，后不得复侍宴。

贤第新成，功坚，其外大门无故自坏，贤心恶之。后数月，哀帝崩。太皇太后召大司马贤，引见东厢，问以丧事调度。贤内忧，不能对，免冠谢。太后曰："新都侯莽前以大司马奉送先帝大行，晓习故事，吾令莽佐君。”贤顿首幸甚。太后遣使者召莽。既至，以太后指使尚书劾贤帝病不亲医药，禁止贤不得入出宫殿司马中。贤不知所为，诣阙免冠徒跣谢。莽使谒者以太后诏即阙下册贤曰：“间者以来，阴阳不调，灾害并臻，元元蒙辜。夫三公，鼎足之辅也，高安侯贤未更事理，为大司马不合众心，非所以折冲绥远也。其收大司马印绶，罢归第。”即日贤与妻皆自杀，家惶恐夜葬。莽疑其诈死，有司奏请发贤棺，至狱诊视。莽复风大司徒光奏：“贤质性巧佞，翼奸以获封侯，父子专朝，兄弟并宠，多受赏赐，治第宅，造冢圹，放效无极，不异王制，费以万万计，国家为空虚。父子骄蹇，至不为使者礼，受赐不拜，罪恶暴著。贤自杀伏辜，死后父恭等不悔过，乃复以沙画棺四时之色，左苍龙，右白虎，上著金银日月，玉衣珠璧以棺，至尊无以加。恭等幸得免于诛，不宜在中土。臣请收没入财物县官。诸以贤为官者皆免。”父恭、弟宽信与家属徙合浦，母别归故郡巨鹿。长安中小民喧哗，乡其第哭，几获盗之。县官斥卖董氏财凡四十三万万。贤既见发，裸诊其尸，因埋狱中。

贤所厚吏沛朱诩自劾去大司马府，买棺衣收贤尸葬之。王莽闻之而大怒，以它罪击杀诩。诩子浮建武中贵显，至大司马、司空，封侯。而王闳王莽时为牧守，所居见纪，莽败乃去官。世祖下诏曰：“武王克殷，表商容之闾，闳修善谨敕，兵起，吏民独不争其头首。今以闳子补吏。”至墨绶卒官，萧咸外孙云。

赞曰：柔曼之倾意，非独女德，盖亦有男色焉。观籍、闳、邓、韩之徒非一，而董贤之宠尤盛，父子并为公卿，可谓贵重人臣无二矣。然进不繇道，位过其任，莫能有终，所谓爱之适足以害之者也。汉世衰于元、成，坏于哀、平。哀、平之际，国多衅矣。主疾无嗣，弄臣为辅，鼎足不强，栋干微挠。一朝帝崩，奸臣擅命，董贤缢死，丁、傅流放，辜及母后，夺位幽废，咎在亲便嬖，所任非仁贤。故仲尼著“损者三友”，王者不私人以官，殆为此也。

卷九十四上

匈奴传第六十四上

匈奴，其先夏后氏之苗裔，曰淳维。唐、虞以上有山戎、猃允、薰粥，居于北边，随草畜牧而转移。其畜之所多则马、牛、羊，其奇畜则橐佗、驴、骡、駃騠、騊駼、驒奚。逐水草迁徙，无城郭常居耕田之业，然亦各有分地。无文书，以言语为约束。儿能骑羊，引弓射鸟鼠，少长则射狐菟，肉食。士力能弯弓，尽为甲骑。其俗，宽则随畜田猎禽兽为生业，急则人习战攻以侵伐，其天性也。其长兵则弓矢，短兵则刀鋋。利则进，不利则退，不羞遁走。苟利所在，不知礼义。自君王以下咸食畜肉，衣其皮革，被旃裘。壮者食肥美，老者饮食其余。贵壮健，贱老弱。父死，妻其后母；兄弟死，皆取其妻妻之。其俗有名不讳而无字。

夏道衰，而公刘失其稷官，变于西戎，邑于豳。其后三百有余岁，戎狄攻太王亶父，亶父亡走于岐下，豳人悉从亶父而邑焉，作周。其后百有余岁，周西伯昌伐畎夷。后十有余年，武王伐纣而营雒邑，复居于酆镐，放逐戎夷泾、洛之北，以时入贡，名曰荒服。其后二百有余年，周道衰，而周穆王伐畎戎，得四白狼、四白鹿以归。自是之后，荒服不至。于是作《吕刑》之辟。至穆王之孙懿王时，王室遂衰，戎狄交侵，暴虐中国。中国被其苦，诗人始作，疾而歌之，曰："靡室靡家，猃允之故"；"岂不日戒，猃允孔棘"。至懿王曾孙宣王，兴师命将以征伐之，诗人美大其功，曰："薄伐猃允，至于太原"；"出车彭彭"，"城彼朔方"。是时四夷宾服，称为中兴。

至于幽王，用宠姬褒姒之故，与申侯有隙。申侯怒而与畎戎共攻杀幽王于丽山之下，遂取周之地，卤获而居于泾、渭之间，侵暴中国。秦襄公救周，于是周平王去酆镐而东徙于雒邑。当时秦襄公伐戎至郊，始列为诸侯。后六十有五年，而山戎越燕而伐齐，齐亶公与战于齐郊。后四十四年，而山戎伐燕。燕告急齐，齐桓公北伐山戎，山戎走。后二十余年，而戎翟至雒邑，伐周襄王，襄王出奔于郑之氾邑。初，襄王欲伐郑，故取翟女为后，与翟共伐郑。已而黜翟后，翟后怨，而襄王继母曰惠后，有子带，欲立之，于是惠后与翟后、子带为内应，开戎翟，戎翟以故得入，破逐襄王，而立子带为王。于是戎翟或居于陆浑，东至于卫，侵盗尤甚。周襄王既居外四年，乃使使告急于晋。晋文公初立，欲修霸业，乃兴师伐戎翟，诛子带，迎内襄王于雒邑。

当是时，秦晋为强国。晋文公攘戎翟，居于西河圜、洛之间，号曰赤翟、白翟。而秦穆公得由余，西戎八国服于秦。故陇以西有绵诸、畎戎、狄獂之戎，在岐、梁、泾、漆之北有义渠、大荔、乌氏、朐衍之戎，而晋北有林胡、楼烦之戎，燕北有东胡、山戎。各分散溪谷，自有君长，往往而聚者百有余戎，然莫能相一。

自是之后百有余年，晋悼公使魏绛和戎翟，戎翟朝晋。后百有余年，赵襄子逾句注而破之，并代以临胡貉。后与韩、魏共灭知伯，分晋地而有之，则赵有代、句注以北，而魏有西河、上郡，以与戎界边。其后，义渠之戎筑城郭以自守，而秦稍蚕食之，至于惠王，遂拔义渠二十五城。惠王伐魏，魏尽入西河及上郡于秦。秦昭王时，义渠戎王与宣太后乱，有二子。宣太后诈而杀义渠戎王于甘泉，遂起兵伐灭义渠。于是秦有陇西、北地、上郡，筑长城以距胡。而赵武灵王亦变俗胡服，习骑射，北破林胡、楼烦，自代并阴山下至高阙为塞，而置云中、雁门、代郡。其后燕有贤将秦开，为质于胡，胡甚信之。归而袭破东胡，东胡却千余里。与荆轲刺秦王秦舞阳者，开之孙也。燕亦筑长城，自造阳至襄平，置上谷、渔阳、右北平、辽西、辽东郡以距胡。当是时，冠带战国七，而三国边于匈奴。其后赵将李牧时，匈奴不敢入赵边。后秦灭六国，而始皇帝使蒙恬将数十万之众北击胡，悉收河南地，因河为塞，筑四十四县城临河，徙適戍以充之。而通直道，自九原至云阳，因边山险，堑溪谷，可缮者缮之，起临洮至辽东万余里。又渡河据阳山北假中。

当是时，东胡强而月氏盛。匈奴单于曰头曼，头曼不胜秦，北徙。十有余年而蒙恬死，诸侯畔秦，中国扰乱，诸秦所徙適边者皆复去，于是匈奴得宽，复稍度河南与中国界于故塞。

单于有太子，名曰冒顿。后有爱阏氏，生少子，头曼欲废冒顿而立少子，乃使冒顿质于月氏。冒顿既质而头曼急击月氏。月氏欲杀冒顿，冒顿盗其善马，骑亡归。头曼以为壮，令将万骑。冒顿乃作鸣镝，习勒其骑射，令曰："鸣镝所射而不悉射者斩。"行猎兽，有不射鸣镝所射辄斩之。已而，冒顿以鸣镝自射善马，左右或莫敢射，冒顿立斩之。居顷之，复以鸣镝自射其爱妻，左右或颇恐，不敢射，复斩之。顷之，冒顿出猎，以鸣镝射单于善马，左右皆射之。于是冒顿知其左右可用，从其父单于头曼猎，以鸣镝射头曼，其左右皆随鸣镝而射杀头曼，尽诛其后母与弟及大臣不听从者。于是冒顿自立为单于。

冒顿既立，时东胡强，闻冒顿杀父自立，乃使使谓冒顿曰："欲得头曼时号千里马。"冒顿问群臣，群臣皆曰："此匈奴宝马也，勿予。"冒顿曰："奈何与人邻国爱一马乎？"遂与之。顷之，东胡以为冒顿畏之，使使谓冒顿曰："欲得单于一阏氏。"冒顿复问左右，左右皆怒曰："东胡无道，乃求阏氏！请击之。"冒顿曰："奈何与人邻国爱一女子乎？"遂取所爱阏氏予东胡。东胡王愈骄，西侵。与匈奴中间有弃地莫居千余里，各居其边为瓯脱。东胡使使谓冒顿曰："匈奴所与我界瓯脱外弃地，匈奴不能至也，吾欲有之。"冒顿问群臣，或曰："此弃地。予之。"于是冒顿大怒，曰："地者国之本也，奈何予人！"诸言与者，皆斩之。冒顿上马，令国中有后者斩，遂东袭击东胡。东胡初轻冒顿，不为备。及冒顿以兵至，大破灭东胡王，虏其民众、畜产。既归，西击走月氏，南并楼烦、白羊河南王，悉复收秦所使蒙恬所夺匈奴地者，与汉关故河南塞，至朝那、肤施，遂侵燕、代。是时，汉方与项羽相距，中国罢于兵革，以故冒顿得自强，控弦之士三十余万。

自淳维以至头曼千有余岁，时大时小，别散分离，尚矣，其世传不可得而次。然至冒顿，而匈奴最强大，尽服从北夷，而南与诸夏为敌国，其世姓官号可得而记云。

单于姓挛鞮氏，其国称之曰"撑犁孤涂单于"。匈奴谓天为："撑犁"，谓子为"孤涂"，单于者，广大之貌也，言其象天单于然也。置左右贤王、左右谷蠡、左右大将、左右大都尉、左右大当户、左右骨都侯。匈奴谓贤曰"屠耆"，故尝以太子为左屠耆王。自左右贤王以下至当户，大者万余骑，小者数千，凡二十四长，立号曰："万骑"。其大臣皆世官。呼衍氏、兰氏，其后有须卜氏，此三姓，其贵种也。诸左王将居东方，直上谷以东，接秽貉、朝鲜；右王将居西方，直上郡以西，接氐、羌；而单于庭直代、云中。各有分地，逐水草移徙。而左右贤王、左右谷蠡最大国，左右骨都侯辅政。诸二十四长，亦各自置千长、百长、什长、裨小王、相、都尉、当户、且渠之属。

岁正月，诸长小会单于庭，祠。五月，大会龙城，祭其先、天地、鬼神。秋，马肥，大会蹛林，课校人畜计。其法，拔刃尺者死，坐盗者没入其家；有罪，小者轧，大者死。狱久者不满十日，一国之囚不过数人。而单于朝出营，拜日之始生，夕拜月。其坐，长左而北向。日上戊己。其送死，有棺椁、金银、衣裳，而无封树丧服；近幸臣妾从死者，多至数十百人。举事常随月，盛壮以攻战，月亏则退兵。其攻战，斩首虏赐一卮酒，而所得卤获因以予之，得人以为奴婢。故其战，人人自为趋利，善为诱兵以包敌。故其逐利，如鸟之集；其困败，瓦解云散矣。战而扶舆死者，尽得死者家财。

后北服浑窳、屈射、丁零、隔昆、新䔥之国。于是匈奴贵人大臣皆服，以冒顿为贤。

是时，汉初定，徙韩王信于代，都马邑。匈奴大攻围马邑，韩信降匈奴。匈奴得信，因引兵南逾句注，攻太原，至晋阳下。高帝自将兵往击之。会冬大寒雨雪，卒之堕指者十二三，于是冒顿阳败走，诱汉兵。汉兵逐击冒顿，冒顿匿其精兵，见其羸弱，于是汉悉兵，多步兵，三十二万，北逐之。高帝先至平城，步兵未尽到，冒顿纵精兵三十余万骑围高帝于白登，七日汉兵中外不得相救饷。匈奴骑，其西方尽白，东方尽駹，北方尽骊，南方尽骍马。高帝乃使使间厚遗阏氏，阏氏乃谓冒顿曰："两主不相困。今得汉地，单于终非能居之。且汉主有神，单于察之。"冒顿与韩信将王黄、赵利期，而兵久不来，疑其与汉有谋，亦取阏氏之言，乃开围一角。于是高皇帝令士皆持满傅矢外向，从解角直出，得与大军合，而冒顿遂引兵去。汉亦引兵罢，使刘敬结和亲之约。

是后，韩信为匈奴将，及赵利、王黄等数背约，侵盗代、雁门、云中。居无几何，陈豨反，与韩信合谋击代。汉使樊哙往击之，复收代、雁门、云中郡县，不出塞。是时，匈奴以汉将数率众往降，故冒顿常往来侵盗代地。于是高祖患之，乃使刘敬奉宗室女翁主为单于阏氏，岁奉匈奴絮缯酒食物各有数，约为兄弟以和亲，冒顿乃少止。后燕王卢绾复反，率其党且万人降匈奴，往来苦上谷以东，终高祖世。

孝惠、高后时，冒顿浸骄，乃为书，使使遗高后曰："孤偾之君，生于沮泽之中，长于平野牛马之域，数至边境，愿游中国。陛下独立，孤偾独居。两主不乐，无以自虞，愿以所有，易其所无。"高后大怒，召丞相平及樊哙、季布等，议斩其使者，发兵而击之。樊哙曰："臣愿得十万众，横行匈奴中。"问季布，布曰："哙可斩也！前陈豨反于代，汉兵三十二万，哙为上将军，时匈奴围高帝于平城，哙不能解围。天下歌之曰：'平城之下亦诚苦，七日不食，不能彀弩。'今歌吟之声未绝，伤痍者甫起，而哙欲摇动天下，妄言以十万众横行，是面谩也。且夷狄譬如禽兽，得其善言不足喜，恶言不足怒也。"高后曰："善。"令大谒者张泽报书曰："单于不忘弊邑，赐之以书，弊邑恐惧。退日自图，年老气衰，发齿堕落，行步失度，单于过听，不足以自污。弊邑无罪，宜在见赦。窃有御车二乘，马二驷，以奉常驾。"冒顿得书，复使使来谢曰："未尝闻中国礼义，陛下幸而赦之。"因献马，遂和亲。

至孝文即位，复修和亲。其三年夏，匈奴右贤王入居河南地为寇，于是文帝下诏曰："汉与匈奴约为昆弟，无侵害边境，所以输遗匈奴甚厚。今右贤王离其国，将众居河南地，非常故。往来入塞，捕杀吏卒，驱侵上郡保塞蛮夷，令不得居其故。陵轹边吏，入盗，甚骜无道，非约也。其发边吏车骑八万诣高奴，遣丞相灌婴将击右贤王。"右贤王走出塞，文帝幸太原。是时，济北王反，文帝归，罢丞相击胡之兵。

其明年，单于遗汉书曰："天所立匈奴大单于敬问皇帝无恙。前时皇帝言和亲事，称书意合欢。汉边吏侵侮右贤王，右贤王不请，听后义卢侯难支等计，与汉吏相恨，绝二主之约，离昆弟之亲。皇帝让书再至，发使以书报，不来，汉使不至。汉以其故不和。邻国不附。今以少吏之败约，故罚右贤王，使至西方求月氏击之。以天之福，吏卒良，马力强，以灭夷月氏，尽斩杀降下定之。楼兰、乌孙、呼揭及其旁二十六国皆已为匈奴。诸引弓之民并为一家，北州以定。愿寝兵休士养马，除前事，复故约，以安边民，以应古始，使少者得成其长，老者得安其处，世世平乐。未得皇帝之志，故使郎中系虖浅奉书请，献橐佗一，骑马二，驾二驷。皇帝即不欲匈奴近塞，则且诏吏民远舍。使者至，即遣之。"六月中，来至新望之地。书至，汉议击与和亲孰便，公卿皆曰："单于新破月氏，乘胜，不可击也。且得匈奴地，泽卤非可居也，和亲甚便。"汉许之。

孝文前六年，遗匈奴书曰："皇帝敬问匈奴大单于无恙。使系虖浅遗朕书，云'愿寝兵休士，除前事，复故约，以安边民，世世平乐'，朕甚嘉之。此古圣王之志也。汉与匈奴约为兄弟，所以遗单于甚厚。背约离兄弟之亲者，常在匈奴。然右贤王事已在赦前，勿深诛。单于若称书意，明告诸吏，使无负约，有信，敬如单于书。使者言单于自将并国有功，甚苦兵事。服绣袷绮衣、长襦、锦袍各一，比疏一，黄金饬具带一，黄金犀毗一，绣十匹，锦二十匹，赤绨、绿缯各四十匹，使中大夫意、谒者令肩遗单于。"

后顷之，冒顿死，子稽粥立，号曰老上单于。老上稽粥单于初立，文帝复遣宗人女翁主为单于阏氏，使宦者燕人中行说傅翁主。说不欲行，汉强使之。说曰："必我也，为汉患者"。中行说既至，因降单于，单于爱幸之。

初，单于好汉缯絮食物，中行说曰："匈奴人众不能当汉之一郡，然所以强之者，以衣食异，无仰于汉。今单于变俗好汉物，汉物不过什二，则匈奴尽归于汉矣。其得汉絮缯，以驰草棘中，衣裤皆裂弊，以视不如旃裘坚善也；得汉食物皆去之，以视不如重酪之便美也。”于是说教单于左右疏记，以计识其人众畜牧。

汉遗单于书，以尺一牍，辞曰“皇帝敬问匈奴大单于无恙”，所以遗物及言语云云。中行说令单于以尺二寸牍，及印封皆令广长大，倨骜其辞曰“天地所生、日月所置匈奴大单于，敬问汉皇帝恙”，所以遗物言语亦云云。

汉使或言匈奴俗贱老，中行说穷汉使曰：“而汉俗屯戍从军当发者，其亲岂不自夺温厚肥美赍送饮食行者乎？”汉使曰：“然”。说曰：“匈奴明以攻战为事，老弱不能斗，故以其肥美饮食壮健以自卫，如此父子各得相保，何以言匈奴轻老也？”汉使曰：“匈奴父子同穹庐卧。父死，妻其后母；兄弟死，尽妻其妻。无冠带之节、阙庭之礼。”中行说曰：“匈奴之俗，食畜肉，饮其汁，衣其皮；畜食草饮水，随时转移。故其急则人习骑射，宽则人乐无事。约束径，易行；君臣简，可久。一国之政犹一体也。父兄死，则妻其妻，恶种姓之失也。故匈奴虽乱，必立宗种。今中国虽阳不取其父兄之妻，亲属益疏则相杀，至到易姓，皆从此类也。且礼义之敝，上下交怨，而室屋之极，生力屈焉。夫力耕桑以求衣食，筑城郭以自备，故其民急则不习战攻，缓则罢于作业。嗟土室之人，顾无喋喋占占，冠固何当！”自是之后，汉使欲辩论者，中行说辄曰：“汉使毋多言，顾汉所输匈奴缯絮米糵，令其量中，必善美而已，何以言为乎？且所给备善则已，不务备善而苦恶，则候秋孰，以骑驰蹂乃稼穑也。”日夜教单于候利害处。

孝文十四年，匈奴单于十四万骑入朝那萧关，杀北地都尉卬，虏人民畜产甚多，遂至彭阳。使骑兵入烧回中宫，候骑至雍甘泉。于是文帝以中尉周舍、郎中令张武为将军，发车千乘，十万骑，军长安旁以备胡寇。而拜昌侯卢卿为上郡将军，甯侯魏遬为北地将军，隆虑侯周灶为陇西将军，东阳侯张相如为大将军，成侯董赤为将军，大发车骑往击胡。单于留塞内月余，汉逐出塞即还，不能有所杀。匈奴日以骄，岁入边，杀略人民甚众，云中、辽东最甚，郡万余人。汉甚患之。乃使使遗匈奴书，单于亦使当户报谢，复言和亲事。

孝文后二年，使使遗匈奴书曰：“皇帝敬问匈奴大单于无恙。使当户且渠雕渠难、郎中韩辽遗朕马二匹，已至，敬受。先帝制，长城以北引弓之国受令单于，长城以内冠带之室朕亦制之，使万民耕织，射猎衣食，父子毋离，臣主相安，俱无暴虐。今闻渫恶民贪降其趋，背义绝约，忘万民之命，离两主之欢，然其事已在前矣。书云‘二国已和亲，两主欢说，寝兵休卒养马，世世昌乐，翕然更始’，朕甚嘉之。圣者日新，改作更始，使老者得息，幼者得长，各保其首领，而终其天年。朕与单于俱由此道，顺天恤民，世世相传，施之无穷，天下莫不咸嘉。汉与匈奴邻敌之国，匈奴处北地，寒，杀气早降，故诏吏遗单于秫糵金帛绵絮它物岁有数。今天下大安，万民熙熙，独朕与单于为之父母。朕追念前事，薄物细故，谋臣计失，皆不以足离昆弟之欢。朕闻天不颇覆，地不偏载。朕与单于皆捐细故，俱蹈大道，堕坏前恶，以图长久，使两国之民若一家子。元元万民，下及鱼鳖，上及飞鸟，行喙息蠕动之类，莫不就安利，避危殆。故来者不止，天之道也。俱去前事，朕释逃虏民，单于毋言章尼等。朕闻古之帝王，约分明而不食言。单于留志，天下大安，和亲之后，汉过不先。单于其察之。”

单于既约和亲，于是制诏御史：“匈奴大单于遗朕书，和亲已定，亡人不足以益众广地，匈奴无入塞，汉无出塞，犯今约者杀之，可以久亲，后无咎，俱便。朕已许。其布告天下，使明知之。”后四年，老上单于死，子军臣单于立，而中行说复事之。汉复与匈奴和亲。

军臣单于立岁余，匈奴复绝和亲，大入上郡、云中各三万骑，所杀略甚众。于是汉使三将军军屯北地，代屯句注，赵屯飞狐口，缘边亦各坚守以备胡寇。又置三将军，军长安西细柳、渭北棘门、霸上以备胡。胡骑入代句注边，烽火通于甘泉、长安。数月，汉兵至边，匈奴亦远塞，汉兵亦罢。后岁余，文帝崩，景帝立，而赵王遂乃阴使于匈奴。吴、楚反，欲与赵合谋入边。汉围破赵，匈奴亦止。自是后，景帝复与匈奴和亲，通关市，给遗单于，遣翁主如故约。终景帝世，时时小入盗边，无大寇。

武帝即位，明和亲约束，厚遇关市，饶给之。匈奴自单于以下皆亲汉，往来长城下。

汉使马邑人聂翁壹间阑出物与匈奴交易，阳为卖马邑城以诱单于。单于信之，而贪马邑财物，乃以十万骑入武州塞。汉伏兵三十余万马邑旁，御史大夫韩安国为护军将军，护四将军以伏单于。单于既入汉塞，未至马邑百余里，见畜布野而无人牧者，怪之，乃攻亭。时雁门尉史行徼，见寇，保此亭，单于得，欲刺之。尉史知汉谋，乃下，具告单于。单于大惊，曰："吾固疑之。"乃引兵还。出曰："吾得尉史，天也。"以尉史为天王。汉兵约单于入马邑而纵，单于不至，以故无所得。将军王恢部出代击胡辎重，闻单于还，兵多，不敢出。汉以恢本建造兵谋而不进，诛恢。自是后，匈奴绝和亲，攻当路塞，往往入盗于边，不可胜数。然匈奴贪，尚乐关市，嗜汉财物，汉亦通关市不绝以中之。

自马邑军后五岁之秋，汉使四将各万骑击胡关市下。将军卫青出上谷，至龙城，得胡首虏七百人。公孙贺出云中，无所得。公孙敖出代郡，为胡所败七千。李广出雁门，为胡所败，匈奴生得广，广道亡归。汉囚敖、广，敖、广赎为庶人。其冬，匈奴数千人盗边，渔阳尤甚。汉使将军韩安国屯渔阳备胡。其明年秋，匈奴二万骑入汉，杀辽西太守，略二千余人。又败渔阳太守军千余人，围将军安国。安国时千余骑亦且尽，会燕救之，至，匈奴乃去，又入雁门杀略千余人。于是汉使将军卫青将三万骑出雁门，李息出代郡，击胡，得首虏数千。其明年，卫青复出云中以西至陇西，击胡之楼烦、白羊王于河南，得胡首虏数千，羊百余万。于是汉遂取河南地，筑朔方，复缮故秦时蒙恬所为塞，因河而为固。汉亦弃上谷之斗辟县造阳地以予胡。是岁，元朔二年也。

其后冬，军臣单于死，其弟左蠡王伊稚斜自立为单于，攻败军臣单于太子於单。於单亡降汉，汉封於单为陟安侯，数月死。

伊稚斜单于既立，其夏，匈奴数万骑入代郡，杀太守共友，略千余人。秋，又入雁门，杀略千余人。其明年，又入代郡、定襄、上郡，各三万骑，杀略数千人。匈奴右贤王怨汉夺之河南地而筑朔方，数寇盗边，及入河南，侵扰朔方，杀略吏民甚众。

其明年春，汉遣卫青将六将军十余万人出朔方高阙。右贤王以为汉兵不能至，饮酒醉。汉兵出塞六七百里，夜围右贤王。右贤王大惊，脱身逃走，精骑往往随后去。汉将军得右贤王人众男女万五千人，裨小王十余人。其秋，匈奴万骑入代郡，杀都尉朱央，略千余人。

其明年春，汉复遣大将军卫青将六将军，十余万骑，仍再出定襄数百里击匈奴，得首虏前后万九千余级，而汉亦亡两将军，三千余骑。右将军建得以身脱，而前将军翕侯赵信兵不利，降匈奴。赵信者，故胡小王，降汉，汉封为翕侯，以前将军与右将军并军，介独遇单于兵，故尽没。单于既得翕侯，以为自次王，用其姊妻之，与谋汉。信教单于益北绝幕，以诱罢汉兵，徼极而取之，毋近塞。单于从之。其明年，胡数万骑入上谷，杀数百人。

明年春，汉使票骑将军去病将万骑出陇西，过焉耆山千余里，得胡首虏八千余级，得休屠王祭天金人。其夏，票骑将军复与合骑侯数万骑出陇西、北地二千里，过居延，攻祁连山，得胡首虏三万余级，裨小王以下十余人。是时，匈奴亦来入代郡、雁门，杀略数百人。汉使博望侯及李将军广出右北平，击匈奴左贤王。左贤王围李广，广军四千人死者过半，杀虏亦过当。会博望侯军救至，李将军得脱，尽亡其军。合骑侯后票骑将军期，及博望侯皆当死，赎为庶人。

其秋，单于怒昆邪王、休屠王居西方为汉所杀虏数万人，欲召诛之。昆邪、休屠王恐，谋降汉，汉使票骑将军迎之。昆邪王杀休屠王，并将其众降汉，凡四万余人，号十万。于是汉已得昆邪，则陇西、北地、河西益少胡寇，徙关东贫民处所夺匈奴河南地新秦中以实之，而减北地以西戍卒半。明年春，匈奴入右北平、定襄各数万骑，杀略千余人。

其明年春，汉谋以为"翕侯信为单于计，居幕北，以为汉兵不能至"。乃粟马，发十万骑，私负从马凡十四万匹，粮重不与焉。令大将军青、票骑将军去病中分军，大将军出定襄，票骑将军出代，咸约绝幕击匈奴。单于闻之，远其辎重，以精兵待于幕北。与汉大将军接战一日，会暮，大风起，汉兵纵左右翼围单于。单于自度战不能与汉兵，遂独与壮骑数百溃汉围西北遁走。汉兵夜追之不得，行捕斩首虏凡万九千级，北至窴颜山赵信城而还。单于之走。其兵往往与汉军相乱而随单于。单于久不与其大众相得，右谷蠡王以为单于死，乃自立为单于。真单于复得其从。右谷蠡乃去号，复其故位。票骑之出代二千余里，与左王接战，汉兵得胡首虏凡七万余人，左王将皆遁走。票骑封于狼居胥山，禅姑衍，临翰海而还。

是后，匈奴远遁，而幕南无王庭。汉度河自朔方以西至令居，往往通渠置田官，吏卒五六万人，稍蚕食，地接匈奴以北。

初，汉两将大出围单于，所杀虏八九万，而汉士物故者亦万数，汉马死者十余万匹。匈奴虽病，远去，而汉马亦少，无以复往。单于用赵信计，遣使好辞请和亲。天子下其议，或言和亲，或言遂臣之。丞相长史任敞曰："匈奴新困，宜使为外臣，朝请于边。"汉使敞使于单于。单于闻敞计，大怒，留之不遣。先是汉亦有所降匈奴使者，单于亦辄留汉使相当。汉方复收士马，会票骑将军去病死，于是汉久不北击胡。

数岁，伊稚斜单于立十三年死，子乌维立为单于。是岁，元鼎三年也。乌维单于立，而汉武帝始出巡狩郡县。其后汉方南诛两越，不击匈奴，匈奴亦不入边。

乌维立三年，汉已灭两越，遣故太仆公孙贺将万五千骑出九原二千余里，至浮苴井，从票侯赵破奴万余骑出令居数千里，至匈奴河水，皆不见匈奴一人而还。

是时，天子巡边，亲至朔方，勒兵十八万骑以见武节，而使郭吉风告单于。既至匈奴，匈奴主客问所使，郭吉卑体好言曰："吾见单于而口言。"单于见吉，吉曰："南越王头已悬于汉北阙下。今单于即能前与汉战，天子自将兵待边；即不能，亟南面而臣于汉。何但远走，亡匿于幕北寒苦无水草之地为？"语卒，单于大怒，立斩主客见者，而留郭吉不归，迁辱之北海上。而单于终不肯为寇于汉边，休养士马，习射猎，数使使好辞甘言求和亲。

汉使王乌等窥匈奴。匈奴法，汉使不去节，不以墨黥其面，不得入穹庐。王乌，北地人，习胡欲，去其节，黥面入庐。单于爱之，阳许曰："吾为遣其太子入质于汉，以求和亲。"

汉使杨信使于匈奴。是时，汉东拔濊貉、朝鲜以为郡，而西置酒泉郡以隔绝胡与羌通之路。又西通月氏、大夏，以翁主妻乌孙王，以分匈奴西方之援国。又北益广田至眩雷为塞，而匈奴终不敢以为言。是岁，翕侯信死，汉用事者以匈奴已弱，可臣从也。杨信为人刚直屈强，素非贵臣也，单于不亲。欲召入，不肯去节，乃坐穹庐外见杨信。杨信说单于曰："即欲和亲，以单于太子为质于汉。"单于曰："非故约。故约，汉常遣翁主，给缯絮、食物有品，以和亲，而匈奴亦不复扰边。今乃欲反古，令吾太子为质，无几矣。"匈奴俗，见汉使非中贵人，其儒生，以为欲说，折其辞辩；少年，以为欲刺，折其气。每汉兵入匈奴，匈奴辄报偿。汉留匈奴使，匈奴亦留汉使，必得当乃止。

杨信既归，汉使王乌等如匈奴。匈奴复谄以甘言，欲多得汉财物，绐王乌曰："吾欲入汉见天子，面相结为兄弟。"王乌归报汉，汉为单于筑邸于长安。匈奴曰："非得汉贵人使，吾不与诚语。"匈奴使其贵人至汉，病，服药欲愈之，不幸而死。汉使路充国佩二千石印绶，使送其丧，厚币直数千金。单于以为汉杀吾贵使者，乃留路充国不归。诸所言者，单于特空绐王乌，殊无意入汉、遣太子来质。于是匈奴数使奇兵侵犯汉边，汉乃拜郭昌为拔胡将军，及浞野侯屯朔方以东，备胡。

乌维单于立十岁死，子詹师庐立，年少，号为儿单于。是岁，元封六年也。自是后，单于益西北，左方兵直云中，右方兵直酒泉、敦煌。

儿单于立，汉使两使，一人吊单于，一人吊右贤王，欲以乖其国。使者入匈奴，匈奴悉将致单于。单于怒而悉留汉使。汉使留匈奴者前后十余辈，而匈奴使来汉，亦辄留之相当。是岁，汉使贰师将军西伐大宛，而令因杅将军筑受降城。其冬，匈奴大雨雪，畜多饥寒死，而单于年少，好杀伐，国中多不安。左大都尉欲杀单于，使人间告汉曰："我欲杀单于降汉，汉远，汉即来兵近我，我即发。"初汉闻此言，故筑受降城，犹以为远。

其明年春，汉使浞野侯破奴将二万骑出朔方北二千余里，期至浚稽山而还。浞野侯既至期，左大都尉欲发而觉，单于诛之，发兵击浞野侯。浞野侯行捕首虏数千人。还，未至受降城四百里，匈奴八万骑围之。浞野侯夜出自求水，匈奴生得浞野侯，因急击其军。军吏畏亡将而诛，莫相劝而归，军遂没于匈奴。单于大喜，遂遣兵攻受降城，不能下，乃侵入边而去。明年，单于欲自攻受降城，未到，病死。

儿单于立三岁而死。子少，匈奴乃立其季父乌维单于弟右贤王句黎湖为单于。是岁，太初三年也。

句黎湖单于立，汉使光禄勋徐自为出五原塞数百里，远者千里，筑城障列亭至卢朐，而使游击将军韩说、长平侯卫伉屯其旁，使强弩都尉路博德筑居延泽上。

其秋，匈奴大入云中、定襄、五原、朔方，杀略数千人，败数二千石而去，行坏光禄所筑亭障。又使右贤王入酒泉、张掖，略数千人。会任文击救，尽复失其所得而去。闻贰师将军破大宛，斩其王还，单于欲遮之，不敢，其冬病死。

句黎湖单于立一岁死，其弟左大都尉且鞮侯立为单于。

汉既诛大宛，威震外国，天子意欲遂困胡，乃下诏曰："高皇帝遗朕平城之忧，高后时单于书绝悖逆。昔齐襄公复九世之雠，《春秋》大之。"是岁，太初四年也。且鞮侯单于初立，恐汉袭之，尽归汉使之不降者路充国等于汉。单于乃自谓："我儿子，安敢望汉天子！汉天子，我丈人行。"汉遣中郎将苏武厚币赂遗单于，单于益骄，礼甚倨，非汉所望也。明年，浞野侯破奴得亡五归汉。

其明年，汉使贰师将军将三万骑出酒泉，击右贤王于天山，得首虏万余级而还。匈奴大围贰师，几不得脱。汉兵物故什六七。汉又使因杅将军出西河，与强弩都尉会涿邪山，亡所得。使骑都尉李陵将步兵五千人出居延北千余里，与单于会，合战，陵所杀伤万余人，兵食尽，欲归，单于围陵，陵降匈奴，其兵得脱归汉者四百人。单于乃贵陵。以其女妻之。

后二岁，汉使贰师将军六万骑、步兵七万，出朔方；强弩都尉路博德将万余人，与贰师会；游击将军说步兵三万人，出五原；因杅将军敖将骑万，步兵三万人，出雁门。匈奴闻，悉远其累重于余吾水北，而单于以十万待水南，与贰师接战。贰师解而引归，与单于连斗十余日，游击亡所得。因杅与左贤王战，不利，引归。

明年，且鞮侯单于死，立五年，长子左贤王立为狐鹿姑单于。是岁，太始元年也。

初，且鞮侯两子，长为左贤王，次为左大将，病且死，言立左贤王。左贤王未至，贵人以为有病，更立左大将为单于。左贤王闻之，不敢进。左大将使人召左贤王而让位焉。左贤王辞以病，左大将不听，谓曰："即不幸死，传之于我。"左贤王许之，遂立为狐鹿姑单于。

狐鹿姑单于立，以左大将为左贤王，数年病死，其子先贤掸不得代，更以为日逐王。日逐王者，贱于左贤王。单于自以其子为左贤王。单于既立六年，而匈奴入上谷、五原，杀略吏民。其年，匈奴复入五原、酒泉，杀两部都尉。于是汉遣贰师将军七万人出五原，御史大夫商丘成将三万余人出西河，重合侯莽通将四万骑出酒泉千余里。单于闻汉兵大出，悉遣其辎重，徙赵信城北邸郅居水。左贤王驱其人民度余吾水六七百里，居兜衔山。单于自将精兵左安侯度姑且水。御史大夫军至追邪径，无所见，还。匈奴使大将与李陵将三万余骑追汉军，至浚稽山合，转战九日，汉兵陷陈却敌，杀伤虏甚众。至蒲奴水，虏不利，还去。重合侯军至天山，匈奴使大将偃渠与左右呼知王将二万余骑要汉兵，见汉兵强，引去。重合侯无所得失。是时，汉恐车师兵遮重合侯，乃遣闿陵侯将兵别围车师，尽得其王民众而还。

贰师将军将出塞，匈奴使右大都尉与卫律将五千骑要击汉军于夫羊句山狭。贰师遣属国胡骑二千与战，虏兵坏散，死伤者数百人。汉军乘胜追北，至范夫人城，匈奴奔走，莫敢距敌。会贰师妻子坐巫蛊收，闻之忧惧。其掾胡亚夫亦避罪从军，说贰师曰："夫人室家皆在吏，若还不称意，适与狱会，郅居以北可复得见乎？"贰师由是狐疑，欲深入要功，遂北至郅居水上。虏已去，贰师遣护军将二万骑度郅居之水。一日，逢左贤王左大将，将二万骑与汉军合战一日，汉军杀左大将，虏死伤甚众。军长史与决眭都尉辉渠侯谋曰："将军怀异心，欲危众求功，恐必败。"谋共执贰师。贰师闻之，斩长史，引兵还至速邪乌燕然山。单于知汉军劳倦，自将五万骑遮击贰师，相杀伤甚众。夜堑汉军前，深数尺，从后急击之，军大乱败，贰师降。单于素知其汉大将贵臣，以女妻之，尊宠在卫律上。

其明年，单于遣使遗汉书云："南有大汉，北有强胡。胡者，天之骄子也，不为小礼以自烦。今欲与汉闿大关，取汉女为妻，岁给遗我蘖酒万石，稷米五千斛，杂缯万匹，它如故约，则边不相盗矣。"汉遣使者报送其使，单于使左右难汉使者，曰："汉，礼义国也。贰师道前太子发兵反，何也？"使者曰："然。乃丞相私与太子争斗，太子发兵欲诛丞相，丞相诬之，故诛丞相。此子弄父兵，罪当笞，小过耳。孰与冒顿单于身杀其父代立，常妻后母，禽兽行也！"单于留使者，三岁乃得还。

贰师在匈奴岁余，卫律害其宠，会母阏氏病，律饬胡巫言先单于怒，曰："胡故时祠兵，常言得贰师以社，今何故不用？"于是收贰师，贰师骂曰："我死必灭匈奴！"遂屠贰师以祠。会连雨雪数月，畜产死，人民疫病，谷稼不熟，单于怒，为贰师立祠室。

自贰师没后，汉新失大将军士卒数万人，不复出兵。三岁，武帝崩。前此者，汉兵深入穷追二十余年，匈奴孕重惰殰，罢极苦之。自单于以下常有欲和亲计。

后三年，单于欲求和亲，会病死。初，单于有异母弟为左大都尉，贤，国人乡之，母阏氏恐单于不立子而立左大都尉也，乃私使杀之。左大都尉同母兄怨，遂不肯复会单于庭。又单于病且死，谓诸贵人："我子少，不能治国，立弟右谷蠡王。"及单于死，卫律等与颛渠阏氏谋，匿单于死，诈矫单于令，与贵人饮盟，更立子左谷蠡王为壶衍鞮单于。是岁，始元二年也。

壶衍鞮单于既立，风谓汉使者，言欲和亲。左贤王、右谷蠡王以不得立怨望，率其众欲南归汉。恐不能自致，即胁卢屠王，欲与西降乌孙，谋击匈奴。卢屠王告之，单于使人验问，右谷蠡王不服，反以其罪罪卢屠王，国人皆冤之。于是二王去居其所，未尝肯会龙城。

后二年秋，匈奴入代，杀都尉。单于年少初立，母阏氏不正，国内乖离，常恐汉兵袭之。于是卫律为单于谋："穿井筑城，治楼以藏谷，与秦人守之。汉兵至，无奈我何。"即穿井数百，伐材数千。或曰胡人不能守城，是遗汉粮也，卫律于是止，乃更谋归汉使不降者苏武、马宏等。马宏者，前副光禄大夫王忠使西国，为匈奴所遮，忠战死，马宏生得，亦不肯降。故匈奴归此二人，欲以通善意。是时，单于立三岁矣。

明年，匈奴发左右部二万骑，为四队，并入边为寇。汉兵追之，斩首获虏九千人，生得瓯脱王，汉无所失亡。匈奴见瓯脱王在汉，恐以为道击之，即西北远去，不敢南逐水草，发人民屯瓯脱。明年，复遣九千骑屯受降城以备汉，北桥余吾，令可度，以备奔走。是时，卫律已死。卫律在时，常言和亲之利，匈奴不信，及死后，兵数困，国益贫。单于弟左谷蠡王思卫律言，欲和亲而恐汉不听，故不肯先言，常使左右风汉使者。然其侵盗益希，遇汉使愈厚，欲以渐致和亲，汉亦羁縻之。其后，左谷蠡王死。明年，单于使犁汙王窥边，言酒泉、张掖兵益弱，出兵试击，冀可复得其地。时汉先得降者，闻其计，天子诏边警备。后无几，右贤王、犁汙王四千骑分三队，入日勒、屋兰、番和。张掖太守、属国都尉发兵击，大破之，得脱者数百人。属国千长义渠王骑士射杀犁汙王，赐黄金二百斤，马二百匹，因封为犁汙王。属国都尉郭忠封成安侯。自是后，匈奴不敢入张掖。

其明年，匈奴三千余骑入五原，略杀数千人，后数万骑南旁塞猎，行攻塞外亭障，略取吏民去。是时，汉边郡烽火候望精明，匈奴为边寇者少利，希复犯塞。汉复得匈奴降者，言乌桓尝发先单于冢，匈奴怨之，方发二万骑击乌桓。大将军霍光欲发兵邀击之，以问护军都尉赵充国。充国以为："乌桓间数犯塞，今匈奴击之，于汉便。又匈奴希寇盗，北边幸无事。蛮夷自相攻击，而发兵要之，招寇生事，非计也。"光更问中郎将范明友，明友言可击。于是拜明友为度辽将军，将二万骑出辽东。匈奴闻汉兵至，引去。初，光诫明友："兵不空出，即后匈奴，遂击乌桓。"乌桓时新中匈奴兵，明友既后匈奴，因乘乌桓敝，击之，斩首六千余级，获三王首，还，封为平陵侯。

匈奴由是恐，不能出兵。即使使之乌孙，求欲得汉公主。击乌孙，取车延、恶师地。乌孙公主上书，下公卿议救，未决。昭帝崩，宣帝即位，乌孙昆弥复上书言："连为匈奴所侵削，昆弥愿发国半精兵人马五万匹，尽力击匈奴，唯天子出兵，哀救公主！"本始二年，汉大发关东轻锐士，选郡国吏三百石伉健习骑射者，皆从军。遣御史大夫田广明为祁连将军，四万余骑，出西河；度辽将军范明友三万余骑，出张掖；前将军韩增三万余骑，出云中；后将军赵充国为蒲类将军，三万余骑出酒泉；云中太守田顺为虎牙将军，三万余骑，出五原：凡五将军，兵十余万骑，出塞各二千余里。及校尉常惠使护发兵乌孙西域，昆弥自将翕侯以下五万余骑从西方入，与五将军兵凡二十余万众。匈奴闻汉兵大出，老弱奔走，驱畜产远遁逃，是以五将少所得。

度辽将军出塞千二百余里，至蒲离候水，斩首捕虏七百余级，卤获马、牛、羊万余。前将军出塞千二百余里，至乌员，斩首捕虏，至候山百余级，卤马、牛、羊二千余。蒲类将军兵当与乌孙合击匈奴蒲类泽，乌孙先期至而去，汉兵不与相及。蒲类将军出塞千八百余里，西去候山，斩首捕虏，得单于使者蒲阴王以下三百余级，卤马、牛、羊七千余。闻虏已引去，皆不至期还。天子薄其过，宽而不罪。祁连将军出塞千六百里，至鸡秩山，斩首捕虏十九级，获牛、马、羊百余。逢汉使匈奴还者冉弘等，言鸡秩山西有虏众，祁连即戒弘，使言无虏，欲还兵。御史属公孙益寿谏，以为不可，祁连不听，遂引兵还。虎牙将军出塞八百余里，至丹余吾水上，即止兵不进，斩首捕虏千九百余级，卤马、牛，羊七万余，引兵还。上以虎牙将军不至期，诈增卤获，而祁连知虏在前，逗留不进，皆下吏自杀。擢公孙益寿为侍御史。校尉常惠与乌孙兵至右谷蠡庭，获单于父行及嫂、居次、名王、犁汙都尉、千长、将以下三万九千余级，虏马、牛、羊、驴、骡、橐驼七十余万。汉封惠为长罗侯。然匈奴民众死伤而去者，及畜产远移死亡不可胜数。于是匈奴遂衰耗，怨乌孙。

其冬，单于自将万骑击乌孙，颇得老弱，欲还。会天大雨雪，一日深丈余，人民畜产冻死，还者不能什一。于是丁令乘弱攻其北，乌桓入其东，乌孙击其西。凡三国所杀数万级，马数万匹，牛、羊甚众。又重以饿死，人民死者什三，畜产什五，匈奴大虚弱，诸国羁属者皆瓦解，攻盗不能理。其后汉出三千余骑，为三道，并入匈奴，捕虏得数千人还。匈奴终不敢取当，兹欲乡和亲，而边境少事矣。

壶衍鞮单于立十七年死，弟左贤王立，为虚闾权渠单于。是岁，地节二年也。

虚闾权渠单于立，以右大将女为大阏氏，而黜前单于所幸颛渠阏氏。颛渠阏氏父左大且渠怨望。是时，匈奴不能为边寇，于是汉罢外城，以休百姓。单于闻之喜，召贵人谋，欲与汉和亲。左大且渠心害其事，曰："前汉使来，兵随其后，今亦效汉发兵，先使使者入。"乃自请与呼卢訾王各将万骑南旁塞猎，相逢俱入。行未到，会三骑亡降汉，言匈奴欲为寇。于是天子诏发边骑屯要害处，使大将军军监治众等四人将五千骑，分三队，出塞各数百里，捕得虏各数十人而还。时匈奴亡其三骑，不敢入，即引去。是岁也，匈奴饥，人民畜产死十六七。又发两屯各万骑以备汉。其秋，匈奴前所得西嗕居左地者，其君长以下数千人皆驱畜产行，与瓯脱战，所战杀伤甚众，遂南降汉。

其明年，西域城郭共击匈奴，取车师国，得其王及人众而去。单于复以车师王昆弟兜莫为车师王，收其余民东徙，不敢居故地。而汉益遣屯士分田车师地以实之。其明年，匈奴怨诸国共击车师，遣左右大将各万余骑屯田右地，欲以侵迫乌孙西域。后二岁，匈奴遣左右奥鞬各六千骑，与左大将再击汉之田车师城者，不能下。其明年，丁令比三岁入盗匈奴，杀略人民数千，驱马畜去。匈奴遣万余骑往击之，无所得。其明年，单于将十万余骑旁塞猎，欲入边寇。未至，会其民题除渠堂亡降汉言状，汉以为言兵鹿奚卢侯，而遣后将军赵充国将兵四万余骑屯缘边九郡备虏。月余，单于病欧血，因不敢入，还去，即罢兵。乃使题王都犁胡次等入汉，请和亲，未报，会单于死。是岁，神爵二年也。

虚闾权渠单于立九年死。自始立而黜颛渠阏氏，颛渠阏氏即与右贤王私通。右贤王会龙城而去，颛渠阏氏语以单于病甚，且勿远。后数日，单于死。郝宿王刑未央使人召诸王。未至，颛渠阏氏与其弟左大且渠都隆奇谋，立右贤王屠耆堂为握衍朐鞮单于。握衍朐鞮单于者，代父为右贤王，乌维单于耳孙也。

握衍朐鞮单于立，复修和亲，遣弟伊酋若王胜之入汉献见。单于初立，凶恶，尽杀虚闾权渠时用事贵人刑未央等，而任用颛渠阏氏弟都隆奇，又尽免虚闾权渠子弟近亲，而自以其子弟代之。虚闾权渠单于子稽侯狦既不得立，亡归妻父乌禅幕。乌禅幕者，本乌孙、康居间小国，数见侵暴，率其众数千人降匈奴，狐鹿姑单于以其弟子日逐王姊妻之，使长其众，居右地。日逐王先贤掸，其父左贤王当为单于，让狐鹿姑单于，狐鹿姑单于许立之。国人以故颇言日逐王当为单于。日逐王素与握衍朐鞮单于有隙，即率其众数万骑归汉。汉封日逐王为归德侯。单于更立其从兄薄胥堂为日逐王。

明年，单于又杀先贤掸两弟。乌禅幕请之，不听，心恚。其后左奥鞬王死，单于自立其小子为奥鞬王，留庭。奥鞬贵人共立故奥鞬王子为王，与俱东徙。单于遣右丞相将万骑往击之，失亡数千人，不胜。时单于已立二岁，暴虐杀伐，国中不附。及太子、左贤王数谗左地贵人，左地贵人皆怨。其明年，乌桓击匈奴东边姑夕王，颇得人民。单于怒，姑夕王恐，即与乌禅幕及左地贵人共立稽侯狦为呼韩邪单于，发左地兵四五万人，西击握衍朐鞮单于，至姑且水北。未战，握衍朐鞮单于兵败走，使人报其弟右贤王曰："匈奴共攻我，若肯发兵助我乎？"右贤王曰："若不爱人，杀昆弟诸贵人。各自死若处，无来污我。"握衍朐鞮单于恚，自杀。左大且渠都隆奇亡之右贤王所，其民众尽降呼韩邪单于。是岁，神爵四年也。握衍朐鞮单于立三年而败。

卷九十四下

匈奴传第六十四下

呼韩邪单于归庭数月，罢兵使各归故地，乃收其兄呼屠吾斯在民间者立为左谷蠡王，使人告右贤贵人，欲令杀右贤王。其冬，都隆奇与右贤王共立日逐王薄胥堂为屠耆单于，发兵数万人东袭呼韩邪单于。呼韩邪单于兵败走，屠耆单于还，以其长子都涂吾西为左谷蠡王，少子姑瞀楼头为右谷蠡王，留居单于庭。

明年秋，屠耆单于使日逐王先贤掸兄右奥鞬王为乌藉都尉各二万骑，屯东方以备呼韩邪单于。是时，西方呼揭王来与唯犁当户谋，共谗右贤王，言欲自立为乌藉单于。屠耆单于杀右贤王父子，后知其冤，复杀唯犁当户。于是呼揭王恐，遂畔去，自立为呼揭单于。右奥鞬王闻之，即自立为车犁单于。乌藉都尉亦自立为乌藉单于。凡五单于。屠耆单于自将兵东击车犁单于，使都隆奇击乌藉。乌藉、车犁皆败，西北走，与呼揭单于兵合为四万人。乌藉、呼揭皆去单于号，共并力尊辅车犁单于。屠耆单于闻之，使左大将、都尉将四万骑分屯东方，以备呼韩邪单于，自将四万骑西击车犁单于。车犁单于败，西北走，屠耆单于即引西南，留闟敦地。

其明年，呼韩邪单于遣其弟右谷蠡王等西袭屠耆单于屯兵，杀略万余人。屠耆单于闻之，即自将六万骑击呼韩邪单于，行千里，未至嗕姑地，逢呼韩邪单于兵可四万人，合战。屠耆单于兵败，自杀。都隆奇乃与屠耆少子右谷蠡王姑瞀楼头亡归汉，车犁单于东降呼韩邪单于。呼韩邪单于左大将乌厉屈与父呼速累乌厉温敦皆见匈奴乱，率其众数万人南降汉。封乌厉屈为新城侯，乌厉温敦为义阳侯。是时，李陵子复立乌藉都尉为单于，呼韩邪单于捕斩之，遂复都单于庭，然众裁数万人。屠耆单于从弟休旬王将所主五六百骑，击杀左大且渠，并其兵，至右地，自立为闰振单于，在西边。其后，呼韩邪单于兄左贤王呼屠吾斯亦自立为郅支骨都侯单于，在东边。其后二年，闰振单于率其众东击郅支单于。郅支单于与战，杀之，并其兵，遂进攻呼韩邪。呼韩邪破，其兵走，郅支都单于庭。

呼韩邪之败也，左伊秩訾王为呼韩邪计，劝令称臣入朝事汉，从汉求助，如此匈奴乃定。呼韩邪议问诸大臣，皆曰："不可。匈奴之俗，本上气力而下服役，以马上战斗为国，故有威名于百蛮。战死，壮士所有也。今兄弟争国，不在兄则在弟，虽死犹有威名，子孙常长诸国。汉虽强，犹不能兼并匈奴，奈何乱先古之制，臣事于汉，卑辱先单于，为诸国所笑！虽如是而安，何以复长百蛮！”左伊秩訾曰：“不然。强弱有时，今汉方盛，乌孙城郭诸国皆为臣妾。自且鞮侯单于以来，匈奴日削，不能取复，虽屈强于此，未尝一日安也。今事汉则安存，不事则危亡，计何以过此！”诸大人相难久之。呼韩邪从其计，引众南近塞，遣子右贤王铢娄渠堂入侍。郅支单于亦遣子右大将驹于利受入侍。是岁，甘露元年也。

明年，呼韩邪单于款五原塞，愿朝三年正月。汉遣车骑都尉韩昌迎，发过所七郡郡二千骑，为陈道上。单于正月朝天子于甘泉宫，汉宠以殊礼，位在诸侯王上，赞谒称臣而不名。赐以冠带衣裳、黄金玺戾绶、玉具剑、佩刀、弓一张、矢四发、棨戟十、安车一乘、鞍勒一具、马十五匹、黄金二十斤、钱二十万、衣被七十七袭、锦绣绮縠杂帛八千匹、絮六千斤。礼毕，使使者道单于先行，宿长平。上自甘泉宿池阳宫。上登长平，诏单于毋谒，其左右当户之群臣皆得列观，及诸蛮夷君长王侯数万，咸迎于渭桥下，夹道陈。上登渭桥，咸称万岁。单于就邸，留月余，遣归国。单于自请愿留居光禄塞下，有急保汉受降城。汉遣长乐卫尉高昌侯董忠、车骑都尉韩昌将骑万六千，又发边郡士马以千数，送单于出朔方鸡鹿塞。诏忠等留卫单于，助诛不服，又转边谷米糒。前后三万四千斛，给赡其食。是岁，郅支单于亦遣使奉献，汉遇之甚厚。

明年，两单于俱遣使朝献，汉待呼韩邪使有加。明年，呼韩邪单于复入朝，礼赐如初，加衣百一十袭，锦帛九千匹，絮八千斤。以有屯兵，故不复发骑为送。

始，郅支单于以为呼韩邪降汉，兵弱不能复自还，即引其众西，欲攻定右地。又屠耆单于小弟本侍呼韩邪，亦亡之右地，收两兄余兵得数千人，自立为伊利目单于，道逢郅支，合战，郅支杀之，并其兵五万余人。闻汉出兵谷助呼韩邪，即遂留居右地。自度力不能定匈奴，乃益西近乌孙，欲与并力，遣使见小昆弥乌就屠。乌就屠见呼韩邪为汉所拥，郅支亡虏，欲攻之以称汉，乃杀郅支使，持头送都护在所，发八千骑迎郅支。郅支见乌孙兵多，其使又不反，勒兵逢击乌孙，破之。因北击乌揭，乌揭降。发其兵西破坚昆，北降丁令，并三国。数遣兵击乌孙，常胜之。坚昆东去单于庭七千里，南去车师五千里，郅支留都之。

元帝初即位，呼韩邪单于复上书，言民众困乏。汉诏云中、五原郡转谷二万斛以给焉。郅支单于自以道远，又怨汉拥护呼韩邪，遣使上书求侍子。汉遣谷吉送之，郅支杀吉。汉不知吉音问，而匈奴降者言闻瓯脱皆杀之。呼韩邪单于使来，汉辄簿责之甚急。明年，汉遣车骑都尉韩昌、光禄大夫张猛送呼韩邪单于侍子，求问吉等，因赦其罪，勿令自疑。昌、猛见单于民众益盛，塞下禽兽尽，单于足以自卫，不畏郅支。闻其大臣多劝单于北归者，恐北去后难约束，昌、猛即与为盟约曰：“自今以来，汉与匈奴合为一家，世世毋得相诈相攻。有窃盗者，相报，行其诛，偿其物；有寇，发兵相助。汉与匈奴敢先背约者，受天不祥。令其世世子孙尽如盟。”昌、猛与单于及大臣俱登匈奴诺水东山，刑白马，单于以径路刀金留犁挠酒，以老上单于所破月氏王头为饮器者共饮血盟。昌、猛还奏事，公卿议者以为：“单于保塞为藩，虽欲北去，犹不能为危害。昌、猛擅以汉国世世子孙与夷狄诅盟，令单于得以恶言上告于天，羞国家，伤威重，不可得行。宜遣使往告祠天，与解盟。昌、猛奉使无状，罪至不道。”上薄其过，有诏昌、猛以赎论，勿解盟。其后呼韩邪竟北归庭，人众稍稍归之，国中遂定。郅支既杀使者，自知负汉，又闻呼韩邪益强，恐见袭击，欲远去。会康居王数为乌孙所困，与诸翕侯计，以为匈奴大国，乌孙素服属之，今郅支单于困厄在外，可迎置东边，使合兵取乌孙以立之，长无匈奴忧矣。即使使至坚昆通语郅支。郅支素恐，又怨乌孙，闻康居计，大说，遂与相结，引兵而西。康居亦遣贵人，橐它驴马数千匹，迎郅支。郅支人众中寒道死，余财三千人到康居。其后，都护甘延寿与副陈汤发兵即康居诛斩郅支，语在《延寿、汤传》。

郅支既诛，呼韩邪单于且喜且惧，上书言曰："常愿谒见天子，诚以郅支在西方，恐其与乌孙俱来击臣，以故未得至汉。今郅支已伏诛，愿入朝见。"竟宁元年，单于复入朝，礼赐如初，加衣服锦帛絮，皆倍于黄龙时。单于自言愿婿汉氏以自亲。元帝以后宫良家子王墙，字昭君，赐单于。单于欢喜，上书愿保塞上谷以西至敦煌，传之无穷，请罢边备塞吏卒，以休天子人民。天子令下有司议，议者皆以为便。郎中侯应习边事，以为不可许。上问状，应曰：

周、秦以来，匈奴暴桀，寇侵边境，汉兴，尤被其害。臣闻北边塞至辽东，外有阴山，东西千余里，草木茂盛，多禽兽，本冒顿单于依阻其中，治作弓矢，来出为寇，是其苑囿也。至孝武世，出师征伐，斥夺此地，攘之于幕北。建塞徼，起亭隧，筑外城，设屯戍以守之，然后边境得用少安。幕北地平，少草木，多大沙，匈奴来寇，少所蔽隐，从塞以南，径深山谷，往来差难。边长老言匈奴失阴山之后，过之未尝不哭也。如罢备塞戍卒，示夷狄之大利，不可一也。今圣德广被，天覆匈奴，匈奴得蒙全活之恩，稽首来臣。夫夷狄之情，困则卑顺，强则骄逆，天性然也。前以罢外城，省亭隧，今裁足以候望通烽火而已。古者安不忘危，不可复罢，二也。中国有礼义之教、刑罚之诛，愚民犹尚犯禁，又况单于，能必其众不犯约哉！三也。自中国尚建关梁以制诸侯，所以绝臣下之觊欲也。设塞徼，置屯戍，非独为匈奴而已，亦为诸属国降民，本故匈奴之人，恐其思旧逃亡，四也。近西羌保塞，与汉人交通，吏民贪利，侵盗其畜产、妻子，以此怨恨，起而背畔，世世不绝。今罢乘塞，则生嫚易分争之渐，五也。往者从军多没不还者，子孙贫困，一旦亡出，从其亲戚，六也。又边人奴婢愁苦，欲亡者多，曰："闻匈奴中乐，无奈候望急何！"然时有亡出塞者，七也。盗贼桀黠，群辈犯法，如其窘急，亡走北出，则不可制，八也。起塞以来百有余年，非皆以土垣也，或因山岩石，木柴僵落，溪谷水门，稍稍平之，卒徒筑治，功费久远，不可胜计。臣恐议者不深虑其终始，欲以一切省徭戍，十年之外，百岁之内，卒有它变，障塞破坏，亭隧灭绝，当更发屯缮治，累世之功不可卒复，九也。如罢戍卒、省候望，单于自以保塞守御，必深德汉，请求无已。小失其意，则不可测。开夷狄之隙，亏中国之固，十也。非所以永持至安，威制百蛮之长策也。

对奏，天子有诏："勿议罢边塞事。"使车骑将军口谕单于曰："单于上书愿罢北边吏士屯戍，子孙世世保塞。单于乡慕礼义，所以为民计者甚厚，此长久之策也，朕甚嘉之。中国四方皆有关梁障塞，非独以备塞外也，亦以防中国奸邪放纵，出为寇害，故明法度以专众心也。敬谕单于之意，朕无疑焉。为单于怪其不罢，故使大司马车骑将军嘉晓单于。"单于谢曰："愚不知大计，天子幸使大臣告语，甚厚！"

初，左伊秩訾为呼韩邪画计归汉，竟以安定。其后或谗伊秩訾自伐其功，常鞅鞅，呼韩邪疑之。左伊秩訾惧诛，将其众千余人降汉，汉以为关内侯，食邑三百户，令佩其王印绶。及竟宁中，呼韩邪来朝，与伊秩訾相见，谢曰："王为我计甚厚，令匈奴至今安宁，王之力也，德岂可忘！我失王意，使王去不复顾留，皆我过也。今欲白天子，请王归庭。"伊秩訾曰："单于赖天命，自归于汉，得以安宁，单于神灵，天子之祐也，我安得力！既已降汉，又复归匈奴，是两心也。愿为单于侍使于汉，不敢听命。”单于固请不能得而归。

王昭君号宁胡阏氏，生一男伊屠智牙师，为右日逐王。呼韩邪立二十八年，建始二年死。始，呼韩邪嬖左伊秩訾兄呼衍王女二人。长女颛渠阏氏，生二子，长曰且莫车，次曰囊知牙斯。少女为大阏氏，生四子，长曰雕陶莫皋，次曰且糜胥，皆长于且莫车，少子咸、乐二人，皆小于囊知牙斯。又它阏氏子十余人。颛渠阏氏贵，且莫车爱。呼韩邪病且死，欲立且莫车，其母颛渠阏氏曰：“匈奴乱十余年，不绝如发，赖蒙汉力，故得复安。今平定未久，人民创艾战斗，且莫车年少，百姓未附，恐复危国。我与大阏氏一家共子，不如立雕陶莫皋。”大阏氏曰：“且莫车虽少，大臣共持国事，今舍贵立贱，后世必乱。”单于卒从颛渠阏氏计，立雕陶莫皋，约令传国与弟。呼韩邪死，雕陶莫皋立，为复株累若鞮单于。

复株累若鞮单于立，遣子右致卢儿王醯谐屠奴侯入侍，以且糜胥为左贤王，且莫车为左谷蠡王，囊知牙斯为右贤王。复株累单于复妻王昭君，生二女，长女云为须卜居次，小女为当于居次。

河平元年，单于遣右皋林王伊邪莫演等奉献朝正月。既罢，遣使者送至蒲反。伊邪莫演言：“欲降，即不受我，我自杀，终不敢还归。”使者以闻，下公卿议。议者或言宜如故事，受其降。光禄大夫谷永、议郎杜钦以为：“汉兴，匈奴数为边害，故设金爵之赏以待降者。今单于诎体称臣，列为北藩，遣使朝贺，无有二心，汉家接之，宜异于往时。今既享单于聘贡之质，而更受其逋逃之臣，是贪一夫之得而失一国之心，拥有罪之臣而绝慕义之君也。假令单于初立，欲委身中国，未知利害，私使伊邪莫演诈降以卜吉凶，受之亏德沮善，令单于自疏，不亲边吏；或者设为反间，欲因而生隙，受之适合其策，使得归曲而直责。此诚边境安危之原，师旅动静之首，不可不详也。不如勿受，以昭日月之信，抑诈谖之谋，怀附亲之心，便。”对奏，天子从之。遣中郎将王舜往问降状。伊邪莫演曰：“我病狂妄言耳。”遣去。归到，官位如故，不肯令见汉使。

明年，单于上书愿朝。河平四年正月，遂入朝，加赐锦绣缯帛二万匹，絮二万斤，它如竟宁时。

复株累单于立十岁，鸿嘉元年死。弟且糜胥立，为搜谐若鞮单于。

搜谐单于立，遣子左祝都韩王朐留斯侯入侍，以且莫车为左贤王。搜谐单于立八岁，元延元年，为朝二年发行，未入塞，病死。弟且莫车立，为车牙若鞮单于。

车牙单于立，遣子右於涂仇掸王乌夷当入侍，以囊知牙斯为左贤王。车牙单于立四岁，绥和元年死。弟囊知牙斯立，为乌珠留若鞮单于。

乌珠留单于立，以第二阏氏子乐为左贤王，以第五阏氏子舆为右贤王，遣子右股奴王乌鞮牙斯入侍。汉遣中郎将夏侯藩、副校尉韩容使匈奴。时帝舅大司马票骑将军王根领尚书事，或说根曰：“匈奴有斗入汉地，直张掖郡，生奇材木，箭竿就羽，如得之，于边甚饶，国家有广地之实，将军显功。垂于无穷。”根为上言其利，上直欲从单于求之，为有不得，伤命损威。根即但以上指晓藩，令从藩所说而求之。藩至匈奴，以语次说单于曰：“窃见匈奴斗入汉地，直张掖郡。汉三都尉居塞上，士卒数百人寒苦，候望久劳。单于宜上书献此地，直断阏之，省两都尉士卒数百人，以复天子厚恩，其报必大。”单于曰：“此天子诏语邪，将从使者所求也？”藩曰：“诏指也，然藩亦为单于画善计耳。”单于曰：“孝宣、孝元皇帝哀怜父呼韩邪单于，从长城以北匈奴有之。此温偶駼王所居地也，未晓其形状所生，请遣使问之。”藩、容归汉。后复使匈奴，至则求地。单于曰：

"父兄传五世，汉不求此地，至知独求，何也？已问温偶駼王，匈奴西边诸侯作穹庐及车，皆仰此山材木，且先父地，不敢失也。"藩还，迁为太原太守。单于遣使上书，以藩求地状闻。诏报单于曰："藩擅称诏从单于求地，法当死，更大赦二，今徙藩为济南太守，不令当匈奴。"明年，侍子死，归葬。复遣子左於駼仇掸王稽留昆入侍。

至哀帝建平二年，乌孙庶子卑援疐翕侯人众入匈奴西界，寇盗牛畜，颇杀其民。单于闻之，遣左大当户乌夷泠将五千骑击乌孙，杀数百人，略千余人，驱牛畜去。卑援疐恐，遣子趋逯为质匈奴。单于受，以状闻。汉遣中郎将丁野林、副校尉公乘音使匈奴，责让单于，告令还归卑援疐质子。单于受诏，遣归。

建平四年，单于上书愿朝五年。时哀帝被疾，或言匈奴从上游来厌人，自黄龙、竟宁时，单于朝中国辄有大故。上由是难之，以问公卿，亦以为虚费府帑，可且勿许。单于使辞去，未发，黄门郎扬雄上书谏曰：

臣闻《六经》之治，贵于未乱；兵家之胜，贵于未战。二者皆微，然而大事之本，不可不察也。今单于上书求朝，国家不许而辞之，臣愚以为汉与匈奴从此隙矣。本北地之狄，五帝所不能臣，三王所不能制，其不可使隙甚明。臣不敢远称，请引秦以来明之。

以秦始皇之强，蒙恬之威，带甲四十余万，然不敢窥西河，乃筑长城以界之。会汉初兴，以高祖之威灵，三十万众困于平城，士或七日不食。时奇谲之士石画之臣甚众，卒其所以脱者，世莫得而言也。又高皇后尝忿匈奴，群臣庭议，樊哙请以十万众横行匈奴中，季布曰："哙可斩也，妄阿顺指！"于是大臣权书遗之，然后匈奴之结解，中国之忧平。及孝文时，匈奴侵暴北边，候骑至雍甘泉，京师大骇，发三将军屯细柳、棘门、霸上以备之，数月乃罢。孝武即位，设马邑之权，欲诱匈奴，使韩安国将三十万众徼于便地，匈奴觉之而去，徒费财劳师，一虏不可得见，况单于之面乎！其后深惟社稷之计，规恢万载之策，乃大兴师数十万，使卫青、霍去病操兵，前后十余年。于是浮西河，绝大幕，破寘颜，袭王庭，穷极其地，追奔逐北，封狼居胥山，禅于姑衍，以临翰海，虏名王贵人以百数。自是之后，匈奴震怖，益求和亲，然而未肯称臣也。

且夫前世岂乐倾无量之费，役无罪之人，快心于狼望之北哉？以为不一劳者不久佚，不暂费者不永宁，是以忍百万之师以摧饿虎之喙，运府库之财填卢山之壑而不悔也。至本始之初，匈奴有桀心，欲掠乌孙，侵公主，乃发五将之师十五万骑猎其南，而长罗侯以乌孙五万骑震其西，皆至质而还。时鲜有所获，徒奋扬威武，明汉兵若雷风耳。虽空行空反，尚诛两将军。故北狄不服，中国未得高枕安寝也。逮至元康、神爵之间，大化神明，鸿恩溥洽，而匈奴内乱，五单于争立，日逐、呼韩邪携国归死，扶伏称臣，然尚羁縻之，计不颛制。自此之后，欲朝者不距，不欲者不强。何者？外国天性忿鸷，形容魁健，负力怙气，难化以善，易隶以恶，其强难诎，其和难得。故未服之时，劳师远攻，倾国殚货，伏尸流血，破坚拔敌，如彼之难也；既服之后，慰荐抚循，交接赂遗，威仪俯仰，如此之备也。往时尝屠大宛之城，蹈乌桓之垒，探姑缯之壁，籍荡姐之场，艾朝鲜之旃，拔两越之旗，近不过旬月之役，远不离二时之劳，固已犁其庭，扫其闾，郡县而置之，云彻席卷，后无余灾。唯北狄为不然，真中国之坚敌也。三垂比之悬矣，前世重之兹甚，未易可轻也。

今单于归义，怀款诚之心，欲离其庭，陈见于前，此乃上世之遗策，神灵之所想望，国家虽费，不得已者也。奈何距以来厌之辞，疏以无日之期，消往昔之恩，开将来之隙！夫款而隙之，使有恨心，负前言，缘往辞，归怨于汉，因以自绝，终无北面之心，威之不可，谕之不能，焉得不为大忧乎！夫明者视于无形，聪者听于无声，诚先于未然，即蒙恬、樊哙不复施，棘门、细柳不复备，马邑之策安所设，卫、霍之功何得用，五将之威安所震？不然，一有隙之后，虽智者劳心于内，辩者毂击于外，犹不若未然之时也。且往者图西域，制车师，置城郭都护三十六国，费岁以大万计者，岂为康居、乌孙能逾白龙堆而寇西边哉？乃以制匈奴也。夫百年劳之，一日失之，费十而爱一，臣窃为国不安也。唯陛下少留意于未乱未战，以遏边萌之祸。

书奏，天子寤焉，召还匈奴使者，更报单于书而许之。赐雄帛五十匹，黄金十斤。单于未发，会病，复遣使愿朝明年。故事，单于朝，从名王以下及从者二百余人。单于又上书言："蒙天子神灵，人民盛壮，愿从五百人入朝，以明天子盛德。"上皆许之。

元寿二年，单于来朝，上以太岁厌胜所在，舍之上林苑蒲陶宫。告之以加敬于单于，单于知之。加赐衣三百七十袭，锦绣缯帛三万匹，絮三万斤，它如河平时。既罢，遣中郎将韩况送单于。单于出塞，到休屯井，北度车田卢水，道里回远。况等乏食，单于乃给其粮，失期不还五十余日。

初，上遣稽留昆随单于去，到国，复遣稽留昆同母兄右大且方与妇入侍。还归，复遣且方同母兄左日逐王都与妇入侍。是时，汉平帝幼，太皇太后称制，新都侯王莽秉政，欲说太后以威德至盛异于前，乃风单于令遣王昭君女须卜居次云入侍太后，所以赏赐之甚厚。

会西域车师后王姑句、去胡来王唐兜皆怨恨都护校尉，将妻子人民亡降匈奴，语在《西域传》。单于受置左谷蠡地，遣使上书言状曰："臣谨已受。"诏遣中郎将韩隆、王昌、副校尉甄阜、侍中谒者帛敞、长水校尉王歙使匈奴，告单于曰："西域内属，不当得受，今遣之。"单于曰："孝宣、孝元皇帝哀怜，为作约束，自长城以南天子有之，长城以北单于有之。有犯塞，辄以状闻；有降者，不得受。臣知父呼韩邪单于蒙无量之恩，死遗言曰：'有从中国来降者，勿受，辄送至塞，以报天子厚恩。'此外国也，得受之。"使者曰："匈奴骨肉相攻，国几绝，蒙中国大恩，危亡复续，妻子完安，累世相继，宜有以报厚恩。"单于叩头谢罪，执二虏还付使者。诏使中郎将王萌待西域恶都奴界上逆受。单于遣使送到国，因请其罪，使者以闻，有诏不听，会西域诸国王斩以示之。乃造设四条：中国人亡入匈奴者，乌孙亡降匈奴者，西域诸国佩中国印绶降匈奴者，乌桓降匈奴者，皆不得受。遣中郎将王骏、王昌、副校尉甄阜、王寻使匈奴，班四条与单于，杂函封，付单于，令奉行，因收故宣帝所为约束封函还。时，莽奏令中国不得有二名，因使使者以风单于，宜上书慕化，为一名，汉必加厚赏。单于从之，上书言："幸得备藩臣，窃乐太平圣制，臣故名囊知牙斯，今谨更名曰知。"莽大说，白太后，遣使者答谕，厚赏赐焉。

汉既班四条，后护乌桓使者告乌桓民，毋得复与匈奴皮布税。匈奴以故事遣使者责乌桓税，匈奴人民妇女欲贾贩者皆随往焉。乌桓距曰："奉天子诏条，不当予匈奴税。"匈奴使怒，收乌桓酋豪，缚到悬之。酋豪昆弟怒，共杀匈奴使及其官属，收略妇女马牛。单于闻之，遣使发左贤王兵入乌桓责杀使者，因攻击之。乌桓分散，或走上山，或东保塞。匈奴颇杀人民，驱妇女弱小且千人去，置左地，告乌桓曰："持马畜皮布来赎之。"乌桓见略者亲属二千余人持财畜往赎，匈奴受，留不遣。

王莽之篡位也，建国元年，遣五威将王骏率甄阜、王飒、陈饶、帛敞、丁业六人，多赍金帛，重遗单于，谕晓以受命代汉状，因易单于故印。故印文曰：匈奴单于玺"，莽更曰：新匈奴单于章"。将率既至，授单于印绂，诏令上故印绂。单于再拜受诏。译前，欲解取故印绂，单于举掖授之。左姑夕侯苏从旁谓单于曰："未见新印文，宜且勿与。"单于止，不肯与。请使者坐穹庐，单于欲前为寿。五威将曰："故印绂当以时上。"单于曰："诺。"复举掖授译。苏复曰："未见印文，且勿与。"单于曰："印文何由变更！"遂解故印绂奉上，将率受。著新绂，不解视印，饮食至夜乃罢。右率陈饶谓诸将率曰："乡者姑夕侯疑印文，几令单于不与人。如令视印，见其变改，必求故印，此非辞说所能距也。既得而复失之，辱命莫大焉。不如椎破故印，以绝祸根。"将率犹与，莫有应者。饶，燕士，果悍，即引斧椎坏之。明日，单于果遣右骨都侯当白将率曰："汉赐单于印，言'玺'，不言'章'，又无'汉'字。诸王已下乃有'汉'，言'章'。今印去'玺'加'新'，与臣下无别。愿得故印。"将率示以故印，谓曰："新室顺天制作，故印随将率所自为破坏。单于宜承天命，奉新室之制。"当还白，单于知已无可奈何，又多得赂遗，即遣弟右贤王舆奉马牛随将率入谢，因上书求故印。

将率还到左犁汗王咸所居地，见乌桓民多，以问咸。咸具言状，将率曰："前封四条，不得受乌桓降者，亟还之。"咸曰："请密与单于相闻，得语，归之。"单于使咸报曰："当从塞内还之邪，从塞外还之邪？"将率不敢颛决，以闻。诏报，从塞外还之。

单于始用夏侯藩求地有距汉语，后以求税乌桓不得。因寇略其人民，衅由是生，重以印文改易，故怨恨。乃遣右大且渠蒲呼卢訾等十余人将兵众万骑，以护送乌桓为名，勒兵朔方塞下。朔方太守以闻。

明年，西域车师后王须置离谋降匈奴，都护但钦诛斩之。置离兄狐兰支将人众二千余人，驱畜产，举国亡降匈奴，单于受之。狐兰支与匈奴共入寇，击车师，杀后成长，伤都护司马，复还入匈奴。

时，戊已校尉史陈良、终带、司马丞韩玄、右曲候任商等见西域颇背叛，闻匈奴欲大侵，恐并死，即谋劫略吏卒数百人，共杀戊已校尉刀护，遣人与匈奴南犁汗王南将军相闻。匈奴南将军二千骑入西域迎良等，良等尽胁略戊已校尉吏士男女二千余人入匈奴。玄、商留南将军所，良、带径至单于庭，人众别置零吾水上田居。单于号良、带曰乌桓都将军，留居单于所，数呼与饮食。西域都护但钦上书言匈奴南将军右伊秩訾将人众寇击诸国。莽于是大分匈奴为十五单于，遣中郎将蔺苞、副校尉戴级将兵万骑，多赍珍宝至云中塞下，招诱呼韩邪单于诸子，欲以次拜之。使译出塞诱呼右犁汗王咸、咸子登、助三人，至则胁拜咸为孝单于，赐安车鼓车各一，黄金千斤，杂缯千匹，戏戟十；拜助为顺单于，赐黄金五百斤；传送助、登长安。莽封苞为宣威公，拜为虎牙将军；封级为扬威公，拜为虎贲将军。单于闻之，怒曰："先单于受汉宣帝恩，不可负也。今天子非宣帝子孙，何以得立？"遣左骨都侯、右伊秩訾王呼卢訾及左贤王乐将兵入云中益寿塞，大杀吏民。是岁，建国三年也。

是后，单于历告左右部都尉、诸边王，入塞寇盗，大辈万余，中辈数千，少者数百，杀雁门、朔方太守、都尉，略吏民畜产不可胜数，缘边虚耗。莽新即位，怙府库之富欲立威，乃拜十二部将率，发郡国勇士，武库精兵，各有所屯守，转委输于边。议满三十万众，赍三百日粮，同时十道并出，穷追匈奴，内之于丁令，因分其地，立呼韩邪十五子。

莽将严尤谏曰：

臣闻匈奴为害，所从来久矣，未闻上世有必征之者也。后世三家周、秦、汉征之，然皆未有得上策者也。周得中策，汉得下策，秦无策焉。当周宣王时，猃允内侵，至于泾阳，命将征之，尽境而还。其视戎狄之侵，譬犹蚊虻之螫，驱之而已。故天下称明，是为中策。汉武帝选将练兵，约赍轻粮，深入远戍，虽有克获之功，胡辄报之，兵连祸结三十余年，中国罢耗，匈奴亦创艾，而天下称武，是为下策。秦始皇不忍小耻而轻民力，筑长城之固，延袤万里，转输之行，起于负海，疆境既完，中国内竭，以丧社稷，是为无策。今天下遭阳九之厄，比年饥馑，西北边犹甚。发三十万众，具三百日粮，东援海代，南取江淮，然后乃备。计其道里，一年尚未集合，兵先至者聚居暴露，师老械弊，势不可用，此一难也。边既空虚，不能奉军粮，内调郡国，不相及属，此二难也。计一人三百日食，用糒十八斛，非牛力不能胜；牛又当自赍食，加二十斛，重矣。胡地沙卤，多乏水草，以往事揆之，军出未满百日，牛必物故且尽，余粮尚多，人不能负，此三难也。胡地秋冬甚寒，春夏甚风，多赍釜鍑薪炭，重不可胜，食糒饮水，以历四时，师有疾疫之忧，是故前世伐胡，不过百日，非不欲久，势力不能，此四难也。辎重自随，则轻锐者少，不得疾行，虏徐遁逃，势不能及，幸而逢虏，又累辎重，如遇险阻，衔尾相随，虏要遮前后，危殆不测，此五难也。大用民力，功不可必立，臣伏忧之。今既发兵，宜纵先至者，令臣尤等深入霆击，且以创艾胡虏。

莽不听尤言，转兵谷如故，天下骚动。

咸既受莽孝单于之号，驰出塞归庭，具以见胁状白单于。单于更以为于粟置支侯，匈奴贱官也。后助病死，莽以登代助为顺单于。

厌难将军陈钦、震狄将军王巡屯云中葛邪塞。是时，匈奴数为边寇，杀将率吏士，略人民，驱畜产去甚众。捕得虏生口验问，皆曰孝单于咸子角数为寇。两将以闻。四年，莽会诸蛮夷，斩咸子登于长安市。

初，北边自宣帝以来，数世不见烟火之警，人民炽盛，牛马布野。及莽挠乱匈奴，与之构难，边民死亡系获，又十二部兵久屯而不出，吏士罢弊，数年之间，北边虚空，野有暴骨矣。

乌珠留单于立二十一岁，建国五年死。匈奴用事大臣右骨都侯须卜当，即王昭君女伊墨居次云之婿也。云常欲与中国和亲，又素与咸厚善，见咸前后为莽所拜，故遂越舆而立咸为乌累若鞮单于。

乌累单于咸立，以弟舆为左谷蠡王。乌珠留单于子苏屠胡本为左贤王，以弟屠耆阏氏子卢浑为右贤王。乌珠留单于在时，左贤王数死，以为其号不祥，更易命左贤王曰："护于"。护于之尊最贵，次当为单于，故乌珠留单于授其长子以为护于，欲传以国。咸怨乌珠留单于贬贱己号，不欲传国，及立，贬护于为左屠耆王。云、当遂劝咸和亲。

天凤元年，云、当遣人之西河虎猛制虏塞下，告塞吏曰欲见和亲侯。和亲侯王歙者，王昭君兄子也。中部都尉以闻。莽遣歙、歙弟骑都尉展德侯飒使匈奴，贺单于初立，赐黄金衣被缯帛，绐言侍子登在，因购求陈良、终带等。单于尽收四人及手杀校尉刀护贼芝音妻子以下二十七人，皆械槛付使者，遣厨唯姑夕王富等四十人送歙、飒。莽作焚如之刑，烧杀陈良等，罢诸将率屯兵，但置游击都尉。单于贪莽赂遗，故外不失汉故事，然内利寇掠。又使还，知子登前死，怨恨，寇虏从左地入，不绝。使者问单于，辄曰："乌桓与匈奴无状黠民共为寇入塞，譬如中国有盗贼耳！咸初立持国，威信尚浅，尽力禁止，不敢有二心。"

天凤二年五月，莽复遣歙与五威将王咸率伏黯、丁业等六人，使送右厨唯姑夕王，因奉归前所斩侍子登及诸贵人从者丧，皆载以常车。至塞下，单于遣云、当子男大且渠奢等至塞迎。咸等至，多遗单于金珍，因谕说改其号，号匈奴曰"恭奴"，单于曰"善于"，赐印绶。封骨都侯当为后安公，当子男奢为后安侯。单于贪莽金币，故曲听之，然寇盗如故。咸、歙又以陈良等购金付云、当，令自差与之。十二月，还入塞，莽大喜，赐歙钱二百万，悉封黯等。

单于咸立五岁，天凤五年死，弟左贤王舆立，为呼都而尸道皋若鞮单于。匈奴谓孝曰“若鞮”。自呼韩邪后，与汉亲密，见汉谥帝为“孝”，慕之，故皆为“若鞮”。

呼都而尸单于舆既立，贪利赏赐，遣大且渠奢与云女弟当户居次子醯椟王俱奉献至长安。莽遣和亲侯歙与奢等俱至制虏塞下，与云、当会，因以兵迫胁，将至长安。云、当小男从塞下得脱，归匈奴。当至长安，莽拜为须卜单于，欲出大兵以辅立之。兵调度亦不合，而匈奴愈怒，并入北边，北边由是坏败。会当病死，莽以其庶女陆逯任妻后安公奢，所以尊宠之甚厚，终为欲出兵立之者。会汉兵诛莽，云、奢亦死。

更始二年冬，汉遣中郎将归德侯飒、大司马护军陈遵使匈奴，授单于汉旧制玺绶，王侯以下印绶，因送云、当余亲属贵人从者。单于舆骄，谓遵、飒曰：“匈奴本与汉为兄弟，匈奴中乱，孝宣皇帝辅立呼韩邪单于，故称臣以尊汉。今汉亦大乱，为王莽所篡，匈奴亦出兵击莽，空其边境，令天下骚动思汉，莽卒以败而汉复兴，亦我力也，当复尊我！”遵与相掌距，单于终持此言。其明年夏，还。会赤眉入长安，更始败。

赞曰：《书》戒“蛮夷猾夏”，《诗》称“戎狄是膺”，《春秋》“有道守在四夷”，久矣，夷狄之为患也！故自汉兴，忠言嘉谋之臣曷尝不运筹策相与争于庙堂之上乎？高祖时则刘敬，吕后时樊哙、季布，孝文时贾谊、晁错，孝武时王恢、韩安国、朱买臣、公孙弘、董仲舒，人持所见，各有同异，然总其要，归两科而已。缙绅之儒则守和亲，介胄之士则言征伐，皆偏见一时之利害，而未究匈奴之终始也。自汉兴以至于今，旷世历年，多于春秋，其与匈奴，有修文而和亲之矣，有用武而克伐之矣，有卑下而承事之矣，有威服而臣畜之矣，诎伸异变，强弱相反，是故其详可得而言也。

昔和亲之论，发于刘敬。是时，天下初定，新遭平城之难，故从其言，约结和亲，赂遗单于，冀以救安边境。孝惠、高后时遵而不违，匈奴寇盗不为衰止，而单于反以加骄倨。逮至孝文，与通关市，妻以汉女，增厚其赂，岁以千金，而匈奴数背约束，边境屡被其害。是以文帝中年，赫然发愤，遂躬戎服，亲御鞍马，从六郡良家材力之士，驰射上林，讲习战陈，聚天下精兵，军于广武，顾问冯唐，与论将帅，喟然叹息，思古名臣。此则和亲无益，已然之明效也。

仲舒亲见四世之事，犹复欲守旧文，颇增其约。以为：“义动君子，利动贪人。如匈奴者，非可以仁义说也，独可说以厚利，结之于天耳。故与之厚利以没其意，与盟于天以坚其约，质其爱子以累其心，匈奴虽欲展转，奈失重利何，奈欺上天何，奈杀爱子何！夫赋敛行赂不足以当三军之费，城郭之固无以异于贞士之约，而使边城守境之民父兄缓带，稚子咽哺，胡马不窥于长城，而羽檄不行于中国，不亦便于天下乎！”察仲舒之论，考诸行事，乃知其未合于当时，而有阙于后世也。当孝武时，虽征伐克获，而士马物故亦略相当；虽开河南之野，建朔方之郡，亦弃造阳之北九百余里。匈奴人民每来降汉，单于亦辄拘留汉使以相报复，其桀骜尚如斯，安肯以爱子而为质乎？此不合当时之言也。若不置质，空约和亲，是袭孝文既往之悔，而长匈奴无已之诈也。夫边城不选守境武略之臣，修障隧备塞之具，厉长戟劲弩之械，恃吾所以待边寇。而务赋敛于民，远行货赂，割剥百姓，以奉寇雠。信甘言，守空约，而几胡马之不窥，不已过乎！

至孝宣之世，承武帝奋击之威，直匈奴百年之运，因其坏乱几亡之厄，权时施宜，覆以威德，然后单于稽首臣服，遣子入侍，三世称藩，宾于汉庭。是时，边城晏闭，牛马布野，三世无犬吠之警，黎庶亡干戈之役。

后六十余载之间，遭王莽篡位，始开边隙，单于由是归怨自绝，莽遂斩其侍子，边境之祸构矣。故呼韩邪始朝于汉，汉议其仪，而萧望之曰："戎狄荒服，言其来服荒忽无常，时至时去，宜待以客礼，让而不臣。如其后嗣遁逃窜伏，使于中国不为叛臣。"及孝元时，议罢守塞之备，侯应以为不可，可谓盛不忘衰，安必思危，远见识微之明矣。至单于咸弃其爱子，昧利不顾，侵掠所获，岁巨万计，而和亲赂遗，不过千金，安在其不弃质而失重利也？仲舒之言，漏于是矣。

夫规事建议，不图万世之固，而偷恃一时之事者，未可以经远也。若乃征伐之功，秦、汉行事，严尤论之当矣。故先王度土，中立封畿，分九州，列五服，物土贡，制外内，或修刑政，或昭文德，远近之势异也。是以《春秋》内诸夏而外夷狄，夷狄之人贪而好利，被发左衽，人面兽心，其与中国殊章服，异习俗，饮食不同，言语不通，辟居北垂寒露之野，逐草随畜，射猎为生，隔以山谷，雍以沙幕，天地所以绝外内也。是故圣王禽兽畜之，不与约誓，不就攻伐；约之则费赂而见欺，攻之则劳师而招寇。其地不可耕而食也，其民不可臣而畜也，是以外而不内，疏而不戚，政教不及其人，正朔不加其国；来则惩而御之，去则备而守之。其慕义而贡献，则接之以礼让，羁靡不绝，使曲在彼，盖圣王制御蛮夷之常道也。

卷九十五

西南夷两粤朝鲜传第六十五

南夷君长以十数，夜郎最大。其西，靡莫之属以十数，滇最大。自滇以北，君长以十数，邛都最大。此皆椎结，耕田，有邑聚。其外，西自桐师以东，北至叶榆，名为巂、昆明，编发，随畜移徙，亡常处，亡君长，地方可数千里。自巂以东北，君长以十数，徙、莋都最大。自莋以东北，君长以十数，冉駹最大。其俗，或土著，或移徙。在蜀之西。自巂以东北，君长以十数，白马最大，皆氐类也。此皆巴、蜀西南外蛮夷也。

始楚威王时，使将军庄蹻将兵循江上，略巴、黔中以西。庄蹻者，楚庄王苗裔也。蹻至滇池，方三百里，旁平地肥饶数千里，以兵威定属楚。欲归报，会秦击夺楚巴、黔中郡，道塞不通，因乃以其众王滇，变服，从其俗，以长之。秦时尝破，略通五尺道，诸此国颇置吏焉。十余岁，秦灭。及汉兴，皆弃此国而关蜀故徼。巴、蜀民或窃出商贾，取其莋马、僰僮、旄牛，以此巴、蜀殷富。

建元六年，大行王恢击东粤，东粤杀王郢以报。恢因兵威使番阳令唐蒙风晓南粤。南粤食蒙蜀枸酱，蒙问所从来，曰："道西北牂柯江，江广数里，出番禺城下。"蒙归至长安，问蜀贾人，独蜀出枸酱，多持窃出市夜郎。夜郎者，临牂柯江，江广百余步，足以行船。南粤以财物役属夜郎，西至桐师，然亦不能臣使也。蒙乃上书说上曰："南粤王黄屋左纛，地东西万余里，名为外臣，实一州主。今以长沙、豫章往，水道多绝，难行。窃闻夜郎所有精兵可得十万，浮船牂柯，出不意，此制粤一奇也。诚以汉之强，巴、蜀之饶，通夜郎道，为置吏，甚易。”上许之。乃拜蒙以郎中将，将千人，食重万余人，从巴莋作关入，遂见夜郎侯多同。厚赐，谕以威德，约为置吏，使其子为令。夜郎旁小邑皆贪汉缯帛，以为汉道险，终不能有也，乃且听蒙约。还报，乃以为犍为郡。发巴、蜀卒治道，自僰道指牂柯江。蜀人司马相如亦言西夷邛、莋可置郡。使相如以郎中将往谕，皆如南夷，为置一都尉，十余县，属蜀。当是时，巴、蜀四郡通西南夷道，载转相饷。数岁，道不通，士罢饿餧，离暑湿，死者甚众。西南夷又数反，发兵兴击，耗费亡功。上患之，使公孙弘往视问焉。还报，言其不便。及弘为御史大夫，时方筑朔方，据河逐胡，弘等因言西南夷为害，可且罢，专力事匈奴。上许之，罢西夷，独置南夷两县一都尉，稍令犍为自保就。

及元狩元年，博望侯张骞言使大夏时，见蜀布、邛竹杖，问所从来，曰："从东南身毒国，可数千里，得蜀贾人市。”或闻邛西可二千里有身毒国。骞因盛言大夏在汉西南，慕中国，患匈奴隔其道，诚通蜀，身毒国道便近，又亡害。于是天子乃令王然于、柏始昌、吕越人等十余辈间出西南夷，指求身毒国。至滇，滇王当羌乃留为求道。四岁余，皆闭昆明，莫能通。滇王与汉使言："汉孰与我大？”及夜郎侯亦然。各自以一州王，不知汉广大。使者还，因盛言滇大国，足事亲附。天子注意焉。

及至南粤反，上使驰义侯因犍为发南夷兵。且兰君恐远行，旁国虏其老弱，乃与其众反，杀使者及犍为太守。汉乃发巴、蜀罪人当击南粤者八校尉击之。会越已破，汉八校尉不下，中郎将郭昌、卫广引兵还，行诛隔滇道者且兰，斩首数万，遂平南夷为牂柯郡。夜郎侯始倚南粤，南粤已灭，还诛反者，夜郎遂入朝，上以为夜郎王。南粤破后，及汉诛且兰、邛君，并杀莋侯，冉駹皆震恐，请臣置吏，以邛都为粤巂郡，莋都为沈黎郡，冉駹为文山郡，广汉西白马为武都郡。

使王然于以粤破及诛南夷兵威风谕滇王入朝。滇王者，其众数万人，其旁东北劳深、靡莫皆同姓相杖，未肯听。劳、莫数侵犯使者吏卒。元封二年，天子发巴、蜀兵击灭劳深、靡莫，以兵临滇。滇王始首善，以故弗诛。滇王离西夷，滇举国降，请置吏入朝，于是以为益州郡，赐滇王王印，复长其民。西南夷君长以百数，独夜郎、滇受王印。滇，小邑也，最宠焉。

后二十三岁，孝昭始元元年，益州廉头、姑缯民反，杀长吏。牂柯、谈指、同并等二十四邑，凡三万余人皆反。遣水衡都尉发蜀郡、犍为奔命万余人击牂柯，大破之。后三岁，姑缯、叶榆复反，遣水衡都尉吕辟胡将郡兵击之。辟胡不进，蛮夷遂杀益州太守，乘胜与辟胡战，士战及溺死者四千余人。明年，复遣军正王平与大鸿胪田广明等并进，大破益州，斩首捕虏五万余级，获畜产十余万。上曰：’鉤町侯亡波率其邑君长人民击反者，斩首捕虏有功，其立亡波为鉤町王。大鸿胪广明赐爵关内侯，食邑三百户。”后间岁，武都氐人反，遣执金吾马适建、龙颔侯韩增与大鸿胪广明将兵击之。

至成帝河平中，夜郎王兴与鉤町王禹、漏卧侯俞更举兵相攻，牂柯太守请发兵诛兴等，议者以为道远不可击，乃遣太中大夫蜀郡张匡持节和解。兴等不从命，刻木象汉吏，立道旁射之。杜钦说大将军王凤曰："太中大夫匡使和解蛮夷王侯，王侯受诏，已复相攻，轻易汉使，不惮国威，其效可见。恐议者选耎，复守和解，太守察动静有变，乃以闻。如此，则复旷一时，王侯得收猎其众，申固其谋，党助众多，各不胜忿，必相殄灭。自知罪成，狂犯守尉，远臧温暑毒草之地，虽有孙、吴将，贲，育士，若入水火，往必焦没，知勇亡所施。屯田守之，费不可胜量。宜因其罪恶未成，未疑汉家加诛，阴敕旁郡守尉练士马，大司农豫调谷积要害处，选任职太守往。以秋凉时入，诛其王侯尤不轨者。即以为不毛之地，亡用之民，圣王不以劳中国，宜罢郡，放弃其民，绝其王侯勿复通。如以先帝所立累世之功不可堕坏，亦宜因其萌牙，早断绝之，及已成形然后战师，则万姓被害。”

大将军凤于是荐金城司马陈立为牂柯太守。立者，临邛人，前为连然长，不韦令，蛮夷畏之。及至牂柯，谕告夜郎王兴，兴不从命，立请诛之。未报，乃从吏数十人出行县，至兴国且同亭，召兴。兴将数千人往至亭，从邑君数十人入见立。立数责，因断头。邑君曰："将军诛亡状，为民除害，愿出晓士众。”以兴头示之，皆释兵降。鉤町王禹、漏卧侯俞震恐，入粟千斛，牛、羊劳吏士。立还归郡，兴妻父翁指与兴子邪务收余兵，迫胁旁二十二邑反。至冬，立奏募诸夷与都尉长史分将攻翁指等。翁指据厄为垒，立使奇兵绝其饷道，纵反间以诱其众。都尉万年曰："兵久不决，费不可共。”引兵独进，败走，趋立营。立怒，叱戏下令格之。都尉复还战，立引兵救之。时天大旱，立攻绝其水道。蛮夷共斩翁指，持首出降。立已平定西夷，征诣京师。会巴郡有盗贼，复以立为巴郡太守，秩中二千石居，赐爵左庶长。徙为天水太守，劝民农桑为天下最，赐金四十斤。入为左曹卫将军、护军都尉，卒官。

王莽篡位，改汉制，贬鉤町王以为侯。王邯怨恨，牂柯大尹周钦诈杀邯。邯弟承攻杀钦，州郡击之，不能服。三边蛮夷愁扰尽反，复杀益州大尹程隆。莽遣平蛮将军冯茂发巴、蜀、犍为吏士，赋敛取足于民，以击益州。出入三年，疾疫死者什七，巴、蜀骚动。莽征茂还，诛之。更遣宁始将军廉丹与庸部牧史熊大发天水、陇西骑士，广汉、巴、蜀、犍为吏民十万人，转输者合二十万人，击之。始至，颇斩首数千，其后军粮前后不相及，士卒饥疫，三岁余死者数万。而粤嶲蛮夷任贵亦杀太守枚根，自立为邛谷王，会莽败汉兴，诛贵，复旧号云。

南粤王赵佗，真定人也。秦并天下，略定扬粤，置桂林、南海、象郡，以適徙民与粤杂处。十三岁，至二世时，南海尉任嚣病且死，召龙川令赵佗语曰："闻陈胜等作乱，豪桀叛秦相立，南海辟远，恐盗兵侵此。吾欲兴兵绝新道，自备待诸侯变，会疾甚。且番禺负山险阻，南北东西数千里，颇有中国人相辅，此亦一州之主，可为国。郡中长吏亡足与谋者，故召公告之。”即被佗书，行南海尉事。嚣死，佗即移檄告横浦、阳山、湟溪关曰："盗兵且至，急绝道聚兵自守。”因稍以法诛秦所置吏，以其党为守假。秦已灭，佗即击并桂林、象郡，自立为南粤武王。

高帝已定天下，为中国劳苦，故释佗不诛。十一年，遣陆贾立佗为南粤王，与剖符通使，使和辑百粤，毋为南边害，与长沙接境。

高后时，有司请禁粤关市铁器。佗曰："高皇帝立我，通使物，今高后听谗臣，别异蛮夷，隔绝器物，此必长沙王计，欲倚中国，击灭南海并王之，自为功也。”于是佗乃自尊号为南武帝，发兵攻长沙边，败数县焉。高后遣将军隆虑侯灶击之，会暑湿，士卒大疫，兵不能逾领。岁余，高后崩，即罢兵。佗因此以兵威财物赂遗闽粤、西瓯骆，役属焉。东西万余里。乃乘黄屋左纛，称制，与中国侔。

文帝元年，初镇抚天下，使告诸侯四夷从代来即位意，谕盛德焉。乃为佗亲冢在真定置守邑，岁时奉祀。召其从昆弟，尊官厚赐宠之。召丞相平举可使粤者，平言陆贾先帝时使粤。上召贾为太中大夫，谒者一人为副使，赐佗书曰："皇帝谨问南粤王，甚苦心劳意。朕，高皇帝侧室之子，弃外奉北藩于代，道里辽远，壅蔽朴愚，未尝致书。高皇帝弃群臣，孝惠皇帝即世，高后自临事，不幸有疾，日进不衰，以故悖暴乎治。诸吕为变故乱法，不能独制，乃取它姓子为孝惠皇帝嗣。赖宗庙之灵，功臣之力，诛之已毕。朕以王侯吏不释之故，不得不立，今即位。乃者闻王遗将军隆虑侯书，求亲昆弟，请罢长沙两将军。朕以王书罢将军博阳侯，亲昆弟在真定者，已遣人存问，修治先人冢。前日闻王发兵于边，为寇灾不止。当其时，长沙苦之，南郡尤甚，虽王之国，庸独利乎！必多杀士卒，伤良将吏，寡人之妻，孤人之子，独人父母，得一亡十，朕不忍为也。朕欲定地犬牙相入者，以问吏，吏曰'高皇帝所以介长沙土也'，朕不得擅变焉。吏曰：'得王之地不足以为大，得王之财不足以为富，服领以南，王自治之'。虽然，王之号为帝。两帝并立，亡一乘之使以通其道，是争也;争而不让，仁者不为也。愿与王分弃前患，终今以来，通使如故。故使贾驰谕告王朕意，王亦受之，毋为寇灾矣。上褚五十衣，中褚三十衣，下褚二十衣，遗王。愿王听乐娱忧，存问邻国。"

陆贾至，南粤王恐，乃顿首谢，愿奉明诏，长为藩臣，奉贡职。于是下令国中曰:"吾闻两雄不俱立,两贤不并世。汉皇帝贤天子。自今以来,去帝制黄屋左纛。"因为书称:"蛮夷大长老夫臣佗昧死再拜上书皇帝陛下：老夫故粤吏也，高皇帝幸赐臣佗玺，以为南粤王，使为外臣，时内贡职。孝惠皇帝即位，义不忍绝，所以赐老夫者厚甚。高后自临用事，近细士，信谗臣，别异蛮夷，出令曰：'毋予蛮夷外粤金铁田器；马、牛、羊即予，予牡，毋与牝。'老夫处辟，马、牛、羊齿已长，自以祭祀不修，有死罪，使内史藩、中尉高、御史平凡三辈上书谢过，皆不反。又风闻老夫父母坟墓已坏削，兄弟宗族已诛论。吏相与议曰:'今内不得振于汉。外亡以自高异。'故更号为帝,自帝其国,非敢有害于天下也。高皇后闻之大怒,削去南粤之籍,使使不通。老夫窃疑长沙王谗臣,故敢发兵以伐其边。且南方卑湿，蛮夷中西有西瓯，其众半羸，南面称王；东有闽粤，其众数千人，亦称王；西北有长沙，其半蛮夷，亦称王。老夫故敢妄窃帝号，聊以自娱。老夫身定百邑之地，东西南北数千万里，带甲百万有余，然北面而臣事汉，何也？不敢背先人之故。老夫处粤四十九年，于今抱孙焉。然夙兴夜寐，寝不安席，食不甘味，目不视靡曼之色，耳不听钟鼓之音者，以不得事汉也。今陛下幸哀怜，复故号，通使汉如故，老夫死骨不腐，改号不敢为帝矣！谨北面因使者献白璧一双，翠鸟千，犀角十，紫贝五百，桂蠹一器，生翠四十双，孔雀二双。昧死再拜，以闻皇帝陛下。"

陆贾还报，文帝大说。遂至孝景时，称臣遣使人朝请。然其居国，窃如故号；其使天子，称王朝命如诸侯。至武帝建元四年，佗孙胡为南粤王。立三年，闽粤王郢兴兵南击边邑。粤使人上书曰："两粤俱为藩臣，毋擅兴兵相攻击。今东粤擅兴兵侵臣，臣不敢兴兵，唯天子诏之。"于是天子多南粤义，守职约，为兴师，遣两将军往讨闽粤。兵未逾领，闽粤王弟馀善杀郢以降，于是罢兵。

天子使严助往谕意，南粤王胡顿首曰："天子乃兴兵诛闽粤，死亡以报德！"遣太子婴齐入宿卫。谓助曰："国新被寇，使者行矣。胡方日夜装入见天子。"助去后，其大臣谏胡曰："汉兴兵诛郢，亦行以惊动南粤。且先王言事天子期毋失礼，要之不可以怵好语入见。入见则不得复归，亡国之势也。"于是胡称病，竟不入见。后十余岁，胡实病甚，太子婴齐请归。胡薨，谥曰文王。

婴齐嗣立，即臧其先武帝、文帝玺。婴齐在长安时，取邯郸指导摎氏女，生子兴。及即位，上书请立摎氏女为后，兴为嗣。汉数使使者风谕，婴齐犹尚乐擅杀生自恣，惧入见，要以用汉法，比内诸侯，固称病，遂不入见。遣子次公入宿卫。婴齐薨，谥曰明王。

太子兴嗣立，其母为太后。太后自未为婴齐妻时，曾与霸陵人安国少季通。及婴齐薨后，元鼎四年，汉使安国少季谕王、王太后入朝，令辩士谏大夫终军等宣其辞，勇士魏臣等辅其决，卫尉路博德将兵屯桂阳，待使者。王年少，太后中国人，安国少季往，复与私通，国人颇知之，多不附太后。太后恐乱起，亦欲倚汉威，劝王及幸臣求内属。即因使者上书，请比内诸侯，三岁一朝，除边关。于是天子许之，赐其丞相吕嘉银印，及内史、中尉、太傅印，余得自置。除其故黥、劓刑，用汉法。诸使者皆留填抚之。王、王太后饬治行装重资，为入朝具。

相吕嘉年长矣，相三王，宗族官贵为长吏七十余人，男尽尚王女，女尽嫁王子弟宗室及苍梧秦王有连。其居国中甚重，粤人信之，多为耳目者，得众心愈于王。王之上书，数谏止王，王不听。有畔心，数称病不见汉使者。使者注意嘉，势未能诛。王、王太后亦恐嘉等先事发，欲介使者权，谋诛嘉等。置酒请使者，大臣皆侍坐饮。嘉弟为将，将卒居宫外。酒行，太后谓嘉："南粤内属，国之利，而相君苦不便者，何也？"以激怒使者。使者狐疑相杖，遂不敢发。嘉见耳目非是，即趋出。太后怒，欲鏦嘉以矛，王止太后。嘉遂出，介弟兵就舍，称病，不肯见王及使者。乃阴谋作乱。王素亡意诛嘉，嘉知之，以故数月不发。太后独欲诛嘉等，力又不能。

天子闻之，罪使者怯亡决。又以为王、王太后已附汉，独吕嘉为乱，不足以兴兵，欲使庄参以二千人往。参曰："以好往，数人足；以武往，二千人亡足以为也。"辞不可，天子罢参兵。郏壮士故济北相韩千秋奋曰："以区区粤，又有王应，独相吕嘉为害，愿得勇士三百人，必斩嘉以报。"于是天子遣千秋与王太后弟摎乐将二千人往。入粤境，吕嘉乃遂反，下令国中曰："王年少。太后中国人，又与使者乱，专欲内属，尽持先王宝入献天子以自媚，多从人，行至长安，虏卖以为僮。取自脱一时利，亡顾赵氏社稷为万世虑之意。"乃与其弟将卒攻杀太后、王，尽杀汉使者。遣人告苍梧秦王及其诸郡县，立明王长男粤妻子术阳侯建德为王。而韩千秋兵之入也，破数小邑。其后粤直开道给食，未至番禺四十里，粤以兵击千秋等，灭之。使人函封汉使节置塞上，好为谩辞谢罪，发兵守要害处。于是天子曰："韩千秋虽亡成功，亦军锋之冠。封其子延年为成安侯。摎乐，其姊为王太后，首愿属汉，封其子广德为龙侯。"乃赦天下，曰："天子微弱，诸侯力政，讥臣不讨贼。吕嘉、建德等反，自立晏如，令粤人及江淮以南楼船十万师往讨之。"

元鼎五年秋，卫尉路博德为伏波将军，出桂阳，下湟水；主爵都尉杨仆为楼船将军，出豫章，下横浦；故归义粤侯二人为戈船、下濑将军，出零陵，或下离水，或抵苍梧；使驰义侯因巴、蜀罪人，发夜郎兵，下牂柯江：咸会番禺。六年冬，楼船将军将精卒先陷寻狭，破石门，得粤船粟，因推而前，挫粤锋，以粤数万人待伏波将军。伏波将军将罪人，道远后期，与楼船会乃有千余人，遂俱进。楼船居前，至番禺，建德、嘉皆城守。楼船自择便处，居东南面，伏波居西北面。会暮，楼船攻败粤人，纵火烧城。粤素闻伏波，莫，不知其兵多少。伏波乃为营，遣使招降者，赐印绶，复纵令相招。楼船力攻烧敌，反驱而入伏波营中。迟旦，城中皆降伏波。吕嘉、建德以夜与其属数百人亡入海。伏波又问降者，知嘉所之，遣人追。故其校司马苏弘得建德，为海常侯；粤郎都稽得嘉，为临蔡侯。

苍梧王赵光与粤王同姓，闻汉兵至，降，为随桃侯。及粤揭阳令史定降汉，为安道侯。粤将毕取以军降，为膫侯。粤桂林监居翁谕告瓯骆四十余万口降，为湘城侯。戈船、下濑将军兵及驰义侯所发夜郎兵未下，南粤已平。遂以其地为儋耳、珠崖、南海、苍梧、郁林、合浦、交阯、九真、日南九郡。伏波将军益封。楼船将军以推锋陷坚为将梁侯。

自尉佗王凡五世，九十三岁而亡。

闽粤王无诸及粤东海王摇，其先皆粤王勾践之后也，姓驺氏。秦并天下，废为君长，以其地为闽中郡。及诸侯畔秦，无诸、摇率粤归番阳令吴芮，所谓番君者也，从诸侯灭秦。当是时，项羽主命，不王也，以故不佐楚。汉击项籍，无诸、摇帅粤人佐汉。汉五年，复立无诸为闽粤王，王闽中故地，都冶。孝惠三年，举高帝时粤功，曰闽君摇功多，其民便附，乃立摇为东海王，都东瓯，世号曰东瓯王。

后数世，孝景三年，吴王濞反，欲从闽粤，闽粤未肯行，独东瓯从。及吴破，东瓯受汉购，杀吴王丹徒，以故得不诛。

吴王子驹亡走闽粤，怨东瓯杀其父，常劝闽粤击东瓯。建元三年，闽粤发兵围东瓯，东瓯使人告急天子。天子问太尉田蚡，蚡对曰："粤人相攻击，固其常，不足以烦中国往救也。"中大夫严助诘蚡，言当救。天子遣助发会稽郡兵浮海救之，语具在《助传》。汉兵未至，闽粤引兵去。东粤请举国徙中国，乃悉与众处江、淮之间。

六年，闽粤击南粤，南粤守天子约，不敢擅发兵，而以闻。上遣大行王恢出豫章，大司农韩安国出会稽，皆为将军。兵未逾领，闽粤王郢发兵距险。其弟馀善与宗族谋曰："王以擅发兵，不请，故天子兵来诛。汉兵众强，即幸胜之，后来益多，灭国乃止。今杀王以谢天子，天子罢兵，固国完。不听乃力战，不胜即亡入海。"皆曰："善。"即鏦杀王，使使奉其头致大行。大行曰："所为来者，诛王。王头至，不战而殒，利莫大焉。"乃以便宜案兵告大司农军，而使使奉王头驰报天子。诏罢两将军兵，曰："郢等首恶，独无诸孙繇君丑不与谋。"乃使郎中将立丑为粤繇王，奉闽粤祭祀。

馀善以杀郢，威行国中，民多属，窃自立为王，繇王不能制。上闻之，为馀善不足复兴师，曰："馀善首诛郢，师得不劳。"因立馀善为东粤王，与繇王并处。

至元鼎五年，南粤反，馀善上书请以卒八千从楼船击吕嘉等。兵至揭阳，以海风波为解，不行，持两端，阴使南粤。及汉破番禺，楼船将军仆上书愿请引兵击东粤。上以士卒劳倦，不许。罢兵，令诸校留屯豫章梅领待命。

明年秋，馀善闻楼船请诛之，汉兵留境，且往，乃遂发兵距汉道，号将军驺力等为"吞汉将军"，入白沙、武林、梅领，杀汉三校尉。是时，汉使大司农张成、故山州侯齿将屯，不敢击，却就便处，皆坐畏懦诛。馀善刻"武帝"玺自立，诈其民，为妄言。上遣横海将军韩说出句章，浮海从东方往；楼船将军仆出武林，中尉王温舒出梅领，粤侯为戈船、下濑将军出如邪、白沙，元封元年冬，咸入东粤。东粤素发兵距险，使徇北将军守武林，败楼船军数校尉，杀长史。楼船军卒钱唐榱终古斩徇北将军，为语儿侯。自兵未往。

故粤衍侯吴阳前在汉，汉使归谕馀善，不听。及横海军至，阳以其邑七百人反，攻粤军于汉阳。及故粤建成侯敖与繇王居股谋，俱杀馀善，以其众降横海军。封居股为东成侯，万户；封敖为开陵侯；封阳为卯石侯，横海将军说为按道侯，横海校尉福为缭荌侯。福者，城阳王子，故为海常侯，坐法失爵，从军亡功，以宗室故侯。及东粤将多军，汉兵至，弃军降，封为无锡侯。故瓯骆将左黄同斩西于王，封为下鄜侯。

于是天子曰"东粤狭多阻，闽粤悍，数反复"，诏军吏皆将其民徙处江、淮之间。东粤地遂虚。

朝鲜王满，燕人。自始燕时，尝略属真番、朝鲜，为置吏筑障。秦灭燕，属辽东外徼。汉兴，为远难守，复修辽东故塞，至浿水为界，属燕。燕王卢绾反，入匈奴，满亡命，聚党千余人，椎结蛮夷服而东走出塞，渡浿水，居秦故空地上下障，稍役属真番、朝鲜蛮夷及故燕、齐亡在者王之，都王险。

会孝惠、高后天下初定，辽东太守即约满为外臣，保塞外蛮夷，毋使盗边；蛮夷君长欲入见天子，勿得禁止。以闻，上许之，以故满得以兵威财物侵降其旁小邑，真番、临屯皆来服属，方数千里。传子至孙右渠，所诱汉亡人滋多，又未尝入见；真番、辰国欲上书见天子，又雍阏弗通。元封二年，汉使涉何谯谕右渠，终不肯奉诏。何去至界，临浿水，使驭刺杀送何者朝鲜裨王长，即渡水，驰入塞，遂归报天子曰“杀朝鲜将”。上为其名美，弗诘，拜何为辽东东部都尉。朝鲜怨何，发兵攻袭、杀何。

天子募罪人击朝鲜。其秋，遣楼船将军杨仆从齐浮勃海，兵五万，左将军荀彘出辽东，诛右渠。右渠发兵距险。左将军卒多率辽东士兵先纵，败散。多还走，坐法斩。楼船将齐兵七千人先至王险。右渠城守，窥知楼船军少，即出击楼船，楼船军败走。将军仆失其众，遁山中十余日，稍求收散卒，复聚。左将军击朝鲜浿水西军，未能破。

天子为两将未有利，乃使卫山因兵威往谕右渠。右渠见使者，顿首谢：“愿降，恐将诈杀臣；今见信节，请服降。”遣太子入谢，献马五千匹，及馈军粮。人众万余持兵，方度浿水，使者及左将军疑其为变，谓太子已服降，宜令人毋持兵。太子亦疑使者左将军诈之，遂不度浿水，复引归。山报，天子诛山。

左将军破浿水上军，乃前至城下，围其西北。楼船亦往会，居城南。右渠遂坚城守，数月未能下。

左将军素侍中，幸，将燕、代卒，悍，乘胜，军多骄。楼船将齐卒，入海已多败亡，其先与右渠战，困辱亡卒，卒皆恐，将心惭，其围右渠，常持和节。左将军急击之，朝鲜大臣乃阴间使人私约降楼船，往来言，尚未肯决。左将军数与楼船期战，楼船欲就其约，不会。左将军亦使人求间隙降下朝鲜，不肯，心附楼船。以故两将不相得。左将军心意楼船前有失军罪，今与朝鲜和善而又不降，疑其有反计，未敢发。天子曰：“将率不能前，乃使卫山谕降右渠，不能颛决，与左将军相误，卒沮约。今两将围城又乖异，以故久不决。”使故济南太守公孙遂往正之，有便宜得以从事。遂至，左将军曰：“朝鲜当下久矣，不下者，楼船数期不会。”具以素所意告遂曰：“今如此不取，恐为大害，非独楼船，又且与朝鲜共灭吾军。”遂亦以为然，而以节召楼船将军入左将军军计事，即令左将军戏下执缚楼船将军，并其军。以报，天子诛遂。

左将军已并两军，即急击朝鲜。朝鲜相路人、相韩陶、尼溪相参、将军王唊相与谋曰：“始欲降楼船，楼船今执，独左将军并将，战益急，恐不能与，王又不肯降。”陶、唊、路人皆亡降汉。路人道死。元封三年夏，尼溪相参乃使人杀朝鲜王右渠来降。王险城未下，故右渠之大臣成已又反，复攻吏。左将军使右渠子长、降相路人子最，告谕其民，诛成已。故遂定朝鲜为真番、临屯、乐浪、玄菟四郡。封参为澅清侯，陶为秋苴侯，唊为平州侯，长为几侯。最以父死颇有功，为沮阳侯。左将军征至，坐争功相嫉乖计，弃市。楼船将军亦坐兵至列口当待左将军，擅先纵，失亡多，当诛，赎为庶人。

赞曰：楚、粤之先，历世有土。及周之衰，楚地方五千里，而勾践亦以粤伯。秦灭诸侯，唯楚尚有滇王。汉诛西南夷，独滇复宠。及东粤灭国迁众，繇王居股等犹为万户侯。三方之开，皆自好事之臣。故西南夷发于唐蒙、司马相如，两粤起严助、朱买臣，朝鲜由涉何。遭世富盛，动能成功，然已勤矣。追观太宗填抚尉佗，岂古所谓“招携以礼，怀远以德”者哉！

卷九十六上

西域传第六十六上

西域以孝武时始通，本三十六国，其后稍分至五十余，皆在匈奴之西，乌孙之南。南北有大山，中央有河，东西六千余里，南北千余里。东则接汉，厄以玉门、阳关，西则限以葱岭。其南山，东出金城，与汉南山属焉。其河有两原：一出葱岭山，一出于阗。于阗在南山下，其河北流，与葱岭河合，东注蒲昌海。蒲昌海，一名盐泽者也，去玉门、阳关三百余里，广袤三四百里。其水亭居，冬夏不增减，皆以为潜行地下，南出于积石，为中国河云。

自玉门、阳关出西域有两道：从鄯善傍南山北，波河西行至莎车，为南道；南道西逾葱岭则出大月氏、安息。自车师前王廷随北山，波河西行至疏勒，为北道；北道西逾葱岭则出大宛、康居、奄蔡焉耆。

西域诸国大率土著，有城郭田畜，与匈奴、乌孙异俗，故皆役属匈奴。匈奴西边日逐王置僮仆都尉，使领西域，常居焉耆、危须、尉黎间，赋税诸国，取富给焉。自周衰，戎狄错居泾渭之北。及秦始皇攘却戎狄，筑长城，界中国，然西不过临洮。

汉兴至于孝武，事征四夷，广威德，而张骞始开西域之迹。其后骠骑将军击破匈奴右地，降浑邪、休屠王，遂空其地，始筑令居以西，初置酒泉郡，后稍发徙民充实之，分置武威、张掖、敦煌，列四郡，据两关焉。自贰师将军伐大宛之后，西域震惧，多遣使来贡献。汉使西域者益得职。于是自敦煌西至盐泽，往往起亭，而轮台、渠犁皆有田卒数百人，置使者校尉领护，以给使外国者。

至宣帝时，遣卫司马使护鄯善以西数国。及破姑师，未尽殄，分以为车师前后王及山北六国。时汉独护南道，未能尽并北道也。然匈奴不自安矣。其后日逐王畔单于，将众来降，护鄯善以西使者郑吉迎之。既至汉，封日逐王为归德侯，吉为安远侯。是岁，神爵三年也。乃因使吉并护北道，故号曰都护。都护之起，自吉置矣。僮仆都尉由此罢，匈奴益弱，不得近西域。于是徙屯田，田于北胥鞬，披莎车之地，屯田校尉始属都护。都护督察乌孙、康居诸外国动静，有变以闻。可安辑，安辑之；可击，击之。都护治乌垒城，去阳关二千七百三十八里，与渠犁田官相近，土地肥饶，于西域为中，故都护治焉。

至元帝时，复置戊己校尉，屯田车师前王庭。是时，匈奴东蒲类王兹力支将人众千七百余人降都护，都护分车师后王之西为乌贪訾离地以处之。自宣、元后，单于称藩臣，西域服从。其土地山川、王侯户数、道里远近，翔实矣。

出阳关，自近者始，曰婼羌。婼羌国王号去胡来王。去阳关千八百里，去长安六千三百里，辟在西南，不当孔道。户四百五十，口千七百五十，胜兵者五百人。西与且末接。随畜逐水草，不田作，仰鄯善、且末谷。山有铁，自作兵，兵有弓、矛、服刀、剑、甲。西北至鄯善，乃当道云。

鄯善国，本名楼兰，王治扜泥城，去阳关千六百里，去长安六千一百里。户千五百七十，口万四千一百，胜兵二千九百十二人。辅国侯、却胡侯、鄯善都尉、击车师都尉、左右且渠、击车师君各一人，译长二人。西北去都护治所千七百八十五里，至山国千三百六十五里，西北至车师千八百九十里。地沙卤，少田，寄田仰谷旁国。国出玉，多葭苇、柽柳、胡桐、白草。民随畜牧逐水草，有驴马，多橐驼。能作兵，与婼羌同。

初,武帝感张骞之言,甘心欲通大宛诸国,使者相望于道,一岁中多至十余辈。楼兰、姑师当道，苦之，攻劫汉使王恢等，又数为匈奴耳目，令其兵遮汉使。汉使多言其国有城邑，兵弱易击。于是武帝遣从票侯赵破奴将属国骑及郡兵数万击姑师。王恢数为楼兰所苦，上令恢佐破奴将兵。破奴与轻骑七百人先至，虏楼兰王，遂破姑师，因暴兵威以动乌孙、大宛之属。还，封破奴为浞野侯，恢为浩侯。于是汉列亭障至玉门矣。

楼兰既降服贡献，匈奴闻，发兵击之。于是楼兰遣一子质匈奴，一子质汉。后贰师军击大宛，匈奴欲遮之，贰师兵盛不敢当，即遣骑因楼兰侯汉使后过者，欲绝勿通。时汉军正任文将兵屯玉门关，为贰师后距，捕得生口，知状以闻。上诏文便道引兵捕楼兰王。将诣阙，簿责王，对曰:“小国在大国间，不两属无以自安。愿徙国入居汉地。”上直其言，遣归国，亦因使侯司匈奴。匈奴自是不甚亲信楼兰。

征和元年，楼兰王死，国人来请质子在汉者，欲立之。质子常坐汉法，下蚕室宫刑，故不遣。报曰：“侍子，天子爱之，不能遣。其更立其次当立者。”楼兰更立王，汉复责其质子，亦遣一子质匈奴。后王又死，匈奴先闻之，遣质子归，得立为王。汉遣使诏新王，令入朝，天子将加厚赏。楼兰王后妻，故继母也，谓王曰：“先王遣两子质汉皆不还，奈何欲往朝乎？”王用其计，谢使曰：“新立，国未定，愿待后年入见天子。”然楼兰国最在东垂，近汉，当白龙堆，乏水草，常主发导，负水儋粮，送迎汉使，又数为吏卒所寇，惩艾不便与汉通。后复为匈奴反间，数遮杀汉使。其弟尉屠耆降汉，具言状。

元凤四年，大将军霍光白遣平乐监傅介子往刺其王。介子轻将勇敢士，赍金币，扬言以赐外国为名。既至楼兰，诈其王欲赐之，王喜，与介子饮，醉，将其王屏语，壮士二人从后刺杀之，贵人左右皆散走。介子告谕以“王负汉罪，天子遣我诛王，当更立王弟尉屠耆在汉者。汉兵方至，毋敢动，自令灭国矣！”介子遂斩王尝归首，驰传诣阙，悬首北阙下。封介子为义阳侯。乃立尉屠耆为王，更名其国为鄯善，为刻印章，赐以宫女为夫人，备车骑辎重，丞相将军率百官送至横门外，祖而遣之。王自请天子曰:“身在汉久，今归，单弱，而前王有子在，恐为所杀。国中有伊循城，其地肥美，愿汉遣一将屯田积谷，令臣得依其威重。”于是汉遣司马一人、吏士四十人，田伊循以填抚之。其后更置都尉。伊循官置始此矣。

鄯善当汉道冲，西通且末七百二十里。自且末以往皆种五谷，土地草木，畜产作兵，略与汉同，有异乃记云。

且末国，王治且末城，去长安六千八百二十里。户二百三十，口千六百一十，胜兵三百二十人。辅国侯、左右将、译长各一人。西北至都护治所二千二百五十八里，北接尉犁，南至小宛可三日行。有蒲陶诸果。西通精绝二千里。

小宛国，王治扜零城，去长安七千二百一十里。户百五十，口千五十，胜兵二百人。

辅国侯、左右都尉各一人。西北至都护治所二千五百五十八里，东与婼羌接，辟南不当道。

精绝国，王治精绝城，去长安八千八百二十里。户四百八十，口三千三百六十，胜兵五百人。精绝都尉、左右将、译长各一人。北至都护治所二千七百二十三里，南至戎卢国四日行，地厄狭，西通扜弥四百六十里。

戎卢国，王治卑品城，去长安八千三百里。户二百四十，口千六百一十，胜兵三百人。东北至都护治所二千八百五十八里，东与小宛、南与婼羌、西与渠勒接，辟南不当道。

扜弥国，王治扜弥城，去长安九千二百八十里。户三千三百四十，口二万四十，胜兵三千五百四十人。辅国侯、左右将、左右都尉、左右骑君各一人，译长二人。东北至都护治所三千五百五十三里，南与渠勒、东北与龟兹、西北与姑墨接，西通于阗三百九十里。今名宁弥。

渠勒国，王治鞬都城，去长安九千九百五十里。户三百一十，口二千一百七十，胜兵三百人。东北至都护治所三千八百五十二里，东与戎卢、西与婼羌、北与扜弥接。

于阗国，王治西城，去长安九千六百七十里。户三千三百，口万九千三百，胜兵二千四百人。辅国侯、左右将、左右骑君、东西城长、译长各一人。东北至都护治所三千九百四十七里，南与婼羌接，北与姑墨接。于阗之西，水皆西流，注西海；其东，水东流，注盐泽，河原出焉。多玉石。西通皮山三百八十里。

皮山国，王治皮山城，去长安万五十里。户五百，口三千五百，胜兵五百人。左右将、左右都尉、骑君、译长各一人。东北至都护治所四千二百九十二里，西南至乌秅国千三百四十里，南与天笃接，北至姑墨千四百五十里，西南当罽宾、乌弋山离道，西北通莎车三百八十里。

乌秅国，王治乌秅城，去长安九千九百五十里。户四百九十，口二千七百三十三，胜兵七百四十人。东北至都护治所四千八百九十二里，北与子合、蒲犁，西与难兜接。山居，田石间。有白草。累石为室。民接手饮。出小步马，有驴无牛。其西则有县度，去阳关五千八百八十八里，去都护治所五千二十里。县度者，石山也，溪谷不通，以绳索相引而度云。

西夜国，王号子合王，治呼犍谷，去长安万二百五十里。户三百五十，口四千，胜兵千人。东北到都护治所五千四十六里，东与皮山、西南与乌秅、北与莎车、西与蒲犁接。蒲犁及依耐、无雷国皆西夜类也。西夜与胡异，其种类羌氐行国，随畜逐水草往来。而子合土地出玉石。

蒲犁国，王治蒲犁谷，去长安九千五百五十里。户六百五十，口五千，胜兵二千人。东北至都护治所五千三百九十六里，东至莎车五百四十里，北至疏勒五百五十里，南与西夜子合接，西至无雷五百四十里。侯、都尉各一人。寄田莎车。种俗与子合同。

依耐国，王治去长安万一百五十里。户一百二十五，口六百七十，胜兵三百五十人。东北至都护治所二千七百三十里，至莎车五百四十里，至无雷五百四十里，北至疏勒六百五十里，南与子合接，俗相与同。少谷，寄田疏勒、莎车。

无雷国，王治卢城，去长安九千九百五十里。户千，口七千，胜兵三千人。东北至都护治所二千四百六十五里，南至蒲犁五百四十里，南与乌秅、北与捐毒、西与大月氏接。衣服类乌孙，俗与子合同。

难兜国，王治去长安万一百五十里。户五千，口三万一千，胜兵八千人。东北至都护治所二千八百五十里，西至无雷三百四十里，西南至罽宾三百三十里，南与婼羌、北与休循、西与大月氏接。种五谷、蒲陶诸果。有银、铜、铁，作兵与诸国同，属罽宾。

罽宾国，王治循鲜城，去长安万二千二百里。不属都护。户口胜兵多，大国也。东北至都护治所六千八百四十里，东至乌秅国二千二百五十里，东北至难兜国九日行，西北与大月氏、西南与乌弋山离接。昔匈奴破大月氏，大月氏西君大夏，而塞王南君罽宾。塞种分散，往往为数国。自疏勒以西北，休循、捐毒之属，皆故塞种也。

罽宾地平，温和，有目宿、杂草、奇木、檀、𣗋、梓、竹、漆。种五谷、蒲陶诸果，粪治园田。地下湿，生稻，冬食生菜。其民巧，雕文刻镂，治宫室，织罽，刺文绣，好酒食。有金、银、铜、锡，以为器。市列。以金银为钱，文为骑马，幕为人面。出封牛、水牛、象、大狗、沐猴、孔爵、珠玑、珊瑚、虎魄、璧流离。它畜与诸国同。

自武帝始通罽宾，自以绝远，汉兵不能至，其王乌头劳数剽杀汉使。乌头劳死，子代立，遣使奉献。汉使关都尉文忠送其使。王复欲害忠，忠觉之，乃与容屈王子阴末赴共合谋，攻罽宾，杀其王，立阴末赴为罽宾王，授印绶。后军候赵德使罽宾，与阴末赴相失，阴末赴锁琅当德，杀副已下七十余人，遣使者上书谢。孝元帝以绝域不录，放其使者于县度，绝而不通。

成帝时，复遣使献谢罪，汉欲遣使者报送其使，杜钦说大将军王凤曰："前罽宾王阴末赴本汉所立，后卒畔逆。夫德莫大于有国子民，罪莫大于执杀使者，所以不报恩，不惧诛者，自知绝远，兵不至也。有求则卑辞，无欲则娇嫚，终不可怀服。凡中国所以为通厚蛮夷，惬快其求者，为壤比而为寇也。今县度之厄，非罽宾所能越也。其乡慕，不足以安西域；虽不附，不能危城郭。前亲逆节，恶暴西域，故绝而不通；今悔过来，而无亲属贵人，奉献者皆行贾贱人，欲通货市买，以献为名，故烦使者送至县度，恐失实见欺。凡遣使送客者，欲为防护寇害也。起皮山南，更不属汉之国四五，斥候士百余人，五分夜击刀斗自守，尚时为所侵盗。驴畜负粮，须诸国禀食，得以自赡。国或贫小不能食，或桀黠不肯给，拥强汉之节，馁山谷之间，乞匄无所得，离一二旬则人畜弃捐旷野而不反。又历大头痛、小头痛之山，赤土、身热之阪，令人身热无色，头痛呕吐，驴畜尽然。又有三池、盘石阪，道狭者尺六七寸，长者径三十里。临峥嵘不测之深，行者骑步相持，绳索相引，二千余里乃到县度。畜队，未半坑谷尽靡碎；人堕，势不得相收视。险阻危害，不可胜言。圣王分九州，制五服，务盛内，不求外。今遣使者承至尊之命，送蛮夷之贾，劳吏士之众，涉危难之路，罢弊所恃以事无用，非久长计也。使者业已受节，可至皮山而还。"于是凤白从钦言。罽宾实利赏赐贾市，其使数年而一至云。

乌弋山离国，王去长安万二千二百里。不属都护。户口胜兵，大国也。东北至都护治所六十日行，东与罽宾、北与扑挑、西与犁靬、条支接。行可百余日，乃至条支。国临西海，暑湿，田稻。有大鸟，卵如瓮。人众甚多，往往有小君长，安息役属之，以为外国。善眩。安息长老传闻条支有弱水、西王母，亦未尝见也。自条支乘水西行，可百余日，近日所入云。

乌弋地暑热莽平，其草木、畜产、五谷、果菜、食饮、宫室、市列、钱货、兵器、金珠之属皆与罽宾同，而有桃拔、师子、犀牛。俗重妄杀。其钱独文为人头，幕为骑马。以金银饰杖。绝远，汉使希至。自玉门、阳关出南道，历鄯善而南行，至乌弋山离，南道极矣。转北而东得安息。

安息国，王治番兜城，去长安万一千六百里。不属都护。北与康居、东与乌弋山离、西与条支接。土地风气，物类所有，民俗与乌弋、罽宾同。亦以银为钱，文独为王面，幕为夫人面。王死辄更铸钱。有大马爵。其属小大数百城，地方数千里，最大国也。临妫水，商贾车船行旁国。书革，旁行为书记。武帝始遣使至安息，王令将将二万骑迎于东界。东界去王都数千里，行比至，过数十城，人民相属。因发使随汉使者来观汉地，以大鸟卵及犁靬眩人献于汉，天子大说。安息东则大月氏。

大月氏国，治监氏城，去长安万一千六百里。不属都护。户十万，口四十万，胜兵十万人。东至都护治所四千七百四十里，西至安息四十九日行，南与罽宾接。土地风气，物类所有，民俗钱货，与安息同。出一封橐驼。大月氏本行国也，随畜移徙，与匈奴同俗。控弦十余万，故强轻匈奴。本居敦煌、祁连间，至冒顿单于攻破月氏，而老上单于杀月氏，以其头为饮器，月氏乃远去，过大宛，西击大夏而臣之，都妫水北为王庭。其余小众不能去者，保南山羌，号小月氏。

大夏本无大君长，城邑往往置小长，民弱畏战，故月氏徙来，皆臣畜之，共禀汉使者。有五翖侯：一曰休密翖侯，治和墨城，去都护二千八百四十一里，去阳关七千八百二里；二曰双靡翖侯，治双靡城，去都护三千七百四十一里，去阳关七千七百八十二里；三曰贵霜翖侯，治护澡城，去都护五千九百四十里，去阳关七千九百八十二里；四曰肸顿翖侯，治薄茅城，去都护五千九百六十二里，去阳关八千二百二里；五曰高附翖侯，治高附城，去都护六千四十一里，去阳关九千二百八十三里。凡五翖侯，皆属大月氏。

康居国，王冬治乐越匿地。到卑阗城。去长安万二千三百里。不属都护。至越匿地马行七日，至王夏所居蕃内九千一百四里。户十二万，口六十万，胜兵十二万人。东至都护治所五千五百五十里。与大月氏同俗。东羁事匈奴。

宣帝时，匈奴乖乱，五单于并争，汉拥立呼韩邪单于，而郅支单于怨望，杀汉使者，西阻康居。其后都护甘延寿、副校尉陈汤发戊己校尉西域诸国兵至康居，诛灭郅支单于，语在《甘延寿、陈汤传》。是岁，元帝建昭三年也。

至成帝时，康居遣子侍汉，贡献，然自以绝远，独骄嫚，不肯与诸国相望。都护郭舜数上言："本匈奴盛时，非以兼有乌孙、康居故也；及其称臣妾，非以失二国也。汉虽皆受其质子，然三国内相输遗，交通如故，亦相候司，见便则发；合不能相亲信，离不能相臣役。以今言之，结配乌孙竟未有益，反为中国生事。然乌孙既结在前，今与匈奴俱称臣，义不可距。而康居骄黠，讫不肯拜使者。都护吏至其国，坐之乌孙诸使下，王及贵人先饮食已，乃饮啖都护吏，故为无所省以夸旁国。以此度之，何故遣子入侍？其欲贾市为好，辞之诈也。匈奴百蛮大国，今事汉甚备，闻康居不拜，且使单于有自下之意，宜归其侍子，绝勿复使，以章汉家不通无礼之国。敦煌、酒泉小郡及南道八国，给使者往来人、马、驴、橐驼食，皆苦之。空罢耗所过，送迎骄黠绝远之国，非至计也。”汉为其新通，重致远人。终羁縻而未绝。

其康居西北可二千里，有奄蔡国。控弦者十余万人。与康居同俗。临大泽，无崖，盖北海云。

康居有小王五：一曰苏䪥王，治苏䪥城，去都护五千七百七十六里，去阳关八千二十五里；二曰附墨王，治附墨城，去都护五千七百六十七里，去阳关八千二十五里；三曰窳匿王，治窳匿城，去都护五千二百六十六里，去阳关七千五百二十五里；四曰罽王，治罽城，去都护六千二百九十六里，去阳关八千五百五十五里；五曰奥鞬王，治奥鞬城，去都护六千九百六里，去阳关八千三百五十五里。凡五王，属康居。

大宛国，王治贵山城，去长安万二千五百五十里。户六万，口三十万，胜兵六万人。副王、辅国王各一人。东至都护治所四千三十一里，北至康居卑阗城千五百一十里，西南至大月氏六百九十里。北与康居、南与大月氏接，土地风气物类民俗与大月氏、安息同。大宛左右以蒲陶为酒，富人藏酒至万余石，久者至数十岁不败。俗耆酒，马耆目宿。宛别邑七十余城，多善马。马汗血，言其先天马子也。

张骞始为武帝言之，上遣使者持千金及金马，以请宛善马。宛王以汉绝远，大兵不能至，爱其宝马不肯与。汉使妄言，宛遂攻杀汉使，取其财物。于是天子遣贰师将军李广利将兵前后十余万人伐宛，连四年。宛人斩其王毋寡首，献马三千匹，汉军乃还，语在《张骞传》。贰师既斩宛王，更立贵人素遇汉善者名昧蔡为宛王。后岁余，宛贵人以为“昧蔡谄，使我国遇屠”，相与共杀昧蔡，立毋寡弟蝉封为王，遣子入侍，质于汉，汉因使使赂赐镇抚之。又发使十余辈，抵宛西诸国求奇物，因风谕以伐宛之威。宛王蝉封与汉约，岁献天马二匹。汉使采蒲陶、目宿种归。天子以天马多，又外国使来众，益种蒲陶、目宿离宫馆旁，极望焉。

自宛以西至安息国，虽颇异言，然大同，自相晓知也。其人皆深目，多须髯。善贾市，争分铢。贵女子；女子所言，丈夫乃决正。其地皆丝漆，不知铸铁器。及汉使亡卒降，教铸作它兵器。得汉黄白金，辄以为器，不用为币。

自乌孙以西至安息，近匈奴。匈奴尝困月氏，故匈奴使持单于一信到国，国传送食，不敢留苦。及至汉使，非出币物不得食，不市畜不得骑，所以然者，以远汉，而汉多财物，故必市乃得所欲。及呼韩邪单于朝汉，后咸尊汉矣。

桃槐国，王去长安万一千八十里。户七百，口五千，胜兵千人。

休循国，王治鸟飞谷，在葱岭西，去长安万二百一十里。户三百五十八，口千三十，胜兵四百八十人。东至都护治所三千一百二十一里，至捐毒衍敦谷二百六十里，西北至大宛国九百二十里，西至大月氏千六百一十里。民俗衣服类乌孙，因畜随水草，本故塞种也。

捐毒国，王治衍敦谷，去长安九千八百六十里。户三百八十，口千一百，胜兵五百人。东至都护治所二千八百六十一里。至疏勒。南与葱领属，无人民。西上葱领，则休循也。西北至大宛千三十里，北与乌孙接。衣服类乌孙，随水草，依葱领，本塞种也。

莎车国，王治莎车城，去长安九千九百五十里。户二千三百三十九，口万六千三百七十三，胜兵三千四十九人。辅国侯、左右将、左右骑君、备西夜君各一人，都尉二人，译长四人。东北至都护治所四千七百四十六里，西至疏勒五百六十里，西南至蒲犁七百四十里。有铁山，出青玉。

宣帝时，乌孙公主小子万年，莎车王爱之。莎车王无子，死，死时万年在汉。莎车国人计欲自托于汉，又欲得乌孙心，即上书请万年为莎车王。汉许之，遣使者奚充国送万年。万年初立，暴恶，国人不说。莎车王弟呼屠徵杀万年，并杀汉使者，自立为王，约诸国背汉。会卫候冯奉世使送大宛客，即以便宜发诸国兵击杀之，更立它昆弟子为莎车王。还，拜奉世为光禄大夫。是岁，元康元年也。

疏勒国，王治疏勒城，去长安九千三百五十里。户千五百一十，口万八千六百四十七，胜兵二千人。疏勒侯、击胡侯、辅国侯、都尉、左右将、左右骑君、左右译长各一人。东至都护治所二千二百一十里，南至莎车五百六十里。有市列，西当大月氏、大宛、康居道也。

尉头国，王治尉头谷，去长安八千六百五十里。户三百，口二千三百，胜兵八百人。左右都尉各一人，左右骑君各一人。东至都护治所千四百一十一里，南与疏勒接，山道不通，西至捐毒千三百一十四里，径道马行二日。田畜随水草，衣服类乌孙。

卷九十六下

西域传第六十六下

乌孙国，大昆弥治赤谷城，去长安八千九百里。户十二万，口六十三万，胜兵十八万八千八百人。相，大禄，左右大将二人，侯三人，大将、都尉各一人，大监二人，大吏一人，舍中大吏二人，骑君一人。东至都护治所千七百二十一里，西至康居蕃内地五千里。地莽平。多雨，寒。山多松樠。不田作种树，随畜逐水草，与匈奴同俗。国多马，富人至四五千匹。民刚恶，贪狼无信，多寇盗，最为强国。故服匈奴，后盛大，取羁属，不肯往朝会。东与匈奴、西北与康居、西与大宛、南与城郭诸国相接。本塞地也，大月氏西破走塞王，塞王南越县度，大月氏居其地。后乌孙昆莫击破大月氏，大月氏徙西臣大夏，而乌孙昆莫居之，故乌孙民有塞种、大月氏种云。

始张骞言乌孙本与大月氏共在敦煌间，今乌孙虽强大，可厚赂招。令东居故地，妻以公主，与为昆弟，以制匈奴。语在《张骞传》。武帝即位，令骞赍金币往。昆莫见骞如单于礼，骞大惭，谓曰："天子致赐，王不拜，则还赐。"昆莫起拜，其它如故。

初，昆莫有十余子，中子大禄强，善将，将众万余骑别居。大禄兄太子，太子有子曰岑陬。太子早死，谓昆莫曰："必以岑陬为太子。"昆莫哀许之。大禄怒，乃收其昆弟，将众畔，谋攻岑陬。昆莫与岑陬万余骑，令别居，昆莫亦自有万余骑以自备。国分为三，大总羁属昆莫。骞既致赐，谕指曰："乌孙能东居故地，则汉遣公主为夫人，结为昆弟，共距匈奴，不足破也。"乌孙远汉，未知其大小，又近匈奴，服属日久，其大臣皆不欲徙。昆莫年老国分，不能专制，乃发使送骞，因献马数十匹报谢。其使见汉人众富厚，归其国，其国后乃益重汉。

匈奴闻其与汉通，怒欲击之。又汉使乌孙，乃出其南，抵大宛、月氏，相属不绝。乌孙于是恐，使使献马，愿得尚汉公主，为昆弟。天子问群臣，议许，曰："必先内聘，然后遣女。"乌孙以马千匹聘。汉元封中，遣江都王建女细君为公主，以妻焉。赐乘舆服御物，为备官属宦官侍御数百人，赠送甚盛。乌孙昆莫以为右夫人。匈奴亦遣女妻昆莫，昆莫以为左夫人。公主至其国，自治宫室居。岁时一再与昆莫会，置酒饮食，以币、帛赐王左右贵人。昆莫年老，语言不通，公主悲愁，自为作歌曰："吾家嫁我兮天一方，远托异国兮乌孙王。穹庐为室兮旃为墙，以肉为食兮酪为浆。居常土思兮心内伤，愿为黄鹄兮归故乡。"天子闻而怜之，间岁遣使者持帷帐锦绣给遗焉。

昆莫年老，欲使其孙岑陬尚公主。公主不听，上书言状，天子报曰："从其国俗，欲与乌孙共灭胡。"岑陬遂妻公主。昆莫死，岑陬代立。岑陬者，官号也，名军须靡。昆莫，王号也，名猎骄靡。后书"昆弥"云。岑陬尚江都公主，生一女少夫。公主死，汉复以楚王戊之孙解忧为公主，妻岑陬。岑陬胡妇子泥靡尚小，岑陬且死，以国与季父大禄子翁归靡，曰："泥靡大，以国归之。"翁归靡既立，号肥王，复尚楚主解忧，生三男两女：长男曰元贵靡；次曰万年，为莎车王；次曰大乐，为左大将；长女弟史为龟兹王绛宾妻；小女素光为若呼翎侯妻。

昭帝时，公主上书，言："匈奴发骑田车师，车师与匈奴为一，共侵乌孙，唯天子幸救之！"汉养士马，议欲击匈奴。会昭帝崩，宣帝初即位，公主及昆弥皆遣使上书，言："匈奴复连发大兵侵击乌孙，取车延、恶师地，收人民去，使使谓乌孙趣持公主来，欲隔绝汉。昆弥愿发国半精兵，自给人马五万骑，尽力击匈奴。唯天子出兵以救公主、昆弥。"汉兵大发十五万骑，五将军分道并出。语在《匈奴传》。遣校尉常惠使持节护乌孙兵，昆弥自将翎侯以下五万骑从西方入，至右谷蠡王庭，获单于父行及嫂、居次、名王、犁汙都尉、千长、骑将以下四万级，马、牛、羊、驴、橐驼七十余万头，乌孙皆自取所虏获。还，封惠为长罗侯。是岁，本始三年也。汉遣惠持金币赐乌孙贵人有功者。

元康二年，乌孙昆弥因惠上书："愿以汉外孙元贵靡为嗣，得令复尚汉公主，结婚重亲，畔绝匈奴，原聘马、骡各千匹。"诏下公卿议，大鸿胪萧望之以为："乌孙绝域，变故难保，不可许。"上美乌孙新立大功，又重绝故业，遣使者至乌孙，先迎取聘。昆弥及太子、左右大将、都尉皆遣使，凡三百余人，入汉迎取少主。上乃以乌孙主解忧弟子相夫为公主，置官属侍御百余人，舍上林中，学乌孙言。天子自临平乐观，会匈奴使者、外国君长大角抵，设乐而遣之。使长罗侯光禄大夫惠为副，凡持节者四人，送少主至敦煌。未出塞，闻乌孙昆弥翁归靡死，乌孙贵人共从本约，立岑陬子泥靡代为昆靡，号狂王。惠上书："愿留少主敦煌，惠驰至乌孙责让不立元贵靡为昆靡，还迎少主。"事下公卿，望之复以为："乌孙持两端，难约结。前公主在乌孙四十余年，恩爱不亲密，边竟未得安，此已事之验也。今少主以元贵靡不立而还，信无负于夷狄，中国之福也。少主不止，徭役将兴，其原起此。"天子从之，征还少主。

狂王复尚楚主解忧，生一男鸱靡，不与主和，又暴恶失众。汉使卫司马魏和意、副候任昌送侍子，公主言狂王为乌孙所患苦，易诛也。遂谋置酒会，罢，使士拔剑击之。剑旁下，狂王伤，上马驰去。其子细沈瘦会兵围和意、昌及公主于赤谷城。数月，都护郑吉发诸国兵救之，乃解去。汉遣中郎将张遵持医药治狂王，赐金二十斤，采缯。因收和意、昌系琐，从尉犁槛车至长安，斩之。车骑将军长史张翁留验公主与使者谋杀狂王状，主不服，叩头谢，张翁捽主头骂詈。主上书，翁还，坐死。副使季都别将医养视狂王，狂王从十余骑送之。都还，坐知狂王当诛，见便不发，下蚕室。

初，肥王翁归靡胡妇子乌就屠，狂王伤时惊，与诸翎侯俱去，居北山中，扬言母家匈奴兵来，故众归之。后遂袭杀狂王，自立为昆弥。汉遣破羌将军辛武贤将兵万五千人至敦煌，遣使者案行表，穿卑鞮侯井以西，欲通渠转谷，积居庐仓以讨之。

初，楚主侍者冯嫽能史书，习事，尝持汉节为公主使，行赏赐于城郭诸国，敬信之，号曰冯夫人。为乌孙右大将妻，右大将与乌就屠相爱，都护郑吉使冯夫人说乌就屠，以汉兵方出，必见灭，不如降。乌就屠恐，曰："愿得小号。"宣帝征冯夫人，自问状。遣谒者竺次、期门甘延寿为副，送冯夫人。冯夫人锦车持节，诏乌就屠诣长罗侯赤谷城，立元贵靡为大昆弥，乌就屠为小昆弥，皆赐印绶。破羌将军不出塞还。后乌就屠不尽归诸翎侯民众，汉复遣长罗侯惠将三校屯赤谷，因为分别其人民地界，大昆弥户六万余，小昆弥户四万余，然众心皆附小昆弥。

元贵靡、鸱靡皆病死，公主上书言年老土思，愿得归骸骨，葬汉地。天子闵而迎之，公主与乌孙男女三人俱来至京师。是岁，甘露三年也。时年且七十，赐以公主田宅、奴婢，奉养甚厚，朝见仪比公主。后二岁卒，三孙因留守坟墓云。

元贵靡子星靡代为大昆弥，弱，冯夫人上书，愿使乌孙镇抚星靡。汉遣之，卒百人送乌孙焉。都护韩宣奏，乌孙大吏、大禄、大监皆可以赐金印紫绶，以尊辅大昆弥，汉许之。后都护韩宣复奏，星靡怯弱，可免，更以季父左大将乐代为昆弥，汉不许。后段会宗为都护，招还亡畔，安定之。

星靡死，子雌栗靡代。小昆弥乌就屠死，子拊离代立，为弟日贰所杀。汉遣使者立拊离子安日为小昆弥。日贰亡，阻康居。汉徙已校屯姑墨，欲候便讨焉。安日使贵人姑莫匿等三人诈亡从日贰，刺杀之。都护廉褒赐姑莫匿等金人二十斤，缯三百匹。

后安日为降民所杀，汉立其弟末振将代。时大昆弥雌栗靡健，翎侯皆畏服之，告民牧马畜无使入牧，国中大安和翁归靡时。小昆弥末振将恐为所并，使贵人乌日领诈降刺杀雌栗靡。汉欲以兵讨之而未能，遣中郎将段会宗持金币与都护图方略，立雌栗靡季父公主孙伊秩靡为大昆弥。汉没入小昆弥侍子在京师者。久之，大昆弥翎侯难栖杀末振将，末振将兄安日子安犁靡代为小昆弥。汉恨不自责诛末振将，复使段会宗即斩其太子番丘。还，赐爵关内侯。是岁，元延二年也。

会宗以翎侯难栖杀末振将，虽不指为汉，合于讨贼，奏以为坚守都尉。责大禄、大吏、大监以雌栗靡见杀状，夺金印紫绶，更与铜墨云。末振将弟卑爰疐本共谋杀大昆弥，将众八万余口北附康居，谋欲借兵兼并两昆弥。两昆弥畏之，亲倚都护。

哀帝元寿二年，大昆弥伊秩靡与单于并入朝，汉以为荣。至元始中，卑爰疐杀乌日领以自效，汉封为归义侯。两昆弥皆弱，卑爰疐侵陵，都护孙建袭杀之。自乌孙分立两昆弥后，汉用忧劳，且无宁岁。

姑墨国，王治南城，去长安八千一百五十里。户三千五百，口二万四千五百，胜兵四千五百人。姑墨侯、辅国侯、都尉、左右将、左右骑君各一人，译长二人。东至都护治所二千二十一里，南至于阗马行十五日，北与乌孙接。出铜、铁、雌黄。东通龟兹六百七十里。王莽时，姑墨王丞杀温宿王，并其国。

温宿国，王治温宿城，去长安八千三百五十里，户二千二百，口八千四百，胜兵千五百人。辅国侯、左右将、左右都尉、左右骑君、译长各二人。东至都护治所二千三百八十里，西至尉头三百里，北至乌孙赤谷六百一十里。土地物类所有与鄯善诸国同。东通姑墨二百七十里。

龟兹国，王治延城，去长安七千四百八十里。户六千九百七十，口八万一千三百一十七，胜兵二万一千七十六人。大都尉丞、辅国侯、安国侯、击胡侯、却胡都尉、击车师都尉、左右将、左右都尉、左右骑君、左右力辅君各一人，东西南北部千长各二人，却胡君三人，译长四人。南与精绝、东南与且末、西南与杅弥、北与乌孙、西与姑墨接。能铸冶，有铅。东至都护治所乌垒城三百五十里。

乌垒，户百一十，口千二百，胜兵三百人。城都尉、译长各一人。与都护同治。其南三百三十里至渠犁。

渠犁，城都尉一人，户百三十，口千四百八十，胜兵百五十人。东北与尉犁、东南与且末、南与精绝接。西有河，至龟兹五百八十里。

自武帝初通西域，置校尉，屯田渠犁。是时，军旅连出，师行三十二年，海内虚耗。征和中，贰师将军李广利以军降匈奴。上既悔远征伐，而搜粟都尉桑弘羊与丞相御史奏言：“故轮台以东捷枝、渠犁皆故国，地广，饶水草，有溉田五千顷以上，处温和，田美，可益通沟渠，种五谷，与中国同时孰。其旁国少锥刀，贵黄金采缯，可以易谷食，宜给足不可乏。臣愚以为可遣屯田卒诣故轮台以东，置校尉三人分护，各举图地形，通利沟渠，务使以时益种五谷。张掖、酒泉遣骑假司马为斥候，属校尉，事有便宜，因骑置以闻。田一岁，有积谷，募民壮健有累重敢徙者诣田所，就畜积为本业，益垦溉田，稍筑列亭，连城而西，以威西国，辅乌孙，为便。臣谨遣征事臣昌分部行边，严敕太守、都尉明烽火，选士马，谨斥候，蓄茭草。愿陛下遣使使西国，以安其意。臣昧死请。”

上乃下诏，深陈既往之悔，曰：

> 前有司奏，欲益民赋三十助边用，是重困老弱孤独也。而今又请遣卒田轮台。轮台西于车师千余里，前开陵侯击车师时，危须、尉犁、楼兰六国子弟在京师者皆先归，发畜食迎汉军，又自发兵，凡数万人，王各自将，共围车师，降其王。诸国兵便罢，力不能复至道上食汉军。汉军破城，食至多，然士自载不足以竟师，强者尽食畜产，羸者道死数千人。朕发酒泉驴、橐驼负食，出玉门迎军。吏卒起张掖，不甚远，然尚厮留甚众。曩者，朕之不明，以军候弘上书言“匈奴缚马前后足，置城下，驰言‘秦人，我丐若马’”又汉使者久留不还，故兴师遣贰师将军，欲以为使者威重也。古者卿大夫与谋，参以蓍龟，不吉不行。乃者以缚马书遍视丞相、御史、二千石、诸大夫、郎为文学者，乃至郡属国都尉成忠、赵破奴等，皆以“虏自缚其马，不祥甚哉！”或以为“欲以见强，夫不足者视人有余。”《易》之，卦得大过，爻在九五，匈奴困败。公车方士、太史治星望气，及太卜龟蓍，皆以为吉，匈奴必破，时不可再得也。又曰：“北伐行将，于鬴山必克。”卦诸将，贰师最吉。故朕亲发贰师下鬴山，诏之必毋深入。今计谋卦兆皆反缪。重合侯得虏候者，言：

"闻汉军当来，匈奴使巫埋羊牛所出诸道及水上以诅军。单于遗天子马裘，常使巫祝之。缚马者，诅军事也。"又卜"汉军一将不吉。"匈奴常言："汉极大，然不能饥渴，失一狼，走千羊。"

乃者贰师败，军士死略离散，悲痛常在朕心。今请远田轮台，欲起亭隧，是扰劳天下，非所以优民也。今朕不忍闻。大鸿胪等又议，欲募囚徒送匈奴使者，明封侯之赏以报忿，五伯所弗能为也。且匈奴得汉降者，常提掖搜索，问以所闻。今边塞未正，阑出不禁，障候长吏使卒猎兽，以皮肉为利，卒苦而烽火乏，失亦上集不得，后降者来，若捕生口虏，乃知之。当今务在禁苛暴，止擅赋，力本农，修马复令，以补缺，毋乏武备而已。郡国二千石各上进畜马方略补边状，与计对。

由是不复出军。而封丞相车千秋为富民侯，以明休息，思富养民也。

初，贰师将军李广利击大宛，还过杅弥，杅弥遣太子赖丹为质于龟兹。广利责龟兹曰："外国皆臣属于汉，龟兹何以得受杅弥质？"即将赖丹入至京师。昭帝乃用桑弘羊前议，以杅弥太子赖丹为校尉，将军田轮台，轮台与渠犁地皆相连也。龟兹贵人姑翼谓其王曰："赖丹本臣属吾国，今佩汉印绶来，迫吾国而田，必为害。"王即杀赖丹，而上书谢汉，汉未能征。

宣帝时，长罗侯常惠使乌孙还，便宜发诸国兵，合五万人攻龟兹，责以前杀校尉赖丹。龟兹王谢曰："乃我先王时为贵人姑翼所误，我无罪。"执姑翼诣惠，惠斩之。时乌孙公主遣女来至京师学鼓琴，汉遣侍郎乐奉送主女，过龟兹。龟兹前遣人至乌孙求公主女，未还。会女过龟兹，龟兹王留不遣，复使使报公主，主许之。后公主上书，愿令女比宗室入朝，而龟兹王绛宾亦爱其夫人，上书言得尚汉外孙为昆弟，愿与公主女俱入朝。元康元年，遂来朝贺。王及夫人皆赐印绶。夫人号弥公主，赐以车骑旗鼓，歌吹数十人，绮绣杂缯琦珍凡数千万。留且一年，厚赠送之。后数来朝贺，乐汉衣服制度，归其国，治宫室，作徼道周卫，出入传呼，撞钟鼓，如汉家仪。外国胡人皆曰："驴非驴，马非马，若龟兹王，所谓骡也。"绛宾死，其子丞德自谓汉外孙，成、哀帝时往来尤数，汉遇之亦甚亲密。

东通尉犁六百五十里。

尉犁国，王治尉犁城，去长安六千七百五十里。户千二百，口九千六百，胜兵二千人。尉犁侯、安世侯、左右将、左右都尉、击胡君各一人，译长二人。西至都护治所三百里，南与鄯善、且末接。

危须国，王治危须城，去长安七千二百九十里。户七百，口四千九百，胜兵二千人。击胡侯、击胡都尉、左右将、左右都尉、左右骑君、击胡君、译长各一人。西至都护治所五百里，至焉耆百里。

焉耆国，王治员渠城，去长安七千三百里。户四千，口三万二千一百，胜兵六千人。击胡侯、却胡侯、辅国侯、左右将、左右都尉、击胡左右君、击车师君、归义车师君各一人，击胡都尉、击胡君各二人，译长三人。西南至都护治所四百里，南至尉犁百里，北与乌孙接。近海水多鱼。

乌贪訾离国，王治于娄谷，去长安万三百三十里。户四十一，口二百三十一，胜兵五十七人。辅国侯、左右都尉各一人。东与单桓、南与且弥、西与乌孙接。

卑陆国，王治天山东乾当国，去长安八千六百八十里。户二百二十七，口千三百八十七，胜兵四百二十二人。辅国侯、左右将、左右都尉、左右译长各一人。西南至都护治所千二百八十七里。

卑陆后国，王治番渠类谷，去长安八千七百一十里。户四百六十二，口千一百三十七，胜兵三百五十人。辅国侯、都尉、译长各一人，将二人。东与郁立师、北与匈奴、西与劫国、南与车师接。

郁立师国，王治内咄谷，去长安八千八百三十里。户百九十，口千四百四十五，胜兵三百三十一人。辅国侯、左右都尉、译长各一人。东与车师后城长、西与卑陆、北与匈奴接。

单桓国，王治单桓城，去长安八千八百七十里。户二十七，口百九十四，胜兵四十五人。辅国侯、将、左右都尉、译长各一人。

蒲类国，王治天山西疏榆谷，去长安八千三百六十里。户三百二十五，口二千三十二，胜兵七百九十九人。辅国侯、左右将、左右都尉各一人。西南至都护治所千三百八十七里。

蒲类后国，王去长安八千六百三十里。户百，口千七十，胜兵三百三十四人。辅国侯、将、左右都尉、译长各一人。

西且弥国，王治天山东于大谷，去长安八千六百七十里。户三百三十二，口千九百二十六，胜兵七百三十八人。西且弥侯、左右将、左右骑君各一人。西南至都护治所千四百八十七里。

东且弥国，王治天山东兑虚谷，去长安八千二百五十里。户百九十一，口千九百四十八，胜兵五百七十二人。东且弥侯、左右都尉各一人。西南至都护治所千五百八十七里。

劫国，王治天山东丹渠谷，去长安八千五百七十里。户九十九，口五百，胜兵百一十五人。辅国侯、都尉、译长各一人。西南至都护治所千四百八十七里。

狐胡国，王治车师柳谷，去长安八千二百里。户五十五，口二百六十四，胜兵四十五人。辅国侯、左右都尉各一人。西至都护治所千一百四十七里，至焉耆七百七十里。

山国，王去长安七千一百七十里。户四百五十，口五千，胜兵千人。辅国侯、左右将、左右都尉、译长各一人。西至尉犁二百四十里，西北至焉耆百六十里，西至危须二百六十里，东南与鄯善、且末接。山出铁，民山居，寄田籴谷于焉耆、危须。

车师前国，王治交河城。河水分流绕城下，故号交河。去长安八千一百五十里。户七百，口六千五十，胜兵千八百六十五人。辅国侯、安国侯、左右将、都尉、归汉都尉、车师君、通善君、乡善君各一人，译长二人。西南至都护治所千八百七里，至焉耆八百三十五里。

车师后国，王治务涂谷，去长安八千九百五十里。户五百九十五，口四千七百七十四，胜兵千八百九十人。击胡侯、左右将、左右都尉、道民君、译长各一人。西南至都护治所千二百三十七里。

车师都尉国，户四十，口三百三十三，胜兵八十四人。

车师后城长国，户百五十四，口九百六十，胜兵二百六十人。

武帝天汉二年，以匈奴降者介和王为开陵侯，将楼兰国兵始击车师，匈奴遣右贤王将数万骑救之，汉兵不利，引去。征和四年，遣重合侯马通将四万骑击匈奴，道过车师北，复遣开陵侯将楼兰、尉犁、危须凡六国兵别击车师，勿令得遮重合侯。诸国兵共围车师，车师王降服，臣属汉。

昭帝时，匈奴复使四千骑田车师。宣帝即位，遣五将将兵击匈奴，车师田者惊去，车师复通于汉。匈奴怒，召其太子军宿，欲以为质。军宿，焉耆外孙，不欲质匈奴，亡走焉耆。车师王更立子乌贵为太子。及乌贵立为王，与匈奴结婚姻，教匈奴遮汉道通乌孙者。

地节二年，汉遣侍郎郑吉、校尉司马憙将免刑罪人田渠犁，积谷，欲以攻车师。至秋收谷，吉、憙心发城郭诸国兵万余人，自与所将田士千五百人共击车师，攻交河城，破之。王尚在其北石城中，未得，会军食尽，吉等且罢兵，归渠犁田。收秋毕，复发兵攻车师王于石城。王闻汉兵且至，北走匈奴求救，匈奴未为发兵。王来还，与贵人苏犹议欲降汉，恐不见信。苏犹教王击匈奴边国小蒲类，斩首，略其人民，以降吉。车师旁小金附国随汉军后盗车师，车师王复自请击破金附。

匈奴闻车师降汉，发兵攻车师，吉、憙引兵北逢之，匈奴不敢前。吉、憙即留一候与卒二十人留守王，吉等引兵归渠犁。车师王恐匈奴兵复至而见杀也，乃轻骑奔乌孙，吉即迎其妻子置渠犁。东奏事，至酒泉，有诏还田渠犁及车师，益积谷以安西国，侵匈奴。吉还，传送车师王妻子诣长安，赏赐甚厚，每朝会四夷，常尊显以示之。于是吉始使吏卒三百人别田车师。得降者言，单于大臣皆曰："车师地肥美，近匈奴，使汉得之，多田积谷，必害人国，不可不争也。"果遣骑来击田者，吉乃与校尉尽将渠犁田士千五百人往田，匈奴复益遣骑来，汉田卒少不能当，保车师城中。匈奴将即其城下谓吉曰："单于必争此地，不可田也。"围城数日乃解。后常数千骑往来守车师，吉上书言："车师去渠犁千余里，间以河山，北近匈奴，汉兵在渠犁者势不能相救，愿益田卒。"公卿议以为道远烦费，可且罢车师田者。诏遣长罗侯将张掖、酒泉骑出车师北千余里，扬威武车师旁。胡骑引去，吉乃得出，归渠犁，凡三校尉屯田。

车师王之走乌孙也，乌孙留不遣，遣使上书，愿留车师王，备国有急，可从西道以击匈奴。汉许之。于是汉召故车师太子军宿在焉耆者，立以为王，尽徙车师国民令居渠犁，遂以车师故地与匈奴。车师王得近汉田官，与匈奴绝，亦安乐亲汉。后汉使侍郎殷广德责乌孙，求车师王乌孙贵，将诣阙，赐第与其妻子居。是岁，元康四年也。其后置戊己校尉屯田，居车师故地。

元始中，车师后王国有新道，出五船北，通玉门关，往来差近，戊己校尉徐普欲开以省道里半，避白龙堆之厄。车师后王姑句以道当为拄置，心不便也。地又颇与匈奴南将军地接，普欲分明其界然后奏之，召姑句使证之，不肯，系之。姑句数以牛羊赇吏，求出不得。姑句家矛端生火，其妻股紫陬谓姑句曰："矛端生火，此兵气也，利以用兵。前车师前王为都护司马所杀，今久系必死，不如降匈奴。"即驰突出高昌壁，入匈奴。

又去胡来王唐兜，国比大种赤水羌，数相寇，不胜，告急都护。都护但钦不以时救助，唐兜困急，怨钦，东守玉门关。玉门关不内，即将妻子人民千余人亡降匈奴。匈奴受之，而遣使上书言状。是时，新都侯王莽秉政，遣中郎将王昌等使匈奴，告单于西域内属，不当得受。单于谢罪。执二王以付使者。莽使中郎王萌待西域恶都奴界上逢受。单于遣使送，因请其罪。使者以闻，莽不听，诏下会西域诸国王，陈军斩姑句、唐兜以示之。

至莽篡位，建国二年，以广新公甄丰为右伯，当出西域。车师后王须置离闻之，与其右将股鞮、左将尸泥支谋曰："闻甄公为西域太伯，当出，故事给使者牛、羊、谷、刍茭，导译，前五威将过，所给使尚未能备。今太伯复出。国益贫，恐不能称。"欲亡入匈奴。戊己校尉刀护闻之，召置离验问，辞服，乃械致都护但钦在所埒娄城。置离人民知其不还，皆哭而送之。至，钦则斩置离。置离兄辅国侯狐兰支将置离众二千余人，驱畜产，举国亡降匈奴。

是时，莽易单于玺，单于恨怒，遂受狐兰支降，遣兵与共寇击车师，杀后城长，伤都护司马，及狐兰兵复还入匈奴。时戊己校尉刀护病，遣史陈良屯桓且谷备匈奴寇。史终带取粮食，司马丞韩玄领诸壁，右曲候任商领诸垒，相与谋曰："西域诸国颇背叛，匈奴欲大侵，要死。可杀校尉，将人众降匈奴。"即将数千骑至校尉府，胁诸亭令燔积薪，分告诸壁曰："匈奴十万骑来入，吏士皆持兵，后者斩！"得三四百人，去校尉府数里止，晨火然。校尉开门击鼓收吏士，良等随入，遂杀校尉刀护及子男四人、诸昆弟子男，独遗妇女小儿。止留戊己校尉城，遣人与匈奴南将军相闻，南将军以二千骑迎良等。良等尽胁略戊己校尉吏士男女二千余人入匈奴。单于以良、带为乌贲都尉。

后三岁，单于死，弟乌累单于咸立，复与莽和亲。莽遣使者多赍金币赂单于，购求陈良、终带等。单于尽收四人及手杀刀护者芝音妻子以下二十七人，皆械槛车付使者。到长安，莽皆烧杀之。其后莽复欺诈单于，和亲遂绝。匈奴大击北边，而西域亦瓦解。焉耆国近匈奴，先叛，杀都护但钦，莽不能讨。

天凤三年，乃遣五威将王骏、西域都护李崇将戊己校尉出西域，诸国皆郊迎，送兵谷，焉耆诈降而聚兵自备。骏等将莎车、龟兹兵七千余人，分为数部入焉耆，焉耆伏兵要遮骏。及姑墨、尉犁、危须国兵为反间，还共袭击骏等，皆杀之。唯戊己校尉郭钦别将兵，后至焉耆。焉耆兵未还，钦击杀其老弱，引兵还。莽封钦为剼胡子。李崇收余士，还保龟兹。数年莽死，崇遂没，西域因绝。

最凡国五十。自译长、城长、君、监、吏、大禄、百长、千长、都尉、且渠、当户、将、相至侯、王，皆佩汉印绶，凡三百七十六人。而康居、大月氏、安息、罽宾、乌弋之属，皆以绝远不在数中，其来贡献则相与报，不督录总领也。

赞曰：孝武之世，图制匈奴，患其兼从西国，结党南羌，乃表河曲，列西郡，开玉门，通西域，以断匈奴右臂，隔绝南羌、月氏。单于失援，由是远遁，而幕南无王庭。

遭值文、景玄默，养民五世，天下殷富，财力有余，士马强盛。故能睹犀布、瑇瑁则建珠崖七郡，感枸酱、竹杖则开牂柯、越巂，闻天马、蒲陶则通大宛、安息。自是之后，明珠、文甲、通犀、翠羽之珍盈于后宫，蒲梢、龙文、鱼目、汗血之马充于黄门，巨象、师子、猛犬、大雀之群食于外囿。殊方异物，四面而至。于是广开上林，穿昆明池，营千门万户之宫，立神明通天之台，兴造甲乙之帐，落以随珠和璧，天子负黼依，袭翠被，冯玉几，而处其中。设酒池肉林以飨四夷之客，作《巴俞》都卢、海中《砀极》、漫衍鱼龙、角抵之戏以观视之。及赂遗赠送，万里相奉，师旅之费，不可胜计。至于用度不足，乃榷酒酤，管盐铁，铸白金，造皮币，算至车船，租及六畜。民力屈，财用竭，因之以凶年，寇盗并起，道路不通，直指之使始出，衣绣杖斧，断斩于郡国，然后胜之。是以末年遂弃轮台之地，而下哀痛之诏，岂非仁圣之所悔哉！且通西域，近有龙堆，远则葱岭，身热、头痛、县度之厄。淮南、杜钦、扬雄之论，皆以为此天地所以界别区域，绝外内也。《书》曰“西戎即序”，禹既就而序之，非上威服致其贡物也。

西域诸国，各有君长，兵众分弱，无所统一，虽属匈奴，不相亲附。匈奴能得其马畜旃罽，而不能统率与之进退。与汉隔绝，道里又远，得之不为益，弃之不为损。盛德在我，无取于彼。故自建武以来，西域思汉威德，咸乐内属。唯其小邑鄯善、车师，界迫匈奴，尚为所拘。而其大国莎车、于阗之属，数遣使置质于汉，愿请属都护。圣上远览古今，因时之宜，羁縻不绝，辞而未许。虽大禹之序西戎，周公之让白雉，太宗之却走马，义兼之矣，亦何以尚兹！

卷九十七上

外戚传第六十七上

自古受命帝王及继体守文之君，非独内德茂也，盖亦有外戚之助焉。夏之兴也以涂山，而桀之放也用末喜；殷之兴也以有娀及有㜪，而纣之灭也嬖妲己；周之兴也以姜嫄及太任、太姒，而幽王之禽也淫褒姒。故《易》基《乾》、《坤》，《诗》首《关雎》，《书》美釐降，《春秋》讥不亲迎。夫妇之际，人道之大伦也。礼之用，唯昏姻为兢兢。夫乐调而四时和，阴阳之变，万物之统也，可不慎与！人能弘道，末如命何。甚哉妃匹之爱，君不能得之臣，父不能得之子，况卑下乎！既欢合矣，或不能成子姓，成子姓矣，而不能要其终，岂非命也哉！孔子罕言命，盖难言之。非通幽明之变，恶能识乎性命！

汉兴，因秦之称号，帝母称皇太后，祖母称太皇太后，適称皇后，妾皆称夫人。又有美人、良人、八子、七子、长使、少使之号焉。至武帝制倢伃、娙娥、傛华、充依，各有爵位，而元帝加昭仪之号，凡十四等云。昭仪位视丞相，爵比诸侯王。倢伃视上卿，比列侯。娙娥视中二千石，比关内侯。傛华视真二千石，比大上造。美人视二千石，比少上造。八子视千石，比中更。充依视千石，比左更。七子视八百石，比右庶长。良人视八百石，比左庶长。长使视六百石，比五大夫。少使视四百石，比公乘。五官视三百石。顺常视二百石。无涓、共和、娱灵、保林、良使、夜者皆视百石。上家人子、中家人子视有秩斗食云。五官以下，葬司马门外。

高祖吕皇后，父吕公，单父人也，好相人。高祖微时，吕公见而异之，乃以女妻高祖，生惠帝、鲁元公主。高祖为汉王，元年封吕公为临泗侯，二年立孝惠为太子。

后汉王得定陶戚姬，爱幸，生赵隐王如意。太子为人仁弱，高祖以为不类己，常欲废之而立如意，“如意类我”。戚姬常从上之关东，日夜啼泣，欲立其子。吕后年长，常留守，希见，益疏。如意且立为赵王，留长安，几代太子者数。赖公卿大臣争之，及叔孙通谏，用留侯之策，得无易。

吕后为人刚毅，佐高帝定天下，兄二人皆为列将，从征伐。长兄泽为周吕侯，次兄释之为建成侯，逮高祖而侯者三人。高祖四年，临泗侯吕公薨。

高祖崩，惠帝立，吕后为皇太后，乃令永巷囚戚夫人，髡钳衣赭衣，令舂。戚夫人舂且歌曰：“子为王，母为虏，终日舂薄暮，常与死为伍！相离三千里，当谁使告女？”太后闻之大怒，曰：“乃欲倚女子邪？”乃召赵王诛之。使者三反，赵相周昌不遣。太后召赵相，相征至长安。使人复召赵王，王来。惠帝慈仁，知太后怒，自迎赵王霸上，入宫，挟与起居饮食。数月，帝晨出射，赵王不能蚤起，太后伺其独居，使人持鸩饮之。迟帝还，赵王死。太后遂断戚夫人手足，去眼熏耳，饮瘖药，使居鞠域中，名曰“人彘”。居数月，乃召惠帝视“人彘”。帝视而问，知其戚夫人，乃大哭，因病，岁余不能起。使人请太后曰：“此非人所为。臣为太后子，终不能复治天下！”以此日饮为淫乐，不听政，七年而崩。

太后发丧，哭而泣不下。留侯子张辟强为侍中，年十五，谓丞相陈平曰：“太后独有帝，今哭而不悲，君知其解未？”陈平曰：“何解？”辟强曰：“帝无壮子，太后畏君等。今请拜吕台、吕产为将，将兵居南北军，及诸吕皆军，居中用事。如此则太后心安，君等幸脱祸矣！”丞相如辟强计请之，太后说，其哭乃哀。吕氏权由此起。乃立孝惠后宫子为帝，太后临朝称制。复杀高祖子赵幽王友、共王恢及燕王建子。遂立周吕侯子台为吕王，台弟产为梁王，建城侯释之子禄为赵王，台子通为燕王，又封诸吕凡六人皆为列侯，追尊父吕公为吕宣王，兄周吕侯为悼武王。

太后持天下八年，病犬祸而崩，语在《五行志》。病困，以赵王禄为上将军居北军，梁王产为相国居南军，戒产、禄曰：“高祖与大臣约，非刘氏王者，天下共击之。今王吕氏，大臣不平。我即崩，恐其为变，必据兵卫宫，慎毋送丧，为人所制。”太后崩，太尉周勃、丞相陈平、硃虚侯刘章等共诛产、禄，悉捕诸吕男女，无少长皆斩之。而迎立代王，是为孝文皇帝。

孝惠张皇后。宣平侯敖尚帝姊鲁元公主，有女。惠帝即位，吕太后欲为重亲，以公主女配帝为皇后。欲其生子，万方终无子，乃使阳为有身，取后宫美人子名之，杀其母，立所名子为太子。

惠帝崩，太子立为帝，四年，乃自知非皇后子，出言曰：“太后安能杀吾母而名我！我壮即为所为。”太后闻而患之，恐其作乱，乃幽之永巷，言帝病甚，左右莫得见。太后下诏废之，语在《高后纪》。遂幽死，更立恒山王弘为皇帝，而以吕禄女为皇后。欲连根固本牢甚，然而无益也。吕太后崩，大臣正之，卒灭吕氏。少帝恒山、淮南、济川王，皆以非孝惠子诛。独置孝惠皇后，废处北宫，孝文后元年薨，葬安陵，不起坟。

高祖薄姬，文帝母也。父吴人，秦时与故魏王宗女魏媪通，生薄姬。而薄姬父死山阴，因葬焉。及诸侯畔秦，魏豹立为王，而魏媪内其女于魏宫。许负相薄姬，当生天子。是时，项羽方与汉王相距荥阳，天下未有所定。豹初与汉击楚，及闻许负言，心喜，因背汉而中立，与楚连和。汉使曹参等虏魏王豹，以其国为郡，而薄姬输织室。豹已死，汉王入织室，见薄姬，有诏内后宫，岁余不得幸。

始姬少时，与管夫人、赵子兒相爱，约曰：“先贵毋相忘！”已而管夫人、赵子儿先幸汉王。汉王四年，坐河南成皋灵台，此两美人侍，相与笑薄姬初时约。汉王问其故，两人俱以实告。汉王心凄然怜薄姬，是日召，欲幸之。对曰："昨暮梦龙据妾胸。"上曰："是贵征也，吾为汝成之。"遂幸，有身。岁中生文帝，年八岁立为代王。自有子后，希见。高祖崩，诸幸姬戚夫人之属，吕后怒，皆幽之不得出宫。而薄姬以希见故，得出从子之代，为代太后。太后弟薄昭从如代。

代王立十七年，高后崩。大臣议立后，疾外家吕氏强暴，皆称薄氏仁善，故迎立代王为皇帝，尊太后为皇太后，封弟昭为轵侯。太后母亦前死，葬栎阳北，乃追尊太后父为灵文侯，会稽郡致园邑三百家，长丞以下使奉守寝庙，上食祠如法。栎阳亦置灵文夫人园，令如灵文侯园仪。太后蚤失父，其奉太后外家魏氏有力，乃召复魏氏，赏赐各以亲疏受之。薄氏侯者一人。

太后后文帝二岁，孝景前二年崩，葬南陵。用吕后不合葬长陵，故特自起陵，近文帝。

孝文窦皇后，景帝母也，吕太后时以良家子选入宫。太后出宫人以赐诸王各五人，窦姬与在行中。家在清河，愿如赵，近家，请其主遣宦者吏"必置我籍赵之伍中"。宦者忘之，误置籍代伍中。籍奏，诏可。当行，窦姬涕泣，怨其宦者，不欲往，相强乃肯行。至代，代王独幸窦姬，生女嫖。孝惠七年，生景帝。

代王王后生四男，先代王未入立为帝而王后卒，乃代王为帝后，王后所生四男更病死。文帝立数月，公卿请立太子，而窦姬男最长，立为太子。窦姬为皇后，女为馆陶长公主。明年，封少子武为代王，后徙梁，是为梁孝王。

窦皇后亲蚤卒，葬观津。于是薄太后乃诏有司追封窦后父为安成侯，母曰安成夫人，令清河置园邑二百家，长丞奉守，比灵文园法。

窦后兄长君。弟广国，字少君，年四五岁时，家贫，为人所略卖，其家不知处。传十余家至宜阳，为其主人入山作炭。暮卧岸下百余人，岸崩，尽压杀卧者，少君独脱不死。自卜，数日当为侯。从其家之长安，闻皇后新立，家在观津，姓窦氏。广国去时虽少，识其县名及姓，又尝与其姊采桑，堕，用为符信，上书自陈。皇后言帝，召见问之，具言其故。果是。复问其所识，曰："姊去我西时，与我决传舍中，丐沐沐我，已，饭我，乃去。"于是窦皇后持之而泣，侍御左右皆悲。乃厚赐之，家于长安。绛侯、灌将军等曰："吾属不死，命乃且县此两人。此两人所出微，不可不为择师傅，又复放吕氏大事也。"于是乃选长者之有节行者与居。窦长君、少君由此为退让君子，不敢以富贵骄人。

窦皇后疾，失明。文帝幸邯郸慎夫人、尹姬，皆无子。文帝崩，景帝位，皇后为皇太后，乃封广国为章武侯。长君先死，封其子彭祖为南皮侯。吴、楚反时，太后从昆弟子窦婴侠，喜士，为大将军，破吴、楚，封魏其侯。窦氏侯者凡三人。

窦太后好黄帝、老子言，景帝及诸窦不得不读《老子》尊其术。太后后景帝六岁，凡立五十一年，元光六年崩，合葬霸陵。遗诏尽以东宫金钱财物赐长公主嫖。至武帝时，魏其侯窦婴为丞相，后诛。

孝景薄皇后，孝文薄太后家女也。景帝为太子时，薄太后取以为太子妃。景帝立，立薄妃为皇后，无子无宠。立六年，薄太后崩，皇后废。废后四年薨，葬长安城东平望亭南。

孝景王皇后，武帝母也。父王仲，槐里人也。母臧儿，故燕王臧荼孙也，为仲妻，生男信与两女。而仲死，臧儿更嫁为长陵田氏妇，生男蚡、胜。臧儿长女嫁为金王孙妇，生一女矣，而臧儿卜筮曰两女当贵，欲倚两女，夺金氏。金氏怒，不肯与决，乃内太子宫。太子幸爱子，生三女一男。男方在身时，王夫人梦日入其怀，以告太子，太子曰："此贵征也。"未生而文帝崩，景帝即位，王夫人生男。是时，薄皇后无子。后数岁，景帝立齐栗姬男为太子，而王夫人男为胶东王。

长公主嫖有女，欲与太子为妃，栗姬妒，而景帝诸美人皆因长公主见得贵幸，栗姬日怨怒，谢长主，不许。长主欲与王夫人，王夫人许之。会薄皇后废，长公主日谮栗姬短。景帝尝属诸姬子，曰："吾百岁后，善视之。"栗姬怒不肯应，言不逊，景帝心衔之而未发也。

长公主日誉王夫子男之美，帝亦自贤之。又耳曩者所梦日符，计未有所定。王夫人又阴使人趣大臣立栗姬为皇后。大行奏事，文曰："'子以母贵，母以子贵。'今太子母号宜为皇后。"帝怒曰："是乃所当言邪！"遂案诛大行，而废太子为临江王。栗姬愈恚，不得见，以忧死。卒立王夫人为皇后，男为太子。封皇后兄信为盖侯。

初，皇后始入太子家，后女弟儿姁亦复入，生四男。儿姁蚤卒，四子皆为王。皇后长女为平阳公主，次南宫公主，次隆虑公主。

皇后立九年，景帝崩。武帝即位，为皇太后，尊太后母臧儿为平原君，封田蚡为武安侯，胜为周阳侯。王氏、田氏侯者凡三人。盖侯信好酒，田蚡、胜贪，巧于文辞。蚡至丞相，追尊王仲为共侯，槐里起园邑二百家，长丞奉守。及平原君薨，从田氏葬长陵，亦置园邑如共侯法。

初，皇太后微时所为金王孙生女俗，在民间，盖讳之也。武帝始立，韩嫣白之。帝曰："何为不蚤言？"乃车驾自往迎之。其家在长陵小市，直至其门，使左右入求之。家人惊恐，女逃匿。扶将出拜，帝下车立曰："大姊，何藏之深也？"载至长乐宫，与俱谒太后，太后垂涕，女亦悲泣。帝奉酒，前为寿。钱千万，奴婢三百人，公田百顷，甲第，以赐姊。太后谢曰："为帝费。"因赐汤沐邑，号修成君。男女各一人，女嫁诸侯，男号修成子仲，以太后故，横于京师。太后凡立二十五年，后景帝十五岁，元朔三年崩，合葬阳陵。

孝武陈皇后，长公主嫖女也。曾祖父陈婴与项羽俱起，后归汉，为堂邑侯。传子至孙午，午尚长公主，生女。

初，武帝得立为太子，长主有力，取主女为妃。及帝即位，立为皇后，擅宠骄贵，十余年而无子，闻卫子夫得幸，几死者数焉。上愈怒。后又挟妇人媚道，颇觉。元光五年，上遂穷治之，女子楚服等坐为皇后巫蛊祠祭祝诅，大逆无道，相连及诛者三百余人，楚服枭首于市。使有司赐皇后策曰："皇后失序，惑于巫祝，不可以承天命。其上玺绶，罢退居长门宫。"

明年，堂邑侯午薨，主男须嗣侯。主寡居，私近董偃。十余年，主薨。须坐淫乱，兄弟争财，当死，自杀，国除。后数年，废后乃薨，葬霸陵郎官亭东。

孝武卫皇后，字子夫，生微也。其家号曰卫氏，出平阳侯邑。子夫为平阳主讴者，武帝即位，数年无子。平阳主求良家女十余人，饰置家。帝祓霸上，还过平阳主。主见所侍美人，帝不说。既饮，讴者进，帝独说子夫。帝起更衣，子夫侍尚衣轩中，得幸。还坐欢甚，赐平阳主金千斤。主因奏子夫送入宫。子夫上车，主拊其背曰："行矣！强饭勉之。即贵，愿无相忘！"入宫岁余，不复幸。武帝择宫人不中用者斥出之，子夫得见，涕泣请出。上怜之，复幸。遂有身，尊宠。召其兄卫长君、弟青侍中。而子夫生三女，元朔元年生男据，遂立为皇后。

先是，卫长君死，乃以青为将军，击匈奴有功，封长平侯。青三子在襁褓中，皆为列侯。及皇后姊子霍去病亦以军功为冠军侯，至大司马票骑将军。青为大司马大将军。卫氏支属侯者五人。青还，尚平阳主。

皇后立七年，而男立为太子。后色衰，赵之王夫人、中山李夫人有宠，皆蚤卒。后有尹倢伃、钩弋夫人更幸。卫后立三十八年，遭巫蛊事起，江充为奸，太子惧不能自明，遂与皇后共诛充，发兵，兵败，太子亡走。诏遣宗正刘长乐、执金吾刘敢奉策收皇后玺绶，自杀。黄门苏文、姚定汉舆置公车令空舍，盛以小棺，瘗之城南桐柏。卫氏悉灭。宣帝立，乃改葬卫后，追谥曰思后，置园邑三百家，长丞周卫奉守焉。

孝武李夫人，本以倡进。初，夫人兄延年性知音，善歌舞，武帝爱之。每为新声变曲，闻者莫不感动。延年侍上起舞，歌曰："北方有佳人，绝世而独立，一顾倾人城，再顾倾人国。宁不知倾城与倾国，佳人难再得！"上叹息曰："善！世岂有此人乎？"平阳主因言延年有女弟，上乃召见之，实妙丽善舞。由是得幸，生一男，是为昌邑哀王。李夫人少而蚤卒，上怜闵焉，图画其形于甘泉宫。及卫思后废后四年，武帝崩，大将军霍光缘上雅意，以李夫人配食，追上尊号曰孝武皇后。

初，李夫人病笃，上自临候之，夫人蒙被谢曰："妾久寝病，形貌毁坏，不可以见帝。愿以王及兄弟为托。"上曰："夫人病甚，殆将不起，一见我属托王及兄弟，岂不快哉？"夫人曰："妇人貌不修饰，不见君父。妾不敢以燕惰见帝。"上曰："夫人弟一见我，将加赐千金，而予兄弟尊官。"夫人曰："尊官在帝，不在一见。"上复言欲必见之，夫人遂转乡歔欷而不复言。于是上不说而起。夫人姊妹让之曰："贵人独不可一见上属托兄弟邪？何为恨上如此？"夫人曰："所以不欲见帝者，乃欲以深托兄弟也。我以容貌之好，得从微贱爱幸于上。夫以色事人者，色衰而爱弛，爱弛则恩绝。上所以挛挛顾念我者，乃以平生容貌也。今见我毁坏，颜色非故，必畏恶吐弃我，意尚肯复追思闵录其兄弟哉！"及夫人卒，上以后礼葬焉。其后，上以夫人兄李广利为贰师将军，封海西侯，延年为协律都尉。

上思念李夫人不已，方士齐人少翁言能致其神。乃夜张灯烛，设帷帐，陈酒肉，而令上居他帐，遥望见好女如李夫人之貌，还幄坐而步。又不得就视，上愈益相思悲感，为作诗曰："是邪，非邪？立而望之，偏何姗姗其来迟！"令乐府诸音家弦歌之。上又自为作赋，以伤悼夫人，其辞曰：

美连娟以修嫮兮，命樔绝而不长，饰新宫以延贮兮，泯不归乎故乡。惨郁郁其芜秽兮，隐处幽而怀伤，释舆马于山椒兮，奄修夜之不阳。秋气憯以凄泪兮，桂枝落而销亡，神茕茕以遥思兮，精浮游而出畺。托沈阴以圹久兮，惜蕃华之未央，念穷极之不还兮，惟幼眇之相羊。函菱荴以俟风兮，芳杂袭以弥章，的容与以猗靡兮，缥飘姚虖愈庄。燕淫衍而抚楹兮，连流视而娥扬，既激感而心逐兮，包红颜而弗明。欢接狎以离别兮，宵寤梦之芒芒，忽迁化而不反兮，魄放逸以飞扬。何灵魂之纷纷兮，哀裴回以踌躇，势路日以远兮，遂荒忽而辞去。超兮西征，屑兮不见。浸淫敞恍，寂兮无音，思若流波，怛兮在心。

乱曰："佳侠函光，陨朱荣兮，嫉妒闟茸，将安程兮！方时隆盛，年夭伤兮，弟子增欷，洿沫怅兮。悲愁于邑，喧不可止兮。向不虚应，亦云已兮，嫶妍太息，叹稚子兮，懰栗不言，倚所恃兮。仁者不誓，岂约亲兮？既往不来，申以信兮。

去彼昭昭，就冥冥兮，既下新宫，不复故庭兮。呜呼哀哉，想魂灵兮！

其后李延年弟季坐奸乱怡宫，广利降匈奴，家族灭矣。

孝武钩弋赵倢伃，昭帝母也，家在河间。武帝巡狩过河间，望气者言此有奇女，天子亟使使召之。既至，女两手皆拳，上自披之，手即时伸。由是得幸，号曰拳夫人。先是，其父坐法宫刑，为中黄门，死长安，葬雍门。

拳夫人进为倢伃，居钩弋宫。大有宠，太始三年生昭帝，号钩弋子。任身十四月乃生，上曰："闻昔尧十四月而生，今钩弋亦然。"乃命其所生门曰尧母门。后卫太子败，而燕王旦、广陵王胥多过失，宠姬王夫人男齐怀王、李夫人男昌邑哀王皆蚤薨，钩弋子年五六岁，壮大多知，上常言"类我"，又感其生与众异，甚奇爱之，心欲立焉，以其年稚母少，恐女主颛恣乱国家，犹与久之。

钩弋倢伃从幸甘泉，有过见谴，以忧死，因葬云阳。后上疾病，乃立钩弋子为皇太子。拜奉车都尉霍光为大司马大将军，辅少主。明日，帝崩。昭帝即位，追尊钩弋倢伃为皇太后，发卒二万人起云陵，邑三千户。追尊外祖赵父为顺成侯，诏右扶风置园邑二百家，长丞奉守如法。顺成侯有姊君姁，赐钱二百万，奴婢第宅以充实焉。诸昆弟各以亲疏受赏赐。赵氏无在位者，唯赵父追封。

孝昭上官皇后。祖父桀，陇西人邽人也。少时为羽林期门郎，从武帝上甘泉，天大风，车不得行，解盖授桀。桀奉盖，虽风常属车；雨下，盖辄御。上奇其材力，迁未央厩令。上尝体不安，及愈，见马，马多瘦，上大怒："令以我不复见马邪！"欲下吏，桀顿首曰："臣闻圣体不安，日夜忧惧，意诚不在马。"言未卒，泣数行下。上以为忠，由是亲近，为侍中，稍迁至太仆。武帝疾病，以霍光为大将军，太仆桀为左将军，皆受遗诏辅少主。以前捕斩反者莽通功，封桀为安阳侯。

初，桀子安取霍光女，结婚相亲，光每休沐出，桀常代光入决事。昭帝始立，年八岁，帝长姊鄂邑盖长公主居禁中，共养帝。盖主私近子客河间丁外人。上与大将军闻之，不绝主欢，有诏外人侍长主。长主内周阳氏女，令配耦帝。时上官安有女，即霍光外孙，安因光欲内之。光以为尚幼，不听。安素与丁外人善，说外人曰："闻长主内女，安子容貌端正，诚因长主时得入为后，以臣父子在朝而有椒房之重，成之在于足下，汉家故事常以列侯尚主，足下何忧不封侯乎？"外人喜，言于长主。长主以为然，诏召安女入为倢伃，安为骑都尉。月余，遂立为皇后，年甫六岁。

安以后父封桑乐侯，食邑千五百户，迁车骑将军，日以骄淫。受赐殿中，出对宾客言："与我婿饮，大乐！"见其服饰，使人归，欲自烧物。安醉则裸行内，与后母及父诸良人、侍御皆乱。子病死，仰而骂天。数守大将军光，为丁外人求侯，及桀欲妄官禄外人，光执正，皆不听。又桀妻父所幸充国为太医监，阑入殿中，下狱当死。冬月且尽，盖主为充国入马二十匹赎罪，乃得减死论。于是桀、安父子深怨光而重德盖主。知燕王旦帝兄，不得立，亦怨望，桀、安即记光过失予燕王，令上书告之，又为丁外人求侯。燕王大喜，上书称："子路丧姊，期而不除，孔子非之。子路曰：'由不幸寡兄弟，不忍除之。'故曰'观过知仁'。今臣与陛下独有长公主为姊，陛下幸使丁外人侍之，外人宜蒙爵号。"书奏，上以问光，光执不许。及告光罪过，上又疑之，愈亲光而疏桀、安。桀安浸恚，遂结党与谋杀光，诱征燕王至而诛之，因废帝而立桀。或曰："当如皇后何？"安曰："逐麋之狗，当顾菟邪！且用皇后为尊，一旦人主意有所移，虽欲为家人亦不可得，此百世之一时也。”事发觉，燕王、盖主皆自杀。语在《霍光传》。

桀、安宗族既灭，皇后以年少不与谋，亦光外孙，故得不废。皇后母前死，葬茂陵郭东，追尊曰敬夫人，置园邑二百家，长丞奉守如法。皇后自使私奴婢守桀、安冢。

光欲皇后擅宠有子，帝时体不安，左右及医皆阿意，言宜禁内，虽宫人使令皆为穷裤，多其带，后宫莫有进者。

皇后立十岁而昭帝崩，后年十四五云。昌邑王贺征即位，尊皇后为皇太后。光与太后共废王贺，立孝宣帝。宣帝好位，为太皇太后。凡立四十七年，年五十二，建昭二年崩，合葬平陵。

卫太子史良娣，宣帝祖母也。太子有妃，有良娣，有孺子，妻、妾凡三等，子皆称皇孙。史良娣家本鲁国，有母贞君，史恭。以元鼎四年人为良娣，生男进，号史皇孙。

武帝末，巫蛊事起，卫太子及良娣、史皇孙皆遭害。史皇孙有一男，号皇曾孙，时生数月，犹坐太子系狱，积五岁乃遭赦。治狱使者邴吉怜皇曾孙无所归，载以付史恭。恭母贞君年老，见孙孤，甚哀之，自养视焉。

后曾孙收养于掖庭，遂登至尊位，是为宣帝。而贞君及恭已死，恭三子皆以旧恩封。长子高为乐陵侯，曾为将陵侯，玄为平台侯，及高子丹以功德封武阳侯，侯者凡四人。高至大司马车骑将军，丹左将军，自有传。

史皇孙王夫人，宣帝母也，名翁须，太始中得幸于史皇孙。皇孙妻、帝无号位，皆称家人子。征和二年，生宣帝。帝生数月，卫太子、皇孙败，家人子皆坐诛，莫有收葬者，唯宣帝得全。即尊位后，追尊母五夫人谥曰悼后，祖母史良娣曰戾后，皆改葬，起园邑，长丞奉守。语在《戾太子传》。地节三年，求得外祖母王媪，媪男无故，无故弟武皆随使者诣阙。时乘黄牛车，故百姓谓之黄牛妪。

初，上即位，数遣使者求外家。久远，多似类而非是。既得王媪，令太中大夫任宣与丞相御史属杂考问乡里识知者，皆曰王妪。妪言名妄人，家本涿郡蠡吾平乡。年十四嫁为同乡王更得妻。更得死，嫁为广望王乃始妇，产子男无故、武，女翁须，翁须年八九岁时，寄居广望节侯子刘仲卿宅，仲卿谓乃始曰：“予我翁须，自养长之。”媪为翁须作缣单衣，送仲卿家。仲卿教翁须歌舞，往来归取冬夏衣。居四五岁，翁须来言：“邯郸贾长儿求歌舞者，仲卿欲以我与之。”媪即与翁须逃走，之平乡。仲卿载乃始共求媪，媪惶急，将翁须归，曰：“兒居君家，非受一钱也，奈何欲予它人？”仲卿诈曰：“不也。”后数日，翁须乘长儿车马过门，呼曰：“我果见行，当之柳宿。”媪与乃即之柳宿，见翁须相对涕泣，谓曰：“我欲为汝自言。”翁须曰：“母置之，何家不可以居？自言无益也。”媪与乃始还求钱用，随逐至中山卢奴，见翁须与歌舞等比五人同处，媪与翁须共宿。明日，乃始留视翁须，媪还求钱，欲随至邯郸。媪归，粜买未具，乃始来归曰：“翁须已去，我无钱用随也。”因绝至今，不闻其问。贾长儿妻贞及从者师遂辞：“往二十岁，太子舍人侯明从长安来求歌舞者，请翁须等五人。长儿使遂送至长安，皆入太子家。”及广望三老更始、刘仲卿妻其等四十五人辞，皆验。宣奏王媪悼后母明白，上皆召见，赐无故、武爵关内侯，旬月间，赏赐以巨万计。顷之，制诏御史赐外祖母号为博平君，以博平、蠡吾两县户万一千为汤沐邑。封舅无故为平昌侯，武为乐昌侯，食邑各六千户。

初，乃始以本始四年病死，后三岁，家乃富贵，追赐谥曰思成侯。诏涿郡治冢室，置园邑四百家，长丞奉守如法。岁余，博平君薨，谥曰思成夫人，诏徙思成侯合葬奉明顾成庙南，置园邑长丞，罢涿郡思成园。王氏侯者二人，无故子接为大司马车骑将军，而武子商至丞相，自有传。

孝宣许皇后，元帝母也。父广汉，昌邑人，少时为昌邑王郎。从武帝上甘泉，误取它郎鞍以被其马，发觉，吏劾从行而盗，当死，有诏募下蚕室。后为宦者丞。上官桀谋反时，广汉部索，其殿中庐有索长数尺可以缚人者数千枚，满一箧缄封，广汉索不得，它吏往得之。广汉坐论为鬼薪，输掖庭，后为暴室啬夫。时宣帝养于掖庭，号皇曾孙，与广汉同寺居。时掖庭令张贺，本卫太子家吏，及太子败，贺坐下刑，以旧恩养视皇曾孙甚厚。及曾孙壮大，贺欲以女孙妻之。是时，昭帝始冠，长八尺二寸。贺弟安世为右将军，与霍将军同心辅政，闻贺称誉皇曾孙，欲妻以女，安世怒曰："曾孙乃卫太子后也，幸得以庶人衣食县官，足矣，勿复言予女事。"于是贺止。时许广汉有女平君，年十四五，当为内者令欧侯氏子妇。临当入，欧侯氏子死。其母将行卜相，言当大贵，母独喜。贺闻许啬夫有女，乃置酒请之，酒酣，为言："曾孙体近，下人，乃关内侯，可妻也。"广汉许诺。明日，妪闻之，怒。广汉重令为介，遂与曾孙，一岁生元帝。数月，曾孙立为帝，平君为倢伃。是时，霍将军有小女，与皇太后有亲。公卿议更立皇后，皆心仪霍将军女，亦未有言。上乃诏求微时故剑，大臣知指，白立许倢伃为皇后。既立，霍光以后父广汉刑人不宜君国，岁余乃封为昌成君。

霍光夫人显欲贵其小女，道无从。明年，许皇后当娠，病。女医淳于衍者，霍氏所爱，尝入宫侍皇后疾。衍夫赏为掖庭户卫，谓衍："可过辞霍夫人行，为我求安池监。"衍如言报显。显因生心，辟左右，字谓衍："少夫幸报我以事，我亦欲报少夫，可乎？"衍曰："夫人所言，何等不可者！"显曰："将军素爱小女成君，欲奇贵之，愿以累少夫。"衍曰："何谓邪？"显曰："妇人免乳大故，十死一生。今皇后当免身，可因投毒药去也，成君即得为皇后矣。如蒙力事成，富贵与少夫共之。"衍曰："药杂治，当先尝，安宁？"显曰："在少夫为之耳，将军领天下，谁敢言者？缓急相护，但恐少夫无意耳！"衍良久曰："愿尽力。"即捣附子，赍入长定宫。皇后免身后，衍取附子并合大医大丸以饮皇后。有顷曰："我头岑岑也，药中得无有毒？"对曰："无有。"遂加烦懑，崩。衍出，过见显，相劳问，亦未敢重谢衍。后人有上书告诸医待疾无状者，皆收系诏狱，劾不道。显恐急，即以状具语光，因曰："既失计为之，无令吏急衍！"光惊鄂，默然不应。其后奏上，署衍勿论。

许后立三年而崩，谥曰恭哀皇后，葬杜南，是为杜陵南园。后五年，立皇太子，乃封太子外祖父昌成君广汉为平恩侯，位特进。后四年，复封广汉两弟，舜为博望侯，延寿为乐成侯。许氏侯者凡三人。广汉薨，谥曰戴侯，无子，绝。葬南园旁，置邑三百家，长丞奉守如法。宣帝以延寿为大司马车骑将军，辅政。元帝即位，复封延寿中子嘉为平恩侯，奉戴侯后，亦为大司马、车骑将军。

孝宣霍皇后，大司马、大将军，博陆侯光女也。母显，即使淳于衍阴杀许后，显因为成君衣补，治入宫具，劝光内之，果立为皇后。

初，许后起微贱，登至尊日浅，从官车服甚节俭，五日一朝皇太后于长乐宫，亲奉案上食，以妇道共养。及霍后立，亦修许后故事。而皇太后亲霍后之姊子，故常竦体，敬而礼之。皇后舆驾侍从甚盛，赏赐官属以千万计，与许后时县绝矣。上亦宠之，颛房燕。立三岁而光薨。后一岁，上立许后男为太子，昌成君者为平恩侯。显怒恚不食，呕血，曰："此乃民间时子，安得立？即后有子，反为王邪！"复教皇后令毒太子。皇后数召太子赐食，保阿辄先尝之，后挟毒不得行。後杀许后事颇泄，显遂与诸婿昆弟谋反，发觉，谐诛灭。使有司赐皇后策曰："皇后荧惑失道，怀不德，挟毒与母博陆宣成侯夫人显谋欲危太子，无人母之恩，不宜奉宗庙衣服，不可以承天命。呜呼伤哉！其退避宫，上玺绶有司。"霍后立五年，废处昭台宫。后十二岁，徙云林馆，乃自杀，葬昆吾亭东。

初，霍光及兄骠骑将军去病皆自以功伐封侯居位，宣帝以光故，封去病孙山、山弟云，皆为列侯，侯者前后四人。

孝宣王皇后。其先高祖时有功赐爵关内侯，自沛徙长陵，传爵至后父奉光。奉光少时好斗鸡，宣帝在民间数与奉光会，相识。奉光有女年十余岁，每当适人，所当适辄死，故久不行。及宣帝即位，召入后宫，稍进为倢伃。是时，馆陶王母华倢伃及淮阳宪王母张倢伃、楚孝王母卫倢伃皆爱幸。

霍皇后废後，上怜许太子蚤失母，几为霍氏所害，于是乃选后宫素谨慎而无子者，遂立王倢伃为皇后，令母养太子。自为后後，希见，无宠。封父奉光为邛成侯。立十六年，宣帝崩，元帝即位，为皇太后。封太后兄舜为安平侯。后二年，奉光薨，谥曰共侯，葬长门南，置园邑二百家，长丞奉守如法。元帝崩，成帝即位，为太皇太后。复爵太皇太后弟骏为关内侯，食邑千户。王氏列侯二人，关内侯一人。舜子章，章从弟咸，皆至左右将军。时成帝母亦姓王氏，故世号太皇太后为邛成太后。

邛成太后凡立四十九年，年七十余，永始元年崩，合葬杜陵，称东园。奉光孙勋坐法免。元始中，成帝太后下诏曰："孝宣王皇后，朕之姑，深念奉质共修之义，恩结于心。惟邛成共侯国废祀绝，朕甚闵焉。其封共侯曾孙坚固为邛成侯。"至王莽乃绝。

卷九十七下

外戚传第六十七下

孝元王皇后，成帝母也。家凡十侯，五大司马，外戚莫盛焉。自有传。

孝成许皇后，大司马车骑将军平恩侯嘉女也。元帝悼伤母恭哀后居位日浅而遭霍氏之辜，故选嘉女以配皇太子。初入太子家，上令中常侍黄门亲近者侍送，还白太子欢说状，元帝喜谓左右："酌酒贺我！"左右皆称万岁。久之，有一男，失之。乃成帝即位，立许妃为皇后，复生一女，失之。

初，后父嘉自元帝时为大司马车骑将军辅政，已八九年矣。及成帝立，复以元舅阳平侯王凤为大司马、大将军，与嘉并。杜钦以为故事后父重于帝舅，乃说凤曰："车骑将军至贵，将军宜尊之敬之，无失其意。盖轻细微眇之渐，必生乖忤之患，不可不慎。卫将军之日盛于盖侯，近世之事，语尚在于长老之耳，唯将军察焉。"久之，上欲专委任凤，乃策嘉曰："将军家重身尊，不宜以吏职自累。赐黄金二百斤，以特进侯就朝位。"后岁余薨，谥曰恭侯。

后聪慧，善史书，自为妃至即位，常宠于上，后宫希得进见。皇太后及帝诸舅忧上无继嗣，时又数有灾异，刘向、谷永等皆陈其咎在于后宫。上然其言，于是减椒房掖廷用度。皇后及上疏曰：

妾夸布服粝粮，加以幼稚愚惑，不明义理，幸得免离茅屋之下，备后宫扫除。蒙过误之宠，居非命所当托，污秽不修，旷职尸官，数逆至法，逾越制度，当伏放流之诛，不足以塞责。乃壬寅日大长秋受诏："椒房仪法，御服舆驾，所发诸官署，及所造作，遗赐外家群臣妾，皆如竟宁以前故事。"妾伏自念，入椒房以来，遗赐外家未尝逾故事，每辄决上，可复问也。今诚时世异制，长短相补，不出汉制而已，纤微之间，未必可同。若竟宁前与黄龙前，岂相放哉？家吏不晓，今一受诏如此，且使妾摇手不得。今言无得发取诸官，殆谓未央官不属妾，不宜独取也。言妾家府亦不当得，妾窃惑焉。幸得赐汤沐邑以自奉养，亦小发取其中，何害于谊而不可哉？又诏书言服御所造，皆如竟宁前，吏诚不能揆其意，即且令妾被服所为不得不如前。设妾欲作某屏风张于某所，曰故事无有，或不能得，则必绳妾以诏书矣。此二事诚不可行，唯陛下省察。

宦吏忮佷，必欲自胜。幸妾尚贵时，犹以不急事操人，况今日日益侵，又获此诏，其操约人，岂有所诉？陛下见妾在椒房，终不肯给妾纤微内邪？若不私府小取，将安所仰乎？旧故，中官乃私夺左右之贱缯，乃发乘舆服缯，言为待诏补，已而贸易其中。左右多窃怨者，甚耻为之。又故事以特牛祠大父母，戴侯、敬侯皆得蒙恩以太牢祠，今当率如故事，唯陛下哀之！

今吏甫受诏读记，直豫言使后知之，非可复若私府有所取也。其萌牙所以约制妾者，恐失人理。今但损车驾，及毋若未央官有所发，遗赐衣服如故事，则可矣。其余诚太迫急，奈何？妾薄命，端遇竟宁前，竟宁前于今世而比之，岂可邪？故时酒肉有所赐外家，辄上表乃决。又故杜陵梁美人岁时遗酒一石，肉百斤耳。妾甚少之，遗田八子诚不可若是。事率众多，不可胜以文陈。俟自见，索言之，唯陛下深察焉！

上于是采刘向、谷永之言以报曰：

皇帝向皇后，所言事闻之。夫日者众阳之宗，天光之贵，王者之象，人君之位也。夫以阴而侵阳，亏其正体，是非下陵上，妻乘夫，贱逾贵之变与？春秋二百四十二年，变异为众，莫若日蚀大。自汉兴，日蚀亦为吕、霍之属见。以今揆之，岂有此等之效与？诸侯拘迫汉制，牧相执持之也，又安获齐、赵七国之难？将相大臣怀诚秉忠，唯义是从，又恶有上官、博陆、宣成之谋？若乃徒步豪桀，非有陈胜、项梁之群也；匈奴、夷狄，非有冒顿、郅支之伦也。方外内乡，百蛮宾服，殊俗慕义，八州怀德，虽使其怀挟邪意，犹不足忧，又况其无乎？求于夷狄无有，求于臣下无有，微后官也当，何以塞之？

日者，建始元年正月，白气出于营室。营室者，天子之后官也。正月于《尚书》为皇极。皇极者，王气之极也。白者西方之气，其于春当废。今正于皇极之月，兴废气于后官，视后妾无能怀任保全者，以著继嗣之微，贱人将起也。至其九月，流星如瓜，出于文昌，贯紫宫，尾委曲如龙，临于钩陈，此又章显前尤，著在内也。其后则有北宫井溢，南流逆理，数郡水出，流杀人民。后则讹言传相惊震，女童入殿，咸莫觉知。夫河者水阴，四渎之长，今乃大决，没漂陵邑，斯昭阴盛盈溢，违经绝纪之应也。乃昔之月，鼠巢于树，野鹊变色。五月庚子，鸟焚其巢太山之域。《易》曰："鸟焚其巢，旅人先笑后号咷。丧牛于易，凶。"言王者处民上，如鸟之处巢也，不顾恤百姓，百姓畔而去之，若鸟之自焚也，虽先快意说笑，其后必号而无及也。百姓丧其君，若牛亡其毛也，故称凶。泰山，王者易姓告代之处，今正于岱宗之山，甚可惧也。三月癸未，大风自西摇祖宗寝庙，扬裂帷席，折拔树木，顿僵车辇，毁坏檻屋，灾及宗庙，足为寒心！四月己亥，日蚀东井，转旅且索，与既无异。己犹戊也，亥复水也，明阴盛，咎在内。于戊己，亏君体，著绝世于皇极，显祸败及京都。于东井，变怪众备，末重益大，来数益甚。成形之祸月以迫切，不救之患日寝屡深，咎败灼灼若此，岂可以忽哉！

《书》云："高宗肜日，粤有雊雉。祖己曰：'惟先假王正厥事。'"又曰："虽休勿休，惟敬五刑，以成三德。"即饬椒房及掖庭耳。今皇后有所疑，便不便，其条刺，使大长秋来白之。吏拘于法，亦安足过？盖矫枉者过直，古今同之。且财币之省，特牛之祠，其于皇后，所以扶助德美，为华宠也。咎根不除，灾变相袭，祖宗且不血食，何戴侯也！传不云乎！"以纳失之者鲜。"审皇后欲从其奢与？朕亦当法孝武皇帝也，如此则甘泉、建章可复兴矣。世俗岁殊，时变日化，遭事制宜，因时而移，旧之非者，何可放焉！郡子之道，乐因循而重改作。昔鲁人为长府，闵子骞曰："仍旧贯如之何？何必改作！"盖恶之也。《诗》云："虽无老成人，尚有典刑，曾是莫听，大命以倾。"孝文皇帝，朕之师也。皇太后，皇后成法也。假使太后在彼时不如职，今见亲厚，又恶可以逾乎！皇后其刻心秉德，毋违先后之制度，力谊勉行，称顺妇道，减省群事，谦约为右，其孝东宫，毋厥朔望，推诚永究，爰何不臧！养名显行，以息众讙，垂则列妾，使有法焉。皇后深惟毋忽！

是时，大将军凤用事，威权尤盛。其后，比三年日蚀，言事者颇归咎于凤矣。而谷永等遂著之许氏，许氏自知为凤所不佑。久之，皇后宠亦益衰，而后宫多新爱。后姊平安刚侯夫人谒等为媚道祝诅后宫有身者王美人及凤等，事发觉，太后大怒，下吏考问，谒等诛死，许后坐废处昭台宫，亲属皆归故郡山阳，后弟子平恩侯旦就国。凡立十四年而废，在昭台岁余，还徙长定宫。

后九年，上怜许氏，下诏曰："盖闻仁不遗远，谊不忘亲。前平安刚侯夫人谒坐大逆罪，家属幸蒙赦令，归故郡。朕惟平恩戴侯，先帝外祖，魂神废弃，莫奉祭祀，念之未尝忘于心。其还平恩侯旦及亲属在山阳郡者。"是岁，废后败。先是，废后姊孊寡居，与定陵侯淳于长私通，因为之小妻。长绐之曰："我能白东宫，复立许后为左皇后。"废后因孊私赂遗长，数通书记相报谢。长书有悖谩，发觉，天子使廷尉孔光持节赐废后药，自杀，葬延陵交道厩西。

孝成班婕妤。帝初即位选入后宫。始为少使，蛾而大幸，为婕妤，居增成舍，再就馆，有男，数月失之。成帝游于后庭，尝欲与倢伃同辇载，倢伃辞曰："观古图画，贤圣之君皆有名臣在侧，三代末主乃有嬖女，今欲同辇，得无近似之乎？"上善其言而止。太后闻之，喜曰："古有樊姬，今有班倢伃。"倢伃诵《诗》及《窈窕》、《德象》、《女师》之篇。每进见上疏，依则古礼。

自鸿嘉后，上稍隆于内宠。倢伃进侍者李平，平得幸，立为倢伃。上曰："始卫皇后亦从微起。"乃赐平姓曰卫，所谓卫倢伃也。其后，赵飞燕姊弟亦从自微贱兴，逾越礼制，浸盛于前。班倢伃及许皇后皆失宠，稀复进见。鸿嘉三年，赵飞燕谮告许皇后、班倢伃挟媚道，祝诅后宫，詈及主上。许皇后坐废。考问班倢伃，倢伃对曰："妾闻'死生有命，富贵在天。'修正尚未蒙福，为邪欲以何望？使鬼神有知，不受不臣之诉；如其无知，诉之何益？故不为也。"上善其对，怜悯之，赐黄金百斤。

赵氏姊弟骄妒，倢伃恐久见危，求共养太后长信宫，上许焉。倢伃退处东宫，作赋自伤悼，其辞曰：

承祖考之遗德兮，何性命之淑灵，登薄躯于宫阙兮，充下陈于后庭。蒙圣皇之渥惠兮，当日月之盛明，扬光烈之翕赫兮，奉隆宠于增成。既过幸于非位兮，窃庶几乎嘉时，每寤寐而累息兮，申佩离以自思，陈女图以镜监兮，顾女史而问诗。悲晨妇之作戒兮，哀褒、阎之为邮；美皇、英之女虞兮，荣任、姒之母周。虽愚陋其靡及兮，敢舍心而忘兹？历年岁而悼惧兮，闵蕃华之不滋。痛阳禄与柘馆兮，仍襁褓而离灾，岂妾人之殃咎兮？将天命之不可求。

白日忽已移光兮，遂暗莫而昧幽，犹被覆载之厚德兮，不废捐于罪邮。奉共养于东宫兮，托长信之末流，共洒扫于帷幄兮，永终死以为期。愿归骨于山足兮，依松柏之余休。

重曰："潜玄宫兮幽以清，应门闭兮禁闼扃。华殿尘兮玉阶，中庭萋兮绿草生。广室阴兮帷幄暗，房栊虚兮风泠泠。感帷裳兮发红罗，纷綷兮纨素声。神眇眇兮密靓处，君不御兮谁为荣？俯视兮丹墀，思君兮履綦。仰视兮云屋，双涕兮横流。顾左右兮和颜，酌羽觞兮销忧。惟人生兮一世，忽一过兮若浮。已独享兮高明，处生民兮极休。勉虞精兮极乐，与福禄兮无期。《绿衣》兮《白华》，自古兮有之。

至成帝崩，倢伃充奉园陵，薨，因葬园中。

孝成赵皇后，本长安宫人。初生时，父母不举，三日不死，乃收养之。及壮，属阳阿主家，学歌舞，号曰飞燕。成帝尝微行出，过阳阿主，作乐。上见飞燕而说之，召入宫，大幸。有女弟复召入，俱为倢伃，贵倾后宫。

许后之废也，上欲立赵倢伃。皇太后嫌其所出微甚，难之。太后姊子淳于长为侍中，数往来传语，得太后指，上立封赵倢伃父临为成阳侯。后月余，乃立倢伃为皇后。追以长前白罢昌陵功，封为定陵侯。

皇后既立，后宠少衰，而弟绝幸，为昭仪。居昭阳舍，其中庭彤朱，而殿上髹漆，切皆铜沓冒黄金涂，白玉阶，壁带往往为黄金釭，函蓝田璧，明珠、翠羽饰之，自后宫未尝有焉。姊弟颛宠十余年，卒皆无子。末年，定陶王来朝，王祖母傅太后私赂遗赵皇后、昭仪，定陶王竟为太子。

明年春，成帝崩。帝素强，无疾病。是时，楚思王衍、梁王立来朝，明旦当辞去，上宿供张白虎殿。又欲拜左将军孔光为丞相，已刻侯印书赞。昏夜平善，乡晨，傅裤袜欲起，因失衣，不能言，昼漏上十刻而崩。民间归罪赵昭仪，皇太后诏大司马莽、丞相大司空曰："皇帝暴崩，群众讙哗怪之。掖庭令辅等在后庭左右，侍燕迫近，杂与御史、丞相、廷尉治问皇帝起居发病状。"赵昭仪自杀。

哀帝既立，尊赵皇后为皇太后，封太后弟侍中驸马都尉钦为新成侯。赵氏侯者凡二人。后数月，司隶解光奏言：

臣闻许美人及故中宫史曹宫皆御幸孝成皇帝，产子，子隐不见。

臣遣从事掾业、史望验问知状者掖庭狱丞籍武，故中黄门王舜、吴恭、靳严，官婢曹晓、道房、张弃，故赵昭仪御者于客子、王偏、臧兼等，皆曰宫即晓子女，前属中宫，为学事史，通《诗》，授皇后。房与宫对食，元延元年中宫语房曰："陛下幸宫。"后数月，晓入殿中，见宫腹大，问宫。宫曰："御幸有身。"其十月中，宫乳掖庭牛官令舍，有婢六人，中黄门田客持诏记，盛绿绨方底，封御史中丞印，予武曰："取牛官令舍妇人新产儿，婢六人，尽置暴室狱，毋问儿男女，谁儿也！”武迎置狱。官曰：“善臧我儿胞，丞知是何等儿也！”后三日，客持诏记与武，问：“儿死未？手书对牍背。”武即书对：“儿见在，未死。”有顷，客出曰：“上与昭仪大怒，奈何不杀？”武叩头啼曰：“不杀儿，自知当死；杀之，亦死！”即因客奏封事，曰：“陛下未有继嗣，子无贵贱，唯留意！”奏入，客复持诏记予武曰：“今夜漏上五刻，持儿与舜，会东交掖门。”武因问客：“陛下得武书，意何如？”曰：“瞠也。”武以儿付舜。舜受诏，内儿殿中，为择乳母，告“善养儿，且有赏。毋令漏泄！”舜择弃为乳母，时儿生八九日。后三日，客复持诏记，封如前予武，中有封小绿箧，记曰：“告武以箧中物书予狱中妇人，武自临饮之。”武发箧中有裹药二枚，赫蹏书，曰：“告伟能：努力饮此药，不可复入。女自知之！”伟能即官。官读书已，曰：“果也，欲姊弟擅天下！我儿男也，额上有壮发，类孝元皇帝。”今儿安在？危杀之矣！奈何令长信得闻之？”官饮药死。后宫婢六人召入，出语武曰：“昭仪言‘女无过。宁自杀邪，若外家也？’我曹言愿自杀。”即自缪死。武皆表奏状。弃所养儿十一日，宫长李南以诏书取儿去，不知所置。

许美人前在上林涿沐馆，数召入饰室中若舍，一岁再三召，留数月或半岁御幸。远延二年怀子，其十一月乳。诏使严持乳医及五种和药丸三，送美人所。后客子、偏、兼闻昭仪谓成帝曰：“常绐我言从中宫来，即从中宫来，许美人儿何从生中？许氏竟当复立邪！”怼，以手自捣，以头击壁户柱，从床上自投地，啼泣不肯食，曰：“今当安置我，欲归耳！”帝曰：“今故告之，反怒为！殊不可晓也。”帝亦不食。昭仪曰：“陛下自知是，不食为何？陛下常自言‘约不负女’，今美人有子，竟负约，谓何？”帝曰：“约以赵氏，故不立许氏。使天下无出赵氏上者，毋忧也！”后诏使严持绿囊书予许美人，告严曰：“美人当有以予女，受来，置饰室中帘南。”美人以苇箧一合盛所生儿，缄封，及绿囊报书予严。严持箧书，置饰室帘南去。帝与昭仪坐，使客子解箧缄。未已，帝使客子、偏、兼皆出，自闭户，独与昭仪在。须臾开户，呼客子、偏、兼，使缄封箧及绿绨方底，推置屏风东。恭受诏，持箧方底予武，皆封以御史中丞印，曰：“告武：箧中有死儿，埋屏处，勿令人知。”武穿狱楼垣下为坎，埋其中。

故长定许贵人及故成都、平阿侯家婢王业、任孋、公孙习前免为庶人，诏召入，属昭仪为私婢。成帝崩，未幸梓宫，仓卒悲哀之时，昭仪自知罪恶大，知业等故许氏、王氏婢，恐事泄，而以大婢羊子等赐予业等各且十人，以慰其意，属“无道我家过失”。

元延二年五月，故掖庭令吾丘遵谓武曰：“掖庭丞吏以下皆与昭仪合通，无可与语者，独欲与武有所言。我无子，武有子，是家轻族人，得无不敢乎？掖庭中御幸生子者辄死，又饮药伤堕者无数，欲与武共言之大臣，票骑将军贪耆钱，不足计事，奈何令长信得闻之？”遵后病困，谓武：“今我已死，前所语事，武不能独为也，慎语！”

皆在今年四月丙辰赦令前。臣谨案永光三年男子忠等发长陵傅夫人冢。事更大赦，孝元皇帝下诏曰：“此朕不当所得赦也。”穷治，尽伏辜，天下以为当。鲁严公夫人杀世子，齐桓召而诛焉，《春秋》予之。赵昭仪倾乱圣朝，亲灭继嗣，家属当伏天诛。前平安刚侯夫人谒坐大逆，同产当坐，以蒙赦令，归故郡。今昭仪所犯尤悖逆，罪重于谒，而同产亲属皆在尊贵之位，迫近帏幄，群下寒心，非所以惩恶崇谊示四方也。请事穷竟，丞相以下议正法。

哀帝于是免新成侯赵钦、钦兄子成阳侯訢，皆为庶人，将家属徙辽西郡。时议郎耿育上疏言：

臣闻继嗣失统，废適立庶，圣人法禁，古今至戒。然大伯见历知適，逡循固让，委身吴粤，权变所设，不计常法，致位王季，以崇圣嗣，卒有天下，子孙承业，七八百载，功冠三王，道德最备，是以尊号追及大王。故世必有非常之变，然后乃有非常之谋。孝成皇帝自知继嗣不以时立，念虽末有皇子，万岁之后未能持国，权柄之重，制于女主，女主骄盛则耆欲无极，少主幼弱则大臣不使，世无周公抱负之辅，恐危社稷，倾乱天下。知陛下有贤圣通明之德，仁孝子爱之恩，怀独见之明，内断于身，故废后宫就馆之渐，绝微嗣祸乱之根，乃欲致位陛下以安宗庙。愚臣既不能深援安危，定金匮之计，又不知推演圣德，述先帝之志，乃反覆校省内，暴露私燕，诬污先帝倾惑之过，成结宠妾妒媚之诛，甚失贤圣远见之明，逆负先帝忧国之意。

夫论大德不拘俗，立大功不合众，此乃孝成皇帝至思所以万万于众臣，陛下圣德盛茂所以符合于皇天也，岂当世庸庸斗筲之臣所能及哉！且褒广将顺君父之美，匡救销灭既往之过，古今通义也。事不当时固争，防祸于未然，各随指阿从，以求容媚，晏驾之后，尊号已定，万事已讫，乃探追不及之事，讦扬幽昧之过，此臣所深痛也！

愿下有司议，即如臣言，宜宣布天下，使咸晓知先帝圣意所起。不然，空使谤议上及山陵，下流后世，远闻百蛮，近布海内，甚非先帝托后之意也。盖孝子善述父之志，善成人之事，唯陛下省察！

哀帝为太子，亦颇得赵太后力，遂不竟其事。傅太后恩赵太后，赵太后亦归心，故成帝母及王氏皆怨之。

哀帝崩，王莽白太后诏有司曰："前皇太后与昭仪俱侍帷幄，姊弟专宠锢寝，执贼乱之谋，残灭继嗣以危宗庙，悖天犯祖，无为天下母之义。贬皇太后为孝成皇后，徙居北宫。"后月余，复下诏曰："皇后自知罪恶深大，朝请希阔，失妇道，无共养之礼，而有狼虎之毒，宗室所怨，海内之仇也，而尚在小君之位，诚非皇天之心。夫小不忍乱大谋，恩之所不能已者义之所割也，今废皇后为庶人，就其园。"是日自杀。凡立十六年而诛。先是，有童谣曰："燕燕，尾涎涎，张公子，时相见。木门仓琅根，燕飞来，啄皇孙。皇孙死，燕啄矢。"成帝每微行出，常与张放俱，而称富平侯家，故曰张公子。仓琅根，宫门铜锾也。

孝元傅昭仪，哀帝祖母也。父河内温人，早卒，母更嫁为魏郡郑翁妻，生男恽。昭仪少为上官太后才人，自元帝为太子，得进幸。元帝即位，立为倢伃，甚有宠。为人有材略，善事人，下至宫人左右，饮酒酹地，皆祝延之。产一男一女，女为平都公主，男为定陶恭王。恭王有材艺，尤爱于上。元帝即重傅倢伃，及冯倢伃亦幸，生中山孝王，上欲殊之于后宫，以二人皆有子为王，上尚在，未得称太后，乃更号曰昭仪，赐以印绶，在倢伃上。昭其仪，尊之也。至成、哀时，赵昭仪、董昭仪皆无子，犹称焉。

元帝崩，傅昭仪随王归国，称定陶太后。后十年，恭王薨，子代为王。王母曰丁姬。傅太后躬自养视，既壮大，成帝无继嗣。时中山孝王在。元延四年，孝王及定陶王皆入朝。傅太后多以珍宝赂遗赵昭仪及帝舅票骑将军王根，阴为王求汉嗣。皆见上无子，欲豫自结为久长计，更称誉定陶王。上亦自器之，明年，遂征定陶王立为太子，语在《哀纪》。月余，天子立楚孝王孙景为定陶王，奉恭王后。太子议欲谢，少傅阎崇以为："《春秋》不以父命废王父命，为人后之礼不得顾私亲，不当谢。"太傅赵玄以为当谢，太子从之。诏问所以谢状，尚书劾奏玄，左迁少府，以光禄勋师丹为太傅。诏傅太后与太子母丁姬自居定陶国邸，下有司议皇太子得与傅太后、丁姬相见不，有司奏议不得相见。顷之，成帝母王太后欲令傅太后、丁姬十日一至太子家，成帝曰："太子丞正统，当共养陛下，不得复顾私亲。"王太后曰："太子小，而傅太后抱养之。今至太子家，以乳母恩耳，不足有所妨。"于是令傅太后得至太子家。丁姬以不小养太子，独不得。

成帝崩，哀帝即位。王太后诏令傅太后、丁姬十日一至未央宫。高昌侯董宏希指，上书言宜立丁姬为帝太后。师丹劾奏："宠怀邪误朝，不道。"上初即位，谦让，从师丹言止。后乃白令王太后下诏，尊定陶恭王为恭皇。哀帝因是曰："《春秋》'母以子贵'，尊傅太后为恭皇太后，丁姬为恭皇后，各置左右詹事，食邑如长信宫、中宫。追尊恭皇太后父为崇祖侯，恭皇后父为褒德侯。"后岁余，遂下诏曰："汉家之制，推亲亲以显尊尊，定陶恭皇之号不宜复称定陶。其尊恭皇太后为帝太太后，丁后为帝太后。"后又更号帝太太后为皇太太后，称永信宫，帝太后称中安宫，而成帝母太皇太后本称长信宫，成帝赵后为皇太后，并四太后，各置少府、太仆，秩皆中二千石。为恭皇立寝庙于京师，比宣帝父悼皇考制度，序昭穆于前殿。

傅太后父同产弟四人，曰子孟、中叔、子元、幼君。子孟子喜至大司马，封高武侯。中叔子晏亦大司马，封孔乡侯。幼君子商封汝昌侯，为太后父崇祖侯后，更号崇祖曰汝昌哀侯。太后同母弟郑恽前死，以恽子业为阳信侯，追尊恽为阳信节侯。郑氏、傅氏侯者凡六人，大司马二人，九卿二千石六人，侍中诸曹十余人。

傅太后既尊，后尤骄，与成帝母语，至谓之妪。与中山孝王母冯太后并事元帝，追怨之，陷以祝诅罪，令自杀。元寿元年崩，合葬渭陵，称孝元傅皇后云。

定陶丁姬，哀帝母也，《易》祖师丁将军之玄孙。家在山阳瑕丘，父至庐江太守。始，定陶恭王先为山阳王，而丁氏内其女为姬。王后姓张氏，其母郑礼，即傅太后同母弟也。太后以亲戚故，欲其有子，然终无有。唯丁姬河平四年生哀帝。丁姬为帝太后，两兄忠、明。明以帝舅封阳安侯。忠早死，封忠子满为平周侯。太后叔父宪、望。望为左将军，宪为太仆。明为大司马票骑将军，辅政。丁氏侯者凡二人，大司马一人，将军、九卿、二千石六人，侍中、诸曹亦十余人。丁、傅以一二年间暴兴尤盛。然哀帝不甚假以权势，权势不如王氏在成帝世也。

建平二年，丁太后崩。上曰："《诗》云'谷则异室，死则同穴'。昔季武子成寝，杜氏之墓在西阶下，请合葬而许之。附葬之礼，自周兴焉。孝子事亡如事存，帝太后宜起陵恭皇之园。"遣大司马票骑将军明，东送葬于定陶，贵震山东。

哀帝崩，王莽秉政，使有司举奏丁、傅罪恶。莽以太皇太后诏皆免官爵，丁氏徙归故郡。莽奏贬傅太后号为定陶共王母，丁太后号曰丁姬。

元始五年，莽复言："共王母、丁姬前不臣妾，至葬渭陵，冢高与元帝山齐，怀帝太后、皇太太后玺绶以葬，不应礼。礼有改葬，请发共王母及丁姬冢，取其玺绶消灭，徙共王母及丁姬归定陶，葬共王冢次，而葬丁姬复其故。"太后以为既已之事，不须复发。莽固争之，太后诏曰"因故棺为致椁作冢，祠以太牢。"谒者护既发傅太后冢，崩压杀数百人；开丁姬椁户，火出炎四五丈，吏卒以水沃灭乃得入，烧燔椁中器物。

莽复奏言："前共王母生，僭居桂宫，皇天震怒，灾其正殿；丁姬死，葬逾制度，今火焚其椁。此天见变以告，当改如媵妾也。臣前奏请葬丁姬复故，非是。共王母及丁姬棺皆名梓宫，珠玉之衣非藩妾服，请更以木棺代，去珠玉衣，葬丁姬媵妾之次。"

奏可。既开傅太后棺，臭闻数里。公卿在位皆阿莽指，入钱帛，遣子弟及诸生四夷，凡十余万人，操持作具，助将作掘平共王母、丁姬故冢，二旬间皆平。莽又周棘其处以为世戒云。时有群燕数千，衔土投丁姬穿中。丁、傅既败，孔乡侯晏将家属徙合浦，宗族皆归故郡。唯高武侯喜得全，自有传。

孝哀傅皇后，定陶太后从弟子也。哀帝为定陶王时，傅太后欲重亲，取以配王。王入为汉太子，傅氏女为妃。哀帝即位，成帝大行尚在前殿，而傅太后封傅妃父晏为孔乡侯，与帝舅阳安侯丁明同日俱封。时师丹谏，以为："天下自王者所有，亲戚何患不富贵？而仓卒若是，其不久长矣！"晏封后月余，傅妃立为皇后。傅氏既盛，晏最尊重。哀帝崩，王莽白太皇太后下诏曰："定陶共王太后与孔乡侯晏同心合谋，背恩忘本，专恣不轨，与至尊同称号，终没，至乃配食于左坐，悖逆无道。今令孝哀皇后退就桂宫。"后月余，复与孝成赵皇后俱废为庶人，就其园自杀。

孝元冯昭仪，平帝祖母也。元帝即位二年，以选入后宫。时父奉世为执金吾。昭仪始为长使，数月至美人，后五年就馆生男，拜为倢伃。时父奉世为右将军光禄勋，奉世长男野王为左冯翊，父子并居朝廷，议者以为器能当其位，非用女宠故也。而冯倢伃内宠与傅昭仪等。

建昭中，上幸虎圈斗兽，后宫皆坐。熊佚出圈，攀槛欲上殿。左右贵人傅昭仪等皆惊走，冯倢伃直前当熊而立，左右格杀熊。上问："人情惊惧，何故前当熊？"倢伃对曰："猛兽得人而止，妾恐熊至御坐，故以身当之。"元帝嗟叹，以此倍敬重焉。傅昭仪等皆惭。明年夏，冯倢伃男立为信都王，尊倢伃为昭仪。元帝崩，为信都太后，与王俱居储元宫。河平中，随王之国。后徙中山，是为孝王。

后征定陶王为太子，封中山王舅参为宜乡侯。参，冯太后少弟也。是岁，孝王薨，有一男，嗣为王，时未满岁，有眚病，太后自养视，数祷祠解。

哀帝即位，遣中郎谒者张由将医治中山小王。由素有狂易病，病发怒去，西归长安。尚书簿责擅去状，由恐，因诬言中山太后祝诅上及太后。太后即傅昭仪也，素常怨冯太后，因是遣御史丁玄案验，尽收御者官吏及冯氏昆弟在国者百余人，分系雒阳、魏郡、巨鹿。数十日无所得，更使中谒者令史立与丞相长史、大鸿胪丞杂治。立受傅太后指，几得封侯，治冯太后女弟习及寡弟妇君之，死者数十人。巫刘吾服祝诅。医徐遂成言习、君之曰："武帝时医修氏刺治武帝得二千万耳，今愈上，不得封侯，不如杀上，令中山王代，可得封。"立等劾奏祝诅谋反，大逆。责问冯太后，无服辞。立曰："熊之上殿何其勇，今何怯也！"太后还谓左右："此乃中语，前世事，吏何用知之？是欲陷我效也！"乃饮药自杀。

先未死，有司请诛之，上不忍致法，废为庶人，徙云阳宫。既死，有司复奏："太后死在未废前。"有诏以诸侯王太后仪葬之。宜乡侯参、君之、习夫及子当相坐者，或自杀，或伏法。参女弁为孝王后，有两女，有司奏免为庶人，与冯氏宗族徙归故郡。张由以先告赐爵关内侯，史立迁中太仆。

哀帝崩，大司徒孔光奏"由前诬告骨肉，立陷人入大辟，为国家结怨于天下，以取秩迁，获爵邑，幸蒙赦令，请免为庶人，徙合浦"云。

中山卫姬，平帝母也。父子豪，中山卢奴人，官至卫尉。子豪女弟为宣帝倢伃，生楚孝王；长女又为元帝倢伃，生平阳公主。成帝时，中山孝王无子，上以卫氏吉祥，以子豪少女配孝王。元延四年，生平帝。

平帝年二岁，孝王薨，代为王。哀帝崩，无嗣。太皇太后与新都侯莽迎中山王立为帝。莽欲颛国权，惩丁、傅行事，以帝为成帝后，母卫姬及外家不当得至京师。乃更立宗室桃乡侯子成都为中山王，奉孝王后，遣少傅左将军甄丰赐卫姬玺绶，即拜为中山孝王后，以苦陉县为汤沐邑。又赐帝舅卫宝、宝弟玄爵关内侯。赐帝三妹，谒臣号修义君，哉皮为承礼君，鬲子为尊德君，食邑各二千户。莽长子宇非莽隔绝卫氏，恐久后受祸，即私与卫宝通书记，教卫后上书谢恩，因陈丁、傅旧恶，几得至京师。莽白太皇太后诏有司曰："中山孝王后深分明为人后之义，务陈故定陶傅太后、丁姬悖天逆理，上僭位号，徙定陶王于信都，为共王立庙于京师，如天子制，不畏天命，侮圣人言，坏乱法度，居非其制，称非其号。是以皇天震怒，火烧其殿，六年之间大命不遂，祸殃仍重，竟令孝哀帝受其余灾，大失天心，夭命暴崩，又令共王祭祀绝废，精魂无所依归。朕惟孝王后深说经义，明镜圣法，惧古人之祸败，近事之咎殃，畏天命，奉圣言，是乃久保一国，长获天禄，而令孝王永享无疆之祀，福祥之大者也。朕甚嘉之。夫褒义赏善，圣王之制，其以中山故安户七千益中山后汤沐邑，加赐及中山王黄金各百斤，增傅相以下秩。"

卫后日夜啼泣，思见帝，而但益户邑。宇复教令上书求至京师。会事发觉，莽杀宇，尽诛卫氏支属。卫宝女为中山王后，免后，徙合浦。唯卫后在，王莽篡国，废为家人，后岁余卒，葬孝王旁。

孝平王皇后，安汉公太傅大司马莽女也。平帝即位，年九岁，成帝母太皇太后称制，而莽秉政。莽欲依霍光故事，以女配帝，太后意不欲也。莽设变诈，令女必入，因以自重，事在《莽传》。太后不得已而许之，遣长乐少府夏侯藩、宗正刘宏、少府宗伯凤、尚书令平晏纳采、太师光、大司徒马宫、大司空甄丰、左将军孙建、执金吾尹赏、行太常事太中大夫刘歆及太卜、太史令以下四十九人赐皮弁素绩，以礼杂卜筮，太牢祠宗庙，待吉月日。明年春，遣大司徒宫、大司空丰、左将军建、右将军甄邯、光禄大夫歆奉乘舆法驾，迎皇后于安汉公第。宫、丰、歆授皇后玺绂，登车称警跸，便时上林延寿门，入未央宫前殿。群臣就位行礼，大赦天下。益封父安汉公地满百里，赐迎皇后及行礼者，自三公以下至驺宰执事长乐、未央宫、安汉公第者，皆增秩，赐金、帛各有差。皇后立三月，以礼见高庙。尊父安汉公号曰宰衡，位在诸侯王上。赐公夫人号曰功显君，食邑。封公子安为褒新侯，临为赏都侯。

后立岁余，平帝崩。莽立孝宣帝玄孙婴为孺子，莽摄帝位，尊皇后为皇太后。三年，莽既真，以婴为定安公，改皇太后号为定安公太后。太后时年十八矣，为人婉嫕有节操。自刘氏废，常称疾不朝会。莽敬惮伤哀，欲嫁之，乃更号为黄皇室主，令立国将军成新公孙建世子豫饰将医往问疾。后大怒，笞鞭其旁侍御。因发病，不肯起，莽遂不复强也。及汉兵诛莽，燔烧未央宫，后曰："何面目以见汉家！"自投火中而死。

赞曰：《易》著吉凶而言谦盈之效，天地鬼神至于人道靡不同之。夫女宠之兴，由至微而体至尊，穷富贵而不以功，此固道家所畏，祸福之宗也。序自汉兴，终于孝平，外戚后庭色宠著闻二十有余人，然其保位全家者，唯文、景、武帝太后及邛成后四人而已。至如史良娣、王悼后、许恭哀后身皆夭折不辜，而家依托旧恩，不敢纵恣，是以能全。其余大者夷灭，小者放流，呜呼！鉴兹行事，变亦备矣。

卷九十八

元后传第六十八

孝元皇后，王莽姑也。莽自谓黄帝之后，其《自本》曰：黄帝姓姚氏，八世生虞舜。舜起妫汭，以妫为姓。至周武王封舜后妫满于陈，是为胡公，十三世生完。完字敬仲，奔齐，齐桓公以为卿，姓田氏。十一世，田和有齐国，三世称王，至王建为秦所灭。项羽起，封建孙安为济北王。至汉兴，安失国，齐人谓之“王家”，因以为氏。

文、景间，安孙遂，字伯纪，处东平陵，生贺，字翁孺。为武帝绣衣御史，逐捕魏郡群盗坚卢等党与，及吏畏愞逗留当坐者，翁孺皆纵不诛。它部御史暴胜之等奏杀二千石，诛千石以下，及通行饮食坐连及者，大部至斩万余人，语见《酷吏传》。翁孺以奉使不称免，叹曰：“吾闻活千人者有封子孙，吾所活者万余人，后世其兴乎！”翁孺既免，而与东平陵终氏为怨，乃徙魏郡元城委粟里，为三老，魏郡人德之。元城建公曰：“昔春秋沙麓崩，晋史卜之，曰：‘阴为阳雄，土火相乘，故有沙麓崩。后六百四十五年，宜有圣女兴。’其齐田乎！今王翁孺徙，正直其地，日月当之。元城郭东有五鹿之虚，即沙鹿地也。后八十年，当有贵女兴天下”云。

翁孺生禁，字稚君，少学法律长安，为廷尉史。本始三年，生女政君，即元后也。禁有大志，不修廉隅，好酒色，多取傍妻，凡有四女八男：长女君侠，次即元后政君，次君力，次君弟；长男凤孝卿，次曼元卿，谭子元，崇少子，商子夏，立子叔，根稚卿，逢时季卿。唯凤、崇与元后政君同母。母，適妻，魏郡李氏女也。后以妒去，更嫁为河内苟宾妻。

初，李亲任政君在身，梦月入其怀。及壮大，婉顺得妇人道。尝许嫁未行，所许者死。后东平王聘政君为姬，未入，王薨。禁独怪之，使卜数者相政君，“当大贵，不可言”。禁心以为然，乃教书，学鼓琴。五凤中，献政君，年十八矣，入掖庭为家人子。岁余，会皇太子所爱幸司马良娣病，且死，谓太子曰：“妾死非天命，乃诸娣妾良人更祝诅杀我。”太子怜之，且以为然。及司马良娣死，太子悲恚发病，忽忽不乐，因以过怒诸娣妾，莫得进见者。久之，宣帝闻太子恨过诸娣妾，欲顺适其意，乃令皇后择后宫家人子可以虞侍太子者，政君与在其中。及太子朝，皇后乃见政君等五人，微令旁长御问知太子所欲。太子殊无意于五人者，不得已于皇后，强应曰：“此中一人可。”是时政君坐近太子，又独衣绛缘诸于，长御即以为是。皇后使侍中杜辅、掖庭令浊贤交送政君太子宫，见丙殿。得御幸，有身。先是者，太子后宫娣妾以十数，御幸久者七八年，莫有子，及王妃一幸而有身。甘露三年，生成帝于甲馆画堂，为世適皇孙。宣帝爱之，自名曰骜，字太孙，常置左右。

后三年，宣帝崩，太子即位，是为孝元帝。立太孙为太子，以母王妃为婕伃，封父禁为阳平侯。后三日，婕伃立为皇后，禁位特进，禁弟弘至长乐卫尉。永光二年，禁薨，谥曰顷侯。长子凤嗣侯，为卫尉侍中。皇后自有子后，希复进见。太子壮大，宽博恭慎，语在《成纪》。其后幸酒，乐燕乐，元帝不以为能。而傅昭仪有宠于上，生定陶共王。王多材艺，上甚爱之，坐则侧席，行则同辇，常有意欲废太子而立共王。时凤在位，与皇后、太子同心忧惧，赖侍中史丹拥右太子，语在《丹传》。上亦以皇后素谨慎，而太子先帝所常留意，故得不废。

元帝崩，太子立，是为孝成帝。尊皇后为皇太后，以凤为大司马大将军领尚书事，益封五千户。王氏之兴自凤始。又封太后同母弟崇为安成侯，食邑万户。凤庶弟谭等皆赐爵关内侯，食邑。

其夏，黄雾四塞终日。天子以问谏大夫杨兴、博士驷胜等，对皆以为："阴盛侵阳之气也。高祖之约也，非功臣不侯，今太后诸弟皆以无功为侯，非高祖之约，外戚未曾有也，故天为见异。"言事者多以为然。凤于是惧，上书辞谢曰："陛下即位，思慕谅闇，故诏臣凤典领尚书事，上无以明圣德，下无以益政治。今有茀星天地赤黄之异，咎在臣凤，当伏显戮，以谢天下。今谅闇已毕，大义皆举，宜躬亲万机，以承天心。"因乞骸骨辞职。上报曰："朕承先帝圣绪，涉道未深，不明事情，是以阴阳错缪，日月无光，赤黄之气，充塞天下。咎在朕躬，今大将军乃引过自予，欲上尚书事，归大将军印绶，罢大司马官，是明朕之不德也。朕委将军以事，诚欲庶几有成，显先祖之功德。将军其专心固意，辅朕之不逮，毋有所疑。"

后五年，诸吏散骑安成侯崇薨，谥曰共侯。有遗腹子奉世嗣侯，太后甚哀之。明年，河平二年，上悉封舅谭为平阿侯，商成都侯，立红阳侯，根曲阳侯，逢时高平侯。五人同日封，故世谓之"五侯"。太后同产唯曼早卒，余毕侯矣。太后母李亲，苟氏妻，生一男名参，寡居。顷侯禁在时，太后令禁还李亲。太后怜参，欲以田蚡为比而封之。上曰："封田氏，非正也。"以参为侍中水衡都尉。王氏子弟皆卿、大夫、侍中、诸曹，分据势官满朝廷。

大将军凤用事，上遂谦让无所颛。左右常荐光禄大夫刘向少子歆通达有异材。上召见歆，诵读诗赋，甚说之，欲以为中常侍，召取衣冠。临当拜，左右皆曰："未晓大将军。"上曰："此小事，何须关大将军？"左右叩头争之。上于是语凤，凤以为不可，乃止。其见惮如此。

上即位数年，无继嗣，体常不平。定陶共王来朝，太后与上承先帝意，遇共王甚厚，赏赐十倍于它王，不以往事为纤介。共王之来朝也，天子留，不遣归国。上谓共王："我未有子，人命不讳，一朝有它，且不复相见。尔长留侍我矣！"其后，天子疾益有瘳，共王因留国邸，旦夕侍上，上甚亲重。大将军凤心不便共王在京师，会日蚀，凤因言："日蚀，阴盛之象，为非常异。定陶王虽亲，于礼当奉藩在国。今留侍京师，诡正非常，故天见戒。宜遣王之国。"上不得已于凤而许之。共王辞去，上与相对涕泣而决。

京兆尹王章素刚直敢言，以为凤建遣共王之国非是，乃奏封事言日蚀之咎矣。天子召见章，延问以事，章对曰："天道聪明，佑善而灾恶，以瑞异为符效。今陛下以未有继嗣，引近定陶王，所以承宗庙，重社稷，上顺天心，下安百姓。此正义善事，当有祥瑞，何故致灾异？灾异之发，为大臣颛政者也。今闻大将军猥归日蚀之咎于定陶王，建遣之国，苟欲使天子孤立于上，颛擅朝事以便其私，非忠臣也。且日蚀，阴侵阳、臣颛君之咎，今政事大小皆自凤出，天子曾不一举手，凤不内省责，反归咎善人，推远定陶王。且凤诬罔不忠，非一事也。前丞相乐昌侯商本以先帝外属，内行笃，有威重，位历将相，国家柱石臣也，其人守正，不肯诎节随凤委曲，卒用闺门之事为凤所罢，身以忧死，众庶愍之。又凤知其小妇弟张美人已尝适人，于礼不宜配御至尊，托以为宜子，内之后宫，苟以私其妻弟。闻张美人未尝任身就馆也。且羌胡尚杀首子以荡肠正世，况于天子而近已出之女也！此三者皆大事，陛下所自见，足以知其余，及它所不见者。凤不可令久典事，宜退使就第，选忠贤以代之。”

自凤之白罢商后遣定陶王也，上不能平。及闻章言，天子感寤，纳之，谓章曰：“微京兆尹直言，吾不闻社稷计！且唯贤知贤，君试为朕求可以自辅者。”于是章奏封事，荐中山孝王舅琅邪太守冯野王“先帝时历二卿，忠信质直，知谋有余。野王以王舅出，以贤复入，明圣主乐进贤也”。上自为太子时数闻野王先帝名卿，声誉出凤远甚，方倚欲以代凤。

初，章每召见，上辄辟左右。时太后从弟长乐卫尉弘子侍中音独侧听，具知章言，以语凤。凤闻之，称病出就第，上疏乞骸骨，谢上曰：“臣材驽愚戆，得以外属兄弟七人封为列侯，宗族蒙恩，赏赐无量。辅政出入七年，国家委任臣凤，所言辄听，荐士常用。无一功善，阴阳不调，灾异数见，咎在臣凤奉职无状，此臣一当退也。《五经》传记，师所诵说，咸以日蚀之咎在于大臣非其人，《易》曰‘折其右肱’，此臣二当退也。河平以来，臣久病连年，数出在外，旷职素餐，此臣三当退也。陛下以皇太后故不忍诛废，臣犹自知当远流放，又重自念，兄弟宗族所蒙不测，当杀身靡骨死辇毂下，不当以无益之故有离寝门之心，诚岁余以来，所苦加侵，日日益甚，不胜大愿，愿乞骸骨，归自治养，冀赖陛下神灵，未埋发齿，期月之间，幸得瘳愈，复望帷幄，不然，必置沟壑。臣以非材见私，天下知臣受恩深也；以病得全骸骨归，天下知臣被恩见哀，重巍巍也。进退于国为厚，万无纤介之议。唯陛下哀怜！”其辞指甚哀，太后闻之为垂涕，不御食。

上少而亲倚凤，弗忍废，乃报凤曰：“朕秉事不明，政事多阙，故天变娄臻，咸在朕躬。将军乃深引过自予，欲乞骸骨而退，则朕将何向焉！《书》不云乎？‘公毋困我’。务专精神，安心自持，期于亟瘳，称朕意焉。”于是凤起视事。上使尚书劾奏章：“知野王前以王舅出补吏，而私荐之，欲令在朝阿附诸侯；又知张美人体御至尊，而妄称引羌胡杀子荡肠，非所宜言。”遂下章吏。廷尉致其大逆罪，以为“比上夷狄，欲绝继嗣之端；背畔天子，私为定陶王”。章死狱中，妻子徙合浦。

自是公卿见凤，侧目而视，郡国守相、刺史皆出其门。又以侍中太仆音为御史大夫，列于三公。而五侯群弟，争为奢侈，赂遗珍宝，四面而至；后廷姬妾，各数十人，僮奴以千百数，罗钟磬，舞郑女，作倡优，狗马驰逐；大治第室，起土山渐台，洞门高廊阁道，连属弥望。百姓歌之曰：“五侯初起，曲阳最怒，坏决高都，连竟外杜，土山渐台西白虎。”其奢僭如此。然皆通敏人事，好士养贤，倾财施予，以相高尚。

凤辅政凡十一岁。阳朔三年秋，凤疾，天子数自临问，亲执其手，涕泣曰：“将军病，如有不可言，平阿侯谭次将军矣。”凤顿首泣曰：“谭等虽与臣至亲，行皆奢僭，无以率导百姓，不如御史大夫音谨敕，臣敢以死保之。”及凤且死，上疏谢上，复固荐音自代，言谭等五人必不可用。天子然之。

初，谭倨，不肯事凤，而音敬凤，卑恭如子，故荐之。凤薨，天子临吊赠宠，送以轻车介士，军陈自长安至渭陵，谥曰敬成侯。子襄嗣侯，为卫尉。御史大夫音竟代凤为大司马车骑将军，而平阿侯谭位特进，领城门兵。谷永说谭，令让不受城门职，由是与音不平，语在《永传》。

音既以从舅越亲用事，小心亲职，岁余，上下诏曰：“车骑将军音宿卫忠正，勤劳国家，前为御史大夫，以外亲宜典兵马，入为将军，不获宰相之封，朕甚慊焉！其封音为安阳侯，食邑与五侯等，俱三千户。”

初，成都侯商尝病，欲避暑，从上借明光宫。后又穿长安城，引内沣水注第中大陂以行船，立羽盖，张周帷，辑濯越歌。上幸商第，见穿城引水，意恨，内衔之，未言。

后微行出，过曲阳侯第，又见园中土山渐台似类白虎殿。于是上怒，以让车骑将军音。商、根兄弟欲自黥、劓谢太后，上闻之大怒，乃使尚书责问司隶校尉、京兆尹："知成都侯商擅穿帝城，决引澧水，曲阳侯根骄奢僭上，赤墀青琐，红阳侯立父子臧匿奸猾亡命，宾客为群盗，司隶、京兆皆阿纵不举奏正法。"二人顿首省户下。又赐车骑将军音策书曰："外家何甘乐祸败，而欲自黥、劓，相戮辱于太后前，伤慈母之心，以危乱国！外家宗族强，上一身寖弱日久，今将一施之。君其召诸侯，令待府舍。"是日，诏尚书奏文帝时诛将军薄昭故事。车骑将军音藉槀请罪，商、立、根皆负斧质谢。上下忍诛，然后得已。

久之，平阿侯谭薨，谥曰安侯，子仁嗣侯。太后怜弟曼蚤死，独不封，曼寡妇渠供养东宫，子莽幼孤不及等比，常以为语。平阿侯谭、成都侯商及在位多称莽者。久之，上复下诏追封曼为新都哀侯，而子莽嗣爵为新都侯。后又封太后姊子淳于长为定陵侯。王氏亲属，侯者凡十人。

上悔废平阿侯谭不辅政而薨也，乃复进成都侯商以特进，领城门兵，置幕府，得举吏如将军。杜邺说车骑将军音令亲附商，语在《邺传》。王氏爵位日盛，唯音为修整，数谏正，有忠节，辅政八年，薨。吊赠如大将军，谥曰敬侯，子舜嗣侯，为太仆侍中。特进成都侯商代音为大司马卫将军，而红阳侯立位特进，领城门兵。商辅政四岁，病乞骸骨，天子悯之，更以为大将军，益封二千户。赐钱百万。商薨，吊赠如大将军故事，谥曰景成侯，子况嗣侯。红阳侯立次当辅政，有罪过，语在《孙宝传》。上乃废立，而用光禄勋曲阳侯根为大司马票骑将军，岁余益封千七百户。高平侯逢时无材能名称，是岁薨，谥曰载侯，子买之嗣侯。

绥和元年，上即位二十余年无继嗣，而定陶共王已薨，子嗣立为王。王祖母定陶傅太后重赂遗票骑将军根，为王求汉嗣，根为言，上亦欲立之，遂征定陶王为太子。时根辅政五岁矣，乞骸骨，上乃益封根五千户，赐安车驷马，黄金五百斤，罢就第。先是，定陵侯淳于长以外属能谋议，为卫尉侍中，在辅政之次。是岁，新都侯莽告长伏罪与红阳侯立相连，长下狱死，立就国，语在《长传》。故曲阳侯根荐莽以自代，上亦以为莽有忠直节，遂擢莽从侍中骑都尉光禄大夫为大司马。

岁余，成帝崩，哀帝即位。太后诏莽就第，避帝外家。哀帝初优莽，不听。莽上书固乞骸骨而退。上乃下诏曰："曲阳侯根前在位，建社稷策。侍中太仆安阳侯舜往时护太子家，导朕，忠诚专一，有旧恩。新都侯莽忧劳国家，执义坚固，庶几与为治，太皇太后诏休就第，朕甚闵焉。其益封根二千户，舜五百户，莽三百五十户。以莽为特进，朝朔望。"又还红阳侯立京师。哀帝少而闻知王氏骄盛，心不能善，以初立，故优之。

后月余，司隶校尉解光奏："曲阳侯根宗重身尊，三世据权，五将秉政，天下辐凑自效。根行贪邪，臧累巨万，纵横恣意，大治室第，第中起土山，立两市，殿上赤墀，户青琐；游观射猎，使奴从者被甲持弓弩，陈为步兵；止宿离宫，水衡共张，发民治道，百姓苦其役。内怀奸邪，欲管朝政，推亲近吏主簿张业以为尚书，蔽上壅下，内塞王路，外交藩臣，骄奢僭上，坏乱制度。案根骨肉至亲，社稷大臣，先帝弃天下，根不悲哀思慕，山陵未成，公聘取故掖庭女乐五官殷严、王飞君等，置酒歌舞，捐忘先帝厚恩，背臣子义。及根兄子成都侯况幸得以外亲继父为列侯侍中，不思报厚恩，亦聘取故掖庭贵人以为妻，皆无人臣礼，大不敬不道。"于是天子曰："先帝遇根、况父子，至厚也，今乃背忘恩义！"以根尝建社稷之策，遣就国。免况为庶人，归故郡。根及况父商所荐举为官者，皆罢。

后二岁，傅太后、帝母丁姬皆称尊号。有司奏："新都侯莽前为大司马，贬抑尊号之议，亏损孝道，及平阿侯仁臧匿赵昭仪亲属，皆就国。"天下多冤王氏。谏大夫杨宣上封事言："孝成皇帝深惟宗庙之重，称述陛下至德以承天序，圣策深远，恩德至厚。惟念先帝之意，岂不欲以陛下自代，奉承东宫哉！太皇太后春秋七十，数更忧伤，敕令亲属引领以避丁、傅。行道之人为之陨涕，况于陛下，时登高远望，独不惭于延陵乎！"哀帝深感其言，复封商中子邑为成都侯。

元寿元年，日蚀。贤良对策多讼新都侯莽者，上于是征莽及平阿侯仁还京师侍太后。曲阳侯根薨，国除。

明年，哀帝崩，无子，太皇太后以莽为大司马，与共征立中山王奉哀帝后，是为平帝。帝年九岁，常年被疾，太后临朝，委政于莽，莽颛威福。红阳侯立莽诸父，平阿侯仁素刚直，莽内惮之，令大臣以罪过奏遣立、仁就国。莽日诳耀太后，言辅政致太平，群臣奏请尊莽为安汉公。后遂遣使者迫守立、仁令自杀。赐立谥曰荒侯，子柱嗣，仁谥曰刺侯，子术嗣。是岁，元始三年也。

明年，莽风群臣奏立莽女为皇后。又奏尊莽为宰衡，莽母及两子皆封为列侯，语在《莽传》。

莽既外一群臣，令称己功德，又内媚事旁侧长御以下，赂遗以千万数。白尊太后姊妹君侠为广恩君，君力为广惠君，君弟为广施君，皆食汤沐邑，日夜共誉莽。莽又知太后妇人厌居深宫中，莽欲虞乐以市其权，乃令太后四时车驾巡狩四郊，存见孤寡贞妇。春幸茧馆，率皇后、列侯夫人桑，遵霸水而祓除；夏游籞宿、鄠、杜之间；秋历东馆，望昆明，集黄山宫；冬飨饮飞羽，校猎上兰，登长平馆，临泾水而览焉。太后所至属县，辄施恩惠，赐民钱、帛、牛、酒，岁以为常。太后从容言曰："我始入太子家时，见于丙殿，至今五六十岁尚颇识之。"莽因曰："太子宫幸近，可一往游观，不足以为劳。"于是太后幸太子宫，甚说。太后旁弄儿病在外舍，莽自亲候之。其欲得太后意如此。

平帝崩，无子，莽征宣帝玄孙选最少者广戚侯子刘婴，年二岁，托以卜相为最吉。乃风公卿奏请立婴为孺子，令宰衡安汉公莽践祚居摄，如周公傅成王故事。太后不以为可，力不能禁，于是莽遂为摄皇帝，改元称制焉。俄而宗室安众侯刘崇及东郡太守翟义等恶之，更举兵欲诛莽。太后闻之，曰："人心不相远也。我虽妇人，亦知莽必以是自危，不可。"其后，莽遂以符命自立为真皇帝，先奉诸符瑞以白太后，太后大惊。

初，汉高祖入咸阳至霸上，秦王子婴降于轵道，奉上始皇玺。及高祖诛项籍，即天子位，因御服其玺，世世传受，号曰汉传国玺。以孺子未立，玺臧长乐宫。及莽即位，请玺，太后不肯授莽。莽使安阳侯舜谕指。舜素谨敕，太后雅爱信之。舜既见，太后知其为莽求玺，怒骂之曰："而属父子宗族蒙汉家力，富贵累世，既无以报，受人孤寄，乘便利时，夺取其国，不复顾恩义。人如此者，狗猪不食其余，天下岂有而兄弟邪！且若自以金匮符命为新皇帝，变更正朔服制，亦当自更作玺，传之万世，何用此亡国不详玺为，而欲求之?!我汉家老寡妇，旦暮且死，欲与此玺俱葬，终不可得！"太后因涕泣而言，旁侧长御以下皆垂涕。舜亦悲不能自止，良久乃仰谓太后："臣等已无可言者。莽必欲得传国玺，太后宁能终不与邪！"太后闻舜语切，恐莽欲胁之，乃出汉传国玺，投之地以授舜，曰："我老已死，知而兄弟，今族灭也！"舜既得传国玺，奏之，莽大悦，乃为太后置酒未央宫渐台，大纵众乐。

莽又欲改太后汉家旧号，易其玺绶，恐不见听，而莽疏属王谏欲谄莽，上书言："皇天废去汉而命立新室，太皇太后不宜称尊号，当随汉废，以奉天命。"莽乃车驾至东宫，亲以其书白太后。太后曰："此言是也！"莽因曰："此悖德之臣也，罪当诛！"于是冠军张永献符命铜璧，文言"太皇太后当为新室文母太皇太后"。莽乃下诏曰："予视群公，咸曰‘休哉！其文字非刻非画，厥性自然’。予伏念皇天命予为子，更命太皇太后为‘新室文母太皇太后’，协于新室故交代之际，信于汉氏。哀帝之代，世传行诏筹，为西王母共具之祥，当为历代为母，昭然著明。于祗畏天命，敢不钦承！谨以令月吉日，亲率群公诸侯卿士，奉上皇太后玺绂，以当顺天心，光于四海焉。”太后听许。莽于是鸩杀王谏，而封张永为贡符子。

初，莽为安汉公时，又谄太后，奏尊元帝庙为高宗，太后晏驾后当以礼配食云。及莽改号太后为新室文母，绝之于汉，不令得体元帝。堕坏孝元庙，更为文母太后起庙，独置孝元庙故殿以为文母篹食堂，既成，名曰长寿宫。以太后在，故未谓之庙。莽以太后好出游观，乃车驾置酒长寿宫，请太后。既至，见孝元庙废彻涂地，太后惊，泣曰："此汉家宗庙，皆有神灵，与何治而坏之！且使鬼神无知，又何用庙为！如令有知，我乃人之妃妾，岂宜辱帝之堂以陈馈食哉！”私谓左右曰："此人嫚神多矣，能久得祐乎！”饮酒不乐而罢。

自莽篡位后，知太后怨恨，求所以媚太后无不为，然愈不悦。莽更汉家黑貂，著黄貂，又改汉正朔伏腊日。太后令其官属黑貂，至汉家正腊日，独与其左右相对饮酒食。

太后年八十四，建国五年二月癸丑崩。三月乙酉，合葬渭陵。莽诏大夫扬雄作诔曰："太阴之精，沙麓之灵，作合于汉，配元生成。”著其协于元城沙麓。太阴精者，谓梦月也。太后崩后十年，汉兵诛莽。

初，红阳侯立就国南阳，与诸刘结恩，立少子丹为中山太守。世祖初起，丹降为将军，战死。上闵之，封丹子泓为武桓侯，至今。

司徒掾班彪曰：三代以来，《春秋》所记，王公国君，与其失世，稀不以女宠。汉兴，后妃之家吕、霍、上官，几危国者数矣。及王莽之兴，由孝元后历汉四世为天下母，飨国六十余载，群弟世权，更持国柄，五将十侯，卒成新都。位号已移于天下，而元后卷卷犹握一玺，不欲以授莽，妇人之仁，悲夫！

卷九十九上

王莽传第六十九上

王莽，字巨君，孝元皇后之弟子也。元后父及兄弟皆以元、成世封侯，居位辅政，家凡九侯、五大司马，语在《元后传》。唯莽父曼早死，不侯。莽群兄弟皆将军五侯子，乘时侈靡，以舆马声色佚游相高，莽独孤贫，因折节为恭俭。受《礼经》，师事沛郡陈参，勤身博学，被服如儒生。事母及寡嫂，养孤兄子，行甚敕备。又外交英俊，内事诸父，曲有礼意。阳朔中，世父大将军凤病，莽侍疾，亲尝药，乱首垢面，不解衣带连月。凤且死，以托太后及帝，拜为黄门郎，迁射声校尉。

久之，叔父成都侯商上书，愿分户邑以封莽，及长乐少府戴崇、侍中金涉、胡骑校尉箕闳、上谷都尉阳並、中郎陈汤，皆当世名士，咸为莽言，上由是贤莽。永始元年，封莽为新都侯，国南阳新野之都乡，千五百户。迁骑都尉、光禄大夫、侍中。宿卫谨敕，爵位益尊，节操愈谦。散舆马衣裘，振施宾客，家无所余。收赡名士，交结将相、卿、大夫甚众。故在位更推荐之，游者为之谈说，虚誉隆洽，倾其诸父矣。敢为激发之行，处之不惭恧。

莽兄永为诸曹，早死，有子光，莽使学博士门下。莽休沐出，振车骑，奉羊酒，劳遗其师，恩施下竟同学。诸生纵观，长老叹息。光年小于莽子宇，莽使同日内妇，宾客满堂。须臾，一人言太夫人苦某痛，当饮某药，比客罢者数起焉。尝私买侍婢，昆弟或颇闻知，莽因曰："后将军朱子元无子，莽闻此儿种宜子，为买之。"即日以婢奉子元。其匿情求名如此。

是时，太后姊子淳于长以材能为九卿，先进在莽右。莽阴求其罪过，因大司马曲阳侯根白之，长伏诛，莽以获忠直，语在《长传》。根因乞骸骨，荐莽自代，上遂擢为大司马。是岁，绥和元年也，年三十八矣。莽既拔出同列，继四父而辅政，欲令名誉过前人，遂克己不倦，聘诸贤良以为掾史，赏赐邑钱悉以享士，愈为俭约。母病，公卿列侯遣夫人问疾，莽妻迎之，衣不曳地，布蔽膝。见之者以为僮使，问知其夫人，皆惊。

辅政岁余，成帝崩，哀帝即位，尊皇太后为太皇太后。太后诏莽就第，避帝外家。莽上疏乞骸骨，哀帝遣尚书令诏莽曰："先帝委政于君而弃群臣，朕得奉宗庙，诚嘉与君同心合意。今君移病求退，以著朕之不能奉顺先帝之意，朕甚悲伤焉。已诏尚书待君奏事。"又遣丞相孔光、大司空何武、左将军师丹、卫尉傅喜白太后曰："皇帝闻太后诏，甚悲。大司马即不起，皇帝即不敢听政。"太后复令莽视事。

时哀帝祖母定陶傅太后、母丁姬在，高昌侯董宏上书言："《春秋》之义，母以子贵，丁姬宜上尊号。"莽与师丹共劾宏误朝不道，语在《丹传》。后日，未央宫置酒，内者令为傅太后张幄，坐于太皇太后坐旁。莽案行，责内者令曰："定陶太后藩妾，何以得与至尊并！"彻去，更设坐。傅太后闻之，大怒，不肯会，重怨恚莽。莽复乞骸骨，哀帝赐莽黄金五百斤，安车驷马，罢就第。公卿大夫多称之者，上乃加恩宠，置使家，中黄门十日一赐餐。下诏曰："新都侯莽忧劳国家，执义坚固，朕庶几与为治。太皇太后诏莽就第，朕甚闵焉。其以黄邮聚户三百五十益封莽，位特进，给事中，朝朔望见礼如三公。车驾乘绿车从。"后二岁，傅太后、丁姬皆称尊号，丞相朱博奏："莽前不广尊尊之义，抑贬尊号，亏损孝道，当伏显戮，幸蒙赦令，不宜有爵土，请免为庶人。"上曰："以莽与太皇太后有属，勿免，遣就国。"

莽杜门自守，其中子获杀奴，莽切责获，令自杀。在国三岁，吏上书冤讼莽者以百数。元寿元年，日食，贤良周护、宋崇等对策深颂莽功德，上于是征莽。始莽就国，南阳太守以莽贵重，选门下掾宛孔休守新都相。休谒见莽，莽尽礼自纳，休亦闻其名，与相答。后莽疾，休候之，莽缘恩意，进其玉具宝剑，欲以为好。休不肯受，莽因曰："诚见君面有瘢，美玉可以灭瘢，欲献其瑑耳。"即解其瑑，休复辞让。莽曰："君嫌其贾邪？"遂椎碎之，自裹以进休，休乃受。及莽征去，欲见休，休称疾不见。

莽还京师岁余，哀帝崩，无子，而傅太后、丁太后皆先薨，太皇太后即日驾之未央宫收取玺绶，遣使者驰召莽。诏尚书，诸发兵符节，百官奏事，中黄门、期门兵皆属莽。莽白："大司马高安侯董贤年少，不合众心，收印绶。"贤即日自杀。太后诏公卿举可大司马者，大司徒孔光、大司空彭宣举莽，前将军何武、后将军公孙禄互相举。太后拜莽为大司马，与议立嗣。安阳侯王舜，莽之从弟，其人修饬，太后所信爱也，莽白以舜为车骑将军，使迎中山王奉成帝后，是为孝平皇帝。帝年九岁，太后临朝称制，委政于莽。莽白赵氏前害皇子，傅氏骄僭，遂废孝成赵皇后、孝哀傅皇后，皆令自杀，语在《外戚传》。

莽以大司徒孔光名儒，相三主，太后所敬，天下信之，于是盛尊事光，引光女婿甄邯为侍中奉车都尉。诸哀帝外戚及大臣居位素所不说者，莽皆傅致其罪，为请奏，令邯持与光。光素畏慎，不敢不上之，莽白太后，辄可其奏。于是前将军何武、后将军公孙禄坐互相举免，丁、傅及董贤亲属皆免官爵，徙远方。红阳侯立，太后亲弟，虽不居位，莽以诸父内敬惮之，畏立从容言太后，令己不得肆意，乃复令光奏立旧恶："前知定陵侯淳于长犯大逆罪，多受其赂，为言误朝；后白以官婢杨寄私子为皇子，众言曰吕氏、少帝复出，纷纷为天下所疑，难以示来世，成襁褓之功。请遣立就国。"太后不听。莽曰："今汉家衰，比世无嗣，太后独代幼主统政，诚可畏惧，力用公正先天下，尚恐不从，今以私恩逆大臣议如此，群下倾邪，乱从此起！宜可且遣就国，安后复征召之。"太后不得已，遣立就国。莽之所以胁持上下，皆此类也。

于是附顺者拔擢，忤恨者诛灭。王舜、王邑为腹心、甄丰、甄邯主击断，平晏领机事，刘歆典文章，孙建为爪牙。丰子寻、歆子棻、涿郡崔发、南阳陈崇皆以材能幸于莽。莽色厉而言方，欲有所为，微见风采，党与承其指意而显奏之，莽稽首涕泣，固推让焉，上以惑太后，下用示信于众庶。

始，风益州令塞外蛮夷献白雉，元始元年正月，莽白太后下诏，以白雉荐宗庙。群臣因奏言太后："委任大司马莽定策安宗庙。故大司马霍光有安宗庙之功，益封三万户，畴其爵邑，比萧相国。莽宜如光故事。"太后问公卿曰："诚以大司马有大功当著之邪？将以骨肉故欲异之也？"于是群臣乃盛陈："莽功德致周成白雉之瑞，千载同符。圣王之法，臣有大功则生有美号，故周公及身在而托号于周。莽有定国安汉家之大功，宜赐号曰安汉公，益户，畴爵邑，上应古制，下准行事，以顺天心。"太后诏尚书具其事。

莽上书言："臣与孔光、王舜、甄丰、甄邯共定策，今愿独条光等功赏，寝置臣莽，勿随辈列。"甄邯白太后下诏曰："'无偏无党，王道荡荡。'属有亲者，义不得阿。君有安宗庙之功，不可以骨肉故蔽隐不扬。君其勿辞。"莽复上书让。太后诏谒者引莽待殿东箱，莽称疾不肯入。太后使尚书令恂诏之曰："君以选故而辞以疾，君任重，不可阙，以时亟起。"莽遂固辞。太后复使长信太仆闳承制召莽，莽固称疾。左右白太后，宜勿夺莽意，但条孔光等，莽乃肯起。太后下诏曰："太傅博山侯光宿卫四世，世为傅相，忠孝仁笃，行义显著，建议定策，益封万户，以光为太师，与四辅之政。车骑将军安阳侯舜积累仁孝，使迎中山王，折冲万里，功德茂著，益封万户，以舜为太保。左将军光禄勋丰宿卫三世，忠信仁笃，使迎中山王，辅导共养，以安宗庙，封丰为广阳侯，食邑五千户，以丰为少傅。皆授四辅之职，畴其爵邑，各赐第一区。侍中奉车都尉邯宿卫勤劳，建议定策，封邯为承阳侯，食邑二千四百户。"四人既受赏，莽尚未起，群臣复上言："莽虽克让，朝所宜章，以时加赏，明重元功，无使百僚元元失望。"太后乃下诏曰："大司马新都侯莽三世为三公，典周公之职，建万世策，功德为忠臣宗，化流海内，远人慕义，越裳氏重译献白雉。其以召陵、新息二县户二万八千益封莽，复其后嗣，畴其爵邑，封功如萧相国。以莽为太傅，干四辅之事，号曰安汉公。以故萧相国甲第为安汉公第，定著于令，传之无穷。"

于是莽为惶恐，不得已而起受策。策曰："汉危无嗣，而公定之；四辅之职，三公之任，而公干之；群僚众位，而公宰之：功德茂著，宗庙以安，盖白雉之瑞，周成象焉。故赐嘉号曰安汉公，辅翼于帝，期于致平，毋违朕意。"莽受太傅安汉公号，让还益封畴爵邑事，云愿须百姓家给，然后加赏。群公复争，太后诏曰："公自期百姓家给，是以听之。其令公奉、舍人赏赐皆倍故。百姓家给人足，大司徒、大司空以闻。”莽复让不受，而建言宜立诸侯王后及高祖以来功臣子孙，大者封侯，或赐爵关内侯食邑，然后及诸在位，各有第序。上尊宗庙，增加礼乐；下惠士民鳏寡，恩泽之政无所不施。语在《平纪》。

莽既说众庶，又欲专断，知太后厌政，乃风公卿奏言：“往者，吏以功次迁至二千石，及州部所举茂材异等吏，率多不称，宜皆见安汉公。又太后不宜亲省小事。”令太后下诏曰：“皇帝幼年，朕且统政，比加元服。今众事烦碎，朕春秋高，精气不堪，殆非所以安躬体而育养皇帝者也。故选忠贤，立四辅，群下劝职，永以康宁。孔子曰：‘巍巍乎，舜、禹之有天下而不与焉！’自今以来，惟封爵乃以闻。他事，安汉公、四辅平决。州牧、二千石及茂材吏初除奏事者，辄引入至近署对安汉公，考故官，问新职，以知其称否。”于是莽人人延问，致密恩意，厚加赠送，其不合指，显奏免之，权与人主侔矣。

莽欲以虚名说太后，白言：“新承前孝哀丁、傅奢侈之后，百姓未赡者多，太后宜且衣缯练，颇损膳，以视天下。”莽因上书，愿出钱百万，献田三十顷，付大司农助给贫民。于是公卿皆慕效焉。莽帅群臣奏言：“陛下春秋尊，久衣重练，减御膳，诚非所以辅精气，育皇帝，安宗庙也。臣莽数叩头省户下，白争未见许。今幸赖陛下德泽，间者风雨时，甘露降，神芝生，蓂荚、朱草、嘉禾、休征同时并至。臣莽等不胜大愿，愿陛下爱精休神，阔略思虑，遵帝王之常服，复太官之法膳，使臣子各得尽欢心，备共养。惟哀省察！”莽又令太后下诏曰：“盖闻母后之义，思不出乎门阈。国不蒙佑，皇帝年在襁褓，未任亲政，战战兢兢，惧于宗庙之不安。国家之大纲，微朕孰当统之？是以孔子见南子，周公居摄，盖权时也。勤身极思，忧劳未绥，故国奢则视之以俭，矫枉者过其正，而朕不身帅，将谓天下何！夙夜梦想，五谷丰熟，百姓家给，比皇帝加元服，委政而授焉。今诚未皇于轻靡而备味，庶几与百僚有成，其勖之哉！”每有水旱，莽辄素食，左右以白。太后遣使者诏莽曰：“闻公菜食，忧民深矣。今秋幸熟，公勤于职，以时食肉，爱身为国。”

莽念中国已平，唯四夷未有异，乃遣使者赍黄金、币、帛，重赂匈奴单于，使上书言：“闻中国讥二名，故名囊知牙斯今更名知，慕从圣制。”又遣王昭君女须卜居次入侍。所以诳耀媚事太后，下至旁侧长御，方故万端。

莽既尊重，欲以女配帝为皇后，以固其权，奏言：“皇帝即位三年，长秋宫未建，液廷媵未充。乃者，国家之难，本从亡嗣，配取不正。请考论《五经》，定取礼，正十二女之义，以广继嗣。博采二王后及周公、孔子世列侯在长安者適子女。”事下有司，上众女名，王氏女多在选中者。莽恐其与己女争，即上言：“身亡德，子材下，不宜与众女并采。”太后以为至诚，乃下诏曰：“王氏女，朕之外家，其勿采。”庶民、诸生、郎吏以上守阙上书者日千余人，公卿大夫或诣廷中，或伏省户上，咸言：“明诏圣德巍巍如彼，安汉公盛勋堂堂若此，今当立后，独奈何废公女？天下安所归命！愿得公女为天下母。”莽遣长安以下分部晓止公卿及诸生，而上书者愈甚。太后不得已，听公卿采莽女。莽复自白：“宜博选众女。”公卿争曰：“不宜采诸女以贰正统。”莽白：“愿见女。”太后遣长乐少府、宗正、尚书令纳采见女，还奏言：“公女渐渍德化，有窈窕之容，宜承天序，奉祭祀。”有诏遣大司徒、大司空策告宗庙，杂加卜筮，皆曰：“兆遇金水王相，卦遇父母得位，所谓‘康强’之占，‘逢吉’之符也。”信乡侯佟上言：“《春秋》，天子将娶于纪，则褒纪子称侯，安汉公国未称古制。”事下有司，皆曰：“古者天子封后父百里，尊而不臣，以重宗庙，孝之至也。佟言应礼，可许。请以新野田二万五千六百顷益封莽，满百里。”莽谢曰：“臣莽子女诚不足以配至尊，复听众议，益封臣莽。伏自惟念，得托肺腑，获爵土，如使子女诚能奉称圣德，臣莽国邑足以共朝贡，不须复加益地之宠。愿归所益。”太后许之。有司奏：“故事，聘皇后黄金二万斤，为钱二万万。”莽深辞让，受四千万，而以其三千三百万予十一媵家。群臣复言：“今皇后受聘，逾群妾亡几。”有诏，复益二千三百万，合为三千万。莽复以其千万分予九族贫者。

陈崇时为大司徒司直，与张敞孙竦相善。竦者博通士，为崇草奏，称莽功德，崇奏之，曰：

窃见安汉公自初束脩，值世俗隆奢丽之时，蒙两宫厚骨肉之宠，被诸父赫赫之光，财饶势足，亡所牾意，然而折节行仁，克心履礼，拂世矫俗，确然特立；恶衣恶食，陋车驽马，妃匹无二，闺门之内，孝友之德，众莫不闻；清静乐道，温良下士，惠于故旧，笃于师友。孔子曰“未若贫而乐，富而好礼”，公之谓矣。

及为侍中，故定陵侯淳于长有大逆罪，公不敢私，建白诛讨。周公诛管、蔡，季子鸩叔牙，公之谓矣。

是以孝成皇帝命公大司马，委以国统。孝哀即位，高昌侯董宏希指求美，造作二统，公手劾之，以定大纲。建白定陶太后不宜在乘舆幄坐，以明国体。《诗》曰“柔亦不茹，刚亦不吐，不侮鳏寡，不畏强圉”，公之谓矣。

深执谦退，推诚让位。定陶太后欲立僭号，惮彼面刺幄坐之义，佞惑之雄，朱博之畴，惩此长、宏手劾之事，上下一心，谗贼交乱，诡辟制度，遂成篡号，斥逐仁贤，诛残戚属，而公被胥、原之诉，远去就国，朝政崩坏，纲纪废弛，危亡之祸，不隧如发。《诗》云“人之云亡，邦国殄瘁”公之谓矣。

当此之时，宫亡储主，董贤据重，加以傅氏有女之援，皆自知得罪天下。结仇中山，则必同忧，断金相翼，借假遗诏，频用赏诛，先除所惮，急引所附，遂诬往冤，更惩远属，事势张见，其不难矣！赖公立入，即时退贤，及其党亲。当此之时，公运独见之明，奋亡前之威，盱衡厉色，振扬武怒，乘其未坚，厌其未发，震起机动，敌人摧折，虽有贲、育不及持刺，虽有樗里不及回知，虽有鬼谷不及造次，是故董贤丧其魂魄，遂自绞杀。人不还踵，日不移晷，霍然四除，更为宁朝。非陛下莫引立公，非公莫克此祸。《诗》云“惟师尚父，时惟鹰扬，亮彼武王”，孔子曰“敏则有功”，公之谓矣。

于是公乃白内故泗水相丰、豪令邯，与大司徒光、车骑将军舜建定社稷，奉节东迎，皆以功德受封益土，为国名臣。《书》曰：“知人则哲，”公之谓也。

公卿咸叹公德，同盛公勋，皆以周公为比，宜赐号安汉公，益封二县，公皆不受。传曰申包胥不受存楚之报，晏平仲不受辅齐之封，孔子说“能以礼让为国乎何有？”公之谓也。

将为皇帝定立妃后，有司上名，公女为首，公深辞让，迫不得已然后受诏。父子之亲天性自然，欲其荣贵甚于为身，皇后之尊侔于天子，当时之会千载希有，然而公惟国家之统，揖大福之恩，事事谦退，动而固辞。《书》曰“舜让于德不嗣”，公之谓矣。

自公受策，以至于今，亹亹翼翼，日新其德，增修雅素以命下国，逡俭隆约以矫世俗，割财损家以帅群下，弥躬执平以逮公卿，教子尊学以隆国化。僮奴衣布，马不秣谷，食饮之用，不过凡庶。《诗》云“温温恭人，如集于木”，孔子曰“食无求饱，居无求安”，公之谓矣。

克身自约，籴食逮给，物物卬市，日阕亡储。又上书归孝哀皇帝所益封邑，入钱献田，殚尽旧业，为众倡始。于是小大乡和，承风从化，外则王公列侯，内则帷幄侍御，翕然同时，各谒所有，或入金钱，或献田亩，以振贫穷，收赡不足者。昔令尹子文朝不及夕，鲁公仪子不茹园葵，公之谓矣。

开门延士，下及白屋，娄省朝政，综管众治，亲见牧守以下，考迹雅素，审知白黑。《诗》云“夙夜匪解，以事一人”，《易》曰“终日乾乾，夕惕若厉”，公之谓矣。

比三世为三公，再奉送大行，秉冢宰职，填安国家，四海辐凑，靡不得所。《书》曰“纳于大麓，列风雷雨不迷”，公之谓矣。

此皆上世之所鲜，禹，稷之所难，而公包其终始，一以贯之，可谓备矣！是以三年之间，化行如神，嘉瑞叠累，岂非陛下知人之效，得贤之致哉！故非独君之受命也，臣之生亦不虚矣。是以伯禹锡玄圭，周公受郊祀，盖以达天之使，不敢擅天之功也。揆公德行，为天下纪；观公功勋，为万世基。基成而赏不配，纪立而褒不副，诚非所以厚国家，顺天心也。

高皇帝褒赏元功，相国萧何邑户既倍，又蒙殊礼，奏事不名，入殿不趋，封其亲属十有余人。乐善无厌，班赏亡遴，苟有一策，即必爵之，是故公孙戎位在充郎，选由旄头，一明樊哙，封二千户。孝文皇帝褒赏绛侯，益封万户，赐黄金五千斤。孝武皇帝恤录军功，裂三万户以封卫青，青子三人，或在襁褓，皆为通侯。孝宣皇帝显著霍光，增户命畴，封者三人，延及兄孙。夫绛侯即因汉藩之固，杖朱虚之鲠，依诸将之递，据相扶之势，其事虽丑，要不能遂。霍光即席常任之重，乘大胜之威，未尝遭时不行，陷假离朝，朝之执事，亡非同类，割断历久，统政旷世，虽曰有功，所因亦易，然犹有计策不审过征之累。及至青、戎，摽末之功，一言之劳，然犹皆蒙丘山之赏，课功绛、霍，造之与因也；比于青、戎，地之与天也。而公又有宰治之效，乃当上与伯禹、周公等盛齐隆，兼其褒赏，岂特与若云者同日而论哉？然曾不得蒙青等之厚，臣诚惑之！

臣闻功亡原者赏不限，德亡首者褒不检。是故成王之于周公也，度百里之限，越九锡之检，开七百里之宇，兼商、奄之民，赐以附庸殷民六族，大路大旂，封父之繁弱，夏后之璜，祝宗卜史，备物典策，官司彝器，白牡之牲，郊望之礼。王曰：“叔父，建尔元子。”子父俱延拜而受之。可谓不检亡原者矣。非特止此，六子皆封。《诗》曰：“亡言不仇，亡德不报。”报当如之，不如非报也。近观行事，高祖之约非刘氏不王，然而番君得王长沙，下诏称忠，定著于令，明有大信不拘于制也。春秋晋悼公用魏绛之策，诸夏服从。郑伯献乐，悼公于是以半赐之。绛深辞让，晋侯曰：“微子，寡人不能济河。夫赏，国之典，不可废也。子其受之。”魏绛于是有金石之乐，《春秋》善之，取其臣竭忠以辞功，君知臣以遂赏也。今陛下既知公有周公功德，不行成王之褒赏，遂听公之固辞，不顾《春秋》之明义，则民臣何称，万世何述？诚非所以为国也。臣愚以为宜恢公国，令如周公，建立公子，令如伯禽，所赐之品，亦皆如之。诸子之封，皆如六子。即群下较然输忠，黎庶昭然感德。臣诚输忠，民诚感德，则于王事何有？唯陛下深惟祖宗之重，敬畏上天之戒，仪形虞、周之盛，敕尽伯禽之赐，无遴周公之报，令天法有设，后世有祖，天下幸甚！

太后以视群公，群公有议其事，会吕宽事起。

初，莽欲擅权，白太后：“前哀帝立，背恩义，自贵外家丁、傅，挠乱国家，几危社稷。今帝以幼年复奉大宗，为成帝后，宜明一统之义，以戒前事，为后代法。”于是遣甄丰奉玺绶，即拜帝母卫姬为中山孝王后，赐帝舅卫宝、宝弟玄爵关内侯，皆留中山，不得至京师。莽子宇，非莽隔绝卫氏，恐帝长大后见怨。宇即私遣人与宝等通书，教令帝母上书求入。语在《卫后传》。莽不听。宇与师吴章及妇兄吕宽议其故，章以为莽不可谏，而好鬼神，可为变怪以惊惧之，章因推类说令归政于卫氏。宇即使宽夜持血洒莽第，门吏发觉之，莽执宇送狱，饮药死。宇妻焉怀子，系狱，须产子已，杀之。莽奏言：“宇为吕宽等所诖误，流言惑众，恶与管、蔡同罪，臣不敢隐，其诛。”甄邯等白太后下诏曰：“夫唐尧有丹朱，周文王有管、蔡，此皆上圣亡奈下愚子何，以其性不可移也。公居周公之位，辅成王之主，而行管、蔡之诛，不以亲亲害尊尊，朕甚嘉之。昔周公诛四国之后，大化乃成，至于刑错。公其专意翼国，期于致平。”莽因是诛灭卫氏，穷治吕宽之狱，连引郡国豪桀素非议己者，内及敬武公主、梁王立、红阳侯立、平阿侯仁，使者迫守，皆自杀。死者以百数，海内震焉。大司马护军褒奏言：“安汉公遭子宇陷于管、蔡之辜，子爱至重，为帝室故不敢顾私。惟宇遭罪，喟然愤发作书八篇，以戒子孙。宜班郡国，令学官以教授。”事下群公，请令天下吏能诵公戒者，以著官簿，比《孝经》。

四年春，郊祀高祖以配天，宗祀孝文皇帝以配上帝。四月丁未，莽女立为皇后，大赦天下。遣大司徒司直陈崇等八人分行天下，览观风俗。

太保舜等奏言：“《春秋》列功德之义，太上有立德，其次有立功，其次有立言，唯至德大贤然后能之。其在人臣，则生有大赏，终为宗臣，殷之伊尹，周之周公是也。”及民上书者八千余人，咸曰：“伊尹为阿衡，周公为太宰，周公享七子之封，有过上公之赏。宜如陈崇言。”章下有司，有司请“还前所益二县及典邮聚、新野田，采伊尹、周公称号，加公为宰衡，位上公。掾史秩六百石。三公言事，称‘敢言之’。群吏毋得与公同名。出从期门二十人，羽林三十人，前后大车十乘。赐公太夫人号曰功显君，食邑二千户，黄金印赤韨。封公子男一人，安为褒新侯，临为赏都侯。加后聘三千七百万，合为一万万，以明大礼”。太后临前殿，亲封拜。安汉公拜前，二子拜后，如周公故事。莽稽首辞让，出奏封事，愿独受母号，还安、临印韨及号位户邑。事下太师光等，皆曰：“赏未足以直功，谦约退让，公之常节，终不可听。”莽求见固让。太后下诏曰：“公每见，叩头流涕固辞，今移病，固当听其让，令视事邪？将当遂行其赏，遣归就第也？”光等曰：“安、临亲受印韨，策号通天，其义昭昭。黄邮、召陵、新野之田为入尤多，皆止于公，公欲自损以成国化，宜可听许。治平之化当以时成，宰衡之官不可世及。纳征钱，乃以尊皇后，非为公也。功显君户，止身不传。褒新、赏都两国合三千户，甚少矣。忠臣之节，亦宜自屈，而信主上之义。宜遣大司徒、大司空持节承制，诏公亟入视事。诏尚书勿复受公之让奏。”奏可。

莽乃起视事，上书言：“臣以元寿二年六月戊午仓卒之夜，以新都侯引入未央宫；庚申拜为大司马，充三公位；元始元年正月丙辰拜为太傅，赐号安汉公，备四辅官；今年四月甲子复拜为宰衡，位上公。臣莽伏自惟，爵为新都侯，号为安汉公，官为宰衡、太傅、大司马，爵贵、号尊、官重，一身蒙大宠者五，诚非鄙臣所能堪。据元始三年，天下岁已复，官属宜皆置。《穀梁传》曰：‘天子之宰，通于四海。’臣愚以为，宰衡官以正百僚平海内为职，而无印信，名实不副。臣莽无兼官之材，今圣朝既过误而用之，臣请御史刻宰衡印章曰：‘宰衡太傅大司马印’，成，授臣莽，上太傅与大司马之印。”太后诏曰：“可。韨如相国，朕亲临授焉。”莽乃复以所益纳征钱千万，遗与长乐长御奉共养者。太保舜奏言：“天下闻公不受千乘之土，辞万金之币，散财施予千万数，莫不乡化。蜀郡男子路建等辍讼惭怍而退，虽文王却虞、芮何以加！宜报告天下。”奏可。宰衡出，从大车前后各十乘，直事尚书郎、侍御史、谒者、中黄门、期门羽林。宰衡常持节，所止，谒者代持之。宰衡掾史秩六百石，三公称“敢言之”。

是岁，莽奏起明堂、辟雍、灵台，为学者筑舍万区，作市、常满仓，制度甚盛。立《乐经》，益博士员，经各五人。征天下通一艺教授十一人以上，及有逸《礼》、古《书》、《毛诗》、《周官》、《尔雅》、天文、图谶、钟律、月令、兵法、《史篇》文字，通知其意者，皆诣公车。网罗天下异能之士，至者前后千数，皆令记说廷中，将令正乖谬，一异说云。群臣奏言：“昔周公奉继体之嗣，据上公之尊，然犹七年制度乃定。夫明堂、辟雍，堕废千载莫能兴，今安汉公起于第家，辅翼陛下，四年于兹，功德烂然。公以八月载生魄庚子奉使，朝用书临赋营筑，越若翊辛丑，诸生、庶民大和会，十万众并集，平作二旬，大功毕成。唐、虞发举，成周造业，诚亡以加。宰衡位宜在诸侯王上，赐以束帛加璧，大国乘车、安车各一，骊马二驷。”诏曰：“可。其议九锡之法。”

冬，大风吹长安城东门屋瓦且尽。

五年正月，祫祭明堂，诸侯王二十八人，列侯百二十人，宗室子九百余人，征助祭。礼毕，封孝宣曾孙信等三十六人为列侯，余皆益户赐爵，金、帛之赏各有数。是时，吏民以莽不受新野田而上书者前后四十八万七千五百七十二人，及诸侯、王公、列侯、宗室见者皆叩头言，宜亟加赏于安汉公。于是莽上书曰：“臣以外属，越次备位，未能奉称。伏念圣德纯茂，承天当古，制礼以治民，作乐以移风，四海奔走，百蛮并臻，辞去之日，莫不陨涕。非有款诚，岂可虚致？自诸侯王已下至于吏民，咸知臣莽上与陛下有葭莩之故，又得典职，每归功列德者，辄以臣莽为余言。臣见诸侯面言事于前者，未尝不流汗而惭愧也。虽性愚鄙，至诚自知，德薄位尊，力少任大，夙夜悼栗，常恐污辱圣朝。今天下治平，风俗齐同，百蛮率服，皆陛下圣德所自躬亲，太师光、太保舜等辅政佐治，群卿大夫莫不忠良，故能以五年之间至致此焉。臣莽实无奇策异谋。奉承太后圣诏，宣之于下，不能得什一；受群贤之筹画，而上以闻，不能得什伍。当被无益之辜；所以敢且保首领须臾者，诚上休陛下余光，而下依群公之故也。陛下不忍众言，辄下其章于议者。臣莽前欲立奏止，恐其遂不肯止。今大礼已行，助祭者毕辞，不胜至愿，愿诸章下议皆寝勿上，使臣莽得尽力毕制礼作乐事。事成，以传示天下，与海内平之。即有所间非，则臣莽当被诖上误朝之罪；如无他谴，得全命赐骸骨归家，避贤者路，是臣之私愿也。惟陛下哀怜财幸！”

甄邯等白太后，诏曰：“可，惟公功德光于天下，是以诸侯、王公、列侯、宗室、诸生、吏民翕然同辞，连守阙庭，故下其章。诸侯、宗室辞去之日，复见前重陈，虽晓喻罢遣，犹不肯去。告以孟夏将行厥赏，莫不欢悦，称万岁而退。今公每见，辄流涕叩头言愿不受赏，赏即加不敢当位。方制作未定，事须公而决，故且听公。制作毕成，群公以闻。究于前议，其九锡礼仪亟奏。”

于是公卿大夫、博士、议郎、列侯富平侯张纯等九百二人皆曰：“圣帝明王招贤劝能，德盛者位高，功大者赏厚。故宗臣有九命上公之尊，则有九锡登等之宠。今九族亲睦，百姓既章，万国和协，黎民时雍，圣瑞毕溱，太平已洽。帝者之盛莫隆于唐、虞，而陛下任之；忠臣茂功莫著于伊、周，而宰衡配之。所谓异时而兴，如合符者也。谨以《六艺》通义，经文所见，《周官》、《礼记》宜于今者，为九命之锡。臣请命锡。”奏可。策曰：”

惟元始五年五月庚寅，太皇太后临于前殿，延登，亲诏之曰：“公进，虚听朕言。前公宿卫孝成皇帝十有六年，纳策尽忠，白诛故定陵侯淳于长，以弥乱发奸，登大司马，职在内辅。孝哀皇帝即位，骄妾窥欲，奸臣萌动，公手劾高昌侯董宏，改正故定陶共王母之僭坐。自是之后，朝臣论议，靡不据经。以病辞位，归于第家，为贼臣所陷。就国之后，孝哀皇帝觉寤，复还公长安，临病加剧，犹不忘公，复特进位。是夜仓卒，国无储主，奸臣充朝，危殆甚矣。朕惟定国之计莫宜于公，引纳于朝，即日罢退高安侯董贤，转漏之间，忠策辄建，纲纪咸张。绥和、元寿，再遭大行，万事毕举，祸乱不作。辅朕五年，人伦之本正，天地之位定。钦承神祇，经纬四时，复千载之废，矫百世之失，天下和会，大众方辑。《诗》之灵台，《书》之作雒，镐京之制，商邑之度，于今复兴。昭章先帝之元功，明著祖宗之令德，推显严父配天之义，修立郊禘宗祀之礼，以光大孝。是以四海雍雍，万国慕义，蛮夷殊俗，不召自至，渐化端冕，奉珍助祭。寻旧本道，遵术重古，动而有成，事得厥中，至德要道，通于神明，祖考嘉享。光耀显章，天符仍臻，元气大同。麟凤龟龙，众祥之瑞，七百有余。遂制礼作乐，有绥靖宗庙社稷之大勋。普天之下，惟公是赖，官在宰衡，位为上公。今加九命之锡，其以助祭，共文武之职，乃遂及厥祖。於戏，岂不休哉！

于是莽稽首再拜，受绿韍衮冕衣裳，瑒琫瑒珌，句履，鸾路乘马，龙旂九旒，皮弁素积，戎路乘马，彤弓矢，卢弓矢，左建朱钺，右建金戚，甲胄一具，秬鬯二卣，圭瓒二，九命青玉珪二，朱户纳陛。署宗官、祝官、卜官、史官，虎贲三百人，家令丞各一人，宗、祝、卜、史官皆置啬夫，佐安汉公。在中府外第，虎贲为门卫，当出入者傅籍。自四辅、三公有事府第，皆用传。以楚王邸为安汉公第，大缮治，通周卫。祖祢庙及寝皆为朱户纳陛。陈崇又奏："安汉公祠祖祢，出城门，城门校尉宜将骑士从，入有门卫，出有骑士，所以重国也。"奏可。其秋，莽以皇后有子孙瑞，通子午道。子午道从杜陵直绝南山，径汉中。

风俗使者八人还，言天下风俗齐同，诈为郡国造歌谣，颂功德，凡三万言。莽奏定著令。又奏为市无二贾，官无狱讼，邑无盗贼，野无饥民，道不拾遗，男女异路之制，犯者象刑。刘歆、陈崇等十二人皆以治明堂，宣教化，封为列侯。

莽既致太平，北化匈奴，东致海外，南怀黄支，唯西方未有加。乃遣中郎将平宪等多持金币诱塞外羌，使献地，愿内属。宪等奏言："羌豪良愿等种，人口可万二千人，愿为内臣，献鲜水海、允谷盐池，平地美草皆予汉民，自居险阻处为藩蔽。问良愿降意，对曰：'太皇太后圣明，安汉公至仁，天下太平，五谷成熟，或禾长丈余，或一粟三米，或不种自生，或茧不蚕自成，甘露从天下，醴泉自地出，凤皇来仪，神爵降集。从四岁以来，羌人无所疾苦，故思乐内属。'宜以时处业，置属国领护。"事下莽，莽复奏曰："太后秉统数年，恩泽洋溢，和气四塞，绝域殊俗，靡不慕义。越裳氏重译献白雉，黄支自三万里贡生犀，东夷王度大海奉国珍，匈奴单于顺制作，去二名，今西域良愿等复举地为臣妾，昔唐尧横被四表，亦亡以加之。今谨案已有东海、南海、北海郡，未有西海郡，请受良愿等所献地为西海郡。臣又闻圣王序天文，定地理，因山川民俗以制州界。汉家地广二帝、三王，凡十二州，州名及界多不应经。《尧典》十有二州，后定为九州。汉家廓地辽远，州牧行部，远者三万余里，不可为九。谨以经义正十二州名分界，以应正始。"奏可。又增法五十条，犯者徙之西海。，徙者以千万数，民始怨矣。

泉陵侯刘庆上书言："周成王幼少，称孺子，周公居摄。今帝富于春秋，宜令安汉公行天子事，如周公。"群臣皆曰："宜如庆言。"冬，荧惑入月中。

平帝疾，莽作策，请命于泰畤，戴璧秉圭，愿以身代。藏策金縢，置于前殿，敕诸公勿敢言。十二月，平帝崩，大赦天下。莽征明礼者宗伯凤等与定天下吏六百石以上皆服丧三年。奏尊孝成庙曰统宗，孝平庙曰元宗。时元帝世绝，而宣帝曾孙有见王五人，列侯广戚侯显等四十八人，莽恶其长大，曰："兄弟不得相为后。"乃选玄孙中最幼广戚侯子婴，年二岁，托以为卜相最吉。

是月，前辉光谢嚣奏武功长孟通浚井得白石，上圆下方，有丹书著石，文曰“告安汉公莽为皇帝”。符命之起，自此始矣。莽使群公以白太后，太后曰：“此诬罔天下，不可施行！”太保舜谓太后：“事已如此，无可奈何，沮之力不能止。又莽非敢有它，但欲称摄以重其权，填服天下耳。”太后听许。舜等即共令太后下诏曰：“盖闻天生众民，不能相治，为之立君以统理之。君年幼稚，必有寄托而居摄焉，然后能奉天施而成地化，群生茂育。《书》不云乎？‘天工，人其代之。’朕以孝平皇帝幼年，且统国政，几加元服，委政而属之。今短命而崩，呜呼哀哉！已使有司征孝宣皇帝玄孙二十三人，差度宜者，以嗣孝平皇帝之后。玄孙年在襁褓，不得至德君子，孰能安之？安汉公莽辅政三世，比遭际会，安光汉室，遂同殊风，至于制作，与周公异世同符。今前辉光嚣、武功长通上言丹石之符，朕深思厥意，云‘为皇帝’者，乃摄行皇帝之事也。夫有法成易，非圣人者亡法。其令安汉公居摄践祚，如周公故事，以武功县为安汉公采地，名曰汉光邑。具礼仪奏。”

于是群臣奏言：“太后圣德昭然，深见天意，诏令安汉公居摄。臣闻周成王幼少，周道未成，成王不能共事天地，修文、武之烈。周公权而居摄，则周道成，王室安；不居摄，则恐周队失天命。《书》曰：“我嗣事子孙，大不克共上下，遏失前人光，在家不知命不易。天应棐谌，乃亡队命。’说曰：周公服天子之冕，南面而朝群臣，发号施令，常称王命。召公贤人，不知圣人之意，故不说也。《礼·明堂记》曰：‘周公朝诸侯于明堂，天子负斧依南面而立。’谓‘周公践天子位，六年朝诸侯，制礼作乐，而天下大服’也。召公不说。时武王崩，缞粗未除。由是言之，周公始摄则居天子之位，非乃六年而践阼也。《书》逸《嘉禾篇》曰：‘周公奉鬯立于阼阶，延登，赞曰：‘假王莅政，勤和天下。’此周公摄政，赞者所称。成王加元服，周公则致政。《书》曰：“朕复子明辟’，周公常称王命，专行不报，故言我复子明君也。臣请安汉公居摄践祚，服天子韨冕，背斧依于户牖之间，南面朝群臣，听政事。车服出入警跸，民臣称臣妾，皆如天子之制。郊祀天地，宗祀明堂，共祀宗庙，享祭群神，赞曰‘假皇帝’，民臣谓之‘摄皇帝’，自称曰‘予’。平决朝事，常以皇帝之诏称‘制’，以奉顺皇天之心，辅翼汉室，保安孝平皇帝之幼嗣，遂寄托之义，隆治平之化。其朝见太皇太后、帝皇后，皆复臣节，自施政教于其宫家国采，如诸侯礼仪故事。臣昧死请。”太后诏曰：“可。”明年，改元曰“居摄”。

居摄元年正月，莽祀上帝于南郊，迎春于东郊，行大射礼于明堂，养三老五更，成礼而去。置柱下五史，秩如御史，听政事，侍旁记疏言行。三月己丑，立宣帝玄孙婴为皇太子，号曰孺子。以王舜为太傅左辅，甄丰为太阿右拂，甄邯为太保后承。又置四少，秩皆二千石。四月，安众侯刘崇与相张绍谋曰：“安汉公莽专制朝政，必危刘氏。天下非之者，乃莫敢先举，此宗室耻也。吾帅宗族为先，海内必和。”绍等从者百余人，遂进攻宛，不得入而败。绍者，张竦之从兄也。竦与崇族父刘嘉诣阙自归，莽赦弗罪。竦因为嘉作奏曰：

建平、元寿之间，大统几绝，宗室几弃。赖蒙陛下圣德，扶服振救，遮扞匡卫，国命复延，宗室明目。临朝统政，发号施令，动以宗室为始，登用九族为先。并录支亲，建立王侯，南面之孤，计以百数。收复绝属，存亡续废，得比肩首，复为人者，嫔然成行，所以藩汉国，辅汉宗也。建辟雍，立明堂，班天法，流圣化，朝群后，昭文德，宗室诸侯，咸益土地。天下喁喁，引领而叹，颂声洋洋，满耳而入。国家所以服此美，膺此名，飨此福，受此荣者，岂非太皇太后日昃之思，陛下夕惕之念哉！何谓？乱则统其理，危则致其安，祸则引其福，绝则继其统，幼则代其任，晨夜屑屑，寒暑勤勤，无时休息，孳孳不已者，凡以为天下，厚刘氏也。

臣无愚智,民无男女，皆谕至意。而安众侯崇乃独怀悖惑之心,操畔逆之虑,兴兵动众,欲危宗庙,恶不忍闻，罪不容诛，诚臣子之仇，宗室之仇，国家之贼，天下之害也。是故亲属震落而告其罪,民人溃畔而弃其兵,进不跬步,退伏其殃。百岁之母，孩提之子，同时断斩，悬头竿杪，珠珥在耳，首饰犹存，为计若此，岂不悖哉！

臣闻古者畔逆之国,既以诛讨,则猪其宫室以为污池,纳垢浊焉,名曰凶虚,虽生菜茹，而人不食。四墙其社，覆上栈下，示不得通。辨社诸侯，出门见之，著以为戒。方今天下闻崇之反也，咸欲骞衣手剑而叱之。其先至者，则拂其颈，冲其匈，刃其躯，切其肌；后至者，欲拨其门，仆其墙，夷其屋，焚其器，应声涤地，则时成创。而宗室尤甚，言必切齿焉。何则？以其背畔恩义，而不知重德之所在也。宗室所居或远，嘉幸得先闻，不胜愤愤之愿，愿为宗室倡始，父子兄弟负笼荷锸，驰之南阳，猪崇宫室，令如古制。及崇社宜如诧亳社，以赐诸侯，用永监戒。愿下四辅公卿大夫议，以明好恶，视四方。

于是莽大说。公卿曰：“皆宜如嘉言。”莽白太后下诏曰：“惟嘉父子兄弟，虽与崇有属，不敢阿私，或见萌牙，相率告之，及其祸成，同共仇之，应合古制，忠孝著焉。其以杜衍户千封嘉为师礼侯，嘉子七人皆赐，爵关内侯。”后又封竦为淑德侯。长安为之语曰：“欲求封，过张伯松；力战斗，不如巧为奏。”莽又封南阳吏民有功者百余人，污池刘崇室宅。后谋反者，皆污池云。群臣复白：“刘崇等谋逆者，以莽权轻也。宜尊重以填海内。”五月甲辰，太后诏莽朝见太后称“假皇帝”。

冬十月丙辰朔，日有食之。十二月，群臣奏请:“益安汉公宫及家吏，置率更令，庙、厩、厨长丞，中庶子，虎贲以下百余人，又置卫士三百人。安汉公庐为摄省，府为摄殿，第为摄宫。”奏可。

莽白太后下诏曰：“故太师光虽前薨，功效已列。太保舜、大司空丰、轻车将军邯、步兵将军建皆为诱进单于筹策，又典灵台、明堂、辟雍、四郊，定制度，开子午道，与宰衡同心说德，合意并力，功德茂著。封舜子匡为同心侯，林为说德侯，光孙寿为合意侯，丰孙匡为并力侯。益邯、建各三千户。”

是岁,西羌庞恬、傅幡等怨莽夺其地作西海郡,反攻西海太守程永,永奔走。莽诛永,遣护羌校尉窦况击之。

二年春，窦况等击破西羌。五月，更造货:错刀，一直五千;契刀，一直五百;大钱，一直五十，与五铢钱并行。民多盗铸者。禁列侯以下不得挟黄金，输御府受直，然卒不与直。九月，东郡太守翟义都试，勒车骑，因发奔命，立严乡侯刘信为天子，移檄郡国，言莽“毒杀平帝，摄天子位，欲绝汉室，今共行天罚诛莽”。郡国疑惑，众十余万。莽惶惧不能食，昼夜抱孺子告祷郊庙，放《大诰》作策，遣谏大夫桓谭等班于天下，谕以摄位当反政孺子之意，遣王邑、孙建等八将军击义，分屯诸关，守厄塞。槐里男子赵明、霍鸿等起兵，以和翟义，相与谋曰:“诸将精兵悉东，京师空，可攻长安。”众稍多，至且十万人，莽恐，遣将军王奇、王级将兵拒之。以太保甄邯为大将军，受钺高庙，领天下兵，左杖节，右把钺，屯城外。王舜、甄丰昼夜循行殿中。

十二月，王邑等破翟义于圉。司威陈崇使监军上书言:“陛下奉天洪范，心合宝龟，膺受元命，豫知成败，咸应兆占，是谓配天。配天之主，虑则移气，言则动物，施则成化。

臣崇伏读诏书下日，窃计其时，圣思始发，而反虏仍破；诏文始书，反虏大败；制书始下，反虏毕斩，众将未及齐其锋芒，臣崇未及尽其愚虑，而事已决矣。”莽大说。

三年春，地震。大赦天下。王邑等还京师，西与王级等合明、鸿，皆破灭，语在《翟义传》。莽大置酒未央宫白虎殿，劳赐将帅。诏陈崇治校军功，第其高下。莽乃上奏曰：“明圣之世，国多贤人，故唐、虞之时，可比屋而封，至功成事就，则加赏焉。至于夏后涂山之会，执玉帛者万国，诸侯执玉，附庸执帛。周武王孟津之上，尚有八百诸侯。周公居摄，郊祀后稷以配天，宗祀文王于明堂以配上帝，是以四海之内各以其职来祭，盖诸侯千八百矣。《礼记·王制》千七百余国，是以孔子著《孝经》曰：‘不敢遗小国之臣，而况于公、侯、伯、子、男乎？故得万国之欢心以事其先王。’此天子之孝也。秦为亡道，残灭诸侯以为郡县，欲擅天下之利，故二世而亡。高皇帝受命除残，考功施赏，建国数百，后稍衰微，其余仅存。太皇太后躬统大纲，广封功德以劝善，，兴灭继绝以永世，是以大化流通，旦暮且成。遭羌寇害西海郡，反虏流言东郡，逆贼惑众西土，忠臣孝子莫不奋怒，所征殄灭，尽备厥辜，天下咸宁。今制礼作乐，实考周爵五等，地四等，有明文；殷爵三等，有其说，无其文。孔子曰：‘周监于二代，郁郁乎文哉！吾从周。’臣请诸将帅当受爵邑者爵五等，地四等。”奏可。于是封者高为侯、伯，次为子、男，当赐爵关内侯者更名曰附城，凡数百人。击西海者以“羌”为号，槐里以“武”为号，翟义以“虏”为号。

群臣复奏言：“太后修功录德，远者千载，近者当世，或以文封，或以武爵，深浅大小，靡不毕举。今摄皇帝背依践祚，宜异于宰国之时，制作虽未毕已，宜进二子爵皆为公。《春秋》‘善善及子孙’，‘贤者之后，宜有土地’。成王广封周公庶子六人，皆有茅土，及汉家名相大将萧、霍之属，咸及支庶。兄子光，可先封为列侯；诸孙，制度毕已，大司徒、大司空上名，如前诏书。”太后诏曰：“进摄皇帝子褒新侯安为新举公，赏都侯临为褒新公，封光为衍功侯。”是时，莽还归新都国，群臣复白以封莽孙宗为新都侯。莽既灭翟义，自谓威德日盛，获天人助，遂谋即真之事矣。

九月，莽母功显君死，意不在哀，令太后诏议其服。少阿、羲和刘歆与博士诸儒七十八人皆曰：“居摄之义，所以统立天功，兴崇帝道，成就法度，安辑海内也。昔殷成汤既没，而太子早夭，其子太甲幼少不明，伊尹放诸桐宫而居摄，以兴殷道。周武王既没，周道未成，成王幼少，周公屏成王而居摄，以成周道。是以殷有翼翼之化，周有刑错之功。今太皇太后比遭家之不造，委任安汉公宰尹群僚，衡平天下。遭孺子幼少，未能共上下，皇天降瑞，出丹石之符，是以太皇太后则天明命，诏安汉公居摄践祚，将以成圣汉之业，与唐、虞三代比隆也。摄皇帝遂开秘府，会群儒，制礼作乐，卒定庶官，茂成天功。圣心周悉，卓尔独见，发得周礼，以明因监，则天稽古，而损益焉，犹仲尼之闻《韶》，日月之不可阶，非圣哲之至，孰能若兹！纲纪咸张，成在一匮，此其所以保佑圣汉，安靖元元之效也。今功显君薨，《礼》‘庶子为后，为其母缌。’传曰：‘与尊者为体，不敢服其私亲也。’摄皇帝以圣德承皇天之命，受太后之诏居摄践祚，奉汉大宗之后，上有天地社稷之重，下有元元万机之忧，不得顾其私亲。故太皇太后建厥元孙，俾侯新都，为哀侯后。明摄皇帝与尊者为体，承宗庙之祭，奉共养太皇太后，不得服其私亲也。《周礼》曰‘王为诸侯缌缞’，‘弁而加环绖’，同姓则麻，异姓则葛。摄皇帝当为功显君缌缞，弁而加麻环绖，如天子吊诸侯服，以应圣制。”莽遂行焉，凡一吊再会，而令新都侯宗为主，服丧三年云。

司威陈崇奏，衍功侯光私报执金吾窦况，令杀人，况为收系，致其法。莽大怒，切责光。光母曰：“女自视孰与长孙、中孙？”遂母子自杀，及况皆死。初，莽以事母、养嫂、抚兄子为名，及后悖虐，复以示公义焉。令光子嘉嗣爵为侯。莽下书曰："遏密之义，讫于季冬，正月郊祀，八音当奏。王公卿士，乐凡几等？五声八音，条各云何？其与所部儒生各尽精思，悉陈其义。"

是岁，广饶侯刘京，车骑将军千人扈云、太保属臧鸿奏符命。京言齐郡新井，云言巴郡石牛，鸿言扶风雍石，莽皆迎受。十一月甲子，莽上奏太后曰：

陛下至圣，遭家不造，遇汉十二世三七之厄，承天威命，诏臣莽居摄，受孺子之托，任天下之寄。臣莽兢兢业业，惧于不称。宗室广饶侯刘京上书言："七月中，齐郡临淄县昌兴亭长辛当一暮数梦，曰：'吾，天公使也。天公使我告亭长曰：摄皇帝当为真。即不信我，此亭中当有新井。'亭长晨起视亭中，诚有新井，入地且百尺。"十一月壬子，直建冬至，巴郡石牛，戊午，雍石文，皆到于未央宫之前殿。臣与太保安阳侯舜等视，天风起，尘冥，风止，得铜符帛图于石前，文曰："天告帝符，献者封侯。承天命，用神令。"骑都尉崔发等视说。及前孝哀皇帝建平二年六月甲子下诏书，更为太初元将元年，案其本事，甘忠可、夏贺良谶书臧兰台。臣莽以为元将元年者，大将居摄改元之文也。于今信矣。《尚书·康诰》"王若曰：'孟侯，朕其弟，小子封。'"此周公居摄称王之文也。《春秋》隐公不言即位，摄也。此二经周公、孔子所定，盖为后法。孔子曰："畏天命，畏大人，畏圣人之言。"臣莽敢不承用！臣请共事神祇宗庙，奏言太皇太后、孝平皇后，皆称假皇帝。其号令天下，天下奏言事，毋言"摄"。以居摄三年为初始元年，漏刻以百二十为度，用应天命。臣莽夙夜养育隆就孺子，令与周之成王比德，宣明太皇太后威德于万方，期于富而教之，孺子加元服，复子明辟，如周公故事。

奏可。众庶知其奉符命，指意群臣博议别奏，以视即真之渐矣。

期门郎张充等六人谋共劫莽，立楚王。发觉，诛死。

梓潼人哀章，学问长安，素无行，好为大言，见莽居摄，即作铜匮，为两检，署其一曰"天帝行玺金匮图"，其一署曰"赤帝行玺某传予黄帝金策书"。某者，高皇帝名也。书言王莽为真天子，皇太后如天命。图书皆书莽大臣八人，又取令名王兴、王盛，章因自窜姓名，凡为十一人，皆署官爵，为辅佐。章闻齐井、石牛事下，即日昏时，衣黄衣，持匮至高庙，以付仆射。仆射以闻。戊辰，莽至高庙拜受金匮神嬗。御王冠，谒太后，还坐未央宫前殿，下书曰："予以不德，托于皇初祖考黄帝之后，皇始祖考虞帝之苗裔，而太皇太后之末属。皇天上帝隆显大佑，成命统序，符契图文，金匮策书，神明诏告，属予以天下兆民。赤帝汉氏高皇帝之灵？承天命，传国金策之书，予甚祇畏，敢不钦受！以戊辰直定，御王冠，即真天子位，定有天下之号曰'新'。其改正朔，易服色，变牺牲，殊徽帜，异器制。以十二月朔癸酉为建国元年正月之朔，以鸡鸣为时。服色配德上黄，牺牲应正用白，使节之旄幡皆纯黄，其署曰'新使五威节'，以承皇天上帝威命也。"

卷九十九中

王莽传第六十九中

始建国元年正月朔，莽帅公侯卿士奉皇太后玺韨，上太皇太后，顺符命，去汉号焉。初，莽妻宜春侯王氏女，立为皇后。本生四男：宇、获、安、临。二子前诛死，安颇荒忽，乃以临为皇太子，安为新嘉辟，封宇子六人：千为功隆公，寿为功明公，吉为功成公，宗为功崇公，世为功昭公，利为功著公。大赦天下。

莽乃策命孺子曰："咨尔婴，昔皇天右乃太祖，历世十二，享国二百一十载，历数在于予躬。《诗》不云乎：'侯服于周，天命靡常。'封尔为定安公，永为新室宾。於戏！敬天之休，往践乃位，毋废予命。"又曰："其以平原、安德、漯阴、鬲、重丘，凡户万，地方百里，为定安公国。立汉祖宗之庙于其国，与周后并，行其正朔、服色。世世以事其祖宗，永以命德茂功，享历代之祀焉。以孝平皇后为定安太后。"读策毕，莽亲执孺子手，流涕歔欷，曰："昔周公摄位，终得复子明辟，今予独迫皇天威命，不得如意！"哀叹良久。中傅将孺子下殿，北面而称臣。百僚陪位，莫不感动。

又按金匮，辅臣皆封拜。以太傅、左辅、骠骑将军安阳侯王舜为太师，封安新公；大司徒就德侯平晏为太傅，就新公；少阿、羲和、京兆尹、红休侯刘歆为国师，嘉新公；广汉梓潼哀章为国将，美新公；是为四辅，位上公。太保、后承承阳侯甄邯为大司马，承新公；丕进侯王寻为大司徒，章新公；步兵将军成都侯王邑为大司空，隆新公：是为三公。大阿、右拂、大司空、卫将军广阳侯甄丰为更始将军、广新公；京兆王兴为卫将军，奉新公；轻车将军成武侯孙建为立国将军，成新公；京兆王盛为前将军，崇新公：是为四将。凡十一公。王兴者，故城门令史。王盛者，卖饼。莽按符命求得此姓名十余人，两人容貌应卜相，径从布衣登用，以视神焉。余皆拜为郎。是日，封拜卿大夫、侍中、尚书官凡数百人。诸刘为郡守，皆徙为谏大夫。

改明光宫为定安馆，定安太后居之。以故大鸿胪府为定安公第，皆置门卫使者监领。敕阿乳母不得与语，常在四壁中，至于长大，不能名六畜。后莽以女孙宇子妻之。莽策群司曰："岁星司肃，东岳太师典致时雨，青炜登平，考景以晷。荧惑司哲，南岳太傅典致时奥，赤炜颂平，考声以律。太白司艾，西岳国师典致时阳，白炜象平，考量以铨。辰星司谋，北岳国将典致时寒，玄炜和平，考星以漏。月刑元股左，司马典致武应，考方法矩，主司天文，钦若昊天，敬授民时，力来农事，以丰年谷。日德元肱右，司徒典致文瑞，考圜合规，主司人道，五教是辅，帅民承上，宣美风俗，五品乃训。斗平元心中，司空典致物图，考度以绳，主司地里，平治水土，掌名山川，众殖鸟兽，蕃茂草木。"各策命以其职，如典诰之文。

置大司马司允，大司徒司直，大司空司若，位皆孤卿。更名大司农曰羲和，后更为纳言，大理曰作士，太常曰秩宗，大鸿胪曰典乐，少府曰共工，水衡都尉曰予虞，与三公司卿凡九卿，分属三公。每一卿置大夫三人，一大夫置元士三人，凡二十七大夫，八十一元士，分主中都官诸职。更名光禄勋曰司中，太仆曰太御，卫尉曰太卫，执金吾曰奋武，中尉曰军正，又置大赘官，主乘舆服御物，后又典兵秩，位皆上卿，号曰六监。改郡太守曰大尹，都尉曰太尉，县令长曰宰，御史曰执法，公车司马曰王路四门，长乐宫曰常乐室，未央宫曰寿成室，前殿曰王路堂，长安曰常安。更名秩百石曰庶士，三百石曰下士，四百石曰中士，五百石曰命士，六百石曰元士，千石曰下大夫，比二千石曰中大夫，二千石曰上大夫，中二千石曰卿。车服黻冕，各有差品。又置司恭、司徒、司明、司聪、司中大夫及诵诗工、彻膳宰，以司过"策曰："予闻上圣欲昭厥德，罔不慎修厥身，用绥于远，是用建尔司于五事。毋隐尤，毋将虚，好恶不愆，立于厥中。於戏，勖哉！"令王路设进善之旌，非谤之木，欲谏之鼓。谏大夫四人常坐王路门受言事者。

封王氏齐缞之属为侯，大功为伯，小功为子，缌麻为男，其女皆为任。男以"睦"、女以"隆"为号焉，皆绶印韍。令诸侯立太夫人、夫人、世子，亦受印韍。

又曰："天无二日，土无二王，百王不易之道也。汉氏诸侯或称王，至于四夷亦如之，违于古典，缪于一统。其定诸侯王之号皆称公，及四夷僭号称王者皆更为侯。"

又曰："帝王之道，相因而通；盛德之祚，百世享祀。予惟黄帝、帝少昊，帝颛顼、帝喾、帝尧、帝舜、帝夏禹、皋陶、伊尹咸有圣德，假于皇天，功烈巍巍，光施于远。予甚嘉之，营求其后，将祚厥祀。"惟王氏，虞帝之后也，出自帝喾；刘氏，尧之后也，出自颛顼。于是封姚恂为初睦侯，奉黄帝后；梁护为脩远伯，奉少昊后；皇孙功隆公千，奉帝喾后；刘歆为祁烈伯，奉颛顼后；国师刘歆子叠为伊休侯，奉尧后；妫昌为始睦侯，奉虞帝后；山遵为褒谋子，奉皋陶后；伊玄为褒衡子，奉伊尹后。汉后定安公刘婴，位为宾。周后卫公姬党，更封为章平公，亦为宾。殷后宋公孔弘，远转次移，更封为章昭侯，位为恪。夏后辽西姒丰，封为章功侯，亦为恪。四代古宗，宗祀于明堂，以配皇始祖考虞帝。周公后褒鲁子姬就、宣尼公后褒成子孔钧，已前定焉。

莽又曰："予前在摄时，建郊宫，定祧庙，立社稷，神祇报况，或光自上下复于下，流为乌，或黄气熏烝，昭耀章明，以著黄、虞之烈焉。自黄帝至于济南伯王，而祖世氏姓有五矣。黄帝二十五子，分赐厥姓十有二氏。虞帝之先，受姓曰姚，其在陶唐曰妫，在周曰陈，在齐曰田，在济南曰王。予伏念皇初祖考黄帝，皇始祖考虞帝，以宗祀于明堂，宜序于祖宗之亲庙。其立祖庙五，亲庙四，后夫人皆配食。郊祀黄帝以配天，黄后以配地。以新都侯东弟为大禖，岁时以祀。家之所尚，种祀天下。姚、妫、陈、田、王氏凡五姓者，皆黄、虞苗裔，予之同族也。《书》不云乎：'惇序九族'。其令天下上此五姓名籍于秩宗，皆以为宗室。世世复，无有所与。其元城王氏，勿令相嫁娶，以别族理亲焉。"封陈崇为统睦侯，奉胡王后；田丰为世睦侯，奉敬王后。天下牧守皆以前有翟义、赵明等领州郡，怀忠孝，封牧为男，守为附城。又封旧恩戴崇、金涉、箕闳、杨并等子皆为男。遣骑都尉嚣等分治黄帝园位于上都桥畤，虞帝于零陵九疑，胡王于淮阳陈，敬王于齐临淄，愍王于城阳莒，伯王于济南东平陵，孺王于魏郡元城，使者四时致祠。其庙当作者，以天下初定，且祫祭于明堂太庙。以汉高庙为文祖庙。莽曰："予之皇始祖考虞帝受嬗于唐，汉氏初祖唐帝，世有传国之象，予复亲受金策于汉高皇帝之灵。惟思褒厚前代，何有忘时？汉氏祖宗有七，以礼立庙于定安国。其园寝庙在京师者，勿罢，祠荐如故。予以秋九月亲入汉氏高、元、成、平之庙。诸刘更属籍京兆大尹，勿解其复，各终厥身，州牧数存问，勿令有侵冤。"

又曰："予前在大麓，至于摄假，深惟汉氏三七之厄，赤德气尽，思索广求，所以辅刘延期之术，靡所不用，以故作金刀之利，几以济之。然自孔子作《春秋》以为后王法，至于哀之十四而一代毕，协之于今，亦哀之十四也。赤世计尽，终不可强济。皇天明威，黄德当兴，隆显大命，属予以天下。今百姓咸言皇天革汉而立新，废刘而兴王。夫‘劉’之为字‘卯、金、刀’也，正月刚卯，金刀之利，皆不得行。博谋卿士，佥曰天人同应，昭然著明。其去刚卯莫以为佩，除刀钱勿以为利，承顺天心，快百姓意。”乃更作小钱，径六分，重一铢，文曰“小钱直一，”与前“大钱五十”者为二品，并行。欲防民盗铸，乃禁不得挟铜炭。

是岁四月，徐乡侯刘快结党数千人起兵于其国。快兄殷，故汉胶东王，时改为扶崇公。快举兵攻即墨，殷闭城门，自系狱。吏民距快，快败走，至长广死。莽曰：“昔予之祖济南愍王困于燕寇，自齐临淄出保于莒。宗人田单广设奇谋，获杀燕将，复定齐国。今即墨士大夫复同心殄灭反虏，予甚嘉其忠者，怜其无辜，其赦殷等，非快之妻子它亲属当坐者皆勿治。吊问死伤，赐亡者葬钱，人五万。殷知大命，深疾恶快，以故辄伏厥辜。其满殷国户万，地方百里。”又封符命臣十余人。

莽曰：“古者，设庐井八家，一夫一妇田百亩，什一而税，则国给民富而颂声作。此唐、虞之道，三代所遵行也。秦为无道，厚赋税以自供奉，罢民力以极欲，坏圣制，废井田，是以兼并起，贪鄙生，强者规田以千数，弱者曾无立锥之居，又置奴婢之市，与牛马同兰，制于民臣，颛断其命。奸虐之人因缘为利，至略卖人妻子，逆天心，悖人伦，缪于‘天地之性人为贵’之义。《书》曰‘予则奴戮女，’唯不用命者，然后被此辜矣。汉氏减轻田租，三十而税一，常有更赋，罢癃咸出，而豪民侵陵，分田劫假。厥名三十税一，实什税五也。父子夫妇终年耕芸，所得不足以自存。故富者犬马余菽粟，骄而为邪；贫者不厌糟糠，穷而为奸。俱陷于辜，刑用不错。予前在大麓，始令天下公田口井，时则有嘉禾之祥，遭反虏逆贼且止。今更名天下田曰‘王田’，奴婢曰‘私属’，皆不得卖买。其男口不盈八，而田过一井者，分余田予九族邻里乡党。故无田，今当受田者，如制度。敢有非井田圣制，无法惑众者，投诸四裔，以御魑魅，如皇始祖考虞帝故事。”

是时，百姓便安汉五铢钱，以莽钱大小两行难知，又数变改不信，皆私以五铢钱市买。讹言大钱当罢，莫肯挟。莽患之，复下书：“诸挟五铢钱，言大钱当罢者，比非井田制，投四裔。”于是农商失业，食货俱废，民人至涕泣于市道。及坐卖买田宅、奴婢，铸钱，自诸侯、卿、大夫至于庶民，抵罪者不可不胜数。

秋，遣五威将王奇等十二人班《符命》四十二篇于天下。德祥五事，符命二十五，福应十二，凡四十二篇。其德祥言文、宣之世黄龙见于成纪、新都，高祖考王伯墓门梓柱生枝叶之属。符命言井石、金匮之属。福应言雌鸡化为雄之属。其文尔雅依托，皆为作说，大归言莽当代汉有天下云。总而说之曰：“帝王受命，必有德祥之符端，协成五命，申以福应，然后能立巍巍之功，传于子孙，永享无穷之祚。故新室之兴也，德祥发于汉三七九世之后。肇命于新都，受瑞于黄支，开王于武功，定命于子同，成命于巴宕，申福于十二应，天所以保祐新室者深矣，固矣！武功丹石出于汉氏平帝末年，火德销尽，土德当代，皇天眷然，去汉与新，以丹石始命于皇帝。皇帝谦让，以摄居之，未当天意，故其秋七月，天重以三能文马。皇帝复谦让，未即位，故三以铁契，四以石龟，五以虞符，六以文圭，七以玄印，八以茂陵石书，九以玄龙石，十以神井，十一以大神石，十二以铜符帛图。申命之瑞，寖以显著，至于十二，以昭告新皇帝。皇帝深惟上天之威不可不畏，故去摄号，犹尚称假，改元为初始，欲以承塞天命，克厌上帝之心。然非皇天所以郑重降符命之意，故是日天复决其以勉书。又侍郎王盱见人衣白布单衣，赤缋方领，冠小冠，立于王路殿前，谓盱曰：‘今日天同色，以天下人民属皇帝。’盱怪之，行十余步，人忽不见。至丙寅暮，汉氏高庙有金匮图策：'高帝承天命，以国传新皇帝。'明旦，宗伯忠孝侯刘宏以闻，乃召公卿议，未决，而大神石人谈曰：'趣新皇帝之高庙受命，毋留！'于是新皇帝立登车，之汉氏高庙受命。受命之日，丁卯也。丁，火，汉氏之德也。卯，刘姓所以为字也。明汉刘火德尽，而传于新室也。皇帝谦谦，既备固让，十二符应迫著，命不可辞，惧然祗畏，苇然闵汉氏之终不可济，亹亹在左右之不得从意，为之三夜不御寝，三日不御食。延问公侯卿大夫，佥曰：'宜奉如上天威命。'于是乃改元定号，海内更始。新室既定，神祇欢喜，申以福应，吉瑞累仍。《诗》曰：'宜民宜人，受禄于天；保右命之，自天申之。'此之谓也。"五威将奉《符命》，赍印绶，王侯以下及吏官名更者，外及匈奴、西域，徼外蛮夷，皆即授新室印绶，因收故汉印绶。赐吏爵人二级，民爵人一级，女子百户羊、酒，蛮夷币、帛各有差。大赦天下。

五威将乘"乾"文车，驾"坤"六马，背负鷩鸟之毛，服饰甚伟。每一将各置左右前后中帅，凡五帅。衣冠车服驾马，各如其方面色数。将持节，称太一之使；帅持幢，称五帝之使。莽策命曰："普天之下，迄于四表，靡所不至。"其东出者，至玄菟、乐浪、高句骊、夫馀；南出者，逾徼外，历益州，贬句町王为侯；西出者，至西域，尽改其王为侯；北出者，至匈奴庭，授单于印，改汉印文，去"玺"曰"章"。单于欲求故印，陈饶椎破之，语在《匈奴传》。单于大怒，而句町、西域后卒以此皆畔。饶还，拜为大将军，封威德子。

冬，雷，桐华。置五威司命，中城四关将军。司命司上公以下，中城主十二城门。策命统睦侯陈崇曰："咨尔崇。夫不用命者，乱之原也；大奸猾者，贼之本也；铸伪金钱者，妨宝货之道也；骄奢逾制者，凶害之端也；漏泄省中及尚书事者，'机事不密则害成'也；拜爵王庭，谢恩私门者，禄去公室，政从亡矣：凡此六条，国之纲纪。是用建尔作司命，'柔亦不茹，刚亦不吐，不侮鳏寡，不畏强圉'，帝命帅由，统睦于朝。"命说符侯崔发曰："'重门击柝，以待暴客。'女作五威中城将军，中德既成，天下说符。"命明威侯王级曰："绕霤之固，南当荆楚。女作五威前关将军，振武奋卫，明威于前。"命尉睦侯王嘉曰："羊头之厄，北当燕、赵。女作五威后关将军，壶口捶扼，尉睦于后。"命堂威侯王奇曰："肴、黾之险，东当郑、卫。女作五威左关将军，函谷批难，掌威于左。"命怀羌子王福曰："汧陇之阻，西当戎狄。女作五威右关将军，成固据守，怀羌于右。"又遣谏大夫五十人分铸钱于郡国。

是岁，长安狂女子碧呼道中曰："高皇帝大怒，趣归我国。不者，九月必杀汝！"莽收捕杀之。治者掌寇大夫陈咸自免去官。真定刘都等谋举兵，发觉，皆诛。真定、常山大雨雹。

二年二月，赦天下。五威将帅七十二人还奏事，汉诸侯王为公者，悉上玺绶为民，无违命者。封将为子，帅为男。初设六管之令。命县官酤酒，卖盐铁器，铸钱，诸采取名山大泽众物者税之。又令市官收贱卖贵。赊贷予民，收息百月三，牺和置酒士，郡一人，乘传督酒利，禁民不得挟弩铠，徙西海。

匈奴单于求故玺，莽不与，遂寇边郡，杀略吏民。十一月，立国将军建奏："西域将钦上言，九月辛巳，戊己校尉史陈良、终带共贼杀校尉刁护，劫略吏士，自称废汉大将军，亡入匈奴。又今月癸酉，不知何一男子遮臣建车前，自称'汉氏刘子舆，成帝下妻子也。刘氏当复，趣空宫。'收系男子，即常安姓武，字仲，皆逆天违命，大逆无道。请论仲及陈良等亲属当坐者。奏可。汉氏高皇帝比著戒云，罢吏卒，为宾食，诚欲承天心，全子孙也。其宗庙不当在常安城中，及诸刘为诸侯者当与汉俱废。陛下至仁，久未定。前故安众侯刘崇、徐乡侯刘快、陵乡侯刘曾、扶恩侯刘贵等更聚众谋反。今狂狡之虏或妄自称亡汉将军，或称成帝子子舆，至犯夷灭，连未止者，此圣恩不早绝其萌牙故也。臣愚以为汉高皇帝为新室宾，享食明堂。成帝，异姓之兄弟；平帝，婿也；皆不宜复入其庙。元帝与皇太后为体，圣恩所隆，礼亦宜之。臣请汉氏诸庙在京师者皆罢。诸刘为诸侯者，以户多少就五等之差；其为吏者皆罢，待除于家。上当天心，称高皇帝神灵，塞狂狡之萌。"莽曰："可。嘉新公国师以符命为予四辅，明德侯刘龚、率礼侯刘嘉等凡三十二人皆知天命，或献天符，或贡昌言，或捕告反虏，厥功茂焉。诸刘与三十二人同宗共祖者勿罢，赐姓曰王。"唯国师以女配莽子，故不赐姓。改定安太后号曰"黄皇室主"，绝之于汉也。冬十二月，雷。

更名匈奴单于曰："降奴服于。"莽曰："降奴服于知威侮五行，背畔四条，侵犯西域，延及边垂，为元元害，罪当夷灭。命遣立国将军孙建等凡十二将，十道并出，共行皇天之威，罚于知之身。惟知先祖故呼韩邪单于稽侯狦累世忠孝，保塞守徼，不忍以一知之罪，灭稽侯狦之世，今分匈奴国土人民以为十五，立稽侯狦子孙十五人为单于。遣中郎将蔺苞、戴级驰之塞下，召拜当为单于者。诸匈奴人当坐虏知之法者，皆赦除之。"遣五威将军苗䜣、虎贲将军王况出五原，厌难将军陈钦、震狄将军王巡出云中，振武将军王嘉、平狄将军王萌出代郡，相威将军李棽、镇远将军李翁出西河，诛貉将军阳俊、讨秽将军严尤出渔阳，奋武将军王骏、定胡将军王晏出张掖，及偏裨以下百八十人。募天下囚徒、丁男、甲卒三十万人，转众郡委输五大夫衣裘、兵器、粮食，长吏送自负海江淮至北边，使者驰传督趣，以军兴法从事，天下骚动。先至者屯边郡，须毕具乃同时出。

莽以钱币讫不行，复下书曰："民以食为命，以货为资，是以八政以食为首。宝货皆重则小用不给，皆轻则僦载烦费，轻重大小各有差品，则用便而民乐。"于是造宝货五品，语在《食货志》。百姓不从，但行小大钱二品而已。盗铸钱者不可禁，乃重其法，一家铸钱，五家坐之，没入为奴婢。吏民出入，持布钱以副符传，不持者，厨传勿舍，关津苛留。公卿皆持以入宫殿门，欲以重而行之。

是时，争为符命封侯，其不为者相戏曰："独无天帝除书乎？"司命陈崇白莽曰："此开奸臣作福之路而乱天命，宜绝其原。"莽亦厌之，遂使尚书大夫赵并验治，非五威将率所班，皆下狱。初，甄丰、刘歆、王舜为莽腹心，倡导在位，褒扬功德；"安汉"、"宰衡"之号及封莽母、两子、兄子，皆丰等所共谋，而丰、舜、歆亦受其赐，并富贵矣，非复欲令莽居摄也。居摄之萌，出于泉陵侯刘庆、前辉光谢嚣、长安令田终术。莽羽翼已成，意欲称摄。丰等承顺其意，莽辄复封舜、歆两子及丰孙。丰等爵位已盛，心意既满，又实畏汉宗室、天下豪桀。而疏远欲进者，并作符命，莽遂据以即真，舜、歆内惧而已。丰素刚强，莽觉其不说，故徙大阿、右拂、大司空丰，托符命文，为更始将军，与卖饼儿王盛同列。丰父子默默。时子寻为侍中京兆大尹茂德侯，即作符命，言新室当分陕，立二伯，以丰为右伯。太傅平晏为左伯，如周、召故事。莽即从之，拜丰为右伯。当述职西出。未行，寻复作符命，言故汉氏平帝后黄皇室主为寻之妻。莽以诈立，心疑大臣怨谤，欲震威以惧下，因是发怒曰："黄皇室主天下母，此何谓也！"收捕寻。寻亡，丰自杀。寻随方士入华山，岁余捕得，辞连国师公歆子侍中东通灵将、五司大夫隆威侯棻，棻弟右曹长水校尉伐虏侯泳，大司空邑弟左关将军堂威侯奇，及歆门人侍中骑都尉丁隆等，牵引公卿党亲列侯以下，死者数百人。寻手理有"天子"字，莽解其臂入视之，曰："此一大子也，或曰一六子也。六者，戮也。明寻父子当戮死也。"乃流棻于幽州，放寻于三危，殛隆于羽山，皆驿车载其尸传致云。

莽为人侈口蹷顄，露眼赤精，大声而嘶。长七尺五寸，好厚履高冠，以氂装衣，反膺高视，瞰临左右。是时，有用方技待诏黄门者，或问以莽形貌，待诏曰："莽所谓鸱目虎吻豺狼之声者也，故能食人，亦当为人所食。"问者告之，莽诛灭待诏，而封告者。后常翳云母屏面，非亲近莫得见也。是岁，以初睦侯姚恂为宁始将军。

三年，莽曰："百官改更，职事分移，律令仪法，未及悉定，且因汉律令仪法以从事。令公卿、大夫、诸侯、二千石举吏民有德行通政事能言语明文学者各一人，诣王路四门。"遣尚书大夫赵并使劳北边，还言五原北假膏壤殖谷，异时常置田官。乃以并为田禾将军，发戍卒屯田北假，以助军粮。是时，诸将在边，须大众集，吏士放纵，而内郡愁于征发，民弃城郭流亡为盗贼，并州、平州尤甚。莽令七公六卿号皆兼称将军，遣著武将军逯并等填名都，中郎将、绣衣执法各五十五人，分填缘边大郡，督大奸猾擅弄兵者，皆便为奸于外，挠乱州郡，货赂为市，侵渔百姓。莽下书曰："虏知罪当夷灭，故遣猛将分十二部，将同时出，一举而决绝之矣。内置司命军正，外设军监十有二人，诚欲以司不奉命，令军人咸正也。今则不然，各为权势，恐猲良民，妄封人颈，得钱者去。毒蠚并作，农民离散。司监若此，可谓称不？自今以来，敢犯此者，辄捕系，以名闻。"然犹放纵自若。

而蔺苞、戴级到塞下，招诱单于弟咸、咸子登入塞，胁拜咸为孝单于，赐黄金千斤，锦绣甚多，遣去；将登至长安，拜为顺单于，留邸。

太师王舜自莽篡位后病悸，浸剧，死。莽曰："昔齐太公以淑德累世，为周氏太师，盖予之所监也。其以舜子延袭父爵，为安新公，延弟褒新侯匡为太师将军，永为新室辅。"为太子置师友各四人，秩以大夫。以故大司徒马宫为师疑，故少府宗伯凤为傅丞，博士袁圣为阿辅，京兆尹王嘉为保拂，是为四师；故尚书令唐林为胥附，博士李充为奔走，谏大夫赵襄为先后，中郎将廉丹为御侮，是为四友。又置师友祭酒及侍中、谏议、《六经》祭酒各一人，凡九祭酒，秩上卿。琅邪左咸为讲《春秋》、颍川满昌为讲《诗》、长安国由为讲《易》、平阳唐昌为讲《书》、沛郡陈咸为讲《礼》、崔发为讲《乐》祭酒。遣谒者持安车印绶，即拜楚国龚胜为太子师友祭酒，胜不应征，不食而死。宁始将军姚恂免，侍中、崇禄侯孔永为宁始将军。是岁，池阳县有小人景，长尺余，或乘车马，或步行，操持万物，小大各相称，三日止。濒河郡蝗生。河决魏郡，泛清河以东数郡。先是，莽恐河决为元城冢墓害。及决东去，元城不忧水，故遂不堤塞。

四年二月，赦天下。夏，赤气出东南，竟天。

厌难将军陈钦言捕虏生口，虏犯边者皆孝单于咸子角所为。莽怒，斩其子登于长安，以视诸蛮夷。大司马甄邯死，宁始将军孔永为大司马，侍中、大赘侯辅为宁始将军。莽每当出，辄先搜索城中，名曰"横搜"。是月，横搜五日。

莽至明堂，授诸侯茅土。下书曰："予以不德，袭于圣祖，为万国主。思安黎元，在于建侯，分州正域，以美风俗。追监前代，爰纲爰纪。惟在《尧典》，十有二州，卫有五服。《诗》国十五，布遍九州。《殷颂》有'奄有九有'之言。《禹贡》之九州无并、幽，《周礼·司马》则无徐、梁。帝王相改，各有云为。或昭其事，或大其本，厥义著明，其务一矣。昔周二后受命，故有东都、西都之居。予之受命，盖亦如之。其以洛阳为新室东都，常安为新室西都。邦畿连体，各有采任。州从《禹贡》为九，爵从周氏有五。诸侯之员千有八百，附城之数亦如之，以俟有功。诸公一同，有众万户，土方百里。侯伯一国，众户五千，土方七十里。子男一则，众户二千有五百，土方五十里。附城大者食邑九成。众户九百，土方三十里。自九以下，降杀以两，至于一成。五差备具，合当一则。今已受茅土者，公十四人、侯九十三人、伯二十一人、子百七十一人、男四百九十七人，凡七百九十六人。附城千五百一十一人。九族之女为任者，八十三人。及汉氏女孙中山承礼君、遵德君、修义君更以为任。十有一公，九卿，十二大夫，二十四元士。定诸国邑采之处，使侍中讲礼大夫孔秉等与州部众郡晓知地理图籍者，共校治于寿成朱鸟堂。予数与群公祭酒上卿亲听视，咸已通矣。夫褒德赏功，所以显仁贤也；九族和睦，所以褒亲亲也。予永惟匪解，思稽前人，将章黜陟，以明好恶，安元元焉。”以图簿未定，未授国邑，且令受奉都内，月钱数千。诸侯皆困乏，至有庸作者。

中郎区博谏莽曰:“井田虽圣王法,其废久矣。周道既衰,而民不从。秦知顺民之心，可以获大利也，故灭庐井而置阡陌，遂王诸夏，讫今海内未厌其敝。今欲违民心，追复千载绝迹，虽尧、舜复起，而无百年之渐，弗能行也。天下初定，万民新附，诚未可施行。”莽知民怨，乃下书曰:“诸名食王田，皆得卖之，勿拘以法，犯私买卖庶人者，且一切勿治。”

初，五威将帅出，改句町王以为侯，王邯怨不附。莽讽牂柯大尹周歆诈杀邯。邯弟承起兵攻杀歆。先是，莽发高句骊兵，当伐胡，不欲行，郡强迫之，皆亡出塞，因犯法为寇。辽西大尹田谭追击之，为所杀。州郡归咎于高句骊侯驺。严尤奏言：“貉人犯法，不从驺起，正有它心，宜令州郡且尉安之。今猥被以大罪，恐其遂畔，夫馀之属必有和者。匈奴未克，夫馀、秽貉复起，此大忧也。”莽不尉安，秽貉遂反，诏尤击之。尤诱高句骊侯驺至而斩焉，传首长安。莽大说，下书曰：“乃者，命遣猛将，共行天罚，诛灭虏知，分为十二部，或断其右臂，或斩其左腋，或溃其胸腹，或绌其两胁。今年刑在东方，诛貉之部先纵焉。捕斩虏驺，平定东域，虏知殄灭，在于漏刻。此乃天地群神、社稷、宗庙佑助之福，公卿、大夫、士民同心将率虓虎之力也。予甚嘉之。其更名高句骊为下句骊，布告天下，令咸知焉。”于是貉人愈犯边，东北与西南夷皆乱云。

莽志方盛，以为四夷不足吞灭，专念稽古之事，复下书曰：“伏念予之皇始祖虞帝，受终文祖，在璇玑玉衡以齐七政，遂类于上帝，禋于六宗，望秩于山川，遍于群神，巡狩五岳，群后四朝，敷奏以言，明试以功。予之受命即真，到于建国五年，已五载矣。阳九之厄既度，百六之会已过。岁在寿星，填在明堂，仓龙癸酉，德在中宫。观晋掌岁，龟策告从，其以此年二月建寅之节东巡狩，具礼仪调度。”群公奏请募吏民人马布帛绵，又请内郡国十二买马，发帛四十五万匹，输常安，前后毋相须。至者过半，莽下书曰：“文母太后体不安，其且止待后。”

是岁，改十一公号，以“新”为“心”，后又改“心”为“信”。

五年二月,文母皇太后崩,葬渭陵,与元帝合而沟绝之。立庙于长安,新室世世献祭。元帝配食，坐于床下。莽为太后服丧三年。大司马孔永乞骸骨，赐安车驷马，以特进就朝位。同风侯逯并为大司马。是时，长安民闻莽欲都雒阳，不肯缮治室宅，或颇彻之。莽曰:“玄龙石文曰‘定帝德,国雒阳’。符命著明,敢不钦奉!以始建国八年,岁缠星纪，在雒阳安之都。其谨缮修常安之都，勿令坏败。敢有犯者，辄以名闻，请其罪。”

是岁，乌孙大小昆弥遣使贡献。大昆弥者，中国外孙也。其胡妇子为小昆弥，而乌孙归附之。莽见匈奴诸边并侵，意欲得乌孙心，乃遣使者引小昆弥使置大昆弥使上。保成师友祭酒满昌劾奏使者曰：“夷狄以中国有礼谊，故诎而服从。大昆弥，君也。今序臣使于君使之上，非所以有夷狄也。奉使大不敬！”莽怒，免昌官。西域诸国以莽积失恩信，焉耆先畔，杀都护但钦。十一月，彗星出，二十余日，不见。是岁，以犯挟铜炭者多，除其法。

明年改元曰“天凤。”

天凤元年正月，赦天下。莽曰：“予以二月建寅之节行巡狩之礼，太官赍糒干肉，内者行张坐卧，所过毋得有所给。予之东巡，必躬载耒，每县则耕，以劝东作。予之南巡，必躬载耨，每县则薅，以劝南伪。予之西巡，必躬载铚，每县则获，以劝西成。予之北巡，必躬载拂，每县则粟，以劝盖藏。毕北巡狩之礼，即于土中居雒阳之都焉。敢有趋喧犯法，辄以军法从事。"群公奏言："皇帝至孝，往年文母圣体不豫，躬亲供养，衣冠稀解。因遭弃群臣悲哀，颜色未复，饮食损少。今一岁四巡，道路万里，春秋尊，非糒干肉之所能堪。且无巡狩，须阕大服，以安圣体，臣等尽力养牧兆民，奉称明诏。"莽曰："群公、群牧、群司、诸侯、庶尹愿尽力相帅养牧兆民，欲以称予，由此敬听，其勖之哉！毋食言焉。更以天凤七年，岁在大梁，仓龙庚辰，行巡狩之礼。厥明年，岁在实沈，仓龙辛巳，即土之中雒阳之都。"乃遣太傅平晏、大司空王邑之雒阳，营相宅兆，图起宗庙、社稷、郊兆云。

三月壬申晦，日有食之。大赦天下。策大司马逯并曰："日食光，干戈不戢，其上大司马印韨，就侯氏朝位。太傅平晏勿领尚书事，省侍中、诸曹兼官者，以利苗男訢为大司马。"莽即真，尤备大臣，抑夺下权，朝臣有言其过失者，辄拔擢。孔仁、赵博、费兴等以敢击大臣，故见信任，择名官而居之。公卿入宫，吏有常数，太傅平晏从吏过例，掖门仆射苛问不逊，戊曹士收系仆射。莽大怒，使执法发车骑数百围太傅府，捕士，即时死。大司空士夜过奉常亭，亭长苛之，告以官名，亭长醉曰："宁有符传邪？"士以马棰击亭长，亭长斩士，亡，郡县逐之。家上书，莽曰:"亭长奉公，勿逐。"大司空邑斥士以谢。国将哀章颇不清，莽为选置和叔，敕曰："非但保国将闺门，当保亲属在西州者。"诸公皆轻贱，而章尤甚。

四月，陨霜，杀草木，海濒尤甚。六月。黄雾四塞。七月，大风拔树，飞北阙直城门屋瓦。雨雹，杀牛羊。莽以《周官》、《王制》之文，置卒正、连率、大尹，职如太守；属令、属长，职如都尉。置州牧、部监二十五人，见礼如三公。监位上大夫，各主五郡。公氏作牧，侯氏卒正，伯氏连率，子氏属令，男氏属长，皆世其官，其无爵者为尹。分长安城旁六乡，置帅各一人。分三辅为六尉郡，河东、河内、弘农、河南、颍川、南阳为六队郡，置大夫，职如太守；属正，职如都尉。更名河南大尹曰保忠信卿。益河南属县满三十。置六郊州长各一人，人主五县。及它官名悉改。大郡至分为五。郡县以亭为名者三百六十，以应符命文也。缘边又置竟尉，以男为之。诸侯国闲田，为黜陟增减云。莽下书曰："常安西都曰六乡，众县曰六尉。义阳东都曰六州，众县曰六队。粟米之内曰内郡，其外曰近郡。有障徼者曰边郡。合百二十有五郡。九州之内，县二千二百有三。公作甸服，是为惟城；诸在侯服，是为惟宁；在采、任诸侯，是为惟翰；在宾服，是为惟屏；在揆文教，奋武卫，是为惟垣；在九州之外，是为惟藩：各以其方为称，总为万国焉。"其后，岁复变更，一郡至五易名，而还复其故。吏民不能纪，每下诏书，辄系其故名，曰："制诏陈留大尹、太尉：其以益岁以南付新平。新平，故淮阳。以雍丘以东付陈定。陈定，故梁郡。以封丘以东付治亭。治亭，故东郡。以陈留以西付祈隧，祈隧，故荥阳。陈留已无复有郡矣。大尹、太尉，皆诣行在所。"其号令变易，皆此类也。

令天下小学，戊子代甲子为六旬首。冠以戊子为元日，昏以戊寅之旬为忌日。百姓多不从者。

匈奴单于知死，弟咸立为单于，求和亲。莽遣使者厚赂之，诈许还其侍子登，因购求陈良、终带等。单于即执良等付使者，槛车诣长安。莽燔烧良等于城北，令吏民会观之。

缘边大饥，人相食。谏大夫如普行边兵，还言："军士久屯塞苦，边郡无以相赡。

今单于新和，宜因是罢兵。”校尉韩威进曰：“以新室之威而吞胡虏，无异口中蚤虱。臣愿得勇敢之士五千人，不赍斗粮，饥食虏肉，渴饮其血，可以横行。”莽壮其言，以威为将军。然采普言，征还诸将在边者。免陈钦等十八人，又罢四关填都尉诸屯兵。会匈奴使还，单于知侍子登前诛死，发兵寇边，莽复发军屯。于是边民流入内郡，为人奴婢，乃禁吏民敢挟边民者弃市。益州蛮夷杀大尹程隆遣，三边尽反。遣平蛮将军冯茂将兵击之。

宁始将军侯辅免，讲《易》祭酒戴参为宁始将军。

二年二月，置酒王路堂，公卿、大夫皆佐酒。大赦天下。是时，日中见星。大司马苗訢左迁司命，以延德侯陈茂为大司马。讹言黄龙堕死黄山宫中，百姓奔走往观者有万数。莽恶之，捕系问语所从起，不能得。

单于咸既和亲，求其子登尸，莽欲遣使送致，恐咸怨恨害使者，乃收前言当诛侍子者故将军陈钦，以他罪系狱。钦曰：“是欲以我为说于匈奴也。”遂自杀。莽选儒生能颛对者济南王咸为大使，五威将琅邪伏黯等为帅，使送登尸。敕令掘单于知墓，棘鞭其尸。又令匈奴却塞于漠北，责单于马万匹，牛三万头，羊十万头，及稍所略边民生口在者皆还之。莽好为大言如此。咸到单于庭，陈莽威德，责单于背畔之罪，应敌从横，单于不能诎，遂致命而还之。入塞，咸病死，封其子为伯，伏黯等皆为子。

莽意以为制定则天下自平，故锐思于地里，制礼作乐，讲合《六经》之说。公卿旦入暮出，议论连年不决，不暇省狱讼冤结民之急务。县宰缺省，数年守兼，一切贪残日甚。中郎将、绣衣执法在郡国者，并乘权势，传相举奏。又十一公士分布劝农桑，班时令，案诸章，冠盖相望，交错道路，召会吏民，逮捕证左，郡县赋敛，递相赇赂，白黑纷然，守阙告诉者多。莽自见前颛权以得汉政，故务自揽众事，有司受成苟免。诸宝物名、帑藏、钱谷官，皆宦者领之；吏民上封事书，宦官左右开发，尚书不得知，其畏备臣下如此。又好变改制度，政令烦多，当奉行者，辄质问乃以从事，前后相乘，愦眊不渫。莽常御灯火至明，犹不能胜。尚书因是为奸寝事，上书待报者连年不得去，拘系郡县者逢赦而后出，卫卒不交代三岁矣。谷常贵，边兵二十余万人仰衣食，县官愁苦。五原、代郡尤被其毒，起为盗贼，数千人为辈，转入旁郡。莽遣捕盗将军孔仁将兵与郡县合击，岁余乃定，边郡亦略将尽。

邯郸以北大雨雾，水出，深者数丈，流杀数千人。立国将军孙建死，司命赵闳为立国将军。宁始将军戴参归故官，南城将军廉丹为宁始将军。

三年二月乙酉，地震，大雨雪，关东尤甚，深者一丈，竹柏或枯。大司空王邑上书言：“视事八年，功业不效，司空之职尤独废顿，至乃有地震之变。愿乞骸骨。”莽曰：“夫地有动有震，震者有害，动者不害。《春秋》记地震，《易·系》“坤”动，动静辟胁，万物生焉。灾异之变，各有云为。天地动威，以戒予躬，公何辜焉，而乞骸骨，非所以助予者也。使诸吏散骑司禄大卫脩宁男遵谕予意焉。”

五月，莽下吏禄制度，曰：“予遭阳九之厄，百六之会，国用不足，民人骚动，自公卿以下，一月之禄十緵布二匹，或帛一匹。予每念之，未尝不戚焉。今厄会已度，府帑虽未能充，略颇稍给，其以六月朔庚寅始，赋吏禄皆如制度。”四辅公、卿、大夫、士，下至舆僚，凡十五等。僚禄一岁六十六斛，稍以差增，上至四辅而为万斛云。莽又曰：‘普天之下，莫非王土；率土之滨，莫非王臣。’盖以天下养焉。《周礼》膳羞百有二十品，今诸侯各食其同、国、则；辟、任、附城食其邑；公、卿、大夫、元士食其采。多少之差，咸有条品。岁丰穰则充其礼，有灾害则有所损，与百姓同忧喜也。其用上计时通计，天下幸无灾害者，太官膳羞备其品矣；即有灾害，以什率多少而损膳焉。东岳太师立国将军保东方三州一部二十五郡。南岳太傅前将军保南方二州一部二十五郡；西岳国师宁始将军保西方一州二部二十五郡；北岳国将卫将军保北方二州一部二十五郡；大司马保纳卿、言卿、仕卿、作卿、京尉、扶尉、兆队、右队、中部左洎前七部；大司徒保乐卿、典卿、宗卿、秩卿、翼尉、光尉、左队、前队、中部、右部，有五郡；大司空保予卿、虞卿、共卿、工卿、师尉、列尉、祈队、后队、中部洎后十郡；及六司，六卿，皆随所属之公保其灾害，亦以十率多少而损其禄。郎、从官、中都官吏食禄都内之委者，以太官膳羞备损而为节。诸侯、辟、任、附城、群吏亦各保其灾害。几上下同心，劝进农业，安元元焉。”莽之制度烦碎如此，课计不可理，吏终不得禄，各因官职为奸，受取赇赂以自共给。

是月戊辰，长平馆西岸崩，邕泾水不流，毁而北行，遣大司空王邑行视，还奏状，群臣上寿，以为《河图》所谓“以土填水，”匈奴灭亡之祥也。乃遣并州牧宋弘、游击都尉任萌等将兵击匈奴，至边止屯。

七月辛酉，霸城门灾，民间所谓青门也。戊子晦，日有食之。大赦天下。复令公卿、大夫、诸侯、二千石举四行各一人。大司马陈茂以日食免，武建伯严尤为大司马。十月戊辰，王路朱鸟门鸣，昼夜不绝，崔发等曰：“虞帝辟四门，通四聪。门鸣者，明当修先圣之礼，招四方之士也。”于是令群臣皆贺，所举四行从朱鸟门入而对策焉。平蛮将军冯茂击句町，士卒疾疫，死者什六七，赋敛民财什取五，益州虚耗而不克，征还下狱死。更遣宁始将军廉丹与庸部牧史熊击句町，颇斩首，有胜。莽征丹、熊，丹、熊愿益调度，必克乃还。复大赋敛，就都大尹冯英不肯给，上言“自越巂遂久仇牛、同亭邪豆之属反畔以来，积且十年，郡县距击不已。续用冯茂，苟施一切之政。僰道以南，山险高深，茂多驱众远居，费以亿计，吏士离毒气死者什七。今丹、熊惧于自诡期会，调发诸郡兵、谷，复訾民取其十四，空破梁州，功终不遂。宜罢兵屯田，明设购赏。”莽怒，免英官。后颇觉寤，曰；“英亦未可厚非。”复以英为长沙连率。翟义党王孙庆捕得，莽使太医、尚方与巧屠共刳剥之，量度五藏，以竹筳导其脉，知所终始，云可以治病。

是岁，遣大使五威将王骏、西域都护李崇将戊已校尉出西域，诸国皆郊迎贡献焉。诸国前杀都护但钦，骏欲袭之，命佐帅何封、戊已校尉郭钦别将。焉耆诈降，伏兵击骏等，皆死。钦、封后到，袭击老弱，从车师还入塞。莽拜钦为填外将军，封剿胡子，何封为集胡男。西域自此绝。

卷九十九下

王莽传第六十九下

四年五月，莽曰：“保城师友祭酒唐林、故谏议祭酒琅邪纪逡，孝弟忠恕，敬上爱下，博通旧闻，德行醇备，至于黄发，靡有愆失。其封林为建德侯，逡为封德侯，位皆特进，见礼如三公。赐弟一区，钱三百万，授几杖焉。”六月，更授诸侯茅土于明堂，曰：

"予制作地理，建封五等，考之经艺，合之传记，通于义理，论之思之，至于再三，自始建国之元以来九年于兹，乃今定矣。予亲设文石之平，陈菁茅四色之土，钦告于岱宗泰社后土、先祖先妣，以班授之。各就厥国，养牧民人，用成功业。其在缘边，若江南，非诏所召，遣侍于帝城者，纳言掌货大夫且调都内故钱，予其禄，公岁八十万，侯、伯四十万，子、男二十万。"然复不能尽得。莽好空言，慕古法，多封爵人，性实吝啬，托以地理未定，故且先赋茅土，用慰喜封者。

是岁，复明六管之令。每一管下，为设科条防禁，犯者罪至死，吏民抵罪者浸众，又一切调上公以下诸有奴婢者，率一口出钱三千六百，天下愈愁，盗贼起。纳言冯常以六管谏，莽大怒，免常官。置执法左右刺奸。选用能吏侯霸等分督六尉、六队，如汉刺史，与三公士郡一人从事。临淮瓜田仪等为盗贼，仪阻会稽长州；琅邪女子吕母亦起。初，吕母子为县吏，为宰所冤杀。母散家财，以酤酒买兵弩，阴厚贫穷少年，得百余人，遂攻海曲县，杀其宰以祭子墓。引兵入海，其众浸多，后皆万数。莽遣使者即赦盗贼，还言："盗贼解，辄复合。问其故，皆曰愁法禁烦苛，不得举手。力作所得，不足以给贡税。闭门自守，又坐邻伍铸钱挟铜，奸吏因以愁民。民穷，悉起为盗贼。"莽大怒，免之。其或顺指，言"民骄黠当诛"，及言"时运适然，且灭不久"，莽说，辄迁之。是岁八月，莽亲之南郊，铸作威斗。威斗者，以五石铜为之，若北斗，长二尺五寸，欲以厌胜众兵。既成，令司命负之，莽出在前，入在御旁。铸斗日，大寒，百官人马有冻死者。

五年正月朔，北军南门灾。

以大司马司允费兴为荆州牧，见，问到部方略，兴对曰："荆、扬之民率依阻山泽，以渔采为业，间者，国张六管，税山泽，妨夺民之利，连年久旱，百姓饥穷，故为盗贼。兴到部，欲令明晓告盗贼归田里，假贷犁牛种食，阔其租赋，几可以解释安集。"莽怒，免兴官。天下吏以不得奉禄，并为奸利，郡尹县宰家累千金。莽下诏曰："详考始建国二年胡虏猾夏以来，诸军吏及缘边大夫以上为奸利增产致富者，收其家所有财产五分之四，以助边急。"公府士驰传天下，考覆贪饕，开吏告其将，奴婢告其主，几以禁奸，奸愈甚。

皇孙功崇公宗坐自画容貌，被服天子衣冠，刻印三：一曰"维祉冠存己夏处南山臧薄冰"，二曰"肃圣宝继"，三曰"德封昌图"。又宗舅吕宽家前徙合浦，私与宗通，发觉按验，宗自杀。莽曰："宗属为皇孙，爵为上公，知宽等叛逆族类，而与交通；刻铜印三，文意甚害，不知厌足，窥欲非望。《春秋》之义，'君亲毋将，将而诛焉。'迷惑失道，自取此辜，乌呼哀哉！宗本名会宗，以制作去二名，今复名会宗。贬厥爵，改厥号，赐谥为功崇缪伯，以诸伯之礼葬于故同谷城郡。"宗姊妨为卫将军王兴夫人，祝诅姑，杀婢以绝口。事发觉，莽使中常侍𨁀恽责问妨，并以责兴，皆自杀。事连及司命孔仁妻，亦自杀。仁见莽免冠谢，莽使尚书劾仁："乘'乾'车，驾'坤'马，左苍龙，右白虎，前朱雀，后玄武，右杖威节，左负威斗，号曰赤星，非以骄仁，乃以尊新室之威命也。仁擅免天文冠，大不敬。"有诏勿劾，更易新冠。其好怪如此。

以直道侯王涉为卫将军。涉者，曲阳侯根子也。根，成帝世为大司马，荐莽自代，莽恩之，以为曲阳非令称，乃追谥根曰直道让公，涉嗣其爵。

是岁，赤眉力子都、樊崇等以饥馑相聚，起于琅邪，转抄掠，众皆万数。遣使者发郡国兵击之，不能克。

六年春，莽见盗贼多，乃令太史推三万六千岁历纪，六岁一改元，布天下。下书曰："《紫阁图》曰'太一、黄帝皆仙上天，张乐昆仑虔山之上。后世圣主得瑞者，当张乐秦终南山之上。'予之不敏，奉行未明，乃今谕矣。复以宁始将军为更始将军，以顺符命。《易》不云乎？'日新之谓盛德，生生之谓易。'予其飨哉！"欲以诳耀百姓，销解盗贼。众皆笑之。初献《新乐》于明堂、太庙。群臣始冠麟韦之弁。或闻其乐声，曰："清厉而哀，非兴国之声也。"

是时，关东饥旱数年，力子都等党众浸多，更始将军廉丹击益州不能克，征还。更遣复位后大司马护军郭兴、庸部牧李晔击蛮夷若豆等，太傅牺叔士孙喜清洁江湖之盗贼。而匈奴寇边甚。莽乃大募天下丁男及死罪囚、吏民奴，名曰"猪突豨勇"，以为锐卒。一切税天下吏民，訾三十取一，缣帛皆输长安。令公卿以下至郡县黄绶皆保养军马，多少各以秩为差。又博募有奇技术可以攻匈奴者，将待以不次之位。言便宜者以万数：或言能度水不用舟楫，连马接骑，济百万师；或言不持斗粮，服食药物，三军不饥;或言能飞，一日千里，可窥匈奴。莽辄试之，取大鸟翮为两翼，头与身皆著毛，通引环纽，飞数百步堕。莽知其不可用，苟欲获其名，皆拜为理军，赐以车马，待发。

初，匈奴右骨都侯须卜当，其妻王昭君女也，尝内附。莽遣昭君兄子和亲侯王歙诱呼当至塞下，胁将诣长安，强立以为须卜善于后安公。始欲诱迎当，大司马严尤谏曰："当在匈奴右部，兵不侵边，单于动静，辄语中国，此方面之大助也。于今迎当置长安槁街，一胡人耳，不如在匈奴有益。"莽不听。既得当，欲遣尤与廉丹击匈奴，皆赐姓徵氏，号二徵将军，当诛单于舆而立当代之。出车城西横厩，未发。尤素有智略，非莽攻伐西夷，数谏不从，著古名将乐毅、白起不用之意及言边事凡三篇，奏以风谏莽。及当出廷议，尤固言匈奴可且以为后，先忧山东盗贼。莽大怒，乃策尤曰："视事四年，蛮夷猾夏不能遏绝，寇贼奸宄不能殄灭，不畏天威，不用诏命，貌很自臧，持必不移，怀执异心，非沮军议。未忍致于理，其上大司马武建伯印韨，归故郡。"以降符伯董忠为大司马。

翼平连率田况奏郡县訾民不实，莽复三十税一。以况忠言忧国，进爵为伯，赐钱二百万。从庶皆詈之。青、徐民多弃乡里流亡，老弱死道路，壮者入贼中。夙夜连率韩博上言："有奇士，长丈，大十围，来至臣府，曰欲奋击胡虏。自谓巨毋霸，出于蓬莱东南，五城西北昭如海濒，轺车不能载，三马不能胜。即日以大车四马。建虎旗，载霸诣阙。霸卧则枕鼓，以铁箸食，此皇天所以辅新室也，愿陛下作大甲高车，贲、育之衣，遣大将一人与虎贲百人迎之于道。京师门户不容者，开高大之，以视百蛮，镇安天下。"博意欲以风莽。莽闻恶之，留霸在所新丰，更其姓曰巨母氏，谓因文母太后而霸王符也。征博下狱，以非所宜言，弃市。明年改元曰"地皇"，从三万六千岁历号也。

地皇元年正月乙未，赦天下。下书曰："方出军行师，敢有趋喧犯法者，辄论斩，毋须时，尽岁止。"于是春夏斩人都市，百姓震惧，道路以目。

二月壬申，日正黑。莽恶之，下书曰："乃者日中见昧，阴薄阳，黑气为变，百姓莫不惊怪。兆域大将军王匡遣吏考问上变事者，欲蔽上之明，是以适见于天，以正于理，塞大异焉。"莽见四方盗贼多，复欲厌之，又下书曰："予之皇初祖考黄帝定天下，将兵为上将军，建华盖，立斗献，内设大将，外置大司马五人，大将军二十五人，偏将军百二十五人，裨将军千二百五十人，校尉万二千五百人，司马三万七千五百人，候十一万二千五百人，当百二十二万五千人，士吏四十五万人，士千三百五十万人，应协于《易》'弧矢之利，以威天下'。予受符命之文，稽前人，将条备焉。"于是置前后左右中大司马之位，赐诸州牧号为大将军，郡卒正、连帅、大尹为偏将军，属令长裨将军，县宰为校尉。乘传使者经历郡国，日且十辈，仓无见谷以给，传车马不能足，赋取道中车马，取办于民。

七月，大风毁王路堂。复下书曰："乃壬午餔时，有列风雷雨发屋折木之变，予甚弁焉，予甚栗焉，予甚恐焉。伏念一旬，迷乃解矣。昔符命文立安为新迁王，临国雒阳，为统义阳王，是时予在摄假，谦不敢当，而以为公。其后金匮文至，议者皆曰：'临国雒阳为统，谓据土中为新室统也，宜为皇太子。'自此后，临久病，虽瘳不平，朝见挈茵舆行。见王路堂者，张于西厢及后阁更衣中，又以皇后被疾，临且去本就舍，妃妾在东永巷。壬午，烈风毁王路西厢及后阁更衣中室。昭宁堂池东南榆树大十围，东僵，击东阁，阁即东永巷之西垣也。皆破折瓦坏，发屋拔木，予甚惊焉。又候官奏月犯心前星，厥有占，予甚忧之。伏念《紫阁图》文，太一、黄帝皆得瑞以仙，后世褒主当登终南山。所谓新迁王者，乃太一新迁之后也。统义阳王乃用五统以礼义登阳上迁之后也。临有兄而称太子，名不正。宣尼公曰：'名不正，则言不顺，至于刑罚不中，民无错手足。'惟即位以来，阴阳未和，风雨不时，数遇枯旱蝗螟为灾，谷稼鲜耗，百姓苦饥，蛮夷猾夏，寇贼奸宄，人民正营，无所错手足。深惟厥咎，在名不正焉。其立安为新迁王，临为统义阳王，几以保全二子，子孙千亿，外攘四夷，内安中国焉。"

是月，杜陵便殿乘舆虎文衣废臧在室匣中者出，自树立外堂上，良久乃委地。吏卒见者以闻，莽恶之，下书曰："宝黄厮赤，其令郎从官皆衣绛。"

望气为数者多言有土功象，莽又见四方盗贼多，欲视为自安能建万世之基者，乃下书曰："予受命遭阳九之厄，百六之会，府帑空虚，百姓匮乏，宗庙未修，且祫祭于明堂太庙，夙夜永念，非敢宁息。深惟吉昌莫良于今年，予乃卜波水之北，郎池之南，惟玉食。予又卜金水之南，明堂之西，亦惟玉食。予将亲筑焉。"于是遂营长安城南，提封百顷。九月甲申，莽立载行视，亲举筑三下。司徒王寻，大司空王邑持节，及侍中常侍执法杜林等数十人将作。崔发、张邯说莽曰："德盛者文缛，宜崇其制度，宣视海内，且令万世之后无以复加也。"莽乃博征天下工匠诸图画，以望法度算，乃吏民以义入钱、谷助作者，骆驿道路。坏彻城西苑中建章、承光、包阳、大台、储元宫及平乐、当路、阳禄馆、凡十余所，取其材瓦，以起九庙。是月，大雨六十余日。令民入米六百斛为郎，其郎吏增秩赐爵至附城。九庙：一曰黄帝太初祖庙，二曰帝虞始祖昭庙，三曰陈胡王统祖穆庙，四曰齐敬王世祖昭庙，五曰济北愍王王祖穆庙，凡五庙不堕云；六曰济南伯王尊祢昭庙，七曰元城孺王尊祢穆庙，八曰阳平顷王戚祢昭庙，九曰新都显王戚祢穆庙。殿皆重屋。太初祖庙东西南北各四十丈，高十七丈，余庙半之。为铜薄栌，饰以金银雕文，穷极百工之巧。带高增下，功费数百巨万，卒徒死者万数。

巨鹿男子马适求等谋举燕、赵兵以诛莽，大司空士王丹发觉以闻。莽遣三公大夫逮治党与，连及郡国豪杰数千人，皆诛死。封丹为辅国侯。自莽为不顺时令，百姓怨恨，莽犹安之，又下书曰："惟设此一切之法以来，常安六乡巨邑之都，枹鼓稀鸣，盗贼衰少，百姓安土，岁以有年，此乃立权之力也。今胡虏未灭诛，蛮僰未绝焚，江湖海泽麻沸，盗贼未尽破殄，又兴奉宗庙社稷之大作，民众动摇。今复一切行此令，尽二年止之，以全元元，救愚奸。"

是岁，罢大小钱，更行货布，长二寸五分，广一寸，直货钱二十五。货钱径一寸，重五铢，枚直一。两品并行。敢盗铸钱及偏行布货，伍人知不发举，皆没入为官奴婢。太傅平晏死，以予虞唐尊为太傅。尊曰："国虚民贫，咎在奢泰。"乃身短衣小袖，乘牝马柴车，藉槁，瓦器，又以历遗公卿，出见男女不异路者，尊自下车，以象刑赭幡污染其衣。莽闻而说之，下诏申敕公卿思与厥齐。封尊为平化侯。是时，南郡张霸、江夏羊牧、王匡等起云杜绿林，号曰"下江兵"，众皆万余人。武功中水乡民三舍垫为池。

二年正月，以州牧位三公，刺举怠解，更置牧监副，秩元士，冠法冠，行事如汉刺史。

是月，莽妻死，谥曰“孝睦皇后”，葬渭陵长寿园西，令永侍文母，名陵曰“亿年”。初莽妻以莽数杀其子，涕泣失明，莽令太子临居中养焉。莽妻旁侍者原碧，莽幸之。后临亦通焉，恐事泄，谋共杀莽。临妻愔，国师公女，能为星，语临宫中且有白衣会。临喜，以为所谋且成。后贬为统义阳王，出在外第，愈忧恐。会莽妻病困，临予书曰：“上于子孙至严，前长孙、中孙年俱三十而死。今臣临复适三十，诚恐一旦不保中室，则不知死命所在！”莽候妻疾，见其书，大怒，疑临有恶意，不令得会丧。既葬，收原碧等考问，具服奸、谋杀状。莽欲秘之，使杀案事使者司命从事，埋狱中，家不知所在。赐临药，临不肯饮，自刺死。使侍中票骑将军同说侯林赐魂衣玺韨，策书曰：“符命文立临为统义阳王。此言新室即位三万六千岁后，为临之后者乃当龙阳而起。前过听议者，以临为太子，有烈风之变，辄顺符命，立为统义阳王。在此之前，自此之后，不作信顺，弗蒙厥佑，夭年陨命，呜呼哀哉！迹行赐谥，谥曰‘缪王’。”又诏国师公：“临本不知星，事从愔起。”愔亦自杀。

是月，新迁王安病死。初，莽为侯就国时，幸侍者增秩、怀能、开明。怀能生男兴，增秩生男匡、女晔，开明生女捷，皆留新都国，以其不明故也。及安疾甚，莽自病无子，为安作奏，使上言：“兴等母虽微贱，属犹皇子，不可以弃。”章视群公，皆曰：“安友于兄弟，宜及春夏加封爵。”于是以王车遣使者迎兴等，封兴为功脩公，匡为功建公，晔为睦脩任，捷为睦逮任。孙公明公寿病死，旬月四丧焉。莽坏汉孝武、孝昭庙，分葬子孙其中。

魏成大尹李焉与卜者王况谋，况谓焉曰：“新室即位以来，民田奴婢不得卖买，数改钱货，征发烦数，军旅骚动，四夷并侵，百姓怨恨，盗贼并起，汉家当复兴。君姓李，李者徵，徵，火也，当为汉辅。”因为焉作谶书，言：“文帝发忿，居地下趣军，北告匈奴，南告越人。江中刘信，执敌报怨，复续古先，四年当发军。江湖有盗，自称樊王，姓为刘氏，万人成行，不受赦令，欲动秦、雒阳。十一年当相攻，太白扬光，岁星入东井，其号当行。”又言莽大臣吉凶，各有日期。会合十余万言。焉令吏写其书，吏亡告之。莽遣使者即捕焉，狱治皆死。

三辅盗贼麻起，乃置捕盗都尉官，令执法谒者追击长安中，建鸣鼓攻贼幡，而使者随其后。遣太师牺仲景尚、更始将军护军王党将兵击青、徐，国师和仲曹放助郭兴击句町。转天下谷、币诣西河、五原、朔方、渔阳，每一郡以百万数，欲以击匈奴。

秋，陨霜杀菽，关东大饥，蝗。民犯铸钱，伍人相坐，没入为官奴婢。其男子槛车，儿女子步，以铁锁琅当其颈，传诣钟官，以十万数。到者易其夫妇，愁苦死者什六七。孙喜、景尚、曹放等击贼不能克，军师放纵，百姓重困。莽以王况谶言荆楚当兴，李氏为辅，欲厌之，乃拜侍中掌牧大夫李棽为大将军、扬州牧，赐名圣，使将兵奋击。上谷储夏自请愿说瓜田仪，莽以为中郎，使出仪，仪文降，未出而死。莽求其尸葬之，为起冢、祠室，谥曰“瓜宁殇男”，几以招来其余，然无肯降者。闰月丙辰，大赦天下，天下大服、民私服在诏书前亦释除。

郎阳成脩献符命，言继立民母，又曰：“黄帝以百二十女致神仙。”莽于是遣中散大夫、谒者各四十五人分行天下，博采乡里所高有淑女者上名。莽梦长乐宫铜人五枚起立，莽恶之，念铜人铭有“皇帝初兼天下”之文即使尚方工镌灭所梦铜人膺文。又感汉高庙神灵，遣虎贲武士入高庙，拔剑四面提击，斧坏户牖，桃汤赭鞭鞭洒屋壁，令轻车校尉居其中，又令中军北垒居高寝。或言黄帝时建华盖以登仙，莽乃造华盖九重，高八丈一尺，金瑵羽葆，载以秘机四轮车，驾六马，力士三百人黄衣帻，车上人击鼓，挽者皆呼“登仙”。莽出，令在前。百官窃言：“此似软车，非仙物也。”

是岁，南郡秦丰众且万人。平原女子迟昭平能说经博以八投，亦聚数千人在河阻中。莽召问群臣禽贼方略，皆曰：“此天囚行尸，命在漏刻。”故左将军公孙禄征来与议，禄曰：“太史令宗宣典星历，候气变，以凶为吉，乱天文，误朝廷。太傅平化侯饰虚伪以偷名位，‘贼夫人之子’。国师嘉信公颠倒《五经》，毁师法，令学士疑惑。明学男张邯、地理侯孙阳造井田使民弃土业。牺和鲁匡设六管，以穷工商。说符侯崔发阿谀取容，令下情不上通。宜诛此数子以慰天下！”又言：“匈奴不可攻，当与和亲。臣恐新室忧不在匈奴，而在封域之中也。”莽怒，使虎贲扶禄出。然颇采其言，左迁鲁匡为五原卒正，以百姓怨非故。六管非匡所独造，莽厌众意而出之。

初，四方皆以饥寒穷愁起为盗贼，稍稍群聚，常思岁熟得归乡里。众虽万数，亶称巨人、从事、三老、祭酒，不敢略有城邑，转掠求食，日阕而已。诸长吏牧守皆自乱斗中兵而死，贼非敢欲杀之也，而莽终不谕其故。是岁，大司马士按章豫州，为贼所获，贼送付县。士还，上书具言状。莽大怒，下狱以为诬罔。因下书责七公曰：“夫吏者，理也。宣德明恩，以牧养民，仁之道也。抑强督奸，捕诛盗贼，义之节也。今则不然。盗发不辄得，至成群党，遮略乘传宰士。士得脱者，又妄自言：我责数贼‘何故为是？’贼曰：‘以贫穷故耳。’贼护出我。今俗人议者率多若此。惟贫困饥寒，犯法为非，大者群盗，小者偷穴，不过二科，今乃结谋连党以千百数，是逆乱之大者，岂饥寒之谓邪？七公其严敕卿大夫、卒正、连率、庶尹，谨牧养善民，急捕殄盗贼。有不同心并力，疾恶黜贼，而妄曰饥寒所为，辄捕系，请其罪。”于是群下愈恐，莫敢言贼情者，亦不得擅发兵，贼由是遂不制。

唯翼平连率田况素果敢，发民年十八以上四万余人，授以库兵，与刻石为约。赤糜闻之，不敢入界。况自劾奏，莽让况：“未赐虎符而擅发兵，此弄兵也，厥罪乏兴。以况自诡必禽灭贼，故且勿治。”后况自请出界击贼，所向皆破。莽以玺书令况领青、徐二州牧事。况上言：“盗贼始发，其原甚微，非部吏、伍人所能禽也。咎在长吏不为意，县欺其郡，郡欺朝廷，实百言十，实千言百。朝廷忽略，不辄督责，遂至延曼连州，乃遣将率，多发使者，传相监趣。郡县力事上官，应塞诘对，共酒食，具资用，以救断斩，不给复忧盗贼治官事。将率又不能躬率吏士，战则为贼所破，吏气浸伤，徒费百姓。前幸蒙赦令，贼欲解散，或反遮击，恐入山谷转相告语，故郡县降贼，皆更惊骇，恐见诈灭，因饥馑易动，旬日之间更十余万人，此盗贼所以多之故也。今雒阳以东，米石二千。窃见诏书，欲遣太师、更始将军，二人爪牙重臣，多从人众，道上空竭，少则亡以威视远方。宜急选牧、尹以下，明其赏罚，收合离乡。小国无城郭者，徙其老弱置大城中，积藏谷食，并力固守。贼来攻城，则不能下，所过无食，势不得群聚。如此，招之必降，击之则灭。今空复多出将率，郡县苦之，反甚于贼。宜尽征还乘传诸使者，以休息郡县。委任臣况以二州盗贼，必平定之。”莽畏恶况，阴为发代，遣使者赐况玺书。使者至，见况，因令代监其兵。况随使者西，到，拜为师尉大夫。况去，齐地遂败。

三年正月，九庙盖构成，纳神主。莽谒见，大驾乘六马，以五采毛为龙文衣，著角，长三尺。华盖车，元戎十乘在前。因赐治庙者司徒、大司空钱各千万，侍中、中常侍以下皆封。封都匠仇延为邯淡里附城。二月，霸桥灾，数千人以水沃救，不灭。莽恶之，下书曰：“夫三皇象春，五帝象夏，三王象秋，五伯象冬。皇王，德运也；伯者，继空续乏以成历数，故其道驳。惟常安御道多以所近为名。乃二月癸巳之夜，甲午之辰，火烧霸桥，从东方西行，至甲午夕，桥尽火灭。大司空行视考问，或云寒民舍居桥下，疑以火自燎，为此灾也。其明旦即乙未，立春之日也。予以神明圣祖黄虞遗统受命，至于地皇四年为十五年。正以三年终冬绝灭霸驳之桥，欲以兴成新室统一长存之道也。又戒此桥空东方之道。今东方岁荒民饥，道路不通，东岳太师亟科条，开东方诸仓，赈贷穷乏，以施仁道。其更名霸馆为长存馆，霸桥为长存桥。”是月，赤眉杀太师牺仲景尚。关东人相食。

四月，遣太师王匡、更始将军廉丹东，祖都门外，天大雨，沾衣止。长老叹曰："是为泣军！”莽曰："惟阳九之厄，与害气会，究于去年。枯旱霜蝗，饥馑荐臻，百姓困乏，流离道路，于春尤甚，予甚悼之。今使东岳太师特进褒新侯开东方诸仓，赈贷穷乏。太师公所不过道，分遣大夫谒者并开诸仓，以全元元。太师公因与廉丹大使五威司命位右大司马更始合将军平均侯之兖州，填抚所掌，及青、徐故不轨盗贼未尽解散，后复屯聚者，皆清洁之，期于安兆黎矣。”太师、更始合将锐士十余万人，所过放纵。东方为之语曰："宁逢赤眉，不逢太师！太师尚可，更始杀我！”卒如田况之言。

莽又多遣大夫谒者分教民煮草木为酪，酪不可食，重为烦费。莽下书曰："惟民困乏，虽溥开诸仓以赈赡之，犹恐未足，其且开天下山泽之防，诸能采取山泽之物而顺月令者，其恣听之，勿令出税。至地皇三十年如故，是王光上戊之六年也。如令豪吏猾民辜而擢之，小民弗蒙，非予意也。《易》不云乎？'损上益下，民说无疆。'《书》云：'言之不从，是谓不艾。'咨乎群公，可不忧哉！"

是时，下江兵盛，新市朱鲔、平林陈牧等皆复聚众，攻击乡聚。莽遣司命大将军孔仁部豫州，纳言大将军严尤、秩宗大将军陈茂击荆州，各从吏士百余人，乘船从渭入河，至华阴乃出乘传，到部募士。尤谓茂曰："遣将不与兵符，必先请而后动，是犹绁韩卢而责之获也。"

夏，蝗从东方来，蜚蔽天，至长安，入未央宫，缘殿阁，莽发吏民设购赏捕击。莽以天下谷贵，欲厌之，为大仓，置卫交戟，名曰“政始掖门”。流民入关者数十万人，乃置养赡官禀食之。使者监领，与小吏共盗其禀，饥死者十七八。先是，莽使中黄门王业领长安市买，贱取于民，民甚患之。业以省费为功，赐爵附城，莽闻城中饥馑，以问业。业曰："皆流民也。”乃市所卖粱飰肉羹，持入视莽，曰："居民食咸如此。”莽信之。冬，无盐索卢恢等举兵反城。廉丹、王匡攻拔之，斩首万余级。莽遣中郎将奉玺书劳丹、匡，进爵为公，封吏士有功者十余人。

赤眉别校董宪等众数万人在梁郡，王匡欲进击之，廉丹以为新拔城罢劳，当且休士养威。匡不听，引兵独进，丹随之。合战成昌，兵败，匡走。丹使吏持其印韨符节付匡曰："小儿可走，吾不可！”遂止，战死。校尉汝云、王隆等二十馀人别斗，闻之，皆曰："廉公已死，吾谁为生？”驰奔贼，皆战死。莽伤之，下书曰："惟公多拥选士精兵，众郡骏马仓谷帑藏得自调，忽于诏策，离其威节，骑马呵噪，为狂刃所害，乌呼哀哉！赐谥曰'果公'。"

国将哀章谓莽曰："皇祖考黄帝之时，中黄直为将，破杀蚩尤。今臣居中黄直之位，愿平山东。”莽遣章驰东，与太师匡并力。又遣大将军阳浚守敖仓，司徒王寻将十余万屯雒阳填南宫，大司马董忠养士习射中军北垒，大司空王邑兼三公之职，司徒寻初发长安，宿霸昌厩，亡其黄钺。寻士房扬素狂直，乃哭曰："此经所谓'丧其齐斧'者也！”自劾去。莽击杀扬。

四方盗贼往往数万人攻城邑，杀二千石以下。太师王匡等战数不利。莽知天下溃畔，事穷计迫，乃议遣风俗大夫司国宪等分行天下，除井田奴婢山泽六管之禁，即位以来诏令不便于民者皆收还之。待见未发，会世祖与兄齐武王伯升、宛人李通等帅舂陵子弟数千人，招致新市平林朱鲔、陈牧等合攻拔棘阳。是时，严尤，陈茂破下江兵，成丹、王常等数千人别走，入南阳界。十一月，有星孛于张，东南行，五日不见。莽数召问太史令宗宣，诸术数家皆缪对，言天文安善，群贼且灭。莽差以自安。

四年正月，汉兵得下江王常等以为助兵，击前队大夫甄阜、属正梁丘赐，皆斩之，杀其众数万人。初，京师闻青、徐贼众数十万人，讫无文号旌旗表识，咸怪异之。好事者窃言："此岂如古三皇无文书号谥邪？"莽亦心怪，以问群臣，群臣莫对。唯严尤曰："此不足怪也。自黄帝、汤、武行师，必待部曲旌旗号令，今此无有者，直饥寒群盗，犬羊相聚，不知为之耳。"莽大说，群臣尽服，及后汉兵刘伯升起，皆称将军，攻城略地，既杀甄阜，移书称说。莽闻之忧惧。

汉兵乘胜遂围宛城。初，世祖族兄圣公先在平林兵中。三月辛巳朔，平林，新市、下江兵将王常、朱鲔等共立圣公为帝，改年为更始元年，拜置百官。莽闻之愈恐。欲外视自安，乃染其须发，进所征天下淑女杜陵史氏女为皇后，聘黄金三万斤，车马、奴婢、杂帛、珍宝以巨万计。莽亲迎于前殿两阶间，成同牢之礼于上西堂。备和嫔、美御、和人三，位视公；嫔人九，视卿；美人二十七，视大夫；御人八十一，视元士：凡百二十人，皆佩印韨，执弓韣。封皇后父谌为和平侯，拜为宁始将军，谌子二人皆侍中。是日，大风发屋折木。群臣上寿曰："乃庚子雨水洒道，辛丑清靓无尘，其夕谷风迅疾，从东北来。辛丑，"巽"之宫日也。"巽"为风为顺，后谊明，母道得，温和慈惠之化也。《易》曰：'受兹介福，于其王母。'《礼》曰：'承天之庆，万福无疆。'诸欲依废汉火刘，皆沃灌雪除，殄灭无余杂矣。百谷丰茂，庶草蕃殖，元元欢喜，兆民赖福，天下幸甚！"莽日与方士涿郡昭君等于后宫考验方术，纵淫乐焉。大赦天下，然犹曰："故汉氏舂陵侯群子刘伯升与其族人婚姻党与，妄流言惑众，悖畔天命，及手害更始将军廉丹、前队大夫甄阜、属正梁丘赐，及北狄胡虏逆舆洎南僰虏若豆、孟迁，不用此书。有能捕得此人者，皆封为上公，食邑万户，赐宝货五千万。"又诏："太师王匡、国将哀章、司命孔仁、兖州牧寿良、卒正王闳、扬州牧李圣亟进所部州郡兵凡三十万众，迫措青、徐盗贼。纳言将军严尤、秩宗将军陈茂、车骑将军王巡、左队大夫王吴亟进所部州郡兵凡十万众，迫措前队丑虏。明告以生活丹青之信，复迷惑不解散，皆并力合击，殄灭之矣！大司空隆新公，宗室戚属，前以虎牙将军东指则反虏破坏，西击则逆贼靡碎，此乃新室威宝之臣也。如黠贼不解散，将遣大司空将百万之师征伐剿绝之矣！"遣七公干士隗嚣等七十二人分下赦令晓谕云。嚣等既出，因逃亡矣。

四月，世祖与王常等别攻颍川，下昆阳、郾、定陵。莽闻之愈恐，遣大司空王邑驰传至雒阳，与司徒王寻发众郡兵百万，号曰"虎牙五威兵"，平定山东。得颛封爵，政决于邑，除用征诸明兵法六十三家术者，各持图书，受器械，备军吏。倾府库以遣邑，多赍珍宝猛兽，欲视饶富，用怖山东。邑至雒阳，州郡各选精兵，牧守自将，定会者四十二万人，余在道不绝，车甲士马之盛，自古出师未尝有也。

六月，邑与司徒寻发雒阳，欲至宛，道出颍川，过昆阳。昆阳时已降汉，汉兵守之。严尤、陈茂与二公会，二公纵兵围昆阳。严尤曰："称尊号者在宛下，宜亟进。彼破，诸城自定矣。"邑曰："百万之师，所过当灭，今屠此城，喋血而进，前歌后舞，顾不快邪！"遂围城数十重。城中请降，不许。严尤又曰："'归师勿遏，围城为之阙'，可如兵法，使得逸出，以怖宛下。"邑又不听，会世祖悉发郾、定陵兵数千人来救昆阳，寻、邑易之，自将万余人行陈，敕诸营皆按部毋得动，独迎，与汉兵战，不利。大军不敢擅相救，汉兵乘胜杀寻。昆阳中兵出并战，邑走，军乱。大风飞瓦，雨如注水，大众崩坏号呼，虎豹股栗，士卒奔走。各还归其郡。邑独与所将长安勇敢数千人还雒阳。关中闻之震恐，盗贼并起。又闻汉兵言，莽鸩杀孝平帝。莽乃会公卿以下于王路堂，开所为平帝请命金縢之策，泣以视群臣。命明学男张邯称说其德及符命事，因曰："《易》言'伏戎于莽，升其高陵，三岁不兴。''莽'，皇帝之名。'升'谓刘伯升。'高陵'谓高陵侯子翟义也。言刘升、翟义为伏戎之兵于新皇帝世，犹殄灭不兴也。"群臣皆称万岁。又令东方槛车传送数人，言"刘伯升等皆行大戮"。民知其诈也。

先是，卫将军王涉素养道士西门君惠。君惠好天文谶记，为涉言："星孛扫宫室，刘氏当复兴，国师公姓名是也。"涉信其言，以语大司马董忠，数俱至国师殿中庐道语星宿，国师不应。后涉特往，对歆涕泣言："诚欲与公共安宗族，奈何不信涉也！"歆因为言天文人事，东方必成。涉曰："新都哀侯小被病，功显君素耆酒，疑帝本非我家子也。董公主中军精兵，涉领宫卫，伊休侯主殿中，如同心合谋，共劫持帝，东降南阳天子，可以全宗族；不者，俱夷灭矣！"伊休侯者，歆长子也，为侍中五官中郎将，莽素爱之。歆怨莽杀其三子，又畏大祸至，遂与涉、忠谋，欲发。歆曰："当待太白星出，乃可。"忠以司中大赘起武侯孙伋亦主兵，复与伋谋。伋归家，颜色变，不能食。妻怪问之，语其状。妻以告弟云阳陈邯，邯欲告之。七月，伋与邯俱告，莽遣使者分召忠等。时忠方讲兵都肄，护军王咸谓忠谋久不发，恐漏泄，不如遂斩使者，勒兵入。忠不听，遂与歆、涉会省户下。莽令䠠恽责问，皆服。中黄门各拔刃将忠等送庐，忠拔剑欲自刎，侍中王望传言大司马反，黄门持剑共格杀之。省中相惊传，勒兵至郎署，皆拔刃张弩。更始将军史谌行诸署，告郎吏曰："大司马有狂病，发，已诛。"皆令弛兵。莽欲以厌凶，使虎贲以斩马剑挫忠，盛以竹器，传曰"反虏出"。下书赦大司马官属吏士为忠所诖误，谋反未发觉者。收忠宗族，以醇醯毒药、尺白刃丛棘并一坎而埋之。刘歆、王涉皆自杀。莽以二人骨肉旧臣，恶其内溃，故隐其诛。伊休侯叠又以素谨，歆讫不告，但免侍中中郎将，更为中散大夫。后日殿中钩盾土山仙人掌旁有白头公青衣，郎吏见者私谓之国师公。衍功侯喜素善卦，莽使筮之，曰："忧兵火。"莽曰："小儿安得此左道？是乃予之皇祖叔父子侨欲来迎我也。"

莽军师外破，大臣内畔，左右亡所信，不能复远念郡国，欲呼邑与计议。崔发曰："邑素小心，今失大众而征，恐其执节引决，宜有以大慰其意。"于是莽遣发驰传谕邑："我年老毋適子，欲传邑以天下。敕亡得谢，见勿复道。"邑到，以为大司马。大长秋张邯为大司徒，崔发为大司空，司中寿容苗訢为国师，同说侯林为卫将军。莽忧懑不能食，亶饮酒，啖鳆鱼。读军书倦，因凭几寐，不复就枕矣。性好时日小数，。及事迫急，亶为厌胜。遣使坏渭陵、延陵园门罘罳，曰："毋使民复思也。"又以墨洿色其周垣。号将至曰"岁宿"，申水为"助将军"，右庚"刻木校尉"，前丙"耀金都尉"，又曰："执大斧，伐枯木；流大水，灭发火。"如此属不可胜记。

秋，太白星流入太微，烛地如月光。成纪隗崔兄弟共劫大尹李育，以兄子隗嚣为大将军，攻杀雍州牧陈庆、安定卒正王旬，并其众，移书郡县，数莽罪恶万于桀、纣。是月，析人邓晔、于匡起兵南乡百余人。时析宰将兵数千屯鄡亭，备武关。晔、匡谓宰曰："刘帝已立，君何不知命也！"宰请降，尽得其众。晔自称辅汉左将军，匡右将军，拔析、丹水，攻武关，都尉朱萌降。进攻右队大夫宋纲，杀之，西拔湖。莽愈忧，不知所出。崔发言："《周礼》及《春秋左氏》，国有大灾，则哭以厌之。故《易》称'先号啕而后笑'。宜呼嗟告天以求救。"莽自知败，乃率群臣至南郊，陈其符命本末，仰天曰："皇天既命授臣莽，何不殄灭众贼？即令臣莽非是，愿下雷霆诛臣莽！"因搏心大哭，气尽，伏而叩头。又作告天策，自陈功劳，千余言。诸生小民会旦夕哭，为设飧粥，甚悲哀及能诵策文者除以为郎，至五千余人。䠠恽将领之。

莽拜将军九人，皆以虎为号，号曰“九虎，”将北军精兵数万人东，内其妻子宫中以为质。时省中黄金万斤者为一匮，尚有六十匮，黄门、钩盾、臧府、中尚方处处各有数匮。长乐御府、中御府及都内、平准帑藏钱、帛、珠玉财物甚众，莽愈爱之，赐九虎士人四千钱。众重怨，无斗意。九虎至华阴回溪，距隘，北从河南至山。于匡持数千弩，乘堆挑战。邓晔将二万余人从阌乡南出枣街、作姑，破其一部，北出九虎后击之。六虎败走。史熊、王况诣阙归死，莽使使责死者安在，皆自杀；其四虎亡。三虎郭钦、陈翚、成重收散卒，保京师仓。

邓晔开武关迎汉，丞相司直李松将二千余人至湖，与晔等共攻京师仓，未下。晔以弘农掾王宪为校尉，将数百人北渡渭，入左冯翊界，降城略地。李松遣偏将军韩臣等径西至新丰，与莽波水将军战，波水走。韩臣等追奔，遂至长门宫。王宪北至频阳，所过迎降。大姓栎阳申砀、下邽王大皆率众随宪，属县斄严春、茂陵董喜、蓝田王孟、槐里汝臣、盩厔王扶、阳陵严本、杜陵屠门少之属，众皆数千人，假号称汉将。时李松、邓晔以为，京师小小仓尚未可下，何况长安城！当须更始帝大兵到。即引军至华阴，治攻具。而长安旁兵四会城下，闻天水隗氏兵方到，皆争欲先入城，贪立大功卤掠之利。

莽遣使者分赦城中诸狱囚徒，皆授兵，杀豨饮其血，与誓曰：“有不为新室者，社鬼记之！”更始将军史谌将度渭桥，皆散走。谌空还。众兵发掘莽妻子父祖冢，烧其棺椁及九庙、明堂、辟雍，火照城中。或谓莽曰：“城门卒，东方人，不可信。”莽更发越骑士为卫，门置六百人，各一校尉。

十月戊申朔，兵从宣平城门入，民间所谓都门也。张邯行城门，逢兵见杀。王邑、王林、王巡、𧿹恽等分将兵距击北阙下，汉兵贪莽封力战者七百余人。会日暮，官府邸第尽奔亡。二日己酉，城中少年朱弟、张鱼等恐见卤掠，趋讙并和，烧作室门，斧敬法闼，呼曰：“反虏王莽，何不出降？”火及掖廷承明，黄皇室主所居也。莽避火宣室前殿，火辄随之。宫人妇女啼呼曰：“当奈何！”时莽绀袀服，带玺韨，持虞帝匕首。天文郎桉栻于前，日时加某，莽旋席随斗柄而坐，曰：“天生德于予，汉兵其如予何！”莽时不食，少气困矣。三日庚戌，晨旦明，群臣扶掖莽，自前殿南下椒除，西出白虎门，和新公王揖奉车待门外，莽就车，之渐台，欲阻池水，犹抱持符命、威斗，公、卿、大夫、侍中、黄门郎从官尚千余人随之。王邑昼夜战，罢极，士死伤略尽，驰入宫，间关至渐台，见其子侍中睦解衣冠欲逃，邑叱之令还，父子共守莽。军人入殿中，呼曰：“反虏王莽安在？”有美人出房曰：“在渐台。”众兵追之，围数百重。台上亦弓弩与相射，稍稍落去。矢尽，无以复射，短兵接。王邑父子、𧿹恽、王巡战死，莽入室。下餔时，众兵上台，王揖、赵博、苗訢、唐尊、王盛、中常侍王参等皆死台上。商人杜吴杀莽，取其绶。校尉东海公宾就，故大行治礼，见吴问绶主所在。曰：“室中西北陬间。”就识，斩莽首。军人分裂莽身，支节肌骨脔分，争相杀者数十人。公宾就持莽首诣王宪。宪自称汉大将军，城中兵数十万皆属焉，舍东宫，妻莽后宫，乘其车服。六日癸丑，李松、邓晔入长安，将军赵萌、申屠建亦至，以王宪得玺绶不辄上、多挟宫女、建天子鼓旗，收斩之。传莽首诣更始，悬宛市，百姓共提击之，或切食其舌。

莽扬州牧李圣、司命孔仁兵败山东，圣格死，仁将其众降，已而叹曰：“吾闻食人食者死其事。”拔剑自刺死。及曹部监杜普、陈定大尹沈意、九江连率贾萌皆守郡不降，为汉兵所诛。赏都大尹王钦及郭钦守京师仓，闻莽死，乃降，更始义之，皆封为侯。太师王匡、国将哀章降雒阳，传诣宛，斩之。严尤、陈茂败昆阳下，走至沛郡谯，自称汉将，召会吏民。尤为称说王莽篡位天时所亡、圣汉复兴状，茂伏而涕泣。闻故汉钟武侯刘圣聚众汝南称尊号，尤、茂降之。以尤为大司马，茂为丞相。十余日败，尤、茂并死。郡县皆举城降，天下悉归汉。

初，申屠建尝事崔发为《诗》，建至，发降之。后复称说，建令丞相刘赐斩发以徇。史谌、王延、王林、王吴、赵闳亦降，复见杀。初，诸假号兵人人望封侯。申屠建既斩王宪，又扬言三辅黠共杀其主。吏民惶恐，属县屯聚，建等不能下，驰白更始。

二年二月，更始到长安，下诏大赦，非王莽子，他皆除其罪，故王氏宗族得全。三辅悉平，更始都长安，居长乐宫。府藏完具，独未央宫烧攻莽三日，死则案堵复故。更始至，岁余政教不行，明年夏，赤眉樊崇等众数十万人入关，立刘盆子，称尊号，攻更始，更始降之。赤眉遂烧长安宫室市里，害更始。民饥饿相食，死者数十万，长安为虚，城中无人行。宗庙园陵皆发掘，唯霸陵、杜陵完。六月，世祖即位，然后宗庙社稷复立，天下艾安。

赞曰：王莽始起外戚，折节力行，以要名誉，宗族称孝，师友归仁。及其居位辅政，成、哀之际，勤劳国家，直道而行，动见称述。岂所谓"在家必闻，在国必闻"，"色取仁而行违"者邪？莽既不仁而有佞邪之材，又乘四父历世之权，遭汉中微，国统三绝，而太后寿考为之宗主，故得肆其奸慝，以成篡盗之祸。推是言之，亦天时，非人力之致矣。信其窃位南面，处非所据，颠覆之势险于桀、纣，而莽晏然自以黄、虞复出也。乃始恣睢，奋其威诈，滔天虐民，穷凶极恶，毒流诸夏，乱延蛮貉，犹未足逞其欲焉。是以四海之内，嚣然丧其乐生之心，中外愤怨，远近俱发，城池不守，支体分裂，遂令天下城邑为虚，丘垅发掘，害遍生民，辜及朽骨，自书传所载乱臣贼子无道之人，考其祸败，未有如莽之甚者也。昔秦燔《诗》、《书》以立私议，莽诵《六艺》以文奸言，同归殊途，俱用灭亡，皆炕龙绝气，非命之运，紫色蛙声，余分闰位，圣王之驱除云尔！

卷一百上

叙传第七十上

班氏之先，与楚同姓，令尹子文之后也。子文初生，弃于瞢中，而虎乳之。楚人谓乳"穀"，谓虎"於菟"，故名穀於菟，字子文。楚人谓虎"班"，其子以为号。秦之灭楚，迁晋、代之间，因氏焉。

始皇之末，班壹避地于楼烦，致马、牛、羊数千群。值汉初定，与民无禁，当孝惠、高后时，以财雄边，出入弋猎，旌旗鼓吹，年百余岁，以寿终，故北方多以"壹"为字者。

壹生孺。孺为任侠，州郡歌之。孺生长，官至上谷守。长生回，以茂材为长子令。回生况，举孝廉为郎，积功劳，至上河农都尉，大司农奏课连最，入为左曹越骑校尉。成帝之初，女为倢伃，致仕就第，资累千金，徙昌陵。昌陵后罢，大臣名家皆占数于长安。

况生三子：伯、斿、稚。伯少受《诗》于师丹。大将军王凤荐伯宜劝学，召见宴昵殿，容貌甚丽，诵说有法，拜为中常侍。时，上方乡学，郑宽中、张禹朝夕入说《尚书》、《论语》于金华殿中，诏伯受焉。既通大义，又讲异同于许商，迁奉车都尉。数年，金华之业绝，出与王、许子弟为群，在于绮襦纨绔之间，非其好也。

家本北边，志节慷慨，数求使匈奴。河平中，单于来朝，上使伯持节迎于塞下。会定襄大姓石、李群辈报怨，杀追捕吏，伯上状，因自请愿试守期月。上遣侍中中郎将王舜驰传代伯护单于，并奉玺书印绶，即拜伯为定襄太守。定襄闻伯素贵，年少，自请治剧，畏其下车作威，吏民竦息，伯至，请问耆老父祖故人有旧恩者，迎延满堂，日为供具，执子孙礼。郡中益弛。诸所宾礼皆名豪，怀恩醉酒，共谏伯宜颇摄录盗贼，具言本谋亡匿处。伯曰："是所望于父师矣。"乃召属县长吏，选精进掾史，分部收捕，及它隐伏，旬日尽得。郡中震栗，咸称神明。岁余，上征伯。伯上书愿过故郡上父祖冢。有诏，太守、都尉以下会。因召宗族，各以亲疏加恩施，散数百金，北州以为荣，长老纪焉。道病中风。既至，以侍中光禄大夫养病，赏赐甚厚，数年未能起。

会许皇后废，班倢伃供养东宫，进侍者李平为倢伃，而赵飞燕为皇后，伯遂称笃。久之，上出过临候伯，伯惶恐，起视事。

自大将军薨后，富平、定陵侯张放、淳于长等始爱幸，出为微行，行则同舆执辔；入侍禁中，设宴饮之会，及赵、李诸侍中皆引满举白，谈笑大噱。时乘舆幄坐张画屏风，画纣醉踞妲己作长夜之乐，上以伯新起，数目礼之，因顾指画而问伯："纣为无道，至于是乎？"伯对曰："《书》云'乃用妇人之言'，何有踞肆于朝？所谓众恶归之，不如是之甚者也。"上曰："苟不若此，此图何戒？"伯曰："'沉湎于酒'，微子所以告去也；'式号式呼'，《大雅》所以流连也。《诗》《书》淫乱之戒，其原皆在于酒。"上乃喟然叹曰："吾久不见班生，今日复闻谠言！"放等不怿，稍自引起更衣，因罢出。时，长信庭林表适使来，闻见之。

后上朝东宫，太后泣曰："帝间颜色瘦黑，班侍中本大将军所举，宜宠异之，益求其比，以辅圣德，宜遣富平侯且就国。"上曰："诺。"车骑将军王音闻之，以风丞相御史奏富平侯罪过，上乃出放为边都尉。后复征入，太后与上书曰："前所道尚未效，富平侯反复来，其能默乎？"上谢曰："请今奉诏。"是时，许商为少府，师丹为光禄大夫，上于是引商、丹入为光禄勋，伯迁水衡都尉，与两师并侍中，皆秩中二千石。每朝东宫，常从；及有大政，俱使谕指于公卿。上亦稍厌游宴，复修经书之业，太后甚悦。丞相方进复奏，富平侯竟就国。会伯病卒，年三十八，朝廷愍惜焉。

斿博学有俊材，左将军史丹举贤良方正，以对策为议郎，迁谏大夫、右曹中郎将，与刘向校秘书。每奏事，斿以选受诏进读群书。上器其能，赐以秘书之副。时书不布，自东平思王以叔父求《太史公》、诸子书，大将军白不许。语在《东平王传》。斿亦早卒，有子曰嗣，显名当世。

稚少为黄门郎中常侍，方直自守，成帝季年，立定陶王为太子，数遣中盾请问近臣，稚独不敢答。哀帝即位，出稚为西河属国都尉，迁广平相。

王莽少与稚兄弟同列友善，兄事斿而弟畜稚。斿之卒也，修缌麻，赙赗甚厚。平帝即位，太后临朝，莽秉政，方欲文致太平，使使者分行风俗，采颂声，而稚无所上。琅邪太守公孙闳言灾害于公府，大司空甄丰遣属驰至两郡讽吏民，而劾闳空造不祥，稚绝嘉应，嫉害圣政，皆不道，太后曰："不宣德美，宜与言灾害者异罚。且后宫贤家，我所哀也。"闳独下狱诛。稚惧，上书陈恩谢罪，愿归相印，入补延陵园郎，太后许焉。食故禄终身。由是班氏不显莽朝，亦不罹咎。

初，成帝性宽，进入直言，是以王音、翟方进等绳法举过，而刘向、杜邺、王章、朱云之徒肆意犯上，故自帝师安昌侯，诸舅大将军兄弟公卿大夫、后宫外属史、许之家有贵宠者，莫不被文伤诋。唯谷永尝言："建始、河平之际，许、班之贵，倾动前朝，熏灼四方，赏赐无量，空虚内臧，女宠至极，不可尚矣；今之后起，天所不飨，什倍于前。”永指以驳讥赵、李，亦无间云。

稚生彪。彪，字叔皮，幼与从兄嗣共游学，家有赐书，内足于财，好古之士自远方至，父党扬子云以下莫不造门。嗣虽修儒学，然贵老、严之术。桓生欲借其书，嗣报曰：“若夫严子者，绝圣弃智，修生保真，清虚淡泊，归之自然，独师友造化，而不为世俗所役者也。渔钓于一壑，则万物不奸其志，栖迟于一丘，则天下不易其乐。不絓圣人之罔，不嗅骄君之饵，荡然肆志，谈者不得而名焉，故可贵也。今吾子已贯仁谊之羁绊，系名声之韁锁，伏周、孔之轨躅，驰颜、闵之极挚，既系挛于世教矣，何用大道为自炫耀？昔有学步于邯郸者，曾未得其仿佛，又复失其故步，遂匍匐而归耳！恐似此类，故不进。”嗣之行已持论如此。

叔皮唯圣人之道然后尽心焉。年二十，遭王莽败，世祖即位于冀州。时隗嚣据垄拥众，招辑英俊，而公孙述称帝于蜀汉，天下云扰，大者连州郡，小者据县邑，嚣问彪曰：“往者周亡，战国并争，天下分裂，数世然后乃定，其抑者从横之事复起于今乎？将承运迭兴在于一人也？愿先生论之。”对曰：“周之废兴与汉异。昔周立爵五等，诸侯从政，本根既微，枝叶强大，故其末流有从横之事，其势然也。汉家承秦之制，并立郡县，主有专己之威，臣无百年之柄。至于成帝，假借外家，哀、平短祚，国嗣三绝，危自上起，伤不及下。故王氏之贵，倾擅朝廷，能窃号位，而不根于民。是以即真之后，天下莫不引领而叹，十余年间，外内骚扰，远近俱发，假号云合，咸称刘氏，不谋而同辞。方今雄桀带州城者，皆无七国世业之资。《诗》云：‘皇矣上帝，临下有赫，鉴观四方，求民之莫。’今民皆讴吟思汉，乡仰刘氏，已可知矣。”嚣曰：“先生言周、汉之势，可也，至于但见愚民习识刘氏姓号之故，而谓汉家复兴，疏矣！昔秦失其鹿，刘季逐而掎之，时民复知汉乎！”既感嚣言，又愍狂狡之不息，乃著《王命论》以救时难。其辞曰：

昔在帝尧之禅曰：“咨尔舜，天之历数在尔躬。”舜亦以命禹。暨于稷、契，咸佐唐、虞，光济四海，奕世载德，至于汤、武，而有天下。虽其遭遇异时，禅代不同，至乎应天顺民，其揆一也。是故刘氏承尧之祚，氏族之世，著乎《春秋》。唐据火德，而汉绍之，始起沛泽，则神母夜号，以章赤帝之符。由是言之，帝王之祚，必有明圣显懿之德，丰功厚利积累之业，然后精诚通于神明，流泽加于生民，故能为鬼神所福飨，天下所归往，未见运世无本，功德不纪，而得屈起在此位者也。世俗见高祖兴于布衣，不达其故，以为适遭暴乱，得奋其剑，游说之士至比天下于逐鹿，幸捷而得之，不知神器有命，不可以智力求也。悲夫！此世所以多乱臣贼子者也。若然者，岂徒暗于天道哉？又不睹之于人事矣！

夫饿馑流隶，饥寒道路，思有裋褐之亵，儋石之畜，所愿不过一金，然终于转死沟壑。何则？贫穷亦有命也。况乎天子之贵，四海之富，神明之祚，可得而妄处哉？故虽遭罹厄会，窃其权柄，勇如信、布，强如梁、籍，成如王莽，然卒润镬伏质，亨醢公裂，又况幺么，尚不及数子，而欲暗奸天位者乎！是故驽蹇之乘不骋千里之途，燕雀之畴不奋六翮之用，楶之材不荷栋梁之任，斗筲之子不秉帝王之重。《易》曰“鼎折足，覆公餗”，不胜其任也。

当秦之末，豪桀共推陈婴而王之，婴母止之曰：“自吾为子家妇，而世贫贱，卒富贵不祥，不如以兵属人，事成少受其利，不成祸有所归。”婴从其言，而陈氏以宁。王陵之母亦见项氏之必亡，而刘氏之将兴也。是时，陵为汉将，而母获于楚，有汉使来，陵母见之，谓曰："愿告吾子，汉王长者，必得天下，子谨事之，无有二心。"遂对汉使伏剑而死，以固勉陵。其后果定于汉，陵为宰相，封侯。夫以匹妇之明，犹能推事理之致，探祸福之机，而全宗祀于无穷，垂策书于春秋，而况大丈夫之事乎！是故穷达有命，吉凶由人，婴母知废，陵母知兴，审此四者，帝王之分决矣。

盖在高祖，其兴也有五：一曰帝尧之苗裔，二曰体貌多奇异，三曰神武有征应，四曰宽明而仁恕，五曰知人善任使。加之以信诚好谋，达于听受，见善如不及，用人如由己，从谏如顺流，趣时如响赴；当食吐哺，纳子房之策；拔足挥洗，揖郦生之说；寤戍卒之言，断怀土之情；高四皓之名，割肌肤之爱；举韩信于行陈，收陈平于亡命，英雄陈力，群策毕举：此高祖之大略，所以成帝业也。若乃灵瑞符应，又可略闻矣。初刘媪任高祖而梦与神遇，震电晦冥，有龙蛇之怪。及其长而多灵，有异于众，是以王、武感物而折券，吕公睹形而进女；秦皇东游以厌其气，吕后望云而知所处，始受命则白蛇分，西入关则五星聚。故淮阴、留侯谓之天授，非人力也。

历古今之得失，验行事之成败，稽帝王之世运，考五者之所谓，取舍不厌斯位，符瑞不同斯度，而苟昧于权利，越次妄据，外不量力，内不知命，则必丧保家之主，失天年之寿，遇折足之凶，伏鈇钺之诛。英雄诚知觉寤，畏若祸戒，超然远览，渊然深识，收陵、婴之明分，绝信、布之觊觎，距逐鹿之瞽说，审神器之有授，毋贪不可几，为二母之所笑，则福祚流于子孙，天禄其永终矣。

知隗嚣终不寤，乃避地于河西。河西大将军窦融嘉其美德，访问焉。举茂材，为徐令，以病去官。后数应三公之召。仕不为禄，所如不合：学不为人，博而不俗；言不为华，述而不作。

有子曰固，弱冠而孤，作《幽通之赋》，以致命遂志。其辞曰：

系高项之玄胄兮，氏中叶之炳灵，由凯风而蝉蜕兮，雄朔野以飏声。皇十纪而鸿渐兮，有羽仪于上京。巨滔天而泯夏兮，考遘愍以行谣，终保己而贻则兮，里上仁之所庐。懿前烈之纯淑兮，穷与达其必济，咨孤矇之眇眇兮，将圮绝而罔阶，岂余身之足殉兮？韪世业之可怀。

靖潜处以永思兮，经日月而弥远，匪党人之敢拾兮，庶斯言之不玷。魂茕茕与神交兮，精诚发于宵寐，梦登山而迥眺兮，觌幽人之仿佛，揽葛藟而授余兮，眷峻谷曰勿队。昒昕寤而仰思兮，心蒙蒙犹未察，黄神邈而靡质兮，仪遗谶以臆对。曰乘高而旭神兮，道遐通而不迷，葛绵绵于樛木兮，咏《南风》以为绥，盖惴惴之临深兮，乃《二雅》之所祗。既谇尔以吉象兮，又申之以炯戒：盍孟晋以迨群兮？辰倏忽其不再。

承灵训其虚徐兮，伫盘桓而且俟，惟天地之无穷兮，鲜生民之脢在。纷屯亶与蹇连兮，何艰多而知寡！上圣寤而后拔兮，岂群黎之所御！昔卫叔之御昆兮，昆为寇而丧予。管弯弧欲毙仇兮，仇作后而成己。变化故而相诡兮，孰云豫其终始！雍造怨而先赏兮，丁由惠而被戮，栗取吊于攸吉兮，王膺庆于所慼。畔回冗其若兹兮，北叟颇识其倚伏。单治里而外凋兮，张修襮内逼，聿中和为庶几兮，颜与冉又不得。溺招路以从己兮，谓孔氏犹未可，安慆慆而不葩兮，卒陨身乎世祸。游圣门而靡救兮，顾覆醢其何补？固行行其必凶兮，免盗乱为赖道；形气发于根柢兮，柯叶汇而灵茂。恐网蜽之责景兮，庆未得其云已。

黎淳耀于高辛兮，芈强大于南汜；嬴取威于百仪兮，姜本支乎三止：既仁得其信然兮，卬天路而同轨。东邻虐而歼仁兮，王合位乎三五；戎女烈而丧孝兮，伯徂归于龙虎：发还师以成性兮，重醉行而自耦。"震"鳞漦于夏庭兮，匝三正而灭周；《巽》羽化于宣宫兮，弥五辟而成灾。

道悠长而世短兮，敻冥默而不周，胥仍物而鬼诹兮，乃穷宙而达幽。妫巢姜于孺筮兮，旦算祀于挈龟。宣、曹兴败于下梦兮，鲁、卫名谥于铭谣。妣聆呱而刻石兮，许相理而鞫条。道混成而自然兮，术同原而分流。神先心以定命兮，命随行以消息。斡流迁其不济兮，故遭罹而赢缩。三栾同于一体兮，虽移盈然不忒。洞参差其纷错兮，斯众兆之所惑。周、贾荡而贡愤兮，齐死生与祸福，抗爽言以矫情兮，信畏牺而忌服。

所贵圣人之至论兮，顺天性而断谊。物有欲而不居兮，亦有恶而不避，守孔约而不贰兮，乃輶德而无累。三仁殊而一致兮，夷、惠舛而齐声。木偃息以蕃魏兮，申重茧以存荆。纪焚躬以卫上兮，皓颐志而弗营，侯草木之区别兮，苟能实而必荣。要没世而不朽兮，乃先民之所程。

观天罔之紘覆兮，实棐谌而相顺，谟先圣之大繇兮，亦邻德而助信。虞《韶》美而仪凤兮，孔忘味于千载。素文信而底麟兮，汉宾祚于异代。精通灵而感物兮，神动气而入微。养游睇而猿号兮，李虎发而石开。非精诚其焉通兮，苟无实其孰信！操末技犹必然兮，矧湛躬于道真！

登孔、颢而上下兮，纬群龙之所经，朝贞观而夕化兮，犹喧己而遗形，若胤彭而偕老兮，诉来哲以通情。

乱曰：天造草昧，立性命兮，复心弘道，惟贤圣兮。浑元运物，流不处兮，保身遗名，民之表兮。舍生取谊，亦道用兮，忧伤夭物，忝莫痛兮！昊尔太素，曷渝色兮？尚粤其几，沦神域兮！

永平中为郎，典校秘书，专笃志于博学，以著述为业。或讥以无功，又感东方朔、扬雄自谕以不遭苏、张、范、蔡之时，曾不折之以正道，明君子之所守，故聊复应焉。其辞曰：

宾戏主人曰："盖闻圣人有一定之论，列士有不易之分，亦云名而已矣。故太上有立德，其次有立功，。夫德不得后身而特盛，功不得背时而独章，是以圣哲之治，栖栖皇皇，孔席不暖，墨突不黔。由此言之，取舍者昔人之上务，著作者前列之余事耳。今吾子幸游帝王之世，躬带冕之服，浮英华，湛道德，沓龙虎之文，旧矣。卒不能摅首尾，奋翼鳞，振拔洿涂，跨腾风云，使见之者景骇，闻者之响震。徒乐枕经籍书，纡体衡门，上无所蒂，下无所根。独摅意乎宇宙之外，锐思于豪芒之内，潜神默记，恒以年岁。然而器不贾于当己，用不效于一世，虽驰辩如涛波，摛藻如春华，犹无益于殿最。意者，且运朝夕之策，定合会之计，使存有显号，亡有美谥，不亦优乎？"

主人逌尔而笑曰："若宾之言，斯所谓见势利之华，暗道德之实，守窔奥之荧烛，未仰天庭而睹白日也。曩者王涂芜秽，周失其御，侯伯方轨，战国横骛，于是七雄虓阚，分裂诸夏，龙战而虎争。游说之徒，风扬电激，并起而救之，其余猋飞景附，煜霅其间者，盖不可胜载。当此之时，搦朽摩钝，铅刀皆能一断，是故鲁连飞一矢而蹶千金，虞卿以顾眄而捐相印也。夫啾发投曲，感耳之声，合之律度，淫蛙而不可听者，非《韶》、《夏》之乐也；因势合变，偶时之会，风移俗易，乖忤而不可通者，非君子之法也。及至从人合之，衡人散之，亡命漂说，羁旅骋辞，商鞅挟三术以钻孝公，李斯奋时务而要始皇，彼皆蹑风云之会，履颠沛之势，据徼乘邪以求一日之富贵，朝为荣华，夕而焦瘁，福不盈眦，祸溢于世，凶人且以自悔，况吉士而是赖乎！且功不可以虚成，名不可以伪立，韩设辩以徼君，吕行诈以贾国。《说难》既酋，其身乃囚；秦货既贵，厥宗亦隧。是故仲尼抗浮云之志，孟轲养浩然之气，彼岂乐为迂阔哉？道不可以贰也。方今大汉洒扫群秽，夷险芟荒，廓帝纮，恢皇纲，基隆于羲、农，规广于黄、唐；其君天下也，炎之如日，威之如神，函之如海，养之如春。是以六合之内，莫不同原共流，沐浴玄德，禀仰太和，枝附叶著，譬犹草木之殖山林，鸟鱼之毓川泽，得气者蕃滋，失时者苓落，参天地而施化，岂云人事之厚薄哉？今子处皇世而论战国，耀所闻而疑所觌，欲从旄敦而度高乎泰山，怀氿滥而测深乎重渊，亦未至也。”

宾曰：“若夫鞅、斯之伦，衰周之凶人，既闻命矣。敢问上古之士，处身行道，辅世成名，可述于后者，默而已乎。”

主人曰：“何为其然也！昔咎繇谟虞，箕子访周，言通帝王，谋合圣神；殷说梦发于傅岩，周望兆动于渭滨，齐甯激声于康衢，汉良受书于邳沂，皆俟命而神交，匪词言之所信，故能建必然之策，展无穷之勋也。近者陆子优由，《新语》以兴；董生下帷，发藻儒林；刘向司籍，辩章旧闻；扬雄覃思，《法言》、《大玄》：皆及时君之门闱，穷先圣之壶奥，婆娑乎术艺之场，休息乎篇籍之囿，以全其质而发其文，用纳乎圣听，列炳于后人，斯非其亚与！若乃夷抗行于首阳，惠降志于辱仕，颜耽乐于箪瓢，孔终篇于西狩，声盈塞于天渊，真吾徒之师表也。且吾闻之：一阴一阳，天地之方；乃文乃质，王道之纲；有同有异，圣哲之常。故曰：慎修所志，守尔天符，委命共己，味道之腴，神之听之，名其舍诸！宾又不闻和氏之璧韫于荆石，随侯之珠藏于蚌蛤乎？历世莫视，不知其将含景耀，吐英精，旷千载而流夜光也。应龙潜于潢污，鱼鼋媟之，不睹其能奋灵德，合风云，超忽荒，而躆颢苍也。故夫泥蟠而天飞者，应龙之神也；先贱而后贵者，和、随之珍也；时暗而久章者，君子之真也。若乃牙、旷清耳于管弦，离娄眇目于豪分；逢蒙绝技于弧矢，班输榷巧于斧斤，良乐轶能于相驭，乌获抗力于千钧；和、鹊发精于针石，研、桑心计于无垠。仆亦不任厕技于彼列，故密尔自娱于斯文。”

卷一百下

叙传第七十下

固以为唐虞三代，《诗》、《书》所及，世有典籍，故虽尧舜之盛，必有典谟之篇，然后扬名于后世，冠德于百王，故曰：“巍巍乎其有成功，焕乎其有文章也！”汉绍尧运，以建帝业，至于六世，史臣乃追述功德，私作本纪，编于百王之末，厕于秦、项之列。太初以后，阙而不录，故探纂前记，缀辑所闻，以述《汉书》，起元高祖，终于孝平、王莽之诛，十有二世，二百三十年，综其行事，旁贯《五经》，上下洽通，为春秋考纪、表、志、传，凡百篇。其叙曰：

皇矣汉祖，纂尧之绪，实天生德，聪明神武。秦人不纲，罔漏于楚，爰兹发迹，断蛇奋旅。神母告符，朱旗乃举，粤蹈秦郊，婴来稽首。革命创制，三章是纪，应天顺民，五星同晷。项氏畔换，黜我巴、汉，西土宅心，战士愤怨。乘衅而运，席卷三秦，割据河山，保此怀民。股肱萧、曹，社稷是经，爪牙信、布，腹心良、平，龚行天罚，赫赫明明。述《高纪》第一。

孝惠短世，高后称制，罔顾天显，吕宗以败。述《惠纪》第二,《高后纪》第三。

太宗穆穆，允恭玄默，化民以躬，帅下以德。农不供贡，罪不收孥，宫不新馆，陵不崇墓。我德如风，民应如草，国富刑清，登我汉道。述《文纪》第四。

孝景莅政，诸侯方命，克伐七国，王室以定。匪怠匪荒，务在农桑，著于甲令，民用宁康。述《景纪》第五。

世宗晔晔，思弘祖业，畴咨熙载，髦俊并作。厥作伊何？百蛮是攘，恢我疆宇，外博四荒。武功既抗，亦迪斯文，宪章六学，统一圣真。封禅郊祀，登秩百神；协律改正，飨兹永年。述《武纪》第六。

孝昭幼冲,冢宰惟忠。燕盖诪张,实睿实聪,罪人斯得,邦家和同。述《昭纪》第七。

中宗明明，夤用刑名，时举傅纳，听断惟精。柔远能迩，燀耀威灵，龙荒幕朔，莫不来庭。丕显祖烈，尚于有成。述《宣纪》第八。

孝元翼翼，高明柔克，宾礼故老，优由亮直。外割禁囿，内损御服，离宫不卫，山陵不邑。阉尹之疵，秽我明德。述《元纪》第九。

孝成煌煌，临朝有光，威仪之盛，如圭如璋。壸闱恣赵，朝政在王，炎炎燎火，亦允不阳。述《成纪》第十。

孝哀彬彬，克揽威神，雕落洪支，底剧鼎臣。婉娈董公，惟亮天功，"大过"之困，实桡实凶。述《哀纪》第十一。

孝平不造，新都作宰，不周不伊，丧我四海。述《平纪》第十二。

汉初受命，诸侯并政，制自项氏，十有八姓。述《异姓诸侯王表》第一。

太祖元勋，启立辅臣，支庶藩屏，侯王并尊。述《诸侯王表》第二。

侯王之祉，祚及宗子，公族蕃滋，支叶硕茂。述《王子侯表》第三。

受命之初，赞功剖符，奕世弘业，爵士乃昭。述《高惠高后孝文功臣侯表》第四。

景征吴、楚,武兴师旅,后昆承平,亦有绍土。述《景武昭宣元成哀功臣侯表》第五。

亡德不报，爰存二代，宰相外戚，昭韪见戒。述《外戚恩泽侯表》第六。

汉迪于秦，有革有因，觕举僚职，并列其人。述《百官公卿表》第七。

篇章博举，通于上下，略差名号，九品之叙。述《古今人表》第八。

元元本本，数始于一，产气黄钟，造计秒忽。八音七始，五声六律，度量权衡，历算攸出。官失学微，六家分乖，一彼一此，庶研其几。述《律历志》第一。

上天下泽，春雷奋作，先王观象，爰制礼乐。厥后崩坏，郑、卫荒淫，风流民化，湎湎纷纷。略存大纲，以统旧文。述《礼乐志》第二。

雷电皆至，天威震耀，五刑之作，是则是效，威实辅德，刑亦助教。季世不详，背本争末，吴、孙狙诈，申、商酷烈。汉章九法，太宗改作，轻重之差，世有定籍。述《刑法志》第三。

厥初生民，食货惟先。割制庐井，定尔土田，什一供贡，下富上尊，商以足用，茂迁有无，货自龟贝，至此五铢。扬榷古今，监世盈虚。述《食货志》第四。

昔在上圣，昭事百神，类帝禋宗，望秩山川，明德惟馨，永世丰年。季末淫祀，营信巫史，大夫胪岱，侯伯僭畤，放诞之徒，缘间而起。瞻前顾后，正其终始。述《郊祀志》第五。

炫炫上天，县象著明，日月周辉，星辰垂精。百官立法，宫室混成，降应王政，景以烛形。三季之后，厥事放纷，举其占应，览故考新。述《天文志》第六。

《河图》命庖，《洛书》赐禹，八卦成列，九畴攸叙。世代实宝，光演文、武，《春秋》之占，咎征是举。告往知来，王事之表。述《五行志》第七。

"坤"作地势，高下九则，自昔黄、唐，经略万国，燮定东西，疆理南北。三代损益，降及秦、汉，革铲五等，制立郡县。略表山川，彰其剖判。述《地理志》第八。

夏乘四载，百川是导。唯河为艰，灾及后代。商竭周移，秦决南涯，自兹距汉，北亡八支，文陻枣野，武作《瓠歌》，成有平年，后遂滂沱。爰及沟渠，利我国家。述《沟洫志》第九。

虙羲画卦，书契后作，虞夏商周，孔纂其业，纂《书》删《诗》，缀《礼》正《乐》，彖系大《易》，因史立法。六学既登，遭世罔弘，群言纷乱，诸子相腾。秦人是灭，汉修其缺，刘向司籍，九流以别。爰著目录，略序洪烈。述《艺文志》第十。

上嫚下暴，惟盗是伐，胜、广熛起，梁、籍扇烈。赫赫炎炎，遂焚咸阳，宰割诸夏，命立侯王，诛婴放怀，诈虐以亡。述《陈胜项籍传》第一。

张、陈之交，斿如父子，携手遁秦，拊翼俱起。据国争权，还为豺虎，耳谋甘公，作汉藩辅。述《张耳陈馀传》第二。

三枿之起，本根既朽，枯杨生华，曷惟其旧！横虽雄材，伏于海隝，沐浴尸乡，北面奉首，旅人慕殉，义过《黄鸟》。述《魏豹田儋韩信传》第三。

信惟饿隶，布实黥徒，越亦狗盗，芮尹江湖。云起龙襄，化为侯王，割有齐、楚，跨制淮、梁。绾自同闬，镇我北疆，德薄位尊，非胙惟殃。吴克忠信，胤嗣乃长。述《韩彭英卢吴传》第四。

贾廑从旅，为镇淮、楚。泽王琅邪，权激诸吕。濞之受吴，疆土逾矩，虽戒东南，终用齐斧。述《荆燕吴传》第五。

太上四子：伯兮早夭，仲氏王代，斿宅于楚。戊实淫缺，平陆乃绍。其在于京，奕世宗正，劬劳王室，用侯阳成。子政博学，三世成名，述《楚元王传》第六。

季氏之诎，辱身毁节，信于上将，议臣震栗。栾公哭梁，田叔殉赵，见危授命，谊动明主。布历燕、齐，叔亦相鲁，民思其政，或金或社。述《季布栾布田叔传》第七。

高祖八子，二帝六王。三赵不辜，淮厉自亡，燕灵绝嗣，齐悼特昌。掩有东土，自岱徂海，支庶分王，前后九子。六国诛毙，适齐亡祀。城阳、济北，后承我国。赵赵景王，匡汉社稷。述《高五王传》第八。

猗与元勋，包汉举信，镇守关中，足食成军，营都立宫，定制修文。平阳玄默，继而弗革，民用作歌，化我淳德。汉之宗臣，是谓相国。述《萧何曹参传》第九。

留侯袭秦，作汉腹心，图折武关，解厄鸿门。推齐销印，驱致越、信；招宾四老，惟宁嗣君。陈公扰攘，归汉乃安，毙范亡项，走狄擒韩，六奇既设，我罔艰难。安国廷争，致仕杜门。绛侯矫矫，诛吕尊文。亚夫守节，吴、楚有勋。述《张陈王周传》第十。

舞阳鼓刀，滕公厩驺，颍阴商贩，曲周庸夫，攀龙附凤，并乘天衢。述《樊郦滕灌傅靳周传》第十一。

北平志古，司秦柱下，定汉章程，律度之绪。建平质直，犯上干色；广阿之廑，食厥旧德。故安执节，责通请错，蹇蹇帝臣，匪躬之故。述《张周赵任申屠传》第十二。

食其监门，长辑汉王，画袭陈留，进收敖仓，塞隘杜津，王基以张。贾作行人，百越来宾，从容风议，博我以文，敬由役夫，迁京定都，内强关中，外和匈奴。叔孙奉常，与时抑扬，税介免胄，礼义是创。或哲或谋，观国之光。述《郦陆朱娄叔孙传》第十三。

淮南僭狂，二子受殃。安辩而邪，赐顽以荒，敢行称乱，窘世荐亡。述《淮南衡山济北传》第十四。

蒯通一说，三雄是败，覆郦骄韩，田横颠沛。被之拘系，乃成患害。充、躬罔极，交乱弘大。述《蒯伍江息夫传》第十五。

万石温温，幼寤圣君，宜尔子孙，夭夭伸伸，庆社于齐，不言动民。卫、直、周、张，淑慎其身。述《万石卫直周张传》第十六。

孝文三王，代孝二梁，怀折亡嗣，孝乃尊光。内为母弟，外扞吴、楚，怙宠矜功，僭欲失所，思心既霿，牛祸告妖。帝庸亲亲，厥国五分，德不堪宠，四支不传。述《文三王传》第十七。

贾生矫矫，弱冠登朝。遭文睿圣，屡抗其疏，暴秦之戒，三代是据。建设藩屏，以强守圉，吴、楚合从，赖谊之虑。述《贾谊传》第十八。

子丝慷慨，激辞纳说，揽辔正席，显陈成败。错之琐材，智小谋大，祸如发机，先寇受害。述《爰盎晁错传》第十九。

释之典刑，国宪以平。冯公矫魏，增主之明。长孺刚直，义形于色，下折淮南，上正元服。庄之推贤，于兹为德。述《张冯汲郑传》第二十。

荣如辱如，有机有枢，自下摩上，惟德之隅。赖依忠正，君子采诸。述《贾邹枚路传》第二十一。

魏其翩翩，好节慕声，灌夫矜勇，武安骄盈，凶德相挺，祸败用成。安国壮趾，王恢兵首，彼若天命，此近人咎。述《窦田灌韩传》第二十二。

景十三王，承文之庆。鲁恭馆室，江都訬轻；赵敬险詖，中山淫蕾；长沙寂漠，广川亡声；胶东不亮，常山骄盈。四国绝祀，河间贤明，礼乐是修，为汉宗英。述《景十三王传》第二十三。

李广恂恂，实获士心，控弦贯石，威动北邻，躬战七十，遂死于军。敢怨卫青，见讨去病，。陵不引决，忝世灭姓。苏武信节，不诎王命。述《李广苏建传》第二十四。

长平桓桓，上将之元，薄伐猃允，恢我朔边，戎车七征，冲輣闲闲，合围单于，北登阗颜。票骑冠军，猋勇纷纭，长驱六举，电击雷震，饮马翰海，封狼居山，西规大河，列郡祁连。述《卫青霍去病传》第二十五。

抑抑仲舒，再相诸侯，身修国治，致仕县车，下帷覃思，论道属书，谠言访对，为世纯儒。述《董仲舒传》第二十六。

文艳用寡，子虚乌有，寓言淫丽，托风终始，多识博物，有可观采，蔚为辞宗，赋颂之首。述《司马相如传》第二十七。

平津斤斤，晚跻金门，既登爵位，禄赐颐贤，布衾疏食，用俭饬身。卜式耕牧，以求其志，忠寤明君，乃爵乃试。儿生亹亹，束发修学，偕列名臣，从政辅治。述《公孙弘卜式儿宽传》第二十八。

张汤遂达，用事任职，媚兹一人，日旰忘食，既成宠禄，亦罗咎慝。安世温良，塞渊其德，子孙遵业，全祚保国。述《张汤传》第二十九。

杜周治文，唯上浅深，用取世资，幸而免身。延年宽和，列于名臣。钦用材谋，有异厥伦。述《杜周传》第三十。

博望杖节，收功大夏；贰师秉钺，身衅胡社。致死为福，每生作祸。述《张骞李广利传》第三十一。

乌呼史迁，薰胥以刑！幽而发愤，乃思乃精，错综群言，古今是经，勒成一家，大略孔明。述《司马迁传》第三十二。

孝武六子，昭、齐亡嗣，燕剌谋逆，广陵祝诅。昌邑短命，昏贺失据，戾园不幸，宣承天序。述《武五子传》第三十三。

六世耽耽，其欲浟浟，文武方作，是庸四克。助、偃、淮南，数子之德，不忠其身，善谋于国，述《严朱吾丘主父徐严终王贾传》第三十四。

东方赡辞，诙谐倡优，讥苑扞偃，正谏举郵，怀肉污殿，弛张沉浮，。述《东方朔传》第三十五。

葛绎内宠，屈氂王子。千秋时发，宜春旧仕。敞、义依霍，庶几云已。弘惟政事，万年容己。咸睡厥诲，孰为不子？述《公孙刘田杨王蔡陈郑传》第三十六。

王孙裸葬，建乃斩将。云廷讦禹，福逾刺凤，是谓狂狷，敞近其衷。述《杨胡朱梅云传》第三十七。

博陆堂堂，受遗武皇，拥毓孝昭，末命导扬。遭家不造，立帝废王，权定社稷，配忠阿衡。怀禄耽宠，渐化不详，阴妻之逆，至子而亡。秺侯狄孥，虔恭忠信，奕世载德，貤于子孙。述《霍光金日磾传》第三十八。

兵家之策，惟在不战。营平皤皤，立功立论，以不济可，上谕其信。武贤父子，虎臣之俊。述《赵充国辛庆忌传》第三十九。

义阳楼兰，长罗昆弥，安远日逐，义成郅支。陈汤诞节，救在三哲；会宗勤事，疆外之桀。述《傅常郑甘陈段传》第四十。

不疑肤敏，应变当理，辞霍不婚，逡遁致仕。疏克有终，散金娱老。定国之祚，于其仁考。广德、当、宣，近于知耻。述《隽疏于薛平彭传》第四十一。

四皓遁秦，古之逸民，不营不拔，严平、郑真。吉困于贺，涅而不缁；禹既黄发，以德来仕。舍惟正身，胜死善道；郭钦、蒋诩，近遁之好。述《王贡两龚鲍传》第四十二。

扶阳济济，闻《诗》闻《礼》。玄成退让，仍世作相。汉之宗庙，叔孙是谟，革自孝元，诸儒变度。国之诞章，博载其路。述《韦贤传》第四十三。

高平师师，惟辟作威，图黜凶害，天子是毗。博阳不伐，含弘光大，天诱其衷，庆流苗裔。述《魏相丙吉传》第四十四。

占往知来，幽赞神明，苟非其人，道不虚行。学微术昧，或见仿佛，疑殆匪阙，违众迕世，浅为尤悔，深作敦害。述《眭两夏侯京翼李传》第四十五。

广汉尹京，克聪克明；延寿作翊，既和且平。矜能讦上，俱陷极刑。翁归承风，帝扬厥声。敞亦平平，文雅自赞；尊实赳赳，邦家之彦；章死非罪，士民所叹。述《赵尹韩张两王传》第四十六。

宽饶正色，国之司直。丰繄好刚，辅亦慕直。皆陷狂狷，不典不式。崇执言责，隆持官守。宝曲定陵，并有立志。述《盖诸葛刘郑毋将孙何传》第四十七。

长倩懊懊，觌霍不举，遇宣乃拔，傅元作辅，不图不虑，见踬石、许。述《萧望之传》第四十八。

子明光光，发迹西疆，列于御侮，厥子亦良。述《冯奉世传》第四十九。

宣之四子，淮阳聪敏，舅氏蘧蒢，几陷大理。楚孝恶疾，东平失轨，中山凶短，母归戎里。元之二王。孙后大宗，昭而不穆，大命更登。述《宣元六王传》第五十。

乐安袖袖，古之文学，民具尔瞻，困于二司。安昌货殖，硃云作娸。博山惇慎，受莽之疚。述《匡张孔马传》第五十一。

乐昌笃实，不桡不诎，遘闵既多，是用废黜。武阳殷勤，辅导副君，既忠且谋，飨兹旧勋。高武守王，因用济身。述《王商史丹傅喜传》第五十二。

高阳文法，扬乡武略，政事之材，道德惟薄，位过厥任，鲜终其禄。博之翰音，鼓妖先作。述《薛宣朱博传》第五十三。

高陵修儒，任刑养威，用合时宜，器周世资。义得其勇，如虎如貔，进不跬步，宗为鲸鲵。述《翟方进传》第五十四。

统微政缺，灾眚屡发。永陈厥咎，戒在三七。郯指丁、傅，略窥占术。述《谷永杜邺传》第五十五。

哀、平之恤，丁、傅、莽、贤。武、嘉戚之，乃丧厥身。高乐废黜，咸列贞臣。述《何武王嘉师丹传》第五十六。

渊哉若人！实好斯文。初拟相如，献赋黄门，辍而覃思，草《法》纂《玄》，斟酌《六经》，放《易》象《论》，潜于篇籍，以章厥身。述《扬雄传》第五十七。

犷犷亡秦，灭我圣文，汉存其业，六学析分。是综是理，是纲是纪，师徒弥散，著其终始。述《儒林传》第五十八。

谁毁谁誉，誉其有试。泯泯群黎，化成良吏，淑人君子，时同功异。没世遗爱，民有余思。述《循吏传》第五十九。

上替下陵，奸轨不胜，猛政横作，刑罚用兴。曾是强圉，掊克为雄，报虐以威，殃亦凶终。述《酷吏传》第六十。

四民食力，罔有兼业，大不淫侈，细不匮乏，盖均无贫，遵王之法。靡法靡度，民肆其诈，逼上并下，荒殖其货。侯服玉食，败俗伤化。述《货殖传》第六十一。

开国承家，有法有制，家不臧甲，国不专杀。矧乃齐民，作威作惠，如台不匡，礼法是谓！述《游侠传》第六十二。

彼何人斯，窃此富贵！营损高明，作戒后世。述《佞幸传》第六十三。

于惟帝典，戎夷猾夏；周宣攘之，亦列《风》、《雅》。宗幽既昏，淫于褒女，戎败我骊，遂亡酆鄗。大汉初定，匈奴强盛，围我平城，寇侵边境。至于孝武，爰赫斯怒，王师雷起，霆击朔野。宣承其末，乃施洪德，震我威灵，五世来服。王莽窃命，是倾是覆，备其变理，为世典式。述《匈奴传》第六十四。

西南外夷，种别域殊。南越尉佗，自王番禺。攸攸外寓，闽越、东瓯。爰洎朝鲜，燕之外区。汉兴柔远，与尔剖符。皆恃其岨，乍臣乍骄，孝武行师，诛灭海隅。述《西南夷两越朝鲜传》第六十五。

西戎即序，夏后是表。周穆观兵，荒服不旅。汉武劳神，图远甚勤。王师驒驒，致诛大宛。姼姼公主，乃女乌孙，使命乃通，条支之濒。昭、宣承业，都护是立，总督城郭，三十有六，修奉朝贡，各以其职。述《西域传》第六十六。

诡矣祸福，刑于外戚。高后首命，吕宗颠覆。薄姬坠魏，宗文产德。窦后违意，考盘于代。王氏仄微，世武作嗣。子夫既兴，扇而不终。钩弋忧伤，孝昭以登。上官幼尊，类祃厥宗。史娣、王悼，身遇不祥，及宣飨国，二族后光。恭哀产元，夭而不遂，邛成乘序，履尊三世。飞燕之妖，祸成厥妹。丁、傅僭恣，自求凶害。中山无辜，乃丧冯、卫。惠张、景薄，武陈、宣霍，成许、哀傅，平王之作，事虽歆羡，非天所度。怨咎若兹，如何不恪！述《外戚传》第六十七。

元后娠母，月精见表。遭成之逸，政自诸舅。阳平作威，诛加卿宰。成都煌煌，假我明光。曲阳歊歊，亦朱其堂。新都亢极，作乱以亡。述《元后传》第六十八。

咨尔贼臣，篡汉滔天，行骄夏癸，虐烈商辛。伪稽黄、虞，缪称典文，众怨神怒，恶复诛臻。百王之极，穷其奸昏。述《王莽传》第六十九。

凡《汉书》，叙帝皇，列官司，建侯王。准天地，统阴阳，阐元极，步三光。分州域，物土疆，穷人理，该万方。纬《六经》，缀道纲，总百氏，赞篇章。函雅故，通古今，正文字，惟学林。述《叙传》第七十。